A Manual of Commrce

Anatiposi

W. Waterston

A Manual of Commrce

Reprint of the original.

1st Edition 2023 | ISBN: 978-3-38230-416-4

Anatiposi Verlag is an imprint of Outlook Verlagsgesellschaft mbH.

Verlag (Publisher): Outlook Verlag GmbH, Zeilweg 44, 60439 Frankfurt, Deutschland
Vertretungsberechtigt (Authorized to represent): E. Roepke, Zeilweg 44, 60439 Frankfurt, Deutschland
Druck (Print): Books on Demand GmbH, In de Tarpen 42, 22848 Norderstedt, Deutschland

A

MANUAL OF COMMERCE:

BEING A COMPENDIUM OF

RECKONING TABLES, INCLUDING TABLES FOR FRACTIONAL RATES; AUXILIARY TABLES FOR RATES PER £1, QUARTER, ACRE, AND CWT.; BRITISH, FOREIGN, AND COLONIAL MONIES, WEIGHTS, AND MEASURES, &c.; FOREIGN EXCHANGES, WITH LAW OF BILLS OF EXCHANGE; EXCHANGE TABLES; SIMPLE INTEREST TABLES; COMPOUND INTEREST, ANNUITIES, AND LIFE ASSURANCE, WITH RULES, CASES, AND TABLES.

ALSO

AN EXTENSIVE COLLECTION OF

SHORT COMMERCIAL FORMS,

AND A

GLOSSARY OF TERMS IN TRADE AND FINANCE.

BY W. WATERSTON, ACCOUNTANT.

New Edition greatly Enlarged.

EDINBURGH:
OLIVER & BOYD, TWEEDDALE COURT.
LONDON: SIMPKIN, MARSHALL, & CO.
1859.

Price Three Shillings and Sixpence.

PREFACE TO FIRST EDITION.

THE object of the following Work is to furnish a concise manual of reference for the mercantile classes, especially in figure-work. Its contents, as will be seen from the introductory Table, are somewhat multifarious; but the arrangement adopted will, it is hoped, prevent this from being a source of perplexity. The First Parts contain ordinary RECKONING TABLES, with AUXILIARY TABLES, extending the use of the former to Fractional and Compound Quantities. These are followed by an account of the MONIES, WEIGHTS, and MEASURES of the different countries of the world, and of the Principles and Practice of EXCHANGE. And the concluding Parts are chiefly devoted to INTEREST and ANNUITIES.

In the Metrological Portion, the First Section comprehends the present Monies, Weights, and Measures of the United Kingdom; also those formerly in use, with Rules and Tables for their conversion into the existing standards. A description is then given of the Monies, Weights, and Measures of other countries, which will, it is believed, be found to contain all that is of interest to the British merchant; the local usages, which swelled the volumes of Kruse and Kelly, having, after the restoration of peace in 1815, been generally superseded by the more comprehensive national systems explained in the present Work; though the former are likewise given wherever the knowledge of them still appeared to be useful. The utmost endeavours have been made to insure the practical utility of this section; and attention, it will be found, has been paid to the late changes in the United States, India, Russia, Tuscany, and the West Indies, as well as to the new practices introduced into the German States by the Zollverein; while the experienced cambist will perceive that other recent alterations of minor importance have not been overlooked.

In the Section on EXCHANGE, a summary is given of the Law of Bills and Promissory Notes, and of the principles which regulate Exchange transactions, with a collection of arithmetical formulæ for common operations. The method pursued in explaining the principles of Exchange is that first elucidated in the very able pamphlet of Mr Blake.

Condensation has been studied in the compression both of matter and of type: and no pains have been spared to attain accuracy. The calculations have undergone a rigorous verification; typographical errors have, by repeated collations, been sedulously guarded against; and as a further security, the Publishers have caused the whole to be stereotyped.

In this Edition the Manual has been revised, and the information brought down to the present time; while by extensive additions it has, in several respects, been rendered almost a new work. A series of new EXCHANGE TABLES has been introduced, which will facilitate computations of exchange with nearly all countries having a direct course with Britain. The ANNUITY SECTION has been enlarged by tables applicable to Joint Lives, Assurances, and Reversions; also by rules and cases adapted to nearly all kinds of transactions. And two new sections have been introduced:—one embracing an extensive collection of COMMERCIAL FORMS or STYLES, chiefly derived from practice in London:—the other a GLOSSARY OF TERMS used in TRADE AND FINANCE, including Commercial Law, Life Assurance, the Public Accounts, &c.

The increased importance of the French Metrical System, now gradually superseding every other in Southern and even Central Europe, has induced the Publishers, in addition to a full exposition with conversion tables, in the body of the work, to furnish an engraving of a section of the rudimental unit of this system, in contrast with a proportional section of the linear unit of the Imperial system.

LONDON, *June* 1859.

CONTENTS.

I. RECKONING TABLES,

SHOWING THE PRODUCTS OF QUANTITIES AT GIVEN RATES OR PRICES, WITH TABLES FOR FRACTIONAL PARTS.

The first eleven pages contain Tables applicable variety of fractional rates, which, though used in the valuation of some kinds of commodities, not represented by any denominations of British money: the other Tables proceed in regular progression by Farthings, from One Farthing to Two Shillings; by Pence from Two Shillings to Ten Shillings; and afterwards by Sixpences to Nineteen Shillings and Sixpence.

The products corresponding to the following eight numbers shown separately, namely, 112, the number of lbs. in a cwt.; 144, the number forming a gross; 256, the number of lbs. in a wey, &c.; 272 (¼), the number of square feet in perch, pole, or rod; 365, the number of days in a year; and 250, 750, and 1250, which are useful for various purposes.

1-64th and 1-32d of a Penny.

1-64th.

No.	L.	s.	d.	16th	No.	L.	s.	d.	16th
¼	0	0	0	0	700	0	0	10	15
½	0	0	0	0	800	0	1	0	8
¾	0	0	0	0	900	0	1	2	1
1	0	0	0	0	1000	0	1	3	10
2	0	0	0	0	1100	0	1	5	3
3	0	0	0	1	1200	0	1	6	12
4	0	0	0	1	1300	0	1	8	5
5	0	0	0	1	1400	0	1	9	14
6	0	0	0	1	1500	0	1	11	7
7	0	0	0	2	2000	0	2	7	4
8	0	0	0	2	3000	0	3	10	14
9	0	0	0	2	4000	0	5	2	8
10	0	0	0	2	5000	0	6	6	2
15	0	0	0	4	6000	0	7	9	12
20	0	0	0	5	7000	0	9	1	6
25	0	0	0	6	8000	0	10	5	0
30	0	0	0	7	9000	0	11	8	10
35	0	0	0	9	10000	0	13	0	4
40	0	0	0	10	20000	1	6	0	8
45	0	0	0	11	30000	1	19	0	12
50	0	0	0	12	40000	2	12	1	0
60	0	0	0	15	50000	3	5	1	4
70	0	0	1	1					
80	0	0	1	4					
90	0	0	1	6	112	0	0	1	12
100	0	0	1	9	144	0	0	2	4
150	0	0	2	5	250	0	0	3	14
200	0	0	3	2	256	0	0	4	0
300	0	0	4	11	272	0	0	4	4
400	0	0	6	4	365	0	0	5	11
500	0	0	7	13	750	0	0	11	11
600	0	0	9	6	1250	0	1	7	8

1-32d.

No.	L.	s.	d.	16th	No.	L.	s.	d.	16th
¼	0	0	0	0	700	0	1	9	14
½	0	0	0	0	800	0	2	1	0
¾	0	0	0	0	900	0	2	4	2
1	0	0	0	0	1000	0	2	7	4
2	0	0	0	1	1100	0	2	10	6
3	0	0	0	1	1200	0	3	1	8
4	0	0	0	2	1300	0	3	4	10
5	0	0	0	2	1400	0	3	7	12
6	0	0	0	3	1500	0	3	10	14
7	0	0	0	3	2000	0	5	2	8
8	0	0	0	4	3000	0	7	9	12
9	0	0	0	4	4000	0	10	5	0
10	0	0	0	5	5000	0	13	0	4
15	0	0	0	7	6000	0	15	7	8
20	0	0	0	10	7000	0	18	2	12
25	0	0	0	12	8000	1	0	10	0
30	0	0	0	15	9000	1	3	5	4
35	0	0	1	1	10000	1	6	0	8
40	0	0	1	4	20000	2	12	1	0
45	0	0	1	6	30000	3	18	1	8
50	0	0	1	9	40000	5	4	2	0
60	0	0	1	14	50000	6	10	2	8
70	0	0	2	3					
80	0	0	2	8					
90	0	0	2	13	112	0	0	3	8
100	0	0	3	2	144	0	0	4	8
150	0	0	4	11	250	0	0	7	13
200	0	0	6	4	256	0	0	8	0
300	0	0	9	6	272	0	0	8	8
400	0	1	0	8	365	0	0	11	6
500	0	1	3	10	750	0	1	11	7
600	0	1	6	12	1250	0	3	3	1

Example 1. Required the amount of 41,208 yards at the rate of 1-32d of a penny per yard.

	L.	s.	d.	16th.
40,000 is, as above	5	4	2	0
1,200	0	3	1	8
8	0	0	0	4
Answer	5	7	3	12

Or L.5:7:3¾.

Example 2. Required the amount of 43 lbs. oz. indigo, at the rate of 6s. 3d. per pound.

	L.	s.	d.
Table, page 85, shows 43 times 6s. 3d. to be	13	8	9
And 12-16ths of 6s. 3d.	0	4	8¼
Answer	13	13	5¼

No.	1-16th.				No.	2-16ths.				No.	3-16ths.				No.	5-16ths.			
	L.	s.	d.	16th		L.	s.	d.	16th		L.	s.	d.	16th		L.	s.	d.	16th
¼	0	0	0	0	¼	0	0	0	0	¼	0	0	0	0	¼	0	0	0	1
½	0	0	0	0	½	0	0	0	1	½	0	0	0	1	½	0	0	0	2
¾	0	0	0	0	¾	0	0	0	1	¾	0	0	0	2	¾	0	0	0	4
1	0	0	0	1	1	0	0	0	2	1	0	0	0	3	1	0	0	0	5
2	0	0	0	2	2	0	0	0	4	2	0	0	0	6	2	0	0	0	10
3	0	0	0	3	3	0	0	0	6	3	0	0	0	9	3	0	0	0	15
4	0	0	0	4	4	0	0	0	8	4	0	0	0	12	4	0	0	1	4
5	0	0	0	5	5	0	0	0	10	5	0	0	0	15	5	0	0	1	9
6	0	0	0	6	6	0	0	0	12	6	0	0	1	2	6	0	0	1	14
7	0	0	0	7	7	0	0	0	14	7	0	0	1	5	7	0	0	2	3
8	0	0	0	8	8	0	0	1	0	8	0	0	1	8	8	0	0	2	8
9	0	0	0	9	9	0	0	1	2	9	0	0	1	11	9	0	0	2	13
10	0	0	0	10	10	0	0	1	4	10	0	0	1	14	10	0	0	3	2
15	0	0	0	15	15	0	0	1	14	15	0	0	2	13	15	0	0	4	11
20	0	0	1	4	20	0	0	2	8	20	0	0	3	12	20	0	0	6	4
25	0	0	1	9	25	0	0	3	2	25	0	0	4	11	25	0	0	7	13
30	0	0	1	14	30	0	0	3	12	30	0	0	5	10	30	0	0	9	6
35	0	0	2	3	35	0	0	4	6	35	0	0	6	9	35	0	0	10	15
40	0	0	2	8	40	0	0	5	0	40	0	0	7	8	40	0	1	0	8
45	0	0	2	13	45	0	0	5	10	45	0	0	8	7	45	0	1	2	1
50	0	0	3	2	50	0	0	6	4	50	0	0	9	6	50	0	1	3	10
60	0	0	3	12	60	0	0	7	8	60	0	0	11	4	60	0	1	6	12
70	0	0	4	6	70	0	0	8	12	70	0	1	1	2	70	0	1	9	14
80	0	0	5	0	80	0	0	10	0	80	0	1	3	0	80	0	2	1	0
90	0	0	5	10	90	0	0	11	4	90	0	1	4	14	90	0	2	4	2
100	0	0	6	4	100	0	1	0	8	100	0	1	6	12	100	0	2	7	4
150	0	0	9	6	150	0	1	6	12	150	0	2	4	2	150	0	3	10	14
200	0	1	0	8	200	0	2	1	0	200	0	3	1	8	200	0	5	2	8
300	0	1	6	12	300	0	3	1	8	300	0	4	8	4	300	0	7	9	12
400	0	2	1	0	400	0	4	2	0	400	0	6	3	0	400	0	10	5	0
500	0	2	7	4	500	0	5	2	8	500	0	7	9	12	500	0	13	0	4
600	0	3	1	8	600	0	6	3	0	600	0	9	4	8	600	0	15	7	8
700	0	3	7	12	700	0	7	3	8	700	0	10	11	4	700	0	18	2	12
800	0	4	2	0	800	0	8	4	0	800	0	12	6	0	800	1	0	10	0
900	0	4	8	4	900	0	9	4	8	900	0	14	0	12	900	1	3	5	4
1000	0	5	2	8	1000	0	10	5	0	1000	0	15	7	8	1000	1	6	0	8
1100	0	5	8	12	1100	0	11	5	8	1100	0	17	2	4	1100	1	8	7	12
1200	0	6	3	0	1200	0	12	6	0	1200	0	18	9	0	1200	1	11	3	0
1300	0	6	9	4	1300	0	13	6	8	1300	1	0	3	12	1300	1	13	10	4
1400	0	7	3	8	1400	0	14	7	0	1400	1	1	10	8	1400	1	16	5	8
1500	0	7	9	12	1500	0	15	7	8	1500	1	3	5	4	1500	1	19	0	12
2000	0	10	5	0	2000	1	0	10	0	2000	1	11	3	0	2000	2	12	1	0
3000	0	15	7	8	3000	1	11	3	0	3000	2	6	10	8	3000	3	18	1	8
4000	1	0	10	0	4000	2	1	8	0	4000	3	2	6	0	4000	5	4	2	0
5000	1	6	0	8	5000	2	12	1	0	5000	3	18	1	8	5000	6	10	2	8
6000	1	11	3	0	6000	3	2	6	0	6000	4	13	9	0	6000	7	16	3	0
7000	1	16	5	8	7000	3	12	11	0	7000	5	9	4	8	7000	9	2	3	8
8000	2	1	8	0	8000	4	3	4	0	8000	6	5	0	0	8000	10	8	4	0
9000	2	6	10	8	9000	4	13	9	0	9000	7	0	7	8	9000	11	14	4	8
10000	2	12	1	0	10000	5	4	2	0	10000	7	16	3	0	10000	13	0	5	0
20000	5	4	2	0	20000	10	8	4	0	20000	15	12	6	0	20000	26	0	10	0
30000	7	16	3	0	30000	15	12	6	0	30000	23	8	9	0	30000	39	1	3	0
40000	10	8	4	0	40000	20	16	8	0	40000	31	5	0	0	40000	52	1	8	0
50000	13	0	5	0	50000	26	0	10	0	50000	39	1	3	0	50000	65	2	1	0
112	0	0	7	0	112	0	1	2	0	112	0	1	9	0	112	0	2	11	0
144	0	0	9	0	144	0	1	6	0	144	0	2	3	[illegible]	144	0	3	9	0
250	0	1	3	10	250	0	2	7	4	250	0	3	10	14	250	0	6	6	2
256	0	1	4	0	256	0	2	8	0	256	0	4	0	0	256	0	6	8	0
272	0	1	5	0	272	0	2	10	0	272	0	4	3	0	272	0	7	1	0
365	0	1	10	13	365	0	3	9	10	365	0	5	8	7	365	0	9	6	1
750	0	3	10	14	750	0	7	9	12	750	0	11	8	10	750	0	19	6	6
1250	0	6	6	2	1250	0	13	0	4	1250	0	19	6	6	1250	1	12	6	10

No.	6-16ths. L.	s.	d.	16th
¼	0	0	0	1
½	0	0	0	3
¾	0	0	0	4
1	0	0	0	6
2	0	0	0	12
3	0	0	1	2
4	0	0	1	8
5	0	0	1	14
6	0	0	2	4
7	0	0	2	10
8	0	0	3	0
9	0	0	3	6
10	0	0	3	12
15	0	0	5	10
20	0	0	7	8
25	0	0	9	6
30	0	0	11	4
35	0	1	1	2
40	0	1	3	0
45	0	1	4	14
50	0	1	6	12
60	0	1	10	8
70	0	2	2	4
80	0	2	6	0
90	0	2	9	12
100	0	3	1	8
150	0	4	8	4
200	0	6	3	0
300	0	9	4	8
400	0	12	6	0
500	0	15	7	8
600	0	18	9	0
700	1	1	10	8
800	1	5	0	0
900	1	8	1	8
1000	1	11	3	0
1100	1	14	4	8
1200	1	17	6	0
1300	2	0	7	8
1400	2	3	9	0
1500	2	6	10	8
2000	3	2	6	0
3000	4	13	9	0
4000	6	5	0	0
5000	7	16	3	0
6000	9	7	6	0
7000	10	18	9	0
8000	12	10	0	0
9000	14	1	3	0
10000	15	12	6	0
20000	31	5	0	0
30000	46	17	6	0
40000	62	10	0	0
50000	78	2	6	0
112	0	3	6	0
144	0	4	6	0
250	0	7	9	12
256	0	8	0	0
272	0	8	6	0
365	0	11	4	14
750	1	3	5	4
1250	1	19	0	12

No.	7-16ths. L.	s.	d.	16th
¼	0	0	0	2
½	0	0	0	3
¾	0	0	0	5
1	0	0	0	7
2	0	0	0	14
3	0	0	1	5
4	0	0	1	12
5	0	0	2	3
6	0	0	2	10
7	0	0	3	1
8	0	0	3	8
9	0	0	3	15
10	0	0	4	6
15	0	0	6	9
20	0	0	8	12
25	0	0	10	15
30	0	1	1	2
35	0	1	3	5
40	0	1	5	8
45	0	1	7	11
50	0	1	9	14
60	0	2	2	4
70	0	2	6	10
80	0	2	11	0
90	0	3	3	6
100	0	3	7	12
150	0	5	5	10
200	0	7	3	8
300	0	10	11	4
400	0	14	7	0
500	0	18	2	12
600	1	1	10	8
700	1	5	6	4
800	1	9	2	0
900	1	12	9	12
1000	1	16	5	8
1100	2	0	1	4
1200	2	3	9	0
1300	2	7	4	12
1400	2	11	0	8
1500	2	14	8	4
2000	3	12	11	0
3000	5	9	4	8
4000	7	5	10	0
5000	9	2	3	8
6000	10	18	9	0
7000	12	15	2	8
8000	14	11	8	0
9000	16	8	1	8
10000	18	4	7	0
20000	36	9	2	0
30000	54	13	9	0
40000	72	18	4	0
50000	91	2	11	0
112	0	4	1	0
144	0	5	3	0
250	0	9	1	6
256	0	9	4	0
272	0	9	11	0
365	0	13	3	11
750	1	7	4	2
1250	2	5	6	14

No.	9-16ths. L.	s.	d.	16th
¼	0	0	0	2
½	0	0	0	4
¾	0	0	0	7
1	0	0	0	9
2	0	0	1	2
3	0	0	1	11
4	0	0	2	4
5	0	0	2	13
6	0	0	3	6
7	0	0	3	15
8	0	0	4	8
9	0	0	5	1
10	0	0	5	10
15	0	0	8	7
20	0	0	11	4
25	0	1	2	1
30	0	1	4	14
35	0	1	7	11
40	0	1	10	8
45	0	2	1	5
50	0	2	4	2
60	0	2	9	12
70	0	3	3	6
80	0	3	9	0
90	0	4	2	10
100	0	4	8	4
150	0	7	0	6
200	0	9	4	8
300	0	14	0	12
400	0	18	9	0
500	1	3	5	4
600	1	8	1	8
700	1	12	9	12
800	1	17	6	0
900	2	2	2	4
1000	2	6	10	8
1100	2	11	6	12
1200	2	16	3	0
1300	3	0	11	4
1400	3	5	7	8
1500	3	10	3	12
2000	4	13	9	0
3000	7	0	7	8
4000	9	7	6	0
5000	11	14	4	8
6000	14	1	3	0
7000	16	8	1	8
8000	18	15	0	0
9000	21	1	10	8
10000	23	8	9	0
20000	46	17	6	0
30000	70	6	3	0
40000	93	15	0	0
50000	117	3	9	0
112	0	5	3	0
144	0	6	9	0
250	0	11	8	10
256	0	12	0	0
272	0	12	9	0
365	0	17	1	5
750	1	15	1	14
1250	2	18	7	2

No.	10-16ths. L.	s.	d.	16th
¼	0	0	0	2
½	0	0	0	5
¾	0	0	0	7
1	0	0	0	10
2	0	0	1	4
3	0	0	1	14
4	0	0	2	8
5	0	0	3	2
6	0	0	3	12
7	0	0	4	6
8	0	0	5	0
9	0	0	5	10
10	0	0	6	4
15	0	0	9	6
20	0	1	0	8
25	0	1	3	10
30	0	1	6	12
35	0	1	9	14
40	0	2	1	0
45	0	2	4	2
50	0	2	7	4
60	0	3	1	8
70	0	3	7	12
80	0	4	2	0
90	0	4	8	4
100	0	5	2	8
150	0	7	9	12
200	0	10	5	0
300	0	15	7	8
400	1	0	10	0
500	1	6	0	8
600	1	11	3	0
700	1	16	5	8
800	2	1	8	0
900	2	6	10	8
1000	2	12	1	0
1100	2	17	3	8
1200	3	2	6	0
1300	3	7	8	8
1400	3	12	11	0
1500	3	18	1	8
2000	5	4	2	0
3000	7	16	3	0
4000	10	8	4	0
5000	13	0	5	0
6000	15	12	6	0
7000	18	4	7	0
8000	20	16	8	0
9000	23	8	9	0
10000	26	0	10	0
20000	52	1	8	0
30000	78	2	6	0
40000	104	3	4	0
50000	130	4	2	0
112	0	5	10	0
144	0	7	6	0
250	0	13	0	4
256	0	13	4	0
272	0	14	2	0
365	0	19	0	2
750	1	19	0	12
1250	3	5	1	4

11-16ths to 15-16ths of a Penny.

No.	11-16ths.				No.	13-16ths.				No.	14-16ths.				No.	15-16ths.			
	L.	s.	d.	16th		L.	s.	d.	16th		L.	s.	d.	16th		L.	s.	d.	16th
¼	0	0	0	3	¼	0	0	0	3	¼	0	0	0	3	¼	0	0	0	4
½	0	0	0	5	½	0	0	0	6	½	0	0	0	7	½	0	0	0	7
¾	0	0	0	8	¾	0	0	0	10	¾	0	0	0	10	¾	0	0	0	11
1	0	0	0	11	1	0	0	0	13	1	0	0	0	14	1	0	0	0	15
2	0	0	1	6	2	0	0	1	10	2	0	0	1	12	2	0	0	1	14
3	0	0	2	1	3	0	0	2	7	3	0	0	2	10	3	0	0	2	13
4	0	0	2	12	4	0	0	3	4	4	0	0	3	8	4	0	0	3	12
5	0	0	3	7	5	0	0	4	1	5	0	0	4	6	5	0	0	4	11
6	0	0	4	2	6	0	0	4	14	6	0	0	5	4	6	0	0	5	10
7	0	0	4	13	7	0	0	5	11	7	0	0	6	2	7	0	0	6	9
8	0	0	5	8	8	0	0	6	8	8	0	0	7	0	8	0	0	7	8
9	0	0	6	3	9	0	0	7	5	9	0	0	7	14	9	0	0	8	7
10	0	0	6	14	10	0	0	8	2	10	0	0	8	12	10	0	0	9	6
15	0	0	10	5	15	0	1	0	3	15	0	1	1	2	15	0	1	2	1
20	0	1	1	12	20	0	1	4	4	20	0	1	5	8	20	0	1	6	12
25	0	1	5	3	25	0	1	8	5	25	0	1	9	14	25	0	1	11	7
30	0	1	8	10	30	0	2	0	6	30	0	2	2	4	30	0	2	4	2
35	0	2	0	1	35	0	2	4	7	35	0	2	6	10	35	0	2	8	13
40	0	2	3	8	40	0	2	8	8	40	0	2	11	0	40	0	3	1	8
45	0	2	6	15	45	0	3	0	9	45	0	3	3	6	45	0	3	6	3
50	0	2	10	6	50	0	3	4	10	50	0	3	7	12	50	0	3	10	14
60	0	3	5	4	60	0	4	0	12	60	0	4	4	8	60	0	4	8	4
70	0	4	0	2	70	0	4	8	14	70	0	5	1	4	70	0	5	5	10
80	0	4	7	0	80	0	5	5	0	80	0	5	10	0	80	0	6	3	0
90	0	5	1	14	90	0	6	1	2	90	0	6	6	12	90	0	7	0	6
100	0	5	8	12	100	0	6	9	4	100	0	7	3	8	100	0	7	9	12
150	0	8	7	2	150	0	10	1	14	150	0	10	11	4	150	0	11	8	10
200	0	11	5	8	200	0	13	6	8	200	0	14	7	0	200	0	15	7	8
300	0	17	2	4	300	1	0	3	12	300	1	1	10	8	300	1	3	5	4
400	1	2	11	0	400	1	7	1	0	400	1	9	2	0	400	1	11	3	0
500	1	8	7	12	500	1	13	10	4	500	1	16	5	8	500	1	19	0	12
600	1	14	4	8	600	2	0	7	8	600	2	3	9	0	600	2	6	10	8
700	2	0	1	4	700	2	7	4	12	700	2	11	0	8	700	2	14	8	4
800	2	5	10	0	800	2	14	2	0	800	2	18	4	0	800	3	2	6	0
900	2	11	6	12	900	3	0	11	4	900	3	5	7	8	900	3	10	3	12
1000	2	17	3	8	1000	3	7	8	8	1000	3	12	11	0	1000	3	18	1	8
1100	3	3	0	4	1100	3	14	5	12	1100	4	0	2	8	1100	4	5	11	4
1200	3	8	9	0	1200	4	1	3	0	1200	4	7	6	0	1200	4	13	9	0
1300	3	14	5	12	1300	4	8	0	4	1300	4	14	9	8	1300	5	1	6	12
1400	4	0	2	8	1400	4	14	9	8	1400	5	2	1	0	1400	5	9	4	8
1500	4	5	11	4	1500	5	1	6	12	1500	5	9	4	8	1500	5	17	2	4
2000	5	14	7	0	2000	6	15	5	0	2000	7	5	10	0	2000	7	16	3	0
3000	8	11	10	8	3000	10	3	1	8	3000	10	18	9	0	3000	11	14	4	8
4000	11	9	2	0	4000	13	10	10	0	4000	14	11	8	0	4000	15	12	6	0
5000	14	6	5	8	5000	16	18	6	8	5000	18	4	7	0	5000	19	10	7	8
6000	17	3	9	0	6000	20	6	3	0	6000	21	17	6	0	6000	23	8	9	0
7000	20	1	0	8	7000	23	13	11	8	7000	25	10	5	0	7000	27	6	10	8
8000	22	18	4	0	8000	27	1	8	0	8000	29	3	4	0	8000	31	5	0	0
9000	25	15	7	8	9000	30	9	4	8	9000	32	16	3	0	9000	35	3	1	8
10000	28	12	11	0	10000	33	17	1	0	10000	36	9	2	0	10000	39	1	3	0
20000	57	5	10	0	20000	67	14	2	0	20000	72	18	4	0	20000	78	2	6	0
30000	85	18	9	0	30000	101	11	3	0	30000	109	7	6	0	30000	117	3	9	0
40000	114	11	8	0	40000	135	8	4	0	40000	145	16	8	0	40000	156	5	0	0
50000	143	4	7	0	50000	169	5	5	0	50000	182	5	10	0	50000	195	6	3	0
112	0	6	5	0	112	0	7	7	0	112	0	8	2	0	112	0	8	9	0
144	0	8	3	0	144	0	9	9	0	144	0	10	6	0	144	0	11	3	0
250	0	14	3	14	250	0	16	11	2	250	0	18	2	12	250	0	19	6	6
256	0	14	8	0	256	0	17	4	0	256	0	18	8	0	256	1	0	0	0
272	0	15	7	0	272	0	18	5	0	272	0	19	10	0	272	1	1	3	0
365	1	0	10	15	365	1	4	8	9	365	1	6	7	6	365	1	8	6	3
750	2	2	11	10	750	2	10	9	6	750	2	14	8	4	750	2	18	7	2
1250	3	11	7	6	1250	4	4	7	10	1250	4	11	1	12	1250	4	17	7	14

No	1-12th.				No.	2-12ths.				No.	4-12ths.				No.	5-12ths.			
	L.	s.	d.	12th		L.	s.	d.	12th		L.	s.	d.	12th		L.	s.	d.	12th
¼	0	0	0	0	¼	0	0	0	0	¼	0	0	0	1	¼	0	0	0	1
½	0	0	0	0	½	0	0	0	1	½	0	0	0	2	½	0	0	0	2
¾	0	0	0	1	¾	0	0	0	1	¾	0	0	0	3	¾	0	0	0	4
1	0	0	0	1	1	0	0	0	2	1	0	0	0	4	1	0	0	0	5
2	0	0	0	2	2	0	0	0	4	2	0	0	0	8	2	0	0	0	10
3	0	0	0	3	3	0	0	0	6	3	0	0	1	0	3	0	0	1	3
4	0	0	0	4	4	0	0	0	8	4	0	0	1	4	4	0	0	1	8
5	0	0	0	5	5	0	0	0	10	5	0	0	1	8	5	0	0	2	1
6	0	0	0	6	6	0	0	1	0	6	0	0	2	0	6	0	0	2	6
7	0	0	0	7	7	0	0	1	2	7	0	0	2	4	7	0	0	2	11
8	0	0	0	8	8	0	0	1	4	8	0	0	2	8	8	0	0	3	4
9	0	0	0	9	9	0	0	1	6	9	0	0	3	0	9	0	0	3	9
10	0	0	0	10	10	0	0	1	8	10	0	0	3	4	10	0	0	4	2
15	0	0	1	3	15	0	0	2	6	15	0	0	5	0	15	0	0	6	3
20	0	0	1	8	20	0	0	3	4	20	0	0	6	8	20	0	0	8	4
25	0	0	2	1	25	0	0	4	2	25	0	0	8	4	25	0	0	10	5
30	0	0	2	6	30	0	0	5	0	30	0	0	10	0	30	0	1	0	6
35	0	0	2	11	35	0	0	5	10	35	0	0	11	8	35	0	1	2	7
40	0	0	3	4	40	0	0	6	8	40	0	1	1	4	40	0	1	4	8
45	0	0	3	9	45	0	0	7	6	45	0	1	3	0	45	0	1	6	9
50	0	0	4	2	50	0	0	8	4	50	0	1	4	8	50	0	1	8	10
60	0	0	5	0	60	0	0	10	0	60	0	1	8	0	60	0	2	1	0
70	0	0	5	10	70	0	0	11	8	70	0	1	11	4	70	0	2	5	2
80	0	0	6	8	80	0	1	1	4	80	0	2	2	8	80	0	2	9	4
90	0	0	7	6	90	0	1	3	0	90	0	2	6	0	90	0	3	1	6
100	0	0	8	4	100	0	1	4	8	100	0	2	9	4	100	0	3	5	8
150	0	1	0	6	150	0	2	1	0	150	0	4	2	0	150	0	5	2	6
200	0	1	4	8	200	0	2	9	4	200	0	5	6	8	200	0	6	11	4
300	0	2	1	0	300	0	4	2	0	300	0	8	4	0	300	0	10	5	0
400	0	2	9	4	400	0	5	6	8	400	0	11	1	4	400	0	13	10	8
500	0	3	5	8	500	0	6	11	4	500	0	13	10	8	500	0	17	4	4
600	0	4	2	0	600	0	8	4	0	600	0	16	8	0	600	1	0	10	0
700	0	4	10	4	700	0	9	8	8	700	0	19	5	4	700	1	4	3	8
800	0	5	6	8	800	0	11	1	4	800	1	2	2	8	800	1	7	9	4
900	0	6	3	0	900	0	12	6	0	900	1	5	0	0	900	1	11	3	0
1000	0	6	11	4	1000	0	13	10	8	1000	1	7	9	4	1000	1	14	8	8
1100	0	7	7	8	1100	0	15	3	4	1100	1	10	6	8	1100	1	18	2	4
1200	0	8	4	0	1200	0	16	8	0	1200	1	13	4	0	1200	2	1	8	0
1300	0	9	0	4	1300	0	18	0	8	1300	1	16	1	4	1300	2	5	1	8
1400	0	9	8	8	1400	0	19	5	4	1400	1	18	10	8	1400	2	8	7	4
1500	0	10	5	0	1500	1	0	10	0	1500	2	1	8	0	1500	2	12	1	0
2000	0	13	10	8	2000	1	7	9	4	2000	2	15	6	8	2000	3	9	5	4
3000	1	0	10	0	3000	2	1	8	0	3000	4	3	4	0	3000	5	4	2	0
4000	1	7	9	4	4000	2	15	6	8	4000	5	11	1	4	4000	6	18	10	8
5000	1	14	8	8	5000	3	9	5	4	5000	6	18	10	8	5000	8	13	7	4
6000	2	1	8	0	6000	4	3	4	0	6000	8	6	8	0	6000	10	8	4	0
7000	2	8	7	4	7000	4	17	2	8	7000	9	14	5	4	7000	12	3	0	8
8000	2	15	6	8	8000	5	11	1	4	8000	11	2	2	8	8000	13	17	9	4
9000	3	2	6	0	9000	6	5	0	0	9000	12	10	0	0	9000	15	12	6	0
10000	3	9	5	4	10000	6	18	10	8	10000	13	17	9	4	10000	17	7	2	8
20000	6	18	10	8	20000	13	17	9	4	20000	27	15	6	8	20000	34	14	5	4
30000	10	8	4	0	30000	20	16	8	0	30000	41	13	4	0	30000	52	1	8	0
40000	13	17	9	4	40000	27	15	6	8	40000	55	11	1	4	40000	69	8	10	8
50000	17	7	2	8	50000	34	14	5	4	50000	69	8	10	8	50000	86	16	1	4
112	0	0	9	4	112	0	1	6	8	112	0	3	1	4	112	0	3	10	8
144	0	1	0	0	144	0	2	0	0	144	0	4	0	0	144	0	5	0	0
250	0	1	8	10	250	0	3	5	8	250	0	6	11	4	250	0	8	8	2
256	0	1	9	4	256	0	3	6	8	256	0	7	1	4	256	0	8	10	8
272	0	1	10	8	272	0	3	9	4	272	0	7	6	8	272	0	9	5	4
365	0	2	6	5	365	0	5	0	10	365	0	10	1	8	365	0	12	8	1
750	0	5	2	6	750	0	10	5	0	750	1	0	10	0	750	1	6	0	6
1250	0	8	8	2	1250	0	17	4	4	1250	1	14	8	8	1250	2	3	4	10

No.	7-12ths.				No.	8-12ths.				No.	10-12ths.				No.	11-12ths.			
	L.	s.	d.	12th.		L.	s.	d.	12th.		L.	s.	d.	12th.		L.	s.	d.	12th.
1/4	0	0	0	2	1/4	0	0	0	2	1/4	0	0	0	2	1/4	0	0	0	3
1/2	0	0	0	3	1/2	0	0	0	4	1/2	0	0	0	5	1/2	0	0	0	5
3/4	0	0	0	5	3/4	0	0	0	6	3/4	0	0	0	7	3/4	0	0	0	8
1	0	0	0	7	1	0	0	0	8	1	0	0	0	10	1	0	0	0	11
2	0	0	1	2	2	0	0	1	4	2	0	0	1	8	2	0	0	1	10
3	0	0	1	9	3	0	0	2	0	3	0	0	2	6	3	0	0	2	9
4	0	0	2	4	4	0	0	2	8	4	0	0	3	4	4	0	0	3	8
5	0	0	2	11	5	0	0	3	4	5	0	0	4	2	5	0	0	4	7
6	0	0	3	6	6	0	0	4	0	6	0	0	5	0	6	0	0	5	6
7	0	0	4	1	7	0	0	4	8	7	0	0	5	10	7	0	0	6	5
8	0	0	4	8	8	0	0	5	4	8	0	0	6	8	8	0	0	7	4
9	0	0	5	3	9	0	0	6	0	9	0	0	7	6	9	0	0	8	3
10	0	0	5	10	10	0	0	6	8	10	0	0	8	4	10	0	0	9	2
15	0	0	8	9	15	0	0	10	0	15	0	1	0	6	15	0	1	1	9
20	0	0	11	8	20	0	1	1	4	20	0	1	4	8	20	0	1	6	4
25	0	1	2	7	25	0	1	4	8	25	0	1	8	10	25	0	1	10	11
30	0	1	5	6	30	0	1	8	0	30	0	2	1	0	30	0	2	3	6
35	0	1	8	5	35	0	1	11	4	35	0	2	5	2	35	0	2	8	1
40	0	1	11	4	40	0	2	2	8	40	0	2	9	4	40	0	3	0	8
45	0	2	2	3	45	0	2	6	0	45	0	3	1	6	45	0	3	5	3
50	0	2	5	2	50	0	2	9	4	50	0	3	5	8	50	0	3	9	10
60	0	2	11	0	60	0	3	4	0	60	0	4	2	0	60	0	4	7	0
70	0	3	4	10	70	0	3	10	8	70	0	4	10	4	70	0	5	4	2
80	0	3	10	8	80	0	4	5	4	80	0	5	6	8	80	0	6	1	4
90	0	4	4	6	90	0	5	0	0	90	0	6	3	0	90	0	6	10	6
100	0	4	10	4	100	0	5	6	8	100	0	6	11	4	100	0	7	7	8
150	0	7	3	6	150	0	8	4	0	150	0	10	5	0	150	0	11	5	6
200	0	9	8	8	200	0	11	1	4	200	0	13	10	8	200	0	15	3	4
300	0	14	7	0	300	0	16	8	0	300	1	0	10	0	300	1	2	11	0
400	0	19	5	4	400	1	2	2	8	400	1	7	9	4	400	1	10	6	8
500	1	4	3	8	500	1	7	9	4	500	1	14	8	8	500	1	18	2	4
600	1	9	2	0	600	1	13	4	0	600	2	1	8	0	600	2	5	10	0
700	1	14	0	4	700	1	18	10	8	700	2	8	7	4	700	2	13	5	8
800	1	18	10	8	800	2	4	5	4	800	2	15	6	8	800	3	1	1	4
900	2	3	9	0	900	2	10	0	0	900	3	2	6	0	900	3	8	9	0
1000	2	8	7	4	1000	2	15	6	8	1000	3	9	5	4	1000	3	16	4	8
1100	2	13	5	8	1100	3	1	1	4	1100	3	16	4	8	1100	4	4	0	4
1200	2	18	4	0	1200	3	6	8	0	1200	4	3	4	0	1200	4	11	8	0
1300	3	3	2	4	1300	3	12	2	8	1300	4	10	3	4	1300	4	19	3	8
1400	3	8	0	8	1400	3	17	9	4	1400	4	17	2	8	1400	5	6	11	4
1500	3	12	11	0	1500	4	3	4	0	1500	5	4	2	0	1500	5	14	7	0
2000	4	17	2	8	2000	5	11	1	4	2000	6	18	10	8	2000	7	12	9	4
3000	7	5	10	0	3000	8	6	8	0	3000	10	8	4	0	3000	11	9	2	0
4000	9	14	5	4	4000	11	2	2	8	4000	13	17	9	4	4000	15	5	6	8
5000	12	3	0	8	5000	13	17	9	4	5000	17	7	2	8	5000	19	1	11	4
6000	14	11	8	0	6000	16	13	4	0	6000	20	16	8	0	6000	22	18	4	0
7000	17	0	3	4	7000	19	8	10	8	7000	24	6	1	4	7000	26	14	8	8
8000	19	8	10	8	8000	22	4	5	4	8000	27	15	6	8	8000	30	11	1	4
9000	21	17	6	0	9000	25	0	0	0	9000	31	5	0	0	9000	34	7	6	0
10000	24	6	1	4	10000	27	15	6	8	10000	34	14	5	4	10000	38	3	10	8
20000	48	12	2	8	20000	55	11	1	4	20000	69	8	10	8	20000	76	7	9	4
30000	72	18	4	0	30000	83	6	8	0	30000	104	3	4	0	30000	114	11	8	0
40000	97	4	5	4	40000	111	2	2	8	40000	138	17	9	4	40000	152	15	6	8
50000	121	10	6	8	50000	138	17	9	4	50000	173	12	2	8	50000	190	19	5	4
112	0	5	5	4	112	0	6	2	8	112	0	7	9	4	112	0	8	6	8
144	0	7	0	0	144	0	8	0	0	144	0	10	0	0	144	0	11	0	0
250	0	12	1	10	250	0	13	10	8	250	0	17	4	4	250	0	19	1	2
256	0	12	5	4	256	0	14	2	8	256	0	17	9	4	256	0	19	6	8
272	0	13	2	8	272	0	15	1	4	272	0	18	10	8	272	1	0	9	4
365	0	17	8	11	365	1	0	3	4	365	1	5	4	2	365	1	7	10	7
750	1	16	5	6	750	2	1	8	0	750	2	12	1	0	750	2	17	3	6
1250	3	0	9	2	1250	3	9	5	4	1250	4	6	9	8	1250	4	15	5	10

No.	1d. 1-8th. L.	s.	d.	8th
¼	0	0	0	2
½	0	0	0	4
¾	0	0	0	7
1	0	0	1	1
2	0	0	2	2
3	0	0	3	3
4	0	0	4	4
5	0	0	5	5
6	0	0	6	6
7	0	0	7	7
8	0	0	9	0
9	0	0	10	1
10	0	0	11	2
15	0	1	4	7
20	0	1	10	4
25	0	2	4	1
30	0	2	9	6
35	0	3	3	3
40	0	3	9	0
45	0	4	2	5
50	0	4	8	2
60	0	5	7	4
70	0	6	6	6
80	0	7	6	0
90	0	8	5	2
100	0	9	4	4
150	0	14	0	6
200	0	18	9	0
300	1	8	1	4
400	1	17	6	0
500	2	6	10	4
600	2	16	3	0
700	3	5	7	4
800	3	15	0	0
900	4	4	4	4
1000	4	13	9	0
1100	5	3	1	4
1200	5	12	6	0
1300	6	1	10	4
1400	6	11	3	0
1500	7	0	7	4
2000	9	7	6	0
3000	14	1	3	0
4000	18	15	0	0
5000	23	8	9	0
6000	28	2	6	0
7000	32	16	3	0
8000	37	10	0	0
9000	42	3	9	0
10000	46	17	6	0
20000	93	15	0	0
30000	140	12	6	0
40000	187	10	0	0
50000	234	7	6	0
112	0	10	6	0
144	0	13	6	0
250	1	3	5	2
256	1	4	0	0
272	1	5	6	0
365	1	14	2	5
750	3	10	3	6
1250	5	17	2	2

No.	1d. 3-8ths L.	s.	d.	8th
¼	0	0	0	3
½	0	0	0	5
¾	0	0	1	0
1	0	0	1	3
2	0	0	2	6
3	0	0	4	1
4	0	0	5	4
5	0	0	6	7
6	0	0	8	2
7	0	0	9	5
8	0	0	11	0
9	0	1	0	3
10	0	1	1	6
15	0	1	8	5
20	0	2	3	4
25	0	2	10	3
30	0	3	5	2
35	0	4	0	1
40	0	4	7	0
45	0	5	1	7
50	0	5	8	6
60	0	6	10	4
70	0	8	0	2
80	0	9	2	0
90	0	10	3	6
100	0	11	5	4
150	0	17	2	2
200	1	2	11	0
300	1	14	4	4
400	2	5	10	0
500	2	17	3	4
600	3	8	9	0
700	4	0	2	4
800	4	11	8	0
900	5	3	1	4
1000	5	14	7	0
1100	6	6	0	4
1200	6	17	6	0
1300	7	8	11	4
1400	8	0	5	0
1500	8	11	10	4
2000	11	9	2	0
3000	17	3	9	0
4000	22	18	4	0
5000	28	12	11	0
6000	34	7	6	0
7000	40	2	1	0
8000	45	16	8	0
9000	51	11	3	0
10000	57	5	10	0
20000	114	11	8	0
30000	171	17	6	0
40000	229	3	4	0
50000	286	9	2	0
112	0	12	10	0
144	0	16	6	0
250	1	8	7	6
256	1	9	4	0
272	1	11	2	0
365	2	1	9	7
750	4	5	11	2
1250	7	3	2	6

No.	1d. 5-8ths. L.	s.	d.	8th
¼	0	0	0	3
½	0	0	0	6
¾	0	0	1	2
1	0	0	1	5
2	0	0	3	2
3	0	0	4	7
4	0	0	6	4
5	0	0	8	1
6	0	0	9	6
7	0	0	11	3
8	0	1	1	0
9	0	1	2	5
10	0	1	4	2
15	0	2	0	3
20	0	2	8	4
25	0	3	4	5
30	0	4	0	6
35	0	4	8	7
40	0	5	5	0
45	0	6	1	1
50	0	6	9	2
60	0	8	1	4
70	0	9	5	6
80	0	10	10	0
90	0	12	2	2
100	0	13	6	4
150	1	0	3	6
200	1	7	1	0
300	2	0	7	4
400	2	14	2	0
500	3	7	8	4
600	4	1	3	0
700	4	14	9	4
800	5	8	4	0
900	6	1	10	4
1000	6	15	5	0
1100	7	8	11	4
1200	8	2	6	0
1300	8	16	0	4
1400	9	9	7	0
1500	10	3	1	4
2000	13	10	10	0
3000	20	6	3	0
4000	27	1	8	0
5000	33	17	1	0
6000	40	12	6	0
7000	47	7	11	0
8000	54	3	4	0
9000	60	18	9	0
10000	67	14	2	0
20000	135	8	4	0
30000	203	2	6	0
40000	270	16	8	0
50000	338	10	10	0
112	0	15	2	0
144	0	19	6	0
250	1	13	10	2
256	1	14	8	0
272	1	16	10	0
365	2	9	5	1
750	5	1	6	6
1250	8	9	3	2

No.	1d. 7-8ths. L.	s.	d.	8th
¼	0	0	0	4
½	0	0	0	7
¾	0	0	1	3
1	0	0	1	7
2	0	0	3	6
3	0	0	5	5
4	0	0	7	4
5	0	0	9	3
6	0	0	11	2
7	0	1	1	1
8	0	1	3	0
9	0	1	4	7
10	0	1	6	6
15	0	2	4	1
20	0	3	1	4
25	0	3	10	7
30	0	4	8	2
35	0	5	5	5
40	0	6	3	0
45	0	7	0	3
50	0	7	9	6
60	0	9	4	4
70	0	10	11	2
80	0	12	6	0
90	0	14	0	6
100	0	15	7	4
150	1	3	5	2
200	1	11	3	0
300	2	6	10	4
400	3	2	6	0
500	3	18	1	4
600	4	13	9	0
700	5	9	4	4
800	6	5	0	0
900	7	0	7	4
1000	7	16	3	0
1100	8	11	10	4
1200	9	7	6	0
1300	10	3	1	4
1400	10	18	9	0
1500	11	14	4	4
2000	15	12	6	0
3000	23	8	9	0
4000	31	5	0	0
5000	39	1	3	0
6000	46	17	6	0
7000	54	13	9	0
8000	62	10	0	0
9000	70	6	3	0
10000	78	2	6	0
20000	156	5	0	0
30000	234	7	6	0
40000	312	10	0	0
50000	390	12	6	0
112	0	17	6	0
144	1	2	6	0
250	1	19	0	6
256	2	0	0	0
272	2	2	6	0
365	2	17	0	3
750	5	17	2	2
1250	9	15	3	6

No.	2d 1-8th. L.	s.	d.	8th	No.	2d. 3-8ths L.	s	d.	8th.	No.	2d. 5-8ths. L.	s.	d.	8th	No.	2d. 7-8ths. L.	s.	d.	8th
¼	0	0	0	4	¼	0	0	0	5	¼	0	0	0	5	¼	0	0	0	6
½	0	0	1	0	½	0	0	1	1	½	0	0	1	2	½	0	0	1	3
¾	0	0	1	5	¾	0	0	1	6	¾	0	0	2	0	¾	0	0	2	1
1	0	0	2	1	1	0	0	2	3	1	0	0	2	5	1	0	0	2	7
2	0	0	4	2	2	0	0	4	6	2	0	0	5	2	2	0	0	5	6
3	0	0	6	3	3	0	0	7	1	3	0	0	7	7	3	0	0	8	5
4	0	0	8	4	4	0	0	9	4	4	0	0	10	4	4	0	0	11	4
5	0	0	10	5	5	0	0	11	7	5	0	1	1	1	5	0	1	2	3
6	0	1	0	6	6	0	1	2	2	6	0	1	3	6	6	0	1	5	2
7	0	1	2	7	7	0	1	4	5	7	0	1	6	3	7	0	1	8	1
8	0	1	5	0	8	0	1	7	0	8	0	1	9	0	8	0	1	11	0
9	0	1	7	1	9	0	1	9	3	9	0	1	11	5	9	0	2	1	7
10	0	1	9	2	10	0	1	11	6	10	0	2	2	2	10	0	2	4	6
15	0	2	7	7	15	0	2	11	5	15	0	3	3	3	15	0	3	7	1
20	0	3	6	4	20	0	3	11	4	20	0	4	4	4	20	0	4	9	4
25	0	4	5	1	25	0	4	11	3	25	0	5	5	5	25	0	5	11	7
30	0	5	3	6	30	0	5	11	2	30	0	6	6	6	30	0	7	2	2
35	0	6	2	3	35	0	6	11	1	35	0	7	7	7	35	0	8	4	5
40	0	7	1	0	40	0	7	11	0	40	0	8	9	0	40	0	9	7	0
45	0	7	11	5	45	0	8	10	7	45	0	9	10	1	45	0	10	9	3
50	0	8	10	2	50	0	9	10	6	50	0	10	11	2	50	0	11	11	6
60	0	10	7	4	60	0	11	10	4	60	0	13	1	4	60	0	14	4	4
70	0	12	4	6	70	0	13	10	2	70	0	15	3	6	70	0	16	9	2
80	0	14	2	0	80	0	15	10	0	80	0	17	6	0	80	0	19	2	0
90	0	15	11	2	90	0	17	9	6	90	0	19	8	2	90	1	1	6	6
100	0	17	8	4	100	0	19	9	4	100	1	1	10	4	100	1	3	11	4
150	1	6	6	6	150	1	9	8	2	150	1	12	9	6	150	1	15	11	2
200	1	15	5	0	200	1	19	7	0	200	2	3	9	0	200	2	7	11	0
300	2	13	1	4	300	2	19	4	4	300	3	5	7	4	300	3	11	10	4
400	3	10	10	0	400	3	19	2	0	400	4	7	6	0	400	4	15	10	0
500	4	8	6	4	500	4	18	11	4	500	5	9	4	4	500	5	19	9	4
600	5	6	3	0	600	5	18	9	0	600	6	11	3	0	600	7	3	9	0
700	6	3	11	4	700	6	18	6	4	700	7	13	1	4	700	8	7	8	4
800	7	1	8	0	800	7	18	4	0	800	8	15	0	0	800	9	11	8	0
900	7	19	4	4	900	8	18	1	4	900	9	16	10	4	900	10	15	7	4
1000	8	17	1	0	1000	9	17	11	0	1000	10	18	9	0	1000	11	19	7	0
1100	9	14	9	4	1100	10	17	8	4	1100	12	0	7	4	1100	13	3	6	4
1200	10	12	6	0	1200	11	17	6	0	1200	13	2	6	0	1200	14	7	6	0
1300	11	10	2	4	1300	12	17	3	4	1300	14	4	4	4	1300	15	11	5	4
1400	12	7	11	0	1400	13	17	1	0	1400	15	6	3	0	1400	16	15	5	0
1500	13	5	7	4	1500	14	16	10	4	1500	16	8	1	4	1500	17	19	4	4
2000	17	14	2	0	2000	19	15	10	0	2000	21	17	6	0	2000	23	19	2	0
3000	26	11	3	0	3000	29	13	9	0	3000	32	16	3	0	3000	35	18	9	0
4000	35	8	4	0	4000	39	11	8	0	4000	43	15	0	0	4000	47	18	4	0
5000	44	5	5	0	5000	49	9	7	0	5000	54	13	9	0	5000	59	17	11	0
6000	53	2	6	0	6000	59	7	6	0	6000	65	12	6	0	6000	71	17	6	0
7000	61	19	7	0	7000	69	5	5	0	7000	76	11	3	0	7000	83	17	1	0
8000	70	16	8	0	8000	79	3	4	0	8000	87	10	0	0	8000	95	16	8	0
9000	79	13	9	0	9000	89	1	3	0	9000	98	8	9	0	9000	107	16	3	0
10000	88	10	10	0	10000	98	19	2	0	10000	109	7	6	0	10000	119	15	10	0
20000	177	1	8	0	20000	197	18	4	0	20000	218	15	0	0	20000	239	11	8	0
30000	265	12	6	0	30000	296	17	6	0	30000	328	2	6	0	30000	359	7	6	0
40000	354	3	4	0	40000	395	16	8	0	40000	437	10	0	0	40000	479	3	4	0
50000	442	14	2	0	50000	494	15	10	0	50000	546	17	6	0	50000	598	19	2	0
112	0	19	10	0	112	1	2	2	0	112	1	4	6	0	112	1	6	10	0
144	1	5	6	0	144	1	8	6	0	144	1	11	6	0	144	1	14	6	0
250	2	4	3	2	250	2	9	5	6	250	2	14	8	2	250	2	19	10	6
256	2	5	4	0	256	2	10	8	0	256	2	16	0	0	256	3	1	4	0
272	2	8	2	0	272	2	13	10	0	272	2	19	6	0	272	3	5	2	0
365	3	4	7	5	365	3	12	2	7	365	3	19	10	1	365	4	7	5	3
750	6	12	9	6	750	7	8	5	2	750	8	4	0	6	750	8	19	8	2
1250	11	1	4	2	1250	12	7	4	6	1250	13	13	5	2	1250	14	19	5	6

No.	3d. 1-8th. L.	s.	d.	8th
¼	0	0	0	6
½	0	0	1	4
¾	0	0	2	3
1	0	0	3	1
2	0	0	6	2
3	0	0	9	3
4	0	1	0	4
5	0	1	3	5
6	0	1	6	6
7	0	1	9	7
8	0	2	1	0
9	0	2	4	1
10	0	2	7	2
15	0	3	10	7
20	0	5	2	4
25	0	6	6	1
30	0	7	9	6
35	0	9	1	3
40	0	10	5	0
45	0	11	8	5
50	0	13	0	2
60	0	15	7	4
70	0	18	2	6
80	1	0	10	0
90	1	3	5	2
100	1	6	0	4
150	1	19	0	6
200	2	12	1	0
300	3	18	1	4
400	5	4	2	0
500	6	10	2	4
600	7	16	3	0
700	9	2	3	4
800	10	8	4	0
900	11	14	4	4
1000	13	0	5	0
1100	14	6	5	4
1200	15	12	6	0
1300	16	18	6	4
1400	18	4	7	0
1500	19	10	7	4
2000	26	0	10	0
3000	39	1	3	0
4000	52	1	8	0
5000	65	2	1	0
6000	78	2	6	0
7000	91	2	11	0
8000	104	3	4	0
9000	117	3	9	0
10000	130	4	2	0
20000	260	8	4	0
30000	390	12	6	0
40000	520	16	8	0
50000	651	0	10	0
112	1	9	2	0
144	1	17	6	0
250	3	5	1	2
256	3	6	8	0
272	3	10	10	0
365	4	15	0	5
750	9	15	3	6
1250	16	5	6	2

No.	3d. 3-8ths. L.	s.	d.	8th
¼	0	0	0	7
½	0	0	1	5
¾	0	0	2	4
1	0	0	3	3
2	0	0	6	6
3	0	0	10	1
4	0	1	1	4
5	0	1	4	7
6	0	1	8	2
7	0	1	11	5
8	0	2	3	0
9	0	2	6	3
10	0	2	9	6
15	0	4	2	5
20	0	5	7	4
25	0	7	0	3
30	0	8	5	2
35	0	9	10	1
40	0	11	3	0
45	0	12	7	7
50	0	14	0	6
60	0	16	10	4
70	0	19	8	2
80	1	2	6	0
90	1	5	3	6
100	1	8	1	4
150	2	2	2	2
200	2	16	3	0
300	4	4	4	4
400	5	12	6	0
500	7	0	7	4
600	8	8	9	0
700	9	16	10	4
800	11	5	0	0
900	12	13	1	4
1000	14	1	3	0
1100	15	9	4	4
1200	16	17	6	0
1300	18	5	7	4
1400	19	13	9	0
1500	21	1	10	4
2000	28	2	6	0
3000	42	3	9	0
4000	56	5	0	0
5000	70	6	3	0
6000	84	7	6	0
7000	98	8	9	0
8000	112	10	0	0
9000	126	11	3	0
10000	140	12	6	0
20000	281	5	0	0
30000	421	17	6	0
40000	562	10	0	0
50000	703	2	6	0
112	1	11	6	0
144	2	0	6	0
250	3	10	3	6
256	3	12	0	0
272	3	16	6	0
365	5	2	7	7
750	10	10	11	2
1250	17	11	6	6

No.	3d. 5-8ths. L.	s.	d.	8th
¼	0	0	0	7
½	0	0	1	6
¾	0	0	2	6
1	0	0	3	5
2	0	0	7	2
3	0	0	10	7
4	0	1	2	4
5	0	1	6	1
6	0	1	9	6
7	0	2	1	3
8	0	2	5	0
9	0	2	8	5
10	0	3	0	2
15	0	4	6	3
20	0	6	0	4
25	0	7	6	5
30	0	9	0	6
35	0	10	6	7
40	0	12	1	0
45	0	13	7	1
50	0	15	1	2
60	0	18	1	4
70	1	1	1	6
80	1	4	2	0
90	1	7	2	2
100	1	10	2	4
150	2	5	3	6
200	3	0	5	0
300	4	10	7	4
400	6	0	10	0
500	7	11	0	4
600	9	1	3	0
700	10	11	5	4
800	12	1	8	0
900	13	11	10	4
1000	15	2	1	0
1100	16	12	3	4
1200	18	2	6	0
1300	19	12	8	4
1400	21	2	11	0
1500	22	13	1	4
2000	30	4	2	0
3000	45	6	3	0
4000	60	8	4	0
5000	75	10	5	0
6000	90	12	6	0
7000	105	14	7	0
8000	120	16	8	0
9000	135	18	9	0
10000	151	0	10	0
20000	302	1	8	0
30000	453	2	6	0
40000	604	3	4	0
50000	755	4	2	9
112	1	13	10	0
144	2	3	6	0
250	3	15	6	2
256	3	17	4	0
272	4	2	2	0
365	5	10	3	1
750	11	6	6	6
1250	18	17	7	2

No.	3d. 7-8ths L.	s.	d.	8th
¼	0	0	1	0
½	0	0	1	7
¾	0	0	2	7
1	0	0	3	7
2	0	0	7	6
3	0	0	11	5
4	0	1	3	4
5	0	1	7	3
6	0	1	11	2
7	0	2	3	1
8	0	2	7	0
9	0	2	10	7
10	0	3	2	6
15	0	4	10	1
20	0	6	5	4
25	0	8	0	7
30	0	9	8	2
35	0	11	3	5
40	0	12	11	0
45	0	14	6	3
50	0	16	1	6
60	0	19	4	4
70	1	2	7	2
80	1	5	10	0
90	1	9	0	6
100	1	12	3	4
150	2	8	5	2
200	3	4	7	0
300	4	16	10	4
400	6	9	2	0
500	8	1	5	4
600	9	13	9	0
700	11	6	0	4
800	12	18	4	0
900	14	10	7	4
1000	16	2	11	0
1100	17	15	2	4
1200	19	7	6	0
1300	20	19	9	4
1400	22	12	1	0
1500	24	4	4	4
2000	32	5	10	0
3000	48	8	9	0
4000	64	11	8	0
5000	80	14	7	0
6000	96	17	6	0
7000	113	0	5	0
8000	129	3	4	0
9000	145	6	3	0
10000	161	9	2	0
20000	322	18	4	0
30000	484	7	6	0
40000	645	16	8	0
50000	807	5	10	0
112	1	16	2	0
144	2	6	6	0
250	4	0	8	6
256	4	2	8	0
272	4	7	10	0
365	5	17	10	3
750	12	2	2	2
1250	20	3	7	6

No.	4d. 1-8th. L.	s.	d.	8th	No	4d. 3-8ths. L.	s.	d.	8th	No.	4d. 5-8ths. L.	s.	d.	8th	No.	4d. 7-8ths. L.	s.	d.	8th
¼	0	0	1	0	¼	0	0	1	1	¼	0	0	1	1	¼	0	0	1	2
½	0	0	2	0	½	0	0	2	1	½	0	0	2	2	½	0	0	2	3
¾	0	0	3	1	¾	0	0	3	2	¾	0	0	3	4	¾	0	0	3	5
1	0	0	4	1	1	0	0	4	3	1	0	0	4	5	1	0	0	4	7
2	0	0	8	2	2	0	0	8	6	2	0	0	9	2	2	0	0	9	6
3	0	1	0	3	3	0	1	1	1	3	0	1	1	7	3	0	1	2	5
4	0	1	4	4	4	0	1	5	4	4	0	1	6	4	4	0	1	7	4
5	0	1	8	5	5	0	1	9	7	5	0	1	11	1	5	0	2	0	3
6	0	2	0	6	6	0	2	2	2	6	0	2	3	6	6	0	2	5	2
7	0	2	4	7	7	0	2	6	5	7	0	2	8	3	7	0	2	10	1
8	0	2	9	0	8	0	2	11	0	8	0	3	1	0	8	0	3	3	0
9	0	3	1	1	9	0	3	3	3	9	0	3	5	5	9	0	3	7	7
10	0	3	5	2	10	0	3	7	6	10	0	3	10	2	10	0	4	0	6
15	0	5	1	7	15	0	5	5	5	15	0	5	9	3	15	0	6	1	1
20	0	6	10	4	20	0	7	3	4	20	0	7	8	4	20	0	8	1	4
25	0	8	7	1	25	0	9	1	3	25	0	9	7	5	25	0	10	1	7
30	0	10	3	6	30	0	10	11	2	30	0	11	6	6	30	0	12	2	2
35	0	12	0	3	35	0	12	9	1	35	0	13	5	7	35	0	14	2	5
40	0	13	9	0	40	0	14	7	0	40	0	15	5	0	40	0	16	3	0
45	0	15	5	5	45	0	16	4	7	45	0	17	4	1	45	0	18	3	3
50	0	17	2	2	50	0	18	2	6	50	0	19	3	2	50	1	0	3	6
60	1	0	7	4	60	1	1	10	4	60	1	3	1	4	60	1	4	4	4
70	1	4	0	6	70	1	5	6	2	70	1	6	11	6	70	1	8	5	2
80	1	7	6	0	80	1	9	2	0	80	1	10	10	0	80	1	12	6	0
90	1	10	11	2	90	1	12	9	6	90	1	14	8	2	90	1	16	6	6
100	1	14	4	4	100	1	16	5	4	100	1	18	6	4	100	2	0	7	4
150	2	11	6	6	150	2	14	8	2	150	2	17	9	6	150	3	0	11	2
200	3	8	9	0	200	3	12	11	0	200	3	17	1	0	200	4	1	3	0
300	5	3	1	4	300	5	9	4	4	300	5	15	7	4	300	6	1	10	4
400	6	17	6	0	400	7	5	10	0	400	7	14	2	0	400	8	2	6	0
500	8	11	10	4	500	9	2	3	4	500	9	12	8	4	500	10	3	1	4
600	10	6	3	0	600	10	18	9	0	600	11	11	3	0	600	12	3	9	0
700	12	0	7	4	700	12	15	2	4	700	13	9	9	4	700	14	4	4	4
800	13	15	0	0	800	14	11	8	0	800	15	8	4	0	800	16	5	0	0
900	15	9	4	4	900	16	8	1	4	900	17	6	10	4	900	18	5	7	4
1000	17	3	9	0	1000	18	4	7	0	1000	19	5	5	0	1000	20	6	3	0
1100	18	18	1	4	1100	20	1	0	4	1100	21	3	11	4	1100	22	6	10	4
1200	20	12	6	0	1200	21	17	6	0	1200	23	2	6	0	1200	24	7	6	0
1300	22	6	10	4	1300	23	13	11	4	1300	25	1	0	4	1300	26	8	1	4
1400	24	1	3	0	1400	25	10	5	0	1400	26	19	7	0	1400	28	8	9	0
1500	25	15	7	4	1500	27	6	10	4	1500	28	18	1	4	1500	30	9	4	4
2000	34	7	6	0	2000	36	9	2	0	2000	38	10	10	0	2000	40	12	6	0
3000	51	11	3	0	3000	54	13	9	0	3000	57	16	3	0	3000	60	18	9	0
4000	68	15	0	0	4000	72	18	4	0	4000	77	1	8	0	4000	81	5	0	0
5000	85	18	9	0	5000	91	2	11	0	5000	96	7	1	0	5000	101	11	3	0
6000	103	2	6	0	6000	109	7	6	0	6000	115	12	6	0	6000	121	17	6	0
7000	120	6	3	0	7000	127	12	1	0	7000	134	17	11	0	7000	142	3	9	0
8000	137	10	0	0	8000	145	16	8	0	8000	154	3	4	0	8000	162	10	0	0
9000	154	13	9	0	9000	164	1	3	0	9000	173	8	9	0	9000	182	16	3	0
10000	171	17	6	0	10000	182	5	10	0	10000	192	14	2	0	10000	203	2	6	0
20000	343	15	0	0	20000	364	11	8	0	20000	385	8	4	0	20000	406	5	0	0
30000	515	12	6	0	30000	546	17	6	0	30000	578	2	6	0	30000	609	7	6	0
40000	687	10	0	0	40000	729	3	4	0	40000	770	16	8	0	40000	812	10	0	0
50000	859	7	6	0	50000	911	9	2	0	50000	963	10	10	0	50000	1015	12	6	0
112	1	18	6	0	112	2	0	10	0	112	2	3	2	0	112	2	5	6	0
144	2	9	6	0	144	2	12	6	0	144	2	15	6	0	144	2	18	6	0
250	4	5	11	2	250	4	11	1	6	250	4	16	4	2	250	5	1	6	6
256	4	8	0	0	256	4	13	4	0	256	4	18	8	0	256	5	4	0	0
272	4	13	6	0	272	4	19	2	0	272	5	4	10	0	272	5	10	6	0
365	6	5	5	5	365	6	13	0	7	365	7	0	8	1	365	7	8	3	3
750	12	17	9	6	750	13	13	5	2	750	14	9	0	6	750	15	4	8	2
1250	21	9	8	2	1250	22	15	8	6	1250	24	1	9	2	1250	25	7	9	6

No.	5d. 1-8th.				No.	5d. 3-8ths.				No.	5d. 5-8ths.				No.	5d. 7-8ths.			
	L.	s.	d.	8th		L.	s.	d.	8th		L.	s.	d.	8th		L.	s.	d.	8th
¼	0	0	1	2	¼	0	0	1	3	¼	0	0	1	3	¼	0	0	1	4
½	0	0	2	4	½	0	0	2	5	½	0	0	2	6	½	0	0	2	7
¾	0	0	3	7	¾	0	0	4	0	¾	0	0	4	2	¾	0	0	4	3
1	0	0	5	1	1	0	0	5	3	1	0	0	5	5	1	0	0	5	7
2	0	0	10	2	2	0	0	10	6	2	0	0	11	2	2	0	0	11	6
3	0	1	3	3	3	0	1	4	1	3	0	1	4	7	3	0	1	5	5
4	0	1	8	4	4	0	1	9	4	4	0	1	10	4	4	0	1	11	4
5	0	2	1	5	5	0	2	2	7	5	0	2	4	1	5	0	2	5	3
6	0	2	6	6	6	0	2	8	2	6	0	2	9	6	6	0	2	11	2
7	0	2	11	7	7	0	3	1	5	7	0	3	3	3	7	0	3	5	1
8	0	3	5	0	8	0	3	7	0	8	0	3	9	0	8	0	3	11	0
9	0	3	10	1	9	0	4	0	3	9	0	4	2	5	9	0	4	4	7
10	0	4	3	2	10	0	4	5	6	10	0	4	8	2	10	0	4	10	6
15	0	6	4	7	15	0	6	8	5	15	0	7	0	3	15	0	7	4	1
20	0	8	6	4	20	0	8	11	4	20	0	9	4	4	20	0	9	9	4
25	0	10	8	1	25	0	11	2	3	25	0	11	8	5	25	0	12	2	7
30	0	12	9	6	30	0	13	5	2	30	0	14	0	6	30	0	14	8	2
35	0	14	11	3	35	0	15	8	1	35	0	16	4	7	35	0	17	1	5
40	0	17	1	0	40	0	17	11	0	40	0	18	9	0	40	0	19	7	0
45	0	19	2	5	45	1	0	1	7	45	1	1	1	1	45	1	2	0	3
50	1	1	4	2	50	1	2	4	6	50	1	3	5	2	50	1	4	5	6
60	1	5	7	4	60	1	6	10	4	60	1	8	1	4	60	1	9	4	4
70	1	9	10	6	70	1	11	4	2	70	1	12	9	6	70	1	14	3	2
80	1	14	2	0	80	1	15	10	0	80	1	17	6	0	80	1	19	2	0
90	1	18	5	2	90	2	0	3	6	90	2	2	2	2	90	2	4	0	6
100	2	2	8	4	100	2	4	9	4	100	2	6	10	4	100	2	8	11	4
150	3	4	0	6	150	3	7	2	2	150	3	10	3	6	150	3	13	5	2
200	4	5	5	0	200	4	9	7	0	200	4	13	9	0	200	4	17	11	0
300	6	8	1	4	300	6	14	4	4	300	7	0	7	4	300	7	6	10	4
400	8	10	10	0	400	8	19	2	0	400	9	7	6	0	400	9	15	10	0
500	10	13	6	4	500	11	3	11	4	500	11	14	4	4	500	12	4	9	4
600	12	16	3	0	600	13	8	9	0	600	14	1	3	0	600	14	13	9	0
700	14	18	11	4	700	15	13	6	4	700	16	8	1	4	700	17	2	8	4
800	17	1	8	0	800	17	18	4	0	800	18	15	0	0	800	19	11	8	0
900	19	4	4	4	900	20	3	1	4	900	21	1	10	4	900	22	0	7	4
1000	21	7	1	0	1000	22	7	11	0	1000	23	8	9	0	1000	24	9	7	0
1100	23	9	9	4	1100	24	12	8	4	1100	25	15	7	4	1100	26	18	6	4
1200	25	12	6	0	1200	26	17	6	0	1200	28	2	6	0	1200	29	7	6	0
1300	27	15	2	4	1300	29	2	3	4	1300	30	9	4	4	1300	31	16	5	4
1400	29	17	11	0	1400	31	7	1	0	1400	32	16	3	0	1400	34	5	5	0
1500	32	0	7	4	1500	33	11	10	4	1500	35	3	1	4	1500	36	14	4	4
2000	42	14	2	0	2000	44	15	10	0	2000	46	17	6	0	2000	48	19	2	0
3000	64	1	3	0	3000	67	3	9	0	3000	70	6	3	0	3000	73	8	9	0
4000	85	8	4	0	4000	89	11	8	0	4000	93	15	0	0	4000	97	18	4	0
5000	106	15	5	0	5000	111	19	7	0	5000	117	3	9	0	5000	122	7	11	0
6000	128	2	6	0	6000	134	7	6	0	6000	140	12	6	0	6000	146	17	6	0
7000	149	9	7	0	7000	156	15	5	0	7000	164	1	3	0	7000	171	7	1	0
8000	170	16	8	0	8000	179	3	4	0	8000	187	10	0	0	8000	195	16	8	0
9000	192	3	9	0	9000	201	11	3	0	9000	210	18	9	0	9000	220	6	3	0
10000	213	10	10	0	10000	223	19	2	0	10000	234	7	6	0	10000	244	15	10	0
20000	427	1	8	0	20000	447	18	4	0	20000	468	15	0	0	20000	489	11	8	0
30000	640	12	6	0	30000	671	17	6	0	30000	703	2	6	0	30000	734	7	6	0
40000	854	3	4	0	40000	895	16	8	0	40000	937	10	0	0	40000	979	3	4	0
50000	1067	14	2	0	50000	1119	15	10	0	50000	1171	17	6	0	50000	1223	19	2	0
112	2	7	10	0	112	2	10	2	0	112	2	12	6	0	112	2	14	10	0
144	3	1	6	0	144	3	4	6	0	144	3	7	6	0	144	3	10	6	0
250	5	6	9	2	250	5	11	11	6	250	5	17	2	2	250	6	2	4	6
256	5	9	4	0	256	5	14	8	0	256	6	0	0	0	256	6	5	4	0
272	5	16	2	0	272	6	1	10	0	272	6	7	6	0	272	6	13	2	0
365	7	15	10	5	365	8	3	5	7	365	8	11	1	1	365	8	18	8	3
750	16	0	3	6	750	16	15	11	2	750	17	11	6	6	750	18	7	2	2
1250	26	13	10	2	1250	27	19	10	6	1250	29	5	11	2	1250	30	11	11	6

At 1 Penny.

No.	L.	s.	d.	No.	L.	s.	d.	No.	L.	s.	d.	No.	L.	s.	d.
1	0	0	1	32	0	2	8	63	0	5	3	94	0	7	10
2	0	0	2	33	0	2	9	64	0	5	4	95	0	7	11
3	0	0	3	34	0	2	10	65	0	5	5	96	0	8	0
4	0	0	4	35	0	2	11	66	0	5	6	97	0	8	1
5	0	0	5	36	0	3	0	67	0	5	7	98	0	8	2
6	0	0	6	37	0	3	1	68	0	5	8	99	0	8	3
7	0	0	7	38	0	3	2	69	0	5	9	100	0	8	4
8	0	0	8	39	0	3	3	70	0	5	10	200	0	16	8
9	0	0	9	40	0	3	4	71	0	5	11	300	1	5	0
10	0	0	10	41	0	3	5	72	0	6	0	400	1	13	4
11	0	0	11	42	0	3	6	73	0	6	1	500	2	1	8
12	0	1	0	43	0	3	7	74	0	6	2	600	2	10	0
13	0	1	1	44	0	3	8	75	0	6	3	700	2	18	4
14	0	1	2	45	0	3	9	76	0	6	4	800	3	6	8
15	0	1	3	46	0	3	10	77	0	6	5	900	3	15	0
16	0	1	4	47	0	3	11	78	0	6	6	1000	4	3	4
17	0	1	5	48	0	4	0	79	0	6	7	1100	4	11	8
18	0	1	6	49	0	4	1	80	0	6	8	1200	5	0	0
19	0	1	7	50	0	4	2	81	0	6	9	1300	5	8	4
20	0	1	8	51	0	4	3	82	0	6	10	1400	5	16	8
21	0	1	9	52	0	4	4	83	0	6	11	1500	6	5	0
22	0	1	10	53	0	4	5	84	0	7	0	2000	8	6	8
23	0	1	11	54	0	4	6	85	0	7	1	3000	12	10	0
24	0	2	0	55	0	4	7	86	0	7	2	4000	16	13	4
25	0	2	1	56	0	4	8	87	0	7	3	5000	20	16	8
26	0	2	2	57	0	4	9	88	0	7	4	6000	25	0	0
27	0	2	3	58	0	4	10	89	0	7	5	7000	29	3	4
28	0	2	4	59	0	4	11	90	0	7	6	8000	33	6	8
29	0	2	5	60	0	5	0	91	0	7	7	9000	37	10	0
30	0	2	6	61	0	5	1	92	0	7	8	10000	41	13	4
31	0	2	7	62	0	5	2	93	0	7	9	20000	83	6	8

No.	L.	s.	d.
112	0	9	4
144	0	12	0
250	1	0	10
256	1	1	4
272	1	2	8
365	1	10	5
750	3	2	6
1250	5	4	2

Fractional Parts.

16ths.	s.	d.	f.	frac.
1	0	0	0	1-4
2	0	0	0	2-4
3	0	0	0	3-4
4	0	0	1	0-0
5	0	0	1	1-4
6	0	0	1	2-4
7	0	0	1	3-4
8	0	0	2	0-0
9	0	0	2	1-4
10	0	0	2	2-4
11	0	0	2	3-4
12	0	0	3	0-0
13	0	0	3	1-4
14	0	0	3	2-4
15	0	0	3	3-4
1-3d	0	0	1	1-3
2-3ds	0	0	2	2-3
1-12th	0	0	0	1-3
1-14th	0	0	0	2-7
1-20th	0	0	0	1-5

At 1 Penny 1 Farthing.

No.	L.	s.	d.	No.	L.	s.	d.	No.	L.	s.	d.	No.	L.	s.	d.
1	0	0	1¼	32	0	3	4	63	0	6	6¾	94	0	9	9½
2	0	0	2½	33	0	3	5¼	64	0	6	8	95	0	9	10¾
3	0	0	3¾	34	0	3	6½	65	0	6	9¼	96	0	10	0
4	0	0	5	35	0	3	7¾	66	0	6	10½	97	0	10	1¼
5	0	0	6¼	36	0	3	9	67	0	6	11¾	98	0	10	2½
6	0	0	7½	37	0	3	10¼	68	0	7	1	99	0	10	3¾
7	0	0	8¾	38	0	3	11½	69	0	7	2¼	100	0	10	5
8	0	0	10	39	0	4	0¾	70	0	7	3½	200	1	0	10
9	0	0	11¼	40	0	4	2	71	0	7	4¾	300	1	11	3
10	0	1	0½	41	0	4	3¼	72	0	7	6	400	2	1	8
11	0	1	1¾	42	0	4	4½	73	0	7	7¼	500	2	12	1
12	0	1	3	43	0	4	5¾	74	0	7	8½	600	3	2	6
13	0	1	4¼	44	0	4	7	75	0	7	9¾	700	3	12	11
14	0	1	5½	45	0	4	8¼	76	0	7	11	800	4	3	4
15	0	1	6¾	46	0	4	9½	77	0	8	0¼	900	4	13	9
16	0	1	8	47	0	4	10¾	78	0	8	1½	1000	5	4	2
17	0	1	9¼	48	0	5	0	79	0	8	2¾	1100	5	14	7
18	0	1	10½	49	0	5	1¼	80	0	8	4	1200	6	5	0
19	0	1	11¾	50	0	5	2½	81	0	8	5¼	1300	6	15	5
20	0	2	1	51	0	5	3¾	82	0	8	6½	1400	7	5	10
21	0	2	2¼	52	0	5	5	83	0	8	7¾	1500	7	16	3
22	0	2	3½	53	0	5	6¼	84	0	8	9	2000	10	8	4
23	0	2	4¾	54	0	5	7½	85	0	8	10¼	3000	15	12	6
24	0	2	6	55	0	5	8¾	86	0	8	11½	4000	20	16	8
25	0	2	7¼	56	0	5	10	87	0	9	0¾	5000	26	0	10
26	0	2	8½	57	0	5	11¼	88	0	9	2	6000	31	5	0
27	0	2	9¾	58	0	6	0½	89	0	9	3¼	7000	36	9	2
28	0	2	11	59	0	6	1¾	90	0	9	4½	8000	41	13	4
29	0	3	0¼	60	0	6	3	91	0	9	5¾	9000	46	17	6
30	0	3	1½	61	0	6	4¼	92	0	9	7	10000	52	1	8
31	0	3	2¾	62	0	6	5½	93	0	9	8¼	20000	104	3	4

No.	L.	s.	d.
112	0	11	8
144	0	15	0
250	1	6	0½
256	1	6	8
272	1	8	4
365	1	18	0¼
750	3	18	1½
1250	6	10	2½

Fractional Parts.

16ths.	s.	d.	f.	frac.
1	0	0	0	5-16
2	0	0	0	10-16
3	0	0	0	15-16
4	0	0	1	4-16
5	0	0	1	9-16
6	0	0	1	14-16
7	0	0	2	3-16
8	0	0	2	8-16
9	0	0	2	13-16
10	0	0	3	2-16
11	0	0	3	7-16
12	0	0	3	12-16
13	0	1	0	1-16
14	0	1	0	6-16
15	0	1	0	11-16
1-3d	0	0	1	2-3
2-3ds	0	0	3	1-3
1-12th	0	0	0	5-12
1-14th	0	0	0	5-14
1-20th	0	0	0	1-4

No.	L.	s.	d.	No.	L.	s.	d.	No.	L.	s.	d.	No.	L.	s.	d.
1	0	0	1½	32	0	4	0	63	0	7	10½	94	0	11	9
2	0	0	3	33	0	4	1½	64	0	8	0	95	0	11	10½
3	0	0	4½	34	0	4	3	65	0	8	1½	96	0	12	0
4	0	0	6	35	0	4	4½	66	0	8	3	97	0	12	1½
5	0	0	7½	36	0	4	6	67	0	8	4½	98	0	12	3
6	0	0	9	37	0	4	7½	68	0	8	6	99	0	12	4½
7	0	0	10½	38	0	4	9	69	0	8	7½	100	0	12	6
8	0	1	0	39	0	4	10½	70	0	8	9	200	1	5	0
9	0	1	1½	40	0	5	0	71	0	8	10½	300	1	17	6
10	0	1	3	41	0	5	1½	72	0	9	0	400	2	10	0
11	0	1	4½	42	0	5	3	73	0	9	1½	500	3	2	6
12	0	1	6	43	0	5	4½	74	0	9	3	600	3	15	0
13	0	1	7½	44	0	5	6	75	0	9	4½	700	4	7	6
14	0	1	9	45	0	5	7½	76	0	9	6	800	5	0	0
15	0	1	10½	46	0	5	9	77	0	9	7½	900	5	12	6
16	0	2	0	47	0	5	10½	78	0	9	9	1000	6	5	0
17	0	2	1½	48	0	6	0	79	0	9	10½	1100	6	17	6
18	0	2	3	49	0	6	1½	80	0	10	0	1200	7	10	0
19	0	2	4½	50	0	6	3	81	0	10	1½	1300	8	2	6
20	0	2	6	51	0	6	4½	82	0	10	3	1400	8	15	0
21	0	2	7½	52	0	6	6	83	0	10	4½	1500	9	7	6
22	0	2	9	53	0	6	7½	84	0	10	6	2000	12	10	0
23	0	2	10½	54	0	6	9	85	0	10	7½	3000	18	15	0
24	0	3	0	55	0	6	10½	86	0	10	9	4000	25	0	0
25	0	3	1½	56	0	7	0	87	0	10	10½	5000	31	5	0
26	0	3	3	57	0	7	1½	88	0	11	0	6000	37	10	0
27	0	3	4½	58	0	7	3	89	0	11	1½	7000	43	15	0
28	0	3	6	59	0	7	4½	90	0	11	3	8000	50	0	0
29	0	3	7½	60	0	7	6	91	0	11	4½	9000	56	5	0
30	0	3	9	61	0	7	7½	92	0	11	6	10000	62	10	0
31	0	3	10½	62	0	7	9	93	0	11	7½	20000	125	0	0

No.	L.	s.	d.
112	0	14	0
144	0	18	0
250	1	11	3
256	1	12	0
272	1	14	0
365	2	5	7½
750	4	13	9
1250	7	16	3

Fractional Parts.

16ths.	s.	d.	f.	frac.
1	0	0	0	3-8
2	0	0	0	6-8
3	0	0	1	1-8
4	0	0	1	4-8
5	0	0	1	7-8
6	0	0	2	2-8
7	0	0	2	5-8
8	0	0	3	0-0
9	0	0	3	3-8
10	0	0	3	6-8
11	0	1	0	1-8
12	0	1	0	4-8
13	0	1	0	7-8
14	0	1	1	2-8
15	0	1	1	5-8
1-3d	0	0	2	0-0
2-3ds	0	1	0	0-0
1-12th	0	0	0	1-2
1-14th	0	0	0	3-7
1-20th	0	0	0	3-10

At 1 Penny 3 Farthings.

No.	L.	s.	d.	No.	L.	s.	d.	No.	L.	s.	d.	No.	L.	s.	d.
1	0	0	1¾	32	0	4	8	63	0	9	2¼	94	0	13	8½
2	0	0	3½	33	0	4	9¾	64	0	9	4	95	0	13	10¼
3	0	0	5¼	34	0	4	11½	65	0	9	5¾	96	0	14	0
4	0	0	7	35	0	5	1¼	66	0	9	7½	97	0	14	1¾
5	0	0	8¾	36	0	5	3	67	0	9	9¼	98	0	14	3½
6	0	0	10½	37	0	5	4¾	68	0	9	11	99	0	14	5¼
7	0	1	0¼	38	0	5	6½	69	0	10	0¾	100	0	14	7
8	0	1	2	39	0	5	8¼	70	0	10	2½	200	1	9	2
9	0	1	3¾	40	0	5	10	71	0	10	4¼	300	2	3	9
10	0	1	5½	41	0	5	11¾	72	0	10	6	400	2	18	4
11	0	1	7¼	42	0	6	1½	73	0	10	7¾	500	3	12	11
12	0	1	9	43	0	6	3¼	74	0	10	9½	600	4	7	6
13	0	1	10¾	44	0	6	5	75	0	10	11¼	700	5	2	1
14	0	2	0½	45	0	6	6¾	76	0	11	1	800	5	16	8
15	0	2	2¼	46	0	6	8½	77	0	11	2¾	900	6	11	3
16	0	2	4	47	0	6	10¼	78	0	11	4½	1000	7	5	10
17	0	2	5¾	48	0	7	0	79	0	11	6¼	1100	8	0	5
18	0	2	7½	49	0	7	1¾	80	0	11	8	1200	8	15	0
19	0	2	9¼	50	0	7	3½	81	0	11	9¾	1300	9	9	7
20	0	2	11	51	0	7	5¼	82	0	11	11½	1400	10	4	2
21	0	3	0¾	52	0	7	7	83	0	12	1¼	1500	10	18	9
22	0	3	2½	53	0	7	8¾	84	0	12	3	2000	14	11	8
23	0	3	4¼	54	0	7	10½	85	0	12	4¾	3000	21	17	6
24	0	3	6	55	0	8	0¼	86	0	12	6½	4000	29	3	4
25	0	3	7¾	56	0	8	2	87	0	12	8¼	5000	36	9	2
26	0	3	9½	57	0	8	3¾	88	0	12	10	6000	43	15	0
27	0	3	11¼	58	0	8	5½	89	0	12	11¾	7000	51	0	10
28	0	4	1	59	0	8	7¼	90	0	13	1½	8000	58	6	8
29	0	4	2¾	60	0	8	9	91	0	13	3¼	9000	65	12	6
30	0	4	4½	61	0	8	10¾	92	0	13	5	10000	72	18	4
31	0	4	6¼	62	0	9	0½	93	0	13	6¾	20000	145	16	8

No.	L.	s.	d.
112	0	16	4
144	1	1	0
250	1	16	5½
256	1	17	4
272	1	19	8
365	2	13	2¾
750	5	9	4½
1250	9	2	3½

Fractional Parts.

16ths.	s.	d.	f.	frac.
1	0	0	0	7-16
2	0	0	0	14-16
3	0	0	1	5-16
4	0	0	1	12-16
5	0	0	2	3-16
6	0	0	2	10-16
7	0	0	3	1-16
8	0	0	3	8-16
9	0	0	3	15-16
10	0	1	0	6-16
11	0	1	0	13-16
12	0	1	1	4-16
13	0	1	1	11-16
14	0	1	2	2-16
15	0	1	2	9-16
1-3d	0	0	2	1-3
2-3ds	0	1	0	2-3
1-12th	0	0	0	7-12
1-14th	0	0	0	1-2
1-20th	0	0	0	7-20

At 2 Pence.

No.	L.	s.	d.	No.	L.	s.	d.	No.	L.	s.	d.	No.	L.	s.	d.
1	0	0	2	32	0	5	4	63	0	10	6	94	0	15	8
2	0	0	4	33	0	5	6	64	0	10	8	95	0	15	10
3	0	0	6	34	0	5	8	65	0	10	10	96	0	16	0
4	0	0	8	35	0	5	10	66	0	11	0	97	0	16	2
5	0	0	10	36	0	6	0	67	0	11	2	98	0	16	4
6	0	1	0	37	0	6	2	68	0	11	4	99	0	16	6
7	0	1	2	38	0	6	4	69	0	11	6	100	0	16	8
8	0	1	4	39	0	6	6	70	0	11	8	200	1	13	4
9	0	1	6	40	0	6	8	71	0	11	10	300	2	10	0
10	0	1	8	41	0	6	10	72	0	12	0	400	3	6	8
11	0	1	10	42	0	7	0	73	0	12	2	500	4	3	4
12	0	2	0	43	0	7	2	74	0	12	4	600	5	0	0
13	0	2	2	44	0	7	4	75	0	12	6	700	5	16	8
14	0	2	4	45	0	7	6	76	0	12	8	800	6	13	4
15	0	2	6	46	0	7	8	77	0	12	10	900	7	10	0
16	0	2	8	47	0	7	10	78	0	13	0	1000	8	6	8
17	0	2	10	48	0	8	0	79	0	13	2	1100	9	3	4
18	0	3	0	49	0	8	2	80	0	13	4	1200	10	0	0
19	0	3	2	50	0	8	4	81	0	13	6	1300	10	16	8
20	0	3	4	51	0	8	6	82	0	13	8	1400	11	13	4
21	0	3	6	52	0	8	8	83	0	13	10	1500	12	10	0
22	0	3	8	53	0	8	10	84	0	14	0	2000	16	13	4
23	0	3	10	54	0	9	0	85	0	14	2	3000	25	0	0
24	0	4	0	55	0	9	2	86	0	14	4	4000	33	6	8
25	0	4	2	56	0	9	4	87	0	14	6	5000	41	13	4
26	0	4	4	57	0	9	6	88	0	14	8	6000	50	0	0
27	0	4	6	58	0	9	8	89	0	14	10	7000	58	6	8
28	0	4	8	59	0	9	10	90	0	15	0	8000	66	13	4
29	0	4	10	60	0	10	0	91	0	15	2	9000	75	0	0
30	0	5	0	61	0	10	2	92	0	15	4	10000	83	6	8
31	0	5	2	62	0	10	4	93	0	15	6	20000	166	13	4

No.	L.	s.	d.
112	0	18	8
144	1	4	0
250	2	1	8
256	2	2	8
272	2	5	4
365	3	0	10
750	6	5	0
1250	10	8	4

Fractional Parts.

16ths.	s.	d.	f.	frac.
1	0	0	0	1-2
2	0	0	1	0-0
3	0	0	1	1-2
4	0	0	2	0-0
5	0	0	2	1-2
6	0	0	3	0-0
7	0	0	3	1-2
8	0	1	0	0-0
9	0	1	0	1-2
10	0	1	1	0-0
11	0	1	1	1-2
12	0	1	2	0-0
13	0	1	2	1-2
14	0	1	3	0-0
15	0	1	3	1-2
1-3d	0	0	2	2-3
2-3ds	0	1	1	1-3
1-12th	0	0	0	2-3
1-14th	0	0	0	4-7
1-20th	0	0	0	2-5

At 2 Pence 1 Farthing.

No.	L.	s.	d.	No.	L.	s.	d.	No.	L.	s.	d.	No.	L.	s.	d.
1	0	0	2¼	32	0	6	0	63	0	11	9¾	94	0	17	7½
2	0	0	4½	33	0	6	2¼	64	0	12	0	95	0	17	9¾
3	0	0	6¾	34	0	6	4½	65	0	12	2¼	96	0	18	0
4	0	0	9	35	0	6	6¾	66	0	12	4½	97	0	18	2¼
5	0	0	11¼	36	0	6	9	67	0	12	6¾	98	0	18	4½
6	0	1	1½	37	0	6	11¼	68	0	12	9	99	0	18	6¾
7	0	1	3¾	38	0	7	1½	69	0	12	11¼	100	0	18	9
8	0	1	6	39	0	7	3¾	70	0	13	1½	200	1	17	6
9	0	1	8¼	40	0	7	6	71	0	13	3¾	300	2	16	3
10	0	1	10½	41	0	7	8¼	72	0	13	6	400	3	15	0
11	0	2	0¾	42	0	7	10½	73	0	13	8¼	500	4	13	9
12	0	2	3	43	0	8	0¾	74	0	13	10½	600	5	12	6
13	0	2	5¼	44	0	8	3	75	0	14	0¾	700	6	11	3
14	0	2	7½	45	0	8	5¼	76	0	14	3	800	7	10	0
15	0	2	9¾	46	0	8	7½	77	0	14	5¼	900	8	8	9
16	0	3	0	47	0	8	9¾	78	0	14	7½	1000	9	7	6
17	0	3	2¼	48	0	9	0	79	0	14	9¾	1100	10	6	3
18	0	3	4½	49	0	9	2¼	80	0	15	0	1200	11	5	0
19	0	3	6¾	50	0	9	4½	81	0	15	2¼	1300	12	3	9
20	0	3	9	51	0	9	6¾	82	0	15	4½	1400	13	2	6
21	0	3	11¼	52	0	9	9	83	0	15	6¾	1500	14	1	3
22	0	4	1½	53	0	9	11¼	84	0	15	9	2000	18	15	0
23	0	4	3¾	54	0	10	1½	85	0	15	11¼	3000	28	2	6
24	0	4	6	55	0	10	3¾	86	0	16	1½	4000	37	10	0
25	0	4	8¼	56	0	10	6	87	0	16	3¾	5000	46	17	6
26	0	4	10½	57	0	10	8¼	88	0	16	6	6000	56	5	0
27	0	5	0¾	58	0	10	10½	89	0	16	8¼	7000	65	12	6
28	0	5	3	59	0	11	0¾	90	0	16	10½	8000	75	0	0
29	0	5	5¼	60	0	11	3	91	0	17	0¾	9000	84	7	6
30	0	5	7½	61	0	11	5¼	92	0	17	3	10000	93	15	0
31	0	5	9¾	62	0	11	7½	93	0	17	5¼	20000	187	10	0

No.	L.	s.	d.
112	1	1	0
144	1	7	0
250	2	6	10½
256	2	8	0
272	2	11	0
365	3	8	5¼
750	7	0	7½
1250	11	14	4½

Fractional Parts.

16ths.	s.	d.	f.	frac
1	0	0	0	9-16
2	0	0	1	2-16
3	0	0	1	11-16
4	0	0	2	4-16
5	0	0	2	13-16
6	0	0	3	6-16
7	0	0	3	15-16
8	0	1	0	8-16
9	0	1	1	1-16
10	0	1	1	10-16
11	0	1	2	3-16
12	0	1	2	12-16
13	0	1	3	5-16
14	0	1	3	14-16
15	0	2	0	7-16
1-3d	0	0	3	0-0
2-3ds	0	1	2	0-0
1-12th	0	0	0	3-4
1-14th	0	0	0	9-14
1-20th	0	0	0	9-20

At 2 Pence Halfpenny.

No.	L.	s.	d.	No.	L.	s.	d.	No.	L.	s.	d.
1	0	0	2½	32	0	6	8	63	0	13	1½
2	0	0	5	33	0	6	10½	64	0	13	4
3	0	0	7½	34	0	7	1	65	0	13	6½
4	0	0	10	35	0	7	3½	66	0	13	9
5	0	1	0½	36	0	7	6	67	0	13	11½
6	0	1	3	37	0	7	8½	68	0	14	2
7	0	1	5½	38	0	7	11	69	0	14	4½
8	0	1	8	39	0	8	1½	70	0	14	7
9	0	1	10½	40	0	8	4	71	0	14	9½
10	0	2	1	41	0	8	6½	72	0	15	0
11	0	2	3½	42	0	8	9	73	0	15	2½
12	0	2	6	43	0	8	11½	74	0	15	5
13	0	2	8½	44	0	9	2	75	0	15	7½
14	0	2	11	45	0	9	4½	76	0	15	10
15	0	3	1½	46	0	9	7	77	0	16	0½
16	0	3	4	47	0	9	9½	78	0	16	3
17	0	3	6½	48	0	10	0	79	0	16	5½
18	0	3	9	49	0	10	2½	80	0	16	8
19	0	3	11½	50	0	10	5	81	0	16	10½
20	0	4	2	51	0	10	7½	82	0	17	1
21	0	4	4½	52	0	10	10	83	0	17	3½
22	0	4	7	53	0	11	0½	84	0	17	6
23	0	4	9½	54	0	11	3	85	0	17	8½
24	0	5	0	55	0	11	5½	86	0	17	11
25	0	5	2½	56	0	11	8	87	0	18	1½
26	0	5	5	57	0	11	10½	88	0	18	4
27	0	5	7½	58	0	12	1	89	0	18	6½
28	0	5	10	59	0	12	3½	90	0	18	9
29	0	6	0½	60	0	12	6	91	0	18	11½
30	0	6	3	61	0	12	8½	92	0	19	2
31	0	6	5½	62	0	12	11	93	0	19	4½

No.	L.	s.	d.
94	0	19	7
95	0	19	9½
96	1	0	0
97	1	0	2½
98	1	0	5
99	1	0	7½
100	1	0	10
200	2	1	8
300	3	2	6
400	4	3	4
500	5	4	2
600	6	5	0
700	7	5	10
800	8	6	8
900	9	7	6
1000	10	8	4
1100	11	9	2
1200	12	10	0
1300	13	10	10
1400	14	11	8
1500	15	12	6
2000	20	16	8
3000	31	5	0
4000	41	13	4
5000	52	1	8
6000	62	10	0
7000	72	18	4
8000	83	6	8
9000	93	15	0
10000	104	3	4
20000	208	6	8

No.	L.	s.	d.
112	1	3	4
144	1	10	0
250	2	12	1
256	2	13	4
272	2	16	8
365	3	16	0½
750	7	16	3
1250	13	0	5

Fractional Parts.

16ths.	s.	d.	f.	frac.
1	0	0	0	5-8
2	0	0	1	2-8
3	0	0	1	7-8
4	0	0	2	4-8
5	0	0	3	1-8
6	0	0	3	6-8
7	0	1	0	3-8
8	0	1	1	0-0
9	0	1	1	5-8
10	0	1	2	2-8
11	0	1	2	7-8
12	0	1	3	4-8
13	0	2	0	1-8
14	0	2	0	6-8
15	0	2	1	3-8
1-3d	0	0	3	1-3
2-3ds	0	1	2	2-3
1-12th	0	0	0	5-6
1-14th	0	0	0	5-7
1-20th	0	0	0	1-2

At 2 Pence 3 Farthings.

No.	L.	s.	d.	No.	L.	s.	d.	No.	L.	s.	d.
1	0	0	2¾	32	0	7	4	63	0	14	5¼
2	0	0	5½	33	0	7	6¾	64	0	14	8
3	0	0	8¼	34	0	7	9½	65	0	14	10¾
4	0	0	11	35	0	8	0¼	66	0	15	1½
5	0	1	1¾	36	0	8	3	67	0	15	4¼
6	0	1	4½	37	0	8	5¾	68	0	15	7
7	0	1	7¼	38	0	8	8½	69	0	15	9¾
8	0	1	10	39	0	8	11¼	70	0	16	0½
9	0	2	0¾	40	0	9	2	71	0	16	3¼
10	0	2	3½	41	0	9	4¾	72	0	16	6
11	0	2	6¼	42	0	9	7½	73	0	16	8¾
12	0	2	9	43	0	9	10¼	74	0	16	11½
13	0	2	11¾	44	0	10	1	75	0	17	2¼
14	0	3	2½	45	0	10	3¾	76	0	17	5
15	0	3	5¼	46	0	10	6½	77	0	17	7¾
16	0	3	8	47	0	10	9¼	78	0	17	10½
17	0	3	10¾	48	0	11	0	79	0	18	1¼
18	0	4	1½	49	0	11	2¾	80	0	18	4
19	0	4	4¼	50	0	11	5½	81	0	18	6¾
20	0	4	7	51	0	11	8¼	82	0	18	9½
21	0	4	9¾	52	0	11	11	83	0	19	0¼
22	0	5	0½	53	0	12	1¾	84	0	19	3
23	0	5	3¼	54	0	12	4½	85	0	19	5¾
24	0	5	6	55	0	12	7¼	86	0	19	8½
25	0	5	8¾	56	0	12	10	87	0	19	11¼
26	0	5	11½	57	0	13	0¾	88	1	0	2
27	0	6	2¼	58	0	13	3½	89	1	0	4¾
28	0	6	5	59	0	13	6¼	90	1	0	7½
29	0	6	7¾	60	0	13	9	91	1	0	10¼
30	0	6	10½	61	0	13	11¾	92	1	1	1
31	0	7	1¼	62	0	14	2½	93	1	1	3¾

No.	L.	s.	d.
94	1	1	6½
95	1	1	9¼
96	1	2	0
97	1	2	2¾
98	1	2	5½
99	1	2	8¼
100	1	2	11
200	2	5	10
300	3	8	9
400	4	11	8
500	5	14	7
600	6	17	6
700	8	0	5
800	9	3	4
900	10	6	3
1000	11	9	2
1100	12	12	1
1200	13	15	0
1300	14	17	11
1400	16	0	10
1500	17	3	9
2000	22	18	4
3000	34	7	6
4000	45	16	8
5000	57	5	10
6000	68	15	0
7000	80	4	2
8000	91	13	4
9000	103	2	6
10000	114	11	8
20000	229	3	4

No.	L.	s.	d.
112	1	5	8
144	1	13	0
250	2	17	3½
256	2	18	8
272	3	2	4
365	4	3	7¾
750	8	11	10½
1250	14	6	5½

Fractional Parts.

16ths.	s.	d.	f.	frac.
1	0	0	0	11-16
2	0	0	1	6-16
3	0	0	2	1-16
4	0	0	2	12-16
5	0	0	3	7-16
6	0	1	0	2-16
7	0	1	0	13-16
8	0	1	1	8-16
9	0	1	2	3-16
10	0	1	2	14-16
11	0	1	3	9-16
12	0	2	0	4-16
13	0	2	0	15-16
14	0	2	1	10-16
15	0	2	2	5-16
1-3d	0	0	3	2-3
2-3ds	0	1	3	1-3
1-12th	0	0	0	11-12
1-14th	0	0	0	11-14
1-20th	0	0	0	11-20

At 3 Pence.

No.	L.	s.	d.	No.	L.	s.	d.	No.	L.	s.	d.
1	0	0	3	32	0	8	0	63	0	15	9
2	0	0	6	33	0	8	3	64	0	16	0
3	0	0	9	34	0	8	6	65	0	16	3
4	0	1	0	35	0	8	9	66	0	16	6
5	0	1	3	36	0	9	0	67	0	16	9
6	0	1	6	37	0	9	3	68	0	17	0
7	0	1	9	38	0	9	6	69	0	17	3
8	0	2	0	39	0	9	9	70	0	17	6
9	0	2	3	40	0	10	0	71	0	17	9
10	0	2	6	41	0	10	3	72	0	18	0
11	0	2	9	42	0	10	6	73	0	18	3
12	0	3	0	43	0	10	9	74	0	18	6
13	0	3	3	44	0	11	0	75	0	18	9
14	0	3	6	45	0	11	3	76	0	19	0
15	0	3	9	46	0	11	6	77	0	19	3
16	0	4	0	47	0	11	9	78	0	19	6
17	0	4	3	48	0	12	0	79	0	19	9
18	0	4	6	49	0	12	3	80	1	0	0
19	0	4	9	50	0	12	6	81	1	0	3
20	0	5	0	51	0	12	9	82	1	0	6
21	0	5	3	52	0	13	0	83	1	0	9
22	0	5	6	53	0	13	3	84	1	1	0
23	0	5	9	54	0	13	6	85	1	1	3
24	0	6	0	55	0	13	9	86	1	1	6
25	0	6	3	56	0	14	0	87	1	1	9
26	0	6	6	57	0	14	3	88	1	2	0
27	0	6	9	58	0	14	6	89	1	2	3
28	0	7	0	59	0	14	9	90	1	2	6
29	0	7	3	60	0	15	0	91	1	2	9
30	0	7	6	61	0	15	3	92	1	3	0
31	0	7	9	62	0	15	6	93	1	3	3

No.	L.	s.	d.
94	1	3	6
95	1	3	9
96	1	4	0
97	1	4	3
98	1	4	6
99	1	4	9
100	1	5	0
200	2	10	0
300	3	15	0
400	5	0	0
500	6	5	0
600	7	10	0
700	8	15	0
800	10	0	0
900	11	5	0
1000	12	10	0
1100	13	15	0
1200	15	0	0
1300	16	5	0
1400	17	10	0
1500	18	15	0
2000	25	0	0
3000	37	10	0
4000	50	0	0
5000	62	10	0
6000	75	0	0
7000	87	10	0
8000	100	0	0
9000	112	10	0
10000	125	0	0
20000	250	0	0

No.	L.	s.	d.
112	1	8	0
144	1	16	0
250	3	2	6
256	3	4	0
272	3	8	0
365	4	11	3
750	9	7	6
1250	15	12	6

Fractional Parts.

16ths.	s.	d.	f.	frac.
1	0	0	0	3-4
2	0	0	1	2-4
3	0	0	2	1-4
4	0	0	3	0 0
5	0	0	3	3-4
6	0	1	0	2-4
7	0	1	1	1-4
8	0	1	2	0-0
9	0	1	2	3-4
10	0	1	3	2-4
11	0	2	0	1-4
12	0	2	1	0-0
13	0	2	1	3-4
14	0	2	2	2-4
15	0	2	3	1-4
1-3d	0	1	0	0-0
2-3ds	0	2	0	0-0
1-12th	0	0	1	0-0
1-14th	0	0	0	6-7
1-20th	0	0	0	3-5

At 3 Pence 1 Farthing.

No.	L.	s.	d.	No.	L.	s.	d.	No.	L.	s.	d.
1	0	0	3¼	32	0	8	8	63	0	17	0¾
2	0	0	6½	33	0	8	11¼	64	0	17	4
3	0	0	9¾	34	0	9	2½	65	0	17	7¼
4	0	1	1	35	0	9	5¾	66	0	17	10½
5	0	1	4¼	36	0	9	9	67	0	18	1¾
6	0	1	7½	37	0	10	0¼	68	0	18	5
7	0	1	10¾	38	0	10	3½	69	0	18	8¼
8	0	2	2	39	0	10	6¾	70	0	18	11½
9	0	2	5¼	40	0	10	10	71	0	19	2¾
10	0	2	8½	41	0	11	1¼	72	0	19	6
11	0	2	11¾	42	0	11	4½	73	0	19	9¼
12	0	3	3	43	0	11	7¾	74	1	0	0½
13	0	3	6¼	44	0	11	11	75	1	0	3¾
14	0	3	9½	45	0	12	2¼	76	1	0	7
15	0	4	0¾	46	0	12	5½	77	1	0	10¼
16	0	4	4	47	0	12	8¾	78	1	1	1½
17	0	4	7¼	48	0	13	0	79	1	1	4¾
18	0	4	10½	49	0	13	3¼	80	1	1	8
19	0	5	1¾	50	0	13	6½	81	1	1	11¼
20	0	5	5	51	0	13	9¾	82	1	2	2½
21	0	5	8¼	52	0	14	1	83	1	2	5¾
22	0	5	11½	53	0	14	4¼	84	1	2	9
23	0	6	2¾	54	0	14	7½	85	1	3	0¼
24	0	6	6	55	0	14	10¾	86	1	3	3½
25	0	6	9¼	56	0	15	2	87	1	3	6¾
26	0	7	0½	57	0	15	5¼	88	1	3	10
27	0	7	3¾	58	0	15	8½	89	1	4	1¼
28	0	7	7	59	0	15	11¾	90	1	4	4½
29	0	7	10¼	60	0	16	3	91	1	4	7¾
30	0	8	1½	61	0	16	6¼	92	1	4	11
31	0	8	4¾	62	0	16	9½	93	1	5	2¼

No.	L.	s.	d.
94	1	5	5½
95	1	5	8¾
96	1	6	0
97	1	6	3¼
98	1	6	6½
99	1	6	9¾
100	1	7	1
200	2	14	2
300	4	1	3
400	5	8	4
500	6	15	5
600	8	2	6
700	9	9	7
800	10	16	8
900	12	3	9
1000	13	10	10
1100	14	17	11
1200	16	5	0
1300	17	12	1
1400	18	19	2
1500	20	6	3
2000	27	1	8
3000	40	12	6
4000	54	3	4
5000	67	14	2
6000	81	5	0
7000	94	15	10
8000	108	6	8
9000	121	17	6
10000	135	8	4
20000	270	16	8

No.	L.	s.	d.
112	1	10	4
144	1	19	0
250	3	7	8½
256	3	9	4
272	3	13	8
365	4	18	10¼
750	10	3	1½
1250	16	18	6½

Fractional Parts.

16ths.	s.	d.	f.	frac.
1	0	0	0	13-16
2	0	0	1	10-16
3	0	0	2	7-16
4	0	0	3	4-16
5	0	1	0	1-16
6	0	1	0	14-16
7	0	1	1	11-16
8	0	1	2	8-16
9	0	1	3	5-16
10	0	2	0	2-16
11	0	2	0	15-16
12	0	2	1	12-16
13	0	2	2	9-16
14	0	2	3	6-16
15	0	3	0	3-16
1-3d	0	1	0	1-3
2-3ds	0	2	0	2-3
1-12th	0	0	1	1-12
1-14th	0	0	0	13-14
1-20th	0	0	0	13-20

No	L.	s.	d.	No.	L.	s.	d.	No.	L.	s.	d.	No.	L.	s.	d.
1	0	0	3½	32	0	9	4	63	0	18	4½	94	1	7	5
2	0	0	7	33	0	9	7½	64	0	18	8	95	1	7	8½
3	0	0	10½	34	0	9	11	65	0	18	11½	96	1	8	0
4	0	1	2	35	0	10	2½	66	0	19	3	97	1	8	3½
5	0	1	5½	36	0	10	6	67	0	19	6½	98	1	8	7
6	0	1	9	37	0	10	9½	68	0	19	10	99	1	8	10½
7	0	2	0½	38	0	11	1	69	1	0	1½	100	1	9	2
8	0	2	4	39	0	11	4½	70	1	0	5	200	2	18	4
9	0	2	7½	40	0	11	8	71	1	0	8½	300	4	7	6
10	0	2	11	41	0	11	11½	72	1	1	0	400	5	16	8
11	0	3	2½	42	0	[illegible]	3	73	1	1	3½	500	7	5	10
12	0	3	6	43	0	[illegible]	6½	74	1	1	7	600	8	15	0
13	0	3	9½	44	0	12	10	75	1	1	10½	700	10	4	2
14	0	4	1	45	0	13	1½	76	1	2	2	800	11	13	4
15	0	4	4½	46	0	13	5	77	1	2	5½	900	13	2	6
16	0	4	8	47	0	13	8½	78	1	2	9	1000	14	11	8
17	0	4	11½	48	0	14	0	79	1	3	0½	1100	16	0	10
18	0	5	3	49	0	14	3½	80	1	3	4	1200	17	10	0
19	0	5	6½	50	0	14	7	81	1	3	7½	1300	18	19	2
20	0	5	10	51	0	14	10½	82	1	3	11	1400	20	8	4
21	0	6	1½	52	0	15	2	83	1	4	2½	1500	21	17	6
22	0	6	5	53	0	15	5½	84	1	4	6	2000	29	3	4
23	0	6	8½	54	0	15	9	85	1	4	9½	3000	43	15	0
24	0	7	0	55	0	16	0½	86	1	5	1	4000	58	6	8
25	0	7	3½	56	0	16	4	87	1	5	4½	5000	72	18	4
26	0	7	7	57	0	16	7½	88	1	5	8	6000	87	10	0
27	0	7	10½	58	0	16	11	89	1	5	11½	7000	102	1	8
28	0	8	2	59	0	17	2½	90	1	6	3	8000	116	13	4
29	0	8	5½	60	0	17	6	91	1	6	6½	9000	131	5	0
30	0	8	9	61	0	17	9½	92	1	6	10	10000	145	16	8
31	0	9	0½	62	0	18	1	93	1	7	1½	20000	291	13	4

No.	L.	s.	d.
112	1	12	8
144	2	2	0
250	3	12	11
256	3	14	8
272	3	19	4
365	5	6	5½
750	10	18	9
1250	18	4	7

Fractional Parts.

16ths.	s.	d.	f.	frac.
1	0	0	0	7-8
2	0	0	1	6-8
3	0	0	2	5-8
4	0	0	3	4-8
5	0	1	0	3-8
6	0	1	1	2-8
7	0	1	2	1-8
8	0	1	3	0-0
9	0	1	3	7-8
10	0	2	0	6-8
11	0	2	1	5-8
12	0	2	2	4-8
13	0	2	3	3-8
14	0	3	0	2-8
15	0	3	1	1-8
1-3d	0	1	0	2-3
2-3ds	0	2	1	1-3
1-12th	0	0	1	1-6
1-14th	0	0	1	0-0
1-20th	0	0	0	7-10

At 3 Pence 3 Farthings.

No	L.	s.	d.	No.	L.	s.	d.	No.	L.	s.	d.	No.	L.	s.	d.
1	0	0	3¾	32	0	10	0	63	0	19	8¼	94	1	9	4½
2	0	0	7½	33	0	10	3¾	64	1	0	0	95	1	9	8¼
3	0	0	11¼	34	0	10	7½	65	1	0	3¾	96	1	10	0
4	0	1	3	35	0	10	11¼	66	1	0	7½	97	1	10	3¾
5	0	1	6¾	36	0	11	3	67	1	0	11¼	98	1	10	7½
6	0	1	10½	37	0	11	6¾	68	1	1	3	99	1	10	11¼
7	0	2	2¼	38	0	11	10½	69	1	1	6¾	100	1	11	3
8	0	2	6	39	0	12	2¼	70	1	1	10½	200	3	2	6
9	0	2	9¾	40	0	12	6	71	1	2	2¼	300	4	13	9
10	0	3	1½	41	0	12	9¾	72	1	2	6	400	6	5	0
11	0	3	5¼	42	0	13	1½	73	1	2	9¾	500	7	16	3
12	0	3	9	43	0	13	5¼	74	1	3	1½	600	9	7	6
13	0	4	0¾	44	0	13	9	75	1	3	5¼	700	10	18	9
14	0	4	4½	45	0	14	0¾	76	1	3	9	800	12	10	0
15	0	4	8¼	46	0	14	4½	77	1	4	0¾	900	14	1	3
16	0	5	0	47	0	14	8¼	78	1	4	4½	1000	15	12	6
17	0	5	3¾	48	0	15	0	79	1	4	8¼	1100	17	3	9
18	0	5	7½	49	0	15	3¾	80	1	5	0	1200	18	15	0
19	0	5	11¼	50	0	15	7½	81	1	5	3¾	1300	20	6	3
20	0	6	3	51	0	15	11¼	82	1	5	7½	1400	21	17	6
21	0	6	6¾	52	0	16	3	83	1	5	11¼	1500	23	8	9
22	0	6	10½	53	0	16	6¾	84	1	6	3	2000	31	5	0
23	0	7	2¼	54	0	16	10½	85	1	6	6¾	3000	46	17	6
24	0	7	6	55	0	17	2¼	86	1	6	10½	4000	62	10	0
25	0	7	9¾	56	0	17	6	87	1	7	2¼	5000	78	2	6
26	0	8	1½	57	0	17	9¾	88	1	7	6	6000	93	15	0
27	0	8	5¼	58	0	18	1½	89	1	7	9¾	7000	109	7	6
28	0	8	9	59	0	18	5¼	90	1	8	1½	8000	125	0	0
29	0	9	0¾	60	0	18	9	91	1	8	5¼	9000	140	12	6
30	0	9	4½	61	0	19	0¾	92	1	8	9	10000	156	5	0
31	0	9	8¼	62	0	19	4½	93	1	9	0¾	20000	312	10	0

No.	L.	s.	d.
112	1	15	0
144	2	5	0
250	3	18	1½
256	4	0	0
272	4	5	0
365	5	14	0¾
750	11	14	4½
1250	19	10	7½

Fractional Parts.

16ths.	s.	d.	f.	frac.
1	0	0	0	15-16
2	0	0	1	14-16
3	0	0	2	13-16
4	0	0	3	12-16
5	0	1	0	11-16
6	0	1	1	10-16
7	0	1	2	9-16
8	0	1	3	8-16
9	0	2	0	7-16
10	0	2	1	6-16
11	0	2	2	5-16
12	0	2	3	4-16
13	0	3	0	3-16
14	0	3	1	2-16
15	0	3	2	1-16
1-3d	0	1	1	0-0
2-3ds	0	2	2	0-0
1-12th	0	0	1	1-4
1-14th	0	0	1	1-14
1-20th	0	0	0	3-4

At 4 Pence.

No.	L.	s.	d.	No.	L.	s.	d.	No.	L.	s.	d.	No.	L.	s.	d.
1	0	0	4	32	0	10	8	63	1	1	0	94	1	11	4
2	0	0	8	33	0	11	0	64	1	1	4	95	1	11	8
3	0	1	0	34	0	11	4	65	1	1	8	96	1	12	0
4	0	1	4	35	0	11	8	66	1	2	0	97	1	12	4
5	0	1	8	36	0	12	0	67	1	2	4	98	1	12	8
6	0	2	0	37	0	12	4	68	1	2	8	99	1	13	0
7	0	2	4	38	0	12	8	69	1	3	0	100	1	13	4
8	0	2	8	39	0	13	0	70	1	3	4	200	3	6	8
9	0	3	0	40	0	13	4	71	1	3	8	300	5	0	0
10	0	3	4	41	0	13	8	72	1	4	0	400	6	13	4
11	0	3	8	42	0	14	0	73	1	4	4	500	8	6	8
12	0	4	0	43	0	14	4	74	1	4	8	600	10	0	0
13	0	4	4	44	0	14	8	75	1	5	0	700	11	13	4
14	0	4	8	45	0	15	0	76	1	5	4	800	13	6	8
15	0	5	0	46	0	15	4	77	1	5	8	900	15	0	0
16	0	5	4	47	0	15	8	78	1	6	0	1000	16	13	4
17	0	5	8	48	0	16	0	79	1	6	4	1100	18	6	8
18	0	6	0	49	0	16	4	80	1	6	8	1200	20	0	0
19	0	6	4	50	0	16	8	81	1	7	0	1300	21	13	4
20	0	6	8	51	0	17	0	82	1	7	4	1400	23	6	8
21	0	7	0	52	0	17	4	83	1	7	8	1500	25	0	0
22	0	7	4	53	0	17	8	84	1	8	0	2000	33	6	8
23	0	7	8	54	0	18	0	85	1	8	4	3000	50	0	0
24	0	8	0	55	0	18	4	86	1	8	8	4000	66	13	4
25	0	8	4	56	0	18	8	87	1	9	0	5000	83	6	8
26	0	8	8	57	0	19	0	88	1	9	4	6000	100	0	0
27	0	9	0	58	0	19	4	89	1	9	8	7000	116	13	4
28	0	9	4	59	0	19	8	90	1	10	0	8000	133	6	8
29	0	9	8	60	1	0	0	91	1	10	4	9000	150	0	0
30	0	10	0	61	1	0	4	92	1	10	8	10000	166	13	4
31	0	10	4	62	1	0	8	93	1	11	0	20000	333	6	8

No.	L.	s.	d.
112	1	17	4
144	2	8	0
250	4	3	4
256	4	5	4
272	4	10	8
365	6	1	8
750	12	10	0
1250	20	16	8

Fractional Parts.

[illegible]	s.	d.	f.	frac.
1	0	0	1	0-0
2	0	0	2	0-0
3	0	0	3	0-0
4	0	1	0	0-0
5	0	1	1	0-0
6	0	1	2	0-0
7	0	1	3	0-0
8	0	2	0	0-0
9	0	2	1	0-0
10	0	2	2	0-0
11	0	2	3	0-0
12	0	3	0	0-0
13	0	3	1	0-0
14	0	3	2	0-0
15	0	3	3	0-0
1-3d	0	1	1	1-3
2-3ds	0	2	2	2-3
1-12th	0	0	1	1-3
1-14th	0	0	1	1-7
1-20th	0	0	0	4-5

At 4 Pence 1 Farthing.

No.	L.	s.	d.	No.	L.	s.	d.	No.	L.	s.	d.	No.	L.	s.	d.
1	0	0	4¼	32	0	11	4	63	1	2	3¾	94	1	13	3½
2	0	0	8½	33	0	11	8¼	64	1	2	8	95	1	13	7¾
3	0	1	0¾	34	0	12	0½	65	1	3	0¼	96	1	14	0
4	0	1	5	35	0	12	4¾	66	1	3	4½	97	1	14	4¼
5	0	1	9¼	36	0	12	9	67	1	3	8¾	98	1	14	8½
6	0	2	1½	37	0	13	1¼	68	1	4	1	99	1	15	0¾
7	0	2	5¾	38	0	13	5½	69	1	4	5¼	100	1	15	5
8	0	2	10	39	0	13	9¾	70	1	4	9½	200	3	10	10
9	0	3	2¼	40	0	14	2	71	1	5	1¾	300	5	6	3
10	0	3	6½	41	0	14	6¼	72	1	5	6	400	7	1	8
11	0	3	10¾	42	0	14	10½	73	1	5	10¼	500	8	17	1
12	0	4	3	43	0	15	2¾	74	1	6	2½	600	10	12	6
13	0	4	7¼	44	0	15	7	75	1	6	6¾	700	12	7	11
14	0	4	11½	45	0	15	11¼	76	1	6	11	800	14	3	4
15	0	5	3¾	46	0	16	3½	77	1	7	3¼	900	15	18	9
16	0	5	8	47	0	16	7¾	78	1	7	7½	1000	17	14	2
17	0	6	0¼	48	0	17	0	79	1	7	11¾	1100	19	9	7
18	0	6	4½	49	0	17	4¼	80	1	8	4	1200	21	5	0
19	0	6	8¾	50	0	17	8½	81	1	8	8¼	1300	23	0	5
20	0	7	1	51	0	18	0¾	82	1	9	0½	1400	24	15	10
21	0	7	5¼	52	0	18	5	83	1	9	4¾	1500	26	11	3
22	0	7	9½	53	0	18	9¼	84	1	9	9	2000	35	8	4
23	0	8	1¾	54	0	19	1½	85	1	10	1¼	3000	53	2	6
24	0	8	6	55	0	19	5¾	86	1	10	5½	4000	70	16	8
25	0	8	10¼	56	0	19	10	87	1	10	9¾	5000	88	10	10
26	0	9	2½	57	1	0	2¼	88	1	11	2	6000	106	5	0
27	0	9	6¾	58	1	0	6½	89	1	11	6¼	7000	123	19	2
28	0	9	11	59	1	0	10¾	90	1	11	10½	8000	141	13	4
29	0	10	3¼	60	1	1	3	91	1	12	2¾	9000	159	7	6
30	0	10	7½	61	1	1	7¼	92	1	12	7	10000	177	1	8
31	0	10	11¾	62	1	1	11½	93	1	12	11¼	20000	354	3	4

No.	L.	s.	d.
112	1	19	8
144	2	11	0
250	4	8	6½
256	4	10	8
272	4	16	4
365	6	9	3¼
750	13	5	7½
1250	22	2	8½

Fractional Parts.

16ths.	s.	d.	f.	frac.
1	0	0	1	1-16
2	0	0	2	2-16
3	0	0	3	3-16
4	0	1	0	4-16
5	0	1	1	5-16
6	0	1	2	6-16
7	0	1	3	7-16
8	0	2	0	8-16
9	0	2	1	9-16
10	0	2	2	10-16
11	0	2	3	11-16
12	0	3	0	12-16
13	0	3	1	13-16
14	0	3	2	14-16
15	0	3	3	15-16
1-3d	0	1	1	2-3
2-3ds	0	2	3	1-3
1-12th	0	0	1	5-12
1-14th	0	0	1	3-14
1-20th	0	0	0	17-20

At 4 Pence Halfpenny.

No.	L.	s.	d.	No.	L.	s.	d.	No.	L.	s.	d.	No.	L.	s.	d.
1	0	0	4½	32	0	12	0	63	1	3	7½	94	1	15	3
2	0	0	9	33	0	12	4½	64	1	4	0	95	1	15	7½
3	0	1	1½	34	0	12	9	65	1	4	4½	96	1	16	0
4	0	1	6	35	0	13	1½	66	1	4	9	97	1	16	4½
5	0	1	10½	36	0	13	6	67	1	5	1½	98	1	16	9
6	0	2	3	37	0	13	10½	68	1	5	6	99	1	17	1½
7	0	2	7½	38	0	14	3	69	1	5	10½	100	1	17	6
8	0	3	0	39	0	14	7½	70	1	6	3	200	3	15	0
9	0	3	4½	40	0	15	0	71	1	6	7½	300	5	12	6
10	0	3	9	41	0	15	4½	72	1	7	0	400	7	10	0
11	0	4	1½	42	0	15	9	73	1	7	4½	500	9	7	6
12	0	4	6	43	0	16	1½	74	1	7	9	600	11	5	0
13	0	4	10½	44	0	16	6	75	1	8	1½	700	13	2	6
14	0	5	3	45	0	16	10½	76	1	8	6	800	15	0	0
15	0	5	7½	46	0	17	3	77	1	8	10½	900	16	17	6
16	0	6	0	47	0	17	7½	78	1	9	3	1000	18	15	0
17	0	6	4½	48	0	18	0	79	1	9	7½	1100	20	12	6
18	0	6	9	49	0	18	4½	80	1	10	0	1200	22	10	0
19	0	7	1½	50	0	18	9	81	1	10	4½	1300	24	7	6
20	0	7	6	51	0	19	1½	82	1	10	9	1400	26	5	0
21	0	7	10½	52	0	19	6	83	1	11	1½	1500	28	2	6
22	0	8	3	53	0	19	10½	84	1	11	6	2000	37	10	0
23	0	8	7½	54	1	0	3	85	1	11	10½	3000	56	5	0
24	0	9	0	55	1	0	7½	86	1	12	3	4000	75	0	0
25	0	9	4½	56	1	1	0	87	1	12	7½	5000	93	15	0
26	0	9	9	57	1	1	4½	88	1	13	0	6000	112	10	0
27	0	10	1½	58	1	1	9	89	1	13	4½	7000	131	5	0
28	0	10	6	59	1	2	1½	90	1	13	9	8000	150	0	0
29	0	10	10½	60	1	2	6	91	1	14	1½	9000	168	15	0
30	0	11	3	61	1	2	10½	92	1	14	6	10000	187	10	0
31	0	11	7½	62	1	3	3	93	1	14	10½	20000	375	0	0

No.	L.	s.	d.
112	2	2	0
144	2	14	0
250	4	13	9
256	4	16	0
272	5	2	0
365	6	16	10½
750	14	1	3
1250	23	8	9

Fractional Parts.

16ths.	s.	d.	f.	frac.
1	0	0	1	1-8
2	0	0	2	2-8
3	0	0	3	3-8
4	0	1	0	4-8
5	0	1	1	5-8
6	0	1	2	6-8
7	0	1	3	7-8
8	0	2	1	0-0
9	0	2	2	1-8
10	0	2	3	2-8
11	0	3	0	3-8
12	0	3	1	4-8
13	0	3	2	5-8
14	0	3	3	6-8
15	0	4	0	7-8
1-3d	0	1	2	0-0
2-3ds	0	3	0	0-0
1-12th	0	0	1	1-2
1-14th	0	0	1	2-7
1-20th	0	0	0	9-10

At 4 Pence 3 Farthings.

No.	L.	s.	d.	No.	L.	s.	d.	No.	L.	s.	d.	No.	L.	s.	d.
1	0	0	4¾	32	0	12	8	63	1	4	11¼	94	1	17	2½
2	0	0	9½	33	0	13	0¾	64	1	5	4	95	1	17	7¼
3	0	1	2¼	34	0	13	5½	65	1	5	8¾	96	1	18	0
4	0	1	7	35	0	13	10¼	66	1	6	1½	97	1	18	4¾
5	0	1	11¾	36	0	14	3	67	1	6	6¼	98	1	18	9½
6	0	2	4½	37	0	14	7¾	68	1	6	11	99	1	19	2¼
7	0	2	9¼	38	0	15	0½	69	1	7	3¾	100	1	19	7
8	0	3	2	39	0	15	5¼	70	1	7	8½	200	3	19	2
9	0	3	6¾	40	0	15	10	71	1	8	1¼	300	5	18	9
10	0	3	11½	41	0	16	2¾	72	1	8	6	400	7	18	4
11	0	4	4¼	42	0	16	7½	73	1	8	10¾	500	9	17	11
12	0	4	9	43	0	17	0¼	74	1	9	3½	600	11	17	6
13	0	5	1¾	44	0	17	5	75	1	9	8¼	700	13	17	1
14	0	5	6½	45	0	17	9¾	76	1	10	1	800	15	16	8
15	0	5	11¼	46	0	18	2½	77	1	10	5¾	900	17	16	3
16	0	6	4	47	0	18	7¼	78	1	10	10½	1000	19	15	10
17	0	6	8¾	48	0	19	0	79	1	11	3¼	1100	21	15	5
18	0	7	1½	49	0	19	4¾	80	1	11	8	1200	23	15	0
19	0	7	6¼	50	0	19	9½	81	1	12	0¾	1300	25	14	7
20	0	7	11	51	1	0	2¼	82	1	12	5½	1400	27	14	2
21	0	8	3¾	52	1	0	7	83	1	12	10¼	1500	29	13	9
22	0	8	8½	53	1	0	11¾	84	1	13	3	2000	39	11	8
23	0	9	1¼	54	1	1	4½	85	1	13	7¾	3000	59	7	6
24	0	9	6	55	1	1	9¼	86	1	14	0½	4000	79	3	4
25	0	9	10¾	56	1	2	2	87	1	14	5¼	5000	98	19	2
26	0	10	3½	57	1	2	6¾	88	1	14	10	6000	118	15	0
27	0	10	8¼	58	1	2	11½	89	1	15	2¾	7000	138	10	10
28	0	11	1	59	1	3	4¼	90	1	15	7½	8000	158	6	8
29	0	11	5¾	60	1	3	9	91	1	16	0¼	9000	178	2	6
30	0	11	10½	61	1	4	1¾	92	1	16	5	10000	197	18	4
31	0	12	3¼	62	1	4	6½	93	1	16	9¾	20000	395	16	8

No.	L.	s.	d.
112	2	4	4
144	2	17	0
250	4	18	11½
256	5	1	4
272	5	7	8
365	7	4	5¾
750	14	16	10½
1250	24	14	9½

Fractional Parts.

16ths.	s.	d.	f.	frac.
1	0	0	1	3-16
2	0	0	2	6-16
3	0	0	3	9-16
4	0	1	0	12-16
5	0	1	1	15-16
6	0	1	3	2-16
7	0	2	0	5-16
8	0	2	1	8-16
9	0	2	2	11-16
10	0	2	3	14-16
11	0	3	1	1-16
12	0	3	2	4-16
13	0	3	3	7-16
14	0	4	0	10-16
15	0	4	1	13-16
1-3d	0	1	2	1-3
2-3ds	0	3	0	2-3
1-12th	0	0	1	7-12
1-14th	0	0	1	5-14
1-20th	0	0	0	19-20

No.	L.	s.	d.	No.	L.	s.	d.	No.	L.	s.	d.	No.	L.	s.	d.
1	0	0	5	32	0	13	4	63	1	6	3	94	1	19	2
2	0	0	10	33	0	13	9	64	1	6	8	95	1	19	7
3	0	1	3	34	0	14	2	65	1	7	1	96	2	0	0
4	0	1	8	35	0	14	7	66	1	7	6	97	2	0	5
5	0	2	1	36	0	15	0	67	1	7	11	98	2	0	10
6	0	2	6	37	0	15	5	68	1	8	4	99	2	1	3
7	0	2	11	38	0	15	10	69	1	8	9	100	2	1	8
8	0	3	4	39	0	16	3	70	1	9	2	200	4	3	4
9	0	3	9	40	0	16	8	71	1	9	7	300	6	5	0
10	0	4	2	41	0	17	1	72	1	10	0	400	8	6	8
11	0	4	7	42	0	17	6	73	1	10	5	500	10	8	4
12	0	5	0	43	0	17	11	74	1	10	10	600	12	10	0
13	0	5	5	44	0	18	4	75	1	11	3	700	14	11	8
14	0	5	10	45	0	18	9	76	1	11	8	800	16	13	4
15	0	6	3	46	0	19	2	77	1	12	1	900	18	15	0
16	0	6	8	47	0	19	7	78	1	12	6	1000	20	16	8
17	0	7	1	48	1	0	0	79	1	12	11	1100	22	18	4
18	0	7	6	49	1	0	5	80	1	13	4	1200	25	0	0
19	0	7	11	50	1	0	10	81	1	13	9	1300	27	1	8
20	0	8	4	51	1	1	3	82	1	14	2	1400	29	3	4
21	0	8	9	52	1	1	8	83	1	14	7	1500	31	5	0
22	0	9	2	53	1	2	1	84	1	15	0	2000	41	13	4
23	0	9	7	54	1	2	6	85	1	15	5	3000	62	10	0
24	0	10	0	55	1	2	11	86	1	15	10	4000	83	6	8
25	0	10	5	56	1	3	4	87	1	16	3	5000	104	3	4
26	0	10	10	57	1	3	9	88	1	16	8	6000	125	0	0
27	0	11	3	58	1	4	2	89	1	17	1	7000	145	16	8
28	0	11	8	59	1	4	7	90	1	17	6	8000	166	13	4
29	0	12	1	60	1	5	0	91	1	17	11	9000	187	10	0
30	0	12	6	61	1	5	5	92	1	18	4	10000	208	6	8
31	0	12	11	62	1	5	10	93	1	18	9	20000	416	13	4

No.	L.	s.	d.
112	2	6	8
144	3	0	0
250	5	4	2
256	5	6	8
272	5	13	4
365	7	12	1
750	15	12	6
1250	26	0	10

Fractional Parts.

10ths.	s.	d.	f.	frac.
1	0	0	1	1-4
2	0	0	2	2-4
3	0	0	3	3-4
4	0	1	1	0-0
5	0	1	2	1-4
6	0	1	3	2-4
7	0	2	0	3-4
8	0	2	2	0-0
9	0	2	3	1-4
10	0	3	0	2-4
11	0	3	1	3-4
12	0	3	3	0-0
13	0	4	0	1-4
14	0	4	1	2-4
15	0	4	2	3-4
1-3d	0	1	2	2-3
2-3ds	0	3	1	1-3
1-12th	0	0	1	2-3
1-14th	0	0	1	3-7
1-20th	0	0	1	0-0

At 5 Pence 1 Farthing.

No.	L.	s.	d.	No.	L.	s.	d.	No.	L.	s.	d.	No.	L.	s.	d.
1	0	0	5¼	32	0	14	0	63	1	7	6¾	94	2	1	1½
2	0	0	10½	33	0	14	5¼	64	1	8	0	95	2	1	6¾
3	0	1	3¾	34	0	14	10½	65	1	8	5¼	96	2	2	0
4	0	1	9	35	0	15	3¾	66	1	8	10½	97	2	2	5¼
5	0	2	2¼	36	0	15	9	67	1	9	3¾	98	2	2	10½
6	0	2	7½	37	0	16	2¼	68	1	9	9	99	2	3	3¾
7	0	3	0¾	38	0	16	7½	69	1	10	2¼	100	2	3	9
8	0	3	6	39	0	17	0¾	70	1	10	7½	200	4	7	6
9	0	3	11¼	40	0	17	6	71	1	11	0¾	300	6	11	3
10	0	4	4½	41	0	17	11¼	72	1	11	6	400	8	15	0
11	0	4	9¾	42	0	18	4½	73	1	11	11¼	500	10	18	9
12	0	5	3	43	0	18	9¾	74	1	12	4½	600	13	2	6
13	0	5	8¼	44	0	19	3	75	1	12	9¾	700	15	6	3
14	0	6	1½	45	0	19	8¼	76	1	13	3	800	17	10	0
15	0	6	6¾	46	1	0	1½	77	1	13	8¼	900	19	13	9
16	0	7	0	47	1	0	6¾	78	1	14	1½	1000	21	17	6
17	0	7	5¼	48	1	1	0	79	1	14	6¾	1100	24	1	3
18	0	7	10½	49	1	1	5¼	80	1	15	0	1200	26	5	0
19	0	8	3¾	50	1	1	10½	81	1	15	5¼	1300	28	8	9
20	0	8	9	51	1	2	3¾	82	1	15	10½	1400	30	12	6
21	0	9	2¼	52	1	2	9	83	1	16	3¾	1500	32	16	3
22	0	9	7½	53	1	3	2¼	84	1	16	9	2000	43	15	0
23	0	10	0¾	54	1	3	7½	85	1	17	2¼	3000	65	12	6
24	0	10	6	55	1	4	0¾	86	1	17	7½	4000	87	10	0
25	0	10	11¼	56	1	4	6	87	1	18	0¾	5000	109	7	6
26	0	11	4½	57	1	4	11¼	88	1	18	6	6000	131	5	0
27	0	11	9¾	58	1	5	4½	89	1	18	11¼	7000	153	2	6
28	0	12	3	59	1	5	9¾	90	1	19	4½	8000	175	0	0
29	0	12	8¼	60	1	6	3	91	1	19	9¾	9000	196	17	6
30	0	13	1½	61	1	6	8¼	92	2	0	3	10000	218	15	0
31	0	13	6¾	62	1	7	1½	93	2	0	8¼	20000	437	10	0

No.	L.	s.	d.
112	2	9	0
144	3	3	0
250	5	9	4½
256	5	12	0
272	5	19	0
365	7	19	8¼
750	16	8	1½
1250	27	6	10½

Fractional Parts.

10ths.	s.	d.	f.	frac.
1	0	0	1	5-16
2	0	0	2	10-16
3	0	0	3	15-16
4	0	1	1	4-16
5	0	1	2	9-16
6	0	1	3	14-16
7	0	2	1	3-16
8	0	2	2	8-16
9	0	2	3	13-16
10	0	3	1	2-16
11	0	3	2	7-16
12	0	3	3	12-16
13	0	4	1	1-16
14	0	4	2	6-16
15	0	4	3	11-16
1-3d	0	1	3	0-0
2-3ds	0	3	2	0-0
1-12th	0	0	1	3-4
1-14th	0	0	1	1-2
1-20th	0	0	1	1-20

No.	L.	s.	d.	No.	L.	s.	d.	No.	L.	s.	d.	No.	L.	s.	d.
1	0	0	5½	32	0	14	8	63	1	8	10½	94	2	3	1
2	0	0	11	33	0	15	1½	64	1	9	4	95	2	3	6½
3	0	1	4½	34	0	15	7	65	1	9	9½	96	2	4	0
4	0	1	10	35	0	16	0½	66	1	10	3	97	2	4	5½
5	0	2	3½	36	0	16	6	67	1	10	8½	98	2	4	11
6	0	2	9	37	0	16	11½	68	1	11	2	99	2	5	4½
7	0	3	2½	38	0	17	5	69	1	11	7½	100	2	5	10
8	0	3	8	39	0	17	10½	70	1	12	1	200	4	11	8
9	0	4	1½	40	0	18	4	71	1	12	6½	300	6	17	6
10	0	4	7	41	0	18	9½	72	1	13	0	400	9	3	4
11	0	5	0½	42	0	19	3	73	1	13	5½	500	11	9	2
12	0	5	6	43	0	19	8½	74	1	13	11	600	13	15	0
13	0	5	11½	44	1	0	2	75	1	14	4½	700	16	0	10
14	0	6	5	45	1	0	7½	76	1	14	10	800	18	6	8
15	0	6	10½	46	1	1	1	77	1	15	3½	900	20	12	6
16	0	7	4	47	1	1	6½	78	1	15	9	1000	22	18	4
17	0	7	9½	48	1	2	0	79	1	16	2½	1100	25	4	2
18	0	8	3	49	1	2	5½	80	1	16	8	1200	27	10	0
19	0	8	8½	50	1	2	11	81	1	17	1½	1300	29	15	10
20	0	9	2	51	1	3	4½	82	1	17	7	1400	32	1	8
21	0	9	7½	52	1	3	10	83	1	18	0½	1500	34	7	6
22	0	10	1	53	1	4	3½	84	1	18	6	2000	45	16	8
23	0	10	6½	54	1	4	9	85	1	18	11½	3000	68	15	0
24	0	11	0	55	1	5	2½	86	1	19	5	4000	91	13	4
25	0	11	5½	56	1	5	8	87	1	19	10½	5000	114	11	8
26	0	11	11	57	1	6	1½	88	2	0	4	6000	137	10	0
27	0	12	4½	58	1	6	7	89	2	0	9½	7000	160	8	4
28	0	12	10	59	1	7	0½	90	2	1	3	8000	183	6	8
29	0	13	3½	60	1	7	6	91	2	1	8½	9000	206	5	0
30	0	13	9	61	1	7	11½	92	2	2	2	10000	229	3	4
31	0	14	2½	62	1	8	5	93	2	2	7½	20000	458	6	8

No.	L.	s.	d.
112	2	11	4
144	3	6	0
250	5	14	7
256	5	17	4
272	6	4	8
365	8	7	3½
750	17	3	9
1250	28	12	11

Fractional Parts.

16ths.	s.	d.	f.	frac.
1	0	0	1	3-8
2	0	0	2	6-8
3	0	1	0	1-8
4	0	1	1	4-8
5	0	1	2	7-8
6	0	2	0	2-8
7	0	2	1	5-8
8	0	2	3	0-0
9	0	3	0	3-8
10	0	3	1	6-8
11	0	3	3	1-8
12	0	4	0	4-8
13	0	4	1	7-8
14	0	4	3	2-8
15	0	5	0	5-8
1-3d	0	1	3	1-3
2-3ds	0	3	2	2-3
1-12th	0	0	1	5-6
1-14th	0	0	1	4-7
1-20th	0	0	1	1-10

At 5 Pence 3 Farthings.

No.	L.	s.	d.	No.	L.	s.	d.	No.	L.	s.	d.	No.	L.	s.	d.
1	0	0	5¾	32	0	15	4	63	1	10	2¼	94	2	5	0½
2	0	0	11½	33	0	15	9¾	64	1	10	8	95	2	5	6¼
3	0	1	5¼	34	0	16	3½	65	1	11	1¾	96	2	6	0
4	0	1	11	35	0	16	9¼	66	1	11	7½	97	2	6	5¾
5	0	2	4¾	36	0	17	3	67	1	12	1¼	98	2	6	11½
6	0	2	10½	37	0	17	8¾	68	1	12	7	99	2	7	5¼
7	0	3	4¼	38	0	18	2½	69	1	13	0¾	100	2	7	11
8	0	3	10	39	0	18	8¼	70	1	13	6½	200	4	15	10
9	0	4	3¾	40	0	19	2	71	1	14	0¼	300	7	3	9
10	0	4	9½	41	0	19	7¾	72	1	14	6	400	9	11	8
11	0	5	3¼	42	1	0	1½	73	1	14	11¾	500	11	19	7
12	0	5	9	43	1	0	7¼	74	1	15	5½	600	14	7	6
13	0	6	2¾	44	1	1	1	75	1	15	11¼	700	16	15	5
14	0	6	8½	45	1	1	6¾	76	1	16	5	800	19	3	4
15	0	7	2¼	46	1	2	0½	77	1	16	10¾	900	21	11	3
16	0	7	8	47	1	2	6¼	78	1	17	4½	1000	23	19	2
17	0	8	1¾	48	1	3	0	79	1	17	10¼	1100	26	7	1
18	0	8	7½	49	1	3	5¾	80	1	18	4	1200	28	15	0
19	0	9	1¼	50	1	3	11½	81	1	18	9¾	1300	31	2	11
20	0	9	7	51	1	4	5¼	82	1	19	3½	1400	33	10	10
21	0	10	0¾	52	1	4	11	83	1	19	9¼	1500	35	18	9
22	0	10	6½	53	1	5	4¾	84	2	0	3	2000	47	18	4
23	0	11	0¼	54	1	5	10½	85	2	0	8¾	3000	71	17	6
24	0	11	6	55	1	6	4¼	86	2	1	2½	4000	95	16	8
25	0	11	11¾	56	1	6	10	87	2	1	8¼	5000	119	15	10
26	0	12	5½	57	1	7	3¾	88	2	2	2	6000	143	15	0
27	0	12	11¼	58	1	7	9½	89	2	2	7¾	7000	167	14	2
28	0	13	5	59	1	8	3¼	90	2	3	1½	8000	191	13	4
29	0	13	10¾	60	1	8	9	91	2	3	7¼	9000	215	12	6
30	0	14	4½	61	1	9	2¾	92	2	4	1	10000	239	11	8
31	0	14	10¼	62	1	9	8½	93	2	4	6¾	20000	479	3	4

No.	L.	s.	d.
112	2	13	8
144	3	9	0
250	5	19	9½
256	6	2	8
272	6	10	4
365	8	14	10¾
750	17	19	4½
1250	29	18	11½

Fractional Parts.

16ths.	s.	d.	f.	frac.
1	0	0	1	7-16
2	0	0	2	14-16
3	0	1	0	5-16
4	0	1	1	12-16
5	0	1	3	3-16
6	0	2	0	10-16
7	0	2	2	1-16
8	0	2	3	8-16
9	0	3	0	15-16
10	0	3	2	6-16
11	0	3	3	13-16
12	0	4	1	4-16
13	0	4	2	11-16
14	0	5	0	2-16
15	0	5	1	9-16
1-3d	0	1	3	2-3
2-3ds	0	3	3	1-3
1-12th	0	0	1	11-12
1-14th	0	0	1	9-14
1-20th	0	0	1	3-20

At 6 Pence.

No.	L.	s.	d.
1	0	0	6
2	0	1	0
3	0	1	6
4	0	2	0
5	0	2	6
6	0	3	0
7	0	3	6
8	0	4	0
9	0	4	6
10	0	5	0
11	0	5	6
12	0	6	0
13	0	6	6
14	0	7	0
15	0	7	6
16	0	8	0
17	0	8	6
18	0	9	0
19	0	9	6
20	0	10	0
21	0	10	6
22	0	11	0
23	0	11	6
24	0	12	0
25	0	12	6
26	0	13	0
27	0	13	6
28	0	14	0
29	0	14	6
30	0	15	0
31	0	15	6

No.	L.	s.	d.
32	0	16	0
33	0	16	6
34	0	17	0
35	0	17	6
36	0	18	0
37	0	18	6
38	0	19	0
39	0	19	6
40	1	0	0
41	1	0	6
42	1	1	0
43	1	1	6
44	1	2	0
45	1	2	6
46	1	3	0
47	1	3	6
48	1	4	0
49	1	4	6
50	1	5	0
51	1	5	6
52	1	6	0
53	1	6	6
54	1	7	0
55	1	7	6
56	1	8	0
57	1	8	6
58	1	9	0
59	1	9	6
60	1	10	0
61	1	10	6
62	1	11	0

No.	L.	s.	d.
63	1	11	6
64	1	12	0
65	1	12	6
66	1	13	0
67	1	13	6
68	1	14	0
69	1	14	6
70	1	15	0
71	1	15	6
72	1	16	0
73	1	16	6
74	1	17	0
75	1	17	6
76	1	18	0
77	1	18	6
78	1	19	0
79	1	19	6
80	2	0	0
81	2	0	6
82	2	1	0
83	2	1	6
84	2	2	0
85	2	2	6
86	2	3	0
87	2	3	6
88	2	4	0
89	2	4	6
90	2	5	0
91	2	5	6
92	2	6	0
93	2	6	6

No.	L.	s.	d.
94	2	7	0
95	2	7	6
96	2	8	0
97	2	8	6
98	2	9	0
99	2	9	6
100	2	10	0
200	5	0	0
300	7	10	0
400	10	0	0
500	12	10	0
600	15	0	0
700	17	10	0
800	20	0	0
900	22	10	0
1000	25	0	0
1100	27	10	0
1200	30	0	0
1300	32	10	0
1400	35	0	0
1500	37	10	0
2000	50	0	0
3000	75	0	0
4000	100	0	0
5000	125	0	0
6000	150	0	0
7000	175	0	0
8000	200	0	0
9000	225	0	0
10000	250	0	0
20000	500	0	0

No.	L.	s.	d.
112	2	16	0
144	3	12	0
250	6	5	0
256	6	8	0
272	6	16	0
365	9	2	6
750	18	15	0
1250	31	5	0

Fractional Parts.

16ths.	s.	d.	f.	frac.
1	0	0	1	1-2
2	0	0	3	0-0
3	0	1	0	1-2
4	0	1	2	0-0
5	0	1	3	1-2
6	0	2	1	0-0
7	0	2	2	1-2
8	0	3	0	0-0
9	0	3	1	1-2
10	0	3	3	0-0
11	0	4	0	1-2
12	0	4	2	0-0
13	0	4	3	1-2
14	0	5	1	0-0
15	0	5	2	1-2
1-3d	0	2	0	0-0
2-3ds	0	4	0	0-0
1-12th	0	0	2	0-0
1-14th	0	0	1	5-7
1-20th	0	0	1	1-5

At 6 Pence 1 Farthing.

No.	L.	s.	d.
1	0	0	6¼
2	0	1	0½
3	0	1	6¾
4	0	2	1
5	0	2	7¼
6	0	3	1½
7	0	3	7¾
8	0	4	2
9	0	4	8¼
10	0	5	2½
11	0	5	8¾
12	0	6	3
13	0	6	9¼
14	0	7	3½
15	0	7	9¾
16	0	8	4
17	0	8	10¼
18	0	9	4½
19	0	9	10¾
20	0	10	5
21	0	10	11¼
22	0	11	5½
23	0	11	11¾
24	0	12	6
25	0	13	0¼
26	0	13	6½
27	0	14	0¾
28	0	14	7
29	0	15	1¼
30	0	15	7½
31	0	16	1¾

No.	L.	s.	d.
32	0	16	8
33	0	17	2¼
34	0	17	8½
35	0	18	2¾
36	0	18	9
37	0	19	3¼
38	0	19	9½
39	1	0	3¾
40	1	0	10
41	1	1	4¼
42	1	1	10½
43	1	2	4¾
44	1	2	11
45	1	3	5¼
46	1	3	11½
47	1	4	5¾
48	1	5	0
49	1	5	6¼
50	1	6	0½
51	1	6	6¾
52	1	7	1
53	1	7	7¼
54	1	8	1½
55	1	8	7¾
56	1	9	2
57	1	9	8¼
58	1	10	2½
59	1	10	8¾
60	1	11	3
61	1	11	9¼
62	1	12	3½

No.	L.	s.	d.
63	1	12	9¾
64	1	13	4
65	1	13	10¼
66	1	14	4½
67	1	14	10¾
68	1	15	5
69	1	15	11¼
70	1	16	5½
71	1	16	11¾
72	1	17	6
73	1	18	0¼
74	1	18	6½
75	1	19	0¾
76	1	19	7
77	2	0	1¼
78	2	0	7½
79	2	1	1¾
80	2	1	8
81	2	2	2¼
82	2	2	8½
83	2	3	2¾
84	2	3	9
85	2	4	3¼
86	2	4	9½
87	2	5	3¾
88	2	5	10
89	2	6	4¼
90	2	6	10½
91	2	7	4¾
92	2	7	11
93	2	8	5¼

No.	L.	s.	d.
94	2	8	11½
95	2	9	5¾
96	2	10	0
97	2	10	6¼
98	2	11	0½
99	2	11	6¾
100	2	12	1
200	5	4	2
300	7	16	3
400	10	8	4
500	13	0	5
600	15	12	6
700	18	4	7
800	20	16	8
900	23	8	9
1000	26	0	10
1100	28	12	11
1200	31	5	0
1300	33	17	1
1400	36	9	2
1500	39	1	3
2000	52	1	8
3000	78	2	6
4000	104	3	4
5000	130	4	2
6000	156	5	0
7000	182	5	10
8000	208	6	8
9000	234	7	6
10000	260	8	4
20000	520	16	8

No.	L.	s.	d.
112	2	18	4
144	3	15	0
250	6	10	2½
256	6	13	4
272	7	1	8
365	9	10	1¼
750	19	10	7½
1250	32	11	0½

Fractional Parts.

16ths.	s.	d.	f.	frac.
1	0	0	1	9-16
2	0	0	3	2-16
3	0	1	0	11-16
4	0	1	2	4-16
5	0	1	3	13-16
6	0	2	1	6-16
7	0	2	2	15-16
8	0	3	0	8-16
9	0	3	2	1-16
10	0	3	3	10-16
11	0	4	1	3-16
12	0	4	2	12-16
13	0	5	0	5-16
14	0	5	1	14-16
15	0	5	3	7-16
1-3d	0	2	0	1-3
2-3ds	0	4	0	2-3
1-12th	0	0	2	1-12
1-14th	0	0	1	11-14
1-20th	0	0	1	1-4

No.	L.	s.	d.	No.	L.	s.	d.	No.	L.	s.	d.	No.	L.	s.	d.
1	0	0	6½	32	0	17	4	63	1	14	1½	94	2	10	11
2	0	1	1	33	0	17	10½	64	1	14	8	95	2	11	5½
3	0	1	7½	34	0	18	5	65	1	15	2½	96	2	12	0
4	0	2	2	35	0	18	11½	66	1	15	9	97	2	12	6½
5	0	2	8½	36	0	19	6	67	1	16	3½	98	2	13	1
6	0	3	3	37	1	0	0½	68	1	16	10	99	2	13	7½
7	0	3	9½	38	1	0	7	69	1	17	4½	100	2	14	2
8	0	4	4	39	1	1	1½	70	1	17	11	200	5	8	4
9	0	4	10½	40	1	1	8	71	1	18	5½	300	8	2	6
10	0	5	5	41	1	2	2½	72	1	19	0	400	10	16	8
11	0	5	11½	42	1	2	9	73	1	19	6½	500	13	10	10
12	0	6	6	43	1	3	3½	74	2	0	1	600	16	5	0
13	0	7	0½	44	1	3	10	75	2	0	7½	700	18	19	2
14	0	7	7	45	1	4	4½	76	2	1	2	800	21	13	4
15	0	8	1½	46	1	4	11	77	2	1	8½	900	24	7	6
16	0	8	8	47	1	5	5½	78	2	2	3	1000	27	1	8
17	0	9	2½	48	1	6	0	79	2	2	9½	1100	29	15	10
18	0	9	9	49	1	6	6½	80	2	3	4	1200	32	10	0
19	0	10	3½	50	1	7	1	81	2	3	10½	1300	35	4	2
20	0	10	10	51	1	7	7½	82	2	4	5	1400	37	18	4
21	0	11	4½	52	1	8	2	83	2	4	11½	1500	40	12	6
22	0	11	11	53	1	8	8½	84	2	5	6	2000	54	3	4
23	0	12	5½	54	1	9	3	85	2	6	0½	3000	81	5	0
24	0	13	0	55	1	9	9½	86	2	6	7	4000	108	6	8
25	0	13	6½	56	1	10	4	87	2	7	1½	5000	135	8	4
26	0	14	1	57	1	10	10½	88	2	7	8	6000	162	10	0
27	0	14	7½	58	1	11	5	89	2	8	2½	7000	189	11	8
28	0	15	2	59	1	11	11½	90	2	8	9	8000	216	13	4
29	0	15	8½	60	1	12	6	91	2	9	3½	9000	243	15	0
30	0	16	3	61	1	13	0½	92	2	9	10	10000	270	16	8
31	0	16	9½	62	1	13	7	93	2	10	4½	20000	541	13	4

No.	L.	s.	d.
112	3	0	8
144	3	18	0
250	6	15	5
256	6	18	8
272	7	7	4
365	9	17	8½
750	20	6	3
1250	33	17	1

Fractional Parts.

10ths.	s.	d.	f.	frc.
1	0	0	1	5-8
2	0	0	3	2-8
3	0	1	0	7-8
4	0	1	2	4-8
5	0	2	0	1-8
6	0	2	1	6-8
7	0	2	3	3-8
8	0	3	1	0-0
9	0	3	2	5-8
10	0	4	0	2-8
11	0	4	1	7-8
12	0	4	3	4-8
13	0	5	1	1-8
14	0	5	2	6-8
15	0	6	0	3-8
1-3d	0	2	0	2-3
2-3ds	0	4	1	1-3
1-12th	0	0	2	1-6
1-14th	0	0	1	6-7
1-20th	0	0	1	3-10

At 6 Pence 3 Farthings.

No.	L.	s.	d.	No.	L.	s.	d.	No.	L.	s.	d.	No.	L.	s.	d.
1	0	0	6¾	32	0	18	0	63	1	15	5¼	94	2	12	10½
2	0	1	1½	33	0	18	6¾	64	1	16	0	95	2	13	5¼
3	0	1	8¼	34	0	19	1½	65	1	16	6¾	96	2	14	0
4	0	2	3	35	0	19	8¼	66	1	17	1½	97	2	14	6¾
5	0	2	9¾	36	1	0	3	67	1	17	8¼	98	2	15	1½
6	0	3	4½	37	1	0	9¾	68	1	18	3	99	2	15	8¼
7	0	3	11¼	38	1	1	4½	69	1	18	9¾	100	2	16	3
8	0	4	6	39	1	1	11¼	70	1	19	4½	200	5	12	6
9	0	5	0¾	40	1	2	6	71	1	19	11¼	300	8	8	9
10	0	5	7½	41	1	3	0¾	72	2	0	6	400	11	5	0
11	0	6	2¼	42	1	3	7½	73	2	1	0¾	500	14	1	3
12	0	6	9	43	1	4	2¼	74	2	1	7½	600	16	17	6
13	0	7	3¾	44	1	4	9	75	2	2	2¼	700	19	13	9
14	0	7	10½	45	1	5	3¾	76	2	2	9	800	22	10	0
15	0	8	5¼	46	1	5	10½	77	2	3	3¾	900	25	6	3
16	0	9	0	47	1	6	5¼	78	2	3	10½	1000	28	2	6
17	0	9	6¾	48	1	7	0	79	2	4	5¼	1100	30	18	9
18	0	10	1½	49	1	7	6¾	80	2	5	0	1200	33	15	0
19	0	10	8¼	50	1	8	1½	81	2	5	6¾	1300	36	11	3
20	0	11	3	51	1	8	8¼	82	2	6	1½	1400	39	7	6
21	0	11	9¾	52	1	9	3	83	2	6	8¼	1500	42	3	9
22	0	12	4½	53	1	9	9¾	84	2	7	3	2000	56	5	0
23	0	12	11¼	54	1	10	4½	85	2	7	9¾	3000	84	7	6
24	0	13	6	55	1	10	11¼	86	2	8	4½	4000	112	10	0
25	0	14	0¾	56	1	11	6	87	2	8	11¼	5000	140	12	6
26	0	14	7½	57	1	12	0¾	88	2	9	6	6000	168	15	0
27	0	15	2¼	58	1	12	7½	89	2	10	0¾	7000	196	17	6
28	0	15	9	59	1	13	2¼	90	2	10	7½	8000	225	0	0
29	0	16	3¾	60	1	13	9	91	2	11	2¼	9000	253	2	6
30	0	16	10½	61	1	14	3¾	92	2	11	9	10000	281	5	0
31	0	17	5¼	62	1.14		10½	93	2	12	3¾	20000	562	10	0

No.	L.	s.	d.
112	3	3	0
144	4	1	0
250	7	0	7½
256	7	4	0
272	7	13	0
365	10	5	3¾
750	21	1	10½
1250	35	3	1½

Fractional Parts.

16ths.	s.	d.	f.	frac.
1	0	0	1	11-16
2	0	0	3	6-16
3	0	1	1	1-16
4	0	1	2	12-16
5	0	2	0	7-16
6	0	2	2	2-16
7	0	2	3	13-16
8	0	3	1	8-16
9	0	3	3	3-16
10	0	4	0	14-16
11	0	4	2	9-16
12	0	5	0	4-16
13	0	5	1	15-16
14	0	5	3	10-16
15	0	6	1	5-16
1-3d	0	2	1	0-0
2-3ds	0	4	2	0-0
1-12th	0	0	2	1-4
1-14th	0	0	1	13-14
1-20th	0	0	1	7-20

No.	l.	s.	d.	No.	l.	s.	d.	No.	l.	s.	d.	No.	L.	s.	d.
1	0	0	7	32	0	18	8	63	1	16	9	94	2	14	10
2	0	1	2	33	0	19	3	64	1	17	4	95	2	15	5
3	0	1	9	34	0	19	10	65	1	17	11	96	2	16	0
4	0	2	4	35	1	0	5	66	1	18	6	97	2	16	7
5	0	2	11	36	1	1	0	67	1	19	1	98	2	17	2
6	0	3	6	37	1	1	7	68	1	19	8	99	2	17	9
7	0	4	1	38	1	2	2	69	2	0	3	100	2	18	4
8	0	4	8	39	1	2	9	70	2	0	10	200	5	16	8
9	0	5	3	40	1	3	4	71	2	1	5	300	8	15	0
10	0	5	10	41	1	3	11	72	2	2	0	400	11	13	4
11	0	6	5	42	1	4	6	73	2	2	7	500	14	11	8
12	0	7	0	43	1	5	1	74	2	3	2	600	17	10	0
13	0	7	7	44	1	5	8	75	2	3	9	700	20	8	4
14	0	8	2	45	1	6	3	76	2	4	4	800	23	6	8
15	0	8	9	46	1	6	10	77	2	4	11	900	26	5	0
16	0	9	4	47	1	7	5	78	2	5	6	1000	29	3	4
17	0	9	11	48	1	8	0	79	2	6	1	1100	32	1	8
18	0	10	6	49	1	8	7	80	2	6	8	1200	35	0	0
19	0	11	1	50	1	9	2	81	2	7	3	1300	37	18	4
20	0	11	8	51	1	9	9	82	2	7	10	1400	40	16	8
21	0	12	3	52	1	10	4	83	2	8	5	1500	43	15	0
22	0	12	10	53	1	10	11	84	2	9	0	2000	58	6	8
23	0	13	5	54	1	11	6	85	2	9	7	3000	87	10	0
24	0	14	0	55	1	12	1	86	2	10	2	4000	116	13	4
25	0	14	7	56	1	12	8	87	2	10	9	5000	145	16	8
26	0	15	2	57	1	13	3	88	2	11	4	6000	175	0	0
27	0	15	9	58	1	13	10	89	2	11	11	7000	204	3	4
28	0	16	4	59	1	14	5	90	2	12	6	8000	233	6	8
29	0	16	11	60	1	15	0	91	2	13	1	9000	262	10	0
30	0	17	6	61	1	15	7	92	2	13	8	10000	291	13	4
31	0	18	1	62	1	16	2	93	2	14	3	20000	583	6	8

No.	L.	s.	d.
112	3	5	4
144	4	4	0
250	7	5	10
256	7	9	4
272	7	18	8
365	10	12	11
750	21	17	6
1250	36	9	2

Fractional Parts.

16ths.	s.	d.	f.	frac.
1	0	0	1	3-4
2	0	0	3	2-4
3	0	1	1	1-4
4	0	1	3	0-0
5	0	2	0	3-4
6	0	2	2	2-4
7	0	3	0	1-4
8	0	3	2	0-0
9	0	3	3	3-4
10	0	4	1	2-4
11	0	4	3	1-4
12	0	5	1	0-0
13	0	5	2	3-4
14	0	6	0	2-4
15	0	6	2	1-4
1-3d	0	2	1	1-3
2-3ds	0	4	2	2-3
1-12th	0	0	2	1-3
1-14th	0	0	2	0-0
1-20th	0	0	1	2-5

At 7 Pence 1 Farthing.

No.	l.	s.	d.	No.	L.	s.	d.	No.	l.	s.	d.	No.	L.	s.	d.
1	0	0	7¼	32	0	19	4	63	1	18	0¾	94	2	16	9½
2	0	1	2½	33	0	19	11¼	64	1	18	8	95	2	17	4¾
3	0	1	9¾	34	1	0	6½	65	1	19	3¼	96	2	18	0
4	0	2	5	35	1	1	1¾	66	1	19	10½	97	2	18	7¼
5	0	3	0¼	36	1	1	9	67	2	0	5¾	98	2	19	2½
6	0	3	7½	37	1	2	4¼	68	2	1	1	99	2	19	9¾
7	0	4	2¾	38	1	2	11½	69	2	1	8¼	100	3	0	5
8	0	4	10	39	1	3	6¾	70	2	2	3½	200	6	0	10
9	0	5	5¼	40	1	4	2	71	2	2	10¾	300	9	1	3
10	0	6	0½	41	1	4	9¼	72	2	3	6	400	12	1	8
11	0	6	7¾	42	1	5	4½	73	2	4	1¼	500	15	2	1
12	0	7	3	43	1	5	11¾	74	2	4	8½	600	18	2	6
13	0	7	10¼	44	1	6	7	75	2	5	3¾	700	21	2	11
14	0	8	5½	45	1	7	2¼	76	2	5	11	800	24	3	4
15	0	9	0¾	46	1	7	9½	77	2	6	6¼	900	27	3	9
16	0	9	8	47	1	8	4¾	78	2	7	1½	1000	30	4	2
17	0	10	3¼	48	1	9	0	79	2	7	8¾	1100	33	4	7
18	0	10	10½	49	1	9	7¼	80	2	8	4	1200	36	5	0
19	0	11	5¾	50	1	10	2½	81	2	8	11¼	1300	39	5	5
20	0	12	1	51	1	10	9¾	82	2	9	6½	1400	42	5	10
21	0	12	8¼	52	1	11	5	83	2	10	1¾	1500	45	6	3
22	0	13	3½	53	1	12	0¼	84	2	10	9	2000	60	8	4
23	0	13	10¾	54	1	12	7½	85	2	11	4¼	3000	90	12	6
24	0	14	6	55	1	13	2¾	86	2	11	11½	4000	120	16	8
25	0	15	1¼	56	1	13	10	87	2	12	6¾	5000	151	0	10
26	0	15	8½	57	1	14	5¼	88	2	13	2	6000	181	5	0
27	0	16	3¾	58	1	15	0½	89	2	13	9¼	7000	211	9	2
28	0	16	11	59	1	15	7¾	90	2	14	4½	8000	241	13	4
29	0	17	6¼	60	1	16	3	91	2	14	11¾	9000	271	17	6
30	0	18	1½	61	1	16	10¼	92	2	15	7	10000	302	1	8
31	0	18	8¾	62	1	17	5½	93	2	16	2¼	20000	604	3	4

No.	L.	s.	d.
112	3	7	8
144	4	7	0
250	7	11	0½
256	7	14	8
272	8	4	4
365	11	0	6¼
750	22	13	1½
1250	37	15	2½

Fractional Parts.

16ths.	s.	d.	f.	frac.
1	0	0	1	13-16
2	0	0	3	10-16
3	0	1	1	7-16
4	0	1	3	4-16
5	0	2	1	1-16
6	0	2	2	14-16
7	0	3	0	11-16
8	0	3	2	8-16
9	0	4	0	5-16
10	0	4	2	2-16
11	0	4	3	15-16
12	0	5	1	12-16
13	0	5	3	9-16
14	0	6	1	6-16
15	0	6	3	3-16
1-3d	0	2	1	2-3
2-3ds	0	4	3	1-3
1-12th	0	0	2	5-12
1-14th	0	0	2	1-14
1-20th	0	0	1	9-20

No	l.	s.	d.	No.	l.	s.	d.	No.	l.	s.	d.	No.	l.	s.	d.
1	0	0	7½	32	1	0	0	63	1	19	4½	94	2	18	9
2	0	1	3	33	1	0	7½	64	2	0	0	95	2	19	4½
3	0	1	10½	34	1	1	3	65	2	0	7½	96	3	0	0
4	0	2	6	35	1	1	10½	66	2	1	3	97	3	0	7½
5	0	3	1½	36	1	2	6	67	2	1	10½	98	3	1	3
6	0	3	9	37	1	3	1½	68	2	2	6	99	3	1	10½
7	0	4	4½	38	1	3	9	69	2	3	1½	100	3	2	6
8	0	5	0	39	1	4	4½	70	2	3	9	200	6	5	0
9	0	5	7½	40	1	5	0	71	2	4	4½	300	9	7	6
10	0	6	3	41	1	5	7½	72	2	5	0	400	12	10	0
11	0	6	10½	42	1	6	3	73	2	5	7½	500	15	12	6
12	0	7	6	43	1	6	10½	74	2	6	3	600	18	15	0
13	0	8	1½	44	1	7	6	75	2	6	10½	700	21	17	6
14	0	8	9	45	1	8	1½	76	2	7	6	800	25	0	0
15	0	9	4½	46	1	8	9	77	2	8	1½	900	28	2	6
16	0	10	0	47	1	9	4½	78	2	8	9	1000	31	5	0
17	0	10	7½	48	1	10	0	79	2	9	4½	1100	34	7	6
18	0	11	3	49	1	10	7½	80	2	10	0	1200	37	10	0
19	0	11	10½	50	1	11	3	81	2	10	7½	1300	40	12	6
20	0	12	6	51	1	11	10½	82	2	11	3	1400	43	15	0
21	0	13	1½	52	1	12	6	83	2	11	10½	1500	46	17	6
22	0	13	9	53	1	13	1½	84	2	12	6	2000	62	10	0
23	0	14	4½	54	1	13	9	85	2	13	1½	3000	93	15	0
24	0	15	0	55	1	14	4½	86	2	13	9	4000	125	0	0
25	0	15	7½	56	1	15	0	87	2	14	4½	5000	156	5	0
26	0	16	3	57	1	15	7½	88	2	15	0	6000	187	10	0
27	0	16	10½	58	1	16	3	89	2	15	7½	7000	218	15	0
28	0	17	6	59	1	16	10½	90	2	16	3	8000	250	0	0
29	0	18	1½	60	1	17	6	91	2	16	10½	9000	281	5	0
30	0	18	9	61	1	18	1½	92	2	17	6	10000	312	10	0
31	0	19	4½	62	1	18	9	93	2	18	1½	20000	625	0	0

No.	l.	s.	d.
112	3	10	0
144	4	10	0
250	7	16	3
256	8	0	0
272	8	10	0
365	11	8	1½
750	23	8	9
1250	39	1	3

Fractional Parts.

16ths.	s.	d.	f.	frac.
1	0	0	1	7-8
2	0	0	3	6-8
3	0	1	1	5-8
4	0	1	3	4-8
5	0	2	1	3-8
6	0	2	3	2-8
7	0	3	1	1-8
8	0	3	3	0-0
9	0	4	0	7-8
10	0	4	2	6-8
11	0	5	0	5-8
12	0	5	2	4-8
13	0	6	0	3-8
14	0	6	2	2-8
15	0	7	0	1-8
1-3d	0	2	2	0-0
2-3ds	0	5	0	0-0
1-12th	0	0	2	1-2
1-14th	0	0	2	1-7
1-20th	0	0	1	1-2

At 7 Pence 3 Farthings.

No.	l.	s.	d.	No.	l.	s.	d.	No.	l.	s.	d.	No.	L.	s.	d.
1	0	0	7¾	32	1	0	8	63	2	0	8¼	94	3	0	8½
2	0	1	3½	33	1	1	3¾	64	2	1	4	95	3	1	4¼
3	0	1	11¼	34	1	1	11½	65	2	1	11¾	96	3	2	0
4	0	2	7	35	1	2	7¼	66	2	2	7½	97	3	2	7¾
5	0	3	2¾	36	1	3	3	67	2	3	3¼	98	3	3	3½
6	0	3	10½	37	1	3	10¾	68	2	3	11	99	3	3	11¼
7	0	4	6¼	38	1	4	6½	69	2	4	6¾	100	3	4	7
8	0	5	2	39	1	5	2¼	70	2	5	2½	200	6	9	2
9	0	5	9¾	40	1	5	10	71	2	5	10¼	300	9	13	9
10	0	6	5½	41	1	6	5¾	72	2	6	6	400	12	18	4
11	0	7	1¼	42	1	7	1½	73	2	7	1¾	500	16	2	11
12	0	7	9	43	1	7	9¼	74	2	7	9½	600	19	7	6
13	0	8	4¾	44	1	8	5	75	2	8	5¼	700	22	12	1
14	0	9	0½	45	1	9	0¾	76	2	9	1	800	25	16	8
15	0	9	8¼	46	1	9	8½	77	2	9	8¾	900	29	1	3
16	0	10	4	47	1	10	4¼	78	2	10	4½	1000	32	5	10
17	0	10	11¾	48	1	11	0	79	2	11	0¼	1100	35	10	5
18	0	11	7½	49	1	11	7¾	80	2	11	8	1200	38	15	0
19	0	12	3¼	50	1	12	3½	81	2	12	3¾	1300	41	19	7
20	0	12	11	51	1	12	11¼	82	2	12	11½	1400	45	4	2
21	0	13	6¾	52	1	13	7	83	2	13	7¼	1500	48	8	9
22	0	14	2½	53	1	14	2¾	84	2	14	3	2000	64	11	8
23	0	14	10¼	54	1	14	10½	85	2	14	10¾	3000	96	17	6
24	0	15	6	55	1	15	6¼	86	2	15	6½	4000	129	3	4
25	0	16	1¾	56	1	16	2	87	2	16	2¼	5000	161	9	2
26	0	16	9½	57	1	16	9¾	88	2	16	10	6000	193	15	0
27	0	17	5¼	58	1	17	5½	89	2	17	5¾	7000	226	0	10
28	0	18	1	59	1	18	1¼	90	2	18	1½	8000	258	6	8
29	0	18	8¾	60	1	18	9	91	2	18	9¼	9000	290	12	6
30	0	19	4½	61	1	19	4¾	92	2	19	5	10000	322	18	4
31	1	0	0¼	62	2	0	0½	93	3	0	0¾	20000	645	16	8

No.	L.	s.	d.
112	3	12	4
144	4	13	0
250	8	1	5½
256	8	5	4
272	8	15	8
365	11	15	8¾
750	24	4	4½
1250	40	7	3½

Fractional Parts.

16ths.	s.	d.	f.	frac.
1	0	0	1	15-16
2	0	0	3	14-16
3	0	1	1	13-16
4	0	1	3	12-16
5	0	2	1	11-16
6	0	2	3	10-16
7	0	3	1	9-16
8	0	3	3	8-16
9	0	4	1	7-16
10	0	4	3	6-16
11	0	5	1	5-16
12	0	5	3	4-16
13	0	6	1	3-16
14	0	6	3	2-16
15	0	7	1	1-16
1-3d	0	2	2	1-3
2-3ds	0	5	0	2-3
1-12th	0	0	2	7-12
1-14th	0	0	2	3-14
1-20th	0	0	1	11-20

No.	l.	s.	d.	No.	l.	s.	d.	No.	l.	s.	d.	No.	l.	s.	d.
1	0	0	8	32	1	1	4	63	2	2	0	94	3	2	8
2	0	1	4	33	1	2	0	64	2	2	8	95	3	3	4
3	0	2	0	34	1	2	8	65	2	3	4	96	3	4	0
4	0	2	8	35	1	3	4	66	2	4	0	97	3	4	8
5	0	3	4	36	1	4	0	67	2	4	8	98	3	5	4
6	0	4	0	37	1	4	8	68	2	5	4	99	3	6	0
7	0	4	8	38	1	5	4	69	2	6	0	100	3	6	8
8	0	5	4	39	1	6	0	70	2	6	8	200	6	13	4
9	0	6	0	40	1	6	8	71	2	7	4	300	10	0	0
10	0	6	8	41	1	7	4	72	2	8	0	400	13	6	8
11	0	7	4	42	1	8	0	73	2	8	8	500	16	13	4
12	0	8	0	43	1	8	8	74	2	9	4	600	20	0	0
13	0	8	8	44	1	9	4	75	2	10	0	700	23	6	8
14	0	9	4	45	1	10	0	76	2	10	8	800	26	13	4
15	0	10	0	46	1	10	8	77	2	11	4	900	30	0	0
16	0	10	8	47	1	11	4	78	2	12	0	1000	33	6	8
17	0	11	4	48	1	12	0	79	2	12	8	1100	36	13	4
18	0	12	0	49	1	12	8	80	2	13	4	1200	40	0	0
19	0	12	8	50	1	13	4	81	2	14	0	1300	43	6	8
20	0	13	4	51	1	14	0	82	2	14	8	1400	46	13	4
21	0	14	0	52	1	14	8	83	2	15	4	1500	50	0	0
22	0	14	8	53	1	15	4	84	2	16	0	2000	66	13	4
23	0	15	4	54	1	16	0	85	2	16	8	3000	100	0	0
24	0	16	0	55	1	16	8	86	2	17	4	4000	133	6	8
25	0	16	8	56	1	17	4	87	2	18	0	5000	166	13	4
26	0	17	4	57	1	18	0	88	2	18	8	6000	200	0	0
27	0	18	0	58	1	18	8	89	2	19	4	7000	233	6	8
28	0	18	8	59	1	19	4	90	3	0	0	8000	266	13	4
29	0	19	4	60	2	0	0	91	3	0	8	9000	300	0	0
30	1	0	0	61	2	0	8	92	3	1	4	10000	333	6	8
31	1	0	8	62	2	1	4	93	3	2	0	20000	666	13	4

No.	l.	s.	d.
112	3	14	8
144	4	16	0
250	8	6	8
256	8	10	8
272	9	1	4
365	12	3	4
750	25	0	0
1250	41	13	4

Fractional Parts.

16ths.	s.	d.	f.	frac.
1	0	0	2	0-0
2	0	1	0	0-0
3	0	1	2	0-0
4	0	2	0	0-0
5	0	2	2	0-0
6	0	3	0	0-0
7	0	3	2	0-0
8	0	4	0	0-0
9	0	4	2	0-0
10	0	5	0	0-0
11	0	5	2	0-0
12	0	6	0	0-0
13	0	6	2	0-0
14	0	7	0	0-0
15	0	7	2	0-0
1-3d	0	2	2	2-3
2-3ds	0	5	1	1-3
1-12th	0	0	2	2-3
1-14th	0	0	2	2-7
1-20th	0	0	1	3-5

At 8 Pence 1 Farthing.

No.	l.	s.	d.	No.	l.	s.	d.	No.	l.	s.	d.	No.	l.	s.	d.
1	0	0	8¼	32	1	2	0	63	2	3	3¾	94	3	4	7½
2	0	1	4½	33	1	2	8¼	64	2	4	0	95	3	5	3¾
3	0	2	0¾	34	1	3	4½	65	2	4	8¼	96	3	6	0
4	0	2	9	35	1	4	0¾	66	2	5	4½	97	3	6	8¼
5	0	3	5¼	36	1	4	9	67	2	6	0¾	98	3	7	4½
6	0	4	1½	37	1	5	5¼	68	2	6	9	99	3	8	0¾
7	0	4	9¾	38	1	6	1½	69	2	7	5¼	100	3	8	9
8	0	5	6	39	1	6	9¾	70	2	8	1½	200	6	17	6
9	0	6	2¼	40	1	7	6	71	2	8	9¾	300	10	6	3
10	0	6	10½	41	1	8	2¼	72	2	9	6	400	13	15	0
11	0	7	6¾	42	1	8	10½	73	2	10	2¼	500	17	3	9
12	0	8	3	43	1	9	6¾	74	2	10	10½	600	20	12	6
13	0	8	11¼	44	1	10	3	75	2	11	6¾	700	24	1	3
14	0	9	7½	45	1	10	11¼	76	2	12	3	800	27	10	0
15	0	10	3¾	46	1	11	7½	77	2	12	11¼	900	30	18	9
16	0	11	0	47	1	12	3¾	78	2	13	7½	1000	34	7	6
17	0	11	8¼	48	1	13	0	79	2	14	3¾	1100	37	16	3
18	0	12	4½	49	1	13	8¼	80	2	15	0	1200	41	5	0
19	0	13	0¾	50	1	14	4½	81	2	15	8¼	1300	44	13	9
20	0	13	9	51	1	15	0¾	82	2	16	4½	1400	48	2	6
21	0	14	5¼	52	1	15	9	83	2	17	0¾	1500	51	11	3
22	0	15	1½	53	1	16	5¼	84	2	17	9	2000	68	15	0
23	0	15	9¾	54	1	17	1½	85	2	18	5¼	3000	103	2	6
24	0	16	6	55	1	17	9¾	86	2	19	1½	4000	137	10	0
25	0	17	2¼	56	1	18	6	87	2	19	9¾	5000	171	17	6
26	0	17	10½	57	1	19	2¼	88	3	0	6	6000	206	5	0
27	0	18	6¾	58	1	19	10½	89	3	1	2¼	7000	240	12	6
28	0	19	3	59	2	0	6¾	90	3	1	10½	8000	275	0	0
29	0	19	11¼	60	2	1	3	91	3	2	6¾	9000	309	7	6
30	1	0	7½	61	2	1	11¼	92	3	3	3	10000	343	15	0
31	1	1	3¾	62	2	2	7½	93	3	3	11¼	20000	687	10	0

No.	l.	s.	d.
112	3	17	0
144	4	19	0
250	8	11	10½
256	8	16	0
272	9	7	0
365	12	10	11¼
750	25	15	7½
1250	42	19	4½

Fractional Parts.

16ths.	s.	d.	f.	frac.
1	0	0	2	1-16
2	0	1	0	2-16
3	0	1	2	3-16
4	0	2	0	4-16
5	0	2	2	5-16
6	0	3	0	6-16
7	0	3	2	7-16
8	0	4	0	8-16
9	0	4	2	9-16
10	0	5	0	10-16
11	0	5	2	11-16
12	0	6	0	12-16
13	0	6	2	13-16
14	0	7	0	14-16
15	0	7	2	15-16
1-3d	0	2	3	0-0
2-3ds	0	5	2	0-0
1-12th	0	0	2	3-4
1-14th	0	0	2	5-14
1-20th	0	0	1	13-20

At 8 Pence Halfpenny.

No.	L.	s.	d.	No.	L.	s.	d.	No.	L.	s.	d.	No.	L.	s.	d.
1	0	0	8½	32	1	2	8	63	2	4	7½	94	3	6	7
2	0	1	5	33	1	3	4½	64	2	5	4	95	3	7	3½
3	0	2	1½	34	1	4	1	65	2	6	0½	96	3	8	0
4	0	2	10	35	1	4	9½	66	2	6	9	97	3	8	8½
5	0	3	6½	36	1	5	6	67	2	7	5½	98	3	9	5
6	0	4	3	37	1	6	2½	68	2	8	2	99	3	10	1½
7	0	4	11½	38	1	6	11	69	2	8	10½	100	3	10	10
8	0	5	8	39	1	7	7½	70	2	9	7	200	7	1	8
9	0	6	4½	40	1	8	4	71	2	10	3½	300	10	12	6
10	0	7	1	41	1	9	0½	72	2	11	0	400	14	3	4
11	0	7	9½	42	1	9	9	73	2	11	8½	500	17	14	2
12	0	8	6	43	1	10	5½	74	2	12	5	600	21	5	0
13	0	9	2½	44	1	11	2	75	2	13	1½	700	24	15	10
14	0	9	11	45	1	11	10½	76	2	13	10	800	28	6	8
15	0	10	7½	46	1	12	7	77	2	14	6½	900	31	17	6
16	0	11	4	47	1	13	3½	78	2	15	3	1000	35	8	4
17	0	12	0½	48	1	14	0	79	2	15	11½	1100	38	19	2
18	0	12	9	49	1	14	8½	80	2	16	8	1200	42	10	0
19	0	13	5½	50	1	15	5	81	2	17	4½	1300	46	0	10
20	0	14	2	51	1	16	1½	82	2	18	1	1400	49	11	8
21	0	14	10½	52	1	16	10	83	2	18	9½	1500	53	2	6
22	0	15	7	53	1	17	6½	84	2	19	6	2000	70	16	8
23	0	16	3½	54	1	18	3	85	3	0	2½	3000	106	5	0
24	0	17	0	55	1	18	11½	86	3	0	11	4000	141	13	4
25	0	17	8½	56	1	19	8	87	3	1	7½	5000	177	1	8
26	0	18	5	57	2	0	4½	88	3	2	4	6000	212	10	0
27	0	19	1½	58	2	1	1	89	3	3	0½	7000	247	18	4
28	0	19	10	59	2	1	9½	90	3	3	9	8000	283	6	8
29	1	0	6½	60	2	2	6	91	3	4	5½	9000	318	15	0
30	1	1	3	61	2	3	2½	92	3	5	2	10000	354	3	4
31	1	1	11½	62	2	3	11	93	3	5	10½	20000	708	6	8

No.	L.	s.	d.
112	3	19	4
144	5	2	0
250	8	17	1
256	9	1	4
272	9	12	8
365	12	18	6½
750	26	11	3
1250	44	5	5

Fractional Parts.

16ths.	s.	d.	f.	frac.
1	0	0	2	1-8
2	0	1	0	2-8
3	0	1	2	3-8
4	0	2	0	4-8
5	0	2	2	5-8
6	0	3	0	6-8
7	0	3	2	7-8
8	0	4	1	0-0
9	0	4	3	1-8
10	0	5	1	2-8
11	0	5	3	3-8
12	0	6	1	4-8
13	0	6	3	5-8
14	0	7	1	6-8
15	0	7	3	7-8
1-3d	0	2	3	1-3
2-3ds	0	5	2	2-3
1-12th	0	0	2	5-6
1-14th	0	0	2	3-7
1-20th	0	0	1	7-10

At 8 Pence 3 Farthings.

No.	L.	s.	d.	No.	L.	s.	d.	No.	L.	s.	d.	No.	L.	s.	d.
1	0	0	8¾	32	1	3	4	63	2	5	11¼	94	3	8	6½
2	0	1	5½	33	1	4	0¾	64	2	6	8	95	3	9	3¼
3	0	2	2¼	34	1	4	9½	65	2	7	4¾	96	3	10	0
4	0	2	11	35	1	5	6¼	66	2	8	1½	97	3	10	8¾
5	0	3	7¾	36	1	6	3	67	2	8	10¼	98	3	11	5½
6	0	4	4½	37	1	6	11¾	68	2	9	7	99	3	12	2¼
7	0	5	1¼	38	1	7	8½	69	2	10	3¾	100	3	12	11
8	0	5	10	39	1	8	5¼	70	2	11	0½	200	7	5	10
9	0	6	6¾	40	1	9	2	71	2	11	9¼	300	10	18	9
10	0	7	3½	41	1	9	10¾	72	2	12	6	400	14	11	8
11	0	8	0¼	42	1	10	7½	73	2	13	2¾	500	18	4	7
12	0	8	9	43	1	11	4¼	74	2	13	11½	600	21	17	6
13	0	9	5¾	44	1	12	1	75	2	14	8¼	700	25	10	5
14	0	10	2½	45	1	12	9¾	76	2	15	5	800	29	3	4
15	0	10	11¼	46	1	13	6½	77	2	16	1¾	900	32	16	3
16	0	11	8	47	1	14	3¼	78	2	16	10½	1000	36	9	2
17	0	12	4¾	48	1	15	0	79	2	17	7¼	1100	40	2	1
18	0	13	1½	49	1	15	8¾	80	2	18	4	1200	43	15	0
19	0	13	10¼	50	1	16	5½	81	2	19	0¾	1300	47	7	11
20	0	14	7	51	1	17	2¼	82	2	19	9½	1400	51	0	10
21	0	15	3¾	52	1	17	11	83	3	0	6¼	1500	54	13	9
22	0	16	0½	53	1	18	7¾	84	3	1	3	2000	72	18	4
23	0	16	9¼	54	1	19	4½	85	3	1	11¾	3000	109	7	6
24	0	17	6	55	2	0	1¼	86	3	2	8½	4000	145	16	8
25	0	18	2¾	56	2	0	10	87	3	3	5¼	5000	182	5	10
26	0	18	11½	57	2	1	6¾	88	3	4	2	6000	218	15	0
27	0	19	8¼	58	2	2	3½	89	3	4	10¾	7000	255	4	2
28	1	0	5	59	2	3	0¼	90	3	5	7½	8000	291	13	4
29	1	1	1¾	60	2	3	9	91	3	6	4¼	9000	328	2	6
30	1	1	10½	61	2	4	5¾	92	3	7	1	10000	364	11	8
31	1	2	7¼	62	2	5	2½	93	3	7	9¾	20000	729	3	4

No.	L.	s.	d.
112	4	1	8
144	5	5	0
250	9	2	3½
256	9	6	8
272	9	18	4
365	13	6	1¾
750	27	6	10½
1250	45	11	5½

Fractional Parts.

16ths.	s.	d.	f.	frac.
1	0	0	2	3-16
2	0	1	0	6-16
3	0	1	2	9-16
4	0	2	0	12-16
5	0	2	2	15-16
6	0	3	1	2-16
7	0	3	3	5-16
8	0	4	1	8-16
9	0	4	3	11-16
10	0	5	1	14-16
11	0	6	0	1-16
12	0	6	2	4-16
13	0	7	0	7-16
14	0	7	2	10-16
15	0	8	0	13-16
1-3d	0	2	3	2-3
2-3ds	0	5	3	1-3
1-12th	0	0	2	11-12
1-14th	0	0	2	1-2
1-20th	0	0	1	3-4

At 9 Pence.

No.	L.	s.	d.	No.	L.	s.	d.	No.	L.	s.	d.	No.	L.	s.	d.
1	0	0	9	32	1	4	0	63	2	7	3	94	3	10	6
2	0	1	6	33	1	4	9	64	2	8	0	95	3	11	3
3	0	2	3	34	1	5	6	65	2	8	9	96	3	12	0
4	0	3	0	35	1	6	3	66	2	9	6	97	3	12	9
5	0	3	9	36	1	7	0	67	2	10	3	98	3	13	6
6	0	4	6	37	1	7	9	68	2	11	0	99	3	14	3
7	0	5	3	38	1	8	6	69	2	11	9	100	3	15	0
8	0	6	0	39	1	9	3	70	2	12	6	200	7	10	0
9	0	6	9	40	1	10	0	71	2	13	3	300	11	5	0
10	0	7	6	41	1	10	9	72	2	14	0	400	15	0	0
11	0	8	3	42	1	11	6	73	2	14	9	500	18	15	0
12	0	9	0	43	1	12	3	74	2	15	6	600	22	10	0
13	0	9	9	44	1	13	0	75	2	16	3	700	26	5	0
14	0	10	6	45	1	13	9	76	2	17	0	800	30	0	0
15	0	11	3	46	1	14	6	77	2	17	9	900	33	15	0
16	0	12	0	47	1	15	3	78	2	18	6	1000	37	10	0
17	0	12	9	48	1	16	0	79	2	19	3	1100	41	5	0
18	0	13	6	49	1	16	9	80	3	0	0	1200	45	0	0
19	0	14	3	50	1	17	6	81	3	0	9	1300	48	15	0
20	0	15	0	51	1	18	3	82	3	1	6	1400	52	10	0
21	0	15	9	52	1	19	0	83	3	2	3	1500	56	5	0
22	0	16	6	53	1	19	9	84	3	3	0	2000	75	0	0
23	0	17	3	54	2	0	6	85	3	3	9	3000	112	10	0
24	0	18	0	55	2	1	3	86	3	4	6	4000	150	0	0
25	0	18	9	56	2	2	0	87	3	5	3	5000	187	10	0
26	0	19	6	57	2	2	9	88	3	6	0	6000	225	0	0
27	1	0	3	58	2	3	6	89	3	6	9	7000	262	10	0
28	1	1	0	59	2	4	3	90	3	7	6	8000	300	0	0
29	1	1	9	60	2	5	0	91	3	8	3	9000	337	10	0
30	1	2	6	61	2	5	9	92	3	9	0	10000	375	0	0
31	1	3	3	62	2	6	6	93	3	9	9	20000	750	0	0

No.	L.	s.	d.
112	4	4	0
144	5	8	0
250	9	7	6
256	9	12	0
272	10	4	0
365	13	13	9
750	28	2	6
1250	46	17	6

Fractional Parts.

10ths.	s.	d.	f.	frac.
1	0	0	2	1-4
2	0	1	0	2-4
3	0	1	2	3-4
4	0	2	1	0-0
5	0	2	3	1-4
6	0	3	1	2-4
7	0	3	3	3-4
8	0	4	2	0-0
9	0	5	0	1-4
10	0	5	2	2-4
11	0	6	0	3-4
12	0	6	3	0-0
13	0	7	1	1-4
14	0	7	3	2-4
15	0	8	1	3-4
1-3d	0	3	0	0-0
2-3ds	0	6	0	0-0
1-12th	0	0	3	0-0
1-14th	0	0	2	4-7
1-20th	0	0	1	4-5

At 9 Pence 1 Farthing.

No.	L.	s.	d.	No.	L.	s.	d.	No.	L.	s.	d.	No.	L.	s.	d.
1	0	0	9¼	32	1	4	8	63	2	8	6¾	94	3	12	5½
2	0	1	6½	33	1	5	5¼	64	2	9	4	95	3	13	2¾
3	0	2	3¾	34	1	6	2½	65	2	10	1¼	96	3	14	0
4	0	3	1	35	1	6	11¾	66	2	10	10½	97	3	14	9¼
5	0	3	10¼	36	1	7	9	67	2	11	7¾	98	3	15	6½
6	0	4	7½	37	1	8	6¼	68	2	12	5	99	3	16	3¾
7	0	5	4¾	38	1	9	3½	69	2	13	2¼	100	3	17	1
8	0	6	2	39	1	10	0¾	70	2	13	11½	200	7	14	2
9	0	6	11¼	40	1	10	10	71	2	14	8¾	300	11	11	3
10	0	7	8½	41	1	11	7¼	72	2	15	6	400	15	8	4
11	0	8	5¾	42	1	12	4½	73	2	16	3¼	500	19	5	5
12	0	9	3	43	1	13	1¾	74	2	17	0½	600	23	2	6
13	0	10	0¼	44	1	13	11	75	2	17	9¾	700	26	19	7
14	0	10	9½	45	1	14	8¼	76	2	18	7	800	30	16	8
15	0	11	6¾	46	1	15	5½	77	2	19	4¼	900	34	13	9
16	0	12	4	47	1	16	2¾	78	3	0	1½	1000	38	10	10
17	0	13	1¼	48	1	17	0	79	3	0	10¾	1100	42	7	11
18	0	13	10½	49	1	17	9¼	80	3	1	8	1200	46	5	0
19	0	14	7¾	50	1	18	6½	81	3	2	5¼	1300	50	2	1
20	0	15	5	51	1	19	3¾	82	3	3	2½	1400	53	19	2
21	0	16	2¼	52	2	0	1	83	3	3	11¾	1500	57	16	3
22	0	16	11½	53	2	0	10¼	84	3	4	9	2000	77	1	8
23	0	17	8¾	54	2	1	7½	85	3	5	6¼	3000	115	12	6
24	0	18	6	55	2	2	4¾	86	3	6	3½	4000	154	3	4
25	0	19	3¼	56	2	3	2	87	3	7	0¾	5000	192	14	2
26	1	0	0½	57	2	3	11¼	88	3	7	10	6000	231	5	0
27	1	0	9¾	58	2	4	8½	89	3	8	7¼	7000	269	15	10
28	1	1	7	59	2	5	5¾	90	3	9	4½	8000	308	6	8
29	1	2	4¼	60	2	6	3	91	3	10	1¾	9000	346	17	6
30	1	3	1½	61	2	7	0¼	92	3	10	11	10000	385	8	4
31	1	3	10¾	62	2	7	9½	93	3	11	8¼	20000	770	16	8

No.	L.	s.	d.
112	4	6	4
144	5	11	0
250	9	12	8½
256	9	17	4
272	10	9	8
365	14	1	4¼
750	28	18	1½
1250	48	3	6½

Fractional Parts.

10ths.	s.	d.	f.	frac.
1	0	0	2	5-16
2	0	1	0	10-16
3	0	1	2	15-16
4	0	2	1	4-16
5	0	2	3	9-16
6	0	3	1	14-16
7	0	4	0	3-16
8	0	4	2	8-16
9	0	5	0	13-16
10	0	5	3	2-16
11	0	6	1	7-16
12	0	6	3	12-16
13	0	7	2	1-16
14	0	8	0	6-16
15	0	8	2	11-16
1-3d	0	3	0	1-3
2-3ds	0	6	0	2-3
1-12th	0	0	3	1-12
1-14th	0	0	2	9-14
1-20th	0	0	1	17-20

At 9 Pence Halfpenny.

No.	L.	s.	d.	No.	L.	s.	d.	No.	L.	s.	d.	No.	L.	s.	d.
1	0	0	9½	32	1	5	4	63	2	9	10½	94	3	14	5
2	0	1	7	33	1	6	1½	64	2	10	8	95	3	15	2½
3	0	2	4½	34	1	6	11	65	2	11	5½	96	3	16	0
4	0	3	2	35	1	7	8½	66	2	12	3	97	3	16	9½
5	0	3	11½	36	1	8	6	67	2	13	0½	98	3	17	7
6	0	4	9	37	1	9	3½	68	2	13	10	99	3	18	4½
7	0	5	6½	38	1	10	1	69	2	14	7½	100	3	19	2
8	0	6	4	39	1	10	10½	70	2	15	5	200	7	18	4
9	0	7	1½	40	1	11	8	71	2	16	2½	300	11	17	6
10	0	7	11	41	1	12	5½	72	2	17	0	400	15	16	8
11	0	8	8½	42	1	13	3	73	2	17	9½	500	19	15	10
12	0	9	6	43	1	14	0½	74	2	18	7	600	23	15	0
13	0	10	3½	44	1	14	10	75	2	19	4½	700	27	14	2
14	0	11	1	45	1	15	7½	76	3	0	2	800	31	13	4
15	0	11	10½	46	1	16	5	77	3	0	11½	900	35	12	6
16	0	12	8	47	1	17	2½	78	3	1	9	1000	39	11	8
17	0	13	5½	48	1	18	0	79	3	2	6½	1100	43	10	10
18	0	14	3	49	1	18	9½	80	3	3	4	1200	47	10	0
19	0	15	0½	50	1	19	7	81	3	4	1½	1300	51	9	2
20	0	15	10	51	2	0	4½	82	3	4	11	1400	55	8	4
21	0	16	7½	52	2	1	2	83	3	5	8½	1500	59	7	6
22	0	17	5	53	2	1	11½	84	3	6	6	2000	79	3	4
23	0	18	2½	54	2	2	9	85	3	7	3½	3000	118	15	0
24	0	19	0	55	2	3	6½	86	3	8	1	4000	158	6	8
25	0	19	9½	56	2	4	4	87	3	8	10½	5000	197	18	4
26	1	0	7	57	2	5	1½	88	3	9	8	6000	237	10	0
27	1	1	4½	58	2	5	11	89	3	10	5½	7000	277	1	8
28	1	2	2	59	2	6	8½	90	3	11	3	8000	316	13	4
29	1	2	11½	60	2	7	6	91	3	12	0½	9000	356	5	0
30	1	3	9	61	2	8	3½	92	3	12	10	10000	395	16	8
31	1	4	6½	62	2	9	1	93	3	13	7½	20000	791	13	4

No.	L.	s.	d.
112	4	8	8
144	5	14	0
250	9	17	11
256	10	2	8
272	10	15	4
365	14	8	11½
750	29	13	9
1250	49	9	7

Fractional Parts.

16ths.	s.	d.	f.	frs.
1	0	0	2	3-8
2	0	1	0	6-8
3	0	1	3	1-8
4	0	2	1	4-8
5	0	2	3	7-8
6	0	3	2	2-8
7	0	4	0	5-8
8	0	4	3	0-0
9	0	5	1	3-8
10	0	5	3	6-8
11	0	6	2	1-8
12	0	7	0	4-8
13	0	7	2	7-8
14	0	8	1	2-8
15	0	8	3	5-8
1-3d	0	3	0	2-3
2-3ds	0	6	1	1-3
1-12th	0	0	3	1-6
1-14th	0	0	2	5-7
1-20th	0	0	1	9-10

At 9 Pence 3 Farthings.

No.	L.	s.	d.	No.	L.	s.	d.	No.	L.	s.	d.	No.	L.	s.	d.
1	0	0	9¾	32	1	6	0	63	2	11	2¼	94	3	16	4½
2	0	1	7½	33	1	6	9¾	64	2	12	0	95	3	17	2¼
3	0	2	5¼	34	1	7	7½	65	2	12	9¾	96	3	18	0
4	0	3	3	35	1	8	5¼	66	2	13	7½	97	3	18	9¾
5	0	4	0¾	36	1	9	3	67	2	14	5¼	98	3	19	7½
6	0	4	10½	37	1	10	0¾	68	2	15	3	99	4	0	5¼
7	0	5	8¼	38	1	10	10½	69	2	16	0¾	100	4	1	3
8	0	6	6	39	1	11	8¼	70	2	16	10½	200	8	2	6
9	0	7	3¾	40	1	12	6	71	2	17	8¼	300	12	3	9
10	0	8	1½	41	1	13	3¾	72	2	18	6	400	16	5	0
11	0	8	11¼	42	1	14	1½	73	2	19	3¾	500	20	6	3
12	0	9	9	43	1	14	11¼	74	3	0	1½	600	24	7	6
13	0	10	6¾	44	1	15	9	75	3	0	11¼	700	28	8	9
14	0	11	4½	45	1	16	6¾	76	3	1	9	800	32	10	0
15	0	12	2¼	46	1	17	4½	77	3	2	6¾	900	36	11	3
16	0	13	0	47	1	18	2¼	78	3	3	4½	1000	40	12	6
17	0	13	9¾	48	1	19	0	79	3	4	2¼	1100	44	13	9
18	0	14	7½	49	1	19	9¾	80	3	5	0	1200	48	15	0
19	0	15	5¼	50	2	0	7½	81	3	5	9¾	1300	52	16	3
20	0	16	3	51	2	1	5¼	82	3	6	7½	1400	56	17	6
21	0	17	0¾	52	2	2	3	83	3	7	5¼	1500	60	18	9
22	0	17	10½	53	2	3	0¾	84	3	8	3	2000	81	5	0
23	0	18	8¼	54	2	3	10½	85	3	9	0¾	3000	121	17	6
24	0	19	6	55	2	4	8¼	86	3	9	10½	4000	162	10	0
25	1	0	3¾	56	2	5	6	87	3	10	8¼	5000	203	2	6
26	1	1	1½	57	2	6	3¾	88	3	11	6	6000	243	15	0
27	1	1	11¼	58	2	7	1½	89	3	12	3¾	7000	284	7	6
28	1	2	9	59	2	7	11¼	90	3	13	1½	8000	325	0	0
29	1	3	6¾	60	2	8	9	91	3	13	11¼	9000	365	12	6
30	1	4	4½	61	2	9	6¾	92	3	14	9	10000	406	5	0
31	1	5	2¼	62	2	10	4½	93	3	15	6¾	20000	812	10	0

No.	L.	s.	d.
112	4	11	0
144	5	17	0
250	10	3	1½
256	10	8	0
272	11	1	0
365	14	16	6¾
750	30	9	4½
1250	50	15	7½

Fractional Parts.

16ths.	s.	d.	f.	frac.
1	0	0	2	7-16
2	0	1	0	14-16
3	0	1	3	5-16
4	0	2	1	12-16
5	0	3	0	3-16
6	0	3	2	10-16
7	0	4	1	1-16
8	0	4	3	8-16
9	0	5	1	15-16
10	0	6	0	6-16
11	0	6	2	13-16
12	0	7	1	4-16
13	0	7	3	11-16
14	0	8	2	2-16
15	0	9	0	9-16
1-3d	0	3	1	0-0
2-3ds	0	6	2	0-0
1-12th	0	0	3	1-4
1-14th	0	0	2	11-14
1-20th	0	0	1	19-20

No.	L.	s.	d.	No.	L.	s.	d.	No.	L.	s.	d.	No.	L.	s.	d.
1	0	0	10	32	1	6	8	63	2	12	6	94	3	18	4
2	0	1	8	33	1	7	6	64	2	13	4	95	3	19	2
3	0	2	6	34	1	8	4	65	2	14	2	96	4	0	0
4	0	3	4	35	1	9	2	66	2	15	0	97	4	0	10
5	0	4	2	36	1	10	0	67	2	15	10	98	4	1	8
6	0	5	0	37	1	10	10	68	2	16	8	99	4	2	6
7	0	5	10	38	1	11	8	69	2	17	6	100	4	3	4
8	0	6	8	39	1	12	6	70	2	18	4	200	8	6	8
9	0	7	6	40	1	13	4	71	2	19	2	300	12	10	0
10	0	8	4	41	1	14	2	72	3	0	0	400	16	13	4
11	0	9	2	42	1	15	0	73	3	0	10	500	20	16	8
12	0	10	0	43	1	15	10	74	3	1	8	600	25	0	0
13	0	10	10	44	1	16	8	75	3	2	6	700	29	3	4
14	0	11	8	45	1	17	6	76	3	3	4	800	33	6	8
15	0	12	6	46	1	18	4	77	3	4	2	900	37	10	0
16	0	13	4	47	1	19	2	78	3	5	0	1000	41	13	4
17	0	14	2	48	2	0	0	79	3	5	10	1100	45	16	8
18	0	15	0	49	2	0	10	80	3	6	8	1200	50	0	0
19	0	15	10	50	2	1	8	81	3	7	6	1300	54	3	4
20	0	16	8	51	2	2	6	82	3	8	4	1400	58	6	8
21	0	17	6	52	2	3	4	83	3	9	2	1500	62	10	0
22	0	18	4	53	2	4	2	84	3	10	0	2000	83	6	8
23	0	19	2	54	2	5	0	85	3	10	10	3000	125	0	0
24	1	0	0	55	2	5	10	86	3	11	8	4000	166	13	4
25	1	0	10	56	2	6	8	87	3	12	6	5000	208	6	8
26	1	1	8	57	2	7	6	88	3	13	4	6000	250	0	0
27	1	2	6	58	2	8	4	89	3	14	2	7000	291	13	4
28	1	3	4	59	2	9	2	90	3	15	0	8000	333	6	8
29	1	4	2	60	2	10	0	91	3	15	10	9000	375	0	0
30	1	5	0	61	2	10	10	92	3	16	8	10000	416	13	4
31	1	5	10	62	2	11	8	93	3	17	6	20000	833	6	8

No.	L.	s.	d.
112	4	13	4
144	6	0	0
250	10	8	4
256	10	13	4
272	11	6	8
365	15	4	2
750	31	5	0
1250	52	1	8

Fractional Parts.

16ths.	s.	d.	f.	frac.
1	0	0	2	1-2
2	0	1	1	0-0
3	0	1	3	1-2
4	0	2	2	0-0
5	0	3	0	1-2
6	0	3	3	0-0
7	0	4	1	1-2
8	0	5	0	0-0
9	0	5	2	1-2
10	0	6	1	0-0
11	0	6	3	1-2
12	0	7	2	0-0
13	0	8	0	1-2
14	0	8	3	0-0
15	0	9	1	1-2
1-3d	0	3	1	1-3
2-3ds	0	6	2	2-3
1-12th	0	0	3	1-3
1-14th	0	0	2	6-7
1-20th	0	0	2	0-0

At 10 Pence 1 Farthing.

No.	L.	s.	d.	No.	L.	s.	d.	No.	L.	s.	d.	No.	L.	s.	d.
1	0	0	10¼	32	1	7	4	63	2	13	9¾	94	4	0	3½
2	0	1	8½	33	1	8	2¼	64	2	14	8	95	4	1	1¾
3	0	2	6¾	34	1	9	0½	65	2	15	6¼	96	4	2	0
4	0	3	5	35	1	9	10¾	66	2	16	4½	97	4	2	10¼
5	0	4	3¼	36	1	10	9	67	2	17	2¾	98	4	3	8½
6	0	5	1½	37	1	11	7¼	68	2	18	1	99	4	4	6¾
7	0	5	11¾	38	1	12	5½	69	2	18	11¼	100	4	5	5
8	0	6	10	39	1	13	3¾	70	2	19	9½	200	8	10	10
9	0	7	8¼	40	1	14	2	71	3	0	7¾	300	12	16	3
10	0	8	6½	41	1	15	0¼	72	3	1	6	400	17	1	8
11	0	9	4¾	42	1	15	10½	73	3	2	4¼	500	21	7	1
12	0	10	3	43	1	16	8¾	74	3	3	2½	600	25	12	6
13	0	11	1¼	44	1	17	7	75	3	4	0¾	700	29	17	11
14	0	11	11½	45	1	18	5¼	76	3	4	11	800	34	3	4
15	0	12	9¾	46	1	19	3½	77	3	5	9¼	900	38	8	9
16	0	13	8	47	2	0	1¾	78	3	6	7½	1000	42	14	2
17	0	14	6¼	48	2	1	0	79	3	7	5¾	1100	46	19	7
18	0	15	4½	49	2	1	10¼	80	3	8	4	1200	51	5	0
19	0	16	2¾	50	2	2	8½	81	3	9	2¼	1300	55	10	5
20	0	17	1	51	2	3	6¾	82	3	10	0½	1400	59	15	10
21	0	17	11¼	52	2	4	5	83	3	10	10¾	1500	64	1	3
22	0	18	9½	53	2	5	3¼	84	3	11	9	2000	85	8	4
23	0	19	7¾	54	2	6	1½	85	3	12	7¼	3000	128	2	6
24	1	0	6	55	2	6	11¾	86	3	13	5½	4000	170	16	8
25	1	1	4¼	56	2	7	10	87	3	14	3¾	5000	213	10	10
26	1	2	2½	57	2	8	8¼	88	3	15	2	6000	256	5	0
27	1	3	0¾	58	2	9	6½	89	3	16	0¼	7000	298	19	2
28	1	3	11	59	2	10	4¾	90	3	16	10½	8000	341	13	4
29	1	4	9¼	60	2	11	3	91	3	17	8¾	9000	384	7	6
30	1	5	7½	61	2	12	1¼	92	3	18	7	10000	427	1	8
31	1	6	5¾	62	2	12	11½	93	3	19	5¼	20000	854	3	4

No.	L.	s.	d.
112	4	15	8
144	6	3	0
250	10	13	6½
256	10	18	8
272	11	12	4
365	15	11	9¼
750	32	0	7½
1250	53	7	8½

Fractional Parts.

16ths.	s.	d.	f.	frac.
1	0	0	2	9-16
2	0	1	1	2-16
3	0	1	3	11-16
4	0	2	2	4-16
5	0	3	0	13-16
6	0	3	3	6-16
7	0	4	1	15-16
8	0	5	0	8-16
9	0	5	3	1-16
10	0	6	1	10-16
11	0	7	0	3-16
12	0	7	2	12-16
13	0	8	1	5-16
14	0	8	3	14-16
15	0	9	2	7-16
1-3d	0	3	1	2-3
2-3ds	0	6	3	1-3
1-12th	0	0	3	5-12
1-14th	0	0	2	13-14
1-20th	0	0	2	1-20

No.	L.	s.	d.	No.	L.	s.	d.	No.	L.	s.	d.	No.	L.	s.	d.
1	0	0	10½	32	1	8	0	63	2	15	1½	94	4	2	3
2	0	1	9	33	1	8	10½	64	2	16	0	95	4	3	1½
3	0	2	7½	34	1	9	9	65	2	16	10½	96	4	4	0
4	0	3	6	35	1	10	7½	66	2	17	9	97	4	4	10½
5	0	4	4½	36	1	11	6	67	2	18	7½	98	4	5	9
6	0	5	3	37	1	12	4½	68	2	19	6	99	4	6	7½
7	0	6	1½	38	1	13	3	69	3	0	4½	100	4	7	6
8	0	7	0	39	1	14	1½	70	3	1	3	200	8	15	0
9	0	7	10½	40	1	15	0	71	3	2	1½	300	13	2	6
10	0	8	9	41	1	15	10½	72	3	3	0	400	17	10	0
11	0	9	7½	42	1	16	9	73	3	3	10½	500	21	17	6
12	0	10	6	43	1	17	7½	74	3	4	9	600	26	5	0
13	0	11	4½	44	1	18	6	75	3	5	7½	700	30	12	6
14	0	12	3	45	1	19	4½	76	3	6	6	800	35	0	0
15	0	13	1½	46	2	0	3	77	3	7	4½	900	39	7	6
16	0	14	0	47	2	1	1½	78	3	8	3	1000	43	15	0
17	0	14	10½	48	2	2	0	79	3	9	1½	1100	48	2	6
18	0	15	9	49	2	2	10½	80	3	10	0	1200	52	10	0
19	0	16	7½	50	2	3	9	81	3	10	10½	1300	56	17	6
20	0	17	6	51	2	4	7½	82	3	11	9	1400	61	5	0
21	0	18	4½	52	2	5	6	83	3	12	7½	1500	65	12	6
22	0	19	3	53	2	6	4½	84	3	13	6	2000	87	10	0
23	1	0	1½	54	2	7	3	85	3	14	4½	3000	131	5	0
24	1	1	0	55	2	8	1½	86	3	15	3	4000	175	0	0
25	1	1	10½	56	2	9	0	87	3	16	1½	5000	218	15	0
26	1	2	9	57	2	9	10½	88	3	17	0	6000	262	10	0
27	1	3	7½	58	2	10	9	89	3	17	10½	7000	306	5	0
28	1	4	6	59	2	11	7½	90	3	18	9	8000	350	0	0
29	1	5	4½	60	2	12	6	91	3	19	7½	9000	393	15	0
30	1	6	3	61	2	13	4½	92	4	0	6	10000	437	10	0
31	1	7	1½	62	2	14	3	93	4	1	4½	20000	875	0	0

No.	L.	s.	d.
112	4	18	0
144	6	6	0
250	10	18	9
256	11	4	0
272	11	18	0
365	15	19	4½
750	32	16	3
1250	54	13	9

Fractional Parts.

16ths.	s.	d.	f.	frac.
1	0	0	2	5-8
2	0	1	1	2-8
3	0	1	3	7-8
4	0	2	2	4-8
5	0	3	1	1-8
6	0	3	3	6-8
7	0	4	2	3-8
8	0	5	1	0-0
9	0	5	3	5-8
10	0	6	2	2-8
11	0	7	0	7-8
12	0	7	3	4-8
13	0	8	2	1-8
14	0	9	0	6-8
15	0	9	3	3-8
1-3d	0	3	2	0-0
2-3ds	0	7	0	0-0
1-12th	0	0	3	1-2
1-14th	0	0	3	0-0
1-20th	0	0	2	1-10

At 10 Pence 3 Farthings.

No.	L.	s.	d.	No.	L.	s.	d.	No.	L.	s.	d.	No.	L.	s.	d.
1	0	0	10¾	32	1	8	8	63	2	16	5¼	94	4	4	2½
2	0	1	9½	33	1	9	6¾	64	2	17	4	95	4	5	1¼
3	0	2	8¼	34	1	10	5½	65	2	18	2¾	96	4	6	0
4	0	3	7	35	1	11	4¼	66	2	19	1½	97	4	6	10¾
5	0	4	5¾	36	1	12	3	67	3	0	0¼	98	4	7	9½
6	0	5	4½	37	1	13	1¾	68	3	0	11	99	4	8	8¼
7	0	6	3¼	38	1	14	0½	69	3	1	9¾	100	4	9	7
8	0	7	2	39	1	14	11¼	70	3	2	8½	200	8	19	2
9	0	8	0¾	40	1	15	10	71	3	3	7¼	300	13	8	9
10	0	8	11½	41	1	16	8¾	72	3	4	6	400	17	18	4
11	0	9	10¼	42	1	17	7½	73	3	5	4¾	500	22	7	11
12	0	10	9	43	1	18	6¼	74	3	6	3½	600	26	17	6
13	0	11	7¾	44	1	19	5	75	3	7	2¼	700	31	7	1
14	0	12	6½	45	2	0	3¾	76	3	8	1	800	35	16	8
15	0	13	5¼	46	2	1	2½	77	3	8	11¾	900	40	6	3
16	0	14	4	47	2	2	1¼	78	3	9	10½	1000	44	15	10
17	0	15	2¾	48	2	3	0	79	3	10	9¼	1100	49	5	5
18	0	16	1½	49	2	3	10¾	80	3	11	8	1200	53	15	0
19	0	17	0¼	50	2	4	9½	81	3	12	6¾	1300	58	4	7
20	0	17	11	51	2	5	8¼	82	3	13	5½	1400	62	14	2
21	0	18	9¾	52	2	6	7	83	3	14	4¼	1500	67	3	9
22	0	19	8½	53	2	7	5¾	84	3	15	3	2000	89	11	8
23	1	0	7¼	54	2	8	4½	85	3	16	1¾	3000	134	7	6
24	1	1	6	55	2	9	3¼	86	3	17	0½	4000	179	3	4
25	1	2	4¾	56	2	10	2	87	3	17	11¼	5000	223	19	2
26	1	3	3½	57	2	11	0¾	88	3	18	10	6000	268	15	0
27	1	4	2¼	58	2	11	11½	89	3	19	8¾	7000	313	10	10
28	1	5	1	59	2	12	10¼	90	4	0	7½	8000	358	6	8
29	1	5	11¾	60	2	13	9	91	4	1	6¼	9000	403	2	6
30	1	6	10½	61	2	14	7¾	92	4	2	5	10000	447	18	4
31	1	7	9¼	62	2	15	6½	93	4	3	3¾	20000	895	16	8

No.	L.	s.	d.
112	5	0	4
144	6	9	0
250	11	3	11½
256	11	9	4
272	12	3	8
365	16	6	11¾
750	33	11	10½
1250	55	19	9½

Fractional Parts.

16ths.	s.	d.	f.	frac.
1	0	0	2	11-16
2	0	1	1	6-16
3	0	2	0	1-16
4	0	2	2	12-16
5	0	3	1	7-16
6	0	4	0	2-16
7	0	4	2	13-16
8	0	5	1	8-16
9	0	6	0	3-16
10	0	6	2	14-16
11	0	7	1	9-16
12	0	8	0	4-16
13	0	8	2	15-16
14	0	9	1	10-16
15	0	10	0	5-16
1-3d	0	3	2	1-3
2-3ds	0	7	0	2-3
1-12th	0	0	3	7-12
1-14th	0	0	3	1-14
1-20th	0	0	2	3-20

At 11 Pence.

No.	L.	s.	d.	No.	L.	s.	d.	No.	L.	s.	d.	No.	L.	s.	d.
1	0	0	11	32	1	9	4	63	2	17	9	94	4	6	2
2	0	1	10	33	1	10	3	64	2	18	8	95	4	7	1
3	0	2	9	34	1	11	2	65	2	19	7	96	4	8	0
4	0	3	8	35	1	12	1	66	3	0	6	97	4	8	11
5	0	4	7	36	1	13	0	67	3	1	5	98	4	9	10
6	0	5	6	37	1	13	11	68	3	2	4	99	4	10	9
7	0	6	5	38	1	14	10	69	3	3	3	100	4	11	8
8	0	7	4	39	1	15	9	70	3	4	2	200	9	3	4
9	0	8	3	40	1	16	8	71	3	5	1	300	13	15	0
10	0	9	2	41	1	17	7	72	3	6	0	400	18	6	8
11	0	10	1	42	1	18	6	73	3	6	11	500	22	18	4
12	0	11	0	43	1	19	5	74	3	7	10	600	27	10	0
13	0	11	11	44	2	0	4	75	3	8	9	700	32	1	8
14	0	12	10	45	2	1	3	76	3	9	8	800	36	13	4
15	0	13	9	46	2	2	2	77	3	10	7	900	41	5	0
16	0	14	8	47	2	3	1	78	3	11	6	1000	45	16	8
17	0	15	7	48	2	4	0	79	3	12	5	1100	50	8	4
18	0	16	6	49	2	4	11	80	3	13	4	1200	55	0	0
19	0	17	5	50	2	5	10	81	3	14	3	1300	59	11	8
20	0	18	4	51	2	6	9	82	3	15	2	1400	64	3	4
21	0	19	3	52	2	7	8	83	3	16	1	1500	68	15	0
22	1	0	2	53	2	8	7	84	3	17	0	2000	91	13	4
23	1	1	1	54	2	9	6	85	3	17	11	3000	137	10	0
24	1	2	0	55	2	10	5	86	3	18	10	4000	183	6	8
25	1	2	11	56	2	11	4	87	3	19	9	5000	229	3	4
26	1	3	10	57	2	12	3	88	4	0	8	6000	275	0	0
27	1	4	9	58	2	13	2	89	4	1	7	7000	320	16	8
28	1	5	8	59	2	14	1	90	4	2	6	8000	366	13	4
29	1	6	7	60	2	15	0	91	4	3	5	9000	412	10	0
30	1	7	6	61	2	15	11	92	4	4	4	10000	458	6	8
31	1	8	5	62	2	16	10	93	4	5	3	20000	916	13	4

No.	L.	s.	d.
112	5	2	8
144	6	12	0
250	11	9	2
256	11	14	8
272	12	9	4
365	16	14	7
750	34	7	6
1250	57	5	10

Fractional Parts.

16ths.	s.	d.	f.	frac.
1	0	0	2	3-4
2	0	1	1	2-4
3	0	2	0	1-4
4	0	2	3	0-0
5	0	3	1	3-4
6	0	4	0	2-4
7	0	4	3	1-4
8	0	5	2	0-0
9	0	6	0	3-4
10	0	6	3	2-4
11	0	7	2	1-4
12	0	8	1	0-0
13	0	8	3	3-4
14	0	9	2	2-4
15	0	10	1	1-4
1-3d	0	3	2	2-3
2-3ds	0	7	1	1-3
1-12th	0	0	3	2-3
1-14th	0	0	3	1-7
1-20th	0	0	2	1-5

At 11 Pence 1 Farthing.

No.	L.	s.	d.	No.	L.	s.	d.	No.	L.	s.	d.	No.	L.	s.	d.
1	0	0	11¼	32	1	10	0	63	2	19	0¾	94	4	8	1½
2	0	1	10½	33	1	10	11¼	64	3	0	0	95	4	9	0¾
3	0	2	9¾	34	1	11	10½	65	3	0	11¼	96	4	10	0
4	0	3	9	35	1	12	9¾	66	3	1	10½	97	4	10	11¼
5	0	4	8¼	36	1	13	9	67	3	2	9¾	98	4	11	10½
6	0	5	7½	37	1	14	8¼	68	3	3	9	99	4	12	9¾
7	0	6	6¾	38	1	15	7½	69	3	4	8¼	100	4	13	9
8	0	7	6	39	1	16	6¾	70	3	5	7½	200	9	7	6
9	0	8	5¼	40	1	17	6	71	3	6	6¾	300	14	1	3
10	0	9	4½	41	1	18	5¼	72	3	7	6	400	18	15	0
11	0	10	3¾	42	1	19	4½	73	3	8	5¼	500	23	8	9
12	0	11	3	43	2	0	3¾	74	3	9	4½	600	28	2	6
13	0	12	2¼	44	2	1	3	75	3	10	3¾	700	32	16	3
14	0	13	1½	45	2	2	2¼	76	3	11	3	800	37	10	0
15	0	14	0¾	46	2	3	1½	77	3	12	2¼	900	42	3	9
16	0	15	0	47	2	4	0¾	78	3	13	1½	1000	46	17	6
17	0	15	11¼	48	2	5	0	79	3	14	0¾	1100	51	11	3
18	0	16	10½	49	2	5	11¼	80	3	15	0	1200	56	5	0
19	0	17	9¾	50	2	6	10½	81	3	15	11¼	1300	60	18	9
20	0	18	9	51	2	7	9¾	82	3	16	10½	1400	65	12	6
21	0	19	8¼	52	2	8	9	83	3	17	9¾	1500	70	6	3
22	1	0	7½	53	2	9	8¼	84	3	18	9	2000	93	15	0
23	1	1	6¾	54	2	10	7½	85	3	19	8¼	3000	140	12	6
24	1	2	6	55	2	11	6¾	86	4	0	7½	4000	187	10	0
25	1	3	5¼	56	2	12	6	87	4	1	6¾	5000	234	7	6
26	1	4	4½	57	2	13	5¼	88	4	2	6	6000	281	5	0
27	1	5	3¾	58	2	14	4½	89	4	3	5¼	7000	328	2	6
28	1	6	3	59	2	15	3¾	90	4	4	4½	8000	375	0	0
29	1	7	2¼	60	2	16	3	91	4	5	3¾	9000	421	17	6
30	1	8	1½	61	2	17	2¼	92	4	6	3	10000	468	15	0
31	1	9	0¾	62	2	18	1½	93	4	7	2¼	20000	937	10	0

No.	L.	s.	d.
112	5	5	0
144	6	15	0
250	11	14	4½
256	12	0	0
272	12	15	0
365	17	2	2¼
750	35	3	1½
1250	58	11	10½

Fractional Parts.

16ths.	s.	d.	f.	frac.
1	0	0	2	13-16
2	0	1	1	10-16
3	0	2	0	7-16
4	0	2	3	4-16
5	0	3	2	1-16
6	0	4	0	14-16
7	0	4	3	11-16
8	0	5	2	8-16
9	0	6	1	5-16
10	0	7	0	2-16
11	0	7	2	15-16
12	0	8	1	12-16
13	0	9	0	9-16
14	0	9	3	6-16
15	0	10	2	3-16
1-3d	0	3	3	0-0
2-3ds	0	7	2	0-0
1-12th	0	0	3	3-4
1-14th	0	0	3	3-14
1-20th	0	0	2	1-4

At 11 Pence Halfpenny.

No.	L.	s.	d.	No.	L.	s.	d.	No.	L.	s.	d.
1	0	0	11½	32	1	10	8	63	3	0	4½
2	0	1	11	33	1	11	7½	64	3	1	4
3	0	2	10½	34	1	12	7	65	3	2	3½
4	0	3	10	35	1	13	6½	66	3	3	3
5	0	4	9½	36	1	14	6	67	3	4	2½
6	0	5	9	37	1	15	5½	68	3	5	2
7	0	6	8½	38	1	16	5	69	3	6	1½
8	0	7	8	39	1	17	4½	70	3	7	1
9	0	8	7½	40	1	18	4	71	3	8	0½
10	0	9	7	41	1	19	3½	72	3	9	0
11	0	10	6½	42	2	0	3	73	3	9	11½
12	0	11	6	43	2	1	2½	74	3	10	11
13	0	12	5½	44	2	2	2	75	3	11	10½
14	0	13	5	45	2	3	1½	76	3	12	10
15	0	14	4½	46	2	4	1	77	3	13	9½
16	0	15	4	47	2	5	0½	78	3	14	9
17	0	16	3½	48	2	6	0	79	3	15	8½
18	0	17	3	49	2	6	11½	80	3	16	8
19	0	18	2½	50	2	7	11	81	3	17	7½
20	0	19	2	51	2	8	10½	82	3	18	7
21	1	0	1½	52	2	9	10	83	3	19	6½
22	1	1	1	53	2	10	9½	84	4	0	6
23	1	2	0½	54	2	11	9	85	4	1	5½
24	1	3	0	55	2	12	8½	86	4	2	5
25	1	3	11½	56	2	13	8	87	4	3	4½
26	1	4	11	57	2	14	7½	88	4	4	4
27	1	5	10½	58	2	15	7	89	4	5	3½
28	1	6	10	59	2	16	6½	90	4	6	3
29	1	7	9½	60	2	17	6	91	4	7	2½
30	1	8	9	61	2	18	5½	92	4	8	2
31	1	9	8½	62	2	19	5	93	4	9	1½

No.	L.	s.	d.
94	4	10	1
95	4	11	0½
96	4	12	0
97	4	12	11½
98	4	13	11
99	4	14	10½
100	4	15	10
200	9	11	8
300	14	7	6
400	19	3	4
500	23	19	2
600	28	15	0
700	33	10	10
800	38	6	8
900	43	2	6
1000	47	18	4
1100	52	14	2
1200	57	10	0
1300	62	5	10
1400	67	1	8
1500	71	17	6
2000	95	16	8
3000	143	15	0
4000	191	13	4
5000	239	11	8
6000	287	10	0
7000	335	8	4
8000	383	6	8
9000	431	5	0
10000	479	3	4
20000	958	6	8

No.	L.	s.	d.
112	5	7	4
144	6	18	0
250	11	19	7
256	12	5	4
272	13	0	8
365	17	9	9½
750	35	18	9
1250	59	17	11

Fractional Parts.

16ths.	s.	d.	f.	frac.
1	0	0	2	7-8
2	0	1	1	6-8
3	0	2	0	5-8
4	0	2	3	4-8
5	0	3	2	3-8
6	0	4	1	2-8
7	0	5	0	1-8
8	0	5	3	0-0
9	0	6	1	7-8
10	0	7	0	6-8
11	0	7	3	5-8
12	0	8	2	4-8
13	0	9	1	3-8
14	0	10	0	2-8
15	0	10	3	1-8
1-3d	0	3	3	1-3
2-3ds	0	7	2	2-3
1-12th	0	0	3	5-6
1-14th	0	0	3	2-7
1-20th	0	0	2	3-10

At 11 Pence 3 Farthings.

No.	L.	s.	d.	No.	L.	s.	d.	No.	L.	s.	d.
1	0	0	11¾	32	1	11	4	63	3	1	8¼
2	0	1	11½	33	1	12	3¾	64	3	2	8
3	0	2	11¼	34	1	13	3½	65	3	3	7¾
4	0	3	11	35	1	14	3¼	66	3	4	7½
5	0	4	10¾	36	1	15	3	67	3	5	7¼
6	0	5	10½	37	1	16	2¾	68	3	6	7
7	0	6	10¼	38	1	17	2½	69	3	7	6¾
8	0	7	10	39	1	18	2¼	70	3	8	6½
9	0	8	9¾	40	1	19	2	71	3	9	6¼
10	0	9	9½	41	2	0	1¾	72	3	10	6
11	0	10	9¼	42	2	1	1½	73	3	11	5¾
12	0	11	9	43	2	2	1¼	74	3	12	5½
13	0	12	8¾	44	2	3	1	75	3	13	5¼
14	0	13	8½	45	2	4	0¾	76	3	14	5
15	0	14	8¼	46	2	5	0½	77	3	15	4¾
16	0	15	8	47	2	6	0¼	78	3	16	4½
17	0	16	7¾	48	2	7	0	79	3	17	4¼
18	0	17	7½	49	2	7	11¾	80	3	18	4
19	0	18	7¼	50	2	8	11½	81	3	19	3¾
20	0	19	7	51	2	9	11¼	82	4	0	3½
21	1	0	6¾	52	2	10	11	83	4	1	3¼
22	1	1	6½	53	2	11	10¾	84	4	2	3
23	1	2	6¼	54	2	12	10½	85	4	3	2¾
24	1	3	6	55	2	13	10¼	86	4	4	2½
25	1	4	5¾	56	2	14	10	87	4	5	2¼
26	1	5	5½	57	2	15	9¾	88	4	6	2
27	1	6	5¼	58	2	16	9½	89	4	7	1¾
28	1	7	5	59	2	17	9¼	90	4	8	1½
29	1	8	4¾	60	2	18	9	91	4	9	1¼
30	1	9	4½	61	2	19	8¾	92	4	10	1
31	1	10	4¼	62	3	0	8½	93	4	11	0¾

No.	L.	s.	d.
94	4	12	0½
95	4	13	0¼
96	4	14	0
97	4	14	11¾
98	4	15	11½
99	4	16	11¼
100	4	17	11
200	9	15	10
300	14	13	9
400	19	11	8
500	24	9	7
600	29	7	6
700	34	5	5
800	39	3	4
900	44	1	3
1000	48	19	2
1100	53	17	1
1200	58	15	0
1300	63	12	11
1400	68	10	10
1500	73	8	9
2000	97	18	4
3000	146	17	6
4000	195	16	8
5000	244	15	10
6000	293	15	0
7000	342	14	2
8000	391	13	4
9000	440	12	6
10000	489	11	8
20000	979	3	4

No.	L.	s.	d.
112	5	9	8
144	7	1	0
250	12	4	9½
256	12	10	8
272	13	6	4
365	17	17	4¾
750	36	14	4½
1250	61	3	11½

Fractional Parts.

16ths.	s.	d.	f.	frac.
1	0	0	2	15-16
2	0	1	1	14-16
3	0	2	0	13-16
4	0	2	3	12-16
5	0	3	2	11-16
6	0	4	1	10-16
7	0	5	0	9-16
8	0	5	3	8-16
9	0	6	2	7-16
10	0	7	1	6-16
11	0	8	0	5-16
12	0	8	3	4-16
13	0	9	2	3-16
14	0	10	1	2-16
15	0	11	0	1-16
1-3d	0	3	3	2-3
2-3ds	0	7	3	1-3
1-12th	0	0	3	11-12
1-14th	0	0	3	5-14
1-20th	0	0	2	7-20

At 12 Pence.

No.	L.	s.	d.	No.	L.	s.	d.	No.	L.	s.	d.	No.	L.	s.	d.
1	0	1	0	32	1	12	0	63	3	3	0	94	4	14	0
2	0	2	0	33	1	13	0	64	3	4	0	95	4	15	0
3	0	3	0	34	1	14	0	65	3	5	0	96	4	16	0
4	0	4	0	35	1	15	0	66	3	6	0	97	4	17	0
5	0	5	0	36	1	16	0	67	3	7	0	98	4	18	0
6	0	6	0	37	1	17	0	68	3	8	0	99	4	19	0
7	0	7	0	38	1	18	0	69	3	9	0	100	5	0	0
8	0	8	0	39	1	19	0	70	3	10	0	200	10	0	0
9	0	9	0	40	2	0	0	71	3	11	0	300	15	0	0
10	0	10	0	41	2	1	0	72	3	12	0	400	20	0	0
11	0	11	0	42	2	2	0	73	3	13	0	500	25	0	0
12	0	12	0	43	2	3	0	74	3	14	0	600	30	0	0
13	0	13	0	44	2	4	0	75	3	15	0	700	35	0	0
14	0	14	0	45	2	5	0	76	3	16	0	800	40	0	0
15	0	15	0	46	2	6	0	77	3	17	0	900	45	0	0
16	0	16	0	47	2	7	0	78	3	18	0	1000	50	0	0
17	0	17	0	48	2	8	0	79	3	19	0	1100	55	0	0
18	0	18	0	49	2	9	0	80	4	0	0	1200	60	0	0
19	0	19	0	50	2	10	0	81	4	1	0	1300	65	0	0
20	1	0	0	51	2	11	0	82	4	2	0	1400	70	0	0
21	1	1	0	52	2	12	0	83	4	3	0	1500	75	0	0
22	1	2	0	53	2	13	0	84	4	4	0	2000	100	0	0
23	1	3	0	54	2	14	0	85	4	5	0	3000	150	0	0
24	1	4	0	55	2	15	0	86	4	6	0	4000	200	0	0
25	1	5	0	56	2	16	0	87	4	7	0	5000	250	0	0
26	1	6	0	57	2	17	0	88	4	8	0	6000	300	0	0
27	1	7	0	58	2	18	0	89	4	9	0	7000	350	0	0
28	1	8	0	59	2	19	0	90	4	10	0	8000	400	0	0
29	1	9	0	60	3	0	0	91	4	11	0	9000	450	0	0
30	1	10	0	61	3	1	0	92	4	12	0	10000	500	0	0
31	1	11	0	62	3	2	0	93	4	13	0	20000	1000	0	0

No.	L.	s.	d.
112	5	12	0
144	7	4	0
250	12	10	0
256	12	16	0
272	13	12	0
365	18	5	0
750	37	10	0
1250	62	10	0

Fractional Parts.

16ths.	s.	d.	f.	frac.
1	0	0	3	0-0
2	0	1	2	0-0
3	0	2	1	0-0
4	0	3	0	0-0
5	0	3	3	0-0
6	0	4	2	0-0
7	0	5	1	0-0
8	0	6	0	0-0
9	0	6	3	0-0
10	0	7	2	0-0
11	0	8	1	0-0
12	0	9	0	0-0
13	0	9	3	0-0
14	0	10	2	0-0
15	0	11	1	0-0
1-3d	0	4	0	0-0
2-3ds	0	8	0	0-0
1-12th	0	1	0	0-0
1-14th	0	0	3	3-7
1-20th	0	0	2	2-5

At 12 Pence 1 Farthing.

No.	L.	s.	d.	No.	L.	s.	d.	No.	L.	s.	d.	No.	L.	s.	d.
1	0	1	0¼	32	1	12	8	63	3	4	3¾	94	4	15	11½
2	0	2	0½	33	1	13	8¼	64	3	5	4	95	4	16	11¾
3	0	3	0¾	34	1	14	8½	65	3	6	4¼	96	4	18	0
4	0	4	1	35	1	15	8¾	66	3	7	4½	97	4	19	0¼
5	0	5	1¼	36	1	16	9	67	3	8	4¾	98	5	0	0½
6	0	6	1½	37	1	17	9¼	68	3	9	5	99	5	1	0¾
7	0	7	1¾	38	1	18	9½	69	3	10	5¼	100	5	2	1
8	0	8	2	39	1	19	9¾	70	3	11	5½	200	10	4	2
9	0	9	2¼	40	2	0	10	71	3	12	5¾	300	15	6	3
10	0	10	2½	41	2	1	10¼	72	3	13	6	400	20	8	4
11	0	11	2¾	42	2	2	10½	73	3	14	6¼	500	25	10	5
12	0	12	3	43	2	3	10¾	74	3	15	6½	600	30	12	6
13	0	13	3¼	44	2	4	11	75	3	16	6¾	700	35	14	7
14	0	14	3½	45	2	5	11¼	76	3	17	7	800	40	16	8
15	0	15	3¾	46	2	6	11½	77	3	18	7¼	900	45	18	9
16	0	16	4	47	2	7	11¾	78	3	19	7½	1000	51	0	10
17	0	17	4¼	48	2	9	0	79	4	0	7¾	1100	56	2	11
18	0	18	4½	49	2	10	0¼	80	4	1	8	1200	61	5	0
19	0	19	4¾	50	2	11	0½	81	4	2	8¼	1300	66	7	1
20	1	0	5	51	2	12	0¾	82	4	3	8½	1400	71	9	2
21	1	1	5¼	52	2	13	1	83	4	4	8¾	1500	76	11	3
22	1	2	5½	53	2	14	1¼	84	4	5	9	2000	102	1	8
23	1	3	5¾	54	2	15	1½	85	4	6	9¼	3000	153	2	6
24	1	4	6	55	2	16	1¾	86	4	7	9½	4000	204	3	4
25	1	5	6¼	56	2	17	2	87	4	8	9¾	5000	255	4	2
26	1	6	6½	57	2	18	2¼	88	4	9	10	6000	306	5	0
27	1	7	6¾	58	2	19	2½	89	4	10	10¼	7000	357	5	10
28	1	8	7	59	3	0	2¾	90	4	11	10½	8000	408	6	8
29	1	9	7¼	60	3	1	3	91	4	12	10¾	9000	459	7	6
30	1	10	7½	61	3	2	3¼	92	4	13	11	10000	510	8	4
31	1	11	7¾	62	3	3	3½	93	4	14	11¼	20000	1020	16	8

No.	L.	s.	d.
112	5	14	4
144	7	7	0
250	12	15	2½
256	13	1	4
272	13	17	8
365	18	12	7¼
750	38	5	7½
1250	63	16	0½

Fractional Parts.

16ths.	s.	d.	f.	frac.
1	0	0	3	1-16
2	0	1	2	2-16
3	0	2	1	3-16
4	0	3	0	4-16
5	0	3	3	5-16
6	0	4	2	6-16
7	0	5	1	7-16
8	0	6	0	8-16
9	0	6	3	9-16
10	0	7	2	10-16
11	0	8	1	11-16
12	0	9	0	12-16
13	0	9	3	13-16
14	0	10	2	14-16
15	0	11	1	15-16
1-3d	0	4	0	1-3
2-3ds	0	8	0	2-3
1-12th	0	1	0	1-12
1-14th	0	0	3	1-2
1-20th	0	0	2	9-20

No.	L.	s.	d.	No.	L.	s.	d.	No.	L.	s.	d.	No.	L.	s.	d.
1	0	1	0½	32	1	13	4	63	3	5	7½	94	4	17	11
2	0	2	1	33	1	14	4½	64	3	6	8	95	4	18	11½
3	0	3	1½	34	1	15	5	65	3	7	8½	96	5	0	0
4	0	4	2	35	1	16	5½	66	3	8	9	97	5	1	0½
5	0	5	2½	36	1	17	6	67	3	9	9½	98	5	2	1
6	0	6	3	37	1	18	6½	68	3	10	10	99	5	3	1½
7	0	7	3½	38	1	19	7	69	3	11	10½	100	5	4	2
8	0	8	4	39	2	0	7½	70	3	12	11	200	10	8	4
9	0	9	4½	40	2	1	8	71	3	13	11½	300	15	12	6
10	0	10	5	41	2	2	8½	72	3	15	0	400	20	16	8
11	0	11	5½	42	2	3	9	73	3	16	0½	500	26	0	10
12	0	12	6	43	2	4	9½	74	3	17	1	600	31	5	0
13	0	13	6½	44	2	5	10	75	3	18	1½	700	36	9	2
14	0	14	7	45	2	6	10½	76	3	19	2	800	41	13	4
15	0	15	7½	46	2	7	11	77	4	0	2½	900	46	17	6
16	0	16	8	47	2	8	11½	78	4	1	3	1000	52	1	8
17	0	17	8½	48	2	10	0	79	4	2	3½	1100	57	5	10
18	0	18	9	49	2	11	0½	80	4	3	4	1200	62	10	0
19	0	19	9½	50	2	12	1	81	4	4	4½	1300	67	14	2
20	1	0	10	51	2	13	1½	82	4	5	5	1400	72	18	4
21	1	1	10½	52	2	14	2	83	4	6	5½	1500	78	2	6
22	1	2	11	53	2	15	2½	84	4	7	6	2000	104	3	4
23	1	3	11½	54	2	16	3	85	4	8	6½	3000	156	5	0
24	1	5	0	55	2	17	3½	86	4	9	7	4000	208	6	8
25	1	6	0½	56	2	18	4	87	4	10	7½	5000	260	8	4
26	1	7	1	57	2	19	4½	88	4	11	8	6000	312	10	0
27	1	8	1½	58	3	0	5	89	4	12	8½	7000	364	11	8
28	1	9	2	59	3	1	5½	90	4	13	9	8000	416	13	4
29	1	10	2½	60	3	2	6	91	4	14	9½	9000	468	15	0
30	1	11	3	61	3	3	6½	92	4	15	10	10000	520	16	8
31	1	12	3½	62	3	4	7	93	4	16	10½	20000	1041	13	4

No.	L.	s.	d.
112	5	16	8
144	7	10	0
250	13	0	5
256	13	6	8
272	14	3	4
365	19	0	2½
750	39	1	3
1250	65	2	1

Fractional Parts.

16ths.	s.	d.	f.	frac.
1	0	0	3	1-8
2	0	1	2	2-8
3	0	2	1	3-8
4	0	3	0	4-8
5	0	3	3	5-8
6	0	4	2	6-8
7	0	5	1	7-8
8	0	6	1	0-0
9	0	7	0	1-8
10	0	7	3	2-8
11	0	8	2	3-8
12	0	9	1	4-8
13	0	10	0	5-8
14	0	10	3	6-8
15	0	11	2	7-8
1-3d	0	4	0	2-3
2-3ds	0	8	1	1-3
1-12th	0	1	0	1-6
1-14th	0	0	3	4-7
1-20th	0	0	2	1-2

At 12 Pence 3 Farthings.

No.	L.	s.	d.	No.	L.	s.	d.	No.	L.	s.	d.	No.	L.	s.	d.
1	0	1	0¾	32	1	14	0	63	3	6	11¼	94	4	19	10½
2	0	2	1½	33	1	15	0¾	64	3	8	0	95	5	0	11¼
3	0	3	2¼	34	1	16	1½	65	3	9	0¾	96	5	2	0
4	0	4	3	35	1	17	2¼	66	3	10	1½	97	5	3	0¾
5	0	5	3¾	36	1	18	3	67	3	11	2¼	98	5	4	1½
6	0	6	4½	37	1	19	3¾	68	3	12	3	99	5	5	2¼
7	0	7	5¼	38	2	0	4½	69	3	13	3¾	100	5	6	3
8	0	8	6	39	2	1	5¼	70	3	14	4½	200	10	12	6
9	0	9	6¾	40	2	2	6	71	3	15	5¼	300	15	18	9
10	0	10	7½	41	2	3	6¾	72	3	16	6	400	21	5	0
11	0	11	8¼	42	2	4	7½	73	3	17	6¾	500	26	11	3
12	0	12	9	43	2	5	8¼	74	3	18	7½	600	31	17	6
13	0	13	9¾	44	2	6	9	75	3	19	8¼	700	37	3	9
14	0	14	10½	45	2	7	9¾	76	4	0	9	800	42	10	0
15	0	15	11¼	46	2	8	10½	77	4	1	9¾	900	47	16	3
16	0	17	0	47	2	9	11¼	78	4	2	10½	1000	53	2	6
17	0	18	0¾	48	2	11	0	79	4	3	11¼	1100	58	8	9
18	0	19	1½	49	2	12	0¾	80	4	5	0	1200	63	15	0
19	1	0	2¼	50	2	13	1½	81	4	6	0¾	1300	69	1	3
20	1	1	3	51	2	14	2¼	82	4	7	1½	1400	74	7	6
21	1	2	3¾	52	2	15	3	83	4	8	2¼	1500	79	13	9
22	1	3	4½	53	2	16	3¾	84	4	9	3	2000	106	5	0
23	1	4	5¼	54	2	17	4½	85	4	10	3¾	3000	159	7	6
24	1	5	6	55	2	18	5¼	86	4	11	4½	4000	212	10	0
25	1	6	6¾	56	2	19	6	87	4	12	5¼	5000	265	12	6
26	1	7	7½	57	3	0	6¾	88	4	13	6	6000	318	15	0
27	1	8	8¼	58	3	1	7½	89	4	14	6¾	7000	371	17	6
28	1	9	9	59	3	2	8¼	90	4	15	7½	8000	425	0	0
29	1	10	9¾	60	3	3	9	91	4	16	8¼	9000	478	2	6
30	1	11	10½	61	3	4	9¾	92	4	17	9	10000	531	5	0
31	1	12	11¼	62	3	5	10½	93	4	18	9¾	20000	1062	10	0

No.	L.	s.	d.
112	5	19	0
144	7	13	0
250	13	5	7½
256	13	12	0
272	14	9	0
365	19	7	9¾
750	39	16	10½
1250	66	8	1½

Fractional Parts.

16ths.	s.	d.	f.	frac.
1	0	0	3	3-16
2	0	1	2	6-16
3	0	2	1	9-16
4	0	3	0	12-16
5	0	3	3	15-16
6	0	4	3	2-16
7	0	5	2	5-16
8	0	6	1	8-16
9	0	7	0	11-16
10	0	7	3	14-16
11	0	8	3	1-16
12	0	9	2	4-16
13	0	10	1	7-16
14	0	11	0	10-16
15	0	11	3	13-16
1-3d	0	4	1	0-0
2-3ds	0	8	2	0-0
1-12th	0	1	0	1-4
1-14th	0	0	3	9-14
1-20th	0	0	2	11-20

At 13 Pence.

No.	L.	s.	d.	No.	L.	s.	d.	No.	L.	s.	d.	No.	L.	s.	d.
1	0	1	1	32	1	14	8	63	3	8	3	94	5	1	10
2	0	2	2	33	1	15	9	64	3	9	4	95	5	2	11
3	0	3	3	34	1	16	10	65	3	10	5	96	5	4	0
4	0	4	4	35	1	17	11	66	3	11	6	97	5	5	1
5	0	5	5	36	1	19	0	67	3	12	7	98	5	6	2
6	0	6	6	37	2	0	1	68	3	13	8	99	5	7	3
7	0	7	7	38	2	1	2	69	3	14	9	100	5	8	4
8	0	8	8	39	2	2	3	70	3	15	10	200	10	16	8
9	0	9	9	40	2	3	4	71	3	16	11	300	16	5	0
10	0	10	10	41	2	4	5	72	3	18	0	400	21	13	4
11	0	11	11	42	2	5	6	73	3	19	1	500	27	1	8
12	0	13	0	43	2	6	7	74	4	0	2	600	32	10	0
13	0	14	1	44	2	7	8	75	4	1	3	700	37	18	4
14	0	15	2	45	2	8	9	76	4	2	4	800	43	6	8
15	0	16	3	46	2	9	10	77	4	3	5	900	48	15	0
16	0	17	4	47	2	10	11	78	4	4	6	1000	54	3	4
17	0	18	5	48	2	12	0	79	4	5	7	1100	59	11	8
18	0	19	6	49	2	13	1	80	4	6	8	1200	65	0	0
19	1	0	7	50	2	14	2	81	4	7	9	1300	70	8	4
20	1	1	8	51	2	15	3	82	4	8	10	1400	75	16	8
21	1	2	9	52	2	16	4	83	4	9	11	1500	81	5	0
22	1	3	10	53	2	17	5	84	4	11	0	2000	108	6	8
23	1	4	11	54	2	18	6	85	4	12	1	3000	162	10	0
24	1	6	0	55	2	19	7	86	4	13	2	4000	216	13	4
25	1	7	1	56	3	0	8	87	4	14	3	5000	270	16	8
26	1	8	2	57	3	1	9	88	4	15	4	6000	325	0	0
27	1	9	3	58	3	2	10	89	4	16	5	7000	379	3	4
28	1	10	4	59	3	3	11	90	4	17	6	8000	433	6	8
29	1	11	5	60	3	5	0	91	4	18	7	9000	487	10	0
30	1	12	6	61	3	6	1	92	4	19	8	10000	541	13	4
31	1	13	7	62	3	7	2	93	5	0	9	20000	1083	6	8

No.	L.	s.	d.
112	6	1	4
144	7	16	0
250	13	10	10
256	13	17	4
272	14	14	8
365	19	15	5
750	40	12	6
1250	67	14	2

Fractional Parts.

16ths.	s.	d.	f.	frac.
1	0	0	3	1-4
2	0	1	2	2-4
3	0	2	1	3-4
4	0	3	1	0-0
5	0	4	0	1-4
6	0	4	3	2-4
7	0	5	2	3-4
8	0	6	2	0-0
9	0	7	1	1-4
10	0	8	0	2-4
11	0	8	3	3-4
12	0	9	3	0-0
13	0	10	2	1-4
14	0	11	1	2-4
15	1	0	0	3-4
1-3d	0	4	1	1-3
2-3ds	0	8	2	2-3
1-12th	0	1	0	1-3
1-14th	0	0	3	5-7
1-20th	0	0	2	3-5

At 13 Pence 1 Farthing.

No.	L.	s.	d.	No.	L.	s.	d.	No.	L.	s.	d.	No.	L.	s.	d.
1	0	1	1¼	32	1	15	4	63	3	9	6¾	94	5	3	9½
2	0	2	2½	33	1	16	5¼	64	3	10	8	95	5	4	10¾
3	0	3	3¾	34	1	17	6½	65	3	11	9¼	96	5	6	0
4	0	4	5	35	1	18	7¾	66	3	12	10½	97	5	7	1¼
5	0	5	6¼	36	1	19	9	67	3	13	11¾	98	5	8	2½
6	0	6	7½	37	2	0	10¼	68	3	15	1	99	5	9	3¾
7	0	7	8¾	38	2	1	11½	69	3	16	2¼	100	5	10	5
8	0	8	10	39	2	3	0¾	70	3	17	3½	200	11	0	10
9	0	9	11¼	40	2	4	2	71	3	18	4¾	300	16	11	3
10	0	11	0½	41	2	5	3¼	72	3	19	6	400	22	1	8
11	0	12	1¾	42	2	6	4½	73	4	0	7¼	500	27	12	1
12	0	13	3	43	2	7	5¾	74	4	1	8½	600	33	2	6
13	0	14	4¼	44	2	8	7	75	4	2	9¾	700	38	12	11
14	0	15	5½	45	2	9	8¼	76	4	3	11	800	44	3	4
15	0	16	6¾	46	2	10	9½	77	4	5	0¼	900	49	13	9
16	0	17	8	47	2	11	10¾	78	4	6	1½	1000	55	4	2
17	0	18	9¼	48	2	13	0	79	4	7	2¾	1100	60	14	7
18	0	19	10½	49	2	14	1¼	80	4	8	4	1200	66	5	0
19	1	0	11¾	50	2	15	2½	81	4	9	5¼	1300	71	15	5
20	1	2	1	51	2	16	3¾	82	4	10	6½	1400	77	5	10
21	1	3	2¼	52	2	17	5	83	4	11	7¾	1500	82	16	3
22	1	4	3½	53	2	18	6¼	84	4	12	9	2000	110	8	4
23	1	5	4¾	54	2	19	7½	85	4	13	10¼	3000	165	12	6
24	1	6	6	55	3	0	8¾	86	4	14	11½	4000	220	16	8
25	1	7	7¼	56	3	1	10	87	4	16	0¾	5000	276	0	10
26	1	8	8½	57	3	2	11¼	88	4	17	2	6000	331	5	0
27	1	9	9¾	58	3	4	0½	89	4	18	3¼	7000	386	9	2
28	1	10	11	59	3	5	1¾	90	4	19	4½	8000	441	13	4
29	1	12	0¼	60	3	6	3	91	5	0	5¾	9000	496	17	6
30	1	13	1½	61	3	7	4¼	92	5	1	7	10000	552	1	8
31	1	14	2¾	62	3	8	5½	93	5	2	8¼	20000	1104	3	4

No.	L.	s.	d.
112	6	3	8
144	7	19	0
250	13	16	0½
256	14	2	8
272	15	0	4
365	20	3	0¼
750	41	8	1½
1250	69	0	2½

Fractional Parts.

16ths.	s.	d.	f.	frac.
1	0	0	3	5-16
2	0	1	2	10-16
3	0	2	1	15-16
4	0	3	1	4-16
5	0	4	0	9-16
6	0	4	3	14-16
7	0	5	3	3-16
8	0	6	2	8-16
9	0	7	1	13-16
10	0	8	1	2-16
11	0	9	0	7-16
12	0	9	3	12-16
13	0	10	3	1-16
14	0	11	2	6-16
15	1	0	1	11-16
1-3d	0	4	1	2-3
2-3ds	0	8	3	1-3
1-12th	0	1	0	5-12
1-14th	0	0	3	11-14
1-20th	0	0	2	13-20

At 13 Pence Halfpenny.

No.	L.	s.	d.	No.	L.	s.	d.	No.	L.	s.	d.	No.	L.	s.	d.
1	0	1	1½	32	1	16	0	63	3	10	10½	94	5	5	9
2	0	2	3	33	1	17	1½	64	3	12	0	95	5	6	10½
3	0	3	4½	34	1	18	3	65	3	13	1½	96	5	8	0
4	0	4	6	35	1	19	4½	66	3	14	3	97	5	9	1½
5	0	5	7½	36	2	0	6	67	3	15	4½	98	5	10	3
6	0	6	9	37	2	1	7½	68	3	16	6	99	5	11	4½
7	0	7	10½	38	2	2	9	69	3	17	7½	100	5	12	6
8	0	9	0	39	2	3	10½	70	3	18	9	200	11	5	0
9	0	10	1½	40	2	5	0	71	3	19	10½	300	16	17	6
10	0	11	3	41	2	6	1½	72	4	1	0	400	22	10	0
11	0	12	4½	42	2	7	3	73	4	2	1½	500	28	2	6
12	0	13	6	43	2	8	4½	74	4	3	3	600	33	15	0
13	0	14	7½	44	2	9	6	75	4	4	4½	700	39	7	6
14	0	15	9	45	2	10	7½	76	4	5	6	800	45	0	0
15	0	16	10½	46	2	11	9	77	4	6	7½	900	50	12	6
16	0	18	0	47	2	12	10½	78	4	7	9	1000	56	5	0
17	0	19	1½	48	2	14	0	79	4	8	10½	1100	61	17	6
18	1	0	3	49	2	15	1½	80	4	10	0	1200	67	10	0
19	1	1	4½	50	2	16	3	81	4	11	1½	1300	73	2	6
20	1	2	6	51	2	17	4½	82	4	12	3	1400	78	15	0
21	1	3	7½	52	2	18	6	83	4	13	4½	1500	84	7	6
22	1	4	9	53	2	19	7½	84	4	14	6	2000	112	10	0
23	1	5	10½	54	3	0	9	85	4	15	7½	3000	168	15	0
24	1	7	0	55	3	1	10½	86	4	16	9	4000	225	0	0
25	1	8	1½	56	3	3	0	87	4	17	10½	5000	281	5	0
26	1	9	3	57	3	4	1½	88	4	19	0	6000	337	10	0
27	1	10	4½	58	3	5	3	89	5	0	1½	7000	393	15	0
28	1	11	6	59	3	6	4½	90	5	1	3	8000	450	0	0
29	1	12	7½	60	3	7	6	91	5	2	4½	9000	506	5	0
30	1	13	9	61	3	8	7½	92	5	3	6	10000	562	10	0
31	1	14	10½	62	3	9	9	93	5	4	7½	20000	1125	0	0

No.	L.	s.	d.
112	6	6	0
144	8	2	0
250	14	1	3
256	14	8	0
272	15	6	0
365	20	10	7½
750	42	3	9
1250	70	6	3

Fractional Parts.

16ths.	s.	d.	f.	frac.
1	0	0	3	3-8
2	0	1	2	6-8
3	0	2	2	1-8
4	0	3	1	4-8
5	0	4	0	7-8
6	0	5	0	2-8
7	0	5	3	5-8
8	0	6	3	0-0
9	0	7	2	3-8
10	0	8	1	6-8
11	0	9	1	1-8
12	0	10	0	4-8
13	0	10	3	7-8
14	0	11	3	2-8
15	1	0	2	5-8
1-3d	0	4	2	0-0
2-3ds	0	9	0	0-0
1-12th	0	1	0	1-2
1-14th	0	0	3	6-7
1-20th	0	0	2	7-10

At 13 Pence 3 Farthings.

No.	L.	s.	d.	No.	L.	s.	d.	No.	L.	s.	d.	No.	L.	s.	d.
1	0	1	1¾	32	1	16	8	63	3	12	2¼	94	5	7	8½
2	0	2	3½	33	1	17	9¾	64	3	13	4	95	5	8	10¼
3	0	3	5¼	34	1	18	11½	65	3	14	5¾	96	5	10	0
4	0	4	7	35	2	0	1¼	66	3	15	7½	97	5	11	1¾
5	0	5	8¾	36	2	1	3	67	3	16	9¼	98	5	12	3½
6	0	6	10½	37	2	2	4¾	68	3	17	11	99	5	13	5¼
7	0	8	0¼	38	2	3	6½	69	3	19	0¾	100	5	14	7
8	0	9	2	39	2	4	8¼	70	4	0	2½	200	11	9	2
9	0	10	3¾	40	2	5	10	71	4	1	4¼	300	17	3	9
10	0	11	5½	41	2	6	11¾	72	4	2	6	400	22	18	4
11	0	12	7¼	42	2	8	1½	73	4	3	7¾	500	28	12	11
12	0	13	9	43	2	9	3¼	74	4	4	9½	600	34	7	6
13	0	14	10¾	44	2	10	5	75	4	5	11¼	700	40	2	1
14	0	16	0½	45	2	11	6¾	76	4	7	1	800	45	16	8
15	0	17	2¼	46	2	12	8½	77	4	8	2¾	900	51	11	3
16	0	18	4	47	2	13	10¼	78	4	9	4½	1000	57	5	10
17	0	19	5¾	48	2	15	0	79	4	10	6¼	1100	63	0	5
18	1	0	7½	49	2	16	1¾	80	4	11	8	1200	68	15	0
19	1	1	9¼	50	2	17	3½	81	4	12	9¾	1300	74	9	7
20	1	2	11	51	2	18	5¼	82	4	13	11½	1400	80	4	2
21	1	4	0¾	52	2	19	7	83	4	15	1¼	1500	85	18	9
22	1	5	2½	53	3	0	8¾	84	4	16	3	2000	114	11	8
23	1	6	4¼	54	3	1	10½	85	4	17	4¾	3000	171	17	6
24	1	7	6	55	3	3	0¼	86	4	18	6½	4000	229	3	4
25	1	8	7¾	56	3	4	2	87	4	19	8¼	5000	286	9	2
26	1	9	9½	57	3	5	3¾	88	5	0	10	6000	343	15	0
27	1	10	11¼	58	3	6	5½	89	5	1	11¾	7000	401	0	10
28	1	12	1	59	3	7	7¼	90	5	3	1½	8000	458	6	8
29	1	13	2¾	60	3	8	9	91	5	4	3¼	9000	515	12	6
30	1	14	4½	61	3	9	10¾	92	5	5	5	10000	572	18	4
31	1	15	6¼	62	3	11	0½	93	5	6	6¾	20000	1145	16	8

No.	L.	s.	d.
112	6	8	4
144	8	5	0
250	14	6	5½
256	14	13	4
272	15	11	8
365	20	18	2¾
750	42	19	4½
1250	71	12	3½

Fractional Parts.

16ths.	s.	d.	f.	frac.
1	0	0	3	7-16
2	0	1	2	14-16
3	0	2	2	5-16
4	0	3	1	12-16
5	0	4	1	3-16
6	0	5	0	10-16
7	0	6	0	1-16
8	0	6	3	8-16
9	0	7	2	15-16
10	0	8	2	6-16
11	0	9	1	13-16
12	0	10	1	4-16
13	0	11	0	11-16
14	1	0	0	2-16
15	1	0	3	9-16
1-3d	0	4	2	1-3
2-3ds	0	9	0	2-3
1-12th	0	1	0	7-12
1-14th	0	0	3	13-14
1-20th	0	0	2	3-4

At 14 Pence.

No.	L.	s.	d.	No.	L.	s.	d.	No.	L.	s.	d.	No.	L.	s.	d.
1	0	1	2	32	1	17	4	63	3	13	6	94	5	9	8
2	0	2	4	33	1	18	6	64	3	14	8	95	5	10	10
3	0	3	6	34	1	19	8	65	3	15	10	96	5	12	0
4	0	4	8	35	2	0	10	66	3	17	0	97	5	13	2
5	0	5	10	36	2	2	0	67	3	18	2	98	5	14	4
6	0	7	0	37	2	3	2	68	3	19	4	99	5	15	6
7	0	8	2	38	2	4	4	69	4	0	6	100	5	16	8
8	0	9	4	39	2	5	6	70	4	1	8	200	11	13	4
9	0	10	6	40	2	6	8	71	4	2	10	300	17	10	0
10	0	11	8	41	2	7	10	72	4	4	0	400	23	6	8
11	0	12	10	42	2	9	0	73	4	5	2	500	29	3	4
12	0	14	0	43	2	10	2	74	4	6	4	600	35	0	0
13	0	15	2	44	2	11	4	75	4	7	6	700	40	16	8
14	0	16	4	45	2	12	6	76	4	8	8	800	46	13	4
15	0	17	6	46	2	13	8	77	4	9	10	900	52	10	0
16	0	18	8	47	2	14	10	78	4	11	0	1000	58	6	8
17	0	19	10	48	2	16	0	79	4	12	2	1100	64	3	4
18	1	1	0	49	2	17	2	80	4	13	4	1200	70	0	0
19	1	2	2	50	2	18	4	81	4	14	6	1300	75	16	8
20	1	3	4	51	2	19	6	82	4	15	8	1400	81	13	4
21	1	4	6	52	3	0	8	83	4	16	10	1500	87	10	0
22	1	5	8	53	3	1	10	84	4	18	0	2000	116	13	4
23	1	6	10	54	3	3	0	85	4	19	2	3000	175	0	0
24	1	8	0	55	3	4	2	86	5	0	4	4000	233	6	8
25	1	9	2	56	3	5	4	87	5	1	6	5000	291	13	4
26	1	10	4	57	3	6	6	88	5	2	8	6000	350	0	0
27	1	11	6	58	3	7	8	89	5	3	10	7000	408	6	8
28	1	12	8	59	3	8	10	90	5	5	0	8000	466	13	4
29	1	13	10	60	3	10	0	91	5	6	2	9000	525	0	0
30	1	15	0	61	3	11	2	92	5	7	4	10000	583	6	8
31	1	16	2	62	3	12	4	93	5	8	6	20000	1166	13	4

No.	L.	s.	d.
112	6	10	8
144	8	8	0
250	14	11	8
256	14	18	8
272	15	17	4
365	21	5	10
750	43	15	0
1250	72	18	4

Fractional Parts.

16ths.	s.	d.	f.	frac.
1	0	0	3	1-2
2	0	1	3	0-0
3	0	2	2	1-2
4	0	3	2	0-0
5	0	4	1	1-2
6	0	5	1	0-0
7	0	6	0	1-2
8	0	7	0	0-0
9	0	7	3	1-2
10	0	8	3	0-0
11	0	9	2	1-2
12	0	10	2	0-0
13	0	11	1	1-2
14	1	0	1	0-0
15	1	1	0	1-2
1-3d	0	4	2	2-3
2-3ds	0	9	1	1-3
1-12th	0	1	0	2-3
1-14th	0	1	0	0-0
1-20th	0	0	2	4-5

At 14 Pence 1 Farthing.

No.	L.	s.	d.	No.	L.	s.	d.	No.	L.	s.	d.	No.	L.	s.	d.
1	0	1	2¼	32	1	18	0	63	3	14	9¾	94	5	11	7½
2	0	2	4½	33	1	19	2¼	64	3	16	0	95	5	12	9¾
3	0	3	6¾	34	2	0	4½	65	3	17	2¼	96	5	14	0
4	0	4	9	35	2	1	6¾	66	3	18	4½	97	5	15	2¼
5	0	5	11¼	36	2	2	9	67	3	19	6¾	98	5	16	4½
6	0	7	1½	37	2	3	11¼	68	4	0	9	99	5	17	6¾
7	0	8	3¾	38	2	5	1½	69	4	1	11¼	100	5	18	9
8	0	9	6	39	2	6	3¾	70	4	3	1½	200	11	17	6
9	0	10	8¼	40	2	7	6	71	4	4	3¾	300	17	16	3
10	0	11	10½	41	2	8	8¼	72	4	5	6	400	23	15	0
11	0	13	0¾	42	2	9	10½	73	4	6	8¼	500	29	13	9
12	0	14	3	43	2	11	0¾	74	4	7	10½	600	35	12	6
13	0	15	5¼	44	2	12	3	75	4	9	0¾	700	41	11	3
14	0	16	7½	45	2	13	5¼	76	4	10	3	800	47	10	0
15	0	17	9¾	46	2	14	7½	77	4	11	5¼	900	53	8	9
16	0	19	0	47	2	15	9¾	78	4	12	7½	1000	59	7	6
17	1	0	2¼	48	2	17	0	79	4	13	9¾	1100	65	6	3
18	1	1	4½	49	2	18	2¼	80	4	15	0	1200	71	5	0
19	1	2	6¾	50	2	19	4½	81	4	16	2¼	1300	77	3	9
20	1	3	9	51	3	0	6¾	82	4	17	4½	1400	83	2	6
21	1	4	11¼	52	3	1	9	83	4	18	6¾	1500	89	1	3
22	1	6	1½	53	3	2	11¼	84	4	19	9	2000	118	15	0
23	1	7	3¾	54	3	4	1½	85	5	0	11¼	3000	178	2	6
24	1	8	6	55	3	5	3¾	86	5	2	1½	4000	237	10	0
25	1	9	8¼	56	3	6	6	87	5	3	3¾	5000	296	17	6
26	1	10	10½	57	3	7	8¼	88	5	4	6	6000	356	5	0
27	1	12	0¾	58	3	8	10½	89	5	5	8¼	7000	415	12	6
28	1	13	3	59	3	10	0¾	90	5	6	10½	8000	475	0	0
29	1	14	5¼	60	3	11	3	91	5	8	0¾	9000	534	7	6
30	1	15	7½	61	3	12	5¼	92	5	9	3	10000	593	15	0
31	1	16	9¾	62	3	13	7½	93	5	10	5¼	20000	1187	10	0

No.	L.	s.	d.
112	6	13	0
144	8	11	0
250	14	16	10½
256	15	4	0
272	16	3	0
365	21	13	5¼
750	44	10	7½
1250	74	4	4½

Fractional Parts.

16ths.	s.	d.	f.	frac.
1	0	0	3	9-16
2	0	1	3	2-16
3	0	2	2	11-16
4	0	3	2	4-16
5	0	4	1	13-16
6	0	5	1	6-16
7	0	6	0	15-16
8	0	7	0	8-16
9	0	8	0	1-16
10	0	8	3	10-16
11	0	9	3	3-16
12	0	10	2	12-16
13	0	11	2	5-16
14	1	0	1	14-16
15	1	1	1	7-16
1-3d	0	4	3	0-0
2-3ds	0	9	2	0-0
1-13th	0	1	0	3-4
1-14th	0	1	0	1-14
1-20th	0	0	2	17-20

No.	l.	s.	d.	No.	l.	s.	d.	No.	L.	s.	d.	No.	L.	s.	d.
1	0	1	2½	32	1	18	8	63	3	16	1½	94	5	13	7
2	0	2	5	33	1	19	10½	64	3	17	4	95	5	14	9½
3	0	3	7½	34	2	1	1	65	3	18	6½	96	5	16	0
4	0	4	10	35	2	2	3½	66	3	19	9	97	5	17	2½
5	0	6	0½	36	2	3	6	67	4	0	11½	98	5	18	5
6	0	7	3	37	2	4	8½	68	4	2	2	99	5	19	7½
7	0	8	5½	38	2	5	11	69	4	3	4½	100	6	0	10
8	0	9	8	39	2	7	1½	70	4	4	7	200	12	1	8
9	0	10	10½	40	2	8	4	71	4	5	9½	300	18	2	6
10	0	12	1	41	2	9	6½	72	4	7	0	400	24	3	4
11	0	13	3½	42	2	10	9	73	4	8	2½	500	30	4	2
12	0	14	6	43	2	11	11½	74	4	9	5	600	36	5	0
13	0	15	8½	44	2	13	2	75	4	10	7½	700	42	5	10
14	0	16	11	45	2	14	4½	76	4	11	10	800	48	6	8
15	0	18	1½	46	2	15	7	77	4	13	0½	900	54	7	6
16	0	19	4	47	2	16	9½	78	4	14	3	1000	60	8	4
17	1	0	6½	48	2	18	0	79	4	15	5½	1100	66	9	2
18	1	1	9	49	2	19	2½	80	4	16	8	1200	72	10	0
19	1	2	11½	50	3	0	5	81	4	17	10½	1300	78	10	10
20	1	4	2	51	3	1	7½	82	4	19	1	1400	84	11	8
21	1	5	4½	52	3	2	10	83	5	0	3½	1500	90	12	6
22	1	6	7	53	3	4	0½	84	5	1	6	2000	120	16	8
23	1	7	9½	54	3	5	3	85	5	2	8½	3000	181	5	0
24	1	9	0	55	3	6	5½	86	5	3	11	4000	241	13	4
25	1	10	2½	56	3	7	8	87	5	5	1½	5000	302	1	8
26	1	11	5	57	3	8	10½	88	5	6	4	6000	362	10	0
27	1	12	7½	58	3	10	1	89	5	7	6½	7000	422	18	4
28	1	13	10	59	3	11	3½	90	5	8	9	8000	483	6	8
29	1	15	0½	60	3	12	6	91	5	9	11½	9000	543	15	0
30	1	16	3	61	3	13	8½	92	5	11	2	10000	604	3	4
31	1	17	5½	62	3	14	11	93	5	12	4½	20000	1208	6	8

No.	l.	s.	d.
112	6	15	4
144	8	14	0
250	15	2	1
256	15	9	4
272	16	8	8
365	22	1	0½
750	45	6	3
1250	75	10	5

Fractional Parts.

16ths.	s.	d.	f.	frac.
1	0	0	3	5-8
2	0	1	3	2-8
3	0	2	2	7-8
4	0	3	2	4-8
5	0	4	2	1-8
6	0	5	1	6-8
7	0	6	1	3-8
8	0	7	1	0-0
9	0	8	0	5-8
10	0	9	0	2-8
11	0	9	3	7-8
12	0	10	3	4-8
13	0	11	3	1-8
14	1	0	2	6-8
15	1	1	2	3-8
1-3d	0	4	3	1-3
2-3ds	0	9	2	2-3
1-12th	0	1	0	5-6
1-14th	0	1	0	1-7
1-20th	0	0	2	9-10

At 14 Pence 3 Farthings.

No.	l.	s.	d.	No.	l.	s.	d.	No.	l.	s.	d.	No.	L.	s.	d.
1	0	1	2¾	32	1	19	4	63	3	17	5¼	94	5	15	6½
2	0	2	5½	33	2	0	6¾	64	3	18	8	95	5	16	9¼
3	0	3	8¼	34	2	1	9½	65	3	19	10¾	96	5	18	0
4	0	4	11	35	2	3	0¼	66	4	1	1½	97	5	19	2¾
5	0	6	1¾	36	2	4	3	67	4	2	4¼	98	6	0	5½
6	0	7	4½	37	2	5	5¾	68	4	3	7	99	6	1	8¼
7	0	8	7¼	38	2	6	8½	69	4	4	9¾	100	6	2	11
8	0	9	10	39	2	7	11¼	70	4	6	0½	200	12	5	10
9	0	11	0¾	40	2	9	2	71	4	7	3¼	300	18	8	9
10	0	12	3½	41	2	10	4¾	72	4	8	6	400	24	11	8
11	0	13	6¼	42	2	11	7½	73	4	9	8¾	500	30	14	7
12	0	14	9	43	2	12	10¼	74	4	10	11½	600	36	17	6
13	0	15	11¾	44	2	14	1	75	4	12	2¼	700	43	0	5
14	0	17	2½	45	2	15	3¾	76	4	13	5	800	49	3	4
15	0	18	5¼	46	2	16	6½	77	4	14	7¾	900	55	6	3
16	0	19	8	47	2	17	9¼	78	4	15	10½	1000	61	9	2
17	1	0	10¾	48	2	19	0	79	4	17	1¼	1100	67	12	1
18	1	2	1½	49	3	0	2¾	80	4	18	4	1200	73	15	0
19	1	3	4¼	50	3	1	5½	81	4	19	6¾	1300	79	17	11
20	1	4	7	51	3	2	8¼	82	5	0	9½	1400	86	0	10
21	1	5	9¾	52	3	3	11	83	5	2	0¼	1500	92	3	9
22	1	7	0½	53	3	5	1¾	84	5	3	3	2000	122	18	4
23	1	8	3¼	54	3	6	4½	85	5	4	5¾	3000	184	7	6
24	1	9	6	55	3	7	7¼	86	5	5	8½	4000	245	16	8
25	1	10	8¾	56	3	8	10	87	5	6	11¼	5000	307	5	10
26	1	11	11½	57	3	10	0¾	88	5	8	2	6000	368	15	0
27	1	13	2¼	58	3	11	3½	89	5	9	4¾	7000	430	4	2
28	1	14	5	59	3	12	6¼	90	5	10	7½	8000	491	13	4
29	1	15	7¾	60	3	13	9	91	5	11	10¼	9000	553	2	6
30	1	16	10½	61	3	14	11¾	92	5	13	1	10000	614	11	8
31	1	18	1¼	62	3	16	2½	93	5	14	3¾	20000	1229	3	4

No.	L.	s.	d.
112	6	17	8
144	8	17	0
250	15	7	3½
256	15	14	8
272	16	14	4
365	22	8	7¾
750	46	1	10½
1250	76	16	5½

Fractional Parts.

16ths.	s.	d.	f.	frac.
1	0	0	3	11-16
2	0	1	3	6-16
3	0	2	3	1-16
4	0	3	2	12-16
5	0	4	2	7-16
6	0	5	2	2-16
7	0	6	1	13-16
8	0	7	1	8-16
9	0	8	1	3-16
10	0	9	0	14-16
11	0	10	0	9-16
12	0	11	0	4-16
13	0	11	3	15-16
14	1	0	3	10-16
15	1	1	3	5-16
1-3d	0	4	3	2-3
2-3ds	0	9	3	1-3
1-12th	0	1	0	11-12
1-14th	0	1	0	3-14
1-20th	0	0	2	19-20

At 15 Pence.

No.	L.	s.	d.	No.	L.	s.	d.	No.	L.	s.	d.	No.	L.	s.	d.
1	0	1	3	32	2	0	0	63	3	18	9	94	5	17	6
2	0	2	6	33	2	1	3	64	4	0	0	95	5	18	9
3	0	3	9	34	2	2	6	65	4	1	3	96	6	0	0
4	0	5	0	35	2	3	9	66	4	2	6	97	6	1	3
5	0	6	3	36	2	5	0	67	4	3	9	98	6	2	6
6	0	7	6	37	2	6	3	68	4	5	0	99	6	3	9
7	0	8	9	38	2	7	6	69	4	6	3	100	6	5	0
8	0	10	0	39	2	8	9	70	4	7	6	200	12	10	0
9	0	11	3	40	2	10	0	71	4	8	9	300	18	15	0
10	0	12	6	41	2	11	3	72	4	10	0	400	25	0	0
11	0	13	9	42	2	12	6	73	4	11	3	500	31	5	0
12	0	15	0	43	2	13	9	74	4	12	6	600	37	10	0
13	0	16	3	44	2	15	0	75	4	13	9	700	43	15	0
14	0	17	6	45	2	16	3	76	4	15	0	800	50	0	0
15	0	18	9	46	2	17	6	77	4	16	3	900	56	5	0
16	1	0	0	47	2	18	9	78	4	17	6	1000	62	10	0
17	1	1	3	48	3	0	0	79	4	18	9	1100	68	15	0
18	1	2	6	49	3	1	3	80	5	0	0	1200	75	0	0
19	1	3	9	50	3	2	6	81	5	1	3	1300	81	5	0
20	1	5	0	51	3	3	9	82	5	2	6	1400	87	10	0
21	1	6	3	52	3	5	0	83	5	3	9	1500	93	15	0
22	1	7	6	53	3	6	3	84	5	5	0	2000	125	0	0
23	1	8	9	54	3	7	6	85	5	6	3	3000	187	10	0
24	1	10	0	55	3	8	9	86	5	7	6	4000	250	0	0
25	1	11	3	56	3	10	0	87	5	8	9	5000	312	10	0
26	1	12	6	57	3	11	3	88	5	10	0	6000	375	0	0
27	1	13	9	58	3	12	6	89	5	11	3	7000	437	10	0
28	1	15	0	59	3	13	9	90	5	12	6	8000	500	0	0
29	1	16	3	60	3	15	0	91	5	13	9	9000	562	10	0
30	1	17	6	61	3	16	3	92	5	15	0	10000	625	0	0
31	1	18	9	62	3	17	6	93	5	16	3	20000	1250	0	0

No.	L.	s.	d.
112	7	0	0
144	9	0	0
250	15	12	6
256	16	0	0
272	17	0	0
365	22	16	3
750	46	17	6
1250	78	2	6

Fractional Parts.

10ths.	s.	d.	f.	frac.
1	0	0	3	3-4
2	0	1	3	2-4
3	0	2	3	1-4
4	0	3	3	0-0
5	0	4	2	3-4
6	0	5	2	2-4
7	0	6	2	1-4
8	0	7	2	0-0
9	0	8	1	3-4
10	0	9	1	2-4
11	0	10	1	1-4
12	0	11	1	0-0
13	1	0	0	3-4
14	1	1	0	2-4
15	1	2	0	1-4
1-3d	0	5	0	0-0
2-3ds	0	10	0	0-0
1-12th	0	1	1	0-0
1-14th	0	1	0	2-7
1-20th	0	0	3	0-0

At 15 Pence 1 Farthing.

No.	L.	s.	d.	No.	L.	s.	d.	No.	L.	s.	d.	No.	L.	s.	d.
1	0	1	3¼	32	2	0	8	63	4	0	0¾	94	5	19	5½
2	0	2	6½	33	2	1	11¼	64	4	1	4	95	6	0	8¾
3	0	3	9¾	34	2	3	2½	65	4	2	7¼	96	6	2	0
4	0	5	1	35	2	4	5¾	66	4	3	10½	97	6	3	3¼
5	0	6	4¼	36	2	5	9	67	4	5	1¾	98	6	4	6½
6	0	7	7½	37	2	7	0¼	68	4	6	5	99	6	5	9¾
7	0	8	10¾	38	2	8	3½	69	4	7	8¼	100	6	7	1
8	0	10	2	39	2	9	6¾	70	4	8	11½	200	12	14	2
9	0	11	5¼	40	2	10	10	71	4	10	2¾	300	19	1	3
10	0	12	8½	41	2	12	1¼	72	4	11	6	400	25	8	4
11	0	13	11¾	42	2	13	4½	73	4	12	9¼	500	31	15	5
12	0	15	3	43	2	14	7¾	74	4	14	0½	600	38	2	6
13	0	16	6¼	44	2	15	11	75	4	15	3¾	700	44	9	7
14	0	17	9½	45	2	17	2¼	76	4	16	7	800	50	16	8
15	0	19	0¾	46	2	18	5½	77	4	17	10¼	900	57	3	9
16	1	0	4	47	2	19	8¾	78	4	19	1½	1000	63	10	10
17	1	1	7¼	48	3	1	0	79	5	0	4¾	1100	69	17	11
18	1	2	10½	49	3	2	3¼	80	5	1	8	1200	76	5	0
19	1	4	1¾	50	3	3	6½	81	5	2	11¼	1300	82	12	1
20	1	5	5	51	3	4	9¾	82	5	4	2½	1400	88	19	2
21	1	6	8¼	52	3	6	1	83	5	5	5¾	1500	95	6	3
22	1	7	11½	53	3	7	4¼	84	5	6	9	2000	127	1	8
23	1	9	2¾	54	3	8	7½	85	5	8	0¼	3000	190	12	6
24	1	10	6	55	3	9	10¾	86	5	9	3½	4000	254	3	4
25	1	11	9¼	56	3	11	2	87	5	10	6¾	5000	317	14	2
26	1	13	0½	57	3	12	5¼	88	5	11	10	6000	381	5	0
27	1	14	3¾	58	3	13	8½	89	5	13	1¼	7000	444	15	10
28	1	15	7	59	3	14	11¾	90	5	14	4½	8000	508	6	8
29	1	16	10¼	60	3	16	3	91	5	15	7¾	9000	571	17	6
30	1	18	1½	61	3	17	6¼	92	5	16	11	10000	635	8	4
31	1	19	4¾	62	3	18	9½	93	5	18	2¼	20000	1270	16	8

No.	L.	s.	d.
112	7	2	4
144	9	3	0
250	15	17	8½
256	16	5	4
272	17	5	8
365	23	3	10¼
750	47	13	1½
1250	79	8	6½

Fractional Parts.

10ths.	s.	d.	f.	frac.
1	0	0	3	13-16
2	0	1	3	10-16
3	0	2	3	7-16
4	0	3	3	4-16
5	0	4	3	1-16
6	0	5	2	14-16
7	0	6	2	11-16
8	0	7	2	8-16
9	0	8	2	5-16
10	0	9	2	2-16
11	0	10	1	15-16
12	0	11	1	12-16
13	1	0	1	9-16
14	1	1	1	6-16
15	1	2	1	3-16
1-3d	0	5	0	1-3
2-3ds	0	10	0	2-3
1-12th	0	1	1	1-12
1-14th	0	1	0	5-14
1-20th	0	0	3	1-20

No.	L.	s.	d.	No.	L.	s.	d.	No.	L.	s.	d.	No.	L.	s.	d.	No.	L.	s.	d.
1	0	1	3½	32	2	1	4	63	4	1	4½	94	6	1	5	112	7	4	8
2	0	2	7	33	2	2	7½	64	4	2	8	95	6	2	8½	144	9	6	0
3	0	3	10½	34	2	3	11	65	4	3	11½	96	6	4	0	250	16	2	11
4	0	5	2	35	2	5	2½	66	4	5	3	97	6	5	3½	256	16	10	8
5	0	6	5½	36	2	6	6	67	4	6	6½	98	6	6	7	272	17	11	4
6	0	7	9	37	2	7	9½	68	4	7	10	99	6	7	10½	365	23	11	5½
7	0	9	0½	38	2	9	1	69	4	9	1½	100	6	9	2	750	48	8	9
8	0	10	4	39	2	10	4½	70	4	10	5	200	12	18	4	1250	80	14	7
9	0	11	7½	40	2	11	8	71	4	11	8½	300	19	7	6				
10	0	12	11	41	2	12	11½	72	4	13	0	400	25	16	8				
11	0	14	2½	42	2	14	3	73	4	14	3½	500	32	5	10				
12	0	15	6	43	2	15	6½	74	4	15	7	600	38	15	0				
13	0	16	9½	44	2	16	10	75	4	16	10½	700	45	4	2				
14	0	18	1	45	2	18	1½	76	4	18	2	800	51	13	4				
15	0	19	4½	46	2	19	5	77	4	19	5½	900	58	2	6				
16	1	0	8	47	3	0	8½	78	5	0	9	1000	64	11	8				
17	1	1	11½	48	3	2	0	79	5	2	0½	1100	71	0	10				
18	1	3	3	49	3	3	3½	80	5	3	4	1200	77	10	0				
19	1	4	6½	50	3	4	7	81	5	4	7½	1300	83	19	2				
20	1	5	10	51	3	5	10½	82	5	5	11	1400	90	8	4				
21	1	7	1½	52	3	7	2	83	5	7	2½	1500	96	17	6				
22	1	8	5	53	3	8	5½	84	5	8	6	2000	129	3	4				
23	1	9	8½	54	3	9	9	85	5	9	9½	3000	193	15	0				
24	1	11	0	55	3	11	0½	86	5	11	1	4000	258	6	8				
25	1	12	3½	56	3	12	4	87	5	12	4½	5000	322	18	4				
26	1	13	7	57	3	13	7½	88	5	13	8	6000	387	10	0				
27	1	14	10½	58	3	14	11	89	5	14	11½	7000	452	1	8				
28	1	16	2	59	3	16	2½	90	5	16	3	8000	516	13	4				
29	1	17	5½	60	3	17	6	91	5	17	6½	9000	581	5	0				
30	1	18	9	61	3	18	9½	92	5	18	10	10000	645	16	8				
31	2	0	0½	62	4	0	1	93	6	0	1½	20000	1291	13	4				

Fractional Parts.

lotts.	s.	d.	f.	frac.
1	0	0	3	7-8
2	0	1	3	6-8
3	0	2	3	5-8
4	0	3	3	4-8
5	0	4	3	3-8
6	0	5	3	2-8
7	0	6	3	1-8
8	0	7	3	0-0
9	0	8	2	7-8
10	0	9	2	6-8
11	0	10	2	5-8
12	0	11	2	4-8
13	1	0	2	3-8
14	1	1	2	2-8
15	1	2	2	1-8
1-3d	0	5	0	2-3
2-3ds	0	10	1	1-3
1-12th	0	1	1	1-6
1-14th	0	1	0	3-7
1-20th	0	0	3	1-10

At 15 Pence 3 Farthings.

No.	L.	s.	d.	No.	L.	s.	d.	No.	L.	s.	d.	No.	L.	s.	d.	No.	L.	s.	d.
1	0	1	3¾	32	2	2	0	63	4	2	8¼	94	6	3	4½	112	7	7	0
2	0	2	7½	33	2	3	3¾	64	4	4	0	95	6	4	8¼	144	9	9	0
3	0	3	11¼	34	2	4	7½	65	4	5	3¾	96	6	6	0	250	16	8	1½
4	0	5	3	35	2	5	11¼	66	4	6	7½	97	6	7	3¾	256	16	16	0
5	0	6	6¾	36	2	7	3	67	4	7	11¼	98	6	8	7½	272	17	17	0
6	0	7	10½	37	2	8	6¾	68	4	9	3	99	6	9	11¼	365	23	19	0¾
7	0	9	2¼	38	2	9	10½	69	4	10	6¾	100	6	11	3	750	49	4	4½
8	0	10	6	39	2	11	2¼	70	4	11	10½	200	13	2	6	1250	82	0	7½
9	0	11	9¾	40	2	12	6	71	4	13	2¼	300	19	13	9				
10	0	13	1½	41	2	13	9¾	72	4	14	6	400	26	5	0				
11	0	14	5¼	42	2	15	1½	73	4	15	9¾	500	32	16	3				
12	0	15	9	43	2	16	5¼	74	4	17	1½	600	39	7	6				
13	0	17	0¾	44	2	17	9	75	4	18	5¼	700	45	18	9				
14	0	18	4½	45	2	19	0¾	76	4	19	9	800	52	10	0				
15	0	19	8¼	46	3	0	4½	77	5	1	0¾	900	59	1	3				
16	1	1	0	47	3	1	8¼	78	5	2	4½	1000	65	12	6				
17	1	2	3¾	48	3	3	0	79	5	3	8¼	1100	72	3	9				
18	1	3	7½	49	3	4	3¾	80	5	5	0	1200	78	15	0				
19	1	4	11¼	50	3	5	7½	81	5	6	3¾	1300	85	6	3				
20	1	6	3	51	3	6	11¼	82	5	7	7½	1400	91	17	6				
21	1	7	6¾	52	3	8	3	83	5	8	11¼	1500	98	8	9				
22	1	8	10½	53	3	9	6¾	84	5	10	3	2000	131	5	0				
23	1	10	2¼	54	3	10	10½	85	5	11	6¾	3000	196	17	6				
24	1	11	6	55	3	12	2¼	86	5	12	10½	4000	262	10	0				
25	1	12	9¾	56	3	13	6	87	5	14	2¼	5000	328	2	6				
26	1	14	1½	57	3	14	9¾	88	5	15	6	6000	393	15	0				
27	1	15	5¼	58	3	16	1½	89	5	16	9¾	7000	459	7	6				
28	1	16	9	59	3	17	5¼	90	5	18	1½	8000	525	0	0				
29	1	18	0¾	60	3	18	9	91	5	19	5¼	9000	590	12	6				
30	1	19	4½	61	4	0	0¾	92	6	0	9	10000	656	5	0				
31	2	0	8¼	62	4	1	4½	93	6	2	0¾	20000	1312	10	0				

Fractional Parts.

lotts.	s.	d.	f.	frac.
1	0	0	3	15-16
2	0	1	3	14-16
3	0	2	3	13-16
4	0	3	3	12-16
5	0	4	3	11-16
6	0	5	3	10-16
7	0	6	3	9-16
8	0	7	3	8-16
9	0	8	3	7-16
10	0	9	3	6-16
11	0	10	3	5-16
12	0	11	3	4-16
13	1	0	3	3-16
14	1	1	3	2-16
15	1	2	3	1-16
1-3d	0	5	1	0-0
2-3ds	0	10	2	0-0
1-12th	0	1	1	1-4
1-14th	0	1	0	1-2
1-20th	0	0	3	3-20

No	L.	s.	d.	No.	L.	s.	d.	No.	L.	s.	d.
1	0	1	4	32	2	2	8	63	4	4	0
2	0	2	8	33	2	4	0	64	4	5	4
3	0	4	0	34	2	5	4	65	4	6	8
4	0	5	4	35	2	6	8	66	4	8	0
5	0	6	8	36	2	8	0	67	4	9	4
6	0	8	0	37	2	9	4	68	4	10	8
7	0	9	4	38	2	10	8	69	4	12	0
8	0	10	8	39	2	12	0	70	4	13	4
9	0	12	0	40	2	13	4	71	4	14	8
10	0	13	4	41	2	14	8	72	4	16	0
11	0	14	8	42	2	16	0	73	4	17	4
12	0	16	0	43	2	17	4	74	4	18	8
13	0	17	4	44	2	18	8	75	5	0	0
14	0	18	8	45	3	0	0	76	5	1	4
15	1	0	0	46	3	1	4	77	5	2	8
16	1	1	4	47	3	2	8	78	5	4	0
17	1	2	8	48	3	4	0	79	5	5	4
18	1	4	0	49	3	5	4	80	5	6	8
19	1	5	4	50	3	6	8	81	5	8	0
20	1	6	8	51	3	8	0	82	5	9	4
21	1	8	0	52	3	9	4	83	5	10	8
22	1	9	4	53	3	10	8	84	5	12	0
23	1	10	8	54	3	12	0	85	5	13	4
24	1	12	0	55	3	13	4	86	5	14	8
25	1	13	4	56	3	14	8	87	5	16	0
26	1	14	8	57	3	16	0	88	5	17	4
27	1	16	0	58	3	17	4	89	5	18	8
28	1	17	4	59	3	18	8	90	6	0	0
29	1	18	8	60	4	0	0	91	6	1	4
30	2	0	0	61	4	1	4	92	6	2	8
31	2	1	4	62	4	2	8	93	6	4	0

No.	L.	s.	d.
94	6	5	4
95	6	6	8
96	6	8	0
97	6	9	4
98	6	10	8
99	6	12	0
100	6	13	4
200	13	6	8
300	20	0	0
400	26	13	4
500	33	6	8
600	40	0	0
700	46	13	4
800	53	6	8
900	60	0	0
1000	66	13	4
1100	73	6	8
1200	80	0	0
1300	86	13	4
1400	93	6	8
1500	100	0	0
2000	133	6	8
3000	200	0	0
4000	266	13	4
5000	333	6	8
6000	400	0	0
7000	466	13	4
8000	533	6	8
9000	600	0	0
10000	666	13	4
20000	1333	6	8

No.	L.	s.	d.
112	7	9	4
144	9	12	0
250	16	13	4
256	17	1	4
272	18	2	8
365	24	6	8
750	50	0	0
1250	83	6	8

Fractional Parts.

16ths.	s.	d.	f.	frac.
1	0	1	0	0-0
2	0	2	0	0-0
3	0	3	0	0-0
4	0	4	0	0-0
5	0	5	0	0-0
6	0	6	0	0-0
7	0	7	0	0-0
8	0	8	0	0-0
9	0	9	0	0-0
10	0	10	0	0-0
11	0	11	0	0-0
12	1	0	0	0-0
13	1	1	0	0-0
14	1	2	0	0-0
15	1	3	0	0-0
1-3d	0	5	1	1-3
2-3ds	0	10	2	2-3
1-12th	0	1	1	1-3
1-14th	0	1	0	4-7
1-20th	0	0	3	1-5

At 16 Pence 1 Farthing.

No.	L.	s.	d.	No.	L.	s.	d.	No.	L.	s.	d.
1	0	1	4¼	32	2	3	4	63	4	5	3¾
2	0	2	8½	33	2	4	8¼	64	4	6	8
3	0	4	0¾	34	2	6	0½	65	4	8	0¼
4	0	5	5	35	2	7	4¾	66	4	9	4½
5	0	6	9¼	36	2	8	9	67	4	10	8¾
6	0	8	1½	37	2	10	1¼	68	4	12	1
7	0	9	5¾	38	2	11	5½	69	4	13	5¼
8	0	10	10	39	2	12	9¾	70	4	14	9½
9	0	12	2¼	40	2	14	2	71	4	16	1¾
10	0	13	6½	41	2	15	6¼	72	4	17	6
11	0	14	10¾	42	2	16	10½	73	4	18	10¼
12	0	16	3	43	2	18	2¾	74	5	0	2½
13	0	17	7¼	44	2	19	7	75	5	1	6¾
14	0	18	11½	45	3	0	11¼	76	5	2	11
15	1	0	3¾	46	3	2	3½	77	5	4	3¼
16	1	1	8	47	3	3	7¾	78	5	5	7½
17	1	3	0¼	48	3	5	0	79	5	6	11¾
18	1	4	4½	49	3	6	4¼	80	5	8	4
19	1	5	8¾	50	3	7	8½	81	5	9	8¼
20	1	7	1	51	3	9	0¾	82	5	11	0½
21	1	8	5¼	52	3	10	5	83	5	12	4¾
22	1	9	9½	53	3	11	9¼	84	5	13	9
23	1	11	1¾	54	3	13	1½	85	5	15	1¼
24	1	12	6	55	3	14	5¾	86	5	16	5½
25	1	13	10¼	56	3	15	10	87	5	17	9¾
26	1	15	2½	57	3	17	2¼	88	5	19	2
27	1	16	6¾	58	3	18	6½	89	6	0	6¼
28	1	17	11	59	3	19	10¾	90	6	1	10½
29	1	19	3¼	60	4	1	3	91	6	3	2¾
30	2	0	7½	61	4	2	7¼	92	6	4	7
31	2	1	11¾	62	4	3	11½	93	6	5	11¼

No.	L.	s.	d.
94	6	7	3½
95	6	8	7¾
96	6	10	0
97	6	11	4¼
98	6	12	8½
99	6	14	0¾
100	6	15	5
200	13	10	10
300	20	6	3
400	27	1	8
500	33	17	1
600	40	12	6
700	47	7	11
800	54	3	4
900	60	18	9
1000	67	14	2
1100	74	9	7
1200	81	5	0
1300	88	0	5
1400	94	15	10
1500	101	11	3
2000	135	8	4
3000	203	2	6
4000	270	16	8
5000	338	10	10
6000	406	5	0
7000	473	19	2
8000	541	13	4
9000	609	7	6
10000	677	1	8
20000	1354	3	4

No.	L.	s.	d.
112	7	11	8
144	9	15	0
250	16	18	6½
256	17	6	8
272	18	8	4
365	24	14	3¼
750	50	15	7½
1250	84	12	8½

Fractional Parts.

16ths.	s.	d.	f.	frac.
1	0	1	0	1-16
2	0	2	0	2-16
3	0	3	0	3-16
4	0	4	0	4-16
5	0	5	0	5-16
6	0	6	0	6-16
7	0	7	0	7-16
8	0	8	0	8-16
9	0	9	0	9-16
10	0	10	0	10-16
11	0	11	0	11-16
12	1	0	0	12-16
13	1	1	0	13-16
14	1	2	0	14-16
15	1	3	0	15-16
1-3d	0	5	1	2-3
2-3ds	0	10	3	1-3
1-12th	0	1	1	5-12
1-14th	0	1	0	9-14
1-20th	0	0	3	1-4

No.	L.	s.	d.	No.	L.	s.	d.	No.	L.	s.	d.	No.	L.	s.	d.
1	0	1	4½	32	2	4	0	63	4	6	7½	94	6	9	3
2	0	2	9	33	2	5	4½	64	4	8	0	95	6	10	7½
3	0	4	1½	34	2	6	9	65	4	9	4½	96	6	12	0
4	0	5	6	35	2	8	1½	66	4	10	9	97	6	13	4½
5	0	6	10½	36	2	9	6	67	4	12	1½	98	6	14	9
6	0	8	3	37	2	10	10½	68	4	13	6	99	6	16	1½
7	0	9	7½	38	2	12	3	69	4	14	10½	100	6	17	6
8	0	11	0	39	2	13	7½	70	4	16	3	200	13	15	0
9	0	12	4½	40	2	15	0	71	4	17	7½	300	20	12	6
10	0	13	9	41	2	16	4½	72	4	19	0	400	27	10	0
11	0	15	1½	42	2	17	9	73	5	0	4½	500	34	7	6
12	0	16	6	43	2	19	1½	74	5	1	9	600	41	5	0
13	0	17	10½	44	3	0	6	75	5	3	1½	700	48	2	6
14	0	19	3	45	3	1	10½	76	5	4	6	800	55	0	0
15	1	0	7½	46	3	3	3	77	5	5	10½	900	61	17	6
16	1	2	0	47	3	4	7½	78	5	7	3	1000	68	15	0
17	1	3	4½	48	3	6	0	79	5	8	7½	1100	75	12	6
18	1	4	9	49	3	7	4½	80	5	10	0	1200	82	10	0
19	1	6	1½	50	3	8	9	81	5	11	4½	1300	89	7	6
20	1	7	6	51	3	10	1½	82	5	12	9	1400	96	5	0
21	1	8	10½	52	3	11	6	83	5	14	1½	1500	103	2	6
22	1	10	3	53	3	12	10½	84	5	15	6	2000	137	10	0
23	1	11	7½	54	3	14	3	85	5	16	10½	3000	206	5	0
24	1	13	0	55	3	15	7½	86	5	18	3	4000	275	0	0
25	1	14	4½	56	3	17	0	87	5	19	7½	5000	343	15	0
26	1	15	9	57	3	18	4½	88	6	1	0	6000	412	10	0
27	1	17	1½	58	3	19	9	89	6	2	4½	7000	481	5	0
28	1	18	6	59	4	1	1½	90	6	3	9	8000	550	0	0
29	1	19	10½	60	4	2	6	91	6	5	1½	9000	618	15	0
30	2	1	3	61	4	3	10½	92	6	6	6	10000	687	10	0
31	2	2	7½	62	4	5	3	93	6	7	10½	20000	1375	0	0

No.	L.	s.	d.
112	7	14	0
144	9	18	0
250	17	3	9
256	17	12	0
272	18	14	0
365	25	1	10½
750	51	11	3
1250	85	18	9

Fractional Parts.

16ths.	s.	d.	f.	frac.
1	0	1	0	1-8
2	0	2	0	2-8
3	0	3	0	3-8
4	0	4	0	4-8
5	0	5	0	5-8
6	0	6	0	6-8
7	0	7	0	7-8
8	0	8	1	0-0
9	0	9	1	1-8
10	0	10	1	2-8
11	0	11	1	3-8
12	1	0	1	4-8
13	1	1	1	5-8
14	1	2	1	6-8
15	1	3	1	7-8
1-3d	0	5	2	0-0
2-3ds	0	11	0	0-0
1-12th	0	1	1	1-2
1-14th	0	1	0	5-7
1-20th	0	0	3	3-10

At 16 Pence 3 Farthings.

No.	L.	s.	d.	No.	L.	s.	d.	No.	L.	s.	d.	No.	L.	s.	d.
1	0	1	4¾	32	2	4	8	63	4	7	11¼	94	6	11	2½
2	0	2	9½	33	2	6	0¾	64	4	9	4	95	6	12	7¼
3	0	4	2¼	34	2	7	5½	65	4	10	8¾	96	6	14	0
4	0	5	7	35	2	8	10¼	66	4	12	1½	97	6	15	4¾
5	0	6	11¾	36	2	10	3	67	4	13	6¼	98	6	16	9½
6	0	8	4½	37	2	11	7¾	68	4	14	11	99	6	18	2¼
7	0	9	9¼	38	2	13	0½	69	4	16	3¾	100	6	19	7
8	0	11	2	39	2	14	5¼	70	4	17	8½	200	13	19	2
9	0	12	6¾	40	2	15	10	71	4	19	1¼	300	20	18	9
10	0	13	11½	41	2	17	2¾	72	5	0	6	400	27	18	4
11	0	15	4¼	42	2	18	7½	73	5	1	10¾	500	34	17	11
12	0	16	9	43	3	0	0¼	74	5	3	3½	600	41	17	6
13	0	18	1¾	44	3	1	5	75	5	4	8¼	700	48	17	1
14	0	19	6½	45	3	2	9¾	76	5	6	1	800	55	16	8
15	1	0	11¼	46	3	4	2½	77	5	7	5¾	900	62	16	3
16	1	2	4	47	3	5	7¼	78	5	8	10½	1000	69	15	10
17	1	3	8¾	48	3	7	0	79	5	10	3¼	1100	76	15	5
18	1	5	1½	49	3	8	4¾	80	5	11	8	1200	83	15	0
19	1	6	6¼	50	3	9	9½	81	5	13	0¾	1300	90	14	7
20	1	7	11	51	3	11	2¼	82	5	14	5½	1400	97	14	2
21	1	9	3¾	52	3	12	7	83	5	15	10¼	1500	104	13	9
22	1	10	8½	53	3	13	11¾	84	5	17	3	2000	139	11	8
23	1	12	1¼	54	3	15	4½	85	5	18	7¾	3000	209	7	6
24	1	13	6	55	3	16	9¼	86	6	0	0½	4000	279	3	4
25	1	14	10¾	56	3	18	2	87	6	1	5¼	5000	348	19	2
26	1	16	3½	57	3	19	6¾	88	6	2	10	6000	418	15	0
27	1	17	8¼	58	4	0	11½	89	6	4	2¾	7000	488	10	10
28	1	19	1	59	4	2	4¼	90	6	5	7½	8000	558	6	8
29	2	0	5¾	60	4	3	9	91	6	7	0¼	9000	628	2	6
30	2	1	10½	61	4	5	1¾	92	6	8	5	10000	697	18	4
31	2	3	3¼	62	4	6	6½	93	6	9	9¾	20000	1395	16	8

No.	L.	s.	d.
112	7	16	4
144	10	1	0
250	17	8	11½
256	17	17	4
272	18	19	8
365	25	9	5¾
750	52	6	10½
1250	87	4	9½

Fractional Parts.

16ths.	s.	d.	f.	frac.
1	0	1	0	3-16
2	0	2	0	6-16
3	0	3	0	9-16
4	0	4	0	12-16
5	0	5	0	15-16
6	0	6	1	2-16
7	0	7	1	5-16
8	0	8	1	8-16
9	0	9	1	11-16
10	0	10	1	14-16
11	0	11	2	1-16
12	1	0	2	4-16
13	1	1	2	7-16
14.	1	2	2	10-16
15	1	3	2	13-16
1-3d	0	5	2	1-3
2-3ds	0	11	0	2-3
1-12th	0	1	1	7-12
1-14th	0	1	0	11-14
1-20th	0	0	3	7-20

At 17 Pence.

No.	L.	s.	d.	No.	L.	s.	d.	No.	L.	s.	d.	No.	L.	s.	d.
1	0	1	5	32	2	5	4	63	4	9	3	94	6	13	2
2	0	2	10	33	2	6	9	64	4	10	8	95	6	14	7
3	0	4	3	34	2	8	2	65	4	12	1	96	6	16	0
4	0	5	8	35	2	9	7	66	4	13	6	97	6	17	5
5	0	7	1	36	2	11	0	67	4	14	11	98	6	18	10
6	0	8	6	37	2	12	5	68	4	16	4	99	7	0	3
7	0	9	11	38	2	13	10	69	4	17	9	100	7	1	8
8	0	11	4	39	2	15	3	70	4	19	2	200	14	3	4
9	0	12	9	40	2	16	8	71	5	0	7	300	21	5	0
10	0	14	2	41	2	18	1	72	5	2	0	400	28	6	8
11	0	15	7	42	2	19	6	73	5	3	5	500	35	8	4
12	0	17	0	43	3	0	11	74	5	4	10	600	42	10	0
13	0	18	5	44	3	2	4	75	5	6	3	700	49	11	8
14	0	19	10	45	3	3	9	76	5	7	8	800	56	13	4
15	1	1	3	46	3	5	2	77	5	9	1	900	63	15	0
16	1	2	8	47	3	6	7	78	5	10	6	1000	70	16	8
17	1	4	1	48	3	8	0	79	5	11	11	1100	77	18	4
18	1	5	6	49	3	9	5	80	5	13	4	1200	85	0	0
19	1	6	11	50	3	10	10	81	5	14	9	1300	92	1	8
20	1	8	4	51	3	12	3	82	5	16	2	1400	99	3	4
21	1	9	9	52	3	13	8	83	5	17	7	1500	106	5	0
22	1	11	2	53	3	15	1	84	5	19	0	2000	141	13	4
23	1	12	7	54	3	16	6	85	6	0	5	3000	212	10	0
24	1	14	0	55	3	17	11	86	6	1	10	4000	283	6	8
25	1	15	5	56	3	19	4	87	6	3	3	5000	354	3	4
26	1	16	10	57	4	0	9	88	6	4	8	6000	425	0	0
27	1	18	3	58	4	2	2	89	6	6	1	7000	495	16	8
28	1	19	8	59	4	3	7	90	6	7	6	8000	566	13	4
29	2	1	1	60	4	5	0	91	6	8	11	9000	637	10	0
30	2	2	6	61	4	6	5	92	6	10	4	10000	708	6	8
31	2	3	11	62	4	7	10	93	6	11	9	20000	1416	13	4

No.	L.	s.	d.
112	7	18	8
144	10	4	0
250	17	14	2
256	18	2	8
272	19	5	4
365	25	17	1
750	53	2	6
1250	88	10	10

Fractional Parts.

10ths.	s.	d.	f.	frac.
1	0	1	0	1-4
2	0	2	0	2-4
3	0	3	0	3-4
4	0	4	1	0-0
5	0	5	1	1-4
6	0	6	1	2-4
7	0	7	1	3-4
8	0	8	2	0-0
9	0	9	2	1-4
10	0	10	2	2-4
11	0	11	2	3-4
12	1	0	3	0-0
13	1	1	3	1-4
14	1	2	3	2-4
15	1	3	3	3-4
1-3d	0	5	2	2-3
2-3ds	0	11	1	1-3
1-12th	0	1	1	2-3
1-14th	0	1	0	6-7
1-20th	0	0	3	2-5

At 17 Pence 1 Farthing.

No.	L.	s.	d.	No.	L.	s.	d.	No.	L.	s.	d.	No.	L.	s.	d.
1	0	1	5¼	32	2	6	0	63	4	10	6¾	94	6	15	1½
2	0	2	10½	33	2	7	5¼	64	4	12	0	95	6	16	6¾
3	0	4	3¾	34	2	8	10½	65	4	13	5¼	96	6	18	0
4	0	5	9	35	2	10	3¾	66	4	14	10½	97	6	19	5¼
5	0	7	2¼	36	2	11	9	67	4	16	3¾	98	7	0	10½
6	0	8	7½	37	2	13	2¼	68	4	17	9	99	7	2	3¾
7	0	10	0¾	38	2	14	7½	69	4	19	2¼	100	7	3	9
8	0	11	6	39	2	16	0¾	70	5	0	7½	200	14	7	6
9	0	12	11¼	40	2	17	6	71	5	2	0¾	300	21	11	3
10	0	14	4½	41	2	18	11¼	72	5	3	6	400	28	15	0
11	0	15	9¾	42	3	0	4½	73	5	4	11¼	500	35	18	9
12	0	17	3	43	3	1	9¾	74	5	6	4½	600	43	2	6
13	0	18	8¼	44	3	3	3	75	5	7	9¾	700	50	6	3
14	1	0	1½	45	3	4	8¼	76	5	9	3	800	57	10	0
15	1	1	6¾	46	3	6	1½	77	5	10	8¼	900	64	13	9
16	1	3	0	47	3	7	6¾	78	5	12	1½	1000	71	17	6
17	1	4	5¾	48	3	9	0	79	5	13	6¾	1100	79	1	3
18	1	5	10½	49	3	10	5¼	80	5	15	0	1200	86	5	0
19	1	7	3¾	50	3	11	10½	81	5	16	5¼	1300	93	8	9
20	1	8	9	51	3	13	3¾	82	5	17	10½	1400	100	12	6
21	1	10	2¼	52	3	14	9	83	5	19	3¾	1500	107	16	3
22	1	11	7½	53	3	16	2¼	84	6	0	9	2000	143	15	0
23	1	13	0¾	54	3	17	7½	85	6	2	2¼	3000	215	12	6
24	1	14	6	55	3	19	0¾	86	6	3	7½	4000	287	10	0
25	1	15	11¼	56	4	0	6	87	6	5	0¾	5000	359	7	6
26	1	17	4½	57	4	1	11¼	88	6	6	6	6000	431	5	0
27	1	18	9¾	58	4	3	4½	89	6	7	11¼	7000	503	2	6
28	2	0	3	59	4	4	9¾	90	6	9	4½	8000	575	0	0
29	2	1	8¼	60	4	6	3	91	6	10	9¾	9000	646	17	6
30	2	3	1½	61	4	7	8¼	92	6	12	3	10000	718	15	0
31	2	4	6¾	62	4	9	1½	93	6	13	8¼	20000	1437	10	0

No.	L.	s.	d.
112	8	1	0
144	10	7	0
250	17	19	4½
256	18	8	0
272	19	11	0
365	26	4	8¼
750	53	18	1½
1250	89	16	10½

Fractional Parts

10ths.	s.	d.	f.	frac.
1	0	1	0	5-16
2	0	2	0	10-16
3	0	3	0	15-16
4	0	4	1	4-16
5	0	5	1	9-16
6	0	6	1	14-16
7	0	7	2	3-16
8	0	8	2	8-16
9	0	9	2	13-16
10	0	10	3	2-16
11	0	11	3	7-16
12	1	0	3	12-16
13	1	2	0	1-16
14	1	3	0	6-16
15	1	4	0	11-16
1-3d	0	5	3	0-0
2-3ds	0	11	2	0-0
1-12th	0	1	1	3-4
1-14th	0	1	0	13-14
1-20th	0	0	3	9-20

At 17 Pence Halfpenny.

No.	L.	s.	d.	No.	L.	s.	d.	No.	L.	s.	d.	No.	L.	s.	d.
1	0	1	5½	32	2	6	8	63	4	11	10½	94	6	17	1
2	0	2	11	33	2	8	1½	64	4	13	4	95	6	18	6½
3	0	4	4½	34	2	9	7	65	4	14	9½	96	7	0	0
4	0	5	10	35	2	11	0½	66	4	16	3	97	7	1	5½
5	0	7	3½	36	2	12	6	67	4	17	8½	98	7	2	11
6	0	8	9	37	2	13	11½	68	4	19	2	99	7	4	4½
7	0	10	2½	38	2	15	5	69	5	0	7½	100	7	5	10
8	0	11	8	39	2	16	10½	70	5	2	1	200	14	11	8
9	0	13	1½	40	2	18	4	71	5	3	6½	300	21	17	6
10	0	14	7	41	2	19	9½	72	5	5	0	400	29	3	4
11	0	16	0½	42	3	1	3	73	5	6	5½	500	36	9	2
12	0	17	6	43	3	2	8½	74	5	7	11	600	43	15	0
13	0	18	11½	44	3	4	2	75	5	9	4½	700	51	0	10
14	1	0	5	45	3	5	7½	76	5	10	10	800	58	6	8
15	1	1	10½	46	3	7	1	77	5	12	3½	900	65	12	6
16	1	3	4	47	3	8	6½	78	5	13	9	1000	72	18	4
17	1	4	9½	48	3	10	0	79	5	15	2½	1100	80	4	2
18	1	6	3	49	3	11	5½	80	5	16	8	1200	87	10	0
19	1	7	8½	50	3	12	11	81	5	18	1½	1300	94	15	10
20	1	9	2	51	3	14	4½	82	5	19	7	1400	102	1	8
21	1	10	7½	52	3	15	10	83	6	1	0½	1500	109	7	6
22	1	12	1	53	3	17	3½	84	6	2	6	2000	145	16	8
23	1	13	6½	54	3	18	9	85	6	3	11½	3000	218	15	0
24	1	15	0	55	4	0	2½	86	6	5	5	4000	291	13	4
25	1	16	5½	56	4	1	8	87	6	6	10½	5000	364	11	8
26	1	17	11	57	4	3	1½	88	6	8	4	6000	437	10	0
27	1	19	4½	58	4	4	7	89	6	9	9½	7000	510	8	4
28	2	0	10	59	4	6	0½	90	6	11	3	8000	583	6	8
29	2	2	3½	60	4	7	6	91	6	12	8½	9000	656	5	0
30	2	3	9	61	4	8	11½	92	6	14	2	10000	729	3	4
31	2	5	2½	62	4	10	5	93	6	15	7½	20000	1458	6	8

No.	L.	s.	d.
112	8	3	4
144	10	10	0
250	18	4	7
256	18	13	4
272	19	16	8
365	26	12	3½
750	54	13	9
1250	91	2	11

Fractional Parts.

10ths.	s.	d.	f.	frac.
1	0	1	0	3-8
2	0	2	0	6-8
3	0	3	1	1-8
4	0	4	1	4-8
5	0	5	1	7-8
6	0	6	2	2-8
7	0	7	2	5-8
8	0	8	3	0-0
9	0	9	3	3-8
10	0	10	3	6-8
11	1	0	0	1-8
12	1	1	0	4-8
13	1	2	0	7-8
14	1	3	1	2-8
15	1	4	1	5-8
1-3d	0	5	3	1-3
2-3ds	0	11	2	2-3
1-12th	0	1	1	5-6
1-14th	0	1	1	0-0
1-20th	0	0	3	1-2

At 17 Pence 3 Farthings.

No.	L.	s.	d.	No.	L.	s.	d.	No.	L.	s.	d.	No.	L.	s.	d.
1	0	1	5¾	32	2	7	4	63	4	13	2¼	94	6	19	0½
2	0	2	11½	33	2	8	9¾	64	4	14	8	95	7	0	6¼
3	0	4	5¼	34	2	10	3½	65	4	16	1¾	96	7	2	0
4	0	5	11	35	2	11	9¼	66	4	17	7½	97	7	3	5¾
5	0	7	4¾	36	2	13	3	67	4	19	1¼	98	7	4	11½
6	0	8	10½	37	2	14	8¾	68	5	0	7	99	7	6	5¼
7	0	10	4¼	38	2	16	2½	69	5	2	0¾	100	7	7	11
8	0	11	10	39	2	17	8¼	70	5	3	6½	200	14	15	10
9	0	13	3¾	40	2	19	2	71	5	5	0¼	300	22	3	9
10	0	14	9½	41	3	0	7¾	72	5	6	6	400	29	11	8
11	0	16	3¼	42	3	2	1½	73	5	7	11¾	500	36	19	7
12	0	17	9	43	3	3	7¼	74	5	9	5½	600	44	7	6
13	0	19	2¾	44	3	5	1	75	5	10	11¼	700	51	15	5
14	1	0	8½	45	3	6	6¾	76	5	12	5	800	59	3	4
15	1	2	2¼	46	3	8	0½	77	5	13	10¾	900	66	11	3
16	1	3	8	47	3	9	6¼	78	5	15	4½	1000	73	19	2
17	1	5	1¾	48	3	11	0	79	5	16	10¼	1100	81	7	1
18	1	6	7½	49	3	12	5¾	80	5	18	4	1200	88	15	0
19	1	8	1¼	50	3	13	11½	81	5	19	9¾	1300	96	2	11
20	1	9	7	51	3	15	5¼	82	6	1	3½	1400	103	10	10
21	1	11	0¾	52	3	16	11	83	6	2	9¼	1500	110	18	9
22	1	12	6½	53	3	18	4¾	84	6	4	3	2000	147	18	4
23	1	14	0¼	54	3	19	10½	85	6	5	8¾	3000	221	17	6
24	1	15	6	55	4	1	4¼	86	6	7	2½	4000	295	16	8
25	1	16	11¾	56	4	2	10	87	6	8	8¼	5000	369	15	10
26	1	18	5½	57	4	4	3¾	88	6	10	2	6000	443	15	0
27	1	19	11¼	58	4	5	9½	89	6	11	7¾	7000	517	14	2
28	2	1	5	59	4	7	3¼	90	6	13	1½	8000	591	13	4
29	2	2	10¾	60	4	8	9	91	6	14	7¼	9000	665	12	6
30	2	4	4½	61	4	10	2¾	92	6	16	1	10000	739	11	8
31	2	5	10¼	62	4	11	8½	93	6	17	6¾	20000	1479	3	4

No.	L.	s.	d.
112	8	5	8
144	10	13	0
250	18	9	9½
256	18	18	8
272	20	2	4
365	26	19	10¾
750	55	9	4½
1250	92	8	11½

Fractional Parts.

10ths.	s.	d.	f.	frac.
1	0	1	0	7-16
2	0	2	0	14-16
3	0	3	1	5-16
4	0	4	1	12-16
5	0	5	2	3-16
6	0	6	2	10-16
7	0	7	3	1-16
8	0	8	3	8-16
9	0	9	3	15-16
10	0	11	0	6-16
11	1	0	0	13-16
12	1	1	1	4-16
13	1	2	1	11-16
14	1	3	2	2-16
15	1	4	2	9-16
1-3d	0	5	3	2-3
2-3ds	0	11	3	1-3
1-12th	0	1	1	11-12
1-14th	0	1	1	1-14
1-20th	0	0	3	11-20

No.	L.	s.	d.	No.	L.	s.	d.	No.	L.	s.	d.	No.	L.	s.	d.
1	0	1	6	32	2	8	0	63	4	14	6	94	7	1	0
2	0	3	0	33	2	9	6	64	4	16	0	95	7	2	6
3	0	4	6	34	2	11	0	65	4	17	6	96	7	4	0
4	0	6	0	35	2	12	6	66	4	19	0	97	7	5	6
5	0	7	6	36	2	14	0	67	5	0	6	98	7	7	0
6	0	9	0	37	2	15	6	68	5	2	0	99	7	8	6
7	0	10	6	38	2	17	0	69	5	3	6	100	7	10	0
8	0	12	0	39	2	18	6	70	5	5	0	200	15	0	0
9	0	13	6	40	3	0	0	71	5	6	6	300	22	10	0
10	0	15	0	41	3	1	6	72	5	8	0	400	30	0	0
11	0	16	6	42	3	3	0	73	5	9	6	500	37	10	0
12	0	18	0	43	3	4	6	74	5	11	0	600	45	0	0
13	0	19	6	44	3	6	0	75	5	12	6	700	52	10	0
14	1	1	0	45	3	7	6	76	5	14	0	800	60	0	0
15	1	2	6	46	3	9	0	77	5	15	6	900	67	10	0
16	1	4	0	47	3	10	6	78	5	17	0	1000	75	0	0
17	1	5	6	48	3	12	0	79	5	18	6	1100	82	10	0
18	1	7	0	49	3	13	6	80	6	0	0	1200	90	0	0
19	1	8	6	50	3	15	0	81	6	1	6	1300	97	10	0
20	1	10	0	51	3	16	6	82	6	3	0	1400	105	0	0
21	1	11	6	52	3	18	0	83	6	4	6	1500	112	10	0
22	1	13	0	53	3	19	6	84	6	6	0	2000	150	0	0
23	1	14	6	54	4	1	0	85	6	7	6	3000	225	0	0
24	1	16	0	55	4	2	6	86	6	9	0	4000	300	0	0
25	1	17	6	56	4	4	0	87	6	10	6	5000	375	0	0
26	1	19	0	57	4	5	6	88	6	12	0	6000	450	0	0
27	2	0	6	58	4	7	0	89	6	13	6	7000	525	0	0
28	2	2	0	59	4	8	6	90	6	15	0	8000	600	0	0
29	2	3	6	60	4	10	0	91	6	16	6	9000	675	0	0
30	2	5	0	61	4	11	6	92	6	18	0	10000	750	0	0
31	2	6	6	62	4	13	0	93	6	19	6	20000	1500	0	0

No.	L.	s.	d.
112	8	8	0
144	10	16	0
250	18	15	0
256	19	4	0
272	20	8	0
365	27	7	6
750	56	5	0
1250	93	15	0

Fractional Parts.

10ths.	s.	d.	f.	frs.
1	0	1	0	1-2
2	0	2	1	0-0
3	0	3	1	1-2
4	0	4	2	0-0
5	0	5	2	1-2
6	0	6	3	0-0
7	0	7	3	1-2
8	0	9	0	0-0
9	0	10	0	1-2
10	0	11	1	0-0
11	1	0	1	1-2
12	1	1	2	0-0
13	1	2	2	1-2
14	1	3	3	0-0
15	1	4	3	1-2
1-3d	0	6	0	0-0
2-3ds	1	0	0	0-0
1-12th	0	1	2	0-0
1-14th	0	1	1	1-7
1-20th	0	0	3	3-5

At 18 Pence 1 Farthing.

No.	L.	s.	d.	No.	L.	s.	d.	No.	L.	s.	d.	No.	L.	s.	d.
1	0	1	6¼	32	2	8	8	63	4	15	9¾	94	7	2	11½
2	0	3	0½	33	2	10	2¼	64	4	17	4	95	7	4	5¾
3	0	4	6¾	34	2	11	8½	65	4	18	10¼	96	7	6	0
4	0	6	1	35	2	13	2¾	66	5	0	4½	97	7	7	6¼
5	0	7	7¼	36	2	14	9	67	5	1	10¾	98	7	9	0½
6	0	9	1½	37	2	16	3¼	68	5	3	5	99	7	10	6¾
7	0	10	7¾	38	2	17	9½	69	5	4	11¼	100	7	12	1
8	0	12	2	39	2	19	3¾	70	5	6	5½	200	15	4	2
9	0	13	8¼	40	3	0	10	71	5	7	11¾	300	22	16	3
10	0	15	2½	41	3	2	4¼	72	5	9	6	400	30	8	4
11	0	16	8¾	42	3	3	10½	73	5	11	0¼	500	38	0	5
12	0	18	3	43	3	5	4¾	74	5	12	6½	600	45	12	6
13	0	19	9¼	44	3	6	11	75	5	14	0¾	700	53	4	7
14	1	1	3½	45	3	8	5¼	76	5	15	7	800	60	16	8
15	1	2	9¾	46	3	9	11½	77	5	17	1¼	900	68	8	9
16	1	4	4	47	3	11	5¾	78	5	18	7½	1000	76	0	10
17	1	5	10¼	48	3	13	0	79	6	0	1¾	1100	83	12	11
18	1	7	4½	49	3	14	6¼	80	6	1	8	1200	91	5	0
19	1	8	10¾	50	3	16	0½	81	6	3	2¼	1300	98	17	1
20	1	10	5	51	3	17	6¾	82	6	4	8½	1400	106	9	2
21	1	11	11¼	52	3	19	1	83	6	6	2¾	1500	114	1	3
22	1	13	5½	53	4	0	7¼	84	6	7	9	2000	152	1	8
23	1	14	11¾	54	4	2	1½	85	6	9	3¼	3000	228	2	6
24	1	16	6	55	4	3	7¾	86	6	10	9½	4000	304	3	4
25	1	18	0¼	56	4	5	2	87	6	12	3¾	5000	380	4	2
26	1	19	6½	57	4	6	8¼	88	6	13	10	6000	456	5	0
27	2	1	0¾	58	4	8	2½	89	6	15	4¼	7000	532	5	10
28	2	2	7	59	4	9	8¾	90	6	16	10½	8000	608	6	8
29	2	4	1¼	60	4	11	3	91	6	18	4¾	9000	684	7	6
30	2	5	7½	61	4	12	9¼	92	6	19	11	10000	760	8	4
31	2	7	1¾	62	4	14	3½	93	7	1	5¼	20000	1520	16	8

No.	L.	s.	d.
112	8	10	4
144	10	19	0
250	19	0	2½
256	19	9	4
272	20	13	8
365	27	15	1¼
750	57	0	7½
1250	95	1	0½

Fractional Parts.

10ths.	s.	d.	f.	frs.
1	0	1	0	9-16
2	0	2	1	2-16
3	0	3	1	11-16
4	0	4	2	4-16
5	0	5	2	13-16
6	0	6	3	6-16
7	0	7	3	15-16
8	0	9	0	8-16
9	0	10	1	1-16
10	0	11	1	10-16
11	1	0	2	3-16
12	1	1	2	12-16
13	1	2	3	5-16
14	1	3	3	14-16
15	1	5	0	7-16
1-3d	0	6	0	1-3
2-3ds	1	0	0	2-3
1-12th	0	1	2	1-12
1-14th	0	1	1	3-14
1-20th	0	0	3	13-20

At 18 Pence Halfpenny.

No.	L.	s.	d.	No.	L.	s.	d.	No.	L.	s.	d.	No.	L.	s.	d.
1	0	1	6½	32	2	9	4	63	4	17	1½	94	7	4	11
2	0	3	1	33	2	10	10½	64	4	18	8	95	7	6	5½
3	0	4	7½	34	2	12	5	65	5	0	2½	96	7	8	0
4	0	6	2	35	2	13	11½	66	5	1	9	97	7	9	6½
5	0	7	8½	36	2	15	6	67	5	3	3½	98	7	11	1
6	0	9	3	37	2	17	0½	68	5	4	10	99	7	12	7½
7	0	10	9½	38	2	18	7	69	5	6	4½	100	7	14	2
8	0	12	4	39	3	0	1½	70	5	7	11	200	15	8	4
9	0	13	10½	40	3	1	8	71	5	9	5½	300	23	2	6
10	0	15	5	41	3	3	2½	72	5	11	0	400	30	16	8
11	0	16	11½	42	3	4	9	73	5	12	6½	500	38	10	10
12	0	18	6	43	3	6	3½	74	5	14	1	600	46	5	0
13	1	0	0½	44	3	7	10	75	5	15	7½	700	53	19	2
14	1	1	7	45	3	9	4½	76	5	17	2	800	61	13	4
15	1	3	1½	46	3	10	11	77	5	18	8½	900	69	7	6
16	1	4	8	47	3	12	5½	78	6	0	3	1000	77	1	8
17	1	6	2½	48	3	14	0	79	6	1	9½	1100	84	15	10
18	1	7	9	49	3	15	6½	80	6	3	4	1200	92	10	0
19	1	9	3½	50	3	17	1	81	6	4	10½	1300	100	4	2
20	1	10	10	51	3	18	7½	82	6	6	5	1400	107	18	4
21	1	12	4½	52	4	0	2	83	6	7	11½	1500	115	12	6
22	1	13	11	53	4	1	8½	84	6	9	6	2000	154	3	4
23	1	15	5½	54	4	3	3	85	6	11	0½	3000	231	5	0
24	1	17	0	55	4	4	9½	86	6	12	7	4000	308	6	8
25	1	18	6½	56	4	6	4	87	6	14	1½	5000	385	8	4
26	2	0	1	57	4	7	10½	88	6	15	8	6000	462	10	0
27	2	1	7½	58	4	9	5	89	6	17	2½	7000	539	11	8
28	2	3	2	59	4	10	11½	90	6	18	9	8000	616	13	4
29	2	4	8½	60	4	12	6	91	7	0	3½	9000	693	15	0
30	2	6	3	61	4	14	0½	92	7	1	10	10000	770	16	8
31	2	7	9½	62	4	15	7	93	7	3	4½	20000	1541	13	4

No.	L.	s.	d.
112	8	12	8
144	11	2	0
250	19	5	5
256	19	14	8
272	20	19	4
365	28	2	8½
750	57	16	3
1250	96	7	1

Fractional Parts.

16ths.	s.	d.	f.	frac.
1	0	1	0	5-8
2	0	2	1	2-8
3	0	3	1	7-8
4	0	4	2	4-8
5	0	5	3	1-8
6	0	6	3	6-8
7	0	8	0	3-8
8	0	9	1	0-0
9	0	10	1	5-8
10	0	11	2	2-8
11	1	0	2	7-8
12	1	1	3	4-8
13	1	3	0	1-8
14	1	4	0	6-8
15	1	5	1	3-8
1-3d	0	6	0	2-3
2-3ds	1	0	1	1-3
1-12th	0	1	2	1-6
1-14th	0	1	1	2-7
1-20th	0	0	3	7-10

At 18 Pence 3 Farthings.

No.	L.	s.	d.	No.	L.	s.	d.	No.	L.	s.	d.	No.	L.	s.	d.
1	0	1	6¾	32	2	10	0	63	4	18	5¼	94	7	6	10½
2	0	3	1½	33	2	11	6¾	64	5	0	0	95	7	8	5¼
3	0	4	8¼	34	2	13	1½	65	5	1	6¾	96	7	10	0
4	0	6	3	35	2	14	8¼	66	5	3	1½	97	7	11	6¾
5	0	7	9¾	36	2	16	3	67	5	4	8¼	98	7	13	1½
6	0	9	4½	37	2	17	9¾	68	5	6	3	99	7	14	8¼
7	0	10	11¼	38	2	19	4½	69	5	7	9¾	100	7	16	3
8	0	12	6	39	3	0	11¼	70	5	9	4½	200	15	12	6
9	0	14	0¾	40	3	2	6	71	5	10	11¼	300	23	8	9
10	0	15	7½	41	3	4	0¾	72	5	12	6	400	31	5	0
11	0	17	2¼	42	3	5	7½	73	5	14	0¾	500	39	1	3
12	0	18	9	43	3	7	2¼	74	5	15	7½	600	46	17	6
13	1	0	3¾	44	3	8	9	75	5	17	2¼	700	54	13	9
14	1	1	10½	45	3	10	3¾	76	5	18	9	800	62	10	0
15	1	3	5¼	46	3	11	10½	77	6	0	3¾	900	70	6	3
16	1	5	0	47	3	13	5¼	78	6	1	10½	1000	78	2	6
17	1	6	6¾	48	3	15	0	79	6	3	5¼	1100	85	18	9
18	1	8	1½	49	3	16	6¾	80	6	5	0	1200	93	15	0
19	1	9	8¼	50	3	18	1½	81	6	6	6¾	1300	101	11	3
20	1	11	3	51	3	19	8¼	82	6	8	1½	1400	109	7	6
21	1	12	9¾	52	4	1	3	83	6	9	8¼	1500	117	3	9
22	1	14	4½	53	4	2	9¾	84	6	11	3	2000	156	5	0
23	1	15	11¼	54	4	4	4½	85	6	12	9¾	3000	234	7	6
24	1	17	6	55	4	5	11¼	86	6	14	4½	4000	312	10	0
25	1	19	0¾	56	4	7	6	87	6	15	11¼	5000	390	12	6
26	2	0	7½	57	4	9	0¾	88	6	17	6	6000	468	15	0
27	2	2	2¼	58	4	10	7½	89	6	19	0¾	7000	546	17	6
28	2	3	9	59	4	12	2¼	90	7	0	7½	8000	625	0	0
29	2	5	3¾	60	4	13	9	91	7	2	2¼	9000	703	2	6
30	2	6	10½	61	4	15	3¾	92	7	3	9	10000	781	5	0
31	2	8	5¼	62	4	16	10½	93	7	5	3¾	20000	1562	10	0

No.	L.	s.	d.
112	8	15	0
144	11	5	0
250	19	10	7½
256	20	0	0
272	21	5	0
365	28	10	3¾
750	58	11	10½
1250	97	13	1½

Fractional Parts.

16ths.	s.	d.	f.	frac.
1	0	1	0	11-16
2	0	2	1	6-16
3	0	3	2	1-16
4	0	4	2	12-16
5	0	5	3	7-16
6	0	7	0	2-16
7	0	8	0	13-16
8	0	9	1	8-16
9	0	10	2	3-16
10	0	11	2	14-16
11	1	0	3	9-16
12	1	2	0	4-16
13	1	3	0	15-16
14	1	4	1	10-16
15	1	5	2	5-16
1-3d	0	6	1	0-0
2-3ds	1	0	2	0-0
1-12th	0	1	2	1-4
1-14th	0	1	1	5-14
1-20th	0	0	3	3-4

At 19 Pence.

No.	L.	s.	d.	No.	L.	s.	d.	No.	L.	s.	d.	No.	L.	s.	d.
1	0	1	7	32	2	10	8	63	4	19	9	94	7	8	10
2	0	3	2	33	2	12	3	64	5	1	4	95	7	10	5
3	0	4	9	34	2	13	10	65	5	2	11	96	7	12	0
4	0	6	4	35	2	15	5	66	5	4	6	97	7	13	7
5	0	7	11	36	2	17	0	67	5	6	1	98	7	15	2
6	0	9	6	37	2	18	7	68	5	7	8	99	7	16	9
7	0	11	1	38	3	0	2	69	5	9	3	100	7	18	4
8	0	12	8	39	3	1	9	70	5	10	10	200	15	16	8
9	0	14	3	40	3	3	4	71	5	12	5	300	23	15	0
10	0	15	10	41	3	4	11	72	5	14	0	400	31	13	4
11	0	17	5	42	3	6	6	73	5	15	7	500	39	11	8
12	0	19	0	43	3	8	1	74	5	17	2	600	47	10	0
13	1	0	7	44	3	9	8	75	5	18	9	700	55	8	4
14	1	2	2	45	3	11	3	76	6	0	4	800	63	6	8
15	1	3	9	46	3	12	10	77	6	1	11	900	71	5	0
16	1	5	4	47	3	14	5	78	6	3	6	1000	79	3	4
17	1	6	11	48	3	16	0	79	6	5	1	1100	87	1	8
18	1	8	6	49	3	17	7	80	6	6	8	1200	95	0	0
19	1	10	1	50	3	19	2	81	6	8	3	1300	102	18	4
20	1	11	8	51	4	0	9	82	6	9	10	1400	110	16	8
21	1	13	3	52	4	2	4	83	6	11	5	1500	118	15	0
22	1	14	10	53	4	3	11	84	6	13	0	2000	158	6	8
23	1	16	5	54	4	5	6	85	6	14	7	3000	237	10	0
24	1	18	0	55	4	7	1	86	6	16	2	4000	316	13	4
25	1	19	7	56	4	8	8	87	6	17	9	5000	395	16	8
26	2	1	2	57	4	10	3	88	6	19	4	6000	475	0	0
27	2	2	9	58	4	11	10	89	7	0	11	7000	554	3	4
28	2	4	4	59	4	13	5	90	7	2	6	8000	633	6	8
29	2	5	11	60	4	15	0	91	7	4	1	9000	712	10	0
30	2	7	6	61	4	16	7	92	7	5	8	10000	791	13	4
31	2	9	1	62	4	18	2	93	7	7	3	20000	1583	6	8

No.	L.	s.	d.
112	8	17	4
144	11	8	0
250	19	15	10
256	20	5	4
272	21	10	8
365	28	17	11
750	59	7	6
1250	98	19	2

Fractional Parts.

16ths.	s.	d.	f.	frac.
1	0	1	0	3-4
2	0	2	1	2-4
3	0	3	2	1-4
4	0	4	3	0-0
5	0	5	3	3-4
6	0	7	0	2-4
7	0	8	1	1-4
8	0	9	2	0-0
9	0	10	2	3-4
10	0	11	3	2-4
11	1	1	0	1-4
12	1	2	1	0-0
13	1	3	1	3-4
14	1	4	2	2-4
15	1	5	3	1-4
1-3d	0	6	1	1-3
2-3ds	1	0	2	2-3
1-12th	0	1	2	1-3
1-14th	0	1	1	3-7
1-20th	0	0	3	4-5

At 19 Pence 1 Farthing.

No.	L.	s.	d.	No.	L.	s.	d.	No.	L.	s.	d.	No.	L.	s.	d.
1	0	1	7¼	32	2	11	4	63	5	1	0¾	94	7	10	9½
2	0	3	2½	33	2	12	11¼	64	5	2	8	95	7	12	4¾
3	0	4	9¾	34	2	14	6½	65	5	4	3¼	96	7	14	0
4	0	6	5	35	2	16	1¾	66	5	5	10½	97	7	15	7¼
5	0	8	0¼	36	2	17	9	67	5	7	5¾	98	7	17	2½
6	0	9	7½	37	2	19	4¼	68	5	9	1	99	7	18	9¾
7	0	11	2¾	38	3	0	11½	69	5	10	8¼	100	8	0	5
8	0	12	10	39	3	2	6¾	70	5	12	3½	200	16	0	10
9	0	14	5¼	40	3	4	2	71	5	13	10¾	300	24	1	3
10	0	16	0½	41	3	5	9¼	72	5	15	6	400	32	1	8
11	0	17	7¾	42	3	7	4½	73	5	17	1¼	500	40	2	1
12	0	19	3	43	3	8	11¾	74	5	18	8½	600	48	2	6
13	1	0	10¼	44	3	10	7	75	6	0	3¾	700	56	2	11
14	1	2	5½	45	3	12	2¼	76	6	1	11	800	64	3	4
15	1	4	0¾	46	3	13	9½	77	6	3	6¼	900	72	3	9
16	1	5	8	47	3	15	4¾	78	6	5	1½	1000	80	4	2
17	1	7	3¼	48	3	17	0	79	6	6	8¾	1100	88	4	7
18	1	8	10½	49	3	18	7¼	80	6	8	4	1200	96	5	0
19	1	10	5¾	50	4	0	2½	81	6	9	11¼	1300	104	5	5
20	1	12	1	51	4	1	9¾	82	6	11	6½	1400	112	5	10
21	1	13	8¼	52	4	3	5	83	6	13	1¾	1500	120	6	3
22	1	15	3½	53	4	5	0¼	84	6	14	9	2000	160	8	4
23	1	16	10¾	54	4	6	7½	85	6	16	4¼	3000	240	12	6
24	1	18	6	55	4	8	2¾	86	6	17	11½	4000	320	16	8
25	2	0	1¼	56	4	9	10	87	6	19	6¾	5000	401	0	10
26	2	1	8½	57	4	11	5¼	88	7	1	2	6000	481	5	0
27	2	3	3¾	58	4	13	0½	89	7	2	9¼	7000	561	9	2
28	2	4	11	59	4	14	7¾	90	7	4	4½	8000	641	13	4
29	2	6	6¼	60	4	16	3	91	7	5	11¾	9000	721	17	6
30	2	8	1½	61	4	17	10¼	92	7	7	7	10000	802	1	8
31	2	9	8¾	62	4	19	5½	93	7	9	2¼	20000	1604	3	4

No.	L.	s.	d.
112	8	19	8
144	11	11	0
250	20	1	0½
256	20	10	8
272	21	16	4
365	29	5	6¼
750	60	3	1½
1250	100	5	2½

Fractional Parts.

16ths.	s.	d.	f.	frac.
1	0	1	0	13-16
2	0	2	1	10-16
3	0	3	2	7-16
4	0	4	3	4-16
5	0	6	0	1-16
6	0	7	0	14-16
7	0	8	1	11-16
8	0	9	2	8-16
9	0	10	3	5-16
10	1	0	0	2-16
11	1	1	0	15-16
12	1	2	1	12-16
13	1	3	2	9-16
14	1	4	3	6-16
15	1	6	0	3-16
1-3d	0	6	1	2-3
2-3ds	1	0	3	1-3
1-12th	0	1	2	5-12
1-14th	0	1	1	1-2
1-20th	0	0	3	17-20

At 19 Pence Halfpenny.

No.	L.	s.	d.	No.	L.	s.	d.	No.	L.	s.	d.	No.	L.	s.	d.
1	0	1	7½	32	2	12	0	63	5	2	4½	94	7	12	9
2	0	3	3	33	2	13	7½	64	5	4	0	95	7	14	4½
3	0	4	10½	34	2	15	3	65	5	5	7½	96	7	16	0
4	0	6	6	35	2	16	10½	66	5	7	3	97	7	17	7½
5	0	8	1½	36	2	18	6	67	5	8	10½	98	7	19	3
6	0	9	9	37	3	0	1½	68	5	10	6	99	8	0	10½
7	0	11	4½	38	3	1	9	69	5	12	1½	100	8	2	6
8	0	13	0	39	3	3	4½	70	5	13	9	200	16	5	0
9	0	14	7½	40	3	5	0	71	5	15	4½	300	24	7	6
10	0	16	3	41	3	6	7½	72	5	17	0	400	32	10	0
11	0	17	10½	42	3	8	3	73	5	18	7½	500	40	12	6
12	0	19	6	43	3	9	10½	74	6	0	3	600	48	15	0
13	1	1	1½	44	3	11	6	75	6	1	10½	700	56	17	6
14	1	2	9	45	3	13	1½	76	6	3	6	800	65	0	0
15	1	4	4½	46	3	14	9	77	6	5	1½	900	73	2	6
16	1	6	0	47	3	16	4½	78	6	6	9	1000	81	5	0
17	1	7	7½	48	3	18	0	79	6	8	4½	1100	89	7	6
18	1	9	3	49	3	19	7½	80	6	10	0	1200	97	10	0
19	1	10	10½	50	4	1	3	81	6	11	7½	1300	105	12	6
20	1	12	6	51	4	2	10½	82	6	13	3	1400	113	15	0
21	1	14	1½	52	4	4	6	83	6	14	10½	1500	121	17	6
22	1	15	9	53	4	6	1½	84	6	16	6	2000	162	10	0
23	1	17	4½	54	4	7	9	85	6	18	1½	3000	243	15	0
24	1	19	0	55	4	9	4½	86	6	19	9	4000	325	0	0
25	2	0	7½	56	4	11	0	87	7	1	4½	5000	406	5	0
26	2	2	3	57	4	12	7½	88	7	3	0	6000	487	10	0
27	2	3	10½	58	4	14	3	89	7	4	7½	7000	568	15	0
28	2	5	6	59	4	15	10½	90	7	6	3	8000	650	0	0
29	2	7	1½	60	4	17	6	91	7	7	10½	9000	731	5	0
30	2	8	9	61	4	19	1½	92	7	9	6	10000	812	10	0
31	2	10	4½	62	5	0	9	93	7	11	1½	20000	1625	0	0

No.	L.	s.	d.
112	9	2	0
144	11	14	0
250	20	6	3
256	20	16	0
272	22	2	0
365	29	13	1½
750	60	18	9
1250	101	11	3

Fractional Parts.

10ths.	s.	d.	f.	frac.
1	0	1	0	7-8
2	0	2	1	6-8
3	0	3	2	5-8
4	0	4	3	4-8
5	0	6	0	3-8
6	0	7	1	2-8
7	0	8	2	1-8
8	0	9	3	0-0
9	0	10	3	7-8
10	1	0	0	6-8
11	1	1	1	5-8
12	1	2	2	4-8
13	1	3	3	3-8
14	1	5	0	2-8
15	1	6	1	1-8
1-3d	0	6	2	0-0
2-3ds	1	1	0	0-0
1-12th	0	1	2	1-2
1-14th	0	1	1	4-7
1-20th	0	0	3	9-10

At 19 Pence 3 Farthings.

No.	L.	s.	d.	No.	L.	s.	d.	No.	L.	s.	d.	No.	L.	s.	d.
1	0	1	7¾	32	2	12	8	63	5	3	8¼	94	7	14	8½
2	0	3	3½	33	2	14	3¾	64	5	5	4	95	7	16	4¼
3	0	4	11¼	34	2	15	11½	65	5	6	11¾	96	7	18	0
4	0	6	7	35	2	17	7¼	66	5	8	7½	97	7	19	7¾
5	0	8	2¾	36	2	19	3	67	5	10	3¼	98	8	1	3½
6	0	9	10½	37	3	0	10¾	68	5	11	11	99	8	2	11¼
7	0	11	6¼	38	3	2	6½	69	5	13	6¾	100	8	4	7
8	0	13	2	39	3	4	2¼	70	5	15	2½	200	16	9	2
9	0	14	9¾	40	3	5	10	71	5	16	10¼	300	24	13	9
10	0	16	5½	41	3	7	5¾	72	5	18	6	400	32	18	4
11	0	18	1¼	42	3	9	1½	73	6	0	1¾	500	41	2	11
12	0	19	9	43	3	10	9¼	74	6	1	9½	600	49	7	6
13	1	1	4¾	44	3	12	5	75	6	3	5¼	700	57	12	1
14	1	3	0½	45	3	14	0¾	76	6	5	1	800	65	16	8
15	1	4	8¼	46	3	15	8½	77	6	6	8¾	900	74	1	3
16	1	6	4	47	3	17	4¼	78	6	8	4½	1000	82	5	10
17	1	7	11¾	48	3	19	0	79	6	10	0¼	1100	90	10	5
18	1	9	7½	49	4	0	7¾	80	6	11	8	1200	98	15	0
19	1	11	3¼	50	4	2	3½	81	6	13	3¾	1300	106	19	7
20	1	12	11	51	4	3	11¼	82	6	14	11½	1400	115	4	2
21	1	14	6¾	52	4	5	7	83	6	16	7¼	1500	123	8	9
22	1	16	2½	53	4	7	2¾	84	6	18	3	2000	164	11	8
23	1	17	10¼	54	4	8	10½	85	6	19	10¾	3000	246	17	6
24	1	19	6	55	4	10	6¼	86	7	1	6½	4000	329	3	4
25	2	1	1¾	56	4	12	2	87	7	3	2¼	5000	411	9	2
26	2	2	9½	57	4	13	9¾	88	7	4	10	6000	493	15	0
27	2	4	5¼	58	4	15	5½	89	7	6	5¾	7000	576	0	10
28	2	6	1	59	4	17	1¼	90	7	8	1½	8000	658	6	8
29	2	7	8¾	60	4	18	9	91	7	9	9¼	9000	740	12	6
30	2	9	4½	61	5	0	4¾	92	7	11	5	10000	822	18	4
31	2	11	0¼	62	5	2	0½	93	7	13	0¾	20000	1645	16	8

No.	L.	s.	d.
112	9	4	4
144	11	17	0
250	20	11	5½
256	21	1	4
272	22	7	8
365	30	0	8¾
750	61	14	4½
1250	102	17	3½

Fractional Parts.

10ths.	s.	d.	f.	frac.
1	0	1	0	15-16
2	0	2	1	14-16
3	0	3	2	13-16
4	0	4	3	12-16
5	0	6	0	11-16
6	0	7	1	10-16
7	0	8	2	9-16
8	0	9	3	8-16
9	0	11	0	7-16
10	1	0	1	6-16
11	1	1	2	5-16
12	1	2	3	4-16
13	1	4	0	3-16
14	1	5	1	2-16
15	1	6	2	1-16
1-3d	0	6	2	1-3
2-3ds	1	1	0	2-3
1-12th	0	1	2	7-12
1-14th	0	1	1	9-14
1-20th	0	0	3	19-20

No.	L.	s.	d.	No.	L.	s.	d.	No.	L.	s.	d.	No.	L.	s.	d.
1	0	1	8	32	2	13	4	63	5	5	0	94	7	16	8
2	0	3	4	33	2	15	0	64	5	6	8	95	7	18	4
3	0	5	0	34	2	16	8	65	5	8	4	96	8	0	0
4	0	6	8	35	2	18	4	66	5	10	0	97	8	1	8
5	0	8	4	36	3	0	0	67	5	11	8	98	8	3	4
6	0	10	0	37	3	1	8	68	5	13	4	99	8	5	0
7	0	11	8	38	3	3	4	69	5	15	0	100	8	6	8
8	0	13	4	39	3	5	0	70	5	16	8	200	16	13	4
9	0	15	0	40	3	6	8	71	5	18	4	300	25	0	0
10	0	16	8	41	3	8	4	72	6	0	0	400	33	6	8
11	0	18	4	42	3	10	0	73	6	1	8	500	41	13	4
12	1	0	0	43	3	11	8	74	6	3	4	600	50	0	0
13	1	1	8	44	3	13	4	75	6	5	0	700	58	6	8
14	1	3	4	45	3	15	0	76	6	6	8	800	66	13	4
15	1	5	0	46	3	16	8	77	6	8	4	900	75	0	0
16	1	6	8	47	3	18	4	78	6	10	0	1000	83	6	8
17	1	8	4	48	4	0	0	79	6	11	8	1100	91	13	4
18	1	10	0	49	4	1	8	80	6	13	4	1200	100	0	0
19	1	11	8	50	4	3	4	81	6	15	0	1300	108	6	8
20	1	13	4	51	4	5	0	82	6	16	8	1400	116	13	4
21	1	15	0	52	4	6	8	83	6	18	4	1500	125	0	0
22	1	16	8	53	4	8	4	84	7	0	0	2000	166	13	4
23	1	18	4	54	4	10	0	85	7	1	8	3000	250	0	0
24	2	0	0	55	4	11	8	86	7	3	4	4000	333	6	8
25	2	1	8	56	4	13	4	87	7	5	0	5000	416	13	4
26	2	3	4	57	4	15	0	88	7	6	8	6000	500	0	0
27	2	5	0	58	4	16	8	89	7	8	4	7000	583	6	8
28	2	6	8	59	4	18	4	90	7	10	0	8000	666	13	4
29	2	8	4	60	5	0	0	91	7	11	8	9000	750	0	0
30	2	10	0	61	5	1	8	92	7	13	4	10000	833	6	8
31	2	11	8	62	5	3	4	93	7	15	0	20000	1666	13	4

No.	L.	s.	d.
112	9	6	8
144	12	0	0
250	20	16	8
256	21	6	8
272	22	13	4
365	30	8	4
750	62	10	0
1250	104	3	4

Fractional Parts.

10ths.	s.	d.	f.	frac.
1	0	1	1	0-0
2	0	2	2	0-0
3	0	3	3	0-0
4	0	5	0	0-0
5	0	6	1	0-0
6	0	7	2	0-0
7	0	8	3	0-0
8	0	10	0	0-0
9	0	11	1	0-0
10	1	0	2	0-0
11	1	1	3	0-0
12	1	3	0	0-0
13	1	4	1	0-0
14	1	5	2	0-0
15	1	6	3	0-0
1-3d	0	6	2	2-3
2-3ds	1	1	1	1-3
1-12th	0	1	2	2-3
1-14th	0	1	1	5-7
1-20th	0	1	0	0-0

At 20 Pence 1 Farthing.

No.	L.	s.	d.	No.	L.	s.	d.	No.	L.	s.	d.	No.	L.	s.	d.
1	0	1	8¼	32	2	14	0	63	5	6	3¾	94	7	18	7½
2	0	3	4½	33	2	15	8¼	64	5	8	0	95	8	0	3¾
3	0	5	0¾	34	2	17	4½	65	5	9	8¼	96	8	2	0
4	0	6	9	35	2	19	0¾	66	5	11	4½	97	8	3	8¼
5	0	8	5¼	36	3	0	9	67	5	13	0¾	98	8	5	4½
6	0	10	1½	37	3	2	5¼	68	5	14	9	99	8	7	0¾
7	0	11	9¾	38	3	4	1½	69	5	16	5¼	100	8	8	9
8	0	13	6	39	3	5	9¾	70	5	18	1½	200	16	17	6
9	0	15	2¼	40	3	7	6	71	5	19	9¾	300	25	6	3
10	0	16	10½	41	3	9	2¼	72	6	1	6	400	33	15	0
11	0	18	6¾	42	3	10	10½	73	6	3	2¼	500	42	3	9
12	1	0	3	43	3	12	6¾	74	6	4	10½	600	50	12	6
13	1	1	11¼	44	3	14	3	75	6	6	6¾	700	59	1	3
14	1	3	7½	45	3	15	11¼	76	6	8	3	800	67	10	0
15	1	5	3¾	46	3	17	7½	77	6	9	11¼	900	75	18	9
16	1	7	0	47	3	19	3¾	78	6	11	7½	1000	84	7	6
17	1	8	8¼	48	4	1	0	79	6	13	3¾	1100	92	16	3
18	1	10	4½	49	4	2	8¼	80	6	15	0	1200	101	5	0
19	1	12	0¾	50	4	4	4½	81	6	16	8¼	1300	109	13	9
20	1	13	9	51	4	6	0¾	82	6	18	4½	1400	118	2	6
21	1	15	5¼	52	4	7	9	83	7	0	0¾	1500	126	11	3
22	1	17	1½	53	4	9	5¼	84	7	1	9	2000	168	15	0
23	1	18	9¾	54	4	11	1½	85	7	3	5¼	3000	253	2	6
24	2	0	6	55	4	12	9¾	86	7	5	1½	4000	337	10	0
25	2	2	2¼	56	4	14	6	87	7	6	9¾	5000	421	17	6
26	2	3	10½	57	4	16	2¼	88	7	8	6	6000	506	5	0
27	2	5	6¾	58	4	17	10½	89	7	10	2¼	7000	590	12	6
28	2	7	3	59	4	19	6¾	90	7	11	10½	8000	675	0	0
29	2	8	11¼	60	5	1	3	91	7	13	6¾	9000	759	7	6
30	2	10	7½	61	5	2	11¼	92	7	15	3	10000	843	15	0
31	2	12	3¾	62	5	4	7½	93	7	16	11¼	20000	1687	10	0

No.	L.	s.	d.
112	9	9	0
144	12	3	0
250	21	1	10½
256	21	12	0
272	22	19	0
365	30	15	11¼
750	63	5	7½
1250	105	9	4½

Fractional Parts.

10ths.	s.	d.	f.	frac.
1	0	1	1	1-16
2	0	2	2	2-16
3	0	3	3	3-16
4	0	5	0	4-16
5	0	6	1	5-16
6	0	7	2	6-16
7	0	8	3	7-16
8	0	10	0	8-16
9	0	11	1	9-16
10	1	0	2	10-16
11	1	1	3	11-16
12	1	3	0	12-16
13	1	4	1	13-16
14	1	5	2	14-16
15	1	6	3	15-16
1-3d	0	6	3	0-0
2-3ds	1	0	2	0-0
1-12th	0	1	2	3-4
1-14th	0	1	1	11-14
1-20th	0	1	0	1-20

At 20 Pence Halfpenny.

No.	L.	s.	d.	No.	L.	s.	d.	No.	L.	s.	d.	No.	L.	s.	d.	No.	L.	s.	d.
1	0	1	8½	32	2	14	8	63	5	7	7½	94	8	0	7	112	9	11	4
2	0	3	5	33	2	16	4½	64	5	9	4	95	8	2	3½	144	12	6	0
3	0	5	1½	34	2	18	1	65	5	11	0½	96	8	4	0	250	21	7	1
4	0	6	10	35	2	19	9½	66	5	12	9	97	8	5	8½	256	21	17	4
5	0	8	6½	36	3	1	6	67	5	14	5½	98	8	7	5	272	23	4	8
6	0	10	3	37	3	3	2½	68	5	16	2	99	8	9	1½	365	31	3	6½
7	0	11	11½	38	3	4	11	69	5	17	10½	100	8	10	10	750	64	1	3
8	0	13	8	39	3	6	7½	70	5	19	7	200	17	1	8	1250	106	15	5
9	0	15	4½	40	3	8	4	71	6	1	3½	300	25	12	6				
10	0	17	1	41	3	10	0½	72	6	3	0	400	34	3	4				
11	0	18	9½	42	3	11	9	73	6	4	8½	500	42	14	2				
12	1	0	6	43	3	13	5½	74	6	6	5	600	51	5	0				
13	1	2	2½	44	3	15	2	75	6	8	1½	700	59	15	10				
14	1	3	11	45	3	16	10½	76	6	9	10	800	68	6	8				
15	1	5	7½	46	3	18	7	77	6	11	6½	900	76	17	6				
16	1	7	4	47	4	0	3½	78	6	13	3	1000	85	8	4				
17	1	9	0½	48	4	2	0	79	6	14	11½	1100	93	19	2				
18	1	10	9	49	4	3	8½	80	6	16	8	1200	102	10	0				
19	1	12	5½	50	4	5	5	81	6	18	4½	1300	111	0	10				
20	1	14	2	51	4	7	1½	82	7	0	1	1400	119	11	8				
21	1	15	10½	52	4	8	10	83	7	1	9½	1500	128	2	6				
22	1	17	7	53	4	10	6½	84	7	3	6	2000	170	16	8				
23	1	19	3½	54	4	12	3	85	7	5	2½	3000	256	5	0				
24	2	1	0	55	4	13	11½	86	7	6	11	4000	341	13	4				
25	2	2	8½	56	4	15	8	87	7	8	7½	5000	427	1	8				
26	2	4	5	57	4	17	4½	88	7	10	4	6000	512	10	0				
27	2	6	1½	58	4	19	1	89	7	12	0½	7000	597	18	4				
28	2	7	10	59	5	0	9½	90	7	13	9	8000	683	6	8				
29	2	9	6½	60	5	2	6	91	7	15	5½	9000	768	15	0				
30	2	11	3	61	5	4	2½	92	7	17	2	10000	854	3	4				
31	2	12	11½	62	5	5	11	93	7	18	10½	20000	1708	6	8				

Fractional Parts.

16ths.	s.	d.	f.	frac.
1	0	1	1	1-8
2	0	2	2	2-8
3	0	3	3	3-8
4	0	5	0	4-8
5	0	6	1	5-8
6	0	7	2	6-8
7	0	8	3	7-8
8	0	10	1	0-0
9	0	11	2	1-8
10	1	0	3	2-8
11	1	2	0	3-8
12	1	3	1	4-8
13	1	4	2	5-8
14	1	5	3	6-8
15	1	7	0	7-8
1-3d	0	6	3	1-3
2-3ds	1	1	2	2-3
1-12th	0	1	2	5-6
1-14th	0	1	1	6-7
1-20th	0	1	0	1-10

At 20 Pence 3 Farthings.

No.	L.	s.	d.	No.	L.	s.	d.	No.	L.	s.	d.	No.	L.	s.	d.	No.	L.	s.	d.
1	0	1	8¾	32	2	15	4	63	5	8	11¼	94	8	2	6½	112	9	13	8
2	0	3	5½	33	2	17	0¾	64	5	10	8	95	8	4	3¼	144	12	9	0
3	0	5	2¼	34	2	18	9½	65	5	12	4¾	96	8	6	0	250	21	12	3½
4	0	6	11	35	3	0	6¼	66	5	14	1½	97	8	7	8¾	256	22	2	8
5	0	8	7¾	36	3	2	3	67	5	15	10¼	98	8	9	5½	272	23	10	4
6	0	10	4½	37	3	3	11¾	68	5	17	7	99	8	11	2¼	365	31	11	1¾
7	0	12	1¼	38	3	5	8½	69	5	19	3¾	100	8	12	11	750	64	16	10½
8	0	13	10	39	3	7	5¼	70	6	1	0½	200	17	5	10	1250	103	1	5½
9	0	15	6¾	40	3	9	2	71	6	2	9¼	300	25	18	9				
10	0	17	3½	41	3	10	10¾	72	6	4	6	400	34	11	8				
11	0	19	0¼	42	3	12	7½	73	6	6	2¾	500	43	4	7				
12	1	0	9	43	3	14	4¼	74	6	7	11½	600	51	17	6				
13	1	2	5¾	44	3	16	1	75	6	9	8¼	700	60	10	5				
14	1	4	2½	45	3	17	9¾	76	6	11	5	800	69	3	4				
15	1	5	11¼	46	3	19	6½	77	6	13	1¾	900	77	16	3				
16	1	7	8	47	4	1	3¼	78	6	14	10½	1000	86	9	2				
17	1	9	4¾	48	4	3	0	79	6	16	7¼	1100	95	2	1				
18	1	11	1½	49	4	4	8¾	80	6	18	4	1200	103	15	0				
19	1	12	10¼	50	4	6	5½	81	7	0	0¾	1300	112	7	11				
20	1	14	7	51	4	8	2¼	82	7	1	9½	1400	121	0	10				
21	1	16	3¾	52	4	9	11	83	7	3	6¼	1500	129	13	9				
22	1	18	0½	53	4	11	7¾	84	7	5	3	2000	172	18	4				
23	1	19	9¼	54	4	13	4½	85	7	6	11¾	3000	259	7	6				
24	2	1	6	55	4	15	1¼	86	7	8	8½	4000	345	16	8				
25	2	3	2¾	56	4	16	10	87	7	10	5¼	5000	432	5	10				
26	2	4	11½	57	4	18	6¾	88	7	12	2	6000	518	15	0				
27	2	6	8¼	58	5	0	3½	89	7	13	10¾	7000	605	4	2				
28	2	8	5	59	5	2	0¼	90	7	15	7½	8000	691	13	4				
29	2	10	1¾	60	5	3	9	91	7	17	4¼	9000	778	2	6				
30	2	11	10½	61	5	5	5¾	92	7	19	1	10000	864	11	8				
31	2	13	7¼	62	5	7	2½	93	8	0	9¾	20000	1729	3	4				

Fractional Parts.

16ths.	s.	d.	f.	frac.
1	0	1	1	3-16
2	0	2	2	6-16
3	0	3	3	9-16
4	0	5	0	12-16
5	0	6	1	15-16
6	0	7	3	2-16
7	0	9	0	5-16
8	0	10	1	8-16
9	0	11	2	11-16
10	1	0	3	14-16
11	1	2	1	1-16
12	1	3	2	4-16
13	1	4	3	7-16
14	1	6	0	10-16
15	1	7	1	13-16
1-3d	0	6	3	2-3
2-3ds	1	1	3	1-3
1-12th	0	1	2	11-12
1-14th	0	1	1	13-14
1-20th	0	1	0	3-20

At 21 Pence.

No.	L.	s.	d.	No.	L.	s.	d.	No.	L.	s.	d.
1	0	1	9	32	2	16	0	63	5	10	3
2	0	3	6	33	2	17	9	64	5	12	0
3	0	5	3	34	2	19	6	65	5	13	9
4	0	7	0	35	3	1	3	66	5	15	6
5	0	8	9	36	3	3	0	67	5	17	3
6	0	10	6	37	3	4	9	68	5	19	0
7	0	12	3	38	3	6	6	69	6	0	9
8	0	14	0	39	3	8	3	70	6	2	6
9	0	15	9	40	3	10	0	71	6	4	3
10	0	17	6	41	3	11	9	72	6	6	0
11	0	19	3	42	3	13	6	73	6	7	9
12	1	1	0	43	3	15	3	74	6	9	6
13	1	2	9	44	3	17	0	75	6	11	3
14	1	4	6	45	3	18	9	76	6	13	0
15	1	6	3	46	4	0	6	77	6	14	9
16	1	8	0	47	4	2	3	78	6	16	6
17	1	9	9	48	4	4	0	79	6	18	3
18	1	11	6	49	4	5	9	80	7	0	0
19	1	13	3	50	4	7	6	81	7	1	9
20	1	15	0	51	4	9	3	82	7	3	6
21	1	16	9	52	4	11	0	83	7	5	3
22	1	18	6	53	4	12	9	84	7	7	0
23	2	0	3	54	4	14	6	85	7	8	9
24	2	2	0	55	4	16	3	86	7	10	6
25	2	3	9	56	4	18	0	87	7	12	3
26	2	5	6	57	4	19	9	88	7	14	0
27	2	7	3	58	5	1	6	89	7	15	9
28	2	9	0	59	5	3	3	90	7	17	6
29	2	10	9	60	5	5	0	91	7	19	3
30	2	12	6	61	5	6	9	92	8	1	0
31	2	14	3	62	5	8	6	93	8	2	9

No.	L.	s.	d.
94	8	4	6
95	8	6	3
96	8	8	0
97	8	9	9
98	8	11	6
99	8	13	3
100	8	15	0
200	17	10	0
300	26	5	0
400	35	0	0
500	43	15	0
600	52	10	0
700	61	5	0
800	70	0	0
900	78	15	0
1000	87	10	0
1100	96	5	0
1200	105	0	0
1300	113	15	0
1400	122	10	0
1500	131	5	0
2000	175	0	0
3000	262	10	0
4000	350	0	0
5000	437	10	0
6000	525	0	0
7000	612	10	0
8000	700	0	0
9000	787	10	0
10000	875	0	0
20000	1750	0	0

No.	L.	s.	d.
112	9	16	0
144	12	12	0
250	21	17	6
256	22	8	0
272	23	16	0
365	31	18	9
750	65	12	6
1250	109	7	6

Fractional Parts.

16ths.	s.	d.	f.	frac.
1	0	1	1	1-4
2	0	2	2	2-4
3	0	3	3	3-4
4	0	5	1	0-0
5	0	6	2	1-4
6	0	7	3	2-4
7	0	9	0	3-4
8	0	10	2	0-0
9	0	11	3	1-4
10	1	1	0	2-4
11	1	2	1	3-4
12	1	3	3	0-0
13	1	5	0	1-4
14	1	6	1	2-4
15	1	7	2	3-4
1-3d	0	7	0	0-0
2-3ds	1	2	0	0-0
1-12th	0	1	3	0-0
1-14th	0	1	2	0-0
1-20th	0	1	0	1-5

At 21 Pence 1 Farthing.

No.	L.	s.	d.	No.	L.	s.	d.	No.	L.	s.	d.
1	0	1	9¼	32	2	16	8	63	5	11	6¾
2	0	3	6½	33	2	18	5¼	64	5	13	4
3	0	5	3¾	34	3	0	2½	65	5	15	1¼
4	0	7	1	35	3	1	11¾	66	5	16	10½
5	0	8	10¼	36	3	3	9	67	5	18	7¾
6	0	10	7½	37	3	5	6¼	68	6	0	5
7	0	12	4¾	38	3	7	3½	69	6	2	2¼
8	0	14	2	39	3	9	0¾	70	6	3	11½
9	0	15	11¼	40	3	10	10	71	6	5	8¾
10	0	17	8½	41	3	12	7¼	72	6	7	6
11	0	19	5¾	42	3	14	4½	73	6	9	3¼
12	1	1	3	43	3	16	1¾	74	6	11	0½
13	1	3	0¼	44	3	17	11	75	6	12	9¾
14	1	4	9½	45	3	19	8¼	76	6	14	7
15	1	6	6¾	46	4	1	5½	77	6	16	4¼
16	1	8	4	47	4	3	2¾	78	6	18	1½
17	1	10	1¼	48	4	5	0	79	6	19	10¾
18	1	11	10½	49	4	6	9¼	80	7	1	8
19	1	13	7¾	50	4	8	6½	81	7	3	5¼
20	1	15	5	51	4	10	3¾	82	7	5	2½
21	1	17	2¼	52	4	12	1	83	7	6	11¾
22	1	18	11½	53	4	13	10¼	84	7	8	9
23	2	0	8¾	54	4	15	7½	85	7	10	6¼
24	2	2	6	55	4	17	4¾	86	7	12	3½
25	2	4	3¼	56	4	19	2	87	7	14	0¾
26	2	6	0½	57	5	0	11¼	88	7	15	10
27	2	7	9¾	58	5	2	8½	89	7	17	7¼
28	2	9	7	59	5	4	5¾	90	7	19	4½
29	2	11	4¼	60	5	6	3	91	8	1	1¾
30	2	13	1½	61	5	8	0¼	92	8	2	11
31	2	14	10¾	62	5	9	9½	93	8	4	8¼

No.	L.	s.	d.
94	8	6	5½
95	8	8	2¾
96	8	10	0
97	8	11	9¼
98	8	13	6½
99	8	15	3¾
100	8	17	1
200	17	14	2
300	26	11	3
400	35	8	4
500	44	5	5
600	53	2	6
700	61	19	7
800	70	16	8
900	79	13	9
1000	88	10	10
1100	97	7	11
1200	106	5	0
1300	115	2	1
1400	123	19	2
1500	132	16	3
2000	177	1	8
3000	265	12	6
4000	354	3	4
5000	442	14	2
6000	531	5	0
7000	619	15	10
8000	708	6	8
9000	796	17	6
10000	885	8	4
20000	1770	16	8

No.	L.	s.	d.
112	9	18	4
144	12	15	0
250	22	2	8½
256	22	13	4
272	24	1	8
365	32	6	4¼
750	66	8	1½
1250	110	13	6½

Fractional Parts.

16ths.	s.	d.	f.	frac.
1	0	1	1	5-16
2	0	2	2	10-16
3	0	3	3	15-16
4	0	5	1	4-16
5	0	6	2	9-16
6	0	7	3	14-16
7	0	9	1	3-16
8	0	10	2	8-16
9	0	11	3	13-16
10	1	1	1	2-16
11	1	2	2	7-16
12	1	3	3	12-16
13	1	5	1	1-16
14	1	6	2	6-16
15	1	7	3	11-16
1-3d	0	7	0	1-3
2-3ds	1	2	0	2-3
1-12th	0	1	3	1-12
1-14th	0	1	2	1-14
1-20th	0	1	0	1-4

No.	l.	s.	d.	No.	l.	s.	d.	No.	l.	s.	d.	No.	l.	s.	d.
1	0	1	9½	32	2	17	4	63	5	12	10½	94	8	8	5
2	0	3	7	33	2	19	1½	64	5	14	8	95	8	10	2½
3	0	5	4½	34	3	0	11	65	5	16	5½	96	8	12	0
4	0	7	2	35	3	2	8½	66	5	18	3	97	8	13	9½
5	0	8	11½	36	3	4	6	67	6	0	0½	98	8	15	7
6	0	10	9	37	3	6	3½	68	6	1	10	99	8	17	4½
7	0	12	6½	38	3	8	1	69	6	3	7½	100	8	19	2
8	0	14	4	39	3	9	10½	70	6	5	5	200	17	18	4
9	0	16	1½	40	3	11	8	71	6	7	2½	300	26	17	6
10	0	17	11	41	3	13	5½	72	6	9	0	400	35	16	8
11	0	19	8½	42	3	15	3	73	6	10	9½	500	44	15	10
12	1	1	6	43	3	17	0½	74	6	12	7	600	53	15	0
13	1	3	3½	44	3	18	10	75	6	14	4½	700	62	14	2
14	1	5	1	45	4	0	7½	76	6	16	2	800	71	13	4
15	1	6	10½	46	4	2	5	77	6	17	11½	900	80	12	6
16	1	8	8	47	4	4	2½	78	6	19	9	1000	89	11	8
17	1	10	5½	48	4	6	0	79	7	1	6½	1100	98	10	10
18	1	12	3	49	4	7	9½	80	7	3	4	1200	107	10	0
19	1	14	0½	50	4	9	7	81	7	5	1½	1300	116	9	2
20	1	15	10	51	4	11	4½	82	7	6	11	1400	125	8	4
21	1	17	7½	52	4	13	2	83	7	8	8½	1500	134	7	6
22	1	19	5	53	4	14	11½	84	7	10	6	2000	179	3	4
23	2	1	2½	54	4	16	9	85	7	12	3½	3000	268	15	0
24	2	3	0	55	4	18	6½	86	7	14	1	4000	358	6	8
25	2	4	9½	56	5	0	4	87	7	15	10½	5000	447	18	4
26	2	6	7	57	5	2	1½	88	7	17	8	6000	537	10	0
27	2	8	4½	58	5	3	11	89	7	19	5½	7000	627	1	8
28	2	10	2	59	5	5	8½	90	8	1	3	8000	716	13	4
29	2	11	11½	60	5	7	6	91	8	3	0½	9000	806	5	0
30	2	13	9	61	5	9	3½	92	8	4	10	10000	895	16	8
31	2	15	6½	62	5	11	1	93	8	6	7½	20000	1791	13	4

No.	l.	s.	d.
112	10	0	8
144	12	18	0
250	22	7	11
256	22	18	8
272	24	7	4
365	32	13	11½
750	67	3	9
1250	111	19	7

Fractional Parts.

16ths.	s.	d.	f.	frac.
1	0	1	1	3-8
2	0	2	2	6-8
3	0	4	0	1-8
4	0	5	1	4-8
5	0	6	2	7-8
6	0	8	0	2-8
7	0	9	1	5-8
8	0	10	3	0-0
9	1	0	0	3-8
10	1	1	1	6-8
11	1	2	3	1-8
12	1	4	0	4-8
13	1	5	1	7-8
14	1	6	3	2-8
15	1	8	0	5-8
1-3d	0	7	0	2-3
2-3ds	1	2	1	1-3
1-12th	0	1	3	1-6
1-14th	0	1	2	1-7
1-20th	0	1	0	3-10

At 21 Pence 3 Farthings.

No.	l.	s.	d.	No.	l.	s.	d.	No.	l.	s.	d.	No.	l.	s.	d.
1	0	1	9¾	32	2	18	0	63	5	14	2¼	94	8	10	4½
2	0	3	7½	33	2	19	9¾	64	5	16	0	95	8	12	2¼
3	0	5	5¼	34	3	1	7½	65	5	17	9¾	96	8	14	0
4	0	7	3	35	3	3	5¼	66	5	19	7½	97	8	15	9¾
5	0	9	0¾	36	3	5	3	67	6	1	5¼	98	8	17	7½
6	0	10	10½	37	3	7	0¾	68	6	3	3	99	8	19	5¼
7	0	12	8¼	38	3	8	10½	69	6	5	0¾	100	9	1	3
8	0	14	6	39	3	10	8¼	70	6	6	10½	200	18	2	6
9	0	16	3¾	40	3	12	6	71	6	8	8¼	300	27	3	9
10	0	18	1½	41	3	14	3¾	72	6	10	6	400	36	5	0
11	0	19	11¼	42	3	16	1½	73	6	12	3¾	500	45	6	3
12	1	1	9	43	3	17	11¼	74	6	14	1½	600	54	7	6
13	1	3	6¾	44	3	19	9	75	6	15	11¼	700	63	8	9
14	1	5	4½	45	4	1	6¾	76	6	17	9	800	72	10	0
15	1	7	2¼	46	4	3	4½	77	6	19	6¾	900	81	11	3
16	1	9	0	47	4	5	2¼	78	7	1	4½	1000	90	12	6
17	1	10	9¾	48	4	7	0	79	7	3	2¼	1100	99	13	9
18	1	12	7½	49	4	8	9¾	80	7	5	0	1200	108	15	0
19	1	14	5¼	50	4	10	7½	81	7	6	9¾	1300	117	16	3
20	1	16	3	51	4	12	5¼	82	7	8	7½	1400	126	17	6
21	1	18	0¾	52	4	14	3	83	7	10	5¼	1500	135	18	9
22	1	19	10½	53	4	16	0¾	84	7	12	3	2000	181	5	0
23	2	1	8¼	54	4	17	10½	85	7	14	0¾	3000	271	17	6
24	2	3	6	55	4	19	8¼	86	7	15	10½	4000	362	10	0
25	2	5	3¾	56	5	1	6	87	7	17	8¼	5000	453	2	6
26	2	7	1½	57	5	3	3¾	88	7	19	6	6000	543	15	0
27	2	8	11¼	58	5	5	1½	89	8	1	3¾	7000	634	7	6
28	2	10	9	59	5	6	11¼	90	8	3	1½	8000	725	0	0
29	2	12	6¾	60	5	8	9	91	8	4	11¼	9000	815	12	6
30	2	14	4½	61	5	10	6¾	92	8	6	9	10000	906	5	0
31	2	16	2¼	62	5	12	4½	93	8	8	6¾	20000	1812	10	0

No.	l.	s.	d.
112	10	3	0
144	13	1	0
250	22	13	1½
256	23	4	0
272	24	13	0
365	33	1	6¾
750	67	19	4½
1250	113	5	7½

Fractional Parts.

16ths.	s.	d.	f.	frac.
1	0	1	1	7-16
2	0	2	2	14-16
3	0	4	0	5-16
4	0	5	1	12-16
5	0	6	3	3-16
6	0	8	0	10-16
7	0	9	2	1-16
8	0	10	3	8-16
9	1	0	0	15-16
10	1	1	2	6-16
11	1	2	3	13-16
12	1	4	1	4-16
13	1	5	2	11-16
14	1	7	0	2-16
15	1	8	1	9-16
1-3d	0	7	1	0-0
2-3ds	1	2	2	0-0
1-12th	0	1	3	1-4
1-14th	0	1	2	3-14
1-20th	0	1	0	7-20

No.	L.	s.	d.	No.	L.	s.	d.	No.	L.	s.	d.	No.	L.	s.	d.
1	0	1	10	32	2	18	8	63	5	15	6	94	8	12	4
2	0	3	8	33	3	0	6	64	5	17	4	95	8	14	2
3	0	5	6	34	3	2	4	65	5	19	2	96	8	16	0
4	0	7	4	35	3	4	2	66	6	1	0	97	8	17	10
5	0	9	2	36	3	6	0	67	6	2	10	98	8	19	8
6	0	11	0	37	3	7	10	68	6	4	8	99	9	1	6
7	0	12	10	38	3	9	8	69	6	6	6	100	9	3	4
8	0	14	8	39	3	11	6	70	6	8	4	200	18	6	8
9	0	16	6	40	3	13	4	71	6	10	2	300	27	10	0
10	0	18	4	41	3	15	2	72	6	12	0	400	36	13	4
11	1	0	2	42	3	17	0	73	6	13	10	500	45	16	8
12	1	2	0	43	3	18	10	74	6	15	8	600	55	0	0
13	1	3	10	44	4	0	8	75	6	17	6	700	64	3	4
14	1	5	8	45	4	2	6	76	6	19	4	800	73	6	8
15	1	7	6	46	4	4	4	77	7	1	2	900	82	10	0
16	1	9	4	47	4	6	2	78	7	3	0	1000	91	13	4
17	1	11	2	48	4	8	0	79	7	4	10	1100	100	16	8
18	1	13	0	49	4	9	10	80	7	6	8	1200	110	0	0
19	1	14	10	50	4	11	8	81	7	8	6	1300	119	3	4
20	1	16	8	51	4	13	6	82	7	10	4	1400	128	6	8
21	1	18	6	52	4	15	4	83	7	12	2	1500	137	10	0
22	2	0	4	53	4	17	2	84	7	14	0	2000	183	6	8
23	2	2	2	54	4	19	0	85	7	15	10	3000	275	0	0
24	2	4	0	55	5	0	10	86	7	17	8	4000	366	13	4
25	2	5	10	56	5	2	8	87	7	19	6	5000	458	6	8
26	2	7	8	57	5	4	6	88	8	1	4	6000	550	0	0
27	2	9	6	58	5	6	4	89	8	3	2	7000	641	13	4
28	2	11	4	59	5	8	2	90	8	5	0	8000	733	6	8
29	2	13	2	60	5	10	0	91	8	6	10	9000	825	0	0
30	2	15	0	61	5	11	10	92	8	8	8	10000	916	13	4
31	2	16	10	62	5	13	8	93	8	10	6	20000	1833	6	8

No.	L.	s.	d.
112	10	5	4
144	13	4	0
250	22	18	4
256	23	9	4
272	24	18	8
365	33	9	2
750	68	15	0
1250	114	11	8

Fractional Parts.

16ths.	s.	d.	f.	frac.
1	0	1	1	1-2
2	0	2	3	0-0
3	0	4	0	1-2
4	0	5	2	0-0
5	0	6	3	1-2
6	0	8	1	0-0
7	0	9	2	1-2
8	0	11	0	0-0
9	1	0	1	1-2
10	1	1	3	0-0
11	1	3	0	1-2
12	1	4	2	0-0
13	1	5	3	1-2
14	1	7	1	0-0
15	1	8	2	1-2
1-3d	0	7	1	1-3
2-3ds	1	2	2	2-3
1-12th	0	1	3	1-3
1-14th	0	1	2	2-7
1-20th	0	1	0	2-5

At 22 Pence 1 Farthing.

No.	L.	s.	d.	No.	L.	s.	d.	No.	L.	s.	d.	No.	L.	s.	d.
1	0	1	10¼	32	2	19	4	63	5	16	9¾	94	8	14	3½
2	0	3	8½	33	3	1	2¼	64	5	18	8	95	8	16	1¾
3	0	5	6¾	34	3	3	0½	65	6	0	6¼	96	8	18	0
4	0	7	5	35	3	4	10¾	66	6	2	4½	97	8	19	10¼
5	0	9	3¼	36	3	6	9	67	6	4	2¾	98	9	1	8½
6	0	11	1½	37	3	8	7¼	68	6	6	1	99	9	3	6¾
7	0	12	11¾	38	3	10	5½	69	6	7	11¼	100	9	5	5
8	0	14	10	39	3	12	3¾	70	6	9	9½	200	18	10	10
9	0	16	8¼	40	3	14	2	71	6	11	7¾	300	27	16	3
10	0	18	6½	41	3	16	0¼	72	6	13	6	400	37	1	8
11	1	0	4¾	42	3	17	10½	73	6	15	4¼	500	46	7	1
12	1	2	3	43	3	19	8¾	74	6	17	2½	600	55	12	6
13	1	4	1¼	44	4	1	7	75	6	19	0¾	700	64	17	11
14	1	5	11½	45	4	3	5¼	76	7	0	11	800	74	3	4
15	1	7	9¾	46	4	5	3½	77	7	2	9¼	900	83	8	9
16	1	9	8	47	4	7	1¾	78	7	4	7½	1000	92	14	2
17	1	11	6¼	48	4	9	0	79	7	6	5¾	1100	101	19	7
18	1	13	4½	49	4	10	10¼	80	7	8	4	1200	111	5	0
19	1	15	2¾	50	4	12	8½	81	7	10	2¼	1300	120	10	5
20	1	17	1	51	4	14	6¾	82	7	12	0½	1400	129	15	10
21	1	18	11¼	52	4	16	5	83	7	13	10¾	1500	139	1	3
22	2	0	9½	53	4	18	3¼	84	7	15	9	2000	185	8	4
23	2	2	7¾	54	5	0	1½	85	7	17	7¼	3000	278	2	6
24	2	4	6	55	5	1	11¾	86	7	19	5½	4000	370	16	8
25	2	6	4¼	56	5	3	10	87	8	1	3¾	5000	463	10	10
26	2	8	2½	57	5	5	8¼	88	8	3	2	6000	556	5	0
27	2	10	0¾	58	5	7	6½	89	8	5	0¼	7000	648	19	2
28	2	11	11	59	5	9	4¾	90	8	6	10½	8000	741	13	4
29	2	13	9¼	60	5	11	3	91	8	8	8¾	9000	834	7	6
30	2	15	7½	61	5	13	1¼	92	8	10	7	10000	927	1	8
31	2	17	5¾	62	5	14	11½	93	8	12	5¼	20000	1854	3	4

No.	L.	s.	d.
112	10	7	8
144	13	7	0
250	23	3	6½
256	23	14	8
272	25	4	4
365	33	16	9¼
750	69	10	7½
1250	115	17	8½

Fractional Parts

16ths.	s.	d.	f.	frac.
1	0	1	1	9-16
2	0	2	3	2-16
3	0	4	0	11-16
4	0	5	2	4-16
5	0	6	3	13-16
6	0	8	1	6-16
7	0	9	2	15-16
8	0	11	0	8-16
9	1	0	2	1-16
10	1	1	3	10-16
11	1	3	1	3-16
12	1	4	2	12-16
13	1	6	0	5-16
14	1	7	1	14-16
15	1	8	3	7-16
1-3d	0	7	1	2-3
2-3ds	1	2	3	1-3
1-12th	0	1	3	5-12
1-14th	0	1	2	5-14
1-20th	0	1	0	9-20

No.	L.	s.	d.	No.	L.	s.	d.	No.	L.	s.	d.	No.	L.	s.	d.
1	0	1	10½	32	3	0	0	63	5	18	1½	94	8	16	3
2	0	3	9	33	3	1	10½	64	6	0	0	95	8	18	1½
3	0	5	7½	34	3	3	9	65	6	1	10½	96	9	0	0
4	0	7	6	35	3	5	7½	66	6	3	9	97	9	1	10½
5	0	9	4½	36	3	7	6	67	6	5	7½	98	9	3	9
6	0	11	3	37	3	9	4½	68	6	7	6	99	9	5	7½
7	0	13	1½	38	3	11	3	69	6	9	4½	100	9	7	6
8	0	15	0	39	3	13	1½	70	6	11	3	200	18	15	0
9	0	16	10½	40	3	15	0	71	6	13	1½	300	28	2	6
10	0	18	9	41	3	16	10½	72	6	15	0	400	37	10	0
11	1	0	7½	42	3	18	9	73	6	16	10½	500	46	17	6
12	1	2	6	43	4	0	7½	74	6	18	9	600	56	5	0
13	1	4	4½	44	4	2	6	75	7	0	7½	700	65	12	6
14	1	6	3	45	4	4	4½	76	7	2	6	800	75	0	0
15	1	8	1½	46	4	6	3	77	7	4	4½	900	84	7	6
16	1	10	0	47	4	8	1½	78	7	6	3	1000	93	15	0
17	1	11	10½	48	4	10	0	79	7	8	1½	1100	103	2	6
18	1	13	9	49	4	11	10½	80	7	10	0	1200	112	10	0
19	1	15	7½	50	4	13	9	81	7	11	10½	1300	121	17	6
20	1	17	6	51	4	15	7½	82	7	13	9	1400	131	5	0
21	1	19	4½	52	4	17	6	83	7	15	7½	1500	140	12	6
22	2	1	3	53	4	19	4½	84	7	17	6	2000	187	10	0
23	2	3	1½	54	5	1	3	85	7	19	4½	3000	281	5	0
24	2	5	0	55	5	3	1½	86	8	1	3	4000	375	0	0
25	2	6	10½	56	5	5	0	87	8	3	1½	5000	468	15	0
26	2	8	9	57	5	6	10½	88	8	5	0	6000	562	10	0
27	2	10	7½	58	5	8	9	89	8	6	10½	7000	656	5	0
28	2	12	6	59	5	10	7½	90	8	8	9	8000	750	0	0
29	2	14	4½	60	5	12	6	91	8	10	7½	9000	843	15	0
30	2	16	3	61	5	14	4½	92	8	12	6	10000	937	10	0
31	2	18	1½	62	5	16	3	93	8	14	4½	20000	1875	0	0

No.	L.	s.	d.
112	10	10	0
144	13	10	0
250	23	8	9
256	24	0	0
272	25	10	0
365	34	4	4½
750	70	6	3
1250	117	3	9

Fractional Parts.

10ths.	s.	d.	f.	frac.
1	0	1	1	5-8
2	0	2	3	2-8
3	0	4	0	7-8
4	0	5	2	4-8
5	0	7	0	1-8
6	0	8	1	6-8
7	0	9	3	3-8
8	0	11	1	0-0
9	1	0	2	5-8
10	1	2	0	2-8
11	1	3	1	7-8
12	1	4	3	4-8
13	1	6	1	1-8
14	1	7	2	6-8
15	1	9	0	3-8
1-3d	0	7	2	0-0
2-3ds	1	3	0	0-0
1-12th	0	1	3	1-2
1-14th	0	1	2	3-7
1-20th	0	1	0	1-2

At 22 Pence 3 Farthings.

No.	L.	s.	d.	No.	L.	s.	d.	No.	L.	s.	d.	No.	L.	s.	d.
1	0	1	10¾	32	3	0	8	63	5	19	5¼	94	8	18	2½
2	0	3	9½	33	3	2	6¾	64	6	1	4	95	9	0	1¼
3	0	5	8¼	34	3	4	5½	65	6	3	2¾	96	9	2	0
4	0	7	7	35	3	6	4¼	66	6	5	1½	97	9	3	10¾
5	0	9	5¾	36	3	8	3	67	6	7	0¼	98	9	5	9½
6	0	11	4½	37	3	10	1¾	68	6	8	11	99	9	7	8¼
7	0	13	3¼	38	3	12	0½	69	6	10	9¾	100	9	9	7
8	0	15	2	39	3	13	11¼	70	6	12	8½	200	18	19	2
9	0	17	0¾	40	3	15	10	71	6	14	7¼	300	28	8	9
10	0	18	11½	41	3	17	8¾	72	6	16	6	400	37	18	4
11	1	0	10¼	42	3	19	7½	73	6	18	4¾	500	47	7	11
12	1	2	9	43	4	1	6¼	74	7	0	3½	600	56	17	6
13	1	4	7¾	44	4	3	5	75	7	2	2¼	700	66	7	1
14	1	6	6½	45	4	5	3¾	76	7	4	1	800	75	16	8
15	1	8	5¼	46	4	7	2½	77	7	5	11¾	900	85	6	3
16	1	10	4	47	4	9	1¼	78	7	7	10½	1000	94	15	10
17	1	12	2¾	48	4	11	0	79	7	9	9¼	1100	104	5	5
18	1	14	1½	49	4	12	10¾	80	7	11	8	1200	113	15	0
19	1	16	0¼	50	4	14	9½	81	7	13	6¾	1300	123	4	7
20	1	17	11	51	4	16	8¼	82	7	15	5½	1400	132	14	2
21	1	19	9¾	52	4	18	7	83	7	17	4¼	1500	142	3	9
22	2	1	8½	53	5	0	5¾	84	7	19	3	2000	189	11	8
23	2	3	7¼	54	5	2	4½	85	8	1	1¾	3000	284	7	6
24	2	5	6	55	5	4	3¼	86	8	3	0½	4000	379	3	4
25	2	7	4¾	56	5	6	2	87	8	4	11¼	5000	473	19	2
26	2	9	3½	57	5	8	0¾	88	8	6	10	6000	568	15	0
27	2	11	2¼	58	5	9	11½	89	8	8	8¾	7000	663	10	10
28	2	13	1	59	5	11	10¼	90	8	10	7½	8000	758	6	8
29	2	14	11¾	60	5	13	9	91	8	12	6¼	9000	853	2	6
30	2	16	10½	61	5	15	7¾	92	8	14	5	10000	947	18	4
31	2	18	9¼	62	5	17	6½	93	8	16	3¾	20000	1895	16	8

No.	L.	s.	d.
112	10	12	4
144	13	13	0
250	23	13	11½
256	24	5	4
272	25	15	8
365	34	11	11¾
750	71	1	10½
1250	118	9	9½

Fractional Parts

16ths.	s.	d.	f.	frac.
1	0	1	1	11-16
2	0	2	3	6-16
3	0	4	1	1-16
4	0	5	2	12-16
5	0	7	0	7-16
6	0	8	2	2-16
7	0	9	3	13-16
8	0	11	1	8-16
9	1	0	3	3-16
10	1	2	0	14-16
11	1	3	2	9-16
12	1	5	0	4-16
13	1	6	1	15-16
14	1	7	3	10-16
15	1	9	1	5-16
1-3d	0	7	2	1-3
2-3ds	1	3	0	2-3
1-12th	0	1	3	7-12
1-14th	0	1	2	1-2
1-20th	0	1	0	11-20

No.	l.	s.	d.	No.	l.	s.	d.	No.	l.	s.	d.	No.	l.	s.	d.
1	0	1	11	32	3	1	4	63	6	0	9	94	9	0	2
2	0	3	10	33	3	3	3	64	6	2	8	95	9	2	1
3	0	5	9	34	3	5	2	65	6	4	7	96	9	4	0
4	0	7	8	35	3	7	1	66	6	6	6	97	9	5	11
5	0	9	7	36	3	9	0	67	6	8	5	98	9	7	10
6	0	11	6	37	3	10	11	68	6	10	4	99	9	9	9
7	0	13	5	38	3	12	10	69	6	12	3	100	9	11	8
8	0	15	4	39	3	14	9	70	6	14	2	200	19	3	4
9	0	17	3	40	3	16	8	71	6	16	1	300	28	15	0
10	0	19	2	41	3	18	7	72	6	18	0	400	38	6	8
11	1	1	1	42	4	0	6	73	6	19	11	500	47	18	4
12	1	3	0	43	4	2	5	74	7	1	10	600	57	10	0
13	1	4	11	44	4	4	4	75	7	3	9	700	67	1	8
14	1	6	10	45	4	6	3	76	7	5	8	800	76	13	4
15	1	8	9	46	4	8	2	77	7	7	7	900	86	5	0
16	1	10	8	47	4	10	1	78	7	9	6	1000	95	16	8
17	1	12	7	48	4	12	0	79	7	11	5	1100	105	8	4
18	1	14	6	49	4	13	11	80	7	13	4	1200	115	0	0
19	1	16	5	50	4	15	10	81	7	15	3	1300	124	11	8
20	1	18	4	51	4	17	9	82	7	17	2	1400	134	3	4
21	2	0	3	52	4	19	8	83	7	19	1	1500	143	15	0
22	2	2	2	53	5	1	7	84	8	1	0	2000	191	13	4
23	2	4	1	54	5	3	6	85	8	2	11	3000	287	10	0
24	2	6	0	55	5	5	5	86	8	4	10	4000	383	6	8
25	2	7	11	56	5	7	4	87	8	6	9	5000	479	3	4
26	2	9	10	57	5	9	3	88	8	8	8	6000	575	0	0
27	2	11	9	58	5	11	2	89	8	10	7	7000	670	16	8
28	2	13	8	59	5	13	1	90	8	12	6	8000	766	13	4
29	2	15	7	60	5	15	0	91	8	14	5	9000	862	10	0
30	2	17	6	61	5	16	11	92	8	16	4	10000	958	6	8
31	2	19	5	62	5	18	10	93	8	18	3	20000	1916	13	4

No.	l.	s.	d.
112	10	14	8
144	13	16	0
250	23	19	2
256	24	10	8
272	26	1	4
365	34	19	7
750	71	17	6
1250	119	15	10

Fractional Parts.

16ths.	s.	d.	f.	frs.
1	0	1	1	3-4
2	0	2	3	2-4
3	0	4	1	1-4
4	0	5	3	0-0
5	0	7	0	3-4
6	0	8	2	2-4
7	0	10	0	1-4
8	0	11	2	0-0
9	1	0	3	3-4
10	1	2	1	2-4
11	1	3	3	1-4
12	1	5	1	0-0
13	1	6	2	3-4
14	1	8	0	2-4
15	1	9	2	1-4
1-3d	0	7	2	2-3
2-3ds	1	3	1	1-3
1-12th	0	1	3	2-3
1-14th	0	1	2	4-7
1-20th	0	1	0	3-5

At 23 Pence 1 Farthing.

No.	l.	s.	d.	No.	l.	s.	d.	No.	l.	s.	d.	No.	l.	s.	d.
1	0	1	11¼	32	3	2	0	63	6	2	0¾	94	9	2	1½
2	0	3	10½	33	3	3	11¼	64	6	4	0	95	9	4	0¾
3	0	5	9¾	34	3	5	10½	65	6	5	11¼	96	9	6	0
4	0	7	9	35	3	7	9¾	66	6	7	10½	97	9	7	11¼
5	0	9	8¼	36	3	9	9	67	6	9	9¾	98	9	9	10½
6	0	11	7½	37	3	11	8¼	68	6	11	9	99	9	11	9¾
7	0	13	6¾	38	3	13	7½	69	6	13	8¼	100	9	13	9
8	0	15	6	39	3	15	6¾	70	6	15	7½	200	19	7	6
9	0	17	5¼	40	3	17	6	71	6	17	6¾	300	29	1	3
10	0	19	4½	41	3	19	5¼	72	6	19	6	400	38	15	0
11	1	1	3¾	42	4	1	4½	73	7	1	5¼	500	48	8	9
12	1	3	3	43	4	3	3¾	74	7	3	4½	600	58	2	6
13	1	5	2¼	44	4	5	3	75	7	5	3¾	700	67	16	3
14	1	7	1½	45	4	7	2¼	76	7	7	3	800	77	10	0
15	1	9	0¾	46	4	9	1½	77	7	9	2¼	900	87	3	9
16	1	11	0	47	4	11	0¾	78	7	11	1½	1000	96	17	6
17	1	12	11¼	48	4	13	0	79	7	13	0¾	1100	106	11	3
18	1	14	10½	49	4	14	11¼	80	7	15	0	1200	116	5	0
19	1	16	9¾	50	4	16	10½	81	7	16	11¼	1300	125	18	9
20	1	18	9	51	4	18	9¾	82	7	18	10½	1400	135	12	6
21	2	0	8¼	52	5	0	9	83	8	0	9¾	1500	145	6	3
22	2	2	7½	53	5	2	8¼	84	8	2	9	2000	193	15	0
23	2	4	6¾	54	5	4	7½	85	8	4	8¼	3000	290	12	6
24	2	6	6	55	5	6	6¾	86	8	6	7½	4000	387	10	0
25	2	8	5¼	56	5	8	6	87	8	8	6¾	5000	484	7	6
26	2	10	4½	57	5	10	5¼	88	8	10	6	6000	581	5	0
27	2	12	3¾	58	5	12	4½	89	8	12	5¼	7000	678	2	6
28	2	14	3	59	5	14	3¾	90	8	14	4½	8000	775	0	0
29	2	16	2¼	60	5	16	3	91	8	16	3¾	9000	871	17	6
30	2	18	1½	61	5	18	2¼	92	8	18	3	10000	968	15	0
31	3	0	0¾	62	6	0	1½	93	9	0	2¼	20000	1937	10	0

No.	l.	s.	d.
112	10	17	0
144	13	19	0
250	24	4	4½
256	24	16	0
272	26	7	0
365	35	7	2¼
750	72	13	1½
1250	121	1	10½

Fractional Parts.

16ths.	s.	d.	f.	frs.
1	0	1	1	13-16
2	0	2	3	10-16
3	0	4	1	7-16
4	0	5	3	4-16
5	0	7	1	1-16
6	0	8	2	14-16
7	0	10	0	11-16
8	0	11	2	8-16
9	1	1	0	5-16
10	1	2	2	2-16
11	1	3	3	15-16
12	1	5	1	12-16
13	1	6	3	9-16
14	1	8	1	6-16
15	1	9	3	3-16
1-3d	0	7	3	0-0
2-3ds	1	3	2	0-0
1-12th	0	1	3	3-4
1-14th	0	1	2	9-14
1-20th	0	1	0	13-20

No.	L.	s.	d.	No.	L.	s.	d.	No.	L.	s.	d.	No.	L.	s.	d.
1	0	1	11½	32	3	2	8	63	6	3	4½	94	9	4	1
2	0	3	11	33	3	4	7½	64	6	5	4	95	9	6	0½
3	0	5	10½	34	3	6	7	65	6	7	3½	96	9	8	0
4	0	7	10	35	3	8	6½	66	6	9	3	97	9	9	11½
5	0	9	9½	36	3	10	6	67	6	11	2½	98	9	11	11
6	0	11	9	37	3	12	5½	68	6	13	2	99	9	13	10½
7	0	13	8½	38	3	14	5	69	6	15	1½	100	9	15	10
8	0	15	8	39	3	16	4½	70	6	17	1	200	19	11	8
9	0	17	7½	40	3	18	4	71	6	19	0½	300	29	7	6
10	0	19	7	41	4	0	3½	72	7	1	0	400	39	3	4
11	1	1	6½	42	4	2	3	73	7	2	11½	500	48	19	2
12	1	3	6	43	4	4	2½	74	7	4	11	600	58	15	0
13	1	5	5½	44	4	6	2	75	7	6	10½	700	68	10	10
14	1	7	5	45	4	8	1½	76	7	8	10	800	78	6	8
15	1	9	4½	46	4	10	1	77	7	10	9½	900	88	2	6
16	1	11	4	47	4	12	0½	78	7	12	9	1000	97	18	4
17	1	13	3½	48	4	14	0	79	7	14	8½	1100	107	14	2
18	1	15	3	49	4	15	11½	80	7	16	8	1200	117	10	0
19	1	17	2½	50	4	17	11	81	7	18	7½	1300	127	5	10
20	1	19	2	51	4	19	10½	82	8	0	7	1400	137	1	8
21	2	1	1½	52	5	1	10	83	8	2	6½	1500	146	17	6
22	2	3	1	53	5	3	9½	84	8	4	6	2000	195	16	8
23	2	5	0½	54	5	5	9	85	8	6	5½	3000	293	15	0
24	2	7	0	55	5	7	8½	86	8	8	5	4000	391	13	4
25	2	8	11½	56	5	9	8	87	8	10	4½	5000	489	11	8
26	2	10	11	57	5	11	7½	88	8	12	4	6000	587	10	0
27	2	12	10½	58	5	13	7	89	8	14	3½	7000	685	8	4
28	2	14	10	59	5	15	6½	90	8	16	3	8000	783	6	8
29	2	16	9½	60	5	17	6	91	8	18	2½	9000	881	5	0
30	2	18	9	61	5	19	5½	92	9	0	2	10000	979	3	4
31	3	0	8½	62	6	1	5	93	9	2	1½	20000	1958	6	8

No.	L.	s.	d.
112	10	19	4
144	14	2	0
250	24	9	7
256	25	1	4
272	26	12	8
365	35	14	9½
750	73	8	9
1250	122	7	11

Fractional Parts.

16ths	s.	d.	f.	frac.
1	0	1	1	7-8
2	0	2	3	6-8
3	0	4	1	5-8
4	0	5	3	4-8
5	0	7	1	3-8
6	0	8	3	2-8
7	0	10	1	1-8
8	0	11	3	0-0
9	1	1	0	7-8
10	1	2	2	6-8
11	1	4	0	5-8
12	1	5	2	4-8
13	1	7	0	3-8
14	1	8	2	2-8
15	1	10	0	1-8
1-3d	0	7	3	1-3
2-3ds	1	3	2	2-3
1-12th	0	1	3	5-6
1-14th	0	1	2	5-7
1-20th	0	1	0	7-10

At 23 Pence 3 Farthings.

No.	L.	s.	d.	No.	L.	s.	d.	No.	L.	s.	d.	No.	L.	s.	d.
1	0	1	11¾	32	3	3	4	63	6	4	8¼	94	9	6	0½
2	0	3	11½	33	3	5	3¾	64	6	6	8	95	9	8	0¼
3	0	5	11¼	34	3	7	3½	65	6	8	7¾	96	9	10	0
4	0	7	11	35	3	9	3¼	66	6	10	7½	97	9	11	11¾
5	0	9	10¾	36	3	11	3	67	6	12	7¼	98	9	13	11½
6	0	11	10½	37	3	13	2¾	68	6	14	7	99	9	15	11¼
7	0	13	10¼	38	3	15	2½	69	6	16	6¾	100	9	17	11
8	0	15	10	39	3	17	2¼	70	6	18	6½	200	19	15	10
9	0	17	9¾	40	3	19	2	71	7	0	6¼	300	29	13	9
10	0	19	9½	41	4	1	1¾	72	7	2	6	400	39	11	8
11	1	1	9¼	42	4	3	1½	73	7	4	5¾	500	49	9	7
12	1	3	9	43	4	5	1¼	74	7	6	5½	600	59	7	6
13	1	5	8¾	44	4	7	1	75	7	8	5¼	700	69	5	5
14	1	7	8½	45	4	9	0¾	76	7	10	5	800	79	3	4
15	1	9	8¼	46	4	11	0½	77	7	12	4¾	900	89	1	3
16	1	11	8	47	4	13	0¼	78	7	14	4½	1000	98	19	2
17	1	13	7¾	48	4	15	0	79	7	16	4¼	1100	108	17	1
18	1	15	7½	49	4	16	11¾	80	7	18	4	1200	118	15	0
19	1	17	7¼	50	4	18	11½	81	8	0	3¾	1300	128	12	11
20	1	19	7	51	5	0	11¼	82	8	2	3½	1400	138	10	10
21	2	1	6¾	52	5	2	11	83	8	4	3¼	1500	148	8	9
22	2	3	6½	53	5	4	10¾	84	8	6	3	2000	197	18	4
23	2	5	6¼	54	5	6	10½	85	8	8	2¾	3000	296	17	6
24	2	7	6	55	5	8	10¼	86	8	10	2½	4000	395	16	8
25	2	9	5¾	56	5	10	10	87	8	12	2¼	5000	494	15	10
26	2	11	5½	57	5	12	9¾	88	8	14	2	6000	593	15	0
27	2	13	5¼	58	5	14	9½	89	8	16	1¾	7000	692	14	2
28	2	15	5	59	5	16	9¼	90	8	18	1½	8000	791	13	4
29	2	17	4¾	60	5	18	9	91	9	0	1¼	9000	890	12	6
30	2	19	4½	61	6	0	8¾	92	9	2	1	10000	989	11	8
31	3	1	4¼	62	6	2	8½	93	9	4	0¾	20000	1979	3	4

No.	L.	s.	d.
112	11	1	8
144	14	5	0
250	24	14	9½
256	25	6	8
272	26	18	4
365	36	2	4¾
750	74	4	4½
1250	123	13	11½

Fractional Parts.

16ths.	s.	d.	f.	frac.
1	0	1	1	15-16
2	0	2	3	14-16
3	0	4	1	13-16
4	0	5	3	12-16
5	0	7	1	11-16
6	0	8	3	10-16
7	0	10	1	9-16
8	0	11	3	8-16
9	1	1	1	7-16
10	1	2	3	6-16
11	1	4	1	5-16
12	1	5	3	4-16
13	1	7	1	3-16
14	1	8	3	2-16
15	1	10	1	1-16
1-3d	0	7	3	2-3
2-3ds	1	3	3	1-3
1-12th	0	1	3	11-12
1-14th	0	1	2	11-14
1-20th	0	1	0	3-4

At 2 Shillings.

No.	L.	s.	d.	No.	L.	s.	d.	No.	L.	s.	d.	No.	L.	s.	d.
1	0	2	0	32	3	4	0	63	6	6	0	94	9	8	0
2	0	4	0	33	3	6	0	64	6	8	0	95	9	10	0
3	0	6	0	34	3	8	0	65	6	10	0	96	9	12	0
4	0	8	0	35	3	10	0	66	6	12	0	97	9	14	0
5	0	10	0	36	3	12	0	67	6	14	0	98	9	16	0
6	0	12	0	37	3	14	0	68	6	16	0	99	9	18	0
7	0	14	0	38	3	16	0	69	6	18	0	100	10	0	0
8	0	16	0	39	3	18	0	70	7	0	0	200	20	0	0
9	0	18	0	40	4	0	0	71	7	2	0	300	30	0	0
10	1	0	0	41	4	2	0	72	7	4	0	400	40	0	0
11	1	2	0	42	4	4	0	73	7	6	0	500	50	0	0
12	1	4	0	43	4	6	0	74	7	8	0	600	60	0	0
13	1	6	0	44	4	8	0	75	7	10	0	700	70	0	0
14	1	8	0	45	4	10	0	76	7	12	0	800	80	0	0
15	1	10	0	46	4	12	0	77	7	14	0	900	90	0	0
16	1	12	0	47	4	14	0	78	7	16	0	1000	100	0	0
17	1	14	0	48	4	16	0	79	7	18	0	1100	110	0	0
18	1	16	0	49	4	18	0	80	8	0	0	1200	120	0	0
19	1	18	0	50	5	0	0	81	8	2	0	1300	130	0	0
20	2	0	0	51	5	2	0	82	8	4	0	1400	140	0	0
21	2	2	0	52	5	4	0	83	8	6	0	1500	150	0	0
22	2	4	0	53	5	6	0	84	8	8	0	2000	200	0	0
23	2	6	0	54	5	8	0	85	8	10	0	3000	300	0	0
24	2	8	0	55	5	10	0	86	8	12	0	4000	400	0	0
25	2	10	0	56	5	12	0	87	8	14	0	5000	500	0	0
26	2	12	0	57	5	14	0	88	8	16	0	6000	600	0	0
27	2	14	0	58	5	16	0	89	8	18	0	7000	700	0	0
28	2	16	0	59	5	18	0	90	9	0	0	8000	800	0	0
29	2	18	0	60	6	0	0	91	9	2	0	9000	900	0	0
30	3	0	0	61	6	2	0	92	9	4	0	10000	1000	0	0
31	3	2	0	62	6	4	0	93	9	6	0	20000	2000	0	0

No.	L.	s.	d.
112	11	4	0
144	14	8	0
250	25	0	0
256	25	12	0
272	27	4	0
365	36	10	0
750	75	0	0
1250	125	0	0

Fractional Parts.

10ths.	s.	d.	f.	frac.
1	0	1	2	0-0
2	0	3	0	0-0
3	0	4	2	0-0
4	0	6	0	0-0
5	0	7	2	0-0
6	0	9	0	0-0
7	0	10	2	0-0
8	1	0	0	0-0
9	1	1	2	0-0
10	1	3	0	0-0
11	1	4	2	0-0
12	1	6	0	0-0
13	1	7	2	0-0
14	1	9	0	0-0
15	1	10	2	0-0
1-3d	0	8	0	0-0
2-3ds	1	4	0	0-0
1-12th	0	2	0	0-0
1-14th	0	1	2	6-7
1-20th	0	1	0	4-5

At 2 Shillings 1 Penny.

No.	L.	s.	d.	No.	L.	s.	d.	No.	L.	s.	d.	No.	L.	s.	d.
1	0	2	1	32	3	6	8	63	6	11	3	94	9	15	10
2	0	4	2	33	3	8	9	64	6	13	4	95	9	17	11
3	0	6	3	34	3	10	10	65	6	15	5	96	10	0	0
4	0	8	4	35	3	12	11	66	6	17	6	97	10	2	1
5	0	10	5	36	3	15	0	67	6	19	7	98	10	4	2
6	0	12	6	37	3	17	1	68	7	1	8	99	10	6	3
7	0	14	7	38	3	19	2	69	7	3	9	100	10	8	4
8	0	16	8	39	4	1	3	70	7	5	10	200	20	16	8
9	0	18	9	40	4	3	4	71	7	7	11	300	31	5	0
10	1	0	10	41	4	5	5	72	7	10	0	400	41	13	4
11	1	2	11	42	4	7	6	73	7	12	1	500	52	1	8
12	1	5	0	43	4	9	7	74	7	14	2	600	62	10	0
13	1	7	1	44	4	11	8	75	7	16	3	700	72	18	4
14	1	9	2	45	4	13	9	76	7	18	4	800	83	6	8
15	1	11	3	46	4	15	10	77	8	0	5	900	93	15	0
16	1	13	4	47	4	17	11	78	8	2	6	1000	104	3	4
17	1	15	5	48	5	0	0	79	8	4	7	1100	114	11	8
18	1	17	6	49	5	2	1	80	8	6	8	1200	125	0	0
19	1	19	7	50	5	4	2	81	8	8	9	1300	135	8	4
20	2	1	8	51	5	6	3	82	8	10	10	1400	145	16	8
21	2	3	9	52	5	8	4	83	8	12	11	1500	156	5	0
22	2	5	10	53	5	10	5	84	8	15	0	2000	208	6	8
23	2	7	11	54	5	12	6	85	8	17	1	3000	312	10	0
24	2	10	0	55	5	14	7	86	8	19	2	4000	416	13	4
25	2	12	1	56	5	16	8	87	9	1	3	5000	520	16	8
26	2	14	2	57	5	18	9	88	9	3	4	6000	625	0	0
27	2	16	3	58	6	0	10	89	9	5	5	7000	729	3	4
28	2	18	4	59	6	2	11	90	9	7	6	8000	833	6	8
29	3	0	5	60	6	5	0	91	9	9	7	9000	937	10	0
30	3	2	6	61	6	7	1	92	9	11	8	10000	1041	13	4
31	3	4	7	62	6	9	2	93	9	13	9	20000	2083	6	8

No.	L.	s.	d.
112	11	13	4
144	15	0	0
250	26	0	10
256	26	13	4
272	28	6	8
365	38	0	5
750	78	2	6
1250	130	4	2

Fractional Parts.

10ths.	s.	d.	f.	frac.
1	0	1	2	1-4
2	0	3	0	2-4
3	0	4	2	3-4
4	0	6	1	0-0
5	0	7	3	1-4
6	0	9	1	2-4
7	0	10	3	3-4
8	1	0	2	0-0
9	1	2	0	1-4
10	1	3	2	2-4
11	1	5	0	3-4
12	1	6	3	0-0
13	1	8	1	1-4
14	1	9	3	2-4
15	1	11	1	3-4
1-3d	0	8	1	1-3
2-3ds	1	4	2	2-3
1-12th	0	2	0	1-3
1-14th	0	1	[illegible]	1-7
1-20th	0	1	1	0-0

No.	L.	s.	d.	No.	L.	s.	d.	No.	L.	s.	d.	No.	L.	s.	d.
1	0	2	2	32	3	9	4	63	6	16	6	94	10	3	8
2	0	4	4	33	3	11	6	64	6	18	8	95	10	5	10
3	0	6	6	34	3	13	8	65	7	0	10	96	10	8	0
4	0	8	8	35	3	15	10	66	7	3	0	97	10	10	2
5	0	10	10	36	3	18	0	67	7	5	2	98	10	12	4
6	0	13	0	37	4	0	2	68	7	7	4	99	10	14	6
7	0	15	2	38	4	2	4	69	7	9	6	100	10	16	8
8	0	17	4	39	4	4	6	70	7	11	8	200	21	13	4
9	0	19	6	40	4	6	8	71	7	13	10	300	32	10	0
10	1	1	8	41	4	8	10	72	7	16	0	400	43	6	8
11	1	3	10	42	4	11	0	73	7	18	2	500	54	3	4
12	1	6	0	43	4	13	2	74	8	0	4	600	65	0	0
13	1	8	2	44	4	15	4	75	8	2	6	700	75	16	8
14	1	10	4	45	4	17	6	76	8	4	8	800	86	13	4
15	1	12	6	46	4	19	8	77	8	6	10	900	97	10	0
16	1	14	8	47	5	1	10	78	8	9	0	1000	108	6	8
17	1	16	10	48	5	4	0	79	8	11	2	1100	119	3	4
18	1	19	0	49	5	6	2	80	8	13	4	1200	130	0	0
19	2	1	2	50	5	8	4	81	8	15	6	1300	140	16	8
20	2	3	4	51	5	10	6	82	8	17	8	1400	151	13	4
21	2	5	6	52	5	12	8	83	8	19	10	1500	162	10	0
22	2	7	8	53	5	14	10	84	9	2	0	2000	216	13	4
23	2	9	10	54	5	17	0	85	9	4	2	3000	325	0	0
24	2	12	0	55	5	19	2	86	9	6	4	4000	433	6	8
25	2	14	2	56	6	1	4	87	9	8	6	5000	541	13	4
26	2	16	4	57	6	3	6	88	9	10	8	6000	650	0	0
27	2	18	6	58	6	5	8	89	9	12	10	7000	758	6	8
28	3	0	8	59	6	7	10	90	9	15	0	8000	866	13	4
29	3	2	10	60	6	10	0	91	9	17	2	9000	975	0	0
30	3	5	0	61	6	12	2	92	9	19	4	10000	1083	6	8
31	3	7	2	62	6	14	4	93	10	1	6	20000	2166	13	4

No.	L.	s.	d.
112	12	2	8
144	15	12	0
250	27	1	8
256	27	14	8
272	29	9	4
365	39	10	10
750	81	5	0
1250	135	8	4

Fractional Parts.

10ths.	s.	d.	f.	frac.
1	0	1	2	1-2
2	0	3	1	0-0
3	0	4	3	1-2
4	0	6	2	0-0
5	0	8	0	1-2
6	0	9	3	0-0
7	0	11	1	1-2
8	1	1	0	0-0
9	1	2	2	1-2
10	1	4	1	0-0
11	1	5	3	1-2
12	1	7	2	0-0
13	1	9	0	1-2
14	1	10	3	0-0
15	2	0	1	1-2
1-3d	0	8	2	2-3
2-3ds	1	5	1	1-3
1-12th	0	2	0	2-3
1-14th	0	1	3	3-7
1-20th	0	1	1	1-5

At 2 Shillings 3 Pence.

No.	L.	s.	d.	No.	L.	s.	d.	No.	L.	s.	d.	No.	L.	s.	d.
1	0	2	3	32	3	12	0	63	7	1	9	94	10	11	6
2	0	4	6	33	3	14	3	64	7	4	0	95	10	13	9
3	0	6	9	34	3	16	6	65	7	6	3	96	10	16	0
4	0	9	0	35	3	18	9	66	7	8	6	97	10	18	3
5	0	11	3	36	4	1	0	67	7	10	9	98	11	0	6
6	0	13	6	37	4	3	3	68	7	13	0	99	11	2	9
7	0	15	9	38	4	5	6	69	7	15	3	100	11	5	0
8	0	18	0	39	4	7	9	70	7	17	6	200	22	10	0
9	1	0	3	40	4	10	0	71	7	19	9	300	33	15	0
10	1	2	6	41	4	12	3	72	8	2	0	400	45	0	0
11	1	4	9	42	4	14	6	73	8	4	3	500	56	5	0
12	1	7	0	43	4	16	9	74	8	6	6	600	67	10	0
13	1	9	3	44	4	19	0	75	8	8	9	700	78	15	0
14	1	11	6	45	5	1	3	76	8	11	0	800	90	0	0
15	1	13	9	46	5	3	6	77	8	13	3	900	101	5	0
16	1	16	0	47	5	5	9	78	8	15	6	1000	112	10	0
17	1	18	3	48	5	8	0	79	8	17	9	1100	123	15	0
18	2	0	6	49	5	10	3	80	9	0	0	1200	135	0	0
19	2	2	9	50	5	12	6	81	9	2	3	1300	146	5	0
20	2	5	0	51	5	14	9	82	9	4	6	1400	157	10	0
21	2	7	3	52	5	17	0	83	9	6	9	1500	168	15	0
22	2	9	6	53	5	19	3	84	9	9	0	2000	225	0	0
23	2	11	9	54	6	1	6	85	9	11	3	3000	337	10	0
24	2	14	0	55	6	3	9	86	9	13	6	4000	450	0	0
25	2	16	3	56	6	6	0	87	9	15	9	5000	562	10	0
26	2	18	6	57	6	8	3	88	9	18	0	6000	675	0	0
27	3	0	9	58	6	10	6	89	10	0	3	7000	787	10	0
28	3	3	0	59	6	12	9	90	10	2	6	8000	900	0	0
29	3	5	3	60	6	15	0	91	10	4	9	9000	1012	10	0
30	3	7	6	61	6	17	3	92	10	7	0	10000	1125	0	0
31	3	9	9	62	6	19	6	93	10	9	3	20000	2250	0	0

No.	L.	s.	d.
112	12	12	0
144	16	4	0
250	28	2	6
256	28	16	0
272	30	12	0
365	41	1	3
750	84	7	6
1250	140	12	6

Fractional Parts.

10ths.	s.	d.	f.	frac.
1	0	1	2	3-4
2	0	3	1	2-4
3	0	5	0	1-4
4	0	6	3	0-0
5	0	8	1	3-4
6	0	10	0	2-4
7	0	11	3	1-4
8	1	1	2	0-0
9	1	3	0	3-4
10	1	4	3	2-4
11	1	6	2	1-4
12	1	8	1	0-0
13	1	9	3	3-4
14	1	11	2	2-4
15	2	1	1	1-4
1-3d	0	9	0	0-0
2-3ds	1	6	0	0-0
1-12th	0	2	1	0-0
1-14th	0	1	3	5-7
1-20th	0	1	1	2-5

At 2 Shillings 4 Pence.

No.	l.	s.	d.	No.	l.	s.	d.	No.	l.	s.	d.	No.	l.	s.	d.
1	0	2	4	32	3	14	8	63	7	7	0	94	10	19	4
2	0	4	8	33	3	17	0	64	7	9	4	95	11	1	8
3	0	7	0	34	3	19	4	65	7	11	8	96	11	4	0
4	0	9	4	35	4	1	8	66	7	14	0	97	11	6	4
5	0	11	8	36	4	4	0	67	7	16	4	98	11	8	8
6	0	14	0	37	4	6	4	68	7	18	8	99	11	11	0
7	0	16	4	38	4	8	8	69	8	1	0	100	11	13	4
8	0	18	8	39	4	11	0	70	8	3	4	200	23	6	8
9	1	1	0	40	4	13	4	71	8	5	8	300	35	0	0
10	1	3	4	41	4	15	8	72	8	8	0	400	46	13	4
11	1	5	8	42	4	18	0	73	8	10	4	500	58	6	8
12	1	8	0	43	5	0	4	74	8	12	8	600	70	0	0
13	1	10	4	44	5	2	8	75	8	15	0	700	81	13	4
14	1	12	8	45	5	5	0	76	8	17	4	800	93	6	8
15	1	15	0	46	5	7	4	77	8	19	8	900	105	0	0
16	1	17	4	47	5	9	8	78	9	2	0	1000	116	13	4
17	1	19	8	48	5	12	0	79	9	4	4	1100	128	6	8
18	2	2	0	49	5	14	4	80	9	6	8	1200	140	0	0
19	2	4	4	50	5	16	8	81	9	9	0	1300	151	13	4
20	2	6	8	51	5	19	0	82	9	11	4	1400	163	6	8
21	2	9	0	52	6	1	4	83	9	13	8	1500	175	0	0
22	2	11	4	53	6	3	8	84	9	16	0	2000	233	6	8
23	2	13	8	54	6	6	0	85	9	18	4	3000	350	0	0
24	2	16	0	55	6	8	4	86	10	0	8	4000	466	13	4
25	2	18	4	56	6	10	8	87	10	3	0	5000	583	6	8
26	3	0	8	57	6	13	0	88	10	5	4	6000	700	0	0
27	3	3	0	58	6	15	4	89	10	7	8	7000	816	13	4
28	3	5	4	59	6	17	8	90	10	10	0	8000	933	6	8
29	3	7	8	60	7	0	0	91	10	12	4	9000	1050	0	0
30	3	10	0	61	7	2	4	92	10	14	8	10000	1166	13	4
31	3	12	4	62	7	4	8	93	10	17	0	20000	2333	6	8

No.	L.	s.	d.
112	13	1	4
144	16	16	0
250	29	3	4
256	29	17	4
272	31	14	8
365	42	11	8
750	87	10	0
1250	145	16	8

Fractional Parts.

16ths.	s.	d.	f.	frac.
1	0	1	3	0-0
2	0	3	2	0-0
3	0	5	1	0-0
4	0	7	0	0-0
5	0	8	3	0-0
6	0	10	2	0-0
7	1	0	1	0-0
8	1	2	0	0-0
9	1	3	3	0-0
10	1	5	2	0-0
11	1	7	1	0-0
12	1	9	0	0-0
13	1	10	3	0-0
14	2	0	2	0-0
15	2	2	1	0-0
1-3d	0	9	1	1-3
2-3ds	1	6	2	2-3
1-12th	0	2	1	1-3
1-14th	0	2	0	0-0
1-20th	0	1	1	3-5

At 2 Shillings 5 Pence.

No.	l.	s.	d.	No.	l.	s.	d.	No.	l.	s.	d.	No.	L.	s.	d.
1	0	2	5	32	3	17	4	63	7	12	3	94	11	7	2
2	0	4	10	33	3	19	9	64	7	14	8	95	11	9	7
3	0	7	3	34	4	2	2	65	7	17	1	96	11	12	0
4	0	9	8	35	4	4	7	66	7	19	6	97	11	14	5
5	0	12	1	36	4	7	0	67	8	1	11	98	11	16	10
6	0	14	6	37	4	9	5	68	8	4	4	99	11	19	3
7	0	16	11	38	4	11	10	69	8	6	9	100	12	1	8
8	0	19	4	39	4	14	3	70	8	9	2	200	24	3	4
9	1	1	9	40	4	16	8	71	8	11	7	300	36	5	0
10	1	4	2	41	4	19	1	72	8	14	0	400	48	6	8
11	1	6	7	42	5	1	6	73	8	16	5	500	60	8	4
12	1	9	0	43	5	3	11	74	8	18	10	600	72	10	0
13	1	11	5	44	5	6	4	75	9	1	3	700	84	11	8
14	1	13	10	45	5	8	9	76	9	3	8	800	96	13	4
15	1	16	3	46	5	11	2	77	9	6	1	900	108	15	0
16	1	18	8	47	5	13	7	78	9	8	6	1000	120	16	8
17	2	1	1	48	5	16	0	79	9	10	11	1100	132	18	4
18	2	3	6	49	5	18	5	80	9	13	4	1200	145	0	0
19	2	5	11	50	6	0	10	81	9	15	9	1300	157	1	8
20	2	8	4	51	6	3	3	82	9	18	2	1400	169	3	4
21	2	10	9	52	6	5	8	83	10	0	7	1500	181	5	0
22	2	13	2	53	6	8	1	84	10	3	0	2000	241	13	4
23	2	15	7	54	6	10	6	85	10	5	5	3000	362	10	0
24	2	18	0	55	6	12	11	86	10	7	10	4000	483	6	8
25	3	0	5	56	6	15	4	87	10	10	3	5000	604	3	4
26	3	2	10	57	6	17	9	88	10	12	8	6000	725	0	0
27	3	5	3	58	7	0	2	89	10	15	1	7000	845	16	8
28	3	7	8	59	7	2	7	90	10	17	6	8000	966	13	4
29	3	10	1	60	7	5	0	91	10	19	11	9000	1087	10	0
30	3	12	6	61	7	7	5	92	11	2	4	10000	1208	6	8
31	3	14	11	62	7	9	10	93	11	4	9	20000	2416	13	4

No.	L.	s.	d.
112	13	10	8
144	17	8	0
250	30	4	2
256	30	18	8
272	32	17	4
365	44	2	1
750	90	12	6
1250	151	0	10

Fractional Parts.

16ths	s.	d.	f.	frac.
1	0	1	3	1-4
2	0	3	2	2-4
3	0	5	1	3-4
4	0	7	1	0-0
5	0	9	0	1-4
6	0	10	3	2-4
7	1	0	2	3-4
8	1	2	2	0-0
9	1	4	1	1-4
10	1	6	0	2-4
11	1	7	3	3-4
12	1	9	3	0-0
13	1	11	2	1-4
14	2	1	1	2-4
15	2	3	0	3-4
1-3d	0	9	2	2-3
2-3ds	1	7	1	1-3
1-12th	0	2	1	2-3
1-14th	0	2	0	2-7
1-20th	0	1	1	4-5

No.	L.	s.	d.	No.	L.	s.	d.	No.	L.	s.	d.	No.	L.	s.	d.
1	0	2	6	32	4	0	0	63	7	17	6	94	11	15	0
2	0	5	0	33	4	2	6	64	8	0	0	95	11	17	6
3	0	7	6	34	4	5	0	65	8	2	6	96	12	0	0
4	0	10	0	35	4	7	6	66	8	5	0	97	12	2	6
5	0	12	6	36	4	10	0	67	8	7	6	98	12	5	0
6	0	15	0	37	4	12	6	68	8	10	0	99	12	7	6
7	0	17	6	38	4	15	0	69	8	12	6	100	12	10	0
8	1	0	0	39	4	17	6	70	8	15	0	200	25	0	0
9	1	2	6	40	5	0	0	71	8	17	6	300	37	10	0
10	1	5	0	41	5	2	6	72	9	0	0	400	50	0	0
11	1	7	6	42	5	5	0	73	9	2	6	500	62	10	0
12	1	10	0	43	5	7	6	74	9	5	0	600	75	0	0
13	1	12	6	44	5	10	0	75	9	7	6	700	87	10	0
14	1	15	0	45	5	12	6	76	9	10	0	800	100	0	0
15	1	17	6	46	5	15	0	77	9	12	6	900	112	10	0
16	2	0	0	47	5	17	6	78	9	15	0	1000	125	0	0
17	2	2	6	48	6	0	0	79	9	17	6	1100	137	10	0
18	2	5	0	49	6	2	6	80	10	0	0	1200	150	0	0
19	2	7	6	50	6	5	0	81	10	2	6	1300	162	10	0
20	2	10	0	51	6	7	6	82	10	5	0	1400	175	0	0
21	2	12	6	52	6	10	0	83	10	7	6	1500	187	10	0
22	2	15	0	53	6	12	6	84	10	10	0	2000	250	0	0
23	2	17	6	54	6	15	0	85	10	12	6	3000	375	0	0
24	3	0	0	55	6	17	6	86	10	15	0	4000	500	0	0
25	3	2	6	56	7	0	0	87	10	17	6	5000	625	0	0
26	3	5	0	57	7	2	6	88	11	0	0	6000	750	0	0
27	3	7	6	58	7	5	0	89	11	2	6	7000	875	0	0
28	3	10	0	59	7	7	6	90	11	5	0	8000	1000	0	0
29	3	12	6	60	7	10	0	91	11	7	6	9000	1125	0	0
30	3	15	0	61	7	12	6	92	11	10	0	10000	1250	0	0
31	3	17	6	62	7	15	0	93	11	12	6	20000	2500	0	0

No.	L.	s.	d.
112	14	0	0
144	18	0	0
250	31	5	0
256	32	0	0
272	34	0	0
365	45	12	6
750	93	15	0
1250	156	5	0

Fractional Parts.

16ths.	s.	d.	f.	frac.
1	0	1	3	1-2
2	0	3	3	0-0
3	0	5	2	1-2
4	0	7	2	0-0
5	0	9	1	1-2
6	0	11	1	0-0
7	1	1	0	1-2
8	1	3	0	0-0
9	1	4	3	1-2
10	1	6	3	0-0
11	1	8	2	1-2
12	1	10	2	0·0
13	2	0	1	1-2
14	2	2	1	0-0
15	2	4	0	1-2
1-3d	0	10	0	0-0
2-3ds	1	8	0	0-0
1-12th	0	2	2	0-0
1-14th	0	2	0	4-7
1-20th	0	1	2	0-0

At 2 Shillings 7 Pence.

No.	L.	s.	d.	No.	L.	s.	d.	No.	L.	s.	d.	No.	L.	s.	d.
1	0	2	7	32	4	2	8	63	8	2	9	94	12	2	10
2	0	5	2	33	4	5	3	64	8	5	4	95	12	5	5
3	0	7	9	34	4	7	10	65	8	7	11	96	12	8	0
4	0	10	4	35	4	10	5	66	8	10	6	97	12	10	7
5	0	12	11	36	4	13	0	67	8	13	1	98	12	13	2
6	0	15	6	37	4	15	7	68	8	15	8	99	12	15	9
7	0	18	1	38	4	18	2	69	8	18	3	100	12	18	4
8	1	0	8	39	5	0	9	70	9	0	10	200	25	16	8
9	1	3	3	40	5	3	4	71	9	3	5	300	38	15	0
10	1	5	10	41	5	5	11	72	9	6	0	400	51	13	4
11	1	8	5	42	5	8	6	73	9	8	7	500	64	11	8
12	1	11	0	43	5	11	1	74	9	11	2	600	77	10	0
13	1	13	7	44	5	13	8	75	9	13	9	700	90	8	4
14	1	16	2	45	5	16	3	76	9	16	4	800	103	6	8
15	1	18	9	46	5	18	10	77	9	18	11	900	116	5	0
16	2	1	4	47	6	1	5	78	10	1	6	1000	129	3	4
17	2	3	11	48	6	4	0	79	10	4	1	1100	142	1	8
18	2	6	6	49	6	6	7	80	10	6	8	1200	155	0	0
19	2	9	1	50	6	9	2	81	10	9	3	1300	167	18	4
20	2	11	8	51	6	11	9	82	10	11	10	1400	180	16	8
21	2	14	3	52	6	14	4	83	10	14	5	1500	193	15	0
22	2	16	10	53	6	16	11	84	10	17	0	2000	258	6	8
23	2	19	5	54	6	19	6	85	10	19	7	3000	387	10	0
24	3	2	0	55	7	2	1	86	11	2	2	4000	516	13	4
25	3	4	7	56	7	4	8	87	11	4	9	5000	645	16	8
26	3	7	2	57	7	7	3	88	11	7	4	6000	775	0	0
27	3	9	9	58	7	9	10	89	11	9	11	7000	904	3	4
28	3	12	4	59	7	12	5	90	11	12	6	8000	1033	6	8
29	3	14	11	60	7	15	0	91	11	15	1	9000	1162	10	0
30	3	17	6	61	7	17	7	92	11	17	8	10000	1291	13	4
31	4	0	1	62	8	0	2	93	12	0	3	20000	2583	6	8

No.	L.	s.	d.
112	14	9	4
144	18	12	0
250	32	5	10
256	33	1	4
272	35	2	8
365	47	2	11
750	96	17	6
1250	161	9	2

Fractional Parts.

16ths.	s.	d.	f.	frac.
1	0	1	3	3-4
2	0	3	3	2-4
3	0	5	3	1-4
4	0	7	3	0-0
5	0	9	2	3-4
6	0	11	2	2-4
7	1	1	2	1-4
8	1	3	2	0-0
9	1	5	1	3-4
10	1	7	1	2-4
11	1	9	1	1-4
12	1	11	1	0-0
13	2	1	0	3-4
14	2	3	0	2-4
15	2	5	0	1-4
1-3d	0	10	1	1-3
2-3ds	1	8	2	2-3
1-12th	0	2	2	1-3
1-14th	0	2	0	6-7
1-20th	0	1	2	1-5

At 2 Shillings 8 Pence.

No.	L.	s.	d.	No.	L.	s.	d.	No.	L.	s.	d.	No.	L.	s.	d.
1	0	2	8	32	4	5	4	63	8	8	0	94	12	10	8
2	0	5	4	33	4	8	0	64	8	10	8	95	12	13	4
3	0	8	0	34	4	10	8	65	8	13	4	96	12	16	0
4	0	10	8	35	4	13	4	66	8	16	0	97	12	18	8
5	0	13	4	36	4	16	0	67	8	18	8	98	13	1	4
6	0	16	0	37	4	18	8	68	9	1	4	99	13	4	0
7	0	18	8	38	5	1	4	69	9	4	0	100	13	6	8
8	1	1	4	39	5	4	0	70	9	6	8	200	26	13	4
9	1	4	0	40	5	6	8	71	9	9	4	300	40	0	0
10	1	6	8	41	5	9	4	72	9	12	0	400	53	6	8
11	1	9	4	42	5	12	0	73	9	14	8	500	66	13	4
12	1	12	0	43	5	14	8	74	9	17	4	600	80	0	0
13	1	14	8	44	5	17	4	75	10	0	0	700	93	6	8
14	1	17	4	45	6	0	0	76	10	2	8	800	106	13	4
15	2	0	0	46	6	2	8	77	10	5	4	900	120	0	0
16	2	2	8	47	6	5	4	78	10	8	0	1000	133	6	8
17	2	5	4	48	6	8	0	79	10	10	8	1100	146	13	4
18	2	8	0	49	6	10	8	80	10	13	4	1200	160	0	0
19	2	10	8	50	6	13	4	81	10	16	0	1300	173	6	8
20	2	13	4	51	6	16	0	82	10	18	8	1400	186	13	4
21	2	16	0	52	6	18	8	83	11	1	4	1500	200	0	0
22	2	18	8	53	7	1	4	84	11	4	0	2000	266	13	4
23	3	1	4	54	7	4	0	85	11	6	8	3000	400	0	0
24	3	4	0	55	7	6	8	86	11	9	4	4000	533	6	8
25	3	6	8	56	7	9	4	87	11	12	0	5000	666	13	4
26	3	9	4	57	7	12	0	88	11	14	8	6000	800	0	0
27	3	12	0	58	7	14	8	89	11	17	4	7000	933	6	8
28	3	14	8	59	7	17	4	90	12	0	0	8000	1066	13	4
29	3	17	4	60	8	0	0	91	12	2	8	9000	1200	0	0
30	4	0	0	61	8	2	8	92	12	5	4	10000	1333	6	8
31	4	2	8	62	8	5	4	93	12	8	0	20000	2666	13	4

No.	L.	s.	d.
112	14	18	8
144	19	4	0
250	33	6	8
256	34	2	8
272	36	5	4
365	48	13	4
750	100	0	0
1250	166	13	4

Fractional Parts.

16ths	s.	d.	f.	frac.
1	0	2	0	0-0
2	0	4	0	0-0
3	0	6	0	0-0
4	0	8	0	0-0
5	0	10	0	0-0
6	1	0	0	0-0
7	1	2	0	0-0
8	1	4	0	0-0
9	1	6	0	0-0
10	1	8	0	0-0
11	1	10	0	0-0
12	2	0	0	0-0
13	2	2	0	0-0
14	2	4	0	0-0
15	2	6	0	0-0
1-3d	0	10	2	2-3
2-3ds	1	9	1	1-3
1-12th	0	2	2	2-3
1-14th	0	2	1	1-7
1-20th	0	1	2	2-5

At 2 Shillings 9 Pence.

No.	L.	s.	d.	No.	L.	s.	d.	No.	L.	s.	d.	No.	L.	s.	d.
1	0	2	9	32	4	8	0	63	8	13	3	94	12	18	6
2	0	5	6	33	4	10	9	64	8	16	0	95	13	1	3
3	0	8	3	34	4	13	6	65	8	18	9	96	13	4	0
4	0	11	0	35	4	16	3	66	9	1	6	97	13	6	9
5	0	13	9	36	4	19	0	67	9	4	3	98	13	9	6
6	0	16	6	37	5	1	9	68	9	7	0	99	13	12	3
7	0	19	3	38	5	4	6	69	9	9	9	100	13	15	0
8	1	2	0	39	5	7	3	70	9	12	6	200	27	10	0
9	1	4	9	40	5	10	0	71	9	15	3	300	41	5	0
10	1	7	6	41	5	12	9	72	9	18	0	400	55	0	0
11	1	10	3	42	5	15	6	73	10	0	9	500	68	15	0
12	1	13	0	43	5	18	3	74	10	3	6	600	82	10	0
13	1	15	9	44	6	1	0	75	10	6	3	700	96	5	0
14	1	18	6	45	6	3	9	76	10	9	0	800	110	0	0
15	2	1	3	46	6	6	6	77	10	11	9	900	123	15	0
16	2	4	0	47	6	9	3	78	10	14	6	1000	137	10	0
17	2	6	9	48	6	12	0	79	10	17	3	1100	151	5	0
18	2	9	6	49	6	14	9	80	11	0	0	1200	165	0	0
19	2	12	3	50	6	17	6	81	11	2	9	1300	178	15	0
20	2	15	0	51	7	0	3	82	11	5	6	1400	192	10	0
21	2	17	9	52	7	3	0	83	11	8	3	1500	206	5	0
22	3	0	6	53	7	5	9	84	11	11	0	2000	275	0	0
23	3	3	3	54	7	8	6	85	11	13	9	3000	412	10	0
24	3	6	0	55	7	11	3	86	11	16	6	4000	550	0	0
25	3	8	9	56	7	14	0	87	11	19	3	5000	687	10	0
26	3	11	6	57	7	16	9	88	12	2	0	6000	825	0	0
27	3	14	3	58	7	19	6	89	12	4	9	7000	962	10	0
28	3	17	0	59	8	2	3	90	12	7	6	8000	1100	0	0
29	3	19	9	60	8	5	0	91	12	10	3	9000	1237	10	0
30	4	2	6	61	8	7	9	92	12	13	0	10000	1375	0	0
31	4	5	3	62	8	10	6	93	12	15	9	20000	2750	0	0

No.	L.	s.	d.
112	15	8	0
144	19	16	0
250	34	7	6
256	35	4	0
272	37	8	0
365	50	3	9
750	103	2	6
1250	171	17	6

Fractional Parts.

16ths	s.	d.	f.	frac.
1	0	2	0	1-4
2	0	4	0	2-4
3	0	6	0	3-4
4	0	8	1	0-0
5	0	10	1	1-4
6	1	0	1	2-4
7	1	2	1	3-4
8	1	4	2	0-0
9	1	6	2	1-4
10	1	8	2	2-4
11	1	10	2	3-4
12	2	0	3	0-0
13	2	2	3	1-4
14	2	4	3	2-4
15	2	6	3	3-4
1-3d	0	11	0	0-0
2-3ds	1	10	0	0-0
1-12th	0	2	3	0-0
1-14th	0	2	1	3-7
1-20th	0	1	2	3-5

No.	L.	s.	d.	No.	L.	s.	d.	No.	L.	s.	d.	No.	L.	s.	d.
1	0	2	10	32	4	10	8	63	8	18	6	94	13	6	4
2	0	5	8	33	4	13	6	64	9	1	4	95	13	9	2
3	0	8	6	34	4	16	4	65	9	4	2	96	13	12	0
4	0	11	4	35	4	19	2	66	9	7	0	97	13	14	10
5	0	14	2	36	5	2	0	67	9	9	10	98	13	17	8
6	0	17	0	37	5	4	10	68	9	12	8	99	14	0	6
7	0	19	10	38	5	7	8	69	9	15	6	100	14	3	4
8	1	2	8	39	5	10	6	70	9	18	4	200	28	6	8
9	1	5	6	40	5	13	4	71	10	1	2	300	42	10	0
10	1	8	4	41	5	16	2	72	10	4	0	400	56	13	4
11	1	11	2	42	5	19	0	73	10	6	10	500	70	16	8
12	1	14	0	43	6	1	10	74	10	9	8	600	85	0	0
13	1	16	10	44	6	4	8	75	10	12	6	700	99	3	4
14	1	19	8	45	6	7	6	76	10	15	4	800	113	6	8
15	2	2	6	46	6	10	4	77	10	18	2	900	127	10	0
16	2	5	4	47	6	13	2	78	11	1	0	1000	141	13	4
17	2	8	2	48	6	16	0	79	11	3	10	1100	155	16	8
18	2	11	0	49	6	18	10	80	11	6	8	1200	170	0	0
19	2	13	10	50	7	1	8	81	11	9	6	1300	184	3	4
20	2	16	8	51	7	4	6	82	11	12	4	1400	198	6	8
21	2	19	6	52	7	7	4	83	11	15	2	1500	212	10	0
22	3	2	4	53	7	10	2	84	11	18	0	2000	283	6	8
23	3	5	2	54	7	13	0	85	12	0	10	3000	425	0	0
24	3	8	0	55	7	15	10	86	12	3	8	4000	566	13	4
25	3	10	10	56	7	18	8	87	12	6	6	5000	708	6	8
26	3	13	8	57	8	1	6	88	12	9	4	6000	850	0	0
27	3	16	6	58	8	4	4	89	12	12	2	7000	991	13	4
28	3	19	4	59	8	7	2	90	12	15	0	8000	1133	6	8
29	4	2	2	60	8	10	0	91	12	17	10	9000	1275	0	0
30	4	5	0	61	8	12	10	92	13	0	8	10000	1416	13	4
31	4	7	10	62	8	15	8	93	13	3	6	20000	2833	6	8

No.	L.	s.	d.
112	15	17	4
144	20	8	0
250	35	8	4
256	36	5	4
272	38	10	8
365	51	14	2
750	106	5	0
1250	177	1	8

Fractional Parts.

16ths.	s.	d.	f.	frac.
1	0	2	0	1-2
2	0	4	1	0-0
3	0	6	1	1-2
4	0	8	2	0-0
5	0	10	2	1-2
6	1	0	3	0-0
7	1	2	3	1-2
8	1	5	0	0-0
9	1	7	0	1-2
10	1	9	1	0-0
11	1	11	1	1-2
12	2	1	2	0-0
13	2	3	2	1-2
14	2	5	3	0-0
15	2	7	3	1-2
1-3d	0	11	1	1-3
2-3ds	1	10	2	2-3
1-12th	0	2	3	1-3
1-14th	0	2	1	5-7
1-20th	0	1	2	4-5

At 2 Shillings 11 Pence.

No.	L.	s.	d.	No.	L.	s.	d.	No.	L.	s.	d.	No.	L.	s.	d.
1	0	2	11	32	4	13	4	63	9	3	9	94	13	14	2
2	0	5	10	33	4	16	3	64	9	6	8	95	13	17	1
3	0	8	9	34	4	19	2	65	9	9	7	96	14	0	0
4	0	11	8	35	5	2	1	66	9	12	6	97	14	2	11
5	0	14	7	36	5	5	0	67	9	15	5	98	14	5	10
6	0	17	6	37	5	7	11	68	9	18	4	99	14	8	9
7	1	0	5	38	5	10	10	69	10	1	3	100	14	11	8
8	1	3	4	39	5	13	9	70	10	4	2	200	29	3	4
9	1	6	3	40	5	16	8	71	10	7	1	300	43	15	0
10	1	9	2	41	5	19	7	72	10	10	0	400	58	6	8
11	1	12	1	42	6	2	6	73	10	12	11	500	72	18	4
12	1	15	0	43	6	5	5	74	10	15	10	600	87	10	0
13	1	17	11	44	6	8	4	75	10	18	9	700	102	1	8
14	2	0	10	45	6	11	3	76	11	1	8	800	116	13	4
15	2	3	9	46	6	14	2	77	11	4	7	900	131	5	0
16	2	6	8	47	6	17	1	78	11	7	6	1000	145	16	8
17	2	9	7	48	7	0	0	79	11	10	5	1100	160	8	4
18	2	12	6	49	7	2	11	80	11	13	4	1200	175	0	0
19	2	15	5	50	7	5	10	81	11	16	3	1300	189	11	8
20	2	18	4	51	7	8	9	82	11	19	2	1400	204	3	4
21	3	1	3	52	7	11	8	83	12	2	1	1500	218	15	0
22	3	4	2	53	7	14	7	84	12	5	0	2000	291	13	4
23	3	7	1	54	7	17	6	85	12	7	11	3000	437	10	0
24	3	10	0	55	8	0	5	86	12	10	10	4000	583	6	8
25	3	12	11	56	8	3	4	87	12	13	9	5000	729	3	4
26	3	15	10	57	8	6	3	88	12	16	8	6000	875	0	0
27	3	18	9	58	8	9	2	89	12	19	7	7000	1020	16	8
28	4	1	8	59	8	12	1	90	13	2	6	8000	1166	13	4
29	4	4	7	60	8	15	0	91	13	5	5	9000	1312	10	0
30	4	7	6	61	8	17	11	92	13	8	4	10000	1458	6	8
31	4	10	5	62	9	0	10	93	13	11	3	20000	2916	13	4

No.	L.	s.	d.
112	16	6	8
144	21	0	0
250	36	9	2
256	37	6	8
272	39	13	4
365	53	4	7
750	109	7	6
1250	182	5	10

Fractional Parts.

16ths.	s.	d.	f.	frac.
1	0	2	0	3-4
2	0	4	1	2-4
3	0	6	2	1-4
4	0	8	3	0-0
5	0	10	3	3-4
6	1	1	0	2-4
7	1	3	1	1-4
8	1	5	2	0-0
9	1	7	2	3-4
10	1	9	3	2-4
11	2	0	0	1-4
12	2	2	1	0-0
13	2	4	1	3-4
14	2	6	2	2-4
15	2	8	3	1-4
1-3d	0	11	2	2-3
2-3ds	1	11	1	1-3
1-12th	0	2	3	2-3
1-14th	0	2	2	0-0
1-20th	0	1	3	0-0

No.	L.	s.	d.	No.	L.	s.	d.	No.	L.	s.	d.	No.	L.	s.	d.
1	0	3	0	32	4	16	0	63	9	9	0	94	14	2	0
2	0	6	0	33	4	19	0	64	9	12	0	95	14	5	0
3	0	9	0	34	5	2	0	65	9	15	0	96	14	8	0
4	0	12	0	35	5	5	0	66	9	18	0	97	14	11	0
5	0	15	0	36	5	8	0	67	10	1	0	98	14	14	0
6	0	18	0	37	5	11	0	68	10	4	0	99	14	17	0
7	1	1	0	38	5	14	0	69	10	7	0	100	15	0	0
8	1	4	0	39	5	17	0	70	10	10	0	200	30	0	0
9	1	7	0	40	6	0	0	71	10	13	0	300	45	0	0
10	1	10	0	41	6	3	0	72	10	16	0	400	60	0	0
11	1	13	0	42	6	6	0	73	10	19	0	500	75	0	0
12	1	16	0	43	6	9	0	74	11	2	0	600	90	0	0
13	1	19	0	44	6	12	0	75	11	5	0	700	105	0	0
14	2	2	0	45	6	15	0	76	11	8	0	800	120	0	0
15	2	5	0	46	6	18	0	77	11	11	0	900	135	0	0
16	2	8	0	47	7	1	0	78	11	14	0	1000	150	0	0
17	2	11	0	48	7	4	0	79	11	17	0	1100	165	0	0
18	2	14	0	49	7	7	0	80	12	0	0	1200	180	0	0
19	2	17	0	50	7	10	0	81	12	3	0	1300	195	0	0
20	3	0	0	51	7	13	0	82	12	6	0	1400	210	0	0
21	3	3	0	52	7	16	0	83	12	9	0	1500	225	0	0
22	3	6	0	53	7	19	0	84	12	12	0	2000	300	0	0
23	3	9	0	54	8	2	0	85	12	15	0	3000	450	0	0
24	3	12	0	55	8	5	0	86	12	18	0	4000	600	0	0
25	3	15	0	56	8	8	0	87	13	1	0	5000	750	0	0
26	3	18	0	57	8	11	0	88	13	4	0	6000	900	0	0
27	4	1	0	58	8	14	0	89	13	7	0	7000	1050	0	0
28	4	4	0	59	8	17	0	90	13	10	0	8000	1200	0	0
29	4	7	0	60	9	0	0	91	13	13	0	9000	1350	0	0
30	4	10	0	61	9	3	0	92	13	16	0	10000	1500	0	0
31	4	13	0	62	9	6	0	93	13	19	0	20000	3000	0	0

No.	L.	s.	d.
112	16	16	0
144	21	12	0
250	37	10	0
256	38	8	0
272	40	16	0
365	54	15	0
750	112	10	0
1250	187	10	0

Fractional Parts.

16ths.	s.	d.	f.	frac.
1	0	2	1	0-0
2	0	4	2	0-0
3	0	6	3	0-0
4	0	9	0	0-0
5	0	11	1	0-0
6	1	1	2	0-0
7	1	3	3	0-0
8	1	6	0	0-0
9	1	8	1	0-0
10	1	10	2	0-0
11	2	0	3	0-0
12	2	3	0	0-0
13	2	5	1	0-0
14	2	7	2	0-0
15	2	9	3	0-0
1-3d	1	0	0	0-0
2-3ds	2	0	0	0-0
1-12th	0	3	0	0-0
1-14th	0	2	2	2-7
1-20th	0	1	3	1-5

At 3 Shillings 1 Penny.

No.	L.	s.	d.	No.	L.	s.	d.	No.	L.	s.	d.	No.	L.	s.	d.
1	0	3	1	32	4	18	8	63	9	14	3	94	14	9	10
2	0	6	2	33	5	1	9	64	9	17	4	95	14	12	11
3	0	9	3	34	5	4	10	65	10	0	5	96	14	16	0
4	0	12	4	35	5	7	11	66	10	3	6	97	14	19	1
5	0	15	5	36	5	11	0	67	10	6	7	98	15	2	2
6	0	18	6	37	5	14	1	68	10	9	8	99	15	5	3
7	1	1	7	38	5	17	2	69	10	12	9	100	15	8	4
8	1	4	8	39	6	0	3	70	10	15	10	200	30	16	8
9	1	7	9	40	6	3	4	71	10	18	11	300	46	5	0
10	1	10	10	41	6	6	5	72	11	2	0	400	61	13	4
11	1	13	11	42	6	9	6	73	11	5	1	500	77	1	8
12	1	17	0	43	6	12	7	74	11	8	2	600	92	10	0
13	2	0	1	44	6	15	8	75	11	11	3	700	107	18	4
14	2	3	2	45	6	18	9	76	11	14	4	800	123	6	8
15	2	6	3	46	7	1	10	77	11	17	5	900	138	15	0
16	2	9	4	47	7	4	11	78	12	0	6	1000	154	3	4
17	2	12	5	48	7	8	0	79	12	3	7	1100	169	11	8
18	2	15	6	49	7	11	1	80	12	6	8	1200	185	0	0
19	2	18	7	50	7	14	2	81	12	9	9	1300	200	8	4
20	3	1	8	51	7	17	3	82	12	12	10	1400	215	16	8
21	3	4	9	52	8	0	4	83	12	15	11	1500	231	5	0
22	3	7	10	53	8	3	5	84	12	19	0	2000	308	6	8
23	3	10	11	54	8	6	6	85	13	2	1	3000	462	10	0
24	3	14	0	55	8	9	7	86	13	5	2	4000	616	13	4
25	3	17	1	56	8	12	8	87	13	8	3	5000	770	16	8
26	4	0	2	57	8	15	9	88	13	11	4	6000	925	0	0
27	4	3	3	58	8	18	10	89	13	14	5	7000	1079	3	4
28	4	6	4	59	9	1	11	90	13	17	6	8000	1233	6	8
29	4	9	5	60	9	5	0	91	14	0	7	9000	1387	10	0
30	4	12	6	61	9	8	1	92	14	3	8	10000	1541	13	4
31	4	15	7	62	9	11	2	93	14	6	9	20000	3083	6	8

No.	L.	s.	d.
112	17	5	4
144	22	4	0
250	38	10	10
256	39	9	4
272	41	18	8
365	56	5	5
750	115	12	6
1250	192	14	2

Fractional Parts.

10ths.	s.	d.	f.	frac.
1	0	2	1	1-4
2	0	4	2	2-4
3	0	6	3	3-4
4	0	9	1	0-0
5	0	11	2	1-4
6	1	1	3	2-4
7	1	4	0	3-4
8	1	6	2	0-0
9	1	8	3	1-4
10	1	11	0	2-4
11	2	1	1	3-4
12	2	3	3	0-0
13	2	6	0	1-4
14	2	8	1	2-4
15	2	10	2	3-4
1-3d	1	0	1	1-3
2-3ds	2	0	2	2-3
1-12th	0	3	0	1-3
1-14th	0	2	2	4-7
1-20th	0	1	3	2-5

At 3 Shillings 2 Pence.

No.	L.	s.	d.	No.	L.	s.	d.	No.	L.	s.	d.	No.	L.	s.	d.
1	0	3	2	32	5	1	4	63	9	19	6	94	14	17	8
2	0	6	4	33	5	4	6	64	10	2	8	95	15	0	10
3	0	9	6	34	5	7	8	65	10	5	10	96	15	4	0
4	0	12	8	35	5	10	10	66	10	9	0	97	15	7	2
5	0	15	10	36	5	14	0	67	10	12	2	98	15	10	4
6	0	19	0	37	5	17	2	68	10	15	4	99	15	13	6
7	1	2	2	38	6	0	4	69	10	18	6	100	15	16	8
8	1	5	4	39	6	3	6	70	11	1	8	200	31	13	4
9	1	8	6	40	6	6	8	71	11	4	10	300	47	10	0
10	1	11	8	41	6	9	10	72	11	8	0	400	63	6	8
11	1	14	10	42	6	13	0	73	11	11	2	500	79	3	4
12	1	18	0	43	6	16	2	74	11	14	4	600	95	0	0
13	2	1	2	44	6	19	4	75	11	17	6	700	110	16	8
14	2	4	4	45	7	2	6	76	12	0	8	800	126	13	4
15	2	7	6	46	7	5	8	77	12	3	10	900	142	10	0
16	2	10	8	47	7	8	10	78	12	7	0	1000	158	6	8
17	2	13	10	48	7	12	0	79	12	10	2	1100	174	3	4
18	2	17	0	49	7	15	2	80	12	13	4	1200	190	0	0
19	3	0	2	50	7	18	4	81	12	16	6	1300	205	16	8
20	3	3	4	51	8	1	6	82	12	19	8	1400	221	13	4
21	3	6	6	52	8	4	8	83	13	2	10	1500	237	10	0
22	3	9	8	53	8	7	10	84	13	6	0	2000	316	13	4
23	3	12	10	54	8	11	0	85	13	9	2	3000	475	0	0
24	3	16	0	55	8	14	2	86	13	12	4	4000	633	6	8
25	3	19	2	56	8	17	4	87	13	15	6	5000	791	13	4
26	4	2	4	57	9	0	6	88	13	18	8	6000	950	0	0
27	4	5	6	58	9	3	8	89	14	1	10	7000	1108	6	8
28	4	8	8	59	9	6	10	90	14	5	0	8000	1266	13	4
29	4	11	10	60	9	10	0	91	14	8	2	9000	1425	0	0
30	4	15	0	61	9	13	2	92	14	11	4	10000	1583	6	8
31	4	18	2	62	9	16	4	93	14	14	6	20000	3166	13	4

No.	L.	s.	d.
112	17	14	8
144	22	16	0
250	39	11	8
256	40	10	8
272	43	1	4
365	57	15	10
750	118	15	0
1250	197	18	4

Fractional Parts.

16ths.	s.	d.	f.	frac.
1	0	2	1	1-2
2	0	4	3	0-0
3	0	7	0	1-2
4	0	9	2	0-0
5	0	11	3	1-2
6	1	2	1	0-0
7	1	4	2	1-2
8	1	7	0	0-0
9	1	9	1	1-2
10	1	11	3	0-0
11	2	2	0	1-2
12	2	4	2	0-0
13	2	6	3	1-2
14	2	9	1	0-0
15	2	11	2	1-2
1-3d	1	0	2	2-3
2-3ds	2	1	1	1-3
1-12th	0	3	0	2-3
1-14th	0	2	2	6-7
1-20th	0	1	3	3-5

At 3 Shillings 3 Pence.

No.	L.	s.	d.	No.	L.	s.	d.	No.	L.	s.	d.	No.	L.	s.	d.
1	0	3	3	32	5	4	0	63	10	4	9	94	15	5	6
2	0	6	6	33	5	7	3	64	10	8	0	95	15	8	9
3	0	9	9	34	5	10	6	65	10	11	3	96	15	12	0
4	0	13	0	35	5	13	9	66	10	14	6	97	15	15	3
5	0	16	3	36	5	17	0	67	10	17	9	98	15	18	6
6	0	19	6	37	6	0	3	68	11	1	0	99	16	1	9
7	1	2	9	38	6	3	6	69	11	4	3	100	16	5	0
8	1	6	0	39	6	6	9	70	11	7	6	200	32	10	0
9	1	9	3	40	6	10	0	71	11	10	9	300	48	15	0
10	1	12	6	41	6	13	3	72	11	14	0	400	65	0	0
11	1	15	9	42	6	16	6	73	11	17	3	500	81	5	0
12	1	19	0	43	6	19	9	74	12	0	6	600	97	10	0
13	2	2	3	44	7	3	0	75	12	3	9	700	113	15	0
14	2	5	6	45	7	6	3	76	12	7	0	800	130	0	0
15	2	8	9	46	7	9	6	77	12	10	3	900	146	5	0
16	2	12	0	47	7	12	9	78	12	13	6	1000	162	10	0
17	2	15	3	48	7	16	0	79	12	16	9	1100	178	15	0
18	2	18	6	49	7	19	3	80	13	0	0	1200	195	0	0
19	3	1	9	50	8	2	6	81	13	3	3	1300	211	5	0
20	3	5	0	51	8	5	9	82	13	6	6	1400	227	10	0
21	3	8	3	52	8	9	0	83	13	9	9	1500	243	15	0
22	3	11	6	53	8	12	3	84	13	13	0	2000	325	0	0
23	3	14	9	54	8	15	6	85	13	16	3	3000	487	10	0
24	3	18	0	55	8	18	9	86	13	19	6	4000	650	0	0
25	4	1	3	56	9	2	0	87	14	2	9	5000	812	10	0
26	4	4	6	57	9	5	3	88	14	6	0	6000	975	0	0
27	4	7	9	58	9	8	6	89	14	9	3	7000	1137	10	0
28	4	11	0	59	9	11	9	90	14	12	6	8000	1300	0	0
29	4	14	3	60	9	15	0	91	14	15	9	9000	1462	10	0
30	4	17	6	61	9	18	3	92	14	19	0	10000	1625	0	0
31	5	0	9	62	10	1	6	93	15	2	3	20000	3250	0	0

No.	L.	s.	d.
112	18	4	0
144	23	8	0
250	40	12	6
256	41	12	0
272	44	4	0
365	59	6	3
750	121	17	6
1250	203	2	6

Fractional Parts.

16ths.	s.	d.	f.	frac.
1	0	2	1	3-4
2	0	4	3	2-4
3	0	7	1	1-4
4	0	9	3	0-0
5	1	0	0	3-4
6	1	2	2	2-4
7	1	5	0	1-4
8	1	7	2	0-0
9	1	9	3	3-4
10	2	0	1	2-4
11	2	2	3	1-4
12	2	5	1	0 0
13	2	7	2	3-4
14	2	10	0	2-4
15	3	0	2	1-4
1-3d	1	1	0	0-0
2-3ds	2	2	0	0-0
1-12th	0	3	1	0-0
1-14th	0	2	3	1-7
1-20th	0	1	3	4-5

No.	L.	s.	d.	No.	L.	s.	d.	No.	L.	s.	d.	No.	L.	s.	d.
1	0	3	4	32	5	6	8	63	10	10	0	94	15	13	4
2	0	6	8	33	5	10	0	64	10	13	4	95	15	16	8
3	0	10	0	34	5	13	4	65	10	16	8	96	16	0	0
4	0	13	4	35	5	16	8	66	11	0	0	97	16	3	4
5	0	16	8	36	6	0	0	67	11	3	4	98	16	6	8
6	1	0	0	37	6	3	4	68	11	6	8	99	16	10	0
7	1	3	4	38	6	6	8	69	11	10	0	100	16	13	4
8	1	6	8	39	6	10	0	70	11	13	4	200	33	6	8
9	1	10	0	40	6	13	4	71	11	16	8	300	50	0	0
10	1	13	4	41	6	16	8	72	12	0	0	400	66	13	4
11	1	16	8	42	7	0	0	73	12	3	4	500	83	6	8
12	2	0	0	43	7	3	4	74	12	6	8	600	100	0	0
13	2	3	4	44	7	6	8	75	12	10	0	700	116	13	4
14	2	6	8	45	7	10	0	76	12	13	4	800	133	6	8
15	2	10	0	46	7	13	4	77	12	16	8	900	150	0	0
16	2	13	4	47	7	16	8	78	13	0	0	1000	166	13	4
17	2	16	8	48	8	0	0	79	13	3	4	1100	183	6	8
18	3	0	0	49	8	3	4	80	13	6	8	1200	200	0	0
19	3	3	4	50	8	6	8	81	13	10	0	1300	216	13	4
20	3	6	8	51	8	10	0	82	13	13	4	1400	233	6	8
21	3	10	0	52	8	13	4	83	13	16	8	1500	250	0	0
22	3	13	4	53	8	16	8	84	14	0	0	2000	333	6	8
23	3	16	8	54	9	0	0	85	14	3	4	3000	500	0	0
24	4	0	0	55	9	3	4	86	14	6	8	4000	666	13	4
25	4	3	4	56	9	6	8	87	14	10	0	5000	833	6	8
26	4	6	8	57	9	10	0	88	14	13	4	6000	1000	0	0
27	4	10	0	58	9	13	4	89	14	16	8	7000	1166	13	4
28	4	13	4	59	9	16	8	90	15	0	0	8000	1333	6	8
29	4	16	8	60	10	0	0	91	15	3	4	9000	1500	0	0
30	5	0	0	61	10	3	4	92	15	6	8	10000	1666	13	4
31	5	3	4	62	10	6	8	93	15	10	0	20000	3333	6	8

No.	L.	s.	d.
112	18	13	4
144	24	0	0
250	41	13	4
256	42	13	4
272	45	6	8
365	60	16	8
750	125	0	0
1250	208	6	8

Fractional Parts.

16ths.	s.	d.	f.	frac.
1	0	2	2	0-0
2	0	5	0	0-0
3	0	7	2	0-0
4	0	10	0	0-0
5	1	0	2	0-0
6	1	3	0	0-0
7	1	5	2	0-0
8	1	8	0	0-0
9	1	10	2	0-0
10	2	1	0	0-0
11	2	3	2	0-0
12	2	6	0	0-0
13	2	8	2	0-0
14	2	11	0	0-0
15	3	1	2	0-0
1-3d	1	1	1	1-3
2-3ds	2	2	2	2-3
1-12th	0	3	1	1-3
1-14th	0	2	3	3-7
1-20th	0	2	0	0-0

At 3 Shillings 5 Pence.

No.	L.	s.	d.	No.	L.	s.	d.	No.	L.	s.	d.	No.	L.	s.	d.
1	0	3	5	32	5	9	4	63	10	15	3	94	16	1	2
2	0	6	10	33	5	12	9	64	10	18	8	95	16	4	7
3	0	10	3	34	5	16	2	65	11	2	1	96	16	8	0
4	0	13	8	35	5	19	7	66	11	5	6	97	16	11	5
5	0	17	1	36	6	3	0	67	11	8	11	98	16	14	10
6	1	0	6	37	6	6	5	68	11	12	4	99	16	18	3
7	1	3	11	38	6	9	10	69	11	15	9	100	17	1	8
8	1	7	4	39	6	13	3	70	11	19	2	200	34	3	4
9	1	10	9	40	6	16	8	71	12	2	7	300	51	5	0
10	1	14	2	41	7	0	1	72	12	6	0	400	68	6	8
11	1	17	7	42	7	3	6	73	12	9	5	500	85	8	4
12	2	1	0	43	7	6	11	74	12	12	10	600	102	10	0
13	2	4	5	44	7	1C	4	75	12	16	3	700	119	11	8
14	2	7	10	45	7	13	9	76	12	19	8	800	136	13	4
15	2	11	3	46	7	17	2	77	13	3	1	900	153	15	0
16	2	14	8	47	8	0	7	78	13	6	6	1000	170	16	8
17	2	18	1	48	8	4	0	79	13	9	11	1100	187	18	4
18	3	1	6	49	8	7	5	80	13	13	4	1200	205	0	0
19	3	4	11	50	8	10	10	81	13	16	9	1300	222	1	8
20	3	8	4	51	8	14	3	82	14	0	2	1400	239	3	4
21	3	11	9	52	8	17	8	83	14	3	7	1500	256	5	0
22	3	15	2	53	9	1	1	84	14	7	0	2000	341	13	4
23	3	18	7	54	9	4	6	85	14	10	5	3000	512	10	0
24	4	2	0	55	9	7	11	86	14	13	10	4000	683	6	8
25	4	5	5	56	9	11	4	87	14	17	3	5000	854	3	4
26	4	8	10	57	9	14	9	88	15	0	8	6000	1025	0	0
27	4	12	3	58	9	18	2	89	15	4	1	7000	1195	16	8
28	4	15	8	59	10	1	7	90	15	7	6	8000	1366	13	4
29	4	19	1	60	10	5	0	91	15	10	11	9000	1537	10	0
30	5	2	6	61	10	8	5	92	15	14	4	10000	1708	6	8
31	5	5	11	62	10	11	10	93	15	17	9	20000	3416	13	4

No.	L.	s.	d.
112	19	2	8
144	24	12	0
250	42	14	2
256	43	14	8
272	46	9	4
365	62	7	1
750	128	2	6
1250	213	10	10

Fractional Parts.

16ths.	s.	d.	f.	frac.
1	0	2	2	1-4
2	0	5	0	2-4
3	0	7	2	3-4
4	0	10	1	0-0
5	1	0	3	1-4
6	1	3	1	2-4
7	1	5	3	3-4
8	1	8	2	0-0
9	1	11	0	1-4
10	2	1	2	2-4
11	2	4	0	3-4
12	2	6	3	0-0
13	2	9	1	1-4
14	2	11	3	2-4
15	3	2	1	3-4
1-3d	1	1	2	2-3
2-3ds	2	3	1	1-3
1-12th	0	3	1	2-3
1-14th	0	2	3	5-7
1-20th	0	2	0	1-5

At 3 Shillings 6 Pence.

No.	L.	s.	d.	No.	L.	s.	d.	No.	L.	s.	d.	No.	L.	s.	d.
1	0	3	6	32	5	12	0	63	11	0	6	94	16	9	0
2	0	7	0	33	5	15	6	64	11	4	0	95	16	12	6
3	0	10	6	34	5	19	0	65	11	7	6	96	16	16	0
4	0	14	0	35	6	2	6	66	11	11	0	97	16	19	6
5	0	17	6	36	6	6	0	67	11	14	6	98	17	3	0
6	1	1	0	37	6	9	6	68	11	18	0	99	17	6	6
7	1	4	6	38	6	13	0	69	12	1	6	100	17	10	0
8	1	8	0	39	6	16	6	70	12	5	0	200	35	0	0
9	1	11	6	40	7	0	0	71	12	8	6	300	52	10	0
10	1	15	0	41	7	3	6	72	12	12	0	400	70	0	0
11	1	18	6	42	7	7	0	73	12	15	6	500	87	10	0
12	2	2	0	43	7	10	6	74	12	19	0	600	105	0	0
13	2	5	6	44	7	14	0	75	13	2	6	700	122	10	0
14	2	9	0	45	7	17	6	76	13	6	0	800	140	0	0
15	2	12	6	46	8	1	0	77	13	9	6	900	157	10	0
16	2	16	0	47	8	4	6	78	13	13	0	1000	175	0	0
17	2	19	6	48	8	8	0	79	13	16	6	1100	192	10	0
18	3	3	0	49	8	11	6	80	14	0	0	1200	210	0	0
19	3	6	6	50	8	15	0	81	14	3	6	1300	227	10	0
20	3	10	0	51	8	18	6	82	14	7	0	1400	245	0	0
21	3	13	6	52	9	2	0	83	14	10	6	1500	262	10	0
22	3	17	0	53	9	5	6	84	14	14	0	2000	350	0	0
23	4	0	6	54	9	9	6	85	14	17	6	3000	525	0	0
24	4	4	0	55	9	12	6	86	15	1	0	4000	700	0	0
25	4	7	6	56	9	16	0	87	15	4	6	5000	875	0	0
26	4	11	0	57	9	19	6	88	15	8	0	6000	1050	0	0
27	4	14	6	58	10	3	0	89	15	11	6	7000	1225	0	0
28	4	18	0	59	10	6	6	90	15	15	0	8000	1400	0	0
29	5	1	6	60	10	10	0	91	15	18	6	9000	1575	0	0
30	5	5	0	61	10	13	6	92	16	2	0	10000	1750	0	0
31	5	8	6	62	10	17	0	93	16	5	6	20000	3500	0	0

No.	L.	s.	d.
112	19	12	0
144	25	4	0
250	43	15	0
256	44	16	0
272	47	12	0
365	63	17	6
750	131	5	0
1250	218	15	0

Fractional Parts.

16ths.	s.	d.	f.	frac.
1	0	2	2	1-2
2	0	5	1	0-0
3	0	7	3	1-2
4	0	10	2	0-0
5	1	1	0	1-2
6	1	3	3	0-0
7	1	6	1	1-2
8	1	9	0	0-0
9	1	11	2	1-2
10	2	2	1	0-0
11	2	4	3	1-2
12	2	7	2	0-0
13	2	10	0	1-2
14	3	0	3	0-0
15	3	3	1	1-2
1-3d	1	2	0	0-0
2-3ds	2	4	0	0-0
1-12th	0	3	2	0-0
1-14th	0	3	0	0-0
1-20th	0	2	0	2-5

At 3 Shillings 7 Pence.

No.	L.	s.	d.	No.	L.	s.	d.	No.	L.	s.	d.	No.	L.	s.	d.
1	0	3	7	32	5	14	8	63	11	5	9	94	16	16	10
2	0	7	2	33	5	18	3	64	11	9	4	95	17	0	5
3	0	10	9	34	6	1	10	65	11	12	11	96	17	4	0
4	0	14	4	35	6	5	5	66	11	16	6	97	17	7	7
5	0	17	11	36	6	9	0	67	12	0	1	98	17	11	2
6	1	1	6	37	6	12	7	68	12	3	8	99	17	14	9
7	1	5	1	38	6	16	2	69	12	7	3	100	17	18	4
8	1	8	8	39	6	19	9	70	12	10	10	200	35	16	8
9	1	12	3	40	7	3	4	71	12	14	5	300	53	15	0
10	1	15	10	41	7	6	11	72	12	18	0	400	71	13	4
11	1	19	5	42	7	10	6	73	13	1	7	500	89	11	8
12	2	3	0	43	7	14	1	74	13	5	2	600	107	10	0
13	2	6	7	44	7	17	8	75	13	8	9	700	125	8	4
14	2	10	2	45	8	1	3	76	13	12	4	800	143	6	8
15	2	13	9	46	8	4	10	77	13	15	11	900	161	5	0
16	2	17	4	47	8	8	5	78	13	19	6	1000	179	3	4
17	3	0	11	48	8	12	0	79	14	3	1	1100	197	1	8
18	3	4	6	49	8	15	7	80	14	6	8	1200	215	0	0
19	3	8	1	50	8	19	2	81	14	10	3	1300	232	18	4
20	3	11	8	51	9	2	9	82	14	13	10	1400	250	16	8
21	3	15	3	52	9	6	4	83	14	17	5	1500	268	15	0
22	3	18	10	53	9	9	11	84	15	1	0	2000	358	6	8
23	4	2	5	54	9	13	6	85	15	4	7	3000	537	10	0
24	4	6	0	55	9	17	1	86	15	8	2	4000	716	13	4
25	4	9	7	56	10	0	8	87	15	11	9	5000	895	16	8
26	4	13	2	57	10	4	3	88	15	15	4	6000	1075	0	0
27	4	16	9	58	10	7	10	89	15	18	11	7000	1254	3	4
28	5	0	4	59	10	11	5	90	16	2	6	8000	1433	6	8
29	5	3	11	60	10	15	0	91	16	6	1	9000	1612	10	0
30	5	7	6	61	10	18	7	92	16	9	8	10000	1791	13	4
31	5	11	1	62	11	2	2	93	16	13	3	20000	3583	6	8

No.	L.	s.	d.
112	20	1	4
144	25	16	0
250	44	15	10
256	45	17	4
272	48	14	8
365	65	7	11
750	134	7	6
1250	223	19	2

Fractional Parts.

16ths.	s.	d.	f.	frac.
1	0	2	2	3-4
2	0	5	1	2-4
3	0	8	0	1-4
4	0	10	3	0-0
5	1	1	1	3-4
6	1	4	0	2-4
7	1	6	3	1-4
8	1	9	2	0-0
9	2	0	0	3-4
10	2	2	3	2-4
11	2	5	2	1-4
12	2	8	1	0-0
13	2	10	3	3-4
14	3	1	2	2-4
15	3	4	1	1-4
1-3d	1	2	1	1-3
2-3ds	2	4	2	2-3
1-12th	0	3	2	1-3
1-14th	0	3	0	2-7
1-20th	0	2	0	3-5

No.	l.	s.	d.	No.	l.	s.	d.	No.	l.	s.	d.	No.	l.	s.	d.
1	0	3	8	32	5	17	4	63	11	11	0	94	17	4	8
2	0	7	4	33	6	1	0	64	11	14	8	95	17	8	4
3	0	11	0	34	6	4	8	65	11	18	4	96	17	12	0
4	0	14	8	35	6	8	4	66	12	2	0	97	17	15	8
5	0	18	4	36	6	12	0	67	12	5	8	98	17	19	4
6	1	2	0	37	6	15	8	68	12	9	4	99	18	3	0
7	1	5	8	38	6	19	4	69	12	13	0	100	18	6	8
8	1	9	4	39	7	3	0	70	12	16	8	200	36	13	4
9	1	13	0	40	7	6	8	71	13	0	4	300	55	0	0
10	1	16	8	41	7	10	4	72	13	4	0	400	73	6	8
11	2	0	4	42	7	14	0	73	13	7	8	500	91	13	4
12	2	4	0	43	7	17	8	74	13	11	4	600	110	0	0
13	2	7	8	44	8	1	4	75	13	15	0	700	128	6	8
14	2	11	4	45	8	5	0	76	13	18	8	800	146	13	4
15	2	15	0	46	8	8	8	77	14	2	4	900	165	0	0
16	2	18	8	47	8	12	4	78	14	6	0	1000	183	6	8
17	3	2	4	48	8	16	0	79	14	9	8	1100	201	13	4
18	3	6	0	49	8	19	8	80	14	13	4	1200	220	0	0
19	3	9	8	50	9	3	4	81	14	17	0	1300	238	6	8
20	3	13	4	51	9	7	0	82	15	0	8	1400	256	13	4
21	3	17	0	52	9	10	8	83	15	4	4	1500	275	0	0
22	4	0	8	53	9	14	4	84	15	8	0	2000	366	13	4
23	4	4	4	54	9	18	0	85	15	11	8	3000	550	0	0
24	4	8	0	55	10	1	8	86	15	15	4	4000	733	6	8
25	4	11	8	56	10	5	4	87	15	19	0	5000	916	13	4
26	4	15	4	57	10	9	0	88	16	2	8	6000	1100	0	0
27	4	19	0	58	10	12	8	89	16	6	4	7000	1283	6	8
28	5	2	8	59	10	16	4	90	16	10	0	8000	1466	13	4
29	5	6	4	60	11	0	0	91	16	13	8	9000	1650	0	0
30	5	10	0	61	11	3	8	92	16	17	4	10000	1833	6	8
31	5	13	8	62	11	7	4	93	17	1	0	20000	3666	13	4

No.	l.	s.	d.
112	20	10	8
144	26	8	0
250	45	16	8
256	46	18	8
272	49	17	4
365	66	18	4
750	137	10	0
1250	229	3	4

Fractional Parts.

10ths.	s.	d.	f.	frac.
1	0	2	3	0-0
2	0	5	2	0-0
3	0	8	1	0-0
4	0	11	0	0-0
5	1	1	3	0-0
6	1	4	2	0-0
7	1	7	1	0-0
8	1	10	0	0-0
9	2	0	3	0-0
10	2	3	2	0-0
11	2	6	1	0-0
12	2	9	0	0-0
13	2	11	3	0-0
14	3	2	2	0-0
15	3	5	1	0-0
1-3d	1	2	2	2-3
2-3ds	2	5	1	1-3
1-12th	0	3	2	2-3
1-14th	0	3	0	4-7
1-20th	0	2	0	4-5

At 3 Shillings 9 Pence.

No.	l.	s.	d.	No.	l.	s.	d.	No.	l.	s.	d.	No.	l.	s.	d.
1	0	3	9	32	6	0	0	63	11	16	3	94	17	12	6
2	0	7	6	33	6	3	9	64	12	0	0	95	17	16	3
3	0	11	3	34	6	7	6	65	12	3	9	96	18	0	0
4	0	15	0	35	6	11	3	66	12	7	6	97	18	3	9
5	0	18	9	36	6	15	0	67	12	11	3	98	18	7	6
6	1	2	6	37	6	18	9	68	12	15	0	99	18	11	3
7	1	6	3	38	7	2	6	69	12	18	9	100	18	15	0
8	1	10	0	39	7	6	3	70	13	2	6	200	37	10	0
9	1	13	9	40	7	10	0	71	13	6	3	300	56	5	0
10	1	17	6	41	7	13	9	72	13	10	0	400	75	0	0
11	2	1	3	42	7	17	6	73	13	13	9	500	93	15	0
12	2	5	0	43	8	1	3	74	13	17	6	600	112	10	0
13	2	8	9	44	8	5	0	75	14	1	3	700	131	5	0
14	2	12	6	45	8	8	9	76	14	5	0	800	150	0	0
15	2	16	3	46	8	12	6	77	14	8	9	900	168	15	0
16	3	0	0	47	8	16	3	78	14	12	6	1000	187	10	0
17	3	3	9	48	9	0	0	79	14	16	3	1100	206	5	0
18	3	7	6	49	9	3	9	80	15	0	0	1200	225	0	0
19	3	11	3	50	9	7	6	81	15	3	9	1300	243	15	0
20	3	15	0	51	9	11	3	82	15	7	6	1400	262	10	0
21	3	18	9	52	9	15	0	83	15	11	3	1500	281	5	0
22	4	2	6	53	9	18	9	84	15	15	0	2000	375	0	0
23	4	6	3	54	10	2	6	85	15	18	9	3000	562	10	0
24	4	10	0	55	10	6	3	86	16	2	6	4000	750	0	0
25	4	13	9	56	10	10	0	87	16	6	3	5000	937	10	0
26	4	17	6	57	10	13	9	88	16	10	0	6000	1125	0	0
27	5	1	3	58	10	17	6	89	16	13	9	7000	1312	10	0
28	5	5	0	59	11	1	3	90	16	17	6	8000	1500	0	0
29	5	8	9	60	11	5	0	91	17	1	3	9000	1687	10	0
30	5	12	6	61	11	8	9	92	17	5	0	10000	1875	0	0
31	5	16	3	62	11	12	6	93	17	8	9	20000	3750	0	0

No.	l.	s.	d.
112	21	0	0
144	27	0	0
250	46	17	6
256	48	0	0
272	51	0	0
365	68	8	9
750	140	12	6
1250	234	7	6

Fractional Parts

10ths.	s.	d.	f.	frac.
1	0	2	3	1-4
2	0	5	2	2-4
3	0	8	1	3-4
4	0	11	1	0-0
5	1	2	0	1-4
6	1	4	3	2-4
7	1	7	2	3-4
8	1	10	2	0-0
9	2	1	1	1-4
10	2	4	0	2-4
11	2	6	3	3-4
12	2	9	3	0-0
13	3	0	2	1-4
14	3	3	1	2-4
15	3	6	0	3-4
1-3d	1	3	0	0-0
2-3ds	2	6	0	0-0
1-12th	0	3	3	0-0
1-14th	0	3	0	6-7
1-20th	0	2	1	0-0

No.	l.	s.	d.	No.	l.	s.	d.	No.	l.	s.	d.	No.	l.	s.	d.
1	0	3	10	32	6	2	8	63	12	1	6	94	18	0	4
2	0	7	8	33	6	6	6	64	12	5	4	95	18	4	2
3	0	11	6	34	6	10	4	65	12	9	2	96	18	8	0
4	0	15	4	35	6	14	2	66	12	13	0	97	18	11	10
5	0	19	2	36	6	18	0	67	12	16	10	98	18	15	8
6	1	3	0	37	7	1	10	68	13	0	8	99	18	19	6
7	1	6	10	38	7	5	8	69	13	4	6	100	19	3	4
8	1	10	8	39	7	9	6	70	13	8	4	200	38	6	8
9	1	14	6	40	7	13	4	71	13	12	2	300	57	10	0
10	1	18	4	41	7	17	2	72	13	16	0	400	76	13	4
11	2	2	2	42	8	1	0	73	13	19	10	500	95	16	8
12	2	6	0	43	8	4	10	74	14	3	8	600	115	0	0
13	2	9	10	44	8	8	8	75	14	7	6	700	134	3	4
14	2	13	8	45	8	12	6	76	14	11	4	800	153	6	8
15	2	17	6	46	8	16	4	77	14	15	2	900	172	10	0
16	3	1	4	47	9	0	2	78	14	19	0	1000	191	13	4
17	3	5	2	48	9	4	0	79	15	2	10	1100	210	16	8
18	3	9	0	49	9	7	10	80	15	6	8	1200	230	0	0
19	3	12	10	50	9	11	8	81	15	10	6	1300	249	3	4
20	3	16	8	51	9	15	6	82	15	14	4	1400	268	6	8
21	4	0	6	52	9	19	4	83	15	18	2	1500	287	10	0
22	4	4	4	53	10	3	2	84	16	2	0	2000	383	6	8
23	4	8	2	54	10	7	0	85	16	5	10	3000	575	0	0
24	4	12	0	55	10	10	10	86	16	9	8	4000	766	13	4
25	4	15	10	56	10	14	8	87	16	13	6	5000	958	6	8
26	4	19	8	57	10	18	6	88	16	17	4	6000	1150	0	0
27	5	3	6	58	11	2	4	89	17	1	2	7000	1341	13	4
28	5	7	4	59	11	6	2	90	17	5	0	8000	1533	6	8
29	5	11	2	60	11	10	0	91	17	8	10	9000	1725	0	0
30	5	15	0	61	11	13	10	92	17	12	8	10000	1916	13	4
31	5	18	10	62	11	17	8	93	17	16	6	20000	3833	6	8

No.	l.	s.	d.
112	21	9	4
144	27	12	0
250	47	18	4
256	49	1	4
272	52	2	8
365	69	19	2
750	143	15	0
1250	239	11	8

Fractional Parts.

16ths.	s.	d.	f.	frac.
1	0	2	3	1-2
2	0	5	3	0-0
3	0	8	2	1-2
4	0	11	2	0-0
5	1	2	1	1-2
6	1	5	1	0-0
7	1	8	0	1-2
8	1	11	0	0-0
9	2	1	3	1-2
10	2	4	3	0-0
11	2	7	2	1-2
12	2	10	2	0-0
13	3	1	1	1-2
14	3	4	1	0-0
15	3	7	0	1-2
1-3d	1	3	1	1-3
2-3ds	2	6	2	2-3
1-12th	0	3	3	1-3
1-14th	0	3	1	1-7
1-20th	0	2	1	1-5

At 3 Shillings 11 Pence.

No.	l.	s.	d.	No.	l.	s.	d.	No.	l.	s.	d.	No.	l.	s.	d.
1	0	3	11	32	6	5	4	63	12	6	9	94	18	8	2
2	0	7	10	33	6	9	3	64	12	10	8	95	18	12	1
3	0	11	9	34	6	13	2	65	12	14	7	96	18	16	0
4	0	15	8	35	6	17	1	66	12	18	6	97	18	19	11
5	0	19	7	36	7	1	0	67	13	2	5	98	19	3	10
6	1	3	6	37	7	4	11	68	13	6	4	99	19	7	9
7	1	7	5	38	7	8	10	69	13	10	3	100	19	11	8
8	1	11	4	39	7	12	9	70	13	14	2	200	39	3	4
9	1	15	3	40	7	16	8	71	13	18	1	300	58	15	0
10	1	19	2	41	8	0	7	72	14	2	0	400	78	6	8
11	2	3	1	42	8	4	6	73	14	5	11	500	97	18	4
12	2	7	0	43	8	8	5	74	14	9	10	600	117	10	0
13	2	10	11	44	8	12	4	75	14	13	9	700	137	1	8
14	2	14	10	45	8	16	3	76	14	17	8	800	156	13	4
15	2	18	9	46	9	0	2	77	15	1	7	900	176	5	0
16	3	2	8	47	9	4	1	78	15	5	6	1000	195	16	8
17	3	6	7	48	9	8	0	79	15	9	5	1100	215	8	4
18	3	10	6	49	9	11	11	80	15	13	4	1200	235	0	0
19	3	14	5	50	9	15	10	81	15	17	3	1300	254	11	8
20	3	18	4	51	9	19	9	82	16	1	2	1400	274	3	4
21	4	2	3	52	10	3	8	83	16	5	1	1500	293	15	0
22	4	6	2	53	10	7	7	84	16	9	0	2000	391	13	4
23	4	10	1	54	10	11	6	85	16	12	11	3000	587	10	0
24	4	14	0	55	10	15	5	86	16	16	10	4000	783	6	8
25	4	17	11	56	10	19	4	87	17	0	9	5000	979	3	4
26	5	1	10	57	11	3	3	88	17	4	8	6000	1175	0	0
27	5	5	9	58	11	7	2	89	17	8	7	7000	1370	16	8
28	5	9	8	59	11	11	1	90	17	12	6	8000	1566	13	4
29	5	13	7	60	11	15	0	91	17	16	5	9000	1762	10	0
30	5	17	6	61	11	18	11	92	18	0	4	10000	1958	6	8
31	6	1	5	62	12	2	10	93	18	4	3	20000	3916	13	4

No.	l.	s.	d.
112	21	18	8
144	28	4	0
250	48	19	2
256	50	2	8
272	53	5	4
365	71	9	7
750	146	17	6
1250	244	15	10

Fractional Parts.

16ths.	s.	d.	f.	frac.
1	0	2	3	3-4
2	0	5	3	2-4
3	0	8	3	1-4
4	0	11	3	0-0
5	1	2	2	3-4
6	1	5	2	2-4
7	1	8	2	1-4
8	1	11	2	0-0
9	2	2	1	3-4
10	2	5	1	2-4
11	2	8	1	1-4
12	2	11	1	0-0
13	3	2	0	3-4
14	3	5	0	2-4
15	3	8	0	1-4
1-3d	1	3	2	2-3
2-3ds	2	7	1	1-3
1-12th	0	3	3	2-3
1-14th	0	3	1	3-7
1-20th	0	2	1	2-5

No.	L.	s.	d.	No.	L.	s.	d.	No.	L.	s.	d.	No.	L.	s.	d.
1	0	4	0	32	6	8	0	63	12	12	0	94	18	16	0
2	0	8	0	33	6	12	0	64	12	16	0	95	19	0	0
3	0	12	0	34	6	16	0	65	13	0	0	96	19	4	0
4	0	16	0	35	7	0	0	66	13	4	0	97	19	8	0
5	1	0	0	36	7	4	0	67	13	8	0	98	19	12	0
6	1	4	0	37	7	8	0	68	13	12	0	99	19	16	0
7	1	8	0	38	7	12	0	69	13	16	0	100	20	0	0
8	1	12	0	39	7	16	0	70	14	0	0	200	40	0	0
9	1	16	0	40	8	0	0	71	14	4	0	300	60	0	0
10	2	0	0	41	8	4	0	72	14	8	0	400	80	0	0
11	2	4	0	42	8	8	0	73	14	12	0	500	100	0	0
12	2	8	0	43	8	12	0	74	14	16	0	600	120	0	0
13	2	12	0	44	8	16	0	75	15	0	0	700	140	0	0
14	2	16	0	45	9	0	0	76	15	4	0	800	160	0	0
15	3	0	0	46	9	4	0	77	15	8	0	900	180	0	0
16	3	4	0	47	9	8	0	78	15	12	0	1000	200	0	0
17	3	8	0	48	9	12	0	79	15	16	0	1100	220	0	0
18	3	12	0	49	9	16	0	80	16	0	0	1200	240	0	0
19	3	16	0	50	10	0	0	81	16	4	0	1300	260	0	0
20	4	0	0	51	10	4	0	82	16	8	0	1400	280	0	0
21	4	4	0	52	10	8	0	83	16	12	0	1500	300	0	0
22	4	8	0	53	10	12	0	84	16	16	0	2000	400	0	0
23	4	12	0	54	10	16	0	85	17	0	0	3000	600	0	0
24	4	16	0	55	11	0	0	86	17	4	0	4000	800	0	0
25	5	0	0	56	11	4	0	87	17	8	0	5000	1000	0	0
26	5	4	0	57	11	8	0	88	17	12	0	6000	1200	0	0
27	5	8	0	58	11	12	0	89	17	16	0	7000	1400	0	0
28	5	12	0	59	11	16	0	90	18	0	0	8000	1600	0	0
29	5	16	0	60	12	0	0	91	18	4	0	9000	1800	0	0
30	6	0	0	61	12	4	0	92	18	8	0	10000	2000	0	0
31	6	4	0	62	12	8	0	93	18	12	0	20000	4000	0	0

No.	L.	s.	d.
112	22	8	0
144	28	16	0
250	50	0	0
256	51	4	0
272	54	8	0
365	73	0	0
750	150	0	0
1250	250	0	0

Fractional Parts.

10ths.	s.	d.	f.	frac.
1	0	3	0	0-0
2	0	6	0	0-0
3	0	9	0	0-0
4	1	0	0	0-0
5	1	3	0	0-0
6	1	6	0	0-0
7	1	9	0	0-0
8	2	0	0	0-0
9	2	3	0	0-0
10	2	6	0	0-0
11	2	9	0	0-0
12	3	0	0	0-0
13	3	3	0	0-0
14	3	6	0	0-0
15	3	9	0	0-0
1-3d	1	4	0	0-0
2-3ds	2	8	0	0-0
1-12th	0	4	0	0-0
1-14th	0	3	1	5-7
1-20th	0	2	1	3-5

At 4 Shillings 1 Penny.

No.	L.	s.	d.	No.	L.	s.	d.	No.	L.	s.	d.	No.	L.	s.	d.
1	0	4	1	32	6	10	8	63	12	17	3	94	19	3	10
2	0	8	2	33	6	14	9	64	13	1	4	95	19	7	11
3	0	12	3	34	6	18	10	65	13	5	5	96	19	12	0
4	0	16	4	35	7	2	11	66	13	9	6	97	19	16	1
5	1	0	5	36	7	7	0	67	13	13	7	98	20	0	2
6	1	4	6	37	7	11	1	68	13	17	8	99	20	4	3
7	1	8	7	38	7	15	2	69	14	1	9	100	20	8	4
8	1	12	8	39	7	19	3	70	14	5	10	200	40	16	8
9	1	16	9	40	8	3	4	71	14	9	11	300	61	5	0
10	2	0	10	41	8	7	5	72	14	14	0	400	81	13	4
11	2	4	11	42	8	11	6	73	14	18	1	500	102	1	8
12	2	9	0	43	8	15	7	74	15	2	2	600	122	10	0
13	2	13	1	44	8	19	8	75	15	6	3	700	142	18	4
14	2	17	2	45	9	3	9	76	15	10	4	800	163	6	8
15	3	1	3	46	9	7	10	77	15	14	5	900	183	15	0
16	3	5	4	47	9	11	11	78	15	18	6	1000	204	3	4
17	3	9	5	48	9	16	0	79	16	2	7	1100	224	11	8
18	3	13	6	49	10	0	1	80	16	6	8	1200	245	0	0
19	3	17	7	50	10	4	2	81	16	10	9	1300	265	8	4
20	4	1	8	51	10	8	3	82	16	14	10	1400	285	16	8
21	4	5	9	52	10	12	4	83	16	18	11	1500	306	5	0
22	4	9	10	53	10	16	5	84	17	3	0	2000	408	6	8
23	4	13	11	54	11	0	6	85	17	7	1	3000	612	10	0
24	4	18	0	55	11	4	7	86	17	11	2	4000	816	13	4
25	5	2	1	56	11	8	8	87	17	15	3	5000	1020	16	8
26	5	6	2	57	11	12	9	88	17	19	4	6000	1225	0	0
27	5	10	3	58	11	16	10	89	18	3	5	7000	1429	3	4
28	5	14	4	59	12	0	11	90	18	7	6	8000	1633	6	8
29	5	18	5	60	12	5	0	91	18	11	7	9000	1837	10	0
30	6	2	6	61	12	9	1	92	18	15	8	10000	2041	13	4
31	6	6	7	62	12	13	2	93	18	19	9	20000	4083	6	8

No.	L.	s.	d.
112	22	17	4
144	29	8	0
250	51	0	10
256	52	5	4
272	55	10	8
365	74	10	5
750	153	2	6
1250	255	4	2

Fractional Parts.

10ths.	s.	d.	f.	frac.
1	0	3	0	1-4
2	0	6	0	2-4
3	0	9	0	3-4
4	1	0	1	0-0
5	1	3	1	1-4
6	1	6	1	2-4
7	1	9	1	3-4
8	2	0	2	0-0
9	2	3	2	1-4
10	2	6	2	2-4
11	2	9	2	3-4
12	3	0	3	0-0
13	3	3	3	1-4
14	3	6	3	2-4
15	3	9	3	3-4
1-3d	1	4	1	1-3
2-3ds	2	8	2	2-3
1-12th	0	4	0	1-3
1-14th	0	3	2	0-0
1-20th	0	2	1	4-5

No.	L.	s.	d.	No.	L.	s.	d.	No.	L.	s.	d.	No	L.	s.	d.
1	0	4	2	32	6	13	4	63	13	2	6	94	19	11	8
2	0	8	4	33	6	17	6	64	13	6	8	95	19	15	10
3	0	12	6	34	7	1	8	65	13	10	10	96	20	0	0
4	0	16	8	35	7	5	10	66	13	15	0	97	20	4	2
5	1	0	10	36	7	10	0	67	13	19	2	98	20	8	4
6	1	5	0	37	7	14	2	68	14	3	4	99	20	12	6
7	1	9	2	38	7	18	4	69	14	7	6	100	20	16	8
8	1	13	4	39	8	2	6	70	14	11	8	200	41	13	4
9	1	17	6	40	8	6	8	71	14	15	10	300	62	10	0
10	2	1	8	41	8	10	10	72	15	0	0	400	83	6	8
11	2	5	10	42	8	15	0	73	15	4	2	500	104	3	4
12	2	10	0	43	8	19	2	74	15	8	4	600	125	0	0
13	2	14	2	44	9	3	4	75	15	12	6	700	145	16	8
14	2	18	4	45	9	7	6	76	15	16	8	800	166	13	4
15	3	2	6	46	9	11	8	77	16	0	10	900	187	10	0
16	3	6	8	47	9	15	10	78	16	5	0	1000	208	6	8
17	3	10	10	48	10	0	0	79	16	9	2	1100	229	3	4
18	3	15	0	49	10	4	2	80	16	13	4	1200	250	0	0
19	3	19	2	50	10	8	4	81	16	17	6	1300	270	16	8
20	4	3	4	51	10	12	6	82	17	1	8	1400	291	13	4
21	4	7	6	52	10	16	8	83	17	5	10	1500	312	10	0
22	4	11	8	53	11	0	10	84	17	10	0	2000	416	13	4
23	4	15	10	54	11	5	0	85	17	14	2	3000	625	0	0
24	5	0	0	55	11	9	2	86	17	18	4	4000	833	6	8
25	5	4	2	56	11	13	4	87	18	2	6	5000	1041	13	4
26	5	8	4	57	11	17	6	88	18	6	8	6000	1250	0	0
27	5	12	6	58	12	1	8	89	18	10	10	7000	1458	6	8
28	5	16	8	59	12	5	10	90	18	15	0	8000	1666	13	4
29	6	0	10	60	12	10	0	91	18	19	2	9000	1875	0	0
30	6	5	0	61	12	14	2	92	19	3	4	10000	2083	6	8
31	6	9	2	62	12	18	4	93	19	7	6	20000	4166	13	4

No.	L.	s.	d.
112	23	6	8
144	30	0	0
250	52	1	8
256	53	6	8
272	56	13	4
365	76	0	10
750	156	5	0
1250	260	8	4

Fractional Parts.

16ths.	s.	d.	f.	frac.
1	0	3	0	1-2
2	0	6	1	0-0
3	0	9	1	1-2
4	1	0	2	0-0
5	1	3	2	1-2
6	1	6	3	0-0
7	1	9	3	1-2
8	2	1	0	0-0
9	2	4	0	1-2
10	2	7	1	0-0
11	2	10	1	1-2
12	3	1	2	0-0
13	3	4	2	1-2
14	3	7	3	0-0
15	3	10	3	1-2
1-3d	1	4	2	2-3
2-3ds	2	9	1	1-3
1-12th	0	4	0	2-3
1-14th	0	3	2	2-7
1-20th	0	2	2	0-0

At 4 Shillings 3 Pence.

No.	L.	s.	d.	No.	L.	s.	d.	No.	L.	s.	d.	No.	L.	s.	d.
1	0	4	3	32	6	16	0	63	13	7	9	94	19	19	6
2	0	8	6	33	7	0	3	64	13	12	0	95	20	3	9
3	0	12	9	34	7	4	6	65	13	16	3	96	20	8	0
4	0	17	0	35	7	8	9	66	14	0	6	97	20	12	3
5	1	1	3	36	7	13	0	67	14	4	9	98	20	16	6
6	1	5	6	37	7	17	3	68	14	9	0	99	21	0	9
7	1	9	9	38	8	1	6	69	14	13	3	100	21	5	0
8	1	14	0	39	8	5	9	70	14	17	6	200	42	10	0
9	1	18	3	40	8	10	0	71	15	1	9	300	63	15	0
10	2	2	6	41	8	14	3	72	15	6	0	400	85	0	0
11	2	6	9	42	8	18	6	73	15	10	3	500	106	5	0
12	2	11	0	43	9	2	9	74	15	14	6	600	127	10	0
13	2	15	3	44	9	7	0	75	15	18	9	700	148	15	0
14	2	19	6	45	9	11	3	76	16	3	0	800	170	0	0
15	3	3	9	46	9	15	6	77	16	7	3	900	191	5	0
16	3	8	0	47	9	19	9	78	16	11	6	1000	212	10	0
17	3	12	3	48	10	4	0	79	16	15	9	1100	233	15	0
18	3	16	6	49	10	8	3	80	17	0	0	1200	255	0	0
19	4	0	9	50	10	12	6	81	17	4	3	1300	276	5	0
20	4	5	0	51	10	16	9	82	17	8	6	1400	297	10	0
21	4	9	3	52	11	1	0	83	17	12	9	1500	318	15	0
22	4	13	6	53	11	5	3	84	17	17	0	2000	425	0	0
23	4	17	9	54	11	9	6	85	18	1	3	3000	637	10	0
24	5	2	0	55	11	13	9	86	18	5	6	4000	850	0	0
25	5	6	3	56	11	18	0	87	18	9	9	5000	1062	10	0
26	5	10	6	57	12	2	3	88	18	14	0	6000	1275	0	0
27	5	14	9	58	12	6	6	89	18	18	3	7000	1487	10	0
28	5	19	0	59	12	10	9	90	19	2	6	8000	1700	0	0
29	6	3	3	60	12	15	0	91	19	6	9	9000	1912	10	0
30	6	7	6	61	12	19	3	92	19	11	0	10000	2125	0	0
31	6	11	9	62	13	3	6	93	19	15	3	20000	4250	0	0

No.	L.	s.	d.
112	23	16	0
144	30	12	0
250	53	2	6
256	54	8	0
272	57	16	0
365	77	11	3
750	159	7	6
1250	265	12	6

Fractional Parts.

16ths.	s.	d.	f.	frac.
1	0	3	0	3-4
2	0	6	1	2-4
3	0	9	2	1-4
4	1	0	3	0-0
5	1	3	3	3-4
6	1	7	0	2-4
7	1	10	1	1-4
8	2	1	2	0-0
9	2	4	2	3-4
10	2	7	3	2-4
11	2	11	0	1-4
12	3	2	1	0-0
13	3	5	1	3-4
14	3	8	2	2-4
15	3	11	3	1-4
1-3d	1	5	0	0-0
2-3ds	2	10	0	0-0
1-12th	0	4	1	0-0
1-14th	0	3	2	4-7
1-20th	0	2	2	1·5

At 4 Shillings 4 Pence.

No.	l.	s.	d.
1	0	4	4
2	0	8	8
3	0	13	0
4	0	17	4
5	1	1	8
6	1	6	0
7	1	10	4
8	1	14	8
9	1	19	0
10	2	3	4
11	2	7	8
12	2	12	0
13	2	16	4
14	3	0	8
15	3	5	0
16	3	9	4
17	3	13	8
18	3	18	0
19	4	2	4
20	4	6	8
21	4	11	0
22	4	15	4
23	4	19	8
24	5	4	0
25	5	8	4
26	5	12	8
27	5	17	0
28	6	1	4
29	6	5	8
30	6	10	0
31	6	14	4

No.	l.	s.	d.
32	6	18	8
33	7	3	0
34	7	7	4
35	7	11	8
36	7	16	0
37	8	0	4
38	8	4	8
39	8	9	0
40	8	13	4
41	8	17	8
42	9	2	0
43	9	6	4
44	9	10	8
45	9	15	0
46	9	19	4
47	10	3	8
48	10	8	0
49	10	12	4
50	10	16	8
51	11	1	0
52	11	5	4
53	11	9	8
54	11	14	0
55	11	18	4
56	12	2	8
57	12	7	0
58	12	11	4
59	12	15	8
60	13	0	0
61	13	4	4
62	13	8	8

No.	l.	s.	d.
63	13	13	0
64	13	17	4
65	14	1	8
66	14	6	0
67	14	10	4
68	14	14	8
69	14	19	0
70	15	3	4
71	15	7	8
72	15	12	0
73	15	16	4
74	16	0	8
75	16	5	0
76	16	9	4
77	16	13	8
78	16	18	0
79	17	2	4
80	17	6	8
81	17	11	0
82	17	15	4
83	17	19	8
84	18	4	0
85	18	8	4
86	18	12	8
87	18	17	0
88	19	1	4
89	19	5	8
90	19	10	0
91	19	14	4
92	19	18	8
93	20	3	0

No.	l.	s.	d.
94	20	7	4
95	20	11	8
96	20	16	0
97	21	0	4
98	21	4	8
99	21	9	0
100	21	13	4
200	43	6	8
300	65	0	0
400	86	13	4
500	108	6	8
600	130	0	0
700	151	13	4
800	173	6	8
900	195	0	0
1000	216	13	4
1100	238	6	8
1200	260	0	0
1300	281	13	4
1400	303	6	8
1500	325	0	0
2000	433	6	8
3000	650	0	0
4000	866	13	4
5000	1083	6	8
6000	1300	0	0
7000	1516	13	4
8000	1733	6	8
9000	1950	0	0
10000	2166	13	4
20000	4333	6	8

No.	L.	s.	d.
112	24	5	4
144	31	4	0
250	54	3	4
256	55	9	4
272	58	18	8
365	79	1	8
750	162	10	0
1250	270	16	8

Fractional Parts.

16ths.	s.	d.	f.	frac.
1	0	3	1	0-0
2	0	6	2	0-0
3	0	9	3	0-0
4	1	1	0	0-0
5	1	4	1	0-0
6	1	7	2	0-0
7	1	10	3	0-0
8	2	2	0	0-0
9	2	5	1	0-0
10	2	8	2	0-0
11	2	11	3	0-0
12	3	3	0	0-0
13	3	6	1	0-0
14	3	9	2	0-0
15	4	0	3	0-0
1-3d	1	5	1	1-3
2-3ds	2	10	2	2-3
1-12th	0	4	1	1-3
1-14th	0	3	2	6-7
1-20th	0	2	2	2-5

At 4 Shillings 5 Pence.

No.	L.	s.	d.
1	0	4	5
2	0	8	10
3	0	13	3
4	0	17	8
5	1	2	1
6	1	6	6
7	1	10	11
8	1	15	4
9	1	19	9
10	2	4	2
11	2	8	7
12	2	13	0
13	2	17	5
14	3	1	10
15	3	6	3
16	3	10	8
17	3	15	1
18	3	19	6
19	4	3	11
20	4	8	4
21	4	12	9
22	4	17	2
23	5	1	7
24	5	6	0
25	5	10	5
26	5	14	10
27	5	19	3
28	6	3	8
29	6	8	1
30	6	12	6
31	6	16	11

No.	L.	s.	d.
32	7	1	4
33	7	5	9
34	7	10	2
35	7	14	7
36	7	19	0
37	8	3	5
38	8	7	10
39	8	12	3
40	8	16	8
41	9	1	1
42	9	5	6
43	9	9	11
44	9	14	4
45	9	18	9
46	10	3	2
47	10	7	7
48	10	12	0
49	10	16	5
50	11	0	10
51	11	5	3
52	11	9	8
53	11	14	1
54	11	18	6
55	12	2	11
56	12	7	4
57	12	11	9
58	12	16	2
59	13	0	7
60	13	5	0
61	13	9	5
62	13	13	10

No.	L.	s.	d.
63	13	18	3
64	14	2	8
65	14	7	1
66	14	11	6
67	14	15	11
68	15	0	4
69	15	4	9
70	15	9	2
71	15	13	7
72	15	18	0
73	16	2	5
74	16	6	10
75	16	11	3
76	16	15	8
77	17	0	1
78	17	4	6
79	17	8	11
80	17	13	4
81	17	17	9
82	18	2	2
83	18	6	7
84	18	11	0
85	18	15	5
86	18	19	10
87	19	4	3
88	19	8	8
89	19	13	1
90	19	17	6
91	20	1	11
92	20	6	4
93	20	10	9

No.	L.	s.	d.
94	20	15	2
95	20	19	7
96	21	4	0
97	21	8	5
98	21	12	10
99	21	17	3
100	22	1	8
200	44	3	4
300	66	5	0
400	88	6	8
500	110	8	4
600	132	10	0
700	154	11	8
800	176	13	4
900	198	15	0
1000	220	16	8
1100	242	18	4
1200	265	0	0
1300	287	1	8
1400	309	3	4
1500	331	5	0
2000	441	13	4
3000	662	10	0
4000	883	6	8
5000	1104	3	4
6000	1325	0	0
7000	1545	16	8
8000	1766	13	4
9000	1987	10	0
10000	2208	6	8
20000	4416	13	4

No.	L.	s.	d.
112	24	14	8
144	31	16	0
250	55	4	2
256	56	10	8
272	60	1	4
365	80	12	1
750	165	12	6
1250	276	0	10

Fractional Parts.

16ths.	s.	d.	f.	frac.
1	0	3	1	1-4
2	0	6	2	2-4
3	0	9	3	3-4
4	1	1	1	0-0
5	1	4	2	1-4
6	1	7	3	2-4
7	1	11	0	3-4
8	2	2	2	0-0
9	2	5	3	1-4
10	2	9	0	2-4
11	3	0	1	3-4
12	3	3	3	0-0
13	3	7	0	1-4
14	3	10	1	2-4
15	4	1	2	3-4
1-3d	1	5	2	2-3
2-3ds	2	11	1	1-3
1-12th	0	4	1	2-3
1-14th	0	3	3	1-7
1-20th	0	2	2	3-5

No.	L.	s.	d.	No.	L.	s.	d.	No.	L.	s.	d.	No.	L.	s.	d.
1	0	4	6	32	7	4	0	63	14	3	6	94	21	3	0
2	0	9	0	33	7	8	6	64	14	8	0	95	21	7	6
3	0	13	6	34	7	13	0	65	14	12	6	96	21	12	0
4	0	18	0	35	7	17	6	66	14	17	0	97	21	16	6
5	1	2	6	36	8	2	0	67	15	1	6	98	22	1	0
6	1	7	0	37	8	6	6	68	15	6	0	99	22	5	6
7	1	11	6	38	8	11	0	69	15	10	6	100	22	10	0
8	1	16	0	39	8	15	6	70	15	15	0	200	45	0	0
9	2	0	6	40	9	0	0	71	15	19	6	300	67	10	0
10	2	5	0	41	9	4	6	72	16	4	0	400	90	0	0
11	2	9	6	42	9	9	0	73	16	8	6	500	112	10	0
12	2	14	0	43	9	13	6	74	16	13	0	600	135	0	0
13	2	18	6	44	9	18	0	75	16	17	6	700	157	10	0
14	3	3	0	45	10	2	6	76	17	2	0	800	180	0	0
15	3	7	6	46	10	7	0	77	17	6	6	900	202	10	0
16	3	12	0	47	10	11	6	78	17	11	0	1000	225	0	0
17	3	16	6	48	10	16	0	79	17	15	6	1100	247	10	0
18	4	1	0	49	11	0	6	80	18	0	0	1200	270	0	0
19	4	5	6	50	11	5	0	81	18	4	6	1300	292	10	0
20	4	10	0	51	11	9	6	82	18	9	0	1400	315	0	0
21	4	14	6	52	11	14	0	83	18	13	6	1500	337	10	0
22	4	19	0	53	11	18	6	84	18	18	0	2000	450	0	0
23	5	3	6	54	12	3	0	85	19	2	6	3000	675	0	0
24	5	8	0	55	12	7	6	86	19	7	0	4000	900	0	0
25	5	12	6	56	12	12	0	87	19	11	6	5000	1125	0	0
26	5	17	0	57	12	16	6	88	19	16	0	6000	1350	0	0
27	6	1	6	58	13	1	0	89	20	0	6	7000	1575	0	0
28	6	6	0	59	13	5	6	90	20	5	0	8000	1800	0	0
29	6	10	6	60	13	10	0	91	20	9	6	9000	2025	0	0
30	6	15	0	61	13	14	6	92	20	14	0	10000	2250	0	0
31	6	19	6	62	13	19	0	93	20	18	6	20000	4500	0	0

No.	L.	s.	d.
112	25	4	0
144	32	8	0
250	56	5	0
256	57	12	0
272	61	4	0
365	82	2	6
750	168	15	0
1250	281	5	0

Fractional Parts.

10ths.	s.	d.	f.	frac.
1	0	3	1	1-2
2	0	6	3	0-0
3	0	10	0	1-2
4	1	1	2	0-0
5	1	4	3	1-2
6	1	8	1	0-0
7	1	11	2	1-2
8	2	3	0	0-0
9	2	6	1	1-2
10	2	9	3	0-0
11	3	1	0	1-2
12	3	4	2	0-0
13	3	7	3	1-2
14	3	11	1	0-0
15	4	2	2	1-2
1-3d	1	6	0	0-0
2-3ds	3	0	0	0-0
1-12th	0	4	2	0-0
1-14th	0	3	3	3-7
1-20th	0	2	2	4-5

At 4 Shillings 7 Pence.

No.	L.	s.	d.	No.	L.	s.	d.	No.	L.	s.	d.	No.	L.	s.	d.
1	0	4	7	32	7	6	8	63	14	8	9	94	21	10	10
2	0	9	2	33	7	11	3	64	14	13	4	95	21	15	5
3	0	13	9	34	7	15	10	65	14	17	11	96	22	0	0
4	0	18	4	35	8	0	5	66	15	2	6	97	22	4	7
5	1	2	11	36	8	5	0	67	15	7	1	98	22	9	2
6	1	7	6	37	8	9	7	68	15	11	8	99	22	13	9
7	1	12	1	38	8	14	2	69	15	16	3	100	22	18	4
8	1	16	8	39	8	18	9	70	16	0	10	200	45	16	8
9	2	1	3	40	9	3	4	71	16	5	5	300	68	15	0
10	2	5	10	41	9	7	11	72	16	10	0	400	91	13	4
11	2	10	5	42	9	12	6	73	16	14	7	500	114	11	8
12	2	15	0	43	9	17	1	74	16	19	2	600	137	10	0
13	2	19	7	44	10	1	8	75	17	3	9	700	160	8	4
14	3	4	2	45	10	6	3	76	17	8	4	800	183	6	8
15	3	8	9	46	10	10	10	77	17	12	11	900	206	5	0
16	3	13	4	47	10	15	5	78	17	17	6	1000	229	3	4
17	3	17	11	48	11	0	0	79	18	2	1	1100	252	1	8
18	4	2	6	49	11	4	7	80	18	6	8	1200	275	0	0
19	4	7	1	50	11	9	2	81	18	11	3	1300	297	18	4
20	4	11	8	51	11	13	9	82	18	15	10	1400	320	16	8
21	4	16	3	52	11	18	4	83	19	0	5	1500	343	15	0
22	5	0	10	53	12	2	11	84	19	5	0	2000	458	6	8
23	5	5	5	54	12	7	6	85	19	9	7	3000	687	10	0
24	5	10	0	55	12	12	1	86	19	14	2	4000	916	13	4
25	5	14	7	56	12	16	8	87	19	18	9	5000	1145	16	8
26	5	19	2	57	13	1	3	88	20	3	4	6000	1375	0	0
27	6	3	9	58	13	5	10	89	20	7	11	7000	1604	3	4
28	6	8	4	59	13	10	5	90	20	12	6	8000	1833	6	8
29	6	12	11	60	13	15	0	91	20	17	1	9000	2062	10	0
30	6	17	6	61	13	19	7	92	21	1	8	10000	2291	13	4
31	7	2	1	62	14	4	2	93	21	6	3	20000	4583	6	8

No.	L.	s.	d.
112	25	13	4
144	33	0	0
250	57	5	10
256	58	13	4
272	62	6	8
365	83	12	11
750	171	17	6
1250	286	9	2

Fractional Parts.

10ths.	s.	d.	f.	frac.
1	0	3	1	3-4
2	0	6	3	2-4
3	0	10	1	1-4
4	1	1	3	0-0
5	1	5	0	3-4
6	1	8	2	2-4
7	2	0	0	1-4
8	2	3	2	0-0
9	2	6	3	3-4
10	2	10	1	2-4
11	3	1	3	1-4
12	3	5	1	0-0
13	3	8	2	3-4
14	4	0	0	2-4
15	4	3	2	1-4
1-3d	1	6	1	1-3
2-3ds	3	0	2	2-3
1-12th	0	4	2	1-3
1-14th	0	3	3	5-7
1-20th	0	2	3	0-0

At 4 Shillings 8 Pence.

No.	L.	s.	d.	No.	l.	s.	d.	No.	l.	s.	d.	No.	L.	s.	d.
1	0	4	8	32	7	9	4	63	14	14	0	94	21	18	8
2	0	9	4	33	7	14	0	64	14	18	8	95	22	3	4
3	0	14	0	34	7	18	8	65	15	3	4	96	22	8	0
4	0	18	8	35	8	3	4	66	15	8	0	97	22	12	8
5	1	3	4	36	8	8	0	67	15	12	8	98	22	17	4
6	1	8	0	37	8	12	8	68	15	17	4	99	23	2	0
7	1	12	8	38	8	17	4	69	16	2	0	100	23	6	8
8	1	17	4	39	9	2	0	70	16	6	8	200	46	13	4
9	2	2	0	40	9	6	8	71	16	11	4	300	70	0	0
10	2	6	8	41	9	11	4	72	16	16	0	400	93	6	8
11	2	11	4	42	9	16	0	73	17	0	8	500	116	13	4
12	2	16	0	43	10	0	8	74	17	5	4	600	140	0	0
13	3	0	8	44	10	5	4	75	17	10	0	700	163	6	8
14	3	5	4	45	10	10	0	76	17	14	8	800	186	13	4
15	3	10	0	46	10	14	8	77	17	19	4	900	210	0	0
16	3	14	8	47	10	19	4	78	18	4	0	1000	233	6	8
17	3	19	4	48	11	4	0	79	18	8	8	1100	256	13	4
18	4	4	0	49	11	8	8	80	18	13	4	1200	280	0	0
19	4	8	8	50	11	13	4	81	18	18	0	1300	303	6	8
20	4	13	4	51	11	18	0	82	19	2	8	1400	326	13	4
21	4	18	0	52	12	2	8	83	19	7	4	1500	350	0	0
22	5	2	8	53	12	7	4	84	19	12	0	2000	466	13	4
23	5	7	4	54	12	12	0	85	19	16	8	3000	700	0	0
24	5	12	0	55	12	16	8	86	20	1	4	4000	933	6	8
25	5	16	8	56	13	1	4	87	20	6	0	5000	1166	13	4
26	6	1	4	57	13	6	0	88	20	10	8	6000	1400	0	0
27	6	6	0	58	13	10	8	89	20	15	4	7000	1633	6	8
28	6	10	8	59	13	15	4	90	21	0	0	8000	1866	13	4
29	6	15	4	60	14	0	0	91	21	4	8	9000	2100	0	0
30	7	0	0	61	14	4	8	92	21	9	4	10000	2333	6	8
31	7	4	8	62	14	9	4	93	21	14	0	20000	4666	13	4

No.	L.	s.	d.
112	26	2	8
144	33	12	0
250	58	6	8
256	59	14	8
272	63	9	4
365	85	3	4
750	175	0	0
1250	291	13	4

Fractional Parts.

16ths.	s.	d.	f.	frac.
1	0	3	2	0-0
2	0	7	0	0-0
3	0	10	2	0-0
4	1	2	0	0-0
5	1	5	2	0-0
6	1	9	0	0-0
7	2	0	2	0-0
8	2	4	0	0-0
9	2	7	2	0-0
10	2	11	0	0-0
11	3	2	2	0-0
12	3	6	0	0-0
13	3	9	2	0-0
14	4	1	0	0-0
15	4	4	2	0-0
1-3d	1	6	2	2-3
2-3ds	3	1	1	1-3
1-12th	0	4	2	2-3
1-14th	0	4	0	0-0
1-20th	0	2	3	1-5

At 4 Shillings 9 Pence.

No.	L.	s.	d.	No.	L.	s.	d.	No.	L.	s.	d.	No.	L.	s.	d.
1	0	4	9	32	7	12	0	63	14	19	3	94	22	6	6
2	0	9	6	33	7	16	9	64	15	4	0	95	22	11	3
3	0	14	3	34	8	1	6	65	15	8	9	96	22	16	0
4	0	19	0	35	8	6	3	66	15	13	6	97	23	0	9
5	1	3	9	36	8	11	0	67	15	18	3	98	23	5	6
6	1	8	6	37	8	15	9	68	16	3	0	99	23	10	3
7	1	13	3	38	9	0	6	69	16	7	9	100	23	15	0
8	1	18	0	39	9	5	3	70	16	12	6	200	47	10	0
9	2	2	9	40	9	10	0	71	16	17	3	300	71	5	0
10	2	7	6	41	9	14	9	72	17	2	0	400	95	0	0
11	2	12	3	42	9	19	6	73	17	6	9	500	118	15	0
12	2	17	0	43	10	4	3	74	17	11	6	600	142	10	0
13	3	1	9	44	10	9	0	75	17	16	3	700	166	5	0
14	3	6	6	45	10	13	9	76	18	1	0	800	190	0	0
15	3	11	3	46	10	18	6	77	18	5	9	900	213	15	0
16	3	16	0	47	11	3	3	78	18	10	6	1000	237	10	0
17	4	0	9	48	11	8	0	79	18	15	3	1100	261	5	0
18	4	5	6	49	11	12	9	80	19	0	0	1200	285	0	0
19	4	10	3	50	11	17	6	81	19	4	9	1300	308	15	0
20	4	15	0	51	12	2	3	82	19	9	6	1400	332	10	0
21	4	19	9	52	12	7	0	83	19	14	3	1500	356	5	0
22	5	4	6	53	12	11	9	84	19	19	0	2000	475	0	0
23	5	9	3	54	12	16	6	85	20	3	9	3000	712	10	0
24	5	14	0	55	13	1	3	86	20	8	6	4000	950	0	0
25	5	18	9	56	13	6	0	87	20	13	3	5000	1187	10	0
26	6	3	6	57	13	10	9	88	20	18	0	6000	1425	0	0
27	6	8	3	58	13	15	6	89	21	2	9	7000	1662	10	0
28	6	13	0	59	14	0	3	90	21	7	6	8000	1900	0	0
29	6	17	9	60	14	5	0	91	21	12	3	9000	2137	10	0
30	7	2	6	61	14	9	9	92	21	17	0	10000	2375	0	0
31	7	7	3	62	14	14	6	93	22	1	9	20000	4750	0	0

No.	L.	s.	d.
112	26	12	0
144	34	4	0
250	59	7	6
256	60	16	0
272	64	12	0
365	86	13	9
750	178	2	6
1250	296	17	6

Fractional Parts.

16ths.	s.	d.	f.	frac.
1	0	3	2	1-4
2	0	7	0	2-4
3	0	10	2	3-4
4	1	2	1	0-0
5	1	5	3	1-4
6	1	9	1	2-4
7	2	0	3	3-4
8	2	4	2	0-0
9	2	8	0	1-4
10	2	11	2	2-4
11	3	3	0	3-4
12	3	6	3	0-0
13	3	10	1	1-4
14	4	1	3	2-4
15	4	5	1	3-4
1-3d	1	7	0	0-0
2-3ds	3	2	0	0-0
1-12th	0	4	3	0-0
1-14th	0	4	0	2-7
1-20th	0	2	3	2-5

At 4 Shillings 10 Pence.

No.	L.	s.	d.	No.	L.	s.	d.	No.	L.	s.	d.	No.	L.	s.	d.
1	0	4	10	32	7	14	8	63	15	4	6	94	22	14	4
2	0	9	8	33	7	19	6	64	15	9	4	95	22	19	2
3	0	14	6	34	8	4	4	65	15	14	2	96	23	4	0
4	0	19	4	35	8	9	2	66	15	19	0	97	23	8	10
5	1	4	2	36	8	14	0	67	16	3	10	98	23	13	8
6	1	9	0	37	8	18	10	68	16	8	8	99	23	18	6
7	1	13	10	38	9	3	8	69	16	13	6	100	24	3	4
8	1	18	8	39	9	8	6	70	16	18	4	200	48	6	8
9	2	3	6	40	9	13	4	71	17	3	2	300	72	10	0
10	2	8	4	41	9	18	2	72	17	8	0	400	96	13	4
11	2	13	2	42	10	3	0	73	17	12	10	500	120	16	8
12	2	18	0	43	10	7	10	74	17	17	8	600	145	0	0
13	3	2	10	44	10	12	8	75	18	2	6	700	169	3	4
14	3	7	8	45	10	17	6	76	18	7	4	800	193	6	8
15	3	12	6	46	11	2	4	77	18	12	2	900	217	10	0
16	3	17	4	47	11	7	2	78	18	17	0	1000	241	13	4
17	4	2	2	48	11	12	0	79	19	1	10	1100	265	16	8
18	4	7	0	49	11	16	10	80	19	6	8	1200	290	0	0
19	4	11	10	50	12	1	8	81	19	11	6	1300	314	3	4
20	4	16	8	51	12	6	6	82	19	16	4	1400	338	6	8
21	5	1	6	52	12	11	4	83	20	1	2	1500	362	10	0
22	5	6	4	53	12	16	2	84	20	6	0	2000	483	6	8
23	5	11	2	54	13	1	0	85	20	10	10	3000	725	0	0
24	5	16	0	55	13	5	10	86	20	15	8	4000	966	13	4
25	6	0	10	56	13	10	8	87	21	0	6	5000	1208	6	8
26	6	5	8	57	13	15	6	88	21	5	4	6000	1450	0	0
27	6	10	6	58	14	0	4	89	21	10	2	7000	1691	13	4
28	6	15	4	59	14	5	2	90	21	15	0	8000	1933	6	8
29	7	0	2	60	14	10	0	91	21	19	10	9000	2175	0	0
30	7	5	0	61	14	14	10	92	22	4	8	10000	2416	13	4
31	7	9	10	62	14	19	8	93	22	9	6	20000	4833	6	8

No.	L.	s.	d.
112	27	1	4
144	34	16	0
250	60	8	4
256	61	17	4
272	65	14	8
365	88	4	2
750	181	5	0
1250	302	1	8

Fractional Parts.

16ths.	s.	d.	f.	frac.
1	0	3	2	1-2
2	0	7	1	0-0
3	0	10	3	1-2
4	1	2	2	0-0
5	1	6	0	1-2
6	1	9	3	0-0
7	2	1	1	1-2
8	2	5	0	0-0
9	2	8	2	1-2
10	3	0	1	0-0
11	3	3	3	1-2
12	3	7	2	0-0
13	3	11	0	1-2
14	4	2	3	0-0
15	4	6	1	1-2
1-3d	1	7	1	1-3
2-3ds	3	2	2	2-3
1-12th	0	4	3	1-3
1-14th	0	4	0	4-7
1-20th	0	2	3	3-5

At 4 Shillings 11 Pence.

No.	L.	s.	d.	No.	L.	s.	d.	No.	L.	s.	d.	No.	L.	s.	d.
1	0	4	11	32	7	17	4	63	15	9	9	94	23	2	2
2	0	9	10	33	8	2	3	64	15	14	8	95	23	7	1
3	0	14	9	34	8	7	2	65	15	19	7	96	23	12	0
4	0	19	8	35	8	12	1	66	16	4	6	97	23	16	11
5	1	4	7	36	8	17	0	67	16	9	5	98	24	1	10
6	1	9	6	37	9	1	11	68	16	14	4	99	24	6	9
7	1	14	5	38	9	6	10	69	16	19	3	100	24	11	8
8	1	19	4	39	9	11	9	70	17	4	2	200	49	3	4
9	2	4	3	40	9	16	8	71	17	9	1	300	73	15	0
10	2	9	2	41	10	1	7	72	17	14	0	400	98	6	8
11	2	14	1	42	10	6	6	73	17	18	11	500	122	18	4
12	2	19	0	43	10	11	5	74	18	3	10	600	147	10	0
13	3	3	11	44	10	16	4	75	18	8	9	700	172	1	8
14	3	8	10	45	11	1	3	76	18	13	8	800	196	13	4
15	3	13	9	46	11	6	2	77	18	18	7	900	221	5	0
16	3	18	8	47	11	11	1	78	19	3	6	1000	245	16	8
17	4	3	7	48	11	16	0	79	19	8	5	1100	270	8	4
18	4	8	6	49	12	0	11	80	19	13	4	1200	295	0	0
19	4	13	5	50	12	5	10	81	19	18	3	1300	319	11	8
20	4	18	4	51	12	10	9	82	20	3	2	1400	344	3	4
21	5	3	3	52	12	15	8	83	20	8	1	1500	368	15	0
22	5	8	2	53	13	0	7	84	20	13	0	2000	491	13	4
23	5	13	1	54	13	5	6	85	20	17	11	3000	737	10	0
24	5	18	0	55	13	10	5	86	21	2	10	4000	983	6	8
25	6	2	11	56	13	15	4	87	21	7	9	5000	1229	3	4
26	6	7	10	57	14	0	3	88	21	12	8	6000	1475	0	0
27	6	12	9	58	14	5	2	89	21	17	7	7000	1720	16	8
28	6	17	8	59	14	10	1	90	22	2	6	8000	1966	13	4
29	7	2	7	60	14	15	0	91	22	7	5	9000	2212	10	0
30	7	7	6	61	14	19	11	92	22	12	4	10000	2458	6	8
31	7	12	5	62	15	4	10	93	22	17	3	20000	4916	13	4

No.	L.	s.	d.
112	27	10	8
144	35	8	0
250	61	9	2
256	62	18	8
272	66	17	4
365	89	14	7
750	184	7	6
1250	307	5	10

Fractional Parts.

16ths.	s.	d.	f.	frac.
1	0	3	2	3-4
2	0	7	1	2-4
3	0	11	0	1-4
4	1	2	3	0-0
5	1	6	1	3-4
6	1	10	0	2-4
7	2	1	3	1-4
8	2	5	2	0-0
9	2	9	0	3-4
10	3	0	3	2-4
11	3	4	2	1-4
12	3	8	1	0-0
13	3	11	3	3-4
14	4	3	2	2-4
15	4	7	1	1-4
1-3d	1	7	2	2-3
2-3ds	3	3	1	1-3
1-12th	0	4	3	2-3
1-14th	0	4	0	6-7
1-20th	0	2	3	4-5

At 5 Shillings.

No.	L.	s.	d.
1	0	5	0
2	0	10	0
3	0	15	0
4	1	0	0
5	1	5	0
6	1	10	0
7	1	15	0
8	2	0	0
9	2	5	0
10	2	10	0
11	2	15	0
12	3	0	0
13	3	5	0
14	3	10	0
15	3	15	0
16	4	0	0
17	4	5	0
18	4	10	0
19	4	15	0
20	5	0	0
21	5	5	0
22	5	10	0
23	5	15	0
24	6	0	0
25	6	5	0
26	6	10	0
27	6	15	0
28	7	0	0
29	7	5	0
30	7	10	0
31	7	15	0

No.	L.	s.	d.
32	8	0	0
33	8	5	0
34	8	10	0
35	8	15	0
36	9	0	0
37	9	5	0
38	9	10	0
39	9	15	0
40	10	0	0
41	10	5	0
42	10	10	0
43	10	15	0
44	11	0	0
45	11	5	0
46	11	10	0
47	11	15	0
48	12	0	0
49	12	5	0
50	12	10	0
51	12	15	0
52	13	0	0
53	13	5	0
54	13	10	0
55	13	15	0
56	14	0	0
57	14	5	0
58	14	10	0
59	14	15	0
60	15	0	0
61	15	5	0
62	15	10	0

No.	L.	s.	d.
63	15	15	0
64	16	0	0
65	16	5	0
66	16	10	0
67	16	15	0
68	17	0	0
69	17	5	0
70	17	10	0
71	17	15	0
72	18	0	0
73	18	5	0
74	18	10	0
75	18	15	0
76	19	0	0
77	19	5	0
78	19	10	0
79	19	15	0
80	20	0	0
81	20	5	0
82	20	10	0
83	20	15	0
84	21	0	0
85	21	5	0
86	21	10	0
87	21	15	0
88	22	0	0
89	22	5	0
90	22	10	0
91	22	15	0
92	23	0	0
93	23	5	0

No.	L.	s.	d.
94	23	10	0
95	23	15	0
96	24	0	0
97	24	5	0
98	24	10	0
99	24	15	0
100	25	0	0
200	50	0	0
300	75	0	0
400	100	0	0
500	125	0	0
600	150	0	0
700	175	0	0
800	200	0	0
900	225	0	0
1000	250	0	0
1100	275	0	0
1200	300	0	0
1300	325	0	0
1400	350	0	0
1500	375	0	0
2000	500	0	0
3000	750	0	0
4000	1000	0	0
5000	1250	0	0
6000	1500	0	0
7000	1750	0	0
8000	2000	0	0
9000	2250	0	0
10000	2500	0	0
20000	5000	0	0

No.	L.	s.	d.
112	28	0	0
144	36	0	0
250	62	10	0
256	64	0	0
272	68	0	0
365	91	5	0
750	187	10	0
1250	312	10	0

Fractional Parts.

16ths.	s.	d.	f.	fr. q.
1	0	3	3	0-0
2	0	7	2	0-0
3	0	11	1	0·0
4	1	3	0	0-0
5	1	6	3	0-0
6	1	10	2	0-0
7	2	2	1	0-0
8	2	6	0	0-0
9	2	9	3	0-0
10	3	1	2	0-0
11	3	5	1	0-0
12	3	9	0	0-0
13	4	0	3	0-0
14	4	4	2	0-0
15	4	8	1	0-0
1-3d	1	8	0	0-0
2-3ds	3	4	0	0-0
1-12th	0	5	0	0-0
1-14th	0	4	1	1-7
1-20th	0	3	0	0-0

At 5 Shillings 1 Penny.

No.	L.	s.	d.
1	0	5	1
2	0	10	2
3	0	15	3
4	1	0	4
5	1	5	5
6	1	10	6
7	1	15	7
8	2	0	8
9	2	5	9
10	2	10	10
11	2	15	11
12	3	1	0
13	3	6	1
14	3	11	2
15	3	16	3
16	4	1	4
17	4	6	5
18	4	11	6
19	4	16	7
20	5	1	8
21	5	6	9
22	5	11	10
23	5	16	11
24	6	2	0
25	6	7	1
26	6	12	2
27	6	17	3
28	7	2	4
29	7	7	5
30	7	12	6
31	7	17	7

No.	L.	s.	d.
32	8	2	8
33	8	7	9
34	8	12	10
35	8	17	11
36	9	3	0
37	9	8	1
38	9	13	2
39	9	18	3
40	10	3	4
41	10	8	5
42	10	13	6
43	10	18	7
44	11	3	8
45	11	8	9
46	11	13	10
47	11	18	11
48	12	4	0
49	12	9	1
50	12	14	2
51	12	19	3
52	13	4	4
53	13	9	5
54	13	14	6
55	13	19	7
56	14	4	8
57	14	9	9
58	14	14	10
59	14	19	11
60	15	5	0
61	15	10	1
62	15	15	2

No.	L.	s.	d.
63	16	0	3
64	16	5	4
65	16	10	5
66	16	15	6
67	17	0	7
68	17	5	8
69	17	10	9
70	17	15	10
71	18	0	11
72	18	6	0
73	18	11	1
74	18	16	2
75	19	1	3
76	19	6	4
77	19	11	5
78	19	16	6
79	20	1	7
80	20	6	8
81	20	11	9
82	20	16	10
83	21	1	11
84	21	7	0
85	21	12	1
86	21	17	2
87	22	2	3
88	22	7	4
89	22	12	5
90	22	17	6
91	23	2	7
92	23	7	8
93	23	12	9

No.	L.	s.	d.
94	23	17	10
95	24	2	11
96	24	8	0
97	24	13	1
98	24	18	2
99	25	3	3
100	25	8	4
200	50	16	8
300	76	5	0
400	101	13	4
500	127	1	8
600	152	10	0
700	177	18	4
800	203	6	8
900	228	15	0
1000	254	3	4
1100	279	11	8
1200	305	0	0
1300	330	8	4
1400	355	16	8
1500	381	5	0
2000	508	6	8
3000	762	10	0
4000	1016	13	4
5000	1270	16	8
6000	1525	0	0
7000	1779	3	4
8000	2033	6	8
9000	2287	10	0
10000	2541	13	4
20000	5083	6	8

No.	L.	s.	d.
112	28	9	4
144	36	12	0
250	63	10	10
256	65	1	4
272	69	2	8
365	92	15	5
750	190	12	6
1250	317	14	2

Fractional Parts.

16ths.	s.	d.	f.	frac.
1	0	3	3	1-4
2	0	7	2	2-4
3	0	11	1	3-4
4	1	3	1	0-0
5	1	7	0	1-4
6	1	10	3	2-4
7	2	2	2	3-4
8	2	6	2	0-0
9	2	10	1	1-4
10	3	2	0	2-4
11	3	5	3	3-4
12	3	9	3	0-0
13	4	1	2	1-4
14	4	5	1	2-4
15	4	9	0	3-4
1-3d	1	8	1	1-3
2-3ds	3	4	2	2-3
1-12th	0	5	0	1-3
1-14th	0	4	1	3-7
1-20th	0	3	0	1-5

At 5 Shillings 2 Pence.

No.	L.	s.	d.	No.	L.	s.	d.	No.	L.	s.	d.	No.	L.	s.	d.	No.	L.	s.	d.	
1	0	5	2	32	8	5	4	63	16	5	6	94	24	5	8	112	28	18	8	
2	0	10	4	33	8	10	6	64	16	10	8	95	24	10	10	144	37	4	0	
3	0	15	6	34	8	15	8	65	16	15	10	96	24	16	0	250	64	11	8	
4	1	0	8	35	9	0	10	66	17	1	0	97	25	1	2	256	66	2	8	
5	1	5	10	36	9	6	0	67	17	6	2	98	25	6	4	272	70	5	4	
6	1	11	0	37	9	11	2	68	17	11	4	99	25	11	6	365	94	5	10	
7	1	16	2	38	9	16	4	69	17	16	6	100	25	16	8	750	193	15	0	
8	2	1	4	39	10	1	6	70	18	1	8	200	51	13	4	1250	322	18	4	
9	2	6	6	40	10	6	8	71	18	6	10	300	77	10	0	Fractional Parts.				
10	2	11	8	41	10	11	10	72	18	12	0	400	103	6	8					
11	2	16	10	42	10	17	0	73	18	17	2	500	129	3	4	100ths.	s.	d.	f.	frac.
12	3	2	0	43	11	2	2	74	19	2	4	600	155	0	0	1	0	3	3	1-2
13	3	7	2	44	11	7	4	75	19	7	6	700	180	16	8	2	0	7	3	0-0
14	3	12	4	45	11	12	6	76	19	12	8	800	206	13	4	3	0	11	2	1-2
15	3	17	6	46	11	17	8	77	19	17	10	900	232	10	0	4	1	3	2	0-0
16	4	2	8	47	12	2	10	78	20	3	0	1000	258	6	8	5	1	7	1	1-2
17	4	7	10	48	12	8	0	79	20	8	2	1100	284	3	4	6	1	11	1	0-0
18	4	13	0	49	12	13	2	80	20	13	4	1200	310	0	0	7	2	3	0	1-2
19	4	18	2	50	12	18	4	81	20	18	6	1300	335	16	8	8	2	7	0	0-0
20	5	3	4	51	13	3	6	82	21	3	8	1400	361	13	4	9	2	10	3	1-2
21	5	8	6	52	13	8	8	83	21	8	10	1500	387	10	0	10	3	2	3	0-0
22	5	13	8	53	13	13	10	84	21	14	0	2000	516	13	4	11	3	6	2	1-2
23	5	18	10	54	13	19	0	85	21	19	2	3000	775	0	0	12	3	10	2	0-0
24	6	4	0	55	14	4	2	86	22	4	4	4000	1033	6	8	13	4	2	1	1-2
25	6	9	2	56	14	9	4	87	22	9	6	5000	1291	13	4	14	4	6	1	0-0
26	6	14	4	57	14	14	6	88	22	14	8	6000	1550	0	0	15	4	10	0	1-2
27	6	19	6	58	14	19	8	89	22	19	10	7000	1808	6	8	1-3d	1	8	2	2-3
28	7	4	8	59	15	4	10	90	23	5	0	8000	2066	13	4	2-3ds	3	5	1	1-3
29	7	9	10	60	15	10	0	91	23	10	2	9000	2325	0	0	1-12th	0	5	0	2-3
30	7	15	0	61	15	15	2	92	23	15	4	10000	2583	6	8	1-14th	0	4	1	5-7
31	8	0	2	62	16	0	4	93	24	0	6	20000	5166	13	4	1-20th	0	3	0	2-5

At 5 Shillings 3 Pence.

No.	L.	s.	d.	No.	L.	s.	d.	No.	L.	s.	d.	No.	L.	s.	d.	No.	L.	s.	d.	
1	0	5	3	32	8	8	0	63	16	10	9	94	24	13	6	112	29	8	0	
2	0	10	6	33	8	13	3	64	16	16	0	95	24	18	9	144	37	16	0	
3	0	15	9	34	8	18	6	65	17	1	3	96	25	4	0	250	65	12	6	
4	1	1	0	35	9	3	9	66	17	6	6	97	25	9	3	256	67	4	0	
5	1	6	3	36	9	9	0	67	17	11	9	98	25	14	6	272	71	8	0	
6	1	11	6	37	9	14	3	68	17	17	0	99	25	19	9	365	95	16	3	
7	1	16	9	38	9	19	6	69	18	2	3	100	26	5	0	750	196	17	6	
8	2	2	0	39	10	4	9	70	18	7	6	200	52	10	0	1250	328	2	6	
9	2	7	3	40	10	10	0	71	18	12	9	300	78	15	0	Fractional Parts.				
10	2	12	6	41	10	15	3	72	18	18	0	400	105	0	0					
11	2	17	9	42	11	0	6	73	19	3	3	500	131	5	0	100ths.	s.	d.	f.	frac.
12	3	3	0	43	11	5	9	74	19	8	6	600	157	10	0	1	0	3	3	3-4
13	3	8	3	44	11	11	0	75	19	13	9	700	183	15	0	2	0	7	3	2-4
14	3	13	6	45	11	16	3	76	19	19	0	800	210	0	0	3	0	11	3	1-4
15	3	18	9	46	12	1	6	77	20	4	3	900	236	5	0	4	1	3	3	0-0
16	4	4	0	47	12	6	9	78	20	9	6	1000	262	10	0	5	1	7	2	3-4
17	4	9	3	48	12	12	0	79	20	14	9	1100	288	15	0	6	1	11	2	2-4
18	4	14	6	49	12	17	3	80	21	0	0	1200	315	0	0	7	2	3	2	1-4
19	4	19	9	50	13	2	6	81	21	5	3	1300	341	5	0	8	2	7	2	0-0
20	5	5	0	51	13	7	9	82	21	10	6	1400	367	10	0	9	2	11	1	3-4
21	5	10	3	52	13	13	0	83	21	15	9	1500	393	15	0	10	3	3	1	2-4
22	5	15	6	53	13	18	3	84	22	1	0	2000	525	0	0	11	3	7	1	1-4
23	6	0	9	54	14	3	6	85	22	6	3	3000	787	10	0	12	3	11	1	0 0
24	6	6	0	55	14	8	9	86	22	11	6	4000	1050	0	0	13	4	3	0	3-4
25	6	11	3	56	14	14	0	87	22	16	9	5000	1312	10	0	14	4	7	0	2-4
26	6	16	6	57	14	19	3	88	23	2	0	6000	1575	0	0	15	4	11	0	1-4
27	7	1	9	58	15	4	6	89	23	7	3	7000	1837	10	0	1-3d	1	9	0	0-0
28	7	7	0	59	15	9	9	90	23	12	6	8000	2100	0	0	2-3ds	3	6	0	0-0
29	7	12	3	60	15	15	0	91	23	17	9	9000	2362	10	0	1-12th	0	5	1	0-0
30	7	17	6	61	16	0	3	92	24	3	0	10000	2625	0	0	1-14th	0	4	2	0-0
31	8	2	9	62	16	5	6	93	24	8	3	20000	5250	0	0	1-20th	0	3	0	3-5

At 5 Shillings 4 Pence.

No.	L.	s.	d.	No.	L.	s.	d.	No.	L.	s.	d.	No.	L.	s.	d.
1	0	5	4	32	8	10	8	63	16	16	0	94	25	1	4
2	0	10	8	33	8	16	0	64	17	1	4	95	25	6	8
3	0	16	0	34	9	1	4	65	17	6	8	96	25	12	0
4	1	1	4	35	9	6	8	66	17	12	0	97	25	17	4
5	1	6	8	36	9	12	0	67	17	17	4	98	26	2	8
6	1	12	0	37	9	17	4	68	18	2	8	99	26	8	0
7	1	17	4	38	10	2	8	69	18	8	0	100	26	13	4
8	2	2	8	39	10	8	0	70	18	13	4	200	53	6	8
9	2	8	0	40	10	13	4	71	18	18	8	300	80	0	0
10	2	13	4	41	10	18	8	72	19	4	0	400	106	13	4
11	2	18	8	42	11	4	0	73	19	9	4	500	133	6	8
12	3	4	0	43	11	9	4	74	19	14	8	600	160	0	0
13	3	9	4	44	11	14	8	75	20	0	0	700	186	13	4
14	3	14	8	45	12	0	0	76	20	5	4	800	213	6	8
15	4	0	0	46	12	5	4	77	20	10	8	900	240	0	0
16	4	5	4	47	12	10	8	78	20	16	0	1000	266	13	4
17	4	10	8	48	12	16	0	79	21	1	4	1100	293	6	8
18	4	16	0	49	13	1	4	80	21	6	8	1200	320	0	0
19	5	1	4	50	13	6	8	81	21	12	0	1300	346	13	4
20	5	6	8	51	13	12	0	82	21	17	4	1400	373	6	8
21	5	12	0	52	13	17	4	83	22	2	8	1500	400	0	0
22	5	17	4	53	14	2	8	84	22	8	0	2000	533	6	8
23	6	2	8	54	14	8	0	85	22	13	4	3000	800	0	0
24	6	8	0	55	14	13	4	86	22	18	8	4000	1066	13	4
25	6	13	4	56	14	18	8	87	23	4	0	5000	1333	6	8
26	6	18	8	57	15	4	0	88	23	9	4	6000	1600	0	0
27	7	4	0	58	15	9	4	89	23	14	8	7000	1866	13	4
28	7	9	4	59	15	14	8	90	24	0	0	8000	2133	6	8
29	7	14	8	60	16	0	0	91	24	5	4	9000	2400	0	0
30	8	0	0	61	16	5	4	92	24	10	8	10000	2666	13	4
31	8	5	4	62	16	10	8	93	24	16	0	20000	5333	6	8

No.	L.	s.	d.
112	29	17	4
144	38	8	0
250	66	13	4
256	68	5	4
272	72	10	8
365	97	6	8
750	200	0	0
1250	333	6	8
Fractional Parts.				
16ths.	s.	d.	f.	frac.
1	0	4	0	0-0
2	0	8	0	0-0
3	1	0	0	0-0
4	1	4	0	0-0
5	1	8	0	0-0
6	2	0	0	0-0
7	2	4	0	0-0
8	2	8	0	0-0
9	3	0	0	0-0
10	3	4	0	0-0
11	3	8	0	0-0
12	4	0	0	0-0
13	4	4	0	0-0
14	4	8	0	0-0
15	5	0	0	0-0
1-3d	1	9	1	1-3
2-3ds	3	6	2	2-3
1-12th	0	5	1	1-3
1-14th	0	4	2	2-7
1-20th	0	3	0	4-5

At 5 Shillings 5 Pence.

No.	L.	s.	d.	No.	L.	s.	d.	No.	L.	s.	d.	No.	L.	s.	d.
1	0	5	5	32	8	13	4	63	17	1	3	94	25	9	2
2	0	10	10	33	8	18	9	64	17	6	8	95	25	14	7
3	0	16	3	34	9	4	2	65	17	12	1	96	26	0	0
4	1	1	8	35	9	9	7	66	17	17	6	97	26	5	5
5	1	7	1	36	9	15	0	67	18	2	11	98	26	10	10
6	1	12	6	37	10	0	5	68	18	8	4	99	26	16	3
7	1	17	11	38	10	5	10	69	18	13	9	100	27	1	8
8	2	3	4	39	10	11	3	70	18	19	2	200	54	3	4
9	2	8	9	40	10	16	8	71	19	4	7	300	81	5	0
10	2	14	2	41	11	2	1	72	19	10	0	400	108	6	8
11	2	19	7	42	11	7	6	73	19	15	5	500	135	8	4
12	3	5	0	43	11	12	11	74	20	0	10	600	162	10	0
13	3	10	5	44	11	18	4	75	20	6	3	700	189	11	8
14	3	15	10	45	12	3	9	76	20	11	8	800	216	13	4
15	4	1	3	46	12	9	2	77	20	17	1	900	243	15	0
16	4	6	8	47	12	14	7	78	21	2	6	1000	270	16	8
17	4	12	1	48	13	0	0	79	21	7	11	1100	297	18	4
18	4	17	6	49	13	5	5	80	21	13	4	1200	325	0	0
19	5	2	11	50	13	10	10	81	21	18	9	1300	352	1	8
20	5	8	4	51	13	16	3	82	22	4	2	1400	379	3	4
21	5	13	9	52	14	1	8	83	22	9	7	1500	406	5	0
22	5	19	2	53	14	7	1	84	22	15	0	2000	541	13	4
23	6	4	7	54	14	12	6	85	23	0	5	3000	812	10	0
24	6	10	0	55	14	17	11	86	23	5	10	4000	1083	6	8
25	6	15	5	56	15	3	4	87	23	11	3	5000	1354	3	4
26	7	0	10	57	15	8	9	88	23	16	8	6000	1625	0	0
27	7	6	3	58	15	14	2	89	24	2	1	7000	1895	16	8
28	7	11	8	59	15	19	7	90	24	7	6	8000	2166	13	4
29	7	17	1	60	16	5	0	91	24	12	11	9000	2437	10	0
30	8	2	6	61	16	10	5	92	24	18	4	10000	2708	6	8
31	8	7	11	62	16	15	10	93	25	3	9	20000	5416	13	4

No.	L.	s.	d.
112	30	6	8
144	39	0	0
250	67	14	2
256	69	6	8
272	73	13	4
365	98	17	1
750	203	2	6
1250	338	10	10
Fractional Parts.				
16ths.	s.	d.	f.	frac.
1	0	4	0	1-4
2	0	8	0	2-4
3	1	0	0	3-4
4	1	4	1	0-0
5	1	8	1	1-4
6	2	0	1	2-4
7	2	4	1	3-4
8	2	8	2	0-0
9	3	0	2	1-4
10	3	4	2	2-4
11	3	8	2	3-4
12	4	0	3	0-0
13	4	4	3	1-4
14	4	8	3	2-4
15	5	0	3	3-4
1-3d	1	9	2	2-3
2-3ds	3	7	1	1-3
1-12th	0	5	1	2-3
1-14th	0	4	2	4-7
1-20th	0	3	1	6-0

At 5 Shillings 6 Pence.

No.	L.	s.	d.	No.	L.	s.	d.	No.	L.	s.	d.	No.	L.	s.	d.
1	0	5	6	32	8	16	0	63	17	6	6	94	25	17	0
2	0	11	0	33	9	1	6	64	17	12	0	95	26	2	6
3	0	16	6	34	9	7	0	65	17	17	6	96	26	8	0
4	1	2	0	35	9	12	6	66	18	3	0	97	26	13	6
5	1	7	6	36	9	18	0	67	18	8	6	98	26	19	0
6	1	13	0	37	10	3	6	68	18	14	0	99	27	4	6
7	1	18	6	38	10	9	0	69	18	19	6	100	27	10	0
8	2	4	0	39	10	14	6	70	19	5	0	200	55	0	0
9	2	9	6	40	11	0	0	71	19	10	6	300	82	10	0
10	2	15	0	41	11	5	6	72	19	16	0	400	110	0	0
11	3	0	6	42	11	11	0	73	20	1	6	500	137	10	0
12	3	6	0	43	11	16	6	74	20	7	0	600	165	0	0
13	3	11	6	44	12	2	0	75	20	12	6	700	192	10	0
14	3	17	0	45	12	7	6	76	20	18	0	800	220	0	0
15	4	2	6	46	12	13	0	77	21	3	6	900	247	10	0
16	4	8	0	47	12	18	6	78	21	9	0	1000	275	0	0
17	4	13	6	48	13	4	0	79	21	14	6	1100	302	10	0
18	4	19	0	49	13	9	6	80	22	0	0	1200	330	0	0
19	5	4	6	50	13	15	0	81	22	5	6	1300	357	10	0
20	5	10	0	51	14	0	6	82	22	11	0	1400	385	0	0
21	5	15	6	52	14	6	0	83	22	16	6	1500	412	10	0
22	6	1	0	53	14	11	6	84	23	2	0	2000	550	0	0
23	6	6	6	54	14	17	0	85	23	7	6	3000	825	0	0
24	6	12	0	55	15	2	6	86	23	13	0	4000	1100	0	0
25	6	17	6	56	15	8	0	87	23	18	6	5000	1375	0	0
26	7	3	0	57	15	13	6	88	24	4	0	6000	1650	0	0
27	7	8	6	58	15	19	0	89	24	9	6	7000	1925	0	0
28	7	14	0	59	16	4	6	90	24	15	0	8000	2200	0	0
29	7	19	6	60	16	10	0	91	25	0	6	9000	2475	0	0
30	8	5	0	61	16	15	6	92	25	6	0	10000	2750	0	0
31	8	10	6	62	17	1	0	93	25	11	6	20000	5500	0	0

No.	L.	s.	d.
112	30	16	0
144	39	12	0
250	68	15	0
256	70	8	0
272	74	16	0
365	100	7	6
750	206	5	0
1250	343	15	0

Fractional Parts.

16ths.	s.	d.	f.	frac.
1	0	4	0	1-2
2	0	8	1	0-0
3	1	0	1	1-2
4	1	4	2	0-0
5	1	8	2	1-2
6	2	0	3	0-0
7	2	4	3	1-2
8	2	9	0	0-0
9	3	1	0	1-2
10	3	5	1	0-0
11	3	9	1	1-2
12	4	1	2	0-0
13	4	5	2	1-2
14	4	9	3	0-0
15	5	1	3	1-2
1-3d	1	10	0	0-0
2-3ds	3	8	0	0-0
1-12th	0	5	2	0-0
1-14th	0	4	2	6-7
1-20th	0	3	1	1-5

At 5 Shillings 7 Pence.

No.	L.	s.	d.	No.	L.	s.	d.	No.	L.	s.	d.	No.	L.	s.	d.
1	0	5	7	32	8	18	8	63	17	11	9	94	26	4	10
2	0	11	2	33	9	4	3	64	17	17	4	95	26	10	5
3	0	16	9	34	9	9	10	65	18	2	11	96	26	16	0
4	1	2	4	35	9	15	5	66	18	8	6	97	27	1	7
5	1	7	11	36	10	1	0	67	18	14	1	98	27	7	2
6	1	13	6	37	10	6	7	68	18	19	8	99	27	12	9
7	1	19	1	38	10	12	2	69	19	5	3	100	27	18	4
8	2	4	8	39	10	17	9	70	19	10	10	200	55	16	8
9	2	10	3	40	11	3	4	71	19	16	5	300	83	15	0
10	2	15	10	41	11	8	11	72	20	2	0	400	111	13	4
11	3	1	5	42	11	14	6	73	20	7	7	500	139	11	8
12	3	7	0	43	12	0	1	74	20	13	2	600	167	10	0
13	3	12	7	44	12	5	8	75	20	18	9	700	195	8	4
14	3	18	2	45	12	11	3	76	21	4	4	800	223	6	8
15	4	3	9	46	12	16	10	77	21	9	11	900	251	5	0
16	4	9	4	47	13	2	5	78	21	15	6	1000	279	3	4
17	4	14	11	48	13	8	0	79	22	1	1	1100	307	1	8
18	5	0	6	49	13	13	7	80	22	6	8	1200	335	0	0
19	5	6	1	50	13	19	2	81	22	12	3	1300	362	18	4
20	5	11	8	51	14	4	9	82	22	17	10	1400	390	16	8
21	5	17	3	52	14	10	4	83	23	3	5	1500	418	15	0
22	6	2	10	53	14	15	11	84	23	9	0	2000	558	6	8
23	6	8	5	54	15	1	6	85	23	14	7	3000	837	10	0
24	6	14	0	55	15	7	1	86	24	0	2	4000	1116	13	4
25	6	19	7	56	15	12	8	87	24	5	9	5000	1395	16	8
26	7	5	2	57	15	18	3	88	24	11	4	6000	1675	0	0
27	7	10	9	58	16	3	10	89	24	16	11	7000	1954	3	4
28	7	16	4	59	16	9	5	90	25	2	6	8000	2233	6	8
29	8	1	11	60	16	15	0	91	25	8	1	9000	2512	10	0
30	8	7	6	61	17	0	7	92	25	13	8	10000	2791	13	4
31	8	13	1	62	17	6	2	93	25	19	3	20000	5583	6	8

No.	L.	s.	d.
112	31	5	4
144	40	4	0
250	69	15	10
256	71	9	4
272	75	18	8
365	101	17	11
750	209	7	6
1250	348	19	2

Fractional Parts

16ths.	s.	d.	f.	frac.
1	0	4	0	3-4
2	0	8	1	2-4
3	1	0	2	1-4
4	1	4	3	0-0
5	1	8	3	3-4
6	2	1	0	2-4
7	2	5	1	1-4
8	2	9	2	0-0
9	3	1	2	3-4
10	3	5	3	2-4
11	3	10	0	1-4
12	4	2	1	0-0
13	4	6	1	3-4
14	4	10	2	2-4
15	5	2	3	1-4
1-3d	1	10	1	1-3
2-3ds	3	8	2	2-3
1-12th	0	5	2	1-3
1-14th	0	4	3	1-7
1-20th	0	3	1	2-5

At 5 Shillings 8 Pence.

No.	L.	s.	d.	No.	L.	s.	d.	No.	L.	s.	d.	No.	L.	s.	d.
1	0	5	8	32	9	1	4	63	17	17	0	94	26	12	8
2	0	11	4	33	9	7	0	64	18	2	8	95	26	18	4
3	0	17	0	34	9	12	8	65	18	8	4	96	27	4	0
4	1	2	8	35	9	18	4	66	18	14	0	97	27	9	8
5	1	8	4	36	10	4	0	67	18	19	8	98	27	15	4
6	1	14	0	37	10	9	8	68	19	5	4	99	28	1	0
7	1	19	8	38	10	15	4	69	19	11	0	100	28	6	8
8	2	5	4	39	11	1	0	70	19	16	8	200	56	13	4
9	2	11	0	40	11	6	8	71	20	2	4	300	85	0	0
10	2	16	8	41	11	12	4	72	20	8	0	400	113	6	8
11	3	2	4	42	11	18	0	73	20	13	8	500	141	13	4
12	3	8	0	43	12	3	8	74	20	19	4	600	170	0	0
13	3	13	8	44	12	9	4	75	21	5	0	700	198	6	8
14	3	19	4	45	12	15	0	76	21	10	8	800	226	13	4
15	4	5	0	46	13	0	8	77	21	16	4	900	255	0	0
16	4	10	8	47	13	6	4	78	22	2	0	1000	283	6	8
17	4	16	4	48	13	12	0	79	22	7	8	1100	311	13	4
18	5	2	0	49	13	17	8	80	22	13	4	1200	340	0	0
19	5	7	8	50	14	3	4	81	22	19	0	1300	368	6	8
20	5	13	4	51	14	9	0	82	23	4	8	1400	396	13	4
21	5	19	0	52	14	14	8	83	23	10	4	1500	425	0	0
22	6	4	8	53	15	0	4	84	23	16	0	2000	566	13	4
23	6	10	4	54	15	6	0	85	24	1	8	3000	850	0	0
24	6	16	0	55	15	11	8	86	24	7	4	4000	1133	6	8
25	7	1	8	56	15	17	4	87	24	13	0	5000	1416	13	4
26	7	7	4	57	16	3	0	88	24	18	8	6000	1700	0	0
27	7	13	0	58	16	8	8	89	25	4	4	7000	1983	6	8
28	7	18	8	59	16	14	4	90	25	10	0	8000	2266	13	4
29	8	4	4	60	17	0	0	91	25	15	8	9000	2550	0	0
30	8	10	0	61	17	5	8	92	26	1	4	10000	2833	6	8
31	8	15	8	62	17	11	4	93	26	7	0	20000	5666	13	4

No.	L.	s.	d.
112	31	14	8
144	40	16	0
250	70	16	8
256	72	10	8
272	77	1	4
365	103	8	4
750	212	10	0
1250	354	3	4

Fractional Parts.

16ths.	s.	d.	f.	frac.
1	0	4	1	0-0
2	0	8	2	0-0
3	1	0	3	0-0
4	1	5	0	0-0
5	1	9	1	0-0
6	2	1	2	0-0
7	2	5	3	0-0
8	2	10	0	0-0
9	3	2	1	0-0
10	3	6	2	0-0
11	3	10	3	0-0
12	4	3	0	0-0
13	4	7	1	0-0
14	4	11	2	0-0
15	5	3	3	0-0
1-3d	1	10	2	2-3
2-3ds	3	9	1	1-3
1-12th	0	5	2	2-3
1-14th	0	4	3	3-7
1-20th	0	3	1	3-5

At 5 Shillings 9 Pence.

No.	L.	s.	d.	No.	L.	s.	d.	No.	L.	s.	d.	No.	L.	s.	d.
1	0	5	9	32	9	4	0	63	18	2	3	94	27	0	6
2	0	11	6	33	9	9	9	64	18	8	0	95	27	6	3
3	0	17	3	34	9	15	6	65	18	13	9	96	27	12	0
4	1	3	0	35	10	1	3	66	18	19	6	97	27	17	9
5	1	8	9	36	10	7	0	67	19	5	3	98	28	3	6
6	1	14	6	37	10	12	9	68	19	11	0	99	28	9	3
7	2	0	3	38	10	18	6	69	19	16	9	100	28	15	0
8	2	6	0	39	11	4	3	70	20	2	6	200	57	10	0
9	2	11	9	40	11	10	0	71	20	8	3	300	86	5	0
10	2	17	6	41	11	15	9	72	20	14	0	400	115	0	0
11	3	3	3	42	12	1	6	73	20	19	9	500	143	15	0
12	3	9	0	43	12	7	3	74	21	5	6	600	172	10	0
13	3	14	9	44	12	13	0	75	21	11	3	700	201	5	0
14	4	0	6	45	12	18	9	76	21	17	0	800	230	0	0
15	4	6	3	46	13	4	6	77	22	2	9	900	258	15	0
16	4	12	0	47	13	10	3	78	22	8	6	1000	287	10	0
17	4	17	9	48	13	16	0	79	22	14	3	1100	316	5	0
18	5	3	6	49	14	1	9	80	23	0	0	1200	345	0	0
19	5	9	3	50	14	7	6	81	23	5	9	1300	373	15	0
20	5	15	0	51	14	13	3	82	23	11	6	1400	402	10	0
21	6	0	9	52	14	19	0	83	23	17	3	1500	431	5	0
22	6	6	6	53	15	4	9	84	24	3	0	2000	575	0	0
23	6	12	3	54	15	10	6	85	24	8	9	3000	862	10	0
24	6	18	0	55	15	16	3	86	24	14	6	4000	1150	0	0
25	7	3	9	56	16	2	0	87	25	0	3	5000	1437	10	0
26	7	9	6	57	16	7	9	88	25	6	0	6000	1725	0	0
27	7	15	3	58	16	13	6	89	25	11	9	7000	2012	10	0
28	8	1	0	59	16	19	3	90	25	17	6	8000	2300	0	0
29	8	6	9	60	17	5	0	91	26	3	3	9000	2587	10	0
30	8	12	6	61	17	10	9	92	26	9	0	10000	2875	0	0
31	8	18	3	62	17	16	6	93	26	14	9	20000	5750	0	0

No.	L.	s.	d.
112	32	4	0
144	41	8	0
250	71	17	6
256	73	12	0
272	78	4	0
365	104	18	9
750	215	12	6
1250	359	7	6

Fractional Parts.

16ths.	s.	d.	f.	frac.
1	0	4	1	1-4
2	0	8	2	2-4
3	1	0	3	3-4
4	1	5	1	0-0
5	1	9	2	1-4
6	2	1	3	2-4
7	2	6	0	3-4
8	2	10	2	0-0
9	3	2	3	1-4
10	3	7	0	2-4
11	3	11	1	3-4
12	4	3	3	0-0
13	4	8	0	1-4
14	5	0	1	2-4
15	5	4	2	3-4
1-3d	1	11	0	0-0
2-3ds	3	10	0	0-0
1-12th	0	5	3	0-0
1-14th	0	4	3	5-7
1-20th	0	3	1	4-5

No.	l.	s.	d.	No.	l.	s.	d.	No.	l.	s.	d.	No.	l.	s.	d.
1	0	5	10	32	9	6	8	63	18	7	6	94	27	8	4
2	0	11	8	33	9	12	6	64	18	13	4	95	27	14	2
3	0	17	6	34	9	18	4	65	18	19	2	96	28	0	0
4	1	3	4	35	10	4	2	66	19	5	0	97	28	5	10
5	1	9	2	36	10	10	0	67	19	10	10	98	28	11	8
6	1	15	0	37	10	15	10	68	19	16	8	99	28	17	6
7	2	0	10	38	11	1	8	69	20	2	6	100	29	3	4
8	2	6	8	39	11	7	6	70	20	8	4	200	58	6	8
9	2	12	6	40	11	13	4	71	20	14	2	300	87	10	0
10	2	18	4	41	11	19	2	72	21	0	0	400	116	13	4
11	3	4	2	42	12	5	0	73	21	5	10	500	145	16	8
12	3	10	0	43	12	10	10	74	21	11	8	600	175	0	0
13	3	15	10	44	12	16	8	75	21	17	6	700	204	3	4
14	4	1	8	45	13	2	6	76	22	3	4	800	233	6	8
15	4	7	6	46	13	8	4	77	22	9	2	900	262	10	0
16	4	13	4	47	13	14	2	78	22	15	0	1000	291	13	4
17	4	19	2	48	14	0	0	79	23	0	10	1100	320	16	8
18	5	5	0	49	14	5	10	80	23	6	8	1200	350	0	0
19	5	10	10	50	14	11	8	81	23	12	6	1300	379	3	4
20	5	16	8	51	14	17	6	82	23	18	4	1400	408	6	8
21	6	2	6	52	15	3	4	83	24	4	2	1500	437	10	0
22	6	8	4	53	15	9	2	84	24	10	0	2000	583	6	8
23	6	14	2	54	15	15	0	85	24	15	10	3000	875	0	0
24	7	0	0	55	16	0	10	86	25	1	8	4000	1166	13	4
25	7	5	10	56	16	6	8	87	25	7	6	5000	1458	6	8
26	7	11	8	57	16	12	6	88	25	13	4	6000	1750	0	0
27	7	17	6	58	16	18	4	89	25	19	2	7000	2041	13	4
28	8	3	4	59	17	4	2	90	26	5	0	8000	2333	6	8
29	8	9	2	60	17	10	0	91	26	10	10	9000	2625	0	0
30	8	15	0	61	17	15	10	92	26	16	8	10000	2916	13	4
31	9	0	10	62	18	1	8	93	27	2	6	20000	5833	6	8

No.	l.	s.	d.
112	32	13	4
144	42	0	0
250	72	18	4
256	74	13	4
272	79	6	8
365	106	9	2
750	218	15	0
1250	364	11	8

Fractional Parts.

16ths.	s.	d.	f.	frac.
1	0	4	1	1-2
2	0	8	3	0-0
3	1	1	0	1-2
4	1	5	2	0-0
5	1	9	3	1-2
6	2	2	1	0-0
7	2	6	2	1-2
8	2	11	0	0-0
9	3	3	1	1-2
10	3	7	3	0-0
11	4	0	0	1-2
12	4	4	2	0-0
13	4	8	3	1-2
14	5	1	1	0-0
15	5	5	2	1-2
1-3d	1	11	1	1-3
2-3ds	3	10	2	2-3
1-12th	0	5	3	1-3
1-14th	0	5	0	0-0
1-20th	0	3	2	0-0

At 5 Shillings 11 Pence.

No.	l.	s.	d.	No.	l.	s.	d.	No.	l.	s.	d.	No.	l.	s.	d.
1	0	5	11	32	9	9	4	63	18	12	9	94	27	16	2
2	0	11	10	33	9	15	3	64	18	18	8	95	28	2	1
3	0	17	9	34	10	1	2	65	19	4	7	96	28	8	0
4	1	3	8	35	10	7	1	66	19	10	6	97	28	13	11
5	1	9	7	36	10	13	0	67	19	16	5	98	28	19	10
6	1	15	6	37	10	18	11	68	20	2	4	99	29	5	9
7	2	1	5	38	11	4	10	69	20	8	3	100	29	11	8
8	2	7	4	39	11	10	9	70	20	14	2	200	59	3	4
9	2	13	3	40	11	16	8	71	21	0	1	300	88	15	0
10	2	19	2	41	12	2	7	72	21	6	0	400	118	6	8
11	3	5	1	42	12	8	6	73	21	11	11	500	147	18	4
12	3	11	0	43	12	14	5	74	21	17	10	600	177	10	0
13	3	16	11	44	13	0	4	75	22	3	9	700	207	1	8
14	4	2	10	45	13	6	3	76	22	9	8	800	236	13	4
15	4	8	9	46	13	12	2	77	22	15	7	900	266	5	0
16	4	14	8	47	13	18	1	78	23	1	6	1000	295	16	8
17	5	0	7	48	14	4	0	79	23	7	5	1100	325	8	4
18	5	6	6	49	14	9	11	80	23	13	4	1200	355	0	0
19	5	12	5	50	14	15	10	81	23	19	3	1300	384	11	8
20	5	18	4	51	15	1	9	82	24	5	2	1400	414	3	4
21	6	4	3	52	15	7	8	83	24	11	1	1500	443	15	0
22	6	10	2	53	15	13	7	84	24	17	0	2000	591	13	4
23	6	16	1	54	15	19	6	85	25	2	11	3000	887	10	0
24	7	2	0	55	16	5	5	86	25	8	10	4000	1183	6	8
25	7	7	11	56	16	11	4	87	25	14	9	5000	1479	3	4
26	7	13	10	57	16	17	3	88	26	0	8	6000	1775	0	0
27	7	19	9	58	17	3	2	89	26	6	7	7000	2070	16	8
28	8	5	8	59	17	9	1	90	26	12	6	8000	2366	13	4
29	8	11	7	60	17	15	0	91	26	18	5	9000	2662	10	0
30	8	17	6	61	18	0	11	92	27	4	4	10000	2958	6	8
31	9	3	5	62	18	6	10	93	27	10	3	20000	5916	13	4

No.	l.	s.	d.
112	33	2	8
144	42	12	0
250	73	19	2
256	75	14	8
272	80	9	4
365	107	19	7
750	221	17	6
1250	369	15	10

Fractional Parts.

16ths.	s.	d.	f.	frac.
1	0	4	1	3-4
2	0	8	3	2-4
3	1	1	1	1-4
4	1	5	3	0 0
5	1	10	0	3-4
6	2	2	2	2-4
7	2	7	0	1-4
8	2	11	2	0-0
9	3	3	3	3-4
10	3	8	1	2-4
11	4	0	3	1-4
12	4	5	1	0-0
13	4	9	3	3-4
14	5	2	0	2-4
15	5	6	2	1-4
1-3d	1	11	2	2-3
2-3ds	3	11	1	1-3
1-12th	0	5	3	2-3
1-14th	0	5	0	2-7
1-20th	0	3	2	1-5

No.	L.	s.	d.	No.	L.	s.	d.	No.	L.	s.	d.	No.	L.	s.	d.
1	0	6	0	32	9	12	0	63	18	18	0	94	28	4	0
2	0	12	0	33	9	18	0	64	19	4	0	95	28	10	0
3	0	18	0	34	10	4	0	65	19	10	0	96	28	16	0
4	1	4	0	35	10	10	0	66	19	16	0	97	29	2	0
5	1	10	0	36	10	16	0	67	20	2	0	98	29	8	0
6	1	16	0	37	11	2	0	68	20	8	0	99	29	14	0
7	2	2	0	38	11	8	0	69	20	14	0	100	30	0	0
8	2	8	0	39	11	14	0	70	21	0	0	200	60	0	0
9	2	14	0	40	12	0	0	71	21	6	0	300	90	0	0
10	3	0	0	41	12	6	0	72	21	12	0	400	120	0	0
11	3	6	0	42	12	12	0	73	21	18	0	500	150	0	0
12	3	12	0	43	12	18	0	74	22	4	0	600	180	0	0
13	3	18	0	44	13	4	0	75	22	10	0	700	210	0	0
14	4	4	0	45	13	10	0	76	22	16	0	800	240	0	0
15	4	10	0	46	13	16	0	77	23	2	0	900	270	0	0
16	4	16	0	47	14	2	0	78	23	8	0	1000	300	0	0
17	5	2	0	48	14	8	0	79	23	14	0	1100	330	0	0
18	5	8	0	49	14	14	0	80	24	0	0	1200	360	0	0
19	5	14	0	50	15	0	0	81	24	6	0	1300	390	0	0
20	6	0	0	51	15	6	0	82	24	12	0	1400	420	0	0
21	6	6	0	52	15	12	0	83	24	18	0	1500	450	0	0
22	6	12	0	53	15	18	0	84	25	4	0	2000	600	0	0
23	6	18	0	54	16	4	0	85	25	10	0	3000	900	0	0
24	7	4	0	55	16	10	0	86	25	16	0	4000	1200	0	0
25	7	10	0	56	16	16	0	87	26	2	0	5000	1500	0	0
26	7	16	0	57	17	2	0	88	26	8	0	6000	1800	0	0
27	8	2	0	58	17	8	0	89	26	14	0	7000	2100	0	0
28	8	8	0	59	17	14	0	90	27	0	0	8000	2400	0	0
29	8	14	0	60	18	0	0	91	27	6	0	9000	2700	0	0
30	9	0	0	61	18	6	0	92	27	12	0	10000	3000	0	0
31	9	6	0	62	18	12	0	93	27	18	0	20000	6000	0	0

No.	L.	s.	d.
112	33	12	0
144	43	4	0
250	75	0	0
256	76	16	0
272	81	12	0
365	109	10	0
750	225	0	0
1250	375	0	0

Fractional Parts.

10ths.	s.	d.	f.	frac.
1	0	4	2	0-0
2	0	9	0	0-0
3	1	1	2	0-0
4	1	6	0	0-0
5	1	10	2	0-0
6	2	3	0	0-0
7	2	7	2	0-0
8	3	0	0	0-0
9	3	4	2	0-0
10	3	9	0	0-0
11	4	1	2	0-0
12	4	6	0	0-0
13	4	10	2	0-0
14	5	3	0	0-0
15	5	7	2	0-0
1-3d	2	0	0	0-0
2-3ds	4	0	0	0-0
1-12th	0	6	0	0-0
1-14th	0	5	0	4-7
1-20th	0	3	2	2-5

At 6 Shillings 1 Penny.

No.	L.	s.	d.	No.	L.	s.	d.	No.	L.	s.	d.	No.	L.	s.	d.
1	0	6	1	32	9	14	8	63	19	3	3	94	28	11	10
2	0	12	2	33	10	0	9	64	19	9	4	95	28	17	11
3	0	18	3	34	10	6	10	65	19	15	5	96	29	4	0
4	1	4	4	35	10	12	11	66	20	1	6	97	29	10	1
5	1	10	5	36	10	19	0	67	20	7	7	98	29	16	2
6	1	16	6	37	11	5	1	68	20	13	8	99	30	2	3
7	2	2	7	38	11	11	2	69	20	19	9	100	30	8	4
8	2	8	8	39	11	17	3	70	21	5	10	200	60	16	8
9	2	14	9	40	12	3	4	71	21	11	11	300	91	5	0
10	3	0	10	41	12	9	5	72	21	18	0	400	121	13	4
11	3	6	11	42	12	15	6	73	22	4	1	500	152	1	8
12	3	13	0	43	13	1	7	74	22	10	2	600	182	10	0
13	3	19	1	44	13	7	8	75	22	16	3	700	212	18	4
14	4	5	2	45	13	13	9	76	23	2	4	800	243	6	8
15	4	11	3	46	13	19	10	77	23	8	5	900	273	15	0
16	4	17	4	47	14	5	11	78	23	14	6	1000	304	3	4
17	5	3	5	48	14	12	0	79	24	0	7	1100	334	11	8
18	5	9	6	49	14	18	1	80	24	6	8	1200	365	0	0
19	5	15	7	50	15	4	2	81	24	12	9	1300	395	8	4
20	6	1	8	51	15	10	3	82	24	18	10	1400	425	16	8
21	6	7	9	52	15	16	4	83	25	4	11	1500	456	5	0
22	6	13	10	53	16	2	5	84	25	11	0	2000	608	6	8
23	6	19	11	54	16	8	6	85	25	17	1	3000	912	10	0
24	7	6	0	55	16	14	7	86	26	3	2	4000	1216	13	4
25	7	12	1	56	17	0	8	87	26	9	3	5000	1520	16	8
26	7	18	2	57	17	6	9	88	26	15	4	6000	1825	0	0
27	8	4	3	58	17	12	10	89	27	1	5	7000	2129	3	4
28	8	10	4	59	17	18	11	90	27	7	6	8000	2433	6	8
29	8	16	5	60	18	5	0	91	27	13	7	9000	2737	10	0
30	9	2	6	61	18	11	1	92	27	19	8	10000	3041	13	4
31	9	8	7	62	18	17	2	93	28	5	9	20000	6083	6	8

No.	L.	s.	d.
112	34	1	4
144	43	16	0
250	76	0	10
256	77	17	4
272	82	14	8
365	111	0	5
750	228	2	6
1250	380	4	2

Fractional Parts.

10ths.	s.	d.	f.	frac.
1	0	4	2	1-4
2	0	9	0	2-4
3	1	1	2	3-4
4	1	6	1	0-0
5	1	10	3	1-4
6	2	3	1	2-4
7	2	7	3	3-4
8	3	0	2	0-0
9	3	5	0	1-4
10	3	9	2	2-4
11	4	2	0	3-4
12	4	6	3	0-0
13	4	11	1	1-4
14	5	3	3	2-4
15	5	8	1	3-4
1-3d	2	0	1	1-3
2-3ds	4	0	2	2-3
1-12th	0	6	0	1-3
1-14th	0	5	0	6-7
1-20th	0	3	2	3-5

No.	l.	s.	d.	No.	l.	s.	d.	No.	l.	s.	d.	No.	l.	s.	d.
1	0	6	2	32	9	17	4	63	19	8	6	94	28	19	8
2	0	12	4	33	10	3	6	64	19	14	8	95	29	5	10
3	0	18	6	34	10	9	8	65	20	0	10	96	29	12	0
4	1	4	8	35	10	15	10	66	20	7	0	97	29	18	2
5	1	10	10	36	11	2	0	67	20	13	2	98	30	4	4
6	1	17	0	37	11	8	2	68	20	19	4	99	30	10	6
7	2	3	2	38	11	14	4	69	21	5	6	100	30	16	8
8	2	9	4	39	12	0	6	70	21	11	8	200	61	13	4
9	2	15	6	40	12	6	8	71	21	17	10	300	92	10	0
10	3	1	8	41	12	12	10	72	22	4	0	400	123	6	8
11	3	7	10	42	12	19	0	73	22	10	2	500	154	3	4
12	3	14	0	43	13	5	2	74	22	16	4	600	185	0	0
13	4	0	2	44	13	11	4	75	23	2	6	700	215	16	8
14	4	6	4	45	13	17	6	76	23	8	8	800	246	13	4
15	4	12	6	46	14	3	8	77	23	14	10	900	277	10	0
16	4	18	8	47	14	9	10	78	24	1	0	1000	308	6	8
17	5	4	10	48	14	16	0	79	24	7	2	1100	339	3	4
18	5	11	0	49	15	2	2	80	24	13	4	1200	370	0	0
19	5	17	2	50	15	8	4	81	24	19	6	1300	400	16	8
20	6	3	4	51	15	14	6	82	25	5	8	1400	431	13	4
21	6	9	6	52	16	0	8	83	25	11	10	1500	462	10	0
22	6	15	8	53	16	6	10	84	25	18	0	2000	616	13	4
23	7	1	10	54	16	13	0	85	26	4	2	3000	925	0	0
24	7	8	0	55	16	19	2	86	26	10	4	4000	1233	6	8
25	7	14	2	56	17	5	4	87	26	16	6	5000	1541	13	4
26	8	0	4	57	17	11	6	88	27	2	8	6000	1850	0	0
27	8	6	6	58	17	17	8	89	27	8	10	7000	2158	6	8
28	8	12	8	59	18	3	10	90	27	15	0	8000	2466	13	4
29	8	18	10	60	18	10	0	91	28	1	2	9000	2775	0	0
30	9	5	0	61	18	16	2	92	28	7	4	10000	3083	6	8
31	9	11	2	62	19	2	4	93	28	13	6	20000	6166	13	4

No.	l.	s.	d.
112	34	10	8
144	44	8	0
250	77	1	8
256	78	18	8
272	83	17	4
365	112	10	10
750	231	5	0
1250	385	8	4

Fractional Parts.

16th.	s.	d.	f.	frac.
1	0	4	2	1-2
2	0	9	1	0-0
3	1	1	3	1-2
4	1	6	2	0-0
5	1	11	0	1-2
6	2	3	3	0-0
7	2	8	1	1-2
8	3	1	0	0-0
9	3	5	2	1-2
10	3	10	1	0-0
11	4	2	3	1-2
12	4	7	2	0-0
13	5	0	0	1-2
14	5	4	3	0-0
15	5	9	1	1-2
1-3d	2	0	2	2-3
2-3ds	4	1	1	1-3
1-12th	0	6	0	2-3
1-14th	0	5	1	1-7
1-20th	0	3	2	4-5

At 6 Shillings 3 Pence.

No.	l.	s.	d.	No.	l.	s.	d.	No.	l.	s.	d.	No.	l.	s.	d.
1	0	6	3	32	10	0	0	63	19	13	9	94	29	7	6
2	0	12	6	33	10	6	3	64	20	0	0	95	29	13	9
3	0	18	9	34	10	12	6	65	20	6	3	96	30	0	0
4	1	5	0	35	10	18	9	66	20	12	6	97	30	6	3
5	1	11	3	36	11	5	0	67	20	18	9	98	30	12	6
6	1	17	6	37	11	11	3	68	21	5	0	99	30	18	9
7	2	3	9	38	11	17	6	69	21	11	3	100	31	5	0
8	2	10	0	39	12	3	9	70	21	17	6	200	62	10	0
9	2	16	3	40	12	10	0	71	22	3	9	300	93	15	0
10	3	2	6	41	12	16	3	72	22	10	0	400	125	0	0
11	3	8	9	42	13	2	6	73	22	16	3	500	156	5	0
12	3	15	0	43	13	8	9	74	23	2	6	600	187	10	0
13	4	1	3	44	13	15	0	75	23	8	9	700	218	15	0
14	4	7	6	45	14	1	3	76	23	15	0	800	250	0	0
15	4	13	9	46	14	7	6	77	24	1	3	900	281	5	0
16	5	0	0	47	14	13	9	78	24	7	6	1000	312	10	0
17	5	6	3	48	15	0	0	79	24	13	9	1100	343	15	0
18	5	12	6	49	15	6	3	80	25	0	0	1200	375	0	0
19	5	18	9	50	15	12	6	81	25	6	3	1300	406	5	0
20	6	5	0	51	15	18	9	82	25	12	6	1400	437	10	0
21	6	11	3	52	16	5	0	83	25	18	9	1500	468	15	0
22	6	17	6	53	16	11	3	84	26	5	0	2000	625	0	0
23	7	3	9	54	16	17	6	85	26	11	3	3000	937	10	0
24	7	10	0	55	17	3	9	86	26	17	6	4000	1250	0	0
25	7	16	3	56	17	10	0	87	27	3	9	5000	1562	10	0
26	8	2	6	57	17	16	3	88	27	10	0	6000	1875	0	0
27	8	8	9	58	18	2	6	89	27	16	3	7600	2187	10	0
28	8	15	0	59	18	8	9	90	28	2	6	8000	2500	0	0
29	9	1	3	60	18	15	0	91	28	8	9	9000	2812	10	0
30	9	7	6	61	19	1	3	92	28	15	0	10000	3125	0	0
31	9	13	9	62	19	7	6	93	29	1	3	20000	6250	0	0

No.	l.	s.	d.
112	35	0	0
144	45	0	0
250	78	2	6
256	80	0	0
272	85	0	0
365	114	1	3
750	234	7	6
1250	390	12	6

Fractional Parts.

16ths.	s.	d.	f.	frac.
1	0	4	2	3-4
2	0	9	1	2-4
3	1	2	0	1-4
4	1	6	3	0-0
5	1	11	1	3-4
6	2	4	0	2-4
7	2	8	3	1-4
8	3	1	2	0-0
9	3	6	0	3-4
10	3	10	3	2-4
11	4	3	2	1-4
12	4	8	1	0-0
13	5	0	3	3-4
14	5	5	2	2-4
15	5	10	1	1-4
1-3d	2	1	0	0-0
2-3ds	4	2	0	0-0
1-12th	0	6	1	0-0
1-14th	0	5	1	3-7
1-20th	0	3	3	0 0

At 6 Shillings 4 Pence.

No.	L.	s.	d.	No.	L.	s.	d.	No.	L.	s.	d.	No.	L.	s.	d.
1	0	6	4	32	10	2	8	63	19	19	0	94	29	15	4
2	0	12	8	33	10	9	0	64	20	5	4	95	30	1	8
3	0	19	0	34	10	15	4	65	20	11	8	96	30	8	0
4	1	5	4	35	11	1	8	66	20	18	0	97	30	14	4
5	1	11	8	36	11	8	0	67	21	4	4	98	31	0	8
6	1	18	0	37	11	14	4	68	21	10	8	99	31	7	0
7	2	4	4	38	12	0	8	69	21	17	0	100	31	13	4
8	2	10	8	39	12	7	0	70	22	3	4	200	63	6	8
9	2	17	0	40	12	13	4	71	22	9	8	300	95	0	0
10	3	3	4	41	12	19	8	72	22	16	0	400	126	13	4
11	3	9	8	42	13	6	0	73	23	2	4	500	158	6	8
12	3	16	0	43	13	12	4	74	23	8	8	600	190	0	0
13	4	2	4	44	13	18	8	75	23	15	0	700	221	13	4
14	4	8	8	45	14	5	0	76	24	1	4	800	253	6	8
15	4	15	0	46	14	11	4	77	24	7	8	900	285	0	0
16	5	1	4	47	14	17	8	78	24	14	0	1000	316	13	4
17	5	7	8	48	15	4	0	79	25	0	4	1100	348	6	8
18	5	14	0	49	15	10	4	80	25	6	8	1200	380	0	0
19	6	0	4	50	15	16	8	81	25	13	0	1300	411	13	4
20	6	6	8	51	16	3	0	82	25	19	4	1400	443	6	8
21	6	13	0	52	16	9	4	83	26	5	8	1500	475	0	0
22	6	19	4	53	16	15	8	84	26	12	0	2000	633	6	8
23	7	5	8	54	17	2	0	85	26	18	4	3000	950	0	0
24	7	12	0	55	17	8	4	86	27	4	8	4000	1266	13	4
25	7	18	4	56	17	14	8	87	27	11	0	5000	1583	6	8
26	8	4	8	57	18	1	0	88	27	17	4	6000	1900	0	0
27	8	11	0	58	18	7	4	89	28	3	8	7000	2216	13	4
28	8	17	4	59	18	13	8	90	28	10	0	8000	2533	6	8
29	9	3	8	60	19	0	0	91	28	16	4	9000	2850	0	0
30	9	10	0	61	19	6	4	92	29	2	8	10000	3166	13	4
31	9	16	4	62	19	12	8	93	29	9	0	20000	6333	6	8

No.	L.	s.	d.
112	35	9	4
144	45	12	0
250	79	3	4
256	81	1	4
272	86	2	8
365	115	11	8
750	237	10	0
1250	395	16	8

Fractional Parts.

16ths.	s.	d.	f.	frac.
1	0	4	3	0-0
2	0	9	2	0-0
3	1	2	1	0-0
4	1	7	0	0-0
5	1	11	3	0-0
6	2	4	2	0-0
7	2	9	1	0-0
8	3	2	0	0-0
9	3	6	3	0-0
10	3	11	2	0-0
11	4	4	1	0-0
12	4	9	0	0-0
13	5	1	3	0-0
14	5	6	2	0-0
15	5	11	1	0-0
1-3d	2	1	1	1-3
2-3ds	4	2	2	2-3
1-12th	0	6	1	1-3
1-14th	0	5	1	5-7
1-20th	0	3	3	1-5

At 6 Shillings 5 Pence.

No.	L.	s.	d.	No.	L.	s.	d.	No.	L.	s.	d.	No.	L.	s.	d.
1	0	6	5	32	10	5	4	63	20	4	3	94	30	3	2
2	0	12	10	33	10	11	9	64	20	10	8	95	30	9	7
3	0	19	3	34	10	18	2	65	20	17	1	96	30	16	0
4	1	5	8	35	11	4	7	66	21	3	6	97	31	2	5
5	1	12	1	36	11	11	0	67	21	9	11	98	31	8	10
6	1	18	6	37	11	17	5	68	21	16	4	99	31	15	3
7	2	4	11	38	12	3	10	69	22	2	9	100	32	1	8
8	2	11	4	39	12	10	3	70	22	9	2	200	64	3	4
9	2	17	9	40	12	16	8	71	22	15	7	300	96	5	0
10	3	4	2	41	13	3	1	72	23	2	0	400	128	6	8
11	3	10	7	42	13	9	6	73	23	8	5	500	160	8	4
12	3	17	0	43	13	15	11	74	23	14	10	600	192	10	0
13	4	3	5	44	14	2	4	75	24	1	3	700	224	11	8
14	4	9	10	45	14	8	9	76	24	7	8	800	256	13	4
15	4	16	3	46	14	15	2	77	24	14	1	900	288	15	0
16	5	2	8	47	15	1	7	78	25	0	6	1000	320	16	8
17	5	9	1	48	15	8	0	79	25	6	11	1100	352	18	4
18	5	15	6	49	15	14	5	80	25	13	4	1200	385	0	0
19	6	1	11	50	16	0	10	81	25	19	9	1300	417	1	8
20	6	8	4	51	16	7	3	82	26	6	2	1400	449	3	4
21	6	14	9	52	16	13	8	83	26	12	7	1500	481	5	0
22	7	1	2	53	17	0	1	84	26	19	0	2000	641	13	4
23	7	7	7	54	17	6	6	85	27	5	5	3000	962	10	0
24	7	14	0	55	17	12	11	86	27	11	10	4000	1283	6	8
25	8	0	5	56	17	19	4	87	27	18	3	5000	1604	3	4
26	8	6	10	57	18	5	9	88	28	4	8	6000	1925	0	0
27	8	13	3	58	18	12	2	89	28	11	1	7000	2245	16	8
28	8	19	8	59	18	18	7	90	28	17	6	8000	2566	13	4
29	9	6	1	60	19	5	0	91	29	8	11	9000	2887	10	0
30	9	12	6	61	19	11	5	92	29	10	4	10000	3208	6	8
31	9	18	11	62	19	17	10	93	29	16	9	20000	6416	13	4

No.	L.	s.	d.
112	35	18	8
144	46	4	0
250	80	4	2
256	82	2	8
272	87	5	4
365	117	2	1
750	240	12	6
1250	401	0	10

Fractional Parts.

16ths.	s.	d.	f.	frac.
1	0	4	3	1-4
2	0	9	2	2-4
3	1	2	1	3-4
4	1	7	1	0-0
5	2	0	0	1-4
6	2	4	3	2-4
7	2	9	2	3-4
8	3	2	2	0-0
9	3	7	1	1-4
10	4	0	0	2-4
11	4	4	3	3-4
12	4	9	3	0-0
13	5	2	2	1-4
14	5	7	1	2-4
15	6	0	0	3-4
1-3d	2	1	2	2-3
2-3ds	4	3	1	1-3
1-12th	0	6	1	2-3
1-14th	0	5	2	0-0
1-20th	0	3	3	2-5

At 6 Shillings 6 Pence.

No.	L.	s.	d.	No.	L.	s.	d.	No.	L.	s.	d.	No.	L.	s.	d.
1	0	6	6	32	10	8	0	63	20	9	6	94	30	11	0
2	0	13	0	33	10	14	6	64	20	16	0	95	30	17	6
3	0	19	6	34	11	1	0	65	21	2	6	96	31	4	0
4	1	6	0	35	11	7	6	66	21	9	0	97	31	10	6
5	1	12	6	36	11	14	0	67	21	15	6	98	31	17	0
6	1	19	0	37	12	0	6	68	22	2	0	99	32	3	6
7	2	5	6	38	12	7	0	69	22	8	6	100	32	10	0
8	2	12	0	39	12	13	6	70	22	15	0	200	65	0	0
9	2	18	6	40	13	0	0	71	23	1	6	300	97	10	0
10	3	5	0	41	13	6	6	72	23	8	0	400	130	0	0
11	3	11	6	42	13	13	0	73	23	14	6	500	162	10	0
12	3	18	0	43	13	19	6	74	24	1	0	600	195	0	0
13	4	4	6	44	14	6	0	75	24	7	6	700	227	10	0
14	4	11	0	45	14	12	6	76	24	14	0	800	260	0	0
15	4	17	6	46	14	19	0	77	25	0	6	900	292	10	0
16	5	4	0	47	15	5	6	78	25	7	0	1000	325	0	0
17	5	10	6	48	15	12	0	79	25	13	6	1100	357	10	0
18	5	17	0	49	15	18	6	80	26	0	0	1200	390	0	0
19	6	3	6	50	16	5	0	81	26	6	6	1300	422	10	0
20	6	10	0	51	16	11	6	82	26	13	0	1400	455	0	0
21	6	16	6	52	16	18	0	83	26	19	6	1500	487	10	0
22	7	3	0	53	17	4	6	84	27	6	0	2000	650	0	0
23	7	9	6	54	17	11	0	85	27	12	6	3000	975	0	0
24	7	16	0	55	17	17	6	86	27	19	0	4000	1300	0	0
25	8	2	6	56	18	4	0	87	28	5	6	5000	1625	0	0
26	8	9	0	57	18	10	6	88	28	12	0	6000	1950	0	0
27	8	15	6	58	18	17	0	89	28	18	6	7000	2275	0	0
28	9	2	0	59	19	3	6	90	29	5	0	8000	2600	0	0
29	9	8	6	60	19	10	0	91	29	11	6	9000	2925	0	0
30	9	15	0	61	19	16	6	92	29	18	0	10000	3250	0	0
31	10	1	6	62	20	3	0	93	30	4	6	20000	6500	0	0

No.	L.	s.	d.
112	36	8	0
144	46	16	0
250	81	5	0
256	83	4	0
272	88	8	0
365	118	12	6
750	243	15	0
1250	406	5	0

Fractional Parts.

16ths.	s.	d.	f.	frac
1	0	4	3	1-2
2	0	9	3	0-0
3	1	2	2	1-2
4	1	7	2	0-0
5	2	0	1	1-2
6	2	5	1	0-0
7	2	10	0	1-2
8	3	3	0	0-0
9	3	7	3	1-2
10	4	0	3	0-0
11	4	5	2	1-2
12	4	10	2	0-0
13	5	3	1	1-2
14	5	8	1	0-0
15	6	1	0	1-2
1-3d	2	2	0	0-0
2-3ds	4	4	0	0-0
1-12th	0	6	2	0-0
1-14th	0	5	2	2-7
1-20th	0	3	3	3-5

At 6 Shillings 7 Pence.

No.	L.	s.	d.	No.	L.	s.	d.	No.	L.	s.	d.	No.	L.	s.	d.
1	0	6	7	32	10	10	8	63	20	14	9	94	30	18	10
2	0	13	2	33	10	17	3	64	21	1	4	95	31	5	5
3	0	19	9	34	11	3	10	65	21	7	11	96	31	12	0
4	1	6	4	35	11	10	5	66	21	14	6	97	31	18	7
5	1	12	11	36	11	17	0	67	22	1	1	98	32	5	2
6	1	19	6	37	12	3	7	68	22	7	8	99	32	11	9
7	2	6	1	38	12	10	2	69	22	14	3	100	32	18	4
8	2	12	8	39	12	16	9	70	23	0	10	200	65	16	8
9	2	19	3	40	13	3	4	71	23	7	5	300	98	15	0
10	3	5	10	41	13	9	11	72	23	14	0	400	131	13	4
11	3	12	5	42	13	16	6	73	24	0	7	500	164	11	8
12	3	19	0	43	14	3	1	74	24	7	2	600	197	10	0
13	4	5	7	44	14	9	8	75	24	13	9	700	230	8	4
14	4	12	2	45	14	16	3	76	25	0	4	800	263	6	8
15	4	18	9	46	15	2	10	77	25	6	11	900	296	5	0
16	5	5	4	47	15	9	5	78	25	13	6	1000	329	3	4
17	5	11	11	48	15	16	0	79	26	0	1	1100	362	1	8
18	5	18	6	49	16	2	7	80	26	6	8	1200	395	0	0
19	6	5	1	50	16	9	2	81	26	13	3	1300	427	18	4
20	6	11	8	51	16	15	9	82	26	19	10	1400	460	16	8
21	6	18	3	52	17	2	4	83	27	6	5	1500	493	15	0
22	7	4	10	53	17	8	11	84	27	13	0	2000	658	6	8
23	7	11	5	54	17	15	6	85	27	19	7	3000	987	10	0
24	7	18	0	55	18	2	1	86	28	6	2	4000	1316	13	4
25	8	4	7	56	18	8	8	87	28	12	9	5000	1645	16	8
26	8	11	2	57	18	15	3	88	28	19	4	6000	1975	0	0
27	8	17	9	58	19	1	10	89	29	5	11	7000	2304	3	4
28	9	4	4	59	19	8	5	90	29	12	6	8000	2633	6	8
29	9	10	11	60	19	15	0	91	29	19	1	9000	2962	10	0
30	9	17	6	61	20	1	7	92	30	5	8	10000	3291	13	4
31	10	4	1	62	20	8	2	93	30	12	3	20000	6583	6	8

No.	L.	s.	d.
112	36	17	4
144	47	8	0
250	82	5	10
256	84	5	4
272	89	10	8
365	120	2	11
750	246	17	6
1250	411	9	2

Fractional Parts.

16ths.	s.	d.	f.	frac.
1	0	4	3	3-4
2	0	9	3	2-4
3	1	2	3	1-4
4	1	7	3	0-0
5	2	0	2	3-4
6	2	5	2	2-4
7	2	10	2	1-4
8	3	3	2	0-0
9	3	8	1	3-4
10	4	1	1	2-4
11	4	6	1	1-4
12	4	11	1	0-0
13	5	4	0	3-4
14	5	9	0	2-4
15	6	2	0	1-4
1-3d	2	2	1	1-3
2-3ds	4	4	2	2-3
1-12th	0	6	2	1-3
1-14th	0	5	2	4-7
1-20th	0	3	3	4-5

At 6 Shillings 8 Pence.

No.	L.	s.	d.	No.	L.	s.	d.	No.	L.	s.	d.	No.	L.	s.	d.
1	0	6	8	32	10	13	4	63	21	0	0	94	31	6	8
2	0	13	4	33	11	0	0	64	21	6	8	95	31	13	4
3	1	0	0	34	11	6	8	65	21	13	4	96	32	0	0
4	1	6	8	35	11	13	4	66	22	0	0	97	32	6	8
5	1	13	4	36	12	0	0	67	22	6	8	98	32	13	4
6	2	0	0	37	12	6	8	68	22	13	4	99	33	0	0
7	2	6	8	38	12	13	4	69	23	0	0	100	33	6	8
8	2	13	4	39	13	0	0	70	23	6	8	200	66	13	4
9	3	0	0	40	13	6	8	71	23	13	4	300	100	0	0
10	3	6	8	41	13	13	4	72	24	0	0	400	133	6	8
11	3	13	4	42	14	0	0	73	24	6	8	500	166	13	4
12	4	0	0	43	14	6	8	74	24	13	4	600	200	0	0
13	4	6	8	44	14	13	4	75	25	0	0	700	233	6	8
14	4	13	4	45	15	0	0	76	25	6	8	800	266	13	4
15	5	0	0	46	15	6	8	77	25	13	4	900	300	0	0
16	5	6	8	47	15	13	4	78	26	0	0	1000	333	6	8
17	5	13	4	48	16	0	0	79	26	6	8	1100	366	13	4
18	6	0	0	49	16	6	8	80	26	13	4	1200	400	0	0
19	6	6	8	50	16	13	4	81	27	0	0	1300	433	6	8
20	6	13	4	51	17	0	0	82	27	6	8	1400	466	13	4
21	7	0	0	52	17	6	8	83	27	13	4	1500	500	0	0
22	7	6	8	53	17	13	4	84	28	0	0	2000	666	13	4
23	7	13	4	54	18	0	0	85	28	6	8	3000	1000	0	0
24	8	0	0	55	18	6	8	86	28	13	4	4000	1333	6	8
25	8	6	8	56	18	13	4	87	29	0	0	5000	1666	13	4
26	8	13	4	57	19	0	0	88	29	6	8	6000	2000	0	0
27	9	0	0	58	19	6	8	89	29	13	4	7000	2333	6	8
28	9	6	8	59	19	13	4	90	30	0	0	8000	2666	13	4
29	9	13	4	60	20	0	0	91	30	6	8	9000	3000	0	0
30	10	0	0	61	20	6	8	92	30	13	4	10000	3333	6	8
31	10	6	8	62	20	13	4	93	31	0	0	20000	6666	13	4

No.	L.	s.	d.
112	37	6	8
144	48	0	0
250	83	6	8
256	85	6	8
272	90	13	4
365	121	13	4
750	250	0	0
1250	416	13	4

Fractional Parts.

16ths.	s.	d.	f.	frac.
1	0	5	0	0-0
2	0	10	0	0-0
3	1	3	0	0-0
4	1	8	0	0-0
5	2	1	0	0-0
6	2	6	0	0-0
7	2	11	0	0-0
8	3	4	0	0-0
9	3	9	0	0-0
10	4	2	0	0-0
11	4	7	0	0-0
12	5	0	0	0-0
13	5	5	0	0-0
14	5	10	0	0-0
15	6	3	0	0-0
1-3d	2	2	2	2-3
2-3ds	4	5	1	1-3
1-12th	0	6	2	2-3
1-14th	0	5	2	6-7
1-20th	0	4	0	0-0

At 6 Shillings 9 Pence.

No.	L.	s.	d.	No.	L.	s.	d.	No.	L.	s.	d.	No.	L.	s.	d.
1	0	6	9	32	10	16	0	63	21	5	3	94	31	14	6
2	0	13	6	33	11	2	9	64	21	12	0	95	32	1	3
3	1	0	3	34	11	9	6	65	21	18	9	96	32	8	0
4	1	7	0	35	11	16	3	66	22	5	6	97	32	14	9
5	1	13	9	36	12	3	0	67	22	12	3	98	33	1	6
6	2	0	6	37	12	9	9	68	22	19	0	99	33	8	3
7	2	7	3	38	12	16	6	69	23	5	9	100	33	15	0
8	2	14	0	39	13	3	3	70	23	12	6	200	67	10	0
9	3	0	9	40	13	10	0	71	23	19	3	300	101	5	0
10	3	7	6	41	13	16	9	72	24	6	0	400	135	0	0
11	3	14	3	42	14	3	6	73	24	12	9	500	168	15	0
12	4	1	0	43	14	10	3	74	24	19	6	600	202	10	0
13	4	7	9	44	14	17	0	75	25	6	3	700	236	5	0
14	4	14	6	45	15	3	9	76	25	13	0	800	270	0	0
15	5	1	3	46	15	10	6	77	25	19	9	900	303	15	0
16	5	8	0	47	15	17	3	78	26	6	6	1000	337	10	0
17	5	14	9	48	16	4	0	79	26	13	3	1100	371	5	0
18	6	1	6	49	16	10	9	80	27	0	0	1200	405	0	0
19	6	8	3	50	16	17	6	81	27	6	9	1300	438	15	0
20	6	15	0	51	17	4	3	82	27	13	6	1400	472	10	0
21	7	1	9	52	17	11	0	83	28	0	3	1500	506	5	0
22	7	8	6	53	17	17	9	84	28	7	0	2000	675	0	0
23	7	15	3	54	18	4	6	85	28	13	9	3000	1012	10	0
24	8	2	0	55	18	11	3	86	29	0	6	4000	1350	0	0
25	8	8	9	56	18	18	0	87	29	7	3	5000	1687	10	0
26	8	15	6	57	19	4	9	88	29	14	0	6000	2025	0	0
27	9	2	3	58	19	11	6	89	30	0	9	7000	2362	10	0
28	9	9	0	59	19	18	3	90	30	7	6	8000	2700	0	0
29	9	15	9	60	20	5	0	91	30	14	3	9000	3037	10	0
30	10	2	6	61	20	11	9	92	31	1	0	10000	3375	0	0
31	10	9	3	62	20	18	6	93	31	7	9	20000	6750	0	0

No.	L.	s.	d.
112	37	16	0
144	48	12	0
250	84	7	6
256	86	8	0
272	91	16	0
365	123	3	9
750	253	2	6
1250	421	17	6

Fractional Parts.

16ths.	s.	d.	f.	frac.
1	0	5	0	1-4
2	0	10	0	2-4
3	1	3	0	3-4
4	1	8	1	0-0
5	2	1	1	1-4
6	2	6	1	2-4
7	2	11	1	3-4
8	3	4	2	0-0
9	3	9	2	1-4
10	4	2	2	2-4
11	4	7	2	3-4
12	5	0	3	0-0
13	5	5	3	1-4
14	5	10	3	2-4
15	6	3	3	3-4
1-3d	2	3	0	0-0
2-3ds	4	6	0	0-0
1-12th	0	6	3	0-0
1-14th	0	5	3	1-7
1-20th	0	4	0	1-5

At 6 Shillings 10 Pence.

No.	l.	s.	d.	No.	l.	s.	d.	No.	l.	s.	d.	No.	l.	s.	d.
1	0	6	10	32	10	18	8	63	21	10	6	94	32	2	4
2	0	13	8	33	11	5	6	64	21	17	4	95	32	9	2
3	1	0	6	34	11	12	4	65	22	4	2	96	32	16	0
4	1	7	4	35	11	19	2	66	22	11	0	97	33	2	10
5	1	14	2	36	12	6	0	67	22	17	10	98	33	9	8
6	2	1	0	37	12	12	10	68	23	4	8	99	33	16	6
7	2	7	10	38	12	19	8	69	23	11	6	100	34	3	4
8	2	14	8	39	13	6	6	70	23	18	4	200	68	6	8
9	3	1	6	40	13	13	4	71	24	5	2	300	102	10	0
10	3	8	4	41	14	0	2	72	24	12	0	400	136	13	4
11	3	15	2	42	14	7	0	73	24	18	10	500	170	16	8
12	4	2	0	43	14	13	10	74	25	5	8	600	205	0	0
13	4	8	10	44	15	0	8	75	25	12	6	700	239	3	4
14	4	15	8	45	15	7	6	76	25	19	4	800	273	6	8
15	5	2	6	46	15	14	4	77	26	6	2	900	307	10	0
16	5	9	4	47	16	1	2	78	26	13	0	1000	341	13	4
17	5	16	2	48	16	8	0	79	26	19	10	1100	375	16	8
18	6	3	0	49	16	14	10	80	27	6	8	1200	410	0	0
19	6	9	10	50	17	1	8	81	27	13	6	1300	444	3	4
20	6	16	8	51	17	8	6	82	28	0	4	1400	478	6	8
21	7	3	6	52	17	15	4	83	28	7	2	1500	512	10	0
22	7	10	4	53	18	2	2	84	28	14	0	2000	683	6	8
23	7	17	2	54	18	9	0	85	29	0	10	3000	1025	0	0
24	8	4	0	55	18	15	10	86	29	7	8	4000	1366	13	4
25	8	10	10	56	19	2	8	87	29	14	6	5000	1708	6	8
26	8	17	8	57	19	9	6	88	30	1	4	6000	2050	0	0
27	9	4	6	58	19	16	4	89	30	8	2	7000	2391	13	4
28	9	11	4	59	20	3	2	90	30	15	0	8000	2733	6	8
29	9	18	2	60	20	10	0	91	31	1	10	9000	3075	0	0
30	10	5	0	61	20	16	10	92	31	8	8	10000	3416	13	4
31	10	11	10	62	21	3	8	93	31	15	6	20000	6833	6	8

No.	l.	s.	d.
112	38	5	4
144	49	4	0
250	85	8	4
256	87	9	4
272	92	18	8
365	124	14	2
750	256	5	0
1250	427	1	8

Fractional Parts.

10ths.	s.	d.	f.	frac.
1	0	5	0	1-2
2	0	10	1	0-0
3	1	3	1	1-2
4	1	8	2	0-0
5	2	1	2	1-2
6	2	6	3	0-0
7	2	11	3	1-2
8	3	5	0	0-0
9	3	10	0	1-2
10	4	3	1	0-0
11	4	8	1	1-2
12	5	1	2	0-0
13	5	6	2	1-2
14	5	11	3	0-0
15	6	4	3	1-2
1-3d	2	3	1	1-3
2-3ds	4	6	2	2-3
1-12th	0	6	3	1-3
1-14th	0	5	3	3-7
1-20th	0	4	0	2-5

At 6 Shillings 11 Pence.

No.	l.	s.	d.	No.	l.	s.	d.	No.	l.	s.	d.	No.	l.	s.	d.
1	0	6	11	32	11	1	4	63	21	15	9	94	32	10	2
2	0	13	10	33	11	8	3	64	22	2	8	95	32	17	1
3	1	0	9	34	11	15	2	65	22	9	7	96	33	4	0
4	1	7	8	35	12	2	1	66	22	16	6	97	33	10	11
5	1	14	7	36	12	9	0	67	23	3	5	98	33	17	10
6	2	1	6	37	12	15	11	68	23	10	4	99	34	4	9
7	2	8	5	38	13	2	10	69	23	17	3	100	34	11	8
8	2	15	4	39	13	9	9	70	24	4	2	200	69	3	4
9	3	2	3	40	13	16	8	71	24	11	1	300	103	15	0
10	3	9	2	41	14	3	7	72	24	18	0	400	138	6	8
11	3	16	1	42	14	10	6	73	25	4	11	500	172	18	4
12	4	3	0	43	14	17	5	74	25	11	10	600	207	10	0
13	4	9	11	44	15	4	4	75	25	18	9	700	242	1	8
14	4	16	10	45	15	11	3	76	26	5	8	800	276	13	4
15	5	3	9	46	15	18	2	77	26	12	7	900	311	5	0
16	5	10	8	47	16	5	1	78	26	19	6	1000	345	16	8
17	5	17	7	48	16	12	0	79	27	6	5	1100	380	8	4
18	6	4	6	49	16	18	11	80	27	13	4	1200	415	0	0
19	6	11	5	50	17	5	10	81	28	0	3	1300	449	11	8
20	6	18	4	51	17	12	9	82	28	7	2	1400	484	3	4
21	7	5	3	52	17	19	8	83	28	14	1	1500	518	15	0
22	7	12	2	53	18	6	7	84	29	1	0	2000	691	13	4
23	7	19	1	54	18	13	6	85	29	7	11	3000	1037	10	0
24	8	6	0	55	19	0	5	86	29	14	10	4000	1383	6	8
25	8	12	11	56	19	7	4	87	30	1	9	5000	1729	3	4
26	8	19	10	57	19	14	3	88	30	8	8	6000	2075	0	0
27	9	6	9	58	20	1	2	89	30	15	7	7000	2420	16	8
28	9	13	8	59	20	8	1	90	31	2	6	8000	2766	13	4
29	10	0	7	60	20	15	0	91	31	9	5	9000	3112	10	0
30	10	7	6	61	21	1	11	92	31	16	4	10000	3458	6	8
31	10	14	5	62	21	8	10	93	32	3	3	20000	6916	13	4

No.	l.	s.	d.
112	38	14	8
144	49	16	0
250	86	9	2
256	88	10	8
272	94	1	4
365	126	4	7
750	259	7	6
1250	432	5	10

Fractional Parts.

10ths.	s.	d.	f.	frac.
1	0	5	0	3-4
2	0	10	1	2-4
3	1	3	2	1-4
4	1	8	3	0-0
5	2	1	3	3-4
6	2	7	0	2-4
7	3	0	1	1-4
8	3	5	2	0-0
9	3	10	2	3-4
10	4	3	3	2-4
11	4	9	0	1-4
12	5	2	1	0-0
13	5	7	1	3-4
14	6	0	2	2-4
15	6	5	3	1-4
1-3d	2	3	2	2-3
2-3ds	4	7	1	1-3
1-12th	0	6	3	2-3
1-14th	0	5	3	5-7
1-20th	0	4	0	3-5

No.	L.	s.	d.	No.	L.	s.	d.	No.	L.	s.	d.	No.	L.	s.	d.
1	0	7	0	32	11	4	0	63	22	1	0	94	32	18	0
2	0	14	0	33	11	11	0	64	22	8	0	95	33	5	0
3	1	1	0	34	11	18	0	65	22	15	0	96	33	12	0
4	1	8	0	35	12	5	0	66	23	2	0	97	33	19	0
5	1	15	0	36	12	12	0	67	23	9	0	98	34	6	0
6	2	2	0	37	12	19	0	68	23	16	0	99	34	13	0
7	2	9	0	38	13	6	0	69	24	3	0	100	35	0	0
8	2	16	0	39	13	13	0	70	24	10	0	200	70	0	0
9	3	3	0	40	14	0	0	71	24	17	0	300	105	0	0
10	3	10	0	41	14	7	0	72	25	4	0	400	140	0	0
11	3	17	0	42	14	14	0	73	25	11	0	500	175	0	0
12	4	4	0	43	15	1	0	74	25	18	0	600	210	0	0
13	4	11	0	44	15	8	0	75	26	5	0	700	245	0	0
14	4	18	0	45	15	15	0	76	26	12	0	800	280	0	0
15	5	5	0	46	16	2	0	77	26	19	0	900	315	0	0
16	5	12	0	47	16	9	0	78	27	6	0	1000	350	0	0
17	5	19	0	48	16	16	0	79	27	13	0	1100	385	0	0
18	6	6	0	49	17	3	0	80	28	0	0	1200	420	0	0
19	6	13	0	50	17	10	0	81	28	7	0	1300	455	0	0
20	7	0	0	51	17	17	0	82	28	14	0	1400	490	0	0
21	7	7	0	52	18	4	0	83	29	1	0	1500	525	0	0
22	7	14	0	53	18	11	0	84	29	8	0	2000	700	0	0
23	8	1	0	54	18	18	0	85	29	15	0	3000	1050	0	0
24	8	8	0	55	19	5	0	86	30	2	0	4000	1400	0	0
25	8	15	0	56	19	12	0	87	30	9	0	5000	1750	0	0
26	9	2	0	57	19	19	0	88	30	16	0	6000	2100	0	0
27	9	9	0	58	20	6	0	89	31	3	0	7000	2450	0	0
28	9	16	0	59	20	13	0	90	31	10	0	8000	2800	0	0
29	10	3	0	60	21	0	0	91	31	17	0	9000	3150	0	0
30	10	10	0	61	21	7	0	92	32	4	0	10000	3500	0	0
31	10	17	0	62	21	14	0	93	32	11	0	20000	7000	0	0

No.	L.	s.	d.
112	39	4	0
144	50	8	0
250	87	10	0
256	89	12	0
272	95	4	0
365	127	15	0
750	262	10	0
1250	437	10	0

Fractional Parts.

10ths.	s.	d.	f.	frac
1	0	5	1	0-0
2	0	10	2	0-0
3	1	3	3	0-0
4	1	9	0	0-0
5	2	2	1	0-0
6	2	7	2	0-0
7	3	0	3	0-0
8	3	6	0	0-0
9	3	11	1	0-0
10	4	4	2	0-0
11	4	9	3	0-0
12	5	3	0	0-0
13	5	8	1	0-0
14	6	1	2	0-0
15	6	6	3	0-0
1-3d	2	4	0	0-0
2-3ds	4	8	0	0-0
1-12th	0	7	0	0-0
1-14th	0	6	0	0-0
1-20th	0	4	0	4-5

At 7 Shillings 1 Penny.

No.	L.	s.	d.	No.	L.	s.	d.	No.	L.	s.	d.	No.	L.	s.	d.
1	0	7	1	32	11	6	8	63	22	6	3	94	33	5	10
2	0	14	2	33	11	13	9	64	22	13	4	95	33	12	11
3	1	1	3	34	12	0	10	65	23	0	5	96	34	0	0
4	1	8	4	35	12	7	11	66	23	7	6	97	34	7	1
5	1	15	5	36	12	15	0	67	23	14	7	98	34	14	2
6	2	2	6	37	13	2	1	68	24	1	8	99	35	1	3
7	2	9	7	38	13	9	2	69	24	8	9	100	35	8	4
8	2	16	8	39	13	16	3	70	24	15	10	200	70	16	8
9	3	3	9	40	14	3	4	71	25	2	11	300	106	5	0
10	3	10	10	41	14	10	5	72	25	10	0	400	141	13	4
11	3	17	11	42	14	17	6	73	25	17	1	500	177	1	8
12	4	5	0	43	15	4	7	74	26	4	2	600	212	10	0
13	4	12	1	44	15	11	8	75	26	11	3	700	247	18	4
14	4	19	2	45	15	18	9	76	26	18	4	800	283	6	8
15	5	6	3	46	16	5	10	77	27	5	5	900	318	15	0
16	5	13	4	47	16	12	11	78	27	12	6	1000	354	3	4
17	6	0	5	48	17	0	0	79	27	19	7	1100	389	11	8
18	6	7	6	49	17	7	1	80	28	6	8	1200	425	0	0
19	6	14	7	50	17	14	2	81	28	13	9	1300	460	8	4
20	7	1	8	51	18	1	3	82	29	0	10	1400	495	16	8
21	7	8	9	52	18	8	4	83	29	7	11	1500	531	5	0
22	7	15	10	53	18	15	5	84	29	15	0	2000	708	6	8
23	8	2	11	54	19	2	6	85	30	2	1	3000	1062	10	0
24	8	10	0	55	19	9	7	86	30	9	2	4000	1416	13	4
25	8	17	1	56	19	16	8	87	30	16	3	5000	1770	16	8
26	9	4	2	57	20	3	9	88	31	3	4	6000	2125	0	0
27	9	11	3	58	20	10	10	89	31	10	5	7000	2479	3	4
28	9	18	4	59	20	17	11	90	31	17	6	8000	2833	6	8
29	10	5	5	60	21	5	0	91	32	4	7	9000	3187	10	0
30	10	12	6	61	21	12	1	92	32	11	8	10000	3541	13	4
31	10	19	7	62	21	19	2	93	32	18	9	20000	7083	6	8

No.	L.	s.	d.
112	39	13	4
144	51	0	0
250	88	10	10
256	90	13	4
272	96	6	8
365	129	5	5
750	265	12	6
1250	442	14	2

Fractional Parts.

10ths.	s.	d.	f.	frac.
1	0	5	1	1-4
2	0	10	2	2-4
3	1	3	3	3-4
4	1	9	1	0-0
5	2	2	2	1-4
6	2	7	3	2-4
7	3	1	0	3-4
8	3	6	2	0-0
9	3	11	3	1-4
10	4	5	0	2-4
11	4	10	1	3-4
12	5	3	3	0-0
13	5	9	0	1-4
14	6	2	1	2-4
15	6	7	2	3-4
1-3d	2	4	1	1-3
2-3ds	4	8	2	2-3
1-12th	0	7	0	1-3
1-14th	0	6	0	2-7
1-20th	0	4	1	0-0

At 7 Shillings 2 Pence.

No.	L.	s.	d.	No.	L.	s.	d.	No.	L.	s.	d.	No.	L.	s.	d.
1	0	7	2	32	11	9	4	63	22	11	6	94	33	13	8
2	0	14	4	33	11	16	6	64	22	18	8	95	34	0	10
3	1	1	6	34	12	3	8	65	23	5	10	96	34	8	0
4	1	8	8	35	12	10	10	66	23	13	0	97	34	15	2
5	1	15	10	36	12	18	0	67	24	0	2	98	35	2	4
6	2	3	0	37	13	5	2	68	24	7	4	99	35	9	6
7	2	10	2	38	13	12	4	69	24	14	6	100	35	16	8
8	2	17	4	39	13	19	6	70	25	1	8	200	71	13	4
9	3	4	6	40	14	6	8	71	25	8	10	300	107	10	0
10	3	11	8	41	14	13	10	72	25	16	0	400	143	6	8
11	3	18	10	42	15	1	0	73	26	3	2	500	179	3	4
12	4	6	0	43	15	8	2	74	26	10	4	600	215	0	0
13	4	13	2	44	15	15	4	75	26	17	6	700	250	16	8
14	5	0	4	45	16	2	6	76	27	4	8	800	286	13	4
15	5	7	6	46	16	9	8	77	27	11	10	900	322	10	0
16	5	14	8	47	16	16	10	78	27	19	0	1000	358	6	8
17	6	1	10	48	17	4	0	79	28	6	2	1100	394	3	4
18	6	9	0	49	17	11	2	80	28	13	4	1200	430	0	0
19	6	16	2	50	17	18	4	81	29	0	6	1300	465	16	8
20	7	3	4	51	18	5	6	82	29	7	8	1400	501	13	4
21	7	10	6	52	18	12	8	83	29	14	10	1500	537	10	0
22	7	17	8	53	18	19	10	84	30	2	0	2000	716	13	4
23	8	4	10	54	19	7	0	85	30	9	2	3000	1075	0	0
24	8	12	0	55	19	14	2	86	30	16	4	4000	1433	6	8
25	8	19	2	56	20	1	4	87	31	3	6	5000	1791	13	4
26	9	6	4	57	20	8	6	88	31	10	8	6000	2150	0	0
27	9	13	6	58	20	15	8	89	31	17	10	7000	2508	6	8
28	10	0	8	59	21	2	10	90	32	5	0	8000	2866	13	4
29	10	7	10	60	21	10	0	91	32	12	2	9000	3225	0	0
30	10	15	0	61	21	17	2	92	32	19	4	10000	3583	6	8
31	11	2	2	62	22	4	4	93	33	6	6	20000	7166	13	4

No.	L.	s.	d.
112	40	2	8
144	51	12	0
250	89	11	8
256	91	14	8
272	97	9	4
365	130	15	10
750	268	15	0
1250	447	18	4

Fractional Parts.

16ths.	s.	d.	f.	frac.
1	0	5	1	1-2
2	0	10	3	0-0
3	1	4	0	1-2
4	1	9	2	0-0
5	2	2	3	1-2
6	2	8	1	0-0
7	3	1	2	1-2
8	3	7	0	0-0
9	4	0	1	1-2
10	4	5	3	0-0
11	4	11	0	1-2
12	5	4	2	0-0
13	5	9	3	1-2
14	6	3	1	0-0
15	6	8	2	1-2
1-3d	2	4	2	2-3
2-3ds	4	9	1	1-3
1-12th	0	7	0	2-3
1-14th	0	6	0	4-7
1-20th	0	4	1	1-5

At 7 Shillings 3 Pence.

No.	L.	s.	d.	No.	L.	s.	d.	No.	L.	s.	d.	No.	L.	s.	d.
1	0	7	3	32	11	12	0	63	22	16	9	94	34	1	6
2	0	14	6	33	11	19	3	64	23	4	0	95	34	8	9
3	1	1	9	34	12	6	6	65	23	11	3	96	34	16	0
4	1	9	0	35	12	13	9	66	23	18	6	97	35	3	3
5	1	16	3	36	13	1	0	67	24	5	9	98	35	10	6
6	2	3	6	37	13	8	3	68	24	13	0	99	35	17	9
7	2	10	9	38	13	15	6	69	25	0	3	100	36	5	0
8	2	18	0	39	14	2	9	70	25	7	6	200	72	10	0
9	3	5	3	40	14	10	0	71	25	14	9	300	108	15	0
10	3	12	6	41	14	17	3	72	26	2	0	400	145	0	0
11	3	19	9	42	15	4	6	73	26	9	3	500	181	5	0
12	4	7	0	43	15	11	9	74	26	16	6	600	217	10	0
13	4	14	3	44	15	19	0	75	27	3	9	700	253	15	0
14	5	1	6	45	16	6	3	76	27	11	0	800	290	0	0
15	5	8	9	46	16	13	6	77	27	18	3	900	326	5	0
16	5	16	0	47	17	0	9	78	28	5	6	1000	362	10	0
17	6	3	3	48	17	8	0	79	28	12	9	1100	398	15	0
18	6	10	6	49	17	15	3	80	29	0	0	1200	435	0	0
19	6	17	9	50	18	2	6	81	29	7	3	1300	471	5	0
20	7	5	0	51	18	9	9	82	29	14	6	1400	507	10	0
21	7	12	3	52	18	17	0	83	30	1	9	1500	543	15	0
22	7	19	6	53	19	4	3	84	30	9	0	2000	725	0	0
23	8	6	9	54	19	11	6	85	30	16	3	3000	1087	10	0
24	8	14	0	55	19	18	9	86	31	3	6	4000	1450	0	0
25	9	1	3	56	20	6	0	87	31	10	9	5000	1812	10	0
26	9	8	6	57	20	13	3	88	31	18	0	6000	2175	0	0
27	9	15	9	58	21	0	6	89	32	5	3	7000	2537	10	0
28	10	3	0	59	21	7	9	90	32	12	6	8000	2900	0	0
29	10	10	3	60	21	15	0	91	32	19	9	9000	3262	10	0
30	10	17	6	61	22	2	3	92	33	7	0	10000	3625	0	0
31	11	4	9	62	22	9	6	93	33	14	3	20000	7250	0	0

No.	L.	s.	d.
112	40	12	0
144	52	4	0
250	90	12	6
256	92	16	0
272	98	12	0
365	132	6	3
750	271	17	6
1250	453	2	6

Fractional Parts.

16ths.	s.	d.	f.	frac.
1	0	5	1	3-4
2	0	10	3	2-4
3	1	4	1	1-4
4	1	9	3	0-0
5	2	3	0	3-4
6	2	8	2	2-4
7	3	2	0	1-4
8	3	7	2	0-0
9	4	0	3	3-4
10	4	6	1	2-4
11	4	11	3	1-4
12	5	5	1	0-0
13	5	10	2	3-4
14	6	4	0	2-4
15	6	9	2	1-4
1-3d	2	5	0	0-0
2-3ds	4	10	0	0-0
1-12th	0	7	1	0-0
1-14th	0	6	0	6-7
1-20th	0	4	1	2-5

At 7 Shillings 4 Pence.

No.	L.	s.	d.	No.	L.	s.	d.	No.	L.	s.	d.	No.	L.	s.	d.
1	0	7	4	32	11	14	8	63	23	2	0	94	34	9	4
2	0	14	8	33	12	2	0	64	23	9	4	95	34	16	8
3	1	2	0	34	12	9	4	65	23	16	8	96	35	4	0
4	1	9	4	35	12	16	8	66	24	4	0	97	35	11	4
5	1	16	8	36	13	4	0	67	24	11	4	98	35	18	8
6	2	4	0	37	13	11	4	68	24	18	8	99	36	6	0
7	2	11	4	38	13	18	8	69	25	6	0	100	36	13	4
8	2	18	8	39	14	6	0	70	25	13	4	200	73	6	8
9	3	6	0	40	14	13	4	71	26	0	8	300	110	0	0
10	3	13	4	41	15	0	8	72	26	8	0	400	146	13	4
11	4	0	8	42	15	8	0	73	26	15	4	500	183	6	8
12	4	8	0	43	15	15	4	74	27	2	8	600	220	0	0
13	4	15	4	44	16	2	8	75	27	10	0	700	256	13	4
14	5	2	8	45	16	10	0	76	27	17	4	800	293	6	8
15	5	10	0	46	16	17	4	77	28	4	8	900	330	0	0
16	5	17	4	47	17	4	8	78	28	12	0	1000	366	13	4
17	6	4	8	48	17	12	0	79	28	19	4	1100	403	6	8
18	6	12	0	49	17	19	4	80	29	6	8	1200	440	0	0
19	6	19	4	50	18	6	8	81	29	14	0	1300	476	13	4
20	7	6	8	51	18	14	0	82	30	1	4	1400	513	6	8
21	7	14	0	52	19	1	4	83	30	8	8	1500	550	0	0
22	8	1	4	53	19	8	8	84	30	16	0	2000	733	6	8
23	8	8	8	54	19	16	0	85	31	3	4	3000	1100	0	0
24	8	16	0	55	20	3	4	86	31	10	8	4000	1466	13	4
25	9	3	4	56	20	10	8	87	31	18	0	5000	1833	6	8
26	9	10	8	57	20	18	0	88	32	5	4	6000	2200	0	0
27	9	18	0	58	21	5	4	89	32	12	8	7000	2566	13	4
28	10	5	4	59	21	12	8	90	33	0	0	8000	2933	6	8
29	10	12	8	60	22	0	0	91	33	7	4	9000	3300	0	0
30	11	0	0	61	22	7	4	92	33	14	8	10000	3666	13	4
31	11	7	4	62	22	14	8	93	34	2	0	20000	7333	6	8

No.	L.	s.	d.
112	41	1	4
144	52	16	0
250	91	13	4
256	93	17	4
272	99	14	8
365	133	16	8
750	275	0	0
1250	458	6	8

Fractional Parts.

16ths.	s.	d.	f.	frac.
1	0	5	2	0-0
2	0	11	0	0-0
3	1	4	2	0-0
4	1	10	0	0-0
5	2	3	2	0-0
6	2	9	0	0-0
7	3	2	2	0-0
8	3	8	0	0-0
9	4	1	2	0-0
10	4	7	0	0-0
11	5	0	2	0-0
12	5	6	0	0-0
13	5	11	2	0-0
14	6	5	0	0-0
15	6	10	2	0-0
1-3d	2	5	1	1-3
2-3ds	4	10	2	2-3
1-12th	0	7	1	1-3
1-14th	0	6	1	1-7
1-20th	0	4	1	3-5

At 7 Shillings 5 Pence.

No.	L.	s.	d.	No.	L.	s.	d.	No.	L.	s.	d.	No.	L.	s.	d.
1	0	7	5	32	11	17	4	63	23	7	3	94	34	17	2
2	0	14	10	33	12	4	9	64	23	14	8	95	35	4	7
3	1	2	3	34	12	12	2	65	24	2	1	96	35	12	0
4	1	9	8	35	12	19	7	66	24	9	6	97	35	19	5
5	1	17	1	36	13	7	0	67	24	16	11	98	36	6	10
6	2	4	6	37	13	14	5	68	25	4	4	99	36	14	3
7	2	11	11	38	14	1	10	69	25	11	9	100	37	1	8
8	2	19	4	39	14	9	3	70	25	19	2	200	74	3	4
9	3	6	9	40	14	16	8	71	26	6	7	300	111	5	0
10	3	14	2	41	15	4	1	72	26	14	0	400	148	6	8
11	4	1	7	42	15	11	6	73	27	1	5	500	185	8	4
12	4	9	0	43	15	18	11	74	27	8	10	600	222	10	0
13	4	16	5	44	16	6	4	75	27	16	3	700	259	11	8
14	5	3	10	45	16	13	9	76	28	3	8	800	296	13	4
15	5	11	3	46	17	1	2	77	28	11	1	900	333	15	0
16	5	18	8	47	17	8	7	78	28	18	6	1000	370	16	8
17	6	6	1	48	17	16	0	79	29	5	11	1100	407	18	4
18	6	13	6	49	18	3	5	80	29	13	4	1200	445	0	0
19	7	0	11	50	18	10	10	81	30	0	9	1300	482	1	8
20	7	8	4	51	18	18	3	82	30	8	2	1400	519	3	4
21	7	15	9	52	19	5	8	83	30	15	7	1500	556	5	0
22	8	3	2	53	19	13	1	84	31	3	0	2000	741	13	4
23	8	10	7	54	20	0	6	85	31	10	5	3000	1112	10	0
24	8	18	0	55	20	7	11	86	31	17	10	4000	1483	6	8
25	9	5	5	56	20	15	4	87	32	5	3	5000	1854	3	4
26	9	12	10	57	21	2	9	88	32	12	8	6000	2225	0	0
27	10	0	3	58	21	10	2	89	33	0	1	7000	2595	16	8
28	10	7	8	59	21	17	7	90	33	7	6	8000	2966	13	4
29	10	15	1	60	22	5	0	91	33	14	11	9000	3337	10	0
30	11	2	6	61	22	12	5	92	34	2	4	10000	3708	6	8
31	11	9	11	62	22	19	10	93	34	9	9	20000	7416	13	4

No.	L.	s.	d.
112	41	10	8
144	53	8	0
250	92	14	2
256	94	18	8
272	100	17	4
365	135	7	1
750	278	2	6
1250	463	10	10

Fractional Parts.

16ths.	s.	d.	f.	frac.
1	0	5	2	1-4
2	0	11	0	2-4
3	1	4	2	3-4
4	1	10	1	0-0
5	2	3	3	1-4
6	2	9	1	2-4
7	3	2	3	3-4
8	3	8	2	0-0
9	4	2	0	1-4
10	4	7	2	2-4
11	5	1	0	3-4
12	5	6	3	0-0
13	6	0	1	1-4
14	6	5	3	2-4
15	6	11	1	3-4
1-3d	2	5	2	2-3
2-3ds	4	11	1	1-3
1-12th	0	7	1	2-3
1-14th	0	6	1	3-7
1-20th	0	4	1	4-5

No.	L.	s.	d.	No.	L.	s.	d.	No.	L.	s.	d.	No.	L.	s.	d.
1	0	7	6	32	12	0	0	63	23	12	6	94	35	5	0
2	0	15	0	33	12	7	6	64	24	0	0	95	35	12	6
3	1	2	6	34	12	15	0	65	24	7	6	96	36	0	0
4	1	10	0	35	13	2	6	66	24	15	0	97	36	7	6
5	1	17	6	36	13	10	0	67	25	2	6	98	36	15	0
6	2	5	0	37	13	17	6	68	25	10	0	99	37	2	6
7	2	12	6	38	14	5	0	69	25	17	6	100	37	10	0
8	3	0	0	39	14	12	6	70	26	5	0	200	75	0	0
9	3	7	6	40	15	0	0	71	26	12	6	300	112	10	0
10	3	15	0	41	15	7	6	72	27	0	0	400	150	0	0
11	4	2	6	42	15	15	0	73	27	7	6	500	187	10	0
12	4	10	0	43	16	2	6	74	27	15	0	600	225	0	0
13	4	17	6	44	16	10	0	75	28	2	6	700	262	10	0
14	5	5	0	45	16	17	6	76	28	10	0	800	300	0	0
15	5	12	6	46	17	5	0	77	28	17	6	900	337	10	0
16	6	0	0	47	17	12	6	78	29	5	0	1000	375	0	0
17	6	7	6	48	18	0	0	79	29	12	6	1100	412	10	0
18	6	15	0	49	18	7	6	80	30	0	0	1200	450	0	0
19	7	2	6	50	18	15	0	81	30	7	6	1300	487	10	0
20	7	10	0	51	19	2	6	82	30	15	0	1400	525	0	0
21	7	17	6	52	19	10	0	83	31	2	6	1500	562	10	0
22	8	5	0	53	19	17	6	84	31	10	0	2000	750	0	0
23	8	12	6	54	20	5	0	85	31	17	6	3000	1125	0	0
24	9	0	0	55	20	12	6	86	32	5	0	4000	1500	0	0
25	9	7	6	56	21	0	0	87	32	12	6	5000	1875	0	0
26	9	15	0	57	21	7	6	88	33	0	0	6000	2250	0	0
27	10	2	6	58	21	15	0	89	33	7	6	7000	2625	0	0
28	10	10	0	59	22	2	6	90	33	15	0	8000	3000	0	0
29	10	17	6	60	22	10	0	91	34	2	6	9000	3375	0	0
30	11	5	0	61	22	17	6	92	34	10	0	10000	3750	0	0
31	11	12	6	62	23	5	0	93	34	17	6	20000	7500	0	0

No.	L.	s.	d.
112	42	0	0
144	54	0	0
250	93	15	0
256	96	0	0
272	102	0	0
365	136	17	6
750	281	5	0
1250	468	15	0

Fractional Parts.

16ths.	s.	d.	f.	frac.
1	0	5	2	1-2
2	0	11	1	0-0
3	1	4	3	1-2
4	1	10	2	0-0
5	2	4	0	1-2
6	2	9	3	0-0
7	3	3	1	1-2
8	3	9	0	0-0
9	4	2	2	1-2
10	4	8	1	0-0
11	5	1	3	1-2
12	5	7	2	0-0
13	6	1	0	1-2
14	6	6	3	0-0
15	7	0	1	1-2
1-3d	2	6	0	0-0
2-3ds	5	0	0	0-0
1-12th	0	7	2	0-0
1-14th	0	6	1	5-7
1-20th	0	4	2	0-0

At 7 Shillings 7 Pcnce.

No.	L.	s.	d.	No.	L.	s.	d.	No.	L.	s.	d.	No.	L.	s.	d.
1	0	7	7	32	12	2	8	63	23	17	9	94	35	12	10
2	0	15	2	33	12	10	3	64	24	5	4	95	36	0	5
3	1	2	9	34	12	17	10	65	24	12	11	96	36	8	0
4	1	10	4	35	13	5	5	66	25	0	6	97	36	15	7
5	1	17	11	36	13	13	0	67	25	8	1	98	37	3	2
6	2	5	6	37	14	0	7	68	25	15	8	99	37	10	9
7	2	13	1	38	14	8	2	69	26	3	3	100	37	18	4
8	3	0	8	39	14	15	9	70	26	10	10	200	75	16	8
9	3	8	3	40	15	3	4	71	26	18	5	300	113	15	0
10	3	15	10	41	15	10	11	72	27	6	0	400	151	13	4
11	4	3	5	42	15	18	6	73	27	13	7	500	189	11	8
12	4	11	0	43	16	6	1	74	28	1	2	600	227	10	0
13	4	18	7	44	16	13	8	75	28	8	9	700	265	8	4
14	5	6	2	45	17	1	3	76	28	16	4	800	303	6	8
15	5	13	9	46	17	8	10	77	29	3	11	900	341	5	0
16	6	1	4	47	17	16	5	78	29	11	6	1000	379	3	4
17	6	8	11	48	18	4	0	79	29	19	1	1100	417	1	8
18	6	16	6	49	18	11	7	80	30	6	8	1200	455	0	0
19	7	4	1	50	18	19	2	81	30	14	3	1300	492	18	4
20	7	11	8	51	19	6	9	82	31	1	10	1400	530	16	8
21	7	19	3	52	19	14	4	83	31	9	5	1500	568	15	0
22	8	6	10	53	20	1	11	84	31	17	0	2000	758	6	8
23	8	14	5	54	20	9	6	85	32	4	7	3000	1137	10	0
24	9	2	0	55	20	17	1	86	32	12	2	4000	1516	13	4
25	9	9	7	56	21	4	8	87	32	19	9	5000	1895	16	8
26	9	17	2	57	21	12	3	88	33	7	4	6000	2275	0	0
27	10	4	9	58	21	19	10	89	33	14	11	7000	2654	3	4
28	10	12	4	59	22	7	5	90	34	2	6	8000	3033	6	8
29	10	19	11	60	22	15	0	91	34	10	1	9000	3412	10	0
30	11	7	6	61	23	2	7	92	34	17	8	10000	3791	13	4
31	11	15	1	62	23	10	2	93	35	5	3	20000	7583	6	8

No.	L.	s.	d.
112	42	9	4
144	54	12	0
250	94	15	10
256	97	1	4
272	103	2	8
365	138	7	11
750	284	7	6
1250	473	19	2

Fractional Parts

16ths.	s.	d.	f.	frac.
1	0	5	2	3-4
2	0	11	1	2-4
3	1	5	0	1-4
4	1	10	3	0-0
5	2	4	1	3-4
6	2	10	0	2-4
7	3	3	3	1-4
8	3	9	2	0-0
9	4	3	0	3-4
10	4	8	3	2-4
11	5	2	2	1-4
12	5	8	1	0-0
13	6	1	3	3-4
14	6	7	2	2-4
15	7	1	1	1-4
1-3d	2	6	1	1-3
2-3ds	5	0	2	2-3
1-12th	0	7	2	1-3
1-14th	0	6	2	0-0
1-20th	0	4	2	1-5

At 7 Shillings 8 Pence.

No.	L.	s.	d.	No.	L.	s.	d.	No.	L.	s.	d.	No.	L.	s.	d.
1	0	7	8	32	12	5	4	63	24	3	0	94	36	0	8
2	0	15	4	33	12	13	0	64	24	10	8	95	36	8	4
3	1	3	0	34	13	0	8	65	24	18	4	96	36	16	0
4	1	10	8	35	13	8	4	66	25	6	0	97	37	3	8
5	1	18	4	36	13	16	0	67	25	13	8	98	37	11	4
6	2	6	0	37	14	3	8	68	26	1	4	99	37	19	0
7	2	13	8	38	14	11	4	69	26	9	0	100	38	6	8
8	3	1	4	39	14	19	0	70	26	16	8	200	76	13	4
9	3	9	0	40	15	6	8	71	27	4	4	300	115	0	0
10	3	16	8	41	15	14	4	72	27	12	0	400	153	6	8
11	4	4	4	42	16	2	0	73	27	19	8	500	191	13	4
12	4	12	0	43	16	9	8	74	28	7	4	600	230	0	0
13	4	19	8	44	16	17	4	75	28	15	0	700	268	6	8
14	5	7	4	45	17	5	0	76	29	2	8	800	306	13	4
15	5	15	0	46	17	12	8	77	29	10	4	900	345	0	0
16	6	2	8	47	18	0	4	78	29	18	0	1000	383	6	8
17	6	10	4	48	18	8	0	79	30	5	8	1100	421	13	4
18	6	18	0	49	18	15	8	80	30	13	4	1200	460	0	0
19	7	5	8	50	19	3	4	81	31	1	0	1300	498	6	8
20	7	13	4	51	19	11	0	82	31	8	8	1400	536	13	4
21	8	1	0	52	19	18	8	83	31	16	4	1500	575	0	0
22	8	8	8	53	20	6	4	84	32	4	0	2000	766	13	4
23	8	16	4	54	20	14	0	85	32	11	8	3000	1150	0	0
24	9	4	0	55	21	1	8	86	32	19	4	4000	1533	6	8
25	9	11	8	56	21	9	4	87	33	7	0	5000	1916	13	4
26	9	19	4	57	21	17	0	88	33	14	8	6000	2300	0	0
27	10	7	0	58	22	4	8	89	34	2	4	7000	2683	6	8
28	10	14	8	59	22	12	4	90	34	10	0	8000	3066	13	4
29	11	2	4	60	23	0	0	91	34	17	8	9000	3450	0	0
30	11	10	0	61	23	7	8	92	35	5	4	10000	3833	6	8
31	11	17	8	62	23	15	4	93	35	13	0	20000	7666	13	4

No.	L.	s.	d.
112	42	18	8
144	55	4	0
250	95	16	8
256	98	2	8
272	104	5	4
365	139	18	4
750	287	10	0
1250	479	3	4

Fractional Parts.

16ths	s.	d.	f.	frac.
1	0	5	3	0-0
2	0	11	2	0-0
3	1	5	1	0-0
4	1	11	0	0-0
5	2	4	3	0-0
6	2	10	2	0-0
7	3	4	1	0-0
8	3	10	0	0-0
9	4	3	3	0-0
10	4	9	2	0-0
11	5	3	1	0-0
12	5	9	0	0-0
13	6	2	3	0-0
14	6	8	2	0-0
15	7	2	1	0-0
1-3d	2	6	2	2-3
2-3ds	5	1	1	1-3
1-12th	0	7	2	2-3
1-14th	0	6	2	2-7
1-20th	0	4	2	2-5

At 7 Shillings 9 Pence.

No.	L.	s.	d.	No.	L.	s.	d.	No.	L.	s.	d.	No.	L.	s.	d.
1	0	7	9	32	12	8	0	63	24	8	3	94	36	8	6
2	0	15	6	33	12	15	9	64	24	16	0	95	36	16	3
3	1	3	3	34	13	3	6	65	25	3	9	96	37	4	0
4	1	11	0	35	13	11	3	66	25	11	6	97	37	11	9
5	1	18	9	36	13	19	0	67	25	19	3	98	37	19	6
6	2	6	6	37	14	6	9	68	26	7	0	99	38	7	3
7	2	14	3	38	14	14	6	69	26	14	9	100	38	15	0
8	3	2	0	39	15	2	3	70	27	2	6	200	77	10	0
9	3	9	9	40	15	10	0	71	27	10	3	300	116	5	0
10	3	17	6	41	15	17	9	72	27	18	0	400	155	0	0
11	4	5	3	42	16	5	6	73	28	5	9	500	193	15	0
12	4	13	0	43	16	13	3	74	28	13	6	600	232	10	0
13	5	0	9	44	17	1	0	75	29	1	3	700	271	5	0
14	5	8	6	45	17	8	9	76	29	9	0	800	310	0	0
15	5	16	3	46	17	16	6	77	29	16	9	900	348	15	0
16	6	4	0	47	18	4	3	78	30	4	6	1000	387	10	0
17	6	11	9	48	18	12	0	79	30	12	3	1100	426	5	0
18	6	19	6	49	18	19	9	80	31	0	0	1200	465	0	0
19	7	7	3	50	19	7	6	81	31	7	9	1300	503	15	0
20	7	15	0	51	19	15	3	82	31	15	6	1400	542	10	0
21	8	2	9	52	20	3	0	83	32	3	3	1500	581	5	0
22	8	10	6	53	20	10	9	84	32	11	0	2000	775	0	0
23	8	18	3	54	20	18	6	85	32	18	9	3000	1162	10	0
24	9	6	0	55	21	6	3	86	33	6	6	4000	1550	0	0
25	9	13	9	56	21	14	0	87	33	14	3	5000	1937	10	0
26	10	1	6	57	22	1	9	88	34	2	0	6000	2325	0	0
27	10	9	3	58	22	9	6	89	34	9	9	7000	2712	10	0
28	10	17	0	59	22	17	3	90	34	17	6	8000	3100	0	0
29	11	4	9	60	23	5	0	91	35	5	3	9000	3487	10	0
30	11	12	6	61	23	12	9	92	35	13	0	10000	3875	0	0
31	12	0	3	62	24	0	6	93	36	0	9	20000	7750	0	0

No.	L.	s.	d.
112	43	8	0
144	55	16	0
250	96	17	6
256	99	4	0
272	105	8	0
365	141	8	9
750	290	12	6
1250	484	7	6

Fractional Parts.

16ths	s.	d.	f.	frac.
1	0	5	3	1-4
2	0	11	2	2-4
3	1	5	1	3-4
4	1	11	1	0-0
5	2	5	0	1-4
6	2	10	3	2-4
7	3	4	2	3-4
8	3	10	2	0-0
9	4	4	1	1-4
10	4	10	0	2-4
11	5	3	3	3-4
12	5	9	3	0-0
13	6	3	2	1-4
14	6	9	1	2-4
15	7	3	0	3-4
1-3d	2	7	0	0-0
2-3ds	5	2	0	0-0
1-12th	0	7	3	0-0
1-14th	0	6	2	4-7
1-20th	0	4	2	3-5

At 7 Shillings 10 Pence.

No.	L.	s.	d.	No.	L.	s.	d.	No.	L.	s.	d.	No.	L.	s.	d.
1	0	7	10	32	12	10	8	63	24	13	6	94	36	16	4
2	0	15	8	33	12	18	6	64	25	1	4	95	37	4	2
3	1	3	6	34	13	6	4	65	25	9	2	96	37	12	0
4	1	11	4	35	13	14	2	66	25	17	0	97	37	19	10
5	1	19	2	36	14	2	0	67	26	4	10	98	38	7	8
6	2	7	0	37	14	9	10	68	26	12	8	99	38	15	6
7	2	14	10	38	14	17	8	69	27	0	6	100	39	3	4
8	3	2	8	39	15	5	6	70	27	8	4	200	78	6	8
9	3	10	6	40	15	13	4	71	27	16	2	300	117	10	0
10	3	18	4	41	16	1	2	72	28	4	0	400	156	13	4
11	4	6	2	42	16	9	0	73	28	11	10	500	195	16	8
12	4	14	0	43	16	16	10	74	28	19	8	600	235	0	0
13	5	1	10	44	17	4	8	75	29	7	6	700	274	3	4
14	5	9	8	45	17	12	6	76	29	15	4	800	313	6	8
15	5	17	6	46	18	0	4	77	30	3	2	900	352	10	0
16	6	5	4	47	18	8	2	78	30	11	0	1000	391	13	4
17	6	13	2	48	18	16	0	79	30	18	10	1100	430	16	8
18	7	1	0	49	19	3	10	80	31	6	8	1200	470	0	0
19	7	8	10	50	19	11	8	81	31	14	6	1300	509	3	4
20	7	16	8	51	19	19	6	82	32	2	4	1400	548	6	8
21	8	4	6	52	20	7	4	83	32	10	2	1500	587	10	0
22	8	12	4	53	20	15	2	84	32	18	0	2000	783	6	8
23	9	0	2	54	21	3	0	85	33	5	10	3000	1175	0	0
24	9	8	0	55	21	10	10	86	33	13	8	4000	1566	13	4
25	9	15	10	56	21	18	8	87	34	1	6	5000	1958	6	8
26	10	3	8	57	22	6	6	88	34	9	4	6000	2350	0	0
27	10	11	6	58	22	14	4	89	34	17	2	7000	2741	13	4
28	10	19	4	59	23	2	2	90	35	5	0	8000	3133	6	8
29	11	7	2	60	23	10	0	91	35	12	10	9000	3525	0	0
30	11	15	0	61	23	17	10	92	36	0	8	10000	3916	13	4
31	12	2	10	62	24	5	8	93	36	8	6	20000	7833	6	8

No.	L.	s.	d.
112	43	17	4
144	56	8	0
250	97	18	4
256	100	5	4
272	106	10	8
365	142	19	2
750	293	15	0
1250	489	11	8

Fractional Parts.

10ths.	s.	d.	f.	frac.
1	0	5	3	1-2
2	0	11	3	0-0
3	1	5	2	1-2
4	1	11	2	0-0
5	2	5	1	1-2
6	2	11	1	0-0
7	3	5	0	1-2
8	3	11	0	0-0
9	4	4	3	1-2
10	4	10	3	0-0
11	5	4	2	1-2
12	5	10	2	0-0
13	6	4	1	1-2
14	6	10	1	0-0
15	7	4	0	1-2
1-3d	2	7	1	1-3
2-3ds	5	2	2	2-3
1-12th	0	7	3	1-3
1-14th	0	6	2	6-7
1-20th	0	4	2	4-5

At 7 Shillings 11 Pence.

No.	L.	s.	d.	No.	L.	s.	d.	No.	L.	s.	d.	No.	L.	s.	d.
1	0	7	11	32	12	13	4	63	24	18	9	94	37	4	2
2	0	15	10	33	13	1	3	64	25	6	8	95	37	12	1
3	1	3	9	34	13	9	2	65	25	14	7	96	38	0	0
4	1	11	8	35	13	17	1	66	26	2	6	97	38	7	11
5	1	19	7	36	14	5	0	67	26	10	5	98	38	15	10
6	2	7	6	37	14	12	11	68	26	18	4	99	39	3	9
7	2	15	5	38	15	0	10	69	27	6	3	100	39	11	8
8	3	3	4	39	15	8	9	70	27	14	2	200	79	3	4
9	3	11	3	40	15	16	8	71	28	2	1	300	118	15	0
10	3	19	2	41	16	4	7	72	28	10	0	400	158	6	8
11	4	7	1	42	16	12	6	73	28	17	11	500	197	18	4
12	4	15	0	43	17	0	5	74	29	5	10	600	237	10	0
13	5	2	11	44	17	8	4	75	29	13	9	700	277	1	8
14	5	10	10	45	17	16	3	76	30	1	8	800	316	13	4
15	5	18	9	46	18	4	2	77	30	9	7	900	356	5	0
16	6	6	8	47	18	12	1	78	30	17	6	1000	395	16	8
17	6	14	7	48	19	0	0	79	31	5	5	1100	435	8	4
18	7	2	6	49	19	7	11	80	31	13	4	1200	475	0	0
19	7	10	5	50	19	15	10	81	32	1	3	1300	514	11	8
20	7	18	4	51	20	3	9	82	32	9	2	1400	554	3	4
21	8	6	3	52	20	11	8	83	32	17	1	1500	593	15	0
22	8	14	2	53	20	19	7	84	33	5	0	2000	791	13	4
23	9	2	1	54	21	7	6	85	33	12	11	3000	1187	10	0
24	9	10	0	55	21	15	5	86	34	0	10	4000	1583	6	8
25	9	17	11	56	22	3	4	87	34	8	9	5000	1979	3	4
26	10	5	10	57	22	11	3	88	34	16	8	6000	2375	0	0
27	10	13	9	58	22	19	2	89	35	4	7	7000	2770	16	8
28	11	1	8	59	23	7	1	90	35	12	6	8000	3166	13	4
29	11	9	7	60	23	15	0	91	36	0	5	9000	3562	10	0
30	11	17	6	61	24	2	11	92	36	8	4	10000	3958	6	8
31	12	5	5	62	24	10	10	93	36	16	3	20000	7916	13	4

No.	L.	s.	d.
112	44	6	8
144	57	0	0
250	98	19	2
256	101	6	8
272	107	13	4
365	144	9	7
750	296	17	6
1250	494	15	10

Fractional Parts.

10ths.	s.	d.	f.	frac.
1	0	5	3	3-4
2	0	11	3	2-4
3	1	5	3	1-4
4	1	11	3	0-0
5	2	5	2	3-4
6	2	11	2	2-4
7	3	5	2	1-4
8	3	11	2	0-0
9	4	5	1	3-4
10	4	11	1	2-4
11	5	5	1	1-4
12	5	11	1	0-0
13	6	5	0	3-4
14	6	11	0	2-4
15	7	5	0	1-4
1-3d	2	7	2	2-3
2 3ds	5	3	1	1-3
1-12th	0	7	3	2-3
1-14th	0	6	3	1-7
1-20th	0	4	3	0-0

At 8 Shillings.

No.	L.	s.	d.	No.	L.	s.	d.	No.	L.	s.	d.	No.	L.	s.	d.
1	0	8	0	32	12	16	0	63	25	4	0	94	37	12	0
2	0	16	0	33	13	4	0	64	25	12	0	95	38	0	0
3	1	4	0	34	13	12	0	65	26	0	0	96	38	8	0
4	1	12	0	35	14	0	0	66	26	8	0	97	38	16	0
5	2	0	0	36	14	8	0	67	26	16	0	98	39	4	0
6	2	8	0	37	14	16	0	68	27	4	0	99	39	12	0
7	2	16	0	38	15	4	0	69	27	12	0	100	40	0	0
8	3	4	0	39	15	12	0	70	28	0	0	200	80	0	0
9	3	12	0	40	16	0	0	71	28	8	0	300	120	0	0
10	4	0	0	41	16	8	0	72	28	16	0	400	160	0	0
11	4	8	0	42	16	16	0	73	29	4	0	500	200	0	0
12	4	16	0	43	17	4	0	74	29	12	0	600	240	0	0
13	5	4	0	44	17	12	0	75	30	0	0	700	280	0	0
14	5	12	0	45	18	0	0	76	30	8	0	800	320	0	0
15	6	0	0	46	18	8	0	77	30	16	0	900	360	0	0
16	6	8	0	47	18	16	0	78	31	4	0	1000	400	0	0
17	6	16	0	48	19	4	0	79	31	12	0	1100	440	0	0
18	7	4	0	49	19	12	0	80	32	0	0	1200	480	0	0
19	7	12	0	50	20	0	0	81	32	8	0	1300	520	0	0
20	8	0	0	51	20	8	0	82	32	16	0	1400	560	0	0
21	8	8	0	52	20	16	0	83	33	4	0	1500	600	0	0
22	8	16	0	53	21	4	0	84	33	12	0	2000	800	0	0
23	9	4	0	54	21	12	0	85	34	0	0	3000	1200	0	0
24	9	12	0	55	22	0	0	86	34	8	0	4000	1600	0	0
25	10	0	0	56	22	8	0	87	34	16	0	5000	2000	0	0
26	10	8	0	57	22	16	0	88	35	4	0	6000	2400	0	0
27	10	16	0	58	23	4	0	89	35	12	0	7000	2800	0	0
28	11	4	0	59	23	12	0	90	36	0	0	8000	3200	0	0
29	11	12	0	60	24	0	0	91	36	8	0	9000	3600	0	0
30	12	0	0	61	24	8	0	92	36	16	0	10000	4000	0	0
31	12	8	0	62	24	16	0	93	37	4	0	20000	8000	0	0

No.	L.	s.	d.
112	44	16	0
144	57	12	0
250	100	0	0
256	102	8	0
272	108	16	0
365	146	0	0
750	300	0	0
1250	500	0	0

Fractional Parts.

10ths.	s.	d.	f.	frac.
1	0	6	0	0-0
2	1	0	0	0-0
3	1	6	0	0-0
4	2	0	0	0-0
5	2	6	0	0-0
6	3	0	0	0-0
7	3	6	0	0-0
8	4	0	0	0-0
9	4	6	0	0-0
10	5	0	0	0-0
11	5	6	0	0-0
12	6	0	0	0-0
13	6	6	0	0-0
14	7	0	0	0-0
15	7	6	0	0-0
1-3d	2	8	0	0-0
2-3ds	5	4	0	0-0
1-12th	0	8	0	0-0
1-14th	0	6	3	3-7
1-20th	0	4	3	1-5

At 8 Shillings 1 Penny.

No.	L.	s.	d.	No.	L.	s.	d.	No.	L.	s.	d.	No.	L.	s.	d.
1	0	8	1	32	12	18	8	63	25	9	3	94	37	19	10
2	0	16	2	33	13	6	9	64	25	17	4	95	38	7	11
3	1	4	3	34	13	14	10	65	26	5	5	96	38	16	0
4	1	12	4	35	14	2	11	66	26	13	6	97	39	4	1
5	2	0	5	36	14	11	0	67	27	1	7	98	39	12	2
6	2	8	6	37	14	19	1	68	27	9	8	99	40	0	3
7	2	16	7	38	15	7	2	69	27	17	9	100	40	8	4
8	3	4	8	39	15	15	3	70	28	5	10	200	80	16	8
9	3	12	9	40	16	3	4	71	28	13	11	300	121	5	0
10	4	0	10	41	16	11	5	72	29	2	0	400	161	13	4
11	4	8	11	42	16	19	6	73	29	10	1	500	202	1	8
12	4	17	0	43	17	7	7	74	29	18	2	600	242	10	0
13	5	5	1	44	17	15	8	75	30	6	3	700	282	18	4
14	5	13	2	45	18	3	9	76	30	14	4	800	323	6	8
15	6	1	3	46	18	11	10	77	31	2	5	900	363	15	0
16	6	9	4	47	18	19	11	78	31	10	6	1000	404	3	4
17	6	17	5	48	19	8	0	79	31	18	7	1100	444	11	8
18	7	5	6	49	19	16	1	80	32	6	8	1200	485	0	0
19	7	13	7	50	20	4	2	81	32	14	9	1300	525	8	4
20	8	1	8	51	20	12	3	82	33	2	10	1400	565	16	8
21	8	9	9	52	21	0	4	83	33	10	11	1500	606	5	0
22	8	17	10	53	21	8	5	84	33	19	0	2000	808	6	8
23	9	5	11	54	21	16	6	85	34	7	1	3000	1212	10	0
24	9	14	0	55	22	4	7	86	34	15	2	4000	1616	13	4
25	10	2	1	56	22	12	8	87	35	3	3	5000	2020	16	8
26	10	10	2	57	23	0	9	88	35	11	4	6000	2425	0	0
27	10	18	3	58	23	8	10	89	35	19	5	7000	2829	3	4
28	11	6	4	59	23	16	11	90	36	7	6	8000	3233	6	8
29	11	14	5	60	24	5	0	91	36	15	7	9000	3637	10	0
30	12	2	6	61	24	13	1	92	37	3	8	10000	4041	13	4
31	12	10	7	62	25	1	2	93	37	11	9	20000	8083	6	8

No.	L.	s.	d.
112	45	5	4
144	58	4	0
250	101	0	10
256	103	9	4
272	109	18	8
365	147	10	5
750	303	2	6
1250	505	4	2

Fractional Parts

10ths.	s.	d.	f.	frac.
1	0	6	0	1-4
2	1	0	0	2-4
3	1	6	0	3-4
4	2	0	1	0-0
5	2	6	1	1-4
6	3	0	1	2-4
7	3	6	1	3-4
8	4	0	2	0-0
9	4	6	2	1-4
10	5	0	2	2-4
11	5	6	2	3-4
12	6	0	3	0-0
13	6	6	3	1-4
14	7	0	3	2-4
15	7	6	3	3-4
1-3d	2	8	1	1-3
2-3ds	5	4	2	2-3
1-12th	0	8	0	1-3
1-14th	0	6	3	5-7
1-20th	0	4	3	2-5

At 8 Shillings 2 Pence.

No.	L.	s.	d.	No.	L.	s.	d.	No.	L.	s.	d.	No.	L.	s.	d.
1	0	8	2	32	13	1	4	63	25	14	6	94	38	7	8
2	0	16	4	33	13	9	6	64	26	2	8	95	38	15	10
3	1	4	6	34	13	17	8	65	26	10	10	96	39	4	0
4	1	12	8	35	14	5	10	66	26	19	0	97	39	12	2
5	2	0	10	36	14	14	0	67	27	7	2	98	40	0	4
6	2	9	0	37	15	2	2	68	27	15	4	99	40	8	6
7	2	17	2	38	15	10	4	69	28	3	6	100	40	16	8
8	3	5	4	39	15	18	6	70	28	11	8	200	81	13	4
9	3	13	6	40	16	6	8	71	28	19	10	300	122	10	0
10	4	1	8	41	16	14	10	72	29	8	0	400	163	6	8
11	4	9	10	42	17	3	0	73	29	16	2	500	204	3	4
12	4	18	0	43	17	11	2	74	30	4	4	600	245	0	0
13	5	6	2	44	17	19	4	75	30	12	6	700	285	16	8
14	5	14	4	45	18	7	6	76	31	0	8	800	326	13	4
15	6	2	6	46	18	15	8	77	31	8	10	900	367	10	0
16	6	10	8	47	19	3	10	78	31	17	0	1000	408	6	8
17	6	18	10	48	19	12	0	79	32	5	2	1100	449	3	4
18	7	7	0	49	20	0	2	80	32	13	4	1200	490	0	0
19	7	15	2	50	20	8	4	81	33	1	6	1300	530	16	8
20	8	3	4	51	20	16	6	82	33	9	8	1400	571	13	4
21	8	11	6	52	21	4	8	83	33	17	10	1500	612	10	0
22	8	19	8	53	21	12	10	84	34	6	0	2000	816	13	4
23	9	7	10	54	22	1	0	85	34	14	2	3000	1225	0	0
24	9	16	0	55	22	9	2	86	35	2	4	4000	1633	6	8
25	10	4	2	56	22	17	4	87	35	10	6	5000	2041	13	4
26	10	12	4	57	23	5	6	88	35	18	8	6000	2450	0	0
27	11	0	6	58	23	13	8	89	36	6	10	7000	2858	6	8
28	11	8	8	59	24	1	10	90	36	15	0	8000	3266	13	4
29	11	16	10	60	24	10	0	91	37	3	2	9000	3675	0	0
30	12	5	0	61	24	18	2	92	37	11	4	10000	4083	6	8
31	12	13	2	62	25	6	4	93	37	19	6	20000	8166	13	4

No.	L.	s.	d.
112	45	14	8
144	58	16	0
250	102	1	8
256	104	10	8
272	111	1	4
365	149	0	10
750	306	5	0
1250	510	8	4

Fractional Parts.

16ths.	s.	d.	f.	frac.
1	0	6	0	1-2
2	1	0	1	0-0
3	1	6	1	1-2
4	2	0	2	0-0
5	2	6	2	1-2
6	3	0	3	0-0
7	3	6	3	1-2
8	4	1	0	0-0
9	4	7	0	1-2
10	5	1	1	0-0
11	5	7	1	1-2
12	6	1	2	0-0
13	6	7	2	1-2
14	7	1	3	0-0
15	7	7	3	1-2
1-3d	2	8	2	2-3
2-3ds	5	5	1	1-3
1-12th	0	8	0	2-3
1-14th	0	7	0	0-0
1-20th	0	4	3	3-5

At 8 Shillings 3 Pence.

No.	L.	s.	d.	No.	L.	s.	d.	No.	L.	s.	d.	No.	L.	s.	d.
1	0	8	3	32	13	4	0	63	25	19	9	94	38	15	6
2	0	16	6	33	13	12	3	64	26	8	0	95	39	3	9
3	1	4	9	34	14	0	6	65	26	16	3	96	39	12	0
4	1	13	0	35	14	8	9	66	27	4	6	97	40	0	3
5	2	1	3	36	14	17	0	67	27	12	9	98	40	8	6
6	2	9	6	37	15	5	3	68	28	1	0	99	40	16	9
7	2	17	9	38	15	13	6	69	28	9	3	100	41	5	0
8	3	6	0	39	16	1	9	70	28	17	6	200	82	10	0
9	3	14	3	40	16	10	0	71	29	5	9	300	123	15	0
10	4	2	6	41	16	18	3	72	29	14	0	400	165	0	0
11	4	10	9	42	17	6	6	73	30	2	3	500	206	5	0
12	4	19	0	43	17	14	9	74	30	10	6	600	247	10	0
13	5	7	3	44	18	3	0	75	30	18	9	700	288	15	0
14	5	15	6	45	18	11	3	76	31	7	0	800	330	0	0
15	6	3	9	46	18	19	6	77	31	15	3	900	371	5	0
16	6	12	0	47	19	7	9	78	32	3	6	1000	412	10	0
17	7	0	3	48	19	16	0	79	32	11	9	1100	453	15	0
18	7	8	6	49	20	4	3	80	33	0	0	1200	495	0	0
19	7	16	9	50	20	12	6	81	33	8	3	1300	536	5	0
20	8	5	0	51	21	0	9	82	33	16	6	1400	577	10	0
21	8	13	3	52	21	9	0	83	34	4	9	1500	618	15	0
22	9	1	6	53	21	17	3	84	34	13	0	2000	825	0	0
23	9	9	9	54	22	5	6	85	35	1	3	3000	1237	10	0
24	9	18	0	55	22	13	9	86	35	9	6	4000	1650	0	0
25	10	6	3	56	23	2	0	87	35	17	9	5000	2062	10	0
26	10	14	6	57	23	10	3	88	36	6	0	6000	2475	0	0
27	11	2	9	58	23	18	6	89	36	14	3	7000	2887	10	0
28	11	11	0	59	24	6	9	90	37	2	6	8000	3300	0	0
29	11	19	3	60	24	15	0	91	37	10	9	9000	3712	10	0
30	12	7	6	61	25	3	3	92	37	19	0	10000	4125	0	0
31	12	15	9	62	25	11	6	93	38	7	3	20000	8250	0	0

No.	L.	s.	d.
112	46	4	0
144	59	8	0
250	103	2	6
256	105	12	0
272	112	4	0
365	150	11	3
750	309	7	6
1250	515	12	6

Fractional Parts.

16ths.	s.	d.	f.	frac.
1	0	6	0	3-4
2	1	0	1	2-4
3	1	6	2	1-4
4	2	0	3	0-0
5	2	6	3	3-4
6	3	1	0	2-4
7	3	7	1	1-4
8	4	1	2	0-0
9	4	7	2	3-4
10	5	1	3	2-4
11	5	8	0	1-4
12	6	2	1	0-0
13	6	8	1	3-4
14	7	2	2	2-4
15	7	8	3	1-4
1-3d	2	9	0	0-0
2-3ds	5	6	0	0-0
1-12th	0	8	1	0-0
1-14th	0	7	0	2-7
1-20th	0	4	3	4-5

At 8 Shillings 4 Pence.

No.	L.	s.	d.	No.	L.	s.	d.	No.	L.	s.	d.	No.	L.	s.	d.
1	0	8	4	32	13	6	8	63	26	5	0	94	39	3	4
2	0	16	8	33	13	15	0	64	26	13	4	95	39	11	8
3	1	5	0	34	14	3	4	65	27	1	8	96	40	0	0
4	1	13	4	35	14	11	8	66	27	10	0	97	40	8	4
5	2	1	8	36	15	0	0	67	27	18	4	98	40	16	8
6	2	10	0	37	15	8	4	68	28	6	8	99	41	5	0
7	2	18	4	38	15	16	8	69	28	15	0	100	41	13	4
8	3	6	8	39	16	5	0	70	29	3	4	200	83	6	8
9	3	15	0	40	16	13	4	71	29	11	8	300	125	0	0
10	4	3	4	41	17	1	8	72	30	0	0	400	166	13	4
11	4	11	8	42	17	10	0	73	30	8	4	500	208	6	8
12	5	0	0	43	17	18	4	74	30	16	8	600	250	0	0
13	5	8	4	44	18	6	8	75	31	5	0	700	291	13	4
14	5	16	8	45	18	15	0	76	31	13	4	800	333	6	8
15	6	5	0	46	19	3	4	77	32	1	8	900	375	0	0
16	6	13	4	47	19	11	8	78	32	10	0	1000	416	13	4
17	7	1	8	48	20	0	0	79	32	18	4	1100	458	6	8
18	7	10	0	49	20	8	4	80	33	6	8	1200	500	0	0
19	7	18	4	50	20	16	8	81	33	15	0	1300	541	13	4
20	8	6	8	51	21	5	0	82	34	3	4	1400	583	6	8
21	8	15	0	52	21	13	4	83	34	11	8	1500	625	0	0
22	9	3	4	53	22	1	8	84	35	0	0	2000	833	6	8
23	9	11	8	54	22	10	0	85	35	8	4	3000	1250	0	0
24	10	0	0	55	22	18	4	86	35	16	8	4000	1666	13	4
25	10	8	4	56	23	6	8	87	36	5	0	5000	2083	6	8
26	10	16	8	57	23	15	0	88	36	13	4	6000	2500	0	0
27	11	5	0	58	24	3	4	89	37	1	8	7000	2916	13	4
28	11	13	4	59	24	11	8	90	37	10	0	8000	3333	6	8
29	12	1	8	60	25	0	0	91	37	18	4	9000	3750	0	0
30	12	10	0	61	25	8	4	92	38	6	8	10000	4166	13	4
31	12	18	4	62	25	16	8	93	38	15	0	20000	8333	6	8

No.	L.	s.	d.
112	46	13	4
144	60	0	0
250	104	3	4
256	106	13	4
272	113	6	8
365	152	1	8
750	312	10	0
1250	520	16	8

Fractional Parts.

16ths.	s.	d.	f.	frac.
1	0	6	1	0-0
2	1	0	2	0-0
3	1	6	3	0-0
4	2	1	0	0-0
5	2	7	1	0-0
6	3	1	2	0-0
7	3	7	3	0-0
8	4	2	0	0-0
9	4	8	1	0-0
10	5	2	2	0-0
11	5	8	3	0-0
12	6	3	0	0-0
13	6	9	1	0-0
14	7	3	2	0-0
15	7	9	3	0-0
1-3d	2	9	1	1-3
2-3ds	5	6	2	2-3
1-12th	0	8	1	1-3
1-14th	0	7	0	4-7
1-20th	0	5	0	0-0

At 8 Shillings 5 Pence.

No.	L.	s.	d.	No.	L.	s.	d.	No.	L.	s.	d.	No.	L.	s.	d.
1	0	8	5	32	13	9	4	63	26	10	3	94	39	11	2
2	0	16	10	33	13	17	9	64	26	18	8	95	39	19	7
3	1	5	3	34	14	6	2	65	27	7	1	96	40	8	0
4	1	13	8	35	14	14	7	66	27	15	6	97	40	16	5
5	2	2	1	36	15	3	0	67	28	3	11	98	41	4	10
6	2	10	6	37	15	11	5	68	28	12	4	99	41	13	3
7	2	18	11	38	15	19	10	69	29	0	9	100	42	1	8
8	3	7	4	39	16	8	3	70	29	9	2	200	84	3	4
9	3	15	9	40	16	16	8	71	29	17	7	300	126	5	0
10	4	4	2	41	17	5	1	72	30	6	0	400	168	6	8
11	4	12	7	42	17	13	6	73	30	14	5	500	210	8	4
12	5	1	0	43	18	1	11	74	31	2	10	600	252	10	0
13	5	9	5	44	18	10	4	75	31	11	3	700	294	11	8
14	5	17	10	45	18	18	9	76	31	19	8	800	336	13	4
15	6	6	3	46	19	7	2	77	32	8	1	900	378	15	0
16	6	14	8	47	19	15	7	78	32	16	6	1000	420	16	8
17	7	3	1	48	20	4	0	79	33	4	11	1100	462	18	4
18	7	11	6	49	20	12	5	80	33	13	4	1200	505	0	0
19	7	19	11	50	21	0	10	81	34	1	9	1300	547	1	8
20	8	8	4	51	21	9	3	82	34	10	2	1400	589	3	4
21	8	16	9	52	21	17	8	83	34	18	7	1500	631	5	0
22	9	5	2	53	22	6	1	84	35	7	0	2000	841	13	4
23	9	13	7	54	22	14	6	85	35	15	5	3000	1262	10	0
24	10	2	0	55	23	2	11	86	36	3	10	4000	1683	6	8
25	10	10	5	56	23	11	4	87	36	12	3	5000	2104	3	4
26	10	18	10	57	23	19	9	88	37	0	8	6000	2525	0	0
27	11	7	3	58	24	8	2	89	37	9	1	7000	2945	16	8
28	11	15	8	59	24	16	7	90	37	17	6	8000	3366	13	4
29	12	4	1	60	25	5	0	91	38	5	11	9000	3787	10	0
30	12	12	6	61	25	13	5	92	38	14	4	10000	4208	6	8
31	13	0	11	62	26	1	10	93	39	2	9	20000	8416	13	4

No.	L.	s.	d.
112	47	2	8
144	60	12	0
250	105	4	2
256	107	14	8
272	114	9	4
365	153	12	1
750	315	12	6
1250	526	0	10

Fractional Parts.

16ths.	s.	d.	f.	frac.
1	0	6	1	1-4
2	1	0	2	2-4
3	1	6	3	3-4
4	2	1	1	0-0
5	2	7	2	1-4
6	3	1	3	2-4
7	3	8	0	3-4
8	4	2	2	0-0
9	4	8	3	1-4
10	5	3	0	2-4
11	5	9	1	3-4
12	6	3	3	0-0
13	6	10	0	1-4
14	7	4	1	2-4
15	7	10	2	3-4
1-3d	2	9	2	2-3
2-3ds	5	7	1	1-3
1-12th	0	8	1	2-3
1-14th	0	7	0	6-7
1-20th	0	5	0	1-5

At 8 Shillings 6 Pence.

No.	L.	s.	d.	No.	L.	s.	d.	No.	L.	s.	d.	No.	L.	s.	d.
1	0	8	6	32	13	12	0	63	26	15	6	94	39	19	0
2	0	17	0	33	14	0	6	64	27	4	0	95	40	7	6
3	1	5	6	34	14	9	0	65	27	12	6	96	40	16	0
4	1	14	0	35	14	17	6	66	28	1	0	97	41	4	6
5	2	2	6	36	15	6	0	67	28	9	6	98	41	13	0
6	2	11	0	37	15	14	6	68	28	18	0	99	42	1	6
7	2	19	6	38	16	3	0	69	29	6	6	100	42	10	0
8	3	8	0	39	16	11	6	70	29	15	0	200	85	0	0
9	3	16	6	40	17	0	0	71	30	3	6	300	127	10	0
10	4	5	0	41	17	8	6	72	30	12	0	400	170	0	0
11	4	13	6	42	17	17	0	73	31	0	6	500	212	10	0
12	5	2	0	43	18	5	6	74	31	9	0	600	255	0	0
13	5	10	6	44	18	14	0	75	31	17	6	700	297	10	0
14	5	19	0	45	19	2	6	76	32	6	0	800	340	0	0
15	6	7	6	46	19	11	0	77	32	14	6	900	382	10	0
16	6	16	0	47	19	19	6	78	33	3	0	1000	425	0	0
17	7	4	6	48	20	8	0	79	33	11	6	1100	467	10	0
18	7	13	0	49	20	16	6	80	34	0	0	1200	510	0	0
19	8	1	6	50	21	5	0	81	34	8	6	1300	552	10	0
20	8	10	0	51	21	13	6	82	34	17	0	1400	595	0	0
21	8	18	6	52	22	2	0	83	35	5	6	1500	637	10	0
22	9	7	0	53	22	10	6	84	35	14	0	2000	850	0	0
23	9	15	6	54	22	19	0	85	36	2	6	3000	1275	0	0
24	10	4	0	55	23	7	6	86	36	11	0	4000	1700	0	0
25	10	12	6	56	23	16	0	87	36	19	6	5000	2125	0	0
26	11	1	0	57	24	4	6	88	37	8	0	6000	2550	0	0
27	11	9	6	58	24	13	0	89	37	16	6	7000	2975	0	0
28	11	18	0	59	25	1	6	90	38	5	0	8000	3400	0	0
29	12	6	6	60	25	10	0	91	38	13	6	9000	3825	0	0
30	12	15	0	61	25	18	6	92	39	2	0	10000	4250	0	0
31	13	3	6	62	26	7	0	93	39	10	6	20000	8500	0	0

No.	L.	s.	d.
112	47	12	0
144	61	4	0
250	106	5	0
256	108	16	0
272	115	12	0
365	155	2	6
750	318	15	0
1250	531	5	0

Fractional Parts.

10ths.	s.	d.	f.	frac.
1	0	6	1	1-2
2	1	0	3	0-0
3	1	7	0	1-2
4	2	1	2	0-0
5	2	7	3	1-2
6	3	2	1	0-0
7	3	8	2	1-2
8	4	3	0	0-0
9	4	9	1	1-2
10	5	3	3	0-0
11	5	10	0	1-2
12	6	4	2	0-0
13	6	10	3	1-2
14	7	5	1	0-0
15	7	11	2	1-2
1-3d	2	10	0	0-0
2-3ds	5	8	0	0-0
1-12th	0	8	2	0-0
1-14th	0	7	1	1-7
1-20th	0	5	0	2-5

At 8 Shillings 7 Pence.

No.	L.	s.	d.	No.	L.	s.	d.	No.	L.	s.	d.	No.	L.	s.	d.
1	0	8	7	32	13	14	8	63	27	0	9	94	40	6	10
2	0	17	2	33	14	3	3	64	27	9	4	95	40	15	5
3	1	5	9	34	14	11	10	65	27	17	11	96	41	4	0
4	1	14	4	35	15	0	5	66	28	6	6	97	41	12	7
5	2	2	11	36	15	9	0	67	28	15	1	98	42	1	2
6	2	11	6	37	15	17	7	68	29	3	8	99	42	9	9
7	3	0	1	38	16	6	2	69	29	12	3	100	42	18	4
8	3	8	8	39	16	14	9	70	30	0	10	200	85	16	8
9	3	17	3	40	17	3	4	71	30	9	5	300	128	15	0
10	4	5	10	41	17	11	11	72	30	18	0	400	171	13	4
11	4	14	5	42	18	0	6	73	31	6	7	500	214	11	8
12	5	3	0	43	18	9	1	74	31	15	2	600	257	10	0
13	5	11	7	44	18	17	8	75	32	3	9	700	300	8	4
14	6	0	2	45	19	6	3	76	32	12	4	800	343	6	8
15	6	8	9	46	19	14	10	77	33	0	11	900	386	5	0
16	6	17	4	47	20	3	5	78	33	9	6	1000	429	3	4
17	7	5	11	48	20	12	0	79	33	18	1	1100	472	1	8
18	7	14	6	49	21	0	7	80	34	6	8	1200	515	0	0
19	8	3	1	50	21	9	2	81	34	15	3	1300	557	18	4
20	8	11	8	51	21	17	9	82	35	3	10	1400	600	16	8
21	9	0	3	52	22	6	4	83	35	12	5	1500	643	15	0
22	9	8	10	53	22	14	11	84	36	1	0	2000	858	6	8
23	9	17	5	54	23	3	6	85	36	9	7	3000	1287	10	0
24	10	6	0	55	23	12	1	86	36	18	2	4000	1716	13	4
25	10	14	7	56	24	0	8	87	37	6	9	5000	2145	16	8
26	11	3	2	57	24	9	3	88	37	15	4	6000	2575	0	0
27	11	11	9	58	24	17	10	89	38	3	11	7000	3004	3	4
28	12	0	4	59	25	6	5	90	38	12	6	8000	3433	6	8
29	12	8	11	60	25	15	0	91	39	1	1	9000	3862	10	0
30	12	17	6	61	26	3	7	92	39	9	8	10000	4291	13	4
31	13	6	1	62	26	12	2	93	39	18	3	20000	8583	6	8

No.	L.	s.	d.
112	48	1	4
144	61	16	0
250	107	5	10
256	109	17	4
272	116	14	8
365	156	12	11
750	321	17	6
1250	536	9	2

Fractional Parts.

10ths.	s.	d.	f.	frac.
1	0	6	1	3-4
2	1	0	3	2-4
3	1	7	1	1-4
4	2	1	3	0-0
5	2	8	0	3-4
6	3	2	2	2-4
7	3	9	0	1-4
8	4	3	2	0-0
9	4	9	3	3-4
10	5	4	1	2-4
11	5	10	3	1-4
12	6	5	1	0-0
13	6	11	2	3-4
14	7	6	0	2-4
15	8	0	2	1-4
1-3d	2	10	1	1-3
2-3ds	5	8	2	2-3
1-12th	0	8	2	1-3
1-14th	0	7	1	3-7
1-20th	0	5	0	3-5

At 8 Shillings 8 Pence.

No.	L.	s.	d.	No.	L.	s.	d.	No.	L.	s.	d.	No.	L.	s.	d.
1	0	8	8	32	13	17	4	63	27	6	0	94	40	14	8
2	0	17	4	33	14	6	0	64	27	14	8	95	41	3	4
3	1	6	0	34	14	14	8	65	28	3	4	96	41	12	0
4	1	14	8	35	15	3	4	66	28	12	0	97	42	0	8
5	2	3	4	36	15	12	0	67	29	0	8	98	42	9	4
6	2	12	0	37	16	0	8	68	29	9	4	99	42	18	0
7	3	0	8	38	16	9	4	69	29	18	0	100	43	6	8
8	3	9	4	39	16	18	0	70	30	6	8	200	86	13	4
9	3	18	0	40	17	6	8	71	30	15	4	300	130	0	0
10	4	6	8	41	17	15	4	72	31	4	0	400	173	6	8
11	4	15	4	42	18	4	0	73	31	12	8	500	216	13	4
12	5	4	0	43	18	12	8	74	32	1	4	600	260	0	0
13	5	12	8	44	19	1	4	75	32	10	0	700	303	6	8
14	6	1	4	45	19	10	0	76	32	18	8	800	346	13	4
15	6	10	0	46	19	18	8	77	33	7	4	900	390	0	0
16	6	18	8	47	20	7	4	78	33	16	0	1000	433	6	8
17	7	7	4	48	20	16	0	79	34	4	8	1100	476	13	4
18	7	16	0	49	21	4	8	80	34	13	4	1200	520	0	0
19	8	4	8	50	21	13	4	81	35	2	0	1300	563	6	8
20	8	13	4	51	22	2	0	82	35	10	8	1400	606	13	4
21	9	2	0	52	22	10	8	83	35	19	4	1500	650	0	0
22	9	10	8	53	22	19	4	84	36	8	0	2000	866	13	4
23	9	19	4	54	23	8	0	85	36	16	8	3000	1300	0	0
24	10	8	0	55	23	16	8	86	37	5	4	4000	1733	6	8
25	10	16	8	56	24	5	4	87	37	14	0	5000	2166	13	4
26	11	5	4	57	24	14	0	88	38	2	8	6000	2600	0	0
27	11	14	0	58	25	2	8	89	38	11	4	7000	3033	6	8
28	12	2	8	59	25	11	4	90	39	0	0	8000	3466	13	4
29	12	11	4	60	26	0	0	91	39	8	8	9000	3900	0	0
30	13	0	0	61	26	8	8	92	39	17	4	10000	4333	6	8
31	13	8	8	62	26	17	4	93	40	6	0	20000	8666	13	4

No.	L.	s.	d.
112	48	10	8
144	62	8	0
250	108	6	8
256	110	18	8
272	117	17	4
365	158	3	4
750	325	0	0
1250	541	13	4

Fractional Parts.

16ths.	s.	d.	f.	frac.
1	0	6	2	0-0
2	1	1	0	0-0
3	1	7	2	0-0
4	2	2	0	0-0
5	2	8	2	0-0
6	3	3	0	0-0
7	3	9	2	0-0
8	4	4	0	0-0
9	4	10	2	0-0
10	5	5	0	0-0
11	5	11	2	0-0
12	6	6	0	0-0
13	7	0	2	0-0
14	7	7	0	0-0
15	8	1	2	0-0
1-3d	2	10	2	2-3
2-3ds	5	9	1	1-3
1-12th	0	8	2	2-3
1-14th	0	7	1	5-7
1-20th	0	5	0	4-5

At 8 Shillings 9 Pence.

No.	L.	s.	d.	No.	L.	s.	d.	No.	L.	s.	d.	No.	L.	s.	d.
1	0	8	9	32	14	0	0	63	27	11	3	94	41	2	6
2	0	17	6	33	14	8	9	64	28	0	0	95	41	11	3
3	1	6	3	34	14	17	6	65	28	8	9	96	42	0	0
4	1	15	0	35	15	6	3	66	28	17	6	97	42	8	9
5	2	3	9	36	15	15	0	67	29	6	3	98	42	17	6
6	2	12	6	37	16	3	9	68	29	15	0	99	43	6	3
7	3	1	3	38	16	12	6	69	30	3	9	100	43	15	0
8	3	10	0	39	17	1	3	70	30	12	6	200	87	10	0
9	3	18	9	40	17	10	0	71	31	1	3	300	131	5	0
10	4	7	6	41	17	18	9	72	31	10	0	400	175	0	0
11	4	16	3	42	18	7	6	73	31	18	9	500	218	15	0
12	5	5	0	43	18	16	3	74	32	7	6	600	262	10	0
13	5	13	9	44	19	5	0	75	32	16	3	700	306	5	0
14	6	2	6	45	19	13	9	76	33	5	0	800	350	0	0
15	6	11	3	46	20	2	6	77	33	13	9	900	393	15	0
16	7	0	0	47	20	11	3	78	34	2	6	1000	437	10	0
17	7	8	9	48	21	0	0	79	34	11	3	1100	481	5	0
18	7	17	6	49	21	8	9	80	35	0	0	1200	525	0	0
19	8	6	3	50	21	17	6	81	35	8	9	1300	568	15	0
20	8	15	0	51	22	6	3	82	35	17	6	1400	612	10	0
21	9	3	9	52	22	15	0	83	36	6	3	1500	656	5	0
22	9	12	6	53	23	3	9	84	36	15	0	2000	875	0	0
23	10	1	3	54	23	12	6	85	37	3	9	3000	1312	10	0
24	10	10	0	55	24	1	3	86	37	12	6	4000	1750	0	0
25	10	18	9	56	24	10	0	87	38	1	3	5000	2187	10	0
26	11	7	6	57	24	18	9	88	38	10	0	6000	2625	0	0
27	11	16	3	58	25	7	6	89	38	18	9	7000	3062	10	0
28	12	5	0	59	25	16	3	90	39	7	6	8000	3500	0	0
29	12	13	9	60	26	5	0	91	39	16	3	9000	3937	10	0
30	13	2	6	61	26	13	9	92	40	5	0	10000	4375	0	0
31	*13*	*11*	3	62	27	2	6	93	40	13	9	20000	8750	0	0

No.	L.	s.	d.
112	49	0	0
144	63	0	0
250	109	7	6
256	112	0	0
272	119	0	0
365	159	13	9
750	328	2	6
1250	546	17	6

Fractional Parts.

16ths.	s.	d.	f.	frac.
1	0	6	2	1-4
2	1	1	0	2-4
3	1	7	2	3-4
4	2	2	1	0-0
5	2	8	3	1-4
6	3	3	1	2-4
7	3	9	3	3-4
8	4	4	2	0-0
9	4	11	0	1-4
10	5	5	2	2-4
11	6	0	0	3-4
12	6	6	3	0-0
13	7	1	1	1-4
14	7	7	3	2-4
15	8	2	1	3-4
1-3d	2	11	0	0-0
2-3ds	5	10	0	0-0
1-12th	0	8	3	0 0
1-14th	0	7	2	0 0
1-20th	0	5	1	0 0

No.	L.	s.	d.	No.	L.	s.	d.	No.	L.	s.	d.	No.	L.	s.	d.
1	0	8	10	32	14	2	8	63	27	16	6	94	41	10	4
2	0	17	8	33	14	11	6	64	28	5	4	95	41	19	2
3	1	6	6	34	15	0	4	65	28	14	2	96	42	8	0
4	1	15	4	35	15	9	2	66	29	3	0	97	42	16	10
5	2	4	2	36	15	18	0	67	29	11	10	98	43	5	8
6	2	13	0	37	16	6	10	68	30	0	8	99	43	14	6
7	3	1	10	38	16	15	8	69	30	9	6	100	44	3	4
8	3	10	8	39	17	4	6	70	30	18	4	200	88	6	8
9	3	19	6	40	17	13	4	71	31	7	2	300	132	10	0
10	4	8	4	41	18	2	2	72	31	16	0	400	176	13	4
11	4	17	2	42	18	11	0	73	32	4	10	500	220	16	8
12	5	6	0	43	18	19	10	74	32	13	8	600	265	0	0
13	5	14	10	44	19	8	8	75	33	2	6	700	309	3	4
14	6	3	8	45	19	17	6	76	33	11	4	800	353	6	8
15	6	12	6	46	20	6	4	77	34	0	2	900	397	10	0
16	7	1	4	47	20	15	2	78	34	9	0	1000	441	13	4
17	7	10	2	48	21	4	0	79	34	17	10	1100	485	16	8
18	7	19	0	49	21	12	10	80	35	6	8	1200	530	0	0
19	8	7	10	50	22	1	8	81	35	15	6	1300	574	3	4
20	8	16	8	51	22	10	6	82	36	4	4	1400	618	6	8
21	9	5	6	52	22	19	4	83	36	13	2	1500	662	10	0
22	9	14	4	53	23	8	2	84	37	2	0	2000	883	6	8
23	10	3	2	54	23	17	0	85	37	10	10	3000	1325	0	0
24	10	12	0	55	24	5	10	86	37	19	8	4000	1766	13	4
25	11	0	10	56	24	14	8	87	38	8	6	5000	2208	6	8
26	11	9	8	57	25	3	6	88	38	17	4	6000	2650	0	0
27	11	18	6	58	25	12	4	89	39	6	2	7000	3091	13	4
28	12	7	4	59	26	1	2	90	39	15	0	8000	3533	6	8
29	12	16	2	60	26	10	0	91	40	3	10	9000	3975	0	0
30	13	5	0	61	26	18	10	92	40	12	8	10000	4416	13	4
31	13	13	10	62	27	7	8	93	41	1	6	20000	8833	6	8

No.	L.	s.	d.
112	49	9	4
144	63	12	0
250	110	8	4
256	113	1	4
272	120	2	8
365	161	4	2
750	331	5	0
1250	552	1	8

Fractional Parts.

16ths.	s.	d.	f.	frac.
1	0	6	2	1-2
2	1	1	1	0-0
3	1	7	3	1-2
4	2	2	2	0-0
5	2	9	0	1-2
6	3	3	3	0-0
7	3	10	1	1-2
8	4	5	0	0-0
9	4	11	2	1-2
10	5	6	1	0-0
11	6	0	3	1-2
12	6	7	2	0-0
13	7	2	0	1-2
14	7	8	3	0-0
15	8	3	1	1-2
1-3d	2	11	1	1-3
2-3ds	5	10	2	2-3
1-12th	0	8	3	1-3
1-14th	0	7	2	2-7
1-20th	0	5	1	1-5

At 8 Shillings 11 Pence.

No.	L.	s.	d.	No.	L.	s.	d.	No.	L.	s.	d.	No.	L.	s.	d.
1	0	8	11	32	14	5	4	63	28	1	9	94	41	18	2
2	0	17	10	33	14	14	3	64	28	10	8	95	42	7	1
3	1	6	9	34	15	3	2	65	28	19	7	96	42	16	0
4	1	15	8	35	15	12	1	66	29	8	6	97	43	4	11
5	2	4	7	36	16	1	0	67	29	17	5	98	43	13	10
6	2	13	6	37	16	9	11	68	30	6	4	99	44	2	9
7	3	2	5	38	16	18	10	69	30	15	3	100	44	11	8
8	3	11	4	39	17	7	9	70	31	4	2	200	89	3	4
9	4	0	3	40	17	16	8	71	31	13	1	300	133	15	0
10	4	9	2	41	18	5	7	72	32	2	0	400	178	6	8
11	4	18	1	42	18	14	6	73	32	10	11	500	222	18	4
12	5	7	0	43	19	3	5	74	32	19	10	600	267	10	0
13	5	15	11	44	19	12	4	75	33	8	9	700	312	1	8
14	6	4	10	45	20	1	3	76	33	17	8	800	356	13	4
15	6	13	9	46	20	10	2	77	34	6	7	900	401	5	0
16	7	2	8	47	20	19	1	78	34	15	6	1000	445	16	8
17	7	11	7	48	21	8	0	79	35	4	5	1100	490	8	4
18	8	0	6	49	21	16	11	80	35	13	4	1200	535	0	0
19	8	9	5	50	22	5	10	81	36	2	3	1300	579	11	8
20	8	18	4	51	22	14	9	82	36	11	2	1400	624	3	4
21	9	7	3	52	23	3	8	83	37	0	1	1500	668	15	0
22	9	16	2	53	23	12	7	84	37	9	0	2000	891	13	4
23	10	5	1	54	24	1	6	85	37	17	11	3000	1337	10	0
24	10	14	0	55	24	10	5	86	38	6	10	4000	1783	6	8
25	11	2	11	56	24	19	4	87	38	15	9	5000	2229	3	4
26	11	11	10	57	25	8	3	88	39	4	8	6000	2675	0	0
27	12	0	9	58	25	17	2	89	39	13	7	7000	3120	16	8
28	12	9	8	59	26	6	1	90	40	2	6	8000	3566	13	4
29	12	18	7	60	26	15	0	91	40	11	5	9000	4012	10	0
30	13	7	6	61	27	3	11	92	41	0	4	10000	4458	6	8
31	13	16	5	62	27	12	10	93	41	9	3	20000	8916	13	4

No.	L.	s.	d.
112	49	18	8
144	64	4	0
250	111	9	2
256	114	2	8
272	121	5	4
365	162	14	7
750	334	7	6
1250	557	5	10

Fractional Parts.

16ths.	s.	d.	f.	frac.
1	0	6	2	3-4
2	1	1	1	2-4
3	1	8	0	1-4
4	2	2	3	0-0
5	2	9	1	3-4
6	3	4	0	2-4
7	3	10	3	1-4
8	4	5	2	0-0
9	5	0	0	3-4
10	5	6	3	2-4
11	6	1	2	1-4
12	6	8	1	0-0
13	7	2	3	3-4
14	7	9	2	2-4
15	8	4	1	1-4
1-3d	2	11	2	2-3
2-3ds	5	11	1	1-3
1-12th	0	8	3	2-3
1-14th	0	7	2	4-7
1-20th	0	5	1	2-5

At 9 Shillings.

No.	L.	s.	d.	No.	L.	s.	d.	No.	L.	s.	d.	No.	L.	s.	d.
1	0	9	0	32	14	8	0	63	28	7	0	94	42	6	0
2	0	18	0	33	14	17	0	64	28	16	0	95	42	15	0
3	1	7	0	34	15	6	0	65	29	5	0	96	43	4	0
4	1	16	0	35	15	15	0	66	29	14	0	97	43	13	0
5	2	5	0	36	16	4	0	67	30	3	0	98	44	2	0
6	2	14	0	37	16	13	0	68	30	12	0	99	44	11	0
7	3	3	0	38	17	2	0	69	31	1	0	100	45	0	0
8	3	12	0	39	17	11	0	70	31	10	0	200	90	0	0
9	4	1	0	40	18	0	0	71	31	19	0	300	135	0	0
10	4	10	0	41	18	9	0	72	32	8	0	400	180	0	0
11	4	19	0	42	18	18	0	73	32	17	0	500	225	0	0
12	5	8	0	43	19	7	0	74	33	6	0	600	270	0	0
13	5	17	0	44	19	16	0	75	33	15	0	700	315	0	0
14	6	6	0	45	20	5	0	76	34	4	0	800	360	0	0
15	6	15	0	46	20	14	0	77	34	13	0	900	405	0	0
16	7	4	0	47	21	3	0	78	35	2	0	1000	450	0	0
17	7	13	0	48	21	12	0	79	35	11	0	1100	495	0	0
18	8	2	0	49	22	1	0	80	36	0	0	1200	540	0	0
19	8	11	0	50	22	10	0	81	36	9	0	1300	585	0	0
20	9	0	0	51	22	19	0	82	36	18	0	1400	630	0	0
21	9	9	0	52	23	8	0	83	37	7	0	1500	675	0	0
22	9	18	0	53	23	17	0	84	37	16	0	2000	900	0	0
23	10	7	0	54	24	6	0	85	38	5	0	3000	1350	0	0
24	10	16	0	55	24	15	0	86	38	14	0	4000	1800	0	0
25	11	5	0	56	25	4	0	87	39	3	0	5000	2250	0	0
26	11	14	0	57	25	13	0	88	39	12	0	6000	2700	0	0
27	12	3	0	58	26	2	0	89	40	1	0	7000	3150	0	0
28	12	12	0	59	26	11	0	90	40	10	0	8000	3600	0	0
29	13	1	0	60	27	0	0	91	40	19	0	9000	4050	0	0
30	13	10	0	61	27	9	0	92	41	8	0	10000	4500	0	0
31	13	19	0	62	27	18	0	93	41	17	0	20000	9000	0	0

No.	L.	s.	d.
112	50	8	0
144	64	16	0
250	112	10	0
256	115	4	0
272	122	8	0
365	164	5	0
750	337	10	0
1250	562	10	0

Fractional Parts.

16ths.	s.	d.	f.	frs.
1	0	6	3	0-0
2	1	1	2	0-0
3	1	8	1	0-0
4	2	3	0	0-0
5	2	9	3	0-0
6	3	4	2	0-0
7	3	11	1	0-0
8	4	6	0	0-0
9	5	0	3	0-0
10	5	7	2	0-0
11	6	2	1	0-0
12	6	9	0	0-0
13	7	3	3	0-0
14	7	10	2	0-0
15	8	5	1	0-0
1-3d	3	0	0	0-0
2-3ds	6	0	0	0-0
1-12th	0	9	0	0-0
1-14th	0	7	2	6-7
1-20th	0	5	1	3-5

At 9 Shillings 1 Penny.

No.	L.	s.	d.	No.	L.	s.	d.	No.	L.	s.	d.	No.	L.	s.	d.
1	0	9	1	32	14	10	8	63	28	12	3	94	42	13	10
2	0	18	2	33	14	19	9	64	29	1	4	95	43	2	11
3	1	7	3	34	15	8	10	65	29	10	5	96	43	12	0
4	1	16	4	35	15	17	11	66	29	19	6	97	44	1	1
5	2	5	5	36	16	7	0	67	30	8	7	98	44	10	2
6	2	14	6	37	16	16	1	68	30	17	8	99	44	19	3
7	3	3	7	38	17	5	2	69	31	6	9	100	45	8	4
8	3	12	8	39	17	14	3	70	31	15	10	200	90	16	8
9	4	1	9	40	18	3	4	71	32	4	11	300	136	5	0
10	4	10	10	41	18	12	5	72	32	14	0	400	181	13	4
11	4	19	11	42	19	1	6	73	33	3	1	500	227	1	8
12	5	9	0	43	19	10	7	74	33	12	2	600	272	10	0
13	5	18	1	44	19	19	8	75	34	1	3	700	317	18	4
14	6	7	2	45	20	8	9	76	34	10	4	800	363	6	8
15	6	16	3	46	20	17	10	77	34	19	5	900	408	15	0
16	7	5	4	47	21	6	11	78	35	8	6	1000	454	3	4
17	7	14	5	48	21	16	0	79	35	17	7	1100	499	11	8
18	8	3	6	49	22	5	1	80	36	6	8	1200	545	0	0
19	8	12	7	50	22	14	2	81	36	15	9	1300	590	8	4
20	9	1	8	51	23	3	3	82	37	4	10	1400	635	16	8
21	9	10	9	52	23	12	4	83	37	13	11	1500	681	5	0
22	9	19	10	53	24	1	5	84	38	3	0	2000	908	6	8
23	10	8	11	54	24	10	6	85	38	12	1	3000	1362	10	0
24	10	18	0	55	24	19	7	86	39	1	2	4000	1816	13	4
25	11	7	1	56	25	8	8	87	39	10	3	5000	2270	16	8
26	11	16	2	57	25	17	9	88	39	19	4	6000	2725	0	0
27	12	5	3	58	26	6	10	89	40	8	5	7000	3179	3	4
28	12	14	4	59	26	15	11	90	40	17	6	8000	3633	6	8
29	13	3	5	60	27	5	0	91	41	6	7	9000	4087	10	0
30	13	12	6	61	27	14	1	92	41	15	8	10000	4541	13	4
31	14	1	7	62	28	3	2	93	42	4	9	20000	9083	6	8

No.	L.	s.	d.
112	50	17	4
144	65	8	0
250	113	10	10
256	116	5	4
272	123	10	8
365	165	15	5
750	340	12	6
1250	567	14	2

Fractional Parts.

16ths	s.	d.	f.	frac.
1	0	6	3	1-4
2	1	1	2	2-4
3	1	8	1	3-4
4	2	3	1	0-0
5	2	10	0	1-4
6	3	4	3	2-4
7	3	11	2	3-4
8	4	6	2	0-0
9	5	1	1	1-4
10	5	8	0	2-4
11	6	2	3	3-4
12	6	9	3	0-0
13	7	4	2	1-4
14	7	11	1	2-4
15	8	6	0	3-4
1-3d	3	0	1	1-3
2-3ds	6	0	2	2-3
1-12th	0	9	0	1-3
1-14th	0	7	3	1-7
1-20th	0	5	1	4-5

No.	L.	s.	d.	No.	L.	s.	d.	No.	L.	s.	d.	No.	L.	s.	d.
1	0	9	2	32	14	13	4	63	28	17	6	94	43	1	8
2	0	18	4	33	15	2	6	64	29	6	8	95	43	10	10
3	1	7	6	34	15	11	8	65	29	15	10	96	44	0	0
4	1	16	8	35	16	0	10	66	30	5	0	97	44	9	2
5	2	5	10	36	16	10	0	67	30	14	2	98	44	18	4
6	2	15	0	37	16	19	2	68	31	3	4	99	45	7	6
7	3	4	2	38	17	8	4	69	31	12	6	100	45	16	8
8	3	13	4	39	17	17	6	70	32	1	8	200	91	13	4
9	4	2	6	40	18	6	8	71	32	10	10	300	137	10	0
10	4	11	8	41	18	15	10	72	33	0	0	400	183	6	8
11	5	0	10	42	19	5	0	73	33	9	2	500	229	3	4
12	5	10	0	43	19	14	2	74	33	18	4	600	275	0	0
13	5	19	2	44	20	3	4	75	34	7	6	700	320	16	8
14	6	8	4	45	20	12	6	76	34	16	8	800	366	13	4
15	6	17	6	46	21	1	8	77	35	5	10	900	412	10	0
16	7	6	8	47	21	10	10	78	35	15	0	1000	458	6	8
17	7	15	10	48	22	0	0	79	36	4	2	1100	504	3	4
18	8	5	0	49	22	9	2	80	36	13	4	1200	550	0	0
19	8	14	2	50	22	18	4	81	37	2	6	1300	595	16	8
20	9	3	4	51	23	7	6	82	37	11	8	1400	641	13	4
21	9	12	6	52	23	16	8	83	38	0	10	1500	687	10	0
22	10	1	8	53	24	5	10	84	38	10	0	2000	916	13	4
23	10	10	10	54	24	15	0	85	38	19	2	3000	1375	0	0
24	11	0	0	55	25	4	2	86	39	8	4	4000	1833	6	8
25	11	9	2	56	25	13	4	87	39	17	6	5000	2291	13	4
26	11	18	4	57	26	2	6	88	40	6	8	6000	2750	0	0
27	12	7	6	58	26	11	8	89	40	15	10	7000	3208	6	8
28	12	16	8	59	27	0	10	90	41	5	0	8000	3666	13	4
29	13	5	10	60	27	10	0	91	41	14	2	9000	4125	0	0
30	13	15	0	61	27	19	2	92	42	3	4	10000	4583	6	8
31	14	4	2	62	28	8	4	93	42	12	6	20000	9166	13	4

No.	L.	s.	d.
112	51	6	8
144	66	0	0
250	114	11	8
256	117	6	8
272	124	13	4
365	167	5	10
750	343	15	0
1250	572	18	4

Fractional Parts.

16ths.	s.	d.	f.	frac.
1	0	6	3	1-2
2	1	1	3	0-0
3	1	8	2	1-2
4	2	3	2	0-0
5	2	10	1	1-2
6	3	5	1	0-0
7	4	0	0	1-2
8	4	7	0	0-0
9	5	1	3	1-2
10	5	8	3	0-0
11	6	3	2	1-2
12	6	10	2	0-0
13	7	5	1	1-2
14	8	0	1	0-0
15	8	7	0	1-2
1-3d	3	0	2	2-3
2-3ds	6	1	1	1-3
1-12th	0	9	0	2-3
1-14th	0	7	3	3-7
1-20th	0	5	2	0-0

At 9 Shillings 3 Pence.

No.	L.	s.	d.	No.	L.	s.	d.	No.	L.	s.	d.	No.	L.	s.	d.
1	0	9	3	32	14	16	0	63	29	2	9	94	43	9	6
2	0	18	6	33	15	5	3	64	29	12	0	95	43	18	9
3	1	7	9	34	15	14	6	65	30	1	3	96	44	8	0
4	1	17	0	35	16	3	9	66	30	10	6	97	44	17	3
5	2	6	3	36	16	13	0	67	30	19	9	98	45	6	6
6	2	15	6	37	17	2	3	68	31	9	0	99	45	15	9
7	3	4	9	38	17	11	6	69	31	18	3	100	46	5	0
8	3	14	0	39	18	0	9	70	32	7	6	200	92	10	0
9	4	3	3	40	18	10	0	71	32	16	9	300	138	15	0
10	4	12	6	41	18	19	3	72	33	6	0	400	185	0	0
11	5	1	9	42	19	8	6	73	33	15	3	500	231	5	0
12	5	11	0	43	19	17	9	74	34	4	6	600	277	10	0
13	6	0	3	44	20	7	0	75	34	13	9	700	323	15	0
14	6	9	6	45	20	16	3	76	35	3	0	800	370	0	0
15	6	18	9	46	21	5	6	77	35	12	3	900	416	5	0
16	7	8	0	47	21	14	9	78	36	1	6	1000	462	10	0
17	7	17	3	48	22	4	0	79	36	10	9	1100	508	15	0
18	8	6	6	49	22	13	3	80	37	0	0	1200	555	0	0
19	8	15	9	50	23	2	6	81	37	9	3	1300	601	5	0
20	9	5	0	51	23	11	9	82	37	18	6	1400	647	10	0
21	9	14	3	52	24	1	0	83	38	7	9	1500	693	15	0
22	10	3	6	53	24	10	3	84	38	17	0	2000	925	0	0
23	10	12	9	54	24	19	6	85	39	6	3	3000	1387	10	0
24	11	2	0	55	25	8	9	86	39	15	6	4000	1850	0	0
25	11	11	3	56	25	18	0	87	40	4	9	5000	2312	10	0
26	12	0	6	57	26	7	3	88	40	14	0	6000	2775	0	0
27	12	9	9	58	26	16	6	89	41	3	3	7000	3237	10	0
28	12	19	0	59	27	5	9	90	41	12	6	8000	3700	0	0
29	13	8	3	60	27	15	0	91	42	1	9	9000	4162	10	0
30	13	17	6	61	28	4	3	92	42	11	0	10000	4625	0	0
31	14	6	9	62	28	13	6	93	43	0	3	20000	9250	0	0

No.	L.	s.	d.
112	51	16	0
144	66	12	0
250	115	12	6
256	118	8	0
272	125	16	0
365	168	16	3
750	346	17	6
1250	578	2	6

Fractional Parts.

16ths.	s.	d.	f.	frac.
1	0	6	3	3-4
2	1	1	3	2-4
3	1	8	3	1-4
4	2	3	3	0-0
5	2	10	2	3-4
6	3	5	2	2-4
7	4	0	2	1-4
8	4	7	2	0-0
9	5	2	1	3-4
10	5	9	1	2-4
11	6	4	1	1-4
12	6	11	1	0-0
13	7	6	0	3-4
14	8	1	0	2-4
15	8	8	0	1-4
1-3d	3	1	0	0-0
2-3ds	6	2	0	0-0
1-12th	0	9	1	0-0
1-14th	0	7	3	5-7
1-20th	0	5	2	1-5

At 9 Shillings 4 Pence.

No.	L.	s.	d.	No.	L.	s.	d.	No.	L.	s.	d.	No.	L.	s.	d.
1	0	9	4	32	14	18	8	63	29	8	0	94	43	17	4
2	0	18	8	33	15	8	0	64	29	17	4	95	44	6	8
3	1	8	0	34	15	17	4	65	30	6	8	96	44	16	0
4	1	17	4	35	16	6	8	66	30	16	0	97	45	5	4
5	2	6	8	36	16	16	0	67	31	5	4	98	45	14	8
6	2	16	0	37	17	5	4	68	31	14	8	99	46	4	0
7	3	5	4	38	17	14	8	69	32	4	0	100	46	13	4
8	3	14	8	39	18	4	0	70	32	13	4	200	93	6	8
9	4	4	0	40	18	13	4	71	33	2	8	300	140	0	0
10	4	13	4	41	19	2	8	72	33	12	0	400	186	13	4
11	5	2	8	42	19	12	0	73	34	1	4	500	233	6	8
12	5	12	0	43	20	1	4	74	34	10	8	600	280	0	0
13	6	1	4	44	20	10	8	75	35	0	0	700	326	13	4
14	6	10	8	45	21	0	0	76	35	9	4	800	373	6	8
15	7	0	0	46	21	9	4	77	35	18	8	900	420	0	0
16	7	9	4	47	21	18	8	78	36	8	0	1000	466	13	4
17	7	18	8	48	22	8	0	79	36	17	4	1100	513	6	8
18	8	8	0	49	22	17	4	80	37	6	8	1200	560	0	0
19	8	17	4	50	23	6	8	81	37	16	0	1300	606	13	4
20	9	6	8	51	23	16	0	82	38	5	4	1400	653	6	8
21	9	16	0	52	24	5	4	83	38	14	8	1500	700	0	0
22	10	5	4	53	24	14	8	84	39	4	0	2000	933	6	8
23	10	14	8	54	25	4	0	85	39	13	4	3000	1400	0	0
24	11	4	0	55	25	13	4	86	40	2	8	4000	1866	13	4
25	11	13	4	56	26	2	8	87	40	12	0	5000	2333	6	8
26	12	2	8	57	26	12	0	88	41	1	4	6000	2800	0	0
27	12	12	0	58	27	1	4	89	41	10	8	7000	3266	13	4
28	13	1	4	59	27	10	8	90	42	0	0	8000	3733	6	8
29	13	10	8	60	28	0	0	91	42	9	4	9000	4200	0	0
30	14	0	0	61	28	9	4	92	42	18	8	10000	4666	13	4
31	14	9	4	62	28	18	8	93	43	8	0	20000	9333	6	8

No.	L.	s.	d.
112	52	5	4
144	67	4	0
250	116	13	4
256	119	9	4
272	126	18	8
365	170	6	8
750	350	0	0
1250	583	6	8

Fractional Parts.

16ths.	s.	d.	f.	frac.
1	0	7	0	0-0
2	1	2	0	0-0
3	1	9	0	0-0
4	2	4	0	0-0
5	2	11	0	0-0
6	3	6	0	0-0
7	4	1	0	0-0
8	4	8	0	0-0
9	5	3	0	0-0
10	5	10	0	0-0
11	6	5	0	0-0
12	7	0	0	0-0
13	7	7	0	0-0
14	8	2	0	0-0
15	8	9	0	0-0
1-3d	3	1	1	1-3
2-3ds	6	2	2	2-3
1-12th	0	9	1	1-3
1-14th	0	8	0	0-0
1-20th	0	5	2	2-5

At 9 Shillings 5 Pence.

No.	L.	s.	d.	No.	L.	s.	d.	No.	L.	s.	d.	No.	L.	s.	d.
1	0	9	5	32	15	1	4	63	29	13	3	94	44	5	2
2	0	18	10	33	15	10	9	64	30	2	8	95	44	14	7
3	1	8	3	34	16	0	2	65	30	12	1	96	45	4	0
4	1	17	8	35	16	9	7	66	31	1	6	97	45	13	5
5	2	7	1	36	16	19	0	67	31	10	11	98	46	2	10
6	2	16	6	37	17	8	5	68	32	0	4	99	46	12	3
7	3	5	11	38	17	17	10	69	32	9	9	100	47	1	8
8	3	15	4	39	18	7	3	70	32	19	2	200	94	3	4
9	4	4	9	40	18	16	8	71	33	8	7	300	141	5	0
10	4	14	2	41	19	6	1	72	33	18	0	400	188	6	8
11	5	3	7	42	19	15	6	73	34	7	5	500	235	8	4
12	5	13	0	43	20	4	11	74	34	16	10	600	282	10	0
13	6	2	5	44	20	14	4	75	35	6	3	700	329	11	8
14	6	11	10	45	21	3	9	76	35	15	8	800	376	13	4
15	7	1	3	46	21	13	2	77	36	5	1	900	423	15	0
16	7	10	8	47	22	2	7	78	36	14	6	1000	470	16	8
17	8	0	1	48	22	12	0	79	37	3	11	1100	517	18	4
18	8	9	6	49	23	1	5	80	37	13	4	1200	565	0	0
19	8	18	11	50	23	10	10	81	38	2	9	1300	612	1	8
20	9	8	4	51	24	0	3	82	38	12	2	1400	659	3	4
21	9	17	9	52	24	9	8	83	39	1	7	1500	706	5	0
22	10	7	2	53	24	19	1	84	39	11	0	2000	941	13	4
23	10	16	7	54	25	8	6	85	40	0	5	3000	1412	10	0
24	11	6	0	55	25	17	11	86	40	9	10	4000	1883	6	8
25	11	15	5	56	26	7	4	87	40	19	3	5000	2354	3	4
26	12	4	10	57	26	16	9	88	41	8	8	6000	2825	0	0
27	12	14	3	58	27	6	2	89	41	18	1	7000	3295	16	8
28	13	3	8	59	27	15	7	90	42	7	6	8000	3766	13	4
29	13	13	1	60	28	5	0	91	42	16	11	9000	4237	10	0
30	14	2	6	61	28	14	5	92	43	6	4	10000	4708	6	8
31	14	11	11	62	29	3	10	93	43	15	9	20000	9416	13	4

No.	L.	s.	d.
112	52	14	8
144	67	16	0
250	117	14	2
256	120	10	8
272	128	1	4
365	171	17	1
750	353	2	6
1250	588	10	10

Fractional Parts.

16ths.	s.	d.	f.	frac.
1	0	7	0	1-4
2	1	2	0	2-4
3	1	9	0	3-4
4	2	4	1	0-0
5	2	11	1	1-4
6	3	6	1	2-4
7	4	1	1	3-4
8	4	8	2	0-0
9	5	3	2	1-4
10	5	10	2	2-4
11	6	5	2	3-4
12	7	0	3	0-0
13	7	7	3	1-4
14	8	2	3	2-4
15	8	9	3	3-4
1-3d	3	1	2	2-3
2-3ds	6	3	1	1-3
1-12th	0	9	1	2-3
1-14th	0	8	0	2-7
1-20th	0	5	2	3-5

At 9 Shillings 6 Pence.

No.	L.	s.	d.	No.	L.	s.	d.	No.	L.	s.	d.	No.	L.	s.	d.
1	0	9	6	32	15	4	0	63	29	18	6	94	44	13	0
2	0	19	0	33	15	13	6	64	30	8	0	95	45	2	6
3	1	8	6	34	16	3	0	65	30	17	6	96	45	12	0
4	1	18	0	35	16	12	6	66	31	7	0	97	46	1	6
5	2	7	6	36	17	2	0	67	31	16	6	98	46	11	0
6	2	17	0	37	17	11	6	68	32	6	0	99	47	0	6
7	3	6	6	38	18	1	0	69	32	15	6	100	47	10	0
8	3	16	0	39	18	10	6	70	33	5	0	200	95	0	0
9	4	5	6	40	19	0	0	71	33	14	6	300	142	10	0
10	4	15	0	41	19	9	6	72	34	4	0	400	190	0	0
11	5	4	6	42	19	19	0	73	34	13	6	500	237	10	0
12	5	14	0	43	20	8	6	74	35	3	0	600	285	0	0
13	6	3	6	44	20	18	0	75	35	12	6	700	332	10	0
14	6	13	0	45	21	7	6	76	36	2	0	800	380	0	0
15	7	2	6	46	21	17	0	77	36	11	6	900	427	10	0
16	7	12	0	47	22	6	6	78	37	1	0	1000	475	0	0
17	8	1	6	48	22	16	0	79	37	10	6	1100	522	10	0
18	8	11	0	49	23	5	6	80	38	0	0	1200	570	0	0
19	9	0	6	50	23	15	0	81	38	9	6	1300	617	10	0
20	9	10	0	51	24	4	6	82	38	19	0	1400	665	0	0
21	9	19	6	52	24	14	0	83	39	8	6	1500	712	10	0
22	10	9	0	53	25	3	6	84	39	18	0	2000	950	0	0
23	10	18	6	54	25	13	0	85	40	7	6	3000	1425	0	0
24	11	8	0	55	26	2	6	86	40	17	0	4000	1900	0	0
25	11	17	6	56	26	12	0	87	41	6	6	5000	2375	0	0
26	12	7	0	57	27	1	6	88	41	16	0	6000	2850	0	0
27	12	16	6	58	27	11	0	89	42	5	6	7000	3325	0	0
28	13	6	0	59	28	0	6	90	42	15	0	8000	3800	0	0
29	13	15	6	60	28	10	0	91	43	4	6	9000	4275	0	0
30	14	5	0	61	28	19	6	92	43	14	0	10000	4750	0	0
31	14	14	6	62	29	9	0	93	44	3	6	20000	9500	0	0

No.	L.	s.	d.
112	53	4	0
144	68	8	0
250	118	15	0
256	121	12	0
272	129	4	0
365	173	7	6
750	356	5	0
1250	593	15	0

Fractional Parts.

16ths.	s.	d.	f.	frac.
1	0	7	0	1-2
2	1	2	1	0-0
3	1	9	1	1-2
4	2	4	2	0-0
5	2	11	2	1-2
6	3	6	3	0-0
7	4	1	3	1-2
8	4	9	0	0-0
9	5	4	0	1-2
10	5	11	1	0-0
11	6	6	1	1-2
12	7	1	2	0-0
13	7	8	2	1-2
14	8	3	3	0-0
15	8	10	3	1-2
1-3d	3	2	0	0-0
2-3ds	6	4	0	0-0
1-12th	0	9	2	0-0
1-14th	0	8	0	4-7
1-20th	0	5	2	4-5

At 9 Shillings 7 Pence.

No.	L.	s.	d.	No.	L.	s.	d.	No.	L.	s.	d.	No.	L.	s.	d.
1	0	9	7	32	15	6	8	63	30	3	9	94	45	0	10
2	0	19	2	33	15	16	3	64	30	13	4	95	45	10	5
3	1	8	9	34	16	5	10	65	31	2	11	96	46	0	0
4	1	18	4	35	16	15	5	66	31	12	6	97	46	9	7
5	2	7	11	36	17	5	0	67	32	2	1	98	46	19	2
6	2	17	6	37	17	14	7	68	32	11	8	99	47	8	9
7	3	7	1	38	18	4	2	69	33	1	3	100	47	18	4
8	3	16	8	39	18	13	9	70	33	10	10	200	95	16	8
9	4	6	3	40	19	3	4	71	34	0	5	300	143	15	0
10	4	15	10	41	19	12	11	72	34	10	0	400	191	13	4
11	5	5	5	42	20	2	6	73	34	19	7	500	239	11	8
12	5	15	0	43	20	12	1	74	35	9	2	600	287	10	0
13	6	4	7	44	21	1	8	75	35	18	9	700	335	8	4
14	6	14	2	45	21	11	3	76	36	8	4	800	383	6	8
15	7	3	9	46	22	0	10	77	36	17	11	900	431	5	0
16	7	13	4	47	22	10	5	78	37	7	6	1000	479	3	4
17	8	2	11	48	23	0	0	79	37	17	1	1100	527	1	8
18	8	12	6	49	23	9	7	80	38	6	8	1200	575	0	0
19	9	2	1	50	23	19	2	81	38	16	3	1300	622	18	4
20	9	11	8	51	24	8	9	82	39	5	10	1400	670	16	8
21	10	1	3	52	24	18	4	83	39	15	5	1500	718	15	0
22	10	10	10	53	25	7	11	84	40	5	0	2000	958	6	8
23	11	0	5	54	25	17	6	85	40	14	7	3000	1437	10	0
24	11	10	0	55	26	7	1	86	41	4	2	4000	1916	13	4
25	11	19	7	56	26	16	8	87	41	13	9	5000	2395	16	8
26	12	9	2	57	27	6	3	88	42	3	4	6000	2875	0	0
27	12	18	9	58	27	15	10	89	42	12	11	7000	3354	3	4
28	13	8	4	59	28	5	5	90	43	2	6	8000	3833	6	8
29	13	17	11	60	28	15	0	91	43	12	1	9000	4312	10	0
30	14	7	6	61	29	4	7	92	44	1	8	10000	4791	13	4
31	14	17	1	62	29	14	2	93	44	11	3	20000	9583	6	8

No.	L.	s.	d.
112	53	13	4
144	69	0	0
250	119	15	10
256	122	13	4
272	130	6	8
365	174	17	11
750	359	7	6
1250	598	19	2

Fractional Parts.

16ths.	s.	d.	f.	frac.
1	0	7	0	3-4
2	1	2	1	2-4
3	1	9	2	1-4
4	2	4	3	0-0
5	2	11	3	3-4
6	3	7	0	2-4
7	4	2	1	1-4
8	4	9	2	0-0
9	5	4	2	3-4
10	5	11	3	2-4
11	6	7	0	1-4
12	7	2	1	0-0
13	7	9	1	3-4
14	8	4	2	2-4
15	8	11	3	1-4
1-3d	3	2	1	1-3
2-3ds	6	4	2	2-3
1-12th	0	9	2	1-3
1-14th	0	8	0	6-7
1-20th	0	5	3	0-0

At 9 Shillings 8 Pence.

No.	L.	s.	d.	No.	L.	s.	d.	No.	L.	s.	d.	No.	L.	s.	d.
1	0	9	8	32	15	9	4	63	30	9	0	94	45	8	8
2	0	19	4	33	15	19	0	64	30	18	8	95	45	18	4
3	1	9	0	34	16	8	8	65	31	8	4	96	46	8	0
4	1	18	8	35	16	18	4	66	31	18	0	97	46	17	8
5	2	8	4	36	17	8	0	67	32	7	8	98	47	7	4
6	2	18	0	37	17	17	8	68	32	17	4	99	47	17	0
7	3	7	8	38	18	7	4	69	33	7	0	100	48	6	8
8	3	17	4	39	18	17	0	70	33	16	8	200	96	13	4
9	4	7	0	40	19	6	8	71	34	6	4	300	145	0	0
10	4	16	8	41	19	16	4	72	34	16	0	400	193	6	8
11	5	6	4	42	20	6	0	73	35	5	8	500	241	13	4
12	5	16	0	43	20	15	8	74	35	15	4	600	290	0	0
13	6	5	8	44	21	5	4	75	36	5	0	700	338	6	8
14	6	15	4	45	21	15	0	76	36	14	8	800	386	13	4
15	7	5	0	46	22	4	8	77	37	4	4	900	435	0	0
16	7	14	8	47	22	14	4	78	37	14	0	1000	483	6	8
17	8	4	4	48	23	4	0	79	38	3	8	1100	531	13	4
18	8	14	0	49	23	13	8	80	38	13	4	1200	580	0	0
19	9	3	8	50	24	3	4	81	39	3	0	1300	628	6	8
20	9	13	4	51	24	13	0	82	39	12	8	1400	676	13	4
21	10	3	0	52	25	2	8	83	40	2	4	1500	725	0	0
22	10	12	8	53	25	12	4	84	40	12	0	2000	966	13	4
23	11	2	4	54	26	2	0	85	41	1	8	3000	1450	0	0
24	11	12	0	55	26	11	8	86	41	11	4	4000	1933	6	8
25	12	1	8	56	27	1	4	87	42	1	0	5000	2416	13	4
26	12	11	4	57	27	11	0	88	42	10	8	6000	2900	0	0
27	13	1	0	58	28	0	8	89	43	0	4	7000	3383	6	8
28	13	10	8	59	28	10	4	90	43	10	0	8000	3866	13	4
29	14	0	4	60	29	0	0	91	43	19	8	9000	4350	0	0
30	14	10	0	61	29	9	8	92	44	9	4	10000	4833	6	8
31	14	19	8	62	29	19	4	93	44	19	0	20000	9666	13	4

No.	L.	s.	d.
112	54	2	8
144	69	12	0
250	120	16	8
256	123	14	8
272	131	9	4
365	176	8	4
750	362	10	0
1250	604	3	4

Fractional Parts.

16ths.	s.	d.	f.	frac.
1	0	7	1	0-0
2	1	2	2	0-0
3	1	9	3	0-0
4	2	5	0	0-0
5	3	0	1	0-0
6	3	7	2	0-0
7	4	2	3	0-0
8	4	10	0	0-0
9	5	5	1	0-0
10	6	0	2	0-0
11	6	7	3	0-0
12	7	3	0	0-0
13	7	10	1	0-0
14	8	5	2	0-0
15	9	0	3	0-0
1-3d	3	2	2	2-3
2-3ds	6	5	1	1-3
1-12th	0	9	2	2-3
1-14th	0	8	1	1-7
1-20th	0	5	3	1-5

At 9 Shillings 9 Pence.

No.	L.	s.	d.	No.	L.	s.	d.	No.	L.	s.	d.	No.	L.	s.	d.
1	0	9	9	32	15	12	0	63	30	14	3	94	45	16	6
2	0	19	6	33	16	1	9	64	31	4	0	95	46	6	3
3	1	9	3	34	16	11	6	65	31	13	9	96	46	16	0
4	1	19	0	35	17	1	3	66	32	3	6	97	47	5	9
5	2	8	9	36	17	11	0	67	32	13	3	98	47	15	6
6	2	18	6	37	18	0	9	68	33	3	0	99	48	5	3
7	3	8	3	38	18	10	6	69	33	12	9	100	48	15	0
8	3	18	0	39	19	0	3	70	34	2	6	200	97	10	0
9	4	7	9	40	19	10	0	71	34	12	3	300	146	5	0
10	4	17	6	41	19	19	9	72	35	2	0	400	195	0	0
11	5	7	3	42	20	9	6	73	35	11	9	500	243	15	0
12	5	17	0	43	20	19	3	74	36	1	6	600	292	10	0
13	6	6	9	44	21	9	0	75	36	11	3	700	341	5	0
14	6	16	6	45	21	18	9	76	37	1	0	800	390	0	0
15	7	6	3	46	22	8	6	77	37	10	9	900	438	15	0
16	7	16	0	47	22	18	3	78	38	0	6	1000	487	10	0
17	8	5	9	48	23	8	0	79	38	10	3	1100	536	5	0
18	8	15	6	49	23	17	9	80	39	0	0	1200	585	0	0
19	9	5	3	50	24	7	6	81	39	9	9	1300	633	15	0
20	9	15	0	51	24	17	3	82	39	19	6	1400	682	10	0
21	10	4	9	52	25	7	0	83	40	9	3	1500	731	5	0
22	10	14	6	53	25	16	9	84	40	19	0	2000	975	0	0
23	11	4	3	54	26	6	6	85	41	8	9	3000	1462	10	0
24	11	14	0	55	26	16	3	86	41	18	6	4000	1950	0	0
25	12	3	9	56	27	6	0	87	42	8	3	5000	2437	10	0
26	12	13	6	57	27	15	9	88	42	18	0	6000	2925	0	0
27	13	3	3	58	28	5	6	89	43	7	9	7000	3412	10	0
28	13	13	0	59	28	15	3	90	43	17	6	8000	3900	0	0
29	14	2	9	60	29	5	0	91	44	7	3	9000	4387	10	0
30	14	12	6	61	29	14	9	92	44	17	0	10000	4875	0	0
31	15	2	3	62	30	4	6	93	45	6	9	20000	9750	0	0

No.	L.	s.	d.
112	54	12	0
144	70	4	0
250	121	17	6
256	124	16	0
272	132	12	0
365	177	18	9
750	365	12	6
1250	609	7	6

Fractional Parts.

16ths.	s.	d.	f.	frac.
1	0	7	1	1-4
2	1	2	2	2-4
3	1	9	3	3-4
4	2	5	1	0-0
5	3	0	2	1-4
6	3	7	3	2-4
7	4	3	0	3-4
8	4	10	2	0-0
9	5	5	3	1-4
10	6	1	0	2-4
11	6	8	1	3-4
12	7	3	3	0-0
13	7	11	0	1-4
14	8	6	1	2-4
15	9	1	2	3-4
1-3d	3	3	0	0-0
2-3ds.	6	6	0	0-0
1-12th	0	9	3	0-0
1-14th	0	8	1	3-7
1-20th	0	5	3	2-5

No.	L.	s.	d.	No.	L.	s.	d.	No.	L.	s.	d.	No.	L.	s.	d.
1	0	9	10	32	15	14	8	63	30	19	6	94	46	4	4
2	0	19	8	33	16	4	6	64	31	9	4	95	46	14	2
3	1	9	6	34	16	14	4	65	31	19	2	96	47	4	0
4	1	19	4	35	17	4	2	66	32	9	0	97	47	13	10
5	2	9	2	36	17	14	0	67	32	18	10	98	48	3	8
6	2	19	0	37	18	3	10	68	33	8	8	99	48	13	6
7	3	8	10	38	18	13	8	69	33	18	6	100	49	3	4
8	3	18	8	39	19	3	6	70	34	8	4	200	98	6	8
9	4	8	6	40	19	13	4	71	34	18	2	300	147	10	0
10	4	18	4	41	20	3	2	72	35	8	0	400	196	13	4
11	5	8	2	42	20	13	0	73	35	17	10	500	245	16	8
12	5	18	0	43	21	2	10	74	36	7	8	600	295	0	0
13	6	7	10	44	21	12	8	75	36	17	6	700	344	3	4
14	6	17	8	45	22	2	6	76	37	7	4	800	393	6	8
15	7	7	6	46	22	12	4	77	37	17	2	900	442	10	0
16	7	17	4	47	23	2	2	78	38	7	0	1000	491	13	4
17	8	7	2	48	23	12	0	79	38	16	10	1100	540	16	8
18	8	17	0	49	24	1	10	80	39	6	8	1200	590	0	0
19	9	6	10	50	24	11	8	81	39	16	6	1300	639	3	4
20	9	16	8	51	25	1	6	82	40	6	4	1400	688	6	8
21	10	6	6	52	25	11	4	83	40	16	2	1500	737	10	0
22	10	16	4	53	26	1	2	84	41	6	0	2000	983	6	8
23	11	6	2	54	26	11	0	85	41	15	10	3000	1475	0	0
24	11	16	0	55	27	0	10	86	42	5	8	4000	1966	13	4
25	12	5	10	56	27	10	8	87	42	15	6	5000	2458	6	8
26	12	15	8	57	28	0	6	88	43	5	4	6000	2950	0	0
27	13	5	6	58	28	10	4	89	43	15	2	7000	3441	13	4
28	13	15	4	59	29	0	2	90	44	5	0	8000	3933	6	8
29	14	5	2	60	29	10	0	91	44	14	10	9000	4425	0	0
30	14	15	0	61	29	19	10	92	45	4	8	10000	4916	13	4
31	15	4	10	62	30	9	8	93	45	14	6	20000	9833	6	8

No.	l.	s.	d.
112	55	1	4
144	70	16	0
250	122	18	4
256	125	17	4
272	133	14	8
365	179	9	2
750	368	15	0
1250	614	11	8

Fractional Parts.

16ths.	s.	d.	f.	frac.
1	0	7	1	1-2
2	1	2	3	0-0
3	1	10	0	1-2
4	2	5	2	0-0
5	3	0	3	1-2
6	3	8	1	0-0
7	4	3	2	1-2
8	4	11	0	0-0
9	5	6	1	1-2
10	6	1	3	0-0
11	6	9	0	1-2
12	7	4	2	0-0
13	7	11	3	1-2
14	8	7	1	0-0
15	9	2	2	1-2
1-3d	3	3	1	1-3
2-3ds	6	6	2	2-3
1-12th	0	9	3	1-3
1-14th	0	8	1	5-7
1-20th	0	5	3	3-5

At 9 Shillings 11 Pence.

No.	L.	s.	d.	No.	L.	s.	d.	No.	L.	s.	d.	No.	L.	s.	d.
1	0	9	11	32	15	17	4	63	31	4	9	94	46	12	2
2	0	19	10	33	16	7	3	64	31	14	8	95	47	2	1
3	1	9	9	34	16	17	2	65	32	4	7	96	47	12	0
4	1	19	8	35	17	7	1	66	32	14	6	97	48	1	11
5	2	9	7	36	17	17	0	67	33	4	5	98	48	11	10
6	2	19	6	37	18	6	11	68	33	14	4	99	49	1	9
7	3	9	5	38	18	16	10	69	34	4	3	100	49	11	8
8	3	19	4	39	19	6	9	70	34	14	2	200	99	3	4
9	4	9	3	40	19	16	8	71	35	4	1	300	148	15	0
10	4	19	2	41	20	6	7	72	35	14	0	400	198	6	8
11	5	9	1	42	20	16	6	73	36	3	11	500	247	18	4
12	5	19	0	43	21	6	5	74	36	13	10	600	297	10	0
13	6	8	11	44	21	16	4	75	37	3	9	700	347	1	8
14	6	18	10	45	22	6	3	76	37	13	8	800	396	13	4
15	7	8	9	46	22	16	2	77	38	3	7	900	446	5	0
16	7	18	8	47	23	6	1	78	38	13	6	1000	495	16	8
17	8	8	7	48	23	16	0	79	39	3	5	1100	545	8	4
18	8	18	6	49	24	5	11	80	39	13	4	1200	595	0	0
19	9	8	5	50	24	15	10	81	40	3	3	1300	644	11	8
20	9	18	4	51	25	5	9	82	40	13	2	1400	694	3	4
21	10	8	3	52	25	15	8	83	41	3	1	1500	743	15	0
22	10	18	2	53	26	5	7	84	41	13	0	2000	991	13	4
23	11	8	1	54	26	15	6	85	42	2	11	3000	1487	10	0
24	11	18	0	55	27	5	5	86	42	12	10	4000	1983	6	8
25	12	7	11	56	27	15	4	87	43	2	9	5000	2479	3	4
26	12	17	10	57	28	5	3	88	43	12	8	6000	2975	0	0
27	13	7	9	58	28	15	2	89	44	2	7	7000	3470	16	8
28	13	17	8	59	29	5	1	90	44	12	6	8000	3966	13	4
29	14	7	7	60	29	15	0	91	45	2	5	9000	4462	10	0
30	14	17	6	61	30	4	11	92	45	12	4	10000	4958	6	8
31	15	7	5	62	30	14	10	93	46	2	3	20000	9916	13	4

No.	L.	s.	d.
112	55	10	8
144	71	8	0
250	123	19	2
256	126	18	8
272	134	17	4
365	180	19	7
750	371	17	6
1250	619	15	10

Fractional Parts.

16ths.	s.	d.	f.	frac.
1	0	7	1	3-4
2	1	2	3	2-4
3	1	10	1	1-4
4	2	5	3	0-0
5	3	1	0	3-4
6	3	8	2	2-4
7	4	4	0	1-4
8	4	11	2	0-0
9	5	6	3	3-4
10	6	2	1	2-4
11	6	9	3	1-4
12	7	5	1	0-0
13	8	0	2	3-4
14	8	8	0	2-4
15	9	3	2	1-4
1-3d	3	3	2	2-3
2-3ds	6	7	1	1-3
1-12th	0	9	3	2-3
1-14th	0	8	2	0-0
1-20th	0	5	3	4-5

No.	L.	s.	d.	No.	L.	s.	d.	No.	L.	s.	d.	No.	L.	s.	d.
1	0	10	0	32	16	0	0	63	31	10	0	94	47	0	0
2	1	0	0	33	16	10	0	64	32	0	0	95	47	10	0
3	1	10	0	34	17	0	0	65	32	10	0	96	48	0	0
4	2	0	0	35	17	10	0	66	33	0	0	97	48	10	0
5	2	10	0	36	18	0	0	67	33	10	0	98	49	0	0
6	3	0	0	37	18	10	0	68	34	0	0	99	49	10	0
7	3	10	0	38	19	0	0	69	34	10	0	100	50	0	0
8	4	0	0	39	19	10	0	70	35	0	0	200	100	0	0
9	4	10	0	40	20	0	0	71	35	10	0	300	150	0	0
10	5	0	0	41	20	10	0	72	36	0	0	400	200	0	0
11	5	10	0	42	21	0	0	73	36	10	0	500	250	0	0
12	6	0	0	43	21	10	0	74	37	0	0	600	300	0	0
13	6	10	0	44	22	0	0	75	37	10	0	700	350	0	0
14	7	0	0	45	22	10	0	76	38	0	0	800	400	0	0
15	7	10	0	46	23	0	0	77	38	10	0	900	450	0	0
16	8	0	0	47	23	10	0	78	39	0	0	1000	500	0	0
17	8	10	0	48	24	0	0	79	39	10	0	1100	550	0	0
18	9	0	0	49	24	10	0	80	40	0	0	1200	600	0	0
19	9	10	0	50	25	0	0	81	40	10	0	1300	650	0	0
20	10	0	0	51	25	10	0	82	41	0	0	1400	700	0	0
21	10	10	0	52	26	0	0	83	41	10	0	1500	750	0	0
22	11	0	0	53	26	10	0	84	42	0	0	2000	1000	0	0
23	11	10	0	54	27	0	0	85	42	10	0	3000	1500	0	0
24	12	0	0	55	27	10	0	86	43	0	0	4000	2000	0	0
25	12	10	0	56	28	0	0	87	43	10	0	5000	2500	0	0
26	13	0	0	57	28	10	0	88	44	0	0	6000	3000	0	0
27	13	10	0	58	29	0	0	89	44	10	0	7000	3500	0	0
28	14	0	0	59	29	10	0	90	45	0	0	8000	4000	0	0
29	14	10	0	60	30	0	0	91	45	10	0	9000	4500	0	0
30	15	0	0	61	30	10	0	92	46	0	0	10000	5000	0	0
31	15	10	0	62	31	0	0	93	46	10	0	20000	10000	0	0

No.	L.	s.	d.
112	56	0	0
144	72	0	0
250	125	0	0
256	128	0	0
272	136	0	0
365	182	10	0
750	375	0	0
1250	625	0	0

Fractional Parts.

16ths.	s.	d.	f.	frac.
1	0	7	2	0-0
2	1	3	0	0-0
3	1	10	2	0-0
4	2	6	0	0-0
5	3	1	2	0-0
6	3	9	0	0-0
7	4	4	2	0-0
8	5	0	0	0-0
9	5	7	2	0-0
10	6	3	0	0-0
11	6	10	2	0-0
12	7	6	0	0-0
13	8	1	2	0-0
14	8	9	0	0-0
15	9	4	2	0-0
1-3d	3	4	0	0-0
2-3ds	6	8	0	0-0
1-12th	0	10	0	0-0
1-14th	0	8	2	2-7
1-20th	0	6	0	0-0

At 10 Shillings 6 Pence.

No.	L.	s.	d.	No.	L.	s.	d.	No.	L.	s.	d.	No.	L.	s.	d.
1	0	10	6	32	16	16	0	63	33	1	6	94	49	7	0
2	1	1	0	33	17	6	6	64	33	12	0	95	49	17	6
3	1	11	6	34	17	17	0	65	34	2	6	96	50	8	0
4	2	2	0	35	18	7	6	66	34	13	0	97	50	18	6
5	2	12	6	36	18	18	0	67	35	3	6	98	51	9	0
6	3	3	0	37	19	8	6	68	35	14	0	99	51	19	6
7	3	13	6	38	19	19	0	69	36	4	6	100	52	10	0
8	4	4	0	39	20	9	6	70	36	15	0	200	105	0	0
9	4	14	6	40	21	0	0	71	37	5	6	300	157	10	0
10	5	5	0	41	21	10	6	72	37	16	0	400	210	0	0
11	5	15	6	42	22	1	0	73	38	6	6	500	262	10	0
12	6	6	0	43	22	11	6	74	38	17	0	600	315	0	0
13	6	16	6	44	23	2	0	75	39	7	6	700	367	10	0
14	7	7	0	45	23	12	6	76	39	18	0	800	420	0	0
15	7	17	6	46	24	3	0	77	40	8	6	900	472	10	0
16	8	8	0	47	24	13	6	78	40	19	0	1000	525	0	0
17	8	18	6	48	25	4	0	79	41	9	6	1100	577	10	0
18	9	9	0	49	25	14	6	80	42	0	0	1200	630	0	0
19	9	19	6	50	26	5	0	81	42	10	6	1300	682	10	0
20	10	10	0	51	26	15	6	82	43	1	0	1400	735	0	0
21	11	0	6	52	27	6	0	83	43	11	6	1500	787	10	0
22	11	11	0	53	27	16	6	84	44	2	0	2000	1050	0	0
23	12	1	6	54	28	7	0	85	44	12	6	3000	1575	0	0
24	12	12	0	55	28	17	6	86	45	3	0	4000	2100	0	0
25	13	2	6	56	29	8	0	87	45	13	6	5000	2625	0	0
26	13	13	0	57	29	18	6	88	46	4	0	6000	3150	0	0
27	14	3	6	58	30	9	0	89	46	14	6	7000	3675	0	0
28	14	14	0	59	30	19	6	90	47	5	0	8000	4200	0	0
29	15	4	6	60	31	10	0	91	47	15	6	9000	4725	0	0
30	15	15	0	61	32	0	6	92	48	6	0	10000	5250	0	0
31	16	5	6	62	32	11	0	93	48	16	6	20000	10500	0	0

No.	L.	s.	d.
112	58	16	0
144	75	12	0
250	131	5	0
256	134	8	0
272	142	16	0
365	191	12	6
750	393	15	0
1250	656	5	0

Fractional Parts.

16ths.	s.	d.	f.	frac.
1	0	7	3	1-2
2	1	3	3	0-0
3	1	11	2	1-2
4	2	7	2	0-0
5	3	3	1	1-2
6	3	11	1	0-0
7	4	7	0	1-2
8	5	3	0	0-0
9	5	10	3	1-2
10	6	6	3	0-0
11	7	2	2	1-2
12	7	10	2	0-0
13	8	6	1	1-2
14	9	2	1	0-0
15	9	10	0	1-2
1-3d	3	6	0	0-0
2-3ds	7	0	0	0-0
1-12th	0	10	2	0-0
1-14th	0	9	0	0-0
1-20th	0	6	1	1-5

No.	L.	s.	d.	No.	L.	s.	d.	No.	L.	s.	d.	No.	L.	s.	d.
1	0	11	0	32	17	12	0	63	34	13	0	94	51	14	0
2	1	2	0	33	18	3	0	64	35	4	0	95	52	5	0
3	1	13	0	34	18	14	0	65	35	15	0	96	52	16	0
4	2	4	0	35	19	5	0	66	36	6	0	97	53	7	0
5	2	15	0	36	19	16	0	67	36	17	0	98	53	18	0
6	3	6	0	37	20	7	0	68	37	8	0	99	54	9	0
7	3	17	0	38	20	18	0	69	37	19	0	100	55	0	0
8	4	8	0	39	21	9	0	70	38	10	0	200	110	0	0
9	4	19	0	40	22	0	0	71	39	1	0	300	165	0	0
10	5	10	0	41	22	11	0	72	39	12	0	400	220	0	0
11	6	1	0	42	23	2	0	73	40	3	0	500	275	0	0
12	6	12	0	43	23	13	0	74	40	14	0	600	330	0	0
13	7	3	0	44	24	4	0	75	41	5	0	700	385	0	0
14	7	14	0	45	24	15	0	76	41	16	0	800	440	0	0
15	8	5	0	46	25	6	0	77	42	7	0	900	495	0	0
16	8	16	0	47	25	17	0	78	42	18	0	1000	550	0	0
17	9	7	0	48	26	8	0	79	43	9	0	1100	605	0	0
18	9	18	0	49	26	19	0	80	44	0	0	1200	660	0	0
19	10	9	0	50	27	10	0	81	44	11	0	1300	715	0	0
20	11	0	0	51	28	1	0	82	45	2	0	1400	770	0	0
21	11	11	0	52	28	12	0	83	45	13	0	1500	825	0	0
22	12	2	0	53	29	3	0	84	46	4	0	2000	1100	0	0
23	12	13	0	54	29	14	0	85	46	15	0	3000	1650	0	0
24	13	4	0	55	30	5	0	86	47	6	0	4000	2200	0	0
25	13	15	0	56	30	16	0	87	47	17	0	5000	2750	0	0
26	14	6	0	57	31	7	0	88	48	8	0	6000	3300	0	0
27	14	17	0	58	31	18	0	89	48	19	0	7000	3850	0	0
28	15	8	0	59	32	9	0	90	49	10	0	8000	4400	0	0
29	15	19	0	60	33	0	0	91	50	1	0	9000	4950	0	0
30	16	10	0	61	33	11	0	92	50	12	0	10000	5500	0	0
31	17	1	0	62	34	2	0	93	51	3	0	20000	11000	0	0

No.	L.	s.	d.
112	61	12	0
144	79	4	0
250	137	10	0
256	140	16	0
272	149	12	0
365	200	15	0
750	412	10	0
1250	687	10	0

Fractional Parts.

10ths.	s.	d.	f.	frac.
1	0	8	1	0-0
2	1	4	2	0-0
3	2	0	3	0-0
4	2	9	0	0-0
5	3	5	1	0-0
6	4	1	2	0-0
7	4	9	3	0-0
8	5	6	0	0-0
9	6	2	1	0-0
10	6	10	2	0-0
11	7	6	3	0-0
12	8	3	0	0-0
13	8	11	1	0-0
14	9	7	2	0-0
15	10	3	3	0-0
1-3d	3	8	0	0-0
2-3ds	7	4	0	0-0
1-12th	0	11	0	0-0
1-14th	0	9	1	5-7
1-20th	0	6	2	2-5

At 11 Shillings 6 Pence.

No.	L.	s.	d.	No.	L.	s.	d.	No.	L.	s.	d.	No.	L.	s.	d.
1	0	11	6	32	18	8	0	63	36	4	6	94	54	1	0
2	1	3	0	33	18	19	6	64	36	16	0	95	54	12	6
3	1	14	6	34	19	11	0	65	37	7	6	96	55	4	0
4	2	6	0	35	20	2	6	66	37	19	0	97	55	15	6
5	2	17	6	36	20	14	0	67	38	10	6	98	56	7	0
6	3	9	0	37	21	5	6	68	39	2	0	99	56	18	6
7	4	0	6	38	21	17	0	69	39	13	6	100	57	10	0
8	4	12	0	39	22	8	6	70	40	5	0	200	115	0	0
9	5	3	6	40	23	0	0	71	40	16	6	300	172	10	0
10	5	15	0	41	23	11	6	72	41	8	0	400	230	0	0
11	6	6	6	42	24	3	0	73	41	19	6	500	287	10	0
12	6	18	0	43	24	14	6	74	42	11	0	600	345	0	0
13	7	9	6	44	25	6	0	75	43	2	6	700	402	10	0
14	8	1	0	45	25	17	6	76	43	14	0	800	460	0	0
15	8	12	6	46	26	9	0	77	44	5	6	900	517	10	0
16	9	4	0	47	27	0	6	78	44	17	0	1000	575	0	0
17	9	15	6	48	27	12	0	79	45	8	6	1100	632	10	0
18	10	7	0	49	28	3	6	80	46	0	0	1200	690	0	0
19	10	18	6	50	28	15	0	81	46	11	6	1300	747	10	0
20	11	10	0	51	29	6	6	82	47	3	0	1400	805	0	0
21	12	1	6	52	29	18	0	83	47	14	6	1500	862	10	0
22	12	13	0	53	30	9	6	84	48	6	0	2000	1150	0	0
23	13	4	6	54	31	1	0	85	48	17	6	3000	1725	0	0
24	13	16	0	55	31	12	6	86	49	9	0	4000	2300	0	0
25	14	7	6	56	32	4	0	87	50	0	6	5000	2875	0	0
26	14	19	0	57	32	15	6	88	50	12	0	6000	3450	0	0
27	15	10	6	58	33	7	0	89	51	3	6	7000	4025	0	0
28	16	2	0	59	33	18	6	90	51	15	0	8000	4600	0	0
29	16	13	6	60	34	10	0	91	52	6	6	9000	5175	0	0
30	17	5	0	61	35	1	6	92	52	18	0	10000	5750	0	0
31	17	16	6	62	35	13	0	93	53	9	6	20000	11500	0	0

No.	L.	s.	d.
112	64	8	0
144	82	16	0
250	143	15	0
256	147	4	0
272	156	8	0
365	209	17	6
750	431	5	0
1250	718	15	0

Fractional Parts.

10ths.	s.	d.	f.	frac.
1	0	8	2	1-2
2	1	5	1	0-0
3	2	1	3	1-2
4	2	10	2	0-0
5	3	7	0	1-2
6	4	3	3	0-0
7	5	0	1	1-2
8	5	9	0	0-0
9	6	5	2	1-2
10	7	2	1	0-0
11	7	10	3	1-2
12	8	7	2	0-0
13	9	4	0	1-2
14	10	0	3	0-0
15	10	9	1	1-2
1-3d	3	10	0	0-0
2-3ds	7	8	0	0-0
1-12th	0	11	2	0-0
1-14th	0	9	3	3-7
1-20th	0	6	3	3-5

No.	L.	s.	d.	No.	L.	s.	d.	No.	L.	s.	d.	No.	L.	s.	d.
1	0	12	0	32	19	4	0	63	37	16	0	94	56	8	0
2	1	4	0	33	19	16	0	64	38	8	0	95	57	0	0
3	1	16	0	34	20	8	0	65	39	0	0	96	57	12	0
4	2	8	0	35	21	0	0	66	39	12	0	97	58	4	0
5	3	0	0	36	21	12	0	67	40	4	0	98	58	16	0
6	3	12	0	37	22	4	0	68	40	16	0	99	59	8	0
7	4	4	0	38	22	16	0	69	41	8	0	100	60	0	0
8	4	16	0	39	23	8	0	70	42	0	0	200	120	0	0
9	5	8	0	40	24	0	0	71	42	12	0	300	180	0	0
10	6	0	0	41	24	12	0	72	43	4	0	400	240	0	0
11	6	12	0	42	25	4	0	73	43	16	0	500	300	0	0
12	7	4	0	43	25	16	0	74	44	8	0	600	360	0	0
13	7	16	0	44	26	8	0	75	45	0	0	700	420	0	0
14	8	8	0	45	27	0	0	76	45	12	0	800	480	0	0
15	9	0	0	46	27	12	0	77	46	4	0	900	540	0	0
16	9	12	0	47	28	4	0	78	46	16	0	1000	600	0	0
17	10	4	0	48	28	16	0	79	47	8	0	1100	660	0	0
18	10	16	0	49	29	8	0	80	48	0	0	1200	720	0	0
19	11	8	0	50	30	0	0	81	48	12	0	1300	780	0	0
20	12	0	0	51	30	12	0	82	49	4	0	1400	840	0	0
21	12	12	0	52	31	4	0	83	49	16	0	1500	900	0	0
22	13	4	0	53	31	16	0	84	50	8	0	2000	1200	0	0
23	13	16	0	54	32	8	0	85	51	0	0	3000	1800	0	0
24	14	8	0	55	33	0	0	86	51	12	0	4000	2400	0	0
25	15	0	0	56	33	12	0	87	52	4	0	5000	3000	0	0
26	15	12	0	57	34	4	0	88	52	16	0	6000	3600	0	0
27	16	4	0	58	34	16	0	89	53	8	0	7000	4200	0	0
28	16	16	0	59	35	8	0	90	54	0	0	8000	4800	0	0
29	17	8	0	60	36	0	0	91	54	12	0	9000	5400	0	0
30	18	0	0	61	36	12	0	92	55	4	0	10000	6000	0	0
31	18	12	0	62	37	4	0	93	55	16	0	20000	12000	0	0

No.	L.	s.	d.
112	67	4	0
144	86	8	0
250	150	0	0
256	153	12	0
272	163	4	0
365	219	0	0
750	450	0	0
1250	750	0	0

Fractional Parts.

16ths.	s.	d.	f.	frac.
1	0	9	0	0-0
2	1	6	0	0-0
3	2	3	0	0-0
4	3	0	0	0-0
5	3	9	0	0-0
6	4	6	0	0-0
7	5	3	0	0-0
8	6	0	0	0-0
9	6	9	0	0-0
10	7	6	0	0-0
11	8	3	0	0-0
12	9	0	0	0-0
13	9	9	0	0-0
14	10	6	0	0-0
15	11	3	0	0-0
1-3d	4	0	0	0-0
2-3ds	8	0	0	0-0
1-12th	1	0	0	0-0
1-14th	0	10	1	1-7
1-20th	0	7	0	4-5

At 12 Shillings 6 Pence.

No.	L.	s.	d.	No.	L.	s.	d.	No.	L.	s.	d.	No.	L.	s.	d.
1	0	12	6	32	20	0	0	63	39	7	6	94	58	15	0
2	1	5	0	33	20	12	6	64	40	0	0	95	59	7	6
3	1	17	6	34	21	5	0	65	40	12	6	96	60	0	0
4	2	10	0	35	21	17	6	66	41	5	0	97	60	12	6
5	3	2	6	36	22	10	0	67	41	17	6	98	61	5	0
6	3	15	0	37	23	2	6	68	42	10	0	99	61	17	6
7	4	7	6	38	23	15	0	69	43	2	6	100	62	10	0
8	5	0	0	39	24	7	6	70	43	15	0	200	125	0	0
9	5	12	6	40	25	0	0	71	44	7	6	300	187	10	0
10	6	5	0	41	25	12	6	72	45	0	0	400	250	0	0
11	6	17	6	42	26	5	0	73	45	12	6	500	312	10	0
12	7	10	0	43	26	17	6	74	46	5	0	600	375	0	0
13	8	2	6	44	27	10	0	75	46	17	6	700	437	10	0
14	8	15	0	45	28	2	6	76	47	10	0	800	500	0	0
15	9	7	6	46	28	15	0	77	48	2	6	900	562	10	0
16	10	0	0	47	29	7	6	78	48	15	0	1000	625	0	0
17	10	12	6	48	30	0	0	79	49	7	6	1100	687	10	0
18	11	5	0	49	30	12	6	80	50	0	0	1200	750	0	0
19	11	17	6	50	31	5	0	81	50	12	6	1300	812	10	0
20	12	10	0	51	31	17	6	82	51	5	0	1400	875	0	0
21	13	2	6	52	32	10	0	83	51	17	6	1500	937	10	0
22	13	15	0	53	33	2	6	84	52	10	0	2000	1250	0	0
23	14	7	6	54	33	15	0	85	53	2	6	3000	1875	0	0
24	15	0	0	55	34	7	6	86	53	15	0	4000	2500	0	0
25	15	12	6	56	35	0	0	87	54	7	6	5000	3125	0	0
26	16	5	0	57	35	12	6	88	55	0	0	6000	3750	0	0
27	16	17	6	58	36	5	0	89	55	12	6	7000	4375	0	0
28	17	10	0	59	36	17	6	90	56	5	0	8000	5000	0	0
29	18	2	6	60	37	10	0	91	56	17	6	9000	5625	0	0
30	18	15	0	61	38	2	6	92	57	10	0	10000	6250	0	0
31	19	7	6	62	38	15	0	93	58	2	6	20000	12500	0	0

No.	L.	s.	d.
112	70	0	0
144	90	0	0
250	156	5	0
256	160	0	0
272	170	0	0
365	228	2	6
750	468	15	0
1250	781	5	0

Fractional Parts.

16ths.	s.	d.	f.	frac.
1	0	9	1	1-2
2	1	6	3	0-0
3	2	4	0	1-2
4	3	1	2	0-0
5	3	10	3	1-2
6	4	8	1	0-0
7	5	5	2	1-2
8	6	3	0	0-0
9	7	0	1	1-2
10	7	9	3	0-0
11	8	7	0	1-2
12	9	4	2	0-0
13	10	1	3	1-2
14	10	11	1	0-0
15	11	8	2	1-2
1-3d	4	2	0	0-0
2-3ds	8	4	0	0-0
1-12th	1	0	2	0-0
1-14th	0	10	2	6-7
1-20th	0	7	2	0-0

No.	L.	s.	d.	No.	L.	s.	d.	No.	L.	s.	d.	No.	L.	s.	d.
1	0	13	0	32	20	16	0	63	40	19	0	94	61	2	0
2	1	6	0	33	21	9	0	64	41	12	0	95	61	15	0
3	1	19	0	34	22	2	0	65	42	5	0	96	62	8	0
4	2	12	0	35	22	15	0	66	42	18	0	97	63	1	0
5	3	5	0	36	23	8	0	67	43	11	0	98	63	14	0
6	3	18	0	37	24	1	0	68	44	4	0	99	64	7	0
7	4	11	0	38	24	14	0	69	44	17	0	100	65	0	0
8	5	4	0	39	25	7	0	70	45	10	0	200	130	0	0
9	5	17	0	40	26	0	0	71	46	3	0	300	195	0	0
10	6	10	0	41	26	13	0	72	46	16	0	400	260	0	0
11	7	3	0	42	27	6	0	73	47	9	0	500	325	0	0
12	7	16	0	43	27	19	0	74	48	2	0	600	390	0	0
13	8	9	0	44	28	12	0	75	48	15	0	700	455	0	0
14	9	2	0	45	29	5	0	76	49	8	0	800	520	0	0
15	9	15	0	46	29	18	0	77	50	1	0	900	585	0	0
16	10	8	0	47	30	11	0	78	50	14	0	1000	650	0	0
17	11	1	0	48	31	4	0	79	51	7	0	1100	715	0	0
18	11	14	0	49	31	17	0	80	52	0	0	1200	780	0	0
19	12	7	0	50	32	10	0	81	52	13	0	1300	845	0	0
20	13	0	0	51	33	3	0	82	53	6	0	1400	910	0	0
21	13	13	0	52	33	16	0	83	53	19	0	1500	975	0	0
22	14	6	0	53	34	9	0	84	54	12	0	2000	1300	0	0
23	14	19	0	54	35	2	0	85	55	5	0	3000	1950	0	0
24	15	12	0	55	35	15	0	86	55	18	0	4000	2600	0	0
25	16	5	0	56	36	8	0	87	56	11	0	5000	3250	0	0
26	16	18	0	57	37	1	0	88	57	4	0	6000	3900	0	0
27	17	11	0	58	37	14	0	89	57	17	0	7000	4550	0	0
28	18	4	0	59	38	7	0	90	58	10	0	8000	5200	0	0
29	18	17	0	60	39	0	0	91	59	3	0	9000	5850	0	0
30	19	10	0	61	39	13	0	92	59	16	0	10000	6500	0	0
31	20	3	0	62	40	6	0	93	60	9	0	20000	13000	0	0

No.	L.	s.	d.
112	72	16	0
144	93	12	0
250	162	10	0
256	166	8	0
272	176	16	0
365	237	5	0
750	487	10	0
1250	812	10	0

Fractional Parts.

16ths.	s.	d.	f.	frac.
1	0	9	3	0-0
2	1	7	2	0-0
3	2	5	1	0-0
4	3	3	0	0-0
5	4	0	3	0-0
6	4	10	2	0-0
7	5	8	1	0-0
8	6	6	0	0-0
9	7	3	3	0-0
10	8	1	2	0-0
11	8	11	1	0-0
12	9	9	0	0-0
13	10	6	3	0-0
14	11	4	2	0-0
15	12	2	1	0-0
1-3d	4	4	0	0-0
2-3ds	8	8	0	0-0
1-12th	1	1	0	0-0
1-14th	0	11	0	4-7
1-20th	0	7	3	1-5

At 13 Shillings 6 Pence.

No.	L.	s.	d.	No.	L.	s.	d.	No.	L.	s.	d.	No.	L.	s.	d.
1	0	13	6	32	21	12	0	63	42	10	6	94	63	9	0
2	1	7	0	33	22	5	6	64	43	4	0	95	64	2	6
3	2	0	6	34	22	19	0	65	43	17	6	96	64	16	0
4	2	14	0	35	23	12	6	66	44	11	0	97	65	9	6
5	3	7	6	36	24	6	0	67	45	4	6	98	66	3	0
6	4	1	0	37	24	19	6	68	45	18	0	99	66	16	6
7	4	14	6	38	25	13	0	69	46	11	6	100	67	10	0
8	5	8	0	39	26	6	6	70	47	5	0	200	135	0	0
9	6	1	6	40	27	0	0	71	47	18	6	300	202	10	0
10	6	15	0	41	27	13	6	72	48	12	0	400	270	0	0
11	7	8	6	42	28	7	0	73	49	5	6	500	337	10	0
12	8	2	0	43	29	0	6	74	49	19	0	600	405	0	0
13	8	15	6	44	29	14	0	75	50	12	6	700	472	10	0
14	9	9	0	45	30	7	6	76	51	6	0	800	540	0	0
15	10	2	6	46	31	1	0	77	51	19	6	900	607	10	0
16	10	16	0	47	31	14	6	78	52	13	0	1000	675	0	0
17	11	9	6	48	32	8	0	79	53	6	6	1100	742	10	0
18	12	3	0	49	33	1	6	80	54	0	0	1200	810	0	0
19	12	16	6	50	33	15	0	81	54	13	6	1300	877	10	0
20	13	10	0	51	34	8	6	82	55	7	0	1400	945	0	0
21	14	3	6	52	35	2	0	83	56	0	6	1500	1012	10	0
22	14	17	0	53	35	15	6	84	56	14	0	2000	1350	0	0
23	15	10	6	54	36	9	0	85	57	7	6	3000	2025	0	0
24	16	4	0	55	37	2	6	86	58	1	0	4000	2700	0	0
25	16	17	6	56	37	16	0	87	58	14	6	5000	3375	0	0
26	17	11	0	57	38	9	6	88	59	8	0	6000	4050	0	0
27	18	4	6	58	39	3	0	89	60	1	6	7000	4725	0	0
28	18	18	0	59	39	16	6	90	60	15	0	8000	5400	0	0
29	19	11	6	60	40	10	0	91	61	8	6	9000	6075	0	0
30	20	5	0	61	41	3	6	92	62	2	0	10000	6750	0	0
31	20	18	6	62	41	17	0	93	62	15	6	20000	13500	0	0

No.	L.	s.	d.
112	75	12	0
144	97	4	0
250	168	15	0
256	172	16	0
272	183	12	0
365	246	7	6
750	506	5	0
1250	843	15	0

Fractional Parts.

16ths.	s.	d.	f.	frac.
1	0	10	0	1-2
2	1	8	1	0-0
3	2	6	1	1-2
4	3	4	2	0-0
5	4	2	2	1-2
6	5	0	3	0-0
7	5	10	3	1-2
8	6	9	0	0-0
9	7	7	0	1-2
10	8	5	1	0-0
11	9	3	1	1-2
12	10	1	2	0-0
13	10	11	2	1-2
14	11	9	3	0-0
15	12	7	3	1-2
1-3d	4	6	0	0-0
2-3ds	9	0	0	0-0
1-12th	1	1	2	0-0
1-14th	0	11	2	2-7
1-20th	0	8	0	2-5

At 14 Shillings.

No.	L.	s.	d.	No.	L.	s.	d.	No.	L.	s.	d.	No.	L.	s.	d.
1	0	14	0	32	22	8	0	63	44	2	0	94	65	16	0
2	1	8	0	33	23	2	0	64	44	16	0	95	66	10	0
3	2	2	0	34	23	16	0	65	45	10	0	96	67	4	0
4	2	16	0	35	24	10	0	66	46	4	0	97	67	18	0
5	3	10	0	36	25	4	0	67	46	18	0	98	68	12	0
6	4	4	0	37	25	18	0	68	47	12	0	99	69	6	0
7	4	18	0	38	26	12	0	69	48	6	0	100	70	0	0
8	5	12	0	39	27	6	0	70	49	0	0	200	140	0	0
9	6	6	0	40	28	0	0	71	49	14	0	300	210	0	0
10	7	0	0	41	28	14	0	72	50	8	0	400	280	0	0
11	7	14	0	42	29	8	0	73	51	2	0	500	350	0	0
12	8	8	0	43	30	2	0	74	51	16	0	600	420	0	0
13	9	2	0	44	30	16	0	75	52	10	0	700	490	0	0
14	9	16	0	45	31	10	0	76	53	4	0	800	560	0	0
15	10	10	0	46	32	4	0	77	53	18	0	900	630	0	0
16	11	4	0	47	32	18	0	78	54	12	0	1000	700	0	0
17	11	18	0	48	33	12	0	79	55	6	0	1100	770	0	0
18	12	12	0	49	34	6	0	80	56	0	0	1200	840	0	0
19	13	6	0	50	35	0	0	81	56	14	0	1300	910	0	0
20	14	0	0	51	35	14	0	82	57	8	0	1400	980	0	0
21	14	14	0	52	36	8	0	83	58	2	0	1500	1050	0	0
22	15	8	0	53	37	2	0	84	58	16	0	2000	1400	0	0
23	16	2	0	54	37	16	0	85	59	10	0	3000	2100	0	0
24	16	16	0	55	38	10	0	86	60	4	0	4000	2800	0	0
25	17	10	0	56	39	4	0	87	60	18	0	5000	3500	0	0
26	18	4	0	57	39	18	0	88	61	12	0	6000	4200	0	0
27	18	18	0	58	40	12	0	89	62	6	0	7000	4900	0	0
28	19	12	0	59	41	6	0	90	63	0	0	8000	5600	0	0
29	20	6	0	60	42	0	0	91	63	14	0	9000	6300	0	0
30	21	0	0	61	42	14	0	92	64	8	0	10000	7000	0	0
31	21	14	0	62	43	8	0	93	65	2	0	20000	14000	0	0

No.	L.	s.	d.
112	78	8	0
144	100	16	0
250	175	0	0
256	179	4	0
272	190	8	0
365	255	10	0
750	525	0	0
1250	875	0	0

Fractional Parts.

10ths.	s.	d.	f.	frac.
1	0	10	2	0-0
2	1	9	0	0-0
3	2	7	2	0-0
4	3	6	0	0-0
5	4	4	2	0-0
6	5	3	0	0-0
7	6	1	2	0-0
8	7	0	0	0-0
9	7	10	2	0-0
10	8	9	0	0-0
11	9	7	2	0-0
12	10	6	0	0-0
13	11	4	2	0-0
14	12	3	0	0-0
15	13	1	2	0-0
1-3d	4	8	0	0-0
2-3ds	9	4	0	0-0
1-12th	1	2	0	0-0
1-14th	1	0	0	0-0
1-20th	0	8	1	3-5

At 14 Shillings 6 Pence.

No.	L.	s.	d.	No.	L.	s.	d.	No.	L.	s.	d.	No.	L.	s.	d.
1	0	14	6	32	23	4	0	63	45	13	6	94	68	3	0
2	1	9	0	33	23	18	6	64	46	8	0	95	68	17	6
3	2	3	6	34	24	13	0	65	47	2	6	96	69	12	0
4	2	18	0	35	25	7	6	66	47	17	0	97	70	6	6
5	3	12	6	36	26	2	0	67	48	11	6	98	71	1	0
6	4	7	0	37	26	16	6	68	49	6	0	99	71	15	6
7	5	1	6	38	27	11	0	69	50	0	6	100	72	10	0
8	5	16	0	39	28	5	6	70	50	15	0	200	145	0	0
9	6	10	6	40	29	0	0	71	51	9	6	300	217	10	0
10	7	5	0	41	29	14	6	72	52	4	0	400	290	0	0
11	7	19	6	42	30	9	0	73	52	18	6	500	362	10	0
12	8	14	0	43	31	3	6	74	53	13	0	600	435	0	0
13	9	8	6	44	31	18	0	75	54	7	6	700	507	10	0
14	10	3	0	45	32	12	6	76	55	2	0	800	580	0	0
15	10	17	6	46	33	7	0	77	55	16	6	900	652	10	0
16	11	12	0	47	34	1	6	78	56	11	0	1000	725	0	0
17	12	6	6	48	34	16	0	79	57	5	6	1100	797	10	0
18	13	1	0	49	35	10	6	80	58	0	0	1200	870	0	0
19	13	15	6	50	36	5	0	81	58	14	6	1300	942	10	0
20	14	10	0	51	36	19	6	82	59	9	0	1400	1015	0	0
21	15	4	6	52	37	14	0	83	60	3	6	1500	1087	10	0
22	15	19	0	53	38	8	6	84	60	18	0	2000	1450	0	0
23	16	13	6	54	39	3	0	85	61	12	6	3000	2175	0	0
24	17	8	0	55	39	17	6	86	62	7	0	4000	2900	0	0
25	18	2	6	56	40	12	0	87	63	1	6	5000	3625	0	0
26	18	17	0	57	41	6	6	88	63	16	0	6000	4350	0	0
27	19	11	6	58	42	1	0	89	64	10	6	7000	5075	0	0
28	20	6	0	59	42	15	6	90	65	5	0	8000	5800	0	0
29	21	0	6	60	43	10	0	91	65	19	6	9000	6525	0	0
30	21	15	0	61	44	4	6	92	66	14	0	10000	7250	0	0
31	22	9	6	62	44	19	0	93	67	8	6	20000	14500	0	0

No.	L.	s.	d.
112	81	4	0
144	104	8	0
250	181	5	0
256	185	12	0
272	197	4	0
365	264	12	6
750	543	15	0
1250	906	5	0

Fractional Parts.

10ths.	s.	d.	f.	frac.
1	0	10	3	1-2
2	1	9	3	0-0
3	2	8	2	1-2
4	3	7	2	0-0
5	4	6	1	1-2
6	5	5	1	0-0
7	6	4	0	1-2
8	7	3	0	0-0
9	8	1	3	1-2
10	9	0	3	0-0
11	9	11	2	1-2
12	10	10	2	0-0
13	11	9	1	1-2
14	12	8	1	0-0
15.	13	7	0	1-2
1-3d	4	10	0	0-0
2-3ds	9	8	0	0-0
1-12th	1	2	2	0-0
1-14th	1	0	1	5-7
1-20th	0	8	2	4-5

At 15 Shillings.

No.	L.	s.	d.	No.	L.	s.	d.	No.	L.	s.	d.	No.	L.	s.	d.
1	0	15	0	32	24	0	0	63	47	5	0	94	70	10	0
2	1	10	0	33	24	15	0	64	48	0	0	95	71	5	0
3	2	5	0	34	25	10	0	65	48	15	0	96	72	0	0
4	3	0	0	35	26	5	0	66	49	10	0	97	72	15	0
5	3	15	0	36	27	0	0	67	50	5	0	98	73	10	0
6	4	10	0	37	27	15	0	68	51	0	0	99	74	5	0
7	5	5	0	38	28	10	0	69	51	15	0	100	75	0	0
8	6	0	0	39	29	5	0	70	52	10	0	200	150	0	0
9	6	15	0	40	30	0	0	71	53	5	0	300	225	0	0
10	7	10	0	41	30	15	0	72	54	0	0	400	300	0	0
11	8	5	0	42	31	10	0	73	54	15	0	500	375	0	0
12	9	0	0	43	32	5	0	74	55	10	0	600	450	0	0
13	9	15	0	44	33	0	0	75	56	5	0	700	525	0	0
14	10	10	0	45	33	15	0	76	57	0	0	800	600	0	0
15	11	5	0	46	34	10	0	77	57	15	0	900	675	0	0
16	12	0	0	47	35	5	0	78	58	10	0	1000	750	0	0
17	12	15	0	48	36	0	0	79	59	5	0	1100	825	0	0
18	13	10	0	49	36	15	0	80	60	0	0	1200	900	0	0
19	14	5	0	50	37	10	0	81	60	15	0	1300	975	0	0
20	15	0	0	51	38	5	0	82	61	10	0	1400	1050	0	0
21	15	15	0	52	39	0	0	83	62	5	0	1500	1125	0	0
22	16	10	0	53	39	15	0	84	63	0	0	2000	1500	0	0
23	17	5	0	54	40	10	0	85	63	15	0	3000	2250	0	0
24	18	0	0	55	41	5	0	86	64	10	0	4000	3000	0	0
25	18	15	0	56	42	0	0	87	65	5	0	5000	3750	0	0
26	19	10	0	57	42	15	0	88	66	0	0	6000	4500	0	0
27	20	5	0	58	43	10	0	89	66	15	0	7000	5250	0	0
28	21	0	0	59	44	5	0	90	67	10	0	8000	6000	0	0
29	21	15	0	60	45	0	0	91	68	5	0	9000	6750	0	0
30	22	10	0	61	45	15	0	92	69	0	0	10000	7500	0	0
31	23	5	0	62	46	10	0	93	69	15	0	20000	15000	0	0

No.	L.	s.	d.
112	84	0	0
144	108	0	0
250	187	10	0
256	192	0	0
272	204	0	0
365	273	15	0
750	562	10	0
1250	937	10	0

Fractional Parts.

16ths.	s.	d.	f.	frac.
1	0	11	1	0-0
2	1	10	2	0-0
3	2	9	3	0-0
4	3	9	0	0-0
5	4	8	1	0-0
6	5	7	2	0-0
7	6	6	3	0-0
8	7	6	0	0-0
9	8	5	1	0-0
10	9	4	2	0-0
11	10	3	3	0-0
12	11	3	0	0-0
13	12	2	1	0-0
14	13	1	2	0-0
15	14	0	3	0-0
1-3d	5	0	0	0-0
2-3ds	10	0	0	0-0
1-12th	1	3	0	0-0
1-14th	1	0	3	3-7
1-20th	0	9	0	0-0

At 15 Shillings 6 Pence.

No.	L.	s.	d.	No.	L.	s.	d.	No.	L.	s.	d.	No.	L.	s.	d.
1	0	15	6	32	24	16	0	63	48	16	6	94	72	17	0
2	1	11	0	33	25	11	6	64	49	12	0	95	73	12	6
3	2	6	6	34	26	7	0	65	50	7	6	96	74	8	0
4	3	2	0	35	27	2	6	66	51	3	0	97	75	3	6
5	3	17	6	36	27	18	0	67	51	18	6	98	75	19	0
6	4	13	0	37	28	13	6	68	52	14	0	99	76	14	6
7	5	8	6	38	29	9	0	69	53	9	6	100	77	10	0
8	6	4	0	39	30	4	6	70	54	5	0	200	155	0	0
9	6	19	6	40	31	0	0	71	55	0	6	300	232	10	0
10	7	15	0	41	31	15	6	72	55	16	0	400	310	0	0
11	8	10	6	42	32	11	0	73	56	11	6	500	387	10	0
12	9	6	0	43	33	6	6	74	57	7	0	600	465	0	0
13	10	1	6	44	34	2	0	75	58	2	6	700	542	10	0
14	10	17	0	45	34	17	6	76	58	18	0	800	620	0	0
15	11	12	6	46	35	13	0	77	59	13	6	900	697	10	0
16	12	8	0	47	36	8	6	78	60	9	0	1000	775	0	0
17	13	3	6	48	37	4	0	79	61	4	6	1100	852	10	0
18	13	19	0	49	37	19	6	80	62	0	0	1200	930	0	0
19	14	14	6	50	38	15	0	81	62	15	6	1300	1007	10	0
20	15	10	0	51	39	10	6	82	63	11	0	1400	1085	0	0
21	16	5	6	52	40	6	0	83	64	6	6	1500	1162	10	0
22	17	1	0	53	41	1	6	84	65	2	0	2000	1550	0	0
23	17	16	6	54	41	17	0	85	65	17	6	3000	2325	0	0
24	18	12	0	55	42	12	6	86	66	13	0	4000	3100	0	0
25	19	7	6	56	43	8	0	87	67	8	6	5000	3875	0	0
26	20	3	0	57	44	3	6	88	68	4	0	6000	4650	0	0
27	20	18	6	58	44	19	0	89	68	19	6	7000	5425	0	0
28	21	14	0	59	45	14	6	90	69	15	0	8000	6200	0	0
29	22	9	6	60	46	10	0	91	70	10	6	9000	6975	0	0
30	23	5	0	61	47	5	6	92	71	6	0	10000	7750	0	0
31	24	0	6	62	48	1	0	93	72	1	6	20000	15500	0	0

No.	L.	s.	d.
112	86	16	0
144	111	12	0
250	193	15	0
256	198	8	0
272	210	16	0
365	282	17	6
750	581	5	0
1250	968	15	0

Fractional Parts.

16ths.	s.	d.	f.	frac.
1	0	11	2	1-2
2	1	11	1	0-0
3	2	10	3	1-2
4	3	10	2	0-0
5	4	10	0	1-2
6	5	9	3	0-0
7	6	9	1	1-2
8	7	9	0	0-0
9	8	8	2	1-2
10	9	8	1	0-0
11	10	7	3	1-2
12	11	7	2	0-0
13	12	7	0	1-2
14	13	6	3	0-0
15	14	6	1	1-2
1-3d	5	2	0	0-0
2-3ds	10	4	0	0-0
1-12th	1	3	2	0-0
1-14th	1	1	1	1-7
1-20th	0	8	1	1-5

No.	L.	s.	d.	No.	L.	s.	d.	No.	L.	s.	d.	No.	L.	s.	d.
1	0	16	0	32	25	12	0	63	50	8	0	94	75	4	0
2	1	12	0	33	26	8	0	64	51	4	0	95	76	0	0
3	2	8	0	34	27	4	0	65	52	0	0	96	76	16	0
4	3	4	0	35	28	0	0	66	52	16	0	97	77	12	0
5	4	0	0	36	28	16	0	67	53	12	0	98	78	8	0
6	4	16	0	37	29	12	0	68	54	8	0	99	79	4	0
7	5	12	0	38	30	8	0	69	55	4	0	100	80	0	0
8	6	8	0	39	31	4	0	70	56	0	0	200	160	0	0
9	7	4	0	40	32	0	0	71	56	16	0	300	240	0	0
10	8	0	0	41	32	16	0	72	57	12	0	400	320	0	0
11	8	16	0	42	33	12	0	73	58	8	0	500	400	0	0
12	9	12	0	43	34	8	0	74	59	4	0	600	480	0	0
13	10	8	0	44	35	4	0	75	60	0	0	700	560	0	0
14	11	4	0	45	36	0	0	76	60	16	0	800	640	0	0
15	12	0	0	46	36	16	0	77	61	12	0	900	720	0	0
16	12	16	0	47	37	12	0	78	62	8	0	1000	800	0	0
17	13	12	0	48	38	8	0	79	63	4	0	1100	880	0	0
18	14	8	0	49	39	4	0	80	64	0	0	1200	960	0	0
19	15	4	0	50	40	0	0	81	64	16	0	1300	1040	0	0
20	16	0	0	51	40	16	0	82	65	12	0	1400	1120	0	0
21	16	16	0	52	41	12	0	83	66	8	0	1500	1200	0	0
22	17	12	0	53	42	8	0	84	67	4	0	2000	1600	0	0
23	18	8	0	54	43	4	0	85	68	0	0	3000	2400	0	0
24	19	4	0	55	44	0	0	86	68	16	0	4000	3200	0	0
25	20	0	0	56	44	16	0	87	69	12	0	5000	4000	0	0
26	20	16	0	57	45	12	0	88	70	8	0	6000	4800	0	0
27	21	12	0	58	46	8	0	89	71	4	0	7000	5600	0	0
28	22	8	0	59	47	4	0	90	72	0	0	8000	6400	0	0
29	23	4	0	60	48	0	0	91	72	16	0	9000	7200	0	0
30	24	0	0	61	48	16	0	92	73	12	0	10000	8000	0	0
31	24	16	0	62	49	12	0	93	74	8	0	20000	16000	0	0

No.	L.	s.	d.
112	89	12	0
144	115	4	0
250	200	0	0
256	204	16	0
272	217	12	0
365	292	0	0
750	600	0	0
1250	1000	0	0

Fractional Parts.

16ths.	s.	d.	f.	frac.
1	1	0	0	0-0
2	2	0	0	0-0
3	3	0	0	0-0
4	4	0	0	0-0
5	5	0	0	0-0
6	6	0	0	0-0
7	7	0	0	0-0
8	8	0	0	0-0
9	9	0	0	0-0
10	10	0	0	0-0
11	11	0	0	0-0
12	12	0	0	0-0
13	13	0	0	0-0
14	14	0	0	0-0
15	15	0	0	0-0
1-3d	5	4	0	0-0
2-3ds	10	8	0	0-0
1-12th	1	4	0	0-0
1-14th	1	1	2	6-7
1-20th	0	9	2	2-5

At 16 Shillings 6 Pence.

No.	L.	s.	d.	No.	L.	s.	d.	No.	L.	s.	d.	No.	L.	s.	d.
1	0	16	6	32	26	8	0	63	51	19	6	94	77	11	0
2	1	13	0	33	27	4	6	64	52	16	0	95	78	7	6
3	2	9	6	34	28	1	0	65	53	12	6	96	79	4	0
4	3	6	0	35	28	17	6	66	54	9	0	97	80	0	6
5	4	2	6	36	29	14	0	67	55	5	6	98	80	17	0
6	4	19	0	37	30	10	6	68	56	2	0	99	81	13	6
7	5	15	6	38	31	7	0	69	56	18	6	100	82	10	0
8	6	12	0	39	32	3	6	70	57	15	0	200	165	0	0
9	7	8	6	40	33	0	0	71	58	11	6	300	247	10	0
10	8	5	0	41	33	16	6	72	59	8	0	400	330	0	0
11	9	1	6	42	34	13	0	73	60	4	6	500	412	10	0
12	9	18	0	43	35	9	6	74	61	1	0	600	495	0	0
13	10	14	6	44	36	6	0	75	61	17	6	700	577	10	0
14	11	11	0	45	37	2	6	76	62	14	0	800	660	0	0
15	12	7	6	46	37	19	0	77	63	10	6	900	742	10	0
16	13	4	0	47	38	15	6	78	64	7	0	1000	825	0	0
17	14	0	6	48	39	12	0	79	65	3	6	1100	907	10	0
18	14	17	0	49	40	8	6	80	66	0	0	1200	990	0	0
19	15	13	6	50	41	5	0	81	66	16	6	1300	1072	10	0
20	16	10	0	51	42	1	6	82	67	13	0	1400	1155	0	0
21	17	6	6	52	42	18	0	83	68	9	6	1500	1237	10	0
22	18	3	0	53	43	14	6	84	69	6	0	2000	1650	0	0
23	18	19	6	54	44	11	0	85	70	2	6	3000	2475	0	0
24	19	16	0	55	45	7	6	86	70	19	0	4000	3300	0	0
25	20	12	6	56	46	4	0	87	71	15	6	5000	4125	0	0
26	21	9	0	57	47	0	6	88	72	12	0	6000	4950	0	0
27	22	5	6	58	47	17	0	89	73	8	6	7000	5775	0	0
28	23	2	0	59	48	13	6	90	74	5	0	8000	6600	0	0
29	23	18	6	60	49	10	0	91	75	1	6	9000	7425	0	0
30	24	15	0	61	50	6	6	92	75	18	0	10000	8250	0	0
31	25	11	6	62	51	3	0	93	76	14	6	20000	16500	0	0

No.	L.	s.	d.
112	92	8	0
144	118	16	0
250	206	5	0
256	211	4	0
272	224	8	0
365	301	2	6
750	618	15	0
1250	1031	5	0

Fractional Parts.

16ths.	s.	d.	f.	frac.
1	1	0	1	1-2
2	2	0	3	0-0
3	3	1	0	1-2
4	4	1	2	0-0
5	5	1	3	1-2
6	6	2	1	0-0
7	7	2	2	1-2
8	8	3	0	0-0
9	9	3	1	1-2
10	10	3	3	0-0
11	11	4	0	1-2
12	12	4	2	0-0
13	13	4	3	1-2
14	14	5	1	0-0
15	15	5	2	1-2
1-3d	5	6	0	0-0
2-3ds	11	0	0	0-0
1-12th	1	4	2	0-0
1-14th	1	2	0	4-7
1-20th	0	9	3	3-5

No.	L.	s.	d.	No.	L.	s.	d.	No.	L.	s.	d.	No.	L.	s.	d.
1	0	17	0	32	27	4	0	63	53	11	0	94	79	18	0
2	1	14	0	33	28	1	0	64	54	8	0	95	80	15	0
3	2	11	0	34	28	18	0	65	55	5	0	96	81	12	0
4	3	8	0	35	29	15	0	66	56	2	0	97	82	9	0
5	4	5	0	36	30	12	0	67	56	19	0	98	83	6	0
6	5	2	0	37	31	9	0	68	57	16	0	99	84	3	0
7	5	19	0	38	32	6	0	69	58	13	0	100	85	0	0
8	6	16	0	39	33	3	0	70	59	10	0	200	170	0	0
9	7	13	0	40	34	0	0	71	60	7	0	300	255	0	0
10	8	10	0	41	34	17	0	72	61	4	0	400	340	0	0
11	9	7	0	42	35	14	0	73	62	1	0	500	425	0	0
12	10	4	0	43	36	11	0	74	62	18	0	600	510	0	0
13	11	1	0	44	37	8	0	75	63	15	0	700	595	0	0
14	11	18	0	45	38	5	0	76	64	12	0	800	680	0	0
15	12	15	0	46	39	2	0	77	65	9	0	900	765	0	0
16	13	12	0	47	39	19	0	78	66	6	0	1000	850	0	0
17	14	9	0	48	40	16	0	79	67	3	0	1100	935	0	0
18	15	6	0	49	41	13	0	80	68	0	0	1200	1020	0	0
19	16	3	0	50	42	10	0	81	68	17	0	1300	1105	0	0
20	17	0	0	51	43	7	0	82	69	14	0	1400	1190	0	0
21	17	17	0	52	44	4	0	83	70	11	0	1500	1275	0	0
22	18	14	0	53	45	1	0	84	71	8	0	2000	1700	0	0
23	19	11	0	54	45	18	0	85	72	5	0	3000	2550	0	0
24	20	8	0	55	46	15	0	86	73	2	0	4000	3400	0	0
25	21	5	0	56	47	12	0	87	73	19	0	5000	4250	0	0
26	22	2	0	57	48	9	0	88	74	16	0	6000	5100	0	0
27	22	19	0	58	49	6	0	89	75	13	0	7000	5950	0	0
28	23	16	0	59	50	3	0	90	76	10	0	8000	6800	0	0
29	24	13	0	60	51	0	0	91	77	7	0	9000	7650	0	0
30	25	10	0	61	51	17	0	92	78	4	0	10000	8500	0	0
31	26	7	0	62	52	14	0	93	79	1	0	20000	17000	0	0

No.	L.	s.	d.
112	95	4	0
144	122	8	0
250	212	10	0
256	217	12	0
272	231	4	0
365	310	5	0
750	637	10	0
1250	1062	10	0

Fractional Parts.

16ths.	s.	d.	f.	frac.
1	1	0	3	0-0
2	2	1	2	0-0
3	3	2	1	0-0
4	4	3	0	0-0
5	5	3	3	0-0
6	6	4	2	0-0
7	7	5	1	0-0
8	8	6	0	0-0
9	9	6	3	0-0
10	10	7	2	0-0
11	11	8	1	0-0
12	12	9	0	0-0
13	13	9	3	0-0
14	14	10	2	0-0
15	15	11	1	0-0
1-3d	5	8	0	0-0
2-3ds	11	4	0	0-0
1-12th	1	5	0	0-0
1-14th	1	2	2	2-7
1-20th	0	10	0	4-5

At 17 Shillings 6 Pence.

No.	L.	s.	d.	No.	L.	s.	d.	No.	L.	s.	d.	No.	L.	s.	d.
1	0	17	6	32	28	0	0	63	55	2	6	94	82	5	0
2	1	15	0	33	28	17	6	64	56	0	0	95	83	2	6
3	2	12	6	34	29	15	0	65	56	17	6	96	84	0	0
4	3	10	0	35	30	12	6	66	57	15	0	97	84	17	6
5	4	7	6	36	31	10	0	67	58	12	6	98	85	15	0
6	5	5	0	37	32	7	6	68	59	10	0	99	86	12	6
7	6	2	6	38	33	5	0	69	60	7	6	100	87	10	0
8	7	0	0	39	34	2	6	70	61	5	0	200	175	0	0
9	7	17	6	40	35	0	0	71	62	2	6	300	262	10	0
10	8	15	0	41	35	17	6	72	63	0	0	400	350	0	0
11	9	12	6	42	36	15	0	73	63	17	6	500	437	10	0
12	10	10	0	43	37	12	6	74	64	15	0	600	525	0	0
13	11	7	6	44	38	10	0	75	65	12	6	700	612	10	0
14	12	5	0	45	39	7	6	76	66	10	0	800	700	0	0
15	13	2	6	46	40	5	0	77	67	7	6	900	787	10	0
16	14	0	0	47	41	2	6	78	68	5	0	1000	875	0	0
17	14	17	6	48	42	0	0	79	69	2	6	1100	962	10	0
18	15	15	0	49	42	17	6	80	70	0	0	1200	1050	0	0
19	16	12	6	50	43	15	0	81	70	17	6	1300	1137	10	0
20	17	10	0	51	44	12	6	82	71	15	0	1400	1225	0	0
21	18	7	6	52	45	10	0	83	72	12	6	1500	1312	10	0
22	19	5	0	53	46	7	6	84	73	10	0	2000	1750	0	0
23	20	2	6	54	47	5	0	85	74	7	6	3000	2625	0	0
24	21	0	0	55	48	2	6	86	75	5	0	4000	3500	0	0
25	21	17	6	56	49	0	0	87	76	2	6	5000	4375	0	0
26	22	15	0	57	49	17	6	88	77	0	0	6000	5250	0	0
27	23	12	6	58	50	15	0	89	77	17	6	7000	6125	0	0
28	24	10	0	59	51	12	6	90	78	15	0	8000	7000	0	0
29	25	7	6	60	52	10	0	91	79	12	6	9000	7875	0	0
30	26	5	0	61	53	7	6	92	80	10	0	10000	8750	0	0
31	27	2	6	62	54	5	0	93	81	7	6	20000	17500	0	0

No.	L.	s.	d.
112	98	0	0
144	126	0	0
250	218	15	0
256	224	0	0
272	238	0	0
365	319	7	6
750	656	5	0
1250	1093	15	0

Fractional Parts.

16ths.	s.	d.	f.	fra.
1	1	1	0	1-2
2	2	2	1	0-0
3	3	3	1	1-2
4	4	4	2	0-0
5	5	5	2	1-2
6	6	6	3	0-0
7	7	7	3	1-2
8	8	9	0	0-0
9	9	10	0	1-2
10	10	11	1	0-0
11	12	0	1	1-2
12	13	1	2	0-0
13	14	2	2	1-2
14	15	3	3	0-0
15	16	4	3	1-2
1-3d	5	10	0	0-0
2-3ds	11	8	0	0-0
1-12th	1	5	2	0-0
1-14th	1	3	0	0-0
1-20th	0	10	2	0-0

No.	L.	s.	d.	No.	L.	s.	d.	No.	L.	s.	d.	No.	L.	s.	d.
1	0	18	0	32	28	16	0	63	56	14	0	94	84	12	0
2	1	16	0	33	29	14	0	64	57	12	0	95	85	10	0
3	2	14	0	34	30	12	0	65	58	10	0	96	86	8	0
4	3	12	0	35	31	10	0	66	59	8	0	97	87	6	0
5	4	10	0	36	32	8	0	67	60	6	0	98	88	4	0
6	5	8	0	37	33	6	0	68	61	4	0	99	89	2	0
7	6	6	0	38	34	4	0	69	62	2	0	100	90	0	0
8	7	4	0	39	35	2	0	70	63	0	0	200	180	0	0
9	8	2	0	40	36	0	0	71	63	18	0	300	270	0	0
10	9	0	0	41	36	18	0	72	64	16	0	400	360	0	0
11	9	18	0	42	37	16	0	73	65	14	0	500	450	0	0
12	10	16	0	43	38	14	0	74	66	12	0	600	540	0	0
13	11	14	0	44	39	12	0	75	67	10	0	700	630	0	0
14	12	12	0	45	40	10	0	76	68	8	0	800	720	0	0
15	13	10	0	46	41	8	0	77	69	6	0	900	810	0	0
16	14	8	0	47	42	6	0	78	70	4	0	1000	900	0	0
17	15	6	0	48	43	4	0	79	71	2	0	1100	990	0	0
18	16	4	0	49	44	2	0	80	72	0	0	1200	1080	0	0
19	17	2	0	50	45	0	0	81	72	18	0	1300	1170	0	0
20	18	0	0	51	45	18	0	82	73	16	0	1400	1260	0	0
21	18	18	0	52	46	16	0	83	74	14	0	1500	1350	0	0
22	19	16	0	53	47	14	0	84	75	12	0	2000	1800	0	0
23	20	14	0	54	48	12	0	85	76	10	0	3000	2700	0	0
24	21	12	0	55	49	10	0	86	77	8	0	4000	3600	0	0
25	22	10	0	56	50	8	0	87	78	6	0	5000	4500	0	0
26	23	8	0	57	51	6	0	88	79	4	0	6000	5400	0	0
27	24	6	0	58	52	4	0	89	80	2	0	7000	6300	0	0
28	25	4	0	59	53	2	0	90	81	0	0	8000	7200	0	0
29	26	2	0	60	54	0	0	91	81	18	0	9000	8100	0	0
30	27	0	0	61	54	18	0	92	82	16	0	10000	9000	0	0
31	27	18	0	62	55	16	0	93	83	14	0	20000	18000	0	0

No.	L.	s.	d.
112	100	16	0
144	129	12	0
250	225	0	0
256	230	8	0
272	244	16	0
365	328	10	0
750	675	0	0
1250	1125	0	0

Fractional Parts.

10ths.	s.	d.	f.	frac.
1	1	1	2	0-0
2	2	3	0	0-0
3	3	4	2	0-0
4	4	6	0	0-0
5	5	7	2	0-0
6	6	9	0	0-0
7	7	10	2	0-0
8	9	0	0	0-0
9	10	1	2	0-0
10	11	3	0	0-0
11	12	4	2	0-0
12	13	6	0	0-0
13	14	7	2	0-0
14	15	9	0	0-0
15	16	10	2	0-0
1-3d	6	0	0	0-0
2-3ds	12	0	0	0-0
1-12th	1	6	0	0-0
1-14th	1	3	1	5-7
1-20th	0	10	3	1-5

At 18 Shillings 6 Pence.

No.	L.	s.	d.	No.	L.	s.	d.	No.	L.	s.	d.	No.	L.	s.	d.
1	0	18	6	32	29	12	0	63	58	5	6	94	86	19	0
2	1	17	0	33	30	10	6	64	59	4	0	95	87	17	6
3	2	15	6	34	31	9	0	65	60	2	6	96	88	16	0
4	3	14	0	35	32	7	6	66	61	1	0	97	89	14	6
5	4	12	6	36	33	6	0	67	61	19	6	98	90	13	0
6	5	11	0	37	34	4	6	68	62	18	0	99	91	11	6
7	6	9	6	38	35	3	0	69	63	16	6	100	92	10	0
8	7	8	0	39	36	1	6	70	64	15	0	200	185	0	0
9	8	6	6	40	37	0	0	71	65	13	6	300	277	10	0
10	9	5	0	41	37	18	6	72	66	12	0	400	370	0	0
11	10	3	6	42	38	17	0	73	67	10	6	500	462	10	0
12	11	2	0	43	39	15	6	74	68	9	0	600	555	0	0
13	12	0	6	44	40	14	0	75	69	7	6	700	647	10	0
14	12	19	0	45	41	12	6	76	70	6	0	800	740	0	0
15	13	17	6	46	42	11	0	77	71	4	6	900	832	10	0
16	14	16	0	47	43	9	6	78	72	3	0	1000	925	0	0
17	15	14	6	48	44	8	0	79	73	1	6	1100	1017	10	0
18	16	13	0	49	45	6	6	80	74	0	0	1200	1110	0	0
19	17	11	6	50	46	5	0	81	74	18	6	1300	1202	10	0
20	18	10	0	51	47	3	6	82	75	17	0	1400	1295	0	0
21	19	8	6	52	48	2	0	83	76	15	6	1500	1387	10	0
22	20	7	0	53	49	0	6	84	77	14	0	2000	1850	0	0
23	21	5	6	54	49	19	0	85	78	12	6	3000	2775	0	0
24	22	4	0	55	50	17	6	86	79	11	0	4000	3700	0	0
25	23	2	6	56	51	16	0	87	80	9	6	5000	4625	0	0
26	24	1	0	57	52	14	6	88	81	8	0	6000	5550	0	0
27	24	19	6	58	53	13	0	89	82	6	6	7000	6475	0	0
28	25	18	0	59	54	11	6	90	83	5	0	8000	7400	0	0
29	26	16	6	60	55	10	0	91	84	3	6	9000	8325	0	0
30	27	15	0	61	56	8	6	92	85	2	0	10000	9250	0	0
31	28	13	6	62	57	7	0	93	86	0	6	20000	18500	0	0

No.	L.	s.	d.
112	103	12	0
144	133	4	0
250	231	5	0
256	236	16	0
272	251	12	0
365	337	12	6
750	693	15	0
1250	1156	5	0

Fractional Parts.

10ths.	s.	d.	f.	frac.
1	1	1	3	1-2
2	2	3	3	0-0
3	3	5	2	1-2
4	4	7	2	0-0
5	5	9	1	1-2
6	6	11	1	0-0
7	8	1	0	1-2
8	9	3	0	0-0
9	10	4	3	1-2
10	11	6	3	0-0
11	12	8	2	1-2
12	13	10	2	0-0
13	15	0	1	1-2
14	16	2	1	0-0
15	17	4	0	1-2
1-3d	6	2	0	0-0
2-3ds	12	4	0	0-0
1-12th	1	6	2	0-0
1-14th	1	3	3	3-7
1-20th	0	11	0	2-5

At 19 Shillings.

No.	L.	s.	d.	No.	L.	s.	d.	No.	L.	s.	d.	No.	L.	s.	d.
1	0	19	0	32	30	8	0	63	59	17	0	94	89	6	0
2	1	18	0	33	31	7	0	64	60	16	0	95	90	5	0
3	2	17	0	34	32	6	0	65	61	15	0	96	91	4	0
4	3	16	0	35	33	5	0	66	62	14	0	97	92	3	0
5	4	15	0	36	34	4	0	67	63	13	0	98	93	2	0
6	5	14	0	37	35	3	0	68	64	12	0	99	94	1	0
7	6	13	0	38	36	2	0	69	65	11	0	100	95	0	0
8	7	12	0	39	37	1	0	70	66	10	0	200	190	0	0
9	8	11	0	40	38	0	0	71	67	9	0	300	285	0	0
10	9	10	0	41	38	19	0	72	68	8	0	400	380	0	0
11	10	9	0	42	39	18	0	73	69	7	0	500	475	0	0
12	11	8	0	43	40	17	0	74	70	6	0	600	570	0	0
13	12	7	0	44	41	16	0	75	71	5	0	700	665	0	0
14	13	6	0	45	42	15	0	76	72	4	0	800	760	0	0
15	14	5	0	46	43	14	0	77	73	3	0	900	855	0	0
16	15	4	0	47	44	13	0	78	74	2	0	1000	950	0	0
17	16	3	0	48	45	12	0	79	75	1	0	1100	1045	0	0
18	17	2	0	49	46	11	0	80	76	0	0	1200	1140	0	0
19	18	1	0	50	47	10	0	81	76	19	0	1300	1235	0	0
20	19	0	0	51	48	9	0	82	77	18	0	1400	1330	0	0
21	19	19	0	52	49	8	0	83	78	17	0	1500	1425	0	0
22	20	18	0	53	50	7	0	84	79	16	0	2000	1900	0	0
23	21	17	0	54	51	6	0	85	80	15	0	3000	2850	0	0
24	22	16	0	55	52	5	0	86	81	14	0	4000	3800	0	0
25	23	15	0	56	53	4	0	87	82	13	0	5000	4750	0	0
26	24	14	0	57	54	3	0	88	83	12	0	6000	5700	0	0
27	25	13	0	58	55	2	0	89	84	11	0	7000	6650	0	0
28	26	12	0	59	56	1	0	90	85	10	0	8000	7600	0	0
29	27	11	0	60	57	0	0	91	86	9	0	9000	8550	0	0
30	28	10	0	61	57	19	0	92	87	8	0	10000	9500	0	0
31	29	9	0	62	58	18	0	93	88	7	0	20000	19000	0	0

No.	L.	s.	d.
112	106	8	0
144	136	16	0
250	237	10	0
256	243	4	0
272	258	8	0
365	346	15	0
750	712	10	0
1250	1187	10	0

Fractional Parts.

16ths.	s.	d.	f.	frac.
1	1	2	1	0-0
2	2	4	2	0-0
3	3	6	3	0-0
4	4	9	0	0-0
5	5	11	1	0-0
6	7	1	2	0-0
7	8	3	3	0-0
8	9	6	0	0-0
9	10	8	1	0-0
10	11	10	2	0-0
11	13	0	3	0-0
12	14	3	0	0-0
13	15	5	1	0-0
14	16	7	2	0-0
15	17	9	3	0-0
1-3d	6	4	0	0-0
2-3ds	12	8	0	0-0
1-12th	1	7	0	0-0
1-14th	1	4	1	1-7
1-20th	0	11	1	3-5

At 19 Shillings 6 Pence.

No.	L.	s.	d.	No.	L.	s.	d.	No.	L.	s.	d.	No.	L.	s.	d.
1	0	19	6	32	31	4	0	63	61	8	6	94	91	13	0
2	1	19	0	33	32	3	6	64	62	8	0	95	92	12	6
3	2	18	6	34	33	3	0	65	63	7	6	96	93	12	0
4	3	18	0	35	34	2	6	66	64	7	0	97	94	11	6
5	4	17	6	36	35	2	0	67	65	6	6	98	95	11	0
6	5	17	0	37	36	1	6	68	66	6	0	99	96	10	6
7	6	16	6	38	37	1	0	69	67	5	6	100	97	10	0
8	7	16	0	39	38	0	6	70	68	5	0	200	195	0	0
9	8	15	6	40	39	0	0	71	69	4	6	300	292	10	0
10	9	15	0	41	39	19	6	72	70	4	0	400	390	0	0
11	10	14	6	42	40	19	0	73	71	3	6	500	487	10	0
12	11	14	0	43	41	18	6	74	72	3	0	600	585	0	0
13	12	13	6	44	42	18	0	75	73	2	6	700	682	10	0
14	13	13	0	45	43	17	6	76	74	2	0	800	780	0	0
15	14	12	6	46	44	17	0	77	75	1	6	900	877	10	0
16	15	12	0	47	45	16	6	78	76	1	0	1000	975	0	0
17	16	11	6	48	46	16	0	79	77	0	6	1100	1072	10	0
18	17	11	0	49	47	15	6	80	78	0	0	1200	1170	0	0
19	18	10	6	50	48	15	0	81	78	19	6	1300	1267	10	0
20	19	10	0	51	49	14	6	82	79	19	0	1400	1365	0	0
21	20	9	6	52	50	14	0	83	80	18	6	1500	1462	10	0
22	21	9	0	53	51	13	6	84	81	18	0	2000	1950	0	0
23	22	8	6	54	52	13	0	85	82	17	6	3000	2925	0	0
24	23	8	0	55	53	12	6	86	83	17	0	4000	3900	0	0
25	24	7	6	56	54	12	0	87	84	16	6	5000	4875	0	0
26	25	7	0	57	55	11	6	88	85	16	0	6000	5850	0	0
27	26	6	6	58	56	11	0	89	86	15	6	7000	6825	0	0
28	27	6	0	59	57	10	6	90	87	15	0	8000	7800	0	0
29	28	5	6	60	58	10	0	91	88	14	6	9000	8775	0	0
30	29	5	0	61	59	9	6	92	89	14	0	10000	9750	0	0
31	30	4	6	62	60	9	0	93	90	13	6	20000	19500	0	0

No.	L.	s.	d.
112	109	4	0
144	140	8	0
250	243	15	0
256	249	12	0
272	265	4	0
365	355	17	6
750	731	5	0
1250	1218	15	0

Fractional Parts.

16ths.	s.	d.	f.	frac.
1	1	2	2	1-2
2	2	5	1	0-0
3	3	7	3	1-2
4	4	10	2	0-0
5	6	1	0	1-2
6	7	3	3	0-0
7	8	6	1	1-2
8	9	9	0	0-0
9	10	11	2	1-2
10	12	2	1	0-0
11	13	4	3	1-2
12	14	7	2	0-0
13	15	10	0	1-2
14	17	0	3	0-0
15	18	3	1	1-2
1-3d	6	6	0	0-0
2-3ds	13	0	0	0-0
1-12th	1	7	2	0-0
1-14th	1	4	2	6-7
1-20th	0	11	2	4-5

II. SUPPLEMENTARY TABLES,

ADAPTING THE PRECEDING TABLES TO THE CALCULATION OF DIVIDENDS FROM BANKRUPTS' ESTATES, TO GRAIN AND LAND MEASURES, AND TO THE PRODUCTS OF HUNDREDWEIGHTS, QUARTERS, AND POUNDS.

1. SHILLINGS AND PENCE AT GIVEN RATES OR DIVIDENDS PER POUND STERLING.*

Debt.	Dividends per Pound.						Debt.	Dividends per Pound.					
	¼d.	½d.	¾d.	1d.	1¼d	1½d		1¾d	2d.	2¼d	2½d	2¾d	3d.
	d.	d.	d.	d.	d.	d.		d.	d.	d.	d.	d.	d.
S 19	0¼	0½	0¾	1	1¼	1½	S 19	1¾	2	2¼	2¼	2½	2¾
18	0¼	0½	0¾	1	1	1¼	18	1½	1¾	2	2¼	2½	2¾
17	0¼	0½	0¾	0¾	1	1¼	17	1½	1¾	2	2	2¼	2½
16	0¼	0½	0½	0¾	1	1¼	16	1½	1½	1¾	2	2¼	2½
15	0¼	0¼	0½	0¾	1	1	15	1¼	1½	1¾	1¾	2	2¼
14	0¼	0¼	0½	0¾	0¾	1	14	1¼	1½	1½	1¾	2	2
13	0¼	0¼	0½	0¾	0¾	1	13	1¼	1¼	1½	1½	1¾	2
12	0¼	0¼	0½	0½	0¾	1	12	1	1¼	1¼	1½	1¾	1¾
11	0¼	0¼	0½	0½	0¾	0¾	11	1	1	1¼	1¼	1½	1¾
10	0	0¼	0¼	0½	0½	0¾	10	0¾	1	1	1¼	1¼	1½
9	0	0¼	0¼	0½	0½	0¾	9	0¾	1	1	1	1¼	1¼
8	0	0¼	0¼	0½	0½	0½	8	0¾	0¾	1	1	1	1¼
7	0	0¼	0¼	0¼	0½	0½	7	0½	0¾	0¾	0¾	1	1
6	0	0¼	0¼	0¼	0¼	0½	6	0½	0½	0¾	0¾	0¾	1
5	0	0	0¼	0¼	0¼	0¼	5	0½	0½	0½	0½	0¾	0¾
4	0	0	0¼	0¼	0¼	0¼	4	0¼	0½	0½	0½	0½	0½
3	0	0	0	0¼	0¼	0¼	3	0¼	0¼	0¼	0¼	0½	0½
2	0	0	0	0	0	0¼	2	0¼	0¼	0¼	0¼	0¼	0¼
1	0	0	0	0	0	0	1	0	0	0	0	0¼	0¼
D 11	0	0	0	0	0	0	D 11	0	0	0	0	0¼	0¼
10	0	0	0	0	0	0	10	0	0	0	0	0	0
9	0	0	0	0	0	0	9	0	0	0	0	0	0
8	0	0	0	0	0	0	8	0	0	0	0	0	0
7	0	0	0	0	0	0	7	0	0	0	0	0	0
6	0	0	0	0	0	0	6	0	0	0	0	0	0
5	0	0	0	0	0	0	5	0	0	0	0	0	0
4	0	0	0	0	0	0	4	0	0	0	0	0	0
3	0	0	0	0	0	0	3	0	0	0	0	0	0
2	0	0	0	0	0	0	2	0	0	0	0	0	0
1	0	0	0	0	0	0	1	0	0	0	0	0	0

EXAMPLE 1. Required the dividend on L.91, 13s. at the rate of 2¾d. per pound.

91 times 2¾d. is, by Table, page 17 .....L.1	0	10¼	
Dividend corresponding to 13s., as above..0	0	1¾	
Answer....L.1	1	0	

Ex. 2. Required the dividend on L.583, 17s. 10d. at the rate of 9¾d. per pound.

583 times 9¾d. is, by Table, page 31 ...L.23	13	8¼
Dividend on 17s. by page 120 0	0	8¼
Do. 10d. do. 0	0	0½
Answer....L.23	14	5

* This Table, which is intended for popular use, will be found adapted to the calculation of assessments and taxes at the usual rates per pound, as well as *to that of dividends* from the estates of insolvents. *Many such cases*, however, may be solved readily, and *with the utmost accuracy*, by means of the Tables of "*Fractional Parts*," given in the preceding pages.

Thus, the sum contiguous to 4-16ths, or ¼, will be the dividend or assessment corresponding to 5s., at the rate per pound shown in the Table. The sum contiguous to 1-20th will, in the same manner, be the dividend corresponding to 1s.; while its half will be the dividend proportional to 6d., and its double to 2s. The following table will facilitate such computations, by showing the fractional parts of L.1, corresponding to those in the preceding tables:

Fractional Parts of L.1.									
16ths.	s.	d.	f.	frac.	16ths.	s.	d.	f.	frac.
1	1	3	0	0.0	11	13	9	0	0.0
2	2	6	0	0.0	12	15	0	0	0.0
3	3	9	0	0.0	13	16	3	0	0.0
4	5	0	0	0.0	14	17	6	0	0.0
5	6	3	0	0.0	15	18	9	0	0.0
6	7	6	0	0.0	1-3d	6	8	0	0.0
7	8	9	0	0.0	2-3ds	13	4	0	0.0
8	10	0	0	0.0	1-12th	1	8	0	0.0
9	11	3	0	0.0	1-14th	1	5	0	4.7
10	12	6	0	0.0	1-20th	1	0	0	0.0

Debt.	3¼d	3½d	3¾d	4d.	4¼d	4½d
	d.	d.	d.	d.	d.	d.
S 19	3	3¼	3½	3¾	4	4¼
18	3	3¼	3¼	3½	3¾	4
17	2¾	3	3¼	3½	3½	3¾
16	2½	2¾	3	3¼	3½	3½
15	2½	2½	2¾	3	3¼	3¼
14	2¼	2½	2½	2¾	3	3¼
13	2	2¼	2½	2½	2¾	3
12	2	2	2¼	2½	2½	2¾
11	1¾	2	2	2¼	2¼	2½
10	1½	1¾	1¾	2	2	2¼
9	1½	1½	1¾	1¾	2	2
8	1¼	1½	1½	1½	1¾	1¾
7	1¼	1¼	1¼	1½	1½	1½
6	1	1	1	1¼	1¼	1¼
5	0¾	0¾	1	1	1	1
4	0¾	0¾	0¾	0¾	0¾	1
3	0½	0½	0½	0½	0¾	0¾
2	0¼	0¼	0¼	0½	0½	0½
1	0¼	0¼	0¼	0¼	0¼	0¼
D 11	0¼	0¼	0¼	0¼	0¼	0¼
10	0¼	0¼	0¼	0¼	0¼	0¼
9	0	0¼	0¼	0¼	0¼	0¼
8	0	0	0	0¼	0¼	0¼
7	0	0	0	0	0	0¼
6	0	0	0	0	0	0
5	0	0	0	0	0	0
4	0	0	0	0	0	0
3	0	0	0	0	0	0
2	0	0	0	0	0	0
1	0	0	0	0	0	0
	6¼d	6½d	6¾d	7d.	7¼d	7½d
S 19	6	6¼	6½	6¾	7	7
18	5½	5¾	6	6¼	6½	6¾
17	5¼	5½	5¾	6	6¼	6¼
16	5	5¼	5½	5½	5¾	6
15	4¾	4¾	5	5¼	5½	5½
14	4¼	4½	4¾	5	5	5¼
13	4	4¼	4½	4½	4¾	4¾
12	3¾	4	4	4¼	4¼	4½
11	3½	3½	3¾	3¾	4	4
10	3	3¼	3¼	3½	3½	3¾
9	2¾	3	3	3¼	3¼	3¼
8	2½	2½	2¾	2¾	3	3
7	2¼	2¼	2¼	2½	2½	2½
6	1¾	2	2	2	2¼	2¼
5	1½	1½	1¾	1¾	1¾	1¾
4	1¼	1¼	1¼	1½	1½	1½
3	1	1	1	1	1	1
2	0½	0¾	0¾	0¾	0¾	0¾
1	0¼	0¼	0¼	0¼	0¼	0¼
D 11	0¼	0¼	0¼	0¼	0¼	0¼
10	0¼	0¼	0¼	0¼	0¼	0¼
9	0¼	0¼	0¼	0¼	0¼	0¼
8	0¼	0¼	0¼	0¼	0¼	0¼
7	0¼	0¼	0¼	0¼	0¼	0¼
6	0¼	0¼	0¼	0¼	0¼	0¼
5	0¼	0¼	0¼	0¼	0¼	0¼
4	0	0	0	0	0	0
3	0	0	0	0	0	0
2	0	0	0	0	0	0
1	0	0	0	0	0	0

Debt.	4¾d	5d.	5¼d	5½d	5¾d	6d.
	d.	d.	d.	d.	d.	d.
S 19	4½	4¾	5	5¼	5½	5¾
18	4¼	4½	4¾	5	5¼	5½
17	4	4¼	4½	4¾	5	5
16	3¾	4	4¼	4½	4½	4¾
15	3½	3¾	4	4	4¼	4½
14	3¼	3½	3¾	3¾	4	4¼
13	3	3¼	3½	3½	3¾	4
12	2¾	3	3¼	3¼	3½	3½
11	2½	2¾	3	3	3¼	3¼
10	2¼	2½	2½	2¾	2¾	3
9	2¼	2¼	2¼	2½	2½	2¾
8	2	2	2	2¼	2¼	2½
7	1¾	1¾	1¾	2	2	2
6	1½	1½	1½	1¾	1¾	1¾
5	1¼	1¼	1¼	1¼	1½	1½
4	1	1	1	1	1¼	1¼
3	0¾	0¾	0¾	0¾	0¾	1
2	0½	0½	0½	0½	0½	0½
1	0¼	0¼	0¼	0¼	0¼	0¼
D 11	0¼	0¼	0¼	0¼	0¼	0¼
10	0¼	0¼	0¼	0¼	0¼	0¼
9	0¼	0¼	0¼	0¼	0¼	0¼
8	0¼	0¼	0¼	0¼	0¼	0¼
7	0¼	0¼	0¼	0¼	0¼	0¼
6	0	0	0¼	0¼	0¼	0¼
5	0	0	0	0	0	0
4	0	0	0	0	0	0
3	0	0	0	0	0	0
2	0	0	0	0	0	0
1	0	0	0	0	0	0
	7¾d	8d.	8¼d	8½d	8¾d	9d.
S 19	7¼	7½	7¾	8	8¼	8½
18	7	7¼	7½	7¾	7¾	8
17	6½	6¾	7	7¼	7½	7¾
16	6¼	6½	6½	6¾	7	7¼
15	5¾	6	6¼	6¼	6½	6¾
14	5½	5½	5¾	6	6	6¼
13	5	5¼	5¼	5½	5¾	5¾
12	4¾	4¾	5	5	5¼	5½
11	4¼	4½	4½	4¾	4¾	5
10	3¾	4	4	4¼	4¼	4½
9	3½	3½	3¾	3¾	4	4
8	3	3¼	3¼	3½	3½	3½
7	2¾	2¾	3	3	3	3¼
6	2¼	2½	2½	2½	2½	2¾
5	2	2	2	2	2¼	2¼
4	1½	1½	1¾	1¾	1¾	1¾
3	1¼	1¼	1¼	1¼	1¼	1¼
2	0¾	0¾	0¾	0¾	0¾	1
1	0½	0½	0½	0½	0½	0½
D 11	0¼	0¼	0½	0½	0½	0½
10	0¼	0¼	0¼	0¼	0¼	0¼
9	0¼	0¼	0¼	0¼	0¼	0¼
8	0¼	0¼	0¼	0¼	0¼	0¼
7	0¼	0¼	0¼	0¼	0¼	0¼
6	0¼	0¼	0¼	0¼	0¼	0¼
5	0¼	0¼	0¼	0¼	0¼	0¼
4	0¼	0¼	0¼	0¼	0¼	0¼
3	0	0	0	0	0	0
2	0	0	0	0	0	0
1	0	0	0	0	0	0

Dividends per Pound.

Debts.	9¼d.		9½d.		9¾d.		10d.		10¼d.	
	s.	d.	s.	d.	s.	d.	s.	d.	s.	d.
S 19	0	8¾	0	9	0	9¼	0	9½	0	9¾
18	0	8¼	0	8½	0	8¾	0	9	0	9¼
17	0	7¾	0	8	0	8¼	0	8½	0	8¾
16	0	7½	0	7½	0	7¾	0	8	0	8¼
15	0	7	0	7	0	7¼	0	7½	0	7¾
14	0	6½	0	6¾	0	6¾	0	7	0	7¼
13	0	6	0	6¼	0	6¼	0	6½	0	6¾
12	0	5½	0	5¾	0	5¾	0	6	0	6¼
11	0	5	0	5¼	0	5¼	0	5½	0	5¾
10	0	4½	0	4¾	0	4¾	0	5	0	5
9	0	4¼	0	4¼	0	4½	0	4½	0	4½
8	0	3¾	0	3¾	0	4	0	4	0	4
7	0	3¼	0	3¼	0	3½	0	3½	0	3½
6	0	2¾	0	2¾	0	3	0	3	0	3
5	0	2¼	0	2¼	0	2½	0	2½	0	2½
4	0	1¾	0	2	0	2	0	2	0	2
3	0	1½	0	1½	0	1½	0	1½	0	1½
2	0	1	0	1	0	1	0	1	0	1
1	0	0½	0	0½	0	0½	0	0½	0	0½
D 11	0	0½	0	0½	0	0½	0	0½	0	0½
10	0	0½	0	0½	0	0½	0	0½	0	0½
9	0	0¼	0	0¼	0	0½	0	0¼	0	0½
8	0	0¼	0	0¼	0	0¼	0	0¼	0	0¼
7	0	0¼	0	0¼	0	0¼	0	0¼	0	0¼
6	0	0¼	0	0¼	0	0¼	0	0¼	0	0¼
5	0	0¼	0	0¼	0	0¼	0	0¼	0	0¼
4	0	0¼	0	0¼	0	0¼	0	0¼	0	0¼
3	0	0	0	0	0	0	0	0	0	0¼
2	0	0	0	0	0	0	0	0	0	0
1	0	0	0	0	0	0	0	0	0	0

Debts.	10½d.		10¾d.		11d.		11¼d.		11½d.	
	s.	d.	s.	d.	s.	d.	s.	d.	s.	d.
S 19	0	10	0	10¼	0	10½	0	10¾	0	11
18	0	9½	0	9¾	0	10	0	10	0	10¼
17	0	9	0	9¼	0	9¼	0	9½	0	9¾
16	0	8½	0	8½	0	8¾	0	9	0	9¼
15	0	7¾	0	8	0	8¼	0	8½	0	8½
14	0	7¼	0	7½	0	7¾	0	7¾	0	8
13	0	6¾	0	7	0	7¼	0	7¼	0	7½
12	0	6¼	0	6½	0	6½	0	6¾	0	7
11	0	5¾	0	6	0	6	0	6¼	0	6½
10	0	5¼	0	5½	0	5½	0	5½	0	5¾
9	0	4¾	0	4¾	0	5	0	5	0	5¼
8	0	4¼	0	4¼	0	4½	0	4½	0	4½
7	0	3¾	0	3¾	0	3¾	0	4	0	4
6	0	3¼	0	3¼	0	3¼	0	3¼	0	3½
5	0	2½	0	2¾	0	2¾	0	2¾	0	2¾
4	0	2	0	2¼	0	2¼	0	2¼	0	2¼
3	0	1½	0	1½	0	1¾	0	1¾	0	1¾
2	0	1	0	1	0	1	0	1	0	1¼
1	0	0½	0	0½	0	0½	0	0½	0	0½
D 11	0	0½	0	0½	0	0½	0	0½	0	0½
10	0	0½	0	0½	0	0½	0	0½	0	0½
9	0	0½	0	0½	0	0½	0	0½	0	0½
8	0	0¼	0	0¼	0	0¼	0	0¼	0	0¼
7	0	0¼	0	0¼	0	0¼	0	0¼	0	0¼
6	0	0¼	0	0¼	0	0¼	0	0¼	0	0¼
5	0	0¼	0	0¼	0	0¼	0	0¼	0	0¼
4	0	0¼	0	0¼	0	0¼	0	0¼	0	0¼
3	0	0¼	0	0¼	0	0¼	0	0¼	0	0¼
2	0	0	0	0	0	0	0	0	0	0
1	0	0	0	0	0	0	0	0	0	0

Debts.	11¾d		1s.		1s 1d		1s 2d		1s 3d	
S 19	0	11¼	0	11½	1	0¼	1	1¼	1	2¼
18	0	10½	0	10¾	0	11¾	1	0½	1	1½
17	0	10	0	10¼	0	11	1	0	1	0¾
16	0	9½	0	9½	0	10½	0	11¼	1	0
15	0	8¾	0	9	0	9¾	0	10½	0	11¼
14	0	8¼	0	8½	0	9	0	9¾	0	10½
13	0	7¾	0	7¾	0	8½	0	9	0	9¾
12	0	7	0	7¼	0	7¾	0	8½	0	9
11	0	6½	0	6½	0	7¼	0	7¾	0	8¼
10	0	5¾	0	6	0	6½	0	7	0	7½
9	0	5¼	0	5½	0	5¾	0	6¼	0	6¾
8	0	4¾	0	4¾	0	5¼	0	5½	0	6
7	0	4	0	4¼	0	4½	0	5	0	5¼
6	0	3½	0	3½	0	4	0	4¼	0	4½
5	0	3	0	3	0	3¼	0	3½	0	3¾
4	0	2¼	0	2½	0	2½	0	2¾	0	3
3	0	1¾	0	1¾	0	2	0	2	0	2¼
2	0	1¼	0	1¼	0	1¼	0	1½	0	1½
1	0	0½	0	0½	0	0¾	0	0¾	0	0¾
D 11	0	0½	0	0½	0	0½	0	0¾	0	0¾
10	0	0½	0	0½	0	0½	0	0½	0	0½
9	0	0½	0	0½	0	0½	0	0½	0	0½
8	0	0½	0	0½	0	0½	0	0½	0	0½
7	0	0¼	0	0¼	0	0½	0	0½	0	0½
6	0	0¼	0	0¼	0	0¼	0	0¼	0	0¼
5	0	0¼	0	0¼	0	0¼	0	0¼	0	0¼
4	0	0¼	0	0¼	0	0¼	0	0¼	0	0¼
3	0	0¼	0	0¼	0	0¼	0	0¼	0	0¼
2	0	0	0	0	0	0	0	0	0	0
1	0	0	0	0	0	0	0	0	0	0

Debts.	1s 4d		1s 5d		1s 6d		1s 7d		1s 8d	
S 19	1	3¼	1	4¼	1	5	1	6	1	7
18	1	2½	1	3¼	1	4¼	1	5	1	6
17	1	1½	1	2½	1	3¼	1	4¼	1	5
16	1	0¾	1	1½	1	2½	1	3¼	1	4
15	1	0	1	0¾	1	1½	1	2¼	1	3
14	0	11¼	1	0	1	0½	1	1¼	1	2
13	0	10½	0	11	0	11¾	1	0¼	1	1
12	0	9½	0	10¼	0	10¾	0	11½	1	0
11	0	8¾	0	9¼	0	10	0	10½	0	11
10	0	8	0	8½	0	9	0	9½	0	10
9	0	7¼	0	7¾	0	8	0	8½	0	9
8	0	6½	0	6¾	0	7¼	0	7½	0	8
7	0	5½	0	6	0	6¼	0	6¾	0	7
6	0	4¾	0	5	0	5½	0	5¾	0	6
5	0	4	0	4¼	0	4½	0	4¾	0	5
4	0	3¼	0	3½	0	3½	0	3¾	0	4
3	0	2½	0	2½	0	2¾	0	2¾	0	3
2	0	1½	0	1¾	0	1¾	0	2	0	2
1	0	0¾	0	0¾	0	1	0	1	0	1
D 11	0	0¾	0	0¾	0	0¾	0	0¾	0	1
10	0	0¾	0	0¾	0	0¾	0	0¾	0	0¾
9	0	0½	0	0¾	0	0¾	0	0¾	0	0¾
8	0	0½	0	0½	0	0½	0	0¾	0	0¾
7	0	0½	0	0½	0	0½	0	0½	0	0½
6	0	0½	0	0½	0	0½	0	0½	0	0½
5	0	0¼	0	0¼	0	0¼	0	0½	0	0½
4	0	0¼	0	0¼	0	0¼	0	0¼	0	0¼
3	0	0¼	0	0¼	0	0¼	0	0¼	0	0¼
2	0	0¼	0	0¼	0	0¼	0	0¼	0	0¼
1	0	0	0	0	0	0	0	0	0	0

Debt.	1/9 s. d.	1/10 s. d.	1/11 s. d.	2/ s. d.	2/1 s. d.
19	1 8	1 9	1 9¾	1 10¾	1 11¾
1	1 7	1 7¾	1 8¾	1 9½	1 10¾
17	1 5¾	1 6¾	1 7½	1 8½	1
16	1 4¾	1 5½	1 6½	1 7¼	1 8
15	1 3¾	1 4½	1 5¼	1 6	1 6
14	1 2¾	1 3½	1 4	1 4¾	1 5
13	1 1¾	1 2¼	1 3	1 3½	1 4
12	1 0½	1 1¼	1 1¾	1 2½	1 3
11	0 11½	1 0	1 0¾	1 1¼	1 1
10	0 10½	0 11	0 11½	1 0	1 0
9	0 9½	0 10	0 10¼	0 10¾	0 11
8	0 8½	0 8¾	0 9¼	0 9½	0 10
7	0 7¼	0 7¾	0 8	0 8½	0 8
6	0 6¼	0 6½	0 7	0 7¼	0 7
5	0 5¼	0 5½	0 5¾	0 6	0
4	0 4¼	0 4½	0 4½	0 4¾	0 5
	0 3¼	0 3¼	0 3½	0 3½	0 3
2	0 2	0 2¼	0 2¼	0 2½	0 2
1	0 1	0 1	0 1¼	0 1¼	0 1
11	0 1	0 1	0 1	0 1	0 1
10	0 0¾	0 1	0 1	0 1	0 1
9	0 0¾	0 0¾	0 0¾	0 1	0 1
8	0 0¾	0 0¾	0 0¾	0 0¾	0
7	0 0¾	0 0½	0 0½	0 0¾	0
6	0 0½	0 0½	0 0½	0 0½	0 0
5	0 0½	0 0½	0 0½	0 0½	0 0
4	0 0¼	0 0¼	0 0½	0 0½	0 0
3	0 0¼	0 0¼	0 0¼	0 0¼	0 0
2	0 0¼	0 0¼	0 0¼	0 0¼	0
1	0 0	0 0	0 0	0 0	0 0

Debt.	2/2 s. d.	2/3 s. d.	2/4 s. d.	2/5 s. d.	2/6 s. d.
1	2 0¾	2 1	2 2½	2 3½	2 4
18	1 11½	2 0	2 1¼	2 2	2 3
17	1 10	1 11	1 11¾	2 0¾	2 1
16	1 8¾	1 9	1 10½	1 11¼	2 0
15	1 7½	1 8	1 9	1 9¾	1 10
14	1 6¼	1 7	1 7½	1 8¼	1 9
13	1 5	1 5	1 6¼	1 6¾	1 7
12	1 3½	1 4	1 4¾	1 5½	1 6
11	1 2¼	1 2	1 3½	1 4	1 4
10	1 1	1 1	1 2	1 2½	1 3
9	0 11¾	1 0	1 0½	1 1	1 1
8	0 10½	0 10	0 11¼	0 11½	1 0
7	0 9	0 9	0 9¾	0 10¼	0 10
6	0 7¾	0 8	0 8½	0 8¾	0 9
5	0 6½	0 6	0 7	0 7¼	0 7
4	0 5¼	0 5	0 5½	0 5¾	0 6
3	0 4	0 4	0 4¼	0 4¼	0 4
2	0 2½	0 2	0 2¾	0 3	0 3
1	0 1¼	0 1	0 1½	0 1½	0 1
11	0 1¼	0 1	0 1¼	0 1¼	0 1
10	0 1	0 1	0 1¼	0 1¼	0 1
9	0 1	0 1	0 1	0 1	0 1
8	0 0¾	0 1	0 1	0 1	0 1
7	0 0¾	0 0	0 0¾	0 0¾	0 0
6	0 0¾	0 0	0 0½	0 0¾	0 0
5	0 0½	0 0	0 0½	0 0½	0 0
4	0 0½	0 0	0 0½	0 0½	0 0
3	0 0¼	0 0	0 0¼	0 0¼	0
2	0 0¼	0 0	0 0¼	0 0¼	0
1	0 0	0 0	0 0	0 0	0 0

Debt.	2/7 s. d.	2/8 s. d.	2/9 s. d.	2/10 s. d.	2/11 s. d.
19	2 5½	2 6½	2 7¼	2 8¼	2
18	2 4	2 4¾	2 5¾	2 6½	2 7½
17	2 2¼	2 3¼	2 4	2 5	2 5
16	2 0¾	2 1½	2 2½	2 3¼	2 4
15	1 11¼	2 0	2 0¾	2 1½	2 2
14	1 9¾	1 10½	1 11	1 11¾	2 0
13	1 8¼	1 8¾	1 9½	1 10	1 1
12	1 6½	1 7¼	1 7¾	1 8½	1 9
11	1 5	1 5½	1 6¼	1 6¾	1 7¼
10	1 3½	1 4	1 4½	1 5	1 5
9	1 2	1 2½	1 2¾	1 3¼	1
8	1 0½	1 0¾	1 1¼	1 1½	1 2
7	0 10¾	0 11¼	0 11½	1 0	1 (
6	0 9¼	0 9½	0 10	0 10¼	0 1
5	0 7	0 8	0 8¼	0 8½	0 8
4	0 6¼	0 6½	0 6½	0 6¾	0 7
3	0 4¾	0 4¾	0 5	0 5	0 5
2	0 3	0 3¼	0 3¼	0 3½	0 3
1	0 1½	0 1½	0 1¾	0 1¾	0 1¾
11	0 1½	0 1½	0 1½	0 1½	0 1½
10	0 1¼	0 1¼	0 1¼	0 1½	0 1½
9	0 1¼	0 1¼	0 1¼	0 1¼	0 1¼
8	0 1	0 1	0 1	0 1¼	0 1¼
7	0 1	0 1	0 1	0 1	0 1
6	0 0¾	0 0¾	0 0¾	0 0¾	0 0¾
5	0 0¾	0 0¾	0 0¾	0 0¾	0 0¾
4	0 0½	0 0½	0 0½	0 0½	0 0½
3	0 0½	0 0½	0 0½	0 0½	0 0½
2	0	0 0¼	0 0¼	0 0¼	0 0¼
1	0 0¼	0 0¼	0 0¼	0	0 0¼

Debt.	3/ s. d.	3/1 s. d.	3/2 s. d.	3/3 s. d.	3/4 s. d.
19	2 10¼	2 11	3 0	3 1	3 2
18	2 8½	2 9	2 10¼	2 11	3 0
17	2 6½	2 7	2 8¼	2 9¼	2 10
16	2 4¾	2 5	2 6½	2 7¼	2 8
15	2 3	2 3	2 4½	2 5¼	2 6
14	2 1¼	2 2	2 2½	2 3¼	2 4
13	1 11½	2 0	2 0¾	2 1¼	2 2
12	1 9½	1 10	1 10¾	1 11½	2 0
11	1 7¾	1 8	1 9	1 9½	1 10
10	1 6	1 6	1 7	1 7½	1 8
9	1 4¼	1 4	1 5	1 5½	1 6
8	1 2½	1 2	1 3¼	1 3½	1 4
7	1 0½	1 1	1 1¼	1 1¾	1 2
6	0 10¾	0 11	0 11½	0 11¾	1 0
5	0 9	0 9	0 9½	0 9¾	0 10
4	0 7¼	0 7	0 7½	0 7¾	0 8
3	0 5½	0 5	0 5¾	0 5¾	0 6
2	0 3½	0 3	0 3¾	0 4	0 4
1	0 1¾	0 1	0 2	0 2	0 2
11	0 1¾	0 1	0 1¾	0 1¾	0 1
10	0 1½	0 1	0 1½	0 1½	0 1¾
9	0 1¼	0 1	0 1½	0 1½	0 1½
8	0 1¼	0 1	0 1¼	0 1¼	0 1
7	0 1	0 1	0 1	0 1¼	0 1
6	0 1	0 1	0 1	0 1	0 1
5	0 0¾	0 0	0 0¾	0 0¾	0 0
4	0 0½	0 0	0 0¾	0 0¾	0 (
3	0 0½	0 0	0 0½	0 0½	0 0
2	0 0¼	0 0	0 0¼	0 0¼	0
1	0 0¼	0 0	0 0¼	0 0¼	0 0

Debt.	3/5 s.	d.	3/6 s.	d.	3/7 s.	d.	3/8 s.	d.	3/9 s.	d.
S 19	3	3	3	4	3	4¾	3	5¾	3	6¾
18	3	1	3	1¾	3	2¾	3	3½	3	4½
17	2	10¾	2	11¾	3	0½	3	1½	3	2¼
16	2	8¾	2	9½	2	10½	2	11¼	3	0
15	2	6¾	2	7½	2	8¼	2	9	2	9¾
14	2	4¾	2	5½	2	6	2	6¾	2	7½
13	2	2¾	2	3¼	2	4	2	4½	2	5¼
12	2	0½	2	1¼	2	1¾	2	2½	2	3
11	1	10½	1	11	1	11¾	2	0¼	2	0¾
10	1	8½	1	9	1	9½	1	10	1	10½
9	1	6½	1	7	1	7¼	1	7¾	1	8¼
8	1	4½	1	4¾	1	5¼	1	5½	1	6
7	1	2¼	1	2¾	1	3	1	3½	1	3¾
6	1	0¼	1	0½	1	1	1	1¼	1	1½
5	0	10¼	0	10½	0	10¾	0	11	0	11¼
4	0	8¼	0	8½	0	8½	0	8¾	0	9
3	0	6¼	0	6¼	0	6½	0	6½	0	6¾
2	0	4	0	4¼	0	4¼	0	4½	0	4½
1	0	2	0	2	0	2¼	0	2¼	0	2¼
D 11	0	2	0	2	0	2	0	2	0	2
10	0	1¾	0	1¾	0	1¾	0	1¾	0	1¾
9	0	1½	0	1½	0	1½	0	1¾	0	1¾
8	0	1¼	0	1½	0	1½	0	1½	0	1½
7	0	1¼	0	1¼	0	1¼	0	1¼	0	1¼
6	0	1	0	1	0	1	0	1	0	1
5	0	0¾	0	0¾	0	1	0	1	0	1
4	0	0¾	0	0¾	0	0¾	0	0¾	0	0¾
3	0	0½	0	0½	0	0½	0	0½	0	0½
2	0	0¼	0	0¼	0	0¼	0	0¼	0	0¼
1	0	0¼	0	0¼	0	0¼	0	0¼	0	0¼

Debt.	3/10 s.	d.	3/11 s.	d.	4/ s.	d.	4/1 s.	d.	4/2 s.	d.
S 19	3	7¾	3	8¾	3	9½	3	10½	3	11½
18	3	5½	3	6¼	3	7¼	3	8	3	9
17	3	3	3	4	3	4¾	3	5¾	3	6½
16	3	0¾	3	1½	3	2½	3	3¼	3	4
15	2	10½	2	11¼	3	0	3	0¾	3	1½
14	2	8¼	2	9	2	9½	2	10¼	2	11
13	2	6	2	6½	2	7¼	2	7¾	2	8½
12	2	3½	2	4¼	2	4¾	2	5½	2	6
11	2	1¼	2	1¾	2	2½	2	3	2	3½
10	1	11	1	11½	2	0	2	0½	2	1
9	1	8¾	1	9¼	1	9½	1	10	1	10½
8	1	6½	1	6¾	1	7¼	1	7½	1	8
7	1	4	1	4½	1	4¾	1	5¼	1	5½
6	1	1¾	1	2	1	2½	1	2¾	1	3
5	0	11½	0	11¾	1	0	1	0¼	1	0½
4	0	9¼	0	9½	0	9½	0	9¾	0	10
3	0	7	0	7	0	7¼	0	7¼	0	7½
2	0	4½	0	4¾	0	4¾	0	5	0	5
1	0	2¼	0	2¼	0	2½	0	2½	0	2½
D 11	0	2	0	2¼	0	2¼	0	2¼	0	2¼
10	0	2	0	2	0	2	0	2	0	2
9	0	1¾	0	1¾	0	1¾	0	1¾	0	1¾
8	0	1½	0	1½	0	1½	0	1¾	0	1¾
7	0	1¼	0	1¼	0	1½	0	1½	0	1½
6	0	1¼	0	1¼	0	1¼	0	1¼	0	1¼
5	0	1	0	1	0	1	0	1	0	1
4	0	0¾	0	0¾	0	0¾	0	0¾	0	0¾
3	0	0½	0	0½	0	0½	0	0½	0	0½
2	0	0½	0	0½	0	0½	0	0½	0	0½
1	0	0¼	0	0¼	0	0¼	0	0¼	0	0¼

Debt.	4/3 s.	d.	4/4 s.	d.	4/5 s.	d.	4/6 s.	d.	4/7 s.	d.
S 19	4	0½	4	1½	4	2¼	4	3¼	4	4¼
18	3	10	3	10¾	3	11¾	4	0½	4	1½
17	3	7¼	3	8¼	3	9	3	10	3	10¾
16	3	4¾	3	5½	3	6½	3	7¼	3	8
15	3	2¼	3	3	3	3¾	3	4½	3	5¼
14	2	11¾	3	0½	3	1	3	1¾	3	2½
13	2	9¼	2	9¾	2	10½	2	11	2	11¾
12	2	6½	2	7¼	2	7¾	2	8½	2	9
11	2	4	2	4½	2	5¼	2	5¾	2	6¼
10	2	1½	2	2	2	2½	2	3	2	3½
9	1	11	1	11½	1	11¾	2	0¼	2	0¾
8	1	8½	1	8¾	1	9¼	1	9½	1	10
7	1	5¾	1	6¼	1	6½	1	7	1	7¼
6	1	3¼	1	3½	1	4	1	4¼	1	4½
5	1	0¾	1	1	1	1¼	1	1½	1	1¾
4	0	10¼	0	10½	0	10½	0	10¾	0	11
3	0	7¾	0	7¾	0	8	0	8	0	8¼
2	0	5	0	5¼	0	5¼	0	5½	0	5½
1	0	2½	0	2½	0	2¾	0	2¾	0	2¾
D 11	0	2¼	0	2½	0	2½	0	2½	0	2½
10	0	2	0	2¼	0	2¼	0	2¼	0	2¼
9	0	2	0	2	0	2	0	2	0	2
8	0	1¾	0	1¾	0	1¾	0	1¾	0	1¾
7	0	1½	0	1½	0	1½	0	1½	0	1½
6	0	1¼	0	1¼	0	1¼	0	1¼	0	1¼
5	0	1	0	1	0	1	0	1	0	1¼
4	0	0¾	0	0¾	0	1	0	1	0	1
3	0	0¾	0	0¾	0	0¾	0	0¾	0	0¾
2	0	0½	0	0½	0	0½	0	0½	0	0½
1	0	0¼	0	0¼	0	0¼	0	0¼	0	0¼

Debt.	4/8 s.	d.	4/9 s.	d.	4/10 s.	d.	4/11 s.	d.	5/ s.	d.
S 19	4	5¼	4	6¼	4	7	4	8	4	9
18	4	2½	4	3¼	4	4¼	4	5	4	6
17	3	11½	4	0½	4	1¼	4	2¼	4	3
16	3	8¾	3	9½	3	10½	3	11¼	4	0
15	3	6	3	6¾	3	7½	3	8¼	3	9
14	3	3¼	3	4	3	4½	3	5¼	3	6
13	3	0½	3	1	3	1¾	3	2¼	3	3
12	2	9½	2	10¼	2	10¾	2	11½	3	0
11	2	6¾	2	7¼	2	8	2	8½	2	9
10	2	4	2	4½	2	5	2	5½	2	6
9	2	1¼	2	1¾	2	2	2	2½	2	3
8	1	10½	1	10¾	1	11¼	1	11½	2	0
7	1	7½	1	8	1	8¼	1	8¾	1	9
6	1	4¾	1	5	1	5½	1	5¾	1	6
5	1	2	1	2¼	1	2½	1	2¾	1	3
4	0	11¼	0	11½	0	11½	0	11¾	1	0
3	0	8½	0	8½	0	8¾	0	8¾	0	9
2	0	5½	0	5¾	0	5¾	0	6	0	6
1	0	2¾	0	2¾	0	3	0	3	0	3
D 11	0	2½	0	2½	0	2¾	0	2¾	0	2¾
10	0	2¼	0	2¼	0	2½	0	2½	0	2½
9	0	2	0	2¼	0	2¼	0	2¼	0	2¼
8	0	1¾	0	2	0	2	0	2	0	2
7	0	1¾	0	1¾	0	1¾	0	1¾	0	1¾
6	0	1½	0	1½	0	1½	0	1½	0	1½
5	0	1¼	0	1¼	0	1¼	0	1¼	0	1¼
4	0	1	0	1	0	1	0	1	0	1
3	0	0¾	0	0¾	0	0¾	0	0¾	0	0¾
2	0	0½	0	0½	0	0½	0	0½	0	0½
1	0	0¼	0	0¼	0	0¼	0	0¼	0	0¼

Dividends per Pound.

Debt.	5/6		6/		6/6		6/8		7/	
	s.	d.	s.	d.	s.	d.	s.	d.	s.	d.
S 19	5	2¾	5	8½	6	2	6	4	6	7¾
18	4	11½	5	4¾	5	10¼	6	0	6	3½
17	4	8	5	1¼	5	6¼	5	8	5	11½
16	4	4¾	4	9½	5	2½	5	4	5	7¼
15	4	1½	4	6	4	10½	5	0	5	3
14	3	10¼	4	2½	4	6½	4	8	4	10¾
13	3	7	3	10¾	4	2¾	4	4	4	6½
12	3	3½	3	7¼	3	10¾	4	0	4	2½
11	3	0¼	3	3½	3	7	3	8	3	10¼
10	2	9	3	0	3	3	3	4	3	6
9	2	5¾	2	8½	2	11	3	0	3	1¾
8	2	2½	2	4¾	2	7¼	2	8	2	9½
7	1	11	2	1¼	2	3¼	2	4	2	5½
6	1	7¾	1	9½	1	11½	2	0	2	1¼
5	1	4½	1	6	1	7½	1	8	1	9
4	1	1¼	1	2½	1	3½	1	4	1	4¾
3	0	10	0	10¾	0	11¾	1	0	1	0½
2	0	6½	0	7¼	0	7¾	0	8	0	8½
1	0	3¼	0	3½	0	4	0	4	0	4¼
D 11	0	3	0	3¼	0	3½	0	3¾	0	3¾
10	0	2¾	0	3	0	3¼	0	3¼	0	3½
9	0	2½	0	2¾	0	3	0	3	0	3¼
8	0	2¼	0	2½	0	2½	0	2¾	0	2¾
7	0	2	0	2	0	2¼	0	2¼	0	2½
6	0	1¾	0	1¾	0	2	0	2	0	2
5	0	1¼	0	1½	0	1½	0	1¾	0	1¾
4	0	1	0	1¼	0	1¼	0	1¼	0	1½
3	0	0¾	0	1	0	1	0	1	0	1
2	0	0½	0	0½	0	0¾	0	0¾	0	0¾
1	0	0¼	0	0¼	0	0¼	0	0¼	0	0¼

Debt.	10/		10/6		11/		11/6		12/	
S 19	9	6	9	11¾	10	5½	10	11	11	4¾
18	9	0	9	5½	9	10¾	10	4¼	10	9½
17	8	6	8	11	9	4¼	9	9¼	10	2½
16	8	0	8	4¾	8	9½	9	2½	9	7¼
15	7	6	7	10½	8	3	8	7½	9	0
14	7	0	7	4¼	7	8½	8	0½	8	4¾
13	6	6	6	10	7	1¾	7	5¾	7	9½
12	6	0	6	3½	6	7¼	6	10¾	7	2½
11	5	6	5	9¼	6	0½	6	4	6	7¼
10	5	0	5	3	5	6	5	9	6	0
9	4	6	4	8¾	4	11½	5	2	5	4¾
8	4	0	4	2½	4	4¾	4	7¼	4	9½
7	3	6	3	8	3	10¼	4	0¼	4	2½
6	3	0	3	1¾	3	3½	3	5½	3	7¼
5	2	6	2	7½	2	9	2	10½	3	0
4	2	0	2	1¼	2	2½	2	3½	2	4¾
3	1	6	1	7	1	7¾	1	8¾	1	9½
2	1	0	1	0½	1	1¼	1	1¾	1	2½
1	0	6	0	6¼	0	6½	0	7	0	7¼
D 11	0	5½	0	5¾	0	6	0	6¼	0	6½
10	0	5	0	5¼	0	5½	0	5¾	0	6
9	0	4½	0	4¾	0	5	0	5¼	0	5½
8	0	4	0	4¼	0	4½	0	4½	0	4¾
7	0	3½	0	3¾	0	3¾	0	4	0	4¼
6	0	3	0	3¼	0	3¼	0	3½	0	3½
5	0	2½	0	2½	0	2¾	0	2¾	0	3
4	0	2	0	2	0	2¼	0	2¼	0	2½
3	0	1½	0	1½	0	1¾	0	1¾	0	1¾
2	0	1	0	1	0	1	0	1¼	0	1¼
1	0	0½	0	0½	0	0½	0	0½	0	0½

Dividends per Pound.

Debt.	7/6		8/		8/6		9/		9/6	
	s.	d.	s.	d.	s.	d.	s.	d.	s.	d.
S 19	7	1½	7	7¼	8	1	8	6½	9	0¼
18	6	9	7	2½	7	7¾	8	1¼	8	6½
17	6	4½	6	9½	7	2¾	7	7¾	8	1
16	6	0	6	4¾	6	9½	7	2½	7	7¼
15	5	7½	6	0	6	4½	6	9	7	1½
14	5	3	5	7¼	5	11½	6	3½	6	7¾
13	4	10½	5	2½	5	6¼	5	10¼	6	2
12	4	6	4	9½	5	1¼	5	4¾	5	8½
11	4	1½	4	4¾	4	8	4	11½	5	2¾
10	3	9	4	0	4	3	4	6	4	9
9	3	4½	3	7¼	3	10	4	0½	4	3¼
8	3	0	3	2½	3	4¾	3	7¼	3	9½
7	2	7½	2	9½	2	11¾	3	1¾	3	4
6	2	3	2	4¾	2	6½	2	8½	2	10¼
5	1	10½	2	0	2	1½	2	3	2	4½
4	1	6	1	7¼	1	8½	1	9½	1	10¾
3	1	1½	1	2½	1	3¼	1	4¼	1	5
2	0	9	0	9½	0	10¼	0	10¾	0	11½
1	0	4½	0	4¾	0	5	0	5½	0	5¾
D 11	0	4	0	4½	0	4¾	0	5	0	5¼
10	0	3¾	0	4	0	4¼	0	4½	0	4¾
9	0	3¼	0	3½	0	3¾	0	4	0	4¼
8	0	3	0	3¼	0	3½	0	3½	0	3¾
7	0	2½	0	2¾	0	3	0	3¼	0	3¼
6	0	2¼	0	2½	0	2½	0	2¾	0	2¾
5	0	1¾	0	2	0	2	0	2¼	0	2¼
4	0	1½	0	1½	0	1¾	0	1¾	0	2
3	0	1	0	1¼	0	1¼	0	1¼	0	1½
2	0	0¾	0	0¾	0	0¾	0	1	0	1
1	0	0¼	0	0½	0	0½	0	0½	0	0½

Debt.	12/6		13/		13/6		14/		15/	
S 19	11	10½	12	4¼	12	10	13	3½	14	3
18	11	3	11	8½	12	1¾	12	7¼	13	6
17	10	7½	11	0½	11	5¾	11	10¾	12	9
16	10	0	10	4¾	10	9½	11	2½	12	0
15	9	4½	9	9	10	1½	10	6	11	3
14	8	9	9	1¼	9	5½	9	9½	10	6
13	8	1½	8	5½	8	9¼	9	1¼	9	9
12	7	6	7	9½	8	1¼	8	4¾	9	0
11	6	10½	7	1¾	7	5	7	8½	8	3
10	6	8	6	6	6	9	7	0	7	6
9	5	7½	5	10¼	6	1	6	3½	6	9
8	5	0	5	2½	5	4¾	5	7¼	6	0
7	4	4½	4	6½	4	8¾	4	10¾	5	3
6	3	9	3	10¾	4	0½	4	2½	4	6
5	3	1½	3	3	3	4½	3	6	3	9
4	2	6	2	7¼	2	8½	2	9½	3	0
3	1	10½	1	11½	2	0¼	2	1¼	2	3
2	1	3	1	3½	1	4¼	1	4¾	1	6
1	0	7½	0	7¾	0	8	0	8½	0	9
D 11	0	6¾	0	7¼	0	7½	0	7¾	0	8¼
10	0	6¼	0	6½	0	6¾	0	7	0	7½
9	0	5½	0	5¾	0	6	0	6¼	0	6¾
8	0	5	0	5¼	0	5½	0	5½	0	6
7	0	4¼	0	4½	0	4¾	0	5	0	5¼
6	0	3¾	0	4	0	4	0	4¼	0	4½
5	0	3	0	3¼	0	3¼	0	3½	0	3¾
4	0	2½	0	2½	0	2¾	0	2¾	0	3
3	0	1¾	0	2	0	2	0	2	0	2¼
2	0	1¼	0	1¼	0	1¼	0	1½	0	1½
1	0	0½	0	0¾	0	0¾	0	0¾	0	0¾

2. BUSHELS, PECKS, GALLONS, AND QUARTS, AT GIVEN RATES PER QUARTER.

		1s.			5s.			10s.		
		L.	s.	d.	L.	s.	d.	L.	s.	d.
Bu.	7	0	0	10½	0	4	4½	0	8	9
	6	0	0	9	0	3	9	0	7	6
	5	0	0	7½	0	3	1½	0	6	3
	4	0	0	6	0	2	6	0	5	0
	3	0	0	4½	0	1	10½	0	3	9
	2	0	0	3	0	1	3	0	2	6
	1	0	0	1½	0	0	7½	0	1	3
Pk.	3	0	0	1	0	0	5½	0	0	11¼
	2	0	0	0¾	0	0	3¾	0	0	7½
	1	0	0	0½	0	0	1¾	0	0	3¾
Gal.	1	0	0	0¼	0	0	1	0	0	1¾
Qt.	3	0	0	0¼	0	0	0¾	0	0	1½
	2	0	0	0	0	0	0½	0	0	1
	1	0	0	0	0	0	0¼	0	0	0½

		11s.			12s.			13s.		
		L.	s.	d.	L.	s.	d.	L.	s.	d.
Bu.	7	0	9	7½	0	10	6	0	11	4½
	6	0	8	3	0	9	0	0	9	9
	5	0	6	10½	0	7	6	0	8	1½
	4	0	5	6	0	6	0	0	6	6
	3	0	4	1½	0	4	6	0	4	10½
	2	0	2	9	0	3	0	0	3	3
	1	0	1	4½	0	1	6	0	1	7½
Pk.	3	0	1	0½	0	1	1½	0	1	2½
	2	0	0	8¼	0	0	9	0	0	9¾
	1	0	0	4	0	0	4½	0	0	4¾
Gal.	1	0	0	2	0	0	2¼	0	0	2½
Qt.	3	0	0	1½	0	0	1¾	0	0	1¾
	2	0	0	1	0	0	1	0	0	1¼
	1	0	0	0½	0	0	0½	0	0	0½

		14s.			15s.			16s.		
Bu.	7	0	12	3	0	13	1½	0	14	0
	6	0	10	6	0	11	3	0	12	0
	5	0	8	9	0	9	4½	0	10	0
	4	0	7	0	0	7	6	0	8	0
	3	0	5	3	0	5	7½	0	6	0
	2	0	3	6	0	3	9	0	4	0
	1	0	1	9	0	1	10½	0	2	0
Pk.	3	0	1	3¾	0	1	4¾	0	1	6
	2	0	0	10½	0	0	11¼	0	1	0
	1	0	0	5¼	0	0	5½	0	0	6
Gal.	1	0	0	2½	0	0	2¾	0	0	3
Qt.	3	0	0	2	0	0	2	0	0	2¼
	2	0	0	1¼	0	0	1½	0	0	1½
	1	0	0	0¾	0	0	0¾	0	0	0¾

		17s.			18s.			19s.		
Bu.	7	0	14	10½	0	15	9	0	16	7½
	6	0	12	9	0	13	6	0	14	3
	5	0	10	7½	0	11	3	0	11	10½
	4	0	8	6	0	9	0	0	9	6
	3	0	6	4½	0	6	9	0	7	1½
	2	0	4	3	0	4	6	0	4	9
	1	0	2	1½	0	2	3	0	2	4½
Pk.	3	0	1	7	0	1	8¼	0	1	9¼
	2	0	1	0¾	0	1	1½	0	1	2¼
	1	0	0	6¼	0	0	6¾	0	0	7
Gal.	1	0	0	3¼	0	0	3¼	0	0	3½
Qt.	3	0	0	2½	0	0	2½	0	0	2¾
	2	0	0	1½	0	0	1¾	0	0	1¾
	1	0	0	0¾	0	0	0¾	0	0	1

		20s.			21s.			22s.		
Bu.	7	0	17	6	0	18	4½	0	19	3
	6	0	15	0	0	15	9	0	16	6
	5	0	12	6	0	13	1½	0	13	9
	4	0	10	0	0	10	6	0	11	0
	3	0	7	6	0	7	10½	0	8	3
	2	0	5	0	0	5	3	0	5	6
	1	0	2	6	0	2	7½	0	2	9
Pk.	3	0	1	10½	0	1	11½	0	2	0¾
	2	0	1	3	0	1	3¾	0	1	4½
	1	0	0	7½	0	0	7¾	0	0	8¼
Gal.	1	0	0	3¾	0	0	4	0	0	4
Qt.	3	0	0	2¾	0	0	3	0	0	3
	2	0	0	1¾	0	0	2	0	0	2
	1	0	0	1	0	0	1	0	0	1

		23s.			24s.			25s.		
Bu.	7	1	0	1½	1	1	0	1	1	10½
	6	0	17	3	0	18	0	0	18	9
	5	0	14	4½	0	15	0	0	15	7½
	4	0	11	6	0	12	0	0	12	6
	3	0	8	7½	0	9	0	0	9	4½
	2	0	5	9	0	6	0	0	6	3
	1	0	2	10½	0	3	0	0	3	1½
Pk.	3	0	2	1¾	0	2	3	0	2	4
	2	0	1	5¼	0	1	6	0	1	6¾
	1	0	0	8½	0	0	9	0	0	9¼
Gal.	1	0	0	4¼	0	0	4½	0	0	4¾
Qt.	3	0	0	3¼	0	0	3¼	0	0	3½
	2	0	0	2¼	0	0	2¼	0	0	2¼
	1	0	0	1	0	0	1	0	0	1¼

EXAMPLE 1. Required the amount of 46 quarters, 3 bushels, and 1 peck of oats, at the rate of 24s. 7d. per quarter.

	L.	s.	d.
46 quarters at 20s. is evidently	L.46	0	0
Do. at 4s. 7d. is, by Table, page 75,	10	10	10
3 bushels and 1 peck at 24s. is, by the above Table, 9s. and 9d.	0	9	9
Do. do. at 7d. is, by Pence Table, page 127, 2½d. and ¼d.	0	0	2¾
Answer....L.	57	0	9¾

EXAMPLE 2. Required the amount of 22 quarters, 5 bushels, 2 pecks, 1 gallon, and 1 quart of wheat, at the rate of L.3, 2s. 7d., or 62s. 7d. per quarter.

	L.	s.	d.
22 qrs. at L.3 is evidently	L.66	0	0
Do. at 2s. 7d. is, by Table, page 63..	2	16	10
5 bushels, 2 pecks, at 62s. is, by page 126, 38s. 9d. and 3s. 10½d.	2	2	7½
1 gallon, 1 quart, at do. do. 11½d. and 3d.	0	1	2½
5 bushels, 2 pecks, at 7d. is, by page 127, 4½d. and ¼d.	0	0	4¾
1 gallon, 1 quart, at do. do.	0	0	0
Answer....L.	71	1	0¾

		26s.			27s.			28s.			29s.			30s.			31s.		
		L.	s.	d.	L.	s.	d.	L.	s.	d.	L.	s.	d.	L.	s.	d.	L.	s.	d.
Bu.	7	1	2	9	1	3	7½	1	4	6	1	5	4½	1	6	3	1	7	1½
	6	0	19	6	1	0	3	1	1	0	1	1	9	1	2	6	1	3	3
	5	0	16	3	0	16	10½	0	17	6	0	18	1½	0	18	9	0	19	4½
	4	0	13	0	0	13	6	0	14	0	0	14	6	0	15	0	0	15	6
	3	0	9	9	0	10	1½	0	10	6	0	10	10½	0	11	3	0	11	7½
	2	0	6	6	0	6	9	0	7	0	0	7	3	0	7	6	0	7	9
	1	0	3	3	0	3	4½	0	3	6	0	3	7½	0	3	9	0	3	10½
Pk.	3	0	2	5¼	0	2	6¼	0	2	7½	0	2	8½	0	2	9¾	0	2	10¾
	2	0	1	7½	0	1	8¼	0	1	9	0	1	9¾	0	1	10½	0	1	11¼
	1	0	0	9¾	0	0	10	0	0	10½	0	0	10¾	0	0	11¼	0	0	11½
Gal.	1	0	0	4¾	0	0	5	0	0	5¼	0	0	5½	0	0	5½	0	0	5¾
Qt.	3	0	0	3¾	0	0	3¾	0	0	4	0	0	4	0	0	4¼	0	0	4¼
	2	0	0	2½	0	0	2½	0	0	2½	0	0	2¾	0	0	2¾	0	0	3
	1	0	0	1¼	0	0	1¼	0	0	1¼	0	0	1¼	0	0	1½	0	0	1½

		32s.			33s.			34s.			35s.			36s.			37s.		
Bu.	7	1	8	0	1	8	10½	1	9	9	1	10	7½	1	11	6	1	12	4½
	6	1	4	0	1	4	9	1	5	6	1	6	3	1	7	0	1	7	9
	5	1	0	0	1	0	7½	1	1	3	1	1	10½	1	2	6	1	3	1½
	4	0	16	0	0	16	6	0	17	0	0	17	6	0	18	0	0	18	6
	3	0	12	0	0	12	4½	0	12	9	0	13	1½	0	13	6	0	13	10½
	2	0	8	0	0	8	3	0	8	6	0	8	9	0	9	0	0	9	3
	1	0	4	0	0	4	1½	0	4	3	0	4	4½	0	4	6	0	4	7½
Pk.	3	0	3	0	0	3	1	0	3	2¼	0	3	3¼	0	3	4½	0	3	5½
	2	0	2	0	0	2	0¾	0	2	1½	0	2	2¼	0	2	3	0	2	3¾
	1	0	1	0	0	1	0¼	0	1	0¾	0	1	1	0	1	1½	0	1	1¾
Gal.	1	0	0	6	0	0	6¼	0	0	6¼	0	0	6½	0	0	6¾	0	0	7
Qt.	3	0	0	4½	0	0	4¾	0	0	4¾	0	0	5	0	0	5	0	0	5¼
	2	0	0	3	0	0	3	0	0	3¼	0	0	3¼	0	0	3¼	0	0	3½
	1	0	0	1½	0	0	1½	0	0	1½	0	0	1¾	0	0	1¾	0	0	1¾

		38s.			39s.			40s.			41s.			42s.			43s.		
Bu.	7	1	13	3	1	14	1½	1	15	0	1	15	10½	1	16	9	1	17	7½
	6	1	8	6	1	9	3	1	10	0	1	10	9	1	11	6	1	12	3
	5	1	3	9	1	4	4½	1	5	0	1	5	7½	1	6	3	1	6	10½
	4	0	19	0	0	19	6	1	0	0	1	0	6	1	1	0	1	1	6
	3	0	14	3	0	14	7½	0	15	0	0	15	4½	0	15	9	0	16	1½
	2	0	9	6	0	9	9	0	10	0	0	10	3	0	10	6	0	10	9
	1	0	4	9	0	4	10½	0	5	0	0	5	1½	0	5	3	0	5	4½
Pk.	3	0	3	6¾	0	3	7¾	0	3	9	0	3	10	0	3	11¼	0	4	0¼
	2	0	2	4½	0	2	5¼	0	2	6	0	2	6¾	0	2	7½	0	2	8¼
	1	0	1	2¼	0	1	2½	0	1	3	0	1	3¼	0	1	3¾	0	1	4
Gal.	1	0	0	7	0	0	7¼	0	0	7½	0	0	7¾	0	0	7¾	0	0	8
Qt.	3	0	0	5¼	0	0	5½	0	0	5½	0	0	5¾	0	0	6	0	0	6
	2	0	0	3½	0	0	3¾	0	0	3¾	0	0	3¾	0	0	4	0	0	4
	1	0	0	1¾	0	0	1¾	0	0	1¾	0	0	2	0	0	2	0	0	2

		44s.			45s.			46s.			47s.			48s.			49s.		
Bu.	7	1	18	6	1	19	4½	2	0	3	2	1	1½	2	2	0	2	2	10½
	6	1	13	0	1	13	9	1	14	6	1	15	3	1	16	0	1	16	9
	5	1	7	6	1	8	1½	1	8	9	1	9	4½	1	10	0	1	10	7½
	4	1	2	0	1	2	6	1	3	0	1	3	6	1	4	0	1	4	6
	3	0	16	6	0	16	10½	0	17	3	0	17	7½	0	18	0	0	18	4½
	2	0	11	0	0	11	3	0	11	6	0	11	9	0	12	0	0	12	3
	1	0	5	6	0	5	7½	0	5	9	0	5	10½	0	6	0	0	6	1½
Pk.	3	0	4	1½	0	4	2½	0	4	3¾	0	4	4¾	0	4	6	0	4	7
	2	0	2	9	0	2	9¾	0	2	10½	0	2	11¼	0	3	0	0	3	0¾
	1	0	1	4½	0	1	4¾	0	1	5¼	0	1	5½	0	1	6	0	1	6¼
Gal.	1	0	0	8¼	0	0	8½	0	0	8½	0	0	8¾	0	0	9	0	0	9¼
Qt.	3	0	0	6¼	0	0	6¼	0	0	6½	0	0	6½	0	0	6¾	0	0	7
	2	0	0	4	0	0	4¼	0	0	4¼	0	0	4½	0	0	4½	0	0	4½
	1	0	0	2	0	0	2	0	0	2¼	0	0	2¼	0	0	2¼	0	0	2¼

		50s. L.	s.	d.	51s. L.	s.	d.	52s. L.	s.	d.
Bu.	7	2	3	9	2	4	7½	2	5	6
	6	1	17	6	1	18	3	1	19	0
	5	1	11	3	1	11	10½	1	12	6
	4	1	5	0	1	5	6	1	6	0
	3	0	18	9	0	19	1½	0	19	6
	2	0	12	6	0	12	9	0	13	0
	1	0	6	3	0	6	4½	0	6	6
Pk.	3	0	4	8¼	0	4	9¼	0	4	10½
	2	0	3	1½	0	3	2¼	0	3	3
	1	0	1	6¾	0	1	7	0	1	7½
Gal.	1	0	0	9¼	0	0	9½	0	0	9¾
Qt.	3	0	0	7	0	0	7¼	0	0	7¼
	2	0	0	4¾	0	0	4¾	0	0	4¾
	1	0	0	2¼	0	0	2½	0	0	2½

		53s. L.	s.	d.	54s. L.	s.	d.	55s. L.	s.	d.
Bu.	7	2	6	4½	2	7	3	2	8	1½
	6	1	19	9	2	0	6	2	1	3
	5	1	13	1½	1	13	9	1	14	4½
	4	1	6	6	1	7	0	1	7	6
	3	0	19	10½	1	0	3	1	0	7½
	2	0	13	3	0	13	6	0	13	9
	1	0	6	7½	0	6	9	0	6	10½
Pk.	3	0	4	11½	0	5	0¾	0	5	1¾
	2	0	3	3¾	0	3	4½	0	3	5¼
	1	0	1	7¾	0	1	8¼	0	1	8½
Gal.	1	0	0	10	0	0	10	0	0	10¼
Qt.	3	0	0	7½	0	0	7½	0	0	7¾
	2	0	0	5	0	0	5	0	0	5¼
	1	0	0	2½	0	0	2½	0	0	2½

		56s. L.	s.	d.	57s. L.	s.	d.	58s. L.	s.	d.
Bu.	7	2	9	0	2	9	10½	2	10	9
	6	2	2	0	2	2	9	2	3	6
	5	1	15	0	1	15	7½	1	16	3
	4	1	8	0	1	8	6	1	9	0
	3	1	1	0	1	1	4½	1	1	9
	2	0	14	0	0	14	3	0	14	6
	1	0	7	0	0	7	1½	0	7	3
Pk.	3	0	5	3	0	5	4	0	5	5¼
	2	0	3	6	0	3	6¾	0	3	7½
	1	0	1	9	0	1	9¼	0	1	9¾
Gal.	1	0	0	10½	0	0	10¾	0	0	10¾
Qt.	3	0	0	7¾	0	0	8	0	0	8¼
	2	0	0	5¼	0	0	5¼	0	0	5½
	1	0	0	2½	0	0	2¾	0	0	2¾

		59s. L.	s.	d.	60s. L.	s.	d.	61s. L.	s.	d.
Bu.	7	2	11	7½	2	12	6	2	13	4½
	6	2	4	3	2	5	0	2	5	9
	5	1	16	10½	1	17	6	1	18	1½
	4	1	9	6	1	10	0	1	10	6
	3	1	2	1½	1	2	6	1	2	10½
	2	0	14	9	0	15	0	0	15	3
	1	0	7	4½	0	7	6	0	7	7½
Pk.	3	0	5	6¼	0	5	7½	0	5	8½
	2	0	3	8¼	0	3	9	0	3	9¾
	1	0	1	10	0	1	10½	0	1	10¾
Gal.	1	0	0	11	0	0	11¼	0	0	11½
Qt.	3	0	0	8¼	0	0	8½	0	0	8½
	2	0	0	5½	0	0	5½	0	0	5¾
	1	0	0	2¾	0	0	2¾	0	0	2¾

		62s. L.	s.	d.	63s. L.	s.	d.	64s. L.	s.	d.
Bu.	7	2	14	3	2	15	1½	2	16	0
	6	2	6	6	2	7	3	2	8	0
	5	1	18	9	1	19	4½	2	0	0
	4	1	11	0	1	11	6	1	12	0
	3	1	3	3	1	3	7½	1	4	0
	2	0	15	6	0	15	9	0	16	0
	1	0	7	9	0	7	10½	0	8	0
Pk.	3	0	5	9¾	0	5	10¾	0	6	0
	2	0	3	10½	0	3	11¼	0	4	0
	1	0	1	11¼	0	1	11½	0	2	0
Gal.	1	0	0	11½	0	0	11¾	0	1	0
Qt.	3	0	0	8¾	0	0	8¾	0	0	9
	2	0	0	5¾	0	0	6	0	0	6
	1	0	0	3	0	0	3	0	0	3

		65s. L.	s.	d.	66s. L.	s.	d.	67s. L.	s.	d.
Bu.	7	2	16	10½	2	17	9	2	18	7½
	6	2	8	9	2	9	6	2	10	3
	5	2	0	7½	2	1	3	2	1	10½
	4	1	12	6	1	13	0	1	13	6
	3	1	4	4½	1	4	9	1	5	1½
	2	0	16	3	0	16	6	0	16	9
	1	0	8	1½	0	8	3	0	8	4½
Pk.	3	0	6	1	0	6	2¼	0	6	3¼
	2	0	4	0¾	0	4	1½	0	4	2¼
	1	0	2	0¼	0	2	0¾	0	2	1
Gal.	1	0	1	0¼	0	1	0¼	0	1	0½
Qt.	3	0	0	9¼	0	0	9¼	0	0	9½
	2	0	0	6	0	0	6¼	0	0	6¼
	1	0	0	3	0	0	3	0	0	3¼

		68s. L.	s.	d.	69s. L.	s.	d.	70s. L.	s.	d.
Bu.	7	2	19	6	3	0	4½	3	1	3
	6	2	11	0	2	11	9	2	12	6
	5	2	2	6	2	3	1½	2	3	9
	4	1	14	0	1	14	6	1	15	0
	3	1	5	6	1	5	10½	1	6	3
	2	0	17	0	0	17	3	0	17	6
	1	0	8	6	0	8	7½	0	8	9
Pk.	3	0	6	4½	0	6	5½	0	6	6¾
	2	0	4	3	0	4	3¾	0	4	4½
	1	0	2	1½	0	2	1¾	0	2	2¼
Gal.	1	0	1	0¾	0	1	1	0	1	1
Qt.	3	0	0	9½	0	0	9¾	0	0	9¾
	2	0	0	6¼	0	0	6½	0	0	6½
	1	0	0	3¼	0	0	3¼	0	0	3¼

		71s. L.	s.	d.	72s. L.	s.	d.	73s. L.	s.	d.
Bu.	7	3	2	1½	3	3	0	3	3	10½
	6	2	13	3	2	14	0	2	14	9
	5	2	4	4½	2	5	0	2	5	7½
	4	1	15	6	1	16	0	1	16	6
	3	1	6	7½	1	7	0	1	7	4½
	2	0	17	9	0	18	0	0	18	3
	1	0	8	10½	0	9	0	0	9	1½
Pk.	3	0	6	7¾	0	6	9	0	6	10
	2	0	4	5¼	0	4	6	0	4	6¾
	1	0	2	2½	0	2	3	0	2	3¼
Gal.	1	0	1	1¼	0	1	1½	0	1	1¾
Qt.	3	0	0	10	0	0	10	0	0	10¼
	2	0	0	6¾	0	0	6¾	0	0	6¾
	1	0	0	3¼	0	0	3¼	0	0	3½

		74s.	75s.	76s.	77s.	78s.	79s.
		L. s. d.	L. s. d.	L. s. d.	L. s. d.	L. s. d.	L. s. d.
Bu.	7	3 4 9	3 5 7½	3 6 6	3 7 4½	3 8 3	3 9 1½
	6	2 15 6	2 16 3	2 17 0	2 17 9	2 18 6	2 19 3
	5	2 6 3	2 6 10½	2 7 6	2 8 1½	2 8 9	2 9 4½
	4	1 17 0	1 17 6	1 18 0	1 18 6	1 19 0	1 19 6
	3	1 7 9	1 8 1½	1 8 6	1 8 10½	1 9 3	1 9 7½
	2	0 18 6	0 18 9	0 19 0	0 19 3	0 19 6	0 19 9
	1	0 9 3	0 9 4½	0 9 6	0 9 7½	0 9 9	0 9 10½
Pk.	3	0 6 11¼	0 7 0¼	0 7 1½	0 7 2½	0 7 3¾	0 7 4¾
	2	0 4 7½	0 4 8¼	0 4 9	0 4 9¾	0 4 10½	0 4 11¼
	1	0 2 3¾	0 2 4	0 2 4½	0 2 4¾	0 2 5¼	0 2 5½
Gal.	1	0 1 1¾	0 1 2	0 1 2¼	0 1 2½	0 1 2½	0 1 2¾
Qt.	3	0 0 10½	0 0 10½	0 0 10¾	0 0 10¾	0 0 11	0 0 11
	2	0 0 7	0 0 7	0 0 7	0 0 7¼	0 0 7¼	0 0 7½
	1	0 0 3½	0 0 3½	0 0 3½	0 0 3½	0 0 3¾	0 0 3¾

		80s.	81s.	82s.	83s.	84s.	85s.
Bu.	7	3 10 0	3 10 10½	3 11 9	3 12 7½	3 13 6	3 14 4½
	6	3 0 0	3 0 9	3 1 6	3 2 3	3 3 0	3 3 9
	5	2 10 0	2 10 7½	2 11 3	2 11 10½	2 12 6	2 13 1½
	4	2 0 0	2 0 6	2 1 0	2 1 6	2 2 0	2 2 6
	3	1 10 0	1 10 4½	1 10 9	1 11 1½	1 11 6	1 11 10½
	2	1 0 0	1 0 3	1 0 6	1 0 9	1 1 0	1 1 3
	1	0 10 0	0 10 1½	0 10 3	0 10 4½	0 10 6	0 10 7½
Pk.	3	0 7 6	0 7 7	0 7 8¼	0 7 9¼	0 7 10½	0 7 11½
	2	0 5 0	0 5 0¾	0 5 1½	0 5 2¼	0 5 3	0 5 3¾
	1	0 2 6	0 2 6¼	0 2 6¾	0 2 7	0 2 7½	0 2 7¾
Gal.	1	0 1 3	0 1 3¼	0 1 3¼	0 1 3½	0 1 3¾	0 1 4
Qt.	3	0 0 11¼	0 0 11½	0 0 11½	0 0 11¾	0 0 11¾	0 1 0
	2	0 0 7½	0 0 7½	0 0 7¾	0 0 7¾	0 0 7¾	0 0 8
	1	0 0 3¾	0 0 3¾	0 0 3¾	0 0 4	0 0 4	0 0 4

		86s.	87s.	88s.	89s.	90s.	100s.
Bu.	7	3 15 3	3 16 1½	3 17 0	3 17 10½	3 18 9	4 7 6
	6	3 4 6	3 5 3	3 6 0	3 6 9	3 7 6	3 15 0
	5	2 13 9	2 14 4½	2 15 0	2 15 7½	2 16 3	3 2 6
	4	2 3 0	2 3 6	2 4 0	2 4 6	2 5 0	2 10 0
	3	1 12 3	1 12 7½	1 13 0	1 13 4½	1 13 9	1 17 6
	2	1 1 6	1 1 9	1 2 0	1 2 3	1 2 6	1 5 0
	1	0 10 9	0 10 10½	0 11 0	0 11 1½	0 11 3	0 12 6
Pk.	3	0 8 0¾	0 8 1¾	0 8 3	0 8 4	0 8 5¼	0 9 4½
	2	0 5 4½	0 5 5¼	0 5 6	0 5 6¾	0 5 7½	0 6 3
	1	0 2 8¼	0 2 8½	0 2 9	0 2 9¼	0 2 9¾	0 3 1½
Gal.	1	0 1 4	0 1 4¼	0 1 4½	0 1 4¾	0 1 4¾	0 1 6¾
Qt.	3	0 1 0	0 1 0¼	0 1 0¼	0 1 0½	0 1 0¾	0 1 2
	2	0 0 8	0 0 8¼	0 0 8¼	0 0 8¼	0 0 8½	0 0 9¼
	1	0 0 4	0 0 4	0 0 4	0 0 4¼	0 0 4¼	0 0 4¾

TABLE FOR PENCE.

		½d.	1d.	2d.	3d.	4d.	5d.	6d.	7d.	8d.	9d.	10d.	11d.
		d.	d.	d.	d.	d.	d.	d.	d.	d.	d.	d.	d.
Bu.	7	0½	0¾	1¾	2½	3½	4½	5¼	6	7	7¾	8¾	9½
	6	0½	0¾	1½	2¼	3	3¾	4½	5¼	6	6¾	7½	8¼
	5	0¼	0½	1¼	1¾	2½	3	3¾	4¼	5	5½	6¼	6¾
	4	0¼	0½	1	1½	2	2½	3	3½	4	4½	5	5½
	3	0¼	0¼	0¾	1	1½	1¾	2¼	2½	3	3¼	3¾	4
	2	0	0¼	0½	0¾	1	1¼	1½	1¾	2	2¼	2½	2¾
	1	0	0	0¼	0¼	0½	0½	0¾	0¾	1	1	1¼	1¼
Pk.	3	0	0	0¼	0¼	0¼	0½	0½	0¾	0¾	0¾	1	1
	2	0	0	0	0¼	0¼	0¼	0½	0½	0½	0½	0½	0¾
	1	0	0	0	0	0	0¼	0¼	0¼	0¼	0¼	0¼	0¼
Gal.	1	0	0	0	0	0	0	0	0	0	0¼	0¼	0¼
Qt.	3	0	0	0	0	0	0	0	0	0	0	0	0¼
	2	0	0	0	0	0	0	0	0	0	0	0	0
	1	0	0	0	0	0	0	0	0	0	0	0	0

II. SUPPLEMENTARY TABLES,

ADAPTING THE PRECEDING TABLES TO THE CALCULATION OF DIVIDENDS FROM BANKRUPTS' ESTATES, TO GRAIN AND LAND MEASURES, AND TO THE PRODUCTS OF HUNDREDWEIGHTS, QUARTERS, AND POUNDS.

---

1. SHILLINGS AND PENCE AT GIVEN RATES OR DIVIDENDS PER POUND STERLING.*

Debt.	Dividends per Pound.					
	¼d.	½d.	¾d.	1d.	1¼d	1½d
	d.	d.	d.	d.	d.	d.
S 19	0¼	0½	0¾	1	1¼	1½
18	0¼	0½	0¾	1	1	1¼
17	0¼	0½	0¾	0¾	1	1¼
16	0¼	0½	0½	0¾	1	1¼
15	0¼	0¼	0½	0¾	1	1
14	0¼	0¼	0½	0¾	0¾	1
13	0¼	0¼	0½	0¾	0¾	1
12	0¼	0¼	0½	0½	0¾	1
11	0¼	0¼	0½	0½	0¾	0¾
10	0	0¼	0¼	0½	0½	0¾
9	0	0¼	0¼	0½	0½	0¾
8	0	0¼	0¼	0½	0½	0½
7	0	0¼	0¼	0¼	0½	0½
6	0	0¼	0¼	0¼	0¼	0½
5	0	0	0¼	0¼	0¼	0¼
4	0	0	0¼	0¼	0¼	0¼
3	0	0	0	0¼	0¼	0¼
2	0	0	0	0	0	0¼
1	0	0	0	0	0	0
D 11	0	0	0	0	0	0
10	0	0	0	0	0	0
9	0	0	0	0	0	0
8	0	0	0	0	0	0
7	0	0	0	0	0	0
6	0	0	0	0	0	0
5	0	0	0	0	0	0
4	0	0	0	0	0	0
3	0	0	0	0	0	0
2	0	0	0	0	0	0
1	0	0	0	0	0	0

Debt.	Dividends per Pound.					
	1¾d	2d.	2¼d	2½d	2¾d	3d.
	d.	d.	d.	d.	d.	d.
S 19	1¾	2	2¼	2¼	2½	2¾
18	1½	1¾	2	2¼	2½	2¾
17	1½	1¾	2	2	2¼	2½
16	1½	1½	1¾	2	2¼	2½
15	1¼	1½	1¾	1¾	2	2¼
14	1¼	1½	1½	1¾	2	2
13	1¼	1¼	1½	1½	1¾	2
12	1	1¼	1¼	1½	1¾	1¾
11	1	1	1¼	1¼	1½	1¾
10	0¾	1	1	1¼	1¼	1½
9	0¾	1	1	1	1¼	1¼
8	0¾	0¾	1	1	1	1¼
7	0½	0¾	0¾	0¾	1	1
6	0½	0½	0¾	0¾	0¾	1
5	0½	0½	0½	0½	0¾	0¾
4	0¼	0½	0½	0½	0½	0½
3	0¼	0¼	0¼	0¼	0½	0½
2	0¼	0¼	0¼	0¼	0¼	0¼
1	0	0	0	0	0¼	0¼
D 11	0	0	0	0	0¼	0¼
10	0	0	0	0	0	0
9	0	0	0	0	0	0
8	0	0	0	0	0	0
7	0	0	0	0	0	0
6	0	0	0	0	0	0
5	0	0	0	0	0	0
4	0	0	0	0	0	0
3	0	0	0	0	0	0
2	0	0	0	0	0	0
1	0	0	0	0	0	0

EXAMPLE 1. Required the dividend on L.91, 13s. at the rate of 2¾d. per pound.

91 times 2¾d. is, by Table, page 17 ....L.1	0	10¼
Dividend corresponding to 13s., as above..0	0	1¾
Answer....L.1	1	0

Ex. 2. Required the dividend on L.583, 17s. 10d. at the rate of 9¾d. per pound.

583 times 9¾d. is, by Table, page 31 ...L.23	13	8¼
Dividend on 17s. by page 120 0	0	8¼
Do. 10d. do. 0	0	0½
Answer....L.23	14	5

Thus, the sum contiguous to 4-16ths, or ¼, will be the dividend or assessment corresponding to 5s., at the rate per pound shown in the Table. The sum contiguous to 1-20th will, in the same manner, be the dividend corresponding to 1s.; while its half will be the dividend proportional to 6d., and its double to 2s. The following table will facilitate such computations, by showing the fractional parts of L.1, corresponding to those in the preceding tables:

Fractional Parts of L.1.									
16ths.	s.	d.	f.	frac.	16ths.	s.	d.	f.	frac.
1	1	3	0	0-0	11	13	9	0	0-0
2	2	6	0	0-0	12	15	0	0	0-0
3	3	9	0	0-0	13	16	3	0	0-0
4	5	0	0	0-0	14	17	6	0	0-0
5	6	3	0	0-0	15	18	9	0	0-0
6	7	6	0	0-0	1-3d	6	8	0	0-0
7	8	9	0	0-0	2-3ds	13	4	0	0-0
8	10	0	0	0-0	1-12th	1	8	0	0-0
9	11	3	0	0-0	1-14th	1	5	0	4-7
10	12	6	0	0-0	1-20th	1	0	0	0-0

* This Table, which is intended for popular use, will be found adapted to the calculation of assessments and taxes at the usual rates per pound, as well *as to that of dividends from the estates of insolvents. Many such cases, however, may be solved readily, and with the utmost accuracy,* by means of the Tables of "*Fractional Parts,*" given in the preceding pages.

Debt.	Dividends per Pound.					
	3¼d	3½d	3¾d	4d.	4¼d	4½d
	d.	d.	d.	d.	d.	d.
S 19	3	3¼	3½	3¾	4	4¼
18	3	3¼	3¼	3½	3¾	4
17	2¾	3	3¼	3½	3½	3¾
16	2½	2¾	3	3¼	3½	3½
15	2½	2½	2¾	3	3¼	3¼
14	2¼	2½	2½	2¾	3	3¼
13	2	2¼	2½	2½	2¾	3
12	2	2	2¼	2½	2½	2¾
11	1¾	2	2	2¼	2¼	2½
10	1½	1¾	1¾	2	2	2¼
9	1½	1½	1¾	1¾	2	2
8	1¼	1½	1½	1½	1¾	1¾
7	1¼	1¼	1¼	1½	1½	1½
6	1	1	1	1¼	1¼	1¼
5	0¾	0¾	1	1	1	1
4	0¾	0¾	0¾	0¾	0¾	1
3	0½	0½	0½	0½	0¾	0¾
2	0¼	0¼	0¼	0½	0½	0½
1	0¼	0¼	0¼	0¼	0¼	0¼
D 11	0¼	0¼	0¼	0¼	0¼	0¼
10	0¼	0¼	0¼	0¼	0¼	0¼
9	0	0¼	0¼	0¼	0¼	0¼
8	0	0	0	0¼	0¼	0¼
7	0	0	0	0	0	0¼
6	0	0	0	0	0	0
5	0	0	0	0	0	0
4	0	0	0	0	0	0
3	0	0	0	0	0	0
2	0	0	0	0	0	0
1	0	0	0	0	0	0

Debt.	Dividends per Pound.					
	4¾d	5d.	5¼d	5½d	5¾d	6d.
	d.	d.	d.	d.	d.	d.
S 19	4½	4¾	5	5¼	5½	5¾
18	4¼	4½	4¾	5	5¼	5½
17	4	4¼	4½	4¾	5	5
16	3¾	4	4¼	4½	4½	4¾
15	3½	3¾	4	4	4¼	4½
14	3¼	3½	3¾	3¾	4	4¼
13	3	3¼	3½	3½	3¾	4
12	2¾	3	3¼	3¼	3½	3½
11	2½	2¾	3	3	3¼	3¼
10	2¼	2½	2½	2¾	2¾	3
9	2¼	2¼	2¼	2½	2½	2¾
8	2	2	2	2¼	2¼	2½
7	1¾	1¾	1¾	2	2	2
6	1½	1½	1½	1¾	1¾	1¾
5	1¼	1¼	1¼	1¼	1½	1½
4	1	1	1	1	1¼	1¼
3	0¾	0¾	0¾	0¾	0¾	1
2	0½	0½	0½	0½	0½	0½
1	0¼	0¼	0¼	0¼	0¼	0¼
D 11	0¼	0¼	0¼	0¼	0¼	0¼
10	0¼	0¼	0¼	0¼	0¼	0¼
9	0¼	0¼	0¼	0¼	0¼	0¼
8	0¼	0¼	0¼	0¼	0¼	0¼
7	0¼	0¼	0¼	0¼	0¼	0¼
6	0	0	0¼	0¼	0¼	0¼
5	0	0	0	0	0	0
4	0	0	0	0	0	0
3	0	0	0	0	0	0
2	0	0	0	0	0	0
1	0	0	0	0	0	0

Debt.	6¼d	6½d	6¾d	7d.	7¼d	7½d
S 19	6	6¼	6½	6¾	7	7
18	5½	5¾	6	6¼	6½	6¾
17	5¼	5½	5¾	6	6¼	6¼
16	5	5¼	5½	5½	5¾	6
15	4¾	4¾	5	5¼	5½	5½
14	4¼	4½	4¾	5	5	5¼
13	4	4¼	4½	4½	4¾	4¾
12	3¾	4	4	4¼	4¼	4½
11	3½	3½	3¾	3¾	4	4
10	3	3¼	3¼	3½	3½	3¾
9	2¾	3	3	3¼	3¼	3¼
8	2½	2½	2¾	2¾	3	3
7	2¼	2¼	2¼	2½	2½	2½
6	1¾	2	2	2	2¼	2¼
5	1½	1½	1¾	1¾	1¾	1¾
4	1¼	1¼	1¼	1½	1½	1½
3	1	1	1	1	1	1
2	0½	0¾	0¾	0¾	0¾	0¾
1	0¼	0¼	0¼	0¼	0¼	0¼
D 11	0¼	0¼	0¼	0¼	0¼	0¼
10	0¼	0¼	0¼	0¼	0¼	0¼
9	0¼	0¼	0¼	0¼	0¼	0¼
8	0¼	0¼	0¼	0¼	0¼	0¼
7	0¼	0¼	0¼	0¼	0¼	0¼
6	0¼	0¼	0¼	0¼	0¼	0¼
5	0¼	0¼	0¼	0¼	0¼	0¼
4	0	0	0	0	0	0
3	0	0	0	0	0	0
2	0	0	0	0	0	0
1	0	0	0	0	0	0

Debt.	7¾d	8d.	8¼d	8½d	8¾d	9d.
S 19	7¼	7½	7¾	8	8¼	8½
18	7	7¼	7½	7¾	7¾	8
17	6½	6¾	7	7¼	7½	7¾
16	6¼	6½	6½	6¾	7	7¼
15	5¾	6	6¼	6¼	6½	6¾
14	5½	5½	5¾	6	6	6¼
13	5	5¼	5¼	5½	5¾	5¾
12	4¾	4¾	5	5	5¼	5½
11	4¼	4½	4½	4¾	4¾	5
10	3¾	4	4	4¼	4¼	4½
9	3½	3½	3¾	3¾	4	4
8	3	3¼	3¼	3½	3½	3½
7	2¾	2¾	3	3	3	3¼
6	2¼	2½	2½	2½	2½	2¾
5	2	2	2	2	2¼	2¼
4	1½	1½	1¾	1¾	1¾	1¾
3	1¼	1¼	1¼	1¼	1¼	1¼
2	0¾	0¾	0¾	0¾	0¾	1
1	0½	0½	0½	0½	0½	0½
D 11	0¼	0¼	0½	0½	0½	0½
10	0¼	0¼	0¼	0¼	0¼	0¼
9	0¼	0¼	0¼	0¼	0¼	0¼
8	0¼	0¼	0¼	0¼	0¼	0¼
7	0¼	0¼	0¼	0¼	0¼	0¼
6	0¼	0¼	0¼	0¼	0¼	0¼
5	0¼	0¼	0¼	0¼	0¼	0¼
4	0¼	0¼	0¼	0¼	0¼	0¼
3	0	0	0	0	0	0
2	0	0	0	0	0	0
1	0	0	0	0	0	0

Debt.	Dividends per Pound.									
	9¼d.		9½d.		9¾d.		10d.		10¼d	
	s.	d.	s.	d.	s.	d.	s.	d.	s.	d.
S 19	0	8¾	0	9	0	9¼	0	9½	0	9¾
18	0	8¼	0	8½	0	8¾	0	9	0	9¼
17	0	7¾	0	8	0	8¼	0	8½	0	8¾
16	0	7½	0	7½	0	7¾	0	8	0	8¼
15	0	7	0	7	0	7¼	0	7½	0	7¾
14	0	6½	0	6¾	0	6¾	0	7	0	7¼
13	0	6	0	6¼	0	6¼	0	6½	0	6¾
12	0	5½	0	5¾	0	5¾	0	6	0	6¼
11	0	5	0	5¼	0	5¼	0	5½	0	5¾
10	0	4½	0	4¾	0	4¾	0	5	0	5
9	0	4¼	0	4¼	0	4½	0	4½	0	4½
8	0	3¾	0	3¾	0	4	0	4	0	4
7	0	3¼	0	3¼	0	3½	0	3½	0	3½
6	0	2¾	0	2¾	0	3	0	3	0	3
5	0	2¼	0	2¼	0	2½	0	2½	0	2½
4	0	1¾	0	2	0	2	0	2	0	2
3	0	1½	0	1½	0	1½	0	1½	0	1½
2	0	1	0	1	0	1	0	1	0	1
1	0	0½	0	0½	0	0½	0	0½	0	0½
D 11	0	0½	0	0½	0	0½	0	0½	0	0½
10	0	0½	0	0½	0	0½	0	0½	0	0½
9	0	0¼	0	0¼	0	0¼	0	0¼	0	0½
8	0	0¼	0	0¼	0	0¼	0	0¼	0	0¼
7	0	0¼	0	0¼	0	0¼	0	0¼	0	0¼
6	0	0¼	0	0¼	0	0¼	0	0¼	0	0¼
5	0	0¼	0	0¼	0	0¼	0	0¼	0	0¼
4	0	0¼	0	0¼	0	0¼	0	0¼	0	0¼
3	0	0	0	0	0	0	0	0	0	0¼
2	0	0	0	0	0	0	0	0	0	0
1	0	0	0	0	0	0	0	0	0	0
	11¾d		1s.		1s 1d		1s 2d		1s 3d	
S 19	0	11¼	0	11½	1	0¼	1	1¼	1	2¼
18	0	10½	0	10¾	0	11¾	1	0½	1	1½
17	0	10	0	10¼	0	11	1	0	1	0¾
16	0	9½	0	9½	0	10½	0	11¼	1	0
15	0	8¾	0	9	0	9¾	0	10½	0	11¼
14	0	8¼	0	8½	0	9	0	9¾	0	10½
13	0	7¾	0	7¾	0	8½	0	9	0	9¾
12	0	7	0	7¼	0	7¾	0	8½	0	9
11	0	6½	0	6½	0	7¼	0	7¾	0	8¼
10	0	5¾	0	6	0	6½	0	7	0	7½
9	0	5¼	0	5½	0	5¾	0	6¼	0	6¾
8	0	4¾	0	4¾	0	5¼	0	5½	0	6
7	0	4	0	4¼	0	4½	0	5	0	5¼
6	0	3½	0	3½	0	4	0	4¼	0	4½
5	0	3	0	3	0	3¼	0	3½	0	3¾
4	0	2¼	0	2½	0	2½	0	2¾	0	3
3	0	1¾	0	1¾	0	2	0	2	0	2¼
2	0	1¼	0	1¼	0	1¼	0	1½	0	1½
1	0	0½	0	0½	0	0¾	0	0¾	0	0¾
D 11	0	0½	0	0½	0	0½	0	0¾	0	0¾
10	0	0½	0	0½	0	0½	0	0½	0	0½
9	0	0½	0	0½	0	0½	0	0½	0	0½
8	0	0½	0	0½	0	0½	0	0½	0	0½
7	0	0¼	0	0¼	0	0½	0	0½	0	0½
6	0	0¼	0	0¼	0	0¼	0	0¼	0	0¼
5	0	0¼	0	0¼	0	0¼	0	0¼	0	0¼
4	0	0¼	0	0¼	0	0¼	0	0¼	0	0¼
3	0	0¼	0	0¼	0	0¼	0	0¼	0	0¼
2	0	0	0	0	0	0	0	0	0	0
1	0	0	0	0	0	0	0	0	0	0

Debt.	Dividends per Pound.									
	10½d		10¾d		11d.		11¼d		11½d	
	s.	d.	s.	d.	s.	d.	s.	d.	s.	d.
S 19	0	10	0	10¼	0	10½	0	10¾	0	11
18	0	9½	0	9¾	0	10	0	10	0	10¼
17	0	9	0	9¼	0	9¼	0	9½	0	9¾
16	0	8½	0	8½	0	8¾	0	9	0	9¼
15	0	7¾	0	8	0	8¼	0	8½	0	8½
14	0	7¼	0	7½	0	7¾	0	7¾	0	8
13	0	6¾	0	7	0	7¼	0	7¼	0	7½
12	0	6¼	0	6½	0	6½	0	6¾	0	7
11	0	5¾	0	6	0	6	0	6¼	0	6¼
10	0	5¼	0	5¼	0	5½	0	5½	0	5¾
9	0	4¾	0	4¾	0	5	0	5	0	5¼
8	0	4¼	0	4¼	0	4½	0	4½	0	4½
7	0	3¾	0	3¾	0	3¾	0	4	0	4
6	0	3¼	0	3¼	0	3¼	0	3¼	0	3½
5	0	2½	0	2¾	0	2¾	0	2¾	0	2¾
4	0	2	0	2¼	0	2¼	0	2¼	0	2¼
3	0	1½	0	1½	0	1¾	0	1¾	0	1¾
2	0	1	0	1	0	1	0	1	0	1¼
1	0	0½	0	0½	0	0½	0	0½	0	0½
D 11	0	0½	0	0½	0	0½	0	0½	0	0½
10	0	0½	0	0½	0	0½	0	0½	0	0½
9	0	0½	0	0½	0	0½	0	0½	0	0½
8	0	0¼	0	0¼	0	0¼	0	0¼	0	0¼
7	0	0¼	0	0¼	0	0¼	0	0¼	0	0¼
6	0	0¼	0	0¼	0	0¼	0	0¼	0	0¼
5	0	0¼	0	0¼	0	0¼	0	0¼	0	0¼
4	0	0¼	0	0¼	0	0¼	0	0¼	0	0¼
3	0	0¼	0	0¼	0	0¼	0	0¼	0	0¼
2	0	0	0	0	0	0	0	0	0	0
1	0	0	0	0	0	0	0	0	0	0
	1s 4d		1s 5d		1s 6d		1s 7d		1s 8d	
S 19	1	3¼	1	4¼	1	5	1	6	1	7
18	1	2½	1	3¼	1	4¼	1	5	1	6
17	1	1½	1	2½	1	3¼	1	4¼	1	5
16	1	0¾	1	1½	1	2½	1	3¼	1	4
15	1	0	1	0¾	1	1½	1	2¼	1	3
14	0	11¼	1	0	1	0½	1	1¼	1	2
13	0	10½	0	11	0	11¾	1	0¼	1	1
12	0	9½	0	10¼	0	10¾	0	11½	1	0
11	0	8¾	0	9¼	0	10	0	10½	0	11
10	0	8	0	8½	0	9	0	9½	0	10
9	0	7¼	0	7¾	0	8	0	8½	0	9
8	0	6½	0	6¾	0	7¼	0	7½	0	8
7	0	5½	0	6	0	6¼	0	6¾	0	7
6	0	4¾	0	5	0	5½	0	5¾	0	6
5	0	4	0	4¼	0	4½	0	4¾	0	5
4	0	3¼	0	3½	0	3½	0	3¾	0	4
3	0	2½	0	2½	0	2¾	0	2¾	0	3
2	0	1½	0	1¾	0	1¾	0	2	0	2
1	0	0¾	0	0¾	0	1	0	1	0	1
D 11	0	0¾	0	0¾	0	0¾	0	0¾	0	1
10	0	0¾	0	0¾	0	0¾	0	0¾	0	0¾
9	0	0½	0	0¾	0	0¾	0	0¾	0	0¾
8	0	0½	0	0½	0	0½	0	0¾	0	0¾
7	0	0½	0	0½	0	0½	0	0½	0	0½
6	0	0½	0	0½	0	0½	0	0½	0	0½
5	0	0¼	0	0¼	0	0¼	0	0½	0	0½
4	0	0¼	0	0¼	0	0¼	0	0¼	0	0¼
3	0	0¼	0	0¼	0	0¼	0	0¼	0	0¼
2	0	0¼	0	0¼	0	0¼	0	0¼	0	0¼
1	0	0	0	0	0	0	0	0	0	0

Debt.	Dividends per Pound. 1/9 s.	d.	1/10 s.	d.	1/11 s.	d.	2/ s.	d.	2/1 s.	d.
S 19	1	8	1	9	1	9¾	1	10¾	1	11¾
18	1	7	1	7¾	1	8½	1	9½	1	10¼
17	1	5¾	1	6½	1	7¼	1	8¼	1	9¼
16	1	4¾	1	5½	1	6¼	1	7¼	1	8
15	1	3¾	1	4¼	1	5¼	1	6	1	6¾
14	1	2½	1	3¼	1	4	1	4¾	1	5½
13	1	1½	1	2¼	1	3	1	3½	1	4¼
12	1	0½	1	1¼	1	1¾	1	2½	1	3
11	0	11¼	1	0	1	0¾	1	1¼	1	1¾
10	0	10½	0	11	0	11½	1	0	1	0½
9	0	9¼	0	10	0	10½	0	10¾	0	11¼
8	0	8½	0	8¾	0	9¼	0	9½	0	10
7	0	7¼	0	7¾	0	8	0	8¼	0	8¾
6	0	6¼	0	6½	0	7	0	7¼	0	7½
5	0	5¼	0	5½	0	5¾	0	6	0	6¼
4	0	4¼	0	4½	0	4½	0	4¾	0	5
3	0	3¼	0	3¼	0	3½	0	3½	0	3¾
2	0	2	0	2¼	0	2¼	0	2½	0	2½
1	0	1	0	1	0	1¼	0	1¼	0	1¼
D 11	0	1	0	1	0	1	0	1	0	1¼
10	0	0¾	0	1	0	1	0	1	0	1
9	0	0¾	0	0¾	0	0¾	0	1	0	1
8	0	0¾	0	0¾	0	0¾	0	0¾	0	0¾
7	0	0½	0	0½	0	0¾	0	0¾	0	0¾
6	0	0½	0	0½	0	0½	0	0½	0	0½
5	0	0¼	0	0½	0	0½	0	0½	0	0½
4	0	0¼	0	0¼	0	0½	0	0½	0	0½
3	0	0¼	0	0¼	0	0¼	0	0¼	0	0¼
2	0	0¼	0	0¼	0	0¼	0	0¼	0	0¼
1	0	0	0	0	0	0	0	0	0	0

Debt.	2/7 s.	d.	2/8 s.	d.	2/9 s.	d.	2/10 s.	d.	2/11 s.	d.
S 19	2	5½	2	6½	2	7½	2	8½	2	9½
18	2	4	2	4¾	2	5¾	2	6½	2	7½
17	2	2½	2	3½	2	4	2	5	2	5¾
16	2	0¾	2	1½	2	2½	2	3¼	2	4
15	1	11¼	2	0	2	0¾	2	1½	2	2¼
14	1	9¾	1	10½	1	11	1	11¾	2	0½
13	1	8¼	1	8¾	1	9½	1	10	1	10¾
12	1	6½	1	7¼	1	7¾	1	8½	1	9
11	1	5	1	5½	1	6¼	1	6¾	1	7¼
10	1	3½	1	4	1	4½	1	5	1	5½
9	1	2	1	2½	1	2¾	1	3¼	1	3¾
8	1	0½	1	0¾	1	1¼	1	1½	1	2
7	0	10¾	0	11¼	0	11½	1	0	1	0¼
6	0	9¼	0	9½	0	10	0	10¼	0	10½
5	0	7¾	0	8	0	8¼	0	8½	0	8¾
4	0	6¼	0	6½	0	6½	0	6¾	0	7
3	0	4½	0	4¾	0	5	0	5	0	5¼
2	0	3	0	3¼	0	3¼	0	3½	0	3½
1	0	1½	0	1½	0	1¾	0	1¾	0	1¾
D 11	0	1½	0	1½	0	1½	0	1½	0	1½
10	0	1¼	0	1¼	0	1¼	0	1½	0	1½
9	0	1¼	0	1¼	0	1¼	0	1¼	0	1¼
8	0	1	0	1	0	1	0	1¼	0	1¼
7	0	1	0	1	0	1	0	1	0	1
6	0	0¾	0	0¾	0	0¾	0	0¾	0	0¾
5	0	0¾	0	0¾	0	0¾	0	0¾	0	0¾
4	0	0½	0	0½	0	0½	0	0½	0	0½
3	0	0½	0	0½	0	0½	0	0½	0	0½
2	0	0¼	0	0¼	0	0¼	0	0¼	0	0¼
1	0	0¼	0	0¼	0	0¼	0	0¼	0	0¼

Debt.	Dividends per Pound. 2/2 s.	d.	2/3 s.	d.	2/4 s.	d.	2/5 s.	d.	2/6 s.	d.
S 19	2	0½	2	1½	2	2½	2	3½	2	4½
18	1	11½	2	0¼	2	1¼	2	2	2	3
17	1	10	1	11	1	11¾	2	0¾	2	1½
16	1	8¾	1	9½	1	10½	1	11¼	2	0
15	1	7½	1	8¼	1	9	1	9¾	1	10½
14	1	6¼	1	7	1	7½	1	8¼	1	9
13	1	5	1	5½	1	6¼	1	6¾	1	7½
12	1	3½	1	4¼	1	4¾	1	5¼	1	6
11	1	2¼	1	2¾	1	3¼	1	4	1	4½
10	1	1	1	1½	1	2	1	2½	1	3
9	0	11¾	1	0¼	1	0¾	1	1	1	1½
8	0	10½	0	10¾	0	11¼	0	11½	1	0
7	0	9	0	9½	0	9¾	0	10¼	0	10½
6	0	7¾	0	8	0	8½	0	8¾	0	9
5	0	6½	0	6¾	0	7	0	7¼	0	7½
4	0	5¼	0	5½	0	5½	0	5¾	0	6
3	0	4	0	4	0	4¼	0	4¼	0	4½
2	0	2½	0	2¾	0	2¾	0	3	0	3
1	0	1¼	0	1¼	0	1½	0	1½	0	1½
D 11	0	1¼	0	1¼	0	1¼	0	1¼	0	1¼
10	0	1	0	1	0	1¼	0	1¼	0	1¼
9	0	1	0	1	0	1	0	1	0	1
8	0	0¾	0	1	0	1	0	1	0	1
7	0	0¾	0	0¾	0	0¾	0	0¾	0	0¾
6	0	0½	0	0½	0	0¾	0	0¾	0	0¾
5	0	0½	0	0½	0	0½	0	0½	0	0½
4	0	0½	0	0½	0	0½	0	0½	0	0½
3	0	0¼	0	0¼	0	0¼	0	0¼	0	0¼
2	0	0¼	0	0¼	0	0¼	0	0¼	0	0¼
1	0	0	0	0	0	0	0	0	0	0

Debt.	3/ s.	d.	3/1 s.	d.	3/2 s.	d.	3/3 s.	d.	3/4 s.	d.
S 19	2	10½	2	11½	3	0	3	1	3	2
18	2	8½	2	9½	2	10½	2	11	3	0
17	2	6½	2	7½	2	8½	2	9½	2	10
16	2	4½	2	5½	2	6½	2	7¼	2	8
15	2	3	2	3¾	2	4½	2	5¼	2	6
14	2	1½	2	2	2	2½	2	3¼	2	4
13	1	11¼	2	0	2	0¾	2	1¼	2	2
12	1	9½	1	10¼	1	10¾	1	11½	2	0
11	1	7¾	1	8¼	1	9	1	9½	1	10
10	1	6	1	6½	1	7	1	7½	1	8
9	1	4½	1	4¾	1	5	1	5½	1	6
8	1	2½	1	2¾	1	3¼	1	3½	1	4
7	1	0½	1	1	1	1¼	1	1¾	1	2
6	0	10¾	0	11	0	11½	0	11¾	1	0
5	0	9	0	9¼	0	9½	0	9¾	0	10
4	0	7¼	0	7½	0	7½	0	7¾	0	8
3	0	5½	0	5½	0	5¾	0	5¾	0	6
2	0	3½	0	3¾	0	3¾	0	4	0	4
1	0	1¾	0	1¾	0	2	0	2	0	2
D 11	0	1¾	0	1¾	0	1¾	0	1¾	0	1¾
10	0	1½	0	1½	0	1½	0	1½	0	1½
9	0	1¼	0	1½	0	1½	0	1½	0	1½
8	0	1¼	0	1¼	0	1¼	0	1¼	0	1¼
7	0	1	0	1	0	1	0	1¼	0	1¼
6	0	1	0	1	0	1	0	1	0	1
5	0	0¾	0	0¾	0	0¾	0	0¾	0	0¾
4	0	0½	0	0½	0	0¾	0	0¾	0	0¾
3	0	0½	0	0½	0	0½	0	0½	0	0½
2	0	0¼	0	0¼	0	0¼	0	0¼	0	0¼
1	0	0¼	0	0¼	0	0¼	0	0¼	0	0¼

Debt.	Dividends per Pound.									
	3/5		3/6		3/7		3/8		3/9	
	s.	d.	s.	d.	s.	d.	s.	d.	s.	d.
S 19	3	3	3	4	3	4¾	3	5¾	3	6¾
18	3	1	3	1¾	3	2¾	3	3½	3	4½
17	2	10¾	2	11¾	3	0½	3	1½	3	2¼
16	2	8¾	2	9½	2	10½	2	11¼	3	0
15	2	6¾	2	7½	2	8¼	2	9	2	9¾
14	2	4¾	2	5½	2	6	2	6¾	2	7½
13	2	2¾	2	3¼	2	4	2	4½	2	5¼
12	2	0½	2	1¼	2	1¾	2	2½	2	3
11	1	10½	1	11	1	11¾	2	0¼	2	0¾
10	1	8½	1	9	1	9½	1	10	1	10½
9	1	6½	1	7	1	7¼	1	7¾	1	8¼
8	1	4½	1	4¾	1	5¼	1	5½	1	6
7	1	2¼	1	2¾	1	3	1	3½	1	3¾
6	1	0¼	1	0½	1	1	1	1¼	1	1½
5	0	10¼	0	10½	0	10¾	0	11	0	11¼
4	0	8¼	0	8½	0	8½	0	8¾	0	9
3	0	6¼	0	6¼	0	6½	0	6½	0	6¾
2	0	4	0	4¼	0	4¼	0	4½	0	4½
1	0	2	0	2	0	2¼	0	2¼	0	2¼
D 11	0	2	0	2	0	2	0	2	0	2
10	0	1¾	0	1¾	0	1¾	0	1¾	0	1¾
9	0	1½	0	1½	0	1½	0	1¾	0	1¾
8	0	1¼	0	1½	0	1½	0	1½	0	1½
7	0	1¼	0	1¼	0	1¼	0	1¼	0	1¼
6	0	1	0	1	0	1	0	1	0	1
5	0	0¾	0	0¾	0	1	0	1	0	1
4	0	0¾	0	0¾	0	0¾	0	0¾	0	0¾
3	0	0½	0	0½	0	0½	0	0½	0	0½
2	0	0¼	0	0¼	0	0¼	0	0¼	0	0¼
1	0	0¼	0	0¼	0	0¼	0	0¼	0	0¼
	4/3		4/4		4/5		4/6		4/7	
S 19	4	0½	4	1½	4	2¼	4	3¼	4	4¼
18	3	10	3	10¾	3	11¾	4	0½	4	1½
17	3	7¼	3	8¼	3	9	3	10	3	10¾
16	3	4¾	3	5½	3	6½	3	7¼	3	8
15	3	2¼	3	3	3	3¾	3	4½	3	5¼
14	2	11¾	3	0½	3	1	3	1¾	3	2½
13	2	9¼	2	9¾	2	10½	2	11	2	11¾
12	2	6½	2	7¼	2	7¾	2	8½	2	9
11	2	4	2	4½	2	5¼	2	5¾	2	6¼
10	2	1½	2	2	2	2½	2	3	2	3½
9	1	11	1	11½	1	11¾	2	0¼	2	0¾
8	1	8½	1	8¾	1	9¼	1	9½	1	10
7	1	5¾	1	6¼	1	6½	1	7	1	7¼
6	1	3¼	1	3½	1	4	1	4¼	1	4½
5	1	0¾	1	1	1	1¼	1	1½	1	1¾
4	0	10¼	0	10½	0	10½	0	10¾	0	11
3	0	7¾	0	7¾	0	8	0	8	0	8¼
2	0	5	0	5¼	0	5¼	0	5½	0	5½
1	0	2½	0	2½	0	2¾	0	2¾	0	2¾
D 11	0	2¼	0	2½	0	2½	0	2½	0	2½
10	0	2	0	2¼	0	2¼	0	2¼	0	2¼
9	0	2	0	2	0	2	0	2	0	2
8	0	1¾	0	1¾	0	1¾	0	1¾	0	1¾
7	0	1½	0	1½	0	1½	0	1½	0	1½
6	0	1¼	0	1¼	0	1¼	0	1¼	0	1¼
5	0	1	0	1	0	1	0	1	0	1¼
4	0	0¾	0	0¾	0	1	0	1	0	1
3	0	0¾	0	0¾	0	0¾	0	0¾	0	0¾
2	0	0½	0	0½	0	0½	0	0½	0	0½
1	0	0¼	0	0¼	0	0¼	0	0¼	0	0¼

Debt.	Dividends per Pound.									
	3/10		3/11		4/		4/1		4/2	
	s.	d.	s.	d.	s.	d.	s.	d.	s.	d.
S 19	3	7¾	3	8¾	3	9½	3	10½	3	11½
18	3	5½	3	6¼	3	7¼	3	8	3	9
17	3	3	3	4	3	4¾	3	5¾	3	6½
16	3	0¾	3	1½	3	2½	3	3¼	3	4
15	2	10½	2	11¼	3	0	3	0¾	3	1½
14	2	8¼	2	9	2	9½	2	10¼	2	11
13	2	6	2	6½	2	7¼	2	7¾	2	8½
12	2	3½	2	4¼	2	4¾	2	5½	2	6
11	2	1¼	2	1¾	2	2½	2	3	2	3½
10	1	11	1	11½	2	0	2	0½	2	1
9	1	8¾	1	9¼	1	9½	1	10	1	10½
8	1	6½	1	6¾	1	7¼	1	7½	1	8
7	1	4	1	4½	1	4¾	1	5¼	1	5½
6	1	1¾	1	2	1	2½	1	2¾	1	3
5	0	11½	0	11¾	1	0	1	0¼	1	0½
4	0	9¼	0	9½	0	9½	0	9¾	0	10
3	0	7	0	7	0	7¼	0	7¼	0	7½
2	0	4½	0	4¾	0	4¾	0	5	0	5
1	0	2¼	0	2¼	0	2½	0	2½	0	2½
D 11	0	2	0	2¼	0	2¼	0	2¼	0	2¼
10	0	2	0	2	0	2	0	2	0	2
9	0	1¾	0	1¾	0	1¾	0	1¾	0	1¾
8	0	1½	0	1½	0	1½	0	1¾	0	1¾
7	0	1¼	0	1¼	0	1½	0	1½	0	1½
6	0	1¼	0	1¼	0	1¼	0	1¼	0	1¼
5	0	1	0	1	0	1	0	1	0	1
4	0	0¾	0	0¾	0	0¾	0	0¾	0	0¾
3	0	0½	0	0½	0	0½	0	0½	0	0½
2	0	0½	0	0½	0	0½	0	0½	0	0½
1	0	0¼	0	0¼	0	0¼	0	0¼	0	0¼
	4/8		4/9		4/10		4/11		5/	
S 19	4	5¼	4	6¼	4	7	4	8	4	9
18	4	2½	4	3¼	4	4¼	4	5	4	6
17	3	11½	4	0½	4	1¼	4	2¼	4	3
16	3	8¾	3	9½	3	10½	3	11¼	4	0
15	3	6	3	6¾	3	7½	3	8¼	3	9
14	3	3¼	3	4	3	4½	3	5¼	3	6
13	3	0½	3	1	3	1¾	3	2¼	3	3
12	2	9½	2	10¼	2	10¾	2	11½	3	0
11	2	6¾	2	7¼	2	8	2	8½	2	9
10	2	4	2	4½	2	5	2	5½	2	6
9	2	1¼	2	1¾	2	2	2	2½	2	3
8	1	10½	1	10¾	1	11¼	1	11½	2	0
7	1	7½	1	8	1	8¼	1	8¾	1	9
6	1	4¾	1	5	1	5½	1	5¾	1	6
5	1	2	1	2¼	1	2½	1	2¾	1	3
4	0	11¼	0	11½	0	11½	0	11¾	1	0
3	0	8½	0	8½	0	8¾	0	8¾	0	9
2	0	5½	0	5¾	0	5¾	0	6	0	6
1	0	2¾	0	2¾	0	3	0	3	0	3
D 11	0	2½	0	2½	0	2¾	0	2¾	0	2¾
10	0	2¼	0	2¼	0	2½	0	2½	0	2½
9	0	2	0	2¼	0	2¼	0	2¼	0	2¼
8	0	1¾	0	2	0	2	0	2	0	2
7	0	1¾	0	1¾	0	1¾	0	1¾	0	1¾
6	0	1½	0	1½	0	1½	0	1½	0	1½
5	0	1¼	0	1¼	0	1¼	0	1¼	0	1¼
4	0	1	0	1	0	1	0	1	0	1
3	0	0¾	0	0¾	0	0¾	0	0¾	0	0¾
2	0	0½	0	0½	0	0½	0	0½	0	0½
1	0	0¼	0	0¼	0	0¼	0	0¼	0	0¼

Debt.	Dividends per Pound.									
	5/6		6/		6/6		6/8		7/	
	s.	d.	s.	d.	s.	d.	s.	d.	s.	d.
S 19	5	2¾	5	8½	6	2	6	4	6	7¾
18	4	11½	5	4¾	5	10¼	6	0	6	3½
17	4	8	5	1¼	5	6¼	5	8	5	11½
16	4	4¾	4	9½	5	2½	5	4	5	7¼
15	4	1½	4	6	4	10½	5	0	5	3
14	3	10¼	4	2½	4	6½	4	8	4	10¾
13	3	7	3	10¾	4	2¾	4	4	4	6½
12	3	3½	3	7¼	3	10¾	4	0	4	2½
11	3	0¼	3	3½	3	7	3	8	3	10¼
10	2	9	3	0	3	3	3	4	3	6
9	2	5¾	2	8½	2	11	3	0	3	1¾
8	2	2½	2	4¾	2	7¼	2	8	2	9½
7	1	11	2	1¼	2	3¼	2	4	2	5½
6	1	7¾	1	9½	1	11½	2	0	2	1¼
5	1	4½	1	6	1	7½	1	8	1	9
4	1	1¼	1	2½	1	3½	1	4	1	4¾
3	0	10	0	10¾	0	11¾	1	0	1	0½
2	0	6½	0	7¼	0	7¾	0	8	0	8½
1	0	3¼	0	3½	0	4	0	4	0	4¼
D 11	0	3	0	3¼	0	3½	0	3¾	0	3¾
10	0	2¾	0	3	0	3¼	0	3¼	0	3½
9	0	2½	0	2¾	0	3	0	3	0	3¼
8	0	2¼	0	2½	0	2½	0	2¾	0	2¾
7	0	2	0	2	0	2¼	0	2¼	0	2½
6	0	1¾	0	1¾	0	2	0	2	0	2
5	0	1¼	0	1½	0	1½	0	1¾	0	1¾
4	0	1	0	1¼	0	1¼	0	1¼	0	1½
3	0	0¾	0	1	0	1	0	1	0	1
2	0	0½	0	0½	0	0¾	0	0¾	0	0¾
1	0	0¼	0	0¼	0	0¼	0	0¼	0	0¼

Debt.	10/		10/6		11/		11/6		12/	
S 19	9	6	9	11¾	10	5½	10	11	11	4¾
18	9	0	9	5½	9	10¾	10	4¼	10	9½
17	8	6	8	11	9	4¼	9	9¼	10	2½
16	8	0	8	4¾	8	9½	9	2½	9	7¼
15	7	6	7	10½	8	3	8	7½	9	0
14	7	0	7	4¼	7	8½	8	0½	8	4¾
13	6	6	6	10	7	1¾	7	5¾	7	9½
12	6	0	6	3½	6	7¼	6	10¾	7	2½
11	5	6	5	9¼	6	0½	6	4	6	7¼
10	5	0	5	3	5	6	5	9	6	0
9	4	6	4	8¾	4	11½	5	2	5	4¾
8	4	0	4	2½	4	4¾	4	7¼	4	9½
7	3	6	3	8	3	10¼	4	0¼	4	2½
6	3	0	3	1¾	3	3½	3	5½	3	7¼
5	2	6	2	7½	2	9	2	10½	3	0
4	2	0	2	1¼	2	2½	2	3½	2	4¾
3	1	6	1	7	1	7¾	1	8¾	1	9½
2	1	0	1	0½	1	1¼	1	1¾	1	2½
1	0	6	0	6¼	0	6½	0	7	0	7¼
D 11	0	5½	0	5¾	0	6	0	6¼	0	6½
10	0	5	0	5¼	0	5½	0	5¾	0	6
9	0	4½	0	4¾	0	5	0	5¼	0	5½
8	0	4	0	4¼	0	4½	0	4½	0	4¾
7	0	3½	0	3¾	0	3¾	0	4	0	4¼
6	0	3	0	3¼	0	3¼	0	3½	0	3½
5	0	2½	0	2½	0	2¾	0	2¾	0	3
4	0	2	0	2	0	2¼	0	2¼	0	2½
3	0	1½	0	1½	0	1¾	0	1¾	0	1¾
2	0	1	0	1	0	1	0	1¼	0	1¼
1	0	0½	0	0½	0	0½	0	0½	0	0½

Debt.	Dividends per Pound.									
	7/6		8/		8/6		9/		9/6	
	s.	d.	s.	d.	s.	d.	s.	d.	s.	d.
S 19	7	1½	7	7¼	8	1	8	6½	9	0¼
18	6	9	7	2½	7	7¾	8	1¼	8	6½
17	6	4½	6	9½	7	2¾	7	7¾	8	1
16	6	0	6	4¾	6	9½	7	2½	7	7¼
15	5	7½	6	0	6	4½	6	9	7	1½
14	5	3	5	7¼	5	11½	6	3½	6	7¾
13	4	10½	5	2½	5	6¼	5	10¼	6	2
12	4	6	4	9½	5	1¼	5	4¾	5	8½
11	4	1½	4	4¾	4	8	4	11½	5	2¾
10	3	9	4	0	4	3	4	6	4	9
9	3	4½	3	7¼	3	10	4	0½	4	3¼
8	3	0	3	2½	3	4¾	3	7¼	3	9½
7	2	7½	2	9½	2	11¾	3	1¾	3	4
6	2	3	2	4¾	2	6½	2	8½	2	10¼
5	1	10½	2	0	2	1½	2	3	2	4½
4	1	6	1	7¼	1	8½	1	9½	1	10¾
3	1	1½	1	2½	1	3¼	1	4¼	1	5
2	0	9	0	9½	0	10¼	0	10¾	0	11½
1	0	4½	0	4¾	0	5	0	5½	0	5¾
D 11	0	4	0	4½	0	4¾	0	5	0	5¼
10	0	3¾	0	4	0	4¼	0	4½	0	4¾
9	0	3¼	0	3½	0	3¾	0	4	0	4¼
8	0	3	0	3¼	0	3½	0	3½	0	3¾
7	0	2½	0	2¾	0	3	0	3¼	0	3¼
6	0	2¼	0	2½	0	2½	0	2¾	0	2¾
5	0	1¾	0	2	0	2	0	2¼	0	2¼
4	0	1½	0	1½	0	1¾	0	1¾	0	2
3	0	1	0	1¼	0	1¼	0	1¼	0	1½
2	0	0¾	0	0¾	0	0¾	0	1	0	1
1	0	0¼	0	0½	0	0½	0	0½	0	0½

Debt.	12/6		13/		13/6		14/		15/	
S 19	11	10½	12	4¼	12	10	13	3½	14	3
18	11	3	11	8½	12	1¾	12	7¼	13	6
17	10	7½	11	0½	11	5¾	11	10¾	12	9
16	10	0	10	4¾	10	9½	11	2½	12	0
15	9	4½	9	9	10	1½	10	6	11	3
14	8	9	9	1¼	9	5½	9	9½	10	6
13	8	1½	8	5½	8	9¼	9	1¼	9	9
12	7	6	7	9½	8	1¼	8	4¾	9	0
11	6	10½	7	1¾	7	5	7	8½	8	3
10	6	3	6	6	6	9	7	0	7	6
9	5	7½	5	10¼	6	1	6	3½	6	9
8	5	0	5	2½	5	4¾	5	7¼	6	0
7	4	4½	4	6½	4	8¾	4	10¾	5	3
6	3	9	3	10¾	4	0½	4	2½	4	6
5	3	1½	3	3	3	4½	3	6	3	9
4	2	6	2	7¼	2	8½	2	9½	3	0
3	1	10½	1	11½	2	0¼	2	1¼	2	3
2	1	3	1	3½	1	4¼	1	4¾	1	6
1	0	7½	0	7¾	0	8	0	8½	0	9
D 11	0	6¾	0	7¼	0	7½	0	7¾	0	8¼
10	0	6¼	0	6½	0	6¾	0	7	0	7½
9	0	5½	0	5¾	0	6	0	6¼	0	6¾
8	0	5	0	5¼	0	5½	0	5½	0	6
7	0	4¼	0	4½	0	4¾	0	5	0	5¼
6	0	3¾	0	4	0	4	0	4¼	0	4½
5	0	3	0	3¼	0	3¼	0	3½	0	3¾
4	0	2½	0	2½	0	2¾	0	2¾	0	3
3	0	1¾	0	2	0	2	0	2	0	2¼
2	0	1¼	0	1¼	0	1¼	0	1½	0	1½
1	0	0½	0	0¾	0	0¾	0	0¾	0	0¾

2. BUSHELS, PECKS, GALLONS, AND QUARTS, AT GIVEN RATES PER QUARTER.

	1s.			5s.			10s.			11s.			12s.			13s.		
	L.	s.	d.	L.	s.	d.	L.	s.	d.	L.	s.	d.	L.	s.	d.	L.	s.	d.
Bu. 7	0	0	10½	0	4	4½	0	8	9	0	9	7½	0	10	6	0	11	4½
6	0	0	9	0	3	9	0	7	6	0	8	3	0	9	0	0	9	9
5	0	0	7½	0	3	1½	0	6	3	0	6	10½	0	7	6	0	8	1½
4	0	0	6	0	2	6	0	5	0	0	5	6	0	6	0	0	6	6
3	0	0	4½	0	1	10½	0	3	9	0	4	1½	0	4	6	0	4	10½
2	0	0	3	0	1	3	0	2	6	0	2	9	0	3	0	0	3	3
1	0	0	1½	0	0	7½	0	1	3	0	1	4½	0	1	6	0	1	7½
Pk. 3	0	0	1	0	0	5½	0	0	11¼	0	1	0½	0	1	1½	0	1	2¼
2	0	0	0¾	0	0	3¾	0	0	7½	0	0	8¼	0	0	9	0	0	9¾
1	0	0	0¼	0	0	1¾	0	0	3¾	0	0	4	0	0	4½	0	0	4¾
Gal. 1	0	0	0¼	0	0	1	0	0	1¾	0	0	2	0	0	2¼	0	0	2½
Qt. 3	0	0	0¼	0	0	0¾	0	0	1½	0	0	1½	0	0	1¾	0	0	1¾
2	0	0	0	0	0	0½	0	0	1	0	0	1	0	0	1	0	0	1¼
1	0	0	0	0	0	0¼	0	0	0½	0	0	0½	0	0	0½	0	0	0½

	14s.			15s.			16s.			17s.			18s.			19s.		
Bu. 7	0	12	3	0	13	1½	0	14	0	0	14	10½	0	15	9	0	16	7½
6	0	10	6	0	11	3	0	12	0	0	12	9	0	13	6	0	14	3
5	0	8	9	0	9	4½	0	10	0	0	10	7½	0	11	3	0	11	10½
4	0	7	0	0	7	6	0	8	0	0	8	6	0	9	0	0	9	6
3	0	5	3	0	5	7½	0	6	0	0	6	4½	0	6	9	0	7	1½
2	0	3	6	0	3	9	0	4	0	0	4	3	0	4	6	0	4	9
1	0	1	9	0	1	10½	0	2	0	0	2	1½	0	2	3	0	2	4½
Pk. 3	0	1	3¾	0	1	4¾	0	1	6	0	1	7	0	1	8¼	0	1	9¼
2	0	0	10½	0	0	11¼	0	1	0	0	1	0¾	0	1	1½	0	1	2¼
1	0	0	5¼	0	0	5½	0	0	6	0	0	6¼	0	0	6¾	0	0	7
Gal. 1	0	0	2½	0	0	2¾	0	0	3	0	0	3¼	0	0	3¼	0	0	3½
Qt. 3	0	0	2	0	0	2	0	0	2¼	0	0	2½	0	0	2½	0	0	2¾
2	0	0	1¼	0	0	1½	0	0	1½	0	0	1½	0	0	1¾	0	0	1¾
1	0	0	0¾	0	0	0¾	0	0	0¾	0	0	0¾	0	0	0¾	0	0	1

	20s.			21s.			22s.			23s.			24s.			25s.		
Bu. 7	0	17	6	0	18	4½	0	19	3	1	0	1½	1	1	0	1	1	10½
6	0	15	0	0	15	9	0	16	6	0	17	3	0	18	0	0	18	9
5	0	12	6	0	13	1½	0	13	9	0	14	4½	0	15	0	0	15	7½
4	0	10	0	0	10	6	0	11	0	0	11	6	0	12	0	0	12	6
3	0	7	6	0	7	10½	0	8	3	0	8	7½	0	9	0	0	9	4½
2	0	5	0	0	5	3	0	5	6	0	5	9	0	6	0	0	6	3
1	0	2	6	0	2	7½	0	2	9	0	2	10½	0	3	0	0	3	1½
Pk. 3	0	1	10½	0	1	11½	0	2	0¾	0	2	1¾	0	2	3	0	2	4
2	0	1	3	0	1	3¾	0	1	4½	0	1	5¼	0	1	6	0	1	6¾
1	0	0	7½	0	0	7¾	0	0	8¼	0	0	8½	0	0	9	0	0	9¼
Gal. 1	0	0	3¾	0	0	4	0	0	4	0	0	4¼	0	0	4½	0	0	4¾
Qt. 3	0	0	2¾	0	0	3	0	0	3	0	0	3¼	0	0	3¼	0	0	3½
2	0	0	1¾	0	0	2	0	0	2	0	0	2¼	0	0	2¼	0	0	2¼
1	0	0	1	0	0	1	0	0	1	0	0	1	0	0	1	0	0	1¼

EXAMPLE 1. Required the amount of 46 quarters, 3 bushels, and 1 peck of oats, at the rate of 24s. 7d. per quarter.

	L.	s.	d.
46 quarters at 20s. is evidently	L.46	0	0
Do. at 4s. 7d. is, by Table, page 75,	10	10	10
3 bushels and 1 peck at 24s. is, by the above Table, 9s. and 9d.	0	9	9
Do do. at 7d. is, by Pence Table, page 127, 2½d. and ¼d.	0	0	2¾
Answer....L.	57	0	9¾

EXAMPLE 2. Required the amount of 22 quarters, 5 bushels, 2 pecks, 1 gallon, and 1 quart of wheat, at the rate of L.3, 2s. 7d., or 62s. 7d. per quarter.

	L.	s.	d.
22 qrs. at L.3 is evidently	L.66	0	0
Do. at 2s. 7d. is, by Table, page 63..	2	16	10
5 bushels, 2 pecks, at 62s. is, by page 126, 39s. 9d., and 3s. 10½d.	2	2	7½
1 gallon, 1 quart, at do. do. 11½d. and 2d.	0	1	2½
5 bushels, 2 pecks, at 7d. is, by page 127, 4¼d. and ½d.	0	0	4¾
1 gallon, 1 quart, at do. do.	0	0	0
Answer....L.	71	1	0¾

		26s.			27s.			28s.		
		L.	s.	d.	L.	s.	d.	L.	s.	d.
Bu.	7	1	2	9	1	3	7½	1	4	6
	6	0	19	6	1	0	3	1	1	0
	5	0	16	3	0	16	10½	0	17	6
	4	0	13	0	0	13	6	0	14	0
	3	0	9	9	0	10	1½	0	10	6
	2	0	6	6	0	6	9	0	7	0
	1	0	3	3	0	3	4½	0	3	6
Pk.	3	0	2	5¼	0	2	6¼	0	2	7½
	2	0	1	7½	0	1	8¼	0	1	9
	1	0	0	9¾	0	0	10	0	0	10½
Gal.	1	0	0	4¾	0	0	5	0	0	5¼
Qt.	3	0	0	3¾	0	0	3¾	0	0	4
	2	0	0	2½	0	0	2½	0	0	2½
	1	0	0	1¼	0	0	1¼	0	0	1¼

		29s.			30s.			31s.		
		L.	s.	d.	L.	s.	d.	L.	s.	d.
Bu.	7	1	5	4½	1	6	3	1	7	1½
	6	1	1	9	1	2	6	1	3	3
	5	0	18	1½	0	18	9	0	19	4½
	4	0	14	6	0	15	0	0	15	6
	3	0	10	10½	0	11	3	0	11	7½
	2	0	7	3	0	7	6	0	7	9
	1	0	3	7½	0	3	9	0	3	10½
Pk.	3	0	2	8½	0	2	9¾	0	2	10¾
	2	0	1	9¾	0	1	10½	0	1	11¼
	1	0	0	10¾	0	0	11¼	0	0	11½
Gal.	1	0	0	5½	0	0	5½	0	0	5¾
Qt.	3	0	0	4	0	0	4¼	0	0	4¼
	2	0	0	2¾	0	0	2¾	0	0	3
	1	0	0	1¼	0	0	1½	0	0	1½

		32s.			33s.			34s.		
Bu.	7	1	8	0	1	8	10½	1	9	9
	6	1	4	0	1	4	9	1	5	6
	5	1	0	0	1	0	7½	1	1	3
	4	0	16	0	0	16	6	0	17	0
	3	0	12	0	0	12	4½	0	12	9
	2	0	8	0	0	8	3	0	8	6
	1	0	4	0	0	4	1½	0	4	3
Pk.	3	0	3	0	0	3	1	0	3	2¼
	2	0	2	0	0	2	0¾	0	2	1½
	1	0	1	0	0	1	0¼	0	1	0¾
Gal.	1	0	0	6	0	0	6¼	0	0	6¼
Qt.	3	0	0	4½	0	0	4¾	0	0	4¾
	2	0	0	3	0	0	3	0	0	3¼
	1	0	0	1½	0	0	1½	0	0	1½

		35s.			36s.			37s.		
Bu.	7	1	10	7½	1	11	6	1	12	4½
	6	1	6	3	1	7	0	1	7	9
	5	1	1	10½	1	2	6	1	3	1½
	4	0	17	6	0	18	0	0	18	6
	3	0	13	1½	0	13	6	0	13	10½
	2	0	8	9	0	9	0	0	9	3
	1	0	4	4½	0	4	6	0	4	7½
Pk.	3	0	3	3¼	0	3	4½	0	3	5½
	2	0	2	2¼	0	2	3	0	2	3¾
	1	0	1	1	0	1	1½	0	1	1¾
Gal.	1	0	0	6½	0	0	6¾	0	0	7
Qt.	3	0	0	5	0	0	5	0	0	5¼
	2	0	0	3¼	0	0	3¼	0	0	3½
	1	0	0	1¾	0	0	1¾	0	0	1¾

		38s.			39s.			40s.		
Bu.	7	1	13	3	1	14	1½	1	15	0
	6	1	8	6	1	9	3	1	10	0
	5	1	3	9	1	4	4½	1	5	0
	4	0	19	0	0	19	6	1	0	0
	3	0	14	3	0	14	7½	0	15	0
	2	0	9	6	0	9	9	0	10	0
	1	0	4	9	0	4	10½	0	5	0
Pk.	3	0	3	6¾	0	3	7¾	0	3	9
	2	0	2	4½	0	2	5¼	0	2	6
	1	0	1	2¼	0	1	2½	0	1	3
Gal.	1	0	0	7	0	0	7¼	0	0	7½
Qt.	3	0	0	5¼	0	0	5½	0	0	5½
	2	0	0	3½	0	0	3¾	0	0	3¾
	1	0	0	1¾	0	0	1¾	0	0	1¾

		41s.			42s.			43s.		
Bu.	7	1	15	10½	1	16	9	1	17	7½
	6	1	10	9	1	11	6	1	12	3
	5	1	5	7½	1	6	3	1	6	10½
	4	1	0	6	1	1	0	1	1	6
	3	0	15	4½	0	15	9	0	16	1½
	2	0	10	3	0	10	6	0	10	9
	1	0	5	1½	0	5	3	0	5	4½
Pk.	3	0	3	10	0	3	11¼	0	4	0¼
	2	0	2	6¾	0	2	7½	0	2	8¼
	1	0	1	3¼	0	1	3¾	0	1	4
Gal.	1	0	0	7¾	0	0	7¾	0	0	8
Qt.	3	0	0	5¾	0	0	6	0	0	6
	2	0	0	3¾	0	0	4	0	0	4
	1	0	0	2	0	0	2	0	0	2

		44s.			45s.			46s.		
Bu.	7	1	18	6	1	19	4½	2	0	3
	6	1	13	0	1	13	9	1	14	6
	5	1	7	6	1	8	1½	1	8	9
	4	1	2	0	1	2	6	1	3	0
	3	0	16	6	0	16	10½	0	17	3
	2	0	11	0	0	11	3	0	11	6
	1	0	5	6	0	5	7½	0	5	9
Pk.	3	0	4	1½	0	4	2½	0	4	3¾
	2	0	2	9	0	2	9¾	0	2	10½
	1	0	1	4½	0	1	4¾	0	1	5¼
Gal.	1	0	0	8¼	0	0	8½	0	0	8½
Qt.	3	0	0	6¼	0	0	6¼	0	0	6½
	2	0	0	4	0	0	4¼	0	0	4¼
	1	0	0	2	0	0	2	0	0	2¼

		47s.			48s.			49s.		
Bu.	7	2	1	1½	2	2	0	2	2	10½
	6	1	15	3	1	16	0	1	16	9
	5	1	9	4½	1	10	0	1	10	7½
	4	1	3	6	1	4	0	1	4	6
	3	0	17	7½	0	18	0	0	18	4½
	2	0	11	9	0	12	0	0	12	3
	1	0	5	10½	0	6	0	0	6	1½
Pk.	3	0	4	4¾	0	4	6	0	4	7
	2	0	2	11¼	0	3	0	0	3	0¾
	1	0	1	5½	0	1	6	0	1	6¼
Gal.	1	0	0	8¾	0	0	9	0	0	9¼
Qt.	3	0	0	6½	0	0	6¾	0	0	7
	2	0	0	4½	0	0	4½	0	0	4½
	1	0	0	2¼	0	0	2¼	0	0	2¼

		50s.	51s.	52s.	53s.	54s.	55s.
		l. s. d.	l. s. d.	l. s. d.	l. s. d.	l. s. d.	l. s. d.
Bu.	7	2 3 9	2 4 7½	2 5 6	2 6 4½	2 7 3	2 8 1½
	6	1 17 6	1 18 3	1 19 0	1 19 9	2 0 6	2 1 3
	5	1 11 3	1 11 10½	1 12 6	1 13 1½	1 13 9	1 14 4½
	4	1 5 0	1 5 6	1 6 0	1 6 6	1 7 0	1 7 6
	3	0 18 9	0 19 1½	0 19 6	0 19 10½	1 0 3	1 0 7½
	2	0 12 6	0 12 9	0 13 0	0 13 3	0 13 6	0 13 9
	1	0 6 3	0 6 4½	0 6 6	0 6 7½	0 6 9	0 6 10½
Pk.	3	0 4 8¼	0 4 9¼	0 4 10½	0 4 11½	0 5 0¾	0 5 1¾
	2	0 3 1½	0 3 2¼	0 3 3	0 3 3¾	0 3 4½	0 3 5¼
	1	0 1 6¾	0 1 7	0 1 7½	0 1 7¾	0 1 8¼	0 1 8½
Gal.	1	0 0 9¼	0 0 9½	0 0 9¾	0 0 10	0 0 10	0 0 10¼
Qt.	3	0 0 7	0 0 7¼	0 0 7¼	0 0 7½	0 0 7½	0 0 7¾
	2	0 0 4¾	0 0 4¾	0 0 4¾	0 0 5	0 0 5	0 0 5¼
	1	0 0 2¼	0 0 2½	0 0 2½	0 0 2½	0 0 2½	0 0 2½

		56s.	57s.	58s.	59s.	60s.	61s.
Bu.	7	2 9 0	2 9 10½	2 10 9	2 11 7½	2 12 6	2 13 4½
	6	2 2 0	2 2 9	2 3 6	2 4 3	2 5 0	2 5 9
	5	1 15 0	1 15 7½	1 16 3	1 16 10½	1 17 6	1 18 1½
	4	1 8 0	1 8 6	1 9 0	1 9 6	1 10 0	1 10 6
	3	1 1 0	1 1 4½	1 1 9	1 2 1½	1 2 6	1 2 10½
	2	0 14 0	0 14 3	0 14 6	0 14 9	0 15 0	0 15 3
	1	0 7 0	0 7 1½	0 7 3	0 7 4½	0 7 6	0 7 7½
Pk.	3	0 5 3	0 5 4	0 5 5¼	0 5 6¼	0 5 7½	0 5 8½
	2	0 3 6	0 3 6¾	0 3 7½	0 3 8¼	0 3 9	0 3 9¾
	1	0 1 9	0 1 9¼	0 1 9¾	0 1 10	0 1 10½	0 1 10¾
Gal.	1	0 0 10½	0 0 10¾	0 0 10¾	0 0 11	0 0 11¼	0 0 11½
Qt.	3	0 0 7¾	0 0 8	0 0 8¼	0 0 8¼	0 0 8½	0 0 8½
	2	0 0 5¼	0 0 5¼	0 0 5½	0 0 5½	0 0 5½	0 0 5¾
	1	0 0 2½	0 0 2¾	0 0 2¾	0 0 2¾	0 0 2¾	0 0 2¾

		62s.	63s.	64s.	65s.	66s.	67s.
Bu.	7	2 14 3	2 15 1½	2 16 0	2 16 10½	2 17 9	2 18 7½
	6	2 6 6	2 7 3	2 8 0	2 8 9	2 9 6	2 10 3
	5	1 18 9	1 19 4½	2 0 0	2 0 7½	2 1 3	2 1 10½
	4	1 11 0	1 11 6	1 12 0	1 12 6	1 13 0	1 13 6
	3	1 3 3	1 3 7½	1 4 0	1 4 4½	1 4 9	1 5 1½
	2	0 15 6	0 15 9	0 16 0	0 16 3	0 16 6	0 16 9
	1	0 7 9	0 7 10½	0 8 0	0 8 1½	0 8 3	0 8 4½
Pk.	3	0 5 9¾	0 5 10¾	0 6 0	0 6 1	0 6 2¼	0 6 3¼
	2	0 3 10½	0 3 11¼	0 4 0	0 4 0¾	0 4 1½	0 4 2¼
	1	0 1 11¼	0 1 11½	0 2 0	0 2 0¼	0 2 0¾	0 2 1
Gal.	1	0 0 11½	0 0 11¾	0 1 0	0 1 0¼	0 1 0¼	0 1 0½
Qt.	3	0 0 8¾	0 0 8¾	0 0 9	0 0 9¼	0 0 9¼	0 0 9½
	2	0 0 5¾	0 0 6	0 0 6	0 0 6	0 0 6¼	0 0 6¼
	1	0 0 3	0 0 3	0 0 3	0 0 3	0 0 3	0 0 3¼

		68s.	69s.	70s.	71s.	72s.	73s.
Bu.	7	2 19 6	3 0 4½	3 1 3	3 2 1½	3 3 0	3 3 10½
	6	2 11 0	2 11 9	2 12 6	2 13 3	2 14 0	2 14 9
	5	2 2 6	2 3 1½	2 3 9	2 4 4½	2 5 0	2 5 7½
	4	1 14 0	1 14 6	1 15 0	1 15 6	1 16 0	1 16 6
	3	1 5 6	1 5 10½	1 6 3	1 6 7½	1 7 0	1 7 4½
	2	0 17 0	0 17 3	0 17 6	0 17 9	0 18 0	0 18 3
	1	0 8 6	0 8 7½	0 8 9	0 8 10½	0 9 0	0 9 1½
Pk.	3	0 6 4½	0 6 5½	0 6 6¾	0 6 7¾	0 6 9	0 6 10
	2	0 4 3	0 4 3¾	0 4 4½	0 4 5¼	0 4 6	0 4 6¾
	1	0 2 1½	0 2 1¾	0 2 2¼	0 2 2½	0 2 3	0 2 3¼
Gal.	1	0 1 0¾	0 1 1	0 1 1	0 1 1¼	0 1 1½	0 1 1¾
Qt.	3	0 0 9½	0 0 9¾	0 0 9¾	0 0 10	0 0 10	0 0 10¼
	2	0 0 6¼	0 0 6½	0 0 6½	0 0 6¾	0 0 6¾	0 0 6¾
	1	0 0 3¼	0 0 3¼	0 0 3¼	0 0 3¼	0 0 3¼	0 0 3½

		74s.			75s.			76s.		
		l.	s.	d.	l.	s.	d.	l.	s.	d.
Bu.	7	3	4	9	3	5	7½	3	6	6
	6	2	15	6	2	16	3	2	17	0
	5	2	6	3	2	6	10½	2	7	6
	4	1	17	0	1	17	6	1	18	0
	3	1	7	9	1	8	1½	1	8	6
	2	0	18	6	0	18	9	0	19	0
	1	0	9	3	0	9	4½	0	9	6
Pk.	3	0	6	11¼	0	7	0½	0	7	1½
	2	0	4	7½	0	4	8¼	0	4	9
	1	0	2	3¾	0	2	4	0	2	4½
Gal.	1	0	1	1¾	0	1	2	0	1	2¼
Qt.	3	0	0	10½	0	0	10½	0	0	10¾
	2	0	0	7	0	0	7	0	0	7
	1	0	0	3½	0	0	3½	0	0	3½

		77s.			78s.			79s.		
		l.	s.	d.	l.	s.	d.	l.	s.	d.
Bu.	7	3	7	4½	3	8	3	3	9	1½
	6	2	17	9	2	18	6	2	19	3
	5	2	8	1½	2	8	9	2	9	4½
	4	1	18	6	1	19	0	1	19	6
	3	1	8	10½	1	9	3	1	9	7½
	2	0	19	3	0	19	6	0	19	9
	1	0	9	7½	0	9	9	0	9	10½
Pk.	3	0	7	2½	0	7	3¾	0	7	4¾
	2	0	4	9¾	0	4	10½	0	4	11¼
	1	0	2	4¾	0	2	5¼	0	2	5½
Gal.	1	0	1	2½	0	1	2½	0	1	2¾
Qt.	3	0	0	10¾	0	0	11	0	0	11
	2	0	0	7¼	0	0	7¼	0	0	7½
	1	0	0	3½	0	0	3¾	0	0	3¾

		80s.			81s.			82s.		
Bu.	7	3	10	0	3	10	10½	3	11	9
	6	3	0	0	3	0	9	3	1	6
	5	2	10	0	2	10	7½	2	11	3
	4	2	0	0	2	0	6	2	1	0
	3	1	10	0	1	10	4½	1	10	9
	2	1	0	0	1	0	3	1	0	6
	1	0	10	0	0	10	1½	0	10	3
Pk.	3	0	7	6	0	7	7	0	7	8¼
	2	0	5	0	0	5	0¾	0	5	1½
	1	0	2	6	0	2	6½	0	2	6¾
Gal.	1	0	1	3	0	1	3¼	0	1	3¼
Qt.	3	0	0	11¼	0	0	11½	0	0	11½
	2	0	0	7½	0	0	7½	0	0	7¾
	1	0	0	3¾	0	0	3¾	0	0	3¾

		83s.			84s.			85s.		
Bu.	7	3	12	7½	3	13	6	3	14	4½
	6	3	2	3	3	3	0	3	3	9
	5	2	11	10½	2	12	6	2	13	1½
	4	2	1	6	2	2	0	2	2	6
	3	1	11	1½	1	11	6	1	11	10½
	2	1	0	9	1	1	0	1	1	3
	1	0	10	4½	0	10	6	0	10	7½
Pk.	3	0	7	9½	0	7	10½	0	7	11½
	2	0	5	2¼	0	5	3	0	5	3¾
	1	0	2	7	0	2	7½	0	2	7¾
Gal.	1	0	1	3½	0	1	3¾	0	1	4
Qt.	3	0	0	11¾	0	0	11¾	0	1	0
	2	0	0	7¾	0	0	7¾	0	0	8
	1	0	0	4	0	0	4	0	0	4

		86s.			87s.			88s.		
Bu.	7	3	15	3	3	16	1½	3	17	0
	6	3	4	6	3	5	3	3	6	0
	5	2	13	9	2	14	4½	2	15	0
	4	2	3	0	2	3	6	2	4	0
	3	1	12	3	1	12	7½	1	13	0
	2	1	1	6	1	1	9	1	2	0
	1	0	10	9	0	10	10½	0	11	0
Pk.	3	0	8	0¾	0	8	1¾	0	8	3
	2	0	5	4½	0	5	5¼	0	5	6
	1	0	2	8¼	0	2	8½	0	2	9
Gal.	1	0	1	4	0	1	4¼	0	1	4½
Qt.	3	0	1	0	0	1	0¼	0	1	0¼
	2	0	0	8	0	0	8¼	0	0	8¼
	1	0	0	4	0	0	4	0	0	4

		89s.			90s.			100s.		
Bu.	7	3	17	10½	3	18	9	4	7	6
	6	3	6	9	3	7	6	3	15	0
	5	2	15	7½	2	16	3	3	2	6
	4	2	4	6	2	5	0	2	10	0
	3	1	13	4½	1	13	9	1	17	6
	2	1	2	3	1	2	6	1	5	0
	1	0	11	1½	0	11	3	0	12	6
Pk.	3	0	8	4	0	8	5¼	0	9	4½
	2	0	5	6¾	0	5	7½	0	6	3
	1	0	2	9½	0	2	9¾	0	3	1½
Gal.	1	0	1	4¾	0	1	4¾	0	1	6¾
Qt.	3	0	1	0½	0	1	0¾	0	1	2
	2	0	0	8¼	0	0	8½	0	0	9¼
	1	0	0	4¼	0	0	4¼	0	0	4¾

TABLE FOR PENCE.

		½d.	1d.	2d.	3d.	4d.	5d.
		d.	d.	d.	d.	d.	d.
Bu.	7	0½	0¾	1¾	2½	3½	4¼
	6	0½	0¾	1½	2¼	3	3¾
	5	0¼	0½	1¼	1¾	2½	3
	4	0¼	0½	1	1½	2	2½
	3	0¼	0¼	0¾	1	1½	1¾
	2	0	0¼	0½	0¾	1	1¼
	1	0	0	0¼	0¼	0½	0½
Pk.	3	0	0	0¼	0¼	0¼	0½
	2	0	0	0	0¼	0¼	0¼
	1	0	0	0	0	0	0¼
Gal.	1	0	0	0	0	0	0
Qt.	3	0	0	0	0	0	0
	2	0	0	0	0	0	0
	1	0	0	0	0	0	0

		6d.	7d.	8d.	9d.	10d.	11d.
		d.	d.	d.	d.	d.	d.
Bu.	7	5¼	6	7	7¾	8¾	9½
	6	4½	5¼	6	6¾	7½	8¼
	5	3¾	4¼	5	5½	6¼	6¾
	4	3	3½	4	4½	5	5½
	3	2¼	2½	3	3¼	3¾	4
	2	1½	1¾	2	2¼	2½	2¾
	1	0¾	0¾	1	1	1¼	1¼
Pk.	3	0½	0¾	0¾	0¾	1	1
	2	0¼	0½	0½	0½	0½	0¾
	1	0¼	0¼	0¼	0¼	0¼	0¼
Gal.	1	0	0	0	0¼	0¼	0¼
Qt.	3	0	0	0	0	0	0¼
	2	0	0	0	0	0	0
	1	0	0	0	0	0	0

3. ROODS AND POLES AT GIVEN RATES PER ACRE.

	6d.	1s.	1s.6d.	2s.	2s.6d.	3s.	3s.6d.	4s.
	s. d.	s. d.	s. d.	s. d.	s. d.	s. d.	s. d.	s. d.
Rd. 3	0 4½	0 9	1 1½	1 6	1 10½	2 3	2 7½	3 0
2	0 3	0 6	0 9	1 0	1 3	1 6	1 9	2 0
1	0 1½	0 3	0 4½	0 6	0 7½	0 9	0 10½	1 0
Po. 30	0 1	0 2¼	0 3¼	0 4½	0 5½	0 6¾	0 7¾	0 9
20	0 0¾	0 1½	0 2¼	0 3	0 3¾	0 4½	0 5¼	0 6
10	0 0½	0 0¾	0 1	0 1½	0 1¾	0 2¼	0 2½	0 3
9	0 0¼	0 0¾	0 1	0 1¼	0 1¾	0 2	0 2¼	0 2¾
8	0 0¼	0 0½	0 1	0 1¼	0 1½	0 1¾	0 2	0 2½
7	0 0¼	0 0½	0 0¾	0 1	0 1¼	0 1½	0 1¾	0 2
6	0 0¼	0 0½	0 0¾	0 1	0 1	0 1¼	0 1½	0 1¾
5	0 0¼	0 0¼	0 0½	0 0¾	0 1	0 1	0 1¼	0 1½
4	0 0¼	0 0¼	0 0½	0 0½	0 0¾	0 1	0 1	0 1¼
3	0 0	0 0¼	0 0¼	0 0½	0 0½	0 0¾	0 0¾	0 1
2	0 0	0 0¼	0 0¼	0 0¼	0 0¼	0 0½	0 0½	0 0½
1	0 0	0 0	0 0	0 0¼	0 0¼	0 0¼	0 0¼	0 0¼

	4s.6d.	5s.	5s.6d.	6s.	6s.6d.	7s.	7s.6d.	8s.
Rd. 3	3 4½	3 9	4 1½	4 6	4 10½	5 3	5 7½	6 0
2	2 3	2 6	2 9	3 0	3 3	3 6	3 9	4 0
1	1 1½	1 3	1 4½	1 6	1 7½	1 9	1 10½	2 0
Po. 30	0 10	0 11¼	1 0¼	1 1½	1 2½	1 3¾	1 4¾	1 6
20	0 6¾	0 7½	0 8¼	0 9	0 9¾	0 10½	0 11¼	1 0
10	0 3¼	0 3¾	0 4	0 4½	0 4¾	0 5¼	0 5½	0 6
9	0 3	0 3¼	0 3¾	0 4	0 4½	0 4¾	0 5	0 5½
8	0 2¾	0 3	0 3¼	0 3½	0 4	0 4¼	0 4½	0 4¾
7	0 2¼	0 2½	0 3	0 3¼	0 3½	0 3¾	0 4	0 4¼
6	0 2	0 2¼	0 2½	0 2¾	0 3	0 3¼	0 3½	0 3½
5	0 1¾	0 1¾	0 2	0 2¼	0 2½	0 2½	0 2¾	0 3
4	0 1¼	0 1½	0 1¾	0 1¾	0 2	0 2	0 2¼	0 2½
3	0 1	0 1	0 1¼	0 1¼	0 1½	0 1½	0 1¾	0 1¾
2	0 0¾	0 0¾	0 0¾	0 1	0 1	0 1	0 1	0 1¼
1	0 0¼	0 0¼	0 0½	0 0½	0 0½	0 0½	0 0½	0 0½

	8s.6d.	9s.	9s.6d.	10s.	10s6d	11s.	11s6d	12s.
Rd. 3	6 4½	6 9	7 1½	7 6	7 10½	8 3	8 7½	9 0
2	4 3	4 6	4 9	5 0	5 3	5 6	5 9	6 0
1	2 1½	2 3	2 4½	2 6	2 7½	2 9	2 10½	3 0
Po. 30	1 7	1 8¼	1 9¼	1 10½	1 11½	2 0¾	2 1¾	2 3
20	1 0¾	1 1½	1 2¼	1 3	1 3¾	1 4½	1 5¼	1 6
10	0 6¼	0 6¾	0 7	0 7½	0 7¾	0 8¼	0 8½	0 9
9	0 5¾	0 6	0 6½	0 6¾	0 7	0 7½	0 7¾	0 8
8	0 5	0 5½	0 5¾	0 6	0 6¼	0 6½	0 7	0 7¼
7	0 4½	0 4¾	0 5	0 5¼	0 5½	0 5¾	0 6	0 6¼
6	0 3¾	0 4	0 4¼	0 4½	0 4¾	0 5	0 5¼	0 5½
5	0 3¼	0 3¼	0 3½	0 3¾	0 4	0 4	0 4¼	0 4½
4	0 2½	0 2¾	0 2¾	0 3	0 3¼	0 3¼	0 3½	0 3½
3	0 2	0 2	0 2¼	0 2¼	0 2¼	0 2½	0 2½	0 2¾
2	0 1¼	0 1¼	0 1½	0 1½	0 1½	0 1¾	0 1¾	0 1¾
1	0 0¾	0 0¾	0 0¾	0 0¾	0 0¾	0 0¾	0 0¾	0 1

EXAMPLE 1. Required the rent of 96 acres, 1 rood, and 25 poles, at the rate of 8s. 6d. per acre.

	L.	s.	d.
96 acres at 8s. 6d. is, by Table, page 99,	L.40	16	0
1 rood at do. is by the above Table	0	2	1½
20 poles do. do.	0	1	0¾
5 poles do. do.	0	0	3¼
Answer....	L.40	19	5½

EXAMPLE 2. Required the value of 10 acres, 3 roods and 9 poles, in crop, at the rate of L.20, 10s. 6d. per acre.

	L.	s.	d.
10 times L.20 is evidently	L.200	0	0
10 a. 10s. 6d. is, by Table, page 108	5	5	0
3 roods at L.20 per acre, by page 129..	15	0	0
9 poles do. do.	1	2	6
3 roods at 10s. 6d. per acre is, as above	0	7	10½
9 poles do. do....	0	0	7
Answer....	L.221	15	11½

	12s6d s.	d.	13s. s.	d.	13s6d s.	d.	14s. s.	d.
Rd. 3	9	4½	9	9	10	1½	10	6
2	6	3	6	6	6	9	7	0
1	3	1½	3	3	3	4½	3	6
Po. 30	2	4	2	5¼	2	6½	2	7½
20	1	6¾	1	7½	1	8¼	1	9
10	0	9¼	0	9¾	0	10	0	10½
9	0	8½	0	8¾	0	9	0	9½
8	0	7½	0	7¾	0	8	0	8½
7	0	6½	0	6¾	0	7	0	7¼
6	0	5½	0	5¾	0	6	0	6¼
5	0	4¾	0	4¾	0	5	0	5¼
4	0	3¾	0	4	0	4	0	4¼
3	0	2¾	0	3	0	3	0	3¼
2	0	1¾	0	2	0	2	0	2
1	0	1	0	1	0	1	0	1

	14s6d s.	d.	15s. s.	d.	15s6d s.	d.	16s. s.	d.
Rd. 3	10	10½	11	3	11	7½	12	0
2	7	3	7	6	7	9	8	0
1	3	7½	3	9	3	10½	4	0
Po. 30	2	8½	2	9¾	2	10¾	3	0
20	1	9¾	1	10½	1	11¼	2	0
10	0	10¾	0	11¼	0	11½	1	0
9	0	9¾	0	10	0	10½	0	10¾
8	0	8¾	0	9	0	9¼	0	9½
7	0	7½	0	7¾	0	8¼	0	8½
6	0	6½	0	6¾	0	7	0	7¼
5	0	5½	0	5½	0	5¾	0	6
4	0	4¼	0	4½	0	4¾	0	4¾
3	0	3¼	0	3¼	0	3½	0	3½
2	0	2¼	0	2¼	0	2¼	0	2½
1	0	1	0	1	0	1¼	0	1¼

	16s6d s.	d.	17s. s.	d.	17s6d s.	d.	18s. s.	d.
Rd. 3	12	4½	12	9	13	1½	13	6
2	8	3	8	6	8	9	9	0
1	4	1½	4	3	4	4½	4	6
Po. 30	3	1	3	2¼	3	3¼	3	4½
20	2	0¾	2	1½	2	2¼	2	3
10	1	0½	1	0¾	1	1	1	1½
9	0	11¼	0	11½	0	11¾	1	0¼
8	0	10	0	10¼	0	10½	0	10¾
7	0	8¾	0	9	0	9¼	0	9½
6	0	7½	0	7¾	0	7¾	0	8
5	0	6¼	0	6¼	0	6½	0	6¾
4	0	5	0	5	0	5¼	0	5½
3	0	3¾	0	3¾	0	4	0	4
2	0	2½	0	2½	0	2½	0	2¾
1	0	1¼	0	1¼	0	1¼	0	1¼

	18s6d s.	d.	19s. s.	d.	19s6d s.	d.	20s. s.	d.
Rd. 3	13	10½	14	3	14	7½	15	0
2	9	3	9	6	9	9	10	0
1	4	7½	4	9	4	10½	5	0
Po. 30	3	5½	3	6¾	3	7¾	3	9
20	2	3¾	2	4½	2	5¼	2	6
10	1	1¾	1	2¼	1	2½	1	3
9	1	0½	1	0¾	1	1¼	1	1½
8	0	11	0	11½	0	11¾	1	0
7	0	9¾	0	10	0	10¼	0	10½
6	0	8¼	0	8½	0	8¾	0	9
5	0	7	0	7	0	7¼	0	7½
4	0	5½	0	5¾	0	5¾	0	6
3	0	4¼	0	4¼	0	4½	0	4½
2	0	2¾	0	2¾	0	3	0	3
1	0	1½	0	1½	0	1½	0	1½

	L.2 L.	s.	d.	L.3 L.	s.	d.	L.4 L.	s.	d.
Rd. 3	1	10	0	2	5	0	3	0	0
2	1	0	0	1	10	0	2	0	0
1	0	10	0	0	15	0	1	0	0
Po. 30	0	7	6	0	11	3	0	15	0
20	0	5	0	0	7	6	0	10	0
10	0	2	6	0	3	9	0	5	0
9	0	2	3	0	3	4½	0	4	6
8	0	2	0	0	3	0	0	4	0
7	0	1	9	0	2	7½	0	3	6
6	0	1	6	0	2	3	0	3	0
5	0	1	3	0	1	10½	0	2	6
4	0	1	0	0	1	6	0	2	0
3	0	0	9	0	1	1½	0	1	6
2	0	0	6	0	0	9	0	1	0
1	0	0	3	0	0	4½	0	0	6

	L.5 L.	s.	d.	L.6 L.	s.	d.	L.7 L.	s.	d.
Rd. 3	3	15	0	4	10	0	5	5	0
2	2	10	0	3	0	0	3	10	0
1	1	5	0	1	10	0	1	15	0
Po. 30	0	18	9	1	2	6	1	6	3
20	0	12	6	0	15	0	0	17	6
10	0	6	3	0	7	6	0	8	9
9	0	5	7½	0	6	9	0	7	10½
8	0	5	0	0	6	0	0	7	0
7	0	4	4½	0	5	3	0	6	1½
6	0	3	9	0	4	6	0	5	3
5	0	3	1½	0	3	9	0	4	4½
4	0	2	6	0	3	0	0	3	6
3	0	1	10½	0	2	3	0	2	7½
2	0	1	3	0	1	6	0	1	9
1	0	0	7½	0	0	9	0	0	10½

	L.8 L.	s.	d.	L.9 L.	s.	d.	L.10 L.	s.	d.
Rd. 3	6	0	0	6	15	0	7	10	0
2	4	0	0	4	10	0	5	0	0
1	2	0	0	2	5	0	2	10	0
Po. 30	1	10	0	1	13	9	1	17	6
20	1	0	0	1	2	6	1	5	0
10	0	10	0	0	11	3	0	12	6
9	0	9	0	0	10	1½	0	11	3
8	0	8	0	0	9	0	0	10	0
7	0	7	0	0	7	10½	0	8	9
6	0	6	0	0	6	9	0	7	6
5	0	5	0	0	5	7½	0	6	3
4	0	4	0	0	4	6	0	5	0
3	0	3	0	0	3	4½	0	3	9
2	0	2	0	0	2	3	0	2	6
1	0	1	0	0	1	1½	0	1	3

	L.20 L.	s.	d.	L.30 L.	s.	d.	L.40 L.	s.	d.
Rd. 3	15	0	0	22	10	0	30	0	0
2	10	0	0	15	0	0	20	0	0
1	5	0	0	7	10	0	10	0	0
Po. 30	3	15	0	5	12	6	7	10	0
20	2	10	0	3	15	0	5	0	0
10	1	5	0	1	17	6	2	10	0
9	1	2	6	1	13	9	2	5	0
8	1	0	0	1	10	0	2	0	0
7	0	17	6	1	6	3	1	15	0
6	0	15	0	1	2	6	1	10	0
5	0	12	6	0	18	9	1	5	0
4	0	10	0	0	15	0	1	0	0
3	0	7	6	0	11	3	0	15	0
2	0	5	0	0	7	6	0	10	0
1	0	2	6	0	3	9	0	5	0

4. QUARTERS AND POUNDS AT GIVEN RATES PER CWT.*

	4s.	4s.6d.	5s.	5s.6d.
	s. d.	s. d.	s. d.	s. d.
Qr. 3	3 0	3 4½	3 9	4 1½
2	2 0	2 3	2 6	2 9
1	1 0	1 1½	1 3	1 4½
Lb. 21	0 9	0 10	0 11¼	1 0¼
14	0 6	0 6¾	0 7½	0 8¼
7	0 3	0 3¼	0 3¾	0 4
6	0 2½	0 3	0 3¼	0 3½
5	0 2¼	0 2½	0 2¾	0 3
4	0 1¾	0 2	0 2¼	0 2¼
3	0 1¼	0 1½	0 1½	0 1¾
2	0 0¾	0 1	0 1	0 1¼
1	0 0½	0 0½	0 0½	0 0½

	6s.	6s.6d.	7s.	7s.6d.
	s. d.	s. d.	s. d.	s. d.
Qr. 3	4 6	4 10½	5 3	5 7½
2	3 0	3 3	3 6	3 9
1	1 6	1 7½	1 9	1 10½
Lb. 21	1 1½	1 2½	1 3¾	1 4¾
14	0 9	0 9¾	0 10½	0 11¼
7	0 4½	0 4¾	0 5¼	0 5½
6	0 3¾	0 4¼	0 4½	0 4¾
5	0 3¼	0 3½	0 3¾	0 4
4	0 2½	0 2¾	0 3	0 3¼
3	0 2	0 2	0 2¼	0 2½
2	0 1¼	0 1½	0 1½	0 1½
1	0 0¾	0 0¾	0 0¾	0 0¾

	8s.	8s.6d.	9s.	9s.6d.
Qr. 3	6 0	6 4½	6 9	7 1½
2	4 0	4 3	4 6	4 9
1	2 0	2 1½	2 3	2 4½
Lb. 21	1 6	1 7	1 8¼	1 9¼
14	1 0	1 0¾	1 1½	1 2¼
7	0 6	0 6¼	0 6¾	0 7
6	0 5¼	0 5½	0 5¾	0 6
5	0 4¼	0 4½	0 4¾	0 5
4	0 3½	0 3¾	0 3¾	0 4
3	0 2½	0 2¾	0 3	0 3
2	0 1¾	0 1¾	0 2	0 2
1	0 0¾	0 1	0 1	0 1

	10s.	10s6d	11s.	11s6d
Qr. 3	7 6	7 10½	8 3	8 7½
2	5 0	5 3	5 6	5 9
1	2 6	2 7½	2 9	2 10½
Lb. 21	1 10½	1 11½	2 0¾	2 1¾
14	1 3	1 3¾	1 4½	1 5¼
7	0 7½	0 7¾	0 8¼	0 8½
6	0 6½	0 6¾	0 7	0 7½
5	0 5¼	0 5½	0 6	0 6¼
4	0 4¼	0 4½	0 4¾	0 5
3	0 3¼	0 3¼	0 3½	0 3¾
2	0 2¼	0 2¼	0 2¼	0 2½
1	0 1	0 1	0 1¼	0 1¼

	12s.	12s6d	13s.	13s6d
Qr. 3	9 0	9 4½	9 9	10 1½
2	6 0	6 3	6 6	6 9
1	3 0	3 1½	3 3	3 4½
Lb. 21	2 3	2 4	2 5¼	2 6¼
14	1 6	1 6¾	1 7½	1 8¼
7	0 9	0 9¼	0 9¾	0 10
6	0 7¾	0 8	0 8¼	0 8¾
5	0 6½	0 6¾	0 7	0 7¼
4	0 5¼	0 5¼	0 5½	0 5¾
3	0 3¾	0 4	0 4¼	0 4¼
2	0 2½	0 2¾	0 2¾	0 3
1	0 1¼	0 1¼	0 1½	0 1½

	14s.	14s6d	15s.	15s6d
Qr. 3	10 6	10 10½	11 3	11 7½
2	7 0	7 3	7 6	7 9
1	3 6	3 7½	3 9	3 10½
Lb. 21	2 7½	2 8½	2 9¾	2 10¾
14	1 9	1 9¾	1 10½	1 11¼
7	0 10½	0 10¾	0 11¼	0 11½
6	0 9	0 9¼	0 9¾	0 10
5	0 7½	0 7¾	0 8	0 8¼
4	0 6	0 6¼	0 6½	0 6¾
3	0 4½	0 4¾	0 4¾	0 5
2	0 3	0 3	0 3¼	0 3¼
1	0 1½	0 1½	0 1½	0 1¾

	16s.	16s6d	17s.	17s6d
Qr. 3	12 0	12 4½	12 9	13 1½
2	8 0	8 3	8 6	8 9
1	4 0	4 1½	4 3	4 4½
Lb. 21	3 0	3 1	3 2¼	3 3¼
14	2 0	2 0¾	2 1½	2 2¼
7	1 0	1 0¼	1 0¾	1 1
6	0 10¼	0 10½	0 11	0 11¼
5	0 8½	0 8¾	0 9	0 9¼
4	0 6¾	0 7	0 7¼	0 7½
3	0 5¼	0 5¼	0 5½	0 5½
2	0 3½	0 3½	0 3¾	0 3¾
1	0 1¾	0 1¾	0 1¾	0 1¾

	18s.	18s6d	19s.	19s6d
Qr. 3	13 6	13 10½	14 3	14 7½
2	9 0	9 3	9 6	9 9
1	4 6	4 7½	4 9	4 10½
Lb. 21	3 4½	3 5½	3 6¾	3 7¾
14	2 3	2 3¾	2 4½	2 5¼
7	1 1½	1 1¾	1 2¼	1 2½
6	0 11½	1 0	1 0¼	1 0½
5	0 9¾	0 10	0 10¼	0 10½
4	0 7¾	0 8	0 8¼	0 8¼
3	0 5¾	0 6	0 6	0 6¼
2	0 3¾	0 4	0 4	0 4¼
1	0 2	0 2	0 2	0 2

EXAMPLE 1. Required the amount of 67 cwts. 1 qr. and 17 lbs. sago, at the rate of 17s. 6d. per cwt.

	L.	s.	d.
67 times 17s. 6d. is, by Table, page 115,	L.58	12	6
1 qr. at 17s. 6d., is, as above	0	4	4½
14 lbs. do. do.	0	2	2¼
3 lbs. do do.	0	0	5½
Answer	L.58	19	6¼

EXAMPLE 2. Required the amount of 87 cwts. 3 qrs. and 3 lbs. of vitriol, at the rate of 35s. per cwt.

	L.	s.	d.
87 times L.1 is evidently	L.87	0	0
87 times 15s. is, by Table, page 113	65	5	0
3 qrs. at 35s. is, by page 131	1	6	3
3 lbs. do. do.	0	0	11¼
Answer	L.153	12	2¼

* This Table is adapted to the usual variations in price of commodities sold by the Hundredweight, which occur generally by Sixpences or Shillings, and rarely by odd Pence. When the rate is stated in odd pence, however, the amount may be readily calculated by the aid of the table for Pence, page 12[illegible].

	20s.	20s6d	21s.	21s6d		22s.	22s6d	23s.	23s6d
	s. d.	s. d.	s. d.	s. d.		s. d.	s. d.	s. d.	s. d.
Qr. 3	15 0	15 4½	15 9	16 1½	Qr. 3	16 6	16 10½	17 3	17 7½
2	10 0	10 3	10 6	10 9	2	11 0	11 3	11 6	11 9
1	5 0	5 1½	5 3	5 4½	1	5 6	5 7½	5 9	5 10½
Lb. 21	3 9	3 10	3 11¼	4 0¼	Lb. 21	4 1½	4 2½	4 3¾	4 4¾
14	2 6	2 6¾	2 7½	2 8¼	14	2 9	2 9¾	2 10½	2 11¼
7	1 3	1 3¼	1 3¾	1 4	7	1 4½	1 4¾	1 5¼	1 5½
6	1 0¾	1 1¼	1 1½	1 1¾	6	1 2¼	1 2½	1 2¾	1 3
5	0 10¾	0 11	0 11¼	0 11½	5	0 11¾	1 0	1 0¼	1 0¼
4	0 8½	0 8¾	0 9	0 9¼	4	0 9½	0 9¾	0 9¾	0 10
3	0 6½	0 6½	0 6¾	0 7	3	0 7	0 7¼	0 7½	0 7½
2	0 4¼	0 4½	0 4½	0 4½	2	0 4¾	0 4¾	0 5	0 5
1	0 2¼	0 2¼	0 2¼	0 2¼	1	0 2¼	0 2½	0 2½	0 2½
	24s.	24s6d	25s.	25s6d		26s.	26s6d	27s.	27s6d
Qr. 3	18 0	18 4½	18 9	19 1½	Qr. 3	19 6	19 10½	20 3	20 7½
2	12 0	12 3	12 6	12 9	2	13 0	13 3	13 6	13 9
1	6 0	6 1½	6 3	6 4½	1	6 6	6 7½	6 9	6 10½
Lb. 21	4 6	4 7	4 8¼	4 9¼	Lb. 21	4 10½	4 11½	5 0¾	5 1¾
14	3 0	3 0¾	3 1½	3 2¼	14	3 3	3 3¾	3 4½	3 5¼
7	1 6	1 6¼	1 6¾	1 7	7	1 7½	1 7¾	1 8¼	1 8½
6	1 3½	1 3¾	1 4	1 4½	6	1 4¾	1 5	1 5¼	1 5¾
5	1 0¾	1 1	1 1½	1 1¾	5	1 2	1 2¼	1 2½	1 2¾
4	0 10¼	0 10½	0 10¾	0 11	4	0 11¼	0 11¼	0 11½	0 11¾
3	0 7¾	0 7¾	0 8	0 8¼	3	0 8¼	0 8½	0 8¾	0 8¾
2	0 5¼	0 5¼	0 5¼	0 5½	2	0 5½	0 5¾	0 5¾	0 6
1	0 2½	0 2½	0 2¾	0 2¾	1	0 2¾	0 2¾	0 3	0 3
	28s.	28s6d	29s.	29s6d		30s.	30s6d	31s.	31s6d
Qr. 3	21 0	21 4½	21 9	22 1½	Qr. 3	22 6	22 10½	23 3	23 7½
2	14 0	14 3	14 6	14 9	2	15 0	15 3	15 6	15 9
1	7 0	7 1½	7 3	7 4½	1	7 6	7 7½	7 9	7 10½
Lb. 21	5 3	5 4	5 5¼	5 6¼	Lb. 21	5 7½	5 8½	5 9¾	5 10¾
14	3 6	3 6¾	3 7½	3 8¼	14	3 9	3 9¾	3 10½	3 11¼
7	1 9	1 9¼	1 9¾	1 10	7	1 10½	1 10¾	1 11¼	1 11½
6	1 6	1 6¼	1 6¾	1 7	6	1 7¼	1 7½	1 8	1 8¼
5	1 3	1 3¼	1 3½	1 3¾	5	1 4	1 4¼	1 4½	1 4¾
4	1 0	1 0¼	1 0½	1 0¾	4	1 0¾	1 1	1 1¼	1 1½
3	0 9	0 9¼	0 9¼	0 9½	3	0 9¾	0 9¾	0 10	0 10
2	0 6	0 6	0 6¼	0 6¼	2	0 6½	0 6½	0 6¾	0 6¾
1	0 3	0 3	0 3	0 3¼	1	0 3¼	0 3¼	0 3¼	0 3¼
	32s.	32s6d	33s.	33s6d		34s.	34s6d	35s.	35s6d
Qr. 3	24 0	24 4½	24 9	25 1½	Qr. 3	25 6	25 10½	26 3	26 7½
2	16 0	16 3	16 6	16 9	2	17 0	17 3	17 6	17 9
1	8 0	8 1½	8 3	8 4½	1	8 6	8 7½	8 9	8 10½
Lb. 21	6 0	6 1	6 2¼	6 3¼	Lb. 21	6 4½	6 5½	6 6¾	6 7¾
14	4 0	4 0¾	4 1½	4 2¼	14	4 3	4 3¾	4 4½	4 5¼
7	2 0	2 0¼	2 0¾	2 1	7	2 1½	2 1¾	2 2¼	2 2½
6	1 8½	1 9	1 9¼	1 9½	6	1 9¾	1 10¼	1 10½	1 10¾
5	1 5¼	1 5½	1 5¾	1 6	5	1 6¼	1 6½	1 6¾	1 7
4	1 1¾	1 2	1 2¼	1 2¼	4	1 2½	1 2¾	1 3	1 3¼
3	0 10¼	0 10½	0 10½	0 10¾	3	0 11	0 11	0 11¼	0 11½
2	0 6¾	0 7	0 7	0 7¼	2	0 7¼	0 7½	0 7½	0 7½
1	0 3½	0 3½	0 3½	0 3½	1	0 3¾	0 3¾	0 3¾	0 3¾
	36s.	36s6d	37s.	37s6d		38s.	38s6d	39s.	39s6d
Qr. 3	27 0	27 4½	27 9	28 1½	Qr. 3	28 6	28 10½	29 3	29 7½
2	18 0	18 3	18 6	18 9	2	19 0	19 3	19 6	19 9
1	9 0	9 1½	9 3	9 4½	1	9 6	9 7½	9 9	9 10½
Lb. 21	6 9	6 10	6 11¼	7 0¼	Lb. 21	7 1½	7 2½	7 3¾	7 4¾
14	4 6	4 6¾	4 7½	4 8¼	14	4 9	4 9¾	4 10½	4 11¼
7	2 3	2 3¼	2 3¾	2 4	7	2 4½	2 4¾	2 5¼	2 5½
6	1 11¼	1 11½	1 11¾	2 0	6	2 0½	2 0¾	2 1	2 1½
5	1 7¼	1 7½	1 7¾	1 8	5	1 8¼	1 8½	1 9	1 9¼
4	1 3½	1 3¾	1 3¾	1 4	4	1 4¼	1 4½	1 4¾	1 5
3	0 11½	0 11¾	1 0	1 0	3	1 0¼	1 0½	1 0½	1 0¾
2	0 7¾	0 7¾	0 8	0 8	2	0 8¼	0 8¼	0 8½	0 8½
1	0 3¾	0 4	0 4	0 4	1	0 4	0 4	0 4¼	0 4½

	40s.	40s6d	41s.	41s6d	42s.	42s6d	43s.
	s. d.	s. d.	s. d.	s. d.	s. d.	s. d.	s. d.
Qr. 3	30 0	30 4½	30 9	31 1½	31 6	31 10½	32 3
2	20 0	20 3	20 6	20 9	21 0	21 3	21 6
1	10 0	10 1½	10 3	10 4½	10 6	10 7½	10 9
Lb. 21	7 6	7 7	7 8¼	7 9¼	7 10½	7 11½	8 0¾
14	5 0	5 0¾	5 1½	5 2¼	5 3	5 3¾	5 4½
7	2 6	2 6¼	2 6¾	2 7	2 7½	2 7¾	2 8¼
6	2 1¾	2 2	2 2¼	2 2¾	2 3	2 3¼	2 3¾
5	1 9½	1 9¾	1 10	1 10¼	1 10½	1 10¾	1 11
4	1 5¼	1 5¼	1 5½	1 5¾	1 6	1 6¼	1 6½
3	1 0¾	1 1	1 1¼	1 1¼	1 1½	1 1¾	1 1¾
2	0 8½	0 8¾	0 8¾	0 9	0 9	0 9	0 9¼
1	0 4¼	0 4¼	0 4½	0 4½	0 4½	0 4½	0 4½

	44s.	44s6d	45s.	45s6d	46s.	46s6d	47s.
Qr. 3	33 0	33 4½	33 9	34 1½	34 6	34 10½	35 3
2	22 0	22 3	22 6	22 9	23 0	23 3	23 6
1	11 0	11 1½	11 3	11 4½	11 6	11 7½	11 9
Lb. 21	8 3	8 4	8 5¼	8 6¼	8 7½	8 8½	8 9¾
14	5 6	5 6¾	5 7½	5 8¼	5 9	5 9¾	5 10½
7	2 9	2 9¼	2 9¾	2 10	2 10½	2 10¾	2 11¼
6	2 4¼	2 4½	2 5	2 5¼	2 5½	2 6	2 6¼
5	1 11½	1 11¾	2 0	2 0¼	2 0¾	2 1	2 1¼
4	1 6¾	1 7	1 7¼	1 7½	1 7¾	1 8	1 8¼
3	1 2¼	1 2¼	1 2½	1 2½	1 2¾	1 3	1 3
2	0 9½	0 9½	0 9¾	0 9¾	0 9¾	0 10	0 10
1	0 4¾	0 4¾	0 4¾	0 4¾	0 5	0 5	0 5

	48s.	48s6d	49s.	49s6d	50s.	50s6d	51s.
Qr. 3	36 0	36 4½	36 9	37 1½	37 6	37 10½	38 3
2	24 0	24 3	24 6	24 9	25 0	25 3	25 6
1	12 0	12 1½	12 3	12 4½	12 6	12 7½	12 9
Lb. 21	9 0	9 1	9 2¼	9 3¼	9 4½	9 5½	9 6¾
14	6 0	6 0¾	6 1½	6 2¼	6 3	6 3¾	6 4½
7	3 0	3 0¼	3 0¾	3 1	3 1½	3 1¾	3 2¼
6	2 6¾	2 7¼	2 7½	2 7¾	2 8¼	2 8½	2 8¾
5	2 1¾	2 2	2 2¼	2 2½	2 2¾	2 3	2 3¼
4	1 8½	1 8¾	1 9	1 9¼	1 9½	1 9¾	1 9¾
3	1 3½	1 3½	1 3¾	1 4	1 4	1 4¼	1 4½
2	0 10¼	0 10½	0 10½	0 10½	0 10¾	0 10¾	0 11
1	0 5¼	0 5¼	0 5¼	0 5¼	0 5¼	0 5½	0 5½

	52s.	52s6d	53s.	53s6d	54s.	54s6d	55s.
Qr. 3	39 0	39 4½	39 9	40 1½	40 6	40 10½	41 3
2	26 0	26 3	26 6	26 9	27 0	27 3	27 6
1	13 0	13 1½	13 3	13 4½	13 6	13 7½	13 9
Lb. 21	9 9	9 10	9 11¼	10 0¼	10 1½	10 2½	10 3¾
14	6 6	6 6¾	6 7½	6 8¼	6 9	6 9¾	6 10½
7	3 3	3 3¼	3 3¾	3 4	3 4½	3 4¾	3 5¼
6	2 9½	2 9¾	2 10	2 10½	2 10¾	2 11	2 11¼
5	2 3¾	2 4	2 4½	2 4¾	2 5	2 5¼	2 5½
4	1 10¼	1 10½	1 10¾	1 11	1 11¼	1 11¼	1 11½
3	1 4¾	1 4¾	1 5	1 5¼	1 5¼	1 5½	1 5¾
2	0 11¼	0 11¼	0 11¼	0 11½	0 11½	0 11¾	0 11¾
1	0 5½	0 5½	0 5¾	0 5¾	0 5¾	0 5¾	0 6

	56s.	56s6d	57s.	57s6d	58s.	58s6d	59s.
Qr. 3	42 0	42 4½	42 9	43 1½	43 6	43 10½	44 3
2	28 0	28 3	28 6	28 9	29 0	29 3	29 6
1	14 0	14 1½	14 3	14 4½	14 6	14 7½	14 9
Lb. 21	10 6	10 7	10 8¼	10 9¼	10 10½	10 11½	11 0¾
14	7 0	7 0¾	7 1½	7 2¼	7 3	7 3¾	7 4½
7	3 6	3 6¼	3 6¾	3 7	3 7½	3 7¾	3 8¼
6	3 0	3 0¼	3 0¾	3 1	3 1¼	3 1½	3 2
5	2 6	2 6¼	2 6½	2 6¾	2 7	2 7¼	2 7½
4	2 0	2 0¼	2 0½	2 0¾	2 0¾	2 1	2 1¼
3	1 6	1 6¼	1 6¼	1 6½	1 6¾	1 6¾	1 7
2	1 0	1 0	1 0¼	1 0¼	1 0½	1 0½	1 0¾
1	0 6	0 6	0 6	0 6¼	0 6¼	0 6¼	0 6

	60s.	60s6d	61s.	61s6d	62s.	62s6d	63s.	63s6d
	s. d.	s. d.	s. d.	s. d.	s. d.	s. d.	s. d.	s. d.
Qr. 3	45 0	45 4½	45 9	46 1½	46 6	46 10½	47 3	47 7½
2	30 0	30 3	30 6	30 9	31 0	31 3	31 6	31 9
1	15 0	15 1½	15 3	15 4½	15 6	15 7½	15 9	15 10½
Lb. 21	11 3	11 4	11 5¼	11 6¼	11 7½	11 8½	11 9¾	11 10¾
14	7 6	7 6¾	7 7½	7 8¼	7 9	7 9¾	7 10½	7 11¼
7	3 9	3 9¼	3 9¾	3 10	3 10½	3 10¾	3 11¼	3 11½
6	3 2½	3 3	3 3¼	3 3½	3 3¾	3 4¼	3 4	3 4¾
5	2 8¼	2 8½	2 8¾	2 9	2 9¼	2 9½	2 9¾	2 10
4	2 1¾	2 2	2 2¼	2 2¼	2 2½	2 2¾	2 3	2 3¼
3	1 7¼	1 7½	1 7½	1 7¾	1 8	1 8	1 8¼	1 8½
2	1 0¾	1 1	1 1	1 1¼	1 1¼	1 1½	1 1½	1 1½
1	0 6½	0 6½	0 6½	0 6½	0 6¾	0 6¾	0 6¾	0 6¾

	64s.	64s6d	65s.	65s6d	66s.	66s6d	67s.	67s6d
Qr. 3	48 0	48 4½	48 9	49 1½	49 6	49 10½	50 3	50 7½
2	32 0	32 3	32 6	32 9	33 0	33 3	33 6	33 9
1	16 0	16 1½	16 3	16 4½	16 6	16 7½	16 9	16 10½
Lb. 21	12 0	12 1	12 2¼	12 3¼	12 4½	12 5½	12 6¾	12 7¾
14	8 0	8 0¾	8 1½	8 2¼	8 3	8 3¾	8 4½	8 5¼
7	4 0	4 0¼	4 0¾	4 1	4 1½	4 1¾	4 2¼	4 2½
6	3 5¼	3 5½	3 5¾	3 6	3 6½	3 6¾	3 7	3 7½
5	2 10¼	2 10½	2 10¾	2 11	2 11¼	2 11½	3 0	3 0¼
4	2 3½	2 3¾	2 3¾	2 4	2 4¼	2 4½	2 4¾	2 5
3	1 8½	1 8¾	1 9	1 9	1 9¼	1 9¼	1 9½	1 9¾
2	1 1¾	1 1¾	1 2	1 2	1 2¼	1 2¼	1 2¼	1 2½
1	0 6¾	0 7	0 7	0 7	0 7	0 7	0 7¼	0 7¼

	68s.	68s6d	69s.	69s6d	70s.	70s6d	71s.	71s6d
Qr. 3	51 0	51 4½	51 9	52 1½	52 6	52 10½	53 3	53 7½
2	34 0	34 3	34 6	34 9	35 0	35 3	35 6	35 9
1	17 0	17 1½	17 3	17 4½	17 6	17 7½	17 9	17 10½
Lb. 21	12 9	12 10	12 11¼	13 0¼	13 1½	13 2½	13 3¾	13 4¾
14	8 6	8 6¾	8 7½	8 8¼	8 9	8 9¾	8 10½	8 11¼
7	4 3	4 3¼	4 3¾	4 4	4 4½	4 4¾	4 5¼	4 5½
6	3 7¾	3 8	3 8¼	3 8¾	3 9	3 9¼	3 9¾	3 10
5	3 0½	3 0¾	3 1	3 1¼	3 1½	3 1¾	3 2	3 2¼
4	2 5¼	2 5¼	2 5½	2 5¾	2 6	2 6¼	2 6½	2 6¾
3	1 9¾	1 10	1 10¼	1 10¼	1 10½	1 10¾	1 10¾	1 11
2	1 2½	1 2¾	1 2¾	1 3	1 3	1 3	1 3¼	1 3¼
1	0 7¼	0 7¼	0 7½	0 7½	0 7½	0 7½	0 7½	0 7¾

	72s.	72s6d	73s.	73s6d	74s.	74s6d	75s.	75s6d
Qr. 3	54 0	54 4½	54 9	55 1½	55 6	55 10½	56 3	56 7½
2	36 0	36 3	36 6	36 9	37 0	37 3	37 6	37 9
1	18 0	18 1½	18 3	18 4½	18 6	18 7½	18 9	18 10½
Lb. 21	13 6	13 7	13 8¼	13 9¼	13 10½	13 11½	14 0¾	14 1¾
14	9 0	9 0¾	9 1½	9 2¼	9 3	9 3¾	9 4½	9 5¼
7	4 6	4 6¼	4 6¾	4 7	4 7½	4 7¾	4 8¼	4 8½
6	3 10¼	3 10½	3 11	3 11¼	3 11½	4 0	4 0¼	4 0½
5	3 2½	3 2¾	3 3	3 3¼	3 3¾	3 4	3 4¼	3 4½
4	2 6¾	2 7	2 7¼	2 7½	2 7¾	2 8	2 8¼	2 8¼
3	1 11¼	1 11¼	1 11½	1 11½	1 11¾	2 0	2 0	2 0¼
2	1 3½	1 3½	1 3¾	1 3¾	1 3¾	1 4	1 4	1 4¼
1	0 7¾	0 7¾	0 7¾	0 7¾	0 8	0 8	0 8	0 8

	76s.	76s6d	77s.	77s6d	78s.	78s6d	79s.	79s6d
Qr. 3	57 0	57 4½	57 9	58 1½	58 6	58 10½	59 3	59 7½
2	38 0	38 3	38 6	38 9	39 0	39 3	39 6	39 9
1	19 0	19 1½	19 3	19 4½	19 6	19 7½	19 9	19 10½
Lb. 21	14 3	14 4	14 5¼	14 6¼	14 7½	14 8½	14 9¾	14 10¾
14	9 6	9 6¾	9 7½	9 8¼	9 9	9 9¾	9 10½	9 11¼
7	4 9	4 9¼	4 9¾	4 10	4 10½	4 10¾	4 11¼	4 11½
6	4 0¾	4 1¼	4 1½	4 1¾	4 2¼	4 2½	4 2¾	4 3
5	3 4¾	3 5	3 5¼	3 5½	3 5¾	3 6	3 6¼	3 6½
4	2 8½	2 8¾	2 9	2 9¼	2 9½	2 9¾	2 9¾	2 10
3	2 0½	2 0½	2 0¾	2 1	2 1	2 1¼	2 1½	2 1½
2	1 4¼	1 4½	1 4½	1 4½	1 4¾	1 4¾	1 5	1 5
1	0 8¼	0 8¼	0 8¼	0 8¼	0 8¼	0 8½	0 8½	0 8½

	80s.	80s6d	81s.	81s6d
	s. d.	s. d.	s. d.	s. d.
Qr. 3	60 0	60 4½	60 9	61 1½
2	40 0	40 3	40 6	40 9
1	20 0	20 1½	20 3	20 4½
Lb. 21	15 0	15 1	15 2¼	15 3¾
14	10 0	10 0¾	10 1½	10 2¼
7	5 0	5 0¼	5 0¾	5 1
6	4 3½	4 3¾	4 4	4 4½
5	3 6¾	3 7	3 7½	3 7¾
4	2 10¼	2 10½	2 10¾	2 11
3	2 1¾	2 1¾	2 2	2 2¼
2	1 5¼	1 5¼	1 5¼	1 5½
1	0 8½	0 8½	0 8¾	0 8¾

	82s.	82s6d	83s.	83s6d
	s. d.	s. d.	s. d.	s. d.
Qr. 3	61 6	61 10½	62 3	62 7½
2	41 0	41 3	41 6	41 9
1	20 6	20 7½	20 9	20 10½
Lb. 21	15 4½	15 5½	15 6¾	15 7¾
14	10 3	10 3¾	10 4½	10 5¼
7	5 1½	5 1¾	5 2¼	5 2½
6	4 4¾	4 5	4 5¼	4 5¾
5	3 8	3 8¼	3 8½	3 8¾
4	2 11¼	2 11¼	2 11½	2 11¾
3	2 2¼	2 2½	2 2¾	2 2¾
2	1 5½	1 5¾	1 5¾	1 6
1	0 8¾	0 8¾	0 9	0 9

	84s.	84s6d	85s.	85s6d
Qr. 3	63 0	63 4½	63 9	64 1½
2	42 0	42 3	42 6	42 9
1	21 0	21 1½	21 3	21 4½
Lb. 21	15 9	15 10	15 11¼	16 0¼
14	10 6	10 6¾	10 7½	10 8¼
7	5 3	5 3¼	5 3¾	5 4
6	4 6	4 6¼	4 6¾	4 7
5	3 9	3 9¼	3 9½	3 9¾
4	3 0	3 0¼	3 0½	3 0¾
3	2 3	2 3¼	2 3¼	2 3½
2	1 6	1 6	1 6¼	1 6¼
1	0 9	0 9	0 9	0 9¼

	86s.	86s6d	87s.	87s6d
Qr. 3	64 6	64 10½	65 3	65 7½
2	43 0	43 3	43 6	43 9
1	21 6	21 7½	21 9	21 10½
Lb. 21	16 1½	16 2½	16 3¾	16 4¾
14	10 9	10 9¾	10 10½	10 11¼
7	5 4½	5 4¾	5 5¼	5 5½
6	4 7¼	4 7½	4 8	4 8¼
5	3 10	3 10¼	3 10½	3 10¾
4	3 0¾	3 1	3 1¼	3 1½
3	2 8¾	2 3¾	2 4	2 4
2	1 6½	1 6½	1 6¾	1 6¾
1	0 9¼	0 9¼	0 9¼	0 9½

	88s.	88s6d	89s.	89s6d
Qr. 3	66 0	66 4½	66 9	67 1½
2	44 0	44 3	44 6	44 9
1	22 0	22 1½	22 3	22 4½
Lb. 21	16 6	16 7	16 8¼	16 9¼
14	11 0	11 0¾	11 1½	11 2¼
7	5 6	5 6¼	5 6¾	5 7
6	4 8½	4 9	4 9¼	4 9½
5	3 11¼	3 11½	3 11¾	4 0
4	3 1¾	3 2	3 2¼	3 2¼
3	2 4¼	2 4½	2 4½	2 4¾
2	1 6¾	1 7	1 7	1 7¼
1	0 9½	0 9½	0 9½	0 9½

	90s.	90s6d	91s.	91s6d
Qr. 3	67 6	67 10½	68 3	68 7½
2	45 0	45 3	45 6	45 9
1	22 6	22 7½	22 9	22 10½
Lb. 21	16 10½	16 11½	17 0¾	17 1¾
14	11 3	11 3¾	11 4½	11 5¼
7	5 7½	5 7¾	5 8¼	5 8½
6	4 9¾	4 10¼	4 10½	4 10¾
5	4 0¼	4 0½	4 0¾	4 1
4	3 2½	3 2¾	3 3	3 3¼
3	2 5	2 5	2 5¼	2 5½
2	1 7¼	1 7½	1 7½	1 7½
1	0 9¾	0 9¾	0 9¾	0 9¾

	92s.	92s6d	93s.	93s6d
Qr. 3	69 0	69 4½	69 9	70 1½
2	46 0	46 3	46 6	46 9
1	23 0	23 1½	23 3	23 4½
Lb. 21	17 3	17 4	17 5¼	17 6¼
14	11 6	11 6¾	11 7½	11 8¼
7	5 9	5 9¼	5 9¾	5 10
6	4 11¼	4 11½	4 11¾	5 0
5	4 1¼	4 1½	4 1¾	4 2
4	3 3½	3 3¾	3 3¾	3 4
3	2 5½	2 5¾	2 6	2 6
2	1 7¾	1 7¾	1 8	1 8
1	0 9¾	0 10	0 10	0 10

	94s.	94s6d	95s.	95s6d
Qr. 3	70 6	70 10½	71 3	71 7½
2	47 0	47 3	47 6	47 9
1	23 6	23 7½	23 9	23 10½
Lb. 21	17 7½	17 8½	17 9¾	17 10¾
14	11 9	11 9¾	11 10½	11 11¼
7	5 10½	5 10¾	5 11¼	5 11½
6	5 0½	5 0¾	5 1	5 1½
5	4 2¼	4 2½	4 3	4 3¼
4	3 4¼	3 4½	3 4¾	3 5
3	2 6¼	2 6¼	2 6½	2 6¾
2	1 8¼	1 8¼	1 8¼	1 8½
1	0 10	0 10	0 10¼	0 10¼

	96s.	96s6d	97s.	97s6d
Qr. 3	72 0	72 4½	72 9	73 1½
2	48 0	48 3	48 6	48 9
1	24 0	24 1½	24 3	24 4½
Lb. 21	18 0	18 1	18 2¼	18 3½
14	12 0	12 0¾	12 1½	12 2¼
7	6 0	6 0¼	6 0¾	6 1
6	5 1¾	5 2	5 2¼	5 2¾
5	4 3½	4 3¾	4 4	4 4¼
4	3 5¼	3 5½	3 5½	3 5¾
3	2 6¾	2 7	2 7¼	2 7¼
2	1 8½	1 8¾	1 8¾	1 9
1	0 10¼	0 10¼	0 10½	0 10½

	98s.	98s6d	99s.	99s6d
Qr. 3	73 6	73 10½	74 3	74 7½
2	49 0	49 3	49 6	49 9
1	24 6	24 7½	24 9	24 10½
Lb. 21	18 4½	18 5½	18 6¾	18 7¾
14	12 3	12 3¾	12 4½	12 5¼
7	6 1½	6 1¾	6 2¼	6 2½
6	5 3	5 3¼	5 3¾	5 4
5	4 4½	4 4¾	4 5	4 5¼
4	3 6	3 6¼	3 6½	3 6¾
3	2 7½	2 7¾	2 7¾	2 8
2	1 9	1 9	1 9¼	1 9¼
1	0 10½	0 10½	0 10½	0 10¾

	100s.	101s.	102s.	103s.		104s.	105s.	106s.	107s.
	s. d.	s. d.	s. d.	s. d.		s. d.	s. d.	s. d.	s. d.
Qr. 3	75 0	75 9	76 6	77 3	Qr. 3	78 0	78 9	79 6	80 3
2	50 0	50 6	51 0	51 6	2	52 0	52 6	53 0	53 6
1	25 0	25 3	25 6	25 9	1	26 0	26 3	26 6	26 9
Lb. 21	18 9	18 11¼	19 1½	19 3¾	Lb. 21	19 6	19 8¼	19 10½	20 0¾
14	12 6	12 7½	12 9	12 10½	14	13 0	13 1½	13 3	13 4½
7	6 3	6 3¾	6 4½	6 5¼	7	6 6	6 6¾	6 7½	6 8¼
6	5 4¼	5 5	5 5½	5 6¼	6	5 6¾	5 7½	5 8¼	5 8¾
5	4 5½	4 6	4 6¾	4 7¼	5	4 7¾	4 8¼	4 8¾	4 9¼
4	3 6¾	3 7¼	3 7¾	3 8¼	4	3 8½	3 9	3 9½	3 9¾
3	2 8¼	2 8½	2 8¾	2 9	3	2 9½	2 9¾	2 10	2 10½
2	1 9½	1 9¾	1 9¾	1 10	2	1 10¼	1 10½	1 10¾	1 11
1	0 10¾	0 10¾	0 11	0 11	1	0 11¼	0 11¼	0 11¼	0 11½
	108s.	109s.	110s.	111s.		112s.	113s.	114s.	115s.
Qr. 3	81 0	81 9	82 6	83 3	Qr. 3	84 0	84 9	85 6	86 3
2	54 0	54 6	55 0	55 6	2	56 0	56 6	57 0	57 6
1	27 0	27 3	27 6	27 9	1	28 0	28 3	28 6	28 9
Lb. 21	20 3	20 5¼	20 7½	20 9¾	Lb. 21	21 0	21 2¼	21 4½	21 6¾
14	13 6	13 7½	13 9	13 10½	14	14 0	14 1½	14 3	14 4½
7	6 9	6 9¾	6 10½	6 11¼	7	7 0	7 0¾	7 1½	7 2¼
6	5 9½	5 10	5 10¾	5 11¼	6	6 0	6 0¾	6 1¼	6 2
5	4 9¾	4 10½	4 11	4 11½	5	5 0	5 0½	5 1	5 1½
4	3 10¼	3 10¾	3 11¼	3 11½	4	4 0	4 0½	4 0¾	4 1¼
3	2 10¾	2 11	2 11¼	2 11¾	3	3 0	3 0¼	3 0¾	3 1
2	1 11¼	1 11¼	1 11½	1 11¾	2	2 0	2 0¼	2 0½	2 0¾
1	0 11½	0 11¾	0 11¾	1 0	1	1 0	1 0	1 0¼	1 0¼
	116s.	117s.	118s.	119s.		120s.	121s.	122s.	123s.
Qr. 3	87 0	87 9	88 6	89 3	Qr. 3	90 0	90 9	91 6	92 3
2	58 0	58 6	59 0	59 6	2	60 0	60 6	61 0	61 6
1	29 0	29 3	29 6	29 9	1	30 0	30 3	30 6	30 9
Lb. 21	21 9	21 11¼	22 1½	22 3¾	Lb. 21	22 6	22 8¼	22 10½	23 0¾
14	14 6	14 7½	14 9	14 10½	14	15 0	15 1½	15 3	15 4½
7	7 3	7 3¾	7 4½	7 5¼	7	7 6	7 6¾	7 7½	7 8¼
6	6 2½	6 3¼	6 3¾	6 4½	6	6 5¼	6 5¾	6 6½	6 7
5	5 2¼	5 2¾	5 3¼	5 3¾	5	5 4¼	5 4¾	5 5¼	5 6
4	4 1¾	4 2¼	4 2½	4 3	4	4 3½	4 3¾	4 4¼	4 4¾
3	3 1¼	3 1½	3 2	3 2¼	3	3 2½	3 3	3 3¼	3 3½
2	2 0¾	2 1	2 1¼	2 1½	2	2 1¾	2 2	2 2¼	2 2¼
1	1 0½	1 0½	1 0¾	1 0¾	1	1 0¾	1 1	1 1	1 1¼
	124s.	125s.	126s.	127s.		128s.	129s.	130s.	131s.
Qr. 3	93 0	93 9	94 6	95 3	Qr. 3	96 0	96 9	97 6	98 3
2	62 0	62 6	63 0	63 6	2	64 0	64 6	65 0	65 6
1	31 0	31 3	31 6	31 9	1	32 0	32 3	32 6	32 9
Lb. 21	23 3	23 5¼	23 7½	23 9¾	Lb. 21	24 0	24 2¼	24 4½	24 6¾
14	15 6	15 7½	15 9	15 10½	14	16 0	16 1½	16 3	16 4½
7	7 9	7 9¾	7 10½	7 11¼	7	8 0	8 0¾	8 1½	8 2¼
6	6 7¾	6 8¼	6 9	6 9¾	6	6 10¼	6 11	6 11½	7 0¼
5	5 6½	5 7	5 7½	5 8	5	5 8½	5 9	5 9¾	5 10¼
4	4 5¼	4 5½	4 6	4 6½	4	4 6¾	4 7¼	4 7¾	4 8¼
3	3 3¾	3 4¼	3 4½	3 4¾	3	3 5¼	3 5½	3 5¾	3 6
2	2 2½	2 2¾	2 3	2 3¼	2	2 3¼	2 3¾	2 3¾	2 4
1	1 1¼	1 1½	1 1½	1 1½	1	1 1¾	1 1¾	1 2	1 2
	132s.	133s.	134s.	135s.		136s.	137s.	138s.	139s.
Qr. 3	99 0	99 9	100 6	101 3	Qr. 3	102 0	102 9	103 6	104 3
2	66 0	66 6	67 0	67 6	2	68 0	68 6	69 0	69 6
1	33 0	33 3	33 6	33 9	1	34 0	34 3	34 6	34 9
Lb. 21	24 9	24 11¼	25 1½	25 3¾	Lb. 21	25 6	25 8¼	25 10½	26 0¾
14	16 6	16 7½	16 9	16 10½	14	17 0	17 1½	17 3	17 4½
7	8 3	8 3¾	8 4½	8 5¼	7	8 6	8 6¾	8 7½	8 8¼
6	7 0¾	7 1½	7 2¼	7 2¾	6	7 3½	7 4	7 4¾	7 5¼
5	5 10¾	5 11¼	5 11¾	6 0¼	5	6 0¾	6 1½	6 2	6 2½
4	4 8½	4 9	4 9½	4 9¾	4	4 10¼	4 10¾	4 11¼	4 11½
3	3 6½	3 6¾	3 7	3 7½	3	3 7¾	3 8	3 8¼	3 8¾
2	2 4¼	2 4½	2 4¾	2 5	2	2 5¼	2 5¼	2 5½	2 5¾
1	1 2¼	1 2¼	1 2¼	1 2½	1	1 2½	1 2¾	1 2¾	1 3

	140s.		141s.		142s.		143s.		144s.		145s.		146s.		147s.	
	s.	d.	s.	d.	s.	d.	s.	d.	s.	d.	s.	d.	s.	d.	s.	d.
Qr. 3	105	0	105	9	106	6	107	3	108	0	108	9	109	6	110	3
2	70	0	70	6	71	0	71	6	72	0	72	6	73	0	73	6
1	35	0	35	3	35	6	35	9	36	0	36	3	36	6	36	9
Lb. 21	26	3	26	5¼	26	7½	26	9¾	27	0	27	2¼	27	4½	27	6¾
14	17	6	17	7½	17	9	17	10½	18	0	18	1½	18	3	18	4½
7	8	9	8	9¾	8	10½	8	11¼	9	0	9	0¾	9	1½	9	2¼
6	7	6	7	6¾	7	7¼	7	8	7	8½	7	9¼	7	9¾	7	10½
5	6	3	6	3½	6	4	6	4½	6	5¼	6	5¾	6	6¼	6	6¾
4	5	0	5	0½	5	0¾	5	1¼	5	1¾	5	2¼	5	2½	5	3
3	3	9	3	9¼	3	9¾	3	10	3	10¼	3	10½	3	11	3	11¼
2	2	6	2	6¼	2	6½	2	6¾	2	6¾	2	7	2	7¼	2	7½
1	1	3	1	3	1	3¼	1	3¼	1	3½	1	3½	1	3¾	1	3¾

	148s.		149s.		150s.		155s.		160s.		165s.		168s.		170s.	
Qr. 3	111	0	111	9	112	6	116	3	120	0	123	9	126	0	127	6
2	74	0	74	6	75	0	77	6	80	0	82	6	84	0	85	0
1	37	0	37	3	37	6	38	9	40	0	41	3	42	0	42	6
Lb. 21	27	9	27	11¼	28	1½	29	0¾	30	0	30	11¼	31	6	31	10½
14	18	6	18	7½	18	9	19	4½	20	0	20	7½	21	0	21	3
7	9	3	9	3¾	9	4½	9	8¼	10	0	10	3¾	10	6	10	7½
6	7	11¼	7	11¾	8	0½	8	3¾	8	6¾	8	10	9	0	9	1¼
5	6	7¼	6	7¾	6	8¼	6	11	7	1¾	7	4½	7	6	7	7
4	5	3½	5	3¾	5	4¼	5	6½	5	8½	5	10¾	6	0	6	0¾
3	3	11½	4	0	4	0¼	4	1¾	4	3½	4	5	4	6	4	6¾
2	2	7¾	2	8	2	8¼	2	9¼	2	10¼	2	11¼	3	0	3	0½
1	1	3¾	1	4	1	4	1	4½	1	5¼	1	5¾	1	6	1	6¼

	175s.		180s.		185s.		189s.		190s.		195s.		200s.		205s.	
Qr. 3	131	3	135	0	138	9	141	9	142	6	146	3	150	0	153	9
2	87	6	90	0	92	6	94	6	95	0	97	6	100	0	102	6
1	43	9	45	0	46	3	47	3	47	6	48	9	50	0	51	3
Lb. 21	32	9¾	33	9	34	8¼	35	5¼	35	7½	36	6¾	37	6	38	5¼
14	21	10½	22	6	23	1½	23	7½	23	9	24	4½	25	0	25	7½
7	10	11¼	11	3	11	6¾	11	9¾	11	10½	12	2¼	12	6	12	9¾
6	9	4½	9	7¾	9	11	10	1½	10	2¼	10	5¼	10	8½	10	11¾
5	7	9¾	8	0½	8	3	8	5¼	8	5¾	8	8½	8	11¼	9	1¾
4	6	3	6	5¼	6	7¼	6	9.	6	9½	6	11½	7	1¾	7	3¾
3	4	8¼	4	9¾	4	11½	5	0¾	5	1	5	2¾	5	4¼	5	6
2	3	1½	3	2½	3	3¾	3	4½	3	4¾	3	5¾	3	6¾	3	8
1	1	6¾	1	7¼	1	7¾	1	8¼	1	8¼	1	9	1	9½	1	10

	210s.		215s.		220s.		225s.		230s.		235s.		240s.		250s.	
Qr. 3	157	6	161	3	165	0	168	9	172	6	176	3	180	0	187	6
2	105	0	107	6	110	0	112	6	115	0	117	6	120	0	125	0
1	52	6	53	9	55	0	56	3	57	6	58	9	60	0	62	6
Lb. 21	39	4½	40	3¾	41	3	42	2¼	43	1½	44	0¾	45	0	46	10½
14	26	3	26	10½	27	6	28	1½	28	9	29	4½	30	0	31	3
7	13	1½	13	5¼	13	9	14	0¾	14	4½	14	8¼	15	0	15	7½
6	11	3	11	6¼	11	9½	12	0¾	12	3¾	12	7	12	10¼	13	4¾
5	9	4½	9	7¼	9	9¾	10	0½	10	3¼	10	6	10	8½	11	2
4	7	6	7	8¼	7	10¼	8	0½	8	2½	8	4¾	8	6¾	8	11¼
3	5	7½	5	9	5	10¾	6	0¼	6	2	6	3½	6	5¼	6	8¼
2	3	9	3	10	3	11¼	4	0¼	4	1¼	4	2¼	4	3½	4	5½
1	1	10½	1	11	1	11½	2	0	2	0¾	2	1¼	2	1¾	2	2¾

TABLE FOR PENCE.

	1d.	2d.	3d.	4d.	5d.	6d.	7d.	8d.	9d.	10d.	11d.	12d.
	d.	d.	d.	d.	d.	d.	d.	d.	d.	d.	d.	d.
Qr. 3	0¾	1½	2¼	3	3¾	4½	5¼	6	6¾	7½	8¼	9
2	0½	1	1½	2	2½	3	3½	4	4½	5	5½	6
1	0¼	0½	0¾	1	1¼	1½	1¾	2	2¼	2½	2¾	3
Lb. 21	0¼	0¼	0½	0¾	1	1	1¼	1½	1¾	1¾	2	2¼
14	0	0¼	0¼	0½	0½	0¾	0¾	1	1	1¼	1¼	1½
7	0	0	0¼	0¼	0¼	0¼	0½	0½	0½	0½	0¾	0¾
6	0	0	0¼	0¼	0¼	0¼	0¼	0½	0½	0½	0½	0¾
5	0	0	0¼	0¼	0¼	0¼	0¼	0¼	0½	0½	0½	0½
4	0	0	0	0¼	0¼	0¼	0¼	0¼	0¼	0¼	0½	0½
3	0	0	0	0	0¼	0¼	0¼	0¼	0¼	0¼	0¼	0¼
2	0	0	0	0	0	0	0	0¼	0¼	0¼	0¼	0¼
1	0	0	0	0	0	0	0	0	0	0	0	0

III. DECIMAL TABLES.

1/60	.0167	2/15	.1333	4/15	.2667	23/60	.3833	31/60	.5167	19/30	.6333	23/30	.7667	53/60	.8833
1/48	.0208	7/48	.1458	13/48	.2708	19/48	.3958	25/48	.5208	31/48	.6458	37/48	.7708	43/48	.8958
1/40	.0250	3/20	.1500	11/40	.2750	2/5	.4000	21/40	.5250	13/20	.6500	31/40	.7750	9/10	.9000
1/32	.0312	5/32	.1562	9/32	.2812	13/32	.4062	17/32	.5312	21/32	.6562	25/32	.7812	29/32	.9062
1/30	.0333	1/6	.1667	17/60	.2833	5/12	.4167	8/15	.5333	2/3	.6667	47/60	.7833	11/12	.9167
1/24	.0417	7/40	.1750	7/24	.2917	17/40	.4250	13/24	.5417	27/40	.6750	19/24	.7917	37/40	.9250
1/20	.0500	11/60	.1833	3/10	.3000	13/30	.4333	11/20	.5500	41/60	.6833	4/5	.8000	14/15	.9333
1/16	.0625	3/16	.1875	5/16	.3125	7/16	.4375	9/16	.5625	11/16	.6875	13/16	.8125	15/16	.9375
1/15	.0667	1/5	.2000	19/60	.3167	9/20	.4500	17/30	.5667	7/10	.7000	49/60	.8167	19/20	.9500
3/40	.0750	5/24	.2083	13/40	.3250	11/24	.4583	23/40	.5750	17/24	.7083	33/40	.8250	23/24	.9583
1/12	.0833	13/60	.2167	1/3	.3333	7/15	.4667	7/12	.5833	43/60	.7167	5/6	.8333	29/30	.9667
3/32	.0937	7/32	.2187	11/32	.3437	15/32	.4687	19/32	.5937	23/32	.7187	27/32	.8437	31/32	.9687
1/10	.1000	9/40	.2250	7/20	.3500	19/40	.4750	3/5	.6000	29/40	.7250	17/20	.8500	39/40	.9750
5/48	.1042	11/48	.2292	17/48	.3542	23/48	.4792	29/48	.6042	35/48	.7292	41/48	.8542	47/48	.9792
7/60	.1167	7/30	.2333	11/30	.3667	29/60	.4833	37/60	.6167	11/15	.7333	13/15	.8667	59/60	.9833
1/8	.1250	1/4	.2500	3/8	.3750	1/2	.5000	5/8	.6250	3/4	.7500	7/8	.8750	[illegible]	1.

da.	Year.	da.	Year.	da.	Year.	da.	Year.	da.	Year.	da.	Year.	da.	Year.
1	.002740	12	.032877	23	.063014	34	.093151	45	.123288	56	.153425	67	.183562
2	.005479	13	.035616	24	.065753	35	.095890	46	.126027	57	.156164	68	.186301
3	.008219	14	.038356	25	.068493	36	.098630	47	.128767	58	.158904	69	.189041
4	.010959	15	.041096	26	.071233	37	.101370	48	.131507	59	.161644	70	.191781
5	.013699	16	.043836	27	.073973	38	.104110	49	.134247	60	.164384	71	.194521
6	.016438	17	.046575	28	.076712	39	.106849	50	.136986	61	.167123	72	.197260
7	.019178	18	.049315	29	.079452	40	.109589	51	.139726	62	.169863	73	.200000
8	.021918	19	.052055	30	.082192	41	.112329	52	.142466	63	.172603	146	.400000
9	.024658	20	.054795	31	.084932	42	.115068	53	.145205	64	.175342	219	.600000
10	.027397	21	.057534	32	.087671	43	.117808	54	.147945	65	.178082	292	.800000
11	.030137	22	.060274	33	.090411	44	.120548	55	.150685	66	.180822	365	1.

d.	£.	d.	£.	s.	£.		Quarter.		Bushel.	oz.	lb. a.v.		Acre.
1/12	.00035	5¾	.02396	6	.30000	qt. 1	.00391	qt. 1	.03125	¼	.0156	yd. ¼	.00005
1/6	.00069	6	.02500	7	.35000	2	.00781	2	.06250	½	.0312	½	.00010
1/4	.00104	6¼	.02604	8	.40000	3	.01172	3	.09375	¾	.0469	1	.00021
1/3	.00139	6½	.02708	9	.45000	ga. 1	.01562	ga. 1	.12500	1	.0625	2	.00041
5/12	.00174	6¾	.02812	10	.50000	pk. 1	.03125	pk. 1	.25000	2	.1250	3	.00062
1/2	.00208	7	.02917	11	.55000	2	.06250	2	.50000	3	.1875	4	.00083
7/12	.00243	7¼	.03021	12	.60000	3	.09375	3	.75000	4	.2500	5	.00103
2/3	.00278	7½	.03125	13	.65000	bu. 1	.12500	lb.	Cwt.	5	.3125	6	.00124
3/4	.00312	7¾	.03229	14	.70000	2	.25000	1	.00893	6	.3750	7	.00145
5/6	.00347	8	.03333	15	.75000	3	.37500	2	.01786	7	.4375	8	.00165
11/12	.00382	8¼	.03437	16	.80000	4	.50000	3	.02679	8	.5000	9	.00186
1	.00417	8½	.03542	17	.85000	5	.62500	4	.03571	9	.5625	10	.00207
1¼	.00521	8¾	.03646	18	.90000	6	.75000	5	.04464	10	.6250	20	.00413
1½	.00625	9	.03750	19	.95000	7	.87000	6	.05357	11	.6875	30	.00620
1¾	.00729	9¼	.03854	oz. in.	Lb. Tr. Foot.		Oz. Tr.	7	.06250	12	.7500	po. 1	.00625
2	.00833	9½	.03958			gr. 1	.00208	14	.12500	13	.8125	2	.01250
2¼	.00937	9¾	.04062	¼	.02083	2	.00417	28	.25000	14	.8750	3	.01875
2½	.01042	10	.04167	½	.04167	3	.00625	56	.50000	15	.9375	4	.02500
2¾	.01146	10¼	.04271	¾	.06250	4	.00833	in.	Yard.	pt.	Wine Gall.	5	.03125
3	.01250	10½	.04375	1	.08333	8	.01667	1	.02778			6	.03750
3¼	.01354	10¾	.04479	2	.16667	12	.02500	2	.05556	¼	.0312	7	.04375
3½	.01458	11	.04583	3	.25000	16	.03333	3	.08333	½	.0625	8	.05000
3¾	.01562	11¼	.04687	4	.33333	20	.04167	4	.11111	¾	.0937	9	.05625
4	.01667	11½	.04792	5	.41667	dwt. 1	.05000	8	.22222	1	.1250	10	.06250
4¼	.01771	11¾	.04896	6	.50000	2	.10000	12	.33333	2	.2500	20	.12500
4½	.01875	s. 1	.05000	7	.58333	3	.15000	16	.44444	3	.3750	30	.18750
4¾	.01979	2	.10000	8	.66667	4	.20000	20	.55556	4	.5000		
5	.02083	3	.15000	9	.75000	5	.25000	24	.66667	5	.6250	ro. 1	.25000
5¼	.02187	4	.20000	10	.83333	10	.50000	28	.77778	6	.7500	2	.50000
5½	.02292	5	.25000	11	.91667	15	.75000	32	.88889	7	.8750	3	.75000

IV. METROLOGY AND EXCHANGE.

1. MONIES, WEIGHTS, AND MEASURES OF THE PRINCIPAL COUNTRIES OF THE WORLD.

INTRODUCTION.

Measures and Weights.—*Measure*, in a general sense, signifies any stated quantity; but in commerce the term is usually employed to express only geometrical qualities, or the attributes which belong to extension, namely, *Length*, *Area* or *Surface*, and *Capacity* or *Solidity*.

Weight is a term which is used to express the physical quality of gravity, as well as the measure by which the amount of that quality in any body is ascertained: in commerce it is usually employed in the latter sense. In most countries two kinds of weights are employed; one for money and the precious metals, the other for the ordinary purposes of trade: in the British system, the former is called *Troy*, the latter *Avoirdupois* weight.

As all the physical properties of matter have an inseparable connexion with extension, the unit of the measures of length may, in every system of metrology, be regarded as the elementary foundation both of measures and weights: its square affords the unit of the measures of surface, and its cube the unit of the measures of capacity; while from this last may be derived the unit of weight,—a vessel of any stated capacity filled with water, or any other homogeneous fluid, always weighing the same in the same latitude.

Standards are those measures and weights of acknowledged authority by which others are adjusted. The importance of accurate standards has always rendered their adjustment and preservation objects of the highest interest. Until of late years, however, none of those in use could be considered as strictly invariable, in consequence of the artificial bases on which they were established, and their tendency, as material substances, to gradual decay. But in several countries, the continued accuracy of the standards is now secured by their relation being fixed to some unchangeable object of nature. The objects preferred for this purpose have been, 1*st*, The length of a portion of the meridional circle; and, 2*d*, The length of a pendulum vibrating seconds of mean time. The first was adopted by the French in the year 1795, when the *metre*, which is the foundation of their present system of measures, was fixed at the ten-millionth part of the quadrant of the meridian, or 39.37079 inches; and the second was so far adopted by the British government on the introduction of the Imperial system in 1824, that the length of the standard yard, as compared with that of a pendulum vibrating seconds in the latitude of London (at 62° Fahrenheit, and in a vacuum at the level of the sea), is determined to be in the proportion of 36 inches to 39.1393 inches.*

Money.—*Money* is a term applied to any commodity which is employed as a standard by which to measure the value of others, as the equivalent given for them, and as a medium of exchange. Various commodities have under different circumstances been used to perform the functions of money; but in general the more precious metals, gold and silver, have been selected on account of their apposite properties for that purpose. During many ages the denominations of money were identical with those of weight, and the metals were circulated in ingots or masses. As civilisation advanced, however, these were shaped into *coins*, which in many countries, by a further refinement, have in a great degree been superseded by *paper money*.

Coins are flat, circular pieces of metal, generally gold or silver, impressed with a public stamp serving as a guarantee for their weight and fineness. Pure gold and silver are, however, too flexible for the purposes of coin, and they are therefore mixed with a small proportion of harder metal termed *alloy*. But the proportion of alloy varies in the coinage of different countries, and hence both the weight, and the degree of fineness, or *standard* of a coin, have always to be con-

---

* *Men of science* in this country having come to be of opinion that the standards cannot be restored with *sufficient precision* by reference to natural constants, and a Royal Commission having reported to this effect, *the above regulation* was, as explained on page 186, repealed by the act 18 & 19 Vict., c. 72.

sidered in determining its value.* In all civilized countries the rate of coinage, both as to weight and fineness, is fixed by law. In some, the coins are minted at a rate equivalent to their market value as metal; but in others, where the mint rate exceeds the market rate, a profit called *seignorage* is thereby realized. The *remedy of the mint* is a small allowance generally made for deviation from the standard weight and fineness of coins on account of the fallibility of workmanship.

In some states, the national coins only are current; in others, foreign coins circulate also. In some, too, one metal alone is used; in others, both metals at certain fixed proportions. Gold is the standard of value in Britain, Holland, and the United States. In the British colonies and India, silver is the metal chiefly employed. In the states on the continent of Europe, it is mostly silver, or silver and gold jointly. The latter, called a *double standard*, was deranged in France and other countries by a rise in the proportional value of gold, which came to bear an agio or premium above its fixed rate of exchange for silver; but an opposite tendency has of late been given to the relative value of the two metals by the increased supplies of gold from California and Australia.

Paper money consists strictly of those paper tokens only which are not convertible into coin, and which circulate solely because they are made a legal tender of payment, and because the use of a circulating medium is indispensable. The term, however, is commonly applied in a more general sense to all those written obligations expressing to be payable on demand, and transferable by mere delivery, which are used to supply the functions of money.

The various modes in which money is distinguished and reckoned, have led to the introduction of numerous terms, the principal of which it may be proper to explain. *Specie* and *effective* are terms sometimes applied to coin in contradistinction from paper. *Monies of Account* are those denominations and divisions of money in which accounts are kept: in some countries these are not coins, but merely fixed proportions to coins, as was the case with the British pound before the coining of the sovereign. *Monies of Exchange*, distinguished in some parts of Germany by the terms *Giro* or *Wechselzahlung*, are those in which bills and other transactions with foreign countries are adjusted: in most places they are the same as the monies of account. *Currency* is the general circulating medium of any country; but in some parts of Germany, and in the British colonies in America and the West Indies, the term is more peculiarly applied to the monies of account. *Sterling* is a name (of uncertain derivation) which has long been used to distinguish the standard money of England. *Banco* is a term applied to the credits raised with the deposit banks of Hamburg and other places. *Agio* is used in some parts of the continent to express the premium or per centage allowed on a better sort of money when it is given in exchange for an inferior kind: it is always reckoned on the more valuable species of money. When the difference is considered with regard to the inferior kind, it is termed *Discount*.

Bullion is a term which is strictly applicable only to uncoined gold and silver; but it is more commonly used in a general sense to denote the precious metals, both in a coined and an uncoined state. In the London market bullion is met with chiefly in bars or ingots of different sizes, or in the form of doubloons or dollars, the coins of the American mining countries; and the price is quoted at so much per ounce troy. Gold being purchased by the Bank of England at the rate of £3, 17s. 9d., and issued at £3, 17s. 10½d. per ounce (British standard), its price seldom fluctuates beyond these rates. Silver is not purchased by the bank at any fixed rate. Before the Australian gold discovery, its price varied from about 4s. 11½d. to 5s. 0½d. per oz. standard; but it has since stood higher.

In the valuations of foreign monies in the following pages, gold coins are estimated at the rate of £3, 17s. 10½d., and silver coins at 5s. per oz. standard; or, what is equivalent, pure gold at £4, 4s. 11.45d. and pure silver at 5s. 4.86d. per oz.—the proportional value of the former to the latter being thus assumed to be nearly as $15\frac{23}{32}$ to 1.

---

* In this country the fineness of gold is stated in CARATS. Of these, 24 are supposed to be contained in any given quantity of metal, and its quality is denoted by expressing the number which consist of pure gold. The fineness of silver is also denoted relatively by expressing the number of ounces and pennyweights of pure metal contained in a troy pound. Thus gold of 22 carats fine is equivalent to a fineness of 22-24ths or 1-12ths; and silver of 11 oz. 2 dwts., to a fineness of 37-40ths. In France, the fineness of both gold and silver is expressed in MILLIEMES or thousandth parts. In valuing coins the copper alloy is never taken into account.

THE BRITISH ISLANDS.

960 Farthings=240 Pence=20 Shillings=1 Pound Sterling.

The circulating medium is composed of gold, silver, and copper coins, and of a convertible paper money.

The *gold coins* are the double sovereign, sovereign (or pound sterling), and half sovereign. These are coined at the rate of 1869 sovereigns from 40 troy pounds of metal of the standard fineness of 22 carats, or $\frac{11}{12}$ths: hence gold is 5 dwts. 3.274 grains: the sovereign of 5 dwts. $2\frac{1}{2}$ grains is however a legal tender.

The *silver coins* are the crown (of 5 shillings), half-crown, florin (= 2s.), shilling, sixpence, fourpence, and threepence: pieces for twopence and one penny, and groat (of 4 pence): a few pieces for threepence, twopence, and one penny, called *Maundy money*, are also made, but they are not in general circulation. These are all coined at the rate of 66 shillings from 1 troy pound of metal of the standard fineness of 11 oz. 2 dwts. or $\frac{37}{40}$ths: hence silver is minted at 5s. 6d. per troy oz.; being an increase of 4 pence per oz. from the rate prior to 1816, which was 5s. 2d.; and the full weight of the shilling is 3 dwts. $15\frac{3}{11}$ grs.

The *copper coins* are the penny, halfpenny, and farthing, which are issued at the rate of 24 pence from 1 lb. avoirdupois of metal, or £224 per ton.

The *remedy of the mint* is for gold coins 12 grains per lb. in the weight, and $\frac{1}{16}$th of a carat in the fineness; for silver 1 dwt. per lb. in the weight, and the same in the fineness; and for copper $\frac{1}{40}$th of the weight.

No *seignorage* is exacted on gold coins, as they are minted at the market value of that metal; but on silver coins a seignorage is levied of nearly 10 per cent. (the mint price being 5s. 6d., and the market price only about 5s. per oz.); while on copper coins it amounts to more than 100 per cent. It was enacted, however, by the act 56 Geo. III. c. 68, under which the existing coinage is regulated, that silver coins shall be a legal tender for 40s. only at one time,—copper coins for 12 pence only,—and "that gold coins shall be in future the sole standard measure of value, and legal tender for payment without any limitation of amount."

The *paper money* consists in England of notes for £5 and upwards issued by the Bank of England, and by numerous banking companies in the provinces; and, in Scotland and Ireland, of notes for £1 and upwards issued by the various banks in those parts of the United Kingdom. But of late years the circulation of bank-notes has, proportionally to the amount of business transactions, greatly decreased, owing to the extension which has taken place in the practice of keeping accounts with bankers, and of effecting payments by means of cheques instead of notes; and to the refinements which have been applied to banking operations in the various modes adopted of making payments and remittances by means of transfers of book credits.

OLD MONEY.

Coins of gold and silver, and the inferior metals, are found in this country, that are usually attributed to the very ancient British kings; but the earliest coin of any importance was the silver penny, which was common in most European kingdoms, and usually bore the device of a cross.

In England the silver penny has been coined from A. D. 688 to the present time; and it affords the best rule for valuing the other silver coins, as it has always formed the 240th part of the nummary pound sterling. At first the pound sterling consisted of a Saxon pound, or 5400 troy grains of standard silver (equivalent to £1, 1s. 4d. from the troy pound, which is $\frac{1}{15}$th heavier); and the weight of the penny was $22\frac{1}{2}$ troy grains: this was reduced in 1356 to 18; in 1421 to 15; and in 1464 to 12 grains. Its subsequent reductions were, in 1527, to $11\frac{1}{4}$; in 1543, to 10; in 1551 to 8; in 1601 to $7\frac{23}{31}$; and in 1816 to $7\frac{3}{11}$ grains. The standard for silver has been 11 oz. 2 dwts. since the Conquest (1066), except for the short period from 1543 till 1560. From 1344 to 1527, the standard for gold was 23 carats $3\frac{1}{2}$ grains. Considerable fluctuations afterwards took place; but in 1604 it was fixed permanently at 22 carats. Before 1816 the principal coin of the new standard was the guinea, first coined in 1666, and which was minted at the rate of $44\frac{1}{2}$ to 1 lb. troy.

Formerly silver was a legal tender to any amount as well as gold, and the relative value of the coins was subject to variation with the market price of these metals. The number of shillings in the guinea fluctuated from 20 to 30 until 1717, when it was permanently fixed at 21. This was an overvaluation of gold to the extent of about $1\frac{1}{2}$ per cent.,—a difference which afterwards increased, and led. before the end of the century, to the fusion or exportation of all silver coins of full weight, and the exclusive use of gold in large payments. Prior to the reform of the coinage in 1816, much discussion arose as to whether gold, or silver, or both metals should be employed as the standard of value; but at length this was for the time decided by the "Treatise on the Coins of the Realm," by the late Earl of Liverpool, who maintained "that coins, which are the principal measures of property, should be of one metal only; that this metal should be gold (being that in which the principal payments in England are made); and that the expenses of fabrication should be taken out of the silver and copper coins." These principles were made the basis of the act 56th Geo. III. c. 68.

In Scotland the money pound contained, from the time of Alexander I. to that of Robert Bruce, a pound of silver of the same weight and fineness with the English pound; but the weights of the coins were afterwards gradually reduced; and at the Union in 1707, the Scots money amounted to only 1/36th of its original value,—the English having within the same time been reduced to about ⅓d. Scots money became thus only 1/12th the value of English, and hence £1 Scots equal 1s. 8d. sterling. The act of Union placed the currency of Scotland on the same footing as that of England.

TABLES FOR CONVERTING OLD SCOTTISH MONEY INTO STERLING.

Scots.		Sterling. L.	s.	d.	12ths.
2 pennies	= 1 bodle	0	0	0	2
2 bodles	= 1 plack	0	0	0	4
3 placks	= 1 shilling	0	0	1	0
20 shillings	= 1 pound	0	1	8	0
13 shillings 4 pennies	= 1 merk	0	1	1	4

Merks	£	s.	d.	Merks	£	s.	d.
10 merks	£0	11	1⅓	40 merks	£2	4	5⅓
20 ..	1	2	2⅔	50 ..	2	15	6⅔
30 ..	1	13	4	100 ..	5	11	1⅓

Scots. L.	Sterling. L.	s.	d.	Scots. L.	Sterling. L.	s.	d.	Scots. L.	Ster. s.	d.
1000	83	6	8	70	5	16	8	8	13	4
500	41	13	4	60	5	0	0	7	11	8
400	33	6	8	50	4	3	4	6	10	0
300	25	0	0	40	3	6	8	5	8	4
200	16	13	4	30	2	10	0	4	6	8
100	8	6	8	20	1	13	4	3	5	0
90	7	10	0	10	0	16	8	2	3	4
80	6	13	4	9	0	15	0	1	1	8

In Ireland the gold and silver coins were from an early period those of England, but in the currency of that country they were reckoned for more than their British value. In 1698, the proportion of 12 to 13 was established in silver; in 1717, in gold; and in 1736, in copper. Hence £100 sterling was equal £108, 6s. 8d. Irish, and the nominal par of exchange was 8⅓ per cent. The actual course of exchange, however, was sometimes 10 or 12 per cent. above par. The distinction betwixt the monies of the two countries was abolished by the act 6th Geo. IV. c. 79, which assimilated the currency of Ireland to that of Britain from and after January 5, 1826.

TABLES FOR THE MUTUAL CONVERSION OF IRISH MONEY AND STERLING.

Ster. L.	Irish. L.	s.	d.	12ths.	Ster. L.	Irish. L.	s.	d.	12ths.
1000	1083	6	8	0	4	4	6	8	0
500	541	13	4	0	3	3	5	0	0
400	433	6	8	0	2	2	3	4	0
300	325	0	0	0	1	1	1	8	0
200	216	13	4	0	s 10	0	10	10	0
100	108	6	8	0	9	0	9	9	0
90	97	10	0	0	8	0	8	8	0
80	86	13	4	0	7	0	7	7	0
70	75	16	8	0	6	0	6	6	0
60	65	0	0	0	5	0	5	5	0
50	54	3	4	0	4	0	4	4	0
40	43	6	8	0	3	0	3	3	0
30	32	10	0	0	2	0	2	2	0
20	21	13	4	0	1	0	1	1	0
10	10	16	8	0	D 6	0	0	6	6
9	9	15	0	0	5	0	0	5	5
8	8	13	4	0	4	0	0	4	4
7	7	11	8	0	3	0	0	3	3
6	6	10	0	0	2	0	0	2	2
5	5	8	4	0	1	0	0	1	1

Irish. L.	Sterling. L.	s.	d.	13ths.	Irish. L.	Sterling. L.	s.	d.	13ths.
1000	923	1	6	6	4	3	13	10	2
500	461	10	9	3	3	2	15	4	8
400	369	4	7	5	2	1	16	11	1
300	276	18	5	7	1	0	18	5	7
200	184	12	3	9	s 10	0	9	2	10
100	92	6	1	11	9	0	8	3	9
90	83	1	6	6	8	0	7	4	8
80	73	16	11	1	7	0	6	5	7
70	64	12	3	9	6	0	5	6	6
60	55	7	8	4	5	0	4	7	5
50	46	3	0	12	4	0	3	8	4
40	36	18	5	7	3	0	2	9	3
30	27	13	10	2	2	0	1	10	2
20	18	9	2	10	1	0	0	11	1
10	9	4	7	5	D 6	0	0	5	7
9	8	6	1	11	5	0	0	4	8
8	7	7	8	4	4	0	0	3	9
7	6	9	2	10	3	0	0	2	10
6	5	10	9	3	2	0	0	1	11
5	4	12	3	9	1	0	0	0	12

In the Isle of Man what is termed *Manx Currency* is in value one-seventh less than that of Great Britain,—the British shilling being reckoned at fourteen Manx pennies, or £100 sterling = £116, 13s. 4d. Manx. The copper coins of the island, however, being the only portion of the circulating medium which differs in intrinsic value from that of the United Kingdom, have been legally abolished; and it has been enacted, that, from and after the 17th April 1840, all transactions relating to money shall be held to be entered into according to the currency of Great Britain, "unless the contrary be proved to have been the intention of the parties concerned" (*Act of Tynwald, Nov. 8, 1839*).

IMPERIAL WEIGHTS AND MEASURES.

In the Imperial system, introduced on 1st January 1826, the legal measures of extension and weight are continued as before; but a variety of corn, wine, and beer measures, previously in use, are superseded by a new measure of capacity called the "Imperial standard gallon," containing 10 lbs. avoirdupois, or 277.274 cubic inches of distilled water, at 62° Fahrenheit, the barometer being at 30 inches. The following tables exhibit the Imperial standards, and their usual multiples and divisions; also their equivalents in the metrical system of France.

I. MEASURES OF LENGTH.

Metres.	Inches.		Feet.		Yards.		Poles.		Furlongs.		Mile.
1609.31492	63,360	=	5280	=	1760	=	320	=	8	=	1
201.16436	7,920	=	660	=	220	=	40	=	1		
5.02911	198	=	16½	=	5½	=	1				
0.91438	36	=	3	=	1						
0.30479	12	=	1								
0.02540	1										

Special Measures of Length.—The hand equal 4 inches; the nail, 2¼ inches; the ell, 45 inches, or 1¼ yard; the pace, 5 feet; and the fathom, 6 feet. The geographical degree equal 20 nautical leagues, 60 geographical miles, or 69.121 imperial or statute miles. The chain of 100 links used for land measure equal 66 feet.

II. MEASURES OF SURFACE.

Ares.	Square Inches.		Sq. Feet.		Sq. Yards.		Sq. Poles.		Roods.		Acre.
40.467102	6,272,640	=	43,560	=	4,840	=	160	=	4	=	1
10.116775	1,568,160	=	10,890	=	1,210	=	40	=	1		
0.252919	39,204	=	272¼	=	30¼	=	1				
0.008361	1,296	=	9	=	1						
0.000929	144	=	1								
0.000006	1										

The acre also contains 10 square chains; and 640 acres make 1 square mile, equal 258.989 hectares.

III. MEASURES OF CAPACITY.

1. GENERAL MEASURE OF SOLIDITY.

Cubic Metre.	Cubic Inches.		Cubic Feet.		Cubic Yard.
0.764513	46,656	=	27	=	1
0.028315	1,728	=	1		
0.000016	1				

The ton measurement contains 8 barrel-bulk, or 40 cubic feet.

2. LIQUID AND CORN MEASURE.

Litres.	*Cubic Inches.*	Gills.		Pints.		Quarts.		Gallons.		Pecks.		Bushels.		Quarter.
290.781	17,745.536	2048	=	512	=	256	=	64	=	32	=	8	=	1
36.348	2,218.192	256	=	64	=	32	=	8	=	4	=	1		
9.087	554.548	64	=	16	=	8	=	2	=	1				
4.543	277.274	32	=	8	=	4	=	1						
1.136	69.318	8	=	2	=	1								
0.568	34.659	4	=	1										
0.142	8.665	1												

The last equal 10 quarters, or 29.07815 hectolitres. The coom equal 4 bushels; and the wey or load equal 5 quarters. The denominations higher than the gallon are not used for liquids.

Besides the gallon and its divisions, various other measures are used for liquids. In beer measure the barrel contains 4 firkins or 36 gallons; and the hogshead equal 1½ barrel or 54 gallons. The anker, tierce, hogshead, puncheon, pipe, butt, and tun, used for wine and spirits, are to be considered rather as the names of the casks in which such liquids are usually contained, than as expressing any definite number of gallons. In practice such vessels are gauged, and charged according to their contents.

IV. WEIGHTS.

1. AVOIRDUPOIS OR COMMERCIAL WEIGHT.

Kilogrammes.	Drams.		Ounces.		Pounds.		Stones.		Quarters.		Cwts.		Ton.
1015.9388	573,440	=	35,840	=	2,240	=	160	=	80	=	20	=	1
50.7969	28,672	=	1,792	=	112	=	8	=	4	=	1		
12.6992	7,168	=	448	=	28	=	2	=	1				
6.3496	3,584	=	224	=	14	=	1						
0.4535	256	=	16	=	1								
0.0283	16	=	1										
0.0018	1												

2. TROY OR GOLD AND SILVER WEIGHT.

Grammes.	Grains.		Dwts.		Ounces.		Pound.
373.202	5,760	=	240	=	12	=	1
31.100	480	=	20	=	1		
1.555	24	=	1				
0.065	1						

The troy pound is less than the avoirdupois in the proportion of 14 to 17 nearly; but the troy ounce is greater than the avoirdupois in the proportion of 79 to 72 nearly. At the mint the ounce is now divided decimally.

The fineness of gold and silver is expressed in the manner explained in pages 139 and 140. Wrought gold has two legal standards; one is 22 carats (or $\frac{11}{12}$ fine), the same as that of the coin, and the other, used chiefly for watch-cases and rings, is 18 carats. Wrought silver has also two legal standards; one is 11 oz. 2 dwts. (or $\frac{37}{40}$ fine), the same as that of the coin, and the other, called new sterling, is 8 dwts. finer, or 11 oz. 10 dwts.: the latter is seldom used.

Diamond Weight.—Diamonds are weighed by carats, 151½ of which make one ounce troy; this carat is therefore equal to 3⅙ troy grains.

Pearl Weight.—The troy ounce contains 600 pearl grains, and hence one pearl grain is ⅘ths of a troy grain.

Apothecaries' Weight.—20 troy grains make 1 scruple, 3 scruples make 1 dram, and 8 drams make 1 troy ounce. This weight is used in medical prescriptions only.

PRINCIPAL STATUTORY REGULATIONS—(5th & 6th Wm. IV. c. 63.)

Models, Stamps, Inspectors.—Weights and measures of the legal weight and capacity which have been verified and stamped at the Exchequer are legal, and may be used for comparison as copies of the imperial standard, and others may be verified and stamped, though not copies of the standards deposited in Exchequer. When they become defective, they must be sent to the Exchequer to be reverified, for which a fee is charged, every new verification being indorsed on the original indenture.

The Justices are to determine the number of copies of the standard weights and measures requisite for comparison within their respective bounds, direct copies, verified and stamped, to be sent to the places where they shall be deposited, appoint the necessary number of inspectors, and fix their remuneration.

Weights and measures must be duly stamped by the inspectors, after being compared with the copies; and those using them either not stamped, or found light or unjust, forfeit a sum not exceeding £5, with the weights or measures, and the contract is annulled. No weight above 56lbs., or wooden or wicker measure used in the sale of lime, or glass or earthenware drinking-vessel, requires to be stamped; but any person, buying by any such measure represented as of any amount of imperial measure, may require the same to be tested by a stamped measure, and if the seller refuse to do so, or the measure is found deficient, he becomes liable to the above penalty. Weights made of pewter or lead cannot be stamped or used unless cased with brass, copper, or iron.

Weights of 1 lb. or more must have the number of pounds, and measures must have their contents, denominated in legible figures and letters. The stamp used in measures and in weights above ¼ lb. distinguishes the district of the inspector, who must keep minutes of his proceedings, and is bound to grant a certificate of his stamping, and account every quarter of a year for his fees. No weights and measures once stamped need be restamped when removed to another district.

Justices and Magistrates, or any inspector authorized by them in writing, may, at all seasonable times, enter any shop, warehouse, or other place, within their jurisdiction, where goods are sold or weighed, and examine the weights, weighing machines, and measures used there; and on any of these being found illegal or fraudulent, or their not being produced, or the investigation being obstructed, parties become liable in a penalty not exceeding £5.

Measures abolished or changed, &c.—Local and customary measures, including the Winchester bushel and Scotch ell, abolished, and not to be used under a penalty not exceeding 40s.; but any vessel not represented as containing any imperial, fixed, or customary measure, may be used in the sale of articles.

The use of the heaped measure is prohibited; and coal, slack, culm, or cannel, must be sold by weight. All articles sold by weight must be sold by avoirdupois weight, except gold, silver, platina, diamonds or other precious stones, which may be sold by troy weight; and drugs, which, when sold by retail, may be sold by apothecaries' weight. A stone-weight is to consist of fourteen pounds avoirdupois. The fiar-prices in Scotland must be struck by the Imperial quarter.

Persons printing, or clerks of market returning price-lists, journals, or papers, with a denomination of weights and measures greater or less than the Imperial, forfeit a sum not exceeding 10s. for every copy.

PRINCIPAL WEIGHTS AND MEASURES SUPERSEDED BY THE IMPERIAL SYSTEM.

ENGLAND.—*Wine Measure.*—The gallon equal 4 quarts, 8 pints or 32 gills, and contained 231 cubic inches, or 3.785 French litres. Of these gallons the anker contained 10, the rundlet 18, the tierce 42, the hogshead 63, the puncheon 84, the pipe or butt 126, and the tun 252.

The Imperial gallon contains 277.274 cubic inches; therefore 1 wine gallon equal 0.833111 Imperial gallon; and 1 Imperial gallon equal 1.200320 wine gallon. The wine gallon is thus almost exactly ⅙th less than the Imperial; or 5 Imperial gallons equal 6 wine gallons. Hence to convert wine gallons into Imperial gallons, deduct ⅙th from the former; and to convert prices per wine gallon into prices per Imperial gallon add ⅕th or 20 per cent. to the former. Again, to convert Imperial gallons into wine gallons, add ⅕th to the former; and to convert prices per Imperial gallon into prices per wine gallon, deduct ⅙th from the former. The following table will serve, where minute accuracy is required, to convert wine gallons, pints, &c., into the same denominations in Imperial.

W. Gal.	Imp. Gallons.	W. Gal.	Imp. Gallons.	W. Gal.	Imp. Gallons.
1	0.8331109	4	3.3324437	7	5.8317765
2	1.6662219	5	4.1655547	8	6.6648874
3	2.4993328	6	4.9986656	9	7.4979984

Ale and Beer Measure.—The gallon divided in the same manner as the wine gallon, and equal 282 cubic inches, or 4.6209 French litres. Of these gallons the firkin contained 9, the kilderkin 18, the barrel 36, the hogshead 54, the puncheon 72, the butt 108, and the tun 216.

One ale gallon equal 1.017045 Imperial gallons; or 1 Imperial gallon equal 0.983241 ale gallon: hence approximately 59 ale gallons equal 60 Imperial gallons.

Heaped Measure.—The bushel 19½ inches wide from the outside, 8 inches deep, and measuring 2217.6 cubic inches; but when heaped in the form of a cone above the brim, 2815½. Three heaped bushels made a sack, 12 sacks a chaldron, and 21 chaldrons a score. This measure was used for coals, culm, lime, fish, potatoes, and other commodities. Apples and pears were sold by the Winchester bushel heaped.

Winchester or English Standard Corn Measure.—The denominations of this measure were the same as the Imperial. The Winchester bushel contained 2150.42 cubic inches or 35.237 French litres. The Imperial bushel contains 2218.192 cubic inches; hence, 1 Winchester bushel or quarter equal 0.969447

Imperial bushel or quarter, and 1 Imperial bushel or quarter equal 1.031516 Winchester bushel or quarter; or approximately 33 Winchester bushels or quarters equal 32 Imperial.

RECIPROCAL CONVERSION OF WINCHESTER AND IMPERIAL MEASURE.

1. Winchester into Imperial.						2. Imperial into Winchester.					
Win. Qrs.	Imperial Quarters	Win. Bu.	Imperial Quarters.	Win. Pk.	Imp. Qrs.	Imp Qrs.	Winchester Quarters	Imp. Bu.	Winchester Quarters	Imp. Pk.	Winch. Qrs
1	0.969447	1	0.121181	1	.03030	1	1.031516	1	0.128939	1	.03223
2	1.938894	2	0.242362	2	.06059	2	2.063031	2	0.257879	2	.06447
3	2.908341	3	0.363543	3	.09089	3	3.094547	3	0.386818	3	.09670
4	3.877788	4	0.484723	Gal.		4	4.126063	4	0.515758	Gal.	
5	4.847235	5	0.605904	1	.01515	5	5.157579	5	0.644697	1	.01612
6	5.816682	6	0.727085	Qt.		6	6.189094	6	0.773637	Qt.	
7	6.786129	7	0.848266	1	.00379	7	7.220610	7	0.902576	1	.00403
8	7.755576	8	0.969447	2	.00757	8	8.252126	8	1.031516	2	.00806
9	8.725023	9	1.09 628	3	.01136	9	9.283641	9	1.160455	3	.01209

As the Winchester and Imperial quarters are similarly divided, the first two columns in Table 1st will also serve for the conversion of Winchester bushels, pecks, gallons, and quarts respectively, into the same denominations in Imperial; while the inverse operation may be performed by means of the first two columns in Table 2d.

RECIPROCAL CONVERSION OF PRICES PER WINCHESTER AND IMPERIAL MEASURE.

3. Winchester into Imperial.								4. Imperial into Winchester.							
Win. s.	Imperial. s.	d.	Win. s.	Imperial. s.	d.	Win. d.	Imp. d.	Imp. s.	Winchester s.	d.	Imp. s.	Winchester s.	d.	Imp. d.	Win. d.
1	1	0⅜	20	20	7½	1	1	1	0	11⅝	20	19	4⅝	1	1
2	2	0¾	25	25	9½	2	2	2	1	11¼	25	24	2¾	2	2
3	3	1⅛	30	30	11¼	3	3	3	2	11	30	29	1	3	3
4	4	1½	35	36	1¼	4	4⅛	4	3	10½	35	33	11¼	4	4
5	5	2	40	41	3⅛	5	5⅛	5	4	10¼	40	38	9¼	5	4⅞
6	6	2¼	50	51	7	6	6¼	6	5	9¾	50	48	5⅝	6	5⅞
7	7	2⅝	60	61	10¾	7	7¼	7	6	9⅜	60	58	2	7	6¾
8	8	3	70	72	2½	8	8¼	8	7	9	70	67	10¼	8	7¾
9	9	3⅜	80	82	6¼	9	9¼	9	8	8¾	80	77	6⅝	9	8¾
10	10	3¾	90	92	10	10	10⅓	10	9	8¼	90	87	3	10	9¾
15	15	5⅝	100	103	1¾	11	11⅓	15	14	6½	100	96	11¼	11	10⅝

The late English measures of capacity are still much used in the British colonies, and in the United States.

SCOTLAND.—*Measures of Length.*—The standard Scottish ell of 36 Scots or 37.0598 Imperial inches. 6 Ells made 1 fall; 40 falls 1 furlong; and 8 furlongs, or 1920 ells made 1 mile, equal 1976.522 Imperial yards. Hence 10 Scots miles equal 11¼ Imperial or statute miles nearly. The chain of 100 links, used for land measure, was equal to 24 ells, 74.1196 Imp. feet, or 1.123024 Imp. chains.

Weights.—The Scottish Troyes or Dutch pound of 16 ounces, or 256 drops, equal 7608.95 troy grains, or about $\frac{1}{12}$th heavier than the avoirdupois pound. The standard Lanark stone contained 16 of these pounds, or 17.391885 lbs. avoird. The Scottish tron weight varied in different places. The Edinburgh tron pound equal 1.374067 lbs. avoirdupois.

The standard Scottish meal boll contained 8 stones Dutch, or 139.135 lbs. avoirdupois; but usually reckoned 140 lbs. in consequence of the Dutch or Lanark stone being estimated at 17½ lbs. avoird.

Liquid Measures.—The Scots gallon of 8 pints, 16 chopins, 32 mutchkins, or 128 gills, equal 3.00651, or rather more than 3 Imperial gallons. The Scots anker of 20 pints equal about 7½ Imp. gallons.

Measures of Surface.—36 Square ells equal 1 square fall, 40 square falls equal 1 rood, and 4 roods equal 1 acre, equal 1.261183 Imp. acre. To convert, therefore, Scots acres into Imperial, multiply by 1.261183; and to convert Imperial acres into Scots, multiply by 0.792906. Approximately, 23 Scots acres equal 29 Imperial acres; or more nearly, 134 Scots acres equal 169 Imperial acres. Hence Scots acres are convertible into Imperial acres by multiplying the number of the former by 169, and dividing the product by 134. On the other hand,

Imperial acres are convertible into Scots acres by multiplying by 134, and dividing the product by 169.

Similarly to convert Scottish prices of land into Imperial, multiply the former by the fraction 0.792906; or approximately deduct ⅕th, or more nearly 4s. 1½d. per £1 from the Scots price. Again, to convert Imperial prices into Scots, multiply the former by 1.261183; or approximately add ¼th, or more nearly 5s. 2¼d. per £1 to the Imperial price.

Scots into Imperial Land Measure.						Conversion of Prices.									
Sc. ac.	Imperial acre.	Sc. fs.	Imperial acre.	Sc. ell.	Imperial acre.	Sc. L.	Imperial. L.	s.	d.	Sc. s.	Imperial. s.	d.	Sc. d.	Imp. d.
¼	0.3152959	1	.00788	1	.00022	1	0	15	10¼	1	0	9½	½	0½
½	0.6305917	2	.01576	2	.00044	2	1	11	8½	2	1	7	1	0¾
¾	0.9458876	3	.02365	3	.00066	3	2	7	6¾	3	2	4½	2	1½
1	1.2611834	4	.03153	4	.00088	4	3	3	5	4	3	2	3	2¼
2	2.5223669	5	.03941	5	.00109	5	3	19	3½	5	3	11½	4	3
3	3.7835503	6	.04729	6	.00131	6	4	15	1¾	6	4	9	5	3¾
4	5.0447338	7	.05518	7	.00153	7	5	11	0	7	5	6½	6	4¾
5	6.3059172	8	.06306	8	.00175	8	6	6	10½	8	6	4	7	5½
6	7.5671007	9	.07094	9	.00197	9	7	2	8¾	9	7	1½	8	6¼
7	8.8282841	10	.07882	10	.00219	10	7	18	6¾	10	7	11	9	7
8	10.0894676	20	.15765	20	.00438	20	15	17	2	11	8	8½	10	7¾
9	11.3506510	30	.23647	30	.00657	30	23	15	9	15	11	10½	11	8¾

The first two columns will answer likewise for converting Scots roods into Imperial roods, and Scots falls into Imperial poles or perches. The table for the conversion of prices shows the equivalents per Imperial acre, rood, or perch, of the given rates per Scottish acre, rood, or fall, respectively.

Linlithgow or Scottish Standard Corn Measure.—4 Lippies or forpits equal 1 peck; 4 pecks equal 1 firlot; 4 firlots equal 1 boll; and 16 bolls equal 1 chalder. The standard wheat firlot (used also for pease, beans, rye, and salt), measured 2214.322 Imperial cubic inches; and the standard barley firlot (used also for oats and malt), 3230.305 Imp. cubic inches; hence the wheat firlot equal 0.998256 or very nearly 1 Imperial bushel, and the barley firlot equal 1.456279 Imp. bushel.

To convert therefore Linlithgow wheat bolls into Imperial quarters, multiply the former by the fraction 0.499128; or approximately substitute for the wheat boll, firlot, peck, and lippy, the Imperial half-quarter, bushel, peck, and half-gallon respectively; or more nearly multiply the number of bolls by 2000, and divide the product by 4007: and to convert prices per wheat boll into prices per Imperial quarter, multiply the former by 2.003494; or approximately take the double of the prices per wheat boll; or more nearly, add to the price per wheat boll a halfpenny for every pound, and then double the result. Again, to convert barley bolls into Imperial quarters, multiply the former by 0.728140; or approximately (as 33 barley bolls equal 24 Imperial quarters nearly), deduct $\frac{3}{11}$ths from the barley boll: and to convert prices per barley boll into prices per Imperial quarter, multiply the former by 1.373363; or approximately add 4½d. per shilling to the price per barley boll; or more nearly, add to the price per barley boll its fourth part, together with the half of the fourth part.

On the other hand, to convert Imperial quarters into Linlithgow wheat bolls, multiply the former by 4007, and divide the product by 2000; and to reduce the price per Imperial quarter to the price per wheat boll, take a halfpenny per pound from the former, and then halve the result. To convert Imperial quarters into Linlithgow barley bolls, multiply the former by 1.373363; or approximately multiply the Imperial quarter by 11, and divide the product by 8; and to reduce the price per Imperial quarter to the price per barley boll, multiply the former by 0.728140; or increase the price per Imperial quarter a farthing for every pound; from the result take $\frac{1}{11}$th part, and then from the remainder take ¼th part.

The Linlithgow measures were in use only in the counties of Linlithgow, Edinburgh, Dumfries, Haddington, Lanark, Peebles, Perth, and Wigtown. In the other counties the measures differed generally, both from the Linlithgow, and from each other. The following Table shows the relative proportion of these local measures to Imperial as fixed by the verdicts of juries in the different counties in terms of the Act 5th Geo. IV. c. 74, § 18.

TABLE SHOWING THE IMPERIAL MEASURE EQUIVALENT TO ONE BOLL OF THE OLD SCOTTISH LOCAL MEASURES FOR BARLEY, OATS, WHEAT, &c.

	Bar. Oats, &c.			Wheat, &c.				Bar. Oats, &c.			Wheat, &c.		
	B.	Pk.	Galls.	B.	Pk.	Galls.		B.	Pk.	Galls.	Bu.	Pk.	Galls.
Aberdeen	6	1	1.544	4	3	1.416	Kincardine, S. part	6	0	0.104	4	0	1.072
Argyll, Inverary	6	1	0.411				Kinross	5	3	0.565	3	3	1.919
.... Achnabreck	6	2	0.426				Kirkcudbright						
.... Cantire	7	3	1.014				.... bet. Orr & Fleet	10	2	1.311			
Ayr	7	3	0.045	3	3	1.022	.... West of Fleet	11	2	1.067			
Banff...........	6	1	0.256	4	1	0.551	.... East of Orr...	9	2	1.556			
Berwick	5	3	0.667	3	3	1.111	*Linlithgow*.......	5	3	0.601	3	3	1.944
Bute	7	3	0.759	3	3	1.379	Nairn { Barley....	6	0	1.097	4	2	0.823
Caithness........	6	1	0.566				Nairn { Oats......	7	2	1.371			
Clackmannan....	6	0	1.418				Renfrew	6	1	0.445	3	3	1.944
Dumbarton......	6	1	1.019	3	3	1.943	Ross and Cromarty	5	3	1.735	3	3	1.699
Elgin and Moray	6	0	1.006	4	0	1.691	Roxburgh.........	6	0	0.442	6	0	0.442
Fife............	5	3	0.957	4	0	0.188	.... Teviotdale....	7	2	0.552	5	0	1.506
Forfar, Dundee..	5	3	1.353	4	0	0.320	Selkirk...........	7	1	1.274	4	3	0.765
.... other places	6	0	0.104	4	0	1.072	Stirling...........	6	0	1.181	3	3	1.919
Inverness........	6	0	0.917	4	0	0.484	Sutherland........	6	0	0.102	3	3	1.944
Kincardine N part	6	1	1.544	3	3	1.944							

Ireland.—11 Irish miles equal 14 Imperial or statute miles; 121 Irish acres equal 196 Imperial acres. The barrel of wheat, pease, beans, and rye, equal 20 stones of 14 lbs. avoird. The barrel of barley, bere, and rapeseed equal 16 stones. The barrel of oats generally equal 14 stones. Barrel of malt equal 12 stones. The Winchester quarter equal 41 stones of wheat and rye, 24 of barley, 22 of oats, or 20 of malt. 100 Irish gallons = 78½ Imp. gallons.

CUSTOMARY MEASURES AND PACKAGES, &c.

Almonds, barrel, cwt. 1 to....cwt. 3
— basket, cwt. 1¼ to.......... .. 1½
— (Jordan), box...........lbs. 25
Annatto, case, nearly.........cwt. 2½
Arsenic, cask, about.......... .. 4
Ashes (American), cask, 3½ to.. .. 5
— (St Petersburg), cask...... .. 10
Ballast, pig.................lbs. 56
Beef (Irish), tierce of 38 pieces or.......................lbs. 304
— barrel, 25 pieces of 8 lbs.. .. 200
— firkin, 25 pieces of 4 lbs.. .. 100
Beer or ale, barrel.....imp. galls. 36
— hogshead.......... .. 54
Brandy, hogshead, 45 to .. 60
— puncheon, 100, to.. .. 110
— ½ cask, 20 to........ .. 25
Bricks, load.................no. 500
Bristles, cask ....cwt. 10
Bullion, bar, lbs. 15 to........lbs. 30
Burgundy pitch, stand........cwt. 1¼
Butter, firkin.................lbs. 56
— tub.................... .. 84
— barrel.................. .. 224
Camphor, box, about.........cwt. 1
Canvass, bolt, ells, 28, or.....yds. 35
Cassia, chest.................lbs. 60
Cider, pipe, 100 to.....imp. galls. 118
Cinnamon, bale...............lbs. 92½
Clover seed, cask, cwt. 7 to....cwt. 9
— sack, cwt. 2 to............ .. 3½
Cloves, matt, about..........lbs. 80
— chest,.................... .. 200

Coal, London chaldron.......cwt. 25½
— Newcastle do. of 3 wains......52½
— — estimated for boats at.. .. 53
— keel of 8 N. chaldrons....tons 21
Cochineal, seron.............lbs. 140
Cocoa, bag, about............cwt. 1
— cask...................... .. 1½
Cod-fish, quintal............lbs. 112
Coffee, tierce, cwt. 5 to........cwt. 7
— barrel, cwt. 1 to........... .. 1½
— bag, cwt. 1¼ to............ .. 1½
— (Mocha), bale, cwt. 2 to... .. 2½
— — robin, cwt. 1 to 1½
Copperas, hhd. cwt. 16 to...... .. 20
Cotton wool (Virginia, Carolina, Georgia, W. Indies), bale, lbs. 300 to.....................lbs. 310
— (New Orleans, Alabama), lbs. 400 to..............lbs. 500
— (East India), bale, 320 to....360
— (Brazil), bale, 160 to.........200
— (Egyptian), bale, 180 to......280
Currants, butt, cwt. 14 to....cwt. 17
— carroteel, cwt. 5 to....... .. 7
Feathers, bale, about 1
Figs, Malaga mat, 50 lbs.: Faro basket, 80 lbs.
— (Turkey), drum......... .. 24
Flax (Russia), bale or matt, cwt. 5 to...................cwt. 6
— do. 12 head bobbins..... lbs. 126
— (Dutch), matt 126
— (Flemish), bale.......... .. 224

Flour, peck or stone..........lbs. 14
— boll of 10 pecks or stones .. 140
— sack of two bolls.......... .. 280
— barrel.................... .. 196
Galls, sack....................cwt. 3½
Geneva, piece, about. .imp. galls. 116
Ginger (Jamaica), barrel, about cwt. 1
— (Barbadoes), bag......... .. 1½
— (East India), bag.......... .. 1
Gum Arabic (E. I.), chest..... .. 6
— (Turkey), chest........... .. 4
Gunpowder, barrel...........lbs. 100
Hay or straw, load........trusses 36
Hay, truss..................lbs. 56
Ditto, new to September 1.. .. 60
Straw, truss................ .. 36
Hemp, bale, nearly...........cwt. 20
Herrings, barrel........imp. galls. 26¾
— cran................ .. 37½
— cade.......................no. 500
Honey, gallon.................lbs. 12
Hops, pocket, cwt. 1½ to.......cwt. 2
— bag, nearly................ .. 2½
Indigo (E. I.), chest, about 3½
maunds, or...................lbs. 260
— (Guatimala), seron 250
Lac-dye, chest.................cwt. 4
Lead (London, Hull), fodder.. .. 19½
— (black), cask, about....... .. 11½
Liquorice juice, case, nearly . .. 1½
Mace, case, about............. .. 1½
Madder, cask, cwt. 15 to....... .. 23
Magnesia, chest............... .. 1
Meal. *See* Flour.
Molasses, puncheon, cwt. 10 to .. 12
Mustard, casks, lbs. 18 and 36.
Nutmegs, cask...............lbs. 200
Nuts (Barcelona), bag....... .. 126
— (Messina), bag, cwt. 1½ to cwt. 1¾
Oil, tun...............imp. galls. 210
— 1 imp. gallon = 9 lbs.
Olive oil, chest of 60 flasks........125
— jar......................... 25
Opium, chest (E. I.), 2 maunds,
or.........................lbs. 149½
— Turkey................... .. 136
Paper, quire...............sheets 24
— ream...................quires 20
Parchment, roll.............skins 60
Pepper (black), Company's, bag, lbs. 316
— free trade bags....lbs. 28, 56, 112
— (white), bag, about.......cwt. 1½
Pilchards, barrel.......imp. galls. 41½
Pimento, bag, about..........cwt. 1
Plums, ½ box, about..........lbs. 20
— carton.................... .. 9
Pork (Irish), tierce, 80 pieces or .. 320
— barrel, army, 52 ditto or... . 208
— — mess, 50 ditto or........ .. 200
— firkin, 25 pieces or......... .. 100
Prunes, barrel, cwt. 1 to......cwt 3
Quicksilver, bottle, about.....lbs. 84
Rags (Hamburg), bag.........cwt. 2½
— (Mediterranean), bale, cwt.
4½ to...................... .. 5
Raisins, drum, about.........lbs. 24
Raisins, cask, Malaga, cwt. 1,
Turkey.........................cwt. 2½
— box, Malaga, lbs. 22, Valencia.......................lbs. 56
Rice (East India), bag, about cwt. 1½
— (American), cask........... .. 6
Rosin, barrel, about.......... .. 2
Rum, puncheon, galls. 90 to galls. 100
— hog-head, galls. 45 to... .. 50
Sago, chest......................cwt. 1½
— bag.......................... .. 1
Salmon, box, lbs. 120 to.......lbs. 130
Saltpetre (East India), bag....cwt. 1½
— (refined), barrel...........lbs. 112
Shellac, chest, cwt. 1 to........cwt. 3
Smalts, barrel................. .. 3
Soap, chest.....................cwt. 3½
— (soft), barrel of 4 firkins. .lbs. 256
Soda, cask, cwt. 3 to...........cwt. 4
Sugar (W. I.), hogshead, cwt. 13 to .. 16
— tierce, cwt. 7 to........... .. 9
— (Mauritius), matt or bag,
cwt. 1 to.................... .. 1½
— (East India), bag, cwt. 1 to .. 1½
Sugar Candy, box, about.......lbs. 70
Sumach, bag, cwt. 1½ to........cwt. 2
Tallow, cask, about........... .. 9
Tapioca, barrel, about......... .. 1½
Tar, barrel..............imp. galls. 26½
Tea, chest, congou, about.....lbs. 84
— — hyson, lbs. 60 to......... .. 80
Tiles, load....................no. 1000
Tobacco, hogshead, cwt. 12 to cwt. 18
Tragacanth, case, about....... .. 2½
Turpentine, barrel, cwt. 2 to.. .. 2½
Vermilion, bag..................lbs. 50
Walnuts, bag.....................cwt. 1
Whisky (Scottish), puncheon, imp.
galls. 112 to.........imp. galls. 120
— hogshead, galls. 55 to .. 60
Wine, *standard gauges.*
— pipe of Port.......imp. galls. 115
— — Lisbon........ .. 117
— — Cape.......... .. 92
— — Madeira....... .. 92
— — Teneriffe...... .. 100
— butt of Sherry.... .. 108
— hogshead of Claret .. 46
— aum of Hock...... .. 30
Wood, load, rough timber, cub. ft. 40
— — hewn.............. .. 50
— cord of firewood is 4 feet long,
4 feet broad, and 8 feet deep.
Wool, sack of 2 weys, or 13 tods, lbs. 364
— last.......................sacks 12
— pack........................lbs. 240
— German bale, about...... .. 350
Yarn (Cotton), thread......inches 54
— skein or rap of 80 threads, yds. 120
— hank of 7 skeins.......... .. 840
— spindle of 18 hanks....yds. 15,120
Yarn (Linen), thread.......inches 90
— heer of 2 cuts or 240
threads.....................yds. 600
— spindle of 24 heers...... .. 14,400
— bundle of 4½ spindles... .. 60,000

FOREIGN STATES AND COLONIES.

ALGIERS.

The monies, weights, and measures now in use among European merchants are chiefly those of France. The value of the Algerine boudjou or pataca of 24 mouzons or tomans, is fixed at 1 franc 86 cents, or 1s. 6d. sterling.

The Turkish pic used in measuring cloth = 24¾ Imp. inches; the Moorish pic used for cotton and linen = 18.4 Imp. inches. The metalli of oil weighs 37 lbs. 6 oz. avoird. The caffise of 16 tarries = 8⅜ Imp. bushels. The metical = 73 grains troy; and 100 rottoli = 119 lbs. avoirdupois.

ANNAM.

KESHO.

The common money of account is the quan of 10 mas or 600 sapeks. The only coin is the sapek, which is made of zinc; and the 600, forming a quan, are commonly strung upon a filament of ratan, and in this manner kept for use. Stamped ingots of gold and silver, however, are current. The Spanish dollar circulates in Cochin China, and is valued at 1⅛ quan, by the government,—making the quan at this rate worth about 6s. 3d. sterling.

The ordinary weights and measures are those of China. At Hué and Faifo, however, the picul = 112 catties; and at Saigong a picul of sugar = 1½ picul or 150 catties. Rice is sold by the bag of 50 catties, though commonly 2 catties short of this amount.

ARABIA.

JIDDAH.

Money is reckoned at this port of the Red Sea in cruse of 40 duanees; 25 cruse pass for about 100 Spanish dollars. The bahar of 10 frazils, 100 maunds, or 200 rattles = 222½ lbs. avoird. Of late years, the Egyptian monies, weights, and measures have been much used. (See EGYPT, MOCHA, and MUSCAT.)

ARGENTINE REPUBLIC.

(See BUENOS AYRES.)

AUSTRALIA.

Accounts are stated and money reckoned in all the Australian Colonies in sterling, as in England. The weights and measures are also the same.

The circulating medium consists of British coins, of colonial sovereigns minted at Sydney, and of bank-notes for £1 and upwards. But the practice of keeping current accounts with the banks is so general, that a large proportion of the business is conducted by means of cheques only. The banks consist partly of English banks, having their head offices in London, and partly of local establishments; as follows:—

LONDON. Bank of Australasia, Union Bank of Australia, Bank of South Australia, London Chartered Bank of Australia, English, Scottish, and Australian Chartered Bank, and Oriental Bank Corporation.

COLONIAL. *Sydney.* Bank of New South Wales, Commercial Bank of Sydney, and Australian Joint Stock Bank.

Melbourne. Bank of Victoria, and Colonial Bank of Australasia.

Hobart Town. Commercial Bank of Van Diemen's Land, and Bank of Tasmania.

Perth. Bank of Western Australia.

Most of these colonial banks have branches in other towns.

Bills are usually drawn at 30 or 60 days after sight, and facilities for remittances are afforded by the banks. Re-exchange on British and foreign dishonoured bills, 20 per cent.; on bills from New Zealand dishonoured, 7½ per cent.; on inter-colonial bills dishonoured, 5 per cent. and notarial charges. In Tasmania, the re-exchange on British and foreign bills dishonoured is 25 per cent.

In New South Wales and Victoria the legal rate of interest is 8 per cent. (Act of Council, 5 Will. IV., §. 10.)

Gold was discovered in Australia in 1851. It abounds chiefly in Victoria. In 1855 a branch of the Royal Mint was established in Sydney, which coins sovereigns and half-sovereigns of the same weight and standard as those issued in England; but they are stamped on one side so as to indicate their Australian origin, and they are not a legal tender in the United Kingdom. The Sydney Mint differs from the London Mint in charging a seignorage, which under the existing regulations is ¼ per cent. on lodgements of gold-dust or bullion of 10,000 oz. or upwards; lodgements under this amount are coined at a charge of 1 per cent.

AUSTRIA.

The money of account until Nov. 1, 1858, was the convention florin of 60 kreusers, or 240 pfennings = 2s. 0½d.; but under the German Treaty of 1857 it is now the new florin of 100 new kreusers = 1s. 11½d., the par being 10 fl. 36 kr. per £1. 100 convention florins = 105 new florins. (See SUPP., p. 186.)

Chief coins: In gold, the crown and

half-crown, described p. 186; the sovereign = 27s. 10d.; the ducat = 9s. 5d. In silver, the Union Coins, described p. 186; florins; the thaler of 2 convention florins; and pieces for fractions of the florin. In copper, 1, ½, and ¼ kreuser. The paper currency consists of notes of the National Bank, and of the outstanding depreciated notes of the Old Vienna State Bank called "*Wiener-Wahrung*" (Vienna value), which are at a fixed discount of 60 per cent.; or 100 florins specie (convention) = 250 florins W. W. The last are used chiefly in small payments; all large transactions being settled in National Bank notes or silver.

Bills upon Vienna are generally drawn in "effective;" and frequently the particular coin in which they are to be paid is specified. Usance is 14 days after acceptance. Bills payable "medio mense," are reckoned due on the 15th. 3 Days of grace are allowed except when drawn at less than 7 days' sight or date.

The klafter or fathom of 6 Vienna feet = 6.23 Imp. feet; the Vienna ell = 30.6 Imp. inches; the posting mile of 4000 klaftern = 4.71 British miles: The Vienna joch = 6889 Imp. sq. yds. or 7.03 jochs = 10 Imp. acres. The Vienna eimer of 70 kopfen, 40 maasses or 4 viertels = 12.46 Imp. galls.: the fuder of wine = 32 eimers; the dreyling is 30 eimers. The metzen of corn of 4 viertels, or 8 achtels = 1.69 Imp. bush.; or 100 metzen = 21.16 Imp. qrs.; 30 metzen = 1 muth. The Vienna or commercial pound is divided into 4 quarters, 16 ounces, or 32 loths; and 100 lbs. = 1 centner = 123½ lbs. avoird.; 20 lbs. = 1 stone. Gold and silver are weighed by the Vienna mark = 4333 troy grains; 5 Vienna marks = 6 Cologne marks nearly.

In Trieste, the ell for woollens = 26.6 Imp. inches, and for silk 25.22 Imp. inches; the wine orna or eimer = 12.45 Imp. galls.; the barile = 144½ Imp. galls.; the oil orna = 107 Vienna lbs. or 14.17 Imp. galls.; 100 staji of corn = 28¾ Imp. quarters, but commonly taken at 342 staji to 100 Imp. quarters. In other respects the Trieste measures and weights are the same as above; but occasionally those of Venice are used.

AUSTRIAN ITALY.

The money of account and exchange is the lira Austriacha of 100 centesimi or 20 soldi. 100 lire Aus. = 35 new Austrian florins; making the lire Aus. = 8¼d. sterling, and the par of exchange with London 29½ lire Aus. per £1, or, as sometimes quoted, 48¾d. per 6 lire Aus. *Formerly*, accounts were kept in the lira Italiana, equal in value to the French franc. Retail transactions are conducted in lire corrente, or lire piccole. 100 lire Aus. = 87 lire Ital. = 113$\frac{8}{11}$ lire corrente = 169$\frac{13}{17}$ lire picc.: hence the lire Ital. = 9½d.; the lire corr. = 7¼d.; and the lire picc. = 4¾d. The circulating medium is composed chiefly of lire and their halves, &c., and of Austrian money. The gold doppia of Milan = 15s. 7¾d.; the sequin = 9s. 5d.; and the scudo of 6 lire Austriachi = 4s. 0¾d. sterling.

Bills are usually drawn in London upon Milan and Venice at 90 days after date. No days of grace can be claimed at Milan; but the holder may allow 3 days: no days of grace are allowed at Venice.

Since 1803, a system of weights and measures, founded upon the French metrical system, has been used throughout Austrian Italy in all public transactions: thus 1000 atomi, 100 diti or 10 palmi = 1 metro or metre = 39.37 British inches; 10,000 grani, 1000 denari, 100 grossi, or 10 oncie = 1 libra nuova Italiana or kilogramme = 2.204 lbs. avoird.; 1000 copi, 100 pints, or 10 mine = 1 soma or hectolitre = 2.75 Imp. bushels. The old measures and weights are still used in private business.

In *Milan*, the braccio of 12 inches = 23.4 Imp. inches; the mark = 3687 troy grains; 59.453 lbs. grosso, or 138.78 lbs. sottile = 100 lbs. avoird.; 1 wine brenta = 15.72 Imp. galls; 100 corn staji = 50.2 Imp. bushels. The moggio = 4.02 do. The rubio of oil weighs 47½ lbs. avoird.

In *Venice*, the woollen braccio = 26.6 inches; the silk braccio = 24.8 inches; 100 wine secchi = 237.6 Imp. galls.; 100 oil miri = 335.4 Imp. galls.; 100 corn staji = 220 Imp. bushels; 95.67 lbs. grosso, or 150.54 lbs. sottile = 100 lbs. avoird.; the mark = 3681½ troy grains.

AZORES.

See PORTUGAL.

BADEN.

Money is reckoned in South German florins of 60 kreusers, each of 4 pfennings. This S. German florin is coined at the rate of 24½ from the Cologne mark of fine silver, and is therefore equal to 1s. 8d. sterling. (See SUPP., p. 186.)

The new aune of 2 feet = 6 French decimetres or 23.62 inches; the morgen = 36 ares or 0.8896 acre; the ohm = 150 litres or 33.015 Imp. galls.; the last of 20 malters = 30 hectolitres, or 10.32 Imp. quarters; and the centner or 10 stones or 100 lbs. = 50 kilogrammes, or 110¼ lbs. avoirdupois.

BATAVIA.

See JAVA.

BAVARIA.

MUNICH.

Money is reckoned as in Baden.

The ell = 32¾ Imp. inches; the wine eimer of 60 maas = 14.12 Imp. galls.; the scheffel of 6 metzen or 12 viertels = 6.12 Imp. bushels; and the centner or quintal of 5 stones or 100 pounds = 56 kilogrammes or 123½ lbs. avoirdupois. Gold and silver are weighed by the Cologne mark, here reckoned (though properly 3608) at 3609¾ troy grains.

AUGSBURG.

The money of account and exchange is the florin of 60 kreusers, each of 4 pfennings, which in Augsburg currency are valued according to the convention rate, as in Austria, making the florin worth about 2s. 0½d., and the par of exchange with London 9 fl. 50 kr. per £1. But in exchanges with Hamburg and Amsterdam the nominal florin, *giro-geld* is valued 27 per cent. higher, or at 2s. 7d. sterling. Retail transactions, however, are mostly conducted in the South German or Rhenish money. (See GERMANY.)

The usance for bills on Augsburg is 14 days' sight, and bills, &c. are payable bi-weekly on Monday and Thursday. Bavaria is a party to the German Currency Treaty of 1857, under which the South German florin = 19.86d. or 1s. 7¾d., instead of 19.90d.; and 1¾ new S. German florin = 1½ new Austrian florin = 1 Prussian thaler. (See p. 186.)

The measures and weights have lately been rendered the same as those of Munich, which are now general throughout Bavaria. In the former system at Augsburg, the trader's or long ell = 24 Imp. inches; the fustian or short ell = 23.32 Imp. inches; the muid of 48 maas = 15.06 Imp. galls.; the schaff of 8 metzen = 5.65 imp. bushels; 100 lbs. heavy weight = 108.30 lbs. avoird.; and 100 lbs. light weight = 104.23 lbs. avoird. The Augsburg mark of 16 loths or 64 quintins = 3643 troy grains.

Augsburg formerly occupied the place now held by Frankfort, as the chief money market of Central Germany; and banking and exchange operations are still its principal source of wealth.

BELGIUM.

The general monetary unit is now the French franc, which is divided into 100 centimes, and equal 9½d. sterling. In some places the Dutch florin or guilder (= 1s. 8d. sterling) is still retained; and in others the Brabant florin; the latter is divided into 20 sous, each of 12 deniers; 6 florins Dutch or Netherlands currency = 7 florins Brabant currency; 189 Dutch florins = 400 francs; and 110 florins 5 sous Brabant currency = 200 francs. The national coins are similar to those of FRANCE.

The usance of bills from London is 1 month's date. No days of grace are allowed.

The French metrical system was introduced in 1820, the names only being changed as explained under the head Holland. The following are old measures: The Antwerp silk ell = 27.32 Imp. inches, and woollen ell 26.97 Imp. inches; the Brabant ell = 27.58 Imp. inches; the aam of 50 stoops = 32¾ Imp. galls; the velte = 4.1 Imp. galls.; the last of 37½ viertels = 10¼ Imp. qrs.; and 100 lbs. Brabant weight = 103.35 lbs. avoir. The B. league is 6076 yards.

The *Société Générale* (1822), capital 105,820,000 fr., issues notes for 50 fr. and upwards. The *Banque Nationale* (1835) has a capital of 20,000,000 fr. The *Société Industrielle et Commerciale* (1857) is similar to the credit mobilier of France.

BIRMA OR AVA.

Money is reckoned decimally as in China. No coin is minted. The circulating medium is composed chiefly of gold and silver bullion, which is estimated generally by the tical or kiat equal 251 troy grains. Silver is the standard. Pieces of lead are used in small payments. The quantity of alloy in the precious metals varies considerably, and great waste is occasioned by frequent assaying.

The taong or cubit = 19.1 Imp. inches; the taing or league of 1000 tas or bamboos, or 7000 taongs = 2 miles 193 yds. The ten or basket of rice of 4 saits or 64 sales = 16 vis, or 57.36 lbs. avoird., but is commonly reckoned at ½ cwt. Grain, pulse, fruit, salt, and lime, are bought and sold by measure; most other commodities by weight. 1 paiktha or vis of 100 kiats = 3.59 lbs. avoird., but is commonly reckoned at 3½ lbs.; and the candy of 150 vis at 500 lbs. avoirdupois.

BOLIVIA.

POTOSI.

Money is reckoned in current dollars of 8 rials. The Bolivian national or hard dollar, when of full weight, is worth nearly 4s. 3d., being minted at the rate of 8½ from the Castilian marc (= 3550¼ troy grains) of silver, 65-72ds. fine, or of the standard of 10 dwts. and 20 grains pure, out of 12 dwts. But since the year 1830, most silver coins issued from the mint of Potosi, with the exception of dollars, have been of

[illegible]

is expressed as in PORTUGAL.

BREMEN.

The money of account and exchange [illegible] Germany and [illegible] 5 days [illegible] Bremen [illegible]

BRITISH COLONIES.

[illegible] are generally kept in [illegible] America, [illegible] a depre- [illegible] the crown [illegible] 5 & 6 [illegible] sterling [illegible] [illegible]

BRUNSWICK.

[illegible] of account [illegible] [illegible] Brunswick lbs. = 10 lbs. avoird [illegible]

BUENOS AYRES.

Money is reckoned in dollars of 8 reals, each of 16 quartos or 34 maravedis. The silver dollar coined by the Argentine Republic was of the same weight and fineness as the Spanish dollar; but the currency has for long consisted almost wholly of a government paper money, now greatly depreciated. Exchange with London is valued in Spanish quadruples or doubloons, quoted in 1858 at 66s. 6d. for bills at 90 days' sight; the paper dollar being at same time rated at 338½ for 1 doubloon, making the paper dollar worth only 2⅜d. sterling.

Measures and weights same as Spain.

CALCUTTA. (See INDIA.)

CANADA.

Money is reckoned in dollars and cents; also in pounds, shillings, and pence *Halifax currency*, which is about 16⅔ per cent. inferior to sterling, though the denominations and proportions are the same. The pound currency is 4 Spanish dollars, each dollar being called 5s. But the average value of the dollar in the London market is only 4s. 2d.; hence 4s. 2d. sterling = 5s. currency; or 16s. 8d. sterling = £1 currency; or £100 sterling = £120 currency. The comparison of exchange is, however, complicated by the assumption of a par departing widely from the value of the currency. This erroneous par is 4s. 6d. taken as the value of the dollar, or £90 sterling = £100 currency; the rule being, add *one-ninth* to sterling to obtain currency. To make up the difference between the erroneous par and the average value of the currency, it is necessary to make use of a nominal premium of exchange. Thus, when exchange is altogether undisturbed, or in other words at par (£100 sterling selling for £120 currency), it is said to be at 8 per cent. premium. For example,

Bill on London......sterling	£100
Add premium 8 per cent.....	8
make	£108
Adding also one-ninth..........	12
We have £100 sterling equal to................currency	£120

The better way would be to quote the dollar, or the pound, or the £100, at what each is respectively worth. Government exchange is thus quoted; so are sovereigns. The commissary-general of Canada quotes his drafts at 4s. 2d. or 4s. 1½d. per dollar, as the case may be; that is, on being paid so many times 5s. currency, he will deliver a bill on the treasury of as many times 4s. 2d. or 4s. 1½d. sterling. Sovereigns are quoted in the Canadian price lists at 24s. currency (more or less). Thus 4s. 2d. sterling per dollar; 24s. currency per sovereign; exchange at 8 per cent. premium; and £100 sterling = £120 currency, all mean the same. But these methods are now being superseded by the system legalized in 1857 of reckoning by the dollar, the par of which is accounted $486.66c. = £100 sterling; making $1 = 4s. 1⅓d., as explained under UNITED STATES.

The circulating medium is composed of British coins, and of notes for £1 and upwards, issued by various provincial banks established in Montreal, Quebec, &c. These banks, with the exception of the People's Bank of Montreal, and the Agricultural Bank of Toronto, are on the American principle of limited liability. The People's Bank is an association *en commandité*; that is, the directors are liable for all engagements, whilst the risk of the shareholders is confined to the amount of their contributions. Notes are also issued by the branches of the Bank of North America, the chief office of which is in London.

The measures and weights are those of Britain, but with the former English measures of capacity. The minot, sometimes used in Lower Canada, is an old French measure, 90 of which are commonly estimated at 100 Winchester bushels, although the true proportion is 90 to 98.

CANARY ISLANDS.

SANTA CRUZ. LAS PALMAS.

The current dollar, divided into 8 reals plate, each of 16 quarts, is in value equal to about 40 pence sterling.

The measures and weights are the same as those of Spain. In trade, 4½ fanegas of wheat and barley, and 3½ fanegas of maize are reckoned equal to 8 bushels or 1 Winchester quarter.

CANDIA.

The piastre of 40 paras is equal to about 2⅖ of a penny,—100 piastres being usually reckoned equal to £1.

The pic or ell = 25½ Imp. inches; the dennum is about 40 square yards; the mistach of oil about 3 Imp. gallons; the mistach of wine varies from 3 to 5 gallons; the corn measure is the carga = 4.19 or nearly 4¼ Imp. bushels; the oke = 2¾ lbs. avoird.; and the quintal = 126 lbs. avoird. A mule or horse load (by which some duties are reckoned) weighs about 2½ cwts.; an ass load 1½ cwt.

CAPE OF GOOD HOPE.

CAPE TOWN.

Money is reckoned in this British colony in sterling; or in rixdollars of 8 schellings, 24 dubbletjees, or 48 stivers = 1s. 6d. sterling; at which rate the rixdollar is received by the commissariat in exchange for bills on the treasury, London, less 1½ per cent. premium. The currency consists of a small quantity of British coins, and of notes issued by the Government Bank and the "Cape of Good Hope Bank." The latter has branches at Graham Town and other places.

132½ Dutch ells = 100 yards; 49⅔ morgen = 100 acres. The leaguer of 4 ahms = 152 English wine or 126.63 Imp. galls.; the muid or mudde of 4 schepels = 3.06 Imp. bushels; and 91⅔ Dutch lbs. = 100 lbs. avoird. The Dutch measures and weights, however, are now almost entirely superseded by British.

CENTRAL AMERICA.

Money is reckoned in this republic in pesos or current dollars of 8 reals. The Central American hard dollar is of equal weight and standard with the Spanish, and worth about 4s. 2d. (See MEXICO.)

Measures and weights same as in Spain.

CEYLON.

COLOMBO.

Accounts are now generally stated in this British colony in sterling. Formerly they were kept in rixdollars of 12 fanams, 48 pice, or 144 chalies = 1s. 6d. sterling. The circulating medium is composed of notes for £1 and upwards, issued by branches of the Oriental Bank and other establishments; also of rixdollars, British silver and copper coins, Spanish dollars, rupees, copper fanams, and cowries or little shells, which are used in small payments by the natives.

The chief native measures are the amomam of 8 parrahs or 192 seers = 5⅔ Winchester bushels; the last = 6⅔ Winchester quarters. The leaguer of 75 welts or 300 canades = 150 English wine gallons: at this rate arrack is sold, but it is bought 80 welts to the leaguer. The British measures of length and surface are used. The Kandyan land measure is the amomam of 4 peylas or 40 coornies = 2 acres 2 roods 37½ perches. British weights are used for foreign commodities. The candy or bahar = 500 lbs., and the garce = 82 cwt. 2 qrs. 16½ lbs. avoird. A bale of cinnamon = 92½ lbs.

CHILI.

VALPARAISO.

Accounts are stated in dollars of 8 reals, each of 34 maravedis. The coins, according to an act of congress in 1835 are,—In gold; doubloons, half and quarter doubloons, and crowns:—In silver; dollars, pieces of 4 and 2 reals, and ½ and ¼ reals:—In copper; centavas and half centavas. The dollars are coined at the rate of 8½ from the Castilian mark, as in Spain. The Chilian national dollar is thus equivalent to the Spanish hard dollar, and worth about 4s. 2d. sterling. (See MEXICO.)

108 Varas = 100 Imp. yards; 98 Chilian pounds equal 100 lbs. Spanish or 101.44 lbs. avoird. In other respects the measures and weights are the same as in Spain.

CHINA.

CANTON.

Accounts are stated by foreign merchants in dollars and cents, but by the Chinese in taels (*leang*), of 10 mace (*tseen*), 100 candareens (*fun*), or 1000 cash (*le*), which, except the last, however, have no representatives in coins, and are rather money weights. The tael is the weight (= 579.84 grains, or 1.208 oz. troy) of silver reputed to be pure, and as such would be worth about 6s. 6d., which is nearly the sum (6s. 8d.) at which it was reckoned in the accounts of the East India Company; but it is commonly valued among foreign merchants according to its rate of exchange for dollars. In converting taels of account into dollars, 720 taels are reckoned equal to $1000, but in weighing money 717 are rated for $1000, making, at 6s. 6d. per tael, the average value of the dollar about 4s. 8d. This is, however, subject to variation according to the state of the exchange.

Coins scarcely exist owing to the propensity of the Chinese to debase or fabricate them. The only coin in general use is the le or cash,—a small circular piece composed of copper and zinc with a square hole in the middle. The le pieces are strung together by hundreds and thousands, and from 700 to 800 are usually exchanged for a Spanish dollar. Small payments by the natives, not made in le, are usually effected by exchanging bits of silver, whose weight is ascertained by a little ivory balance, on the principle of the steelyard. Larger payments are made in kind, or in stamped ingots of various sizes. The circulating medium at Canton is composed of dollars and pieces; but the dollars very soon become punched by the Chinese into such a state as to be saleable only by weight; and as lead is sometimes introduced into the punch holes, none but newly imported dollars can be safely received without *shroffing*. Gold is not used as a medium of exchange.

The fineness of the precious metals is expressed by dividing their weight into 100 equal parts called *touch*,—an ingot said to be 94 touch being understood to contain 94 parts of pure metal and 6 of alloy. The fine Chinese silver termed *sycee*, and used in the shape of ingots or *shoes*, as a substitute for money, is never perfectly pure, but contains different proportions of alloy, according to the purpose for which it is to be employed. The stamped ingots of one and ten taels used in payments to government are required to be 98 touch; but the sycee of commerce is seldom above 96 touch. The sycee received of late years for opium has sometimes been found to contain a considerable admixture of gold, which the Chinese had not been able to detect or separate, and which has consequently enhanced its value.

At Canton, Shanghai, &c., bills on London are drawn at six months' sight.

Under treaty of June 26, 1858, duties are to be paid in sycee, or in foreign coins, according to the Canton assays of July 13, 1843. Measures: the ché or foot of 10 tsun, and the chang of 10 ché = 141 inches. Hence 12 chang = 47 Imp. yards; 180 chang = 1 li. The teu of 10 shing = 7 litres = 1.54 gallon; but in the foreign trade grain and liquids are sold by weight.

The weights are the candareen of 10 cash = 5.833 troy grains; the mace of 10 candareens = 58.333 troy grains; the tael of 10 mace = 583⅓ troy grains (but in weighing money estimated at 579.84 grains); the catty of 16 taels = 1⅓ lb. avoirdupois; and the pecul of 100 catties = 133⅓ lbs. avoirdupois. Hence 3 peculs = 400 lbs. avoirdupois, 84 catties = 1 cwt., and 12 taels = 1 lb. avoirdupois.

COLOMBIAN STATES.

(See Ecuador, New Granada, and Venezuela.)

CORSICA.

The monies, weights, and measures, are now generally the same as those of France.

At *Bastia*, the stajo of corn = 4¼ Imp. bushels; and the barile of wine = 30½ Imp. gallons.

CUBA.

HAVANA.

Accounts are stated in dollars divided into 100 cents, or into 8 reals, each of 34 maravedis, which are converted by merchants into sterling at the fixed rate of $444 for £100, or nearly 4s. 6d. per dollar; the variations of exchange being made by per centages upon the amounts in sterling. As the intrinsic value of the Spanish dollar is only about 4s. 2d., the exchange may be regarded at par when the premium is 8 per cent.; or when £108, valued as above = bill on London for £100.

Bills on London are drawn at 60 days' sight; and the course of exchange fluctuates from about 6 to 20 per cent. premium: the exchange at Havana was lately quoted at "14 per cent. premium." The par with France is 5 f. = $1.

The standard measures and weights of Spain are those generally in use. In trade the following proportions are commonly observed:—108 varas = 100 Imp. yards, or 1 vara = 33⅓ Imp. inches; the fanega = 3 Winchester, or 2.9 Imp. bushels; the arroba of wine or spirits = 4.1 English wine gallons, or 3.42 Imp. gallons; the quintal of 4 arrobas, each of 25 lbs. = 101⅗ lbs. avoirdupois, or 1 arroba = 25 lbs. 7 oz. avoirdupois.

DENMARK.

Accounts are generally stated in rigsbank dollars, each divided into 6 marks, or 96 skillings; but in some of the larger mercantile houses they are kept in Hamburg marcs banco. The rigsbank dollar, coined at the rate of 18½ from the Cologne mark of fine silver (3608 troy grains), is equal to one-half of the old species-dollar, and when of full weight is worth about 2s. 2½d.; the par of exchange with London being 9 R. D. 10 skill. per £1. Nearly all the exchange business, however, is transacted through the medium of Hamburg, the par being 200 R. D. for 300 marcs banco, independent of the agio on banco.

The National Bank at Copenhagen, formerly called the Royal Bank, or *Rigsbank*, issues notes for 1, 5, 10, 50, and 100 rigsbank dollars; these are current at a fixed discount for specie, called *rigsbank silver value*, which is adjusted by certain authorities quarterly. The circulating medium consists almost wholly of this paper, and according to recent statements it is now nearly of equal value with specie. The coins or rather tokens of inferior value are marks and skillings.

There is no established usance, but

bills are generally made payable on a certain day, and 8 days of grace are allowed.

The ell of 2 Rhineland feet = 24¾ Imp. inches; the mile of 2000 ruthes = 8244 Imp. yards or 4.684 British statute miles. The viertel of 4 kans or 8 potts = 1.70 Imp. gall., and the hogshead of 30 viertels = 51 Imp. galls.; the ahm of 4 ankers = 33.14 Imp. galls. The toende or barrel of 8 skieps or 144 pots = 3.83 Imp. bushels; the last of corn contains 12 toendes, or 45.96 Imp. bushels; the last of coals, 18 toendes; and the last of oil, butter, or herrings, 12 beer toendes, each of 136 pots. The skippund of 20 lispunds, or 320 lbs. = 3½ cwt. nearly; and the centner of 100 lbs. = 110·2 lbs. avoirdupois. The ship-last is 5200 Danish lbs. The Copenhagen mark of 8 ounces, used in weighing gold and silver = 3633 troy grains.

EASTERN ISLANDS.

An account of the monies, weights, and measures, at the principal commercial emporiums, will be found under the heads JAVA and SINGAPORE. In the other islands the weights and measures chiefly employed are those of China, and the currency used by merchants is commonly the Spanish dollar, or the Dutch florin.

ECUADOR.

(See NEW GRANADA.)

EGYPT.

The money of account is the piastre or *ckirsh* (of 40 fuddahs or paras), a base coin lately reckoned in exchanges only at the 100th part of £1, or 2⅖d. sterling. The smallest Egyptian coin is the fuddah; there are also pieces of 5, 10, and 20 fuddahs. The saadeeyeh and kheyreeyeh are small gold coins equal, the former to 4, and the latter to 9 piastres. The coins of Constantinople are scarce. European and American dollars are generally reckoned equal to 20 piastres, and the Spanish pillar dollar to 21. Doubloons, sequins, and sovereigns are also current. The rival is a nominal money = 90 fuddahs. The *kees* or purse = 500 piastres, or £5; the *khuzneh*, or treasury = 1000 purses.

The measures and weights are stated by a good authority (Mr Lane) to want uniformity. The principal are the common Egyptian cubit = 22⅞ Imp. inches; the cubit chiefly used for measuring Indian goods = 25 Imp. inches; the "cubit of Constantinople," used for measuring European cloth = 26½ Imp. inches; the ardeb, corn measure, of 6 weybehs, or 24 roobas = 4.88 Imperial bushels nearly; the rutl or pound of 12 oockeeyehs, or 144 dirhems = nearly 15⅘ oz. avoirdupois; the oockkah (or oke), of 400 dirhems = 2¾ rutls = nearly 2⅘ lbs. avoirdupois; the cuntar (or cantar of 100 rutls) is from about 98 to 98¾ lbs. avoirdupois.

FRANCE.

The money of account is the franc divided into 10 décimes or 100 centimes, and equivalent to about 9½d. sterling. Prior to 1797, the money of account was the livre tournois of 20 sous, each of 12 deniers. 81 livres are equal to 80 francs.

The modern coins are as follows:—Gold pieces of 40 francs worth 31s. 8¼d. sterling, and pieces of 5, 10, and 20 francs; these last, called Napoleons, are worth 15s. 10½d.; and all are minted at the rate of 3100 francs from the kilogramme of standard metal of the fineness of 900 milliemes (thousandths), or $\frac{9}{10}$ths, the remedy of the mint being 2 milliemes in the weight, and the same in the fineness:—Silver pieces of 5, 2, 1, ½, ¼, and ⅕ francs, minted at the rate of 200 francs from the kilogramme of standard metal of $\frac{9}{10}$ths fine, the remedy of the mint on the fineness being 2 milliëmes, but on the weight varying from 3 milliëmes, that on 5 franc pieces, to 10 milliëmes, that on ⅕ franc pieces:—Billon or copper pieces of 20, 10, 5, 3, 2, and 1 centimes: the billon pieces for 10 centimes contain ⅕th part of silver. Of the old coins the principal are the louis d'or of 24 livres, worth about 18s. 9¾d., the double louis d'or, and the silver ecu of 6 livres, worth about 4s. 6½d., with halves, quarters, &c.; also the copper sou accounted equal to 5 centimes.

The *retenue* on the kilog., $\frac{9}{10}$ths fine, was fixed in 1835 at 6 f. for gold, and at 2 f. for silver; which in 1849 was reduced for silver to 1 f. 50 c.; but in 1854 raised for gold to 6 f. 70 c. Hence, if a kilogramme of gold $\frac{9}{10}$ths fine be carried to the mint, the amount returned in coin is 3093 f. 30 c. instead of 3100 francs, the sum into which it is minted: for a kilogramme of silver $\frac{9}{10}$ths fine also, 198 f. 50 c. only will be returned instead of 200 francs. The fixed mint prices at which gold and silver are thus issued are termed *tariff rates*, and all variations in their market prices are expressed in agios or premiums upon such rates.

The par of exchange with London, deduced from the gold coins, is 25 francs 22½ cents, and from the silver coins, 25 francs 57 cents for £1,—the value of the franc being in the former case 9.52d., in the latter 9.39d.; but these rates are of little use in practice, as, while in this country, gold forms the established medium of payment, in France, being undervalued by the mint regulations in respect to silver, it cannot (at least in large transactions) be obtained at the rate legally or nominally given to the coin, but must be purchased at its current market price or premium. This premium, therefore, has always to be taken into account in computing the metallic par for the purpose of the London exchange. At Paris, by late advices, the quotation for gold was "5 per mille premium," which, at the rate of £3, 17s. 10½d. per ounce (British standard), produced an exchange of 25 francs 29 cents per £1, and made the franc equal 9.49d.

The usance of bills throughout France, and of bills on London, is 30 days' date. No days of grace are allowed.

The *Bank of France* (1800), capital 182,500,000 francs, has upwards of 40 branches, and its operations resemble those of the Bank of England. Its notes vary from 50 f. to 5000 f. In Paris the *Comptoir Nationale d'Escompte* (1818) discounts bills, and affords credit facilities on the hypothecation of merchandise. The *Société Générale de Credit Mobilier* (1852), capital 60,000,000 f., invests in stocks, shares, &c.; and the *Crédit Foncier* affords accommodation to the landed interest. There are also numerous local and private banks; but paper money is not in extensive use.

Measures and Weights.*

1. *The Metrical System*,

Instituted in 1795, is founded upon the distance of the pole from the equator, the ten millionth part of which, denominated a *mètre*, is decreed to be the unit of length. The other units are —of surface, the *are*; of solidity, the *stère*; of capacity, the *litre*; and of weight, the *gramme*; and the Latin derivatives *déci* (tenth of), *centi* (hundredth of), *milli* (thousandth of), being prefixed to that expressing the unit, serve to denominate its subdivisions; while the Greek derivatives *déca* (ten), *hecto* (one hundred), *kilo* (thousand), *myria* (ten thousand), express its multiples. Thus déci-mètre denotes the $\frac{1}{10}$th of a mètre, and déca-mètre 10 mètres.

Mètre of 10 décimètres, 100 centimètres, or 1000 millimètres = 1.093633 Imp. yard, or nearly 39⅜ Imp. inches; and 32 mètres = 35 Imp. yards nearly:—1000 mètres, 100 décamètres, or 10 hectomètres = 1 kilomètre, or metrical mile = 3280.899 Imp. feet = about 1093⅝ Imp. yards, or nearly 5 furlongs; and 10 kilomètres = 1 myriamètre, or metrical league = 6.213824 Imp. miles, or = 6 miles, 1 furlong, 28 poles, and 2⅓ yards.

Are (100 square mètres), or metrical perch of 10 déciares, or 100 centiares = 119.6033 Imp. square yards, or nearly 3 square poles and 29 square yards; 100 ares, or 10 décares = 1 hectare = 2.471143 Imp. acres = 2 acres, 1 rood, 35 sq. poles, 11½ sq. yards; or 17 hectares = 42 Imp. acres nearly.

Stère (or cubic mètre) of 10 décistères = 35.316581 Imp. cubic feet or 1.308022 Imp. cubic yard; and 10 stères = 1 décastère.

Litre (or cubic décimètre), of 10 décilitres, or 100 centilitres = 61.027052 Imp. cubic inches = 0.220097 Imperial gallon, or about 1¾ Imperial pint; and 50 litres = 11 Imperial gallons nearly. 100 litres, or 10 décalitres = 1 hectolitre = 2.751207, or about 2¾ Imperial bushels; and 32 hectolitres = 11 Imperial quarters nearly. 100 hectolitres, or 10 kilolitres (or cubic metres) = 1 myrialitre = 34.390086, or about 34 Imperial quarters 3⅛ bushels.

Gramme, weighing 1 cubic centimètre of water at its maximum of density, and containing 10 décigrammes, or 100 centigrammes = 15.434 troy grains; 1000 grammes, 100 décagrammes, or 10 hectogrammes = 1 kilogramme = 2.679514 lbs. troy = 2 lbs. 3 oz. and $4\frac{7}{16}$ drams, or 2.204857 lbs. avoirdupois; and 288 kilogrammes = 635 lbs. avoird. nearly; 100 kilogrammes, or 10 myriagrammes = 1 metrical quintal = 220.486 lbs. avoird., or 1 cwt. 3 qrs. 24 lbs. 7¾ ounces nearly; and 10 quintals, the weight of a cubic mètre of water = 1 millier or marine ton = 19 cwt. 2 qrs. 20 lbs. 13¾ oz.

The following tables will serve to facilitate the conversion of the Imperial and Metrical systems into each other:

---

* The elementary equations used in the comparison of the French and British measures are as follows:

	Authorities.
Extension. Metre = 39.37079 Imp. inches.	Second Report of Parliamentary Commission on British Weights and Measures; and Annuaire for 1858 of the French Board of Longitude.
Weight. Kilogramme = 15434 troy grains.	London Mint Report on French attested Standards, sent to Lord Castlereagh by D. R. Morier, Esq., Consul General at Paris, 1820. Doursther, Dictionnaire des Poids et Mesures.

TABLES FOR THE MUTUAL CONVERSION OF THE BRITISH AND FRENCH WEIGHTS AND MEASURES.

Metres.	Yards.	Hectares.	Acres.	Litres.	Imperial gallons.	Hecto-litres.	Imperial quarters.	Grammes.	Troy grains.	Kilo-grammes.	Avoird. pounds.
1	1.09363	1	2.47114	1	0.22010	1	0.34390	1	15.434	1	2.20486
2	2.18727	2	4.94229	2	0.44019	2	0.68780	2	30.868	2	4.40971
3	3.28090	3	7.41343	3	0.66029	3	1.03170	3	46.302	3	6.61457
4	4.37453	4	9.88457	4	0.88039	4	1.37560	4	61.736	4	8.81943
5	5.46817	5	12.35572	5	1.10048	5	1.71950	5	77.170	5	11.02429
6	6.56180	6	14.82686	6	1.32058	6	2.06341	6	92.604	6	13.22914
7	7.65543	7	17.29800	7	1.54068	7	2.40731	7	108.038	7	15.43400
8	8.74906	8	19.76914	8	1.76077	8	2.75121	8	123.472	8	17.63886
9	9.84270	9	22.24029	9	1.98087	9	3.09511	9	138.906	9	19.84371
Yards.	Metres.	Acres.	Hectares.	Imp. galls.	Litres.	Imp. qrs.	Hectolitres.	Troy grains.	Grammes.	Lbs. avoird.	Kilo-grammes.
1	0.91438	1	0.40467	1	4.54346	1	2.90781	1	0.06479	1	0.45354
2	1.82877	2	0.80934	2	9.08692	2	5.81563	2	0.12958	2	0.90709
3	2.74315	3	1.21401	3	13.63038	3	8.72344	3	0.19438	3	1.36063
4	3.65753	4	1.61868	4	18.17384	4	11.63126	4	0.25917	4	1.81418
5	4.57192	5	2.02336	5	22.71730	5	14.53907	5	0.32396	5	2.26772
6	5.48630	6	2.42803	6	27.26076	6	17.44689	6	0.38875	6	2.72126
7	6.40068	7	2.83270	7	31.80422	7	20.35470	7	0.45354	7	3.17481
8	7.31507	8	3.23737	8	36.34768	8	23.26252	8	0.51834	8	3.62835
9	8.22945	9	3.64204	9	40.89114	9	26.17033	9	0.58313	9	4.08190

These tables are also conversion tables of prices, as well as of measures and weights, but in the inverse ratio of the latter. Thus, for example, 9 lbs. = 4.0819 kilogrammes; but when the price of a kilogramme = 9 francs or shillings, the price of a pound = 4.0819 francs or shillings; also 9 kilogrammes = 19.84371 lbs., but when the price of 1 lb. = 9 francs or shillings, the price of 1 kilogramme = 19.84371 francs or shillings.

2. *The Système Usuel*

Was established in 1812 for the purposes of retail trade, in consequence of the aversion shown by the common people to the innovations of the metrical system. It tolerates the names of the old measures necessary in the inferior departments of trade, while, by a slight alteration, the value of these measures is so fixed as to bear certain definite proportions to the metrical system. Its divisions, also, instead of being decimal, are chiefly binary. It was interdicted in 1840; but is still in partial use in France and other countries.

Toise usuelle = 2 mètres = 6 Imp. feet 6¾ inches.

Pied usuel = ⅙th of the toise.

Aune usuelle = 12 décimètres = 47¼ Imp. inches.

Litron usuel = 1 litre = 1¾ Imp. pint nearly.

Boisseau usuel = ⅛ hectolitre = 1 *Imperial* peck and 3 quarts, or 1⅜ peck *nearly.*

Livre usuelle = ½ kilogramme = 1 lb. 1 oz. 10¼ drams avoirdupois, or 7717 troy grains.

3. *The Ancient System*

Is still partially employed, particularly in road measures.

Toise of 6 pieds de roi = 1.9490 mètre = 2.1315 Imp. yards, or about 6 feet 4¾ inches. The pied = 12 pouces = 144 lignes.

Aune of Paris = 1.1884 mètre = 46¾ Imp. inches.

Lieue de poste, of 2000 toises or 2 miles = 3.898 kilomètres or 4263 Imp. yards; Marine or geographical league of 20 to the degree = 5.555 kilomètres = 6076 Imp. yards; League of 25 to the degree = 4.444 kilomètres = 4860 Imp. yards.

Arpent des eaux-et-forêts = 51.072 ares = 1.262 Imp. acre; Arpent commun = 42.2208 ares = 1.043 Imp. acre; Arpent de Paris = 34.1887 ares = 0.845 Imp. acre.

Muid, wine measure, of 36 setiers, 144 quarts, or 288 pintes = 268 litres = 58.985 Imp. gallons.

Muid, corn measure of Paris, of 12 setiers, 24 mines, 48 minots, 144 boisseaux, or 2304 litrons = 18.72 hectolitres = 51.502 Imp. bushels.

Livre (*Poids de Marc*), of 2 marcs, 16 onces, 128 gros, 384 deniers, 9216 grains = 489.5 grammes = 7555 troy grains; the quintal of 100 livres = 107.928 lbs. avoirdupois.

BORDEAUX.—Tun of 4 barriques = 912 litres = 200.73 Imp. gallons.

FRANKFORT (*on the Maine*).

Accounts are stated in florins of 60 kreusers, which in accounts and exchanges have been since 1842 reckoned in a 24½ florin standard, called *Süddeutsche Währung*, wherein the value of the florin is 19.90d., or about 1s. 8d. sterling; the par with London being 120 fl. 34 kr. per £10 sterling. But under the Currency Treaty of 1857 the South German florin = 19.86d., or about 1s. 7¾d. (See SUPPLEMENT, p. 186.)

Formerly, accounts were stated in *Reischgeld* (a 24 florin rate), and bills in *Wechsel-Zahlung*, or exchange-reckoning. The last was an imaginary money, valued at the rate of 9 florins 12 kreusers for the gold carolin,—the same coin being reckoned in Reichageld at 11 florins, and in Convention money at 9 florins 10 kreusers. Hence 46 exchange florins = 55 Reichageld florins, and 276 exchange florins = 275 Convention florins. And as the value of the Convention florin is 24.37d., we have in Wechsel-Zahlung the florin = 24.29d., the rix-dollar = 36.43d., the batze, in which the exchange with London was stated = 1.62d., and the par 148½ batzen per £1.

Usance of bills not payable at the fairs is 14 days' sight. The days of grace are 4; but none are allowed on bills at less than 4 days' sight or date.

The foot = 11.42, and the ell 21.54 Imp. inches, or 100 ells = 59.85 Imp. yards; Dutch commodities, however, are commonly sold by the Brabant ell, and French commodities by the Paris aune. The ohm of 20 viertels, 80 old mass, or 90 new mass (each mass of 4 schoppen) = 31.57 Imp. gallons. The achtel or malter of 4 simmers, 8 metzen, or 16 sechters = 3.16 Imp. bushels. The heavy pound contains 2 marcs, 32 loths, or 128 drachmes; the light pound is similarly divided, and 100 heavy lbs. or centner weight = 108 lbs. light weight; also 100 lbs. heavy weight = 111.43 lbs. avoird., and 100 lbs. light weight = 103.18 lbs. avoirdupois. Gold and silver are weighed by the Cologne mark, now reckoned for money as in Prussia, at 3609½ troy grains, and their fineness is expressed in the manner explained under the head GERMANY.

GENOA.

The money of account is the lira nuova of 100 centesimi equal in value to the franc, or about 9½d. Prior to 1827, accounts were stated in lire *fuori banco* of 20 soldi or 240 denari; and 5¾ fuori banco were reckoned equal to 1 pezza of exchange. 5 lire nuove = 6 lire fuori banco. Sales continue to be made in the old currency.

The usance of bills from London is 3 months' date There are no days of grace; but 30 days are allowed to the holder of a bill to demand payment.

The palmo = 9.73 Imp. inches; the braccio of 2¼ palmi = 22.69 Imp. inches; the canna piccola, used by tradesmen = 9 palmi; the canna grossa used by merchants = 12 palmi; and the custom-house canna = 10 palmi. The mezzarola wine measure of 2 barili or 100 pints = 32.67 Imp. gallons; the oil barile of 4 quarti or 64 quarteroni = 14.23 Imp. gallons. The corn mina of 2 quarti or 96 gombette = 3.31 Imp. bushels. 100 lbs. peso sottile (used for gold, silver, and all commodities of small bulk) = 69.85 lbs. avoird.; 100 lbs. peso grosso (used for other goods) = 76.88 lbs. avoird.; the rottolo = 1⅛ lb. peso grosso. (See SARDINIA.)

GERMANY.

The monies, weights, and measures of the different states are described under their respective heads; but an opportunity will be taken here of explaining some general usages, particularly those which have arisen out of the German federative system.

The integer of account (except in the few places where the LUBEC currency is used), is either the florin (*gulden*), or the dollar (*thaler*), called also the rixdollar, and sometimes the crown. The florin is commonly divided into 60 kreusers, each of 12 pfennings, and the dollar *current*, or of account (a nominal or fictitious money equal 1½ florin), into 90 kreusers. In North Germany, however, the dollar is in general divided either into 24 good groschen, each of 12 pfennings, or as in Prussia, where the dollar of account is a coin, into 30 silver groschen, each of 12 pfennings. The different standards by which these denominations are valued may be described as follows:—

Leipsic or *Constitution Money*, introduced in 1690, and which formed the general standard of the empire from 1738 to 1763, was estimated at the rate of 9 rixdollars specie (or *Old Imperial dollars*), 12 rixdollars current, or 18 florins, to the Cologne mark of fine silver, making the value of each of these monies in sterling 4s. 6¼d., 3s. 4½d., and 2s. 3d. respectively. The Leipsic rixdollar current is now nearly obsolete, and the coins are comparatively rare.

Convention Money, introduced in 1763, is valued at the rate of 20 florins to the Cologne mark of pure silver, whence it is also termed 20 Gulden-fuss (florin-foot). The florin is minted 13½ loths, or ⅚ths fine, and its full weight is 216¼ troy grains. Two florins = 1⅓ rixdollar current = 1 rixdollar specie, (or *German specie-dollar*) = 48.757d. or 4s. 0¾d. Hence the florin = 2s. 0⅜d. nearly, and the rixdollar current (= 1½ florin), 3s. 0½d. There are likewise pieces for ½, ⅓, and ⅟₁₂, rixdollar current: also for 20 kreusers (*kopstuck* or *zwanziger*), and 10 kreusers. Convention money is in general use in Austrian Germany; in other states its employment is confined principally to the higher departments of business.

Reichsgeld, or 24 *Gulden-fuss*, is estimated at the rate of 24 florins to the Cologne mark of pure silver, whence the florin = 20.315d., or about 1s. 8¼d.; and the rixdollar current (1½ florin) = 2s. 6½d. These, however, are chiefly nominal valuations of convention money, at a rate ⅕th higher than in that standard,—the Convention florin being estimated in Reichsgeld at 1⅕ florin, and the other denominations in proportion. Prior to 1838 Reichsgeld was in common use in Rhenish-Germany, but it is now wholly superseded by the new 24½ florin rate.

9 Constitution florins or current rixdollars = 10 in Convention money = 12 in Reichsgeld.

Süd-Deutsche Währung, introduced in 1838, is valued at the rate of 24½ florins to the Cologne mark of pure silver, whence the florin = 19⅟₁₆d. or about 1s. 8d. This florin is a coin which has been adopted as the integer of account by the states of Southern and Western Germany, including Baden, Bavaria, Frankfort, Hesse-Darmstadt, Nassau, and Wurtemberg. The other coins of this standard are the half-florin, and the crown (*kronenthaler*) = 5s. 9¾d. nearly. There are besides pieces in billon for 1, 3, and 6 kreusers. (See Prusso-German League.)

The Prussian system is described under the head Prussia. In 1834, the dollar in this system was adopted as the integer of account by several states of North Germany, including Hanover, Brunswick, and Hesse-Electoral or Cassel.*

These standards consist wholly of silver, which is the general measure of value. A variety of gold coins, however, circulate. The principal are the ducat (minted 67 to the Cologne mark 23⅔ carats fine), worth about 9s. 4d.; the gold florin 6s. 11d.; the Bavarian carolin 20s. 4d.; and the pistoles termed Frederick d'or, Carl d'or, August d'or, George d'or, Christian d'or, &c., each worth nearly 16s. 4d.: these pistoles (minted 35 to the Cologne mark 21⅔ carats fine), were all reckoned originally at 5 Convention rixdollars current, but they now bear an agio corresponding to the increased value of gold in relation to silver. Several of the gold coins have doubles and halves of proportional value.

Of foreign coins, the most common are the Dutch gold pieces for 10 and 5 guilders, and the Brabant crown, originally struck by the emperor in the Low Countries, equal about 4s. 6d.

The Measures of capacity and length vary, but the divisions of the latter are generally the same, namely, the ruthe = 2 clafters, 6 ells, 12 feet, or 144 inches; the Rhineland or land-surveyor's foot = 12.36 Imp. inches; the geographical mile = 8101 Imp. yards, or 4.60 Imp. miles; the long mile = 10126 Imp. yards; the short mile = 6859 Imp. yards. The Rhineland morgen = 10185 Imp. sq. yards, or 4⅔ Rhineland morgens = 10 Imp. acres nearly. The commercial pound contains 2 marks, 16 ounces, 32 loths, 128 quentins, 312 pfennings, or 1024 hellers; the apothecaries' pound of 12 ounces, 96 drams, 288 scruples, or 5760 grains = 5527 troy grains; the carat for jewels = 3.171 troy grains. Gold and silver are weighed by the Cologne mark of 8 ounces, 16 loths, 64 quentins, 256 pfennings, 512 hellers, or 4352 eschen = 3608 troy grains: the fineness of gold is expressed by dividing the mark fine or other weight into 24 carats, each of 12 grains; the fineness of silver, by dividing the mark fine into 16 loths, each of 18 grains; in both cases the mark fine, containing 288 grains.

GIBRALTAR.

The money of account is the Spanish hard dollar (or *cob*), divided into 12 current reals, each of 16 quartos, or into 100 cents. 3 current reals = 5 Spanish reals vellon. The former money of account was the current dollar of 8 reals, a fictitious money equal ⅔ds of the hard dollar,—the reals and quartos of both being the same. The hard dollar is estimated (by Government par) at 4s. 2d., the peseta at 9⅜d., the gold doubloon of 16 dollars at £3, 6s. 8d.,

* By the Currency Treaty of Jan. 24, 1857, another money standard was introduced, based on a new pound = 500 French grammes, the weight of which in pure silver is in North Germany and Prussia to be minted into 30 dollars, in Austria into 45 florins, and in South Germany into 52½ florins; thus making the *N. German* dollar = 2s. 10⅔d., the Austrian florin = 1s. 11⅛d., and the S. German florin = 1s. 7¾d. This treaty takes effect in Austria from November 1, 1858. (See Supplement, p. 185.)

and their halves, quarters, &c., in proportion; British silver and copper coins also circulate, but there is no paper money.

Bills on London, Marseilles, Paris, and Genoa, are drawn at 90 days' date; and on Cadiz, Malaga, Madrid, and Seville, at 8 days' sight. The days of grace are 3, except when the term "fixed" is inserted. The exchange on London (90 days' date), is usually at from 49d. to 51d. per dollar,—the pillar dollar, however, bearing 1½ to 2 per cent. premium.

British measures and weights are employed; also the following Spanish, namely, the pipe of 117 gallons = 126 English wine gallons, or 105 Imp. gallons; the arroba liquid measure = 3¼ English wine galls., or 2.77 Imp. galls.; the arroba weight = 26 lbs. avoird.; the quintal of 100 lbs. = 101¾ lbs. avoird.; 5 fanegas of grain (strike measure) = 8 Winchester, or 7¾ Imp. bushels.

GOA.

The pardo. divided into 4 good or 5 bad tangas, also into 240 good or 300 bad reas, is equivalent to about 2s. 5d.

The candy of 20 maunds = 495 lbs. avoirdupois; but in measuring corn and rice, estimated at about 14 Winchester bushels nearly. The other measures are Portuguese.

GREECE.

Accounts are stated in drachmi of 100 lepta. The drachma is a silver coin weighing 69 grains troy, $\frac{9}{10}$ths fine, and equal 8⅔d. sterling, or nearly $\frac{9}{10}$ths of the French franc. 28 drachmi, 15 lepta = £1. There are also silver pieces of 5, ½, and ¼ drachmi. The gold pieces are for 40 and 20 drachmi, the latter weighing 89 grains troy $\frac{9}{10}$ths fine = 14s. 2½d. The copper coins are for 1, 2, 5, and 10 lepta.

The piki of 10 palmes = 1 Fr. metre; the stadion = 1 kilometre; the stremna = 10 ares; the litre of 10 kotilos = 1 Fr. litre; the kilo = 1 hectolitre; the talent of 100 mines = 150 kilogrammes.

GUERNSEY.

Accounts are stated in pounds, shillings, and pence; also in francs and cents; and the circulating medium is composed of British silver and copper money, and francs. The exchange with London is commonly at the rate of £105 Guernsey currency for £100 sterling.

GUIANA.

BRITISH SETTLEMENTS.

In Demerara, Essequibo, and Berbice, accounts are stated in dollars of 100 cents. And the currency consists, beside dollars and British coins, of notes for $5, $10, and $20 each (payable in silver), which are issued by the Bank of British Guiana, and a branch of the Colonial Bank. Gold doubloons are sometimes in circulation, especially when the exchange is low, when they are sent from Barbadoes and other W. I. islands, to purchase bills on England. (See British Colonies.)

Prior to 1840, accounts were kept in florins or guilders, each of 16 stivers. This florin was worth about 1s. 5d. sterling.

Measures and weights chiefly British. The Dutch ell of 26 inches = 27 Imp. inches; and 110 lbs. Dutch = 100 lbs. avoirdupois.

DUTCH SETTLEMENTS.

In Paramaribo and the other parts of Surinam possessed by Holland, accounts are stated in guilders or florins of 100 cents Netherlands currency.

Measures and weights, those of Holland, but chiefly according to the old system.

FRENCH SETTLEMENTS.

In Cayenne and the other French possessions, accounts are stated in francs and cents.

GUINEA and SENEGAMBIA.

The dollar is the principal medium of exchange. At Sierra Leone, and Cape Coast Castle, British silver coins are also in circulation, and sometimes five-franc pieces. At the British commissariat stations, bills are usually granted on the treasury of London at 30 days' sight: the rates of exchange at Sierra Leone were lately, for Spanish silver, 49 pence per dollar, and for British silver 1¼ per cent. premium, or £100 sterling for £101, 10s. in silver coins.

HAMBURG.

Accounts are stated in marks, divided into 16 schillings, each schilling consisting of 12 pfennings; and 3 marks make 1 dollar (or *reichsthaler*). These denominations are of different values, according as they are reckoned in *current money*, or in *banco*.

Current money is composed of the coins in ordinary circulation, and which, as none have been for some time minted in the city, consist of Danish and Hanoverian money, chiefly two-third pieces, which being each reckoned at 31 schillings, makes the current mark equal 1s. 2d. sterling.

Banco, used in wholesale trade and in exchanges, is the money of the Bank of Hamburg, or rather the credits inscribed in its books corresponding to equivalent deposits of silver bullion, which, by means of orders or cheques, are transferred from one party's account to another's in payment of debts, —the bullion being seldom or never withdrawn, except when required for exportation. The silver deposited, which must be 15 loths 12 grains (or 47/48) fine, is received at the nominal rate of 442 schillings, and issued at the rate of 444 schillings, or 27¾ marks banco, for the Cologne mark weight of pure metal,—the difference of 4-9ths per cent. being applied to defray expenses. The value of the mark banco, estimating British standard silver at 5s. per ounce, is thus 17.57d. sterling, or 1s. 5½d. nearly. The agio upon banco, compared to currency, is at this rate 25 per cent, but it is continually varying.

The par of exchange with London in silver, estimating banco as above, is 13 mks. bco. 10⅝ sch. per £1; but commonly the metallic rate of exchange, or par betwixt London and Hamburg, is deduced from the market price of gold. The quotation at Hamburg was lately given, 428 mks. bco. for the Cologne mark weight fine, which, estimating British standard gold at £3, 17s. 10½d. per ounce, made the rate 13 mks. bco. 6½ sch. per £1, and the mark equal 1s. 5.9d., or nearly 1s. 6d. sterling.

Exchanges were formerly negotiated in pounds *Flemish* of 20 schillings, or 240 grotes. The pound Flemish = 7½ marks banco, or 2½ dollars.

Usance of bills from places in Germany, 14 days' sight; from Holland, Britain, and France, 1 month's date; and from Portugal, Spain, Italy, and Trieste, 2 months' date. Days of grace 12.

The ell of 2 feet or 6 palms = 22.55 Imp. inches; the Brabant ell = 27.23 Imp. inches. The ohm, liquid measure, of 4 ankers, 5 eimers, 20 viertels, 40 stubgen, or 160 quarters = 31.87 Imp. gallons; 6 ohms = 1 fuder; the faas of wine is 4 oxhafts, or 6 tierces. The wispel, corn measure, of 10 scheffels, 20 faas, or 40 himtens = 29 Imp. bushels; 3 wispels = 1 last of wheat or rye, or 1 stock of barley or oats, = 10⅞ Imp. quarters; and 2 wispels = 1 last of barley or oats = 7½ Imp. quarters. The pound consists of 2 marks, 16 ounces, 32 loths, or 128 drachmes; and 100 lbs. = 106.82 lbs. avoirdupois; the centner of 112 Hamburg lbs., or 8 lisponds = 119.64 lbs. avoird.; 2½ centners = 1 shipfund. The weight and fineness of gold and silver are estimated in the manner explained under the head GERMANY.

New Weight.—In 1858 the old Hamburg weight was abrogated; being superseded by the Zoll-verein pound of 500 Fr. grammes, which, according to the report of the Syndic, is 3.1759, or nearly 3¼ per cent. heavier than the old pound. 100 new lbs. = 50 kilogrammes = 110.243 lbs. avoird. See PRUSSO-GERMAN LEAGUE.

HANOVER.

The thaler, or dollar of account, is equal to 2s. 10¾d. sterling, being now estimated according to the money standard of PRUSSIA. But exchanges are commonly effected in dollars, valued at 5 to the Louis d'or, as in BREMEN. The principal gold coins are the George d'or, worth 16s. 4d.; the florin 6s. 11d.; and the ducat 9s. 4d.: the silver coins, since 1834, have been chiefly pieces minted according to the Prussian rate; and the following old pieces, namely, the constitution or *cash* specie-dollar, 4s. 6½d., and the zweydrittel or ⅔d. piece, 2s. 3d. (See SUPPLEMENT, p. 186.)

The former money of account was the thaler of 36 mariengroschen, each of 8 pfennings cash (*kassengeld*) = 3s. 4½d.; or the convention thaler of 24 good groschen, each of 12 pfennings = 3s. 0½d.; 9 thalers cash or constitution money = 10 convention thalers.

Usance is 14 days' sight. The days of grace are 8, except for bills at sight.

The ell of 2 feet = 22.91 Imp. inches. The mile = 11559 Imp. yards. The morgen = 2 Imp. roods 22½ perches. The ahm of 2½ eimers, 4 ankers, 40 stubgens, or 80 kannen = 34.24 Imp. gallons; and 6 ahms or 4 oxhafts = 1 fuder of wine. The corn last of 2 wispels, 16 malters, or 96 himtens = 88 Imp. bushels. The pound = 7511 troy grains, and 100 lbs. = 107.3 lbs. avoird.; the stone of flax is 20 lbs., and of wool 10 lbs.; the tonne of honey, containing 25½ stubgens, weighs 300 lbs.; the centner is 112 lbs. The last is 12 shipfunds, and the shipfund = 20 lisponds, each of 14 lbs. Gold, silver, and silk, are weighed with the Cologne mark.

HAYTI.

PORT-AU-PRINCE.

The money of account is the current dollar (or *gourde*), of 100 cents, the precise value of which cannot be assigned, as the coinage of the island, besides being of a very low standard, is exceedingly irregular. Since 1835, the customs-duties must be paid in effective Spanish or North American dollars.

The measures and weights are chiefly those of the old French system, including the "poids de marc." The old English wine gallon is also employed.

HESSE-CASSEL.

The thaler or dollar of account, since 1834, has been the same as that of PRUSSIA, and equal 2s. 10¾d. sterling.

The ell = 22.59 Imp. inches; the acre = 0.5894 Imp. acre; the ohm, liquid measure, = 34.94 Imp. gallons; the viertel, corn measure, of 4 himtens, or 16 metzen, = 4.42 Imp. bushels; and the pound = 17.08 oz. avoirdupois.

HESSE-DARMSTADT.

The money of account, since 1838, has been the new Rhenish florin of 60 kreusers = 1s. 8d. sterling nearly.

The klafter of 10 feet = 2½ French metres, or 8.20 Imp. feet; the ell = ⅗ metre, or 23.62 Imp. inches; the morgen = ¼ hectare, or 0.618 Imp. acre; the ohm, liquid measure, = 160 litres, or 35.22 Imp. gallons; the malter, corn measure, = 1.28 hectolitre, or about 3½ Imp. bushels; and the pound = ½ kilogramme, or about 17⅗ oz. avoirdupois.

HOLLAND.

The monetary unit is the florin or guilder, divided into 100 cents, or 20 stivers, and equal 1s. 8d. sterling nearly; the par of exchange being 12 florins per £1. Formerly accounts were stated in florins of 20 stivers, each of 16 pfennings; and exchanges were transacted in pounds *Flemish* of 20 schillings, or 240 grotes. 6 florins = 1 pound Flemish. The rixdollar = 2½ florins or 50 stivers.

The coins are:—In gold; 10 florin pieces = 16s. 6½d., 5 florin pieces; and ducats = 9s. 4½d.; but gold coins are not now legal currency. In silver; the florin (weight 154.34 troy grains, fineness 945 millièmes) equal 20.05d.; pieces for 3 and ½ florins; also, but of a lower standard, pieces for 25, 10, and 5 cents. In copper; cents and ½ cents. The above form the currency of the Netherlands, according to ordinance of 1816; but a variety of old coins also circulate, the principal being the gold ducat, value 9s. 4d.; the silver ducatoon, 5s. 3½d.; and the rixdollar, 4s. 2d. nearly. In 1852, government paper was issued for 10,000,000 fl., with notes so low as 10 fl., payable in silver.

Usance of bills from London and France, 1 month's date; from Spain, Portugal, and Italy, 2 months' date; from Germany, 14 days' sight; and from Dantzig, Riga, and Konigsberg, 30 days' sight. Days of grace, formerly 6, but now in disuse.

MEASURES AND WEIGHTS.

The modern system, introduced in 1820, is the same as that of France, but with the old Dutch nomenclature. The elle or metre of 10 palms = 39⅜ Imp. inches nearly, and 100 elles = 109.36 Imp. yards; the mijle or kilometre = 1093⅝ Imp. yards. The bunder = 1 hectare. The vierkante roede = 1 are = 100 vierkante elles = 3 Imp. square perches and 29 square yards nearly. The kubicke elle, or stere, = 35.317 Imp. cubic feet. The vat, or hectolitre, (liquid measure) of 100 kans or litres = 22.009 Imp. gallons; and the kan is divided into 10 maatjes, or 100 vingerhoeds. The mudde, zak, or hectolitre (dry measure), of 10 schepels, or 100 kops or litres = 2¾ Imp. bushels nearly; and 100 mudden = 34.390 Imp. quarters. The wigtje or gramme of 10 korrels = 15.434 troy grains; the pond or kilogramme of 10 ons, 100 loods, or 1000 wigtjes = 2 lbs. 3 oz., and 4$\frac{1}{16}$ drams avoirdupois, or 100 ponden = 220.486 lbs. avoirdupois. The apothecaries' new pound of 12 ounces, 96 drachms, 288 scruples, or 5760 grains = 5787 troy grains.

Gold and silver are weighed by the pond, as above; and their fineness is expressed in millièmes as in FRANCE. Gold was valued from the fixed mint price of 1442 flor. 60 cents per pond, with an agio that was usually about 13 per cent.: Silver is valued from the fine weight at a variable price per pond; and it is now the standard of value.

The old measures and weights, still retained in many places, are chiefly as follows:—The Amsterdam foot = 11.15 Imp. inches; the Rhineland foot = 12.36 Imp. inches; the Amsterdam ell = 27.08 Imp. inches; the Brabant or Flemish ell = 27.58 Imp. inches. The Dutch league, 19 to the degree, = 3 Imp. miles, 5 fur. 4 poles. 4.98 Amsterdam morgen of 600 square perches, or 4.75 Rhineland morgen, = 10 Imp. acres. The wine stekan of 8 stoops = 4.27 Imp. galls.; the brandy stekan = 4.13 do.; and the beer stekan = 4.32 do: The Amsterdam ahm of 4 ankers, 8 wine stekans, 64 stoops, 128 mingels, 256 pintes, or 512 mutjes = 34.16 Imp. gallons; the velte contains 3 stoops, the oxhoofd 96, the legger 240, and the vat 6 ahms or 384 stoops; the Rotterdam ahm = 33.32 Imp. gallons. The Amsterdam corn last of 27 mudden, 36 sacks, or 108 schepels = 82.62 Imp. bushels. The troy pound of 2 marks, 16 ounces, 320 engels, or 10240 aas = 7596 troy grains; 1 engel = 7½ carats. The commercial pound of 16 ounces = 7625 troy grains; and the centner of 100 lbs. = 108.93 lbs. avoirdupois. A last for freight is estimated at 4000 lbs. equal to 2 British tons nearly.

The *Nederlandsche Bank*, founded 1814 on the model of the Bank of England, has a capital of [illegible] fl. in shares of [illegible] fl., and issues notes for sums from 25 fl. to 1,000 fl.

The *Nederlandsche Handel-Maatschappij*, founded 1824, has a capital of [illegible] fl. in shares of 250 fl., 500 fl., and 1,000 fl. It aids different departments of trade, especially the colonial; and discharges functions of government in the transport and sale of the produce of Java.

INDIA. British.

The monetary unit is the rupee, which in accounts is generally divided into 16 annas, each of 12 pice, except in Bombay, where it is subdivided into 4 quarters, each of 100 reas. Formerly, rupees of different values were in use; but since 1835, when the currencies of the three presidencies were assimilated, the only one minted has been the "*Company's rupee*," containing 180 troy grains of silver, 11-12ths pure (termed 91.66 touch), or 165 grains of pure silver, and worth intrinsically 1s. 10½d., though commonly estimated as 2s. The other silver coins are pieces of 2 rupees, and of ½, ¼, and ⅛ rupee. Smaller payments are made in copper pice, or in little shells called cowries. The principal gold coin is the mohur, of the same weight and fineness as the Company's rupee, and worth 29s. 2½d.; it is a legal tender for R.15. Gold, however, being undervalued at this rate, is not demandable in payment, and is rarely in circulation. Silver is therefore the general medium of exchange and standard of value.

The Company's rupee is declared to be in value equal to the former Madras, Bombay, Furruckabad, and Sonat rupees, and to $\frac{15}{16}$ths of the Calcutta sicca rupee. This last coin (= 1s. 11½d.) was formerly the integer of account at Calcutta; though prices were commonly reckoned according to an ideal standard called the current rupee. S. R. 100 = Cur. R. 116; the difference per cent. was termed *batta*.

Chief banks—1833, Agra and United Service Bank; 1843, North Western Bank of India; 1851, Oriental Bank Corporation; 1853, Chartered Bank of India, Australia, and China; 1854, Mercantile Bank of India, London, & China.

In Indian notation, large sums are divided into periods of two figures only, except the last three; and 100,000 rupees are termed a *lac*, ten millions a *crore*, and 100 crores a *mas*. Hence a sum containing nine figures is pointed thus, *56,84,93,327*; and read fifty-six crores, eighty-four lacs, ninety-three thousand, three hundred and twenty-seven.

MEASURES AND WEIGHTS.

These vary greatly in different districts, and the only general standards are the following weights derived from the new tola, and now used in the Company's table of duties.

8 ruttees = 1 masha = 15 troy grains.
12 mashas = 1 tola = 180 troy grains.
80 tolas = 1 seer = 2½ lbs. troy, or 2.057, nearly 2 lbs. 14⅞ drams avoird.
40 seers = 1 maund = 100 lbs. troy, or 82$\frac{2}{7}$ lbs. avoird.

Grain is usually sold by weight, as also liquids, except at Calcutta, Madras, and Bombay, where wines and spirits are sold by Imperial measure.

The following are the principal local standards:—

Calcutta.—The gux of 2 cubits = 1 Imp. yard. The corge of cloth is 20 pieces. The Bengal coss or mile = 2000 yards. The biggah of 20 cottahs = 1600 sq. yards; or 3$\frac{1}{40}$ biggahs = 10 Imp. acres. The factory maund of 40 seers or 640 chittacks = 74⅔ lbs. avoird.; and 3 factory maunds = 2 cwt.: the bazar maund, similarly divided, = 82$\frac{2}{7}$ lbs. avoird.: 10 bazar maunds = 11 factory maunds.

Bombay.—The gux = 28 inches. The maund of 40 seers = 28 lbs. avoird.; the candy of 20 maunds = 5 cwt., reckoned for grain at 25 Winchester, or 24$\frac{1}{4}$ Imp. bushels.

At Surat the candy of 20 maunds, each of 40 seers = 746⅔ lbs. avoird.

Madras.—The covid = 18¾ inches; but the cloth measure is the Imp. yard. The cawney of 24 maunies = 57,600 square feet, or about 1 acre, 1 rood, 11⅛ poles. The garse of 80 parahs, 400 marcals, or 3200 measures = 300,000 cubic inches or about 16¼ imp. quarters, estimated by weight at 9256¼ lbs. avoird. The maund of 8 vis, or 320 pollams = 25 lbs. avoird.; and the candy = 20 maunds or 500 lbs. avoirdupois.

IONIAN ISLANDS.

In these islands, namely, *Corfu, Cephalonia, Zante, Santa Maura, Ithaca, Paxo*, and *Cerigo*, accounts are stated in taleri or dollars of 100 oboli; also in British money; and in some places in Turkish piastres of 40 paras. The circulating medium is composed chiefly of Spanish and American dollars, valued per tariff in Ionian currency at 4s. 4d.; Austrian and Venetian dollars, do., 4s. 2d., or 100 oboli; Spanish doubloons, do., £3, 6s.; British silver coins; and Ionian currency, consisting of silver threepences, and copper pieces for ¼th and $\frac{1}{8}$th of a penny. The exchange with London was lately quoted at 4s. 3½d. per Spanish dollar.

The Imperial measures and weights were introduced in 1828, when the Ionian stadio of 40 carnaco was made equal to 1 Imp. furlong; the Ionian barrel to 16 Imp. gallons, or 128 dicatoli or pints; the kilo corn measure to 1 Imp. bushel; the "libbra sottile," to 1 lb. troy; the "libbra grossa," to 1 lb. avoirdupois; and the talanto to 100 lbs. avoird. The chief old measures are the Zante cloth braccio = 27.18 Imp. inches, and silk braccio = 25.37 do.; the Zante barile = 14.68 Imp. gallons; the Corfu barile = 15 Imp. gallons; the Corfu moggio, grain measure, of 8 misure = 4.63 Imp. bushels; the moggio, land measure, of 8 misure, or 24 zappade = 11616 sq. yards, or 2 acres, 1 rood, 24 perches; the quintal of 44 okes = 123.15 lbs avoirdupois, or 10 okes = 28 lbs. avoirdupois.

JAPAN.

NANGASAKI.

Accounts are stated in taels, mace, and candareens, as in CHINA. The tael is estimated at 3½ Dutch florins, or 5s. 10d. sterling. Payments are usually made in silver ingots 11/12ths fine; these are of various sizes. The Spanish dollar is valued at from 70 to 74 candareens.

The inc, a measure of length = 6¼ Imp. feet; but the measures of capacity have not been determined. The weights are similar to those of China.

JAVA.

BATAVIA.

Accounts are stated in Netherlands florins or guilders of 100 cents. The value of the florins is 1s. 8d. sterling. A variety of coins are in circulation. In 1828, a bank with a capital of fl.2,000,000 was established at Batavia, which issues paper of two kinds; namely,—notes varying from fl.25 to fl.1000 payable in silver, and smaller notes payable in copper.

The ell = 27¾, and the foot = 12.36 Imp. inches. The common liquid measure is the kanne; 33 kannes = 13 English wine gallons, or 10⅚ Imp. gallons; a leaguer of arrack = 396 rands = 160 English wine gallons, or 133⅓ Imp. gallons; a leaguer of wine is 360 rands. The ordinary weights here, as well as throughout all the Dutch possessions in India, are those of CHINA; the pecul, however, instead of 133⅓ lbs. avoirdupois, is reckoned at 125 Dutch troy lbs. = 135 lbs. 10 oz. avoirdupois, but commonly estimated 136 lbs. avoirdupois; the coyang of rice = 3581 lbs. avoirdupois; the timbang of rice = 5 peculs or 10 sacks. Gold and silver are weighed by the Dutch troy mark of 9 reals = 3798 troy grains.

JERSEY.

Accounts are stated in pounds, shillings, and pence, *currency*. £13 currency = £12 sterling.

LEGHORN. (See TUSCANY.)

LUBEC.

Accounts are stated in marks of 16 schillings, each of 12 pfennings Lubec currency or *Lubs*. The mark, valued at the rate of 34 to the Cologne mark weight of fine silver, is equal 1s. 2½d. nearly, and 16 marks 11¾ schill. = £1. The dollar of 3 marks or 48 schillings = 3s. 7d. Foreign exchanges are transacted through the medium of Hamburg in marks banco, the agio on which, compared with Lubec currency, is about 23 per cent.

The ell of 2 feet = 22.70 Imp. inches. The ahm of 20 viertels, 40 stubgen, or 80 kannes = 31.87 Imp. gallons. The last of wheat or rye of 8 dromts, 24 barrels, or 96 scheffels = 11.04 Imp. quarters; the last of oats (now abolished) = 12.95 do. The centner of 8 lisponds, or 112 Lubec lbs. = 119.67 lbs. avoirdupois; and 100 Lubec lbs. = 106.85 lbs. avoirdupois. Gold and silver are weighed by the Cologne mark of 3608 troy grains.

LUCCA.

Accounts are generally stated in lire of 20 soldi, each of 12 denari di lira. Payments are made chiefly in the money of TUSCANY; and 6 lire 6½ soldi of Lucca are reckoned equal to the Leghorn pezza of 8 reals. Foreign exchanges and the usances of bills are regulated entirely by the custom of Leghorn.

Tradesmen sometimes reckon in gold crowns (*scudi d'oro*), of 20 soldi, each of 12 denari d'oro. The gold crown = 7½ lire.

The woollen braccio = 23.8 Imp. inches; the silk braccio = 22.8 Imp. inches; 4 braccia = 1 canna. The oil coppo, reckoned generally at 24 lbs. peso grosso = 21.97 Imp. gallons. The wine measure is the Leghorn barile of 20 fiasci. The corn staja = ⅔ Imp. bushel. The pound = 5213½ troy grains; but the pound "peso grosso" = 11 Leghorn lbs. = 8.234 lbs. avoirdupois.

MADEIRA.

The integer of account is the milrea

which is reckoned equal to the Spanish dollar, or about 4s. 3d. The circulating medium consists of Spanish dollars divided into 10 bits, each of 100 reas, of pistareens for 2 bits, and of the divisions of these coins.

In exchanges, the milrea is converted into sterling at a nominal or assumed par of 5[illegible] pence, allowing a premium on bills on London, varying from about 25 to 30 per cent.

The measures and weights are in general those of Portugal; but 23 corn alqueires of Madeira are reckoned equal to 24 of Lisbon, and 12 wine almudes of Madeira to 23 of Lisbon.

MAJORCA.

Accounts are stated in pesos or current dollars of 8 reals, each of 34 maravedis of plate; also in libras of 20 sueldos, each of 12 dineros. The peso and libra, being each equal 2[illegible] maravedis vellon, are of the same value, and worth about 3s. [illegible] (See SPAIN.)

The canna = 6[illegible] Imp. inches. The quartin, wine measure, of 6¼ corters = [illegible] Imp. gallons. The quartera, corn measure, of 6 barcellas = 1.94 Imp. bushel. The cantaro Barbaresco of [illegible] lbs. or rottolos = 8[illegible] lbs. avoird.; the cantaro or quintal of 4 arrobas, each of 26 rottolos = 9[illegible] lbs. avoirdupois; and 3 quintals, or 312 rottolos = 1 carga: the odre of oil of 12 cortans or quartans weighs 1.36 rottolos.

MALACCA.

In this British settlement accounts are stated in Spanish dollars of 100 cents, which form the general currency of the "Straits." A variety of Indian and Dutch coins are also in circulation.

The covid = 18 Imp. inches. The Malay pecul of 100 catties = 133 lbs. avoirdupois; 3 peculs = 1 bahar; the last of 50 measures or 500 gantons = 27 cwts. avoirdupois nearly; the coyan of rice or salt is 40 peculs; the kip of tin is equal about 40[illegible] lbs. avoirdupois. Gold and silver are weighed by the buncal of 832 troy grains.

MALTA.

Accounts are kept by the government in sterling, but by the mercantile classes in scudi of 12 tari, each of 20 grani. 2½ scudi = 1 pezza or Sicilian dollar = 3s. 11½d.; whence the Maltese scudo = 19 pence; but the pezza is commonly estimated at 4s. 2d., and the Maltese scudo at 1s. 8d. The other monies consist chiefly of Spanish and American dollars, valued for ordinary purposes at 4s. 4d., and of British silver and copper. Notes are issued by two banks (established *en commandité*), but to a small extent, not amounting to £30,000, while the coin in circulation has been estimated at £150,000.

Bills on London are commonly drawn at 30 and 60 days' sight.

The canna of 8 palmi = 82 Imp. inches, but 3½ palmi are commonly reckoned equal to 1 yard. The salma of land of 16 square tumoli = 4.44 Imp. acres. The barile of wine = 9¼ Imp. gallons; the caffiso of oil = 4¼ Imp. gallons; and 2 caffisos = 1 barile. The salma of corn (stricken measure) = 7¼ Imp. bushels. The cantar of 100 rottoli or pounds = 174¼ lbs avoirdupois, but is commonly reckoned at 175. The pound of 12 ounces, used in weighing gold and silver = 4886 troy grains.

MANILLA.

(See PHILIPPINE ISLANDS.)

MAROCCO.

MOGADORE.

The money of account is the mitkal of 10 ounces, 40 blankeels, or 960 flues. As 54 blankeels are reckoned equal to the Spanish hard dollar, the mitkal is worth 3s. 1d. The currency is composed chiefly of dollars, doubloons, and madrids: the madrid, which is a gold coin minted at Madrid for the Emperor of Marocco, is valued at 10 dollars.

The canna, cloth measure, = 21 Imp. inches. The rottolo or commercial pound = 8330 troy grains, and the quintal of 100 commercial lbs. = 119 lbs. avoirdupois: the market pound for provisions, and by which also iron and bees' wax are sold, is 50 per cent. heavier. The measures of capacity, though nominally those of Spain, are variable and uncertain.

MAURITIUS.

Accounts are kept by the colonial government in sterling, and by merchants in dollars of 100 cents or 10 colonial francs. The circulating medium is composed of notes issued by the treasury, and by the Mauritius Bank and Commercial Bank; and of a variety of coins. The current dollar of the colony is at par = 4s. 2d., rating the Spanish dollar 4s. 4d. Bills on Europe are drawn at 90 d. s.

The Imperial measures and weights are employed in government transactions, but the old system of FRANCE is that in ordinary use. The common practical equations are, 15 French feet = 16 Imp. feet; 7 aunes = 9 Imp. yards; 1 arpent = 1 Imp. acre, 7 perches; 1 velt = 2 old English wine gallons, and 30 velts = 1 cask; the quintal of 100 lbs. French poids de marc = 108 lbs. avoirdupois, and 20 quintals = 1 French ton. Coffee is sold per bag of 100 lbs. (net French); cotton, per bale of 250 lbs.; and rice, per bag of 150 lbs.

MECKLENBURG.

ROSTOCK.

Accounts are stated in thalers of 32 schillings, each of 12 pfennings; also in marks of 16 schillings. The thaler = 2s. 3d., is represented by the Constitution ⅔ piece, usually called Zwey-drittel. Foreign exchanges are transacted chiefly through the medium of Hamburg, the par rate being 100 thalers for 154⅛ marcs banco.

The Rostock ell of 2 feet = 22⅞ Imp. inches. The liquid measures are the same as in Lubec. The Rostock corn scheffel = 1.07 Imp. bushel. 100 Rostock lbs. = 112 lbs. avoirdupois; but the weights chiefly used are those of Lubec and Hamburg.

MEXICO.

The principal money of account in Mexico, and throughout Spanish America, is the piastre or dollar ($), which is divided into 8 reals, or 100 cents. The real is also divided into 16 quartos or 34 maravedis; into 2 medios, 4 quartillos, or 8 ochavos; and, as in paying duties, into 12 granos.

The coins are,—In gold; doubloons or ounces (nominally of 16 dollars), also ½, ¼, and ⅛ doubloons: In silver; dollars, ½ dollars, ¼ dollars or pesetas, and reals of Mexican plate: In copper; quartillos, and clacos or ochavos. The gold coins throughout Spanish America are generally minted, as in Spain, at the rate of 8½ doubloons to the Castile mark, 21 carats fine; making the doubloon, when of full weight, worth £3, 4s. 8½d. The silver coins (except in the Colombian States), are also generally minted as in Spain at the rate of 8½ dollars, 17 half-dollars, 34 pesetas, or 68 reals to the Castilian mark. The standard of the dollar, which is usually termed the *hard dollar* (*peso duro* or *fuerte*), and sometimes the *Spanish dollar*, is 10¾ dineros fine in 12, and its value, when of full weight, is 4s. 2½d. The half-dollar is of proportional value. The pesetas and reals, however, are always inferior. The Spanish standard for these smaller coins is 9¾ dineros fine; but in several of the new republics this standard has been reduced: in BOLIVIA it is now only 8 dineros, or ⅔ds pure silver to ⅓d of alloy.

The dollar of account, or current dollar, is reckoned both in the small base coins (which form the ordinary currency of the Spanish-American States), and in hard dollars; the latter occur chiefly in foreign trade. The usual exchange of the hard dollar is about 48d.; or what is the same, $5 per £1, or $500 per £100. Remittances to Europe, however, are commonly made in specie.

Export duty on gold coin 2 per cent.; on silver coin 3½ per cent.

The measures and weights are in general those of SPAIN; but the Imperial yard and French aune are also used in the sale of European piece-goods.

MINORCA.

Accounts are stated in libras, sueldos, and denari, as in Catalonia.

The Minorca gerra or jar of 2 quarters = 2.65 Imp. gallons. The dry measures and weights are those of MAJORCA. The other measures are those of SPAIN.

MOCHA.

Accounts are stated in piastres, or Mocha dollars of 80 cavears; and as 121½ piastres = 100 Spanish dollars (in which payments are usually made), the piastre is worth about 3s. 5d. sterling. The native coins are commasses of 7 carats; 40 commasses generally pass for a dollar.

The covid equal 19, the guz, 25 Imp. inches; the gudda of 8 noosfias = 1½ Imp. gallon; and the tomand, dry measure, of 40 kellas, weighs of rice 168 lbs. avoirdupois. The bahar of 15 frazils, or 150 maunds = 450 lbs. avoirdupois. The miscal of 1½ coffola, or 24 carats = 73.37 troy grains; 10 coffolas = 1 vakia; and 87 vakias = 100 Spanish dollars' weight.

MODENA.

MODENA. REGGIO.

The general money of account is the lira Italiana, divided into 100 centimes, and equal in value to the French franc, or 9½d. The old Modena lira of 20 soldi or 240 denari = 3¾d.; and the lira of Reggio = 2½d.

The braccio of Modena = 24.31 Imp. inches; the braccio of Reggio = 20.85 Imp. inches. The biolca, land measure, of 72 tavole = 0.7009 Imp. acre. The stajo of corn = 1.94 Imp. bushel. The Modena libbra or pound = 4931½ troy grains, and the quintal of 100 Modena lbs. = 70.45 lbs. avoirdupois; the Reggio pound = 5092 troy grains, and 100 Reggio lbs. = 72.74 lbs. avoirdupois.

MOLDAVIA.

GALATZ.

Accounts are stated in plastres as in TURKEY; and 100 piastres of Galatz are usually reckoned equal 115 to 116 of Constantinople: the Galatz piastre is therefore worth nearly 2⅔d. sterling.

The measures and weights are those of Turkey. In trade the following proportions are commonly adopted:—100 Galatz okes = 8 Russian poods; and 800 okes = 2¼ centners, or 233¼ lbs. of Vienna: Some, however, reckon 44 okes to 100 lbs. of Vienna, which makes a difference of about 2½ per cent.

MONTEVIDEO.

The current dollar is divided into 8 reals, each of 100 centesimas or reas; and 1⅕ current dollar = 1 hard dollar, or Brazilian piece for 960 reas = 4s. 2d.: hence 1 current dollar = 41⅔d. The course of exchange with London, however, varies from about 42d. to 45d. per current dollar.

There is no paper money.

Measures and weights same as SPAIN.

MOZAMBIQUE.

The circulating medium is composed chiefly of Spanish dollars and Portuguese coins.

The frazil = 12 lbs. avoirdupois; and the bahar of 20 frazils = 240 lbs. avoirdupois.

MUSCAT.

Accounts are stated in mahomodees of 20 gazees. The mahomodee is a silver coin, 11 of which are reckoned equal to a Spanish dollar. The gazee is of copper; as is also the shaka valued at from 72 to 80 per dollar. Foreign coins circulate, but are generally transferred by weight.

The maund of 24 cuchas = 8 lbs. 12 oz. avoirdupois.

NAPLES.

The integer of account is the ducat, sometimes termed *del Regno*, which is divided into 100 grani, each of 10 cavalli; also into 5 tari or 10 carlini.

The coins, according to the system introduced in 1818, are as follows:—In gold; the oncetta of 3 ducats (weight 85 acimi, fineness 996 milliemes) = 10s. 3½d. sterling, with pieces for 10, 5, and 2 oncette in proportion:—In silver; the ducat of 10 carlini (weight 515 acini, fineness 833⅓ milliemes, or ⅚) = 3s. 3⅔d. with pieces for 12, 6, 5, 4, 3, 2, and 1 carlini of proportional value:—In copper; pieces for 5, 3, 2, 1, and ½ grani. There are, *besides*, a variety of old coins. The National Bank issues notes which circulate on the same footing as specie.

The par of exchange with London, deduced from the ducat in silver, which is the standard, is 6 ducats 3¾ grani, or, as commonly expressed, 603¾ grani per £1.

Usance of bills from Britain, Portugal, and Russia, 3 months' date; from France, Spain, Holland, and Germany, 2 months' date; from Leghorn, Rome, Genoa, and Sicily, 22 days' sight. Inland bills are drawn at 15 days' sight.

The canna or ell of 8 palmi or 96 inches = 83.05 Imp. inches; the passo is 7⅓ palmi. The Neapolitan mile of 7000 palmi = 2018 Imp. yards. The moggia, land measure, of 900 square passi = 0.8315 Imp. acre. The baril, wine or brandy measure, of 60 caraffi = 9.60 Imp. gallons; the carro is 2 botte, or 24 barili; and the pipe is 14 barili: the salma, oil measure, of 16 staja, or 256 quarti = 34.91 Imp. gallons, and weighs about 324½ lbs. avoirdupois. The tomolo, corn measure, of 2 mezzetti or 4 quarti = 1.519 Imp. bushel, or 100 tomoli = 19 Imp. quarters nearly; the carro of 36 tomoli = 6.84 Imp. quarters. The cantaro grosso of 100 rottoli = 196.45 lbs. avoirdupois; the cantaro piccola of 150 pounds each of 12 oz. = 106.07 lbs. avoirdupois. Gold and silver are weighed by the libbra or pound of 12 ounces, 360 trapesi, or 7200 acini = 4950 troy grains; their fineness is expressed decimally.

At *Gallipoli* the oil salma of 10 staja or 320 pignatte = 34.11 Imp. gallons. At *Bari*, the salma = 36.42 Imp. gallons. (See SICILY.)

NASSAU.

The integer of account is the new Rhenish florin of 60 kreusers = 1s. 8d nearly. (See SUPPLEMENT, p. 186.)

The foot of 10 inches = ½ French metre, or 19⅔ Imp. inches nearly; and the perch is 10 feet. The morgen of 100 square perches = 25 French ares, or 0.6178 Imp. acre. (See GERMANY.)

NEW BRUNSWICK.

Accounts are stated in pounds, shillings, and pence, *Halifax currency*, as in CANADA. The circulating medium is composed chiefly of British and United States coins; and of notes issued by the Corporation of St John's, and by six provincial banks.

Measures and weights same as in Britain.

NEWFOUNDLAND.

Accounts are stated in pounds, shillings, and pence, currency. The pound is composed of four Spanish dollars, which circulate at 5s. each; but their sterling value is fixed by treasury order at 4s. 4d.: the difference between the two is £15, 7s. 8d. per cent., which is considered to be the par of exchange, or £115, 7s. 8d. currency = £100 sterling. This, however, is an assumed par rather than the real par, which, as the true value of the dollar is only 4s. 2d., is £120 currency = £100 sterling. Newfoundland currency is thus the same as the *Halifax currency* used in CANADA. The circulating medium is composed of Spanish dollars, fractional parts of dollars, British silver coins, and of notes issued by two provincial banks, at St John's—the Union Bank, and the Commercial Bank.

Measures and weights same as in Britain. The quintal of fish is 112 lbs.

NEW GRANADA.

BOGOTA. CARTHAGENA.

Accounts are stated in New Granada, as in the other Colombian Republics of Ecuador and Venezuela, in piastres or dollars divided into 8 reals or 100 cents. The Colombian or *Macuquina dollar* is an anomaly. In Mr W. F. Reuss' "Calculations and Statements," relative to the American trade, its fineness is stated to be only 9 dineros or $\frac{9}{12}$, and weight 15 dwt. to 15 dwt. 11 grains, making its value from about 3s. 0½d. to 3s. 1½d. sterling: but it is more commonly estimated at from about 3s. 2½d. to 3s. 4d., the usual exchange being $6½ or $6 per £1.

At Carthagena prices and exchanges are quoted in ordinary hard dollars and reals: the general course of exchange is $500 for £100. Remittances, however, are commonly made in specie, principally gold, which forms the chief product of New Granada. In the year 1837, the total value of specie and bullion exported from Carthagena was,—doubloons, $1,088,532; dollars, $49,453; bullion, and old gold and silver, $560,000; total, $1,697,985, or about £339,597.

Measures and weights same as in SPAIN.

NORWAY.

Accounts are kept in paper *species-dollars* divided into 5 marks or orts, or 120 skillings. This money is reckoned in the notes issued by the Bank of Norway. The silver species-dollar = 2 Danish rigsbank dollars = 4s. 5d. sterling nearly; which is now also the value of the Bank paper dollars, though prior to 1841 they stood at a discount varying from 10 to 15 per cent. The Bank of Norway has its principal office at Trondheim, with branches at Christiania, Bergen, and Christiansand. The notes for 24 skillings, 60 skillings, and 1 species-dollar, are printed on white paper; those for 5 species-dollars on blue paper; those for 10 species-dollars on yellow paper; and those for 50 species-dollars on green paper.

There are no gold coins, and although silver dollars, half dollars, &c., are in circulation, yet for all sums above 24 skillings (about 10½d sterling), the value of the lowest bank note, paper money is in general use. The *skillemynt*, or small money, consists of silver pieces of 4 and 2 skillings, and copper coins of 1 and 2 skillings value.

The Norwegian measures and weights are the same as those of Denmark. Deals are generally shipped by the hundred of 120 pieces, each 12 Imp. feet long, 3 inches thick, and 9 inches broad; the contents being 270 Imp. cubic feet.

NOVA SCOTIA.

HALIFAX.

Accounts are stated in pounds, shillings, and pence, currency, which was formerly the same as the *Halifax currency* explained under the head CANADA; but by a later law the British shilling is made equal to 1s. 3d. currency, and 16 British shillings to 20 shillings currency. The new rule, therefore, to reduce currency into British money is to deduct a fifth, and to reduce British money into currency, to add a fourth. A premium on this assumed par, however, has in general to be paid for bills on London, as British silver is overvalued under the new law.

Paper money is issued by the provincial treasury; and by the Nova Scotia Incorporated Banking Company and some other banks. The treasury notes are chiefly for £1 currency; but the banks are prohibited from issuing any under £5 currency. The bank notes are payable in silver on demand; the treasury notes, however, are inconvertible, and are generally at a discount in the adjoining provinces, though their credit is sustained in Nova Scotia by their being receivable at par in payment of provincial duties.

The measures and weights are the same as those of Britain.

OLDENBURG.

Accounts are stated in rixdollars of 72 groots, as in BREMEN.

The foot of 12 inches = 11.65 Imp. inches; the ell = 22.76 Imp. inches. The ohm of 4 ankers, or 104 kannes =

36.62 Imp. gallons; and 1¼ ohm = 1 oxhoft. The last of 12 malters, 18 tonnes, or 144 scheffels, = 80.69 Imp. bushels. The weights are the same as those of PRUSSIA.

PARMA.

Accounts are stated in lire of 20 soldi, each of 12 denari; and as 81 lire = 20 French francs, the lira of Parma=2½d. The Sardinian system is also used.

The silk braccio = 23.40 Imp. inches; the cloth braccio = 25.35 Imp. inches; the surveyors' braccio, called *braccio di legno*, of 12 inches, = 21.34 Imp. inches; and the perch = 6 bracci. The biolca, land measure, of 6 tari, 72 tavole, or 288 square perches, = ¾ Imp. acre nearly. The stajo, grain measure, of 16 quarterole, = 1.413 Imp. bushel. The rubbio of 25 pounds, each of 12 ounces, = 18.080 lbs. avoirdupois.

PENANG.

(See MALACCA and SINGAPORE.)

PERSIA.

The common integer of account is the toman, an imaginary money, divided into 8 reals, 10 sahib-karauns, 20 panabats, 50 abassis, 100 mamoodis, 200 shahies, or 10,000 altens; in some places accounts are kept in piastres of 4 shahies or 40 paras. 50 piastres = 1 toman of account = 10s. sterling. The *purse* is 50 tomans, about £25.

The Persian coins are too variable to admit of being reduced to any certain or uniform standards; the principal are,—in gold, the mahomet-shahie, worth about 10s. 6d., and the bijaclie 9s.; in silver, the sahib-karaun, and the panabat; gold tomans and silver rupees of different values also circulate near the seacoast. A variety of foreign coins are, besides, in circulation, chiefly ducats, Spanish and German dollars, and Russian rubles, or manêts; the latter current only in the districts bordering on Turkey and Russia. Large payments are generally made by weight.

The measures and weights vary not only in different places, but also according to the purposes for which they are employed. The common cubit or guz = 25 Imp. inches; the royal guz = 37½ Imp. inches; the Tabriz archin = 44 Imp. inches. The league or *Parasang* = $\frac{1}{20}$th of a degree of the equator, or 3 Imp. miles, 3 furlongs, and 25 poles; but distances are commonly measured by the augage or fursoch, the space walked over by a horse in an hour, estimated by travellers at 4½ Imp. miles; great distances are reckoned by the day's *journey of* a caravan, about 30 miles. The artaba corn measure, of 25 capichas, 50 chenicas, or 200 sextarios, = 2 Winchester, or 1.939 Imp. bushel nearly. The principal commercial weight is the batman, of which there are innumerable varieties; the batman of Tabriz of 6 rattels, 300 derhams or 600 miscals = 6.34 lbs. avoirdupois; 2 batmans of Tabriz = 1 batman of Cherray. Gold and silver are weighed by the derham = 150 troy grains nearly; but the miscal or ½ derham of Bushire is only 71¼ troy grains, or about 3 dwts. The abas, pearl weight, = 2¼ troy grains.

PERU.

Accounts are stated in current dollars of 8 reals, which are commonly reckoned, as in BOLIVIA, in small base coins of the standard of 8 dwts. or ⅔ds fine, being about 26 per cent. inferior to the national hard dollar, the standard of which is 10 dwts. 20 grains, and value 4s. 3d. sterling. Of $334,764, the amount of coins issued from the mint of Cuzco in 1837, $207,077 were in coins of the depreciated standard; and although an ordinance was issued on 3d February 1838, prohibiting the issue of any coins other than of the national standard of 10 dwts. 20 grains, and directing that of each issue five parts should consist of hard dollars, this regulation is not believed to have been carried into full effect. (See Mexico.)

Measures and weights same as SPAIN.

PHILIPPINE ISLANDS.

MANILLA.

Accounts are stated in Spanish dollars, or pesos, divided into 100 cents, or into 8 reals, each of 1[illegible] quartellos.

Measures and weights same as SPAIN. The Chinese pecul is also employed.

POLAND.

Accounts are stated in florins (*zlots*) of 30 gros, each of 10 fen. The Polish florin, being valued at the rate of 84 to the Cologne mark of fine silver, is equal 5⅜d., but is commonly estimated at 6d. Accounts are also kept in rubles.

The modern coins are:—Gold pieces of 50 and 25 florins:—Silver pieces of 10, 5, 2, and 1 florin, and 10 and 5 gros:—Copper pieces of 3, 2, and 1 gros. RUSSIAN money is also used.

Usance is 14 days' sight.

The ell or lokci of 2 feet or 24 inches = 22.68 Imp. inches, and 100 ells = 63 Imp. yards; the mile, 20 to the degree, = 6076 Imp. yards. The morgen, or acre of 300 perches, = 1.384 Imp. acre; and 30 morgens = 1 wloka. The garniec, liquid measure, of 4 kwartas, or

16 kwaterkas. = 4 French litres, or 3½ Imp. quarts nearly; and 100 garniecs, = 88 Imp. gallons: the beczka is 25 garniecs. The Warsaw korsec, corn measure, of 4 cwiercs, 32 garniecs, or 128 quartas, = 3.52 Imp. bushels; and 100 korsecs = 44.02 Imp. quarters. The pound of 16 ounces, 32 loths, or 128 drachms, = 6259 troy grains; and 100 Polish lbs. = 89.41 lbs. avoirdupois; the stone is 32, and the centner 160 Polish lbs. Bullion is weighed by the Warsaw mark = 3118 troy grains; but coins by the Cologne mark.

PONDICHERRY.

Accounts are stated in this French settlement in India in rupees, valued by M. Doursther (*Dictionnaire Universel des Poids et Mesures*) at 2f. 40c., or 1s. 10½d. sterling. (See INDIA.)

The covid = 18 Imp. inches. The garse of 600 mercals = 108 Winchester, or 104.70 Imp. bushels. The maund of 8 vis = 25 lbs., 14 oz., 7 drams avoirdupois; and 20 maunds = 1 candy = 518.05 lbs. avoirdupois.

PORTUGAL.

Accounts are stated in reis or reas; and 1000 reas are termed a milrea, which in accounts is denoted thus, 1$000. The milrea, valued from the new crusado = 56d. sterling. 400 reas = 1 crusado of exchange; and a million of reas (1000$000) are termed a *conto*, equal about £233, 6s. 8d.

The chief coins are:—In gold, the dobraon of 12800 reas (now 15000 reas); the half-dabraon, or johanese of 6400 reas; the half-johanese of 3200 reas; the escudo of 1600 reas; the half-escudo of 800 reas; and the crusado velho of 400 reas; which are all minted at the rate of 8 dobraons to the Portuguese mark, nominally 22 carats fine, but seldom above 21½ carats:—In silver, the new crusado of 480 reas, and ½, ¼, and ⅛ crusados; the piece of 6 vintems, or 120 reas; the testoon of 5 vintems, or 100 reas; and pieces of 3 and 2½ vintems:—In copper, pieces of 40, 10, 5, 3, and 1½ reas. In 1835, there were besides introduced a gold crown of 5000 reas = 23s. 11½d. sterling, and a silver crown or milrea = 56⅔d. sterling.

Usance of bills, from London, 30 days' sight; from Spain, 15 days' sight; from France, 60 days' date; from Holland and Germany, 2 months' date; and from Italy, 3 months' date. Days of grace: on inland bills, 15; on foreign bills, when accepted, 6, but when not accepted, they must be either paid or protested when due.

The palmo (*craveiro*), of 8 inches = 8.62 Imp. inches; the pe or foot = 1½ palmo; the vara = 5 palmos = 43.11 Imp. inches; the covado, nominally equal 3 palmos, is commonly 24⅝ Portuguese inches, or 26.67 Imp. inches; the braça is 10 palmos. The Portuguese league (18 to the degree) of 3 miles = 6759 Imp. yards, or 3 Imp. miles 6⅝ furlongs nearly. The geira, land measure, = 4840 square varas; 7 geiras = 10 Imp. acres nearly. The Lisbon almude, liquid measure, of 2 pots, 12 canadas, or 48 quartilhos, = 3.64 Imp. gallons; the baril is 18, the pipe 26, and the tonelada 52 almudes. The moyo, dry measure, of 15 fanegas, 60 Lisbon alquieres, or 240 quartos = 22.39 Imp. bushels; and 100 Lisbon alquieres = 37.32 Imp. bushels. The arroba of 32 arratels or pounds (each of 2 marks, or 16 ounces) = 32.38 lbs. avoirdupois; and 100 Portuguese lbs. = 101.18 lbs. avoirdupois; the quintal is 4 arrobas, and the tonelada is 54 arrobas. The apothecaries' pound is 1½ mark. French measures are now much used.

Gold and silver are weighed by the mark of 8 ounces or 4608 grains = 3541⅓ troy grains. The fineness of gold is expressed by dividing the mark fine or other weight into 24 quilates or carats, each of 4 grains; and the fineness of silver, by dividing the mark fine into 12 dinheiros, each of 24 grains. Gold, 22 carats fine, is sold at the fixed rate of 96 milreas per mark; and silver, 11 dinheiros fine, at the fixed rate of 6 milreas per mark; the variations of price upon each being made by a premium per cent.

At *Oporto* the almude = 5.61 Imp. gallons; and the alquiere = 0.465 Imp. bushel, or 100 Oporto alquieres = 46.50 Imp. bushels.

PRUSSIA.

Accounts are stated in thalers or dollars of 30 silver groschen, each of 12 pfennings, Prussian currency. The Prussian dollar, being estimated at the rate of 14 to the Cologne mark of fine silver, is equal 2s. 10¾d. sterling; and 6 Prussian dollars, 27 silver groschen equal £1. The Currency Treaty of 1857 (p. 186) introduced no appreciable alteration.

The coins are:—In gold; double, single, and half Fredericks, of the nominal value of 10, 5, and 2½ dollars, but bearing generally an agio of 15 per cent. above currency; these are minted at the rate of 35 to the Cologne mark 65-72ds. fine: In silver; dollars minted at the rate of 10½ to the Cologne mark, ¾ths fine; also ½, ⅓, and ⅙ dollars, and base pieces for 1 and for ½ groschen.

—In copper: 4, 3, 2, and 1 pfenning pieces. (See SUPPLEMENT, p. 186.)

The Prussian State Bank issues paper money, which circulates on a par with silver: it has offices at Berlin, Konigsberg, Elbing, Dantzic, Stettin, Frankfort on the Oder, Breslau, Magdeburg, Munster, and Cologne.

The usance of bills on Berlin, Dantzic, &c., is 14 days' sight; days of grace 3.

The Prussian or Rhineland foot of 12 inches = 12.356 Imp. inches; the ell of 25½ Prussian inches = 26.26 Imp. inches, and 100 ells = 72.94 Imp. yards; the fathom is 6, and the ruthe or perch 12 feet. The mile of 2000 perches = 8237 Imp. yards. The morgen or acre of 180 square perches = 3054 Imp. sq. yards, or 2 Imp. roods 21 poles nearly; and the hufe is 30 morgen. The ohm, liquid measure, of 2 eimers, 4 ankers, or 120 quarts = 30.23 Imp. gallons: the oxhoft is 3 eimers; and the tun, beer measure, is 100 quarts, or 25.19 Imp. gallons. The scheffel, corn measure, of 16 metzen, or 48 quarts, = 1.512 Imp. bushel, or 5¼ scheffels = 1 Imp. quarter nearly; and 100 scheffels = 18.89 Imp. quarters. The pound of (2 Cologne marks) 32 loths, or 128 quintins, = 7218¾ troy grains: and 100 Prussian lbs. = 103.12 lbs. avoirdupois: the centner or quintal is 110 Prussian lbs. = 113.44, or about 113½ lbs. avoirdupois; and the ship-last = 4000 Prussian lbs. The apothecaries' pound is ⅜ds of the commercial pound.

Gold and silver are weighed by the mark = 233.8555 Fr. grammes = 3609¼ troy grains; and their fineness is expressed in the manner explained under the head GERMANY. The prices of both metals are usually stated in Prussian dollars per mark fine.

The following old measures are still partially in use:

Berlin.—The ell = 26.25 Imp. inches; the ohm of 2 eimers, 4 ankers, or 128 quarts, = 32.97 Imp. gallons; the last of wheat of 3 wispels, or 72 scheffels, = 103.54 Imp. bushels; and the last of oats of 2 wispels = 69.02 Imp. bushels; the centner of 110 lbs. = 113.63 lbs. avoirdupois.

Dantzic.—The ell of 2 feet = 22.6 Imp. inches; the ohm of 2 eimers, or 128 quarts, = 32.97 Imp. gallons; the last of 3¾ malters, 60 scheffels, or 240 viertels, = 90.24 Imp. bushels. A last of timber is 80 cubic feet; and a last of pipe staves is 4 schocks or 240.

Konigsberg.—100 old Prussian ells = 63 Imp. yards nearly. The stof = 0.315 Imp. gallon. The last of 60 old, or 56¼ new Prussian scheffels, = 85.43 Imp. bushels.

PRUSSO-GERMAN LEAGUE, or ZOLL-VEREIN.

Members of the League.

Anhalt Bernbourg; Anhalt Cothen; Anhalt Dessau; Baden; Bavaria; Brunswick, Birkenfield (in Oldenburg); Frankfort; Hesse Cassel; Hesse Darmstadt; Hesse Homburg; Hohenzollern Hechingen; Hohenzollern Sigmaringen; Nassau; Prussia; Principalities of Reuss; Saxony; Saxe Altenburg; Saxe Coburg-Gotha; Saxe Meiningen; Saxe Weimar; Schwarzburg Rudolstadt; Schwarzburg Sondershausen; Waldeck (exclusive of Pyrmont); Wurtemberg. Luxemburg.

By Treaty of January 24, 1857, the three monetary units of the German States are adjusted so that 2 North German or Prussian dollars = 3 Austrian florins = 3½ South German or Rhenish florins = 1 Union two-dollar piece = 5s. 9.517d., or 5s. 9½d. ster. Hence,
1 N. German doll. = 34.758d. or 2s. 10¾d.
1 Austrian florin = 23.172d. or 1s. 11⅛d.
1 S. German florin = 19.862d. or 1s. 7⅞d.
The gold Union crown = 27s. 3¾d.

The weight adopted by the League as the basis of their tariff, is the centner or hundred-weight of the duchy of Baden, which is divided into 100 pounds, each equal to the livre usuelle, or ½ kilogramme of France. The Zoll-centner of 100 lbs. is therefore equal 110.243, or very nearly 110¼ avoirdupois lbs.; and 100 avoirdupois lbs. = 90.708, or nearly 90¾ Zoll-pounds. Also 65 Zoll-centners = 64 avoirdupois hundredweights. The Z. lb. contains 30 loths.

The following equations are given in the tariff:—

Zoll-pounds.	
935.422	= 1000 Prussian lbs.
1120	= 1000 Bavarian lbs.
2000	= 1000 Kilogrammes.
935.456	= 1000 Wurtemberg lbs.
933.673	= 1000 Saxon (Dresden) lbs.

Or,

14 = 15 Prussian lbs.
28 = 25 Bavarian lbs.
2 = 1 Kilogramme.
14 = 15 Wurtemberg lbs.
14 = 15 Saxon (Dresden) lbs.

Also,

Zoll centners.	
36	= 35 Prussian centners of 110 lbs.
28	= 25 Bavarian centners of 100 lbs.
2	= 1 quintal of 100 kilogrammes.
36	= 37 Wurtemberg centners of 104 lbs.
36	= 35 Saxon (Dresden) centners of 110 lbs.

ROMAN STATES.

Accounts are stated in crowns (termed *scudi Romani*), divided into 10 paoli, or 100 bajocchi. The value of the crown is 4s. 2½d. sterling,—the par of exchange with London being estimated at 47½ paoli or pauls per £1. The paolo is thus worth 5d., and the bajoccho ½d. sterling.

Bankers' accounts are kept in pauls.

The principal coins are the gold doppia = 13s.8d.; and 10 scudi piece = 42s.8d.; the silver crown, half-crown, and pieces for ½, 1, 2, and 3 pauls; also in base silver, pieces for 2, 4, 7½, and 15 bajocchi,—the two last being termed single and double carlini; and in copper bajocchi, halves, and quarters. The old Louis d'or is current at Rome for 44 pauls, the Napoleon for 37 pauls, and the Spanish dollar for 10 pauls.

The notes or *cédole* for 5, 10, 20, 25, and 100 crowns, issued by the *Banco dello Spirito Santo*, and *Monte di Pietà*, are employed in the payment of sums exceeding 5 crowns. These notes are made payable to the bearer; and they are a legal tender, though in general they are subject to a discount of 3 to 4 per cent.

Bills on London are commonly drawn at 90 days' date. No days of grace.

The Roman foot = 11.72 Imp. inches; the mercantile canna of 8 palmi = 78.35 Imp. inches; the builders' canna of 10 palmi = 87.96 Imp. inches. The Roman mile = 1628 Imp. yards, or 7⅜ furlongs. The wine barile of 32 boccali, or 128 fogliette, = 12.84 Imp. gallons; and 16 barili = 1 botte: the soma of oil of 80 boccali = 36.14 Imp. gallons; and the oil barile is 28 boccali, or 12.65 Imp. gallons. The rubbio of corn of 4 quarte, 22 scorzi, or 88 quartucci, = 8.10 Imp. bushels. The Roman pound of 12 once, 288 denari, or 6912 grani, = 5234 troy grains; and the quintal of 10 decine, or 100 Roman lbs., = 74.77 lbs. avoirdupois. The apothecaries' pound, and that used for gold and silver, are of the same weight as the commercial pound.

In *Ancona* the braccio = 25.33 Imp. inches; the wine soma of 2 barili, or 24 boccali, = 18.90 Imp. gallons; the rubbio of corn of 8 coppe = 7.87 Imp. bushels; and 100 Ancona lbs. = 73.75 lbs. avoirdupois.

In *Bologna*, the foot = 15 Imp. inches nearly; the woollen braccio or ell = 25, and the silk braccio = 23.46 Imp. inches; the corba, wine measure, of 60 boccali = 16.24 Imp. gallons; the corba, corn measure, of 2 staja = 2.03 Imp. bushels; and 100 Bologna lbs. = 79.80 lbs. avoirdupois.

RUSSIA.

The integer of account is the silver ruble, which is divided into 100 copecs, and equal in value to 3s. 1½d. sterling; or R°. 6, cop. 40, = £1. Formerly accounts were kept in paper or bank rubles similarly divided; but this practice was abolished by an Imperial ukase in 1839, which established the silver ruble as the only legal measure of value throughout the empire. This ukase fixed the exchange of paper into specie at the rate of 350 copecs in paper, for 100 copecs in silver; making the bank ruble worth 10¾d. sterling. It is still used in South Russia.

The coins are,—In gold; Imperials of 10 rubles, half-Imperials of 5 rubles, double ducats, and ducats; the only gold coin minted at present is the half-Imperial, weight 97½ troy grains, fineness 88 zolotniks, or 11/12ths, and value 16s. 1¾d. sterling: In platina; pieces of 12, 6, and 3 rubles: In silver; rubles, poltins or ½ rubles, polpoltins or ¼ rubles, double-grive of 20 copecs, single-grive of 10 copecs, and pieces of 15 and 5 copecs; these are minted at the rate of 22⅔ rubles of the fineness of 83⅓ zolotniks, from the Russian pound of fine silver: In copper; pieces of 2, 1, and ½ copecs.

The gold coins are directed, by the ukase of 1839, to be received and paid in all government offices, with an agio of 3 per cent. Thus, the half-Imperial of 5 rubles is reckoned at 5 rubles 15 copecs in silver.

The paper money consists of state credit notes for 1 silver ruble and upwards, which, since Nov. 1, 1843, have been circulated instead of the depreciated assignats (each = 10¾d.) of the Imperial Bank. These notes are under the guaranty of the state domains; and to secure their convertibility, specie amounting to not less than ⅙th of their circulation is vested in a public board.

Days of grace, 10 for bills after date, and 3 for bills after sight. The Julian Kalendar, or *Old Style* is still used throughout the empire.

The British or Imperial foot and inch are in use; also the Dutch or Rhineland foot, inch, and palm; the Russian foot = 13.75 Imp. inches; the Moscow foot = 13.17 Imp. inches; the archine, cloth measure, of 16 verchoks = 28 Imp. inches, and 100 archines = 77.77 Imp. yards; the sagene or fathom is 3 archines, or 7 Imp. feet. The verste or mile of 500 sagenes, or 1500 archines, = 3500 Imp. feet, = 5 Imp. furlongs, 12 poles, and 2 feet; and 104 verstes = 1 degree of the meridian nearly.

The deciatine, land measure, of 2400

square sagenes = 2 Imp. acres, 2 roods, 32 perches nearly.

The vedro, liquid measure, of 100 tcharkeys = 2.70 Imp. gallons, and 100 vedros = 270.45 Imp. gallons: the anker contains 2 stekars or 3 vedros, and the oxhoft contains 6 ankers.

The tchetvert, or chetwert, corn measure, of 2 osmines, 4 payaks, 8 tchetveriks, 32 tchetvertkas, or 64 garnietz, = 5.77 Imp. bushels, and 100 tchetverts = 72.13 Imp. quarters, though at St Petersburg sometimes reckoned at 70½: the last is 16 chetwerts.

The pound of 32 loths, 96 zolotniks, or 6528 grains, = 6318½ troy grains, and 100 Russian lbs. = 90.26 lbs. avoirdupois; the pood of 40 Russian lbs. = 36 lbs., 1 oz., 11 drams avoirdupois, but commonly estimated at 36 lbs. only; and 10 poods = 1 berkovetz: the Nuremberg pound, used by apothecaries, = 5527 troy grains: the Dutch carat, used in weighing precious stones, = 3⅛ troy grains nearly.

Gold and silver are weighed with the Russian pound, as above; and their fineness is expressed in zolotniks and dolis; the pound or other weight being divided into 96 zolotniks, and the zolotnik into 96 dolis.

The preceding are the official measures and weights of Russia, and they are in general use throughout the empire, excepting in the recently acquired possessions, and in a few places where old systems continue to be partially employed: Of the latter the chief are the following:—

Libau.—100 ells = 66.75 Imp. yards. The oxhoft is 3 viertels, 6 ankers, or 180 stofs; and 100 stofs = 28.92 Imp. gallons. The last of oats is 60 lofs; the last of wheat, barley, &c., 48 lofs; and 100 lofs = 23¾ Imp. quarters: a tun of linseed is 2 lofs. The shippond is 20 lisponds, or 400 lbs.; and 100 lbs. of Libau = 92.13 lbs. avoirdupois.

Revel.—100 ells = 58.62 Imp. yards. The ahm is 4 ankers, or 130 stoofs; and 100 stoofs = 28.64 Imp. gallons. The last of corn is 24 tonnen; and 100 tonnen = 40.67 Imp. quarters. The tonne is 2 centners, 12 lisponds, or 240 lbs.; and 100 lbs. of Revel = 95.03 lbs. avoirdupois.

Riga.—100 ells, each of 2 feet, = 59.95 Imp. yards; and 13 ells = 10 Russian archines nearly. The hogshead is 6 ankers, 30 viertels, or 180 stoofs; and 100 stoofs = 28.68 Imp. gallons. The last of oats is 60 loofs; the last of wheat, barley, and linseed is 48 loofs; the last of rye is 45 loofs; and 100 loofs = 23.45 Imp. quarters, or 33½ tchetverts nearly. The shippond is 20 lisponds, or 400 lbs.; and 100 lbs. of Riga = 92.16 lbs. avoirdupois; or 39 Riga lbs. = 1 Russian pood nearly. The mark = 3226 troy grains.

The measures and weights of POLAND are described separately: those of SWEDEN are still used in Finland.

SARDINIA (*Kingdom of*).

TURIN.

Accounts are stated in Italian livres, (or *lire nuove*) of 100 centesimi. The lira nuova is a silver coin equal in value to the French franc, or 9½d. sterling. The other coins, since 1827, have also been similar to those of France. (See GENOA.)

The raso or ell = 23.60 Imp. inches, and 100 rasi = 65.55 Imp. yards; the trabucco of 6 feet, *di liprando*, each of 12 inches, or 9 ordinary feet each of 8 inches, = 10.11 Imp. feet. The mile of 800 trabucchi = 2697 Imp. yards; and the Piedmontese mile = 2771 Imp. yards. The giornate of 100 tavole, or 400 square trabucchi, = 3¾ Imp. roods nearly. The wine rubbio of 6 pints, or 12 boccali, = 2.07 Imp. gallons; and the brenta of 6 rubbi = 12.41 Imp. gallons: the carro of oil is 10 brente. The corn sacco of 3 staje, 6 mine, 12 quartieri, or 48 copelli, = 3.17 Imp. bushels. The pound of Turin of 1½ mark, or 12 ounces, = 5693 troy grains; the rubbio is 25 lbs.; and 4 rubbi, or 100 lbs. of Turin, = 81.33 lbs. avoirdupois. Gold and silver are weighed with the mark, = 3795 troy grains.

In *Nice* the ell = 46.77 Imp. inches; the trabuc of 12 pans = 10.29 Imp. feet; the charge, liquid measure, of 12 rubbi, or 120 pints, = 20.75 Imp. gallons; the charge, corn measure, of 4 setiers, 8 emines, or 16 quartiers, = 4.40 Imp. bushels; the quintal of 6 rubbi or 150 lbs. = 103.14 lbs. avoirdupois.

CAGLIARI.

Accounts are stated in lire of 4 reali, or 20 soldi; and 10 reali, or 2½ lire, = 1 scudo, worth about 3s. 7½d. sterling.

The raso or ell equal 21.63, the palmo of Sardinia 9.78, and the palmo of Cagliari 7.98 Imp. inches. The restiere, corn measure, of 3 starelli, or 48 imbuti, = 4.04 Imp. bushels. The pound of 12 ounces = 6125 troy grains; and the cantaro of 4 rubbi, or 104 lbs., = 91 lbs. avoirdupois.

The French system is also now used.

SAXONY.

Accounts were formerly stated in rixdollars of 24 groschen, each of 12 pfennings. The Saxon rixdollar of account, being valued according to the Convention (or 20 *gulden-fuss*) rate, was worth

2s. 0½d. sterling; and 6 rixdollars 13⅓ groschen = £1. (See SUPP., p. 186).

The money standard of PRUSSIA is now, however, in common use.

Usance is 14 days' sight. No days of grace are allowed.

The Dresden ell of 2 feet, or 24 inches, = 22.30 Imp. inches, and 100 ells = 61.96 Imp. yards; the ruthe or perch is 16 Dresden feet, but the surveyors' perch is only 10 feet. The Saxon or police mile of 2000 ruthes, or 3200 Dresden feet = 9914 Imp. yards. The square ruthe or perch is 230$\frac{1}{16}$ Leipzig square feet = 197½ Imp. square feet nearly; and the morgen or acre of 300 of such square perches, = 1 Imp. acre, 1 rood, 18 poles. The Dresden eimer, liquid measure, of 72 Dresden, or 48 visir-kannes, = 14.84 Imp. gallons; the ahm is 2, the oxhoft 3, the fass 5, and the fuder 12 eimers. The Dresden corn scheffel of 4 viertels, or 16 metzen, = 2.859 Imp. bushels; and the wispel of 2 malters, or 24 scheffels, = 8.58 Imp. quarters; the last of wheat or rye contains 6 wispels; the last of barley or oats, 2 wispels. The Dresden pound of 2 marks, 16 ounces, 32 loths, 128 quents, 512 pfennings, or 1024 hellers, = 7205 troy grains; the centner of 110 lbs. = 113.23 lbs. avoirdupois. The Dresden mark = 3602½ troy grains.

Leipzig.—The ell of 2 feet, each of 12 ordinary, or 10 decimal inches, = 22.24 Imp. inches; 100 ells = 61.79 Imp. yards; and 1 schock of 60 Leipzig ells = 37 Imp. yards; the ruthe or perch is 15½ Leipzig feet. The eimer, liquid measure, of 54 visir-kannes, or 63 Leipzig kannes, = 16.69 Imp. gallons. The old Leipzig corn scheffel = 3.812 Imp. bushels; and 3 old Leipzig corn scheffels = 4 Dresden scheffels: the Dresden scheffel is now the general standard. The pound of 32 loths = 7211 troy grains, and the centner of 5 stones, or 110 lbs. = 113.32 lbs. avoirdupois: the waag is 44 lbs.

Three great fairs are held annually at Leipzig; namely, *New Year's Fair*, which begins on the 1st of January, or on the 2d, if the 1st should fall on a Sunday; *Easter*, or *Jubilate Fair*, which begins on the third Sunday after Easter; and *Michaelmas Fair*, which begins on the Sunday after Michaelmas.

SIAM.

BANKOK.

The circulating medium is stated by Mr Crawfurd (*Embassy to Siam, &c.*), to consist only of silver, and cowrie shells. The general coin is the bat or tical of 4 salungs, 8 fuangs, 16 song-p'hais, 32 p'hai-nungs, or 6400 cowries. The tical weighs 236 troy grains, and is commonly valued at 2s. 6d. sterling; but its standard is uncertain. The catty of 80 ticals, and the pecul of 100 catties, are used only to denote large sums.

The fathom of 4 cubits, or 8 spans, = 6½ feet; 20 fathoms = 1 sen; and 100 sen = 1 yuta. The sen is also a square measure of 20 fathoms to the side. Gold and silver are weighed by small weights having the same denominations as the coins. The ordinary measure is the catty = 2⅔ lbs. avoirdupois, being double the Chinese catty. The pecul contains 50 catties, and is thus equal to the Chinese. In weighing rice and salt a large measure is used, consisting of 22 peculs to the former and 25 to the latter: rice is also measured by the basket, 100 of which are equivalent to the large measure above mentioned.

SICILY.

Accounts are stated in oncie of 30 tari or 600 grani; also in ducats of 100 grani, each of 10 piccioli or cavalli, as in NAPLES. The oncia = 3 Neapolitan ducats (valued in gold), = 10s. 3½d. sterling; and 58 tari 6 grani = £1.

The Sicilian dollar or scudo of 2 florini, 12 tari, 24 carlini, 180 ponti, or 240 grani, is worth 3s. 11½d. sterling. The Sicilian tari and carlini are thus of only one-half the value of the same denominations in Naples.

Since 1818 the coinage of Sicily has been the same as that of Naples.

Bills on London are commonly drawn at 3 months' date. No days of grace are allowed in Sicily.

The canna of 8 palmi or 96 inches = 76.47 Imp inches; and 100 canne = 212.42 Imp. yards. The tonna, wine measure, of 4 barili, 8 quartare, or 160 quartucci, = 31.24 Imp. gallons: the pipe is 12 barrels. The salma generale, corn measure, of 4 bisaccie, 16 tomoli, or 64 mondelli, = 11¼ staja Leghorn measure = 7.61 Imp. bushels; the salma grossa, similarly divided, = 14 staja, Leghorn measure, = 9.47 Imp. bushels. The cantaro grosso of 100 rottoli grossi, each of 33 ounces, = 192.53 lbs. avoirdupois; the cantaro sottile of 100 rottoli sottili, each of 30 ounces, = 175.03 lbs. avoirdupois: the pound of 12 ounces = 4901 troy grains; and 100 Sicilian lbs. of 12 ounces = 70.01 lbs. avoirdupois. The weight and fineness of the precious metals are expressed in the same manner as in NAPLES.

The Sicilian ship ton = 5 Sicilian salmes = 94 cubic French feet (*pieds de Roi*).

In *Messina*, oil is sold by the caffiso = 2.58 Imp. gallons, and reckoned by weight at 12½ rottoli grossi, or about 24 lbs. avoirdupois: in *Palermo* it is sold by the cantaro grosso.

SIERRA LEONE.

(See GUINEA and SENEGAMBIA.)

SINGAPORE.

In this British settlement in the Straits of Malacca, accounts are stated in Spanish dollars divided into 100 cents; also in rupees, annas, and pice, as in INDIA.

Bills are commonly drawn on London at 6 months' sight; and on Calcutta, Bombay, Madras, Batavia, and Canton, at 30 days' sight.

The covid, cloth measure, = 18 Imp. inches. The gantang of 2 bamboos, by which liquids, grain, and fruit, are sometimes sold, = 1¼ English gallon, or 1.04 Imp. gallon. The common weight is the Chinese pecul of 100 catties, or 1600 taels, = 133⅓ lbs. avoirdupois. Salt, rice (from Siam and the Malayan Archipelago), and sago, are sold by the koyan of 40 peculs. Bengal rice and corn are sold by the bag containing 2 Bengal maunds, or $164\frac{4}{7}$ lbs. avoirdupois. Piece goods are sold by the corge or score. The gold and silver weight is the buncal, which weighs 2 dollars, or 832 troy grains. British measures and weights are generally employed in the sale of European commodities.

SPAIN.

Accounts are generally stated in reals of 34 maravedis *vellon* or 100 centavos; and 20 *reales de vellon* = 1 duro or hard dollar. The real of vellon, the most common coin in Spain, consists of a base mixture of silver and copper, and is worth 2½d. sterling. The real of plate, or more properly of old plate (*plata antigua*), a nominal standard employed until lately in exchanges, was estimated according to the silver coinage prior to 1686, and was worth 4¼d. sterling. There are, however, a variety of other reals, and as the Spanish monies are the subject of much confusion, it may be here observed, that when the term *real* is used alone, the real of vellon is always to be understood. There are also different kinds of plate money, but the simple term *plate* is to be understood as always denoting old plate.

Exchange with London is stated in dollars valued at par at 48 pence sterling, from 100 reals vellon being reckoned = £1.

Coins: In gold; the quadruple pistole, or doubloon of 8 escudos d'oro, = 320 reals vellon, or 16 hard dollars; the doubloon of 4 escudos = 160 reals vellon; the common doubloon or pistole = 80 reals vellon; the escudo d'oro = 40 reals vellon; the coronilla or gold dollar = 20 reals vellon:—In silver; the hard dollar = 20 reals vellon; the half-dollar or escudo vellon = 10 reals vellon; also the ¼ dollar, or Mexican peseta; the ⅕ dollar, or Provincial peseta; the ⅛ dollar, or real of Mexican plate; the $\frac{1}{10}$ dollar, or real of Provincial plate; the $\frac{1}{16}$ dollar, or half-real of Mexican plate; and the $\frac{1}{20}$ dollar, or real vellon:—In copper; double quartos of 8 maravedis vellon; quartos; ochavos, or new maravedis of plate; maravedis of vellon.

Since 1786 the Castilian mark weight of gold, 21 carats fine, has been coined into 8½ doubloons of 8 escudos, 17 doubloons of 4 escudos, 34 common doubloons, or 68 escudos. The same weight of silver, since 1772, has been coined into 8½ hard dollars, 17 half-dollars, 34 pesetas, or 68 reals of Mexican plate,—the fineness or standard of the dollars and half-dollars being 10¾ dineros, and of the pesetas and reals of Mexican plate, 9¾ dineros: the real vellon, and the Provincial peseta and real, are composed of base silver or billon. The remedy of the mint for the gold coins, is 24 grains per mark in the weight, and $\frac{1}{16}$th of a carat in the fineness; for the silver dollar and half-dollar, 24 grains per mark in the weight, and $\frac{1}{24}$th of a dinero in the fineness.

Hence the weight of the doubloon of 8 escudos or quadruple pistole is 417.70 troy grains; its contents in pure gold, 365.49 troy grains; and its value when of full weight, £3, 4s. 8½d.: the weight of the hard dollar, 417.70 troy grains; its contents in pure silver, 374.19 troy grains; and its full value, 4s. 2½d. But the more general values of these coins, as deduced from assays, are £3, 4s. 1d., and 4s. 2d. respectively.

The ducat, pistole, and dollar of plate (i. e. *old plate*), were monies of exchange merely, not coins. The ducat of plate = 11 reals, 1 maravedi plate, of 375 maravedis plate: the pistole of plate = 4 dollars of plate: the pistole of plate, or piastre, = 8 reals plate = 15 reals, 2 maravedis vellon, or 512 maravedis vellon. The peso duro or hard dollar = 20 reals vellon = 10⅝ reals plate: hence 32 reals vellon = 17 reals plate; 64 hard dollars = 85 dollars of plate; and 4 maravedis vellon = 1 quarto of plate.

In 1848, new regulations were introduced under which a gold piece of 100 reals vellon, called the doubloon of Isabella, was issued, weighing 8.336 grammes, $\frac{9}{10}$ths fine, = 25 fr. 84 c., or 20s. 6d. sterling.

Measures and Weights.

In 1848 also the French metrical system was adopted, and made obligatory in 1861; but the following is the proper Spanish system:—

The (Burgos) foot of 12 pulgados or 16 dedos, = 11.128 Imp. inches; the vara, or Castile ell, of 3 feet, or 4 palmos, = 33.38 Imp. inches; and 100 varas = 92.73 Imp. yards; the codo, for measuring timber and masts, is ⅔ds of the vara, or 2 feet, and consists of 8 palmos de Ribeira; the estada, braza, toesa, or fathom, is 6 feet; the cuerda is 33 palmos de vara, or 99 palmos de Ribeira; the estadale is 12 feet. The Castilian or juridical league of 5000 varas = 4637 Imp. yards; the Spanish league of 8000 varas = 7418 Imp. yards; the marine league is $\frac{1}{20}$th of a degree.

The arançada of vineyard land = 5377⅞ square varas = 3 Imp. roods, 33 poles nearly; the fanegada of corn land is in general about 6000 square varas, or 1 Imp. acre, 10¼ poles nearly; the yugada is 50 fanegadas; and the cahizada is a vague measure of land, on which a cahiz of corn may be sown.

The cantara, or greater arroba, wine measure of 8 azumbres, or 32 quartillos, = 3.54 Imp. gallons; and 16 wine arrobas = 1 moyo = 56.64 Imp. gallons. The lesser arroba, oil measure, of 4 quartillos, or 100 quarterones, = 2.77 Imp. gallons. The botta = 30 wine arrobas = 38¼ oil arrobas = 106 Imp. gallons nearly; the pipe = 27 wine arrobas = 34¼ oil arrobas = 95¼ Imp. gallons.

The fanega corn measure of 12 celemines, or 48 quartillos, = 1.55 Imp. bushel; and 100 fanegas = 19⅜ Imp. quarters; the cahiz of 12 fanegas = 18⅞ Imp. bushels.

The pound of 2 Castilian marks, 16 ounces, 128 drachms, or 9216 grains, = 7101 troy grains; the arroba of 25 lbs. = 25.36 lbs. avoirdupois; and the quintal of 4 arrobas, or 100 lbs., = 101.44 lbs. avoirdupois.

The apothecaries' weight is the same as the above; their ounce, however, is divided into 8 drachms, 24 scruples, 48 obolos, 144 caracteres, or 576 grains.

The gold and silver weight is the Castilian mark = 3550¼ troy grains; in weighing gold it is divided into 50 castellanos, 400 tomines, or 4800 grains; and in weighing silver into 8 ounces, 64 ochavos, 128 adarmes, 384 tomines, or 4608 grains. The fineness of gold is expressed by dividing the mark or other unit of reference into 24 carats, each of 4 grains; the fineness of silver, by dividing it into 12 dineros, each of 24 grains.

The diamond ounce of 140 carats, or 560 Castilian grains, = 431½ troy grains nearly.

The preceding are the Castilian standards, which are the general or official standards of Spain. But the local variations are numerous, and sometimes perplexing, though all are falling gradually into disuse.

ALICANT.

Accounts are stated in libras of 20 sueldos, each of 12 dineros. The libra is of the same value as the dollar of *plate* (i. e. *old plate*), and equal 3s. 1½d. sterling.

The vara of 4 palmos = 29.96 Imp. inches; and 100 varas = 83.22 Imp. yards. The cantaro, liquid measure, of 8 medios, or 16 quartillos, = 2.54 Imp. gallons; and the tonelada of 2 pipes, 80 arrobas, or 100 cantaros, = 254½ Imp. gallons. The caffise, corn measure, of 12 barchillas, or 96 medios, = 6⅝ Imp. bushels. The arroba of 24 great pounds of 18 ounces, or 36 small pounds of 12 ounces, = 27.39 lbs. avoirdupois: the quintal consists of 4, and the carga of 10 arrobas.

BARCELONA.

Accounts are stated in the province of Catalonia in libras of 20 sueldos, each of 12 dineros; and as 7 libras of Catalonia = 5 dollars of old plate, the libra = 2s. 3d. sterling. The real of Catalonian plate consists of 3 sueldos; hence 6⅔ Catalonian reals = 1 libra.

15 Catalonian libras = 8 hard dollars; and 3 Catalonian libras = 32 reals vellon.

The cana of 2 varas, 8 palmos, or 32 quarteros, = 62.25 Imp. inches; the vara = 31.12 inches, and 100 varas = 86.46 Imp. yards. The carga, wine and brandy measure, is divided into 16 cortanes, also into 12 arrobas, 24 cortarines, 32 quarteros, 72 meitadellas, or 128 quartillos; the carga = 27¼ Imp. gallons; and 4 cargas = 1 pipe: the oil carga is divided into 11 arrobas, 30 cortanes, or 120 quartos. The salma, corn measure, of 4 quarteras, or 48 cortanes, = 7.53 Imp. bushels: the carga of corn is 2½ quarteras, or 30 cortanes. The arroba of 26 pounds each of 12 ounces, = 21.37 lbs. avoirdupois; 4 arrobas = 1 quintal.

BILBAO.

Accounts are stated in reals, each of 34 maravedis *vellon*.

The fanega, corn measure, of 12 celemines, = 1.65 Imp. bushel, being about 6 per cent. larger than that of Castile. The quintal of 100 lbs. = 108 lbs. avoirdupois; but the quintal *macho*, used in weighing iron, consists of 146 lbs., and is equal 157⅞ lbs. avoirdupois. In other respects same as Castile.

MALAGA.

Accounts are stated in reals each of 34 maravedis *vellon*.

The cantara or arroba, liquid measure, of 8 azumbres or 32 quartillos, = 3.49 Imp. gallons; the pipe of wine contains 35 cantaras, but is reckoned at only 34, or 118¾ Imp. gallons; the bota of wine of *Pedro Ximenez* contains 53¼ cantaras. The bota of oil contains 43 Castilian arrobas. The carga of raisins weighs 7 arrobas, or 177¼ lbs. avoirdupois; a basket is half a carga. In other respects same as Castile.

VALENCIA.

Accounts are stated as in Alicant; also in reals of 24 dineros, *new plate*. The libra or dollar of old plate = 10 reals of new plate = 13⅓ reals of Valencia plate; whence the real of new plate = 3⅜d., and the real of Valentian plate = 2¾d. sterling nearly.

The vara = 36.16 Imp. inches; and 12 Valencia varas = 13 Castilian varas. The arroba or cantaro, liquid measure, of 4 azumbres or 8 medios, = 2.59 Imp. gallons; the carga of wine = 15 arrobas; the carga of oil = 12 arrobas. The cahiz, corn measure, of 12 barcellas, or 48 celemines or almudes, = 5.65 Imp. bushels. The arroba, weight, of 24 lbs. *peso grueso*, or 36 lbs. *peso sutile*, = 28⅓ lbs. avoirdupois; 4 arrobas = 1 quintal, and 3 quintals = 1 carga.

SUMATRA.

(See Eastern Islands.)

SWEDEN.

Accounts are stated in riksdalers or crowns of 48 skillings, each of 12 rundstycken or ore.

The principal coins are the gold ducat, worth 9s. 2d. nearly; the silver species-riksdaler 4s. 4½d., and daler of 8 skillings, 8¾d.; also, in copper, the daler of 2⅔ skillings, 3d.; pieces for 1, 2, and 3 skillings; rundstycken, and half rundstycken.

Gold and silver coins, however, are now rarely used, the circulating medium being composed almost entirely of copper, and a depreciated paper money. The paper is of two kinds: *Banco*, consisting of the notes of the National Bank, is that in which merchants' accounts are generally reckoned: *Riksgald*, or government paper, is that commonly employed by shopkeepers, and in small payments. Riksgald is of only ⅔ds the value of banco; and banco (since 1835) only ⅜ths of specie: Whence 3 riksdr. silr. sp. = 8 rksdr. banco = 12 rixdr. riksgald; making the rixdaler in banco equal 1s. 7$\frac{1}{16}$d., and in riksgald 1s. 1½d. sterling. The paper money includes notes so low as 8 skillings banco, about 3½d. sterling.

The ell of 2 feet = 23.38 Imp. inches; and 100 ells = 64.94 Imp. yards; the fathom is 3, and the ruthe, 8 ells. The Swedish mile = 2250 ruthes = 11689 Imp. yards, or about 6 Imp. miles, 5 furlongs.

The tunnaland = 218⅜ square ruthes = 1.220 Imp. acre.

The kann, liquid measure, contains 2 stoops, or 8 quarters; and 100 kanns = 57.56 Imp. gallons; the anker is 15, the eimer 30, the tunna 48, the ahm 60, the oxhufvud 90, the pipe 180, and the fuder 360 kanns.

The tunna, corn measure, of 2 spann, 8 fjerdingar, 32 kappar, or 56 kanns, = 4.029 Imp. bushels; but as 4 kappar are allowed to every tunna of wheat, oats, rye, or barley, for good measure, the tunna of corn may be estimated at 4½ Imp. bushels: the allowance for good measure to the tunna of malt is 6 kappar, and to the tunna of salt or lime, 2 kappar; coals are sold by the tunna heaped.

The commercial weight is termed *victualie wigt*; and the pound or *skalpund*, victualie-wigt, of 2 marks, 32 lods, or 128 quentins = 8848 Dutch as = 6563 troy grains; also 100 lbs. victualie-wigt = 93.76 lbs. avoirdupois. The lispund is 20 lbs. victualie-wigt; the sten, 32 lbs.; the centner, 120 lbs.; the waag, 165 lbs.; and the skeppund is 20 lispunds or 400 lbs. victualie-wigt.

The mark, *berg-werk-wigt*, or miners' weight, = 7821.63 as = 5801 troy grains. The mark, *land-staten-wigt*, or country and city weight, = 7450.08 as = 5526 troy grains. The mark, *jern-wigt*, or *stapelstad-wigt*, for weighing iron and commodities in *entrepôt*, = 7078.40 as = 5250 troy grains; and 100 marks or lbs. jern-wigt, = 75 lbs. avoirdupois: the jern-wigt is ⅘ths of the victualie-wigt.

100 lbs. Vict. W^t. = 113¼ Berg-werk marks.
= 118¾ Land-staten marks.
= 125 Stapelstad do.
= 87¾ Hamburg lbs.
= 93¾ Avoird. lbs.

The apothecaries' pound of 12 ounces, each of 8 drams or 24 scruples, = 5541 troy grains.

The Swedish silver mint mark of 13 lods, or 64 quentins, = 3250 troy grains; the gold ducat weight = 6880 troy grains. The fineness of gold is expressed by dividing the unit of reference into 24 carats, each of 12 grains: the fineness of silver, by dividing it into 16 lods, each of 18 grains.

SWITZERLAND.

Confederated Cantons.

Schaffhausen; Thurgau; Zurich; Aargau; Basel; Soleure; Berne; Lucerne; Zug; Schweitz; St Gallen; Appenzell; Glarus; Uri; Unterwalden; Friburg; Neufchatel; Vaud; Geneva; Valais; Tessin; Grisons.

The chief monetary unit was formerly the Swiss franc = 1 French franc, 48 c. = 1s. 2d. sterling. But the usage of the cantons varied, and much confusion existed in regard to the coins. This led to the sole legal standard being fixed (Aug. 21, 1852) to be the franc of 100 rappen or centimes = 1 French franc = 9.39d., and represented by silver coins of the same weight, fineness, and value as those of France; with pieces of 20 c., 10 c., and 5 c. in billon, and of 2 c. and 1 c. in bronze.

The measures and weights were also assimilated by the Federal Assembly of Dec. 23, 1851; which made obligatory, after Dec. 31, 1856, the *Concordats-maasse*, a system based on that of France, viz.:—

The fuss or foot of 10 zoll, or 100 lignes, = 3 decimetres. The strab or aune of 2 ells, or 4 feet, = 1.20 metre = 47.24 Imp. inches. The klafter of 6 feet = 1.80 metre; the rathe of 10 feet = 3 metres = 3.281 Imp. yards. The wegstunde of 16,000 feet = 4.800 kilometres.

The juchart = 36 ares = .8896 acre.

The mass or pot, liquid measure, of 4 viertels = $1\frac{1}{2}$ litre; and the saum of 4 eimers, or 100 mass, = 150 litres = 33.015 Imp. gallons.

The malter, corn measure, of 10 viertels, or 100 eimers, = 150 litres = 4.126 Imp. bushels.

The pound of 16 ounces, or 32 loths, = 500 grammes; and the centner of 100 lbs. = 50 kilogrammes = 110.24 lbs. avoirdupois.

The apothecaries' pound of 12 ounces, or 5760 grains, = 375 grammes = 5788 troy grains.

BASEL OR BASLE.

Accounts were stated in Swiss francs, divided into 10 batzen, each of 10 rappen, or, into 20 scus, each of 12 deniers; also in florins divided into 15 batzen, or 60 kreuzers. These monies were valued from the French Louis d'or (= 18s. $9\frac{3}{4}$d.) which is estimated at 16 Swiss francs, or $10\frac{2}{3}$ florins: whence $1\frac{1}{2}$ Swiss franc = 1 florin = 1s. $9\frac{1}{8}$d. sterling nearly.

The new measures and weights are given above. In the old system the aune or great ell = 46.37 Imp. inches, and the small ell, with which ribbons, &c. are measured, = 21.42 Imp. inches: the juchart, land measure, of 136 square perches, = 33.387 French ares = $3\frac{3}{10}$ Imp. roods: the saum, liquid measure, of 3 ohms, or 96 pots, = 32.34 Imp. gallons; the sack, corn measure, of 4 sesters, 8 fleines, or 32 kupfli, = 3.56 Imp. bushels: and 100 commercial lbs. = 108.75 lbs. avoirdupois.

BERNE.

Accounts are stated, and money reckoned, as in Basel. Exchanges are regulated by those of Basel or Geneva.

The new measures and weights have been already described. In the old system the Bernese foot = 11.55 Imp. inches; the ell = 21.38 Imp. inches; the juchart, or acre of wood, = 38.71 French ares; that of arable land, = 34.41 ares; that of meadow land = 30.11 ares: the landfass, liquid measure, contains $1\frac{1}{2}$ common fass, 6 saums, 24 brenten, or 600 mass; and 100 Bernese mass = 36.78 Imp. gallons; the mutt, corn measure, of 12 mass, or 48 immi, = 4.63 Imp. bushels: the centner of 100 Bernese lbs., each of 16 ounces, = 114.87 lbs. avoirdupois.

GENEVA.

Since January 1836, accounts have been stated by bankers and merchants in French francs of 100 centimes; but small traders reckon in florins of 20 sous, each of 12 deniers, *petite monnaie.* Formerly the principal money of account and exchange was the livre of 20 sous, each of 12 deniers, *currency.*

$10\frac{1}{2}$ florins petite monnaie = 3 current livres = 1 ecu or patagon = 3s. $9\frac{3}{4}$d. sterling nearly.

Usance of bills from Holland, Britain, and France, 30 days' sight; from Germany and Italy, 15 days' sight. Days of grace have been abolished.

The Geneva ell = 45 Imp. inches. The arpent or acre = $51\frac{2}{3}$ French ares; the pose = 27 ares nearly. The winechar, or fuder, of 12 setiers, or 288 quarterons, = 120.71 Imp. gallons. The coupe, corn measure, of 2 bichets, = 2.13 Imp. bushels. 100 lbs. (*gros poids*) each of 18 ounces = 121.43 lbs. avoirdupois; 100 lbs. (*petit poids*) each of 15 ounces, = 101.19 lbs. avoirdupois; the pound of 18 ounces is that employed in retail trade, and for salt and provisions. The mark, gold and silver weight, = 3785 troy grains.

The measures and weights of FRANCE are now much used.

ST GALLEN.

Accounts are stated in florins of 60 kreusers, which are reckoned in 24½ gulden-fuss. (See GERMANY). The florin is also valued in exchanges at 11 to the Louis d'or, at which rate it is equal 1s. 8¼d. sterling.

Usance is 15 days' sight.

The new measures and weights have been already described. In the old system, the cloth ell = 24.20 Imp. inches: the linen ell = 31.60 Imp. inches: the wine saum of 4 eimers, 16 viertels, or 128 mass, = 44.99 Imp. gallons: the corn malter of 4 viertels = 2.09 Imp. bushels; and 100 lbs., light weight, = 80 lbs., heavy weight, = 102.53 lbs. avoirdupois.

ZURICH.—The ell = 23.62 Imp. inches: the viertel *stadtmass* of 15 mass = 5.42 Imp. gallons; the viertel *lautermass* = 6.03 Imp. gallons; the viertel *trubes-mass* of 16 mass = 6.43 Imp. gallons. The corn matt of 4 viertels = 2.28 Imp. bushels. And 86 lbs. heavy weight, or 92¾ lbs. light weight, = 100 lbs avoird.

NEUFCHATEL.—The aune = 43¾ Imp. inches; and 87.18 lbs. *poids de fer*, or 92.65 lbs. *poids de marc*, used for fine goods, = 100 lbs. avoirdupois.

TRANQUEBAR.

In this Danish settlement accounts are stated in rixdollars of 12 fanams; also in rupees of 8 fanams, each of 80 cash. The rupee, estimated at the rate of 1302 to 600 Spanish dollars, is equal 1s. 11d. sterling nearly.

The maund = 68 Danish lbs. = 75 lbs. avoirdupois.

TRIESTE. (See AUSTRIA).

TRIPOLI.

Accounts are stated in piastres of 13 grinnellini, or 52 aspers; but the value of these denominations cannot be assigned, as the coins of the country are irregular and debased. Mercantile transactions are conducted chiefly in Spanish dollars, or Venetian sequins.

The Arbi dreah, or lesser pik, = 19.03 Imp. inches; the Turkish dreah, or greater pik, of 3 palmi, = 26.42 Imp. inches. The barile, wine measure, of 24 bozze, = 14½ Imp. gallons. The hueba, corn measure, of 4 temen, = 2.95 Imp. bushels; but the corn measures are subject to alterations in years of scarcity. The cantar of 100 rottoli, each of 16 ounces, = 109.71 lbs. avoirdupois: the caraffa, oil measure, weighs 3¼ rottoli, and 6 caraffa = 1 barbaia. Silver is sold by the ounce of 10 drams, = 1 troy ounce; wrought gold by the metical (*metikal meuzin*), = 72 troy grains; gold dust by the aghis, = 63 troy grains.

TUNIS.

Accounts are stated in piastres of 16 carobas, or 52 aspers. The piastre is worth about 9½d. sterling. Mercantile transactions, however, are generally conducted in Spanish dollars.

The pik or ell, used for cotton goods, = 19.23 Imp. inches; the pik, silk and linen measure, = 25 Imp. inches; and the pik, woollen measure, = 26.50 Imp. inches. The millerole, wine measure, = 14.15 Imp. gallons: the mettar, oil measure, = 4.27 Imp. gallons, and weighs 34 lbs. avoirdupois nearly. The caffiz, corn measure, contains 16 huebas; and 100 caffiz = 675 staji in Trieste, = 191¾ Imp. quarters nearly. The cantaro of 100 rottoli, each of 16 ounces, = 111¼ lbs. avoirdupois. Gold, silver, and pearls, are weighed by the ounce of 8 meticals = 489 troy grains.

TURKEY.

CONSTANTINOPLE. SMYRNA.

Accounts are stated in piastres (*grusch*) of 40 paras. The piastre, owing to debasement, is now worth only 1½d. to 2d. The rates lately were 160 Constantinople piastres, or 120 Smyrna piastres, for £1.

The common or silver purse (*keser*) is 500 piastres; the gold purse (*kise*) is 30,000 piastres; the *juks* is 2 common purses, or 1000 piastres.

No regular system of coinage exists at present in Turkey. The old gold coins still current are zecchins (now rated at upwards of 15 piastres), ½ zecchins, and ¼ zecchins: In silver, there are pieces of 1, 5, 8½, and 10 piastres. But the Turkish money is now so much debased, that bills and the prices of commodities are generally reckoned by European merchants according to the rates borne by foreign coins, particularly Spanish and German dollars.

Bills on London are commonly drawn at 61 days' sight; on other places, 31 days' sight. No uniform custom prevails as to days of grace.

The pik or ell is of two kinds; the greater pik, called *halebi* or *archim*, used in the measurement of silks and woollens, = 27.90 Imp. inches; the lesser pik, termed *endasse*, used in the measurement of cottons and carpets, = 27.06 Imp. inches; hence 100 greater piks = 77.50 Imp. yards, and 100 lesser piks = 75.17 Imp. yards; but in the ordinary course of trade the pik is reckoned by British merchants at 27 Imp. inches = ¾ Imp. yard; and 100 piks at 75 Imp. yards. The *berri*, or Turkish mile, = 1826 Imp. yards.

The almude, liquid measure, = $1\frac{1}{8}$ Imp. gallon nearly, and 100 almudes = 115.10 Imp. gallons; the almude of oil weighs 8 okes.

The fortin, corn measure, of 4 killows, = 3.84 Imp. bushels; and 100 killows = 12 Imp. quarters nearly.

The oke of 4 chequees, or 400 drams (*dirhems*), = 19800 troy grains = 2 lbs., 13 oz., $4\frac{1}{8}$ drams, avoirdupois; the cantar or quintal of 44 okes, 100 rottoli, or 17600 drams, = 124.46 lbs. avoirdupois.

Gold, silver, and precious stones, are weighed by the cheque, = 4950 troy grains: the chequee is divided into 100 drams, each of 16 killos, or 64 grains; the dram = $49\frac{1}{2}$ troy grains; and $1\frac{1}{2}$ dram = 1 metical = $74\frac{1}{4}$ troy grains = $2\frac{3}{4}$ drams avoirdupois nearly. The fineness of gold is expressed by dividing the unit of reference into 24 carats, each of 4 grains: the fineness of silver by dividing it into 100 carats, each of 4 grains.

The batman of Persian silk is 6 okes; the quintal of cotton yarn, 45 okes; the taffee of Brussa silk, 610 drams; the chequee of goat-wool, 800 drams; the chequee of opium, 250 drams.

In *Smyrna*, 100 killows = $17\frac{3}{4}$ Imp. quarters; 2 killows of Smyrna = 3 killows of Constantinople nearly. The cantar or quintal is $7\frac{1}{2}$ batmans, 45 okes, 100 rottoli, or 18000 drams, = 127.29 lbs. avoirdupois. In other respects same as above.

TUSCANY.

FLORENCE.

Accounts are stated in Tuscan lire, divided into 100 centimes, or into 20 soldi each of 12 denari (*moneta buona or effettiva*). The lira, valued in silver, is equivalent to 7.86d., or $7\frac{7}{8}$d. sterling nearly; and £T.30, 53 centimes = £1 sterling.

Gold coins; doppia of 4 pezze or 23 lire (exclusive of the agio on gold); ruspone of 3 zecchins; and zecchin of $13\frac{1}{3}$ lire or 20 paoli: Silver coins; francescone of $6\frac{2}{3}$ lire; half-francescone; tallaro or dollar of 6 lire or 9 paoli; lira of 10 crazie; ½ lira; ¼ lira; pieces of 2, 1, ½, and ⅓ paoli; crazia; also pieces of 1, 5, 6, and 10 lire, struck (1803) when the duchy of Tuscany became the kingdom of Etruria: Copper coins; soldi of 3 quattrini; duetti of 2 do.; and quattrini.

The ruspone is worth about £1, 8s. $5\frac{1}{4}$d. sterling; the zecchin 9s. $5\frac{3}{4}$d.; the francescone, 4s. $4\frac{3}{8}$d., or 10 pauls; the paul, $5\frac{1}{4}$d.

The braccio of 20 soldi = 22.979 Imp. inches, and 100 braccia = 63.83 Imp. yards; the passetto is 2 braccia, and the canna 5: the surveyors' foot = 21.582 Imp. inches; the passo is 3 surveyors' feet, the percata or perch 5, and the passo 6. The Tuscan mile = 2833 braccia = 1808 Imp. yards.

The sacato, land measure, of 10 staggoli, or 600 square perches, = 5028 Imp. square yards; the quadrato = 4074 Imp. square yards.

The baril, wine measure, of 20 fiasci, 40 boccali, 80 mezette, or 160 quartucci, = 10.03 Imp. gallons; the oil baril of 16 fiasci or 64 mezette, = 7.36 Imp. gallons: the soma is 2 barili, and the cogna 10.

The stajo, corn measure, of 2 mine, 4 quarti, 32 mezette, or 64 quartucci, = 2.676 Imp. pecks; and 100 staja = $66\frac{9}{10}$ Imp. bushels: the sacca of 3 staja = 2 Imp. bushels; and the moggio of 24 staja = 2 Imp. quarters nearly.

The Tuscan pound of 12 ounces, 96 drams, 288 denari, or 6912 grani, = 5240 troy grains; and the quintal or cantaro of 100 lbs. = 74.86 lbs. avoirdupois.

The gold and silver weight is the commercial pound as above. The fineness of gold is expressed by dividing the unit of reference into 24 carats, each of 8 ottavi: the fineness of silver by dividing it into 12 ounces, each of 24 denari.

LEGHORN.

The Tuscan lira is now the general money of account and exchange of Leghorn, as of Florence.

In 1836 a joint-stock bank was established, which issues notes varying in amount from £T.200 to £T.2000.

Bills from Britain are usually drawn at 3 months' date.

The measures and weights are the same as those of Florence, which are the general standards of Tuscany.

The principal money of account in Leghorn was formerly the pezza *da otto reali* (an imaginary money), divided into 20 soldi, each of 12 denari. The pezza was estimated in silver at $5\frac{3}{4}$ Tuscan lire (*moneta buona*), or about 3s. 9d. sterling; but in exchange transactions it was valued in gold at a fixed agio of 7 per cent. in relation to silver, which made it equal about 4s. sterling. The lira, *moneta lunga*, an imaginary money used chiefly in sales, was reckoned at ⅙th of the pezza in silver, or $7\frac{1}{2}$d. sterling.

These, and a variety of other modes of reckoning which existed, produced great confusion, which was increased by the complicated character of the tares and other commercial allowances, so that it became impossible without long practice to calculate the net rendering of commodities sent to the Leghorn market. In December 1836, however, these abuses were reformed by an ordinance of the Grand Duke, which abolished all imaginary monies, fixed the Tuscan silver lira as the monetary unit for all purposes, and substituted real tares for the capricious allowances formerly in use.

"Under the improved system, articles of great bulk and little value, such as woods, barilla, lead, bark, raw sulphur, &c., are to be sold per 1000 lbs.; the ordinary articles of commerce, such as colonials, metals, &c., per 100 lbs.; more valuable commodities, as drugs, spices, tea, &c., per 1 lb.; essence of roses per oz.; tin plates and skins per 100; flour, wine, oil, and such articles of known weight and measure, per barrel, hogshead, or package; wheat, linseed, &c., per sack; brandy, rum, &c., per barrel of a given weight; deals, per measurement; all piece-goods now sold by measurement shall continue to be so sold, but without allowance, and only in Tuscan livres. A table of tares has been published by the Chamber of Commerce, which are, as far as can be ascertained, the real ordinary tares on merchandise."—(*Dr Bowring's Report on the Statistics of Tuscany, &c.*, p. 31.)

ELBA.

The cento = 3333⅓ Tuscan lbs.

UNITED STATES.

CONFEDERATED STATES.

Northern or New England States:—Maine; New Hampshire; Vermont; Massachusetts; Rhode Island; and Connecticut.—*Middle States:* New York; Pennsylvania; New Jersey; and Delaware.—*Southern States:* Maryland; Virginia; Columbia (Federal District); North Carolina; South Carolina; Georgia; Alabama; and Florida.—*Western States:* Ohio; Indiana; Illinois; Missouri; Kentucky; Tennessee; Mississippi; Louisiana; Texas; Arkansas; Michigan; Wisconsin; Iowa; California; Minnesota; Kansas; and Oregon.

TERRITORIES.

Utah; New Mexico; Washington; and Nebraska.

The integer of account is the dollar ($), which contains 100 cents, and (at par) is equivalent to 4s. 1½d. sterling nearly.

COINS.

In gold; the eagle (of 10 dollars) weighing 258 troy grains, 9-10ths fine or, 232¼ grains pure, and 25¾ grains alloy; also the half-eagle, quarter-eagle, and dollar, in the same proportion.

In silver; the dollar (of 100 cents), weighing 412½ troy grains, 9-10ths fine, or, 371¼ grains pure, and 41¼ grains alloy; also the ½ dollar, weighing (since 1853) 192 grains, with ¼ dollar, dime or $\frac{1}{10}$ dollar, and ½ dime.

In copper; the cent weighing 168 troy grains, and the half-cent.

The remedy of the mint is 1 part in 144.

The expenses of the mint being defrayed by the government, coin is exchanged for bullion, deducting ½ per cent. for the advance for the time required for coining.

The value of the eagle, of full weight, estimating British standard gold 11-12ths fine at £3, 17s. 10½d. per troy ounce, is 41s. 1.16d., equal £2, 1s. 1¼d. sterling nearly; and of the dollar, estimating British standard silver 37-40ths fine at 5s. per ounce, 50.17d., equal 4s. 2¼d. sterling nearly. But the value of the dollar, estimated in gold at $\frac{1}{10}$th of the eagle, or rather ⅕th of the half-eagle (few eagles being coined), is only 49.32d., equal nearly 4s. 1¼d. sterling.

The preceding are the coins according to act of Congress of June 28, 1834, as modified by the subsequent act of January 18, 1837. As the first of these acts, however, produced an alteration which has exercised an important influence over the monetary affairs of the Union, it will be proper to explain shortly its nature and effect.

According to an act of Congress of April 2, 1792, the weight of the eagle (of 10 dollars), was fixed at 270 troy grains, and its contents in pure gold at 247½ grains; the weight of the dollar at 416 grains, and its contents in pure silver at 371¼ grains. The weight of pure gold in the eagle was thus precisely 2-3ds of that of silver in the dollar, and the relative value of gold to silver was therefore as 15 to 1. This being, at least after the resumption of specie payments by the Bank of England in 1819, an undervaluation of gold in respect to silver, all payments were made in the latter, in which the value of the dollar of account, equal to that of the coin, was 4s. 2¼d. sterling. But the act of June 28, 1834, reversed this system, by reducing the amount of pure gold in the eagle to 232 grains, while it was still preserved as a legal tender for 10 dollars. No alteration having been made on the silver coin, the relative value of gold to silver became then nearly as 16 to 1, in place of 15½ or 15¾ to 1, its true proportion. This was an undervaluation of silver which led speedily to its withdrawal from circulation, and to the general employment of gold, in which the value of the dollar of account was 1-10th of the new eagle, or only 4s. 1½d. sterling.

Under the act of Jan. 18, 1837, the quantity of alloy in both the gold and silver coins was adjusted at the 1-10th part, but no change was made on their value, farther than a small fractional addition of pure metal to the gold coin, amounting in the eagle to only ⅛th of a grain.

The practical effect, therefore, of the late alterations has been to lower the intrinsic value of the gold coin about 6⅘ per cent., to substitute gold for silver as a medium of exchange and measure of value, and to reduce the general money standard of the Union nearly 1⅔ds per cent., the difference in value between the former and the present dollars of account.

The *Foreign Coins* received as legal tender are fixed by acts of 25th and 28th June 1834 as follows: * In silver; the dollars of Spain, Mexico, Peru, Chili, and Central America, of not less weight than 415 grains each, and those restamped in Brazil of the like weight, of not less fineness than 10 oz. 15 dwts., at the rate of 100 cents per dollar; also French 5 franc pieces, when of not less fineness than 10 oz. 16 dwts., and weighing not less than 384 grains, at the rate of 93 cents each: In gold; the coins of Britain, Portugal, and Brazil, of not less than 22 carats fine, at the rate of 94 8/10 cents per dwt.; and the gold coins of Spain, Mexico, and Colombia, of the fineness of 20 carats 3 7/16 grains, at the rate of 89 9/10 cents per dwt.

PAPER MONEY.

Notes are issued by incorporated banks established in almost every part of the Union. These banks are all joint-stock associations; but instead of the partners being responsible, as in Britain, for the whole debts of the banks, they are in general liable only for the amount of their shares, or for some fixed multiple thereof. The notes are usually for sums of $5, though, since the suspension of specie payments in May 1837, they have been common in many of the States for smaller sums. They are all (professedly) redeemable in specie, but are seldom current at par beyond the districts where they have been issued. In 1838, cash payments were resumed, but for some years irregularly. In 1857, most of the banks again suspended. On Jan. 1, 1857, the aggregate capital of the 1416 banks in the United States was $370,834,686; the circulation, $214,778,822; and the specie, $58,349,838.

EXCHANGE REGULATIONS, &c.

The par of exchange with Britain, deduced from the gold coins, is 49⅓ pence per dollar, equal $4.86⅔ cents per £1 sterling. But in practice the rate is commonly expressed (as more particularly explained in the section on EXCHANGE), by a per centage upon an assumed par of 4s. 6d. per dollar: the true par, stated in this form, is 9½ per cent. premium; or £109, 10s., valuing the dollar at 4s. 6d., = £100 in British sterling money. When the premium is above 9½ per cent. therefore, the exchange is in favour of Britain; when below 9½ per cent., against Britain.

Bills on Europe are commonly drawn at 60 days' sight. The days of grace are 3. The foreign exchange is regulated chiefly by the state of the bill market of New York, the commercial metropolis of the Union.

Damages on Bills.—By a revised law of the State of New York, which came into operation in 1830, the following damages are allowed on bills drawn or negotiated in that state, and protested for non-payment, namely:—

Bills drawn on the States of Maine, New Hampshire, Vermont, Massachusetts, Rhode Island, Connecticut, New Jersey, Pennsylvania, Delaware, Ohio, Maryland, Virginia, or Columbia District................3 per cent.

On the States of North Carolina, South Carolina, Georgia, Kentucky, or Tennessee..............5 per cent.

On any other part of the United States, or of America, north of the equator, the West Indies, or elsewhere; or any port or place in Europe........10 per cent.

Such damages shall be in lieu of interest, charges of protest, and all other charges incurred previous to, and at the time of giving notice of non-payment, but the holder shall be entitled to recover lawful interest upon the aggregate amount of the principal sum specified in the bill, and of the damages thereon, from the time at which

* In the Tariff Tables the sovereign is valued at $4.846. On March 3, 1843, an act was passed, under which the following foreign gold coins are allowed currency by weight: those of Britain, 915½-1000ths in fineness, at 94 6/10 cents per dwt.; and those of France, 899-1000ths in fineness, at 92 9/10 cents per dwt. And the following foreign silver coins are allowed currency by tale; Spanish pillar dollars and the dollars of Mexico, Peru, and Bolivia, 897-1000ths in fineness, and 415 grains in weight, at 100 cents each; and French 5 franc pieces, 900-1000ths in fineness, and 384 grains in weight, at 93 cents each

notice of protest for non-payment shall have been given, and payment of such principal sum shall have been demanded.

If the contents of the bill be expressed in the money of the United States, the amount due thereon, and of the damages, shall be determined without reference to the current rate of exchange; but if expressed in foreign money, then the amount due, exclusive of the damages, shall be determined by the rate of exchange at the time of the demand for payment.

MEASURES AND WEIGHTS.

These are the same as in Britain, except the measures of capacity, which continue to be those used in England prior to the introduction of the Imperial System. Commodities formerly sold by the hundred-weight, however, are now, with few exceptions, currently sold by the 100 lbs., which in some of the States are termed a *quintal*.

The barrel of flour contains 5 Winchester bushels of wheat, and weighs 196 lbs. net. The barrel of Indian corn contains $3\frac{1}{4}$ Winchester bushels, each bushel weighing about 57 lbs. The hogshead of Indian meal contains 800 lbs.; the barrel of pickled beef or pork, 200 lbs.

In New York and Philadelphia, the *spring* and the *fall*, when the country buyers arrive or give their orders, are distinguished as the trade seasons. The spring trade begins about the middle or end of January, and terminates about the first of May: in Philadelphia, however, it commences for the western trade about one month earlier. The fall trade begins both in New York and in Philadelphia on the 1st August, and closes towards the commencement of November. Goods intended for either season should arrive at least one week before it commences.

VENEZUELA.

CARACCAS. LA GUAYRA.

The integer of account is the *Macuquina* dollar, as in NEW GRANADA.

Measures and weights same as SPAIN.

VENICE (See AUSTRIAN ITALY).

WALLACHIA.

BUCHAREST.

Accounts are stated in piastres, as in TURKEY; and 67 piastres of Bucharest are reckoned equal to 100 of Constantinople; but this proportion varies according to the state of the exchanges.

The killow of Brallow, of about 400 ocche, is usually reckoned at $1\frac{1}{4}$ killow of Galatz, 18 killows of Constantinople, or 9 sacchi of Leghorn. The weights are estimated as in Galatz (see MOLDAVIA). In other respects the measures and weights are the same as those of Turkey.

WEST INDIES (BRITISH).

JAMAICA.

WINDWARD ISLANDS.

Barbadoes; St Vincent; Grenada; Tobago; St Lucia; and Trinidad.

LEEWARD ISLANDS.

Antigua; St Christopher; Barbuda; Montserrat; Nevis; Anguilla; Dominica; and the Virgin Isles, Tortola, Virgin Gorda, and Anegada.

BAHAMA ISLANDS.

New Providence, &c.

BERMUDA ISLANDS.

St George; Ireland Island.

Accounts are now stated in sterling money, or in dollars and cents. Until lately they were kept in a depreciated *currency*, the value of which varied in different islands. In some islands its value in relation to sterling was fixed at a rate which was supposed to represent, at the time, the depreciation of the coin or paper in circulation, and the fluctuations of exchange were made by a per centage upon this rate: in other islands, there was no fixed par, and the exchange was at once made by a per centage reckoned upon the sterling.

In Jamaica the fixed par was £100 sterling for £140 currency; but the exchange was commonly from 12 to 20 per cent. above par. Thus when the rate was quoted "15 per cent. premium" (nearly the average course), then a bill for £100 sterling was to be understood as equivalent to £115 converted into Jamaica currency at 40 per cent., or £161 currency. Hence £161 currency = £100 sterling, was about the average relative value of Jamaica currency and sterling. In December 1839, a bill was introduced into the House of Assembly for assimilating the island currency to that of Britain.

The value of £100 sterling, in the currency of Barbadoes, was commonly stated at £135; in that of the Windward Islands, except Barbadoes, £175; in that of the Leeward Islands, £200. But these valuations varied, in most instances widely, from the actual course of exchange. In 1836, the average rates of several of the islands on London were as follows:—

	Sterling.		Currency.
St Vincent	£100	=	£235
Grenada	100	=	240
St Lucia	100	=	227
Antigua	100	=	230
Montserrat	100	=	215
Dominica	100	=	245
Tortola	100	=	209

The (nominal) par of exchange of the Bahamas was £100 sterling = £185 currency; of the Bermudas, £100 sterling = £150 currency.

Mercantile bills on London are generally drawn at 90 days' sight.

The coins in circulation are chiefly Spanish or Mexican doubloons and dollars; and British coins: the latter, issued principally by the commissariat, is, however, generally taken up for remittance to Britain.

In Jamaica the dollar was estimated at 6s. 8d. currency; in Barbadoes at 6s. 3d. currency; in Trinidad, St Vincent, and St Lucia, at 10s. currency; in Grenada, Nevis, and St Christopher, at 9s. currency, but when cut, at 8s. 3d. currency.

By Royal Proclamation, dated September 21, 1838, the value of the gold doubloon, throughout all the British West India colonies, is fixed at £3, 4s. sterling, and of the dollar at 4s. 2d. sterling. And by another Proclamation in the London Gazette of August 26, 1853, the gold coins of the United States are made a legal tender at the following rates: namely, the eagle, at the rate of 41s. sterling; the half-eagle, at 20s. 6d.; quarter-eagle, 10s. 3d.; and the gold dollar, 4s. 1d.

In Jamaica a government paper money exists in the form of certificates or checks, of various denominations, as low as £1.

The Colonial Bank, instituted in London, for the West Indies, in 1836, has branches in most of the islands. In Jamaica there is a head branch at Kingston, with dependencies in Montego Bay, Falmouth, Savannah la Mar and St Thomas in the East. This bank is conducted on the Scottish system. It issues notes, which are payable "in silver of acknowledged weight and fineness," and dollars are adopted as the foundation and medium of payment. The lowest note that the bank can issue is of the value of $5.

The measures and weights are in general those of Britain. In Trinidad, however, Spanish measures are in partial use, and in St Lucia those of the old system of France.

(See GUIANA and HONDURAS.)

In the West India islands, crop-time lasts generally from January to the end of July, when field-work is stopped by the rains. Ships with homeward cargoes begin to arrive in Britain in April, and continue till October. The annual orders for plantation stores are received by West India merchants in autumn, distributed amongst the manufacturers or dealers in September and October, and shipped in November and December.

WEST INDIES (FOREIGN).

SPANISH ISLANDS.

Cuba; Porto Rico.

(See CUBA.)

FRENCH ISLANDS.

Martinique; Guadaloupe; Marie-galante, &c.

Accounts are stated in francs and centimes, as in FRANCE.

The circulating medium consists of French coins; Spanish and American dollars (*gourdes*), estimated at 5 fr. 40 c.; and doubloons at 86 fr. 40 c.

Measures and weights, as in France.

DUTCH ISLANDS.

St Eustatius; St Martin; Curaçao.

Accounts are stated in dollars of 8 reals, or 48 stivers, *currency*. The Spanish dollar is reckoned at 11 *bits*.

Measures and weights chiefly those of the old system of Amsterdam: in Curaçao the Spanish vara is also employed.

DANISH ISLANDS.

St Thomas; St Croix; St John.

Accounts are stated in dollars of 100 cents. The exchange on London was lately quoted at $4.65 cents for £1.

Measures and weights, as in DENMARK. The British yard and French aune are also partially in use.

SWEDISH ISLAND.

St Bartholomew.

Accounts are stated in dollars.

Measures and weights, chiefly those of SWEDEN.

(See also HAYTI and GUIANA.)

WURTEMBERG.

Accounts are stated in florins of 60 kreutzers, as in BADEN.

The foot of 10 inches = 11¼ Imp. inches; the toise is 6 feet; the ell = 24.18 Imp. inches; and 100 ells = 67.18 Imp. yards. The mile is $\frac{1}{15}$th of a degree.

The morgen or acre of 4 viertels, each of 96 square perches, = 31.518 French ares; and 1½ morgen = 1 juchart.

The fuder, wine measure, of 6 eimers, 96 imi, or 960 mass, = 388.16 Imp. gallons.

The scheffel, corn measure, of 8 simri, or 32 vierlings, = 4.88 Imp. bushels.

The pound = 7220 troy grains; and 100 lbs. = 103.14 lbs. avoirdupois.

SUPPLEMENT TO MONIES, WEIGHTS, & MEASURES.

STANDARDS.

AFTER the establishment of the Imperial system in 1824, it was ascertained that several elements of reduction of the pendulum experiment, mentioned page 138, were erroneous, and that the determination of the weight of a cubic inch of water was doubtful. And a commission, appointed to consider the steps to be taken for the restoration of the Standards, which had been destroyed by the burning of the Houses of Parliament in 1834, reported that their accurate reconstruction will always be more securely effected by means of material copies than by experiments referring to natural constants. In 1855, effect was given to this report by the Act 18 and 19 Vict. c. 72, which repealed the provisions of the act of 1824 for the restoration of the yard by reference to the length of a pendulum, and established a standard yard and a standard avoirdupois pound, which were constructed from authentic copies of the old Standards and deposited in the Exchequer; copies being at same time lodged at the Mint, the Royal Observatory, the Royal Society, and the Palace at Westminster.

GERMANY.

A Currency Treaty (*Munz-Vertrag*) was on January 24, 1857, concluded between Austria, Prussia, Bavaria, Saxony, Hanover, Wurtemberg, and 22 of the smaller German States, of which the following are the chief provisions:—

In Northern Germany 30 dollars, in Austria 45 florins, and in Southern Germany 52½ florins will be minted out of 1 lb. (equal to the French livre usuelle of 500 grammes) of fine silver. Hence the North German or Prussian dollar = 34.758d., or 2s. 10¾d.; the Austrian florin = 23.172d., or 1s. 11⅛d.; and the South German florin = 19.862d. or 1s. 7⅞d.

But, for the convenience of trade, two silver "Union Coins"—one a dollar piece, and the other a two-dollar piece—will be minted, which will be current in all states that are parties to the treaty. The dollar will be equal to the North German dollar or Thaler, and will pass for 1 florin 30 kreusers in Austria, and for 1 florin 45 kreusers in Southern Germany. And the piece of two dollars will be equal to 3 florins in Austria, and 3 florins 30 kreusers in Southern Germany. These coins will be minted of the fineness of 900 milliêmes, or $\frac{9}{10}$ths, with $\frac{1}{10}$th of copper alloy; so that 27 single, or 13½ double dollars, weigh 1 lb.

Two "Union Coins" of gold are also introduced to facilitate foreign trade. The one—the "Crown"—to be the 50th, and the other—the "Half-Crown"—to be the 100th part of a pound (of 500 grammes) of fine gold. These will be minted of the fineness of 900 milliêmes or $\frac{9}{10}$ths, with $\frac{1}{10}$th of copper alloy; so that 45 gold crowns and 90 half-crowns will weigh 1 pound. The crown = £1.3658 = 27s. 3¾d., and the half-crown 13s. 8d. nearly.

The contracting States will mint no other gold coins, but Austrian ducats may circulate till the end of 1865. The Treaty is to be in force until 1878.

BRITISH CORN MEASURES.

Grain is now often sold by weight, but there is so great a diversity of usages that a general law upon the subject is urgently required. The bushel of wheat by weight varies commonly from about 55 lbs. to 70 lbs., but in Cornwall it is even 186 lbs. In Liverpool it is 70 lbs.; in Birmingham, 62 lbs.; in Gloucester, 60 lbs. The Irish barrel of wheat is 280 lbs.; of barley, 224 lbs.; of oats, 196 lbs. The Glasgow boll of wheat is 240 lbs.; of barley, 320 lbs.; of oats, 264 lbs.

In converting the weights of grain into measure, the rule adopted by the Board of Trade is that laid down in the Act 1 and 2 Geo. IV., c. 87, §. 37, wherein 57 lbs. wheat, 55 lbs. rye, 49 lbs. barley, 42 lbs. bear or bigg, and 38 lbs. oats, are respectively deemed to be equivalent to one Winchester bushel. These proportions give the following equivalents to one imperial quarter; namely, 470.37 lbs. wheat, 453.87 lbs. rye, 404.35 lbs. barley, 346.59 lbs. bear or bigg, and 313.58 lbs. oats.

In charging duties, and in conversions on the public accounts, the following quantities of flour or meal are respectively deemed to be equivalent to one Imperial quarter of grain; namely, 392 lbs. wheat-meal or flour; 384 lbs. barley-meal, bean-meal, and meal of maize or Indian-corn; 424 lbs. rye-meal; and 176 lbs. oat-meal.

2. EXCHANGE.

Exchange is a term that is used in reference to those transactions by which the debts of persons residing at a distance from their creditors are liquidated without the transmission of money; being employed by merchants both to designate the bills or negotiable instruments by which transactions of this kind are conducted, and the varying price or *course* of such negotiable instruments in the market.

In the present article the subject will be treated under the following heads:—I. Bills of Exchange; embracing an account of their nature, constitution, and negotiation; and of promissory notes: II. The Course of Exchange; including an explanation of the principles by which exchange transactions are regulated; and, III. Exchange Formulæ and Tables.

I. BILLS OF EXCHANGE.

A bill of exchange, in its simplest form, is a direction by one person to another to pay a certain sum of money to an individual named, or otherwise indicated, at a certain or ascertainable time. The bill is not properly completed till the person to whom the direction is made has consented to obey it. A promissory note is a simple unilateral obligation; it is a promise by one person to pay to another a certain sum at a certain or ascertainable time. As a mere obligation by one party to another, there is scarcely any difference in the effect of the two documents. Where a third party, however, is interested, an obligation may be created through a bill before the person who it was presumed would undertake the engagement set forth in it has agreed to do so: *e.g.* a bill may be drawn and circulated before it is accepted, the drawer being liable on failure of acceptance. The chief distinction, however, between a bill and a note is in the circumstance, that the former may be the means of transferring from hand to hand money at a distance from the person who operates upon it: Thus suppose two merchants A and B at London, and two others C and D at New York; A owes C the same sum that D owes B; instead of A sending specie to C, and D again to B, it would save expense, and close both transactions, if A should pay the money to B, and receive in return B's bill upon D, which he would transmit to C, to enable him to receive the money from D.

A *Check* is a bill drawn on a banker, payable to bearer or to order in cash on demand. But it must be drawn within 15 miles of the bank; must bear date on or before the day of issue; and is void if for less than 20s. The receiver has till the following day to present the check, or to forward it for presentation. But the drawer is not discharged by the holder's failure duly to present, unless he have sustained actual prejudice, as by the failure of the bank. A banker having effects is bound to pay. Whenever a check or draft on a banker payable on demand is issued, crossed with the name of a banker, or with two transverse lines with the words "& Coy.," such crossing is, by 21 & 22 Vict. c. 79, a material part of the check or draft, which can then be paid only to the banker named, or, if crossed without a name, to *some* banker. But the banker incurs no liability unless the crossing, or its obliteration, be apparent when the check is presented. The death of the drawer revokes the banker's authority to pay; but the payment is good if made before notice of the death.

Bills of exchange are either inland or foreign. Foreign bills are usually drawn in sets or parts, generally three, which are made in the same terms, and sent by different conveyances, a clause being inserted to the effect that payment of any one can only be demanded if no other of the same set has been paid.

There is no particular form in which it is necessary to draw a bill or note; but it is by no means expedient or safe, especially on the part of those unacquainted with law, to depart from the forms sanctioned by commercial usage. It is not generally essential that a bill should have a date, though much confusion may arise from its absence. When there is none, the date is taken to be the day of making, or if that cannot be ascertained, the first day in which it can be proved to have existed. The law of Scotland seems to be more doubtful, as to the question whether an undated bill is valid. (*See Burton's Manual of the Law of Scotland*, p. 412). The sum should always be stated in the body of the document in words. It is a commercial usage, from the convenience it gives in the quick inspection of documents, to put the sum in figures on the margin; but if there should be any discrepancy, the sum expressed in the body of the bill is the rule. The payment to be made must be of a distinct sum of money in cash. A document directing payment in any kind of security, however readily it may be convertible into cash, is not a bill. The sum must be fixed by the terms of the bill or note, not merely made ascertainable by it: Thus a promise to pay an individual "£65, with all other sums that may be due to him," was not a promissory note (*Smith* v. *Nightingale*, 2 *Star.* 375). The money must be payable *unconditionally*; and there can thus be no effectual means of converting a bill or note into a contract, only binding on one party, in the case of another performing some stipulation. Thus a promise to pay to an individual a sum of money, on condition of his giving up a claim, would not be a good note. If the document, however, were absolutely to engage for the money, saying that it is in *consideration* of a claim being given up, it would appear that the words would be held as merely explanatory and superfluous. Any one who signs a bill or note with blanks in it, may be made liable in terms of any words filled into the blanks, if the stamp will carry them, and if they are so made as not to give the document the appearance of having been tampered with. A person who signs a blank bill stamp is held to authorize whoever may have it in his hands to fill up the terms of the bill. In these cases an individual will always have recourse against persons who may have imposed on him; but no such right will affect the claims of a third party, who has taken the document, unconscious of any fraud connected with its making.

Bills or notes may be made by procuration. When one is authorized to conduct such transactions, he must intimate the capacity in which he acts, by the words "per procuration," or "for" such a one, accompanying his signature, otherwise he may be personally liable. No one should take such paper without knowing how far the individual who signs it is authorized. There may be express authority to sign a single bill; or the procuration may be limited to a certain course of transactions; or it may be inferred from the position in which the party is placed, and the transactions which his employers allow him to conduct, that he has a general mandate to conduct bill transactions. Every partner of a company is held, so far as the public are concerned, to hold a procuratory for the company.

FORM OF ORDINARY INLAND BILL.

£100. London, January 1, 1840.

Three months after date, pay to Mr John Robertson or order, One Hundred Pounds, for value received. John Smith.

To Mr William Anderson, Merchant, Glasgow.

N. B. This admits of the following variations, according to circumstances. Instead of "three months after date," it may be "at sight," or at such a time "after sight," or at such a specified time, or "on demand." The instruction to pay may be "to me or order;" and if there is no intention to create a negotiable instrument, the words "or order" may be omitted. A bill merely conceived in favour of a party without such a negotiable expression is not transferable by indorsation; but it has to be observed, that this rule does not extend to Scotland, where bills may be negotiated without negotiable words. A bill may be payable to a certain party, "or bearer," or simply "to bearer," and in either case it is transferable from hand to hand by mere delivery.

In the illustration given above, John Smith is *the drawer* of the bill. William Anderson is *the drawee;* but from the moment of his signing the bill he is called *the acceptor*. John Robertson is *the payee:* while he keeps the bill in his own hands, he is likewise called *the holder;* but if he transfer the bill to another person by indorsement, these designations are passed to that person, who is likewise called *the indorsee*, the original holder being called *indorser*.

Indorsement is accomplished by a writing on the back of the bill. If the writing mention the name of the person to whom the bill is transferred, thus,

Pay to the order of John Jones,
John Robertson,

the indorsement is said to be a full one. If it consist in a mere signature, it is called a blank indorsement. In the former case the indorsee is in the position of a payee to a bill; he can only transfer his right by a new indorsation: in the latter the bill may be transferred from hand to hand as a bill payable to bearer, by mere delivery. Indorsement may be restricted, so as to prevent the indorsee from transferring the bill to another, as by the words "only," or "for my use," being written after the instruction to pay.

FORM OF PROMISSORY NOTE.

£100. London, January 1, 1840.

Three months after date, I promise to pay to Mr John Smith, or order, One Hundred Pounds, for value received. William Anderson.

The variations above noticed, in regard to a bill, are all applicable, so far as they are consistent with the nature of the document. A promise to pay, at such a time after sight, would be inconsistent, but it is quite consistent with practice for a note to be payable on demand. Bankers' notes in fact always are so, and there is either a fictitious payee, or simply "bearer." A note, too, like a bill, may be payable at a fixed date, such as a certain day of a certain month.

FORM OF A FOREIGN BILL.

£540. Havana, April 1, 1840.

Sixty days after sight of this FIRST of Exchange (Second and Third unpaid), pay to the order of Messrs Lamb and Thompson, Five Hundred and Forty Pounds sterling, value received; and charge to account, with or without advice of Thomas Forbes.

To John Walker, Esq., Liverpool.
Payable in London.

The naming of the payee admits of the same variations as are exhibited in an inland bill. The time of payment may also be expressed in the various ways applicable to an inland bill. The term "usance" is sometimes employed to express the period of running in foreign bills. It means a certain time fixed by custom as between any two places, and the period covered by a usance will therefore depend on the places of drawing and payment. "An usance between this kingdom and Amsterdam, Rotterdam, Hamburgh, Altona, or Paris, or any place in France, is one calendar month from the date of the bill; an usance between us and Cadiz, Madrid, or Bilbao, two; an usance between us and Leghorn, Genoa, or Venice, three." (*Bayley on Bills*, 251.) In bills drawn from London, however, it is now common to specify the time; and abroad, the custom of drawing bills at usance is generally going out of use.

Bills, &c., under £5.—In England, bills for sums under 20s. are void. Bills for sums between that amount and £5 must be made payable within 21 days after date; and it is indispensable that they contain the name and description of the payee, and bear date at the actual time of making. They require, moreover, to be attested by a subscribing witness. They must not be indorsed before the time of payment (15th Geo. III. c. 51, 17th Geo. III. c. 30, and 27th Geo. III. c. 16). It has to be observed, that this law is peculiar to England, where any one circulating a bill or note for less than £5, made in Scotland or Ireland, or elsewhere out of England, forfeits a sum not less than £5, nor more than £20. (9th Geo. IV. c. 65, § 1.)

Stamp.—A document which has not the proper stamp is perfectly useless for the services of a bill or note, and an unstamped document coming within any of the definitions of bills or notes for which stamps are made necessary, cannot be used as a document of debt. The scale and application of the stamp duties are regulated by the 55th Geo. III. c. 184, 16 and 17 Vict. c. 59, 17 and 18 Vict. c. 83, and 21 Vict. c. 20; and a table of the existing duties is given at the end of this work. By the first act, though the stamp be of a wrong denomination it will be valid, if of sufficient value, unless on the face of it specifically appropriated to some other instrument. The 17 and 18 Vict c. 83 first imposed a stamp-duty on bills drawn out of the United Kingdom, and paid or negotiated within it. This is effected by an adhesive stamp affixed to the bill, and cancelled by the signature, &c. The 21 Vict. c. 20 imposes, from 24th May 1858, a stamp-duty of one penny on checks on bankers "for the payment of any sum of money to the bearer on demand."

Transfer, &c.—Indorsements are not subject to any legal limit; and, if they cannot all be written on the back of the bill, the surplus may be written on a slip annexed to it, called an *allonge*, which is thenceforth part of the bill, and requires no additional stamp. Neither indorsement nor acceptance is complete before delivery of the bill. Every indorser is liable to every succeeding holder in default of acceptance or payment by the drawee. But a party may indorse a bill without incurring personal responsibility by qualifying his indorsement by the words "*sans recours*," or "*without recourse to me*," or any equivalent expression; and this is the proper mode of indorsement by an agent. A party may also decline personal responsibility by converting an existing blank indorsement into a special one in favour of his transferee. On the other hand the indorsee may convert a blank indorsement into a special one in his own favour by superscribing the necessary words. If a bill be re-indorsed to a previous indorser, he has no remedy against the intermediate parties. A bill coming to a married woman vests, in the general case, in her husband; and he is the party to indorse, and to whom payment must be made.

Interest is seldom expressly made payable on the face of a bill, but, where it is so, the bill carries interest (generally 5 per cent.) from *its date*, and not merely from its maturity; to which, in the case of non-payment, the holder is entitled without stipulation.

Presentment and Acceptance.—When one holds in his hands a bill drawn but not accepted, he should immediately present it for acceptance to the person to whom it is addressed. An agent who does not present in due time will be responsible for the solvency of the drawer. The proper time within which presentment should be made will generally depend on the custom of merchants, and the manner of doing business at the particular place. A bill may be indorsed and circulated before it is accepted, and it is held that foreign bills, payable so long after sight, may be kept unpresented for an unlimited period, being regarded as general letters of credit. Presentment for acceptance in the first instance is not legally necessary when the bill is payable at a fixed day, at sight, or on demand. The usual method of accepting is for the acceptor to write his name across the face of the bill. Equivalents, however, are received. The words, "presented," "seen," "accepts," without a signature, have been held as acceptances. Verbal acceptances have in some cases been received. By 1st & 2d Geo. IV. c. 78, § 2, however, no inland bill can be accepted otherwise than by writing on the bill. It must be observed, moreover, that it is held in Scotland, that no bill can be accepted without the signature of the acceptor, or of a notary acting for him in presence of two subscribing witnesses (*Burton's Manual*, 414). Acceptance may either be simple and absolute, or conditional. Of course, in the latter case, it will generally depend on circumstances whether such a limited obligation will be satisfactory to the holder. A bill is sometimes accepted for honour, that is, for the credit of the drawer or some other party. Such acceptance may be either by the original drawee (who thus denies that he is under any obligation to accept absolutely), or it may be by a third party. It amounts to a conditional promise to pay, if the drawee or the parties do not. Before acceptance for honour can be made, the bill must be protested by a notary for non-acceptance.

Presentment and Payment.—Some bills are not payable on the day on which they appear from their terms to be so, certain days being added called "days of grace." In the United Kingdom these amount to three; but if the third should be Sunday, Good Friday, Christmas Day, or a fast appointed by proclamation, the bill is payable on the second day of grace. Days of grace do not run on bills payable on demand, though they do (at least in England) on those payable at sight. They run on all bills payable on a day fixed, or at so long after date or after sight. Presentment for payment must be made at proper business hours, according to the practice of the place. When it is made at a banking office, it must be at the usual hours of attendance. Presentment will be held to be good, however, whatever be the hour, if the presentee, or a person acting under him, refuse payment. If there be a particular place of payment named on the bill, presentment should be made there. In so far, however, as the acceptor is concerned, it is appointed by 1st & 2d Geo. IV. c. 78, that presentment may be made to him wherever he can be found, unless a particular place of payment be stated, followed by the words "only," or "not otherwise," or "and not elsewhere." By another statute (2d & 3d Wm. IV. c. 98), if a bill, payable at a place not the residence of the drawee, be refused acceptance, it must be presented for payment at the place so designated. Though a bill be accepted for honour, it should still be presented for payment to the original drawee, who may in the mean time have been put in possession of assets to meet it. It has been appointed by statute (6th & 7th Wm. IV. c. 58), that when there is such an acceptance, or a "reference in case of need," presentment for payment need not be made to the acceptor or referee until the day after the day of payment: and if such day after be Sunday or a holiday, until the next following day; nor, if the acceptor or referee be in another place, need the document be transmitted till such day.

Notice of Dishonour.—As the holder of a bill which is not accepted, or not paid, at the time of presentment, has in the ordinary case recourse against the drawer and indorsers, he must, to preserve his right, send timely notice of the circumstance. There should be notice in the case of a qualified acceptance, or acceptance for honour. Though a bill be of a kind which does not require to be presented for acceptance, yet if there be presentment, and acceptance be refused, there should be notice. When there is a series of parties, one liable to reimburse another, notice from one to another operates to the advantage of all who may be between them: thus, if the holder send notice to the drawer, indorsers liable to the holder, but having recourse on the drawer, preserve their recourse by such notice. There should be no delay in sending notice; and when the parties reside in the same place, it should be made before expiry of the day after the dishonour, in which case it may be made in writing, or verbally, to the party, or those who attend at his place of business. Where the parties are in different places, notice should be sent during the course of the day after the dishonour; and if there be but one post by which it can go on that day, it will not be safe to neglect it. Each party has a day for giving notice on his own account; but for a foreign bill it is sufficient to send notice by the first regular ship. By 7th and 8th Geo. IV. c. 15, when a bill is payable on the day before Good Friday or Christmas Day, notice need not be given till the day after such Good Friday or Christmas Day. When Christmas day is on Monday, notice of a bill dishonoured on Saturday need not be sent till Tuesday. Similar rules apply to fasts appointed by proclamation. These provisions do not extend to Scotland. In that part of the United Kingdom, by 12th Geo. III. c. 72, § 41, notice of dishonour on inland bills, *i. e.* those drawn and accepted in Scotland, may be sent at any time within fourteen days. There is, however, no corresponding delay in practice. No particular form for notice is necessary, but it should always import that the bill has been dishonoured, and that recourse is sought. In the case of a foreign bill, it should bear that the bill has been protested. Bankruptcy is not equivalent to notice; in such case notice of recourse should be given to the bankrupt and his assignees or trustee. If the party is dead, notice should be given to his executor or administrator; if abroad, the notice ought to be left at his place of residence, if he have one, and a demand of acceptance, or payment (when that is necessary), made of his wife or servant. Notice should also be given to one who merely guarantees payment.

Noting and Protest.—By the principles of the common law of England, a protest is not necessary for recovering payment of an inland bill. Certain privileges were given by 9th & 10th Wm. III. c. 17, for the recovery of interest and charges on such bills, but it is seldom considered expedient to take advantage of them. Every foreign bill, however, should be protested on refusal to accept or pay. In Scotland it is necessary to protest whether the bill be inland or foreign. The protest is the act of a notary public. On the day of dishonour he presents it a second time; and on acceptance or payment being withheld, he then notes the bill, writing on it his initials, the year and day of the month, and any reason which the party may give for not honouring the bill. This is the initial process of the protest, which, to be available, must be narrated by the notary in a stamped instrument. By statute, when acceptance is refused on a bill payable *not* at the place which it refers to as the residence of the drawee, it may be protested at the place of payment without being presented to the drawee.

Re-exchange is the exchange paid by the holder of a dishonoured foreign bill on his re-draft on the drawer, who is liable to it though the bill be returned through numerous indorsers. The term also commonly includes the other charges incurred; and the whole are frequently, to avoid disputes, consolidated into a fixed per-centage. This, on India bills, was fixed at 25 per cent., but 10 per cent. is now taken; on Australian bills it is 20 per cent. (p. 149); and on United States bills, 10 per cent. (p. 183.) The subject of re-exchange is less clearly explained in English works than in the French *Code de Commerce*, Nos. 177 to 186. It is not a charge against the acceptor.

Lost Bill.—The loss of a bill is no excuse for neglect of any of the rules of due negotiation. In such a case, moreover, special notice should immediately be sent to any party of whom payment may be demanded. This sort of notice is more strictly interpreted than ordinary notice of dishonour. For the latter it is sufficient that the proper means have been taken for giving that notice; but in the case under consideration it must, to be effectual, have actually reached the party. Notice of the loss should be sent through a notary.

A Forged Bill is, in the general case, no obligation against the party whose name is forged. A party whose name appears on a bill, however, will be barred from pleading forgery if he have admitted the signature as his own, or if he have paid other bills signed in the same handwriting. Acceptance of a bill is held an admission of the correctness of the draft, and it is no defence against an onerous holder that the drawer's name is forged.

Accommodation Bills are subject to the same rules as other bills, except among those who agree to lend their names. Among them the rule is, that he for whom the money is to be raised shall provide for the bill. This, however, cannot affect onerous holders of the bill, who have no cognizance of the accommodation. When such a bill is dishonoured by the drawee, the drawer, knowing that he had no effects, is not entitled to plead want of notice.

The *Statute of Limitations* in England, and the *Sexennial Prescription* in Scotland, apply to bills and notes on which no action has been commenced within six years from the date when they became exigible; but both laws may be interrupted by special circumstances.

II. THE COURSE OF EXCHANGE.

A foreign bill of exchange, as already explained, is an order addressed to a person residing abroad, directing him to pay a determinate sum of foreign money to the person in whose favour it is drawn, or to his order. The amount of foreign money, therefore, to be paid is fixed by the bill; but the amount of British money (or money of the country in which the drawer resides), to be given for the purchase of the bill, is by no means fixed, but is continually varying.

The causes which influence these variations will be best explained by tracing separately the circumstances which determine the price of bills; namely, first, the value of the money in which they are to be paid compared with that with which they are bought, termed the *nominal exchange;* secondly, their abundance or scarcity in the market compared with the demand for them, termed the *real exchange;* while the combined effect of the real and the nominal exchange will be afterwards considered in treating of the *computed exchange.*

THE NOMINAL EXCHANGE.

The coins in which the monies of account of different countries are reckoned, vary generally not only in denomination, but in weight and fineness, and consequently in exchangeable value. Moreover, some consist of silver, others of gold. Thus the ruble is the money integer of Russia, the guilder that of Holland, the franc that of France, and the pound sterling that of Britain. But the ruble contains nearly twice as much silver as the guilder, and the guilder about twice as much as the franc, while the pound sterling is represented by a gold coin.

The relative value of the monies of different countries is in general determined according to the quantity of pure silver or pure gold contained in the coins which form the principal media of payment, or legal tender,—alloy never being taken into account; and between two countries employing the same metal for their standard, that sum of the money of either of the two which in point of intrinsic worth is precisely equal to a given sum of the other, that is, contains precisely an equal weight of silver or gold of the same fineness, is usually termed the *Par of Exchange.** Between two countries employing the one silver and the other gold, there can be no invariable par of exchange, as the relative value of these metals is subject to fluctuation; but as this fluctuation has a very limited range, it has been customary to assume a par, founded on their average prices in the market.

In the United Kingdom, gold coin being the legal tender, there is properly no par of exchange, except with the United States, Sicily, and a few of the minor bill markets on the continent of Europe, where the established media of payment also consist of gold. With silver-using countries or places, only an average or approximate par can be stated. In the valuations of foreign monies in the present work, this approximate par is given on the assumption that the proportionate value of gold to silver is as $15\frac{43}{60}$ to 1; standard gold being estimated at its fixed mint price of £3, 17s. 10½d., and standard silver at its average market price of 5s. per ounce.

* This definition of the intrinsic par of exchange, which is that given in the Report of the Bullion Committee of the House of Commons in 1810, and generally understood by merchants, is objected to by economists in so far as it does not make allowance for the difference in value of the precious metals in different countries, owing to the greater facilities enjoyed by some in procuring these metals, from their vicinity to the mines or otherwise; but the difference in value thus occasioned is in general very trifling, particularly in Europe, throughout which, according to the late M. Rothschild, gold finds its level to within ¼ per cent.; and the above is the only sense in which the term par can be employed in showing the average relative value of the currencies of different countries by comparison of their coins. *For the practical purposes of the bullion merchant or exchange speculator, however, the par of the day must be carefully deduced from the market prices of the metals in the manner explained below* (page 202).

Of the two terms of comparison between the money of one place and that of another, one is fixed, the other is variable. The place whose money is reckoned at the fixed price is, in commercial language, said to *receive* the variable price; the other is said to *give* the variable price. Hence the higher the exchange between any two places, the more it is in favour of that which receives the variable price; the lower, the more in favour of that which gives the variable price;—the exchange being said to be favourable or unfavourable to any place, according as a smaller or larger amount of the currency of that place is required for discharging a given amount of foreign payments. Thus London receives from Paris a variable number of francs and centimes for £1 sterling; and taking the par at 25 francs 34 centimes for £1, exchange will be 5 per cent. in favour of London when it rises to 26 francs 62 centimes, and about 5 per cent. against London when it falls to 24 francs 7 centimes.

Supposing a par to be established, the fluctuations in the nominal price of bills drawn by one country upon another will arise principally from two circumstances:—1st, An alteration in the weight or fineness of the coin of either of the countries; 2d, An alteration in the total amount of the currency of either country, without a corresponding alteration in the commodities to be circulated.

First, Alteration of the Coin.—This may proceed, (1.) From a change by law of the standard purity or quantity of the metal of which the coin is formed; (2.) From illicit clipping or abrasion; (3.) From natural tear and wear.

(1.) In ancient times the legal degradation of the coin was common, owing partly to erroneous conceptions of the nature of money, but chiefly to the injustice of sovereigns, who were thereby enabled to fulfil, in appearance, their engagements with a smaller quantity of gold or silver than would otherwise have been requisite. The English pound was in this way gradually reduced to 1-3d, the Scottish to 1-36th, and the French livre to 1-66th of their original values. In later times, the practice has been common in Turkey, but it is now seldom resorted to in a civilized country, even under the most pressing necessities of the government. A recent instance, however, occurred in the degradation of the gold eagle of the United States, as already explained (p. 183).

(2.) The illicit clipping or abrading of the coin is common in eastern countries; and it is said to prevail to a considerable extent in Germany and Holland. It is also practised in those places where the dollar is cut into pieces for "change," the pieces being so generally depreciated, either from clipping or from being fraudulently divided, that the "cut money" is invariably at a discount compared with the "round dollar." An extensive issue of quarter dollars from the British commissariat at Sierra Leone in 1835, was immediately followed by "clipping," and the circulation, by traders visiting the coast, of dollars cut into five pieces.

(3.) The case of a worn coinage is similar to the preceding, except that, being gradual instead of sudden, the process is imperceptible during progress. If the worn coins, however, are not replaced by new ones, the difference will become in time a noticeable quantity, and the average value of the currency will proportionally fall. Before the reformation of our gold coin in 1774, the guinea was degraded from this cause to the extent of nearly 3 per cent. The inconveniences felt in several of the great commercial cities of the continent from the degradation of the coins, led to the institution of banks, where only coin of full weight, or bullion of equivalent value, being received in deposit, the credits inscribed in their books for such deposits were maintained on a par with money of the mintage standard. The coin or bullion thus deposited was seldom withdrawn, but was transferred from one account to another by means of checks, which formed a species of money to which the term *banco* was applied. In Hamburg, where this system continues in operation, banco bears a premium of about 25 per cent. compared with the current coins.

Second, Alteration in proportionate Amount of Currency.—The price of money, like that of any other article, is determined according to the relation between the supply and the demand. An increase of currency, while the commodities to be circulated remain the same, will be attended with an increase of nominal prices, and a correspondent depreciation in the value of money: similarly a decrease of currency, commodities remaining the same, will be attended with a fall of nominal prices, and a correspondent enhancement in the value of money. Had the currencies of commercial states been limited to the precious metals, their fluctuations would be confined within very narrow bounds, as these metals would evidently never be converted into money unless there was a real demand for it; nor would they be retained in any country in the form of money, if they could be advantageously exported as bullion. The circulating medium of mo-

preserved of the same exchangeable value as metallic money, yet, trinsic value, it cannot circulate in foreign countries, and hence, wh excess, it will become proportionally depreciated; and this deprecia currency may, by continued additions, go on increasing until its val culating medium is entirely lost. The truth of these propositions i rally known to require illustration.

The application of the principles now explained to the exchange is evident. When the currency of a country is depreciated, whether f dation of the coin, or from relative overissue, it is impossible tha amount of it should purchase the same sum of foreign money as be preciation. A bill on a foreign country, being in fact an order for a given sum of foreign money, will not be sold unless for such a amount of the depreciated currency as will counterbalance the dimin value; in other words, foreign bills will bear a premium in propor depreciation. In the same manner, a bill on the country where the depreciated will be bought abroad, where money retains its value, less nominal sum than the amount for which it is drawn; or, in other be at a discount.

Hence, after a par of exchange has been established, an alteration i of money, whether it arises from degradation of the coin or dep the coin or paper from relative overissue, will alike affect the price bill, and be made evident by an unfavourable *nominal* exchange.

In the process of restoration of a currency, after being depreciated, i necessary to observe that these phenomena will be reversed.

THE REAL EXCHANGE.

We now proceed to consider the manner in which the market pric affected by their abundance or scarcity, compared with the demand which depend the alterations of the *real* exchange; and as in tre *nominal* exchange, we endeavoured to preserve the subject distinct fr exchange, by supposing the price of foreign bills to be unaffected by tion in their abundance or scarcity; so in tracing the effects of the *re* we shall suppose the state of the *nominal* exchange to remain una that no change takes place in the value of the currencies in the countries.

In the commercial intercourse between two countries, when neith imports from the other to a greater amount than it exports to the sa

ments have to be made than received, the importer, rather than incur the expense of transmitting coin or bullion, will be induced to give more for a bill of exchange upon a party in the creditor country than the sum for which it is drawn. A competition will thus be created among the purchasers of bills upon the creditor country, and the holders will refuse to part with them, except an additional price be given as a premium in proportion to the demand. In the creditor country, on the contrary, there will be more persons holding than there are persons wanting bills, and the excess above the demand can only be converted into coin or bullion by sending them to the place upon which they are drawn. But this operation involving the expense and risk attending the transit of the bullion, the holder of a bill on the creditor country, if he be desirous of converting it into money, will be content to receive something less than its amount. There will therefore be in the creditor country a competition to sell, and bills will be at a discount in proportion to the supply. The premium in one country will correspond with the discount in the other. But neither the premium nor the discount can for any long time exceed the expense of transmitting bullion, which therefore forms the natural limit to the fluctuations of the *real* exchange between any two countries.

The transit of bullion, however (unless from countries producing the precious metals), rarely occurs except in small quantities: international accounts are never closed; and various facilities exist for warding off such a state of things as would take place if a periodical settlement were enforced as in accounts between individuals.

1st, The tendency of an unfavourable state of the *real* exchange is to stimulate exportation and check importation. Commodities which would only just pay with exchange at par, would yield a profit sufficient to induce exportation, where the exporter could secure 1 or 2 per cent. more for the draft upon his foreign debtor. On the other hand, an imported commodity which was only just paying when exchange was at par, would cease to yield a profit sufficient to induce importation when the importer should have to pay a premium for a foreign bill if he remit one to his foreign creditor, or a discount added to the invoice price if his creditor draws upon him. Thus, by the stimulus to exportation the supply of bills would be increased, while by the check to importation the demand for those bills would be lessened; both causes operating to restore the exchange to its natural level or par. In the same manner, a favourable exchange will act as a duty upon exportation, and as a bounty upon importation. In the case of the *nominal* exchange, however, these effects would not be produced, as the same fall in the value of the currency which renders the exchange unfavourable, and causes foreign bills to sell at a premium, must increase *in an equal degree* the price of all commodities; and *vice versa*.

In exporting during an unfavourable state of the exchange, it is plain that the merchant will, as in the ordinary conduct of his business, select those commodities which, besides the premium afforded by his bill, will give him the greatest profit by the difference of price abroad and at home; and it is not difficult to see that these exports must generally consist of consumable produce, and not bullion, which of all commodities is that which is subject to the least variation in its *real* price. "The annual quantity produced from the mines is very nearly constant,—its distribution, from the facility with which it is transported, is exceedingly uniform,—and its value, and consequently its real price, throughout Europe at least, must be considered as nearly the same. Unless then the bounty afforded by the unfavourable state of the *real* exchange were greater than the expenses attending the transit of bullion, it would be of all others the commodity least likely to be selected by the exporting merchant."—*Blake on Exchange*, p. 21.

2d, This natural tendency of the exchange to correct itself is promoted by the operations of the bill merchants, who study the exchanges, not only between the place at which they reside and all other places, but also between all those other places themselves, by which means they are generally enabled to realize a profit by buying bills in one place and selling them in another;—in this way preventing any great fall in the price of bills in those countries in which the supply exceeds the demand, and any great rise in those countries in which the supply happens to be deficient. Sometimes exchange operations are conducted with little outlay of capital. Thus, if a bill merchant in London can sell a bill on Amsterdam at half per cent. premium, and buy one on Paris at half per cent. discount, and with the latter buy one at Paris on Amsterdam at par, he will have gained 1 per cent. by the transaction, without the employment of any capital;—the bill remitted *from Paris to Amsterdam* arriving in time to meet the bill drawn there upon his correspondent. Again, a bill merchant, in order to take advantage of a premium on the exchange, may obtain a credit abroad upon which he may draw bills, under the calculation that at some future and not very distant period he will be able to replace the funds at a lower rate of exchange, and thereby realize a profit by the operation. The central points for such transactions are Hamburg, Amsterdam, Vienna, Paris, New York, and above all, London, the chief money market of the world.

3d, A variety of other expedients are also occasionally adopted, particularly in the United States, where the extension of credits by the consent of the foreign creditors upon allowing interest for the extended term, and the transmission of state securities, and the bonds of public companies, are all well known levers in the mechanism of trade, by which the tendency of an unfavourable balance of payments to cause an exportation of bullion is sometimes neutralized.

4th, When all these measures fail in keeping down the price of bills, and the premium exceeds by a very small amount the expenses of the transit of bullion, its exportation will immediately commence; for the same uniformity of value and of price which, as already noticed, would prevent bullion being exported before the premium exceeded those expenses, would be the very cause why, as soon as the premium had exceeded that point, it would be immediately chosen as the most eligible for exportation, more especially in the greater exchange markets, where the bullion merchants are generally distinguished for intelligence, large capital, and the small profits upon which they transact their business. The foreign debt will then begin to be paid by the bullion merchants exporting to take advantage of the premium, and their competition will soon bring down the real exchange so as no longer to afford a profit upon the export of this article. The exporters of consumable produce will, during this period, co-operate with the bullion merchants; and when the latter have ceased to derive a profit, the former will still continue their operations, till the exports have been such as to counterbalance the adverse debt, and render the quantity of foreign bills in the market equal to the demand.

5th, Only a small part, however, of an unfavourable balance can be liquidated by the transit of bullion, as its exportation cannot take place to any considerable degree without affecting the market price of that article itself;—raising it in the country from which it is sent, and reducing it in that into which it is flowing; so that if, in the first instance, the difference of price in the home and foreign market were but just sufficient to induce the bullion merchant to export, it is clear that after the change has taken place, the exportation of bullion under the same rate of exchange will cease. "The transit of bullion," says Mr Blake, "from a high or low *real* exchange is an unnatural transit, not arising from the wants of the country into which it flows, but depending solely on the profits which a temporary pressure for foreign payments affords to the bullion merchants on the sale of foreign bills; and as soon as the cause that has produced the temporary influx subsides (an event that will sooner or later necessarily take place by the import of such ordinary produce as is wanted for the purposes of consumption, and increased enjoyment of the people), the superfluous and unused quantity of bullion that has been accumulated will flow back from the country where its abundance has rendered its real price low, to those nations from which it had been unnaturally sent, and where its scarcity will have rendered its real price high" (p. 33).

Hence it appears, that whenever there is a balance of payments due by a country, the *real* exchange will become unfavourable, and the price of foreign bills will bear a premium, and *vice versa*; that the natural limit to the amount of this premium is the expense of the transit of bullion; and before it has arrived at that point, the export of ordinary produce will be forced, and its import restrained; so that the *real* exchange can scarcely begin to deviate from par, without calling into action a principle that will correct its deviation.

THE COMPUTED EXCHANGE.

The *computed*, or actual course of exchange, depends on the combined effect of the nominal and real exchange. These being perfectly independent of each other, it is obvious that if both are favourable, or both unfavourable, the *computed* exchange will denote their sum; that if the one is favourable while the other is unfavourable, it will express their difference; and that it may be at par, though *neither* the real nor the nominal exchange are so, provided the unfavourable state of the one be counteracted by the favourable state of the other. The state of the exchange at any particular period is best ascertained by a comparison of the market with the mint price of bullion;—the excess of the former above the latter affording in general an accurate measure of the depreciation of the currency. Thus, if the market and mint price of bullion at London and New York exactly corresponded, and if the value of bullion were the same in both places, the *nominal* exchange would be at par, and whatever variations might occur in the *computed* or actual course of exchange, would have to be referred to fluctuations in the *real* exchange, or, in other words, in the demand and supply of bills. But if, when the market price of bullion in London is equal to its mint price, it exceeds it 10 per cent. in New York, this proves that New York currency is depreciated 10 per cent., and consequently the *nominal* exchange between London and New York must be 10 per cent. against the latter. Again, if, while the value of New York currency was 10 per cent. less than the value of British currency, the *computed* or actual course of exchange between London and New York was 12 or 13 per cent. against the latter, it would show that the *real* exchange was also against New York to the extent of 2 or 3 per cent.: On the other hand, if the *computed* exchange was only 5 or 6 per cent. against New York, it would show that the *real* exchange was 5 or 4 per cent. in its favour

The oscillations of the exchange are now unimportant compared with what they were prior to the year 1815, when most of the European governments resorted to inconvertible paper money, which, by its overissue and consequent depreciation, disturbed the *nominal* exchange, while the *real* exchange was generally more or less influenced by remittances for the maintenance of troops abroad, or on account of foreign subsidies. At present the rates in Wetenhall's "Course of the Exchange," given below, are all expressed in currency, either metallic, or directly convertible into metallic money, except those on Rio Janeiro, Bahia, and Buenos Ayres, where it consists almost entirely of depreciated paper: the currencies of Denmark, Sweden, and Norway consist partly of depreciated paper, but these countries have seldom a direct course with London, their exchange business being generally transacted in banco through the medium of Hamburg. The *real* exchange is now also, in ordinary times, maintained with considerable steadiness. The chief fluctuations to which it is liable arise from the effects of favourable or unfavourable seasons on the customary produce of the land. In this country a deficient harvest, actual or anticipated, leads directly to a demand for bills on the foreign wheat ports, and indirectly to a demand for paper upon all places which hold commercial intercourse with such ports, or through which remittances may be made. The unfavourable exchange thus produced, occasions commonly an exportation of bullion; but it is evident, on the principles already explained, that this efflux can be only of limited amount and temporary duration.

Besides the circumstances now explained, the price of a bill will of course be influenced by the credit of the parties to it, and by the time which it has to run. In the actual negotiation of bills, however, any small difference of time is not taken into consideration,—a bill at 90 days' date frequently bringing as good a price as one at 75 days' date. *Short* bills, that is, bills at sight, or at short sight, which is generally 3 days' sight, do not usually bear a price higher than long dated bills, proportional to the interest for the difference of time, as the latter are preferred for exchange speculations, from their affording time to wait, if it should be judged expedient, for an improvement in the rate.

In this country the buying and selling of bills on foreign countries is conducted by brokers, all such transactions centring in the metropolis. In London the days for the negotiation of foreign bills are Tuesdays and Fridays, the *Foreign Post-days*. The brokers go round to the principal merchants, and discover whether they are buyers or sellers; and a few of the more influential, after ascertaining the state of the market, suggest a price at which the greater part of the transactions are settled, with such deviations as particular bills may be subject to from their high or low credit. For the bills they buy on one post-day, houses of established credit pay on the following post-day, when they receive the second and third bills of the set;—foreign bills being usually drawn in sets of three, as already explained. The brokerage charged on bills is 1 per mille, or $\frac{1}{10}$th per cent.

On the evenings of Tuesdays and Fridays, the market rates for bills on all the principal foreign cities, with the current prices of bullion, are published in Wetenhall's "Course of the Exchange," from a late number of which the following is extracted:—

COURSE OF EXCHANGE, LONDON.

	Time.	Rates.		Explanations.
Amsterdam	3 m/d.	12	4½	Florins and Stivers for £1.
Ditto, at sight	short	12	1¼	Florins and Stivers for £1.
Rotterdam	3 m/d.	12	5	Florins and Stivers for £1.
Antwerp	....	25	65	Francs and Centimes for £1.
Hamburg	....	13	12	Marks and Schillings Banco for £1.
Altona	....	13	12¼	Marks and Schillings Banco for £1.
Paris, 3 days' sight	short	25	40	Francs and Centimes for £1.
Ditto	3 m/d.	25	65	Francs and Centimes for £1.
Marseilles	....	25	65	Francs and Centimes for £1.
Bordeaux	....	25	70	Francs and Centimes for £1.
Frankfort (Maine)	....		120⅜	Florins for £10.
Berlin	....	7	0	Dollars and Groschen for £1.
Vienna	3 m/d.	10	4	Florins and Kreusers (*effective*) for £1.
Trieste	....	10	6	Florins and Kreusers for £1.
Leghorn	....	30	60	Tuscan Lire and Centesimi for £1.
Genoa	....	25	80	Lire Nuove and Centesimi for £1.
Milan	....	31	0	Lire Austriachi and Centesimi for £1.
Venice	....		47	Pence for 6 Lire Austriachi.
Naples	....		41¼	Pence for 1 Neapolitan Ducat.
Palermo	....		123	Pence for 1 Oncia.
Madrid	....		47¾	Pence for 1 Dollar.
Cadiz	....		48	Pence for 1 Dollar.
Barcelona	....		48	Pence for 1 Dollar.
Gibraltar	....		48	Pence for 1 Hard Dollar.
Lisbon	60 d/d.		54¾	Pence for 1 Milreis.
Oporto	....		55	Pence for 1 Milreis.
Petersburg	usance		37½	Pence for 1 Silver Ruble.
Rio Janeiro	60 d/s.			Pence for 1 Paper Milreis.
Bahia	....			Pence for 1 Paper Milreis.
Buenos Ayres	....			Pence for 1 Paper Dollar.
New York	21 d/s.		47¼	Pence for 1 Dollar.
Philadelphia	....		41	Pence for 1 Dollar.

PRICE OF BULLION.—Foreign gold in bars (standard), per ounce..£3 17 9
Silver in bars (standard) 0 5 1¼

When the exchange becomes more favourable for London, the foreign rates in the upper part of the list will rise, the sterling rates in the lower part will fall; when the exchange becomes less favourable, the former will fall, the latter will rise. Again, the tendency of bullion is to fall in price as the exchange becomes favourable, and to rise in price as it becomes unfavourable.

THE INLAND EXCHANGE.—The principles above explained are all applicable to the inland exchange; but, in the United Kingdom at least, the uniform value of the currency renders unnecessary all comparison between the value of the money at the place where the bill is drawn with its value at the place where it is to be paid; while the constant intercourse maintained between the different parts of the country prevents those fluctuations which occur in the market price of foreign bills. Inland remittances are generally conducted by bankers, who, by having credits in London and other cities, are enabled on all occasions to supply the demands of their customers. The great centre of the inland, as of the foreign exchange, is London, occasioned partly by its immense commerce, and by its currency consisting of Bank of England paper, for which the notes of the country banks are rendered exchangeable, but chiefly by its being the seat of the government, and the place to which the revenue is remitted. Owing to these circumstances, the exchange between London and the other parts of the kingdom is invariably in its favour. The premium for bankers' letters of credit or drafts on London, the form in which inland remittances are now chiefly made, is usually commuted for a fixed period of time termed the *Par Date*. The par date for remittances to London from Ireland is 12 days (except from Dublin where it is 10 days), or 1-8th per cent. commission. In Scotland the charge was fixed at 20 days, but drafts on London are now issued on more favourable terms. Throughout England the practice varies, but the expense nowhere exceeds a small fractional per-centage.

AMSTERDAM.

London	fl. 11.97½ c.	for	£1
Hamburg	.. 35	..	M. Bco. 40
Madrid	.. 2.40 c.	..	1 duro
Paris	.. 56.70	..	fr. 120
Petersburg	.. 1.90 c.	..	Ro. 1
Vienna	.. 36	..	fl. 30

BERLIN.

London	th. 6.24 gr.	for	£1
Amsterdam	.. 143	..	fl. 250
Hamburg	.. 152 2 ..	..	M. Bco. 300
Paris	.. 81 2 ..	..	fr. 300

BREMEN.

London	Rix. 612	for	£100
Amsterdam	.. 127½	..	fl. 250
Hamburg	.. 133½	..	M. Bco. 300
New York	$78	..	Rix. 100

CALCUTTA.

London	2s. 1½d.	for	Re. 1
Paris	Re. 105	..	fr. 300
China	.. 210	..	$100
Mauritius	.. 1	..	54 cents

FRANKFORT.

London	fl. 11.48 gr.	for	£1
Hamburg	.. 88¾	..	M. Bco. 100
Paris	.. 94¾	..	fr. 200

GIBRALTAR.

London	49¾d.	for	$1
Genoa	L. 5.34 c.	..	$1

HAMBURG.

London	M. Bco. 13.10 sch.	for	£1
Spain	.. —43 ..	..	1 duro
Petersburg	.. —34 ..	..	Ro. 1
Amsterdam	fl. 35 20 c.	..	M. Bco. 40
Berlin	th. 152	..	.. 300
Copenhagen	Rix D. 203	..	.. 300
Paris	fr. 188¾	..	.. 100
Vienna	fl. 75¾	..	.. 100

HAVANA.

London 10 prem. on fixed par of $444 for £100

Paris 3 prem. on do. of fr. 5 for $1

HONG-KONG.

London	4s. 9d.	for	$1
Calcutta	Re. 223	..	$100

Sycee silver 4½ per cent. prem.

LEGHORN.

London	L. T. 29.83 c.	for	£1
Paris	1.17	..	fr. 1
Hamburg	2.18	..	M. Bco. 1
Messina	15.34	..	onz. 1
Naples	5.11	..	duc. 1

LISBON.

London	54d.	for	mil 1
Paris	525 reas	..	fr. 3
Madrid	930 ..	..	$1

MADRID.

London	48.85 d.	for	$1
Paris	fr. 4 93 c.	..	$1

MELBOURNE.

London, at 60 days' sight, par to 1 pr.
Sydney, at sight, 1 dis. .. 1 ..
New York, 1 p. cent. above London rates
China, 5s. 1d. per $1
Calcutta 2s. 1d. .. Re. 1

MILAN.

London	L. A. 30 31 c.	for	£1
Paris	.. 1 18½	..	fr. 1

NAPLES.

London	607 grani	for	£1
Hamburg	D. 44.15 gr.	..	M. Bco. 1
Paris	24 ..	..	fr. 1
Madrid	107 ..	..	$1

NEW YORK.

London	$4.86 c.	for	£1
	or 9½ prem.		
Paris	0.18½	..	fr. 1
	or fr. 5 37 c.	..	$1
Hamburg	$0.35 c.	..	M. Bco. 1
Amsterdam	0.40	..	fl. 1

PALERMO.

London	T. 58.10 gr.	for	£1
Genoa	—47 ..	..	L. 1
Naples	121 ducats	..	100 scudi

PARIS.

London	fr. 25.20 c.	for	£1
Amsterdam	.. 214	..	fl. 100
Frankfort	.. 215	..	fl. 100
Hamburg	.. 187½	..	M. Bco. 100
Madrid	.. 5.20 c.	..	1 duro
Petersburg	.. 400	..	Ro. 100
Vienna	.. 260	..	fl. 100

PETERSBURG.

London	37½d.	for	Ro. 1
Amsterdam	fl. 1.87½ c.	..	.. 1
Hamburg	sch. Bco. 34	..	.. 1
Paris	fr. 3.96 c.	..	.. 1

RIO DE JANEIRO.

London	26½d.	for	mil 1
Paris	365 reas	..	fr. 1
Hamburg	676 ..	..	M. Bco. 1

SINGAPORE.

London	$1	for	4s. 5d.
Calcutta	.. 100	..	Re. 218

STOCKHOLM.

London	R. dr. 12 2 sk.	for	£1
Hamburg	127 skill.	..	M. Bco. 3.

VIENNA.

London	fl. 9.59	for	£1
Amsterdam	.. 85½	..	Neth. fl. 100
Hamburg	.. 73¾	..	M. Bco. 100
Paris	.. 118¾	..	fr. 300

III. FORMULÆ FOR EXCHANGE CALCULATIONS.

The computation of a direct exchange between any two countries is simply a question of proportion. If the course between London and Paris be 25 franc for £1, then £60 will obviously be equivalent to 1500 francs. If again the ex change be through a third place, an additional stating will be necessary, and s on. Thus, if the amount of £60 be required in Roman pauls, reckoning £1 = 25 French francs, and 100 francs = 200 pauls, we shall have—

(1.) £1 : £60 : : 25 francs : Answer 1500 francs.
(2.) 100 francs : 1500 francs : : 200 pauls : Answer 3000 pauls.

which last is evidently the answer required, as 1500 francs are equivalent t £60, the original *term of demand*.

In the course of these operations the term of demand, 60, is first multiplie by 25, then divided by 1, next multiplied by 200, and afterwards divided b 100. But it would obviously produce the same result to collect the multiplier and the term of demand into one product, and the divisors into another, an then to divide the former by the latter. The preceding case may be therefor stated thus,—

		£60 ?
£1	=	25 francs
100 francs	=	200 pauls

$$\text{Hence, } \frac{60 \times 25 \times 200}{1 \times 100} = \frac{300000}{100} = 3000 \text{ pauls, as before.}$$

This mode of arranging the terms, so that those which would form the div sors in continued statements in the Rule of Three, are multiplied together for common divisor, and the other terms for a common dividend, is by cambists calle the *Chain Rule*, from the manner in which the different equations are linked to gether. The ordinary practical directions for this rule are as follows:—

Arrange the several terms in separate columns of antecedents and conse quents, entering,—

1st, In the right hand column the term of demand;

2d, On the line below, and in the left hand column, the first antecedent which must be of the same denomination as the term of demand, and equal i value to the corresponding consequent placed contiguously in the right han column;

3d, Similarly, make the second antecedent of the same denomination as th preceding consequent, and equal in value to the annexed consequent, and so o throughout, introducing equations according to the nature of the case, an making the terms lead from one to another, so that the last term may be of th same denomination as the answer required;

Then multiply the antecedents together for a divisor, and the consequents including the term of demand, together for a dividend, and the quotient will b the answer required.

The operations are simplified in practice by striking out the same number when they occur in different columns; or, when terms in different columns ar measured by the same number, by cancelling the original terms, and using th quotients in their stead. Fractions, likewise, are generally converted into whol numbers by multiplying both terms of the equation in which they occur by th denominator.

Calculations of this kind are further facilitated by compounding the invariabl terms into one result or *Fixed Number*, and applying the variable terms to it a multipliers or divisors according to the state of the question.

DIRECT EXCHANGES.

LONDON ON AMSTERDAM.

Exchange 12 fl. 4½ stivers.

		1000 florins ?
1 florin	=	20 stivers.
244½ stivers	=	£1.

Or what is the same;

Exch. 12 fl. 22½ cents.

		1000 florins ?
1 florin	=	100 cents.
1222½ cents	=	£1.

Answer. 1000 florins = £81, 16s.

AMSTERDAM ON LONDON.

Exchange 11 fl. 95 cents.

		£100 ?
£1	=	1195 cents.
100 cents	=	1 florin.

Answer. £100 = 1195 florins.

N. B. The stiver is retained in th London, but not in the Amsterdar course of exchange.

LONDON ON PARIS.
Exch. 25 fr. 65 cts.
1000 francs?
1 franc = 100 cents.
2565 cents = £1.
ns. 1000 francs = £38, 19s. 8¾d.

LONDON ON HAMBURG.
Exch. 13 mks. 12 schill. Bco.
1000 marks Bco.?
1 mark Bco. = 16 schillings.
220 schillings = £1.
ns. 1000 Bco. marks = £72, 14s. 6½d.

LONDON ON VIENNA.
Exch. 10 florins 4 kreusers.
1000 florins?
1 florin = 60 kreusers.
604 kreusers = £1.
ns. 1000 fl. = £99, 6s. 9d.

LONDON ON VENICE.
Exch. 47 pence.
1000 Lire Aus.?
6 Lire Aus. = 47 pence.
240 pence = £1.
ns. 1000 Lire Aus. = £32, 12s. 9⅓d.

LONDON ON MILAN.
Exch. 31 Lire Austriachi.
1000 Lire Aus
1 Lira Aus. = 100 centesimi.
100 cent. = £1.
ns. 1000 Lire Aus. = £32, 5s. 2d.

LONDON ON NAPLES.
Exch. 41¼ pence.
1000 ducats?
1 ducat = 41¼ pence.
240 pence = £1.
ns. 1000 ducats = £171, 17s. 6d.

LONDON ON LISBON.
Exch. 54¾ pence.
1000$000?
1 $000 = 54¾ pence.
240 pence = £1.
ns. 1000 milreis = £228, 2s. 6d.

LONDON ON BERLIN.
Exch. 7 Pruss. doll.
1000 P. D.?
1 Pruss. dollar = 30 groschen.
210 groschen = £1.
Ins. 1000 P. doll. = £142, 17s. 1¾d.

ONDON ON ST PETERSBURG.
Exch. 37½ pence.
1000 rubles?
1 ruble = 37½ pence.
240 pence = £1 sterling.
Ins. 1000 rubles = £156, 5s.

LONDON ON PALERMO.
Exch. 123 pence.
1000 oncie?
1 oncie = 123 pence.
240 pence = £1 sterling.
Ans. 1000 oncie = £512, 10s.

PARIS ON LONDON.
Exch. 25 fr. 10 cts.
£100?
£1 = 2510 cents.
100 cents = 1 franc.
Ans. £100 = 2510 francs.

HAMBURG ON LONDON.
Exch. 13 mks. 7 schill. Bco.
£100?
£1 = 215 schillings.
16 schillings = 1 mark Bco.
Ans. £100 = 1343 marks 12 schill. Bco.

VIENNA ON LONDON.
Exch. 9 florins 48 kreusers.
£100?
£1 = 588 kreusers
60 kreusers = 1 florin.
Ans. £100 = 980 florins.

VENICE ON LONDON.
Exch. 48 pence.
£100?
£1 = 240 pence.
48 pence = 6 Lire Aus.
Ans. £100 = 3000 Lire Austriachi.

MILAN ON LONDON.
Exch. 29 Lire 30 cents Aus.
£100?
£1 = 2930 centesimi.
100 cent. = 1 Lira Aus.
Ans. £100 = 2930 Lire Austriachi

NAPLES ON LONDON.
Exch. 610 grani.
£100?
£1 = 610 grani.
100 grani = 1 ducat.
Ans. £100 = 610 ducats.

LISBON ON LONDON.
Exch. 57 pence.
£100?
£1 = 240 pence.
57 pence = 1 $000.
Ans. £100 = 421 $053.

BERLIN ON LONDON.
Exch. 6 P. D. 24 groschen.
£100?
£1 = 204 groschen.
30 groschen = 1 Pruss. dollar.
Ans. £100 = 680 Prussian dollars.

ST PETERSBURG ON LONDON.
Exch. 38 pence.
£100?
£1 = 240 pence.
38 pence = 1 ruble.
Ans. £100 = 631 rubles 58 copecs.

PALERMO ON LONDON.
Exch. 60 tari.
£100?
£1 = 60 tari.
30 tari = 1 oncia.
Ans. £100 = 200 oncie.

LONDON ON MADRID.
Exch. 48 pence.
1000 Reals v. ?
20 Reals v. = 48 pence.
240 pence = £1
Ans. 1000 Reals vellon = £10.

MADRID ON LONDON.
Exch. 47 pence.
£100?
£1 = 240 pence.
47 pence = 20 Reals v.
Ans. £100=10212 Reals v. 26 maraved.

LONDON ON LEGHORN.
Exch. £ T. 30, 60 cents.
1000 Lire T. ?
1 Tuscan lira = 100 cents.
3060 cents = £1.
Ans. 1000 Lire T. = £32, 13s. 7d.

LEGHORN ON LONDON.
Exch. £ T. 30, 10 cents.
£100 ?
£1 sterling = 3010 cents.
100 cents = 1 Tuscan Lira
Ans. £100 = £ T. 3010.

LONDON ON NEW YORK.
Exch. 11½ per cent. Premium.
$1000 ?
$111½ less prem. = $100
$40 = £9 sterling.
Ans. $1000 = £201, 15s. 10½d.
Exch. 46½ pence.
$1000 ?
$1 = 46½ pence.
240 pence = £1 sterling.
Ans. $1000 = £193, 15s.

NEW YORK ON LONDON.
Exch. 7½ per cent. Premium.
£100 ?
£9 sterling = $40
$100 plus prem. = $107½.
Ans. £100 = $477.78 cts.
Exch. $4.80 cts.
£100 ?
£1 sterling = 480 cents.
100 cents = $1.
Ans. £100 = $480.

In the two examples of the premium method, given above, the fixed par of 4s. 6d. per dollar is expressed in the equivalent proportion, £9 = $40, according to usage in exchange calculations.

LONDON ON MONTREAL.
Exch. 17½ per cent. Premium.
£1000 currency ?
£117, 10s. currency, less prem. } = £100 currency.
£10 currency = £9 sterling.
Ans. £1000 currency = £765, 19s. 2d. stg.

MONTREAL ON LONDON.
Exch. 15 per cent. Premium.
£100 sterling ?
£9 sterling = £10 currency.
£100 currency, plus prem. } = £115 currency.
Ans. £100 sterling = £127, 15s. 7d. cy.

LONDON ON HAVANA.
Exch. 15 per cent. Premium.
$1000 ?
$115, less prem. = $100
$444, = £100 sterling.
Ans. $1000 = £195, 16s. 11¾d. sterling.

HAVANA ON LONDON.
Exch. 14½ per cent. Premium.
£100 sterling ?
£100 sterling = $444
$100, plus prem. = $114½
Ans. £100 sterling = $508⅜

INDIRECT EXCHANGES, OR ARBITRATIONS OF EXCHANGE.

Arbitration of Exchange is the operation of finding a proportional rate between two places, through any intermediate place or places, in order to ascertain the most advantageous method of drawing or remitting. When there is only one intermediate place, it is said to be a *Simple Arbitration;* when more than one, a *Compound Arbitration.*

In practice the comparison is made with a variety of arbitrated rates, in order to find whether any indirect paper affords a better rate than direct paper,—allowance being made for the difference of interest or discount between the direct and indirect bills, and the additional charges attending the latter, as brokerage, stamps, and commission. The commission to an agent varies from about ⅛ to ½ per cent. according to agreement; but the small rate of profit yielded by exchange speculations leads to their being chiefly conducted on joint account, or between branches of the same establishment, so that the charge for commission is generally avoided.

LONDON AND PARIS, THROUGH HAMBURG.

Find the Arbitrated Rate between London and Paris, when the exchange of London on Hamburg is 13 marks 12 schillings Banco for £1; and that of Paris on Hamburg, 184 francs 50 centimes for 100 marks Banco.

		£1?
£1	=	220 schill. Bco.
16 schillings	=	1 marc Bco.
100 marcs Bco.	=	18450 cents.
100 cents	=	1 franc.

Ans. 25 francs 37 cents.

LONDON AND AMSTERDAM, THROUGH MADRID.

Find the Arbitrated Rate between London and Amsterdam, when the exchange of London on Madrid is 49¾ pence for 1 hard dollar; and that of Amsterdam on Madrid 2 florins 44 cents for 1 hard dollar or duro.

		£1?
£1	=	240 pence.
49.75 pence	=	1 duro.
1 duro	=	2·44 florins.

Ans. 11 florins 77 cents.

In the above Simple Arbitrations, although the exchange is said to be *through* a third place, yet it is commonly effected by the remittance of bills upon the intermediate place, to the place where the fund is to be created;—as, for example, by the purchase in London of bills upon Hamburg, and the remittance of such bills to Paris; this operation being less complicated, and attended with fewer charges than remitting direct paper to Hamburg, and either having the proceeds forwarded to Paris, or ordering the Paris correspondent to draw for them upon Hamburg.

Compound Arbitrations are of rare occurrence, as the liability to unfavourable changes becomes greatly increased when more than three places are concerned in the operation; besides, few houses of business are capable of so far extending their negotiations.

ARBITRATIONS OF BULLION.

Arbitration of Bullion is the operation of deducing a rate of exchange from the prices of bullion in two places, in order to determine, by comparison with the rate borne by bills, whether the precious metals can be exported or imported to advantage. The data required, besides the prices, are the weight and fineness of the bullion;—the modes of expressing which, in this and other countries, are explained in a preceding part of the work.

In the following equations the variable terms are distinguished by an asterisk; the others, being invariable, are in each case compounded into a fixed number which may be used in all similar arbitrations. The result of the equation for New York is shown, both according to the new and the old methods of quoting the exchange.

LONDON AND NEW YORK.

Bar gold in London is 77s. 9d. per ounce standard; required the arbitrated rate of exchange produced by its export to the United States, for coinage at the rate of 232½ grains of fine gold for the eagle of $10.

		£1 sterling?
£1 sterling	=	20 shillings.
*77¾ shillings	=	480 grains stand.
12 grains stand.	=	11 grains fine.
232½ grains fine	=	$10.

77¾)378.984 *Fixed No.*

Ans. $4.87,43 per £1 stg.
900

40)4386.87,00

109⅔ per £100 stg.

or 9⅔ per cent. Premium.

LONDON AND AMSTERDAM.

Bar silver in London is 60 pence per oz. standard; in Amsterdam 104½ florins per pond fine; required the arbitrated rate of exchange; the Netherlands pond being equal 1000 wigties, and 31.1002 wigties equal 1 troy ounce.

		£1 sterling?
£1 sterling	=	240 pence.
*60 pence	=	1 oz. stand.
40 oz. stand.	=	37 oz. fine.
1 oz.	=	31.1002 wigties.
1000 wigties	=	*104½ florins.

60)6.90424 *Fixed No.*

.115070

Multiplied by 104½

Ans. Florins 12.02 cents.

The arbitrated rates thus found, however, will fall to be corrected for interest and charges, before being compared with the prices of bills.

IV. EXCHANGE TABLES.

These Tables give, for all ordinary rates with London, the equivalents in sterling of 100 integers of the respective foreign monies, and the equivalents of £100 in each foreign money; and from these, owing to the whole being expressed decimally, any other sums may be derived with facility.

By Table 1, at the exchange of 25 fr. 30 c. per £1, 100 fr. = £3.952; and 1000 fr. = £39.525 or £39, 10s. 6d. Conversely £100 = 2530 fr.; and £1000 = 25.300 fr.

By Table 9, at the exchange of 36⅞d. per rouble, Ro. 100 = £15.3125; also Ro. 10 = £1.53125; and Ro. 1 = .153125. Whence Ro. 2500 = £.153125 × 2500 = £382.812, or £382, 16s. 3d.

The equivalents of shillings and pence, or other fractions, may be obtained by the method of aliquot parts; or, by converting them into a decimal of the integer, and proceeding as in the last case. Thus by Table 12, at the exchange with the United States of 9½ premium, the equivalent in dollars of £548, 10s. 6d. will be 548.525 × 4.85 = $2636.10 c.

1. FRANCE, BELGIUM, SARDINIAN STATES, SWITZERLAND, &c.

100 Francs =	Exch. per £1. F.	c.	£100 =	100 Francs =	Exch. per £1. F.	c.	£100 =
£4.060914	24	62½	F.2462.500	£3.940887	25	37½	F.2537.500
4.056795		65	2465.000	3.937008	25	40	2540.000
4.052685		67½	2467.500	3.933137		42½	2542.500
4.048583	24	70	2470.000	3.929273		45	2545.000
4.044489		72½	2472.500	3.925417		47½	2547.500
4.040404		75	2475.000	3.921569	25	50	2550.000
4.036327		77½	2477.500	3.917728		52½	2552.500
4.032258	24	80	2480.000	3.913894		55	2555.000
4.028197		82½	2482.500	3.910068		57½	2557.500
4.024145		85	2485.000	3.906250	25	60	2560.000
4.020101		87½	2487.500	3.902439		62½	2562.500
4.016064	24	90	2490.000	3.898636		65	2565.000
4.012036		92½	2492.500	3.894839		67½	2567.500
4.008016		95	2495.000	3.891051	25	70	2570.000
4.004004		97½	2497.500	3.887269		72½	2572.500
4.000000	25	0	2500.000	3.883495		75	2575.000
3.996004		2½	2502.500	3.879728		77½	2577.500
3.992016		5	2505.000	3.875969	25	80	2580.000
3.988036		7½	2507.500	3.872217		82½	2582.500
3.984064	25	10	2510.000	3.868472		85	2585.000
3.980100		12½	2512.500	3.864734		87½	2587.500
3.976143		15	2515.000	3.861004	25	90	2590.000
3.972195		17½	2517.500	3.857281		92½	2592.500
3.968254	25	20	2520.000	3.853565		95	2595.000
3.964321		22½	2522.500	3.849856		97½	2597.500
3.960396		25	2525.000	3.846154	26	0	2600.000
3.956479		27½	2527.500	3.842459		2½	2602.500
3.952569	25	30	2530.000	3.838772		5	2605.000
3.948667		32½	2532.500	3.835091		7½	2607.500
3.944773		35	2535.000	3.831418	26	10	2610.000

2. HAMBURG.*				3. HOLLAND, S. GERMANY, &c.					
100 Marcs =	Exch. per Marc.		£100 =	100 Flor. =	Exchange per Florin.†				£100 =
	M.	sc.			F.	c.	F.	k.	
£7.729469	12	15	M.1293·7500	£8.602151	11	62½	11	37½	F.1162.500
7.720145		15¼	1295.3125	8.592911		63¾		38¼	1163.750
7·710843		15½	1296.8750	8.583691		65		39	1165.000
7·701564		15¾	1298.4375	8.574491		66¼		39¾	1166.250
7.692308	13	0	1300.0000	8.565310		67½		40½	1167.500
7.683073		0¼	1301.5625	8.556150		68¾		41¼	1168.750
7.673861		0½	1303.1250	8.547009	11	70	11	42	1170.000
7.664671		0¾	1304.6875	8 537887		71¼		42¾	1171.250
7.655502	13	1	1306.2500	8.528785		72½		43½	1172.500
7.646356		1¼	1307.8125	8.519702		73¾		44¼	1173.750
7.637232		1½	1309.3750	8.510638		75		45	1175.000
7.628129		1¾	1310.9375	8.501594		76¼		45¾	1176.250
7.619048	13	2	1312.5000	8.492569		77½		46½	1177.500
7.609988		2¼	1314.0625	8.483563		78¾		47¼	1178.750
7.600950		2½	1315.6250	8.474576	11	80	11	48	1180.000
7.591934		2¾	1317.1875	8.465608		81¼		48¾	1181.250
7.582938	13	3	1318.7500	8.456660		82½		49½	1182.500
7.573964		3¼	1320.3125	8.447730		83¾		50¼	1183.750
7.565012		3½	1321.8750	8.438819		85		51	1185.000
7.556080		3¾	1323.4375	8.429926		86¼		51¾	1186.250
7.547170	13	4	1325.0000	8.421053		87½		52½	1187.500
7.538280		4¼	1326.5625	8.412198		88¾		53¼	1188.750
7.529412		4½	1328.1250	8.403361	11	90	11	54	1190.000
7.520564		4¾	1329.6875	8.394544		91¼		54¾	1191.250
7.511737	13	5	1331.2500	8.385744		92½		55½	1192.500
7.502931		5¼	1332.8125	8.376963		93¾		56¼	1193.750
7.494145		5½	1334.3750	8.368201		95		57	1195.000
7.485380		5¾	1335.9375	8.359457		96¼		57¾	1196.250
7.476636	13	6	1337.5000	8.350731		97½		58½	1197.500
7.467911		6¼	1339.0625	8.342023		98¾		59¼	1198.750
7.459207		6½	1340.6250	8.333333	12	0	12	0	1200.000
7.450524		6¾	1342.1875	8.324662		1¼		0¾	1201.250
7.441860	13	7	1343.7500	8.316008		2½		1½	1202.500
7.433217		7¼	1345.3125	8.307373		3¾		2¼	1203.750
7.424594		7½	1346.8750	8.298755		5		3	1205.000
7.415991		7¾	1348.4375	8.290155		6¼		3¾	1206.250
7.407407	13	8	1350.0000	8.281573		7½		4½	1207.500
7.398844		8¼	1351.5625	8.273009		8¾		5¼	1208.750
7.390300		8½	1353.1250	8.264463	12	10	12	6	1210.000
7.381776		8¾	1354.6875	8.255934		11¼		6¾	1211.250
7.373272	13	9	1356.2500	8.247423		12½		7½	1212.500
7.364787		9¼	1357.8125	8.238929		13¾		8¼	1213.750
7.356322		9½	1359.3750	8.230453		15		9	1215.000
7.347876		9¾	1360.9375	8.221994		16¼		9¾	1216.250
7.339450	13	10	1362.5000	8.213552		17½		10½	1217.500
7.331042		10¼	1364.0625	8.205128		18¾		11¼	1218.750
7.322654		10½	1365.6250	8.196721	12	20	12	12	1220.000
7.314286		10¾	1367.1875	8.188332		21¼		12¾	1221.250
7.305986	13	11	1368.7500	8.179959		22½		13½	1222.500
7.297605		11¼	1370.3125	8.171604		23¾		14¼	1223.750
7.289294		11½	1371.8750	8.163265		25		15	1225.000
7.281001		11¾	1373.4375	8.154544		26¼		15¾	1226.250
7.272727	13	12	1375.0000	8.146640		27½		16½	1227.500
7.264472		12¼	1376.5625	8.138352		28¾		17¼	1228.750
7.256236		12½	1378.1250	8.130081	12	30	12	18	1230.000
7.248018		12¾	1379.6875	8.121827		31¼		18¾	1231.250
7.239819	13	13	1381.2500	8.113590		32½		19½	1232.500
7.231638		13¼	1382.8125	8.105370		33¾		20¼	1233.750
7.223476		13½	1384.3750	8.097166		35		21	1235.000
7.215333		13¾	1385.9375	8.080808		37½		22½	1237.500

* Denmark, Norway, and Sweden generally exchange through Hamburg; the par being 3 Hamburg Marcs Bco = 2 Danish Rigsbank dalers = 1 Norwegian species dollar = 127 Swedish skillings.

† The Dutch florin is divided into 100 cents; the S. German into 60 kreuzers.

4. PRUSSIA AND N. GERMANY.

100 Thalers=	Exch. per £1. T.	g.	£100 =
£15.00000	6	20	T.666.6667
14.98127	6	20¼	667.5000
14.96259	6	20½	668.3333
14.94396	6	20¾	669.1667
14.92537	6	21	670.0000
14.90683	6	21¼	670.8333
14.88834	6	21½	671.6667
14.86989	6	21¾	672.5000
14.85149	6	22	673.3333
14.83313	6	22¼	674.1667
14.81481	6	22½	675.0000
14.79655	6	22¾	675.8333
14.77833	6	23	676.6667
14.76015	6	23¼	677.5000
14.74201	6	23½	678.3333
14.72393	6	23¾	679.1667
14.70588	6	24	680.0000
14.68788	6	24¼	680.8333
14.66993	6	24½	681.6667
14.65201	6	24¾	682.5000
14.63415	6	25	683.3333
14.61632	6	25¼	684.1667
14.59854	6	25½	685.0000
14.58080	6	25¾	685.8333
14.56311	6	26	686.6667
14.54545	6	26¼	687·5000
14.52784	6	26½	688.3333
14.51028	6	26¾	689.1667
14.49275	8	27	690.0000
14.47527	6	27¼	690.8333
14.45783	6	27½	691.6667
14.44043	6	27¾	692.5000
14.42308	6	28	693.3333
14.40576	6	28¼	694.1667
14.38849	6	28½	695.0000
14.37126	6	28¾	695.8333
14.35407	6	29	696.6667
14.33692	6	29¼	697.5000
14.31981	6	29½	698.3333
14.30274	6	29¾	699.1667
14.28571	7	0	700.0000
14.26873	7	0¼	700.8333
14.25178	7	0½	701.6667
14.23488	7	0¾	702.5000
14.21801	7	1	703.3333
14.20118	7	1¼	704.1667
14.18440	7	1½	705.0000
14.16765	7	1¾	705.8333
14.15094	7	2	706.6667
14.13428	7	2¼	707.5000
14.11765	7	2½	708.3333
14.10106	7	2¾	709.1667
14.08451	7	3	710.0000
14.06800	7	3¼	710.8333
14.05152	7	3½	711.6667
14.03509	7	3¾	712.5000
14.01869	7	4	713.3333
14.00233	7	4¼	714.1667
13.98601	7	4½	715.0000
13.96973	7	4¾	715.8333
13.95349	7	5	716.6667

5. AUSTRIA.

100 Florins =	Exch. per £1. F.	k.	£100 =
£10.16949	9	50	F.983.3333
10.15228	9	51	985.0000
10.13514	9	52	986.6667
10.11804	9	53	988.3333
10.10101	9	54	990.0000
10.08403	9	55	991.6667
10.06711	9	56	993.3333
10.05025	9	57	995.0000
10.03344	9	58	996.6667
10.01669	9	59	998.3333
10.00000	10	0	1000.0000
9.98336	10	1	1001.6667
9.96678	10	2	1003.3333
9.95025	10	3	1005.0000
9.93377	10	4	1006.6667
9.91736	10	5	1008.3333
9.90099	10	6	1010.0000
9.88468	10	7	1011.6667
9.86842	10	8	1013.3333
9.85222	10	9	1015.0000
9.83607	10	10	1016.6667
9.81997	10	11	1018.3333
9.80392	10	12	1020.0000
9.78793	10	13	1021.6667
9.77199	10	14	1023.3333
9.75610	10	15	1025.0000
9.74026	10	16	1026.6667
9.72447	10	17	1028.3333
9.70874	10	18	1030.0000
9.69305	10	19	1031.6667
9.67742	10	20	1033.3333
9.66184	10	21	1035.0000
9.64630	10	22	1036.6667
9.63082	10	23	1038.3333
9.61538	10	24	1040.0000
9.60000	10	25	1041.6667
9.58466	10	26	1043.3333
9.56938	10	27	1045.0000
9.55414	10	28	1046.6667
9.53895	10	29	1048.3333
9.52381	10	30	1050.0000
9.50872	10	31	1051.6667
9.49367	10	32	1053.3333
9.47867	10	33	1055.0000
9.46372	10	34	1056.6667
9.44882	10	35	1058.3333
9.43396	10	36	1060.0000
9.41915	10	37	1061.6667
9.40439	10	38	1063.3333
9.38967	10	39	1065.0000
9.37500	10	40	1066.6667
9.36037	10	41	1068.3333
9.34579	10	42	1070.0000
9.33126	10	43	1071.6667
9.31677	10	44	1073.3333
9.30233	10	45	1075.0000
9.28793	10	46	1076.6667
9.27357	10	47	1078.3333
9.25926	10	48	1080.0000
9.24499	10	49	1081.6667
9.23077	10	50	1083.3333

6. LOMBARDY, TUSCANY, &c.

100 Lire=	Exch. per £. L.	c.	£100 =
£3.427592	29	17½	L.2917.500
3.424658		20	2920.000
3.421728		22½	2922.500
3.418803		25	2925.000
3.415884		27½	2927.500
3.412969	29	30	2930.000
3.410060		32½	2932.500
3.407155		35	2935.000
3.404255		37½	2937.500
3.401361	29	40	2940.000
3.398471		42½	2942.500
3.395586		45	2945.000
3.392706		47½	2947.500
3.389831	29	50	2950.000
3.386960		52½	2952.500
3.384095		55	2955.000
3.381234		57½	2957.500
3.378378	29	60	2960.000
3.375527		62½	2962.500
3.372681		65	2965.000
3.369840		67½	2967.500
3.367003	29	70	2970.000
3.364172		72½	2972.500
3.361345		75	2975.000
3.358522		77½	2977.500
3.355705	29	80	2980.000
3.352892		82½	2982.500
3.350084		85	2985.000
3.347280		87½	2987.500
3.344482	29	90	2990.000
3.341688		92½	2992.500
3.338898		95	2995.000
3.336113		97½	2997.500
3.333333	30	0	3000.000
3.330558		2½	3002.500
3.327787		5	3005.000
3.325021		7½	3007.500
3.322259	30	10	3010.000
3.319502		12½	3012.500
3.316750		15	3015.000
3.314002		17½	3017.500
3.311258	30	20	3020.000
3.308519		22½	3022.500
3.305785		25	3025.000
3.303055		27½	3027.500
3.300330	30	30	3030.000
3.297609		32½	3032.500
3.294892		35	3035.000
3.292181		37½	3037.500
3.289474	30	40	3040.000
3.286771		42½	3042.500
3.284072		45	3045.000
3.281378		47½	3047.500
3.278689	30	50	3050.000
3.276003		52½	3052.500
3.273322		55	3055 000
3.270646		57½	3057.500
3.267974	30	60	3060.000
3.265306		62½	3062.500
3.262643		65	3065.000
3.259984		67½	3067.500

7. NAPLES.

100 Ducats=	Exch. per Duc. d.	£100 =
£16.66667	40	D.600.0000
16.71875	⅛	598.1308
16.77083	¼	596.2733
16.82292	⅜	594.4272
16.87500	½	592.5926
16.92708	⅝	590 7692
16.97917	¾	588.9571
17.03125	⅞	587.1560
17.08333	41	585.3659
17.13542	⅛	583.5866
17.18750	¼	581.8182
17.23958	⅜	580.0604
17.29167	½	578.3133
17.34375	⅝	576.5766
17.39583	¾	574.8503
17.44792	⅞	573.1343
17.50000	42	571.4286
17.55208	⅛	569.7329
17.60417	¼	568.0473
17.65625	⅜	566.3717
17.70833	½	564.7059

8. SICILY.

100 Oncie=	Exch. per On. d.	£100 =
£50.00000	120	O.200.0000
50.10417	¼	199.5842
50.20833	½	199.1701
50.31250	¾	198.7578
50.41667	121	198.3471
50.52083	¼	197.9381
50.62500	½	197.5309
50.72917	¾	197.1253
50.83333	122	196.7213
50.93750	¼	196.3190
51.04167	½	195.9184
51.14583	¾	195.5193
51.25000	123	195.1220
51.35417	¼	194.7262
51.45833	½	194.3320
51.56250	¾	193.9394
51.66667	124	193.5484
51.77083	¼	193.1590
51.87500	½	192.7711
51.97917	¾	192.3848
52 08333	125	192.0000
52.18750	¼	191.6168
52.29167	½	191.2351
52.39583	¾	190.8549
52.50000	126	190.4762
52.60417	¼	190.0990
52.70833	½	189.7233
52.81250	¾	189.3491
52.91667	127	188.9764
53.02083	¼	188.6051
53.12500	½	188.2353
53.22917	¾	187.8669
53.33333	128	187.5000
53.43750	¼	187.1345
53.54167	½	186.7704

9. RUSSIA.

100 Roubles =	Exch. p. Roub. d.	£100 =
£14.58333	35	R.685.7142
14.63542	35⅛	683.2740
14.68750	35¼	680.8511
14.73958	35⅜	678.4452
14.79167	35½	676.0563
14.84375	35⅝	673.6842
14.89583	35¾	671.3287
14.94792	35⅞	668.9895
15.00000	36	666.6667
15.02604	36 1/16	665.5113
15.05208	36⅛	664.3599
15.07813	36 3/16	663.2124
15.10417	36¼	662.0690
15.13021	36 5/16	660.9294
15.15625	36⅜	659.7938
15.18229	36 7/16	658.6621
15.20833	36½	657.5342
15.23437	36 9/16	656.4103
15.26042	36⅝	655.2901
15.28646	36 11/16	654.1738
15.31250	36¾	653.0612
15.33854	36 13/16	651.9525
15.36458	36⅞	650.8475
15.39062	36 15/16	649.7462
15.41667	37	648.6486
15.44271	37 1/16	647.5548
15.46875	37⅛	646.4646
15.49479	37 3/16	645.3782
15.52083	37¼	644.2953
15.54687	37 5/16	643.2161
15.57292	37⅜	642.1405
15.59896	37 7/16	641.0684
15.62500	37½	640.0000
15.65104	37 9/16	638.9351
15.67708	37⅝	637.8738
15.70312	37 11/16	636.8159
15.72917	37¾	635.7616
15.75521	37 13/16	634.7107
15.78125	37⅞	633.6634
15.80729	37 15/16	632.6194
15.83333	38	631.5789
15.85937	38 1/16	630.5419
15.88542	38⅛	629.5082
15.91146	38 3/16	628.4779
15.93750	38¼	627.4510
15.96354	38 5/16	626.4274
15.98958	38⅜	625.4072
16.01562	38 7/16	624.3902
16.04167	38½	623.3766
16.06771	38 9/16	622.3663
16.09375	38⅝	621.3592
16.14583	38¾	619.3548
16.19792	38⅞	617.3633
16.25000	39	615.3846
16.30208	39⅛	613.4185
16.35417	39¼	611.4650
16.40625	39⅜	609.5238
16.45833	39½	607.5949
16.51042	39⅝	605.6782
16.56250	39¾	603.7736
16.61458	39⅞	601.8809
16.66667	40	600.0000

10. PORTUGAL.*

100 Milreas =	Exch. per Mil. d.	£100 =
£21.71875	52⅛	$460.4317
21.77083	52¼	459.3301
21.82292	52⅜	458.2339
21.87500	52½	457.1429
21.92708	52⅝	456.0570
21.97917	52¾	454.9763
22.03125	52⅞	453.9007
22.08333	53	452.8302
22.13542	53⅛	451.7647
22.18750	53¼	450.7042
22.23958	53⅜	449.6487
22.29167	53½	448.5981
22.34375	53⅝	447.5524
22.39583	53¾	446.5116
22.44792	53⅞	445.4756
22.50000	54	444.4444
22.55208	54⅛	443.4180
22.60417	54¼	442.3963
22.65625	54⅜	441.3793
22.70833	54½	440.3670
22.76042	54⅝	439.3593
22.81250	54¾	438.3562
22.86458	54⅞	437.3576
22.91667	55	436.3636
22.96875	55⅛	435.3741
23.02083	55¼	434.3891
23.07292	55⅜	433.4086
23.12500	55½	432.4324
23.17708	55⅝	431.4607
23.22917	55¾	430.4933
23.28125	55⅞	429.5302
23.33333	56	428.5714
23.38542	56⅛	427.6169
23.43750	56¼	426.6667
23.48958	56⅜	425.7206
23.54167	56½	424.7788
23.59375	56⅝	423.8411
23.64583	56¾	422.9075
23.69792	56⅞	421.9780
23.75000	57	421.0526
23.80208	57⅛	420.1313
23.85417	57¼	419.2140
23.90625	57⅜	418.3007
23.95833	57½	417.3913
24.01042	57⅝	416.4859
24.06250	57¾	415.5844
24.11458	57⅞	414.6868
24.16667	58	413.7931
24.21875	58⅛	412.9032
24.27083	58¼	412.0172
24.32292	58⅜	411.1349
24.37500	58½	410.2564
24.42708	58⅝	409.3817
24.47917	58¾	408.5106
24.53125	58⅞	407.6433
24.58333	59	406.7797
24.63542	59⅛	405.9197
24.68750	59¼	405.0633
24.73958	59⅜	404.2105
24.79167	59½	403.3613
24.89583	59¾	401.6736
25.00000	60	400.0000

* Applicable also to China and Singapore by substituting dollars for milreas.

11. SPAIN, CHILI, PERU, &c.			12. AMERICA, W. INDIES, &c.		
100 Dollars=	Exch. per doll. Pence.	100 Pounds=	100 Dollars =	Exch. per £1. $ c.	£100 =
£18.43750	44¼	$542.3729	£21.83406	4 58	$458.0000
18.54167	½	539.3258	21.78649	59	459.0000
18.59375	⅝	537.8151	21.73913	4 60	460.0000
18.64583	¾	536.3128	21.69197	61	461.0000
18.69792	⅞	534.8189	21.64502	62	462.0000
18.75000	45	533.3333	21.59827	63	463.0000
18.80208	⅛	531.8560	21.55172	64	464.0000
18.85417	¼	530.3867	21.50538	65	465.0000
18.90625	⅜	528.9256	21.45923	66	466.0000
18.95833	½	527.4725	21.41328	67	467.0000
19.01042	⅝	526.0274	21.36752	68	468.0000
19.06250	¾	524.5902	21.32196	69	469.0000
19.11458	⅞	523.1608	21.27660	4 70	470.0000
19.16667	46	521.7391	21.23142	71	471.0000
19.21875	⅛	520.3252	21.18644	72	472.0000
19.27083	¼	518.9189	21.14165	73	473.0000
19.32292	⅜	517.5202	21.09705	74	474.0000
19.37500	½	516.1290	21.05263	75	475.0000
19.42708	⅝	514.7453	21.00840	76	476.0000
19.47917	¾	513.3690	20.96436	77	477.0000
19.53125	⅞	512.0000	20.92050	78	478.0000
19.58333	47	510.6383	20 87683	79	479.0000
19.63542	⅛	509.2838	20.83333	4 80	480.0000
19.68750	¼	507.9365	20.79002	81	481.0000
19.73958	⅜	506.5963	20.74689	82	482.0000
19.79167	½	505.2632	20.70393	83	483.0000
19.84375	⅝	503.9370	20.66116	84	484.0000
19.89583	¾	502.6178	20.61856	85	485.0000
19.94792	⅞	501.3055	20.57613	86	486.0000
20.00000	48	500.0000	20.53388	87	487.0000
20.05208	⅛	498.7013	20.49180	88	488.0000
20.10417	¼	497.4093	20.44990	89	489.0000
20.15625	⅜	496.1240	20.40816	4 90	490.0000
20.20833	½	494.8454	20.36660	91	491.0000
20.26042	⅝	493.5733	20.32520	92	492.0000
20.31250	¾	492.3077	20.28398	93	493.0000
20.36458	⅞	491.0486	20.24291	94	494.0000
20.41667	49	489 7959	20.20202	95	495.0000
20.46875	⅛	488.5496	20.16129	96	496 0000
20.52083	¼	487.3096	20.12072	97	497.0000
20.57292	⅜	486.0759	20.08032	98	498.0000
20.62500	½	484.8485	20.04008	99	499.0000
20.67708	⅝	483.6272	20.00000	5 0	500.0000
20.72917	¾	482.4121	19.96008	1	501.0000
20.78125	⅞	481.2030	19.92032	2	502.0000
20.83333	50	480.0000	19.88072	3	503.0000
20.88542	⅛	478.8030	19.84127	4	504.0000
20.93750	¼	477.6119	19.80198	5	505.0000
20.98958	⅜	476.4268	19.76285	6	506.0000
21.04167	½	475.2475	19.72387	7	507.0000
21.09375	⅝	474.0741	19.68504	8	508.0000
21.14583	¾	472.9064	19.64637	9	509.0000
21.19792	⅞	471.7445	19.60784	5 10	510.0000
21.25000	51	470.5882	19.56947	11	511.0000
21.30208	⅛	469.4377	19.53125	12	512.0000
21.35417	¼	468.2927	19.49318	13	513.0000
21.40625	⅜	467.1533	19.45525	14	514.0000
21.45833	½	466.0194	19.41748	15	515.0000
21.51042	⅝	464.8910	19.37984	16	516.0000
21.56250	¾	463.7681	19.34236	17	517.0000
21.61458	⅞	462.6506	19.30502	18	518.0000

13. UNITED STATES, CUBA, &c.

100 Dollars =	Exch. percent.	£100 =
£22.50000	100	$444.4444
22.27723	101	448.8889
22.05882	102	453.3333
21.84466	103	457.7778
21.63462	104	462.2222
21.42857	105	466.6667
21.37767	105¼	467.7778
21.32701	105½	468.8889
21.27660	105¾	470.0000
21.22642	106	471.1111
21.17647	106¼	472.2222
21.12676	106½	473.3333
21.07728	106¾	474.4444
21.02804	107	475.5556
20.97902	107¼	476.6667
20.93023	107½	477.7778
20.88167	107¾	478.8889
20.83333	108	480.0000
20.80925	108⅛	480.5556
20.78522	108¼	481.1111
20.76125	108⅜	481.6667
20.73733	108½	482.2222
20.71346	108⅝	482.7778
20.68966	108¾	483.3333
20.66590	108⅞	483.8889
20.64220	109	484.4444
20.61856	109⅛	485.0000
20.59497	109¼	485.5556
20.57143	109⅜	486.1111
20.54795	109½	486.6667
20.52452	109⅝	487.2222
20.50114	109¾	487.7778
20.47782	109⅞	488.3333
20.45455	110	488.8889
20.43133	110⅛	489.4444
20.40816	110¼	490.0000
20.38505	110⅜	490.5556
20.36199	110½	491.1111
20.33898	110⅝	491.6667
20.31603	110¾	492.2222
20.29312	110⅞	492.7778
20.27027	111	493.3333
20.22472	111¼	494.4444
20.17937	111½	495.5556
20.13423	111¾	496.6667
20.08929	112	497.7778
20.04454	112¼	498.8889
20.00000	112½	500.0000
19.95565	112¾	501.1111
19.91150	113	502.2222
19.86755	113¼	503.3333
19.82379	113½	504.4444
19.78022	113¾	505.5556
19.73684	114	506.6667
19.65066	114½	508.8889
19.56522	115	511.1111
19.39655	116	515.5556
19.23077	117	520.0000
19.06780	118	524.4444
18.90756	119	528.8889
18.75000	120	533.3333

14. INDIA.*

100 Rupees =	Exch. per Rup. d.	£1
£8.333333	20	R.12
8.541667	20½	11
8.645833	20¾	11
8.750000	21	11
8.802083	21⅛	11
8.854167	21¼	11
8.906250	21⅜	11
8.958333	21½	11
9.010417	21⅝	11
9.062500	21¾	11
9.114583	21⅞	10
9.166667	22	10
9.218750	22⅛	10
9.270833	22¼	10
9.322917	22⅜	10
9.375000	22½	10
9.427083	22⅝	10
9.479167	22¾	10
9.531250	22⅞	10
9.583333	23	10
9.635417	23⅛	10
9.687500	23¼	10
9.739583	23⅜	10
9.791667	23½	10
9.843750	23⅝	10
9.895833	23¾	10
9.947917	23⅞	10
10.000000	24	10
10.052083	24⅛	9
10.104167	24¼	9
10.156250	24⅜	9
10.208333	24½	9
10.260417	24⅝	9
10.312500	24¾	9
10.364583	24⅞	9
10.416667	25	9
10.468750	25⅛	9
10.520833	25¼	9
10.572917	25⅜	9
10.625000	25½	9
10.677083	25⅝	9
10.729167	25¾	9
10.781250	25⅞	9
10.833333	26	9
10.885417	26⅛	91
10.937500	26¼	91
10.989583	26⅜	90
11.041667	26½	90
11.093750	26⅝	90
11.145833	26¾	89
11.197917	26⅞	89
11.250000	27	88
11.354167	27¼	88
11.458333	27½	87
11.562500	27¾	86
11.666667	28	85
11.770833	28¼	84
11.875000	28½	84
12.083333	29	8
12.291667	29½	
12.500000	30	

* Applicable also to Brazil, by substituting milreas for rupees.

15. CHINA.

100 Taels =	Exch. per Tael. d.	£100 =
£30.41667	73	T.328.7671
30.62500	½	326.5306
30.72917	¾	325.4237
30.83333	74	324.3243
30.93750	¼	323.2323
31.04167	½	322.1477
31.14583	¾	321.0702
31.25000	75	320.0000
31.35417	¼	318.9369
31.45833	½	317.8808
31.56250	¾	316.8317
31.66667	76	315.7895
31.77083	¼	314.7541
31.87500	½	313.7255
31.97917	¾	312.7036
32.08333	77	311.6883
32.18750	¼	310.6796
32.29167	½	309.6774
32.39583	¾	308.6817
32.50000	78	307.6923
32.60417	¼	306.7093
32.70833	½	305.7325
32.81250	¾	304.7619
32.91667	79	303.7975
33.02083	¼	302.8391
33.12500	½	301.8868
33.22917	¾	300.9404
33.33333	80	300.0000

16. CHINA, SINGAPORE, &c.*

100 Dollars =	Exch. per Doll. s. d.	£100 =
£25.00000	5 0	$400.0000
25.10417	¼	398.3402
25.20833	½	396.6942
25.31250	¾	395.0617
25.41667	5 1	393.4426
25.52083	1¼	391.8367
25.62500	1½	390.2439
25.72917	1¾	388.6640
25.83333	5 2	387.0968
25.93750	2¼	385.5422
26.04167	2½	384.0000
26.14583	2¾	382 4701
26.25000	5 3	380.9524
26.35417	3¼	379.4466
26.45833	3½	377.9528
26.56250	3¾	376.4706
26.66667	5 4	375.0000
26.77083	4¼	373.5409
26.87500	4½	372.0930
26.97917	4¾	370.6564
27.08333	5 5	369.2308
27.18750	5¼	367.8161
27.29167	5½	366.4122
27.39583	5¾	365.0190
27.50000	5 6	363.6364
27.60417	6¼	362.2642
27.70833	6½	360.9023
27.81250	6¾	359.5506

17. INDIA *with* CHINA.

100 Rupees =	Exch. p. $100 Rup.	100 Dollars =
$48.78049	205	R.205.0000
48.54369	206	206.0000
48.30918	207	207.0000
48.07692	208	208.0000
47.84689	209	209.0000
47.61905	210	210.0000
47.39336	211	211.0000
47.16981	212	212.0000
46.94836	213	213.0000
46.72897	214	214.0000
46.51163	215	215.0000
46.29630	216	216.0000
46.08295	217	217.0000
45.87156	218	218.0000
45.66210	219	219.0000
45.45455	220	220.0000
45.24887	221	221.0000
45.04505	222	222.0000
44.84305	223	223.0000
44.64286	224	224.0000
44.44444	225	225.0000
44.24779	226	226.0000
44.05286	227	227.0000
43.85965	228	228.0000
43.66812	229	229.0000
43.47826	230	230.0000
43.29004	231	231.0000
43.10345	232	232.0000

18. AUSTRALIA, &c.

Bill for £100 will yield in Money	Exch. per Cent.	£100 in Money will buy Bill for
£104.0000	4 prem.	£96.1539
103.5000	3½ ..	96.6184
103.0000	3 ..	97.0874
102.5000	2½ ..	97.5610
102.0000	2 ..	98.0392
101.5000	1½ ..	98.5222
101.0000	1 ..	99.0099
100.5000	½ ..	99.5025
100.0000	Par.	100.0000
99.5000	½ dis.	100.5025
99.0000	1 ..	101.0101
98.5000	1½ ..	101.5228
98.0000	2 ..	102.0408
97.5000	2½ ..	102.5641
97.0000	3 ..	103.0928
96.5000	3½ ..	103.6269
96.0000	4 ..	104.1667
95.5000	4½ ..	104.7120
95.0000	5 ..	105.2632
94.5000	5½ ..	105.8201
94.0000	6 ..	106.3830
93.5000	6½ ..	106.9519
93.0000	7 ..	107.5269
92.5000	7½ ..	108.1081
92.0000	8 ..	108.6957
91.5000	8½ ..	109.2896
91.0000	9 ..	109.8901
90.5000	9½ ..	110.4972
90.0000	10 ..	111.1111

* *This Table is applicable only to the higher rates at Canton, Hongkong, &c. When the exchange is below 5s., reference may be made to Table 10, substituting dollars for milreas.*

3. MEASURES AND DIVISIONS OF TIME.

The principal measures of time are those furnished by nature in the rotation of the earth on its axis, the revolution of the moon round the earth, and the revolution of the earth round the sun,—periods which are denoted respectively by the terms *Day*, *Month*, and *Year*.

The CIVIL DAY, or *mean solar day*, in this and most other Christian countries, begins at midnight, and consists of 24 *Hours*, each hour being divided into 60 *Minutes*, and each minute into 60 *Seconds*. But the Italians, Austrians, Turks, and most eastern nations reckon from sunrise; and the astronomical day begins at noon. The *Week*, a period of 7 days, is a division of time in nearly universal use.

The MONTH, as measured by an average *lunation*, consists of 29 days, 12 hours, 44 minutes, 2$\frac{8}{10}$ seconds, and is (reckoned approximately) a common division of time in the East; but in Christian countries it is, for civil purposes, superseded by the *Kalendar Month*, an arbitrary period. The kalendar months in a year are 12 in number, as follows:—January, 31 days; February, 28 (but in leap years, 29); March, 31; April, 30; May, 31; June, 30; July, 31; August, 31; September, 30; October, 31; November, 30; and December, 31 days.

The CIVIL YEAR, or *mean solar year*, was adjusted by Julius Cæsar (B. C. 45), who, estimating the solar revolution at 365 days 6 hours, fixed that the year should consist of 365 days in three successive years, and 366 in the fourth, which was termed *leap year*, or BISSEXTILE, because the 6th of the Kalends of March was then doubled. The Julian method of computation, or *Old Style*, was adopted and continued by all Christian nations, with no other variation than substituting the ERA OF JESUS CHRIST for the ERA OF THE FOUNDATION OF ROME, until A. D. 1582, by which time it had been discovered that the Julian year was too long by about 11 minutes,—the true length of the solar year being 365 days, 5 hours, and 49 minutes nearly. In order to rectify this error, which had then led to an advance of time of 10 days, it was ordained by Pope Gregory XIII. that the year 1582 should consist of 355 days only; and, to prevent the recurrence of a like irregularity, it was decreed that when a number denoting a complete century is not divisible by 4, as the 17th, 18th, 19th, and 21st, such years should not be reckoned leap years, but common years,—an arrangement by which the Kalendar is prevented from exceeding the true solar year more than a day in 5200 years.

The GREGORIAN KALENDAR, or *New Style*, was immediately adopted in all Catholic countries, and gradually in Protestant countries also; but it has not yet been introduced into those which acknowledge the Greek Church, namely, Russia and Greece. In Great Britain it was adopted in 1752, when the difference of time being 11 days, it was enacted (24th Geo. II. c. 23), that the 3d of September of that year should be called the 14th. During the present century, the Old Style is to be reckoned 12 days later than the New Style. Thus a Russian or Greek bill dated the 10th day of any month, must be reckoned from the 22d day of the same month in every place where the Gregorian Kalendar is used.

The REGNAL YEARS OF SOVEREIGNS are commonly used in dating public documents. In the following table the periods when the sovereigns began to reign are stated on the authority of Sir Harris Nicolas's "Chronology of History."

BRITISH SOVEREIGNS FROM THE UNION OF THE CROWNS.

Names.	Began to Reign	Names.	Began to Reign
James I.	1603 Mar. 24	William III. alone	1694 Dec. 28
Charles I.	1625 Mar. 27	Anne.	1702 Mar. 8
Commonwealth; from the execution of Charles I., Jan. 30, 1649, to the restoration of Charles II.		George I.	1714 Aug. 1
		George II.	1727 June 11
		George III.	1760 Oct. 25
		George IV.	1820 Jan. 29
Charles II. (restored*)	1660 May 29	William IV.	1830 June 26
James II.	1685 Feb. 6	Victoria	1837 June 20
William (III.) and Mary	1689 Feb. 13		

* *In some historical, and in all legal documents, the reign of Charles II. is reckoned from the death of his father, Charles I.*

GENERAL KALENDAR FROM 1798 TO 1899.

Years.						Months.	Sundays.						
F	E	D	C	B	A		1	2	3	4	5	6	7
99	1800	1801	1802	1803			8	9	10	11	12	13	14
05	1806	1807		1808	1809		15	16	17	18	19	20	21
11		1812	1813	1814	1815		22	23	24	25	26	27	28
16	1817	1818	1819		1820		29	30	31				
22	1823		1824	1825	1826	January	A	B	C	D	E	F	G
	1828	1829	1830	1831		October							
33	1834	1835		1836	1837	May	B	C	D	E	F	G	A
39		1840	1841	1842	1843	August	C	D	E	F	G	A	B
44	1845	1846	1847		1848	February (*leap year*)							
50	1851		1852	1853	1854	February							
	1856	1857	1858	1859		March	D	E	F	G	A	B	C
61	1862	1863		1864	1865	November							
67		1868	1869	1870	1871	June	E	F	G	A	B	C	D
72	1873	1874	1875		1876	September	F	G	A	B	C	D	E
78	1879		1880	1881	1882	December							
	1884	1885	1886	1887		January (*leap year*)							
89	1890	1891		1892	1893	April	G	A	B	C	D	E	F
95		1896	1897	1898	1899	July							

—To find the day of the week answering to May 4, 1840.—Above 1840 in hand table, is found the *Dominical* or *Sunday Letter* D; and over D, ious to May, in the right-hand table, is the figure 3, the date of Sunday; , therefore, is Monday.

onverse of this operation, namely, to find the day of the month corre- ıg to the day of the week, is too evident to require illustration.

months January and February, it will be observed, are to be referred to ely in leap years: such years may be known by a blank space always ng them in the left-hand table.

TERMS.

GLAND AND IRELAND.

Terms for Leases, &c.

lay	March	25
mer	June	24
lmas Day	September	29
nas	December	25

Law Terms, London,

by 1st Wm. IV. c. 70, § 6, and c. 3, § 2.

	Begins		Ends	
or Lent..	Jan.	11	Feb.	1
Term....	April	15	May	8
Term....	May	22	June	12
lmasTerm	Nov.	2	Nov.	25

n the day of the month on which ı ends falls on a Sunday, the ıy after is deemed the last day of rm; and if any of the days be- the Thursday before and the esday after Easter fall within Term, such days (exclusive of day) are deemed part of such although there are no sittings in on these days. The commence- of the ensuing Trinity Term is in se postponed and its continuance ged an equal number of business

Law Terms, Dublin,

ninally the same as in London, but dent on the Moveable Festivals.

SCOTLAND.

Terms for Leases, &c.

Candlemas	February	2
Whitsunday	May	15
Lammas	August	1
Martinmas	November	11

When a Term falls on Sunday, the following Monday is considered to be the Term Day.

Court of Session, Edinburgh.

	Begins	Ends
Winter Session:	Nov. 12	Mar. 20
Summer Session:	May 12	July 20

If any of the dates on which the Sessions begin fall on a Sunday or Monday, the next following Tuesday is to be the day of meeting; but if any of the dates of termination occur on a Sunday or Monday, the preceding Saturday is to be the day of rising (2d & 3d Vict. c. 36). In the Winter Session a *Christmas Recess* of not more than fourteen days occurs.

V. TABLES OF SIMPLE INTEREST

AT 5 PER CENT. PER ANNUM.

INTRODUCTION.

THE legal rate of interest, after successive reductions, was fixed in Great Britain, in the year 1713, at 5 per cent., and in Ireland, in the year 1732, at 6 per cent.; but the *Usury Laws*, which prohibited the exaction of any higher rates, were relaxed in 1833, and finally repealed in 1854.

The rate of interest (viewed apart from legislative interference) is determined by the supply of money capital seeking secure investment, compared with the demand for the use of such capital by persons having good security to offer. Formerly the fluctuations in the market rate in this country rarely exceeded 1 per cent.; namely, from 4 to 5 per cent. on bills of exchange, and from 2 to 3 on deposits with banks; while on land securities it varied from about 3½ or 3¾ to 4 per cent. But of late years the great expansion of trade has led occasionally to the prevalence of much higher rates on bills. The best index of the market rate of interest or discount on bills at any particular time is considered to be that charged by the Bank of England. The rate for loans on land securities varies much less than that on bills of exchange. In England and Ireland no particular criterion exists of the mortgage rate at any particular time; but in Scotland a general practice has grown up of adopting the rate fixed half-yearly by a committee of bodies in connexion with the trustees of the Widows' Fund of the Society of Writers to the Signet.

Interest is designated as *Simple* when computed on the original principal sum only; as *Compound* when the interest itself is periodically accumulated or converted into principal. Simple interest is due in most cases where money is lent, or the use of money taken or retained, unless there is ground in equity for holding that interest was not meant to be demanded. In England the rate commonly allowed by the Court of Chancery in the case of trading transactions is 5 per cent.; which is also the usual rate in accounts between merchants themselves. In other cases the Court of Chancery generally allows 4 per cent.; though on foreign or colonial transactions much higher rates are legally recoverable. Compound interest is not directly exigible on a debt or loan; but it is virtually exacted in cases where the balances of accounts are periodically accumulated; it is also computed in all valuations of annuities, assurances, and reversions, as, for periods beyond a year, it is the only method by which the value of money can be justly ascertained.

Application of the Tables.

Example.—Required the interest on £685, for 10 days at 5 per cent.?

		£	s.	d.
£600 for 10 days	....	£0	16	5½
80 ———	......	0	2	2¼
5 ———	......	0	0	1¾
	Answer,	£0	18	9½

When shillings and pence occur in the principal, it is the practice of bankers and merchants either to disregard them, or when they exceed 10s. to assume the principal at the next highest pound. But greater accuracy may be attained, either by taking a proportional part of the interest of £1, corresponding to the odd shillings and pence; or, by reckoning the number of pence in the odd money as so many pounds, and the number of pounds in the corresponding amount of interest as so many pence,—adding besides ¼d. for each additional 5s. in the tabular amount of interest.

The Tables may be readily employed for other rates than 5 per cent., as follows:—

6 PER CENT.—Add one fifth part to the interest at 5 per cent.

5½ PER CENT.—Add one tenth part to the interest at 5 per cent.

4½ PER CENT.—Deduct one tenth part from the interest at 5 per cent.

4 PER CENT.—Deduct one fifth part from the interest at 5 per cent.

3½ PER CENT.—Deduct three tenth parts from the interest at 5 per cent.; or one eighth part from the interest at 4 per cent., found as above.

3 PER CENT.—Take one half of the interest at 6 per cent., found as above.

2½ PER CENT.—Take one half of the interest at 5 per cent.

2 PER CENT.—Take one half of the interest at 4 per cent., found as above.

Prin.	1 day.			2 days.			3 days.		
L.	L.	s.	d.	L.	s.	d.	L.	s.	d.
10000	1	7	4½	2	14	9½	4	2	2¼
5000	0	13	8½	1	7	4¾	2	1	1¼
2000	0	5	5¾	0	10	11½	0	16	5¼
1000	0	2	9	0	5	5¾	0	8	2¾
900	0	2	5½	0	4	11¼	0	7	4¾
800	0	2	2¼	0	4	4½	0	6	7
700	0	1	11	0	3	10	0	5	9
600	0	1	7¾	0	3	3½	0	4	11¼
500	0	1	4½	0	2	9	0	4	1¼
400	0	1	1¼	0	2	2¼	0	3	3½
300	0	0	9¾	0	1	7¾	0	2	5½
200	0	0	6½	0	1	1¼	0	1	7¾
100	0	0	3¼	0	0	6½	0	0	9¾
90	0	0	3	0	0	6	0	0	9
80	0	0	2¾	0	0	5¼	0	0	8
70	0	0	2¼	0	0	4½	0	0	7
60	0	0	2	0	0	4	0	0	6
50	0	0	1¾	0	0	3¼	0	0	5
40	0	0	1¼	0	0	2¾	0	0	4
30	0	0	1	0	0	2	0	0	3
20	0	0	0¾	0	0	1¼	0	0	2
10	0	0	0¼	0	0	0¾	0	0	1
9	0	0	0¼	0	0	0½	0	0	1
8	0	0	0¼	0	0	0½	0	0	0¾
7	0	0	0¼	0	0	0½	0	0	0¾
6	0	0	0¼	0	0	0½	0	0	0½
5	0	0	0¼	0	0	0¼	0	0	0½
4	0	0	0¼	0	0	0¼	0	0	0½
3	0	0	0	0	0	0¼	0	0	0¼
2	0	0	0	0	0	0¼	0	0	0¼
1	0	0	0	0	0	0	0	0	0

Prin.	4 days.			5 days.			6 days.		
L.	L.	s.	d.	L.	s.	d.	L.	s.	d.
10000	5	9	7	6	16	11¾	8	4	4½
5000	2	14	9½	3	8	6	4	2	2¼
2000	1	1	11	1	7	4¾	1	12	10½
1000	0	10	11½	0	13	8½	0	16	5¼
900	0	9	10¼	0	12	4	0	14	9½
800	0	8	9¼	0	10	11½	0	13	1¾
700	0	7	8	0	9	7	0	11	6
600	0	6	7	0	8	2¾	0	9	10¼
500	0	5	5¾	0	6	10¼	0	8	2¾
400	0	4	4½	0	5	5¾	0	6	7
300	0	3	3½	0	4	1¼	0	4	11¼
200	0	2	2¼	0	2	9	0	3	3½
100	0	1	1¼	0	1	4½	0	1	7¾
90	0	0	11¾	0	1	2¾	0	1	5¾
80	0	0	10½	0	1	1¼	0	1	3¾
70	0	0	9¼	0	0	11½	0	1	1¾
60	0	0	8	0	0	9¾	0	0	11¾
50	0	0	6½	0	0	8¼	0	0	9¾
40	0	0	5¼	0	0	6½	0	0	8
30	0	0	4	0	0	5	0	0	6
20	0	0	2¾	0	0	3¼	0	0	4
10	0	0	1¼	0	0	1¾	0	0	2
9	0	0	1¼	0	0	1½	0	0	1¾
8	0	0	1	0	0	1¼	0	0	1½
7	0	0	1	0	0	1¼	0	0	1½
6	0	0	0¾	0	0	1	0	0	1¼
5	0	0	0¾	0	0	0¾	0	0	1
4	0	0	0½	0	0	0¾	0	0	0¾
3	0	0	0½	0	0	0½	0	0	0½
2	0	0	0¼	0	0	0¼	0	0	0½
1	0	0	0¼	0	0	0¼	0	0	0¼

Prin.	7 days.			8 days.			9 days.		
L.	L.	s.	d.	L.	s.	d.	L.	s.	d.
10000	9	11	9¼	10	19	2¼	12	6	7
5000	4	15	10¾	5	9	7	6	3	3½
2000	1	18	4¼	2	3	10	2	9	3¾
1000	0	19	2¼	1	1	11	1	4	8
900	0	17	3	0	19	8¾	1	2	2¼
800	0	15	4	0	17	6½	0	19	8¾
700	0	13	5	0	15	4	0	17	3
600	0	11	6	0	13	1¾	0	14	9½
500	0	9	7	0	10	11½	0	12	4
400	0	7	8	0	8	9¼	0	9	10¼
300	0	5	9	0	6	7	0	7	4¾
200	0	3	10	0	4	4½	0	4	11¼
100	0	1	11	0	2	2¼	0	2	5½
90	0	1	8¾	0	1	11¾	0	2	2¾
80	0	1	6½	0	1	9	0	1	11¾
70	0	1	4	0	1	6½	0	1	8¾
60	0	1	1¾	0	1	3¾	0	1	5¾
50	0	0	11½	0	1	1¼	0	1	2¾
40	0	0	9¼	0	0	10½	0	0	11¾
30	0	0	7	0	0	8	0	0	9
20	0	0	4½	0	0	5¼	0	0	6
10	0	0	2¼	0	0	2¾	0	0	3
9	0	0	2	0	0	2¼	0	0	2¾
8	0	0	1¾	0	0	2	0	0	2¼
7	0	0	1½	0	0	1¾	0	0	2
6	0	0	1½	0	0	1½	0	0	1¾
5	0	0	1¼	0	0	1¼	0	0	1½
4	0	0	1	0	0	1	0	0	1¼
3	0	0	0¾	0	0	0¾	0	0	1
2	0	0	0½	0	0	0½	0	0	0½
1	0	0	0¼	0	0	0¼	0	0	0¼

Prin.	10 days.			11 days.			12 days.		
L.	L.	s.	d.	L.	s.	d.	L.	s.	d.
10000	13	13	11¾	15	1	4½	16	8	9¼
5000	6	16	11¾	7	10	8¼	8	4	4½
2000	2	14	9½	3	0	3¼	3	5	9
1000	1	7	4¾	1	10	1¾	1	12	10½
900	1	4	8	1	7	1½	1	9	7
800	1	1	11	1	4	1¼	1	6	3½
700	0	19	2¼	1	1	1¼	1	3	0¼
600	0	16	5¼	0	18	1	0	19	8¾
500	0	13	8½	0	15	0¾	0	16	5¼
400	0	10	11½	0	12	0¾	0	13	1¾
300	0	8	2¾	0	9	0½	0	9	10¼
200	0	5	5¾	0	6	0¼	0	6	7
100	0	2	9	0	3	0¼	0	3	3½
90	0	2	5½	0	2	8½	0	2	11½
80	0	2	2¼	0	2	5	0	2	7½
70	0	1	11	0	2	1¼	0	2	3½
60	0	1	7¾	0	1	9¾	0	1	11¾
50	0	1	4½	0	1	6	0	1	7¾
40	0	1	1¼	0	1	2½	0	1	3¾
30	0	0	9¾	0	0	10¾	0	0	11¾
20	0	0	6½	0	0	7¼	0	0	8
10	0	0	3¼	0	0	3½	0	0	4
9	0	0	3	0	0	3¼	0	0	3½
8	0	0	2¾	0	0	3	0	0	3¼
7	0	0	2¼	0	0	2½	0	0	2¾
6	0	0	2	0	0	2¼	0	0	2¼
5	0	0	1¾	0	0	1¾	0	0	2
4	0	0	1¼	0	0	1½	0	0	1½
3	0	0	1	0	0	1	0	0	1¼
2	0	0	0¾	0	0	0¾	0	0	0¾
1	0	0	0¼	0	0	0¼	0	0	0½

Prin.	13 days.			14 days.			15 days.			Prin.	16 days.			17 days.			18 days.		
L.	L.	s.	d.	L.	s.	d.	L.	s.	d.	L.	L.	s.	d.	L.	s.	d.	L.	s.	d.
10000	17	16	2	19	3	6¾	20	10	11¼	10000	21	18	4½	23	5	9	24	13	1¾
5000	8	18	1	9	11	9¼	10	5	5¾	5000	10	19	2¼	11	12	10½	12	6	7
2000	3	11	2¾	3	16	8½	4	2	2¼	2000	4	7	8	4	13	1¾	4	18	7½
1000	1	15	7½	1	18	4¼	2	1	1½	1000	2	3	10	2	6	7	2	9	3¾
900	1	12	0¾	1	14	6¼	1	16	11¾	900	1	19	5½	2	1	11	2	4	4½
800	1	8	6	1	10	8¼	1	12	10½	800	1	15	0¾	1	17	3	1	19	5½
700	1	4	11½	1	6	10¾	1	8	9¾	700	1	10	8¼	1	12	7½	1	14	6¼
600	1	1	4½	1	3	0¼	1	4	8	600	1	6	3½	1	7	11¼	1	9	7
500	0	17	9¾	0	19	2¼	1	0	6½	500	1	1	11	1	3	3½	1	4	8
400	0	14	3	0	15	4	0	16	5¼	400	0	17	6½	0	18	7½	0	19	8¾
300	0	10	8½	0	11	6	0	12	4	300	0	13	1½	0	13	11¾	0	14	9½
200	0	7	1½	0	7	8	0	8	2¾	200	0	8	9¼	0	9	3¾	0	9	10¼
100	0	3	6¾	0	3	10	0	4	1½	100	0	4	4½	0	4	8	0	4	11¼
90	0	3	2½	0	3	5½	0	3	8½	90	0	3	11¼	0	4	2¼	0	4	5¼
80	0	2	10½	0	3	0¾	0	3	3½	80	0	3	6	0	3	8¾	0	3	11¼
70	0	2	6	0	2	8¼	0	2	10½	70	0	3	0¾	0	3	3	0	3	5½
60	0	2	1¾	0	2	3½	0	2	5½	60	0	2	7½	0	2	9½	0	2	11½
50	0	1	9¼	0	1	11	0	2	0¾	50	0	2	2¼	0	2	4	0	2	5½
40	0	1	5	0	1	6½	0	1	7¾	40	0	1	9	0	1	10½	0	1	11½
30	0	1	0¾	0	1	1¾	0	1	2¾	30	0	1	3¾	0	1	4¾	0	1	5¾
20	0	0	8½	0	0	9¼	0	0	9¾	20	0	0	10½	0	0	11¼	0	0	11¾
10	0	0	4¼	0	0	4½	0	0	5	10	0	0	5¼	0	0	5½	0	0	6
9	0	0	3¾	0	0	4¼	0	0	4½	9	0	0	4¾	0	0	5	0	0	5¼
8	0	0	3½	0	0	3¾	0	0	4	8	0	0	4¼	0	0	4½	0	0	4¾
7	0	0	3	0	0	3¼	0	0	3½	7	0	0	3¾	0	0	4	0	0	4¼
6	0	0	2½	0	0	2¾	0	0	3	6	0	0	3¼	0	0	3½	0	0	3½
5	0	0	2¼	0	0	2¼	0	0	2½	5	0	0	2¾	0	0	2¾	0	0	3
4	0	0	1¾	0	0	1¾	0	0	2	4	0	0	2	0	0	2¼	0	0	2¼
3	0	0	1¼	0	0	1¼	0	0	1½	3	0	0	1½	0	0	1¾	0	0	1¾
2	0	0	0¾	0	0	1	0	0	1	2	0	0	1	0	0	1	0	0	1¼
1	0	0	0½	0	0	0½	0	0	0½	1	0	0	0½	0	0	0½	0	0	0½

Prin.	19 days.			20 days.			21 days.			Prin.	22 days.			23 days.			24 days.		
L.	L.	s.	d.	L.	s.	d.	L.	s.	d.	L.	L.	s.	d.	L.	s.	d.	L.	s.	d.
10000	26	0	6½	27	7	11½	28	15	4	10000	30	2	9	31	10	1¾	32	17	6½
5000	13	0	3¼	13	13	11¾	14	7	8	5000	15	1	4½	15	15	0¾	16	8	9¼
2000	5	4	1½	5	9	7	5	15	0¾	2000	6	0	6½	6	6	0¼	6	11	6
1000	2	12	0¾	2	14	9½	2	17	6½	1000	3	0	3¼	3	3	0½	3	5	9
900	2	6	10½	2	9	3¾	2	11	9¼	900	2	14	3	2	16	8½	2	19	2¼
800	2	1	7¾	2	3	10	2	6	0¼	800	2	8	2¾	2	10	5	2	12	7¼
700	1	16	5½	1	18	4½	2	0	3¼	700	2	2	2¼	2	4	1¼	2	6	0¼
600	1	11	2½	1	12	10½	1	14	6¼	600	1	16	2	1	17	9¾	1	19	5½
500	1	6	0¼	1	7	4¾	1	8	9¼	500	1	10	1¾	1	11	6	1	12	10½
400	1	0	9¾	1	1	11	1	3	0¼	400	1	4	1½	1	5	2½	1	6	3½
300	0	15	7½	0	16	5¼	0	17	3	300	0	18	1	0	18	10¾	0	19	8¾
200	0	10	5	0	10	11½	0	11	6	200	0	12	0¾	0	12	7½	0	13	1¾
100	0	5	2½	0	5	5¾	0	5	9	100	0	6	0¼	0	6	3½	0	6	7
90	0	4	8¼	0	4	11¼	0	5	2¼	90	0	5	5	0	5	8	0	5	11
80	0	4	2	0	4	4½	0	4	7¼	80	0	4	9¾	0	5	0½	0	5	3
70	0	3	7¾	0	3	10	0	4	0¼	70	0	4	2¾	0	4	5	0	4	7¼
60	0	3	1½	0	3	3½	0	3	5½	60	0	3	7½	0	3	9¼	0	3	11¼
50	0	2	7¼	0	2	9	0	2	10½	50	0	3	0¼	0	3	1¾	0	3	3½
40	0	2	1	0	2	2¼	0	2	3½	40	0	2	5	0	2	6¼	0	2	7½
30	0	1	6¾	0	1	7¾	0	1	8¾	30	0	1	9¾	0	1	10¾	0	1	11¾
20	0	1	0½	0	1	1¼	0	1	1¾	20	0	1	2½	0	1	3	0	1	3¾
10	0	0	6¼	0	0	6½	0	0	7	10	0	0	7¼	0	0	7½	0	0	8
9	0	0	5½	0	0	6	0	0	6¼	9	0	0	6½	0	0	6¾	0	0	7
8	0	0	5	0	0	5¼	0	0	5½	8	0	0	5¾	0	0	6	0	0	6¼
7	0	0	4¼	0	0	4½	0	0	4¾	7	0	0	5	0	0	5¼	0	0	5½
6	0	0	3¾	0	0	4	0	0	4¼	6	0	0	4¼	0	0	4½	0	0	4¾
5	0	0	3	0	0	3¼	0	0	3½	5	0	0	3½	0	0	3¾	0	0	4
4	0	0	2½	0	0	2¾	0	0	2¾	4	0	0	3	0	0	3	0	0	3¼
3	0	0	1¾	0	0	2	0	0	2	3	0	0	2¼	0	0	2¼	0	0	2¼
2	0	0	1¼	0	0	1¼	0	0	1½	2	0	0	1½	0	0	1½	0	0	1½
1	0	0	0½	0	0	0¾	0	0	0¾	1	0	0	0¾	0	0	0¾	0	0	0¾

Prin.	25 days.			26 days.			27 days.		
L.	L.	s.	d.	L.	s.	d.	L.	s.	d.
10000	34	4	11¼	35	12	4	36	19	8¾
5000	17	2	5½	17	16	2	18	9	10½
2000	6	16	11¾	7	2	5½	7	7	11¼
1000	3	8	6	3	11	2¾	3	13	11¾
900	3	1	7¾	3	4	1¼	3	6	7
800	2	14	9½	2	16	11¾	2	19	2¼
700	2	7	11¼	2	9	10¼	2	11	9¼
600	2	1	1¼	2	2	9	2	4	4½
500	1	14	3	1	15	7½	1	16	11¾
400	1	7	4¾	1	8	6	1	9	7
300	1	0	6½	1	1	4½	1	2	2¼
200	0	13	8½	0	14	3	0	14	9½
100	0	6	10¼	0	7	1½	0	7	4¾
90	0	6	2	0	6	5	0	6	8
80	0	5	5¾	0	5	8½	0	5	11
70	0	4	9½	0	4	11¾	0	5	2¼
60	0	4	1¼	0	4	3¼	0	4	5¼
50	0	3	5	0	3	6¾	0	3	8½
40	0	2	9	0	2	10¼	0	2	11½
30	0	2	0¾	0	2	1¾	0	2	2¾
20	0	1	4½	0	1	5	0	1	5¾
10	0	0	8¼	0	0	8½	0	0	9
9	0	0	7½	0	0	7¾	0	0	8
8	0	0	6½	0	0	6¾	0	0	7
7	0	0	5¾	0	0	6	0	0	6¼
6	0	0	5	0	0	5¼	0	0	5¼
5	0	0	4	0	0	4¼	0	0	4½
4	0	0	3¼	0	0	3½	0	0	3½
3	0	0	2½	0	0	2½	0	0	2¾
2	0	0	1¾	0	0	1¾	0	0	1¾
1	0	0	0¾	0	0	0¾	0	0	1

Prin.	28 days.			29 days.			30 days.		
L.	L.	s.	d.	L.	s.	d.	L.	s.	d.
10000	38	7	1½	39	14	6¼	41	1	11
5000	19	3	6¾	19	17	3	20	10	11½
2000	7	13	5	7	18	10¾	8	4	4½
1000	3	16	8½	3	19	5½	4	2	2¼
900	3	9	0½	3	11	6	3	13	11¾
800	3	1	4½	3	3	6¾	3	5	9
700	2	13	8½	2	15	7½	2	17	6½
600	2	6	0¼	2	7	8	2	9	3¾
500	1	18	4¼	1	19	8¾	2	1	1¼
400	1	10	8¼	1	11	9¼	1	12	10½
300	1	3	0¼	1	3	10	1	4	8
200	0	15	4	0	15	10¾	0	16	5¼
100	0	7	8	0	7	11¼	0	8	2¾
90	0	6	10¾	0	7	1¾	0	7	4¾
80	0	6	1½	0	6	4¼	0	6	7
70	0	5	4½	0	5	6¾	0	5	9
60	0	4	7¼	0	4	9¼	0	4	11¼
50	0	3	10	0	3	11¾	0	4	1¼
40	0	3	0¾	0	3	2¼	0	3	3½
30	0	2	3½	0	2	4½	0	2	5½
20	0	1	6½	0	1	7	0	1	7¾
10	0	0	9¼	0	0	9½	0	0	9¾
9	0	0	8¼	0	0	8½	0	0	9
8	0	0	7¼	0	0	7¾	0	0	8
7	0	0	6½	0	0	6¾	0	0	7
6	0	0	5½	0	0	5¾	0	0	6
5	0	0	4½	0	0	4¾	0	0	5
4	0	0	3¾	0	0	3¾	0	0	4
3	0	0	2¾	0	0	2¾	0	0	3
2	0	0	1¾	0	0	2	0	0	2
1	0	0	1	0	0	1	0	0	1

Prin.	31 days.			32 days.			33 days.		
L.	L.	s.	d.	L.	s.	d.	L.	s.	d.
10000	42	9	3¾	43	16	8½	45	4	1¼
5000	21	4	8	21	18	4¼	22	12	0¾
2000	8	9	10½	8	15	4	9	0	9¾
1000	4	4	11¼	4	7	8	4	10	5
900	3	16	5¼	3	18	10¾	4	1	4½
800	3	7	11¼	3	10	1¾	3	12	4
700	2	19	5½	3	1	4½	3	3	3½
600	2	10	11½	2	12	7¼	2	14	3
500	2	2	5½	2	3	10	2	5	2½
400	1	13	11¾	1	15	0¾	1	16	2
300	1	5	5¾	1	6	3½	1	7	1½
200	0	16	11¾	0	17	6½	0	18	1
100	0	8	6	0	8	9¼	0	9	0½
90	0	7	7¾	0	7	10¾	0	8	1¾
80	0	6	9½	0	7	0¼	0	7	2¾
70	0	5	11¼	0	6	1¾	0	6	4
60	0	5	1¼	0	5	3	0	5	5
50	0	4	3	0	4	4½	0	4	6¼
40	0	3	4¾	0	3	6	0	3	7½
30	0	2	6½	0	2	7½	0	2	8½
20	0	1	8½	0	1	9	0	1	9¾
10	0	0	10¼	0	0	10½	0	0	10¾
9	0	0	9¼	0	0	9½	0	0	9¾
8	0	0	8¼	0	0	8½	0	0	8¾
7	0	0	7¼	0	0	7¼	0	0	7½
6	0	0	6	0	0	6¼	0	0	6½
5	0	0	5	0	0	5¼	0	0	5½
4	0	0	4	0	0	4¼	0	0	4¼
3	0	0	3	0	0	3¼	0	0	3¼
2	0	0	2	0	0	2	0	0	2¼
1	0	0	1	0	0	1	0	0	1

Prin.	34 days.			35 days.			36 days.		
L.	L.	s.	d.	L.	s.	d.	L.	s.	d.
10000	46	11	6	47	18	10¾	49	6	3½
5000	23	5	9	23	19	5½	24	13	1¾
2000	9	6	3½	9	11	9¼	9	17	3
1000	4	13	1¾	4	15	10¾	4	18	7½
900	4	3	10	4	6	3½	4	8	9¼
800	3	14	6¼	3	16	8½	3	18	10¾
700	3	5	2½	3	7	1½	3	9	0½
600	2	15	10¾	2	17	6½	2	19	2¼
500	2	6	7	2	7	11¼	2	9	3¾
400	1	17	3	1	18	4¼	1	19	5½
300	1	7	11¼	1	8	9¼	1	9	7
200	0	18	7½	0	19	2¼	0	19	8¾
100	0	9	3¾	0	9	7	0	9	10¼
90	0	8	4½	0	8	7½	0	8	10½
80	0	7	5½	0	7	8	0	7	10¾
70	0	6	6¼	0	6	8½	0	6	10¾
60	0	5	7	0	5	9	0	5	11
50	0	4	8	0	4	9½	0	4	11¼
40	0	3	8¾	0	3	10	0	3	11¼
30	0	2	9½	0	2	10½	0	2	11½
20	0	1	10¼	0	1	11	0	1	11¾
10	0	0	11¼	0	0	11½	0	0	11¾
9	0	0	10	0	0	10¼	0	0	10¾
8	0	0	9	0	0	9¼	0	0	9½
7	0	0	7¾	0	0	8	0	0	8¼
6	0	0	6¾	0	0	7	0	0	7
5	0	0	5½	0	0	5¾	0	0	6
4	0	0	4½	0	0	4½	0	0	4¾
3	0	0	3¼	0	0	3½	0	0	3½
2	0	0	2¼	0	0	2¼	0	0	2½
1	0	0	1	0	0	1¼	0	0	1¼

Prin.	37 days.			38 days.			39 days.			Prin.	40 days.			41 days.			42 days.		
L.	L.	s.	d.	L.	s.	d.	L.	s.	d.	L.	L.	s.	d.	L.	s.	d.	L.	s.	d.
10000	50	13	8½	52	1	1¼	53	8	6	10000	54	15	10¾	56	3	3½	57	10	8½
5000	25	6	10¼	26	0	6½	26	14	3	5000	27	7	11¼	28	1	7¾	28	15	4
2000	10	2	9	10	8	2¾	10	13	8½	2000	10	19	2¼	11	4	8	11	10	1¾
1000	5	1	4½	5	4	1¼	5	6	10¼	1000	5	9	7	5	12	4	5	15	0¾
900	4	11	2¾	4	13	8½	4	16	2	900	4	18	7½	5	1	1¼	5	3	6¾
800	4	1	1¼	4	3	3½	4	5	5¾	800	4	7	8	4	9	10¼	4	12	0¾
700	3	10	11½	3	12	10½	3	14	9½	700	3	16	8½	3	18	7½	4	0	6½
600	3	0	9¾	3	2	5½	3	4	1¼	600	3	5	9	3	7	4¾	3	9	0½
500	2	10	8¼	2	12	0¾	2	13	5	500	2	14	9½	2	16	2	2	17	6½
400	2	0	6½	2	1	7¾	2	2	9	400	2	3	10	2	4	11¼	2	6	0¼
300	1	10	5	1	11	2¾	1	12	0¾	300	1	12	10½	1	13	8½	1	14	6½
200	1	0	3¼	1	0	9¾	1	1	4½	200	1	1	11	1	2	5½	1	3	0¼
100	0	10	1¾	0	10	5	0	10	8¼	100	0	10	11½	0	11	2¾	0	11	6
90	0	9	1½	0	9	4½	0	9	7½	90	0	9	10¼	0	10	1¼	0	10	4¼
80	0	8	1¼	0	8	4	0	8	6½	80	0	8	9¼	0	8	11¾	0	9	2½
70	0	7	1¼	0	7	3½	0	7	5¾	70	0	7	8	0	7	10¼	0	8	0¾
60	0	6	1	0	6	3	0	6	5	60	0	6	7	0	6	9	0	6	10¾
50	0	5	0¾	0	5	2½	0	5	4	50	0	5	5¾	0	5	7½	0	5	9
40	0	4	0¾	0	4	2	0	4	3¼	40	0	4	4½	0	4	6	0	4	7¼
30	0	3	0½	0	3	1½	0	3	2½	30	0	3	3½	0	3	4½	0	3	5½
20	0	2	0¼	0	2	1	0	2	1¾	20	0	2	2¼	0	2	3	0	2	3¾
10	0	1	0¼	0	1	0½	0	1	0¾	10	0	1	1¼	0	1	1½	0	1	1¾
9	0	0	11	0	0	11¼	0	0	11½	9	0	0	11¾	0	1	0¼	0	1	0¾
8	0	0	9¾	0	0	10	0	0	10¼	8	0	0	10½	0	0	10¾	0	0	11
7	0	0	8½	0	0	8¾	0	0	9	7	0	0	9¼	0	0	9½	0	0	9¾
6	0	0	7¼	0	0	7½	0	0	7¾	6	0	0	8	0	0	8	0	0	8¼
5	0	0	6	0	0	6¼	0	0	6½	5	0	0	6½	0	0	6¾	0	0	7
4	0	0	4¾	0	0	5	0	0	5¼	4	0	0	5¼	0	0	5½	0	0	5½
3	0	0	3¾	0	0	3¾	0	0	3¾	3	0	0	4	0	0	4	0	0	4¼
2	0	0	2½	0	0	2½	0	0	2½	2	0	0	2¾	0	0	2¾	0	0	2¾
1	0	0	1¼	0	0	1¼	0	0	1¼	1	0	0	1¼	0	0	1¼	0	0	1½

Prin.	43 days.			44 days.			45 days.			Prin.	46 days.			47 days.			48 days.		
L.	L.	s.	d.	L.	s.	d.	L.	s.	d.	L.	L.	s.	d.	L.	s.	d.	L.	s.	d.
10000	58	18	1	60	5	5¾	61	12	10½	10000	63	0	3¼	64	7	8	65	15	0¾
5000	29	9	0½	30	2	9	30	16	5¼	5000	31	10	1¾	32	3	10	32	17	6½
2000	11	15	7½	12	1	1¼	12	6	7	2000	12	12	0¾	12	17	6½	13	3	0¼
1000	5	17	9¾	6	0	6½	6	3	3½	1000	6	6	0¼	6	8	9¼	6	11	6
900	5	6	0¼	5	8	6	5	10	11½	900	5	13	5	5	15	10¾	5	18	4¼
800	4	14	3	4	16	5¼	4	18	7½	800	5	0	9¾	5	3	0¼	5	5	9¾
700	4	2	5½	4	4	4½	4	6	3½	700	4	8	2¾	4	10	1¾	4	12	0¾
600	3	10	8¼	3	12	4	3	13	11¾	600	3	15	7½	3	17	3	3	18	10¾
500	2	18	10¾	3	0	3¼	3	1	7¾	500	3	3	0¼	3	4	4½	3	5	9
400	2	7	1½	2	8	2¾	2	9	3¾	400	2	10	5	2	11	6	2	12	7¼
300	1	15	4	1	16	2	1	16	11¾	300	1	17	9¾	1	18	7½	1	19	5½
200	1	3	6¾	1	4	1¼	1	4	8	200	1	5	2½	1	5	9	1	6	3½
100	0	11	9¼	0	12	0¾	0	12	4	100	0	12	7¼	0	12	10½	0	13	1¾
90	0	10	7¼	0	10	10¼	0	11	1¼	90	0	11	4	0	11	7	0	11	10
80	0	9	5	0	9	7¾	0	9	10¼	80	0	10	1	0	10	3½	0	10	6¼
70	0	8	3	0	8	5¼	0	8	7½	70	0	8	9¾	0	9	0¼	0	9	2½
60	0	7	0¾	0	7	2¾	0	7	4¾	60	0	7	6¾	0	7	8¾	0	7	10¾
50	0	5	10¾	0	6	0¼	0	6	2	50	0	6	3½	0	6	5¼	0	6	7
40	0	4	8½	0	4	9¾	0	4	11¼	40	0	5	0½	0	5	1¾	0	5	3
30	0	3	6½	0	3	7½	0	3	8½	30	0	3	9¼	0	3	10¼	0	3	11¼
20	0	2	4¼	0	2	5	0	2	5½	20	0	2	6¼	0	2	7	0	2	7¾
10	0	1	2¼	0	1	2½	0	1	2¾	10	0	1	3	0	1	3½	0	1	3¾
9	0	1	0¾	0	1	1	0	1	1¼	9	0	1	1½	0	1	2	0	1	2¼
8	0	0	11¼	0	0	11½	0	0	11¾	8	0	1	0	0	1	0¼	0	1	0¾
7	0	0	10	0	0	10¼	0	0	10¼	7	0	0	10½	0	0	10¾	0	0	11
6	0	0	8½	0	0	8¾	0	0	9	6	0	0	9	0	0	9¼	0	0	9½
5	0	0	7	0	0	7¼	0	0	7½	5	0	0	7½	0	0	7¾	0	0	8
4	0	0	5¾	0	0	5¾	0	0	6	4	0	0	6	0	0	6¼	0	0	6¼
3	0	0	4¼	0	0	4¼	0	0	4½	3	0	0	4½	0	0	4¾	0	0	4¾
2	0	0	2¾	0	0	3	0	0	3	2	0	0	3	0	0	3	0	0	3¼
1	0	0	1½	0	0	1½	0	0	1½	1	0	0	1½	0	0	1½	0	0	1½

Prin.	49 days.			50 days.			51 days.			Prin.	52 days.			53 days.			54 days.		
L.	L.	s.	d.	L.	s.	d.	L.	s.	d.	L.	L.	s.	d.	L.	s.	d.	L.	s.	d.
10000	67	2	5½	68	9	10¼	69	17	3	10000	71	4	8	72	12	0¾	73	19	5½
5000	33	11	2¾	34	4	11¼	34	18	7½	5000	35	12	4	36	6	0¼	36	19	8¾
2000	13	8	6	13	13	11¾	13	19	5½	2000	14	4	11¼	14	10	5	14	15	10¾
1000	6	14	3	6	16	11¾	6	19	8¾	1000	7	2	5½	7	5	2½	7	7	11¼
900	6	0	9¾	6	3	3½	6	5	9	900	6	8	2¾	6	10	8¼	6	13	1¾
800	5	7	4¾	5	9	7	5	11	9¼	800	5	13	11¾	5	16	2	5	18	4¼
700	4	13	11¾	4	15	10¾	4	17	9¾	700	4	19	8¾	5	1	7¾	5	3	6¾
600	4	0	6½	4	2	2¼	4	3	10	600	4	5	5¾	4	7	1½	4	8	9¼
500	3	7	1½	3	8	6	3	9	10¼	500	3	11	2¾	3	12	7¼	3	13	11¾
400	2	13	8½	2	14	9½	2	15	10¾	400	2	16	11¾	2	18	1	2	19	2¼
300	2	0	3¼	2	1	1¼	2	1	11	300	2	2	9	2	3	6¾	2	4	4½
200	1	6	10¼	1	7	4¾	1	7	11¼	200	1	8	6	1	9	0½	1	9	7
100	0	13	5	0	13	8½	0	13	11¾	100	0	14	3	0	14	6¼	0	14	9½
90	0	12	1	0	12	4	0	12	7	90	0	12	9¾	0	13	0¾	0	13	3¾
80	0	10	9	0	10	11½	0	11	2¼	80	0	11	4¾	0	11	7½	0	11	10
70	0	9	4¾	0	9	7	0	9	9¼	70	0	9	11¾	0	10	2	0	10	4¼
60	0	8	0¾	0	8	2¾	0	8	4½	60	0	8	6½	0	8	8½	0	8	10½
50	0	6	8½	0	6	10¼	0	6	11¾	50	0	7	1½	0	7	3	0	7	4¾
40	0	5	4½	0	5	5¾	0	5	7	40	0	5	8½	0	5	9¾	0	5	11
30	0	4	0¼	0	4	1¼	0	4	2¼	30	0	4	3¼	0	4	4¼	0	4	5¼
20	0	2	8¼	0	2	9	0	2	9½	20	0	2	10¼	0	2	10¾	0	2	11½
10	0	1	4	0	1	4½	0	1	4¾	10	0	1	5	0	1	5½	0	1	5¾
9	0	1	2½	0	1	2¾	0	1	3	9	0	1	3½	0	1	3¾	0	1	4
8	0	1	1	0	1	1¼	0	1	1½	8	0	1	1¾	0	1	2	0	1	2¼
7	0	0	11¼	0	0	11½	0	0	11¾	7	0	1	0	0	1	0¼	0	1	0½
6	0	0	9¾	0	0	9¾	0	0	10	6	0	0	10¼	0	0	10½	0	0	10¾
5	0	0	8	0	0	8¼	0	0	8½	5	0	0	8½	0	0	8¾	0	0	9
4	0	0	6½	0	0	6½	0	0	6¾	4	0	0	6¾	0	0	7	0	0	7
3	0	0	4¾	0	0	5	0	0	5	3	0	0	5¼	0	0	5¼	0	0	5¼
2	0	0	3¼	0	0	3¼	0	0	3¼	2	0	0	3½	0	0	3½	0	0	3½
1	0	0	1½	0	0	1¾	0	0	1¾	1	0	0	1¾	0	0	1¾	0	0	1¾

Prin.	55 days.			56 days.			57 days.			Prin.	58 days.			59 days.			60 days.		
L.	L.	s.	d.	L.	s.	d.	L.	s.	d.	L.	L.	s.	d.	L.	s.	d.	L.	s.	d.
10000	75	6	10¼	76	14	3	78	1	7¾	10000	79	9	0½	80	16	5¼	82	3	10
5000	37	13	5	38	7	1½	39	0	9¾	5000	39	14	6¼	40	8	2¾	41	1	11
2000	15	1	4½	15	6	10¼	15	12	4	2000	15	17	9¾	16	3	3½	16	8	9¼
1000	7	10	8¼	7	13	5	7	16	2	1000	7	18	10¾	8	1	7¾	8	4	4½
900	6	15	7½	6	18	1	7	0	6½	900	7	3	0¼	7	5	5¾	7	7	11¼
800	6	0	6½	6	2	9	6	4	11¼	800	6	7	1½	6	9	3¾	6	11	6
700	5	5	5¾	5	7	4¾	5	9	3¾	700	5	11	2¾	5	13	1¾	5	15	0¾
600	4	10	5	4	12	0¾	4	13	8½	600	4	15	4	4	16	11¾	4	18	7½
500	3	15	4	3	16	8½	3	18	1	500	3	19	5½	4	0	9¾	4	2	2¼
400	3	0	3¼	3	1	4½	3	2	5½	400	3	3	6¾	3	4	8	3	5	9
300	2	5	2½	2	6	0¼	2	6	10¼	300	2	7	8	2	8	6	2	9	3¾
200	1	10	1¾	1	10	8¼	1	11	2¾	200	1	11	9¼	1	12	4	1	12	10½
100	0	15	0¾	0	15	4	0	15	7½	100	0	15	10¾	0	16	2	0	16	5¼
90	0	13	6¾	0	13	9¾	0	14	0¾	90	0	14	3½	0	14	6½	0	14	9½
80	0	12	0¾	0	12	3¼	0	12	6	80	0	12	8½	0	12	11¼	0	13	1¾
70	0	10	6½	0	10	9	0	10	11¼	70	0	11	1½	0	11	3¾	0	11	6
60	0	9	0½	0	9	2½	0	9	4½	60	0	9	6½	0	9	8½	0	9	10¼
50	0	7	6½	0	7	8	0	7	9¾	50	0	7	11¼	0	8	1	0	8	2¾
40	0	6	0¼	0	6	1¾	0	6	3	40	0	6	4¼	0	6	5½	0	6	7
30	0	4	6¼	0	4	7¼	0	4	8¼	30	0	4	9¼	0	4	10¼	0	4	11¼
20	0	3	0¼	0	3	0¾	0	3	1½	20	0	3	2¼	0	3	2¾	0	3	3½
10	0	1	6	0	1	6½	0	1	6¾	10	0	1	7	0	1	7½	0	1	7¾
9	0	1	4¼	0	1	4½	0	1	4¾	9	0	1	5¼	0	1	5½	0	1	5¾
8	0	1	2½	0	1	2¾	0	1	3	8	0	1	3¼	0	1	3½	0	1	3¾
7	0	1	0¾	0	1	1	0	1	1	7	0	1	1¼	0	1	1½	0	1	1¾
6	0	0	10¾	0	0	11	0	0	11¼	6	0	0	11½	0	0	11¾	0	0	11¾
5	0	0	9	0	0	9¼	0	0	9¼	5	0	0	9½	0	0	9¾	0	0	9¾
4	0	0	7¼	0	0	7¼	0	0	7½	4	0	0	7¾	0	0	7¾	0	0	8
3	0	0	5½	0	0	5½	0	0	5½	3	0	0	5¾	0	0	5¾	0	0	6
2	0	0	3½	0	0	3¾	0	0	3¾	2	0	0	3¾	0	0	4	0	0	4
1	0	0	1¾	0	0	1¾	0	0	1¾	1	0	0	2	0	0	2	0	0	2

Prin.	61 days.			62 days.			63 days.		
L.	L.	s.	d.	L.	s.	d.	L.	s.	d.
10000	83	11	2¾	84	18	7½	86	6	0¼
5000	41	15	7½	42	9	3¾	43	3	0¼
2000	16	14	3	16	19	8¾	17	5	2½
1000	8	7	1½	8	9	10¼	8	12	7¼
900	7	10	5	7	12	10½	7	15	4
800	6	13	8½	6	15	10¾	6	18	1
700	5	16	11¾	5	18	10¾	6	0	9¾
600	5	0	3¼	5	1	11	5	3	6¾
500	4	3	6¾	4	4	11¼	4	6	3½
400	3	6	10¼	3	7	11¼	3	9	0½
300	2	10	1¾	2	10	11½	2	11	9½
200	1	13	5	1	13	11¾	1	14	6¼
100	0	16	8½	0	16	11¾	0	17	3
90	0	15	0½	0	15	3½	0	15	6½
80	0	13	4½	0	13	7	0	13	9¾
70	0	11	8½	0	11	10¾	0	12	1
60	0	10	0¼	0	10	2¼	0	10	4¼
50	0	8	4¼	0	8	6	0	8	7½
40	0	6	8¼	0	6	9½	0	6	10¾
30	0	5	0¼	0	5	1¼	0	5	2¼
20	0	3	4	0	3	4¾	0	3	5½
10	0	1	8	0	1	8½	0	1	8¾
9	0	1	6	0	1	6¼	0	1	6¾
8	0	1	4	0	1	4¼	0	1	4½
7	0	1	2	0	1	2¼	0	1	2½
6	0	1	0	0	1	0¼	0	1	0½
5	0	0	10	0	0	10¼	0	0	10¼
4	0	0	8	0	0	8¼	0	0	8¼
3	0	0	6	0	0	6	0	0	6¼
2	0	0	4	0	0	4	0	0	4¼
1	0	0	2	0	0	2	0	0	2

Prin.	64 days.			65 days.			66 days.		
L.	L.	s.	d.	L.	s.	d.	L.	s.	d.
10000	87	13	5	89	0	9¾	90	8	2¾
5000	43	16	8½	44	10	5	45	4	1¼
2000	17	10	8¼	17	16	2	18	1	7¾
1000	8	15	4	8	18	1	9	0	9¾
900	7	17	9¾	8	0	3¼	8	2	9
800	7	0	3¼	7	2	5½	7	4	8
700	6	2	9	6	4	8	6	6	7
600	5	5	2½	5	6	10¼	5	8	6
500	4	7	8	4	9	0½	4	10	5
400	3	10	1¾	3	11	2¾	3	12	4
300	2	12	7¼	2	13	5	2	14	3
200	1	15	0¾	1	15	7½	1	16	2
100	0	17	6½	0	17	9¾	0	18	1
90	0	15	9¼	0	16	0¼	0	16	3¼
80	0	14	0¼	0	14	3	0	14	5½
70	0	12	3¼	0	12	5½	0	12	8
60	0	10	6¼	0	10	8¼	0	10	10¼
50	0	8	9¼	0	8	10¾	0	9	0½
40	0	7	0¼	0	7	1½	0	7	2¾
30	0	5	3	0	5	4	0	5	5
20	0	3	6	0	3	6¾	0	3	7½
10	0	1	9	0	1	9¼	0	1	9¾
9	0	1	7	0	1	7¼	0	1	7½
8	0	1	4¾	0	1	5	0	1	5¼
7	0	1	2¾	0	1	3	0	1	3¼
6	0	1	0½	0	1	0¾	0	1	1
5	0	0	10½	0	0	10¾	0	0	10¾
4	0	0	8½	0	0	8½	0	0	8¾
3	0	0	6¼	0	0	6½	0	0	6½
2	0	0	4¼	0	0	4¼	0	0	4¼
1	0	0	2	0	0	2¼	0	0	2¼

Prin.	67 days.			68 days.			69 days.		
L.	L.	s.	d.	L.	s.	d.	L.	s.	d.
10000	91	15	7½	93	3	0¼	94	10	5
5000	45	17	9¾	46	11	6	47	5	2½
2000	18	7	1½	18	12	7¼	18	18	1
1000	9	3	6¾	9	6	3½	9	9	0½
900	8	5	2½	8	7	8	8	10	1¾
800	7	6	10¼	7	9	0½	7	11	2¾
700	6	8	6	6	10	5	6	12	4
600	5	10	1¾	5	11	9¼	5	13	5
500	4	11	9¼	4	13	1¾	4	14	6¼
400	3	13	5	3	14	6¼	3	15	7½
300	2	15	0¾	2	15	10¾	2	16	8½
200	1	16	8½	1	17	3	1	17	9¾
100	0	18	4¼	0	18	7½	0	18	10¾
90	0	16	6¼	0	16	9¼	0	17	0¼
80	0	14	8¼	0	14	10¾	0	15	1½
70	0	12	10¼	0	13	0½	0	13	2¾
60	0	11	0¼	0	11	2¼	0	11	4
50	0	9	2¼	0	9	3¾	0	9	5½
40	0	7	4	0	7	5½	0	7	6¾
30	0	5	6	0	5	7	0	5	8
20	0	3	8	0	3	8¾	0	3	9¼
10	0	1	10	0	1	10¼	0	1	10¾
9	0	1	7¾	0	1	8	0	1	8½
8	0	1	5½	0	1	6	0	1	6¼
7	0	1	3½	0	1	3¾	0	1	4
6	0	1	1¼	0	1	1½	0	1	1½
5	0	0	11	0	0	11¼	0	0	11¼
4	0	0	8¾	0	0	9	0	0	9
3	0	0	6½	0	0	6¾	0	0	6¾
2	0	0	4½	0	0	4½	0	0	4½
1	0	0	2¼	0	0	2¼	0	0	2¼

Prin.	70 days.			71 days.			72 days.		
L.	L.	s.	d.	L.	s.	d.	L.	s.	d.
10000	95	17	9¾	97	5	2½	98	12	7¼
5000	47	18	10¾	48	12	7¼	49	6	3½
2000	19	3	6¾	19	9	0½	19	14	6¼
1000	9	11	9¼	9	14	6¼	9	17	3
900	8	12	7¼	8	15	0¾	8	17	6½
800	7	13	5	7	15	7½	7	17	9¾
700	6	14	3	6	16	2	6	18	1
600	5	15	0¾	5	16	8½	5	18	4¼
500	4	15	10¾	4	17	3	4	18	7½
400	3	16	8½	3	17	9¾	3	18	10¾
300	2	17	6½	2	18	4¼	2	19	2¼
200	1	18	4¼	1	18	10¾	1	19	5½
100	0	19	2¼	0	19	5½	0	19	8¾
90	0	17	3	0	17	6	0	17	9
80	0	15	4	0	15	6¾	0	15	9¼
70	0	13	5	0	13	7½	0	13	9¾
60	0	11	6	0	11	8	0	11	10
50	0	9	7	0	9	8¾	0	9	10¼
40	0	7	8	0	7	9¼	0	7	10¾
30	0	5	9	0	5	10	0	5	11
20	0	3	10	0	3	10¾	0	3	11¼
10	0	1	11	0	1	11¼	0	1	11¾
9	0	1	8¾	0	1	9	0	1	9¼
8	0	1	6½	0	1	6¾	0	1	7
7	0	1	4	0	1	4¼	0	1	4½
6	0	1	1¾	0	1	2	0	1	2¼
5	0	0	11½	0	0	11¾	0	0	11¾
4	0	0	9¼	0	0	9¼	0	0	9½
3	0	0	7	0	0	7	0	0	7
2	0	0	4½	0	0	4¾	0	0	4¾
1	0	0	2¼	0	0	2¼	0	0	2¼

Prin.	73 days.			74 days.			75 days.			Prin.	76 days.			77 days.			78 days.		
L.	L.	s.	d.	L.	s.	d.	L.	s.	d.	L.	L.	s.	d.	L.	s.	d.	L.	s.	d.
10000	100	0	0	101	7	4¾	102	14	9½	10000	104	2	2¼	105	9	7	106	16	11¾
5000	50	0	0	50	13	8½	51	7	4¾	5000	52	1	1¼	52	14	9½	53	8	6
2000	20	0	0	20	5	5¾	20	10	11½	2000	20	16	5	21	1	11	21	7	4¾
1000	10	0	0	10	2	9	10	5	5¾	1000	10	8	2¾	10	10	11½	10	13	8½
900	9	0	0	9	2	5½	9	4	11¼	900	9	7	4¾	9	9	10¼	9	12	4
800	8	0	0	8	2	2¼	8	4	4½	800	8	6	7	8	8	9¼	8	10	11½
700	7	0	0	7	1	11	7	3	10	700	7	5	9	7	7	8	7	9	7
600	6	0	0	6	1	7¾	6	3	3½	600	6	4	11¼	6	6	7	6	8	2¾
500	5	0	0	5	1	4½	5	2	9	500	5	4	1¼	5	5	5¾	5	6	10¼
400	4	0	0	4	1	1¼	4	2	2¼	400	4	3	3½	4	4	4½	4	5	5¾
300	3	0	0	3	0	9¾	3	1	7¾	300	3	2	5½	3	3	3½	3	4	1¼
200	2	0	0	2	0	6½	2	1	1¼	200	2	1	7¾	2	2	2¼	2	2	9
100	1	0	0	1	0	3¼	1	0	6½	100	1	0	9¾	1	1	1¼	1	1	4½
90	0	18	0	0	18	3	0	18	6	90	0	18	9	0	18	11¾	0	19	2¾
80	0	16	0	0	16	2¾	0	16	5¼	80	0	16	8	0	16	10½	0	17	1¼
70	0	14	0	0	14	2¼	0	14	4½	70	0	14	7	0	14	9¼	0	14	11½
60	0	12	0	0	12	2	0	12	4	60	0	12	6	0	12	8	0	12	9¾
50	0	10	0	0	10	1¾	0	10	3¼	50	0	10	5	0	10	6½	0	10	8¼
40	0	8	0	0	8	1¼	0	8	2¾	40	0	8	4	0	8	5¼	0	8	6½
30	0	6	0	0	6	1	0	6	2	30	0	6	3	0	6	4	0	6	5
20	0	4	0	0	4	0¾	0	4	1¼	20	0	4	2	0	4	2¾	0	4	3¼
10	0	2	0	0	2	0¼	0	2	0¾	10	0	2	1	0	2	1¼	0	2	1¾
9	0	1	9½	0	1	10	0	1	10¼	9	0	1	10½	0	1	10¾	0	1	11
8	0	1	7¼	0	1	7½	0	1	7¾	8	0	1	8	0	1	8¼	0	1	8½
7	0	1	4¾	0	1	5	0	1	5¼	7	0	1	5½	0	1	5¾	0	1	6
6	0	1	2½	0	1	2½	0	1	2¾	6	0	1	3	0	1	3¼	0	1	3½
5	0	1	0	0	1	0¼	0	1	0¼	5	0	1	0½	0	1	0¾	0	1	0¾
4	0	0	9½	0	0	9¾	0	0	9¾	4	0	0	10	0	0	10¼	0	0	10¼
3	0	0	7¼	0	0	7¼	0	0	7½	3	0	0	7½	0	0	7½	0	0	7¾
2	0	0	4¾	0	0	4¾	0	0	5	2	0	0	5	0	0	5	0	0	5¼
1	0	0	2½	0	0	2½	0	0	2½	1	0	0	2½	0	0	2½	0	0	2½

Prin.	79 days.			80 days.			81 days.			Prin.	82 days.			83 days.			84 days.		
L.	L.	s.	d.	L.	s.	d.	L.	s.	d.	L.	L.	s.	d.	L.	s.	d.	L.	s.	d.
10000	108	4	4½	109	11	9¼	110	19	2¼	10000	112	6	7	113	13	11¾	115	1	4½
5000	54	2	2¼	54	15	10¾	55	9	7	5000	56	3	3½	56	16	11¾	57	10	8¼
2000	21	12	10½	21	18	4¼	22	3	10	2000	22	9	3¾	22	14	9½	23	0	3¼
1000	10	16	5¼	10	19	2¼	11	1	11	1000	11	4	8	11	7	4¾	11	10	1¾
900	9	14	9½	9	17	3	9	19	8¾	900	10	2	2¼	10	4	8	10	7	1½
800	8	13	1¾	8	15	4	8	17	6½	800	8	19	8¾	9	1	11	9	4	1¼
700	7	11	6	7	13	5	7	15	4	700	7	17	3	7	19	2¼	8	1	1¼
600	6	9	10¼	6	11	6	6	13	1¾	600	6	14	9½	6	16	5¼	6	18	1
500	5	8	2¾	5	9	7	5	10	11½	500	5	12	4	5	13	8½	5	15	0¾
400	4	6	7	4	7	8	4	8	9¼	400	4	9	10¼	4	10	11½	4	12	0¾
300	3	4	11¼	3	5	9	3	6	7	300	3	7	4¾	3	8	2¾	3	9	0½
200	2	3	3½	2	3	10	2	4	4½	200	2	4	11¼	2	5	5¾	2	6	0¼
100	1	1	7¾	1	1	11	1	2	2¼	100	1	2	5½	1	2	9	1	3	0¼
90	0	19	5¾	0	19	8¾	0	19	11¾	90	1	0	2¾	1	0	5½	1	0	8½
80	0	17	3¾	0	17	6½	0	17	9	80	0	17	11¾	0	18	2¼	0	18	5
70	0	15	1¾	0	15	4	0	15	6½	70	0	15	8¾	0	15	11	0	16	1¼
60	0	12	11¾	0	13	1¾	0	13	3¾	60	0	13	5¾	0	13	7¾	0	13	9¾
50	0	10	9¾	0	10	11½	0	11	1¼	50	0	11	2¾	0	11	4½	0	11	6
40	0	8	8	0	8	9¼	0	8	10½	40	0	8	11¾	0	9	1¼	0	9	2½
30	0	6	6	0	6	7	0	6	8	30	0	6	9	0	6	9¾	0	6	10¾
20	0	4	4	0	4	4½	0	4	5¼	20	0	4	6	0	4	6½	0	4	7¼
10	0	2	2	0	2	2¼	0	2	2¾	10	0	2	3	0	2	3¼	0	2	3½
9	0	1	11½	0	1	11¾	0	2	0	9	0	2	0¼	0	2	0½	0	2	0¾
8	0	1	8¾	0	1	9	0	1	9¼	8	0	1	9½	0	1	9¾	0	1	10
7	0	1	6¼	0	1	6½	0	1	6¾	7	0	1	6¾	0	1	7	0	1	7¼
6	0	1	3½	0	1	3¾	0	1	4	6	0	1	4¼	0	1	4½	0	1	4½
5	0	1	1	0	1	1¼	0	1	1¼	5	0	1	1½	0	1	1¾	0	1	1¾
4	0	0	10½	0	0	10½	0	0	10¾	4	0	0	10¾	0	0	11	0	0	11
3	0	0	7¾	0	0	8	0	0	8	3	0	0	8	0	0	8¼	0	0	8¼
2	0	0	5¼	0	0	5¼	0	0	5¼	2	0	0	5½	0	0	5½	0	0	5½
1	0	0	2½	0	0	2¾	0	0	2¾	1	0	0	2¾	0	0	2¾	0	0	2¾

Prin.	85 days.			86 days.			87 days.			Prin.	88 days.			89 days.			90
L.	L.	s.	d.	L.	s.	d.	L.	s.	d.	L.	L.	s.	d.	L.	s.	d.	L.
10000	116	8	9¼	117	16	2	119	3	6¾	10000	120	10	11½	121	18	4¼	123
5000	58	4	4½	58	18	1	59	11	9½	5000	60	5	5¾	60	19	2¼	61
2000	23	5	9	23	11	2¾	23	16	8½	2000	24	2	2¼	24	7	8	24
1000	11	12	10½	11	15	7½	11	18	4¼	1000	12	1	1¼	12	3	10	12
900	10	9	7	10	12	0¾	10	14	6¼	900	10	16	11¾	10	19	5½	11
800	9	6	3½	9	8	6	9	10	8¼	800	9	12	10½	9	15	0¾	9
700	8	3	0¼	8	4	11¼	8	6	10¼	700	8	8	9¼	8	10	8¼	8
600	6	19	8¾	7	1	4½	7	3	0	600	7	4	8	7	6	3½	7
500	5	16	5¼	5	17	9¾	5	19	2¼	500	6	0	6½	6	1	11	6
400	4	13	1¾	4	14	3	4	15	4	400	4	16	5¼	4	17	6½	4
300	3	9	10¼	3	10	8¼	3	11	6	300	3	12	4	3	13	1¾	3
200	2	6	7	2	7	1½	2	7	8	200	2	8	2¾	2	8	9¼	2
100	1	3	3½	1	3	6¾	1	3	10	100	1	4	1¼	1	4	4½	1
90	1	0	11½	1	1	2½	1	1	5½	90	1	1	8½	1	1	11¼	1
80	0	18	7½	0	18	10¼	0	19	0¾	80	0	19	3½	0	19	6	0
70	0	16	3½	0	16	6	0	16	8¼	70	0	16	10½	0	17	0¾	0
60	0	13	11¾	0	14	1¾	0	14	3½	60	0	14	5½	0	14	7½	0
50	0	11	7¾	0	11	9¼	0	11	11	50	0	12	0¾	0	12	2¼	0
40	0	9	3¾	0	9	5	0	9	6½	40	0	9	7¾	0	9	9	0
30	0	6	11¾	0	7	0¾	0	7	1¾	30	0	7	2¾	0	7	3¾	0
20	0	4	8	0	4	8½	0	4	9¼	20	0	4	9¾	0	4	10½	0
10	0	2	4	0	2	4¼	0	2	4½	10	0	2	5	0	2	5¼	0
9	0	2	1¼	0	2	1½	0	2	1¾	9	0	2	2	0	2	2¼	0
8	0	1	10¼	0	1	10½	0	1	11	8	0	1	11¼	0	1	11½	0
7	0	1	7½	0	1	7¾	0	1	8	7	0	1	8¼	0	1	8½	0
6	0	1	4¾	0	1	5	0	1	5¼	6	0	1	5¼	0	1	5½	0
5	0	1	2	0	1	2¼	0	1	2¼	5	0	1	2½	0	1	2¾	0
4	0	0	11¼	0	0	11¼	0	0	11½	4	0	0	11½	0	0	11¾	0
3	0	0	8½	0	0	8½	0	0	8½	3	0	0	8¾	0	0	8¾	0
2	0	0	5½	0	0	5¾	0	0	5¾	2	0	0	5¾	0	0	5¾	0
1	0	0	2¾	0	0	2¾	0	0	2¾	1	0	0	3	0	0	3	0

Prin.	91 days.			92 days.			93 days.			Prin.	94 days.			95 days.			96
L.	L.	s.	d.	L.	s.	d.	L.	s.	d.	L.	L.	s.	d.	L.	s.	d.	L.
10000	124	13	1¾	126	0	6½	127	7	11¼	10000	128	15	4	130	2	9	131
5000	62	6	7	63	0	3¼	63	13	11¾	5000	64	7	8	65	1	4½	65
2000	24	18	7½	25	4	1¼	25	9	7	2000	25	15	0¾	26	0	6½	26
1000	12	9	3¾	12	12	0¾	12	14	9½	1000	12	17	6½	13	0	3¼	13
900	11	4	4½	11	6	10¼	11	9	3¾	900	11	11	9¼	11	14	3	11
800	9	19	5½	10	1	7¾	10	3	10	800	10	6	0¼	10	8	2¾	10
700	8	14	6¼	8	16	5¼	8	18	4¼	700	9	0	3¼	9	2	2¼	9
600	7	9	7	7	11	2¾	7	12	10½	600	7	14	6¼	7	16	2	7
500	6	4	8	6	6	0¼	6	7	4¾	500	6	8	9¼	6	10	1¾	6
400	4	19	8¾	5	0	9¾	5	1	11	400	5	3	0¼	5	4	1¼	5
300	3	14	9½	3	15	7½	3	16	5¼	300	3	17	3	3	18	1	3
200	2	9	10¼	2	10	5	2	10	11½	200	2	11	6	2	12	0¾	2
100	1	4	11¼	1	5	2½	1	5	5¾	100	1	5	9	1	6	0¼	1
90	1	2	5¼	1	2	8¼	1	2	11¼	90	1	3	2¼	1	3	5	1
80	0	19	11¼	1	0	2	1	0	4½	80	1	0	7¼	1	0	9¾	1
70	0	17	5½	0	17	7¾	0	17	10	70	0	18	0¼	0	18	2¾	0
60	0	14	11½	0	15	1½	0	15	3½	60	0	15	5½	0	15	7½	0
50	0	12	5½	0	12	7¼	0	12	9	50	0	12	10½	0	13	0¼	0
40	0	9	11¾	0	10	1	0	10	2¼	40	0	10	3½	0	10	5	0
30	0	7	5¾	0	7	6¾	0	7	7¾	30	0	7	8¾	0	7	9¾	0
20	0	4	11¾	0	5	0½	0	5	1¼	20	0	5	1¾	0	5	2½	0
10	0	2	6	0	2	6¼	0	2	6½	10	0	2	7	0	2	7¼	0
9	0	2	3	0	2	3¼	0	2	3½	9	0	2	3¾	0	2	4	0
8	0	2	0	0	2	0¼	0	2	0½	8	0	2	0¾	0	2	1	0
7	0	1	9	0	1	9¼	0	1	9½	7	0	1	9¾	0	1	9¾	0
6	0	1	6	0	1	6¼	0	1	6¼	6	0	1	6½	0	1	6¾	0
5	0	1	3	0	1	3	0	1	3	5	0	1	3½	0	1	3½	0
4	0	1	0	0	1	0	0	1	0¼	4	0	1	0¼	0	1	0½	0
3	0	0	9	0	0	9	0	0	9	3	0	0	9¼	0	0	9¼	0
2	0	0	6	0	0	6	0	0	6	2	0	0	6¼	0	0	6¼	0
1	0	0	3	0	0	3	0	0	3	1	0	0	3	0	0	3	

Prin.	97 days.			98 days.			99 days.			Prin.	100days			101days			102days		
L.	L.	s.	d.	L.	s.	d.	L.	s.	d.	L.	L.	s.	d.	L.	s.	d.	L.	s.	d.
10000	132	17	6½	134	4	11¼	135	12	4	10000	136	19	8¾	138	7	1½	139	14	6¼
5000	66	8	9¼	67	2	5½	67	16	2	5000	68	9	10¼	69	3	6¾	69	17	3
2000	26	11	6	26	16	11¾	27	2	5½	2000	27	7	11¼	27	13	5	27	18	10¾
1000	13	5	9	13	8	6	13	11	2¾	1000	13	13	11¾	13	16	8½	13	19	5½
900	11	19	2¼	12	1	7¾	12	4	1¼	900	12	6	7	12	9	0½	12	11	6
800	10	12	7¼	10	14	9½	10	16	11¾	800	10	19	2¼	11	1	4½	11	3	6¾
700	9	6	0¼	9	7	11¼	9	9	10¼	700	9	11	9¼	9	13	8½	9	15	7½
600	7	19	5½	8	1	1¼	8	2	9	600	8	4	4½	8	6	0¼	8	7	8
500	6	12	10½	6	14	3	6	15	7½	500	6	16	11¾	6	18	4¼	6	19	8¾
400	5	6	3½	5	7	4¾	5	8	6	400	5	9	7	5	10	8¾	5	11	9¼
300	3	19	8¾	4	0	6½	4	1	4½	300	4	2	2¼	4	3	0¼	4	3	10
200	2	13	1¾	2	13	8½	2	14	3	200	2	14	9½	2	15	4	2	15	10¾
100	1	6	7	1	6	10¼	1	7	1½	100	1	7	4¾	1	7	8	1	7	11¼
90	1	3	11	1	4	2	1	4	5	90	1	4	8	1	4	10¾	1	5	1¾
80	1	1	3	1	1	5¾	1	1	8½	80	1	1	11	1	2	1¾	1	2	4¼
70	0	18	7¼	0	18	9½	0	18	11¾	70	0	19	2¼	0	19	4½	0	19	6¾
60	0	15	11¼	0	16	1¼	0	16	3¼	60	0	16	5¼	0	16	7¼	0	16	9¼
50	0	13	3½	0	13	5	0	13	6¾	50	0	13	8½	0	13	10	0	13	11¾
40	0	10	7½	0	10	9	0	10	10¼	40	0	10	11½	0	11	0¾	0	11	2¼
30	0	7	11¾	0	8	0¾	0	8	1¾	30	0	8	2¾	0	8	3½	0	8	4½
20	0	5	3¾	0	5	4½	0	5	5	20	0	5	5¾	0	5	6½	0	5	7
10	0	2	8	0	2	8¼	0	2	8½	10	0	2	9	0	2	9¼	0	2	9½
9	0	2	4¾	0	2	5	0	2	5¼	9	0	2	5½	0	2	6	0	2	6¼
8	0	2	1½	0	2	1¾	0	2	2	8	0	2	2¼	0	2	2½	0	2	2¾
7	0	1	10¼	0	1	10½	0	1	10¾	7	0	1	11	0	1	11¼	0	1	11½
6	0	1	7¼	0	1	7¼	0	1	7½	6	0	1	7¾	0	1	8	0	1	8
5	0	1	4	0	1	4	0	1	4¼	5	0	1	4½	0	1	4½	0	1	4¾
4	0	1	0¾	0	1	1	0	1	1	4	0	1	1¼	0	1	1¼	0	1	1½
3	0	0	9½	0	0	9¾	0	0	9¾	3	0	0	9¾	0	0	10	0	0	10
2	0	0	6½	0	0	6½	0	0	6½	2	0	0	6½	0	0	6¾	0	0	6¾
1	0	0	3¼	0	0	3¼	0	0	3¼	1	0	0	3¼	0	0	3¼	0	0	3¼

Prin.	103days			104days			105days			Prin.	106days			107days			108days		
L.	L.	s.	d.	L.	s.	d.	L.	s.	d.	L.	L.	s.	d.	L.	s.	d.	L.	s.	d.
10000	141	1	11	142	9	3¾	143	16	8½	10000	145	4	1¼	146	11	6	147	18	10¾
5000	70	10	11½	71	4	8	71	18	4¼	5000	72	12	0¾	73	5	9	73	19	5½
2000	28	4	4½	28	9	10¼	28	15	4	2000	29	0	9¾	29	6	3½	29	11	9¼
1000	14	2	2¼	14	4	11¼	14	7	8	1000	14	10	5	14	13	1¾	14	15	10½
900	12	13	11¾	12	16	5¼	12	18	10¾	900	13	1	4½	13	3	10	13	6	3½
800	11	5	9	11	7	11¼	11	10	1¾	800	11	12	4	11	14	6¼	11	16	8½
700	9	17	6½	9	19	5½	10	1	4½	700	10	3	3½	10	5	2½	10	7	1½
600	8	9	3¾	8	10	11½	8	12	7¼	600	8	14	3	8	15	10¾	8	17	6½
500	7	1	1¼	7	2	5½	7	3	10	500	7	5	2½	7	6	7	7	7	11¼
400	5	12	10½	5	13	11¾	5	15	0¾	400	5	16	2	5	17	3	5	18	4¼
300	4	4	8	4	5	5¾	4	6	3½	300	4	7	1½	4	7	11¼	4	8	9¼
200	2	16	5¼	2	16	11½	2	17	6½	200	2	18	1	2	18	7½	2	19	2¼
100	1	8	2¾	1	8	6	1	8	9¼	100	1	9	0½	1	9	3¾	1	9	7
90	1	5	4¾	1	5	7¾	1	5	10¾	90	1	6	1¾	1	6	4½	1	6	7½
80	1	2	7	1	2	9½	1	3	0¼	80	1	3	2¾	1	3	5½	1	3	8
70	0	19	9	0	19	11¼	1	0	1¾	70	1	0	4	1	0	6¼	1	0	8½
60	0	16	11¼	0	17	1¼	0	17	3	60	0	17	5	0	17	7	0	17	9
50	0	14	1¼	0	14	3	0	14	4½	50	0	14	6¼	0	14	8	0	14	9½
40	0	11	3½	0	11	4¾	0	11	6	40	0	11	7½	0	11	8¾	0	11	10
30	0	8	5½	0	8	6½	0	8	7½	30	0	8	8½	0	8	9½	0	8	10½
20	0	5	7¾	0	5	8½	0	5	9	20	0	5	9¾	0	5	10¼	0	5	11
10	0	2	9¾	0	2	10¼	0	2	10½	10	0	2	10¾	0	2	11¼	0	2	11½
9	0	2	6½	0	2	6¾	0	2	7	9	0	2	7¼	0	2	7¾	0	2	8
8	0	2	3	0	2	3¼	0	2	3½	8	0	2	4	0	2	4¼	0	2	4½
7	0	1	11¾	0	2	0	0	2	0¼	7	0	2	0½	0	2	0½	0	2	0¾
6	0	1	8¼	0	1	8½	0	1	8¾	6	0	1	9	0	1	9	0	1	9¼
5	0	1	5	0	1	5	0	1	5¼	5	0	1	5½	0	1	5½	0	1	5¾
4	0	1	1½	0	1	1¾	0	1	1¾	4	0	1	2	0	1	2	0	1	2¼
3	0	0	10¼	0	0	10¼	0	0	10¼	3	0	0	10½	0	0	10½	0	0	10¾
2	0	0	6¾	0	0	6¾	0	0	7	2	0	0	7	0	0	7	0	0	7
1	0	0	3½	0	0	3½	0	0	3½	1	0	0	3½	0	0	3½	0	0	3½

Prin.	109days			110days			111days		
L.	L.	s.	d.	L.	s.	d.	L.	s.	d.
10000	149	6	3½	150	13	8½	152	1	1¼
5000	74	13	1¾	75	6	10¼	76	0	6½
2000	29	17	3	30	2	9	30	8	2½
1000	14	18	7½	15	1	4½	15	4	1¼
900	13	8	9¼	13	11	2¾	13	13	8½
800	11	18	10¾	12	1	1¼	12	3	3½
700	10	9	0½	10	10	11½	10	12	10½
600	8	19	2¼	9	0	9¾	9	2	5½
500	7	9	3¾	7	10	8¼	7	12	0¾
400	5	19	5½	6	0	6½	6	1	7¾
300	4	9	7	4	10	5	4	11	2¾
200	2	19	8¾	3	0	3¼	3	0	9¾
100	1	9	10¼	1	10	1½	1	10	5
90	1	6	10½	1	7	1½	1	7	4½
80	1	3	10¾	1	4	1¼	1	4	4
70	1	0	10¾	1	1	1¼	1	1	3½
60	0	17	11	0	18	1	0	18	3
50	0	14	11¼	0	15	0¾	0	15	2½
40	0	11	11¼	0	12	0¾	0	12	2
30	0	8	11½	0	9	0½	0	9	1½
20	0	5	11¾	0	6	0¼	0	6	1
10	0	2	11¾	0	3	0¼	0	3	0½
9	0	2	8¼	0	2	8½	0	2	8¾
8	0	2	4¾	0	2	5	0	2	5¼
7	0	2	1	0	2	1¼	0	2	1½
6	0	1	9½	0	1	9¾	0	1	10
5	0	1	6	0	1	6	0	1	6¼
4	0	1	2¼	0	1	2½	0	1	2½
3	0	0	10¾	0	0	10¾	0	0	11
2	0	0	7¼	0	0	7¼	0	0	7¼
1	0	0	3½	0	0	3½	0	0	3¾

Prin.	112days			113days			114days		
L.	L.	s.	d.	L.	s.	d.	L.	s.	d.
10000	153	8	6	154	15	10¾	156	3	3½
5000	76	14	3	77	7	11¼	78	1	7¾
2000	30	13	8½	30	19	2¼	31	4	8
1000	15	6	10¼	15	9	7	15	12	4
900	13	16	2	13	18	7½	14	1	1¼
800	12	5	5¾	12	7	8	12	9	10½
700	10	14	9½	10	16	8½	10	18	7½
600	9	4	1¼	9	5	9	9	7	4¾
500	7	13	5	7	14	9½	7	16	2
400	6	2	9	6	3	10	6	4	11¼
300	4	12	0¾	4	12	10½	4	13	8½
200	3	1	4½	3	1	11	3	2	5½
100	1	10	8¼	1	10	11½	1	11	2¾
90	1	7	7½	1	7	10¼	1	8	1¼
80	1	4	6½	1	4	9¼	1	4	11¾
70	1	1	5¾	1	1	8	1	1	10¼
60	0	18	5	0	18	7	0	18	9
50	0	15	4	0	15	5¾	0	15	7½
40	0	12	3¼	0	12	4½	0	12	6
30	0	9	2½	0	9	3½	0	9	4½
20	0	6	1½	0	6	2¼	0	6	3
10	0	3	0¾	0	3	1¼	0	3	1½
9	0	2	9¼	0	2	9½	0	2	9¾
8	0	2	5½	0	2	5¾	0	2	6
7	0	2	1¾	0	2	2	0	2	2¼
6	0	1	10	0	1	10¼	0	1	10½
5	0	1	6½	0	1	6½	0	1	6¾
4	0	1	2¾	0	1	2¾	0	1	3
3	0	0	11	0	0	11¼	0	0	11¼
2	0	0	7¼	0	0	7½	0	0	7½
1	0	0	3¾	0	0	3¾	0	0	3¾

Prin.	115days			116days			117days		
L.	L.	s.	d.	L.	s.	d.	L.	s.	d.
10000	157	10	8¼	158	18	1	160	5	5¾
5000	78	15	4	79	9	0½	80	2	9
2000	31	10	1½	31	15	7½	32	1	1¼
1000	15	15	0¾	15	17	9¾	16	0	6½
900	14	3	6¾	14	6	0¼	14	8	6
800	12	12	0¾	12	14	3	12	16	5¼
700	11	0	6½	11	2	5½	11	4	4½
600	9	9	0½	9	10	8¼	9	12	4
500	7	17	6½	7	18	10¾	8	0	3¼
400	6	6	0¼	6	7	1½	6	8	2½
300	4	14	6¼	4	15	4	4	16	2
200	3	3	0¼	3	3	6¾	3	4	1¼
100	1	11	6	1	11	9¼	1	12	0¾
90	1	8	4¼	1	8	7¼	1	8	10¼
80	1	5	2½	1	5	5	1	5	7¾
70	1	2	0¾	1	2	3	1	2	5¼
60	0	18	10¾	0	19	0¾	0	19	2¾
50	0	15	9	0	15	10¾	0	16	0¼
40	0	12	7¼	0	12	8½	0	12	9¾
30	0	9	5½	0	9	6½	0	9	7½
20	0	6	3½	0	6	4¼	0	6	5
10	0	3	1¾	0	3	2¼	0	3	2½
9	0	2	10	0	2	10¼	0	2	10½
8	0	2	6¼	0	2	6½	0	2	6¾
7	0	2	2½	0	2	2¾	0	2	3
6	0	1	10¾	0	1	11	0	1	11
5	0	1	7	0	1	7	0	1	7¼
4	0	1	3	0	1	3¼	0	1	3½
3	0	0	11¼	0	0	11½	0	0	11½
2	0	0	7½	0	0	7¾	0	0	7¾
1	0	0	3¾	0	0	3¾	0	0	3¾

Prin.	118days			119days			120days		
L.	L.	s.	d.	L.	s.	d.	L.	s.	d.
10000	161	12	10½	163	0	3¼	164	7	8
5000	80	16	5¼	81	10	1½	82	3	10
2000	32	6	7	32	12	0¾	32	17	6½
1000	16	3	3½	16	6	0¼	16	8	9¼
900	14	10	11½	14	13	5	14	15	10¾
800	12	18	7½	13	0	9¾	13	3	0¼
700	11	6	3½	11	8	2½	11	10	1½
600	9	13	11¾	9	15	7½	9	17	3
500	8	1	7¾	8	3	0¼	8	4	4½
400	6	9	3¾	6	10	5	6	11	6
300	4	16	11¾	4	17	9¾	4	18	7½
200	3	4	8	3	5	2½	3	5	9
100	1	12	4	1	12	7¼	1	12	10½
90	1	9	1¼	1	9	4	1	9	7
80	1	5	10½	1	6	1	1	6	3½
70	1	2	7½	1	2	9¾	1	3	0¼
60	0	19	4¾	0	19	6¾	0	19	8¾
50	0	16	2	0	16	3½	0	16	5¼
40	0	12	11¼	0	13	0½	0	13	1¾
30	0	9	8½	0	9	9½	0	9	10¼
20	0	6	5½	0	6	6¼	0	6	7
10	0	3	2¾	0	3	3	0	3	3½
9	0	2	11	0	2	11¼	0	2	11½
8	0	2	7	0	2	7¼	0	2	7½
7	0	2	3¼	0	2	3½	0	2	3½
6	0	1	11¼	0	1	11½	0	1	11¾
5	0	1	7½	0	1	7½	0	1	7¾
4	0	1	3½	0	1	3¾	0	1	3¾
3	0	0	11¾	0	0	11¾	0	0	11¾
2	0	0	7¾	0	0	7¾	0	0	8
1	0	0	4	0	0	4	0	0	4

Prin.	121days			122days			123days		
L.	L.	s.	d.	L.	s.	d.	L.	s.	d.
10000	165	15	0¾	167	2	5½	168	9	10¼
5000	82	17	6½	83	11	2¾	84	4	11¼
2000	33	3	0¼	33	8	6	33	13	11¾
1000	16	11	6	16	14	3	16	16	11¾
900	14	18	4¼	15	0	9¾	15	3	3½
800	13	5	2½	13	7	4¾	13	9	7
700	11	12	0¾	11	13	11¾	11	15	10¾
600	9	18	10¾	10	0	6½	10	2	2
500	8	5	9	8	7	1½	8	8	6
400	6	12	7¼	6	13	8½	6	14	9½
300	4	19	5½	5	0	3¼	5	1	1¼
200	3	6	3½	3	6	10¼	3	7	4¾
100	1	13	1¾	1	13	5	1	13	8½
90	1	9	10	1	10	1	1	10	4
80	1	6	6¼	1	6	9	1	6	11½
70	1	3	2½	1	3	4¾	1	3	7
60	0	19	10¾	1	0	0¾	1	0	2¾
50	0	16	7	0	16	8½	0	16	10¼
40	0	13	3	0	13	4½	0	13	5¾
30	0	9	11¼	0	10	0¼	0	10	1¼
20	0	6	7½	0	6	8¼	0	6	9
10	0	3	3¾	0	3	4	0	3	4½
9	0	2	11¾	0	3	0	0	3	0½
8	0	2	7¾	0	2	8	0	2	8¼
7	0	2	3¾	0	2	4	0	2	4¼
6	0	1	11¾	0	2	0	0	2	0¼
5	0	1	8	0	1	8	0	1	8¼
4	0	1	4	0	1	4	0	1	4¼
3	0	1	0	0	1	0	0	1	0¼
2	0	0	8	0	0	8	0	0	8
1	0	0	4	0	0	4	0	0	4

Prin.	124days			125days			126days		
L.	L.	s.	d.	L.	s.	d.	L.	s.	d.
10000	169	17	3	171	4	8	172	12	0¾
5000	84	18	7½	85	12	4	86	6	0¼
2000	33	19	5½	34	4	11¼	34	10	5
1000	16	19	8¾	17	2	5½	17	5	2½
900	15	5	9	15	8	2¾	15	10	8¼
800	13	11	9¼	13	13	11¾	13	16	2
700	11	17	9¾	11	19	8¾	12	1	7¾
600	10	3	10	10	5	5¾	10	7	1½
500	8	9	10¼	8	11	2¾	8	12	7¼
400	6	15	10¾	6	16	11¾	6	18	1
300	5	1	11	5	2	9	5	3	6¾
200	3	7	11¼	3	8	6	3	9	0½
100	1	13	11¾	1	14	3	1	14	6¼
90	1	10	7	1	10	9¾	1	11	0¾
80	1	7	2¼	1	7	4¾	1	7	7½
70	1	3	9¼	1	3	11¾	1	4	2
60	1	0	4½	1	0	6½	1	0	8½
50	0	16	11¾	0	17	1½	0	17	3
40	0	13	7	0	13	8½	0	13	9¾
30	0	10	2¼	0	10	3¼	0	10	4¼
20	0	6	9½	0	6	10¼	0	6	10¾
10	0	3	4¾	0	3	5	0	3	5½
9	0	3	0¾	0	3	1	0	3	1¼
8	0	2	8½	0	2	9	0	2	9¼
7	0	2	4½	0	2	4¾	0	2	5
6	0	2	0½	0	2	0¾	0	2	0¾
5	0	1	8½	0	1	8½	0	1	8¾
4	0	1	4¼	0	1	4½	0	1	4½
3	0	1	0¼	0	1	0¼	0	1	0½
2	0	0	8¼	0	0	8¼	0	0	8¼
1	0	0	4	0	0	4	0	0	4¼

Prin.	127days			128days			129days		
L.	L.	s.	d.	L.	s.	d.	L.	s.	d.
10000	173	19	5½	175	6	10¼	176	14	3
5000	86	19	8¾	87	13	5	88	7	1½
2000	34	15	10¾	35	1	4½	35	6	10¼
1000	17	7	11¼	17	10	8¼	17	13	5
900	15	13	1¾	15	15	7½	15	18	1
800	13	18	4¼	14	0	6½	14	2	9
700	12	3	6¾	12	5	5¾	12	7	4¾
600	10	8	9¼	10	10	5	10	12	0¾
500	8	13	11¾	8	15	4	8	16	8½
400	6	19	2¼	7	0	3¼	7	1	4½
300	5	4	4½	5	5	2½	5	6	0¼
200	3	9	7	3	10	1¾	3	10	8¼
100	1	14	9½	1	15	0¾	1	15	4
90	1	11	3¾	1	11	6¾	1	11	9¾
80	1	7	10	1	8	0¾	1	8	3¼
70	1	4	4¼	1	4	6½	1	4	9
60	1	0	10½	1	1	0½	1	1	2½
50	0	17	4¾	0	17	6½	0	17	8
40	0	13	11	0	14	0¼	0	14	1¾
30	0	10	5¼	0	10	6¼	0	10	7¼
20	0	6	11½	0	7	0¼	0	7	0¾
10	0	3	5¾	0	3	6	0	3	6½
9	0	3	1½	0	3	1¾	0	3	2¼
8	0	2	9½	0	2	9¾	0	2	10
7	0	2	5¼	0	2	5½	0	2	5¾
6	0	2	1	0	2	1¼	0	2	1½
5	0	1	9	0	1	9	0	1	9¼
4	0	1	4¾	0	1	4¾	0	1	5
3	0	1	0½	0	1	0½	0	1	0¾
2	0	0	8¼	0	0	8½	0	0	8½
1	0	0	4¼	0	0	4¼	0	0	4¼

Prin.	130days			131days			132days		
L.	L.	s.	d.	L.	s.	d.	L.	s.	d.
10000	178	1	7¾	179	9	0½	180	16	5¼
5000	89	0	9¾	89	14	6¼	90	8	2¾
2000	35	12	4	35	17	9¾	36	3	3½
1000	17	16	2	17	18	10¾	18	1	7¾
900	16	0	6½	16	3	0¼	16	5	5¾
800	14	4	11¼	14	7	1½	14	9	3¾
700	12	9	3¾	12	11	2¾	12	13	1¾
600	10	13	8½	10	15	4	10	16	11¾
500	8	18	1	8	19	5½	9	0	9¾
400	7	2	5½	7	3	6¾	7	4	8
300	5	6	10¼	5	7	8	5	8	6
200	3	11	2¾	3	11	9¼	3	12	4
100	1	15	7½	1	15	10¾	1	16	2
90	1	12	0¾	1	12	3½	1	12	6½
80	1	8	6	1	8	8½	1	8	11¼
70	1	4	11¼	1	5	1½	1	5	3¾
60	1	1	4½	1	1	6½	1	1	8½
50	0	17	9¾	0	17	11¼	0	18	1
40	0	14	3	0	14	4¼	0	14	5½
30	0	10	8¼	0	10	9¼	0	10	10¼
20	0	7	1½	0	7	2¼	0	7	2¾
10	0	3	6¾	0	3	7	0	3	7½
9	0	3	2½	0	3	2¾	0	3	3
8	0	2	10¼	0	2	10½	0	2	10¾
7	0	2	6	0	2	6¼	0	2	6½
6	0	2	1¾	0	2	1¾	0	2	2
5	0	1	9¼	0	1	9½	0	1	9¾
4	0	1	5	0	1	5¼	0	1	5¼
3	0	1	0¾	0	1	1	0	1	1
2	0	0	8½	0	0	8½	0	0	8¾
1	0	0	4¼	0	0	4¼	0	0	4¼

Prin.	133 days			134 days			135 days			Prin.	136 days			137 days			13
l.	l.	s.	d.	l.	s.	d.	l.	s.	d.	l.	l.	s.	d.	l.	s.	d.	l.
10000	182	3	10	183	11	2¾	184	18	7½	10000	186	6	0¼	187	13	5	18
5000	91	1	11	91	15	7½	92	9	3¾	5000	93	3	0¼	93	16	8½	94
2000	36	8	9¼	36	14	3	36	19	8¾	2000	37	5	2½	37	10	8¼	37
1000	18	4	4½	18	7	1½	18	9	10¼	1000	18	12	7¼	18	15	4	18
900	16	7	11¼	16	10	5	16	12	10½	900	16	15	4	16	17	9¾	17
800	14	11	6	14	13	8½	14	15	10¾	800	14	18	1	15	0	3¼	15
700	12	15	0¾	12	16	11¾	12	18	10¾	700	13	0	9¾	13	2	9	13
600	10	18	7½	11	0	3¼	11	1	11	600	11	3	6¾	11	5	2½	11
500	9	2	2¼	9	3	6¾	9	4	11¼	500	9	6	3½	9	7	8	9
400	7	5	9	7	6	10¼	7	7	11¼	400	7	9	0½	7	10	1¾	7
300	5	9	3¾	5	10	1¾	5	10	11½	300	5	11	9¼	5	12	7¼	5
200	3	12	10½	3	13	5	3	13	11¾	200	3	14	6¼	3	15	0¾	3
100	1	16	5¼	1	16	8½	1	16	11¾	100	1	17	3	1	17	6½	1
90	1	12	9½	1	13	0½	1	13	3½	90	1	13	6½	1	13	9¼	1
80	1	9	1¾	1	9	4½	1	9	7	80	1	9	9¾	1	10	0¼	1
70	1	5	6	1	5	8½	1	5	10¾	70	1	6	1	1	6	3¼	1
60	1	1	10¼	1	2	0¼	1	2	2¼	60	1	2	4¼	1	2	6¼	1
50	0	18	2¾	0	18	4¼	0	18	6	50	0	18	7½	0	18	9¼	0
40	0	14	7	0	14	8¼	0	14	9½	40	0	14	10¾	0	15	0¼	0
30	0	10	11¼	0	11	0¼	0	11	1¼	30	0	11	2¼	0	11	3	0
20	0	7	3½	0	7	4	0	7	4¾	20	0	7	5½	0	7	6	0
10	0	3	7¾	0	3	8	0	3	8½	10	0	3	8¾	0	3	9	0
9	0	3	3¼	0	3	3¾	0	3	4	9	0	3	4¼	0	3	4½	0
8	0	2	11	0	2	11¼	0	2	11½	8	0	2	11¾	0	3	0	0
7	0	2	6½	0	2	6¾	0	2	7	7	0	2	7¼	0	2	7½	0
6	0	2	2¼	0	2	2½	0	2	2¾	6	0	2	2¾	0	2	3	0
5	0	1	9¾	0	1	10	0	1	10¼	5	0	1	10¼	0	1	10½	0
4	0	1	5½	0	1	5½	0	1	5¾	4	0	1	6	0	1	6	0
3	0	1	1	0	1	1¼	0	1	1¼	3	0	1	1½	0	1	1½	0
2	0	0	8¾	0	0	8¾	0	0	9	2	0	0	9	0	0	9	0
1	0	0	4¼	0	0	4½	0	0	4½	1	0	0	4½	0	0	4½	0

Prin.	139 days			140 days			141 days			Prin.	142 days			143 days			14
l.	l.	s.	d.	l.	s.	d.	l.	s.	d.	l.	l.	s.	d.	l.	s.	d.	l.
10000	190	8	2¾	191	15	7½	193	3	0¼	10000	194	10	5	195	17	9¾	197
5000	95	4	1¼	95	17	9¾	96	11	6	5000	97	5	2½	97	18	10¾	98
2000	38	1	7¾	38	7	1½	38	12	7¼	2000	38	18	1	39	3	6¾	39
1000	19	0	9¾	19	3	6¾	19	6	3½	1000	19	9	0½	19	11	9¼	19
900	17	2	9	17	5	2½	17	7	8	900	17	10	1¾	17	12	7¼	17
800	15	4	8	15	6	10¼	15	9	0½	800	15	11	2¾	15	13	5	15
700	13	6	7	13	8	6	13	10	5	700	13	12	4	13	14	3	13
600	11	8	6	11	10	1¾	11	11	9¼	600	11	13	5	11	15	0¾	11
500	9	10	5	9	11	9¼	9	13	1¾	500	9	14	6¼	9	15	10¾	9
400	7	12	4	7	13	5	7	14	6¼	400	7	15	7½	7	16	8½	7
300	5	14	3	5	15	0¾	5	15	10¾	300	5	16	8½	5	17	6½	5
200	3	16	2	3	16	8½	3	17	3	200	3	17	9¾	3	18	4¼	3
100	1	18	1	1	18	4¼	1	18	7½	100	1	18	10¾	1	19	2¼	1
90	1	14	3¼	1	14	6¼	1	14	9¼	90	1	15	0¼	1	15	3	1
80	1	10	5½	1	10	8¼	1	10	10¾	80	1	11	1½	1	11	4	1
70	1	6	8	1	6	10¼	1	7	0½	70	1	7	2¾	1	7	5	1
60	1	2	10¼	1	3	0¼	1	3	2¼	60	1	3	4	1	3	6	1
50	0	19	0½	0	19	2¼	0	19	3¾	50	0	19	5½	0	19	7	0
40	0	15	2¾	0	15	4	0	15	5½	40	0	15	6¾	0	15	8	0
30	0	11	5	0	11	6	0	11	7	30	0	11	8	0	11	9	0
20	0	7	7½	0	7	8	0	7	8¾	20	0	7	9¼	0	7	10	0
10	0	3	9¾	0	3	10	0	3	10¼	10	0	3	10¾	0	3	11	0
9	0	3	5¼	0	3	5½	0	3	5¾	9	0	3	6	0	3	6¼	0
8	0	3	0½	0	3	0¾	0	3	1	8	0	3	1¼	0	3	1½	0
7	0	2	8	0	2	8¼	0	2	8½	7	0	2	8¾	0	2	9	0
6	0	2	3½	0	2	3½	0	2	3¾	6	0	2	4	0	2	4¼	0
5	0	1	10¾	0	1	11	0	1	11¼	5	0	1	11¼	0	1	11½	0
4	0	1	6¼	0	1	6½	0	1	6½	4	0	1	6¾	0	1	6¾	0
3	0	1	1¾	0	1	1¾	0	1	2	3	0	1	2	0	1	2	0
2	0	0	9¼	0	0	9¼	0	0	9¼	2	0	0	9¼	0	0	9½	0
1	0	0	4½	0	0	4½	0	0	4¾	1	0	0	4¾	0	0	4¾	0

Prin.	145days			146days			147days		
L.	L.	s.	d.	L.	s.	d.	L.	s.	d.
10000	198	12	7¼	200	0	0	201	7	4¾
5000	99	6	3½	100	0	0	100	13	8½
2000	39	14	6½	40	0	0	40	5	5¾
1000	19	17	3	20	0	0	20	2	9
900	17	17	6½	18	0	0	18	2	5½
800	15	17	9¾	16	0	0	16	2	2¼
700	13	18	1	14	0	0	14	1	11
600	11	18	4¼	12	0	0	12	1	7¾
500	9	18	7½	10	0	0	10	1	4½
400	7	18	10¾	8	0	0	8	1	1¼
300	5	19	2¼	6	0	0	6	0	9¾
200	3	19	5½	4	0	0	4	0	6½
100	1	19	8¾	2	0	0	2	0	3¼
90	1	15	9	1	16	0	1	16	3
80	1	11	9¼	1	12	0	1	12	2¾
70	1	7	9½	1	8	0	1	8	2¼
60	1	3	10	1	4	0	1	4	2
50	0	19	10½	1	0	0	1	0	1½
40	0	15	10¾	0	16	0	0	16	1¼
30	0	11	11	0	12	0	0	12	1
20	0	7	11¼	0	8	0	0	8	0¾
10	0	3	11¾	0	4	0	0	4	0½
9	0	3	7	0	3	7¼	0	3	7¼
8	0	3	2¼	0	3	2½	0	3	2¾
7	0	2	9¼	0	2	9½	0	2	9¾
6	0	2	4½	0	2	4¾	0	2	5
5	0	1	11¾	0	2	0	0	2	0¼
4	0	1	7	0	1	7¼	0	1	7¼
3	0	1	2¼	0	1	2½	0	1	2½
2	0	0	9½	0	0	9½	0	0	9¾
1	0	0	4¾	0	0	4¾	0	0	4¾

Prin.	148days			149days			150days		
L.	L.	s.	d.	L.	s.	d.	L.	s.	d.
10000	202	14	9½	204	2	2¼	205	9	7
5000	101	7	4¾	102	1	1¼	102	14	9½
2000	40	10	11½	40	16	5¼	41	1	11
1000	20	5	5¾	20	8	2¾	20	10	11½
900	18	4	11¼	18	7	4¾	18	9	10¼
800	16	4	4½	16	6	7	16	8	9¼
700	14	3	10	14	5	9	14	7	8
600	12	3	3½	12	4	11¼	12	6	7
500	10	2	9	10	4	1¼	10	5	5¾
400	8	2	2¼	8	3	3½	8	4	4½
300	6	1	7¾	6	2	5½	6	3	3½
200	4	1	1¼	4	1	7¾	4	2	2¼
100	2	0	6½	2	0	9¾	2	1	1¼
90	1	16	6	1	16	9	1	16	11¾
80	1	12	5¼	1	12	8	1	12	10½
70	1	8	4½	1	8	7	1	8	9¼
60	1	4	4	1	4	6	1	4	8
50	1	0	3¼	1	0	5	1	0	6½
40	0	16	2¾	0	16	4	0	16	5¼
30	0	12	2	0	12	3	0	12	4
20	0	8	1¼	0	8	2	0	8	2¾
10	0	4	0¾	0	4	1	0	4	1¼
9	0	3	7¾	0	3	8	0	3	8½
8	0	3	3	0	3	3¼	0	3	3½
7	0	2	10	0	2	10¼	0	2	10½
6	0	2	5¼	0	2	5½	0	2	5½
5	0	2	0¾	0	2	0½	0	2	0¾
4	0	1	7½	0	1	7½	0	1	7¾
3	0	1	2½	0	1	2¾	0	1	2¾
2	0	0	9¾	0	0	9¾	0	0	9¾
1	0	0	4¾	0	0	5	0	0	5

Prin.	151days			152days			153days		
L.	L.	s.	d.	L.	s.	d.	L.	s.	d.
10000	206	16	11¾	208	4	4½	209	11	9½
5000	103	8	6	104	2	2¼	104	15	10¾
2000	41	7	4¾	41	12	10½	41	18	4½
1000	20	13	8½	20	16	5¼	20	19	2¼
900	18	12	4	18	14	9½	18	17	3
800	16	10	11½	16	13	1½	16	15	4
700	14	9	7	14	11	6	14	13	5
600	12	8	2¾	12	9	10¼	12	11	6
500	10	6	10¼	10	8	2¾	10	9	7
400	8	5	5¾	8	6	7	8	7	8
300	6	4	1¼	6	4	11½	6	5	9
200	4	2	9	4	3	3½	4	3	10
100	2	1	4½	2	1	7¾	2	1	11
90	1	17	2¾	1	17	5¾	1	17	8¾
80	1	13	1¼	1	13	3¾	1	13	6½
70	1	8	11½	1	9	1½	1	9	4
60	1	4	9¾	1	4	11¾	1	5	1¾
50	1	0	8¼	1	0	9¾	1	0	11½
40	0	16	6½	0	16	8	0	16	9½
30	0	12	5	0	12	6	0	12	7
20	0	8	3¼	0	8	4	0	8	4½
10	0	4	1¾	0	4	2	0	4	2¼
9	0	3	8¾	0	3	9	0	3	9¼
8	0	3	3¾	0	3	4	0	3	4¼
7	0	2	10¾	0	2	11	0	2	11¼
6	0	2	5¾	0	2	6	0	2	6¼
5	0	2	0¾	0	2	1	0	2	1¼
4	0	1	7¾	0	1	8	0	1	8
3	0	1	3	0	1	3	0	1	3
2	0	0	10	0	0	10	0	0	10
1	0	0	5	0	0	5	0	0	5

Prin.	154days			155days			156days		
L.	L.	s.	d.	L.	s.	d.	L.	s.	d.
10000	210	19	2¼	212	6	7	213	13	11¾
5000	105	9	7	106	3	3½	106	16	11¾
2000	42	3	10	42	9	3¾	42	14	9½
1000	21	1	11	21	4	8	21	7	4¾
900	18	19	8¾	19	2	2¼	19	4	8
800	16	17	6½	16	19	8¾	17	1	11
700	14	15	4	14	17	3	14	19	2½
600	12	13	1¾	12	14	9½	12	16	5½
500	10	10	11½	10	12	4	10	13	8½
400	8	8	9¼	8	9	10¼	8	10	11¼
300	6	6	7	6	7	4¾	6	8	2¾
200	4	4	4½	4	4	11½	4	5	5¾
100	2	2	2¼	2	2	5½	2	2	9
90	1	17	11¾	1	18	2¾	1	18	5½
80	1	13	9	1	13	11¾	1	14	2½
70	1	9	6½	1	9	8¾	1	9	11
60	1	5	3¾	1	5	5¾	1	5	7¾
50	1	1	1½	1	1	2¾	1	1	4½
40	0	16	10½	0	16	11¾	0	17	1¼
30	0	12	8	0	12	9	0	12	9¾
20	0	8	5¼	0	8	6	0	8	6½
10	0	4	2¾	0	4	3	0	4	3¼
9	0	3	9½	0	3	9¾	0	3	10¼
8	0	3	4½	0	3	4¾	0	3	5
7	0	2	11½	0	2	11¾	0	3	0
6	0	2	6½	0	2	6½	0	2	6¾
5	0	2	1¼	0	2	1½	0	2	1¾
4	0	1	8½	0	1	8½	0	1	8¾
3	0	1	3¼	0	1	3½	0	1	3½
2	0	0	10¼	0	0	10¼	0	0	10¼
1	0	0	5	0	0	5	0	0	5¼

Prin.	157 days			158 days			159 days			Prin.	160 days			161 days			162 days		
L.	L.	s.	d.	L.	s.	d.	L.	s.	d.	L.	L.	s.	d.	L.	s.	d.	L.	s.	d.
10000	215	1	4½	216	8	9½	217	16	2	10000	219	3	6½	220	10	11½	221	18	4½
5000	107	10	8¼	108	4	4½	108	18	1	5000	109	11	9¼	110	5	5½	110	19	2¼
2000	43	0	3½	43	5	9	43	11	2¾	2000	43	16	8½	44	2	2¼	44	7	8
1000	21	10	1¾	21	12	10½	21	15	7½	1000	21	18	4¼	22	1	1¼	22	3	10
900	19	7	1½	19	9	7	19	12	0¾	900	19	14	6¼	19	16	11¾	19	19	5½
800	17	4	1¼	17	6	3½	17	8	6	800	17	10	8¼	17	12	10½	17	15	0¾
700	15	1	1	15	3	0¾	15	4	11¼	700	15	6	10¼	15	8	9¼	15	10	8½
600	12	18	1	12	19	8¾	13	1	4½	600	13	3	0¼	13	4	8	13	6	3½
500	10	15	0¾	10	16	5¼	10	17	9¾	500	10	19	2¼	11	0	6½	11	1	11
400	8	12	0¾	8	13	1½	8	14	3	400	8	15	4	8	16	5¼	8	17	6½
300	6	9	0½	6	9	10¼	6	10	8¼	300	6	11	6	6	12	4	6	13	1½
200	4	6	0¼	4	6	7	4	7	1½	200	4	7	8	4	8	2¾	4	8	9½
100	2	3	0¼	2	3	3½	2	3	6¾	100	2	3	10	2	4	1¼	2	4	4½
90	1	18	8½	1	18	11½	1	19	2½	90	1	19	5½	1	19	8½	1	19	11½
80	1	14	5	1	14	7½	1	14	10¼	80	1	15	0¾	1	15	3½	1	15	6
70	1	10	1¼	1	10	3½	1	10	6	70	1	10	8¼	1	10	10½	1	11	0¾
60	1	5	9¾	1	5	11¾	1	6	1¾	60	1	6	3½	1	6	5½	1	6	7½
50	1	1	6	1	1	7¾	1	1	9¼	50	1	1	11	1	2	0¾	1	2	2¼
40	0	17	2½	0	17	3¾	0	17	5	40	0	17	6½	0	17	7¾	0	17	9
30	0	12	10¾	0	12	11¾	0	13	0¾	30	0	13	1¾	0	13	2¾	0	13	3½
20	0	8	7¼	0	8	8	0	8	8½	20	0	8	9¼	0	8	9¾	0	8	10½
10	0	4	3½	0	4	4	0	4	4¼	10	0	4	4½	0	4	5	0	4	5¼
9	0	3	10½	0	3	10¾	0	3	11	9	0	3	11¼	0	3	11¾	0	4	0
8	0	3	5¼	0	3	5½	0	3	5¾	8	0	3	6	0	3	6¼	0	3	6½
7	0	3	0¼	0	3	0¼	0	3	0½	7	0	3	0¾	0	3	1	0	3	1¼
6	0	2	7	0	2	7¼	0	2	7¼	6	0	2	7½	0	2	7¾	0	2	8
5	0	2	1¾	0	2	2	0	2	2¼	5	0	2	2¼	0	2	2½	0	2	2¾
4	0	1	8¾	0	1	8¾	0	1	9	4	0	1	9	0	1	9¼	0	1	9½
3	0	1	3½	0	1	3½	0	1	3¾	3	0	1	3¾	0	1	4	0	1	4
2	0	0	10¼	0	0	10½	0	0	10½	2	0	0	10½	0	0	10½	0	0	10½
1	0	0	5¼	0	0	5¼	0	0	5¼	1	0	0	5¼	0	0	5¼	0	0	5¼

Prin.	163 days			164 days			165 days			Prin.	166 days			167 days			168 days		
L.	L.	s.	d.	L.	s.	d.	L.	s.	d.	L.	L.	s.	d.	L.	s.	d.	L.	s.	d.
10000	223	5	9	224	13	1¾	226	0	6½	10000	227	7	11¼	228	15	4	230	2	9
5000	111	12	10½	112	6	7	113	0	3¼	5000	113	13	11¾	114	7	8	115	1	4½
2000	44	13	1¾	44	18	7½	45	4	1¼	2000	45	9	7	45	15	0¾	46	0	6¾
1000	22	6	7	22	9	3¾	22	12	0¾	1000	22	14	9½	22	17	6½	23	0	3¼
900	20	1	11	20	4	4½	20	6	10¼	900	20	9	3¾	20	11	9¼	20	14	3
800	17	17	3	17	19	5½	18	1	7¾	800	18	3	10	18	6	0¼	18	8	2¾
700	15	12	7¼	15	14	6¼	15	16	5¼	700	15	18	4¼	16	0	3¼	16	2	2¼
600	13	7	11¼	13	9	7	13	11	2¾	600	13	12	10½	13	14	6¼	13	16	2
500	11	3	3½	11	4	8	11	6	0¼	500	11	7	4¾	11	8	9¼	11	10	1¾
400	8	18	7½	8	19	8¾	9	0	9¾	400	9	1	11	9	3	0¼	9	4	1¼
300	6	13	11¾	6	14	9½	6	15	7½	300	6	16	5¼	6	17	3	6	18	1
200	4	9	3¾	4	9	10¼	4	10	5	200	4	10	11½	4	11	6	4	12	0¾
100	2	4	8	2	4	11¼	2	5	2½	100	2	5	5¾	2	5	9	2	6	0¼
90	2	0	2¼	2	0	5¼	2	0	8¼	90	2	0	11¼	2	1	2¼	2	1	5
80	1	15	8¾	1	15	11¼	1	16	2	80	1	16	4½	1	16	7¼	1	16	9¾
70	1	11	3	1	11	5½	1	11	7¾	70	1	11	10	1	12	0¼	1	12	2¾
60	1	6	9½	1	6	11½	1	7	1½	60	1	7	3½	1	7	5½	1	7	7½
50	1	2	4	1	2	5½	1	2	7¼	50	1	2	9	1	2	10½	1	3	0¼
40	0	17	10¼	0	17	11¾	0	18	1	40	0	18	2¼	0	18	3½	0	18	5
30	0	13	4¾	0	13	5¾	0	13	6¾	30	0	13	7¾	0	13	8¾	0	13	9¾
20	0	8	11¼	0	8	11¾	0	9	0½	20	0	9	1¼	0	9	1¾	0	9	2½
10	0	4	5½	0	4	6	0	4	6¼	10	0	4	6½	0	4	7	0	4	7¼
9	0	4	0¼	0	4	0½	0	4	0¾	9	0	4	1	0	4	1½	0	4	1¾
8	0	3	6¾	0	3	7¼	0	3	7½	8	0	3	7¾	0	3	8	0	3	8¼
7	0	3	1½	0	3	1¾	0	3	2	7	0	3	2¼	0	3	2½	0	3	2¾
6	0	2	8¼	0	2	8¼	0	2	8½	6	0	2	8¾	0	2	9	0	2	9¼
5	0	2	2¾	0	2	3	0	2	3	5	0	2	3¼	0	2	3½	0	2	3½
4	0	1	9½	0	1	9½	0	1	9¾	4	0	1	9¾	0	1	10	0	1	10
3	0	1	4	0	1	4¼	0	1	4¼	3	0	1	4¼	0	1	4½	0	1	4½
2	0	0	10¾	0	0	10¾	0	0	10¾	2	0	0	11	0	0	11	0	0	11
1	0	0	5¼	0	0	5¼	0	0	5¼	1	0	0	5½	0	0	5½	0	0	5½

Prin.	169 days			170 days			171 days		
L.	L.	s.	d.	L.	s.	d.	L.	s.	d.
10000	231	10	1¾	232	17	6½	234	4	11¼
5000	115	15	0¾	116	8	9¼	117	2	5½
2000	46	6	0½	46	11	6	46	16	11½
1000	23	3	0¼	23	5	9	23	8	6
900	20	16	8¼	20	19	2¼	21	1	7¾
800	18	10	5	18	12	7½	18	14	9½
700	16	4	1¼	16	6	0¼	16	7	11½
600	13	17	9¾	13	19	5½	14	1	1¼
500	11	11	6	11	12	10½	11	14	3
400	9	5	2½	9	6	3½	9	7	4¾
300	6	18	10¾	6	19	8¾	7	0	6½
200	4	12	7¼	4	13	1¾	4	13	8½
100	2	6	3½	2	6	7	2	6	10¼
90	2	1	8	2	1	11	2	2	2
80	1	17	0½	1	17	3	1	17	5¾
70	1	12	5	1	12	7¼	1	12	9½
60	1	7	9¾	1	7	11¼	1	8	1¼
50	1	3	1¾	1	3	3½	1	3	5
40	0	18	6¼	0	18	7½	0	18	9
30	0	13	10¾	0	13	11¾	0	14	0¾
20	0	9	3	0	9	3¾	0	9	4½
10	0	4	7½	0	4	8	0	4	8¼
9	0	4	2	0	4	2¼	0	4	2½
8	0	3	8½	0	3	8¾	0	3	9
7	0	3	3	0	3	3	0	3	3¼
6	0	2	9¼	0	2	9½	0	2	9¾
5	0	2	3¾	0	2	4	0	2	4
4	0	1	10¼	0	1	10½	0	1	10½
3	0	1	4¾	0	1	4¾	0	1	4¾
2	0	0	11	0	0	11¼	0	0	11¼
1	0	0	5½	0	0	5½	0	0	5½

Prin.	172 days			173 days			174 days		
L.	L.	s.	d.	L.	s.	d.	L.	s.	d.
10000	235	12	4	236	19	8¾	238	7	1¼
5000	117	16	2	118	9	10¼	119	3	6¾
2000	47	2	5½	47	7	11¼	47	13	5
1000	23	11	2¾	23	13	11½	23	16	8½
900	21	4	1½	21	6	7	21	9	0½
800	18	16	11½	18	19	3¼	19	1	4¾
700	16	9	10¼	16	11	9¼	16	13	8½
600	14	2	9	14	4	4½	14	6	0¼
500	11	15	7½	11	16	11¾	11	18	4¼
400	9	8	6	9	9	7	9	10	8½
300	7	1	4½	7	2	2¼	7	3	0¼
200	4	14	3	4	14	9½	4	15	4
100	2	7	1½	2	7	4¾	2	7	8
90	2	2	5	2	2	8	2	2	10¾
80	1	17	8½	1	17	11	1	18	1¾
70	1	12	11¾	1	13	2¼	1	13	4½
60	1	8	3¼	1	8	5¼	1	8	7¼
50	1	3	6¾	1	3	8½	1	3	10
40	0	18	10½	0	18	11½	0	19	0¾
30	0	14	1¾	0	14	2¾	0	14	3½
20	0	9	5	0	9	5¾	0	9	6½
10	0	4	8½	0	4	9	0	4	9¼
9	0	4	3	0	4	3¼	0	4	3½
8	0	3	9¼	0	3	9½	0	3	9¾
7	0	3	3½	0	3	3¾	0	3	4
6	0	2	10	0	2	10¼	0	2	10½
5	0	2	4½	0	2	4½	0	2	4¾
4	0	1	10½	0	1	10¾	0	1	11
3	0	1	5	0	1	5	0	1	5
2	0	0	11¼	0	0	11½	0	0	11½
1	0	0	5¾	0	0	5¾	0	0	5¾

Prin.	175 days			176 days			177 days		
L.	L.	s.	d.	L.	s.	d.	L.	s.	d.
10000	239	14	6¼	241	1	11	242	9	3¾
5000	119	17	3	120	10	11½	121	4	8
2000	47	18	10¾	48	4	4½	48	9	10¼
1000	23	19	5½	24	2	2¼	24	4	11¼
900	21	11	6	21	13	11¾	21	16	5½
800	19	3	6¾	19	5	9	19	7	11½
700	16	15	7½	16	17	6½	16	19	5¾
600	14	7	8	14	9	3¾	14	10	11¼
500	11	19	8¾	12	1	1¼	12	2	5½
400	9	11	9¼	9	12	10¼	9	13	11¾
300	7	3	10	7	4	8	7	5	5¾
200	4	15	10¾	4	16	5¼	4	16	11¾
100	2	7	11¼	2	8	2¾	2	8	6
90	2	3	1¾	2	3	4¾	2	3	7¾
80	1	18	4½	1	18	7	1	18	9½
70	1	13	6¾	1	13	9	1	13	11¼
60	1	8	9¼	1	8	11¼	1	9	1¼
50	1	3	11½	1	4	1¼	1	4	3
40	0	19	2¼	0	19	3½	0	19	4¾
30	0	14	4¾	0	14	5½	0	14	6½
20	0	9	7	0	9	7¾	0	9	8½
10	0	4	9½	0	4	9¾	0	4	10¼
9	0	4	3¾	0	4	4	0	4	4¼
8	0	3	10	0	3	10¼	0	3	10½
7	0	3	4¼	0	3	4½	0	3	4¾
6	0	2	10½	0	2	10¾	0	2	11
5	0	2	4¾	0	2	5	0	2	5
4	0	1	11	0	1	11¼	0	1	11¼
3	0	1	5¼	0	1	5¼	0	1	5½
2	0	0	11½	0	0	11½	0	0	11½
1	0	0	5¾	0	0	5¾	0	0	5¾

Prin.	178 days			179 days			180 days		
L.	L.	s.	d.	L.	s.	d.	L.	s.	d.
10000	243	16	8½	245	4	1¼	246	11	6
5000	121	18	4¼	122	12	0¾	123	5	9
2000	48	15	4	49	0	9¾	49	6	3½
1000	24	7	8	24	10	5	24	13	1¾
900	21	18	10¾	22	1	4½	22	3	10
800	19	10	1¾	19	12	4	19	14	6½
700	17	1	4½	17	3	3½	17	5	2½
600	14	12	7¼	14	14	3	14	15	10¾
500	12	3	10	12	5	2½	12	6	7
400	9	15	0¾	9	16	2	9	17	3
300	7	6	3½	7	7	1½	7	7	11½
200	4	17	6½	4	18	1	4	18	7½
100	2	8	9¼	2	9	0½	2	9	3¾
90	2	3	10¾	2	4	1¾	2	4	4½
80	1	19	0¼	1	19	2¾	1	19	5½
70	1	14	1¾	1	14	4	1	14	6¼
60	1	9	3	1	9	5	1	9	7
50	1	4	4½	1	4	6¼	1	4	8
40	0	19	6	0	19	7½	0	19	8¾
30	0	14	7½	0	14	8½	0	14	9½
20	0	9	9	0	9	9¾	0	9	10½
10	0	4	10½	0	4	10¾	0	4	11¼
9	0	4	4¾	0	4	5	0	4	5¼
8	0	3	10¾	0	3	11	0	3	11¼
7	0	3	5	0	3	5¼	0	3	5½
6	0	2	11	0	2	11¼	0	2	11½
5	0	2	5¼	0	2	5½	0	2	5½
4	0	1	11¼	0	1	11½	0	1	11¾
3	0	1	5½	0	1	5¾	0	1	5¾
2	0	0	11¾	0	0	11¾	0	0	11¾
1	0	0	5¾	0	0	6	0	0	6

Prin.	181 days			182 days			183 days		
L.	L.	s.	d.	L.	s.	d.	L.	s.	d.
10000	247	18	10¾	249	6	3½	250	13	8½
5000	123	19	5½	124	13	1¾	125	6	10¼
2000	49	11	9½	49	17	3	50	2	9
1000	24	15	10¾	24	18	7½	25	1	4½
900	22	6	3½	22	8	9¼	22	11	2¾
800	19	16	8½	19	18	10¾	20	1	1½
700	17	7	1½	17	9	0¼	17	10	11½
600	14	17	6½	14	19	2½	15	0	9¾
500	12	7	11½	12	9	3¾	12	10	8¼
400	9	18	4½	9	19	5½	10	0	6½
300	7	8	9½	7	9	7	7	10	5
200	4	19	2¾	4	19	8¾	5	0	3½
100	2	9	7	2	9	10¼	2	10	1¾
90	2	4	7½	2	4	10¼	2	5	1½
80	1	19	8	1	19	10¾	2	0	1½
70	1	14	8½	1	14	10¾	1	15	1¼
60	1	9	9	1	9	11	1	10	1
50	1	4	9½	1	4	11½	1	5	0¾
40	0	19	10	0	19	11½	1	0	0¾
30	0	14	10½	0	14	11½	0	15	0½
20	0	9	11	0	9	11¾	0	10	0½
10	0	4	11½	0	4	11¾	0	5	0¼
9	0	4	5½	0	4	5¾	0	4	6¼
8	0	3	11½	0	3	11¾	0	4	0¼
7	0	3	5¾	0	3	6	0	3	6
6	0	2	11¾	0	3	0	0	3	0
5	0	2	5¾	0	2	6	0	2	6
4	0	1	11¾	0	2	0	0	2	0
3	0	1	5¾	0	1	6	0	1	6
2	0	1	0	0	1	0	0	1	0
1	0	0	6	0	0	6	0	0	6

Prin.	184 days			185 days			186 days		
L.	L.	s.	d.	L.	s.	d.	L.	s.	d.
10000	252	1	1½	253	8	6	254	15	10
5000	126	0	6½	126	14	3	127	7	11
2000	50	8	2¾	50	13	8½	50	19	2
1000	25	4	1¼	25	6	10¼	25	9	7
900	22	13	8½	22	16	2	22	18	7
800	20	3	3½	20	5	5¾	20	7	8
700	17	12	10½	17	14	9½	17	16	8
600	15	2	5½	15	4	1¼	15	5	9
500	12	12	0¾	12	13	5	12	14	9
400	10	1	7¾	10	2	9	10	3	10
300	7	11	2¾	7	12	0¾	7	12	10
200	5	0	9¾	5	1	4½	5	1	11
100	2	10	5	2	10	8¼	2	10	11
90	2	5	4½	2	5	7½	2	5	10
80	2	0	4	2	0	6½	2	0	9
70	1	15	3½	1	15	5¾	1	15	8
60	1	10	3	1	10	5	1	10	7
50	1	5	2½	1	5	4	1	5	5
40	1	0	2	1	0	3½	1	0	4
30	0	15	1½	0	15	2½	0	15	3
20	0	10	1	0	10	1¾	0	10	2
10	0	5	0½	0	5	0¾	0	5	1
9	0	4	6½	0	4	6¾	0	4	7
8	0	4	0½	0	4	0¾	0	4	1
7	0	3	6¼	0	3	6½	0	3	6
6	0	3	0¼	0	3	0½	0	3	0
5	0	2	6¼	0	2	6½	0	2	6
4	0	2	0¼	0	2	0½	0	2	0
3	0	1	6¼	0	1	6¼	0	1	6
2	0	1	0	0	1	0¼	0	1	0
1	0	0	6	0	0	6	0	0	6

Prin.	187 days			188 days			189 days		
L.	L.	s.	d.	L.	s.	d.	L.	s.	d.
10000	256	3	3½	257	10	8¼	258	18	1
5000	128	1	7¾	128	15	4	129	9	0½
2000	51	4	8	51	10	1½	51	15	7½
1000	25	12	4	25	15	0¾	25	17	9¾
900	23	1	1½	23	3	6¾	23	6	0¼
800	20	9	10½	20	12	0¾	20	14	3
700	17	18	7½	18	0	8½	18	2	8½
600	15	7	4¾	15	9	0½	15	10	8¼
500	12	16	2	12	17	6½	12	18	10¾
400	10	4	11¼	10	6	0¼	10	7	1½
300	7	13	8½	7	14	6¼	7	15	4
200	5	2	5½	5	3	0¼	5	3	6¾
100	2	11	2¾	2	11	6	2	11	9¼
90	2	6	1¼	2	6	4¼	2	6	7¼
80	2	0	11¾	2	1	2½	2	1	5
70	1	15	10¼	1	16	0¾	1	16	3
60	1	10	9	1	10	10¾	1	11	0¾
50	1	5	7½	1	5	9	1	5	10¾
40	1	0	6	1	0	7¼	1	0	8½
30	0	15	4½	0	15	5½	0	15	6½
20	0	10	3	0	10	3½	0	10	4½
10	0	5	1½	0	5	1¾	0	5	2¼
9	0	4	7¼	0	4	7¾	0	4	8
8	0	4	1¼	0	4	1½	0	4	1¾
7	0	3	7	0	3	7¼	0	3	7½
6	0	3	1	0	3	1	0	3	1¼
5	0	2	6¾	0	2	7	0	2	7
4	0	2	0½	0	2	0¾	0	2	0¾
3	0	1	6½	0	1	6½	0	1	6¾
2	0	1	0¼	0	1	0¼	0	1	0½
1	0	0	6¼	0	0	6¼	0	0	6¼

Prin.	190 days			191 days			192 days		
L.	L.	s.	d.	L.	s.	d.	L.	s.	d.
10000	260	5	5¾	261	12	10½	263	0	3
5000	130	2	9	130	16	5¼	131	10	1
2000	52	1	1½	52	6	7	52	12	0
1000	26	0	6½	26	3	3½	26	6	0
900	23	8	6	23	10	11½	23	13	5
800	20	16	5¼	20	18	7½	21	0	9
700	18	4	4½	18	6	3½	18	8	2
600	15	12	4	15	13	11¾	15	15	7
500	13	0	3½	13	1	7¾	13	3	0
400	10	8	2¾	10	9	3¾	10	10	5
300	7	16	2	7	16	11¾	7	17	9
200	5	4	1¼	5	4	8	5	5	2
100	2	12	0¾	2	12	4	2	12	7
90	2	6	10¼	2	7	1½	2	7	4
80	2	1	7¾	2	1	10¼	2	2	1
70	1	16	5¼	1	16	7½	1	16	9
60	1	11	2¾	1	11	4¾	1	11	6
50	1	6	0¼	1	6	2	1	6	3
40	1	0	9¾	1	0	11½	1	1	0
30	0	15	7½	0	15	8½	0	15	9
20	0	10	5	0	10	5½	0	10	6
10	0	5	2½	0	5	2¾	0	5	3
9	0	4	8½	0	4	8½	0	4	8
8	0	4	2	0	4	2½	0	4	2
7	0	3	7¾	0	3	8	0	3	8
6	0	3	1½	0	3	1¾	0	3	1
5	0	2	7¼	0	2	7½	0	2	7
4	0	2	1	0	2	1	0	2	1
3	0	1	6¾	0	1	6¾	0	1	7
2	0	1	0½	0	1	0½	0	1	0
1	0	0	6¼	0	0	6¼	0	0	6

Prin.	193 days			194 days			195 days			Prin.	196 days			197 days			198 days		
L.	l.	s.	d.	L.	s.	d.	l.	s.	d.	L.	L.	s.	d.	L.	s.	d.	L.	s.	d.
10000	264	7	8	265	15	0¾	267	2	5½	10000	268	9	10½	269	17	3	271	4	8
5000	132	3	10	132	17	6½	133	11	2¾	5000	134	4	11¼	134	18	7½	135	12	4
2000	52	17	6½	53	3	0¼	53	8	6	2000	53	13	11¾	53	19	5½	54	4	11¼
1000	26	8	9¼	26	11	6	26	14	3	1000	26	16	11¾	26	19	8¾	27	2	5½
900	23	15	10¾	23	18	4¼	24	0	9¾	900	24	3	3½	24	5	9	24	8	2½
800	21	3	0¼	21	5	2½	21	7	4¾	800	21	9	7	21	11	9½	21	13	11¾
700	18	10	1½	18	12	0¾	18	13	11¾	700	18	15	10¾	18	17	9¾	18	19	8¾
600	15	17	3	15	18	10¾	16	0	6½	600	16	2	2¼	16	3	10	16	5	5¾
500	13	4	4½	13	5	9	13	7	1½	500	13	8	6	13	9	10½	13	11	2¾
400	10	11	6	10	12	7¼	10	13	8½	400	10	14	9½	10	15	10¾	10	16	11¾
300	7	18	7½	7	19	5½	8	0	3¼	300	8	1	1¼	8	1	11	8	2	9
200	5	5	9	5	6	3½	5	6	10¼	200	5	7	4¾	5	7	11¼	5	8	6
100	2	12	10½	2	13	1¾	2	13	5	100	2	13	8½	2	13	11¾	2	14	3
90	2	7	7	2	7	10	2	8	1	90	2	8	4	2	8	7	2	8	9¾
80	2	2	3½	2	2	6¼	2	2	9	80	2	2	11½	2	3	2¼	2	3	4¾
70	1	17	0¼	1	17	2½	1	17	4¾	70	1	17	7	1	17	9½	1	17	11¾
60	1	11	8¾	1	11	10¾	1	12	0¾	60	1	12	2½	1	12	4½	1	12	6½
50	1	6	5¼	1	6	7	1	6	8½	50	1	6	10¼	1	6	11¾	1	7	1½
40	1	1	1¾	1	1	3	1	1	4½	40	1	1	5¾	1	1	7	1	1	8½
30	0	15	10½	0	15	11¼	0	16	0¼	30	0	16	1¼	0	16	2¼	0	16	3¼
20	0	10	7	0	10	7½	0	10	8¼	20	0	10	9	0	10	9½	0	10	10¼
10	0	5	3½	0	5	3¾	0	5	4	10	0	5	4½	0	5	4¾	0	5	5
9	0	4	9	0	4	9½	0	4	9¾	9	0	4	10	0	4	10¼	0	4	10½
8	0	4	2¾	0	4	3	0	4	3¼	8	0	4	3½	0	4	3¾	0	4	4
7	0	3	8½	0	3	8¾	0	3	9	7	0	3	9	0	3	9¼	0	3	9½
6	0	3	2	0	3	2¼	0	3	2½	6	0	3	2¾	0	3	2¾	0	3	3
5	0	2	7¾	0	2	8	0	2	8	5	0	2	8¼	0	2	8½	0	2	8½
4	0	2	1½	0	2	1½	0	2	1¾	4	0	2	1¾	0	2	2	0	2	2
3	0	1	7	0	1	7¼	0	1	7¼	3	0	1	7¼	0	1	7½	0	1	7½
2	0	1	0¾	0	1	0¾	0	1	0¾	2	0	1	1	0	1	1	0	1	1
1	0	0	6¼	0	0	6½	0	0	6½	1	0	0	6½	0	0	6½	0	0	6½

Prin.	199 days			200 days			201 days			Prin.	202 days			203 days			204 days		
L.	L.	s.	d.	L.	s.	d	l.	s.	d.	L.	l.	s.	d.	l.	s.	d.	l.	s.	d.
10000	272	12	0¾	273	19	5½	275	6	10¼	10000	276	14	3	278	1	7¾	279	9	0½
5000	136	6	0¼	136	19	8¾	137	13	5	5000	138	7	1½	139	0	9¾	139	14	6¼
2000	54	10	5	54	15	10¾	55	1	4½	2000	55	6	10¼	55	12	4	55	17	9¾
1000	27	5	2½	27	7	11¼	27	10	8¼	1000	27	13	5	27	16	2	27	18	10¾
900	24	10	8¼	24	13	1¾	24	15	7½	900	24	18	1	25	0	6½	25	3	0¼
800	21	16	2	21	18	4¼	22	0	6½	800	22	2	9	22	4	11¼	22	7	1½
700	19	1	7¾	19	3	6¾	19	5	5¾	700	19	7	4¾	19	9	3¾	19	11	2¾
600	16	7	1½	16	8	9¼	16	10	5	600	16	12	0¾	16	13	8½	16	15	4
500	13	12	7¼	13	13	11¾	13	15	4	500	13	16	8½	13	18	1	13	19	5½
400	10	18	1	10	19	2¼	11	0	3¼	400	11	1	4½	11	2	5½	11	3	6¾
300	8	3	6¾	8	4	4½	8	5	2½	300	8	6	0¼	8	6	10¼	8	7	8
200	5	9	0½	5	9	7	5	10	1½	200	5	10	8¼	5	11	2¾	5	11	9½
100	2	14	6¼	2	14	9½	2	15	0¾	100	2	15	4	2	15	7½	2	15	10¾
90	2	9	0¾	2	9	3¾	2	9	6¾	90	2	9	9¾	2	10	0¾	2	10	3½
80	2	3	7½	2	3	10	2	4	0¾	80	2	4	3¼	2	4	6	2	4	8½
70	1	18	2	1	18	4¼	1	18	6½	70	1	18	9	1	18	11¼	1	19	1½
60	1	12	8½	1	12	10½	1	13	0½	60	1	13	2½	1	13	4½	1	13	6½
50	1	7	3	1	7	4¾	1	7	6½	50	1	7	8	1	7	9¾	1	7	11¼
40	1	1	9¾	1	1	11	1	2	0¼	40	1	2	1½	1	2	3	1	2	4¼
30	0	16	4¼	0	16	5¼	0	16	6¼	30	0	16	7¼	0	16	8¼	0	16	9¼
20	0	10	10¾	0	10	11½	0	11	0¼	20	0	11	0¾	0	11	1½	0	11	2¼
10	0	5	5½	0	5	5¾	0	5	6	10	0	5	6½	0	5	6¾	0	5	7
9	0	4	11	0	4	11¼	0	4	11½	9	0	4	11¾	0	5	0	0	5	0¼
8	0	4	4¼	0	4	4½	0	4	4¾	8	0	4	5¼	0	4	5½	0	4	5¾
7	0	3	9¾	0	3	10	0	3	10¼	7	0	3	10½	0	3	10¾	0	3	11
6	0	3	3¼	0	3	3½	0	3	3¾	6	0	3	3¾	0	3	4	0	3	4¼
5	0	2	8¾	0	2	9	0	2	9	5	0	2	9¼	0	2	9¼	0	2	9½
4	0	2	2¼	0	2	2¼	0	2	2½	4	0	2	2½	0	2	2¾	0	2	2¾
3	0	1	7¾	0	1	7¾	0	1	7¾	3	0	1	8	0	1	8	0	1	8
2	0	1	1	0	1	1¼	0	1	1¼	2	0	1	1¼	0	1	1¼	0	1	1½
1	0	0	6½	0	0	6½	0	0	6½	1	0	0	6¾	0	0	6¾	0	0	6¾

Prin. L.	205days L.	s.	d.	206days L.	s.	d.	207days L.	s.	d.
10000	280	16	5¼	282	3	10	283	11	2¾
5000	140	8	2¾	141	1	11	141	15	7½
2000	56	3	3½	56	8	9¼	56	14	3
1000	28	1	7¾	28	4	4½	28	7	1½
900	25	5	5¾	25	7	11¼	25	10	5
800	22	9	3¾	22	11	6	22	13	8½
700	19	13	1¾	19	15	0¾	19	16	11¾
600	16	16	11¾	16	18	7½	17	0	3¼
500	14	0	9¾	14	2	2¼	14	3	6¾
400	11	4	8	11	5	9	11	6	10¼
300	8	8	6	8	9	3¾	8	10	1¾
200	5	12	4	5	12	10½	5	13	5
100	2	16	2	2	16	5¼	2	16	8½
90	2	10	6½	2	10	9½	2	11	0½
80	2	4	11¼	2	5	1¾	2	5	4½
70	1	19	3¾	1	19	6	1	19	8½
60	1	13	8½	1	13	10¼	1	14	0¼
50	1	8	1	1	8	2¾	1	8	4½
40	1	2	5½	1	2	7	1	2	8¾
30	0	16	10¼	0	16	11¼	0	17	0¼
20	0	11	2¾	0	11	3½	0	11	4
10	0	5	7½	0	5	7¾	0	5	8
9	0	5	0¾	0	5	1	0	5	1¼
8	0	4	6	0	4	6¼	0	4	6½
7	0	3	11¼	0	3	11½	0	3	11¾
6	0	3	4½	0	3	4¾	0	3	4¾
5	0	2	9¾	0	2	9¾	0	2	10
4	0	2	3	0	2	3	0	2	3¼
3	0	1	8¼	0	1	8¼	0	1	8½
2	0	1	1½	0	1	1½	0	1	1½
1	0	0	6¾	0	0	6¾	0	0	6¾

Prin. L.	208days L.	s.	d.	209days L.	s.	d.	21[0days] L.
10000	284	18	7½	286	6	0¼	28
5000	142	9	3¾	143	3	0¼	14
2000	56	19	8¾	57	5	2½	5
1000	28	9	10¼	28	12	7¼	2
900	25	12	10½	25	15	4	2
800	22	15	10¾	22	18	1	2
700	19	18	10¾	20	0	9½	2
600	17	1	11	17	3	6¾	17
500	14	4	11½	14	6	3½	14
400	11	7	11½	11	9	0½	11
300	8	10	11½	8	11	9¼	8
200	5	13	11¾	5	14	6½	5
100	2	16	11¾	2	17	3	2
90	2	11	3½	2	11	6½	2
80	2	5	7	2	5	9¾	2
70	1	19	10¾	2	0	1	2
60	1	14	2¼	1	14	4½	1
50	1	8	6	1	8	7½	1
40	1	2	9½	1	2	10¾	1
30	0	17	1½	0	17	2¼	0
20	0	11	4¾	0	11	5½	0
10	0	5	8½	0	5	8¾	0
9	0	5	1½	0	5	1¾	0
8	0	4	6¾	0	4	7	0
7	0	3	11¾	0	4	0	0
6	0	3	5	0	3	5¼	0
5	0	2	10¼	0	2	10¼	0
4	0	2	3¼	0	2	3½	0
3	0	1	8½	0	1	8½	0
2	0	1	1¾	0	1	1¾	0
1	0	0	6¾	0	0	6¾	0

Prin. L.	211days L.	s.	d.	212days L.	s.	d.	213days L.	s.	d.
10000	289	0	9¾	290	8	2¾	291	15	7½
5000	144	10	5	145	4	1¼	145	17	9¾
2000	57	16	2	58	1	7¾	58	7	1½
1000	28	18	1	29	0	9¾	29	3	6¾
900	26	0	3½	26	2	9	26	5	2½
800	23	2	5½	23	4	8	23	6	10¼
700	20	4	8	20	6	7	20	8	6
600	17	6	10¼	17	8	6	17	10	1¾
500	14	9	0½	14	10	5	14	11	9¼
400	11	11	2¾	11	12	4	11	13	5
300	8	13	5	8	14	3	8	15	0¾
200	5	15	7½	5	16	2	5	16	8½
100	2	17	9¾	2	18	1	2	18	4¼
90	2	12	0¼	2	12	3¼	2	12	6¼
80	2	6	3	2	6	5½	2	6	8¼
70	2	0	5½	2	0	8	2	0	10¼
60	1	14	8¼	1	14	10½	1	15	0¾
50	1	8	10¾	1	9	0½	1	9	2¼
40	1	3	1½	1	3	2¾	1	3	4
30	0	17	4	0	17	5	0	17	6
20	0	11	6¾	0	11	7½	0	11	8
10	0	5	9¼	0	5	9¾	0	5	10
9	0	5	2½	0	5	2¾	0	5	3
8	0	4	7½	0	4	7¾	0	4	8
7	0	4	0½	0	4	0¾	0	4	1
6	0	3	5½	0	3	5¾	0	3	6
5	0	2	10¾	0	2	10¾	0	2	11
4	0	2	3¾	0	2	4	0	2	4
3	0	1	8¾	0	1	9	0	1	9
2	0	1	1¾	0	1	2	0	1	2
1	0	0	7	0	0	7	0	0	7

Prin. L.	214days L.	s.	d.	215days L.	s.	d.	21[6days] L.
10000	293	3	0¾	294	10	5	295
5000	146	11	6	147	5	2½	147
2000	58	12	7½	58	18	1	59
1000	29	6	3½	29	9	0½	29
900	26	7	8	26	10	1¾	26
800	23	9	0½	23	11	2¾	23
700	20	10	5	20	12	4	20
600	17	11	9½	17	13	5	17
500	14	13	1¾	14	14	6½	14
400	11	14	6¼	11	15	7½	11
300	8	15	10¾	8	16	8½	8
200	5	17	3	5	17	9¾	5
100	2	18	7½	2	18	10¾	2
90	2	12	9¼	2	13	0¼	2
80	2	6	10¾	2	7	1½	2
70	2	1	0½	2	1	2¾	2
60	1	15	2¼	1	15	4	1
50	1	9	3¾	1	9	5½	1
40	1	3	5½	1	3	6¾	1
30	0	17	7	0	17	8	0
20	0	11	8¾	0	11	9¼	0
10	0	5	10¼	0	5	10¾	0
9	0	5	3¼	0	5	3½	0
8	0	4	8¼	0	4	8½	0
7	0	4	1¼	0	4	1½	0
6	0	3	6¼	0	3	6½	0
5	0	2	11¼	0	2	11¼	0
4	0	2	4¼	0	2	4¼	0
3	0	1	9	0	1	9¼	0
2	0	1	2	0	1	2¼	0
1	0	0	7	0	0	7	0

Prin.	217 days			218 days			219 days		
l.	l.	s.	d.	l.	s.	d.	l.	s.	d.
10000	297	5	2½	298	12	7¼	300	0	0
5000	148	12	7¼	149	6	3½	150	0	0
2000	59	9	0½	59	14	6¼	60	0	0
1000	29	14	6¼	29	17	3	30	0	0
900	26	15	0¾	26	17	6½	27	0	0
800	23	15	7½	23	17	9¾	24	0	0
700	20	16	2	20	18	1	21	0	0
600	17	16	8½	17	18	4¼	18	0	0
500	14	17	3	14	18	7½	15	0	0
400	11	17	9½	11	18	10¾	12	0	0
300	8	18	4¼	8	19	2¼	9	0	0
200	5	18	10¾	5	19	5½	6	0	0
100	2	19	5½	2	19	8¾	3	0	0
90	2	13	6	2	13	9	2	14	0
80	2	7	6¾	2	7	9¼	2	8	0
70	2	1	7½	2	1	9¾	2	2	0
60	1	15	8	1	15	10	1	16	0
50	1	9	8¾	1	9	10¼	1	10	0
40	1	3	9¼	1	3	10¾	1	4	0
30	0	17	10	0	17	11	0	18	0
20	0	11	10¾	0	11	11½	0	12	0
10	0	5	11¼	0	5	11¾	0	6	0
9	0	5	4¼	0	5	4½	0	5	4¾
8	0	4	9	0	4	9½	0	4	9½
7	0	4	2	0	4	2¼	0	4	2½
6	0	3	6¾	0	3	7	0	3	7¼
5	0	2	11¾	0	2	11¾	0	3	0
4	0	2	4½	0	2	4¾	0	2	4¾
3	0	1	9½	0	1	9½	0	1	9½
2	0	1	2¼	0	1	2¼	0	1	2½
1	0	0	7¼	0	0	7¼	0	0	7¼

Prin.	220 days			221 days			222 days		
l.	l.	s.	d.	l.	s.	d.	l.	s.	d.
10000	301	7	4¾	302	14	9½	304	2	2¼
5000	150	13	8½	151	7	4¾	152	1	1¼
2000	60	5	5¾	60	10	11½	60	16	5¼
1000	30	2	9	30	5	5¾	30	8	2¾
900	27	2	5½	27	4	11¼	27	7	4¾
800	24	2	2¼	24	4	4½	24	6	7
700	21	1	11	21	3	10	21	5	9
600	18	1	7¾	18	3	3½	18	4	11¼
500	15	1	4½	15	2	9	15	4	1¼
400	12	1	1¼	12	2	2¼	12	3	3½
300	9	0	9¾	9	1	7¾	9	2	5½
200	6	0	6½	6	1	1¼	6	1	7¾
100	3	0	3¼	3	0	6½	3	0	9¾
90	2	14	3	2	14	6	2	14	9
80	2	8	2¾	2	8	5¼	2	8	8
70	2	2	2¼	2	2	4½	2	2	7
60	1	16	2	1	16	4	1	16	6
50	1	10	1¾	1	10	3¼	1	10	5
40	1	4	1¼	1	4	2¾	1	4	4
30	0	18	1	0	18	2	0	18	3
20	0	12	0¾	0	12	1¼	0	12	2
10	0	6	0¼	0	6	0¾	0	6	1
9	0	5	5	0	5	5½	0	5	5¾
8	0	4	9¾	0	4	10¼	0	4	10½
7	0	4	2¾	0	4	2¾	0	4	3
6	0	3	7½	0	3	7½	0	3	7¾
5	0	3	0¼	0	3	0¼	0	3	0½
4	0	2	5	0	2	5	0	2	5¼
3	0	1	9¾	0	1	9¾	0	1	10
2	0	1	2½	0	1	2½	0	1	2½
1	0	0	7¼	0	0	7¼	0	0	7¼

Prin.	223 days			224 days			225 days		
l.	l.	s.	d.	l.	s.	d.	l.	s.	d.
10000	305	9	7	306	16	11¾	308	4	4½
5000	152	14	9½	153	8	6	154	2	2¼
2000	61	1	11	61	7	4¾	61	12	10½
1000	30	10	11½	30	13	8½	30	16	5¼
900	27	9	10¼	27	12	4	27	14	9½
800	24	8	9¼	24	10	11½	24	13	1¾
700	21	7	8	21	9	7	21	11	6
600	18	6	7	18	8	2¾	18	9	10¼
500	15	5	5¾	15	6	10¼	15	8	2¾
400	12	4	4½	12	5	5¾	12	6	7
300	9	3	3½	9	4	1¼	9	4	11¼
200	6	2	2¼	6	2	9	6	3	3½
100	3	1	1¼	3	1	4½	3	1	7¾
90	2	14	11¾	2	15	2¾	2	15	5¾
80	2	8	10½	2	9	1¼	2	9	3¾
70	2	2	9¼	2	2	11½	2	3	1¾
60	1	16	8	1	16	9¾	1	16	11¾
50	1	10	6½	1	10	8¼	1	10	9¾
40	1	4	5¼	1	4	6½	1	4	8
30	0	18	4	0	18	5	0	18	6
20	0	12	2¾	0	12	3¼	0	12	4
10	0	6	1¼	0	6	1¾	0	6	2
9	0	5	6	0	5	6¼	0	5	6½
8	0	4	10¾	0	4	11	0	4	11¼
7	0	4	3¼	0	4	3½	0	4	3¾
6	0	3	8	0	3	8¼	0	3	8½
5	0	3	0¾	0	3	0¾	0	3	1
4	0	2	5¼	0	2	5½	0	2	5½
3	0	1	10	0	1	10	0	1	10¼
2	0	1	2¾	0	1	2¾	0	1	2¾
1	0	0	7¼	0	0	7¼	0	0	7½

Prin.	226 days			227 days			228 days		
	l.	s.	d.	l.	s.	d.	l.	s.	d.
10000	309	11	9¼	310	19	2¼	312	6	7
5000	154	15	10¾	155	9	7	156	3	3½
2000	61	18	4¼	62	3	10	62	9	3¾
1000	30	19	2¼	31	1	11	31	4	8
900	27	17	3	27	19	8¾	28	2	2¼
800	24	15	4	24	17	6½	24	19	8¾
700	21	13	5	21	15	4	21	17	3
600	18	11	6	18	13	1¾	18	14	9½
500	15	9	7	15	10	11½	15	12	4
400	12	7	8	12	8	9¼	12	9	10½
300	9	5	9	9	6	7	9	7	4¾
200	6	3	10	6	4	4½	6	4	11¼
100	3	1	11	3	2	2¼	3	2	5½
90	2	15	8¾	2	15	11¾	2	16	2¾
80	2	9	6½	2	9	9	2	9	11¾
70	2	3	4	2	3	6½	2	3	8¾
60	1	17	1¾	1	17	3¾	1	17	5¾
50	1	10	11½	1	11	1¼	1	11	2¾
40	1	4	9¼	1	4	10½	1	4	11¾
30	0	18	7	0	18	8	0	18	9
20	0	12	4½	0	12	5¼	0	12	6
10	0	6	2¼	0	6	2¾	0	6	3
9	0	5	6¾	0	5	7¼	0	5	7½
8	0	4	11½	0	4	11¾	0	5	0
7	0	4	4	0	4	4¼	0	4	4½
6	0	3	8½	0	3	8¾	0	3	9
5	0	3	1¼	0	3	1¼	0	3	1½
4	0	2	5¾	0	2	5¾	0	2	6
3	0	1	10¼	0	1	10¼	0	1	10½
2	0	1	2¾	0	1	3	0	1	3
1	0	0	7½	0	0	7½	0	0	7½

Prin.	229days			230days			231days			Prin.	232days			233days			23…
L.	L.	s.	d.	L.	s.	d.	L.	s.	d.	L.	L.	s.	d.	L.	s.	d.	L.
10000	313	13	11¾	315	1	4¼	316	8	9¾	10000	317	16	2	319	3	6¾	[illegible]
5000	156	16	11¾	157	10	8¼	158	4	4¾	5000	158	18	1	159	11	9¼	16[illegible]
2000	62	14	9½	63	0	3¼	63	5	9	2000	63	11	2¾	63	16	8½	6[illegible]
1000	31	7	4¾	31	10	1½	31	12	10½	1000	31	15	7½	31	18	4¼	3[illegible]
900	28	4	8	28	7	1½	28	9	7	900	28	12	0¾	28	14	6¼	2[illegible]
800	25	1	11	25	4	1¼	25	6	3½	800	25	8	6	25	10	8¼	2[illegible]
700	21	19	2¼	22	1	1¼	22	3	0¾	700	22	4	11¼	22	6	10¼	2[illegible]
600	18	16	5¼	18	18	1	18	19	8¾	600	19	1	4½	19	3	0¼	1[illegible]
500	15	13	8½	15	15	0¾	15	16	5¼	500	15	17	9¾	15	19	2¼	1[illegible]
400	12	10	11½	12	12	0¾	12	13	1¾	400	12	14	3	12	15	4	1[illegible]
300	9	8	2¾	9	9	0½	9	9	10¼	300	9	10	8¼	9	11	6	[illegible]
200	6	5	5¾	6	6	0¼	6	6	7	200	6	7	1½	6	7	8	[illegible]
100	3	2	9	3	3	0¼	3	3	3½	100	3	3	6¾	3	3	10	[illegible]
90	2	16	5½	2	16	8½	2	16	11½	90	2	17	2½	2	17	5½	[illegible]
80	2	10	2¼	2	10	5	2	10	7½	80	2	10	10¼	2	11	0¾	[illegible]
70	2	3	11	2	4	1¼	2	4	3½	70	2	4	6	2	4	8¼	[illegible]
60	1	17	7¾	1	17	9¾	1	17	11¾	60	1	18	1¾	1	18	3½	[illegible]
50	1	11	4½	1	11	6	1	11	7¾	50	1	11	9¼	1	11	11	[illegible]
40	1	5	1¼	1	5	2½	1	5	3¾	40	1	5	5	1	5	6½	[illegible]
30	0	18	9¾	0	18	10¾	0	18	11¾	30	0	19	0¾	0	19	1¾	[illegible]
20	0	12	6½	0	12	7¼	0	12	8	20	0	12	8½	0	12	9¼	[illegible]
10	0	6	3¼	0	6	3½	0	6	4	10	0	6	4¼	0	6	4½	[illegible]
9	0	5	7¾	0	5	8	0	5	8¼	9	0	5	8¾	0	5	9	[illegible]
8	0	5	0¼	0	5	0½	0	5	0¾	8	0	5	1	0	5	1¼	[illegible]
7	0	4	4¾	0	4	5	0	4	5¼	7	0	4	5½	0	4	5½	[illegible]
6	0	3	9¼	0	3	9¼	0	3	9½	6	0	3	9¾	0	3	10	[illegible]
5	0	3	1¾	0	3	1¾	0	3	2	5	0	3	2¼	0	3	2¼	[illegible]
4	0	2	6	0	2	6¼	0	2	6½	4	0	2	6½	0	2	6¾	[illegible]
3	0	1	10½	0	1	10¾	0	1	10¾	3	0	1	11	0	1	11	[illegible]
2	0	1	3	0	1	3	0	1	3¼	2	0	1	3¼	0	1	3¼	[illegible]
1	0	0	7½	0	0	7½	0	0	7½	1	0	0	7¾	0	0	7¾	[illegible]

Prin.	235days			236days			237days			Prin.	238days			239days			24…
L.	L.	s.	d.	L.	s.	d.	L.	s.	d.	L.	L.	s.	d.	L.	s.	d.	L.
10000	321	18	4¼	323	5	9	324	13	1¾	10000	326	0	6½	327	7	11¼	328
5000	160	19	2¼	161	12	10½	162	6	7	5000	163	0	3¼	163	13	11¾	164
2000	64	7	8	64	13	1¾	64	18	7½	2000	65	4	1¼	65	9	7	65
1000	32	3	10	32	6	7	32	9	3¾	1000	32	12	0¾	32	14	9½	32
900	28	19	5½	29	1	11	29	4	4½	900	29	6	10¼	29	9	3¾	29
800	25	15	0¾	25	17	3	25	19	5½	800	26	1	7¾	26	3	10	26
700	22	10	8¼	22	12	7¼	22	14	6¼	700	22	16	5¼	22	18	4¼	23
600	19	6	3½	19	7	11¼	19	9	7	600	19	11	2¾	19	12	10½	19
500	16	1	11	16	3	3½	16	4	8	500	16	6	0¼	16	7	4¾	16
400	12	17	6½	12	18	7½	12	19	8¾	400	13	0	9¾	13	1	11	13
300	9	13	1¾	9	13	11¾	9	14	9½	300	9	15	7½	9	16	5¼	9
200	6	8	9¼	6	9	3¾	6	9	10¼	200	6	10	5	6	10	11½	6
100	3	4	4½	3	4	8	3	4	11¼	100	3	5	2½	3	5	5¾	3
90	2	17	11¼	2	18	2¼	2	18	5¼	90	2	18	8¼	2	18	11¼	2
80	2	11	6	2	11	8¾	2	11	11¼	80	2	12	2	2	12	4½	2
70	2	5	0¾	2	5	3	2	5	5½	70	2	5	7¾	2	5	10	2
60	1	18	7½	1	18	9½	1	18	11½	60	1	19	1½	1	19	3½	1
50	1	12	2¼	1	12	4	1	12	5½	50	1	12	7¼	1	12	9	1
40	1	5	9	1	5	10¼	1	5	11¾	40	1	6	1	1	6	2¼	1
30	0	19	3¾	0	19	4¾	0	19	5¾	30	0	19	6¾	0	19	7¾	0
20	0	12	10½	0	12	11¼	0	12	11¾	20	0	13	0½	0	13	1¼	0
10	0	6	5¼	0	6	5½	0	6	6	10	0	6	6¼	0	6	6½	0
9	0	5	9½	0	5	9¾	0	5	10¼	9	0	5	10½	0	5	10¾	0
8	0	5	1¾	0	5	2	0	5	2¼	8	0	5	2½	0	5	2¾	0
7	0	4	6	0	4	6¼	0	4	6½	7	0	4	6¾	0	4	7	0
6	0	3	10¼	0	3	10½	0	3	10¾	6	0	3	11	0	3	11¼	0
5	0	3	2¾	0	3	2¾	0	3	3	5	0	3	3	0	3	3¼	0
4	0	2	7	0	2	7	0	2	7¼	4	0	2	7¼	0	2	7½	0
3	0	1	11¼	0	1	11¼	0	1	11½	3	0	1	11½	0	1	11½	0
2	0	1	3½	0	1	3½	0	1	3½	2	0	1	3¾	0	1	3¾	0
1	0	0	7¾	0	0	7¾	0	0	7¾	1	0	0	7¾	0	0	7¾	0

Prin.	241 days			242 days			243 days		
L.	L.	s.	d.	L.	s.	d.	L.	s.	d.
10000	330	2	9	331	10	1¾	332	17	6½
5000	165	1	4½	165	15	0¾	166	8	9¼
2000	66	0	6½	66	6	0½	66	11	6
1000	33	0	3¼	33	3	0¼	33	5	9
900	29	14	3	29	16	8½	29	19	2¼
800	26	8	2¾	26	10	5	26	12	7¼
700	23	2	2½	23	4	1¾	23	6	0½
600	19	16	2	19	17	9¾	19	19	5½
500	16	10	1¾	16	11	6	16	12	10½
400	13	4	1½	13	5	2½	13	6	3½
300	9	18	1	9	18	10¾	9	19	8¾
200	6	12	0¾	6	12	7½	6	13	1¾
100	3	6	0½	3	6	3¾	3	6	7
90	2	19	5	2	19	8	2	19	11
80	2	12	9¾	2	13	0½	2	13	3
70	2	6	2¾	2	6	5	2	6	7¼
60	1	19	7½	1	19	9¼	1	19	11¼
50	1	13	0¼	1	13	1¾	1	13	3½
40	1	6	5	1	6	6¼	1	6	7½
30	0	19	9¾	0	19	10¾	0	19	11¾
20	0	13	2½	0	13	3	0	13	3¾
10	0	6	7¼	0	6	7½	0	6	8
9	0	5	11½	0	5	11¾	0	6	0
8	0	5	3½	0	5	3¾	0	5	4
7	0	4	7½	0	4	7¾	0	4	8
6	0	3	11½	0	3	11¾	0	4	0
5	0	3	3½	0	3	3¾	0	3	4
4	0	2	7¾	0	2	7¾	0	2	8
3	0	1	11¾	0	1	11¾	0	2	0
2	0	1	3¾	0	1	4	0	1	4
1	0	0	8	0	0	8	0	0	8

Prin.	244 days			245 days			246 days		
L.	L.	s.	d.	L.	s.	d.	L.	s.	d.
10000	334	4	11½	335	12	4	336	19	8¾
5000	167	2	5¾	167	16	2	168	9	10¼
2000	66	16	11¾	67	2	5½	67	7	11¼
1000	33	8	6	33	11	2¾	33	13	11¾
900	30	1	7¾	30	4	1½	30	6	7
800	26	14	9½	26	16	11¾	26	19	2¼
700	23	7	11½	23	9	10½	23	11	9½
600	20	1	1½	20	2	9	20	4	4½
500	16	14	3	16	15	7½	16	16	11¾
400	13	7	4¾	13	8	6	13	9	7
300	10	0	6½	10	1	4½	10	2	2¼
200	6	13	8½	6	14	3	6	14	9½
100	3	6	10¼	3	7	1½	3	7	4¾
90	3	0	2	3	0	5	3	0	8
80	2	13	5¾	2	13	8½	2	13	11
70	2	6	9½	2	6	11¾	2	7	2¼
60	2	0	1½	2	0	3½	2	0	5½
50	1	13	5	1	13	6¾	1	13	8½
40	1	6	9	1	6	10¼	1	6	11½
30	1	0	0¾	1	0	1¾	1	0	2¾
20	0	13	4½	0	13	5	0	13	5¾
10	0	6	8¼	0	6	8½	0	6	9
9	0	6	0½	0	6	0½	0	6	0¾
8	0	5	4½	0	5	4½	0	5	4¾
7	0	4	8¼	0	4	8½	0	4	8¾
6	0	4	0¼	0	4	0½	0	4	0½
5	0	3	4	0	3	4¼	0	3	4½
4	0	2	8	0	2	8¼	0	2	8½
3	0	2	0	0	2	0¼	0	2	0¼
2	0	1	4	0	1	4	0	1	4¼
1	0	0	8	0	0	8	0	0	8

Prin.	247 days			248 days			249 days		
L.	L.	s.	d.	L.	s.	d.	L.	s.	d.
10000	338	7	1½	339	14	6½	341	1	11
5000	169	3	6¾	169	17	3	170	10	11½
2000	67	13	5	67	18	10¾	68	4	4½
1000	33	16	8½	33	19	5½	34	2	2¼
900	30	9	0½	30	11	6	30	13	11¾
800	27	1	4½	27	3	6¾	27	5	9
700	23	13	8½	23	15	7½	23	17	6½
600	20	6	0½	20	7	8	20	9	3¾
500	16	18	4½	16	19	8¾	17	1	1½
400	13	10	8	13	11	9½	13	12	10½
300	10	3	0½	10	3	10	10	4	8
200	6	15	4	6	15	10¾	6	16	5½
100	3	7	8	3	7	11½	3	8	2¾
90	3	0	10¾	3	1	1¾	3	1	4¾
80	2	14	1¾	2	14	4½	2	14	7
70	2	7	4½	2	7	6¾	2	7	9
60	2	0	7½	2	0	9½	2	0	11½
50	1	13	10	1	13	11¾	1	14	1½
40	1	7	0¾	1	7	2¼	1	7	3½
30	1	0	3½	1	0	4½	1	0	5½
20	0	13	6½	0	13	7	0	13	7¾
10	0	6	9¼	0	6	9½	0	6	9¾
9	0	6	1	0	6	1¼	0	6	1¾
8	0	5	5	0	5	5¼	0	5	5½
7	0	4	8¾	0	4	9	0	4	9¼
6	0	4	0¾	0	4	1	0	4	1
5	0	3	4½	0	3	4¾	0	3	5
4	0	2	8½	0	2	8½	0	2	8¾
3	0	2	0½	0	2	0½	0	2	0½
2	0	1	4¼	0	1	4¼	0	1	4½
1	0	0	8	0	0	8¼	0	0	8¼

Prin.	250 days			251 days			252 days		
L.	L.	s.	d.	L.	s.	d.	L.	s.	d.
10000	342	9	3¾	343	16	8½	345	4	1¼
5000	171	4	8	171	18	4¼	172	12	0¾
2000	68	9	10½	68	15	4	69	0	9¾
1000	34	4	11½	34	7	8	34	10	5
900	30	16	5½	30	18	10¾	31	1	4½
800	27	7	11½	27	10	1¾	27	12	4
700	23	19	5½	24	1	4½	24	3	3½
600	20	10	11½	20	12	7½	20	14	3
500	17	2	5½	17	3	10	17	5	2½
400	13	13	11¾	13	15	0¾	13	16	2
300	10	5	5¾	10	6	3½	10	7	1½
200	6	16	11¾	6	17	6½	6	18	1
100	3	8	6	3	8	9½	3	9	0¾
90	3	1	7¾	3	1	10¾	3	2	1¾
80	2	14	9½	2	15	0½	2	15	2¾
70	2	7	11½	2	8	1¾	2	8	4
60	2	1	1½	2	1	3	2	1	5
50	1	14	3	1	14	4½	1	14	6½
40	1	7	4¾	1	7	6	1	7	7½
30	1	0	6½	1	0	7½	1	0	8½
20	0	13	8½	0	13	9	0	13	9¾
10	0	6	10¼	0	6	10½	0	6	10¾
9	0	6	2	0	6	2¼	0	6	2½
8	0	5	5¾	0	5	6	0	5	6½
7	0	4	9½	0	4	9¾	0	4	10
6	0	4	1½	0	4	1½	0	4	1¾
5	0	3	5	0	3	5½	0	3	5½
4	0	2	9	0	2	9	0	2	9¼
3	0	2	0¾	0	2	0¾	0	2	0¾
2	0	1	4½	0	1	4½	0	1	4½
1	0	0	8¼	0	0	8¼	0	0	8¼

Prin.	253 days			254 days			255 days		
L.	L.	s.	d.	L.	s.	d.	L.	s.	d.
10000	346	11	6	347	18	10¾	349	6	3½
5000	173	5	9	173	19	5½	174	13	1¾
2000	69	6	3½	69	11	9½	69	17	3
1000	34	13	1¾	34	15	10¾	34	18	7½
900	31	3	10	31	6	3½	31	8	9¼
800	27	14	6¼	27	16	8½	27	18	10¾
700	24	5	2½	24	7	1½	24	9	0¼
600	20	15	10¾	20	17	6½	20	19	2¼
500	17	6	7	17	7	11¼	17	9	3¾
400	13	17	3	13	18	4½	13	19	5½
300	10	7	11¼	10	8	9½	10	9	7
200	6	18	7½	6	19	2¼	6	19	8¾
100	3	9	3¾	3	9	7	3	9	10¼
90	3	2	4½	3	2	7½	3	2	10½
80	2	15	5¼	2	15	8	2	15	10¾
70	2	8	6¼	2	8	8½	2	8	10¾
60	2	1	7	2	1	9	2	1	11
50	1	14	8	1	14	9½	1	14	11¼
40	1	7	8¼	1	7	10	1	7	11¼
30	1	0	9½	1	0	10¼	1	0	11½
20	0	13	10¼	0	13	11	0	13	11¾
10	0	6	11¼	0	6	11½	0	6	11¾
9	0	6	2¾	0	6	3½	0	6	3½
8	0	5	6½	0	5	6¾	0	5	7
7	0	4	10¼	0	4	10½	0	4	10¾
6	0	4	2	0	4	2	0	4	2¼
5	0	3	5½	0	3	5¾	0	3	6
4	0	2	9¼	0	2	9½	0	2	9½
3	0	2	1	0	2	1	0	2	1¼
2	0	1	4¾	0	1	4¾	0	1	4¾
1	0	0	8¼	0	0	8¼	0	0	8¼

Prin.	256 days			257 days			258 days		
L.	L.	s.	d.	L.	s.	d.	L.	s.	d.
10000	350	13	8½	352	1	1¼	353	8	6
5000	175	6	10¼	176	0	6½	176	14	3
2000	70	2	9	70	8	2½	70	13	8¾
1000	35	1	4½	35	4	1¼	35	6	10¾
900	31	11	2¼	31	13	8½	31	16	2
800	28	1	1½	28	3	3½	28	5	5¾
700	24	10	11½	24	12	10½	24	14	9½
600	21	0	9¾	21	2	5½	21	4	1½
500	17	10	8¼	17	12	0¾	17	13	5
400	14	0	6½	14	1	7¾	14	2	9
300	10	10	5	10	11	2¾	10	12	0¾
200	7	0	3½	7	0	9¾	7	1	4½
100	3	10	1¾	3	10	5	3	10	8¼
90	3	3	1½	3	3	4½	3	3	7¾
80	2	16	1¼	2	16	4	2	16	6¾
70	2	9	1¼	2	9	3½	2	9	5¾
60	2	2	1	2	2	3	2	2	5
50	1	15	0¾	1	15	2½	1	15	4
40	1	8	0¾	1	8	2	1	8	3½
30	1	1	0½	1	1	1½	1	1	2¾
20	0	14	0¼	0	14	1	0	14	1¾
10	0	7	0¼	0	7	0½	0	7	0¾
9	0	6	3¾	0	6	4	0	6	4½
8	0	5	7½	0	5	7½	0	5	7¾
7	0	4	11	0	4	11¼	0	4	11½
6	0	4	2½	0	4	2¾	0	4	3
5	0	3	6	0	3	6¼	0	3	6½
4	0	2	9¾	0	2	9¾	0	2	10
3	0	2	1¼	0	2	1¼	0	2	1½
2	0	1	4¾	0	1	5	0	1	5
1	0	0	8½	0	0	8½	0	0	8½

Prin.	259 days			260 days			261 days		
L.	L.	s.	d.	L.	s.	d.	L.	s.	d.
10000	354	15	10¾	356	3	3½	357	10	8¼
5000	177	7	11¼	178	1	7¾	178	15	4
2000	70	19	2¼	71	4	8	71	10	1¾
1000	35	9	7	35	12	4	35	15	0¾
900	31	18	7½	32	1	1¼	32	3	6¾
800	28	7	8	28	9	10¼	28	12	0¾
700	24	16	8½	24	18	7½	25	0	6½
600	21	5	9	21	7	4¾	21	9	0½
500	17	14	9¼	17	16	2	17	17	6½
400	14	3	10	14	4	11¼	14	6	0¼
300	10	12	10½	10	13	8½	10	14	6½
200	7	1	11	7	2	5½	7	3	0¼
100	3	10	11½	3	11	2¾	3	11	6
90	3	3	10¼	3	4	1¼	3	4	4¼
80	2	16	9¼	2	16	11¾	2	17	2½
70	2	9	8	2	9	10¼	2	10	0¾
60	2	2	7	2	2	9	2	2	10¾
50	1	15	5¾	1	15	7½	1	15	9
40	1	8	4½	1	8	6	1	8	7¼
30	1	1	3½	1	1	4½	1	1	5½
20	0	14	2¼	0	14	3	0	14	3½
10	0	7	1¼	0	7	1½	0	7	1¾
9	0	6	4¾	0	6	5	0	6	5¼
8	0	5	8	0	5	8½	0	5	8¾
7	0	4	11½	0	4	11¾	0	5	0
6	0	4	3	0	4	3¼	0	4	3½
5	0	3	6½	0	3	6¾	0	3	7
4	0	2	10	0	2	10¼	0	2	10¼
3	0	2	1½	0	2	1¾	0	2	1¾
2	0	1	5	0	1	5	0	1	5¼
1	0	0	8½	0	0	8½	0	0	8½

Prin.	262 days			263 days			264 days		
L.	L.	s.	d.	L.	s.	d.	L.	s.	d.
10000	358	18	1	360	5	5¾	361	12	10½
5000	179	9	0½	180	2	9	180	16	5½
2000	71	15	7½	72	1	1¼	72	6	7
1000	35	17	9¾	36	0	6½	36	3	3½
900	32	6	0¼	32	8	6	32	10	11¼
800	28	14	3	28	16	5¼	28	18	7¾
700	25	2	5½	25	4	4½	25	6	3½
600	21	10	8¼	21	12	4	21	13	11¾
500	17	18	10¾	18	0	3¼	18	1	7¾
400	14	7	1½	14	8	2¾	14	9	3¾
300	10	15	4	10	16	2	10	16	11¾
200	7	3	6¾	7	4	1¼	7	4	8
100	3	11	9¼	3	12	0¾	3	12	4
90	3	4	7¼	3	4	10¼	3	5	1¼
80	2	17	5	2	17	7¾	2	17	10¼
70	2	10	3	2	10	5¼	2	10	7½
60	2	3	0¾	2	3	2¾	2	3	4¾
50	1	15	10½	1	16	0¼	1	16	2
40	1	8	8½	1	8	9¾	1	8	11¼
30	1	1	6½	1	1	7½	1	1	8½
20	0	14	4¼	0	14	5	0	14	5¾
10	0	7	2¼	0	7	2½	0	7	2¾
9	0	6	5½	0	6	5¾	0	6	6
8	0	5	9	0	5	9¼	0	5	9½
7	0	5	0¼	0	5	0½	0	5	0¾
6	0	4	3¾	0	4	4	0	4	4
5	0	3	7	0	3	7¼	0	3	7½
4	0	2	10½	0	2	10½	0	2	10¾
3	0	2	1¾	0	2	2	0	2	2
2	0	1	5¼	0	1	5¼	0	1	5¼
1	0	0	8½	0	0	8½	0	0	8¾

Prin.	265 days			266 days			267 days		
L.	L.	s.	d.	L.	s.	d.	L.	s.	d.
10000	363	0	3¼	364	7	8	365	15	0¾
5000	181	10	1¾	182	3	10	182	17	6½
2000	72	12	0¾	72	17	6½	73	3	0¼
1000	36	6	0¼	36	8	9¼	36	11	6
900	32	13	5	32	15	10¾	32	18	4¼
800	29	0	9¾	29	3	0¼	29	5	2½
700	25	8	2¾	25	10	1¾	25	12	0¾
600	21	15	7½	21	17	3	21	18	10¾
500	18	3	0¼	18	4	4½	18	5	9
400	14	10	5	14	11	6	14	12	7¼
300	10	17	9¾	10	18	7½	10	19	5½
200	7	5	2½	7	5	9	7	6	3½
100	3	12	7¼	3	12	10½	3	13	1¾
90	3	5	4	3	5	7	3	5	10
80	2	18	1	2	18	3½	2	18	6¼
70	2	10	9¾	2	11	0¼	2	11	2½
60	2	3	6¾	2	3	8¾	2	3	10¾
50	1	16	3½	1	16	5¼	1	16	7
40	1	9	0½	1	9	1¾	1	9	3
30	1	1	9¼	1	1	10¼	1	1	11¼
20	0	14	6¼	0	14	7	0	14	7½
10	0	7	3	0	7	3½	0	7	3¾
9	0	6	6½	0	6	6¾	0	6	7
8	0	5	9¾	0	5	10	0	5	10¼
7	0	5	1	0	5	1¼	0	5	1½
6	0	4	4¼	0	4	4½	0	4	4¾
5	0	3	7½	0	3	7¾	0	3	8
4	0	2	10¾	0	2	11	0	2	11
3	0	2	2¼	0	2	2¼	0	2	2¼
2	0	1	5½	0	1	5½	0	1	5½
1	0	0	8¾	0	0	8¾	0	0	8¾

Prin.	268 days			269 days			270 days		
L.	L.	s.	d.	L.	s.	d.	L.	s.	d.
10000	367	2	5½	368	9	10¼	369	17	3
5000	183	11	2¾	184	4	11¼	184	18	7½
2000	73	8	6	73	13	11¾	73	19	5½
1000	36	14	3	36	16	11¾	36	19	8¾
900	33	0	9¾	33	3	3½	33	5	9
800	29	7	4¾	29	9	7	29	11	9¼
700	25	13	11¾	25	15	10¾	25	17	9¾
600	22	0	6½	22	2	2¼	22	3	10
500	18	7	1½	18	8	6	18	9	10¼
400	14	13	8½	14	14	9½	14	15	10¾
300	11	0	3¼	11	1	1¼	11	1	11
200	7	6	10¼	7	7	4¾	7	7	11¼
100	3	13	5	3	13	8½	3	13	11¾
90	3	6	1	3	6	4	3	6	7
80	2	18	9	2	18	11½	2	19	2¼
70	2	11	4¾	2	11	7	2	11	9¼
60	2	4	0¾	2	4	2¾	2	4	4½
50	1	16	8½	1	16	10¼	1	16	11¾
40	1	9	4½	1	9	5¾	1	9	7
30	1	2	0¼	1	2	1¼	1	2	2¼
20	0	14	8¼	0	14	9	0	14	9½
10	0	7	4	0	7	4½	0	7	4¾
9	0	6	7¼	0	6	7½	0	6	8
8	0	5	10½	0	5	10¾	0	5	11
7	0	5	1¾	0	5	2	0	5	2¼
6	0	4	4¾	0	4	5	0	4	5¼
5	0	3	8	0	3	8¼	0	3	8½
4	0	2	11¼	0	2	11½	0	2	11½
3	0	2	2½	0	2	2½	0	2	2¾
2	0	1	5½	0	1	5¾	0	1	5¾
1	0	0	8¾	0	0	8¾	0	0	9

Prin.	271 days			272 days			273 days		
L.	L.	s.	d.	L.	s.	d.	L.	s.	d.
10000	371	4	8	372	12	0¾	373	19	5½
5000	185	12	4	186	6	0¼	186	19	8¾
2000	74	4	11¼	74	10	5	74	15	10¾
1000	37	2	5½	37	5	2½	37	7	11¼
900	33	8	2¾	33	10	8¼	33	13	1¾
800	29	13	11¾	29	16	2	29	18	4¼
700	25	19	8¾	26	1	7¾	26	3	6¾
600	22	5	5¾	22	7	1½	22	8	9¼
500	18	11	2¾	18	12	7¼	18	13	11¾
400	14	16	11¾	14	18	1	14	19	2¼
300	11	2	9	11	3	6¾	11	4	4½
200	7	8	6	7	9	0½	7	9	7
100	3	14	3	3	14	6¼	3	14	9½
90	3	6	9¾	3	7	0¾	3	7	3¾
80	2	19	4¾	2	19	7½	2	19	10
70	2	11	11¾	2	12	2	2	12	4¼
60	2	4	6½	2	4	8½	2	4	10½
50	1	17	1½	1	17	3	1	17	4¾
40	1	9	8½	1	9	9¾	1	9	11
30	1	2	3¼	1	2	4¼	1	2	5¼
20	0	14	10¼	0	14	10¾	0	14	11½
10	0	7	5	0	7	5½	0	7	5¾
9	0	6	8¼	0	6	8½	0	6	8¾
8	0	5	11¼	0	5	11½	0	5	11¾
7	0	5	2¼	0	5	2½	0	5	2¾
6	0	4	5½	0	4	5¾	0	4	5¾
5	0	3	8½	0	3	8¾	0	3	9
4	0	2	11¾	0	2	11¾	0	3	0
3	0	2	2¾	0	2	2¾	0	2	3
2	0	1	5¾	0	1	6	0	1	6
1	0	0	9	0	0	9	0	0	9

Prin.	274 days			275 days			276 days		
L.	L.	s.	d.	L.	s.	d.	L.	s.	d.
10000	375	6	10¼	376	14	3	378	1	7¾
5000	187	13	5	188	7	1½	189	0	9¾
2000	75	1	4½	75	6	10¼	75	12	4
1000	37	10	8¼	37	13	5	37	16	2
900	33	15	7½	33	18	1	34	0	6½
800	30	0	6½	30	2	9	30	4	11¼
700	26	5	5¾	26	7	4¾	26	9	3¾
600	22	10	5	22	12	0¾	22	13	8½
500	18	15	4	18	16	8½	18	18	1
400	15	0	3¼	15	1	4½	15	2	5½
300	11	5	2½	11	6	0¼	11	6	10¼
200	7	10	1¾	7	10	8¼	7	11	2¾
100	3	15	0¾	3	15	4	3	15	7½
90	3	7	6¾	3	7	9¾	3	8	0¾
80	3	0	0¾	3	0	3¼	3	0	6
70	2	12	6½	2	12	9	2	12	11¼
60	2	5	0½	2	5	2½	2	5	4½
50	1	17	6½	1	17	8	1	17	9¾
40	1	10	0¼	1	10	1¾	1	10	3
30	1	2	6¼	1	2	7¼	1	2	8¼
20	0	15	0¼	0	15	0¾	0	15	1½
10	0	7	6	0	7	6½	0	7	6¾
9	0	6	9	0	6	9¼	0	6	9¾
8	0	6	0	0	6	0¼	0	6	0½
7	0	5	3	0	5	3¼	0	5	3½
6	0	4	6	0	4	6¼	0	4	6½
5	0	3	9	0	3	9¼	0	3	9¼
4	0	3	0	0	3	0¼	0	3	0¼
3	0	2	3	0	2	3	0	2	3¼
2	0	1	6	0	1	6	0	1	6¼
1	0	0	9	0	0	9	0	0	9

Prin.	277 days			278 days			279 days		
L.	l.	s.	d.	l.	s.	d.	l.	s.	d.
10000	379	9	0¼	380	16	5¼	382	3	10
5000	189	14	6¼	190	8	2¾	191	1	11
2000	75	17	9¾	76	3	3½	76	8	9½
1000	37	18	10¾	38	1	7¾	38	4	4¾
900	34	3	0½	34	5	5¾	34	7	11¼
800	30	7	1½	30	9	3¾	30	11	6
700	26	11	2¾	26	13	1¾	26	15	0¾
600	22	15	4	22	16	11¾	22	18	7½
500	18	19	5½	19	0	9¾	19	2	2¼
400	15	3	6¾	15	4	8	15	5	9
300	11	7	8	11	8	6	11	9	3¾
200	7	11	9½	7	12	4	7	12	10½
100	3	15	10¾	3	16	2	3	16	5¼
90	3	8	3½	3	8	6½	3	8	9½
80	3	0	8½	3	0	11¼	3	1	1¾
70	2	13	1½	2	13	3¾	2	13	6
60	2	5	6½	2	5	8½	2	5	10½
50	1	17	11¼	1	18	1	1	18	2¾
40	1	10	4¼	1	10	5½	1	10	7
30	1	2	9¼	1	2	10½	1	2	11¼
20	0	15	2¼	0	15	2¾	0	15	3½
10	0	7	7	0	7	7¼	0	7	7¾
9	0	6	10	0	6	10¼	0	6	10½
8	0	6	0¾	0	6	1	0	6	1¼
7	0	5	3¾	0	5	4	0	5	4¼
6	0	4	6¾	0	4	6¾	0	4	7
5	0	3	9½	0	3	9¾	0	3	9¾
4	0	3	0½	0	3	0½	0	3	0¾
3	0	2	3¼	0	2	3½	0	2	3½
2	0	1	6½	0	1	6¼	0	1	6¼
1	0	0	9	0	0	9¼	0	0	9¼

Prin.	280 days			281 days			282 days		
L.	l.	s.	d.	l.	s.	d.	l.	s.	d.
10000	383	11	2¾	384	18	7½	386	6	0¼
5000	191	15	7¼	192	9	3¾	193	3	0¼
2000	76	14	3	76	19	8¾	77	5	2½
1000	38	7	1½	38	9	10¼	38	12	7¼
900	34	10	5	34	12	10½	34	15	4
800	30	13	8½	30	15	10¾	30	18	1
700	26	16	11¾	26	18	10¾	27	0	9¾
600	23	0	3½	23	1	11	23	3	6¾
500	19	3	6¾	19	4	11¼	19	6	3½
400	15	6	10¼	15	7	11¼	15	9	0½
300	11	10	1¾	11	10	11½	11	11	9¼
200	7	13	5	7	13	11¾	7	14	6¼
100	3	16	8½	3	16	11¾	3	17	3
90	3	9	0½	3	9	3½	3	9	6½
80	3	1	4½	3	1	7	3	1	9¾
70	2	13	8¼	2	13	10¾	2	14	1
60	2	6	0¼	2	6	2¼	2	6	4¼
50	1	18	4½	1	18	6	1	18	7½
40	1	10	8¼	1	10	9½	1	10	10¾
30	1	3	0¼	1	3	1¼	1	3	2¼
20	0	15	4	0	15	4½	0	15	5½
10	0	7	8	0	7	8½	0	7	8¾
9	0	6	10¾	0	6	11¼	0	6	11½
8	0	6	1¾	0	6	2	0	6	2¼
7	0	5	4½	0	5	4¾	0	5	5
6	0	4	7¼	0	4	7½	0	4	7¾
5	0	3	10	0	3	10¼	0	3	10¼
4	0	3	0¾	0	3	1	0	3	1
3	0	2	3½	0	2	3¾	0	2	3¾
2	0	1	6½	0	1	6½	0	1	6½
1	0	0	9¼	0	0	9¼	0	0	9¼

Prin.	283 days			284 days			285 days		
L.	l.	s.	d.	l.	s.	d.	l.	s.	d.
10000	387	13	5	389	0	9¾	390	8	2½
5000	193	16	8½	194	10	5	195	4	1¼
2000	77	10	8¼	77	16	2	78	1	7¾
1000	38	15	4	38	18	1	39	0	9¾
900	34	17	9¾	35	0	3½	35	2	9
800	31	0	3½	31	2	5½	31	4	8
700	27	2	9	27	4	8	27	6	7
600	23	5	2½	23	6	10¼	23	8	6
500	19	7	8	19	9	0½	19	10	5
400	15	10	1¾	15	11	2¾	15	12	4
300	11	12	7½	11	13	5	11	14	3
200	7	15	0¾	7	15	7½	7	16	2
100	3	17	6½	3	17	9¾	3	18	1
90	3	9	9¼	3	10	0¼	3	10	3
80	3	2	0¼	3	2	3	3	2	5½
70	2	14	3¼	2	14	5½	2	14	8
60	2	6	6¼	2	6	8½	2	6	10¼
50	1	18	9¼	1	18	10¾	1	19	0½
40	1	11	0¼	1	11	1½	1	11	2¾
30	1	3	3	1	3	4	1	3	5
20	0	15	6	0	15	6¾	0	15	7½
10	0	7	9	0	7	9¼	0	7	9¾
9	0	6	11½	0	7	0	0	7	0¼
8	0	6	2½	0	6	2¾	0	6	3
7	0	5	5¼	0	5	5¼	0	5	5½
6	0	4	7¾	0	4	8	0	4	8¼
5	0	3	10½	0	3	10¾	0	3	10¾
4	0	3	1¼	0	3	1¼	0	3	1½
3	0	2	4	0	2	4	0	2	4
2	0	1	6½	0	1	6¾	0	1	6¾
1	0	0	9½	0	0	9¼	0	0	9½

Prin.	286 days			287 days			288 days		
L.	l.	s.	d.	l.	s.	d.	l.	s.	d.
10000	391	15	7½	393	3	0¼	394	10	5
5000	195	17	9¾	196	11	6	197	5	2½
2000	78	7	1½	78	12	7¼	78	18	1
1000	39	3	6¾	39	6	3½	39	9	0½
900	35	5	2½	35	7	8	35	10	1½
800	31	6	10¼	31	9	0½	31	11	2¾
700	27	8	6	27	10	5	27	12	4
600	23	10	1¾	23	11	9½	23	13	5
500	19	11	9¼	19	13	1¾	19	14	6¼
400	15	13	5	15	14	6¼	15	15	7½
300	11	15	0¾	11	15	10¾	11	16	8½
200	7	16	8½	7	17	3	7	17	9¾
100	3	18	4¼	3	18	7½	3	18	10¾
90	3	10	6½	3	10	9¼	3	11	0¼
80	3	2	8¼	3	2	10¾	3	3	1¼
70	2	14	10¼	2	15	0½	2	15	2¾
60	2	7	0½	2	7	2¼	2	7	4
50	1	19	2¼	1	19	3¾	1	19	5¼
40	1	11	4	1	11	5¼	1	11	6¾
30	1	3	6	1	3	7	1	3	8
20	0	15	8	0	15	8¾	0	15	9¼
10	0	7	10	0	7	10¼	0	7	10¾
9	0	7	0½	0	7	1	0	7	1¼
8	0	6	3¼	0	6	3½	0	6	3¾
7	0	5	5¾	0	5	6	0	5	6¼
6	0	4	8½	0	4	8½	0	4	8¾
5	0	3	11	0	3	11¼	0	3	11¼
4	0	3	1½	0	3	1¾	0	3	1¾
3	0	2	4¼	0	2	4¼	0	2	4½
2	0	1	6¾	0	1	6¾	0	1	7
1	0	0	9½	0	0	9½	0	0	9½

Prin.	289 days			290 days			291 days		
L.	L.	s.	d.	L.	s.	d.	L.	s.	d.
10000	395	17	9¾	397	5	2¼	398	12	7¼
5000	197	18	10¾	198	12	7¼	199	6	3½
2000	79	3	6¾	79	9	0½	79	14	6¼
1000	39	11	9¼	39	14	6¼	39	17	3
900	35	12	7¼	35	15	0¾	35	17	6½
800	31	13	5	31	15	7½	31	17	9¾
700	27	14	3	27	16	2	27	18	1
600	23	15	0¾	23	16	8½	23	18	4¼
500	19	15	10¾	19	17	3	19	18	7½
400	15	16	8½	15	17	9¾	15	18	10¾
300	11	17	6½	11	18	4¼	11	19	2¼
200	7	18	4¼	7	18	10¾	7	19	5½
100	3	19	2¼	3	19	5½	3	19	8¾
90	3	11	3	3	11	6	3	11	9
80	3	3	4	3	3	6¾	3	3	9¼
70	2	15	5	2	15	7½	2	15	9¾
60	2	7	6	2	7	8	2	7	10
50	1	19	7	1	19	8¾	1	19	10¼
40	1	11	8	1	11	9¼	1	11	10¾
30	1	3	9	1	3	10	1	3	11
20	0	15	10	0	15	10¾	0	15	11¼
10	0	7	11	0	7	11¼	0	7	11¾
9	0	7	1½	0	7	1¾	0	7	2
8	0	6	4	0	6	4¼	0	6	4½
7	0	5	6½	0	5	6¾	0	5	7
6	0	4	9	0	4	9¼	0	4	9½
5	0	3	11½	0	3	11¾	0	3	11¾
4	0	3	2	0	3	2¼	0	3	2¼
3	0	2	4½	0	2	4½	0	2	4¾
2	0	1	7	0	1	7	0	1	7¼
1	0	0	9½	0	0	9½	0	0	9½

Prin.	292 days			293 days			294 days		
L.	L.	s.	d.	L.	s.	d.	L.	s.	d.
10000	400	0	0	401	7	4¾	402	14	9½
5000	200	0	0	200	13	8½	201	7	4¾
2000	80	0	0	80	5	5¾	80	10	11½
1000	40	0	0	40	2	9	40	5	5¾
900	36	0	0	36	2	5½	36	4	11¼
800	32	0	0	32	2	2¼	32	4	4½
700	28	0	0	28	1	11	28	3	10
600	24	0	0	24	1	7¾	24	3	3½
500	20	0	0	20	1	4½	20	2	9
400	16	0	0	16	1	1¼	16	2	2¼
300	12	0	0	12	0	9¾	12	1	7¾
200	8	0	0	8	0	6½	8	1	1½
100	4	0	0	4	0	3¼	4	0	6½
90	3	12	0	3	12	3	3	12	6
80	3	4	0	3	4	2¾	3	4	5¼
70	2	16	0	2	16	2¼	2	16	4½
60	2	8	0	2	8	2	2	8	4
50	2	0	0	2	0	1¾	2	0	3¼
40	1	12	0	1	12	1¼	1	12	2¾
30	1	4	0	1	4	1	1	4	2
20	0	16	0	0	16	0¾	0	16	1½
10	0	8	0	0	8	0¼	0	8	0¾
9	0	7	2½	0	7	2¾	0	7	3
8	0	6	4¾	0	6	5	0	6	5½
7	0	5	7¼	0	5	7½	0	5	7¾
6	0	4	9½	0	4	9¾	0	4	10
5	0	4	0	0	4	0¼	0	4	0½
4	0	3	2½	0	3	2½	0	3	2¾
3	0	2	4¾	0	2	5	0	2	5
2	0	1	7¼	0	1	7¼	0	1	7½
1	0	0	9½	0	0	9¾	0	0	9¾

Prin.	295 days			296 days			297 days		
L.	L.	s.	d.	L.	s.	d.	L.	s.	d.
10000	404	2	2¼	405	9	7	406	16	11¾
5000	202	1	1¼	202	14	9½	203	8	6
2000	80	16	5¼	81	1	11	81	7	4¾
1000	40	8	2¾	40	10	11½	40	13	8½
900	36	7	4¾	36	9	10¼	36	12	4
800	32	6	7	32	8	9¼	32	10	11½
700	28	5	9	28	7	8	28	9	7
600	24	4	11¼	24	6	7	24	8	2¾
500	20	4	1¼	20	5	5¾	20	6	10¼
400	16	3	3½	16	4	4½	16	5	5¾
300	12	2	5½	12	3	3½	12	4	1¼
200	8	1	7¾	8	2	2¼	8	2	9
100	4	0	9¾	4	1	1¼	4	1	4½
90	3	12	9	3	12	11¾	3	13	2¾
80	3	4	8	3	4	10½	3	5	1¼
70	2	16	7	2	16	9¼	2	16	11½
60	2	8	6	2	8	8	2	8	9¾
50	2	0	5	2	0	6½	2	0	8¼
40	1	12	4	1	12	5¼	1	12	6½
30	1	4	3	1	4	4	1	4	5
20	0	16	2	0	16	2¾	0	16	3¼
10	0	8	1	0	8	1¼	0	8	1¾
9	0	7	3¼	0	7	3½	0	7	4
8	0	6	5½	0	6	5¾	0	6	6
7	0	5	8	0	5	8	0	5	8¼
6	0	4	10¼	0	4	10½	0	4	10½
5	0	4	0½	0	4	0¾	0	4	0¾
4	0	3	2¾	0	3	3	0	3	3
3	0	2	5	0	2	5¼	0	2	5¼
2	0	1	7½	0	1	7½	0	1	7½
1	0	0	9¾	0	0	9¾	0	0	9¾

Prin.	298 days			299 days			300 days		
L.	L.	s.	d.	L.	s.	d.	L.	s.	d.
10000	408	4	4½	409	11	9¼	410	19	2¼
5000	204	2	2¼	204	15	10¾	205	9	7
2000	81	12	10½	81	18	4¼	82	3	10
1000	40	16	5¼	40	19	2¼	41	1	11
900	36	14	9½	36	17	3	36	19	8¾
800	32	13	1¾	32	15	4	32	17	6½
700	28	11	6	28	13	5	28	15	4
600	24	9	10¼	24	11	6	24	13	1¾
500	20	8	2¾	20	9	7	20	10	11½
400	16	6	7	16	7	8	16	8	9¼
300	12	4	11¼	12	5	9	12	6	7
200	8	3	3½	8	3	10	8	4	4½
100	4	1	7¾	4	1	11	4	2	2¼
90	3	13	5¾	3	13	8¾	3	13	11¾
80	3	5	3¾	3	5	6½	3	5	9
70	2	17	1¾	2	17	4	2	17	6½
60	2	8	11¾	2	9	1¾	2	9	3¾
50	2	0	9¾	2	0	11½	2	1	1¼
40	1	12	8	1	12	9¼	1	12	10½
30	1	4	6	1	4	7	1	4	8
20	0	16	4	0	16	4½	0	16	5¼
10	0	8	2	0	8	2¼	0	8	2¾
9	0	7	4¼	0	7	4½	0	7	4¾
8	0	6	6½	0	6	6¾	0	6	7
7	0	5	8½	0	5	8¾	0	5	9
6	0	4	10¾	0	4	11	0	4	11¼
5	0	4	1	0	4	1¼	0	4	1¼
4	0	3	3¼	0	3	3¼	0	3	3½
3	0	2	5½	0	2	5½	0	2	5½
2	0	1	7½	0	1	7¾	0	1	7¾
1	0	0	9¾	0	0	9¾	0	0	9¾

Prin.	301days			302days			303days			Prin.	304days			305days			306days		
L.	L.	s.	d.	L.	s.	d.	L.	s.	d.	L.	L.	s.	d.	L.	s.	d.	L.	s.	d.
10000	412	6	7	413	13	11¾	415	1	4½	10000	416	8	9¼	417	16	2	419	3	6¾
5000	206	3	3½	206	16	11¾	207	10	8¼	5000	208	4	4½	208	18	1	209	11	9¼
2000	82	9	3¾	82	14	9½	83	0	3¼	2000	83	5	9	83	11	2¾	83	16	8½
1000	41	4	8	41	7	4¾	41	10	1¾	1000	41	12	10½	41	15	7½	41	18	4¼
900	37	2	2¼	37	4	8	37	7	1½	900	37	9	7	37	12	0¾	37	14	6¼
800	32	19	8¾	33	1	11	33	4	1¼	800	33	6	3½	33	8	6	33	10	8¼
700	28	17	3	28	19	2¼	29	1	1¼	700	29	3	0¼	29	4	11¼	29	6	10¼
600	24	14	9½	24	16	5¼	24	18	1	600	24	19	8¾	25	1	4½	25	3	0¼
500	20	12	4	20	13	8½	20	15	0¾	500	20	16	5¼	20	17	9¾	20	19	2¼
400	16	9	10¼	16	10	11½	16	12	0¾	400	16	13	1¾	16	14	3	16	15	4
300	12	7	4¾	12	8	2¾	12	9	0½	300	12	9	10¼	12	10	8¼	12	11	6
200	8	4	11¼	8	5	5¾	8	6	0¼	200	8	6	7	8	7	1½	8	7	8
100	4	2	5½	4	2	9	4	3	0¼	100	4	3	3½	4	3	6¾	4	3	10
90	3	14	2¾	3	14	5½	3	14	8½	90	3	14	11½	3	15	2½	3	15	5½
80	3	5	11¾	3	6	2¼	3	6	5	80	3	6	7½	3	6	10¼	3	7	0¾
70	2	17	8¾	2	17	11	2	18	1¼	70	2	18	3½	2	18	6	2	18	8¼
60	2	9	5¾	2	9	7¾	2	9	9¾	60	2	9	11¾	2	10	1¾	2	10	3½
50	2	1	2¾	2	1	4½	2	1	6	50	2	1	7¾	2	1	9¼	2	1	11
40	1	12	11¾	1	13	1¼	1	13	2½	40	1	13	3¾	1	13	5	1	13	6½
30	1	4	9	1	4	9¾	1	4	10¾	30	1	4	11¾	1	5	0¾	1	5	1¾
20	0	16	6	0	16	6½	0	16	7¼	20	0	16	8	0	16	8½	0	16	9¼
10	0	8	3	0	8	3¼	0	8	3½	10	0	8	4	0	8	4¼	0	8	4½
9	0	7	5	0	7	5¼	0	7	5¾	9	0	7	6	0	7	6¼	0	7	6½
8	0	6	7¼	0	6	7½	0	6	7¾	8	0	6	8	0	6	8¼	0	6	8½
7	0	5	9¼	0	5	9½	0	5	9¾	7	0	5	10	0	5	10¼	0	5	10½
6	0	4	11½	0	4	11½	0	4	11¾	6	0	5	0	0	5	0¼	0	5	0¼
5	0	4	1½	0	4	1¾	0	4	1¾	5	0	4	2	0	4	2¼	0	4	2¼
4	0	3	3½	0	3	3¾	0	3	3¾	4	0	3	4	0	3	4	0	3	4¼
3	0	2	5¾	0	2	5¾	0	2	6	3	0	2	6	0	2	6	0	2	6¼
2	0	1	7¾	0	1	7¾	0	1	8	2	0	1	8	0	1	8	0	1	8
1	0	0	10	0	0	10	0	0	10	1	0	0	10	0	0	10	0	0	10

Prin.	307days			308days			309days			Prin.	310days			311days			312days		
L.	L.	s.	d.	L.	s.	d.	L.	s.	d.	L.	L.	s.	d.	L.	s.	d.	L.	s.	d.
10000	420	10	11½	421	18	4¼	423	5	9	10000	424	13	1¾	426	0	6½	427	7	11¼
5000	210	5	5¾	210	19	2¼	211	12	10½	5000	212	6	7	213	0	3¼	213	13	11¾
2000	84	2	2¼	84	7	8	84	13	1¾	2000	84	18	7½	85	4	1¼	85	9	7
1000	42	1	1¼	42	3	10	42	6	7	1000	42	9	3¾	42	12	0¾	42	14	9½
900	37	16	11¾	37	19	5½	38	1	11	900	38	4	4½	38	6	10¼	38	9	3¾
800	33	12	10½	33	15	0¾	33	17	3	800	33	19	5½	34	1	7¾	34	3	10
700	29	8	9¼	29	10	8¼	29	12	7¼	700	29	14	6¼	29	16	5¼	29	18	4¼
600	25	4	8	25	6	3½	25	7	11¼	600	25	9	7	25	11	2¾	25	12	10½
500	21	0	6½	21	1	11	21	3	3½	500	21	4	8	21	6	0¼	21	7	4¾
400	16	16	5¼	16	17	6½	16	18	7½	400	16	19	8¾	17	0	9¾	17	1	11
300	12	12	4	12	13	1¾	12	13	11¾	300	12	14	9½	12	15	7½	12	16	5¼
200	8	8	2¾	8	8	9¼	8	9	3¾	200	8	9	10¼	8	10	5	8	10	11½
100	4	4	1¼	4	4	4½	4	4	8	100	4	4	11¼	4	5	2½	4	5	5¾
90	3	15	8½	3	15	11¼	3	16	2¼	90	3	16	5¼	3	16	8¼	3	16	11¼
80	3	7	3½	3	7	6	3	7	8¾	80	3	7	11¼	3	8	2	3	8	4½
70	2	18	10½	2	19	0¾	2	19	3	70	2	19	5½	2	19	7¾	2	19	10
60	2	10	5½	2	10	7½	2	10	9½	60	2	10	11½	2	11	1½	2	11	3½
50	2	2	0¾	2	2	2¼	2	2	4	50	2	2	5½	2	2	7¼	2	2	9
40	1	13	7¾	1	13	9	1	13	10¼	40	1	13	11¾	1	14	1	1	14	2¼
30	1	5	2¾	1	5	3¾	1	5	4¾	30	1	5	5¾	1	5	6¾	1	5	7¾
20	0	16	9¾	0	16	10½	0	16	11¼	20	0	16	11¾	0	17	0½	0	17	1¼
10	0	8	5	0	8	5¼	0	8	5½	10	0	8	6	0	8	6¼	0	8	6½
9	0	7	6¾	0	7	7¼	0	7	7½	9	0	7	7¾	0	7	8	0	7	8¼
8	0	6	8¾	0	6	9	0	6	9¼	8	0	6	9½	0	6	9¾	0	6	10
7	0	5	10¾	0	5	11	0	5	11	7	0	5	11¼	0	5	11½	0	5	11¾
6	0	5	0½	0	5	0¾	0	5	1	6	0	5	1¼	0	5	1¼	0	5	1½
5	0	4	2½	0	4	2¾	0	4	2¾	5	0	4	3	0	4	3	0	4	3¼
4	0	3	4¼	0	3	4½	0	3	4¾	4	0	3	4¾	0	3	5	0	3	5
3	0	2	6¼	0	2	6½	0	2	6½	3	0	2	6½	0	2	6¾	0	2	6¾
2	0	1	8¼	0	1	8¼	0	1	8¼	2	0	1	8½	0	1	8½	0	1	8½
1	0	0	10	0	0	10¼	0	0	10¼	1	0	0	10¼	0	0	10¼	0	0	10¼

Prin.	313days			314days			315days			Prin.	316days			317days			318days		
L.	L.	s.	d.	L.	s.	d.	L.	s.	d.	L.	L.	s.	d.	L.	s.	d.	L.	s.	d.
10000	428	15	4	430	2	9	431	10	1¾	10000	432	17	6½	434	4	11¼	435	12	4
5000	214	7	8	215	1	4½	215	15	0¾	5000	216	8	9¼	217	2	5½	217	16	2
2000	85	15	0¾	86	0	6½	86	6	0¼	2000	86	11	6	86	16	11¾	87	2	5½
1000	42	17	6½	43	0	3¼	43	3	0¼	1000	43	5	9	43	8	6	43	11	2¾
900	38	11	9¼	38	14	3	38	16	8½	900	38	19	2¼	39	1	7¾	39	4	1¼
800	34	6	0¼	34	8	2¾	34	10	5	800	34	12	7¼	34	14	9½	34	16	11¾
700	30	0	3¼	30	2	2¼	30	4	1¼	700	30	6	0¼	30	7	11¼	30	9	10¼
600	25	14	6¼	25	16	2	25	17	9¾	600	25	19	5½	26	1	1¼	26	2	9
500	21	8	9¼	21	10	1¾	21	11	6	500	21	12	10½	21	14	3	21	15	7½
400	17	3	0¼	17	4	1¼	17	5	2½	400	17	6	3½	17	7	4¾	17	8	6
300	12	17	3	12	18	1	12	18	10¾	300	12	19	8¾	13	0	6½	13	1	4½
200	8	11	6	8	12	0¾	8	12	7¼	200	8	13	1¾	8	13	8½	8	14	3
100	4	5	9	4	6	0¼	4	6	3½	100	4	6	7	4	6	10¼	4	7	1½
90	3	17	2¼	3	17	5	3	17	8	90	3	17	11	3	18	2	3	18	5
80	3	8	7¼	3	8	9¾	3	9	0½	80	3	9	3	3	9	5¾	3	9	8½
70	3	0	0¼	3	0	2¾	3	0	5	70	3	0	7¼	3	0	9½	3	0	11¾
60	2	11	5½	2	11	7½	2	11	9¼	60	2	11	11¼	2	12	1¼	2	12	3¼
50	2	2	10½	2	3	0¼	2	3	1¾	50	2	3	3½	2	3	5	2	3	6¾
40	1	14	3½	1	14	5	1	14	6¼	40	1	14	7½	1	14	9	1	14	10¼
30	1	5	8¾	1	5	9¾	1	5	10¾	30	1	5	11¾	1	6	0¾	1	6	1¾
20	0	17	1¾	0	17	2½	0	17	3	20	0	17	3¾	0	17	4½	0	17	5
10	0	8	7	0	8	7¼	0	8	7½	10	0	8	8	0	8	8¼	0	8	8½
9	0	7	8½	0	7	9	0	7	9¼	9	0	7	9½	0	7	9¾	0	7	10
8	0	6	10¼	0	6	10½	0	6	10¾	8	0	6	11	0	6	11½	0	6	11¾
7	0	6	0	0	6	0¼	0	6	0½	7	0	6	0¾	0	6	1	0	6	1¼
6	0	5	1¾	0	5	2	0	5	2¼	6	0	5	2¼	0	5	2½	0	5	2¾
5	0	4	3½	0	4	3½	0	4	3¾	5	0	4	4	0	4	4	0	4	4¼
4	0	3	5¼	0	3	5¼	0	3	5½	4	0	3	5½	0	3	5¾	0	3	5¾
3	0	2	6¾	0	2	7	0	2	7	3	0	2	7¼	0	2	7¼	0	2	7¼
2	0	1	8½	0	1	8¾	0	1	8¾	2	0	1	8¾	0	1	8¾	0	1	9
1	0	0	10¼	0	0	10¼	0	0	10¼	1	0	0	10½	0	0	10½	0	0	10½

Prin.	319days			320days			321days			Prin.	322days			323days			324days		
L.	L.	s.	d.	L.	s.	d.	L.	s.	d.	L.	L.	s.	d.	L.	s.	d.	L.	s.	d.
10000	436	19	8¾	438	7	1½	439	14	6¼	10000	441	1	11	442	9	3¾	443	16	8½
5000	218	9	10¼	219	3	6¾	219	17	3	5000	220	10	11½	221	4	8	221	18	4¼
2000	87	7	11¼	87	13	5	87	18	10¾	2000	88	4	4½	88	9	10¼	88	15	4
1000	43	13	11¾	43	16	8½	43	19	5½	1000	44	2	2¼	44	4	11¼	44	7	8
900	39	6	7	39	9	0½	39	11	6	900	39	13	11¾	39	16	5¼	39	18	10¾
800	34	19	2¼	35	1	4½	35	3	6¾	800	35	5	9	35	7	11¼	35	10	1¾
700	30	11	9¼	30	13	8½	30	15	7½	700	30	17	6½	30	19	5½	31	1	4½
600	26	4	4½	26	6	0¼	26	7	8	600	26	9	3¾	26	10	11½	26	12	7¼
500	21	16	11¾	21	18	4¼	21	19	8¾	500	22	1	1¼	22	2	5½	22	3	10
400	17	9	7	17	10	8¼	17	11	9¼	400	17	12	10½	17	13	11¾	17	15	0¾
300	13	2	2¼	13	3	0¼	13	3	10	300	13	4	8	13	5	5¾	13	6	3½
200	8	14	9½	8	15	4	8	15	10¾	200	8	16	5¼	8	16	11¾	8	17	6½
100	4	7	4¾	4	7	8	4	7	11¼	100	4	8	2¾	4	8	6	4	8	9¼
90	3	18	8	3	18	10¾	3	19	1¾	90	3	19	4¾	3	19	7¾	3	19	10¾
80	3	9	11	3	10	1¾	3	10	4¼	80	3	10	7	3	10	9½	3	11	0¼
70	3	1	2¼	3	1	4½	3	1	6¾	70	3	1	9	3	1	11¼	3	2	1¾
60	2	12	5¼	2	12	7¼	2	12	9¼	60	2	12	11¼	2	13	1¼	2	13	3
50	2	3	8½	2	3	10	2	3	11¾	50	2	4	1¼	2	4	3	2	4	4½
40	1	14	11½	1	15	0¾	1	15	2¼	40	1	15	3½	1	15	4¾	1	15	6
30	1	6	2¾	1	6	3½	1	6	4½	30	1	6	5½	1	6	6½	1	6	7½
20	0	17	5¾	0	17	6½	0	17	7	20	0	17	7¾	0	17	8½	0	17	9
10	0	8	9	0	8	9¼	0	8	9½	10	0	8	9¾	0	8	10¼	0	8	10½
9	0	7	10½	0	7	10¾	0	7	11	9	0	7	11¼	0	7	11½	0	7	11¾
8	0	7	0	0	7	0¼	0	7	0½	8	0	7	0¾	0	7	1	0	7	1¼
7	0	6	1½	0	6	1¾	0	6	1¾	7	0	6	2	0	6	2¼	0	6	2½
6	0	5	3	0	5	3	0	5	3¼	6	0	5	3½	0	5	3¾	0	5	4
5	0	4	4½	0	4	4½	0	4	4¾	5	0	4	5	0	4	5	0	4	5¼
4	0	3	6	0	3	6	0	3	6¼	4	0	3	6¼	0	3	6½	0	3	6½
3	0	2	7½	0	2	7½	0	2	7¾	3	0	2	7¾	0	2	7¾	0	2	8
2	0	1	9	0	1	9	0	1	9	2	0	1	9¼	0	1	9¼	0	1	9¼
1	0	0	10½	0	0	10½	0	0	10½	1	0	0	10½	0	0	10½	0	0	10¾

Prin.	325 days			326 days			327 days		
L.	L.	s.	d.	L.	s.	d.	L.	s.	d.
10000	445	4	1¼	446	11	6	447	18	10¾
5000	222	12	0¾	223	5	9	223	19	5¼
2000	89	0	9¾	89	6	3½	89	11	9¼
1000	44	10	5	44	13	1¾	44	15	10¾
900	40	1	4½	40	3	10	40	6	3½
800	35	12	4	35	14	6¼	35	16	8¼
700	31	3	3½	31	5	2½	31	7	1½
600	26	14	3	26	15	10¾	26	17	6½
500	22	5	2½	22	6	7	22	7	11¼
400	17	16	2	17	17	3	17	18	4½
300	13	7	1½	13	7	11¼	13	8	9¼
200	8	18	1	8	18	7½	8	19	2½
100	4	9	0½	4	9	3¾	4	9	7
90	4	0	1¾	4	0	4¼	4	0	7½
80	3	11	2¾	3	11	5½	3	11	8
70	3	2	4	3	2	6¼	3	2	8½
60	2	13	5	2	13	7	2	13	9
50	2	4	6¼	2	4	8	2	4	9½
40	1	15	7¼	1	15	8¾	1	15	10
30	1	6	8½	1	6	9½	1	6	10¼
20	0	17	9¾	0	17	10	0	17	11
10	0	8	10¾	0	8	11¼	0	8	11½
9	0	8	0¼	0	8	0½	0	8	0¾
8	0	7	1½	0	7	1½	0	7	2
7	0	6	2¾	0	6	3	0	6	3¼
6	0	5	4	0	5	4¼	0	5	4½
5	0	4	5¼	0	4	5½	0	4	5¾
4	0	3	6¾	0	3	6¾	0	3	7
3	0	2	8	0	2	8¼	0	2	8¼
2	0	1	9¼	0	1	9½	0	1	9½
1	0	0	10¾	0	0	10¾	0	0	10¾

Prin.	328 days			329 days			330 days		
L.	L.	s.	d.	L.	s.	d.	L.	s.	d.
10000	449	6	3½	450	13	8¼	452	1	1¼
5000	224	13	1¾	225	6	10¼	226	0	6½
2000	89	17	3	90	2	9	90	8	2½
1000	44	18	7½	45	1	4½	45	4	1¼
900	40	8	9¾	40	11	2¾	40	13	8½
800	35	18	10¾	36	1	1¼	36	3	3½
700	31	9	0½	31	10	11½	31	12	10½
600	26	19	2¼	27	0	9¾	27	2	5½
500	22	9	3¾	22	10	8¼	22	12	0¾
400	17	19	5¼	18	0	6½	18	1	7¾
300	13	9	7	13	10	5	13	11	2¾
200	8	19	8¾	9	0	3¼	9	0	9¾
100	4	9	10½	4	10	1¾	4	10	5
90	4	0	10½	4	1	1½	4	1	4½
80	3	11	10¾	3	12	1¼	3	12	4
70	3	2	10¾	3	3	1¼	3	3	3½
60	2	13	11	2	14	1	2	14	3
50	2	4	11¼	2	5	0¾	2	5	2½
40	1	15	11¼	1	16	0¾	1	16	2
30	1	6	11½	1	7	0½	1	7	1½
20	0	17	11¾	0	18	0¼	0	18	1
10	0	8	11¾	0	9	0¼	0	9	0½
9	0	8	1	0	8	1¼	0	8	1½
8	0	7	2¼	0	7	2½	0	7	2½
7	0	6	3½	0	6	3¾	0	6	4
6	0	5	4¾	0	5	5	0	5	5
5	0	4	6	0	4	6	0	4	6¼
4	0	3	7¼	0	3	7¼	0	3	7½
3	0	2	8¼	0	2	8½	0	2	8½
2	0	1	9½	0	1	9¾	0	1	9¾
1	0	0	10¾	0	0	10¾	0	0	10¾

Prin.	331 days			332 days			333 days		
L.	L.	s.	d.	L.	s.	d.	L.	s.	d.
10000	453	8	6	454	15	10¾	456	3	3½
5000	226	14	3	227	7	11¼	228	1	7¾
2000	90	13	8½	90	19	2¼	91	4	8
1000	45	6	10¼	45	9	7	45	12	4
900	40	16	2	40	18	7½	41	1	1½
800	36	5	5½	36	7	8	36	9	10¾
700	31	14	9½	31	16	8½	31	18	7½
600	27	4	1¼	27	5	9	27	7	4¾
500	22	13	5	22	14	9½	22	16	2
400	18	2	9	18	3	10	18	4	11¼
300	13	12	0¾	13	12	10½	13	13	8½
200	9	1	4½	9	1	11	9	2	5½
100	4	10	8¼	4	10	11½	4	11	2¾
90	4	1	7½	4	1	10½	4	2	1¼
80	3	12	6½	3	12	9¼	3	12	11¾
70	3	3	5¾	3	3	8	3	3	10¼
60	2	14	5	2	14	7	2	14	9
50	2	5	4	2	5	5¾	2	5	7½
40	1	16	3¼	1	16	4½	1	16	6
30	1	7	2½	1	7	3½	1	7	4½
20	0	18	1¾	0	18	2¼	0	18	3
10	0	9	0¾	0	9	1¼	0	9	1½
9	0	8	2	0	8	2¼	0	8	2½
8	0	7	3	0	7	3¼	0	7	3½
7	0	6	4¼	0	6	4½	0	6	4¾
6	0	5	5¼	0	5	5½	0	5	5¾
5	0	4	6½	0	4	6½	0	4	6¾
4	0	3	7½	0	3	7¾	0	3	7¾
3	0	2	8¾	0	2	8¾	0	2	8¾
2	0	1	9¾	0	1	9¾	0	1	10
1	0	0	11	0	0	11	0	0	11

Prin.	334 days			335 days			336 days		
L.	L.	s.	d.	L.	s.	d.	L.	s.	d.
10000	457	10	8¼	458	18	1	460	5	5¾
5000	228	15	4	229	9	0½	230	2	9
2000	91	10	1¾	91	15	7½	92	1	1¼
1000	45	15	0¾	45	17	9¾	46	0	6½
900	41	3	6¾	41	6	0¼	41	8	6
800	36	12	0¾	36	14	3	36	16	5¼
700	32	0	6½	32	2	5½	32	4	4½
600	27	9	0½	27	10	8¼	27	12	4
500	22	17	6½	22	18	10¾	23	0	3¼
400	18	6	0½	18	7	1½	18	8	2½
300	13	14	6¼	13	15	4	13	16	2
200	9	3	0¼	9	3	6¾	9	4	1¼
100	4	11	6	4	11	9¼	4	12	0¾
90	4	2	4¼	4	2	7¼	4	2	10¼
80	3	13	2½	3	13	5	3	13	7¾
70	3	4	0¾	3	4	3	3	4	5¼
60	2	14	10¾	2	15	0¾	2	15	2¾
50	2	5	9	2	5	10¾	2	6	0¼
40	1	16	7¼	1	16	8½	1	16	9¾
30	1	7	5½	1	7	6½	1	7	7½
20	0	18	3½	0	18	4¼	0	18	5
10	0	9	1¾	0	9	2¼	0	9	2½
9	0	8	2¾	0	8	3	0	8	3½
8	0	7	3¾	0	7	4	0	7	4½
7	0	6	4¾	0	6	5	0	6	5¼
6	0	5	6	0	5	6	0	5	6¼
5	0	4	7	0	4	7	0	4	7¼
4	0	3	8	0	3	8	0	3	8¼
3	0	2	9	0	2	9	0	2	9¼
2	0	1	10	0	1	10	0	1	10
1	0	0	11	0	0	11	0	0	11

Prin.	337days			338days			339days		
L.	L.	s.	d.	L.	s.	d.	L.	s.	d.
10000	461	12	10½	463	0	3¾	464	7	8
5000	230	16	5¼	231	10	1¾	232	3	10
2000	92	6	7	92	12	0¾	92	17	6½
1000	46	3	3½	46	6	0¼	46	8	9¼
900	41	10	11½	41	13	5	41	15	10¾
800	36	18	7½	37	0	9¾	37	3	0¼
700	32	6	3½	32	8	2¾	32	10	1¾
600	27	13	11¾	27	15	7½	27	17	3
500	23	1	7¾	23	3	0¼	23	4	4½
400	18	9	3¾	18	10	5	18	11	6
300	13	16	11¾	13	17	9¾	13	18	7½
200	9	4	8	9	5	2½	9	5	9
100	4	12	4	4	12	7¼	4	12	10½
90	4	3	1¼	4	3	4	4	3	7
80	3	13	10¼	3	14	1	3	14	3½
70	3	4	7½	3	4	9¾	3	5	0¼
60	2	15	4¾	2	15	6¾	2	15	8¾
50	2	6	2	2	6	3½	2	6	5¼
40	1	16	11¼	1	17	0½	1	17	1¾
30	1	7	8½	1	7	9½	1	7	10½
20	0	18	5¼	0	18	6¼	0	18	7
10	0	9	2¾	0	9	3	0	9	3½
9	0	8	3¾	0	8	4	0	8	4¼
8	0	7	4¾	0	7	5	0	7	5¼
7	0	6	5½	0	6	5¾	0	6	6
6	0	5	6½	0	5	6¾	0	5	6¾
5	0	4	7½	0	4	7½	0	4	7¾
4	0	3	8¼	0	3	8½	0	3	8½
3	0	2	9¼	0	2	9¼	0	2	9½
2	0	1	10¼	0	1	10¼	0	1	10¼
1	0	0	11	0	0	11	0	0	11¼

Prin.	340days			341days			342days		
L.	L.	s.	d.	L.	s.	d.	L.	s.	d.
10000	465	15	0¾	467	2	5½	468	9	10¼
5000	232	17	6½	233	11	2¾	234	4	11¼
2000	93	3	0¼	93	8	6	93	13	11¾
1000	46	11	6	46	14	3	46	16	11¾
900	41	18	4½	42	0	9¾	42	3	3½
800	37	5	2½	37	7	4¾	37	9	7
700	32	12	0½	32	13	11¾	32	15	10¾
600	27	18	10¾	28	0	6½	28	2	2¼
500	23	5	9	23	7	1½	23	8	6
400	18	12	7¼	18	13	8½	18	14	9¾
300	13	19	5½	14	0	3¼	14	1	1¼
200	9	6	3½	9	6	10¼	9	7	4¾
100	4	13	1¾	4	13	5	4	13	8¼
90	4	3	10	4	4	1	4	4	4
80	3	14	6¼	3	14	9	3	14	11¾
70	3	5	2½	3	5	4¾	3	5	7
60	2	15	10¾	2	16	0¾	2	16	2¾
50	2	6	7	2	6	8½	2	6	10¼
40	1	17	3	1	17	4½	1	17	5¾
30	1	7	11¼	1	8	0½	1	8	1¼
20	0	18	7½	0	18	8¼	0	18	9
10	0	9	3¾	0	9	4	0	9	4½
9	0	8	4½	0	8	5	0	8	5¼
8	0	7	5½	0	7	5¾	0	7	6
7	0	6	6¼	0	6	6½	0	6	6¾
6	0	5	7	0	5	7¼	0	5	7½
5	0	4	8	0	4	8	0	4	8¼
4	0	3	8¾	0	3	8¾	0	3	9
3	0	2	9½	0	2	9¾	0	2	9¾
2	0	1	10¼	0	1	10½	0	1	10½
1	0	0	11¼	0	0	11¼	0	0	11¼

Prin.	343days			344days			345days		
L.	L.	s.	d.	L.	s.	d.	L.	s.	d.
10000	469	17	3	471	4	8	472	12	0¾
5000	234	18	7½	235	12	4	236	6	0¼
2000	93	19	5¼	94	4	11¼	94	10	5
1000	46	19	8¾	47	2	5½	47	5	2½
900	42	5	9	42	8	2¾	42	10	8¼
800	37	11	9¼	37	13	11¾	37	16	2
700	32	17	9¾	32	19	8¾	33	1	7¾
600	28	3	10	28	5	5¾	28	7	1½
500	23	9	10¼	23	11	2¾	23	12	7¼
400	18	15	10¾	18	16	11¾	18	18	1
300	14	1	11	14	2	9	14	3	6¾
200	9	7	11¼	9	8	6	9	9	0½
100	4	13	11¾	4	14	3	4	14	6¼
90	4	4	7	4	4	9¾	4	5	0¾
80	3	15	2¼	3	15	4¾	3	15	7¼
70	3	5	9¼	3	5	11¾	3	6	2
60	2	16	4½	2	16	6½	2	16	8½
50	2	6	11¾	2	7	1½	2	7	3
40	1	17	7	1	17	8½	1	17	9¾
30	1	8	2¼	1	8	3¼	1	8	4¼
20	0	18	9½	0	18	10¼	0	18	10¾
10	0	9	4¾	0	9	5	0	9	5½
9	0	8	5½	0	8	5¾	0	8	6
8	0	7	6¼	0	7	6½	0	7	6¾
7	0	6	7	0	6	7¼	0	6	7½
6	0	5	7¾	0	5	7¾	0	5	8
5	0	4	8½	0	4	8½	0	4	8¾
4	0	3	9	0	3	9¼	0	3	9¼
3	0	2	9¾	0	2	10	0	2	10
2	0	1	10½	0	1	10¼	0	1	10¾
1	0	0	11¼	0	0	11¼	0	0	11¼

Prin.	346days			347days			348days		
L.	L.	s.	d.	L.	s.	d.	L.	s.	d.
10000	473	19	5½	475	6	10¼	476	14	3
5000	236	19	8¾	237	13	5	238	7	1½
2000	94	15	10¾	95	1	4½	95	6	10½
1000	47	7	11¼	47	10	8¼	47	13	5
900	42	13	1¾	42	15	7½	42	18	1
800	37	18	4¼	38	0	6½	38	2	9
700	33	3	6¾	33	5	5½	33	7	4¾
600	28	8	9½	28	10	5	28	12	0¾
500	23	13	11½	23	15	4	23	16	8½
400	18	19	2¼	19	0	3¼	19	1	4½
300	14	4	4½	14	5	2½	14	6	0¼
200	9	9	7	9	10	1¾	9	10	8¼
100	4	14	9½	4	15	0¾	4	15	4
90	4	5	3¾	4	5	6½	4	5	9¼
80	3	15	10	3	16	0¾	3	16	3½
70	3	6	4¼	3	6	6½	3	6	9
60	2	16	10½	2	17	0½	2	17	2½
50	2	7	4¾	2	7	6½	2	7	8
40	1	17	11	1	18	0¼	1	18	1¾
30	1	8	5¼	1	8	6¼	1	8	7¼
20	0	18	11½	0	19	0¼	0	19	0¾
10	0	9	5¾	0	9	6	0	9	6¼
9	0	8	6¼	0	8	6½	0	8	7
8	0	7	7	0	7	7¼	0	7	7½
7	0	6	7¾	0	6	7¾	0	6	8
6	0	5	8¼	0	5	8½	0	5	8¾
5	0	4	9	0	4	9	0	4	9¼
4	0	3	9½	0	3	9½	0	3	9¾
3	0	2	10¼	0	2	10¼	0	2	10½
2	0	1	10¾	0	1	10¾	0	1	11
1	0	0	11½	0	0	11½	0	0	11½

Prin.	349days			350days			351days		
L.	l.	s.	d.	l.	s.	d.	l.	s.	d.
10000	478	1	7¾	479	9	0½	480	16	5¼
5000	239	0	9¾	239	14	6¼	240	8	2½
2000	95	12	4	95	17	9¾	96	3	3½
1000	47	16	2	47	18	10¾	48	1	7¾
900	43	0	6½	43	3	0¼	43	5	5¾
800	38	4	11¼	38	7	1½	38	9	3¾
700	33	9	3¾	33	11	2¾	33	13	1¾
600	28	13	8½	28	15	4	28	16	11¾
500	23	18	1	23	19	5½	24	0	9¾
400	19	2	5½	19	3	6¾	19	4	8
300	14	6	10¼	14	7	8	14	8	6
200	9	11	2¾	9	11	9½	9	12	4
100	4	15	7½	4	15	10¾	4	16	2
90	4	6	0¾	4	6	3½	4	6	6½
80	3	16	6	3	16	8½	3	16	11¼
70	3	6	11¼	3	7	1½	3	7	3¾
60	2	17	4½	2	17	6½	2	17	8½
50	2	7	9¾	2	7	11¼	2	8	1
40	1	18	3	1	18	4¼	1	18	5½
30	1	8	8¼	1	8	9¼	1	8	10¼
20	0	19	1½	0	19	2¼	0	19	2¾
10	0	9	6¾	0	9	7	0	9	7½
9	0	8	7¼	0	8	7½	0	8	7¾
8	0	7	7¾	0	7	8	0	7	8¼
7	0	6	8¼	0	6	8½	0	6	8¾
6	0	5	8¾	0	5	9	0	5	9¼
5	0	4	9¼	0	4	9½	0	4	9¾
4	0	3	10	0	3	10	0	3	10¼
3	0	2	10½	0	2	10½	0	2	10½
2	0	1	11	0	1	11	0	1	11
1	0	0	11½	0	0	11½	0	0	11½

Prin.	352days			353days			354days		
L.	L.	s.	d.	L.	s.	d.	L.	s.	d.
10000	482	3	10	483	11	2¾	484	18	7½
5000	241	1	11	241	15	7½	242	9	3¾
2000	96	8	9¼	96	14	3	96	19	8¾
1000	48	4	4½	48	7	1½	48	9	10½
900	43	7	11¼	43	10	5	43	12	10½
800	38	11	6	38	13	8½	38	15	10¾
700	33	15	0¾	33	16	11¾	33	18	10¾
600	28	18	7½	29	0	3¼	29	1	11
500	24	2	2¼	24	3	6¾	24	4	11¼
400	19	5	9	19	6	10¼	19	7	11¼
300	14	9	3¾	14	10	1½	14	10	11½
200	9	12	10½	9	13	5	9	13	11¾
100	4	16	5¼	4	16	8½	4	16	11¾
90	4	6	9½	4	7	0½	4	7	3½
80	3	17	1¾	3	17	4½	3	17	7
70	3	7	6	3	7	8½	3	7	10¾
60	2	17	10¼	2	18	0¼	2	18	2¼
50	2	8	2¾	2	8	4¼	2	8	6
40	1	18	7	1	18	8¼	1	18	9½
30	1	8	11¼	1	9	0¼	1	9	1¼
20	0	19	3½	0	19	4	0	19	4¾
10	0	9	7¾	0	9	8	0	9	8½
9	0	8	8¼	0	8	8½	0	8	8¾
8	0	7	8½	0	7	8¾	0	7	9
7	0	6	9	0	6	9¼	0	6	9½
6	0	5	9½	0	5	9¾	0	5	9¾
5	0	4	9¾	0	4	10	0	4	10¼
4	0	3	10¼	0	3	10½	0	3	10½
3	0	2	10¾	0	2	10¾	0	2	11
2	0	1	11¼	0	1	11¼	0	1	11¼
1	0	0	11½	0	0	11½	0	0	11¾

Prin.	355days			356days			357days		
L.	l.	s.	d.	L.	s.	d.	l.	s.	d.
10000	486	6	0¼	487	13	5	489	0	9¾
5000	243	3	0¼	243	16	8½	244	10	5
2000	97	5	2½	97	10	8¼	97	16	2
1000	48	12	7¼	48	15	4	48	18	1
900	43	15	4	43	17	9¾	44	0	3¼
800	38	18	1	39	0	3¼	39	2	5½
700	34	0	9¾	34	2	9	34	4	8
600	29	3	6¾	29	5	2½	29	6	10¼
500	24	6	3½	24	7	8	24	9	0½
400	19	9	0½	19	10	1½	19	11	2¾
300	14	11	9¼	14	12	7¼	14	13	5
200	9	14	6¼	9	15	0¾	9	15	7½
100	4	17	3	4	17	6½	4	17	9¾
90	4	7	6½	4	7	9¼	4	8	0¼
80	3	17	9¾	3	18	0¼	3	18	3
70	3	8	1	3	8	3¼	3	8	5½
60	2	18	4¼	2	18	6¼	2	18	8¼
50	2	8	7½	2	8	9¼	2	8	10¾
40	1	18	10¾	1	19	0¼	1	19	1½
30	1	9	2¼	1	9	3	1	9	4
20	0	19	5½	0	19	6	0	19	6¾
10	0	9	8¾	0	9	9	0	9	9¼
9	0	8	9	0	8	9¼	0	8	9¾
8	0	7	9¼	0	7	9¾	0	7	10
7	0	6	9¾	0	6	10	0	6	10¼
6	0	5	10	0	5	10¼	0	5	10½
5	0	4	10¼	0	4	10½	0	4	10¾
4	0	3	10¾	0	3	10¾	0	3	11
3	0	2	11	0	2	11	0	2	11¼
2	0	1	11¼	0	1	11½	0	1	11½
1	0	0	11¾	0	0	11¾	0	0	11¾

Prin.	358days			359days			360days		
L.	l.	s.	d.	l.	s.	d.	L.	s.	d.
10000	490	8	2¾	491	15	7½	493	3	0¼
5000	245	4	1¼	245	17	9¾	246	11	6
2000	98	1	7¾	98	7	1½	98	12	7¼
1000	49	0	9¾	49	3	6¾	49	6	3½
900	44	2	9	44	5	2½	44	7	8
800	39	4	8	39	6	10¼	39	9	0½
700	34	6	7	34	8	6	34	10	5
600	29	8	6	29	10	1½	29	11	9¼
500	24	10	5	24	11	9¼	24	13	1¾
400	19	12	4	19	13	5	19	14	6¼
300	14	14	3	14	15	0¾	14	15	10¾
200	9	16	2	9	16	8½	9	17	3
100	4	18	1	4	18	4¼	4	18	7½
90	4	8	3¼	4	8	6¼	4	8	9¼
80	3	18	5½	3	18	8¼	3	18	10¾
70	3	8	8	3	8	10¼	3	9	0½
60	2	18	10¼	2	19	0¼	2	19	2¼
50	2	9	0½	2	9	2¼	2	9	3¾
40	1	19	2¾	1	19	4	1	19	5½
30	1	9	5	1	9	6	1	9	7
20	0	19	7½	0	19	8	0	19	8¾
10	0	9	9¾	0	9	10	0	9	10¼
9	0	8	10	0	8	10¼	0	8	10½
8	0	7	10¼	0	7	10½	0	7	10¾
7	0	6	10½	0	6	10½	0	6	10¾
6	0	5	10½	0	5	10¾	0	5	11
5	0	4	10¾	0	4	11	0	4	11¼
4	0	3	11	0	3	11¼	0	3	11¼
3	0	2	11¼	0	2	11½	0	2	11½
2	0	1	11½	0	1	11½	0	1	11¾
1	0	0	11¾	0	0	11¾	0	0	11¾

Prin.	361 days			362 days			363 days			Prin.	364 days			365 days			1 month		
L.	L.	s.	d.	L.	s.	d.	L.	s.	d.	L.	L.	s.	d.	L.	s.	d.	L.	s.	d.
10000	494	10	5	495	17	9¾	497	5	2½	10000	498	12	7¼	500	0	0	41	13	4
5000	247	5	2½	247	18	10¾	248	12	7¼	5000	249	6	3½	250	0	0	20	16	8
2000	98	18	1	99	3	6¾	99	9	0½	2000	99	14	6¼	100	0	0	8	6	8
1000	49	9	0½	49	11	9¼	49	14	6¼	1000	49	17	3	50	0	0	4	3	4
900	44	10	1¾	44	12	7¼	44	15	0¾	900	44	17	6½	45	0	0	3	15	0
800	39	11	2¼	39	13	5	39	15	7½	800	39	17	9¾	40	0	0	3	6	8
700	34	12	4	34	14	3	34	16	2	700	34	18	1	35	0	0	2	18	4
600	29	13	5	29	15	0¾	29	16	8½	600	29	18	4¼	30	0	0	2	10	0
500	24	14	6¼	24	15	10¾	24	17	3	500	24	18	7½	25	0	0	2	1	8
400	19	15	7½	19	16	8½	19	17	9¾	400	19	18	10¾	20	0	0	1	13	4
300	14	16	8½	14	17	6½	14	18	4¼	300	14	19	2¼	15	0	0	1	5	0
200	9	17	9¾	9	18	4¼	9	18	10¾	200	9	19	5½	10	0	0	0	16	8
100	4	18	10¾	4	19	2¼	4	19	5½	100	4	19	8¾	5	0	0	0	8	4
90	4	9	0¼	4	9	3	4	9	6	90	4	9	9	4	10	0	0	7	6
80	3	19	1½	3	19	4	3	19	6¾	80	3	19	9¼	4	0	0	0	6	8
70	3	9	2¾	3	9	5	3	9	7½	70	3	9	9¾	3	10	0	0	5	10
60	2	19	4	2	19	6	2	19	8	60	2	19	10	3	0	0	0	5	0
50	2	9	5½	2	9	7	2	9	8¾	50	2	9	10¼	2	10	0	0	4	2
40	1	19	6¾	1	19	8	1	19	9¼	40	1	19	10¾	2	0	0	0	3	4
30	1	9	8	1	9	9	1	9	10	30	1	9	11	1	10	0	0	2	6
20	0	19	9¼	0	19	10	0	19	10¾	20	0	19	11¼	1	0	0	0	1	8
10	0	9	10¾	0	9	11	0	9	11¼	10	0	9	11¾	0	10	0	0	0	10
9	0	8	10¾	0	8	11	0	8	11½	9	0	8	11¾	0	9	0	0	0	9
8	0	7	11	0	7	11¼	0	7	11½	8	0	7	11¾	0	8	0	0	0	8
7	0	6	11	0	6	11¼	0	6	11½	7	0	6	11¾	0	7	0	0	0	7
6	0	5	11¼	0	5	11½	0	5	11½	6	0	5	11¾	0	6	0	0	0	6
5	0	4	11¼	0	4	11½	0	4	11¾	5	0	4	11¾	0	5	0	0	0	5
4	0	3	11½	0	3	11½	0	3	11¾	4	0	3	11¾	0	4	0	0	0	4
3	0	2	11½	0	2	11¾	0	2	11¾	3	0	3	0	0	3	0	0	0	3
2	0	1	11¾	0	1	11¾	0	1	11¾	2	0	2	0	0	2	0	0	0	2
1	0	0	11¾	0	1	0	0	1	0	1	0	1	0	0	1	0	0	0	1

Prin.	2 months			3 months			4 months			Prin.	5 months			6 months			9 months		
L.	L.	s.	d.	L.	s.	d.	L.	s.	d.	L.	L.	s.	d.	L.	s.	d.	L.	s.	d.
10000	83	6	8	125	0	0	166	13	4	10000	208	6	8	250	0	0	375	0	0
5000	41	13	4	62	10	0	83	6	8	5000	104	3	4	125	0	0	187	10	0
2000	16	13	4	25	0	0	33	6	8	2000	41	13	4	50	0	0	75	0	0
1000	8	6	8	12	10	0	16	13	4	1000	20	16	8	25	0	0	37	10	0
900	7	10	0	11	5	0	15	0	0	900	18	15	0	22	10	0	33	15	0
800	6	13	4	10	0	0	13	6	8	800	16	13	4	20	0	0	30	0	0
700	5	16	8	8	15	0	11	13	4	700	14	11	8	17	10	0	26	5	0
600	5	0	0	7	10	0	10	0	0	600	12	10	0	15	0	0	22	10	0
500	4	3	4	6	5	0	8	6	8	500	10	8	4	12	10	0	18	15	0
400	3	6	8	5	0	0	6	13	4	400	8	6	8	10	0	0	15	0	0
300	2	10	0	3	15	0	5	0	0	300	6	5	0	7	10	0	11	5	0
200	1	13	4	2	10	0	3	6	8	200	4	3	4	5	0	0	7	10	0
100	0	16	8	1	5	0	1	13	4	100	2	1	8	2	10	0	3	15	0
90	0	15	0	1	2	6	1	10	0	90	1	17	6	2	5	0	3	7	6
80	0	13	4	1	0	0	1	6	8	80	1	13	4	2	0	0	3	0	0
70	0	11	8	0	17	6	1	3	4	70	1	9	2	1	15	0	2	12	6
60	0	10	0	0	15	0	1	0	0	60	1	5	0	1	10	0	2	5	0
50	0	8	4	0	12	6	0	16	8	50	1	0	10	1	5	0	1	17	6
40	0	6	8	0	10	0	0	13	4	40	0	16	8	1	0	0	1	10	0
30	0	5	0	0	7	6	0	10	0	30	0	12	6	0	15	0	1	2	6
20	0	3	4	0	5	0	0	6	8	20	0	8	4	0	10	0	0	15	0
10	0	1	8	0	2	6	0	3	4	10	0	4	2	0	5	0	0	7	6
9	0	1	6	0	2	3	0	3	0	9	0	3	9	0	4	6	0	6	9
8	0	1	4	0	2	0	0	2	8	8	0	3	4	0	4	0	0	6	0
7	0	1	2	0	1	9	0	2	4	7	0	2	11	0	3	6	0	5	3
6	0	1	0	0	1	6	0	2	0	6	0	2	6	0	3	0	0	4	6
5	0	0	10	0	1	3	0	1	8	5	0	2	1	0	2	6	0	3	9
4	0	0	8	0	1	0	0	1	4	4	0	1	8	0	2	0	0	3	0
3	0	0	6	0	0	9	0	1	0	3	0	1	3	0	1	6	0	2	3
2	0	0	4	0	0	6	0	0	8	2	0	0	10	0	1	0	0	1	6
1	0	0	2	0	0	3	0	0	4	1	0	0	5	0	0	6	0	0	9

Prin.	1 year			2 years			3 years		
L.	L.	s.	d.	L.	s.	d.	L.	s.	d.
10000	500	0	0	1000	0	0	1500	0	0
5000	250	0	0	500	0	0	750	0	0
2000	100	0	0	200	0	0	300	0	0
1000	50	0	0	100	0	0	150	0	0
900	45	0	0	90	0	0	135	0	0
800	40	0	0	80	0	0	120	0	0
700	35	0	0	70	0	0	105	0	0
600	30	0	0	60	0	0	90	0	0
500	25	0	0	50	0	0	75	0	0
400	20	0	0	40	0	0	60	0	0
300	15	0	0	30	0	0	45	0	0
200	10	0	0	20	0	0	30	0	0
100	5	0	0	10	0	0	15	0	0
90	4	10	0	9	0	0	13	10	0
80	4	0	0	8	0	0	12	0	0
70	3	10	0	7	0	0	10	10	0
60	3	0	0	6	0	0	9	0	0
50	2	10	0	5	0	0	7	10	0
40	2	0	0	4	0	0	6	0	0
30	1	10	0	3	0	0	4	10	0
20	1	0	0	2	0	0	3	0	0
10	0	10	0	1	0	0	1	10	0
9	0	9	0	0	18	0	1	7	0
8	0	8	0	0	16	0	1	4	0
7	0	7	0	0	14	0	1	1	0
6	0	6	0	0	12	0	0	18	0
5	0	5	0	0	10	0	0	15	0
4	0	4	0	0	8	0	0	12	0
3	0	3	0	0	6	0	0	9	0
2	0	2	0	0	4	0	0	6	0
1	0	1	0	0	2	0	0	3	0

Prin.	4 years			5 years			6 years		
L.	L.	s.	d.	L.	s.	d.	L.	s.	d.
10000	2000	0	0	2500	0	0	3000	0	0
5000	1000	0	0	1250	0	0	1500	0	0
2000	400	0	0	500	0	0	600	0	0
1000	200	0	0	250	0	0	300	0	0
900	180	0	0	225	0	0	270	0	0
800	160	0	0	200	0	0	240	0	0
700	140	0	0	175	0	0	210	0	0
600	120	0	0	150	0	0	180	0	0
500	100	0	0	125	0	0	150	0	0
400	80	0	0	100	0	0	120	0	0
300	60	0	0	75	0	0	90	0	0
200	40	0	0	50	0	0	60	0	0
100	20	0	0	25	0	0	30	0	0
90	18	0	0	22	10	0	27	0	0
80	16	0	0	20	0	0	24	0	0
70	14	0	0	17	10	0	21	0	0
60	12	0	0	15	0	0	18	0	0
50	10	0	0	12	10	0	15	0	0
40	8	0	0	10	0	0	12	0	0
30	6	0	0	7	10	0	9	0	0
20	4	0	0	5	0	0	6	0	0
10	2	0	0	2	10	0	3	0	0
9	1	16	0	2	5	0	2	14	0
8	1	12	0	2	0	0	2	8	0
7	1	8	0	1	15	0	2	2	0
6	1	4	0	1	10	0	1	16	0
5	1	0	0	1	5	0	1	10	0
4	0	16	0	1	0	0	1	4	0
3	0	12	0	0	15	0	0	18	0
2	0	8	0	0	10	0	0	12	0
1	0	4	0	0	5	0	0	6	0

Prin.	7 years			8 years			9 years		
L.	L.	s.	d.	L.	s.	d.	L.	s.	d.
10000	3500	0	0	4000	0	0	4500	0	0
5000	1750	0	0	2000	0	0	2250	0	0
2000	700	0	0	800	0	0	900	0	0
1000	350	0	0	400	0	0	450	0	0
900	315	0	0	360	0	0	405	0	0
800	280	0	0	320	0	0	360	0	0
700	245	0	0	280	0	0	315	0	0
600	210	0	0	240	0	0	270	0	0
500	175	0	0	200	0	0	225	0	0
400	140	0	0	160	0	0	180	0	0
300	105	0	0	120	0	0	135	0	0
200	70	0	0	80	0	0	90	0	0
100	35	0	0	40	0	0	45	0	0
90	31	10	0	36	0	0	40	10	0
80	28	0	0	32	0	0	36	0	0
70	24	10	0	28	0	0	31	10	0
60	21	0	0	24	0	0	27	0	0
50	17	10	0	20	0	0	22	10	0
40	14	0	0	16	0	0	18	0	0
30	10	10	0	12	0	0	13	10	0
20	7	0	0	8	0	0	9	0	0
10	3	10	0	4	0	0	4	10	0
9	3	3	0	3	12	0	4	1	0
8	2	16	0	3	4	0	3	12	0
7	2	9	0	2	16	0	3	3	0
6	2	2	0	2	8	0	2	14	0
5	1	15	0	2	0	0	2	5	0
4	1	8	0	1	12	0	1	16	0
3	1	1	0	1	4	0	1	7	0
2	0	14	0	0	16	0	0	18	0
1	0	7	0	0	8	0	0	9	0

Prin.	10 years			11 years			12 years		
L.	L.	s.	d.	L.	s.	d.	L.	s.	d.
10000	5000	0	0	5500	0	0	6000	0	0
5000	2500	0	0	2750	0	0	3000	0	0
2000	1000	0	0	1100	0	0	1200	0	0
1000	500	0	0	550	0	0	600	0	0
900	450	0	0	495	0	0	540	0	0
800	400	0	0	440	0	0	480	0	0
700	350	0	0	385	0	0	420	0	0
600	300	0	0	330	0	0	360	0	0
500	250	0	0	275	0	0	300	0	0
400	200	0	0	220	0	0	240	0	0
300	150	0	0	165	0	0	180	0	0
200	100	0	0	110	0	0	120	0	0
100	50	0	0	55	0	0	60	0	0
90	45	0	0	49	10	0	54	0	0
80	40	0	0	44	0	0	48	0	0
70	35	0	0	38	10	0	42	0	0
60	30	0	0	33	0	0	36	0	0
50	25	0	0	27	10	0	30	0	0
40	20	0	0	22	0	0	24	0	0
30	15	0	0	16	10	0	18	0	0
20	10	0	0	11	0	0	12	0	0
10	5	0	0	5	10	0	6	0	0
9	4	10	0	4	19	0	5	8	0
8	4	0	0	4	8	0	4	16	0
7	3	10	0	3	17	0	4	4	0
6	3	0	0	3	6	0	3	12	0
5	2	10	0	2	15	0	3	0	0
4	2	0	0	2	4	0	2	8	0
3	1	10	0	1	13	0	1	16	0
2	1	0	0	1	2	0	1	4	0
1	0	10	0	0	11	0	0	12	0

VI. TABLES OF INTEREST,

AT 3, 3½, 4, 4½, AND 5 PER CENT. PER ANNUM.

(Adapted chiefly to the Accounts of Bankers and others on the Progressive System.)

THREE PER CENT.

Products.	Int.		Prod.	Int.		Prod.	Int.		Prod.	Int.		Prod.	Int.	
L.	L.	s.	L.	s.	d.	L.	s.	d.	L.	s.	d.	L.	s.	d.
4,380,000	360	0	12,167	20	0	9125	15	0	6083	10	0	3042	5	0
4,015,000	330	0	12,116	19	11	9074	14	11	6033	9	11	2991	4	11
3,650,000	300	0	12,065	19	10	9024	14	10	5982	9	10	2940	4	10
3,285,000	270	0	12,015	19	9	8973	14	9	5931	9	9	2890	4	9
2,920,000	240	0	11,964	19	8	8922	14	8	5881	9	8	2839	4	8
2,555,000	210	0	11,913	19	7	8872	14	7	5830	9	7	2788	4	7
2,190,000	180	0	11,862	19	6	8821	14	6	5779	9	6	2737	4	6
1,825,000	150	0	11,812	19	5	8770	14	5	5728	9	5	2687	4	5
1,460,000	120	0	11,761	19	4	8719	14	4	5678	9	4	2636	4	4
1,095,000	90	0	11,710	19	3	8669	14	3	5627	9	3	2585	4	3
730,000	60	0	11,660	19	2	8618	14	2	5576	9	2	2535	4	2
365,000	30	0	11,609	19	1	8567	14	1	5526	9	1	2484	4	1
357,700	29	8	11,558	19	0	8517	14	0	5475	9	0	2433	4	0
350,400	28	16	11,508	18	11	8466	13	11	5424	8	11	2383	3	11
343,100	28	4	11,457	18	10	8415	13	10	5374	8	10	2332	3	10
335,800	27	12	11,406	18	9	8365	13	9	5323	8	9	2281	3	9
328,500	27	0	11,356	18	8	8314	13	8	5272	8	8	2231	3	8
321,200	26	8	11,305	18	7	8263	13	7	5222	8	7	2180	3	7
313,900	25	16	11,254	18	6	8212	13	6	5171	8	6	2129	3	6
306,600	25	4	11,203	18	5	8162	13	5	5120	8	5	2078	3	5
299,300	24	12	11,153	18	4	8111	13	4	5069	8	4	2028	3	4
292,000	24	0	11,102	18	3	8060	13	3	5019	8	3	1977	3	3
284,700	23	8	11,051	18	2	8010	13	2	4968	8	2	1926	3	2
277,400	22	16	11,001	18	1	7959	13	1	4917	8	1	1876	3	1
270,100	22	4	10,950	18	0	7908	13	0	4867	8	0	1825	3	0
262,800	21	12	10,899	17	11	7858	12	11	4816	7	11	1774	2	11
255,500	21	0	10,849	17	10	7807	12	10	4765	7	10	1724	2	10
248,200	20	8	10,798	17	9	7756	12	9	4715	7	9	1673	2	9
240,900	19	16	10,747	17	8	7706	12	8	4664	7	8	1622	2	8
233,600	19	4	10,697	17	7	7655	12	7	4613	7	7	1572	2	7
226,300	18	12	10,646	17	6	7604	12	6	4562	7	6	1521	2	6
219,000	18	0	10,595	17	5	7553	12	5	4512	7	5	1470	2	5
211,700	17	8	10,544	17	4	7503	12	4	4461	7	4	1419	2	4
204,400	16	16	10,494	17	3	7452	12	3	4410	7	3	1369	2	3
197,100	16	4	10,443	17	2	7401	12	2	4360	7	2	1318	2	2
189,800	15	12	10,392	17	1	7351	12	1	4309	7	1	1267	2	1
182,500	15	0	10,342	17	0	7300	12	0	4258	7	0	1217	2	0
175,200	14	8	10,291	16	11	7249	11	11	4208	6	11	1166	1	11
167,900	13	16	10,240	16	10	7199	11	10	4157	6	10	1115	1	10
160,600	13	4	10,190	16	9	7148	11	9	4106	6	9	1065	1	9
153,300	12	12	10,139	16	8	7097	11	8	4056	6	8	1014	1	8
146,000	12	0	10,088	16	7	7047	11	7	4005	6	7	963	1	7
138,700	11	8	10,037	16	6	6996	11	6	3954	6	6	912	1	6
131,400	10	16	9,987	16	5	6945	11	5	3903	6	5	862	1	5
124,100	10	4	9,936	16	4	6894	11	4	3853	6	4	811	1	4
116,800	9	12	9,885	16	3	6844	11	3	3802	6	3	760	1	3
109,500	9	0	9,835	16	2	6793	11	2	3751	6	2	710	1	2
102,200	8	8	9,784	16	1	6742	11	1	3701	6	1	659	1	1
94,900	7	16	9,733	16	0	6692	11	0	3650	6	0	608	1	0
87,600	7	4	9,683	15	11	6641	10	11	3599	5	11	558	0	11
80,300	6	12	9,632	15	10	6590	10	10	3549	5	10	507	0	10
73,000	6	0	9,581	15	9	6540	10	9	3498	5	9	456	0	9
65,700	5	8	9,531	15	8	6489	10	8	3447	5	8	406	0	8
58,400	4	16	9,480	15	7	6438	10	7	3397	5	7	355	0	7
51,100	4	4	9,429	15	6	6387	10	6	3346	5	6	304	0	6
43,800	3	12	9,378	15	5	6337	10	5	3295	5	5	253	0	5
36,500	3	0	9,328	15	4	6286	10	4	3244	5	4	203	0	4
29,200	2	8	9,277	15	3	6235	10	3	3194	5	3	152	0	3
21,900	1	16	9,226	15	2	6185	10	2	3143	5	2	101	0	2
14,600	1	4	9,176	15	1	6134	10	1	3092	5	1	51	0	1

Products.	Int.		Prod.	Int.		Prod.	Int.		Prod.	Int.		Prod.	Int.	
L.	L.	s.	L.	s.	d.	L.	s.	d.	L.	s.	d.	L.	s.	d.
4,380,000	420	0	10,429	20	0	7821	15	0	5214	10	0	2607	5	0
4,015,000	385	0	10,385	19	11	7778	14	11	5171	9	11	2564	4	11
3,650,000	350	0	10,342	19	10	7735	14	10	5127	9	10	2520	4	10
3,285,000	315	0	10,298	19	9	7691	14	9	5084	9	9	2477	4	9
2,920,000	280	0	10,255	19	8	7648	14	8	5040	9	8	2433	4	8
2,555,000	245	0	10,211	19	7	7604	14	7	4997	9	7	2390	4	7
2,190,000	210	0	10,168	19	6	7561	14	6	4954	9	6	2346	4	6
1,825,000	175	0	10,124	19	5	7517	14	5	4910	9	5	2303	4	5
1,460,000	140	0	10,081	19	4	7474	14	4	4867	9	4	2260	4	4
1,095,000	105	0	10,037	19	3	7430	14	3	4823	9	3	2216	4	3
730,000	70	0	9,994	19	2	7387	14	2	4780	9	2	2173	4	2
365,000	35	0	9,951	19	1	7343	14	1	4736	9	1	2129	4	1
357,700	34	6	9,907	19	0	7300	14	0	4693	9	0	2086	4	0
350,400	33	12	9,864	18	11	7257	13	11	4649	8	11	2042	3	11
343,100	32	18	9,820	18	10	7213	13	10	4606	8	10	1999	3	10
335,800	32	4	9,777	18	9	7170	13	9	4562	8	9	1955	3	9
328,500	31	10	9,733	18	8	7126	13	8	4519	8	8	1912	3	8
321,200	30	16	9,690	18	7	7083	13	7	4476	8	7	1868	3	7
313,900	30	2	9,646	18	6	7039	13	6	4432	8	6	1825	3	6
306,600	29	8	9,603	18	5	6996	13	5	4389	8	5	1782	3	5
299,300	28	14	9,560	18	4	6952	13	4	4345	8	4	1738	3	4
292,000	28	0	9,516	18	3	6909	13	3	4302	8	3	1695	3	3
284,700	27	6	9,473	18	2	6865	13	2	4258	8	2	1651	3	2
277,400	26	12	9,429	18	1	6822	13	1	4215	8	1	1608	3	1
270,100	25	18	9,386	18	0	6779	13	0	4171	8	0	1564	3	0
262,800	25	4	9,342	17	11	6735	12	11	4128	7	11	1521	2	11
255,500	24	10	9,299	17	10	6692	12	10	4085	7	10	1477	2	10
248,200	23	16	9,255	17	9	6648	12	9	4041	7	9	1434	2	9
240,900	23	2	9,212	17	8	6605	12	8	3998	7	8	1390	2	8
233,600	22	8	9,168	17	7	6561	12	7	3954	7	7	1347	2	7
226,300	21	14	9,125	17	6	6518	12	6	3911	7	6	1304	2	6
219,000	21	0	9,082	17	5	6474	12	5	3867	7	5	1260	2	5
211,700	20	6	9,038	17	4	6431	12	4	3824	7	4	1217	2	4
204,400	19	12	8,995	17	3	6387	12	3	3780	7	3	1173	2	3
197,100	18	18	8,951	17	2	6344	12	2	3737	7	2	1130	2	2
189,800	18	4	8,908	17	1	6301	12	1	3693	7	1	1086	2	1
182,500	17	10	8,864	17	0	6257	12	0	3650	7	0	1043	2	0
175,200	16	16	8,821	16	11	6214	11	11	3607	6	11	999	1	11
167,900	16	2	8,777	16	10	6170	11	10	3563	6	10	956	1	10
160,600	15	8	8,734	16	9	6127	11	9	3520	6	9	912	1	9
153,300	14	14	8,690	16	8	6083	11	8	3476	6	8	869	1	8
146,000	14	0	8,647	16	7	6040	11	7	3433	6	7	826	1	7
138,700	13	6	8,604	16	6	5996	11	6	3389	6	6	782	1	6
131,400	12	12	8,560	16	5	5953	11	5	3346	6	5	739	1	5
124,100	11	18	8,517	16	4	5910	11	4	3302	6	4	695	1	4
116,800	11	4	8,473	16	3	5866	11	3	3259	6	3	652	1	3
109,500	10	10	8,430	16	2	5823	11	2	3215	6	2	608	1	2
102,200	9	16	8,386	16	1	5779	11	1	3172	6	1	565	1	1
94,900	9	2	8,343	16	0	5736	11	0	3129	6	0	521	1	0
87,600	8	8	8,299	15	11	5692	10	11	3085	5	11	478	0	11
80,300	7	14	8,256	15	10	5649	10	10	3042	5	10	435	0	10
73,000	7	0	8,212	15	9	5605	10	9	2998	5	9	391	0	9
65,700	6	6	8,169	15	8	5562	10	8	2955	5	8	348	0	8
58,400	5	12	8,126	15	7	5518	10	7	2911	5	7	304	0	7
51,100	4	18	8,082	15	6	5475	10	6	2868	5	6	261	0	6
43,800	4	4	8,039	15	5	5432	10	5	2824	5	5	217	0	5
36,500	3	10	7,995	15	4	5388	10	4	2781	5	4	174	0	4
29,200	2	16	7,952	15	3	5345	10	3	2737	5	3	130	0	3
21,900	2	2	7,908	15	2	5301	10	2	2694	5	2	87	0	2
14,600	1	8	7,865	15	1	5258	10	1	2651	5	1	43	0	1

These Tables, which exhibit the interest for one day of the sums in the columns titled "Products," may be employed to facilitate calculations as follows:

Rule. Multiply the principal by the number of days, and take the interest corresponding to the nearest number to the product.

Example 1. Required the interest on L. 50 for 100 days at $3\frac{1}{2}$ per cent.

The product of 50 multiplied by 100 is 5000; the nearest number to which in the above Table is 4997 contiguous to 9s. 7d., the interest required.

Products.	Int.		Prod.	Int.		Prod.	Int.		Prod.	Int.		Prod.	Int.	
L.	L.	s.	L.	s.	d.	L.	s.	d.	L.	s.	d.	L.	s.	d.
4,380,000	480	0	9125	20	0	6844	15	0	4562	10	0	2281	5	0
4,015,000	440	0	9087	19	11	6806	14	11	4524	9	11	2243	4	11
3,650,000	400	0	9049	19	10	6768	14	10	4486	9	10	2205	4	10
3,285,000	360	0	9011	19	9	6730	14	9	4448	9	9	2167	4	9
2,920,000	320	0	8973	19	8	6692	14	8	4410	9	8	2129	4	8
2,555,000	280	0	8935	19	7	6654	14	7	4372	9	7	2091	4	7
2,190,000	240	0	8897	19	6	6616	14	6	4334	9	6	2053	4	6
1,825,000	200	0	8859	19	5	6578	14	5	4296	9	5	2015	4	5
1,460,000	160	0	8821	19	4	6540	14	4	4258	9	4	1977	4	4
1,095,000	120	0	8783	19	3	6502	14	3	4220	9	3	1939	4	3
730,000	80	0	8745	19	2	6464	14	2	4182	9	2	1901	4	2
365,000	40	0	8707	19	1	6426	14	1	4144	9	1	1863	4	1
357,700	39	4	8669	19	0	6387	14	0	4106	9	0	1825	4	0
350,400	38	8	8631	18	11	6349	13	11	4068	8	11	1787	3	11
343,100	37	12	8593	18	10	6311	13	10	4030	8	10	1749	3	10
335,800	36	16	8555	18	9	6273	13	9	3992	8	9	1711	3	9
328,500	36	0	8517	18	8	6235	13	8	3954	8	8	1673	3	8
321,200	35	4	8479	18	7	6197	13	7	3916	8	7	1635	3	7
313,900	34	8	8441	18	6	6159	13	6	3878	8	6	1597	3	6
306,600	33	12	8403	18	5	6121	13	5	3840	8	5	1559	3	5
299,300	32	16	8365	18	4	6083	13	4	3802	8	4	1521	3	4
292,000	32	0	8327	18	3	6045	13	3	3764	8	3	1483	3	3
284,700	31	4	8289	18	2	6007	13	2	3726	8	2	1445	3	2
277,400	30	8	8251	18	1	5969	13	1	3688	8	1	1407	3	1
270,100	29	12	8212	18	0	5931	13	0	3650	8	0	1369	3	0
262,800	28	16	8174	17	11	5893	12	11	3612	7	11	1331	2	11
255,500	28	0	8136	17	10	5855	12	10	3574	7	10	1293	2	10
248,200	27	4	8098	17	9	5817	12	9	3536	7	9	1255	2	9
240,900	26	8	8060	17	8	5779	12	8	3498	7	8	1217	2	8
233,600	25	12	8022	17	7	5741	12	7	3460	7	7	1179	2	7
226,300	24	16	7984	17	6	5703	12	6	3422	7	6	1141	2	6
219,000	24	0	7946	17	5	5665	12	5	3384	7	5	1103	2	5
211,700	23	4	7908	17	4	5627	12	4	3346	7	4	1065	2	4
204,400	22	8	7870	17	3	5589	12	3	3308	7	3	1027	2	3
197,100	21	12	7832	17	2	5551	12	2	3270	7	2	989	2	2
189,800	20	16	7794	17	1	5513	12	1	3232	7	1	951	2	1
182,500	20	0	7756	17	0	5475	12	0	3194	7	0	912	2	0
175,200	19	4	7718	16	11	5437	11	11	3156	6	11	874	1	11
167,900	18	8	7680	16	10	5399	11	10	3118	6	10	836	1	10
160,600	17	12	7642	16	9	5361	11	9	3080	6	9	798	1	9
153,300	16	16	7604	16	8	5323	11	8	3042	6	8	760	1	8
146,000	16	0	7566	16	7	5285	11	7	3004	6	7	722	1	7
138,700	15	4	7528	16	6	5247	11	6	2966	6	6	684	1	6
131,400	14	8	7490	16	5	5209	11	5	2928	6	5	646	1	5
124,100	13	12	7452	16	4	5171	11	4	2890	6	4	608	1	4
116,800	12	16	7414	16	3	5133	11	3	2852	6	3	570	1	3
109,500	12	0	7376	16	2	5095	11	2	2814	6	2	532	1	2
102,200	11	4	7338	16	1	5057	11	1	2776	6	1	494	1	1
94,900	10	8	7300	16	0	5019	11	0	2737	6	0	456	1	0
87,600	9	12	7262	15	11	4981	10	11	2699	5	11	418	0	11
80,300	8	16	7224	15	10	4943	10	10	2661	5	10	380	0	10
73,000	8	0	7186	15	9	4905	10	9	2623	5	9	342	0	9
65,700	7	4	7148	15	8	4867	10	8	2585	5	8	304	0	8
58,400	6	8	7110	15	7	4829	10	7	2547	5	7	266	0	7
51,100	5	12	7072	15	6	4791	10	6	2509	5	6	228	0	6
43,800	4	16	7034	15	5	4753	10	5	2471	5	5	190	0	5
36,500	4	0	6996	15	4	4715	10	4	2433	5	4	152	0	4
29,200	3	4	6958	15	3	4677	10	3	2395	5	3	114	0	3
21,900	2	8	6920	15	2	4639	10	2	2357	5	2	76	0	2
14,600	1	12	6882	15	1	4601	10	1	2319	5	1	38	0	1

EXAMPLE 2. L.500 for 100 days. . .Product L.50000

43800 gives by Table at 4 per cent.. . . . L.4 16 0
6197 .... 0 18 7

49997 Interest L.5 9 7

EXAMPLE 3. L.200 for 100 days . . .Product L.20000
100 for 50 days........ ... 5000
420 for 10 days....... 4200

29200

29200 gives of Interest at 4 per cent. L.3, 4s.

Products.	Int.		Prod.	Int.		Prod.	Int.		Prod.	Int.		Prod.	Int.	
L.	L.	s.	L.	s.	d.	L.	s.	d.	L.	s.	d.	L.	s.	d.
4,380,000	540	0	8111	20	0	6083	15	0	4066	10	0	2028	5	0
4,015,000	495	0	8077	19	11	6050	14	11	4022	9	11	1994	4	11
3,650,000	450	0	8044	19	10	6016	14	10	3988	9	10	1960	4	10
3,285,000	405	0	8010	19	9	5982	14	9	3954	9	9	1926	4	9
2,920,000	360	0	7976	19	8	5948	14	8	3920	9	8	1893	4	8
2,555,000	315	0	7942	19	7	5914	14	7	3887	9	7	1859	4	7
2,190,000	270	0	7908	19	6	5881	14	6	3853	9	6	1825	4	6
1,825,000	225	0	7875	19	5	5847	14	5	3819	9	5	1791	4	5
1,460,000	180	0	7841	19	4	5813	14	4	3785	9	4	1757	4	4
1,095,000	135	0	7807	19	3	5779	14	3	3751	9	3	1724	4	3
730,000	90	0	7773	19	2	5745	14	2	3718	9	2	1690	4	2
365,000	45	0	7739	19	1	5712	14	1	3684	9	1	1656	4	1
357,700	44	2	7706	19	0	5678	14	0	3650	9	0	1622	4	0
350,400	43	4	7672	18	11	5644	13	11	3616	8	11	1588	3	11
343,100	42	6	7638	18	10	5610	13	10	3582	8	10	1555	3	10
335,800	41	8	7604	18	9	5576	13	9	3549	8	9	1521	3	9
328,500	40	10	7570	18	8	5543	13	8	3515	8	8	1487	3	8
321,200	39	12	7537	18	7	5509	13	7	3481	8	7	1453	3	7
313,900	38	14	7503	18	6	5475	13	6	3447	8	6	1419	3	6
306,600	37	16	7469	18	5	5441	13	5	3413	8	5	1386	3	5
299,300	36	18	7435	18	4	5407	13	4	3380	8	4	1352	3	4
292,000	36	0	7401	18	3	5374	13	3	3346	8	3	1318	3	3
284,700	35	2	7368	18	2	5340	13	2	3312	8	2	1284	3	2
277,400	34	4	7334	18	1	5306	13	1	3278	8	1	1250	3	1
270,100	33	6	7300	18	0	5272	13	0	3244	8	0	1217	3	0
262,800	32	8	7266	17	11	5238	12	11	3211	7	11	1183	2	11
255,500	31	10	7232	17	10	5205	12	10	3177	7	10	1149	2	10
248,200	30	12	7199	17	9	5171	12	9	3143	7	9	1115	2	9
240,900	29	14	7165	17	8	5137	12	8	3109	7	8	1081	2	8
233,600	28	16	7131	17	7	5103	12	7	3075	7	7	1048	2	7
226,300	27	18	7097	17	6	5069	12	6	3042	7	6	1014	2	6
219,000	27	0	7063	17	5	5036	12	5	3008	7	5	980	2	5
211,700	26	2	7030	17	4	5002	12	4	2974	7	4	946	2	4
204,400	25	4	6996	17	3	4968	12	3	2940	7	3	912	2	3
197,100	24	6	6962	17	2	4934	12	2	2906	7	2	879	2	2
189,800	23	8	6928	17	1	4900	12	1	2873	7	1	845	2	1
182,500	22	10	6894	17	0	4867	12	0	2839	7	0	811	2	0
175,200	21	12	6861	16	11	4833	11	11	2805	6	11	777	1	11
167,900	20	14	6827	16	10	4799	11	10	2771	6	10	744	1	10
160,600	19	16	6793	16	9	4765	11	9	2737	6	9	710	1	9
153,300	18	18	6759	16	8	4731	11	8	2704	6	8	676	1	8
146,000	18	0	6725	16	7	4698	11	7	2670	6	7	642	1	7
138,700	17	2	6692	16	6	4664	11	6	2636	6	6	608	1	6
131,400	16	4	6658	16	5	4630	11	5	2602	6	5	575	1	5
124,100	15	6	6624	16	4	4596	11	4	2569	6	4	541	1	4
116,800	14	8	6590	16	3	4562	11	3	2535	6	3	507	1	3
109,500	13	10	6556	16	2	4529	11	2	2501	6	2	473	1	2
102,200	12	12	6523	16	1	4495	11	1	2467	6	1	439	1	1
94,900	11	14	6489	16	0	4461	11	0	2433	6	0	406	1	0
87,600	10	16	6455	15	11	4427	10	11	2400	5	11	372	0	11
80,300	9	18	6421	15	10	4394	10	10	2366	5	10	338	0	10
73,000	9	0	6387	15	9	4360	10	9	2332	5	9	304	0	9
65,700	8	2	6354	15	8	4326	10	8	2298	5	8	270	0	8
58,400	7	4	6320	15	7	4292	10	7	2264	5	7	237	0	7
51,100	6	6	6286	15	6	4258	10	6	2231	5	6	203	0	6
43,800	5	8	6252	15	5	4225	10	5	2197	5	5	169	0	5
36,500	4	10	6219	15	4	4191	10	4	2163	5	4	135	0	4
29,200	3	12	6185	15	3	4157	10	3	2129	5	3	101	0	3
21,900	2	14	6151	15	2	4123	10	2	2095	5	2	68	0	2
14,600	1	16	6117	15	1	4089	10	1	2062	5	1	34	0	1

Products.	Int.	Prod.	Int.	Prod.	Int.	Prod.	Int.	Prod.	Int.
L.	L.	L.	s. d.	L.	s. d.	L.	s. d.	L.	s. d.
4,380,000	600	7300	20 0	5475	15 0	3650	10 0	1825	5 0
4,015,000	550	7270	19 11	5445	14 11	3620	9 11	1795	4 11
3,650,000	500	7239	19 10	5414	14 10	3589	9 10	1764	4 10
3,285,000	450	7209	19 9	5384	14 9	3559	9 9	1734	4 9
2,920,000	400	7178	19 8	5353	14 8	3528	9 8	1703	4 8
2,555,000	350	7148	19 7	5323	14 7	3498	9 7	1673	4 7
2,190,000	300	7117	19 6	5292	14 6	3467	9 6	1642	4 6
1,825,000	250	7087	19 5	5262	14 5	3437	9 5	1612	4 5
1,460,000	200	7057	19 4	5232	14 4	3407	9 4	1582	4 4
1,095,000	150	7026	19 3	5201	14 3	3376	9 3	1551	4 3
730,000	100	6996	19 2	5171	14 2	3346	9 2	1521	4 2
365,000	50	6965	19 1	5140	14 1	3315	9 1	1490	4 1
357,700	49	6935	19 0	5110	14 0	3285	9 0	1460	4 0
350,400	48	6905	18 11	5080	13 11	3255	8 11	1430	3 11
343,100	47	6874	18 10	5049	13 10	3224	8 10	1399	3 10
335,800	46	6844	18 9	5019	13 9	3194	8 9	1369	3 9
328,500	45	6813	18 8	4988	13 8	3163	8 8	1338	3 8
321,200	44	6783	18 7	4958	13 7	3133	8 7	1308	3 7
313,900	43	6752	18 6	4927	13 6	3102	8 6	1277	3 6
306,600	42	6722	18 5	4897	13 5	3072	8 5	1247	3 5
299,300	41	6692	18 4	4867	13 4	3042	8 4	1217	3 4
292,000	40	6661	18 3	4836	13 3	3011	8 3	1186	3 3
284,700	39	6631	18 2	4806	13 2	2981	8 2	1156	3 2
277,400	38	6600	18 1	4775	13 1	2950	8 1	1125	3 1
270,100	37	6570	18 0	4745	13 0	2920	8 0	1095	3 0
262,800	36	6540	17 11	4715	12 11	2890	7 11	1065	2 11
255,500	35	6509	17 10	4684	12 10	2859	7 10	1034	2 10
248,200	34	6479	17 9	4654	12 9	2829	7 9	1004	2 9
240,900	33	6448	17 8	4623	12 8	2798	7 8	973	2 8
233,600	32	6418	17 7	4593	12 7	2768	7 7	943	2 7
226,300	31	6387	17 6	4562	12 6	2737	7 6	912	2 6
219,000	30	6357	17 5	4532	12 5	2707	7 5	882	2 5
211,700	29	6327	17 4	4502	12 4	2677	7 4	852	2 4
204,400	28	6296	17 3	4471	12 3	2646	7 3	821	2 3
197,100	27	6266	17 2	4441	12 2	2616	7 2	791	2 2
189,800	26	6235	17 1	4410	12 1	2585	7 1	760	2 1
182,500	25	6205	17 0	4380	12 0	2555	7 0	730	2 0
175,200	24	6175	16 11	4350	11 11	2525	6 11	700	1 11
167,900	23	6144	16 10	4319	11 10	2494	6 10	669	1 10
160,600	22	6114	16 9	4289	11 9	2464	6 9	639	1 9
153,300	21	6083	16 8	4258	11 8	2433	6 8	608	1 8
146,000	20	6053	16 7	4228	11 7	2403	6 7	578	1 7
138,700	19	6022	16 6	4197	11 6	2372	6 6	547	1 6
131,400	18	5992	16 5	4167	11 5	2342	6 5	517	1 5
124,100	17	5962	16 4	4137	11 4	2312	6 4	487	1 4
116,800	16	5931	16 3	4106	11 3	2281	6 3	456	1 3
109,500	15	5901	16 2	4076	11 2	2251	6 2	426	1 2
102,200	14	5870	16 1	4045	11 1	2220	6 1	395	1 1
94,900	13	5840	16 0	4015	11 0	2190	6 0	365	1 0
87,600	12	5810	15 11	3985	10 11	2160	5 11	335	0 11
80,300	11	5779	15 10	3954	10 10	2129	5 10	304	0 10
73,000	10	5749	15 9	3924	10 9	2099	5 9	274	0 9
65,700	9	5718	15 8	3893	10 8	2068	5 8	243	0 8
58,400	8	5688	15 7	3863	10 7	2038	5 7	213	0 7
51,100	7	5657	15 6	3832	10 6	2007	5 6	182	0 6
43,800	6	5627	15 5	3802	10 5	1977	5 5	152	0 5
36,500	5	5597	15 4	3772	10 4	1947	5 4	122	0 4
29,200	4	5566	15 3	3741	10 3	1916	5 3	91	0 3
21,900	3	5536	15 2	3711	10 2	1886	5 2	61	0 2
14,600	2	5505	15 1	3680	10 1	1855	5 1	30	0 1

VII. COMMISSION TABLES.

Prin.	$\frac{1}{32}$ p. cent.			$\frac{1}{24}$ p. cent.			$\frac{1}{16}$ p. cent.		
L.	L.	s.	d.	L.	s.	d.	L.	s.	d.
10000	3	2	6	4	3	4	6	5	0
5000	1	11	3	2	1	8	3	2	6
2000	0	12	6	0	16	8	1	5	0
1000	0	6	3	0	8	4	0	12	6
900	0	5	7½	0	7	6	0	11	3
800	0	5	0	0	6	8	0	10	0
700	0	4	4½	0	5	10	0	8	9
600	0	3	9	0	5	0	0	7	6
500	0	3	1½	0	4	2	0	6	3
400	0	2	6	0	3	4	0	5	0
300	0	1	10½	0	2	6	0	3	9
200	0	1	3	0	1	8	0	2	6
100	0	0	7½	0	0	10	0	1	3
90	0	0	6¾	0	0	9	0	1	1½
80	0	0	6	0	0	8	0	1	0
70	0	0	5¼	0	0	7	0	0	10½
60	0	0	4½	0	0	6	0	0	9
50	0	0	3¾	0	0	5	0	0	7½
40	0	0	3	0	0	4	0	0	6
30	0	0	2¼	0	0	3	0	0	4½
20	0	0	1½	0	0	2	0	0	3
10	0	0	0¾	0	0	1	0	0	1½
9	0	0	0¾	0	0	1	0	0	1¼
8	0	0	0½	0	0	0¾	0	0	1¼
7	0	0	0½	0	0	0¾	0	0	1
6	0	0	0½	0	0	0½	0	0	1
5	0	0	0¼	0	0	0½	0	0	0¾
4	0	0	0¼	0	0	0½	0	0	0½
3	0	0	0¼	0	0	0¼	0	0	0½
2	0	0	0¼	0	0	0¼	0	0	0¼
1	0	0	0	0	0	0	0	0	0¼

Prin.	$\frac{1}{10}$ p. cent.			$\frac{1}{8}$ per cent.			$\frac{1}{4}$ per cent.		
L.	L.	s.	d.	L.	s.	d.	L.	s.	d.
10000	10	0	0	12	10	0	25	0	0
5000	5	0	0	6	5	0	12	10	0
2000	2	0	0	2	10	0	5	0	0
1000	1	0	0	1	5	0	2	10	0
900	0	18	0	1	2	6	2	5	0
800	0	16	0	1	0	0	2	0	0
700	0	14	0	0	17	6	1	15	0
600	0	12	0	0	15	0	1	10	0
500	0	10	0	0	12	6	1	5	0
400	0	8	0	0	10	0	1	0	0
300	0	6	0	0	7	6	0	15	0
200	0	4	0	0	5	0	0	10	0
100	0	2	0	0	2	6	0	5	0
90	0	1	9½	0	2	3	0	4	6
80	0	1	7¼	0	2	0	0	4	0
70	0	1	4¾	0	1	9	0	3	6
60	0	1	2½	0	1	6	0	3	0
50	0	1	0	0	1	3	0	2	6
40	0	0	9½	0	1	0	0	2	0
30	0	0	7¼	0	0	9	0	1	6
20	0	0	4¾	0	0	6	0	1	0
10	0	0	2½	0	0	3	0	0	6
9	0	0	2¼	0	0	2¾	0	0	5½
8	0	0	2	0	0	2½	0	0	4¾
7	0	0	1¾	0	0	2	0	0	4¼
6	0	0	1½	0	0	1¾	0	0	3½
5	0	0	1¼	0	0	1½	0	0	3
4	0	0	1	0	0	1¼	0	0	2½
3	0	0	0¾	0	0	1	0	0	1¾
2	0	0	0½	0	0	0½	0	0	1¼
1	0	0	0¼	0	0	0¼	0	0	0½

Prin.	$\frac{3}{8}$ per cent.			$\frac{1}{2}$ per cent.			$\frac{5}{8}$ per cent.		
L.	L.	s.	d.	L.	s.	d.	L.	s.	d.
10000	37	10	0	50	0	0	62	10	0
5000	18	15	0	25	0	0	31	5	0
2000	7	10	0	10	0	0	12	10	0
1000	3	15	0	5	0	0	6	5	0
900	3	7	6	4	10	0	5	12	6
800	3	0	0	4	0	0	5	0	0
700	2	12	6	3	10	0	4	7	6
600	2	5	0	3	0	0	3	15	0
500	1	17	6	2	10	0	3	2	6
400	1	10	0	2	0	0	2	10	0
300	1	2	6	1	10	0	1	17	6
200	0	15	0	1	0	0	1	5	0
100	0	7	6	0	10	0	0	12	6
90	0	6	9	0	9	0	0	11	3
80	0	6	0	0	8	0	0	10	0
70	0	5	3	0	7	0	0	8	9
60	0	4	6	0	6	0	0	7	6
50	0	3	9	0	5	0	0	6	3
40	0	3	0	0	4	0	0	5	0
30	0	2	3	0	3	0	0	3	9
20	0	1	6	0	2	0	0	2	6
10	0	0	9	0	1	0	0	1	3
9	0	0	8	0	0	10¾	0	1	1½
8	0	0	7¼	0	0	9½	0	1	0
7	0	0	6¼	0	0	8½	0	0	10½
6	0	0	5½	0	0	7¼	0	0	9
5	0	0	4½	0	0	6	0	0	7½
4	0	0	3½	0	0	4¾	0	0	6
3	0	0	2¾	0	0	3½	0	0	4½
2	0	0	1¾	0	0	2½	0	0	3
1	0	0	1	0	0	1¼	0	0	1½

Prin.	$\frac{3}{4}$ per cent.			$\frac{7}{8}$ per cent.			1 per cent.		
L.	L.	s.	d.	L.	s.	d.	L.	s.	d.
10000	75	0	0	87	10	0	100	0	0
5000	37	10	0	43	15	0	50	0	0
2000	15	0	0	17	10	0	20	0	0
1000	7	10	0	8	15	0	10	0	0
900	6	15	0	7	17	6	9	0	0
800	6	0	0	7	0	0	8	0	0
700	5	5	0	6	2	6	7	0	0
600	4	10	0	5	5	0	6	0	0
500	3	15	0	4	7	6	5	0	0
400	3	0	0	3	10	0	4	0	0
300	2	5	0	2	12	6	3	0	0
200	1	10	0	1	15	0	2	0	0
100	0	15	0	0	17	6	1	0	0
90	0	13	6	0	15	9	0	18	0
80	0	12	0	0	14	0	0	16	0
70	0	10	6	0	12	3	0	14	0
60	0	9	0	0	10	6	0	12	0
50	0	7	6	0	8	9	0	10	0
40	0	6	0	0	7	0	0	8	0
30	0	4	6	0	5	3	0	6	0
20	0	3	0	0	3	6	0	4	0
10	0	1	6	0	1	9	0	2	0
9	0	1	4¼	0	1	7	0	1	9½
8	0	1	2½	0	1	4¾	0	1	7¼
7	0	1	0½	0	1	2¾	0	1	4¾
6	0	0	10¾	0	1	0½	0	1	2½
5	0	0	9	0	0	10½	0	1	0
4	0	0	7¼	0	0	8½	0	0	9½
3	0	0	5½	0	0	6¼	0	0	7¼
2	0	0	3½	0	0	4¼	0	0	4¾
1	0	0	1¾	0	0	2	0	0	2½

Prin.	1¼ p. cent.			1½ p. cent.			1¾ p. cent.			Prin.	2 per cent.			2½ p. cent.			3 per cent.		
L.	L.	s.	d.	L.	s.	d.	L.	s.	d.	L.	L.	s.	d.	L.	s.	d.	L.	s.	d.
10000	125	0	0	150	0	0	175	0	0	10000	200	0	0	250	0	0	300	0	0
5000	62	10	0	75	0	0	87	10	0	5000	100	0	0	125	0	0	150	0	0
2000	25	0	0	30	0	0	35	0	0	2000	40	0	0	50	0	0	60	0	0
1000	12	10	0	15	0	0	17	10	0	1000	20	0	0	25	0	0	30	0	0
900	11	5	0	13	10	0	15	15	0	900	18	0	0	22	10	0	27	0	0
800	10	0	0	12	0	0	14	0	0	800	16	0	0	20	0	0	24	0	0
700	8	15	0	10	10	0	12	5	0	700	14	0	0	17	10	0	21	0	0
600	7	10	0	9	0	0	10	10	0	600	12	0	0	15	0	0	18	0	0
500	6	5	0	7	10	0	8	15	0	500	10	0	0	12	10	0	15	0	0
400	5	0	0	6	0	0	7	0	0	400	8	0	0	10	0	0	12	0	0
300	3	15	0	4	10	0	5	5	0	300	6	0	0	7	10	0	9	0	0
200	2	10	0	3	0	0	3	10	0	200	4	0	0	5	0	0	6	0	0
100	1	5	0	1	10	0	1	15	0	100	2	0	0	2	10	0	3	0	0
90	1	2	6	1	7	0	1	11	6	90	1	16	0	2	5	0	2	14	0
80	1	0	0	1	4	0	1	8	0	80	1	12	0	2	0	0	2	8	0
70	0	17	6	1	1	0	1	4	6	70	1	8	0	1	15	0	2	2	0
60	0	15	0	0	18	0	1	1	0	60	1	4	0	1	10	0	1	16	0
50	0	12	6	0	15	0	0	17	6	50	1	0	0	1	5	0	1	10	0
40	0	10	0	0	12	0	0	14	0	40	0	16	0	1	0	0	1	4	0
30	0	7	6	0	9	0	0	10	6	30	0	12	0	0	15	0	0	18	0
20	0	5	0	0	6	0	0	7	0	20	0	8	0	0	10	0	0	12	0
10	0	2	6	0	3	0	0	3	6	10	0	4	0	0	5	0	0	6	0
9	0	2	3	0	2	8½	0	3	1¾	9	0	3	7¼	0	4	6	0	5	4¾
8	0	2	0	0	2	4¾	0	2	9½	8	0	3	2½	0	4	0	0	4	9½
7	0	1	9	0	2	1¼	0	2	5½	7	0	2	9½	0	3	6	0	4	2½
6	0	1	6	0	1	9½	0	2	1¼	6	0	2	4¾	0	3	0	0	3	7¼
5	0	1	3	0	1	6	0	1	9	5	0	2	0	0	2	6	0	3	0
4	0	1	0	0	1	2½	0	1	4¾	4	0	1	7¼	0	2	0	0	2	4¾
3	0	0	9	0	0	10¾	0	1	0½	3	0	1	2½	0	1	6	0	1	9½
2	0	0	6	0	0	7¼	0	0	8½	2	0	0	9½	0	1	0	0	1	2½
1	0	0	3	0	0	3½	0	0	4¼	1	0	0	4¾	0	0	6	0	0	7¼

Prin.	3½ p. cent.			4 per cent.			4½ p. cent.			Prin.	5 per cent.			7½ p. cent.			10 p. cent.		
L.	L.	s.	d.	L.	s.	d.	L.	s.	d.	L.	L.	s.	d.	L.	s.	d.	L.	s.	d.
10000	350	0	0	400	0	0	450	0	0	10000	500	0	0	750	0	0	1000	0	0
5000	175	0	0	200	0	0	225	0	0	5000	250	0	0	375	0	0	500	0	0
2000	70	0	0	80	0	0	90	0	0	2000	100	0	0	150	0	0	200	0	0
1000	35	0	0	40	0	0	45	0	0	1000	50	0	0	75	0	0	100	0	0
900	31	10	0	36	0	0	40	10	0	900	45	0	0	67	10	0	90	0	0
800	28	0	0	32	0	0	36	0	0	800	40	0	0	60	0	0	80	0	0
700	24	10	0	28	0	0	31	10	0	700	35	0	0	52	10	0	70	0	0
600	21	0	0	24	0	0	27	0	0	600	30	0	0	45	0	0	60	0	0
500	17	10	0	20	0	0	22	10	0	500	25	0	0	37	10	0	50	0	0
400	14	0	0	16	0	0	18	0	0	400	20	0	0	30	0	0	40	0	0
300	10	10	0	12	0	0	13	10	0	300	15	0	0	22	10	0	30	0	0
200	7	0	0	8	0	0	9	0	0	200	10	0	0	15	0	0	20	0	0
100	3	10	0	4	0	0	4	10	0	100	5	0	0	7	10	0	10	0	0
90	3	3	0	3	12	0	4	1	0	90	4	10	0	6	15	0	9	0	0
80	2	16	0	3	4	0	3	12	0	80	4	0	0	6	0	0	8	0	0
70	2	9	0	2	16	0	3	3	0	70	3	10	0	5	5	0	7	0	0
60	2	2	0	2	8	0	2	14	0	60	3	0	0	4	10	0	6	0	0
50	1	15	0	2	0	0	2	5	0	50	2	10	0	3	15	0	5	0	0
40	1	8	0	1	12	0	1	16	0	40	2	0	0	3	0	0	4	0	0
30	1	1	0	1	4	0	1	7	0	30	1	10	0	2	5	0	3	0	0
20	0	14	0	0	16	0	0	18	0	20	1	0	0	1	10	0	2	0	0
10	0	7	0	0	8	0	0	9	0	10	0	10	0	0	15	0	1	0	0
9	0	6	3½	0	7	2½	0	8	1¼	9	0	9	0	0	13	6	0	18	0
8	0	5	7¼	0	6	4¾	0	7	2½	8	0	8	0	0	12	0	0	16	0
7	0	4	10¾	0	5	7¼	0	6	3½	7	0	7	0	0	10	6	0	14	0
6	0	4	2½	0	4	9½	0	5	4¾	6	0	6	0	0	9	0	0	12	0
5	0	3	6	0	4	0	0	4	6	5	0	5	0	0	7	6	0	10	0
4	0	2	9½	0	3	2½	0	3	7¼	4	0	4	0	0	6	0	0	8	0
3	0	2	1¼	0	2	4¾	0	2	8½	3	0	3	0	0	4	6	0	6	0
2	0	1	4¾	0	1	7¼	0	1	9½	2	0	2	0	0	3	0	0	4	0
1	0	0	8½	0	0	9½	0	0	10¾	1	0	1	0	0	1	6	0	2	0

VIII. COMPOUND INTEREST AND ANNUITIES.

Annuities are divided into *Annuities Certain*, embracing sums as affected by compound interest alone; and *Annuities* and *Assurances on Lives*, in which the operation of compound interest is combined with the probabilities of the duration of human life.

1. Annuities Certain.

An annuity is to be here understood as a certain sum receivable annually or periodically, whether derived from money lent or invested, pensions, houses, or lands. At the time of acquiring the title to an annuity the party is said to *enter into possession*; and one of the equal intervals at which the annuity is payable is always supposed to elapse between the time of entering into possession and the first payment. In the following cases and tables the first payment is assumed to be made at the end of the first year from the time of valuation.

When the annuity is not to be entered upon until the expiration of a certain period it is called a *reversionary* or *deferred* annuity; when the time of possession is not deferred the annuity is sometimes called *immediate*, but in general simply an annuity. A *perpetuity* is a perpetual annuity.

The following cases are solved by Tables I. to VI., in which the sum or annuity is always £1, from the value of which any other is found by multiplication, &c.

Sums Accumulated or Discounted.

1. Required the amount of £150 in 5 years at 4 per cent. interest.

In Table 1, under 4 per cent., opposite years, is 1.216653, which multiplied by 150 gives 182.4979, or £182, 9s. 11½d.

2. What is the present value of £3000 due at the end of 20 years, discounted at 5 per cent. interest?

In Table 2, under 5 per cent., opposite 20 years, is .376889, which multiplied by 3000 gives 1130.667, or £1130, 13s. 4d.

To find the Time and Rate.

3. In what time will £100 amount to £121, 13s. 4d.; interest 4 per cent.

Here £121.667 divided by 100 gives 1.21667, the amount of £1 in the time; which quotient is in Table 1, under 4 per cent., found opposite to 5 years, the time required.

4. If the exact quotient is not found in the table,

Take the difference between the next highest and next lowest numbers; also the difference betwixt the quotient and the number nearest to it. Then the former will bear to the latter the proportion which 365 days will bear to the number of days to be added to or deducted from the years found opposite such nearest number, according as it is less or greater than the exact quotient, in order to make up (approximately) the time required: Thus,

In what time will £100 amount to £265, 12s. 5d.; interest 5 per cent.?

Here 265.6208 ÷ 100 = 2.656208. By Table 1, the amount of £1 is in 20 years 2.653298, in 21 years 2.785963; difference .132665. But 2.656208 exceeds 2.653298 by .00291 only; hence as .132665 : 365 : : .00291 : 8, the time required is 20 years and 8 days.

5. At what rate of interest will £1000 amount in 30 years to £2427, 5s. 3d.?

Here, as in Case 3, 2427.262 ÷ 1000 = 2.427262, which in Table 1, opposite 30 years, is found under 3 per cent.

6. If the exact quotient is not found in the table, an approximation may be made to the rate as in Case 4.

Thus the rate at which £100 will in 17 years amount to £179, 9s. 4d. will be found to be 3.480, or nearly 3½ p. c.

N. B. These approximative methods are of general application.

Temporary Annuities.

The present value of an annuity is such a sum as put out to interest will provide for the several payments of the annuity as they become due.

7. Required the present value of an annuity of £50 for 10 years; interest at 5 per cent.

Here by Table 4, 7.7217×50=386.087, or £386, 1s. 9d.

8. What is the amount of an annuity of £20 forborne 15 years, interest 4 p. c.?

By Table 3, the amount of £1 per annum in 15 years at 4 per cent. is 20.02359, which multiplied by 20 gives 400.4718, or £400, 9s. 5d.

9. What annuity will in 15 years amount to £1087, 5s. 7d.; interest 5 per cent.?

Extracting from Table 5 the annuity which will amount to £1, we have .046342 × 1087.279 = £50.387.

10. What annuity to continue 15 years will £523 purchase; interest 5 per cent.?

ng from Table 6 the annui-
£1 will purchase, we have
23 = £50.387, or £50, 7s. 9d.

nnuity of £50 for 15 years
£518, 19s. 8d.; what rate of
allowed to the purchaser?
8.983 divided by 50 gives
which in Table 4, opposite 15
ound under 5 per cent.

hat time will an annuity of
6d. amount to £2174, 11s.
est 5 per cent.
2174.558 by 100.775 gives
hich in Table 3, under 5 per
ound opposite 15 years.

what rate of interest will an
of £50, 7s. 9d. amount to
7d. in 15 years?
087.279 ÷ 50.387 = 21.5785,
Table 3, opposite 15 years, is
ler 5 per cent.

at annuity will in 15 years
o £2174, 11s. 2d.; interest 5

74.558 divided by 21.5785 (the
f an annuity of £1 in 15 years
3) gives 100.775, or £100, 15s.

Perpetuities.

quired the value of a freehold
which the net yearly rent is
terest 3 per cent.
Multiply the perpetuity by
divide by the rate per cent.

$$\frac{600 \times 100}{3} = £20,000.$$

estate is purchased for £12,000,
ent must it be let in order to
4 per cent. per annum?
Multiply the value of the per-
y the rate per cent. and divide

$$\frac{12000 \times 4}{100} = £480.$$

estate which cost £3000 is let
it of £120; what return per
annum has the purchaser on
?
Multiply the perpetuity by
divide by the value of the
y.

$$\frac{120 \times 100}{3000} = 4 \text{ per cent.}$$

Deferred Annuities.

esent value of a deferred an-
he excess of the value of the
or the term of delay and con-
together, above the value of
annuity for the term of delay

18. What should be paid for a lease or annuity of £35 for 14 years after the next 7 years in order that the purchaser may realize 5 per cent. interest?

By Table 4, the present value of £1 per annum for 21 years (the term of delay and continuance together) at 5 p. cent. is 12.82115; subtracting 5.78637, the value of £1 per annum for the 7 years deferred, there remains 7.03478, which multiplied by 35 gives £246.217, or £246, 4s. 4d.

19. A debt of £816, 18s. 9d. is to be liquidated by an annuity of £175 deferred for 9 years; how long must the creditor receive it in order to have his debt paid with interest at 6 per cent.?

Find by Case 1 the accumulated amount of the debt at the end of the time deferred; divide this by the annuity, and the quotient will be the value of an annuity of £1 for the time of payment; which last will be found as in Case 3 or 12.

Here £816.937 in 9 years at 6 p. c. amounts to £1380.198; this divided by 175 gives 7.886, which in Table 4, under 6 per cent., is opposite 11 years.

Deferred Perpetuities.

20. Required the value of the reversion after 10 years of an estate in perpetuity of the yearly rent of £200; interest 4 per cent.

By Table 4, the value at 4 per cent. of a perpetuity of £1 per annum is 25.; deducting from which 8.110896, the value of an annuity for 10 years, there remains 16.8891, which multiplied by 200 gives 3377.820, or £3377, 16s. 5d.

The same result may be obtained by multiplying the present value of the perpetuity by the discounted value of £1 due at the expiry of the deferred time.

Renewal of Leases.

21. Required the Fine payable for renewing any number of years in a lease.

Rule: From the present value of an annuity to continue from the present time until the expiration of the renewed term, subtract the present value of an annuity to expire with the original term of the lease.

A leasehold property yielding £60 per annum has 10 years of the lease unexpired, and its renewal is proposed for 10 years from its expiry (or 20 years from the present time); required the fine payable, interest 5 per cent.

By Table 4, the value of £1 per annum for 20 years is 12.4622, and for 10 years 7.7217; difference 4.7405, which multiplied by 60 gives 284.430, or £284, 8s. 7d.

Sinking Funds, &c.

22. What annuity will in 15 years pay off a debt of £523; interest 5 per cent.?

In Table 6, under 5 per cent., opposite 15 years, we find .096342, which multiplied by 523 gives £50.387.

23. In what time will an annuity of £50, 7s. 9d. pay off a debt of £523; interest 5 per cent.?

Dividing 523 by 50.387 gives 10.3796, which, in Table 4, under 5 per cent., is found opposite 15 years.

24. Debt, Rate of interest, Time, and Yearly payment given; required the balance which will remain unextinguished at the end of the given time.

Rule: From the accumulated amount of the debt in the given time (Case 1) deduct the accumulated yearly payment (Case 8).

Interest and Annuity payable Half-yearly, &c.

Hitherto the annuity has been assumed to be payable and the interest to be convertible into principal once a-year. When the intervals of interest are less, the amount of sums or annuities will evidently be greater and their discounted values less than in the former case. For short periods the difference is small; but when the sums are large and the time long, it becomes considerable.

When the annuity and interest are both payable half-yearly the ordinary yearly tables may be used, by applying the processes to *half* the annuity, *half* the given rate, and *double* the number of years. But not unfrequently the annuity and interest are payable at different intervals, variations not represented by any tables; and even when both are payable half-yearly, it is rarely that half-yearly accumulations can be realized at a uniform rate. In practice therefore it will generally suffice to calculate upon the basis of yearly payments, and correct the result by an estimated per centage.

To facilitate such estimates, the following tables, abridged from Baily on Annuities, are furnished applicable to sums at compound interest payable half-yearly, &c., for periods of 5 years and 50 years; and to the combinations of annuities and interest respectively payable yearly (*y*), half-yearly (*h*), quarterly (*q*), and even momently (*m*), in order to show the limit of the values.

Principal of £1 at 5 p. c. Interest.

Interest Payable.	Accumulated.		Discounted.	
	5 years.	50 years.	5 years.	50 years.
y	1.276	11.467	.784	.087
h	1.280	11.814	.781	.085
q	1.282	11.995	.780	.083
m	1.284	12.182	.779	.082

Annuity of £1 at 5 p. c. Interest.

Payable.		Accumulated.		Discounted.	
An.	Int.	5 years.	50 years.	5 years.	50 years.
y	y	5.526	209.35	4.330	18.256
	h	5.533	213.60	4.322	18.081
	q	5.536	215.82	4.318	17.993
	m	5.540	218.11	4.314	17.903
h	y	5.594	211.93	4.383	18.481
	h	5.602	216.27	4.376	18.307
	q	5.606	218.54	4.373	18.219
	m	5.610	220.87	4.369	18.130
q	y	5.628	213.23	4.410	18.595
	h	5.637	217.62	4.403	18.421
	q	5.641	219.90	4.400	18.333
	m	5.645	222.26	4.396	18.244
m	y	5.663	214.54	4.437	18.709
	h	5.671	218.97	4.431	18.535
	q	5.676	221.27	4.427	18.447
	m	5.681	223.65	4.424	18.358

In valuing an *immediate* perpetuity, if the annuity and interest are payable at the same intervals, no difference arises from the instalments being payable half-yearly or quarterly, &c., as the annuity, divided by the rate of interest for one year, must always produce the same quotient, as half the annuity divided by half the annual rate, &c.

2. Annuities on Lives.

Annuities on Lives are based on *Tables of Mortality*, which show how many persons upon an average, out of a certain number born, are left at the end of each year to the extremity of life; and the theory of life contingencies dates from 1693, when the earliest, the *Breslau* Table, was published by Dr Halley. This table suggested, 1724, *De Moivre's hypothesis* of uniform decrements, which assumes that of 86 persons born, one dies every year until all are extinct. The remainder of 86 years at every age be called the *complement of life*, its half being the average duration or *expectation of life*. De Moivre's hypothesis confessedly errs at the beginning and end of life; but it formed the basis of many computations until superseded, 1769, by Dr Price's *Northampton* Table, which closely represents it at all the middle ages. Both give too high a mortality at all the younger and middle ages of life; thus undervaluing annuities and overvaluing assurances. The Northampton table was, however, long in general use.

The *Carlisle* Table (Milne, 1815), although founded on local and limited data, defective in graduation, and exhibiting an unaccountable increase in life after 87, is yet highly valuable in its general indications; and being corroborated by Finlaison's *Government Annuitants* and Davies' *Equitable Experience* tables, it is now that chiefly used in this country and the United States. The Government Tables distinguish the sexes, and give a higher value to female lives. They constitute the basis of the annuities sold at the National Debt Office; and the table for males at 4 p. c. (Table 10) regulates valuations for succession duty under 16 & 17 Vict. c. 51.

Table 8 shows the Northampton and Carlisle rates of mortality, and Table 9 the expectation of life. The latter is found by dividing the sum of the numbers living according to Table 8 for all the ages above the given age, by the number living at the given age; and to the quotient adding half unity.

Annuities on Single Lives.

The present value of a life annuity is made up of the discounted values of each successive yearly sum, multiplied (as exemplified under Table 8) into the probability of its eventually becoming payable in that year. It is therefore the (average) amount which, accumulated at interest, will enable the grantor to pay the annuity as it becomes due. The following cases are solved, as in the preceding section, by tables in which the annuity is always £1, from the value of which (or number of *years' purchase*) the value of any other is found by multiplication, &c.

25. Required the value of an annuity of £90 on a life aged 50; Carlisle table, interest 4 per cent.

By Table 12, an annuity of £1 on a life of 50 is 12.869, which multiplied by 90 gives 1158.210, or £1158, 4s. 2d.

26. What annuity will £705, 4s. purchase on a life of 45; Carlisle, 4 p. c.

Dividing the given sum by the value of £1 annuity on 45 by Table 12, we have $705.2 \div 14.104 = £50$.

On Two Joint Lives.

27. Required the value of an annuity of £90 on the joint continuance of two lives, 40 and 60; that is, for as long as they both continue alive together; Carlisle, 4 p. c.

Value of ages 40 and 60, by Table 14, £8.553, which multiplied by £90 gives £769.770, or £769, 15s. 4½d.

The tables give the values only where the ages are equal, or their difference 5 years, or any multiple of 5; but when the combination of ages of two proposed lives is not contained in them, the value of an annuity on their joint continuance may be determined according to the following rule:—Find the values of annuities on the joint continuance of the oldest of the proposed lives, and two others separately, which are younger than that oldest life by the multiples of 5, next greater and next less respectively than the difference of age between the proposed lives. That one of four arithmetical mean proportionals between these two values which corresponds with the proposed combination of ages will be nearly the value sought. (*Milne*, § 516.)

28. Required the value of an annuity of £80 on the joint existence of two lives aged 27 and 46; Carlisle, 4 p. c.

By Table 14, the value of 26 and 46 is 12.325, and of 31 and 46, 12.093; difference .232, the fifth of which, .0464, being continually deducted from the former, gives the values of the four combinations of lives omitted in the table. Hence, as 27 and 46 is the next combination to 26 and 46, we have $12.325 - .0464 = 12.2786$, the value of 27 and 46; and $12.2786 \times 90 = 1105.074$, or £1105, 1s. 6d.

On longest of Two Lives.

From the sum of the values of annuities on the two single lives, subtract the value of an annuity on the two joint lives.

29. Required the present value of an annuity of £100 on the longest of two lives aged 30 and 60; that is, for as long as either of them continues alive; Carlisle, 4 p. c.

By Table 12, the value of an annuity on a life of 30 is 16.852, and that of a life of 60 is 9.663; sum, 26.515; from which subtracting the value of joint 30 and 60 by Table 14, 8.820, there remains £17.695, which multiplied by £100 gives £1769.5 or £1769, 10s.

On Three Joint Lives.

Take the value of an annuity on the joint lives of the two oldest, and find the age of a single life of the same value; then the value of an annuity on the joint lives of the one just found and the remaining life of the three will be the value of an annuity on the three lives nearly. (*Baily.*)

30. What is the value of an annuity of £50 to cease on the failure of the joint existence of three lives aged 29, 24, and 18; Carlisle, 4 p. c.?

Table 14 gives the value of joint 29 and 24, which by Table 12 is the value of an annuity on a single life aged 43 nearly. Then the value of joint 43 and 18 is by Table 14, 13.103; and 13.103 × 50 = 655.15, or £655, 3s.

On longest of Three Lives.

Add together the values of the annuities on each single life; from the sum subtract the value of the annuity on each pair of joint lives, and add the value of the annuity on the three joint lives.

31. Required the present value of £100 per annum so long as any one of the three lives A, B, and C, now aged 45, 50, and 65 respectively, shall be in existence; Carlisle, 5 p. c.

The sum of the values of the single lives A, B, and C, found by Table 12, is 32.073; and of each pair of joint lives AB, AC, and BC, by Table 15, is 23.500. Also the value of the three joint lives (Case 30) is 6.168. Whence, 32.073 — 23.500 + 6.168 = 14.741; and 14.741 × 100 = £1474, 2s.

Deferred Annuities on Single or Joint Lives.

Multiply the value of an annuity for a life or joint lives, greater by the deferred term than the proposed life or lives, by the present value of £1 to be received at the end of the deferred term, and this product, multiplied by the probability that the given life or lives will continue so long, will give the result required.

32. What is the present value of £150 per annum to be entered upon at the end of 12 years, and then to continue until the death of a person now aged 30; Northampton, 4 p. c.? Answer (as shown under Table 11), £955, 1s. 11d.

33. What is the present value of an annuity of £100 to be entered upon at the expiration of 10 years, and then to continue during the joint existence of two lives now aged 45 and 50; Carlisle, 5 p. c.?

The value by Table 15 of joint 55 and 60 is 7.106, and by Table 2 the present value of £1 to be received at the end of 10 years is .613913; their product, 4.36247, multiplied by [illegible] × [illegible], the probability (as exemplified under Table 8) that the lives will continue so long, gives 3.11432, or for £100, £311, 8s. 8d.

Annual Premium during deferred term: Same as in Case 46.

Deferred Annuity on Survivor of Two Lives.

Find the value of the deferred annuity on each of the single lives, and from the sum subtract the value of the deferred annuity on the two joint lives.

34. Required the present value of an annuity of £50 to be entered upon at the expiration of 10 years, and then to continue until the death of the last survivor of A aged 45 and B aged 50; Carlisle, 5 p. c.

The value (Case 32) of the deferred annuity on A is 5.473, and on B 4.547; sum, 10.020; from which, deducting the deferred annuity (Case 33) on AB, 3.114, leaves 6.906; and 6.906 × 50 = £345.3, or £345, 6s.

Temporary Annuity on any Single or Joint Lives.

From the value of an annuity on the given single or joint lives to be entered upon immediately, subtract the value of an annuity on the same life or lives deferred during the given term.

35. What is the present value of an annuity of £50 for 10 years on a life aged 35; Carlisle, 4 p. c.? Answer (as shown under Table 12), £382, 1s. 2½d.

Reversionary Annuities.

One Life on the Death of another.

From the value of the annuity on the life in expectation, subtract the value of the annuity on the joint lives.

36. A person aged 50 wishes to purchase an annuity of £100 to his wife, aged 45, after his death, provided she be the survivor; what is the present value thereof; Carlisle, 4 p. c.?

By Table 12, the value of an annuity on 45 is 14.104, from which deducting 10.591, the value of joint 45 and 50 by Table 14, there remains £3.513, which multiplied by 100 gives £351, 6s.

Annual Premium: Divide the value in a single payment by the value of an annuity on the joint lives, plus unity. 351.3 ÷ 11.591 = 30.308, or £30, 6s. 2d.

Unity is added because the first payment is made immediately, and the subsequent payments at the end of each year until the reversion is entered upon.

On Two Joint Lives after a third.

From the value of the annuity on the two joint lives in expectation, subtract the value of an annuity on the three joint lives.

37. A and B aged 45 and 50 are entitled on the death of C aged 65 to an annuity of £100 on their joint lives; what is its value; Carlisle, 5 p. c.?

The value of joint 45 and 50 by Table 5 is 9.737, and on joint 45, 50, and 65 (Case 30), 6.168; difference, 3.569; then 3.569 × 100 = 356.9, or £356, 18s.

Annual Premium: Divide the single premium by unity, added to the present value of £1 per annum on the three joint lives.

On One Life after the failure of the joint existence of two others.

From the present value of the annuity on the life in expectation, subtract the annuity on the three joint lives.

38. What is the value of an annuity of £100 to be paid to A aged 18 after the failure of the joint existence of B and C aged 24 and 29; Carlisle, 4 p. c.?

The annuity on 18 by Table 12 is 18.608, and that of joint 18, 24, and 29 (Case 30), 13.103; difference, 5.505; and 5.505 × 100 = 550.5, or £550, 10s.

Annual Premium: as in Case 37.

On One Life after the death of the Survivor of two others.

From the sum of the values of an annuity on the life A in expectation, and on the joint lives of A and the other two P and Q, subtract the values of annuities on the joint lives of A and P and of A and Q.

39. A aged 24 is entitled to an annuity of £50 on the death of the survivor of P and Q aged 18 and 29; what is its present value; Carlisle, 4 p. c.?

Here the annuity on A aged 24 is 17.801; on joint 24, 18, and 29 (Case 30), 13.103; on joint 24 and 18 (Case 28), 15.398; and on joint 24 and 29, 14.500. Whence, 17.801 + 13.103 — 15.398 — 14.500 = 1.006; and 1.006 × 50 = 50.300, or £50, 6s.

On the Survivor of Two Lives after the failure of a third.

Add together the values of the annuities on each of the lives A and B in expectation, and on the three joint lives, A, B, and P, the life in possession; and subtract the sum of the values of an annuity on each pair of joint lives, AB, AP, and BP.

40. What is the value of £50 per annum on the survivor of A and B aged 18 and 29 after the death of P aged 24; Carlisle, 4 p. c.?

Here by Cases 25, 27, and 30 the annuity on A is 18.608; on B, 16.997; on A and P, 15.398; on B and P, 14.500; on A and B, 14.871; and on AB and P, 13.103. Whence, 18.608 + 16.997 + 13.103 — 15.398 — 14.500 — 14.871 = 3.939; and 3.939 × 50 = 196.950 = £196, 19s.

Annuity Certain or Perpetuity after any Single or Joint Lives.

From the value of the annuity certain or perpetuity, subtract the value of an annuity on the given life or lives in possession, whether single, joint, or the longest.

41. What is the present value of the reversion of an annuity of £300, having 50 years to run from the present time, after the expiration of a life of 53; Northampton, 4 p. c.?

By Table 4 the annuity for 50 years = 21.48218, and by Table 11 that on a life of 53 = 10.637; difference, 10.84518; and 10.84518 × 300 = 3253.554, or £3253, 11s. 1d.

42. Reversion of a perpetuity: Vide Case 18, under Table 12.

Life Annuities payable Half-yearly, &c.

When the annuity is payable half-yearly, add ¼ or .250; when payable quarterly, add ⅜ or .375; and generally when payable m times a-year, add $\frac{m-1}{2m}$ to the tabular value of the annuity. The maximum is thus ½ or .500.

3. Assurances on Lives.

An assurance is an engagement entered into by a deed or *policy* to secure the payment of a sum on the death of an individual, in consideration of a stipulated *single* or (as generally) *annual premium*. The first annual premium is paid at the time of effecting the assurance, the others at the end of every year. The sum assured is computed to be payable at the expiration of the year in which the life fails; though in practice the settlement is not delayed beyond a few months after the death is proved.

Assurances are effected with (1.) Mutual societies, which divide all profits among their members, either as a *bonus* addition to their policies, or as a deduction from their premiums; (2.) *Proprietary* companies, which assure for a fixed premium a fixed sum at death, dividing all profits among their shareholders; and (3.) *Mixed* offices, which divide profits between the assured and a body of shareholders. Most of the proprietary offices are now assimilated to the last, by having a separate *participating scale* of premiums, generally about 10 p. cent. higher than their *non-participating scale*.

The premiums are usually adjusted so as to guard against all contingencies, by assuming a rate of mortality greater than exists, and a rate of interest below that which the funds will yield. The old offices granted assurances by the Northampton table, allowing interest at 3 p. c., the undervaluation of life by that table keeping them safe. But the Carlisle 3 p. c. table (No. 16) is now commonly used, with a *marginal addition*, to meet expenses and contingencies, of about 15 p. c. for the non-participating scale of premiums, and of about 25 p. c. for the participating scale. In the United States the Carlisle 4 p. cent. table is used, with a marginal addition of 33⅓ p. c.

The following rules, though expressed for assurance cases, are yet of general application. Thus the first, for finding the single premium for an assurance, also gives the present value of any sum payable at death. But in all such transactions the rate of interest differs widely, according as it is the buyer or seller that goes to market. The premiums paid for a life policy return scarcely 3 p. c.; but the seller of a reversion must accept such a price as will yield to the investor from 5 to 7 p. c. (Table 17). Again, the buyer of an annuity of the government, or an insurance office, will receive little above 3 p. c. interest; while a seller must allow an investor at least 5 p. c., besides the premium for the insurance of the capital. When buyer and seller stand *in pari casu*, the Carlisle or Government tables may be equitably used at intermediate rates.

Whole Life Assurances.

Single Premium: Subtract from unity the present value of £1 due at the end of one year; multiply the difference by unity added to the present value of £1 per annum on the life or lives; and subtract the result from unity, which gives the present value of an assurance of £1.

Annual Premium: Divide unity by the present value of an annuity of £1 on the given life or lives increased by unity, and from the quotient subtract the difference between £1 and its present value at the end of one year. (*Jones.*)

I. On Single Lives.

43. Required the single and annual premium to insure £500 on a life aged 46; Northampton, 3 p. c.

The difference between unity and the present value of £1 due at the end of one year is 1 — .970874 = .029126; and by Table 11, the value of £1 per annum at 46, increased by unity, is 14.450. Then 1 — (14.450 × .029126) = 1 — .42087 = .57913, the single premium for an assurance of £1; and .57913 × 500 = 289.565, or £289, 11s. 4d.

For the annual premium,

$$\frac{1}{14.450} - .029126 = .069204 - .029126 =$$

.040078, the annual premium for £1; and .040078 × 500 = 20.039, or £20, 10d.

The annual premium may be also found by dividing the single premium by unity added to the value of £1 per annum on the life or lives.

II. On Two Joint Lives.

Substitute the value of an annuity on the joint lives instead of the value of an annuity on a single life, and proceed as in Case 43.

44. Required the single and annual premium to insure £5000 payable on the failure of either of two lives aged 38 and 61; Carlisle, 4 p. c. Answer, £3189, 5s., and £338, 14s. 2d.

III. On Survivor of Two Lives.

Substitute the value of an annuity on the longest of two lives instead of the value of an annuity on a single life, and proceed as in Case 43.

45. Required the single and annual premium to insure £5000 payable on the failure of the longest of two lives, 45 and 50; Carlisle, 5 p. c. Answer, £1292, 12s. 6d. and £83, 4d.

Assurances by a Limited Number of Annual Premiums, &c.

Divide the single premium by unity added to the present value of a temporary life annuity for one year less than the number of premiums which are to be paid.

46. A person aged 35 wishes to effect an assurance of £700 payable at his decease, to be secured by seven annual premiums, the first payable at the time of effecting the insurance: required the

amount of each premium; Carlisle, 4 p. c.

The single premium (Case 43) is 241.192; and (Case 35) the present value of an annuity on a life of 35 for six years with unity added is 6.053; whence, 241.192 ÷ 6.053 = 39.846, or £39, 16s. 11d.

47. A person aged 26 wishes to effect an assurance of £500 by paying an immediate sum of £100, and afterwards an annual premium during his life: required the annual premium; Carlisle, 4 p. c.

The total single premium for this assurance would be (Case 43) 144.503; and the value of an annuity on a life of 26 (Carlisle, 4 p. c.) is 17.486; whence, 144.503 — 100 = 44.503; and 44.503 ÷ 17.486 = 2.545, or £2, 10s. 11d., the annual premium required.

N.B. Unity is not added to the tabular value of the annuity, as *in this case* the first annual premium is paid at the end of the year.

Endowments.

The present value of a sum to be received at the end of any number of years, provided a certain party be then alive, is found by multiplying the present value of £1 due at the end of that term by the number of living at the age the life will then attain, and dividing by the living at the present age.

48. A father wishes to provide for his son, age 10, £500 when he attains 21; what present sum will provide for the same; Carlisle, 4 p. c.?

By Table 2, the present value of £1 due at the end of 11 years is .649581, which multiplied by 6047, the number living at 21 by Table 8, gives 3928.016; this divided by 6460, the number living at 10 years, gives .60805, the present value of £1 to be received at 21; and .60805 × 500 = 304.025, or £304, 6d., the value required.

Annual Premium: Divide the single premium by unity added to the present value of an annuity on the life for a term one year less than the number that must lapse before the money is payable.

Temporary Assurances.

Single Premium; Multiply the present value of £1 due at the end of the given period of assurance by the probability of the given life or lives surviving that term; then multiply the difference between the product thus found and unity by the present value of £1 due at the end of one year; from this result subtract the product obtained by multiplying the present value of a temporary unity for the same term as the assurance by the difference between unity and the present value of £1 due at the end of a year. (*Jones*, p. 164.)

Annual Premium: Find the present value of the expectation of receiving £1 at the end of the term, subject to the existence of the life or lives; subtract it from unity, and divide the difference by the difference increased by the value of £1 per annum for the term on the given life or lives; from the quotient take the difference between unity and the present value of £1 due at the end of one year. (*Jones*, p. 232.)

49. Required the single and annual premium for an assurance of £500 for 7 years on a life aged 36; Northampton, 3 p. c.

By Table 2, the present value of £1 due at the end of 7 years is .813092; which multiplied by $\frac{3404}{3935}$, the probability of the life surviving 7 years by Table 8, gives .703371; then multiplying the difference between this product and unity, or .296629, by .970874, the present value of £1 due at end of 1 year, gives .287989. Lastly, the value of an annuity on a life of 36 for 7 years is (Case 35) 5.768, and the difference between unity and .970874 being .029126, we have .287989 — (5.768 × .029126) = .120014, the single premium for £1; and .120014 × 500 = 60.007, or £60, 2d., the single premium required.

For the Annual Premium: .296629 ÷ (.296629 + 5.768) — .029126 = .01979, the annual premium for £1; and .01979 × 500 = 9.895, or £9, 17s. 11d.

Deferred Assurances.

Single Premium: Find the value of an assurance for the whole period of existence on a life or lives as many years older than the given life or lives as the assurance is deferred; which multiply by the present value of £1 due at the end of the deferred term, and by the probability of the life or lives surviving that period.

50. Required the present value of £100 payable on the decease of a person aged 50 provided he survive 10 years; Carlisle, 3 p. c. Answer, single premium, £41, 2d.

Annual Premium: When it is payable only during the term the assurance is deferred, the divisor is the same as for a temporary assurance; but if the premium be payable during life, the divisor is the value of the annuity on the life increased by unity.

Assurance on One Life against Another.

51. Required the present value of £400 payable to B aged 24 on the decease of A aged 32, provided B be then alive; Carlisle, 5 p. c.

Rule 1st. Find by Case 44 the value of £1 payable on the decease of the joint lives 32 and 24.

2d. Find by Case 28 the value of £1 annuity on the joint lives 33 and 24 (that is, taking A at one year older), to which add unity, and multiply the sum by the number living at 33; then divide the product by the amount of £1 in one year multiplied by the number living at 32.

3d. Find also by Case 28 the value of £1 annuity on the joint lives 31 and 24 (that is, taking A at one year younger), and multiply the value by the number living at 31; then divide the product by the number living at 32.

From the sum of the results of the 1st and 3d terms subtract the 2d, and the remainder, multiplied by half the given sum, will produce the value required.

Proceeding as thus directed, the result of the 1st term will be found to be .34962; the 2d, 12.809; the 3d, 12.858; and the excess of the sum of the 1st and 3d above the 2d, .39862; which, multiplied by 200, half the given sum, gives 79.724, or £79, 14s. 6d.

Annual Premium: Divide the above value in a single payment by the value of an annuity on the joint lives plus unity. Whence, 79.724 ÷ 13.658 = £5.837, or £5, 16s. 9d.

Valuation of Bonuses.

52. To find the value of a bonus addition to the amount of a policy: Multiply the amount of the bonus by the present value of £1 payable on the decease of the party.

Required the present value of a bonus of £500; present age, 42; Northampton, 4 p. c. Answer, £233, 17s. 9d.

53. To find what reduction of the future annual premium is equivalent to any assigned bonus: Multiply the annual premium corresponding to the present value of £1 at the given age by the given amount of bonus; the product will give the equivalent reduction of the annual premium.

Required what reduction of annual premium is equivalent to a bonus of £450 declared on a policy of £4000, effected on a *female* of 49, the annual premium being £97.292, and the present age of the assured 63; Government, 5 p. c. Answer, 21.527; and 97.292 — 21.527 = 75.765, or £75, 15s. 4d., the future reduced annual premium.

Valuation of Policies.

When the premium is just due and not paid, add unity to the present value of the annuity on the life at the time of disposing of the policy, multiply it by the annual premium payable on the policy, and subtract the product from the single premium which would be charged for insuring the sum at the present age of the life in the policy.

54. Required the value of an *Equitable* policy for £500 effected 5 years ago on a life then aged 55, at an annual premium of £26, 11s. 3d., supposing the premium just due and not paid; Northampton, 3 p. c.

Here unity added to 9.777, the value of an annuity on a life of 60 = 10.777, and 10.777 × 26.563 = 286.269; which deducted from 343.048, the single premium for an assurance of £500 on a life of 60 (Case 43), leaves 56.779, or £56, 15s. 7d.

Supposing the premium, instead of being just due and not paid, to have been just paid, then the amount of the premium must be added to the value just found; and £56, 15s. 7d. + £26, 11s. 3d. = £83, 6s. 10d.

55. Required the value of the same policy just before the premium becomes due, when it has been in force another year, or in all 6 years.

Proceeding as above, 10.493 × 26.563 = 278.726; which deducted from 347.191, the single premium for an assurance of £500 on a life of 61 (Case 43), leaves 68.465, or £68, 9s. 4d.

The diminution from £83, 6s. 10d. to £68, 9s. 4d. is owing to the risk the office has incurred in the interval between the two periods when these values were taken.

56. Required the value of the same policy when it has been in force 5 years and 7 months.

£83, 6s. 10d. — £68, 9s. 4d. = £14, 17s. 6d.; and £14, 17s. 6d. × $\frac{7}{12}$ = £8, 13s. 6½d. Then, £83, 6s. 10d. — £8, 13s. 6½d. = £74, 13s. 3½d., the value required.

When the valuation is made upon a transfer of the policy under a continuance of the assurance, the holder will commonly have to submit to less favourable terms than the above; and the *office value for surrender* or cancellation of the policy, though computed in various ways, is generally equal to about one-third only of the total amount of premiums paid.

TABLES
OF COMPOUND INTEREST AND ANNUITIES.

TABLE I. Amount of £1 in any number of Years not exceeding Fifty.					TABLE II. Present Value of £1 due at the end of any number of Years not exceeding Fifty.			
6 per cent.	5 per cent.	4 per cent.	3 per cent.	Yrs.	3 per cent.	4 per cent.	5 per cent.	6 per cent.
1.060000	1.050000	1.040000	1.030000	1	.970874	.961538	.952381	.943396
1.123600	1.102500	1.081600	1.060900	2	.942596	.924556	.907029	.889996
1.191016	1.157625	1.124864	1.092727	3	.915142	.888996	.863838	.839619
1.262477	1.215506	1.169859	1.125509	4	.888487	.854804	.822702	.792094
1.338226	1.276282	1.216653	1.159274	5	.862609	.821927	.783526	.747258
1.418519	1.340096	1.265319	1.194052	6	.837484	.790315	.746215	.704961
1.503630	1.407100	1.315932	1.229874	7	.813092	.759918	.710681	.665057
1.593848	1.477455	1.368569	1.266770	8	.789409	.730690	.676839	.627412
1.689479	1.551328	1.423312	1.304773	9	.766417	.702587	.644609	.591898
1.790848	1.628895	1.480244	1.343916	10	.744094	.675564	.613913	.558395
1.898299	1.710339	1.539454	1.384234	11	.722421	.649581	.584679	.526788
2.012196	1.795856	1.601032	1.425761	12	.701380	.624597	.556837	.496969
2.132928	1.885649	1.665074	1.468534	13	.680951	.600574	.530321	.468839
2.260904	1.979932	1.731676	1.512590	14	.661118	.577475	.505068	.442301
2.396558	2.078928	1.800944	1.557967	15	.641862	.555264	.481017	.417265
2.540352	2.182875	1.872981	1.604706	16	.623167	.533908	.458112	.393646
2.692773	2.292018	1.947900	1.652848	17	.605016	.513373	.436297	.371364
2.854339	2.406619	2.025817	1.702433	18	.587395	.493628	.415521	.350344
3.025599	2.526950	2.106849	1.753506	19	.570286	.474642	.395734	.330513
3.207135	2.653298	2.191123	1.806111	20	.553676	.456387	.376889	.311805
3.399564	2.785963	2.278768	1.860295	21	.537549	.438834	.358942	.294155
3.603537	2.925261	2.369919	1.916103	22	.521892	.421955	.341850	.277505
3.819750	3.071524	2.464716	1.973587	23	.506692	.405726	.325571	.261797
4.048935	3.225100	2.563304	2.032794	24	.491934	.390121	.310068	.246979
4.291871	3.386355	2.665836	2.093778	25	.477606	.375117	.295303	.232999
4.549383	3.555673	2.772470	2.156591	26	.463695	.360689	.281241	.219810
4.822346	3.733456	2.883369	2.221289	27	.450189	.346817	.267848	.207368
5.111687	3.920129	2.998703	2.287928	28	.437077	.333477	.255094	.195630
5.418388	4.116136	3.118651	2.356566	29	.424346	.320651	.242946	.184557
5.743491	4.321942	3.243398	2.427262	30	.411987	.308319	.231377	.174110
6.088101	4.538039	3.373133	2.500080	31	.399987	.296460	.220359	.164255
6.453387	4.764941	3.508059	2.575083	32	.388337	.285058	.209866	.154957
6.840590	5.003189	3.648381	2.652335	33	.377026	.274094	.199873	.146186
7.251025	5.253348	3.794316	2.731905	34	.366045	.263552	.190355	.137912
7.686087	5.516015	3.946089	2.813862	35	.355383	.253415	.181290	.130105
8.147252	5.791816	4.103933	2.898278	36	.345032	.243669	.172657	.122741
8.636087	6.081407	4.268090	2.985227	37	.334983	.234297	.164436	.115793
9.154252	6.385477	4.438813	3.074783	38	.325226	.225285	.156605	.109239
9.703507	6.704751	4.616366	3.167027	39	.315754	.216621	.149148	.103056
10.28572	7.039989	4.801021	3.262038	40	.306557	.208289	.142046	.097222
10.90286	7.391988	4.993061	3.359899	41	.297628	.200278	.135282	.091719
11.55703	7.761588	5.192784	3.460696	42	.288959	.192575	.128840	.086527
12.25045	8.149667	5.400495	3.564517	43	.280543	.185168	.122704	.081630
12.98548	8.557150	5.616515	3.671452	44	.272372	.178046	.116861	.077009
13.76461	8.985008	5.841176	3.781596	45	.264439	.171198	.111297	.072650
14.59049	9.434258	6.074823	3.895044	46	.256737	.164614	.105997	.068538
15.46592	9.905971	6.317816	4.011895	47	.249259	.158283	.100949	.064658
16.39387	10.40127	6.570528	4.132252	48	.241999	.152195	.096142	.060998
17.37750	10.92133	6.833349	4.256219	49	.234950	.146341	.091564	.057546
18.42015	11.46740	7.106683	4.383906	50	.228107	.140713	.087204	.054288

EXAMPLE 1. Required the sum to which **L.1500 will** amount in 10 years, accumulating in**terest at 4 per** cent. per annum.

Amount of L.1 in 10 years.............. **1.480244**
Multiplied by.... **1500**

***Answer,* L.2220, 7s. 4d.** **2220.366**

Ex. 2. Required the present value of L.1000 payable at the end of 17 years, abating interest at 3 per cent. per annum.

Present value of L.1 due at end of 17 years .605016
Multiplied by.... 1000

Answer, L.605 0s. 4d. **605.016**

TABLE III. Amount of £1 per Annum at the end of any number of Years not exceeding Fifty.					TABLE IV. Present Value of £1 per Annum for any number of Years not exceeding Fifty.			
6 per cent.	5 per cent	4 per cent.	3 per cent.	Yrs.	3 per cent.	4 per cent	5 per cent.	6 per cent.
1.000000	1.000000	1.000000	1.000000	1	.970874	.961538	.952381	.943396
2.060000	2.050000	2.040000	2.030000	2	1.913470	1.886095	1.859410	1.833393
3.183600	3.152500	3.121600	3.090900	3	2.828611	2.775091	2.723248	2.673012
4.374616	4.310125	4.246464	4.183627	4	3.717098	3.629895	3.545950	3.465106
5.637093	5.525631	5.416323	5.309136	5	4.579707	4.451822	4.329477	4.212364
6.975319	6.801913	6.632975	6.468410	6	5.417191	5.242137	5.075692	4.917324
8.393838	8.142008	7.898294	7.662462	7	6.230283	6.002055	5.786373	5.582381
9.897468	9.549109	9.214226	8.892336	8	7.019692	6.732745	6.463213	6.209794
11.49132	11.02656	10.58280	10.15911	9	7.786109	7.435332	7.107822	6.801692
13.18079	12.57789	12.00611	11.46388	10	8.530203	8.110896	7.721735	7.360087
14.97164	14.20679	13.48635	12.80780	11	9.252624	8.760477	8.306414	7.886875
16.86994	15.91713	15.02581	14.19203	12	9.954004	9.385074	8.863252	8.383844
18.88214	17.71298	16.62684	15.61779	13	10.63496	9.985648	9.393573	8.852683
21.01507	19.59863	18.29191	17.08632	14	11.29607	10.56312	9.898641	9.294984
23.27597	21.57856	20.02359	18.59891	15	11.93794	11.11839	10.37966	9.712249
25.67253	23.65749	21.82453	20.15688	16	12.56110	11.65230	10.83777	10.10590
28.21288	25.84037	23.69751	21.76159	17	13.16612	12.16567	11.27407	10.47726
30.90565	28.13238	25.64541	23.41444	18	13.75351	12.65930	11.68959	10.82760
33.75999	30.53900	27.67123	25.11687	19	14.32380	13.13394	12.08532	11.15812
36.78559	33.06595	29.77808	26.87037	20	14.87747	13.59033	12.46221	11.46992
39.99273	35.71925	31.96920	28.67649	21	15.41502	14.02916	12.82115	11.76408
43.39229	38.50521	34.24797	30.53678	22	15.93692	14.45112	13.16300	12.04158
46.99583	41.43048	36.61789	32.45288	23	16.44361	14.85684	13.48857	12.30338
50.81558	44.50200	39.08260	34.42647	24	16.93554	15.24696	13.79864	12.55036
54.86451	47.72710	41.64591	36.45926	25	17.41315	15.62208	14.09394	12.78336
59.15638	51.11345	44.31174	38.55304	26	17.87684	15.98277	14.37519	13.00317
63.70577	54.66913	47.08421	40.70963	27	18.32703	16.32959	14.64303	13.21053
68.52811	58.40258	49.96758	42.93092	28	18.76411	16.66306	14.89813	13.40616
73.63980	62.32271	52.96629	45.21885	29	19.18845	16.98371	15.14107	13.59072
79.05819	66.43885	56.08494	47.57542	30	19.60044	17.29203	15.37245	13.76483
84.80168	70.76079	59.32834	50.00268	31	20.00043	17.58849	15.59281	13.92909
90.88978	75.29883	62.70147	52.50276	32	20.38877	17.87355	15.80268	14.08404
97.34316	80.06377	66.20953	55.07784	33	20.76579	18.14765	16.00255	14.23023
104.1838	85.06696	69.85791	57.73018	34	21.13184	18.41120	16.19290	14.36814
111.4348	90.32031	73.65222	60.46208	35	21.48722	18.66461	16.37419	14.49825
119.1209	95.83632	77.59831	63.27594	36	21.83225	18.90828	16.54685	14.62099
127.2681	101.6281	81.70225	66.17422	37	22.16724	19.14258	16.71129	14.73678
135.9042	107.7095	85.97034	69.15945	38	22.49246	19.36786	16.86789	14.84602
145.0585	114.0950	90.40915	72.23423	39	22.80822	19.58448	17.01704	14.94907
154.7620	120.7998	95.02552	75.40126	40	23.11477	19.79277	17.15909	15.04630
165.0477	127.8398	99.82654	78.66330	41	23.41240	19.99305	17.29437	15.13802
175.9505	135.2318	104.8196	82.02320	42	23.70136	20.18563	17.42321	15.22454
187.5076	142.9933	110.0124	85.48389	43	23.98190	20.37079	17.54591	15.30617
199.7580	151.1430	115.4129	89.04841	44	24.25427	20.54884	17.66277	15.38318
212.7435	159.7002	121.0294	92.71986	45	24.51871	20.72004	17.77407	15.45583
226.5081	168.6852	126.8706	96.50146	46	24.77545	20.88465	17.88007	15.52437
241.0986	178.1194	132.9454	100.3965	47	25.02471	21.04294	17.98101	15.58903
256.5645	188.0254	139.2632	104.4084	48	25.26671	21.19513	18.07716	15.65003
272.9584	198.4267	145.8337	108.5406	49	25.50166	21.34147	18.16872	15.70757
290.3359	209.3480	152.6671	112.7969	50	25.72976	21.48218	18.25593	15.76186
Value of Perpetual Annuity...					33.33333	25.00000	20.00000	16.66667

Ex. 3. Required the amount of an annuity of L.100 in arrear for 21 years; interest 5 per cent.

Amount of L.1 annuity in 21 years.......35.71925
Multiplied by.... 100

Answer, L.3571, 18s. 6d.................3571.925

Ex. 4. In what time will an annuity of L.50, 7s. 9d. amount to L.1087, 5s. 7d.; interest 5 per cent.?

1087.279* divided by 50.387 gives 21.5785, which, *under 5 per cent.*, is found contiguous to 15 years, the *time required.

Ex. 5. Required the present value of an annuity of L.100 for 20 years; abating interest at 3 per cent.

Present value of L.1 per annum...........14.87747
Multiplied by.... 100

Answer, L.1487, 14s. 11½d................1487.747

Ex. 6. A leasehold property, yielding L.60 per annum, has 8 years of the lease unexpired, and its renewal is proposed for 10 years from its expiry (or 18 years from the present time); required the fine payable; interest 5 per cent.

Present value of L.1 per ann. for 18 years..11.68959
Deduct do. for 8 years.....6.46321
5.22638
Multiplied by.... 60

Answer, L.313, 11s. 8d.....................[illegible]

TABLE V. Annuity which will amount to £1 at the end of any number of Years not exceeding Fifty.					TABLE VI. Annuity which £1 will purchase for any number of Years not exceeding Fifty.			
6 per cent.	5 per cent.	4 per cent.	3 per cent.	Yrs.	3 per cent.	4 per cent.	5 per cent.	6 per cent.
1.000000	1.000000	1.000000	1.000000	1	1.030000	1.040000	1.050000	1.060000
.485437	.487805	.490196	.492611	2	.522611	.530196	.537805	.545437
.314110	.317209	.320349	.323530	3	.353530	.360349	.367209	.374110
.228592	.232012	.235490	.239027	4	.269027	.275490	.282012	.288591
.177396	.180975	.184627	.188355	5	.218355	.224627	.230975	.237396
.143363	.147018	.150762	.154598	6	.184597	.190762	.197017	.203363
.119135	.122820	.126610	.130506	7	.160506	.166610	.172820	.179135
.101036	.104722	.108528	.112456	8	.142456	.148528	.154722	.161036
.087022	.090690	.094493	.098434	9	.128434	.134493	.140690	.147022
.075868	.079505	.083291	.087231	10	.117231	.123291	.129505	.135868
.066793	.070389	.074149	.078077	11	.108077	.114149	.120389	.126793
.059277	.062825	.066552	.070462	12	.100462	.106552	.112825	.119277
.052960	.056456	.060144	.064030	13	.094030	.100144	.106456	.112960
.047585	.051024	.054669	.058526	14	.088526	.094669	.101024	.107585
.042963	.046342	.049941	.053767	15	.083767	.089941	.096342	.102963
.038952	.042270	.045820	.049611	16	.079611	.085820	.092270	.098952
.035445	.038699	.042199	.045953	17	.075953	.082199	.088699	.095445
.032357	.035546	.038993	.042709	18	.072709	.078993	.085546	.092357
.029621	.032745	.036139	.039814	19	.069814	.076139	.082745	.089621
.027185	.030243	.033582	.037216	20	.067216	.073582	.080243	.087185
.025005	.027996	.031280	.034872	21	.064872	.071280	.077996	.085005
.023046	.025971	.029199	.032747	22	.062747	.069199	.075971	.083046
.021279	.024137	.027309	.030814	23	.060814	.067309	.074137	.081278
.019679	.022471	.025587	.029047	24	.059047	.065587	.072471	.079679
.018227	.020953	.024012	.027428	25	.057428	.064012	.070952	.078227
.016904	.019564	.022567	.025938	26	.055938	.062567	.069564	.076904
.015697	.018292	.021239	.024564	27	.054564	.061239	.068292	.075697
.014593	.017123	.020013	.023293	28	.053293	.060013	.067123	.074593
.013580	.016046	.018880	.022115	29	.052115	.058880	.066046	.073580
.012649	.015051	.017830	.021019	30	.051019	.057830	.065051	.072649
.011792	.014132	.016855	.019999	31	.049999	.056855	.064132	.071792
.011002	.013280	.015949	.019047	32	.049047	.055949	.063280	.071002
.010273	.012490	.015104	.018156	33	.048156	.055104	.062490	.070273
.009598	.011755	.014315	.017322	34	.047322	.054315	.061755	.069598
.008974	.011072	.013577	.016539	35	.046539	.053577	.061072	.068974
.008395	.010435	.012887	.015804	36	.045804	.052887	.060434	.068395
.007857	.009840	.012240	.015112	37	.045112	.052240	.059840	.067857
.007358	.009284	·011632	.014459	38	.044459	.051632	.059284	.067358
.006894	.008765	.011061	.013844	39	.043844	.051061	.058765	.066894
.006462	.008278	.010524	.013262	40	.043262	.050523	.058278	.066462
.006059	.007822	.010017	.012712	41	.042712	.050017	.057822	.066059
.005683	.007395	.009540	.012192	42	.042192	.049540	.057395	.065683
.005333	.006993	.009090	.011698	43	.041698	.049090	.056993	.065333
.005006	.006616	.008665	.011230	44	.041230	.048665	.056616	.065006
.004701	.006262	.008263	.010785	45	.040785	.048262	.056262	.064700
.004415	.005928	.007882	.010363	46	.040363	.047882	.055928	.064415
.004148	.005614	.007522	.009961	47	.039961	.047522	.055614	.064148
.003898	.005318	.007181	.009578	48	.039578	.047181	.055318	.063898
.003664	.005040	.006857	.009213	49	.039213	.046857	.055040	.063664
.003444	.004777	.006550	.008866	50	.038865	.046550	.054777	.063444
Value of Perpetual Annuity...					.030000	.040000	.050000	.060000

Ex. 7. A capital of L.5000 is required at the end of 15 years; what annual saving is necessary to create that capital, supposing such savings to be accumulated at 5 per cent. interest?

The annuity, which will amount to L.1 in 15 years at 5 per cent., is .046342, which, multiplied by 5000, gives 231.710, or L.231, 14s. 2¼d.

Ex. 8. Required how much should be paid annually, including interest at 4 per cent., in order that a debt of L.1000 may be reduced one-half at the end of 5 years.

The amount of L.1000 in 5 years is by Table I. L.1216.652; *from this subtracting L.500, there remains L.716.652, which, multiplied by .184627, the annuity which will amount to L.1 in 5 years, gives 132.312, or L.132, 6s. 3d.*, as required.

Ex. 9. A gentleman wishes to sink L.1000 for an annuity for 14 years: what annuity should he receive, reckoning interest at 4 per cent.?

L.1 will purchase an annuity of .094669, which, multiplied by 1000, gives 94.669, or L.94, 13s. 4¼d.

Ex. 10. An annuity of L.89, 18s. 10d. for 15 years, is sold for L.1000; required the rate of interest allowed to the purchaser.

89.941 divided by 1000 gives .089941, which, contiguous to 15 years, is found under 4 per cent.

Ex. 11. In what time will a debt of L.1000 be discharged by the payment annually towards the principal of L.112, 16s. 6d.; interest 5 per cent.?

112.825 divided by 1000 gives .112825, which, under 5 per cent., is found contiguous to 12 years

XII. Value of an Annuity of £1, on a Single Life (or number of years purchase of an Annuity), according to the probabilities of life at Carlisle.

Age.	3 per cent.	4 per cent.	5 per cent.	6 per cent.	Age	3 per cent.	4 per cent.	5 per cent.	6 per cent.
0	17.320	14.283	12.083	10.439	52	13.558	12.258	11.154	10.208
1	20.085	16.556	13.995	12.078	53	13.180	11.945	10.892	9.988
2	21.501	17.728	14.983	12.925	54	12.798	11.627	10.624	9.761
3	22.683	18.717	15.824	13.652	55	12.408	11.300	10.347	9.524
4	23.285	19.233	16.271	14.042	56	12.014	10.966	10.063	9.280
5	23.693	19.594	16.590	14.325	57	11.614	10.625	9.771	9.027
6	23.846	19.747	16.735	14.460	58	11.218	10.286	9.478	8.772
7	23.867	19.792	16.790	14.518	59	10.841	9.963	9.199	8.529
8	23.801	19.766	16.786	14.526	60	10.491	9.663	8.940	8.304
9	23.677	19.693	16.742	14.500	61	10.180	9.398	8.712	8.108
10	23.512	19.585	16.669	14.448	62	9.875	9.137	8.487	7.913
11	23.327	19.466	16.581	14.384	63	9.567	8.872	8.258	7.714
12	23.143	19.336	16.494	14.321	64	9.246	8.593	8.016	7.502
13	22.957	19.210	16.406	14.257	65	8.917	8.307	7.765	7.281
14	22.769	19.082	16.316	14.191	66	8.578	8.010	7.503	7.049
15	22.582	18.956	16.227	14.126	67	8.228	7.700	7.227	6.803
16	22.404	18.837	16.144	14.067	68	7.869	7.380	6.941	6.546
17	22.232	18.723	16.066	14.012	69	7.499	7.049	6.643	6.277
18	22.058	18.608	15.987	13.956	70	7.123	6.709	6.336	5.998
19	21.879	18.483	15.904	13.897	71	6.737	6.358	6.015	5.704
20	21.694	18.363	15.817	13.835	72	6.373	6.026	5.711	5.424
21	21.504	18.233	15.726	13.769	73	6.044	5.725	5.435	5.170
22	21.304	18.095	15.628	13.697	74	5.752	5.458	5.190	4.944
23	21.098	17.951	15.525	13.621	75	5.512	5.239	4.989	4.760
24	20.885	17.801	15.417	13.541	76	5.277	5.024	4.792	4.579
25	20.665	17.645	15.303	13.456	77	5.059	4.825	4.609	4.410
26	20.442	17.486	15.187	13.368	78	4.838	4.622	4.422	4.238
27	20.212	17.320	15.065	13.275	79	4.592	4.394	4.210	4.040
28	19.981	17.154	14.942	13.182	80	4.365	4.183	4.015	3.858
29	19.761	16.997	14.827	13.096	81	4.119	3.953	3.799	3.656
30	19.556	16.852	14.723	13.020	82	3.898	3.746	3.606	3.474
31	19.348	16.705	14.617	12.942	83	3.672	3.534	3.406	3.286
32	19.134	16.552	14.506	12.860	84	3.454	3.329	3.211	3.102
33	18.910	16.390	14.387	12.771	85	3.229	3.115	3.009	2.909
34	18.675	16.219	14.260	12.675	86	3.033	2.928	2.830	2.739
35	18.433	16.041	14.127	12.573	87	2.873	2.776	2.685	2.599
36	18.183	15.856	13.987	12.465	88	2.776	2.683	2.597	2.515
37	17.928	15.666	13.843	12.354	89	2.665	2.577	2.495	2.417
38	17.669	15.471	13.695	12.239	90	2.499	2.416	2.339	2.266
39	17.405	15.272	13.542	12.120	91	2.481	2.398	2.321	2.248
40	17.143	15.074	13.390	12.002	92	2.577	2.492	2.412	2.337
41	16.890	14.883	13.245	11.890	93	2.687	2.600	2.518	2.440
42	16.640	14.694	13.101	11.779	94	2.736	2.650	2.569	2.492
43	16.389	14.505	12.957	11.668	95	2.757	2.674	2.596	2.522
44	16.130	14.308	12.806	11.551	96	2.704	2.628	2.555	2.486
45	15.863	14.104	12.648	11.428	97	2.559	2.492	2.428	2.368
46	15.585	13.889	12.480	11.296	98	2.388	2.332	2.278	2.227
47	15.294	13.662	12.301	11.154	99	2.131	2.087	2.045	2.004
48	14.986	13.419	12.107	10.998	100	1.683	1.653	1.624	1.596
49	14.654	13.153	11.892	10.823	101	1.228	1.210	1.192	1.175
50	14.303	12.869	11.660	10.631	102	.771	.762	.753	.744
51	13.932	12.566	11.410	10.422	103	.324	.321	.317	.314

Ex. 17. Required the present value of an annuity of L.50 for 10 years, on a life aged 35; Carlisle Table, 4 per cent.

The value of an annuity of L.50 on a life aged 35, is 50 16.041 = L.802.050; the value of an annuity of L.50 on a life of 25, deferred for 10 years, will be found by Ex. 16., to be L.419.989; and the latter deducted from the former gives L.382.061.

Ex. 18. Required the present value of the reversion of an estate (or annuity) of L.500 a-year, after the death of a person aged 60; Carlisle Table, 6 per cent.

The value of a perpetual annuity at 6 per cent. is, *by* Table IV., 16.667; the value of an annuity of L.1 *for a life at* 60 is 8.304; and subtracting the latter *from the former leaves* L.8.363; and L.8.363 × L.500 = *L.4181.5*, or L.4181, 10s. as required.

Ex. 19. Required the present value of L.100 payable on the death of a person aged 60; Carlisle Table, 3 per cent.

The present value of a perpetuity at 3 per cent. is, by Table IV., 33.333, and subtracting 10.491, the value of an annuity on a life of 60, there remains 22.842, which, multiplied by 100, and then divided by 34.333 (the perpetuity increased by unity), gives 66.530, or L.66, 10s. 7d. as required.

When the value is required in annual sums payable at the commencement of each year: *Divide the value in a single payment, by the value of an annuity of* L.1 *on the given life, plus unity.*

Hence in the above example 66.530, divided by (10.491 + 1) 11.491, gives 5.789, as the annual premium for an assurance of L.100 on a life of 60.

XIII. Value of an Annuity on the Joint Continuance of Two Lives by the Carlisle Table, reckoning Interest at the rate of 3 per Cent. per Annum.

Ages.		Annuity.	Ages.		Annuity.	Ages.		Annuity.	Ages.		Annuity.	Ages.		Annuity.
Equal.			27	32	15.875	37	47	12.823	55	70	6.019	Diff. 30.		
20	20	17.993	28	33	15.648	38	48	12.550	Diff. 20.			20	50	12.996
21	21	17.737	29	34	15.424	39	49	12.257	20	40	15.131	21	51	12.663
22	22	17.588	30	35	15.209	40	50	11.954	21	41	14.905	22	52	12.325
23	23	17.372	31	36	14.989	41	51	11.645	22	42	14.673	23	53	11.981
24	24	17.146	32	37	14.764	42	52	11.338	23	43	14.442	24	54	[illegible]
25	25	16.916	33	38	14.531	43	53	11.031	24	44	14.202	25	55	11.274
26	26	16.681	34	39	14.290	44	54	10.720	25	45	13.954	26	56	10.911
27	27	16.437	35	40	14.048	45	55	10.400	26	46	13.696	27	57	10.541
28	28	16.196	36	41	13.812	46	56	10.071	27	47	13.425	28	58	10.176
29	29	15.976	37	42	13.579	47	57	9.733	28	48	13.143	29	59	9.836
30	30	15.784	38	43	13.346	48	58	9.392	29	49	12.849	30	60	9.529
31	31	15.591	39	44	13.107	49	59	9.053	30	50	12.551	31	61	9.259
32	32	15.392	40	45	12.868	50	60	8.729	31	51	12.237	32	62	8.983
33	33	15.180	41	46	12.630	51	61	8.429	32	52	11.919	33	63	8.721
34	34	14.954	42	47	12.389	52	62	8.135	33	53	11.594	34	64	8.434
35	35	14.726	43	48	12.139	53	63	7.829	34	54	11.261	35	65	8.140
36	36	14.477	44	49	11.868	54	64	7.533	35	55	10.919	36	66	7.834
37	37	14.231	45	50	11.580	55	65	7.219	36	56	10.570	37	67	7.517
38	38	13.981	46	51	11.271	56	66	6.886	37	57	10.216	38	68	7.191
39	39	13.727	47	52	10.955	57	67	6.562	38	58	9.865	39	69	6.856
40	40	13.481	48	53	10.628	58	68	6.224	39	59	9.531	40	70	6.515
41	41	13.254	49	54	10.284	59	69	5.890	40	60	9.224	Diff. 35.		
42	42	13.036	50	55	9.924	60	70	5.565	41	61	8.960	20	55	11.439
43	43	12.822	51	56	9.550	Diff. 15.			42	62	8.705	21	56	11.072
44	44	12.600	52	57	9.172	20	35	16.031	43	63	8.450	22	57	10.706
45	45	12.371	53	58	8.797	21	36	15.802	44	64	8.183	23	58	10.342
46	46	12.128	54	59	8.439	22	37	15.565	45	65	7.910	24	59	9.994
47	47	11.870	55	60	8.096	23	38	15.322	46	66	7.624	25	60	9.669
48	48	11.591	56	61	7.788	24	39	15.073	47	67	7.325	26	61	9.380
49	49	11.279	57	62	7.480	25	40	14.824	48	68	7.012	27	62	9.094
50	50	10.942	58	63	7.175	26	41	14.584	49	69	6.682	28	63	8.807
51	51	10.579	59	64	6.875	27	42	14.344	50	70	6.338	29	64	8.515
52	52	10.215	60	65	6.589	28	43	14.107	Diff. 25.			30	65	8.224
53	53	9.849	61	66	6.323	29	44	13.875	20	45	14.207	31	66	7.924
54	54	9.480	62	67	6.054	30	45	13.650	21	46	13.959	32	67	7.612
55	55	9.103	63	68	5.779	31	46	13.416	22	47	13.696	33	68	7.288
56	56	8.721	64	69	5.490	32	47	13.171	23	48	13.417	34	69	6.954
57	57	8.334	65	70	5.193	33	48	12.908	24	49	13.114	35	70	6.608
58	58	7.954	66	71	4.892	34	49	12.620	25	50	12.793	Diff. 40.		
59	59	7.605	67	72	4.580	35	50	12.314	26	51	12.454	20	60	9.782
60	60	7.295	68	73	4.297	36	51	11.989	27	52	12.110	21	61	9.499
61	61	7.044	Diff. 10.			37	52	11.661	28	53	11.765	22	62	9.218
62	62	6.804	20	30	16.749	38	53	11.330	29	54	11.425	23	63	8.933
63	63	6.563	21	31	16.551	39	54	10.995	30	55	11.089	24	64	8.635
64	64	6.308	22	32	16.344	40	55	10.658	31	56	10.749	25	65	8.329
65	65	6.047	23	33	16.126	41	56	10.325	32	57	10.402	26	66	8.012
66	66	5.774	24	34	15.897	42	57	9.992	33	58	10.055	27	67	7.683
67	67	5.486	25	35	15.660	43	58	9.665	34	59	9.721	28	68	7.345
68	68	5.188	26	36	15.417	44	59	9.353	35	60	9.410	29	69	7.004
69	69	4.877	27	37	15.165	45	60	9.063	36	61	9.132	30	70	6.662
70	70	4.556	28	38	14.918	46	61	8.803	37	62	8.850	Diff. 45.		
Diff. 5.			29	39	14.675	47	62	8.545	38	63	8.584	20	65	8.411
20	25	17.421	30	40	14.449	48	63	8.279	39	64	8.296	21	66	8.099
21	26	17.202	31	41	14.232	49	64	7.992	40	65	8.006	22	67	7.773
22	27	16.977	32	42	14.017	50	65	7.691	41	66	7.715	23	68	7.438
23	28	16.747	33	43	13.798	51	66	7.374	42	67	7.413	24	69	7.091
24	29	16.524	34	44	13.562	52	67	7.047	43	68	7.106	25	70	6.736
25	30	16.311	35	45	13.331	53	68	6.713	44	69	6.790	Diff. 50.		
26	31	16.097	36	46	[illegible]	54	69	[illegible]	45	70	[illegible]	20	70	6.790

XIV. Value of an Annuity on the Joint Continuance of Two Lives, according to the Carlisle Table of Mortality, and reckoning Interest at the rate of 4 per Cent. per Annum.

Ages.	Annuity.	Ages.	Annuity.	Ages.	Annuity.	Ages.	Annuity.	Ages.	Annuity.
Equal.		78 78	2.698	75 80	2.704	20 35	14.142	32 52	10.866
15 15	16.272	79 79	2.533	Diff. 10.		21 36	13.966	33 53	10.593
16 16	16.134	80 80	2.390	15 25	15.460	22 37	13.782	34 54	10.311
17 17	16.007	Diff. 5.		16 26	15.298	23 38	13.593	35 55	10.020
18 18	15.880	15 20	15.922	17 27	15.136	24 39	13.398	36 56	9.721
19 19	15.748	16 21	15.781	18 28	14.975	25 40	13.202	37 57	9.416
20 20	15.610	17 22	15.639	19 29	14.821	26 41	13.014	38 58	9.111
21 21	15.466	18 23	15.493	20 30	14.677	27 42	12.825	39 59	8.820
22 22	15.310	19 24	15.341	21 31	14.530	28 43	12.638	40 60	8.553
23 23	15.148	20 25	15.182	22 32	14.374	29 44	12.455	41 61	8.325
24 24	14.978	21 26	15.019	23 33	14.206	30 45	12.278	42 62	8.104
25 25	14.800	22 27	14.846	24 34	14.032	31 46	12.093	43 63	7.884
26 26	14.620	23 28	14.670	25 35	13.848	32 47	11.897	44 64	7.651
27 27	14.431	24 29	14.500	26 36	13.658	33 48	11.685	45 65	7.411
28 28	14.244	25 30	14.339	27 37	13.462	34 49	11.449	46 66	7.159
29 29	14.075	26 31	14.176	28 38	13.265	35 50	11.196	47 67	6.893
30 30	13.930	27 32	14.006	29 39	13.074	36 51	10.924	48 68	6.612
31 31	13.784	28 33	13.830	30 40	12.897	37 52	10.649	49 69	6.314
32 32	13.632	29 34	13.657	31 41	12.728	38 53	10.369	50 70	6.001
33 33	13.469	30 35	13.491	32 42	12.560	39 54	10.084	51 71	5.671
34 34	13.294	31 36	13.321	33 43	12.389	40 55	9.796	52 72	5.337
35 35	13.111	32 37	13.146	34 44	12.208	41 56	9.510	53 73	5.071
36 36	12.919	33 38	12.964	35 45	12.019	42 57	9.223	54 74	4.815
37 37	12.724	34 39	12.773	36 46	11.819	43 58	8.940	55 75	4.598
38 38	12.525	35 40	12.581	37 47	11.610	44 59	8.669	56 76	4.384
39 39	12.322	36 41	12.394	38 48	11.388	45 60	8.417	57 77	4.181
40 40	12.125	37 42	12.209	39 49	11.146	46 61	8.193	58 78	3.976
41 41	11.945	38 43	12.024	40 50	10.894	47 62	7.970	59 79	3.755
42 42	11.772	39 44	11.833	41 51	10.635	48 63	7.739	60 80	3.558
43 43	11.602	40 45	11.641	42 52	10.378	49 64	7.487	Diff. 25.	
44 44	11.426	41 46	11.450	43 53	10.120	50 65	7.221	15 40	13.623
45 45	11.243	42 47	11.256	44 54	9.856	51 66	6.939	16 41	13.444
46 46	11.047	43 48	11.053	45 55	9.583	52 67	6.646	17 42	13.273
47 47	10.837	44 49	10.830	46 56	9.301	53 68	6.344	18 43	13.103
48 48	10.607	45 50	10.591	47 57	9.009	54 69	6.033	19 44	12.926
49 49	10.345	46 51	10.332	48 58	8.711	55 70	5.712	20 45	12.741
50 50	10.059	47 52	10.065	49 59	8.416	56 71	5.378	21 46	12.545
51 51	9.748	48 53	9.787	50 60	8.132	57 72	5.058	22 47	12.336
52 52	9.434	49 54	9.492	51 61	7.869	58 73	4.765	23 48	12.111
53 53	9.117	50 55	9.181	52 62	7.611	59 74	4.509	24 49	11.864
54 54	8.796	51 56	8.855	53 63	7.350	60 75	4.304	25 50	11.599
55 55	8.465	52 57	8.524	54 64	7.078	61 76	4.120	26 51	11.317
56 56	8.128	53 58	8.194	55 65	6.798	62 77	3.954	27 52	11.029
57 57	7.783	54 59	7.876	56 66	6.508	63 78	3.786	28 53	10.738
58 58	7.444	55 60	7.574	57 67	6.205	64 79	3.594	29 54	10.450
59 59	7.131	56 61	7.299	58 68	5.897	65 80	3.416	30 55	10.164
60 60	6.854	57 62	7.025	59 69	5.591	Diff. 20.		31 56	9.873
61 61	6.630	58 63	6.752	60 70	5.293	15 35	14.347	32 57	9.575
62 62	6.417	59 64	6.482	61 71	5.006	16 36	14.169	33 58	9.275
63 63	6.202	60 65	6.225	62 72	4.737	17 37	13.993	34 59	8.986
64 64	5.974	61 66	5.986	63 73	4.492	18 38	13.815	35 60	8.716
65 65	5.738	62 67	5.743	64 74	4.269	19 39	13.632	36 61	8.476
66 66	5.490	63 68	5.493	65 75	4.082	20 40	13.449	37 62	8.239
67 67	5.228	64 69	5.229	66 76	3.895	21 41	13.272	38 63	8.000
68 68	4.954	65 70	4.956	67 77	3.716	22 42	13.094	39 64	7.748
69 69	4.666	66 71	4.667	68 78	3.531	23 43	12.914	40 65	7.493
70 70	4.367	67 72	4.386	69 79	3.322	24 44	12.726	41 66	7.234
71 71	4.050	68 73	4.123	70 80	3.121	25 45	12.530	42 67	6.967
72 72	3.755	69 74	3.878	Diff. 15.		26 46	12.325	43 68	6.692
73 73	3.497	70 75	3.661	15 30	14.918	27 47	12.107	44 69	6.407
74 74	3.279	71 76	3.439	16 31	14.771	28 48	11.878	45 70	6.113
75 75	3.119	72 77	3.237	17 32	14.625	29 49	11.638	46 71	5.864
76 76	2.966	73 78	3.047	18 33	14.473	30 50	11.393	47 72	5.510
77 77	2.833	74 79	2.857	19 34	14.311	31 51	11.139	48 73	5.241

Ages.		Annuity.
49	74	4.996
50	75	4.790
51	76	4.583
52	77	4.390
53	78	4.194
54	79	3.975
55	80	3.770
Diff. 30.		
15	45	12.884
16	46	12.685
17	47	12.481
18	48	12.264
19	49	12.025
20	50	11.769
21	51	11.494
22	52	11.212
23	53	10.924
24	54	10.629
25	55	10.325
26	56	10.015
27	57	9.696
28	58	9.380
29	59	9.085
30	60	8.820
31	61	8.587
32	62	8.358
33	63	8.122
34	64	7.872
35	65	7.614
36	66	7.343
37	67	7.061
38	68	6.769
39	69	6.466

Ages.		Annuity.
40	70	6.157
41	71	5.841
42	72	5.544
43	73	5.278
44	74	5.042
45	75	4.850
46	76	4.660
47	77	4.484
48	78	4.303
49	79	4.092
50	80	3.894
Diff. 35.		
15	50	11.882
16	51	11.603
17	52	11.325
18	53	11.043
19	54	10.755
20	55	10.458
21	56	10.154
22	57	9.840
23	58	9.526
24	59	9.225
25	60	8.943
26	61	8.694
27	62	8.447
28	63	8.198
29	64	7.943
30	65	7.688
31	66	7.423
32	67	7.146
33	68	6.857
34	69	6.554
35	70	6.242

Ages.		Annuit
36	71	5.916
37	72	5.607
38	73	5.326
39	74	5.076
40	75	4.872
41	76	4.676
42	77	4.497
43	78	4.317
44	79	4.112
45	80	3.924
Diff. 40.		
15	55	10.543
16	56	10.234
17	57	9.923
18	58	9.614
19	59	9.318
20	60	9.043
21	61	8.800
22	62	8.558
23	63	8.311
24	64	8.051
25	65	7.783
26	66	7.503
27	67	7.210
28	68	6.908
29	69	6.600
30	70	6.291
31	71	5.969
32	72	5.664
33	73	5.396
34	74	5.137
35	75	4.933
36	76	4.730

Ages.		Annuity
37	77	4.543
38	78	4.351
39	79	4.135
40	80	3.937
Diff. 45		
15	60	9.103
16	61	8.857
17	62	8.617
18	63	8.375
19	64	8.120
20	65	7.856
21	66	7.581
22	67	7.292
23	68	6.992
24	69	6.680
25	70	6.358
26	71	6.024
27	72	5.706
28	73	5.418
29	74	5.166
30	75	4.964
31	76	4.766
32	77	4.582
33	78	4.394
34	79	4.179
35	80	3.981
Diff. 50.		
15	65	7.897
16	66	7.618
17	67	7.331
18	68	7.034
19	69	6.725
20	70	6.407

Ages.		Annuity
21	71	6.076
22	72	5.762
23	73	5.475
24	74	5.221
25	75	5.010
26	76	4.804
27	77	4.610
28	78	4.414
29	79	4.196
30	80	3.999
Diff. 55.		
15	70	6.433
16	71	6.098
17	72	5.784
18	73	5.500
19	74	5.249
20	75	5.042
21	76	4.839
22	77	4.649
23	78	4.455
24	79	4.236
25	80	4.033
Diff. 60.		
15	75	5.057
16	76	4.851
17	77	4.662
18	78	4.470
19	79	4.253
20	80	4.053
Diff. 65.		
15	80	4.062

XV. Value of an Annuity on the Joint Continuance of Two Lives by the Carlisle Table, reckoning Interest at the rates of 5 & 6 per Cent. per Annum.

Ages.		5 per cent.	6 per cent.	Ages.		5 per cent.	6 per cent.	Ages.		5 per cent.	6 per cent.
Equal.				49	49	9.535	8.826	27	32	12.482	11.227
20	20	13.724	12.206	50	50	9.291	8.617	28	33	12.344	11.116
21	21	13.616	12.123	51	51	9.023	8.384	29	34	12.208	11.007
22	22	13.497	12.031	52	52	8.751	8.147	30	35	12.078	10.904
23	23	13.372	11.933	53	53	8.474	7.905	31	36	11.944	10.797
24	24	13.240	11.829	54	54	8.192	7.656	32	37	11.806	10.686
25	25	13.101	11.718	55	55	7.900	7.397	33	38	11.661	10.569
26	26	12.960	11.605	56	56	7.600	7.130	34	39	11.508	10.445
27	27	12.811	11.485	57	57	7.293	6.853	35	40	11.354	10.320
28	28	12.663	11.365	58	58	6.988	6.577	36	41	11.204	10.196
29	29	12.530	11.259	59	59	6.705	6.322	37	42	11.056	10.078
30	30	12.419	11.173	60	60	6.456	6.097	38	43	10.907	9.957
31	31	12.308	11.086	61	61	6.257	5.919	39	44	10.753	9.831
32	32	12.191	10.995	62	62	6.067	5.748	40	45	10.598	9.705
33	33	12.064	10.894	63	63	5.875	5.576	41	46	10.444	9.579
34	34	11.926	10.783	64	64	5.669	5.390	42	47	10.287	9.450
35	35	11.780	10.666	65	65	5.456	5.197	43	48	10.121	9.314
36	36	11.627	10.541	66	66	5.230	4.991	44	49	9.937	9.161
37	37	11.470	10.413	67	67	4.990	4.770	45	50	9.737	8.994
38	38	11.309	10.281	68	68	4.737	4.537	46	51	9.519	8.808
39	39	11.144	10.145	69	69	4.471	4.289	47	52	9.292	8.614
40	40	10.984	10.014	70	70	4.191	4.028	48	53	9.054	8.410
41	41	10.839	9.896	Diff. 5				49	54	8.799	8.189
42	42	10.701	9.785	20	25	13.393	11.952	50	55	8.528	7.952
43	43	10.566	9.677	21	26	13.272	11.853	51	56	8.242	7.699
44	44	10.425	9.563	22	27	13.137	11.746	52	57	7.959	7.448
45	45	10.278	9.444	23	28	13.000	11.637	53	58	7.657	7.179
46	46	10.119	9.314	24	29	12.867	11.532	54	59	7.375	6.920
47	47	9.947	9.172	25	30	12.742	11.433	55	60	7.106	6.685
48	48	9.756	9.013	26	31	12.615	11.333	56	61	6.860	6.[illegible]

Ages.		5 per cent.	6 per cent.
57	62	6.615	6.246
58	63	6.370	6.024
59	64	6.127	5.806
60	65	5.895	5.594
61	66	5.678	5.398
62	67	5.458	5.198
63	68	5.230	4.990
64	69	4.988	4.767
65	70	4.737	4.534
Diff.	10		
20	30	13.008	11.646
21	31	12.896	11.559
22	32	12.776	11.466
23	33	12.648	11.365
24	34	12.510	11.255
25	35	12.365	11.139
26	36	12.214	11.018
27	37	12.058	10.891
28	38	11.900	10.763
29	39	11.747	10.639
30	40	11.607	10.526
31	41	11.474	10.420
32	42	11.342	10.315
33	43	11.207	10.207
34	44	11.063	10.091
35	45	10.912	9.968
36	46	10.750	9.836
37	47	10.579	9.696
38	48	10.396	9.545
39	49	10.195	9.376
40	50	9.984	9.197
41	51	9.766	9.012
42	52	9.548	8.827
43	53	9.329	8.639
44	54	9.104	8.445
45	55	8.870	8.243
46	56	8.626	8.031
47	57	8.372	7.808
48	58	8.111	7.578
49	59	7.851	7.348
50	60	7.601	7.127
51	61	7.370	6.923
52	62	7.142	6.721
53	63	6.911	6.515
54	64	6.669	6.299
55	65	6.418	6.073
56	66	6.156	5.836
57	67	5.881	5.585
58	68	5.600	5.328
59	69	5.319	5.069
60	70	5.044	4.816
Diff.	15		
20	35	12.602	11.332
21	36	12.464	11.223
22	37	12.319	11.107
23	38	12.169	10.986
24	39	12.013	10.860
25	40	11.856	10.733
26	41	11.706	10.612
27	42	11.556	10.491
28	43	11.407	10.371
29	44	11.261	10.254
30	45	11.121	10.142

Ages.		5 per cent.	6 per cent.
31	46	10.974	10.024
32	47	10.817	9.896
33	48	10.644	9.754
34	49	10.449	9.592
35	50	10.238	9.414
36	51	10.009	9.219
37	52	9.776	9.020
38	53	9.538	8.815
39	54	9.294	8.605
40	55	9.046	8.389
41	56	8.799	8.175
42	57	8.549	7.956
43	58	8.302	7.739
44	59	8.066	7.532
45	60	7.846	7.339
46	61	7.652	7.170
47	62	7.458	7.001
48	63	7.256	6.824
49	64	7.034	6.627
50	65	6.799	6.417
51	66	6.546	6.190
52	67	6.282	5.952
53	68	6.009	5.704
54	69	5.725	5.445
55	70	5.431	5.174
Diff.	20		
20	40	12.062	10.903
21	41	11.923	10.793
22	42	11.783	10.681
23	43	11.641	10.568
24	44	11.492	10.449
25	45	11.335	10.323
26	46	11.170	10.189
27	47	10.993	10.044
28	48	10.805	9.889
29	49	10.607	9.724
30	50	10.404	9.554
31	51	10.186	9.370
32	52	9.962	9.180
33	53	9.730	8.982
34	54	9.490	8.775
35	55	9.240	8.559
36	56	8.981	8.334
37	57	8.716	8.101
38	58	8.449	7.866
39	59	8.194	7.642
40	60	7.961	7.436
41	61	7.763	7.263
42	62	7.571	7.096
43	63	7.379	6.928
44	64	7.175	6.749
45	65	6.964	6.562
46	66	6.740	6.362
47	67	6.503	6.149
48	68	6.251	5.922
49	69	5.980	5.676
50	70	5.695	5.415
Diff.	25.		
20	45	11.511	10.473
21	46	11.355	10.348
22	47	11.187	10.212
23	48	11.004	10.062
24	49	10.801	9.893

Ages.		5 per cent.	6 per cent.
25	50	10.561	9.708
26	51	10.344	9.507
27	52	10.100	9.299
28	53	9.853	9.087
29	54	9.608	8.876
30	55	9.364	8.666
31	56	9.114	8.449
32	57	8.855	8.223
33	58	8.594	7.994
34	59	8.341	7.772
35	60	8.105	7.565
36	61	7.897	7.382
37	62	7.691	7.202
38	63	7.481	7.018
39	64	7.260	6.822
40	65	7.034	6.622
41	66	6.804	6.416
42	67	6.565	6.202
43	68	6.319	5.980
44	69	6.061	5.746
45	70	5.793	5.502
Diff.	30.		
20	50	10.727	9.833
21	51	10.498	9.640
22	52	10.261	9.439
23	53	10.017	9.231
24	54	9.766	9.016
25	55	9.505	8.790
26	56	9.237	8.558
27	57	8.960	8.316
28	58	8.684	8.073
29	59	8.427	7.847
30	60	8.196	7.645
31	61	7.995	7.470
32	62	7.796	7.296
33	63	7.591	7.117
34	64	7.372	6.924
35	65	7.143	6.721
36	66	6.903	6.507
37	67	6.651	6.280
38	68	6.368	6.043
39	69	6.113	5.793
40	70	5.832	5.536
Diff.	35.		
20	55	9.621	8.891
21	56	9.359	8.665
22	57	9.087	8.428
23	58	8.814	8.189
24	59	8.551	7.939
25	60	8.306	7.744
26	61	8.090	7.555
27	62	7.875	7.367
28	63	7.658	7.177
29	64	7.434	6.979
30	65	7.210	6.781
31	66	6.975	6.572
32	67	6.728	6.351
33	68	6.468	6.116
34	69	6.194	5.868
35	70	5.910	5.609
Diff.	40.		
29	69	6.236	5.905
30	70	5.954	5.648

XVI. Assurance of £100 on Single Lives; Interest 3 p. c. per Annum.					XVII. Present Value of £100, to be received at the end of the year in which an assigned Life may fail; Carlisle Mortality.			
Northampton 3 p. c.		*Carlisle 3 p. c.						
Single Premium.	Annual Premium.	Single Premium.	Annual Premium.	Age	4 p. c.	5 p. c.	6 p. c.	7 p. c.
39.8320	1.9282	31.3146	1.3279	15	23.249	17.967	14.381	11.859
40.4782	1.9808	31.8321	1.3601	16	23.706	18.362	14.715	12.147
41.1116	2.0334	32.3331	1.3917	17	24.150	18.733	15.026	12.408
41.7095	2.0841	32.8387	1.4241	18	24.590	19.110	15.343	12.677
42.2696	2.1326	33.3599	1.4581	19	25.052	19.505	15.677	12.958
42.8006	2.1794	33.8973	1.4936	20	25.532	19.919	16.028	13.259
43.2890	2.2233	34.4514	1.5308	21	26.031	20.352	16.402	13.579
43.7540	2.2657	35.0337	1.5707	22	26.562	20.819	16.809	13.933
44.2275	2.3097	35.6345	1.6125	23	27.115	21.310	17.240	14.312
44.7097	2.3553	36.2545	1.6565	24	27.690	21.824	17.692	14.711
45.2010	2.4025	36.8945	1.7029	25	28.289	22.367	18.174	15.136
45.7016	2.4515	37.5446	1.7509	26	28.901	22.919	18.672	15.581
46.2115	2.5023	38.2157	1.8016	27	29.538	23.500	19.198	16.052
46.7312	2.5552	38.8874	1.8534	28	30.176	24.086	19.725	16.529
47.2609	2.6101	39.5280	1.9039	29	30.781	24.633	20.211	16.962
47.8009	2.6672	40.1254	1.9519	30	31.338	25.129	20.642	17.335
48.3516	2.7267	40.7304	2.0016	31	31.903	25.633	21.063	17.714
48.9132	2.7887	41.3538	2.0538	32	32.491	26.162	21.547	18.120
49.4860	2.8533	42.0069	2.1097	33	33.113	26.729	22.051	18.564
50.0704	2.9208	42.6911	2.1697	34	33.771	27.333	22.594	19.049
50.6667	2.9914	43.3971	2.2331	35	34.457	27.967	23.172	19.565
51.2754	3.0651	44.1259	2.3002	36	35.170	28.633	23.783	20.115
51.8969	3.1423	44.8679	2.3704	37	35.901	29.319	24.411	20.684
52.5314	3.2233	45.6237	2.4438	38	36.649	30.024	25.062	21.279
53.1796	3.3082	46.3938	2.5207	39	37.416	30.752	25.736	21.894
53.8419	3.3975	47.1580	2.5993	40	38.178	31.477	26.404	22.509
54.5060	3.4896	47.8952	2.6773	41	38.911	32.167	27.038	23.085
55.1713	3.5846	48.6243	2.7566	42	39.636	32.852	27.666	23.648
55.8371	3.6826	49.3551	2.8385	43	40.364	33.538	28.294	24.210
56.5158	3.7855	50.1083	2.9253	44	41.120	34.257	28.957	24.805
57.2077	3.8938	50.8847	3.0176	45	41.905	35.010	29.653	25.440
57.9133	4.0079	51.6959	3.1171	46	42.734	35.810	30.400	26.127
58.6328	4.1283	52.5437	3.2249	47	43.607	36.662	31.204	26.873
59.3668	4.2555	53.4401	3.3430	48	44.542	37.586	32.087	27.697
60.1156	4.3900	54.4079	3.4758	49	45.565	38.610	33.077	28.639
60.8661	4.5301	55.4303	3.6224	50	46.658	39.714	34.164	29.679
61.6035	4.6730	56.5097	3.7845	51	47.824	40.905	35.347	30.831
62.3391	4.8212	57.5989	3.9566	52	49.008	42.124	36.558	32.015
63.0857	4.9776	58.6991	4.1396	53	50.211	43.371	37.804	33.238
63.8432	5.1429	59.8111	4.3347	54	51.436	44.648	39.089	34.507
64.6115	5.3178	60.9455	4.5452	55	52.694	45.967	40.431	35.842
65.3906	5.5031	62.0945	4.7713	56	53.977	47.319	41.812	37.229
66.1801	5.6996	63.2593	5.0149	57	55.286	48.710	43.243	38.668
66.9801	5.9082	64.4134	5.2720	58	56.591	50.105	44.687	40.121
67.7901	6.1300	65.5110	5.5324	59	57.833	51.433	46.062	41.514
68.6096	6.3661	66.5299	5.7896	60	58.987	52.667	47.336	42.803
69.4382	6.6176	67.4353	6.0315	61	60.007	53.752	48.445	43.922
70.2752	6.8860	68.3248	6.2827	62	61.012	54.824	49.549	45.027
71.1359	7.1782	69.2233	6.5511	63	62.033	55.914	50.676	46.165
72.0052	7.4916	70.1586	6.8477	64	63.103	57.067	51.875	47.389
72.8990	7.8347	71.1145	7.1707	65	64.203	58.262	53.126	48.664
73.8017	8.2050	72.1017	7.5275	66	65.347	59.510	54.440	50.012
74.7123	8.6053	73.1225	7.9240	67	66.539	60.824	55.832	51.451
75.6292	9.0387	74.1695	8.3633	68	67.770	62.186	57.287	52.969
76.5504	9.5081	75.2447	8.8530	69	69.043	63.605	58.809	54.565
77.4733	10.0170	76.3401	9.3978	70	70.349	65.067	60.389	56.234
78.3946	10.5684	77.4666	10.0132	71	71.701	66.595	62.053	58.000
79.3096	11.1645	78.5769	10.6514	72	72.979	68.043	63.638	59.687
80.2121	11.8066	79.4851	11.2850	73	74.136	69.357	65.075	61.225
81.0938	12.4930	80.3333	11.8973	74	75.161	70.524	66.355	62.588
81.9496	13.2172	81.0331	12.4437	75	76.004	71.481	67.396	63.698

* *Abridged from Tables of Messrs Gray, Smith, and Orchard;* The others from Jones on Annuities.

IX. PUBLIC FUNDS, ANNUITIES, &c.

Capital.	Rate	UNITED KINGDOM.	Formed or converted.	Dividends Due.
£432,604	5	New Annuities, Redeemable 1873....	1830	Jan. 5, July 5
240,746	3½	New Annuities, do. 1894....	1852	.. ..
401,701,058	3	Consolidated Annuities or *Consols*....	1751	.. ..
112,905,272	3	Reduced Annuities..................	1757	April 5, Oct. 10
246,889,788	3	New Annuities, Redeemable 1874...	1854	.. ..
2,991,858	2½	New Annuities, do. 1894...	1853	Jan. 5, July 5
418,300	2¾	Exchequer Bonds; after 1864, 2½ p. c.	1853	May 8, Nov. 8
5,000,000	3½	Exchequer Bonds..................	1854	.. ..
20,000,000	var.	Exchequer Bills..................		
11,015,100	3	Debt to Bank of England...........		
2,630,769	3½	Debt to Bank of Ireland............		
804,725,495		Total ex. £4,006,090 *Terminable* An^s.		
		GUARANTEED LOANS.		
?	4	West India Relief Bonds...........		
1,500,000	4	Canada Bonds.....................	1843	Jan. July
5,000,000	4	Turkish do. (joint with France)......	1855	Feb. 1, Aug. 1
500,000	4	New Zealand do..................	1858	Jan. July
3,000,000	3¾	Metropolitan Board of Works.......	1858	
6,000,000	10½	INDIA STOCK......................		Jan. 5, July 5
14,553,000	var.	BANK OF ENGLAND STOCK...........		April 5, Oct. 10

GOVERNMENT LIFE ANNUITIES, which L.100 (*Money*) will purchase when the 3 per cents., *ex dividend*, are at the following prices:—

Age of Nominee.	L.99, 8s. 6d. and under L.100, 16s. 10d., the rate of interest being L.3 per cent. Male. L. s. d.	Female. L. s. d.	L.91, 12s. 1d., and under L.93, 0s. 6d., the rate of interest being L.3, 5s. per cent. Male. L. s. d.	Female. L. s. d.	L.85, 2s. 2d., and under L.86, 6s. 7d., the rate of interest being L.3, 10s. per cent. Male. L. s. d.	Female. L. s. d.	L.79, 9s. 5d., and under L.80, 10s. 9d., the rate of interest being L.3, 15s. per cent. Male. L. s. d.	Female. L. s. d.
15	4 13 0	4 6 11	4 17 3	4 11 2	5 1 6	4 15 6	5 5 10	4 19 9
20	4 17 5	4 9 7	5 1 8	4 13 10	5 5 10	4 18 0	5 10 4	5 2 3
25	5 0 2	4 12 8	5 4 3	4 16 9	5 8 6	5 0 11	5 12 8	5 5 2
30	5 4 0	4 16 6	5 8 1	5 0 7	5 12 1	5 4 7	5 16 3	5 8 9
35	5 9 6	5 1 2	5 13 6	5 5 1	5 17 5	5 9 2	6 1 7	5 13 3
40	5 17 0	5 6 8	6 0 11	5 10 6	6 4 10	5 14 5	6 8 10	5 18 5
45	6 7 5	5 13 11	6 11 3	5 17 9	6 15 1	6 1 8	6 19 1	6 5 6
50	7 2 8	6 4 1	7 6 6	6 7 10	7 10 5	6 11 8	7 14 4	6 15 6
55	8 2 1	6 18 10	8 5 11	7 2 6	8 9 10	7 6 4	8 13 10	7 10 1
60	9 5 6	7 19 2	9 9 5	8 2 11	9 13 4	8 6 9	9 17 3	8 10 6
65	11 1 0	9 8 9	11 4 11	9 12 7	11 8 10	9 16 4	11 12 11	10 0 4
70	13 9 4	11 11 6	13 13 3	11 15 5	13 17 4	11 19 4	14 1 4	12 3 4
75	16 18 0	14 11 3	17 2 1	14 15 5	17 6 1	14 19 6	17 10 1	15 3 8
80 & up	23 16 6	18 9 7	24 0 9	18 13 10	24 5 0	18 18 1	24 9 3	19 2 3

GOVERNMENT ANNUITIES FOR TERMS OF YEARS which L.100 (*Money*) will purchase, when the said Stock, *ex dividend*, is at the following prices:—

No. of Years.	L.99 3 6 L.100 16 10 Rate, L.3 p. cent. L. s. d.	L.91 12 1 L.93 0 6 Rate, L.3,5s. p. ct. L. s. d.	L.90 4 6 L.91 12 1 Rate, L.3,6s. p. ct. L. s. d.	L.88 17 9 L.90 4 6 Rate, L.3,7s. p. ct. L. s. d.	L.87 11 10 L.88 17 9 Rate, L.3,8s. p. ct. L. s. d.	L.86 6 7 L.87 11 10 Rate, L.3,9s. p. ct. L. s. d.	L.85 2 2 L.86 6 7 Rate, L.3,10s. p. ct. L. s. d.	L.79 9 5 L.80 10 9 Rate, L.3,15s. p. ct. L. s. d.
10	11 12 11	11 15 10	11 16 5	11 17 0	11 17 6	11 18 2	11 18 9	12 1 8
15	8 6 6	8 9 6	8 10 0	8 10 8	8 11 3	8 11 10	8 12 6	8 15 6
20	6 13 8	6 16 9	6 17 4	6 18 0	6 18 6	6 19 3	6 19 10	7 3 0
25	5 14 3	5 17 5	5 18 1	5 18 9	5 19 4	6 0 0	6 0 8	6 3 11
30	5 1 6	5 4 10	5 5 6	5 6 2	5 6 10	5 7 6	5 8 2	5 11 7
35	4 12 8	4 16 1	4 16 8	4 17 5	4 18 1	4 18 10	4 19 6	5 3 1
40	4 6 2	4 9 8	4 10 5	4 11 1	4 11 10	4 12 6	4 13 3	4 16 11
45	4 1 3	4 4 11	4 5 7	4 6 4	4 7 1	4 7 9	4 8 7	4 12 4
50	3 17 5	4 1 2	4 1 11	4 2 8	4 3 5	4 4 2	4 5 0	4 8 10
60	3 12 0	3 16 0	3 16 9	3 17 6	3 18 3	3 19 2	3 19 11	4 4 0
70	3 8 6	3 12 7	3 13 5	3 14 2	3 15 1	3 15 11	3 16 9	4 1 0
80	3 6 1	3 10 4	3 11 1	3 12 0	3 12 11	3 13 8	3 14 8	3 19 0
90	3 4 4	3 8 9	3 9 7	3 10 6	3 11 5	3 12 3	3 13 2	3 17 9
100	3 3 2	3 7 8	3 8 7	3 9 5	3 10 4	3 11 4	3 12 3	3 16 10

TABLE showing the Amount of Dividend which has accrued upon the 3 per cent. Funds on the first Day of each Month.

	Dividends Due Jan. 5 & July 5. £	s.	d.	Dividends Due April 5 & Oct. 10. £	s.	d.
January	1	9	4	0	14	1
February	0	4	6	0	19	4
March	0	9	1	1	4	1
April	0	14	3	1	9	4
May	0	19	3	0	4	2
June	1	4	4	0	9	1
July	1	9	4	0	13	10
August	0	4	5	0	18	10
September	0	9	5	1	3	9
October	0	14	4	1	8	7
November	0	19	5	0	3	9
December	1	4	4	0	8	10

The price of Stock as usually quoted, includes the dividend for the past part of the current half-year; which must be deducted in order to show the amount invested as capital. This portion of dividend is here exhibited monthly for the 3 per cents; and the sums for intervening periods may be readily interpolated.

TABLE showing the Prices which Stocks, yielding different Rates of Dividend, should respectively bear, in order to produce the same Return of Interest; also the corresponding Number of Years' Purchase for Perpetual Annuities.

Years' Purchase.	Interest Yearly. L.	s.	d.	3 per cent.	3½ p. cent.	4 per cent.	4½ p. cent.	5 per cent.	5½ p. cent.	6 per cent.	6½ p. cent.	7 per cent.	7½ p. cent.	8 per cent.	10½ p. cent.
33⅓	3	0	0	100	116⅔	133⅓	150	166⅔	183⅓	200	216⅔	233⅓	250	266⅔	350
33	3	0	7	99	115½	132	148½	165	181½	198	214½	231	247½	264	346½
32½	3	1	6	97½	113¾	130	146¼	162½	178¾	195	211¼	227½	243¾	260	341¼
32	3	2	6	96	112	128	144	160	176	192	208	224	240	256	336
31½	3	3	6	94½	110¼	126	141¾	157½	173¼	189	204¾	220½	236¼	252	330¾
31	3	4	6	93	108½	124	139½	155	170½	186	201½	217	232½	248	325½
30½	3	5	7	91½	106¾	122	137¼	152½	167¾	183	198¼	213½	228¾	244	320¼
30	3	6	8	90	105	120	135	150	165	180	195	210	225	240	315
29½	3	7	10	88½	103¼	118	132¾	147½	162¼	177	191¾	206½	221¼	236	309¾
29	3	9	0	87	101½	116	130½	145	159½	174	188½	203	217½	232	304½
28½	3	10	2	85½	99¾	114	128¼	142½	156¾	171	185¼	199½	213¾	228	299¼
28	3	11	5	84	98	112	126	140	154	168	182	196	210	224	294
27½	3	12	9	82½	96¼	110	123¾	137½	151¼	165	178¾	192½	206¼	220	288¾
27	3	14	1	81	94½	108	121½	135	148½	162	175½	189	202½	216	283½
26½	3	15	6	79½	92¾	106	119¼	132½	145¾	159	172¼	185½	198¾	212	278¼
26	3	16	11	78	91	104	117	130	143	156	169	182	195	208	273
25½	3	18	5	76½	89¼	102	114¾	127½	140¼	153	165¾	178½	191¼	204	267¾
25	4	0	0	75	87½	100	112½	125	137½	150	162½	175	187½	200	262½
24½	4	1	7	73½	85¾	98	110¼	122½	134¾	147	159¼	171½	183¾	196	257¼
24	4	3	4	72	84	96	108	120	132	144	156	168	180	192	252
23½	4	5	1	70½	82¼	94	105¾	117½	129¼	141	152¾	164½	176¼	188	246¾
23	4	6	11	69	80½	92	103½	115	126½	138	149½	161	172½	184	241½
22½	4	8	11	67½	78¾	90	101¼	112½	123¾	135	146¼	157½	168¾	180	236¼
22	4	10	11	66	77	88	99	110	121	132	143	154	165	176	231
21½	4	13	0	64½	75¼	86	96¾	107½	118¼	129	139¾	150½	161¼	172	225¾
21	4	15	3	63	73½	84	94½	105	115½	126	136½	147	157½	168	220½
20½	4	17	7	61½	71¾	82	92¼	102½	112¾	123	133¼	143½	153¾	164	215¼
20	5	0	0	60	70	80	90	100	110	120	130	140	150	160	210
19	5	5	3	57	66½	76	85½	95	104½	114	123½	133	142½	152	199½
18	5	11	1	54	63	72	81	90	99	108	117	126	135	144	189
17	5	17	8	51	59½	68	76½	85	93½	102	110½	119	127½	136	178½
16⅔	6	0	0	50	58⅓	66⅔	75	83⅓	91⅔	100	108⅓	116⅔	125	133⅓	175
16	6	5	0	48	56	64	72	80	88	96	104	112	120	128	168
15	6	13	4	45	52½	60	67½	75	82½	90	97½	105	112½	120	157½
13⅓	7	10	0	40	46⅔	53⅓	60	66⅔	73⅓	80	86⅔	93⅓	100	106⅔	140
12½	8	0	0	37½	43¾	50	56¼	62½	68¾	75	81¼	87½	93¾	100	131¼
12	*8*	*6*	*8*	*36*	42	48	54	60	66	72	78	84	90	96	126
10	*10*	*0*	*0*	*30*	35	40	45	50	55	60	65	70	75	80	105

X. SHORT COMMERCIAL FORMS.

1. Bills of Exchange, &c.

1. *Check.*

The Bank of ——.
No. 55. London, May 8, 1859.
Pay A. B. or bearer (*or* order) fifty pounds. C. D.
£50.

2. *Bank Post Bill.*

Hull Branch of B. of England.
No. 542, £50. Without acceptance.
Seven days after date, pay this sola Bill of Exchange to A. B. or order, fifty pounds, for value received.
C. D., Agent.
Hull, 10th May 1859.
To Cashier of B. of England.

3. *Ordinary Inland Bank Draft.*

£50. Bank of ——, 18—.
On demand, pay A. B. or order the sum of fifty pounds, which charge to the account of the Bank of ——.
To Barclay & Co., London. C. D.

4. *Ordinary Promissory Note.*

Vide p. 189.

5. *Note of Hand with Interest Stipulation and Surety.*

£200. London, —— 18—.
Six months after date, we jointly and severally promise to pay A. B. or order the sum of two hundred pounds, with interest at 5 p. c. per annum; value received. C. D.
E. F., Surety.

(In England a Note expressed in this form bears interest from its *date.*)

6. *Post Obit. Note.*

London, —— 18—.
I promise to pay to A. B. or order, six months after the death of C. D. of ——, my father, the sum of one thousand pounds, with interest at 5 p. c. per annum; value received. Y. Z.

7. *Ordinary Inland Bill.* Vide p. 188.

8. *Foreign Bill.* Vide p. 189.

9. *Bill for Ship Supplies, with Currency Stipulation and Letter of Advice.*

$2000. Hongkong, Feb. 1, 1859.
Thirty days after sight of this first of exchange, second and third of same tenor and date unpaid, pay to A. & Co. or order, in specie or its equivalent, two thousand dollars, for value received in necessary supplies furnished at this port for the ship Clio under my command, with the express agreement, however, that it shall not invalidate or affect the lien upon or right of process against said vessel and cargo for the amount of this bill and damages in case of its not being duly accepted and paid.
To B. & Co., Boston, U. S. C. D., Master of Clio.

Hongkong, Feb. 1, 1859. Gentlemen,—Under this date, I have drawn on you at 30 d/s. for the sum of $2000 in favour of A. & Co. or order, being for value received at this port for necessary supplies for the ship Clio, &c. (*specifying conditions as above*). You will please therefore to honour this bill, and charge the same to the account of the aforesaid ship Clio, with or without further advice.—I am, &c.
C. D., Master of Clio.
To B. & Co., Boston, U. S.

10. *Draft payable free of Exchange.*

London, —— 18—.
No. 8, Exchange for £100.
At sixty days after sight of this third of exchange (first and second of the same tenor and date being unpaid), pay to the order of A. B. the sum of one hundred pounds sterling, *at the current rate of exchange on London;* value received, as per advice. C. D.
To Y. & Co., Melbourne.

11. *An I. O. U.*

Mr A. B. York, Feb. 1, 1859.
I. O. U. One hundred pounds.
C. D.

(This in England is evidence of an account stated, but not of money lent. It is a mere acknowledgment of debt, and does not amount to a promissory note, unless it provide for payment on a certain day, when it must be stamped as a bill. *Byles on Bills.*)

Variations in last Clause of Bills.

12. Value received of A. B.
13. V. r. which place to account.
14. Which charge, with or without further advice, to account of ——.
15. Which place to account as advised.
16. Which charge to our account, with or without farther advice, against sugar, per Avon.
17. V. r. per 10 bales wool, per Neptune.
18. V. r. in silk.

19. V. r. in 8-64th shares or parts of ship Achilles, per bill of sale attached hereto.
20. Drawn in accordance with letter of credit, dated ——.
21. Per A. B. & Co.'s letter of credit, dated ——.
22. In terms of credit established by the Bank of ——.
23. Which charge to the Bank of ——, as per annexed letter of credit.
24. And charge the same to the account of Messrs A. B. & Co. against your letter of credit, dated ——.
25. V. r. in terms of your letter of ——.
26. V. r. and place to account of A. B.
27. V. r. per A. B.'s power of attorney and certificates herewith.
28. Value in ourselves, which place to account J. A. as advised.

Case of Need.

29. In case of need apply to A. B.
30. In need with A. & Co.
(Written at foot of Bill.)

Forms of Acceptance.

I. When Term fixed or after Date.

31. A. B. & Co.
32. Accepted A. B. & Co.

II. When payable after Sight.

33. Accepted A. B. 4th Feb. 1859.
34. Accepted 4th Feb. 1859, payable at Messrs Glyn & Co. A. B.
35. Accepted 4th Feb. 1859 at Messrs Glyn & Co. A. B.

III. Acceptance Supra Protest.

36. Feb. 4, 1859, Accepted supra protest for honour and account of Y. Z. A. B.
37. Accepted supra protest in honour of Y. Z. A. B.

Forms of Indorsement.

I. Blank Indorsement.

38. A. B. & Co.
39. Per proc. A. B. & Co. C. D.

II. Special Indorsement.

40. Pay to Y. Z. or order, value in account with A. B. & Co.
41. Pay to Y. Z. or order. A. B. & Co.
42. Pay to the order of Y. Z. A. B. & Co.

III. Restrictive Indorsements.

43. Pay to Y. Z. or order for my use. A. B.
44. Pay to Y. Z. for my account. A. B.
45. Pay to Y. Z. only. A. B. & Co.

IV. Indorsements without Recourse.

46. Without recourse to A. B. & Co.
47. A. B. sans recours.
48. A. B. without recourse to me.
49. A. B. with intent only to transfer my interest, and not to be subject to any liability in case of non-acceptance or non-payment (*as the case may be*).

2. Irregular Bill Procedure.

50. *Protest.*

(If there be no notary in the place, protest may be made by an inhabitant in the presence of two witnesses; and by 3 & 4 W. IV. c. 70, British consuls are empowered to act as notaries.)

On the —— day of ——, in the year ——, at the request of A. B., the bearer of the bill of exchange, whereof a true copy is on the other side written, I, C. D. of ——, notary-public, by lawful authority, duly admitted and sworn, went to the house (or counting-house) of E. F. on whom the said bill is drawn, and there speaking with the said E. F. (*or* the clerk of the said E. F.), produced and exhibited to him the said bill of exchange, and demanded payment (or acceptance) thereof, to which he answered thus. (*Here state the answer.*) Wherefore I the said notary, at the request aforesaid, have protested, and by these presents do solemnly protest, as well against the drawee, E. F., of the said bill as all others whom it doth or may concern, for exchange, re-exchange, and all costs, charges, damages, and interest suffered and to be suffered for want of payment (*or* acceptance) of the bill: Thus protested in the presence of X. and Y., witnesses. C. D.

51. *Act of Honour added to a Protest.*

Afterwards on the day and year aforesaid, before me the said notary, appeared G. H. & Co. of ——, merchants, who declared they would accept the said bill (*or* "pay the said bill" *when protested for non-payment*) for honour and account of Mr Y. Z., the first indorser of the said bill, holding nevertheless the said indorser, the drawers, (*and, if for payment, the bill having been previously accepted, then also* "the acceptors"), and all others whom it may concern, in and by the said bill, responsible, and always obliged to them the said appearers for their reimbursement. C. D.

52. *Notice of Non-acceptance.*

No. 3, Cornhill, London, 1st March 1859. Sir,—The bill of exchange for

£200, dated ——, drawn by you upon A. B., and by you indorsed to me, has been presented to A. B. for acceptance, and refused acceptance by him; I therefore demand and shall look to you for payment.—Yours, &c. E. F.
To C. D. of ——, &c.

53. *Notice of Non-payment (Byles.)*

No. 1, Fleet Street, London, 26th Sept. 1858. Sir,—I hereby give you notice that the bill of exchange, dated 22d ult., drawn by A. B. of —— on C. D. of ——, for £100, payable one month after date to A. B. or his order, and indorsed by you, has been duly presented for payment, but was dishonoured, and is unpaid. I request you to pay me the amount thereof.—I am, Sir, &c., G. H.
To Mr E. T. of ——, merchant.

54. *Receipt for Partial Payment.*

Received the —— day of —— 18— of ——, the sum of ——, in part payment of the principal of the within bill, for which sum I have given another receipt of equal tenor and date herewith on a proper stamp, with a copy of the said bill, which has been protested for want of payment of the remainder.

55. *Indemnity for Irregular Indorsement.*

(To be written on back of bill.)

In consideration of A. B. having paid the within bill, notwithstanding the irregularity of the indorsement of (*or* the want of the indorsement of) ——, I (*or* We, jointly and severally) hereby undertake to hold the said A. B. harmless from all consequences of so doing, and from all further claim in respect thereof.

3. CREDITS.

56. *Bankers' Inland Open Credit.*

—— Bank, Perth, —— 18—. Gentlemen,—Please honour the drafts of the bearer, Mr ——, who is about to visit Glasgow, to the extent of ——, forwarding the checks as drawn to the debit of this bank.—I am, &c.
To —— Bank, Glasgow.

57. *London Bankers' Credit.*

London, —— 18—. Gentlemen,—We beg leave to establish a credit with you for five hundred pounds (£500), less your charges, in favour of Mr A. B., and his bills for the amount will be duly honoured.—We are, &c. C. D.
To Messrs ——, Melbourne.

Miscellaneous Foreign Credits, &c.

58. No. 168, Credit for £500 in Duplicate.

—— Bank, Glasgow, —— 18—.
To A. B., Melbourne.—I hereby for the Bank of —— authorize you to draw the annexed bill of exchange at 30 days' sight for five hundred pounds on Messrs Glyn & Co., Bankers, London, who will honour the same in conformity with its tenor, if presented along with this letter of credit. C. D., Manager.

(This credit is engrossed on the marginal part or counterfoil of the following bill; the credit and bill thus forming one document.)

First Exchange for £500. No. 168.
Melbourne, —— 18—.
Thirty days after sight, pay this first of exchange, second of the same tenor and date not being accepted or paid, to my order, the sum of five hundred pounds, which charge to the —— Bank of ——, as per annexed letter of credit. A. B.
To Messrs Glyn & Co., London.

59. London, —— 18—. Gentlemen,—This letter will be presented to you by Mr ——, in whose favour we beg to establish a credit for —— pounds; which sum, or any part thereof, you will please hold at his disposal, less your charges, and take in exchange his drafts upon us at 30 days' sight, which will be duly honoured. This credit is to be available for one year from this date, at which period if unused you will consider it cancelled. We shall forward you in our next the signature of Mr —— to which we refer.—We are, &c.
To Messrs B. & Co., Hamburg.

60. We request the favour of your negotiating at the current exchange the drafts at 30 days' sight of Mr A. B. (whose signature is annexed) on C. and Co. of this city, to the extent of (£1000) one thousand pounds; and we hereby guarantee that the same shall be duly honoured. This credit to remain in force for six months from this date.

61. I take the liberty of opening a credit with you in favour of the bearer Mr A. B. Any sum of money that this gentleman may require, to the extent of ——, be pleased to advance on my account, either against his receipt, or his draft on me to your order, as may be most agreeable to yourselves.

62. We request the favour of your furnishing the bearer, Mr A. B., with

any money that he may require during his stay in the United States, to the extent of $6000; taking his receipts for the sums advanced, and placing the same to our debit. We refer you to our letter of this date, per ship Neptune, for Mr A. B.'s signature, and remain, &c.

63. *Credit Protecting Document Bills.*

We beg to establish a credit with you in favour of Mr A. B., whose drafts at 30 days' sight on Messrs C. & Co. of —— we request you will negotiate, at the exchange of the day, to the extent of ——, within one year from this date: such drafts to be protected by the hypothecation as collateral security of bills of lading and relative policies of insurance of wool, of equivalent invoice value, shipped "to order" on board of a vessel bound to this port; and we hereby guarantee that all such drafts shall be duly honoured.

64. *Guarantee for a Credit.*

Gentlemen,—We request you to establish a credit with your firm in —— to the extent of ——, to be used by our agent Mr A. B.; and in consideration of your so doing, we hereby engage to accept his draft on us for that amount, payable in London, and to pay the same at maturity.

4. Loan Guarantees and Securities.

Guarantees for General Advances.

65. To the —— Banking Company. Gentlemen,—In consideration of your advancing money by discount of bills, payment of checks, or otherwise, to A. A., I guarantee you the payment of all such advances to the extent of ——. This guarantee to be a continuing security, and to be available to the persons for the time being constituting the bank.

66. Gentlemen,—In consideration of your paying the checks of A. A., or otherwise advancing him sums of money, I hereby guarantee the repayment thereof upon demand, to the extent of —— pounds. (*Gilbart on Banking.*)

67. Sir,—I hereby agree to guarantee the payment of such drafts or accepted bills and notes as you may discount for A. A. from and after this date till this letter be withdrawn, to the extent of —— pounds; but it is understood that this letter only extends to that sum, whatever your transactions with him may be.

68. Gentlemen,—We herewith deposit with you our joint and several promissory note, dated this day, payable on demand to you or order, for ——, together with interest thereon, which note is to be held by you as a continuing and collateral security for any money now due or owing to, or which may hereafter become due or owing or be borrowed from you, by A. A., on bills, notes, checks, current account, book debt, or in any other manner, from time to time, and all times hereafter. The said note has been granted by us to you, and deposited with this letter, without prejudice to any other security now held or hereafter to be held by you or otherwise, for any money now due or to become due, in the manner aforesaid, by the said A. A.—We are, &c.

Witness, Y. Z. A. A., B. B.

£—— —— 18—.

On demand, we jointly and severally promise to pay to Messrs C. C. & Co. or order the sum of —— pounds sterling, with interest thereon from the date hereof, at the rate of 5 per cent. per annum, for value received. A. A., B. B.

To C. C. & Co. Witness, Y. Z.

Guarantees for Bills.

69. Gentlemen,—In consideration of your discounting a bill for ——, drawn by A. B. upon C. D., dated —— at —— months, I hereby guarantee the due payment of the same at maturity. (*Gilbart.*)

70. Gentlemen,—In consideration of your having agreed at —— request to discount the promissory note of A. A. of —— for the sum of ——, which promissory note bears date the ——, and is payable —— months after the date thereof at ——, I hereby guarantee and hold myself liable for the due payment thereof, in case the said A. A. shall not pay the same, as fully and effectually as if I had become a party to, and indorsed, the said promissory note. —I am, &c.

Money-dealer's Notes.

71. London, —— 18—. Borrowed of A. A. twenty thousand pounds (£20,000) on the security of bills, amount £20,358 as above; to be repaid on 3 days' notice at 2¼ per cent. B. B. & Co.

—— Discount Co. —— 18—.

72. Messrs A. B. & Co.—In consideration of your discounting for the above-named company the under-mentioned

bills (amounting to £12,348), we hereby on behalf of the said company guarantee the due payment of such bills.
C. D., Director. E. F., Manager.

73. Gentlemen,—In consideration of your discounting for us the above-mentioned bills, amount £12,684, we hereby guarantee the regular payment of them as they respectively become due.
A. B. & Co.

Stock Exchange Loan Notes, &c.

74. Borrowed of A. B. the sum of ten thousand pounds at 5 per cent., interest until the 14th March, on security of £10,000 Turkish 4 per cents. C. D.
London, —— 18—.

75. London, —— 18—. Borrowed of A. B. —— pounds at 5 per cent., interest until the 29th instant, on the security of £—— London and North Western Railway Stock, and £—— Great Northern Railway Stock. C. D.

76. Gentlemen,—We request the favour of your advancing money on loan to A. A. on the security of —— stock, and such other stocks and shares as from time to time may be agreed upon; and, in consideration of your doing so, and as an additional security for such loans, we hereby guarantee the repayment of all such sum or sums of money, and the interest thereon as may at any time be due by the said A. A., to you. This guarantee to be a continuing security to you until recalled by us in writing, and to be held as an additional security collateral with any —— stock or other securities you may from time to time receive from A. A. as security for such loans, or in exchange for —— stock or other securities.—We are, &c.
B. B. & Co.

77. Gentlemen,—Having this day borrowed of you —— pounds upon a deposit of the under-mentioned securities, which sum is to be repaid to you with interest at the rate of 4 per cent. per annum on the —— next, I hereby authorize you, in case the said sum of —— shall not be repaid as aforesaid, to sell the said securities, or any part thereof, whenever you may think proper so to do, and repay yourselves the sum of —— and interest, returning to me the surplus (if any) or holding it for my account; and, in the event of any deficiency, I hold myself responsible to you and the survivors of you for the same. (*Gilbart on Banking.*)

78. We the undersigned, A. A. and B. B., declare that —— shares in the capital stock of the ——, lately standing in the name of C. C. of ——, and now by him transferred into our names, shall be retransferred into the name of the aforesaid C. C., or such person or persons as he shall appoint, provided the under-mentioned bills of exchange, each and all of them, shall be duly paid at their respective dates of maturity; otherwise we the said A. A. and B. B. shall be at liberty to sell the said shares for the purpose of providing for the payment of the said bills.
London, —— 18—.

English Equitable Mortgage, or Advance on Title-Deeds, &c.

79. To ———. Gentlemen,—I have sent you the several title-deeds and other writings mentioned and comprised in the schedule hereunto annexed, relating to my several freehold and copyhold estates and properties in or near ——, in the county of ——, and which documents I hereby declare are deposited with you as a security for all sums of money now or hereafter to become due from me, either solely or jointly with others to you (including interest and charges); and I hereby engage, upon request, to execute to you a mortgage of the said tenements and premises for the better securing the said sum or sums of money intended to be hereby secured, such mortgage to contain a power of sale and all other usual covenants, and to be at my expense.—I am, &c. (*Gilbart.*)

80. Memorandum. York, —— 18—. Mr A. A. has this day advanced to me the sum of ——, for which I have placed in his possession the under-mentioned deeds as a security. B. B.

(With this may be taken the promissory note of the party, and the following separate memorandum.)

81. York, —— 18—. Mr A. A. having this day advanced to me, B. B., —— pounds, upon my agreeing to execute a mortgage of my estate at —— for that sum, and interest at the rate of ——, I hereby agree, upon request, to execute in favour of him, his heirs (*executors administrators*) and assigns, a mortgage of that estate, with a power of sale and all proper covenants and stipulations, at my expense; and I further agree, that if, from my refusal or neglect to execute, it shall be requisite to stamp this agreement, to pay all attendant and subsequent expenses.

Advances on Dock or Warehouse Warrants.

82. London, —— 18—. Messrs A. A. & Co. Gentlemen,—We hereby acknowledge to have received from you in loan the sum of —— pounds, to be repaid on or before the ——, with interest at the rate of ——; in security for which we herewith hand you the following Warehouse Warrants:——

And we authorize you, as a condition of the said loan, to sell the said goods, or any portion thereof, by public sale or otherwise, on our account and risk, to liquidate the debt, with interest, if not paid at the expiration of the said time, returning to us the surplus (if any); and, in the event of any deficiency, we hold ourselves responsible to you for the same. These goods are insured against fire upon the Sun Policy No. —, dated —— for £——, now deposited with you in security; and, in the event of any claim arising thereon, we authorize you to recover the amount under the said policy, which we hereby agree to assign over to you for that purpose.—We are, &c. B. & Co.

(If the promissory note of A. & Co. be also taken, this should be stated.)

5. GUARANTEES FOR GOODS, &c.

83. To Mr A. A. Sir,—We hereby undertake to pay for any goods which you may deliver to Mr X. Y.—We are, &c. C. & Co.

84. To Messrs R. & Co. Gentlemen,—I hereby guarantee the payment for any goods which you may deliver to Mr Z. from this date up to the 15th May next, not exceeding in all the amount of —— pounds.—I am, &c. A. B

85. To Messrs P. & Co. Gentlemen,—We jointly and severally hereby guarantee the debt of —— pounds due to you by Mr Z., on your giving him a further credit; and also any debt he may contract with you, not exceeding —— pounds, for goods supplied to him after this date.—We are, &c.
A. A., B. B.

86. To Mr C. C. Sir,—In consideration of your stopping law proceedings against D. D. for the debt of —— pounds which he owes to you, I hereby undertake to pay the amount on or before the —— next.—I am, &c.

6. BONDS.

English Personal Bond.

87. Know all men by these presents, that I, A. A. of ——, am held and firmly bound to B. B. of —— in the sum of two thousand pounds of lawful British money, to be paid to the said B. B., or to his certain attorney executors, administrators, or assigns, for which payment to be well and faithfully made,* I bind myself and my heirs, executors, and administrators, firmly by these presents, sealed with my seal, dated this —— day of ——, in the year of our Lord one thousand eight hundred and ——.

The Condition of this Obligation is such, that if the above bounden A. A. or his heirs, executors, or administrators, shall and do well and truly pay or cause to be paid unto the above-named B. B., his executors, administrators, or assigns, the full sum of one thousand pounds of lawful British money, with interest thereon at the rate of —— per centum per annum, then this obligation to be void, or else to be and remain in full force and virtue. A. A.

Attestation as in No. 124.

Scottish Personal Bond.

88. I, A. A. —— grant me to have instantly (*or* on the —— day of ——, notwithstanding the date hereof) borrowed and received from B. B. —— the sum of —— sterling, which sum I bind and oblige myself, my heirs, executors, and successors, without the necessity of discussing them in their order, to repay to the said B. B., and to his heirs, executors, or assignees, at the term of Whitsunday next, and that within (*bank or other office*), with a fifth part more of liquidate penalty in case of failure, and the interest of the said principal sum at the rate 5 per centum per annum from the date hereof (*or* from the —— day of ——) to the said term of payment, and thereafter during the not payment of the same, and that at two terms in the year, Whitsunday and Martinmas, by equal portions, beginning the first payment of the said interest at the said term of Whitsunday next to come, for the interest due preceding that date, and the

* When there are two obligants—"We bind ourselves, and each of us jointly and severally, our and each of our heirs," &c.

When there are three or four—"We bind ourselves and each of us, and any two (*or three*) of us, our and each of our heirs, executors, and administrators, jointly, severally, and respectively, firmly," &c.

next term's payment thereof at Martinmas following, for the half-year preceding, and so forth half-yearly termly, and proportionally thereafter during the not payment of the principal sum: And I consent to the registration hereof in the books of Council and Session, or others competent for preservation, and that all execution competent on six days' charge may follow hereon in common form; and thereto constitute ——— my procurators, &c. In witness whereof as in No. 126).

7. Shipping Documents, &c.

(Forms for the Sale and Mortgage of a Ship, Agreements between Master and Crew, &c., may be obtained at the Custom-house; also of law stationers, and printers licensed by the Board of Trade.)

Charter Party.

London, —— 18—.

89. It is this day mutually agreed, between A. A., master of the good ship or vessel called the ———, of the burden of —— tons or thereabouts, now lying ———, and M. & Co. of ———, merchants, that the said ship being tight, stanch, and strong, and every way fitted for the voyage, shall receive on board, viz.: ————, which the said merchants bind themselves to ship on board the said vessel, not exceeding what she can reasonably stow and carry over and above her tackle, apparel, provisions, and furniture; and being so loaded, shall therewith proceed to ———, or so near thereunto as she may safely get, and deliver the same on being paid freight, at and after the rate of ——— (the act of God, the Queen's enemies, fire, and all and every other dangers and accidents of the seas, rivers, and navigation, of whatever nature or kind soever, during the said voyage, always excepted) the freight to be paid on unloading and right delivery of the cargo. —— days to be allowed for loading ——— And —— days on demurrage, over and above the said lying days, at —— pounds per day. Penalty for non-performance of this agreement ———.

A. A., Master.

Witness, Y. Z. M. & Co.

Bill of Lading.

90. Shipped in good order and condition by A. A. & Co. of Sydney, in and upon the good ship or vessel called the Neptune, whereof B. B. is master for this present voyage, and now lying in the harbour of Sydney and bound for London, 100 bales wool, being marked and numbered as per margin, and are to be delivered in the like good order and condition at the aforesaid port of London (the act of God, the Queen's enemies, fire, and all and every dangers and accidents of the seas, rivers, and navigation, of whatsoever nature and kind, excepted) unto C. C. or to his assigns; he or they paying freight for the said goods at the rate of ¾d. per lb. gross weight at the Queen's beam in full, with average accustomed: In witness whereof, the master or purser of the said ship or vessel has affirmed to four bills of lading, all of this tenor and date; one of which being accomplished, the rest to stand void. Dated in Sydney, this —— day of —— 18—.

B. B., Master.

Letter of Hypothecation of Bill of Lading in Security of Draft against the Goods.

91. London, —— 18—. To A. A. and Co. Gentlemen,—Having negotiated through you my bill, dated ——, on B. B. & Co. of ——, at — days' sight, for £——, I hereby deliver to you the invoice and bill of lading of —— packages of goods shipped on board the ——, Captain ——, bound for ——, deliverable by indorsement to your order, together with the policy of insurance effected on the same to the extent of £——. In case the said bill should be dishonoured, either by non-acceptance or non-payment, I hereby authorize you or your assignees to dispose of the said goods in —— at your discretion, by public sale or otherwise, on my account and risk, subject to the usual charges and commission, and free from all responsibility whatsoever in respect of such sale: And I further agree to hold myself liable to you or your assignees for any deficiency on such sale, with re-exchange; any surplus thereon being remitted to London at the current rate of exchange for my credit. In the event of any claim arising on the said insurance, I authorize you or your assignees to recover the amount under the policy above mentioned, and which I hereby agree to assign over to you for that purpose, any surplus in excess of such claim belonging to me.—I am, &c.

Indemnity to Owners on Delivery of Goods without production of the Bill of Lading.

92. Gentlemen,—I have to request that you will cause delivery to be made

to my order of ——, shipped at —— by ——, on board the —— master, contained in ——, marked ——, without production of the bill of lading (which is lost or amissing), on the freight thereof being paid; and in consideration of your so doing, I hereby guarantee to hold you, the master, and the said ship ——, harmles from all consequences. I am, &c

Indemnity where the Indorsement of the Bill of Lading is awanting.

93. Gentlemen,—Please deliver the within to the order of A. A., and in consideration of your so doing, I hereby agree to hold the ship, the master, and the owners thereof, discharged from all further claim on the part of the shipper whose indorsement is awanting.

Engagement by Consignees to pay General Average and Salvage.

94. London, —— 18—. To A. A. and Co. Gentlemen,—We the undersigned, consignees of goods by the ——, B. B. master, from ——, which vessel has been on shore at the entrance of the river and received assistance, hereby engage to pay such proportion of general average and salvage as may appear due from each of us respectively by statement to be made up hereafter, and to sign a bond to the same effect if required.

Warehouse Warrant.

95. London Dock Warrant.
No. C, 6564. Ledger W, 148. Date, —— 18—. Sale Lot, 63. D. Lot, No. 2.
Warehouse Warrant for 10 bags sugar imported in the Clio, Rot. No. 779, Captain Jones, from Havanna. Entered by A. A. & Co., 17th May 18—. Deliverable to A. A. & Co. or their assigns by indorsement hereon.
Rent commences on the ——, and all other charges. Consolidated Rate ——. B. B.

(Warrants besides specify the packages, marks, and weights.)

8. PARTNERSHIP, &c.

Heads of Contract for Arrangement.

96. 1. Designation of parties. 2. Description of business. 3. Commencement and duration. 4. Style or firm. 5. Place of business. 6. Shares of profit and loss. 7. Capital and proportions to be advanced. 8. Banker and checks. 9. Interest on capital. 10. Drawings out. 11. F t of premises belonging to any partner. 12. Expenses. 13. Apprentices. 14. Account-keeping and period of stock-taking and balancing. 15. Limitation of power to give credit after notice by a partner. 16. As to compounding debts. 17. What bills partners may draw. 18. Whether they may become surety for another party. 19. Power of expulsion. 20. Provision on death or retirement, and as to purchasing share, &c. 21. Arrangements on dissolution. 22. Arbitration in case of disputes.

Memorandum of Agreement.

97. An Agreement, dated the —— 18—, between A. A. and B. B., whereby the said parties agree to enter into partnership as —— for — years, from ——, under the firm of A. & B.: That (*here concisely narrate conditions*). And the said parties agree forthwith to execute articles of copartnership, containing the above conditions, with the provisions usually inserted in such deeds; as witness the hands of the parties, the day and year first aforesaid.
A. A., B. B.

Circulars.

98. London, Austin Friars, —— 18—. Sir,—We beg leave to inform you, that we have this day established a General Commission business, under the firm of A. B. & Co. As to our standing and means, we solicit your attention to the references at foot, and submitting to your notice our respective signatures, we are, &c. A. A., B. B.
Mr A. A. will sign A. B. & Co.
Mr B. B. ,, ,, A. B. & Co.

References: Messrs C. & Co., Liverpool; D. & Co., Hamburg; E. & Co., New York. Bankers, London and Westminster Bank.

99. Sir,—We have the pleasure to inform you, that we have this day formed a copartnership with Mr A. B. (son of our late friend and partner, Mr J. B.), and that our business will henceforth be carried on under the firm of C. B. & Co., for whom we respectfully solicit that consideration and confidence hitherto extended to our late firm of C. & Son; and, referring to our signatures at foot, we remain, &c.
J. C., A. B., E. F.

Bankers, Messrs Barclay & Co.

100. Sir,—We beg to acquaint you, that our late partner Mr A. A. has re-

tired from our firm by mutual agreement, and that we the undersigned B. B. and C. C. continue to carry on the business of ——, under the firm of B. B. & Co. Respectfully referring you to our signatures, we are, &c.

101. Sir,—It is with much regret that I have to inform you of the decease of my friend and partner, Mr A. A., which took place on ——. As managing partner, and executor of Mr A., the charge of liquidating the affairs of the firm devolves upon me, and in the discharge of this duty I shall henceforth sign "*A. & Co. in liquidation.*" I beg further to state that the business will be continued in future on my own account, and that my best care shall be given to any matters which you may intrust to me. I am, &c.

Gazette Notices.

102. Notice is hereby given, that the partnership heretofore subsisting between the undersigned as ——, in ——, under the style or firm of ——, is this day dissolved by mutual consent. Dated this —— 18—. A. A., B. B.

103. Notice is hereby given, that the copartnership formerly subsisting between us, the undersigned A. A. and B. B., as —— at ——, under the style or firm of ——, was dissolved by mutual consent on the —— last, and that the said business will in future be carried on by the said B. B. alone, who will receive and pay all the debts of the late copartnership. Dated this —— 18—. A. A., B. B.

104. Notice is hereby given that the partnership lately carried on by us, the undersigned A. A. and B. B., at Liverpool, Shanghai, and Manilla, under the firm of A. A. & Co. at Liverpool and Shanghai, and under the firm of A. & Co. at Manilla, was this day dissolved by lapse of time. Witness our hands, this —— 18—. A. A., B. B.

Transfer of Shares in Joint Stock Company. (19 & 20 Vict. c. 47.)

105. I, A. A. of ——, in consideration of the sum of ——, paid to me by B. B. of ——, do hereby transfer to the said B. B. —— shares numbered —— in "The —— Company," standing in my name in the books of the company, to hold unto the said B. B., his executors, administrators, and assigns (or successors and assigns), subject to the several conditions on which I held the same at the time of the execution hereof; and I the said B. B. do hereby agree to take the said shares, subject to the same conditions. In witness, &c.

A. A., B. B.

Vide also No. 78.

Mandate or Proxy.

106. I, A. A. of ——, one of the proprietors of the —— Company, do hereby appoint B. B. to act and vote for me and on my behalf, at a meeting of the said Company to be held in —— on the ——, or at any adjournment thereof. Witness my hand, this — day of — 18—. A. A.

Authority to uplift Dividends.

107. Liverpool, —— 18—. To the Manager of ——. Sir,—I request that, until further notice, you will pay all dividends accruing on the shares (or stock) held by me in the —— Co. to B. B., whose receipt for the same, on my behalf, shall be a sufficient discharge.—I am, &c. A. A.

9. Bankruptcy.

Affidavit for Proof of Debt under English Bankruptcy.

108. In the matter of Y. Y. of ——, a bankrupt.

A. A. of —— maketh oath and saith that the said Y. Y., the person against whom a petition for adjudication of bankruptcy hath been lately filed, and is now in prosecution, was at and before the filing of the said petition, and still is, justly and truly indebted to this deponent (*if there be a partner, then also* and to his partner in trade B. B.) in the sum of ——, for goods sold and delivered by this deponent (and his said partner) in —— 18—, for which said sum of ——, or any part thereof, this deponent saith that he hath not, nor hath (his said partner nor) any person by his order, or to this deponent's knowledge or belief, for his (or their) use, had or received any manner of satisfaction or security whatsoever.* A. A.

Sworn at ——, in the County of ——, this —— day of ——, before me.

---

* (*If bills or other securities are held, here add*) save and except the —— hereinafter mentioned. (*Then specify the bills, &c. fully.*)

109. *English Bankrupt's Balance Sheet* (Montagu).

Dr.	£	Cr.	£
Debts Payable (List A)........		Debts Receivable (List B)........	
Capital........		Property (exclusive of debts) taken or to be taken by the Assignees (List C)........	
Profits........		Losses (List D)........	
		Expenses (List E)........	

Affidavit for Proof of Debt under a Scottish Sequestration.

110. At Glasgow, the —— day of —— eighteen hundred and —— years, in presence of A. A., one of her Majesty's Justices of the Peace for the city of Glasgow, compeared B. B. (*or* B. B. of the firm of B. & Co.), who being solemnly sworn and interrogated, depones, that C. C., ——, was at the date of the sequestration of his estates, and still is, justly indebted and resting owing to the deponent (*or* company of which the deponent is a partner) the sum of——, being the amount of the annexed account; depones, that no part of the said sum has been paid or compensated, that no security is held for the same, and that there are no other obligants for the debt than the said C. C. All which is truth, as the deponent shall answer to God.
A. A. B. B.

111. (The act requires the oath of the creditor himself, or, when a copartnery, that of one of the partners. When the debt is constituted by an open account, all the items must be stated, and the following doquet annexed, and signed by the deponing creditor and the justice: "——, 18—. "The above is the account referred to in my affidavit of this date." When constituted by bill, its description and production is sufficient; but when not due till after the date of the sequestration, interest for the subsequent time must be deducted.)

Mandate.

112. Glasgow, —— 18—. To D. D. Sir,—You are hereby authorized to attend, vote, and act, at all meetings under the sequestration of C. C., with the same powers as belong to, Sir, your obedient servant, B. B.

10. Miscellanies.

Letter of Procuration to negotiate Bills and operate on a Bank Account.

113. London, —— 18—. To the Directors of the —— Bank. Gentlemen,—We beg to inform you that we have authorized Mr B. B. to draw, indorse, and accept bills in our name, to draw on our account at the —— Bank, and generally to act for us in all matters relating to our account at the bank. We subjoin his signature at foot, to which we request you to pay due honour as to our own. We have also annulled all authorities previously granted to any other party to act for us in any of the above matters.—We are, &c.
P. p. A. A. & Co. A. A. & Co.
B. B.

Receipts.

114. London, —— 18—. Received from A. A. the sum of —— pounds, on account of goods furnished. B. B.

115. London, —— 18—. Received from A. A. the sum of —— pounds, being the balance of account for goods furnished. B. B.

116. London, —— 18—. Received from A. A. the sum of —— pounds, being the amount of salary, from —— to ——, due to me. B. B.

117. London, —— 18—. Received of A. A. the sum of —— pounds for one quarter's rent due to me for —— at Christmas last. B. B.

118. London, —— 18—. Received of the —— Company, the principal sum of —— pounds, secured by the within debenture, together with all interest due thereon to this day.

119. —— 18—. Received from A. A. the sum of —— pounds in full of all demands.

For Price of a Horse with Warranty.

120. York, —— 18—. Received from A. A. the sum of —— pounds for a bay

gelding, warranted sound in every respect, quiet to ride and drive, and free from vice. B. B.

Receipt for partial Payment of Goods undelivered.

121. London, —— 18—. Received from A. A. the sum of —— pounds, being for —— sold to the said A. A., which are to be delivered to the said A. A. or his order on the — day of —— next, when the sum of ——, making the full sum of ——, is to be paid by the said A. A. B. B.

Receipt for Bill or Note in Payment.

122. London, —— 18—. Received from A. A. a bill of exchange (*or* promissory note), payable at — months from this date, for —— pounds, which when paid will satisfy my claim against him for ———. B. B.

Attestation to English Deeds.

123. Signed, sealed, and delivered by the within named A. A., in the presence of ——

124. Signed, sealed, and delivered by the said A. A. in the prezence of——

Attestation to English Will.

125. Signed, published, and declared by the said A. A., the testator, as his last will and testament, in the presence of us, who in his presence, and at his request, and in the presence of each other, all being present at the same time, have subscribed our names as witnesses hereunto.

Scottish Testing Clause.

126. In witness whereof, these presents, written on this and the — pages of stamped paper by B. B., clerk to C. C., solicitor, Edinburgh, are subscribed by me, at Leith, the — day of ——— years, before these witnesses, X. X., merchant there, and Z. Z., my clerk. A. A.

X. X., Witness.
Z. Z., Witness.

(The party should subscribe each page of the deed, on the right-hand side, in presence of two male witnesses above fourteen. Marginal notes are to be signed by the Christian name on the one side, and the surname on the other. The witnesses sign the last page only: two suffice to any number of parties, provided the latter sign at the same time; otherwise two are requisite to each subscription. The place and date, with full names and designations of the witnesses, should be returned, with the deed, to the solicitor for engrossment.)

Letter fixing Interest on a Book-debt. under Act 3 & 4 W. IV. c. 42 (England).

127. Sir,—I do hereby require and demand payment of your debt of £100 due to me, as per account already rendered, and again herewith enclosed; and I do hereby give you notice (according to the statute in that case made and provided) that I shall and do hereby claim interest at the rate of 5 per cent. per annum on the said debt or sum of £100, from the date of this demand until payment thereof.

Letters of Introduction.

128. I have great pleasure in introducing to you the bearer of this letter, Mr A. A. of Messrs A. B. & Co., a firm of good standing in this place. Mr A. A. visits ——— with the view of extending the commission business of his firm, and if you can promote his views, I shall feel very much obliged by your doing so.

129. At the request of Mr A., I beg leave to introduce to you Mr B., the gentleman by whom this letter will be presented on his arrival in ———. Mr B. intends to ———, and I shall feel obliged by your giving him any advice or assistance in your power that you think may be of service.

130. To A. & Co., New Orleans. Gentlemen,—This will be delivered to you by Captain B. of the Oscar, whom I beg leave to introduce to your acquaintance. You will greatly oblige me by assisting him in procuring cottons for shipment while his vessel is loading at your port; the owners being my friends, Messrs Jones and Co. of Bristol. Recommending likewise Captain B. to your good offices and attentions in other matters, I am, &c.

131. To A. & Co., New York. Gentlemen,—We have much pleasure in introducing to you Mr G. B. of Messrs B. & Sons, a firm of high respectability in Liverpool. Mr B. intends to visit the principal commercial towns of the Atlantic States for the purpose of extending the relations of his house. Should it be in your power to further his objects in any way, we shall be particularly obliged by your doing so; and shall be happy should the introduction prove of mutual advantage to yourselves and Messrs B. & Sons.

Vide also Nos. 61 and 62.

XI.

A GLOSSARY OF MISCELLANEOUS TERMS

USED IN

TRADE AND FINANCE;

INCLUDING

COMMERCIAL LAW, BANKING, LIFE ASSURANCE, THE STOCK EXCHANGE, POLITICAL ECONOMY, AND THE PUBLIC ACCOUNTS.

ABANDONMENT, in Marine Insurance, is the relinquishment in a case of loss, of whatever may be saved to the insurer.

ACCEPTER, p. 187.

ACCOMMODATION BILL, p. 191.

ACCOUNT CURRENT, a chronological statement of transactions between two parties in a Dr. and Cr. form.

ACCOUNT OF CHARGE AND DISCHARGE, a Chancery form where the items of *Charge* against the accounting party are classified on one side; while, on the other side, the *Discharge* shows how he has accounted for them.

ACCOUNT SALES, a specification of the quantities and value of merchandise sold, the charges, and the net proceeds.

ACCUMULATION, the employment or investment of revenue as capital.

ACQUITTANCE, a receipt and discharge in writing, for money or a debt.

ACTS OF BANKRUPTCY, acts or events held as a criterion of bankruptcy.

ADJUDICATION, Scot., an action of execution against heritage for debt, &c.

ADJUSTMENT, in Marine Insurance, a stated account of loss recoverable from underwriters.

AD VALOREM, according to value.

ADVANCE, money paid for goods before delivery, or, in case of consignment, before sale.

ADVENTURE, a shipment by a merchant on his own account.

ADVICE, information by letter.

ADVOWSON, the right of presentation to a benefice. Financially it is accounted to be equivalent to a life annuity whose amount is the excess of the revenue of the benefice over the minimum stipend for the services.

AFFIDAVIT, a statement on oath.

AFFIRMATION, a solemn statement without oath.

AFFREIGHTMENT, a contract for the hire of a ship, or some part of it.

AGIO, the premium borne by a better sort of money above an inferior.

ANNUITY, a sum payable yearly, or periodically.

ANNUITIES CERTAIN, annuities payable during a fixed term.

ANNUITIES ON LIVES, annuities depending on one or more lives.

APPRAISEMENT, the estimate of a sworn valuer.

APPROPRIATION IN AID, a financial term applied to the funds arising from the sale of old stores, and extra receipts of the preceding year, which are abated upon the estimates of the year submitted to parliament.

ARBITRATION, a contract referring disputed matters to the decision of a neutral party.

ARBITRATION OF EXCHANGE, p. 200.

ARRESTMENT, Scot., attaching a fund or other moveable till a debt be satisfied.

ASSETS, a general term for property in contradistinction to liabilities.

ASSIGNATS, the depreciated paper money of France, after the Revolution of 1789.

ASSUMPSIT, Eng., a voluntary promise by which a man assumes to perform or pay anything to another; also an action for breach of contract.

ASSURANCE, an engagement to secure the payment of a sum on the death of an individual in consideration of a stipulated single or annual payment.

ATTACHMENT, Eng., the act by which a creditor may claim and seize the effects of his debtor.

AUDIT, a scrutiny of accounts by persons duly authorized to examine and report how far they are properly stated and vouched.

AVERAGE, in Marine Insurance, a common term for losses at sea when not total. *Particular Average* is partial damage directly occasioned by shipwreck or accident to the ship or cargo. *General Average* is the loss by sacrifice made for the safety of a ship or cargo, and for indemnification of which all are bound to contribute.

AVOIRDUPOIS, the British commercial weight.

BACKWARDATION, a Stock Exchange term for the consideration given to keep back the delivery of stock or shares when the price is lower for time than for money.

BAILMENT, a delivery of goods for some particular purpose, or on mere deposit, upon a contract express or implied, that after the purpose has been performed they shall be redelivered to the *bailor* or his order, by the *bailee*, or kept till he reclaims them.

BALANCE, in Accounts, the sum required to equalize the debits and credits.

BALANCE OF TRADE, the difference between the exports and imports of a country; an excess in the exports being (according to old usage) called a *favourable balance*, from its tendency to bring in bullion; while an excess of the imports is called an *unfavourable balance*, from its tendency to drain bullion away.

BALANCE-SHEET, a ledger abstract, exhibiting, on the one side, the gross property of a concern, including its bills and debts receivable, goods, &c.; and on the other side its bills and debts payable, &c.; the difference being the net stock or net deficiency at the period of balance.

BANCO, a continental term for the bank-money of Hamburg and other places.

BANK, a depository for money; also an institution for dealing in money capital, and facilitating remittances from one place to another.

BANKRUPT, a person unable to meet the demands of his creditors, and who has committed some act indicative of his situation.

BARRATRY, any fraudulent or unlawful act of the master or crew without consent of the owner, whereby the ship or cargo may be lost or forfeited.

BARTER, the exchange of one commodity for another without reference to money.

BATTA, an Indian term for a per-centage or allowance.

BEAR, a Stock Exchange term for one who sells with the view of buying back at a lower price before the time fixed for a settlement; while the term *Bull* is applied to one who buys to sell again at a higher price. Hence the phrases "Bull" and "Bear" transactions, which are speculations for the *rise* and *fall* respectively.

BILL, Eng., *in equity*, is a declaration of the wrong for which the plaintiff claims redress. *Bill in parliament* is a proposed or draft act before it is passed into a law.

BILL OF ENTRY, a schedule of goods entered at the Custom-house.

BILL OF EXCHANGE, p. 186.

BILL OF HEALTH, a certificate furnished to a ship communicating with a country affected by contagion by the sanitary authorities of the port; which when *clean* exempts it from quarantine, but when *suspected* or *foul*, subjects it for periods differing according to circumstances.

BILL OF LADING, a negotiable instrument given by a ship-master in acknowledgment of goods received on board.

BILL OF PARCELS, a specification of goods sold, given to the purchaser.

BILL OF SALE, Eng., a contract under seal whereby a man transfers the interest he has in goods to another.

BILL OF SIGHT, a form of customs entry by which goods whose description is awanting may be landed for examination.

BILL OF STORE, a form of customs entry for re-exportation; also a license for ship-stores to pass free.

BILLON, a base coinage of silver and copper.

BOARD, the managers of a public department or company in their collective and official capacity.

BOND, a deed by one party obliging himself, his heirs, &c., to pay money, generally with interest, at a certain time or under certain circumstances.

BONDING SYSTEM, the system under which imported goods are allowed to be stored, with certain facilities for sorting and transferring, in warehouses licensed under a customs bond without payment of duties until taken out for consumption.

Bonus, an extra allowance or dividend to the shareholders of a company.

Book-Debt, a debt for goods sold when unsupported by higher evidence than the books of the seller.

Book-keeping, the art of recording accounts in a systematic manner.

Bottomry, a contract of loan on the security of a ship and its owners, repayable on the termination of the voyage.

Bought and Sold Note, a note of the sale of goods by a broker.

Bounty, a premium for the encouragement of a particular trade or manufacture.

Brassage, charges for mint expenses.

Brokerage, the per-centage of a broker, for his agency in the purchase or sale of merchandise.

Bubble, a chimerical or fraudulent project or undertaking.

Budget, the annual estimates of the public revenue and expenditure submitted to the House of Commons.

Bull, a Stock Exchange term for one who buys to sell again at a higher price before the time fixed for a settlement. See Bear.

Bullion, uncoined gold or silver.

Capias, Eng., a writ of arrestment. The *Capias ad Satisfaciendum* (or *Ca Sa*) commands the defendant to be taken and kept till his debt be paid.

Capital, the original stock of a trader or company.

Capital, in *Political Economy*, wealth appropriated to reproduction.

Circulating or *Floating Capital* comprises those commodities (or the command over them) the whole cost of which is returned *entire* to the producer out of the annual income of the country.

Fixed Capital comprises all buildings, roads, railways, docks, ships, machinery, improvements of the soil, &c., which facilitate production, but which return to the owner only rent, interest, or dividends.

Cash, money.

Cash-Credit, in Banking, an account with sureties, under which a party is empowered to pass cheques on the bank to an amount agreed upon.

Cautionry, Scot., an engagement or *obligation* as surety for another.

Caveat, a restraining notice or stop.

Certificate, in *Bankruptcy*, a testimonial that the bankrupt has conformed to the law, and authorizing his discharge.

Cessio Bonorum, Scot., a remedial process to a debtor against imprisonment on the surrender of his property to his creditors, and a substitute for sequestration in small bankruptcies.

Cestui que Trust, Eng., he to whose use or benefit another man is seised of lands, &c. *Cestui que vie*, he for whose life any lands, &c. are granted.

Charter, letters patent from the crown wherein privileges are granted to companies, corporations, &c.; also a written record of things done between parties.

Charter-Party, a deed by which the whole or part of a ship is let for a determined voyage.

Chattels, Eng., all goods movable and immovable except such as are in the nature of freehold.

Cheque, a written order upon a banker for the payment of a specified sum to a person named or the bearer.

Chose in Action, Eng., a thing not in possession, but which a man may legally claim.

Circular Note, a banker's bill made payable at a number of places for the convenience of travellers.

Circulating Medium, all instruments of interchange, and everything which serves as a mode of payment.

Circulation of a Bank, its issued notes.

Civil List, an annual sum granted for the maintenance and dignity of the crown in lieu of the crown revenues.

Clearing a Ship, registering its name and cargo in the customs books before sailing.

Clear Days, in lawsuits, are reckoned exclusively of the day of serving the process, and the day of hearing.

Clearing, in Banking, a device in London by which accounts between bankers are daily adjusted by the cancellation of their mutual cheques, the residuary balance being alone paid in money.

Cloff, a small fixed abatement on certain goods on their sale.

Cocket, a customs warrant furnished on the entry of export goods, in evidence of their having paid duty, or being duty free.

COGNOVIT ACTIONEM, Eng., is where a defendant acknowledges the cause of action to be just.

COIN, metallic money stamped by Government.

COLLATERAL SECURITY is that which is indirect, or over and above the principal obligation.

COMMANDITE. Vide SOCIÉTÉ.

COMMISSION, an agent's per-centage.

COMPANY, an association of two or more persons in partnership.

COMPOSITION WITH CREDITORS, an agreement by which creditors take a proportion in lieu of the whole of their claims, and acquit the debtor.

CONCESSION, Fr., a public grant or privilege to parties termed *Concessionaires.*

CONSIGNMENT, the transmission of merchandise by an individual in one place, termed the *consigner*, to an indvidual in another place, termed the *consignee*, to be at his disposal under expressed or implied conditions.

CONSOLIDATED FUND, a term applied in the national accounts, since 1786, to the aggregation then effected of the various revenues or funds chargeable with the payment of certain annuities due to the public.

CONSOLS, a Stock Exchange term for the 3 per cent. consolidated annuities.

CONSUMPTION, in Political Economy, the destruction wholly, or in part, of any portions of wealth. *Productive consumption* is the employment or consumption of wealth by the capitalist with a view to future production. *Unproductive consumption*, or spending, is the consumption of wealth as revenue, with a view to the final purpose of all production—subsistence and enjoyment; but not with a view to profit.

CONTANGO, *or* CONTINUATION, a Stock Exchange term for the sum paid per share, or per cent., for carrying over the settlement of shares, &c. from one account day to another.

COST BOOK PRINCIPLE, a species of mining partnership; the *cost book* being the account book of the purser with the adventurers, with their names and regulations; and on which a balance being struck, usually monthly, and approved, a call is made, or a dividend paid, as the case may be.

COUPONS, (Fr.), dividend warrants appended to bonds, which are severally cut off for presentation as they fall due.

COURSE OF EXCHANGE, p. 191-197.

CREDIT is where an engagement to pay is accepted instead of actual payment; also, in a general sense, confidence in pecuniary affairs.

CREDIT FONCIER (Fr.), credit on land, a term applied in France, &c. to a financial institution for making loans upon land and real property.

CREDIT MOBILIER (Fr.), credit on personal effects or responsibility, a continental term applied to a kind of bank established to make advances upon movable or personal property, shares, public funds, &c.

CURRENCY, coin, notes, and all other instruments by which, for the sake of convenience, commodities are interchanged.

CUSTOMS, duties on exports or imports.

DAYS OF GRACE, p. 189.

DEAD FREIGHT, the damages payable by one who engages to load a ship fully, and fails to do so.

DEAD WEIGHT, a term applied to an advance by the Bank of England to Government on account of military pensions; also to the aggregate of the fixed annual burdens of any concern.

DEBENTURE, a customs certificate for drawback; also, a certificate of mortgage or loan on public works.

DEL CREDERE GUARANTEE, an engagement by an agent for the solvency of persons who deal with him in the concerns of his principal.

DEMAND FOR COMMODITIES, the sacrifice which the demanders are able and willing to make, in order to satisfy their wants. In regard to its extent, it is said to be an *effectual demand* when they are able and willing to pay the costs of production; and it is said to be in excess above the supply, when either from the diminution of the supply, or the increase of the effectual demand, the quantity in the market is not sufficient to supply all the effectual demanders. In this case the intensity of the demand and the price proportionably increase. See GLUT.

DEMURRAGE, the time of detention in loading or unloading a ship beyond that originally stipulated; also the compensation which the freighter has to pay for such detention.

DEMURRER, Eng., a stop to an action upon a legal objection which must be determined before further procedure.

DERELICT, a ship forsaken.

DETINUE. See TROVER.

DEVIATION, in Marine Insurance, is that divergence from the voyage insured which discharges the risk of the underwriter.

DILIGENCE, Scot., the means by which the law enforces obligations.

DISCOUNT, an allowance made for the payment of money before due.

DISTRINGAS, Eng., a writ to distrain a man for debt; or for his appearance at a certain time.

DIVIDEND, the portion of any joint profit or fund given out to be shared.

DOCKET, a short certificate, summary, or memorandum.

DOCK WARRANT, a certificate of goods lodged in the dock-warehouse.

DOCUMENT BILL, a draft accompanied and secured by the bill of lading, and insurance policy of the goods drawn against.

DRAFF, a petty commercial allowance now nearly obsolete.

DRAFT, p. 186.

DRAWBACK, duty on goods repaid on their exportation.

DRAWER, DRAWEE, p. 187.

DUNNAGE, loose wood placed in a ship's hold to prop the cargo.

EARNEST, money given in token that a bargain is ratified.

EFFECTIVE, a continental term for coin in contradistinction to paper money.

EJECTMENT, Eng., an action for the recovery of lands, houses, &c.

ELEGIT, Eng., a writ to take in execution, but not to sell, the effects of a debtor.

ENDOWMENT, the assurance of a sum payable upon an individual attaining any particular year or age.

ENTREPOT, a port or place into which goods are imported and stored for re-exportation to some other place.

EQUITABLE ESTATE, Eng., the right or interest held by one for whose benefit a trust is created.

EQUITABLE MORTGAGE, a mortgage created by the owner of an estate merely depositing the title-deeds relating to it with his banker, or other creditor, as a pledge for the repayment of the loan or debt.

ESTOPPEL, Eng., a bar to an action *arising from* a man's own act or deed.

EXCHANGE, p. 191.

EXCHEQUER, a crown revenue court; divided anciently into two parts—one a court of record for determining causes touching these revenues (now also a common law court); the other employed in the receiving and paying of money. The latter now constitutes the department of the Chancellor of Exchequer.

EXCHEQUER BILLS, Treasury bills issued under the sanction of Parliament.

EXCISE, a tax on home productions or manufactures.

EXEMPLIFICATION of letters patent, &c., a transcript under the great seal, which may be pleaded as the originals.

EXIGI FACIAS, Eng., a writ issued in absence of a defendant charging him to appear upon pain of outlawry.

EXPECTATION OF LIFE, in annuities, is the average of forthcoming years in the life of an individual. The *curtate expectation* is the average number *completed*, exclusive of the fraction of the year in which the life fails.

FACTOR, a mercantile agent intrusted with the possession as well as the disposal of property.

FACTORY, Scot. See MANDATE.

FACTORY SYSTEM, a term used in reference to establishments employing numerous persons for manufacturing purposes.

FALSIFYING, in the English law of accounts, is showing that a charge has been inserted which is altogether wrong.

FEE, a right in perpetuity.

FEE FARM RENT, Eng., a rent reserved upon a grant in fee, if not less than one-fourth of the value of the lands. If of less value it is a *rent-charge*.

FEUDUTY, Scot., the fixed rent payable for land to the *superior* by the holder or vassal.

FIARS PRICES, Scot., average prices of corn yearly fixed in counties by sheriff juries, and which regulate all express or implied agreements at such prices.

FIAT, Eng., a judicial order for making out and allowing certain processes.

FIERI FACIAS, Eng., a writ after judgment, to levy the debt on the goods of the defendant.

FINE, a penalty, forfeit, or money paid for any exemption or liberty.

FIRM, the style or title of a mercantile company.

Foreclosure, Eng., a term used to express the barring *the equity of redemption* in mortgages.

Forthcoming, Scot., an accessory action of adjudication of movables following *arrestment*.

Funding, the system of raising public loans by granting perpetual annuities, redeemable generally on certain terms by the State; so termed from stated revenues or *funds* being formerly appropriated for the payment of those annuities.

Funds, the obligations or securities for the funded portion of the public debt.

Garnishee, Eng., a person in whose hands money is attached within the city of London; so called because he has had *garnishment*, or warning, not to pay to the defendant.

Glut of Commodities is when, from the superabundance of supply, or the diminution of demand, the quantity of commodities in the market greatly exceeds the quantity wanted by those who are able and willing to pay the cost of production.—See Demand.

Goodwill, that advantage of a trade which arises from sole ownership, the situation of a shop, or long established custom.

Grassum, Scot., a fine paid for a lease.

Ground Annual, Scot., a fixed rent payable for church lands; also for building-ground, &c.

Guarantee, an engagement for some debt, or the performance of some duty, in case of the failure of another person who is primarily responsible.

Guild, an ancient term for a mercantile corporation.

Holograph, Scot., a document in the handwriting of the granter.

Homologation, Scot., expressly or impliedly ratifying an engagement in itself invalid.

Honour, in Bills of Exchange, regularity in acceptance and payment.

Hoondee, in Indian commerce, a native bill of exchange.

Hypothec, a lien over personal property, the custody of which does not pass to the holder of the security, but remains with the proprietor.

Imprest Moneys, a term applied to moneys issued by Government to storekeepers and other public agents until accounted for.

Indenture, a writing containing some contract, agreement, or conveyance; being formerly *indented* in the top, corresponding to another part with the same contents.

Indorse, Indorser, p. 187.

Inhibition, Scot., a writ prohibiting a debtor from alienating heritage, or contracting debt, to the prejudice of the creditor inhibiter.

Injunction, Eng., the restraint by Chancery of any act by which injustice or fraud may be perpetrated.

Inlake, a deficiency in the weight or quantity of goods, arising as an accident of trade.

Insolvency, a general inability to pay debts.

Insurance, a contract by which one party, in consideration of a *premium*, undertakes to indemnify another party against a particular event.

Interpleader, Eng., a bill of interpleader in equity is where a person is indebted to one of the parties in a suit, and desires that, by their interpleading he may be safe in the payment. See Multiplepoinding.

Interdiction, Scot., a legal restraint laid on those in danger of suffering by their perfusion or facility.

Interest, the consideration for the loan or use of money.

Simple Interest is that which is reckoned only upon the principal sum lent during the whole time of the loan.

Compound Interest is that reckoned not only upon the principal sum lent, but also on its interest as it becomes due.

Invoice, an inventory of the quantity and price of goods sold or consigned.

Jerquing, the search of a ship to ascertain if any unentered goods are on board.

Jettison, casting overboard any part of a ship, or its contents, for the preservation of the remainder.

Joint Adventure, a limited partnership, confined to a particular speculation, course of trade, or voyage.

Joint Stock Company, a company contradistinguished from ordinary partnerships, by the administration being vested in certain officers or directors, by the individual partners having no power to deal with the public, and by the shares being transferable.—Vide Société.

Journal, a technical summary of the primary records of a merchant, preparatory to their being entered in the ledger.

Judgment Debts. A Judgment, in English law, is a species of security created over personal goods, usually with the assent of the debtor, by means of a warrant of attorney, judge's order, or cognovit; and which, when *entered up*, enables the creditor at any time to issue execution against the goods; by the sale of which he may realize his debt.

Knot, a division of the log-line equivalent to one nautical mile.

Labour, in Political Economy, the exertions of human beings employed with a view of production.

Lac, an Indian term for 100,000.

Laches, such negligence as involves the forfeiture of the legal rights of a party.

Lay Days, the time allowed for loading and unloading a ship.

Leakage, an allowance for waste or loss of liquids.

Ledger, a book containing a methodical summary of all a merchant's accounts and their results.

Letter or Power of Attorney, a deed authorizing one person to act for another.

Letter of Credit, a letter authorizing the person addressed to advance money or furnish goods to another, on the credit of the writer.

Letter of Marque, a license authorizing a ship to act as a privateer.

Letters Patent, an instrument or deed under the crown seal, enabling a person to do or enjoy that which he otherwise could not.

Levari Facias, Eng., a writ for levying a sum upon the effects of a defendant.

Liabilities, a comprehensive term for all the pecuniary obligations, whether direct or indirect, of an individual or company.

Lien, a right to retain property legitimately in one's possession until a debt shall be paid, or an engagement performed, the right of exaction of which is in the possessor.

Limitation, in commercial law, the expiry of a right through lapse of time. In England actions upon bills, or of trover, detinue, debt upon simple contract, &c., are limited to six years; those upon bonds, deeds, &c., to 20 years.

Log Book, a ship's journal.

Mandate, Scot., a contract empowering a person to manage any business for another without hire; now almost superseded by *Factory*, or agency for hire.

Manifest, the specification of a ship's cargo and passengers.

Meditatio Fugæ Warrant, Scot., a warrant to imprison a debtor, competent on proof of his intention to abscond from Scotland, analogous to the English writ *ne exeat regno*.

Mint, the place where money is coined.

Mintage, the duty paid for coining.

Misfeasance, Eng., a misdeed.

Money, p. 138.

Monopoly, the exclusive privilege of dealing in or of making any particular commodity.

Mont de Piété, a benevolent loan institution.

Mortgage, in England, a pledge of lands or tenements by a debtor or *mortgager*, for money borrowed from the creditor or *mortgagee*, to be the property of the creditor for ever if the money be not paid at the time agreed upon; but which, by legal construction, always remains liable to *the equity of redemption*, unless precluded by a suit in equity. A mortgage of personal goods is termed a *conditional bill of sale*.

Multiplepoinding, Scot., or double distress, an action chiefly used for settling competitions for a movable, analogous to the English bill of *interpleader*.

Ne Exeat Regno, Eng., a writ to restrain a person from leaving the kingdom without license.

Negotiable Instrument, a term applied to a document where the legal right to the property secured by it is transferable from one person to another by its delivery.

Nisi Prius, Eng., a commission to justices of assize empowering them to try issues of fact by jury.

Nonfeasance, Eng., an offence of omission.

Noting of a Bill, a note made on the bill at protesting, from which, and from the notary's book, he may make out the instrument of protest at any time.

Omnium, a Stock Exchange term for the whole of the stocks of which a government loan consists when two or more descriptions—as consols and terminable annuities—are given for each £100 in money.

Open Policy.—See Policy.

Options, a class of Stock Exchange

transactions which are described by Mr Fenn as a *put and call*, or a *put* or *call*.

A Put and Call is where a person gives so much per cent. for the option of buying or selling so much stock on a certain fixed day, at a price fixed the day the option money is given.

A Put is when a person gives so much for the option of *selling* under a like condition; and *a Call* is when so much is given for the option of *buying* only.

OUTCOME, superabundant measure of goods, arising as an incident of trade, or by allowance of the wholesale dealer.

PAPER MONEY, p. 139.

PAR OF EXCHANGE, the expression in the currency of one country of that sum which contains an equal amount of pure gold or silver, with a given sum which is taken as the standard of comparison in another.

PARTICIPATION (Fr.), a kind of commercial association recognised in France, consists simply in two or more persons joining in one or several determinate commercial speculations. Such associations are familiarly termed *comte à demi*, between two; *comte à tiers*, &c.

PARTNERSHIP, the association of two or more persons in one business.

PERMIT, an excise passport.

PERPETUITY, an annuity which is to continue for ever.

PETTY AVERAGE, an allowance for towing, beaconage, &c., now usually included in the freight of a ship.

PIX, a box in which samples of coins struck at the mint are preserved for comparison with the Exchequer Standard, termed *trial of the pix*.

PLANT, a comprehensive term applied to the warehouses, leases, tools, engines, and fixtures of a concern.

PLEDGE, anything put in pawn.

POINDING, Scot., an adjudication and sale of movables for debt.

POLICY, the deed embodying the contract of insurance.

In Marine insurance a *valued policy* is where the interest is valued; while an *open policy* is one wherein the amount or interest is left for subsequent establishment.

In an open policy, where the value shipped is not equal to the value insured, the difference is termed *over-insurance*; and the proportional amount of premium returnable by the insurer is called a *return for short interest*.

POST OBIT BOND, a bond payable only after death.

PREMIUM, the sum given for the share of an undertaking above its original value.

PREMIUM, in Insurance, the consideration given by the party protected to the insurer.

PRESCRIPTION, custom continued till it has the force of law.

PRESCRIPTION, Scot., a legal presumption of abandonment, or of satisfaction, of an obligation by lapse of time; distinguished as *triennial* of tradesmen's accounts, wages, &c.; *quinquennial* of rents, contracts of loan, pledge, &c.; *sexennial* of bills; *septennial* of cautionary; *decennial* of tutorial accounts; *vicennial* of holograph writings; and the *long prescription*, giving a right to heritage through titles extending over forty years.

PRICE, value expressed in money. The *natural price* of a commodity at any place and time is that which will pay the cost of its production, or the money conditions of its supply.

PRICE-CURRENT, a list of the market prices of merchandise.

PRIMAGE, or Hat-money, a small allowance for the shipmaster's care of goods, now generally included in the freight.

PROBATE, Eng., the exhibiting and proving of a will before the judge.

PROCURATION, acting through an agent, manager, or *procuratory*. When one becomes party to a bill by the subscription of his agent duly authorized by power of attorney, letter of procuration, or otherwise, he is said to act by procuration.

PRODUCTION, in Political Economy, the creation of objects which constitute wealth.

PROFIT, the surplus produce which remains to the capitalist after replacing his capital: the ratio which that surplus bears to the capital itself is the *rate* of profit.

PROMISSORY NOTE, p. 186.

PRO RATA, a term applied to payments by parties proportional to their interests.

PROMPT, a short fixed period of credit allowed on the sale of some commodities.

PROTEST OF A BILL, a notarial declaration, on presentment, that the bill has been presented, has not been accepted or paid, and that the bill-holder is to enforce payment against all the parties to it.

QUARANTINE, a probationary confinement and interruption of intercourse to which ships with their crews, passengers, and cargoes are subjected on coming from a country afflicted by or suspected of contagion.

QUID PRO QUO, giving one thing for another.

QUIT RENT, Eng., a small rent payable by tenants of manors, and by which they go free.

RACK-RENT, the full yearly value of the land or house rented.

RE-ASSURANCE, the protection of an insurer by other insurers against the risk he has undertaken.

REBATE, a deduction from a stipulated price or sum.

RECOGNISANCE, Eng., the judicial acknowledgment of a former debt upon record, &c.

RECOUPE, in English law, is the keeping back or stopping something which is due, such as to default or discount.

RE-EXCHANGE, the damage arising from the dishonour of a bill, and the necessity of the bill-holders having recourse back to the place of drawing.

RELEASE, an instrument whereby a person quits and renounces that which he before possessed; also an English deed of conveyance, &c.

REGISTRY CERTIFICATE, a parchment document delivered to a shipmaster, testifying to the ownership, name, burden, master, and port of registry: it is the proof of the vessel being entitled to the privileges of the nation to which it belongs.

REMEDY OF THE MINT. See p. 139.

RENT, an annual payment by one party for any property held of another party.

RENT, in Political Economy, that which is received for the use of the natural and inherent powers of land, being the excess of the value of the whole produce above what is necessary to pay the wages of the labour and the profits of the capital employed in cultivation; or, as sometimes expressed, the excess of the produce of any land beyond what would be *returned to the* same labour and capital if employed on the worst land in cultivation.

RENT CHARGE. See FEE-FARM RENT.

RENTE, a term synonymous with annuity in the funding system of France.

REPLEVIN, Eng., an action founded upon a distress taken wrongfully.

REPRISES, Eng., abatements or deductions.

RESERVE, profit set aside or retained to meet some future purpose or contingency.

RESPONDENTIA, a contract of loan under which goods in a ship are hypothecated to the lender as in BOTTOMRY.

REST, a term applied both to the period of stock-taking and balancing of a merchant, and to the balance of undivided profit at that period.

RETENUE, a French term for the mint charge on coins.

REVENUE, that portion of wealth which the possessor may annually consume without injury to his permanent resources. It consists of the rents of land, the wages of labour, and the profits of stock.

REVERSION, in Life Assurance, an annuity or sum which is not payable until some circumstances happen, or cease to happen, which are named in the agreement.

SALVAGE, a recompense to those by whose means a ship or merchandise has been saved from shipwreck, fire, or capture.

SALVAGE LOSSES, in Marine Insurance, are where the goods are saved, and sold short of their destination, being unfit for reshipment.

SCIRE FACIAS, Eng., a writ calling a man to show cause why the execution of a judgment should not be made out.

SCRIP, a Stock Exchange abbreviation of the term subscription, applied to stocks given in exchange for a loan until all the instalments are paid.

SEA-WORTHINESS, in Marine Insurance, implies that the ship shall be "stout, staunch, and strong for the voyage, well and sufficiently rigged, and found with a proper master and crew."

SEIGNORAGE, the profit derived by a government from issuing coins at a rate higher than their intrinsic value.—See p. 139.

SEQUESTRATION, the Scottish process by which the effects of a bankrupt are realized and divided among his creditors.

Set-off, the concurrence of two liquid debts reciprocally due made to operate as payment from the moment of concourse.

Ships' Papers for manifestation, comprise generally the certificate of registry, charter party, bills of lading, muster-roll of crew, log-book, and bill of health.

Short Interest.—See Policy.

Shroffage, in Indian commerce, is the scrutiny of coins and separation of the good from the debased, usually performed by a *Shroff*, or native banker.

Simulate Account, a pro forma account.

Sinking-Fund, a portion of revenue annually or periodically set apart for the gradual extinction of a debt.

Société Anonyme, a French public company trading under a denomination indicative of its object, and composed of partners bound simply each to pay in his subscribed share, while it is represented by managers or directors personally irresponsible for the liabilities.

Société en Commandite differs from the preceding in trading under a firm comprising the names of the managers, who are liable for all engagements, but with whom there are associated non-managing partners called *commanditaires*, free from all liabilities beyond the capital respectively invested by them.

Société en nom Collectif, a French company in which all the partners are jointly and severally responsible, even though their names do not appear in the firm.

Solidarity (Fr.), joint responsibility.

Specialty Debt, Eng., a debt due or acknowledged by an instrument under seal.

Specie, coined money.

Speculation is properly any transaction in which an individual buys in order to sell again; but the term is more commonly applied to transactions beyond the control of ordinary rules, or foreign to the proper business of an individual.

Standard, p. 138.

Staple, a term anciently applied to a public market; but now employed to designate the chief productions of a country.

Stated Account, in the English law of accounts, is an account settled whether it be signed or not.

Status of an Annuity, the state of things during the continuance of which the annuity is to be paid. A *compound status* is one which exists as long as either of two or more status remain.

Sterling, a term of uncertain derivation, which has been long applied to the standard money of England.

Stock, in accounts, comprehends everything possessed by an individual or firm at any given time.

Stock, in Political Economy, accumulated wealth.

Stocks, the public funds.

Stoppage in Transitu, the right of a seller to retain goods sold, or to recover them if they have not yet been delivered to the buyer, in security of the price unpaid.

Storage, a charge for warehouse rent.

Stranding, in Marine Insurance, is where a vessel takes the ground under any extraordinary circumstances of time or place by reason of some unusual or accidental occurrence; but mere "touch and go" is not a stranding.

Subpœna, Eng., a writ calling a party to appear in court.

Supersedeas, Eng., a command to stay law proceedings, on good cause shown, which ought otherwise to proceed.

Supplies, the annual grants for the public service by parliament.

Supply of Commodities, the quantity offered, or ready to be immediately offered for sale.

Surcharge, in the English law of accounts, is to show an omission for which credit ought to have been given. *Falsify* is to show that a wrong charge has been inserted.

Survivorship, the assurance of a sum or annuity to be received when a certain party shall die, provided that party be survived by another.

Tare, a deduction from the gross weight of goods on account of the package.

Tariff, a cartel or list of duties on exports and imports.

Taxes, charges or imposts for the support of the government in its various departments of administration. Direct Taxes are fixed money payments called for periodically by the tax-gatherer. *Indirect Taxes* are those imposed on imports, exports, or manufactures.

TONTINE, the system of raising a loan by granting a life annuity to a number of persons with the benefit of survivorship, so that it is shared among those living till at last it falls to one.

TRET, a deduction in the weight of certain goods of 4 lbs. on every 104 lbs. for dust, &c.

TROVER, Eng., an action for recovery of personal property (by fiction of law) *found* or appropriated by another, *or for damages;* and so differing from *Detinue*, an action for *detention* of property, under which only the chattel is recoverable.

TROY, a name given to the English weight for gold and silver.

TRUCK SYSTEM, paying workmen in goods instead of money.

ULLAGE is what a cask wants of being full.

USANCE, p. 188.

VALUE, in Political Economy, a relative term denoting the general power of purchasing possessed by any article or commodity, or the command which its possession gives over purchasable commodities in general. *Price* is the value of a thing in relation to money.

VENDOR, in Commercial Law, is a person who sells: the buyer is termed a *vendee*.

VIDIMUS, Scot., a brief sketch or abstract of an account.

WAGES, the remuneration paid to the labourer for his exertions. *Nominal wages* are those which he receives in the current money of the country. *Real Wages* are the necessaries, conveniences, and luxuries of life, which the wages of the labourer enable him to command. The rate of wages depends upon the supply and demand of labour; or on the proportion between those who work for hire and the capital expended in the purchase of labour.

WARRANTY, in Marine Insurance, an express or implied condition relating to the subject insured, which, if not true or not complied with, defeats the insurance.

WAYS AND MEANS, the annual duties and other items of public revenue applicable to the national expenditure, as exhibited in the annual estimates submitted by the Chancellor of Exchequer to the House of Commons.

WEALTH, in Political Economy, the material objects necessary, useful, or agreeable to man, which have required some portion of human exertion to appropriate or produce.

WRIT OF EXTENT, a statutory proceeding for the recovery of the public revenue by attachment, appraisement, and sale of the property against which it is directed.

CARDINAL NUMBERS IN SEVEN LANGUAGES.

English.	*German.*	*Dutch.*	*Italian.*	*Spanish.*	*Portuguese.*	*French.*
One	Ein	Een	Uno	Uno	Um	Un
Two	Zwei	Twee	Due	Dos	Dous	Deux
Three	Drei	Drie	Tre	Tres	Tres	Trois
Four	Vier	Vier	Quattro	Cuatro	Quatro	Quatre
Five	Funf	Vyf	Cinque	Cinco	Cinco	Cinq
Six	Sechs	Zes	Sei	Seis	Seis	Six
Seven	Sieven	Zeven	Sette	Siete	Sete	Sept
Eight	Acht	Agt	Otto	Ocho	Oito	Huit
Nine	Neun	Negen	Nove	Nueve	Nove	Neuf
Ten	Zehn	Tien	Dieci	Diez	Des	Dix
Twenty	Zwanzig	Twintig	Venti	Veinte	Vinte	Vingt
Thirty	Dreissig	Dertig	Trenta	Treinta	Trinta	Trente
Forty	Vierzig	Veertig	Quaranta	Cuarenta	Quarenta	Quarante
Fifty	Funfzig	Vyftig	Cinquanta	Cincuenta	Cincoenta	Cinquante
Sixty	Sechzig	Zestig	Sessanta	Sesenta	Sessenta	Soixante
Seventy	Siebzig	Zeventig	Settanta	Setenta	Setenta	Soixante-dix
Eighty	Achtzig	Tagtig	Ottanta	Ochenta	Oitenta	Quatre-vingt
Ninety	Neunzig	Negentig	Novanta	Noventa	Noventa	Quatre-vingt-dix
Hundred	Hundert	Honderd	Cento	Ciento	Cem	Cent
Thousand	Tausend	Duizend	Mille	Mil	Mil	Mille
Million	Million	Millioen	Milione	Millon	Milhao	Million

XII. PRINCIPAL STAMP DUTIES.

Appraisements.

			£	s.	d.
Amount not exceeding £50			0	2	6
Above £50 & not above		100	0	5	0
..	100	.. 200	0	10	0
..	200	.. 500	0	15	0
..	500 and upwards		1	0	0

Apprenticeship Indentures.

If the premium be under £30.....£1

and under		£	and under		£
£30	£50	£2	£400	£500	25
50	100	3	500	600	30
100	200	6	600	800	40
200	300	12	800	1000	50
300	400	20	1000 or upw.		60

If no premium, 2s. 6d.

Agreements, where the matter is of the value of £20 or upwards, £0 2 6

Progressive duty on words.. 0 2 6

When there are divers letters to prove an agreement, it is sufficient to stamp one letter.

Bills and Promissory Notes.

Inland Bill, Draft, or Order for payment of a sum of money to the bearer, or to order on demand............................1d.

Letters of credit are to be deemed such.

Inland Bills payable otherwise than on demand, and **Promissory Notes** payable otherwise than to bearer on demand, and **Foreign Bills** drawn in but payable out of the United Kingdom, and also drawn out and payable out of the United Kingdom, but indorsed or negotiated within the U. K., not drawn in sets of three or more, and **Foreign Bills** drawn out of and payable within the U. K.:—

Not exceeding		£5	1d.
Exc.	£5 and not exc.	10	2d.
	10 ..	25	3d.
	25 ..	50	6d.
	50 ..	75	9d.
	75 ..	100	1s.

And the following duties apply to all the above, and in addition to **Promissory Notes** payable either to bearer on demand or otherwise.

Ab.	£100 and not ab.	£200	2s.
	200 ..	300	3s.
	300 ..	400	4s.
	400 ..	500	5s.
	500 ..	750	7s. 6d.
	750 ..	1000	10s.
	1000 ..	1500	15s.
	1500 ..	2000	20s.
	2000 ..	3000	30s.
	3000 ..	4000	40s.
	4000 and upwards		45s.

Promissory Notes for £100 or under are not to be drawn payable to bearer on demand, except bankers' re-issuable notes, which require a different stamp.

Foreign Bills drawn in but payable out of the United Kingdom, and also drawn out and payable out of the United Kingdom, but indorsed or negotiated within the United Kingdom, if drawn in sets of three or more, for every bill of each set—

Sum payable not above		£25	1d.
Above £25 and not ab.		50	2d.
50	..	75	3d.
75	..	100	4d.
100	..	200	8d.
200	..	300	1s.
300	..	400	1s. 4d.
400	..	500	1s. 8d.
500	..	750	2s. 6d.
750	..	1000	3s. 4d.
1000	..	1500	5s.
1500	..	2000	6s. 8d.
2000	..	3000	10s.
3000	..	4000	13s. 4d.
4000 and upwards			15s.

Note.—The duties on Foreign Bills, drawn out of the United Kingdom, are to be denoted by adhesive stamps.

Bills of Lading..................6d.

Bonds and Mortgages.

			s.	d.
For sum or stock not exc.		£50	1	3
Ab. £50 and not above		100	2	6
100	..	150	3	9
150	..	200	5	0
200	..	250	6	3
250	..	300	7	6

And for every further £100, or part of £100, 2s. 6d.

Charter-Party..................5s.

Charter, Disposition, or Contract containing the first original constitution of feu and ground-annual rights, the same duties as on a Lease for a term exceeding 100 years at a yearly rent equal to the feu-duty or ground-annual payable.

Conveyances.

Consideration money or stock not exceeding £25.................2s. 6d.

Exc. £	Not exc. £	Duty £	s.	d.	Exc. £	Not exc. £	Duty £	s.	d.
25	50	0	5	0	250	275	1	7	6
50	75	0	7	6	275	300	1	10	0
75	100	0	10	0	300	350	1	15	0
100	125	0	12	6	350	400	2	0	0
125	150	0	15	0	400	450	2	5	0
150	175	0	17	6	450	500	2	10	0
175	200	1	0	0	500	550	2	15	0
200	225	1	2	6	550	600	3	0	0
225	250	1	5	0					

And where exceeding £600, then for every £100, or any fractional part of £100,—10s.

Insurance Policies.

LIFE.

Where the sum insured shall not exceed £500,

Then for every £50, and any fractional part of £50.........£0 0 6

Where it shall exceed £500, and shall not exceed £1000, Then for every £100, and any fractional part of £100....£0 1 0

Where it shall exceed £1000, Then for every £1000, and any fractional part of £1000..0 10 0

FIRE.

Duty on each policy.........£0 1 0

Besides 3s. per cent. per annum on every insurance made or renewed.

Exemptions.—Public hospitals; also agricultural produce, farming stock, and implements of husbandry, provided the insurance shall be effected by a separate and distinct policy.

SEA.

Policy of insurance upon any voyage whatever, for every £100, or fractional part of £100, charged according to the rates of premium on the sums insured, viz.:—

	s.	d.
Not exceeding 10s. per cent.	0	3
Exc. 10s. and not exc. 20s.	0	6
Exc. 20s. and not exc. 30s.	1	0
Exc. 30s. and not exc. 40s.	2	0
Exc. 40s. and not exc. 50s.	3	0
Exceeding 50s. per cent.	4	0

But if the separate interests of two or more distinct persons shall be insured by one policy or instrument, then the said respective duties, as the case may require, shall be charged thereon, in respect of each and every fractional part of £100, as well as in respect of every full sum of £100, which shall be thereby insured upon any separate and distinct interest.

Policy of insurance, for every £100, or fractional part of £100, insured for any certain term or period of time:

	s.	d.
Not exc. six calendar months	2	6
Exceeding six calendar months	4	0

Policy of mutual insurance upon any voyage whatever, and not for a period of time, for every £100, or fractional part of £100, thereby insured to any person or persons 2 6

LEASES, or TACKS of Lands or Heritable Subjects.

	* s. d.	† £ s. d.	‡ £ s. d.
Rent not exceeding £5	0 6	0 3 0	0 6 0
Ab. 5 & not ab. £10	1 0	0 6 0	0 12 0
.. 10 .. 15	1 6	0 9 0	0 18 0
.. 15 .. 20	2 0	0 12 0	1 4 0
.. 20 .. 25	2 6	0 15 0	1 10 0
.. 25 .. 50	5 0	1 10 0	3 0 0
.. 50 .. 75	7 6	2 5 0	4 10 0
.. 75 .. 100	10 0	3 0 0	6 0 0
Where the same shall exc. £100, then for every £50, and for any fract. part of £50	5 0	1 10 0	3 0 0

* *Term not exceeding 35 years.*
† *Above 35 but not above 100 years.*
‡ *Exceeding 100 years.*

DUTIES ON LEGACIES, &c.

Of the value of £20, or upwards.

To	Duty per ct.
Children or their descendants, or lineal ancestors of the deceased	£1 0 0
Brother or sister, or their descendants	3 0 0
Uncle or aunt, or their descendants	5 0 0
Granduncle or aunt, or their descendants	6 0 0
All other relations or strangers	10 0 0

The husband or wife of the deceased not chargeable with duty.

SUCCESSION DUTY.

The duty commences on the death of persons dying after the 19th May 1853, and is imposed on all property passing by death not liable to Legacy Duties. The rate of duty is the same as the Legacy Duties.

PROBATE ADMIN., OR INV. DUTIES.

TESTATE. Amount Estate. Above	Under	Duty.	INTESTATE. Amount Estate. Above	Under	Duty.
£20	£100	10s.	£20	£50	10s.
Value 100	200	£2	Value 50	100	£1
200	300	5	100	200	3
300	450	8	200	300	8
450	600	11	300	450	11
600	800	15	450	600	15
800	1,000	22	600	800	22
1,000	1,500	30	800	1,000	30
1,500	2,000	40	1,000	1,500	45
2,000	3,000	50	1,500	2,000	60
3,000	4,000	60	2,000	3,000	75
4,000	5,000	80	3,000	4,000	90
5,000	6,000	100	4,000	5,000	120
6,000	7,000	120	5,000	6,000	150
7,000	8,000	140	6,000	7,000	180
8,000	9,000	160	7,000	8,000	210
9,000	10,000	180	8,000	9,000	240
10,000	12,000	200	9,000	10,000	270
12,000	14,000	220	10,000	12,000	300
14,000	16,000	250	12,000	14,000	330
16,000	18,000	280	14,000	16,000	375
18,000	20,000	310	16,000	18,000	420
20,000	25,000	350	18,000	20,000	465
25,000	30,000	400	20,000	25,000	525
30,000	35,000	450	25,000	30,000	600
35,000	40,000	525	30,000	35,000	675
40,000	45,000	600	35,000	40,000	785

Increasing progressively to £1,000,000

LETTER OR POWER OF ATTORNEY, OR COMMISSION OR FACTORY.....................£1 10

Letter of Attorney for Sale or Transfer of Stock.....................£1

LICENSES.

Annual license to bankers issuing notes, £30. Appraisers, £2. Pawnbrokers, £7, 10s. Admitted and practising attorneys, &c., if resident in London, Edinburgh, or Dublin, and in possession of office three years or upwards, £9; if not so long, £4, 10s. If resident elsewhere, and admitted for three years or upwards, £6; if not so long, £3. To dealers in gold and silver plate, above 2 oz. gold or 30 oz. silver, £5,15s. Do. under do., £2,6s.

Protests.—On bill or note for

	s.	d.
any sum less than £20	2	0
£20 and less than 100........	3	0
100 .. 500........	5	0
500 or upwards................	10	0

Protest of any other kind, 5s.
And for every additional sheet, 5s.

Proxy to vote in joint-stock company whose shares are transferable. .2s. 6d.

Receipts for money amounting to £2 or upwards, 1d.

The following provisions as to what shall be deemed a receipt, and the exemptions from receipt duty by 55 Geo. III. c. 184, are still in force.

Any note, memorandum, or writing whatever, given upon the payment of money, whether signed or not, shall be a receipt if it shall import or signify that any sum of money, debt, or demand, or any part thereof amounting to £2 or upwards, has been paid or settled; and like documents given upon payment by bills, drafts, promissory notes, or other securities for money, are also receipts.

According to decisions a simple acknowledgment of a sum of money in loan, or of the correctness of a debt, or of a deposit of money, is not liable to stamp-duty, either as a receipt or promissory note. The judges held it essential to render a receipt liable to duty that something formerly due had been discharged. On this principle a receipt for a sum of money as a donation to a religious or charitable purpose, not being any thing formerly due, would not be liable. The Board of Inland Revenue have intimated that they are to regard such receipts as exempted.

The opinion of the Commissioners of Inland Revenue as to the duty to which a deed, whether previously stamped or otherwise, is chargeable, may be obtained on the deed being presented, and a fee of 10s. paid.

Stamping Executed Instruments, and Penalties.

Generally—Executed Deeds can be stamped within two calendar months from date, without penalty, unless specially prohibited; but after that time, unless under *very special* circumstances, the penalties are rigidly enforced.

Agreements liable to 2s. 6d. duty can be stamped within 14 days after date without penalty; after that time £10.

Attested Copies may be stamped within 60 days after the date of attestation without penalty.

Bills of Exchange & Promissory Notes cannot be stamped after they are signed, unless impressed with stamps of wrong denomination but sufficient value.

Bills of Lading cannot be stamped after signing; and every person signing an unstamped one is liable to a penalty of £50.

Charter Parties can be stamped within 14 days after date and execution; after 14 days and within one month on payment of £10; after that time, not at all.

Enrolled Deeds cannot be stamped at *any time after enrolment*, except on payment of £10 penalty.

Proxy cannot be stamped after signing.

Receipts cannot be stamped after a month from date, nor within that period, without penalty.

Spoiled Stamps.

Stamps inadvertently and undesignedly spoiled will be allowed, and other stamps of the same denomination and value given in lieu thereof.

Parties residing in London, Edinburgh, or Dublin, or within 10 miles, must apply for allowance within 6 months; and parties distant more than 10 miles must apply within 12 months from the date of the stamps becoming useless. Spoiled stamps can also be recovered, without expense, on application to the distributors in the other principal towns.

Instruments signed by any party cannot be allowed, unless presented within six months from the date of such instrument, and where a new instrument has been executed it must be produced at the time of applying for the allowance of the spoiled instrument.

Parchment or paper presented for allowance must be presented entire.

Bill stamps cannot be allowed after six months from date, and must not have been accepted or tendered for acceptance.

THE END.

CPSIA information can be obtained
at www.ICGtesting.com
Printed in the USA
LVHW101237230223
740172LV00006B/491

9 783382 304164